LE BÛCHER DES VANITÉS

Créateur de ce qu'on a appelé le Nouveau Journalisme aux Etats-Unis, auteur, entre autres ouvrages, de L'Etoffe des héros *et du* Gauchisme de Park Avenue. *Tom Wolfe est né en 1931 à Richmond, en Virginie. Lauréat de plusieurs prix de journalisme, il imprime aujourd'hui un nouveau tournant à la littérature américaine avec ce premier roman, construit sur le modèle des œuvres de Balzac et de Zola et qui, depuis sa parution, est devenu* LE *roman sur New York.*

Sherman McCoy, fleuron de la jeune aristocratie des boursiers de Wall Street, riche de dettes, mais aussi d'assurance, vit très luxueusement sur Park Avenue. Un soir où il est allé chercher sa maîtresse à l'aéroport, il rate la bonne sortie de l'autoroute. Le couple se retrouve perdu dans le Bronx, lieu de toutes les frayeurs new-yorkaises. Au moment où ils croient enfin échapper à ce quartier infernal, des pneus et des poubelles leur barrent la route et deux jeunes Noirs s'avancent vers la Mercedes de Sherman. Le couple parvient à s'enfuir, mais en écrasant un des jeunes Noirs.

A partir de cet instant, tout s'enchaîne dans un tourbillon qui fait monter la tension de page en page : le coma du jeune homme sert d'argument politique à la communauté noire, la police recherche la voiture et remonte jusqu'à Sherman, les médias fondent sur lui, impitoyablement, la justice ne sait plus où donner de l'arbitraire, la vie affective et professionnelle de Sherman est pulvérisée, et l'univers dont il se croyait le maître flambe sur le bûcher de toutes les vanités. Graduellement, inexorablement, l'étau se resserre en une lente plongée dans l'autre réalité de New York, là où se jouent les drames, sans que l'on sache, jusqu'aux toutes dernières pages, comment ce cauchemar américain se terminera.

TOM WOLFE

Le Bûcher des vanités

ROMAN

TRADUIT DE L'AMÉRICAIN
PAR BENJAMIN LEGRAND

SYLVIE MESSINGER

L'édition originale de ce livre a été publiée sous le titre :

THE BONFIRE OF THE VANITIES
par les éditions Farrar, Straus & Giroux, à New York, en 1987.

Soulevant son chapeau,
l'auteur dédie ce livre à
MAÎTRE EDDIE HAYES
qui traversa les flammes,
en désignant les lueurs blafardes.
Et il souhaite exprimer
sa haute appréciation à
BURT ROBERTS
qui, le premier, montra la voie.

FEU SUR LE MAIRE

– Et tu dis quoi là? Tu dis : « Oubliez qu'vous avez faim, oubliez le flic raciste qui vous a tiré dans l'dos – le Grand Chuck est là? Le Grand Chuck débarque à Harlem... »

– Non, laissez-moi vous expl...

– Chuck est arrivé à Harlem et...

– Laissez-moi parler...

– Tu dis : « Le Grand Chuck a débarqué à Harlem et il va enfin s'occuper de la communauté noire », c'est ça?

Et c'est là que ça commence.

« *Yark yark yark yaaaaaaaaaaaaaaaaaaaaaark!* »

C'est un de ces contraltos hérétiques qui vient de quelque part dans la foule. Un son qui remonte de si bas dans les graves et qui traverse des couches d'une telle épaisseur qu'il sait exactement à quoi elle ressemble. Au bas mot 120 kilos et bâtie comme une cuisinière à charbon! Le ricanement agit sur les autres, comme un détonateur. Il entend une éruption de ces bruits de fond de ventre qu'il déteste tant.

Ça fait : « *Héhéhéhéhéhéhéhé... Hoooooooouuuuuu-uh... T'as raison!.. Vas-y, mec, dis-lui!... Hé toi là haut!...* »

Chuck! L'insolent! – il est là, juste en face, juste devant – Il vient de le traiter de Charlie! Chuck, c'est le diminutif de Charlie, et Charlie est un vieux nom de

9

code noir pour l'Homme Blanc! Quelle insolence! Quelle impudence! La chaleur et la lumière sont terribles. Ça fait presque loucher le maire. Ce sont les lumières de la télé. Noyé dans ce brouillard aveuglant, c'est à peine s'il peut distinguer le visage de son agresseur. Il ne voit qu'une grande silhouette, et les fantastiques angles osseux que dessinent ses coudes lorsqu'il lance ses mains en l'air. Et une boucle d'oreille. Le type porte un gros anneau d'or à l'une de ses oreilles.

Le maire se penche vers le micro et dit :

– Non, je vais vous expliquer quelque chose, okay? Je vais vous dire dans quel cas de figure nous nous trouvons, okay?

– On s'en fout de tes cas de figure, mec!

Mec! Il le traite de mec! Quelle insolence!

– Vous avez soulevé le problème, mon ami, vous allez donc avoir le cas de figure, okay?

– Tu nous as assez ciré l'pingouin avec tes cas d'figure!

Une autre éruption dans la foule, plus forte que la précédente.

« *Yaaaaaaaarrrrkkkk! Houououououououh!* Dis-lui, mec!... T'y es!... Hé, accouche, Gober! »

– Voyez-vous, dans l'Administration – et je me réfère aux chiffres officiels – le pourcentage du budget annuel total pour la ville de New York...

– Oh, meeeec, ça va! hurle l'excité, t'as pas fini de nous les faire reluire avec tes cas de figure et ta rhétorique de bureaucrate!

Ils adorent ça. L'insolence! L'insolence provoque une nouvelle éruption. Il cherche à voir à travers l'éblouissement des spots de la télé. Il n'arrête pas de loucher. Il sent la présence d'une masse de silhouettes en face de lui. La masse enfle. Le plafond a l'air de vouloir s'effondrer. Il est couvert de tuiles beiges. Les tuiles sont couvertes de petites fentes en forme de boucle et elles s'émiettent sur les bords. L'amiante! Il le reconnaît quand il le voit! Les visages – ils n'attendent qu'une chose, la cogne, la bataille rangée à coups de pavés. Et que ça saigne! – c'est ça l'idée. L'instant qui va suivre est crucial. Il peut s'en sortir. Il peut mater les enragés. Il ne fait qu'un mètre soixante, mais il est meilleur à ce jeu-là que Koch l'était lui-même! Il est le maire de la plus grande ville du monde – New York! Lui!

– *Ça va!* Vous vous êtes bien marrés et maintenant vous allez *la fermer* une minute!

Ça sidère l'excité. Il se fige. C'est tout ce que le maire voulait. Il sait comment y faire.

– *Vooouus* m'avez *poooosé* une question et votre *claaaaque*, ça l'a bien fait rigoler. Alors maintenant *vooouuus* allez *voooouuus* calmer et *écouuuuter* la réponse. Okay?

– T'as dit claque?

Le type avait eu le souffle coupé, mais il était toujours debout.

– *Okay?* Bon voilà les statistiques pour *vooootre* communauté, ici, à Harlem.

– T'as dit claque? – Ce salopard s'accroche à ce mot *claque* comme un chien après un os. – Hé, personne y peut bouffer des statistiques, mec!

« *Dis-lui, mec... Hé... toi, Gober!* »

– Laissez-moi terminer. Est-ce que *voooouuus* pensez...

– Arrête de nous budgeter le pourcentage, mec, c'qu'on veut c'est des *boulots!*

Nouvelle éruption de la foule. C'est pire qu'avant. Il a même beaucoup de mal à comprendre ce qu'on lui lance – des interjections venues du fin fond des estomacs vides. Mais il y a cette histoire de *hé, toi.* Il y a une grande gueule là-bas dans le fond avec une voix qui tranche par-dessus tout le reste.

« Ho, Gober! Ho, Gober! Ho, Gober! »

Mais il ne dit pas *Gober.* Il dit *Goldberg.*

« *Ho Goldberg! Ho Goldberg! Ho, Goldberg!* »

Cela le cloue sur place. Ici! A Harlem! Goldberg est le terme de Harlem pour dire Juif. Quel outrage! Quelle infamie! que quelqu'un puisse balancer cette horreur à la figure du maire de New York!

Huées, sifflets, grognements, rires gras, hurlements. Ce qu'ils veulent, c'est voir des dents tomber. La situation devient incontrôlable.

– Est-ce que...

C'est inutile. Il ne peut pas se faire entendre, même avec son micro. La haine sur leurs visages! du poison pur! C'est hypnotisant.

« *Ho, Goldberg! ho, Goldberg! Ho, youpin!* »

Youpin! Voilà autre chose. Il y en a un qui crie Goldberg et l'autre qui crie youpin. Et c'est là qu'il comprend tout. Le Révérend Bacon! Ce sont des types à Bacon! Il en est certain. Ce n'est pas le public à l'esprit civique qui se déplace habituellement pour les rassemblements à Harlem – les gens avec lesquels Sheldon devait remplir cette salle. Ceux-là ne seraient pas en train de beugler de telles horreurs. C'est Bacon qui a fait ça. Sheldon s'est planté! Bacon a rameuté sa clique!

Une énorme vague d'attendrissement sur son sort envahit le maire. Du coin de l'œil, il peut voir les équipes de télé très mal à l'aise dans le brouillard des lumières. Leurs caméras leur sortent de la tête comme des cornes. Ils tournicotent de-ci, de-là, dans tous les sens. Ils en mangeraient tous les jours! Ils sont là pour le scandale! Ils ne lèveraient pas le petit doigt! Ce sont des lâches! des parasites! La lie de l'opinion publique!

A cet instant cela lui tombe dessus, comme une évidence terrible : « C'est fini. Je peux pas le croire. J'ai perdu. »

« *Ça suffit... Sortez le clown... Dégage... Ho, Goldberg!* »

Guliaggi, le chef du détachement en civil chargé de la sécurité, s'approche de lui par le côté de la scène. Sans même le regarder le maire lui intime l'ordre de reculer, d'un geste mou. Que pourrait-il bien faire, de toute façon! Il n'a que quatre agents avec lui. Il ne voulait pas venir là avec une armée. Lui, il voulait démontrer qu'il pouvait tenir un meeting à Harlem aussi simplement qu'il l'aurait fait à Riverdale ou à Park Slope.

Au tout premier rang, à travers le brouillard, il croise le regard de Mme Langhorn, la dame avec une coupe de cheveux d'homme, chef du conseil de la Communauté, celle qui l'a présenté au public, il n'y a que – combien de temps? – quelques minutes à peine. Elle pince les lèvres et balance la tête, puis la secoue négativement. Ce qui signifie : « J'aimerais bien pouvoir vous aider, mais que puis-je faire? Affronter la colère du peuple? » Oh, elle est comme les autres, elle a peur. Elle sait bien qu'elle devrait réagir publiquement face à ces « éléments ». C'est après les Noirs comme elle qu'ils en auront, ensuite! et ils seront ravis de le faire! Elle le sait. Mais les braves gens sont effrayés. Ils n'osent pas bouger! Retour au bain de sang! C'est eux ou nous!

« *Casse-toi!... Bouuuuuuh... Ouaiiiis... Ho!* »

Il réessaie le micro.

– Est-ce cela – *est-ce cela...*

C'est sans espoir. Autant hurler après un cyclone pour qu'il se calme. Il a envie de leur cracher dessus. Il a envie de leur dire qu'il n'a pas peur. Ce n'est pas dans cette salle que vous atteindrez ma réputation, mais en laissant faire cette poignée d'agitateurs, c'est la réputation d'Harlem tout entière que vous mettez en jeu! Vous laissez deux trois grandes gueules me traiter de Goldberg et de Youpin et vous ne les faites pas taire. C'est moi que vous empêchez de parler! C'est incroyable! Est-ce que vous, qui travaillez dur, vous respectables citoyens de Harlem qui craignez Dieu, vous, toutes les madames Langhorn, vous qui avez l'esprit civique, croyez-vous que ce sont là vos *frères*? Qui ont été vos amis pendant toutes ces années ? Les Juifs ! Et vous laissez ces fouteurs de merde me traiter de youpin ! Ils m'appellent comme ça et vous ne dites *rien* ?

Toute l'assemblée a l'air de sauter en l'air. Ils brandissent leurs poings. Ils ont la bouche ouverte. Ils hurlent. S'ils sautent un peu plus haut, ils vont crever le plafond.

Et ce sera à la télé. Toute la ville va le voir. Ils vont adorer. Emeute à Harlem ! Quel spectacle ! Pas le petit coup de gueule d'une poignée d'agités, de manipulateurs et de rigolos – Non ! C'est Harlem tout entier qui s'enflamme. Tous les Noirs de New York qui explosent. Il n'est plus le maire que de quelques personnes ! Il n'est plus que le maire du New York blanc ! Feu sur le pauvre mec ! Les Italiens vont regarder ça à la télé, ils vont adorer. Et les Irlandais. Même les Wasps[1]. Ils ne sauront pas ce qu'ils voient, assis dans leurs somptueux appartements sur Park Avenue, sur la Cinquième, sur la 72e Rue Est et à Sutton Place, toute cette violence va les faire frissonner et ils vont adorer le spectacle ! Veaux ! Cervelles d'oiseaux ! Nuls ! Tas de goys ! Vous ne savez même pas ce qui se passe, hein ? vous croyez encore que c'est votre ville ? ouvrez un peu les yeux ! la plus grande ville du XXe siècle ! Vous croyez que c'est avec votre *fric* que vous allez vous la garder ?

Descendez donc un peu de vos somptueux appartements, vous les entrepreneurs et vous les juristes ! C'est le Tiers Monde ici ! Portoricains, Indiens, Haïtiens, Dominicains, Cubains, Colombiens, Honduriens, Coréens, Chinois, Thaïs, Vietnamiens, Equatoriens, Panaméens, Philippins, Albanais, Sénégalais et Afro-Américains ! Allez donc faire un petit tour près des frontières, vous les frimeurs avec rien dans les tripes ! Morningside Heights, le Parc St Nicholas, Washington Heights, Fort

1. *White Anglo Saxon Protestant* : les Américains blancs et « chics ».

Tryon – *por qué pagar más?*[1] – Le Bronx – Terminé pour vous le Bronx! Et Riverdale n'est plus qu'un petit port franc perché tout là-haut! Perlham Parkway – gardez le couloir ouvert pour Westchester! Brooklyn – *votre* Brooklyn n'existe plus! Brooklyn Heights, Park Slope – de petits Hong Kong, c'est tout! Et Queens! Jackson Heights, Elmhurst, Hollis, Jamaica, Ozone Park, à qui ça appartient maintenant? Vous le savez? Et on en est où avec Ridgewood, Bayside et Forest Hills? Vous avez déjà réfléchi à ça? Et Staten Island – est-ce que vous, les autodidactes du samedi-dimanche, vous vous croyez vraiment peinards dans votre petit confort? Vous pensez que le Futur est incapable de traverser *un pont*? Et vous les Wasps, embrouillés dans vos galas de charité, assis sur vos tas d'héritages, dans vos somptueux appartements quatre mètres sous plafond et deux ailes, une pour vous et une pour vos domestiques, vous croyez vraiment que vous êtes inexpugnables? Et vous, les financiers juifs allemands qui avez fini par atteindre ces mêmes immeubles, pour mieux vous isoler de ces hordes de *shtetl*[2], vous croyez vraiment que vous êtes isolés du *Tiers Monde*?

Vous pauvres gros lards, guimauves, volailles, veaux, vous attendez que le Révérend Bacon devienne maire, avec un conseil d'administration et une commission budgétaire entièrement composés d'une brochette de Bacon d'un bout de la chambre à l'autre? C'est là que vous ferez vraiment connaissance avec eux! Pas de problème! Ils viendront vous voir au 60 Wall et au 1, Chase Manhattan Plaza! Ils vont s'asseoir sur vos bureaux et ils taperont sur les tables! Et ils vous débarrasseront vos coffres blindés, gratuitement...

Complètement dingue ce qui lui passe par la tête! absolument paranoïaque! Personne n'élira jamais Bacon

1. En espagnol dans le texte : « Pourquoi payer plus? »
2. Village juif d'Europe centrale.

à aucun poste! Personne ne va aller défiler dans le centre. Il le sait très bien. Mais il se sent si seul! Abandonné! incompris! Moi! qu'est-ce que vous feriez si *moi* je n'étais pas là? Vous le verriez, votre bonheur! Et vous me laissez là, tout seul comme une andouille sur cette estrade, avec ce putain de plafond d'amiante qui va me dégringoler sur la tête...

« *Booooouuuuuh!.... Ouais!... Ouaiiiiiis!... Ho!... Goldberg!* »

Il y a un choc terrible sur un côté de la scène. Il a les spots de la télé en pleine figure. Ça se met à pousser et à se bousculer de tous les côtés. Il voit un cameraman tomber. Quelques-uns de ces salauds se dirigent vers l'escalier de la scène et les équipes de télé leur barrent la route. Alors ils leur passent carrément dessus. Ça pousse – quelqu'un dégringole les escaliers – ses hommes, le détachement en civil, le gros, là, Norrejo – Norrejo repousse quelqu'un dans l'escalier. Quelque chose heurte le maire à l'épaule. La douleur est monstrueuse. Là, par terre, un pot de mayonnaise, un pot d'une livre de mayonnaise! A moitié plein! à moitié entamé! Quelqu'un vient de lui balancer un pot de mayonnaise Hellman à moitié entamé, à lui! A cet instant, des choses absolument insignifiantes lui passent par la tête. Nom de Dieu, qui peut bien emporter un pot de mayonnaise Hellman à moitié entamé dans une réunion publique?

Ces putains de projecteurs! Le public est sur la scène... le merdier est général... une bonne vieille mêlée... Norrejo ceinture un gros mastard, lui fait un croche-pied et le balance par terre. Les deux autres inspecteurs, Holt et Danforth, se mettent en défense, dos au maire, comme un pack protégeant un ailier. Guliaggi est juste à côté de lui.

– Mettez-vous derrière moi, dit Guliaggi, on va passer par cette porte.

Est-ce qu'il sourit vraiment? Guliaggi a l'air de sourire! Il fait un signe de tête pour désigner la porte, au fond de la scène. Il est court sur pattes, il a une petite tête, le front bas, de petits yeux rapprochés, un nez tout plat et une grande bouche mauvaise avec une fine moustache. Le maire n'arrive pas à détacher les yeux de cette bouche. Est-ce un sourire? C'est impossible, et pourtant, peut-être... Cette moue étrange a l'air de dire : « Ton numéro est terminé, c'est à moi, maintenant! »

Finalement c'est le sourire qui décide tout. Le maire cesse de jouer les généraux Custer au pupitre. Il s'abandonne à ce petit roc. Maintenant, les autres se groupent autour de lui, Norrejo, Holt, Danforth. Ils se tiennent autour de lui comme une cage. La scène est envahie de gens. Guliaggi et Norrejo se taillent un chemin à coups de muscles. Le maire leur colle aux talons. Les visages tout autour sont menaçants. Un individu, à moins de cinquante centimètres de lui, n'arrête pas de sauter en gueulant : « Hé, petit con blanc poilu! petit con blanc poilu! »

A chaque fois que ce salopard saute en l'air, le maire aperçoit le blanc de ses yeux globuleux et son énorme pomme d'Adam. Elle a la taille d'une patate douce.

« Hé, p'tit con blanc poilu! » Il n'arrête pas de répéter « petit con blanc poilu! »

Juste devant lui... le grand excité lui-même. Celui avec les coudes immenses et la boucle d'oreille en or! Guliaggi est entre le maire et le meneur, mais le meneur est nettement plus grand que Guliaggi. Il doit faire au moins deux mètres. Il hurle à la gueule du maire :

– *Casse-toi – oooouuufff!*

Tout d'un coup ce grand fils de pute s'écroule d'un bloc, bouche ouverte et yeux exorbités. Il vient de prendre le coude et l'avant-bras de Guliaggi en plein dans le plexus solaire.

Guliaggi atteint la porte et l'ouvre. Le maire suit. Il sent les autres inspecteurs qui le poussent par-derrière. Il s'aplatit sur le dos de Guliaggi. Ce type est dur comme un roc!

Ils descendent un escalier. Ça fait *clac clac* sur des marches métalliques. Il est encore en un seul morceau. La foule ne le suit même pas. Il est sauf – son cœur flanche. Ils n'essaient même pas de le suivre. A aucun moment, ils n'ont vraiment essayé de le toucher. Et à cet instant... il *sait*. Il sait, avant même que son esprit ait rassemblé tous les morceaux.

« Je me suis planté. Je me suis laissé emporter par ce petit sourire. J'ai paniqué. J'ai tout perdu. »

I

LE MAÎTRE DE L'UNIVERS

A CET instant précis, dans le type exact d'appartement hyperstanding de Park Avenue qui obsédait tant le maire... Quatre mètres sous plafond... deux ailes, une pour les Wasps propriétaires de l'endroit et une pour les domestiques... Sherman McCoy était à genoux dans son hall d'entrée et tentait de passer sa laisse à un dachshund. Le sol était de marbre vert profond et n'en finissait pas. Il menait à un escalier en noyer de deux mètres de large qui s'envolait en une courbe somptueuse vers l'étage supérieur. C'était le genre d'appartement dont la simple existence suscite avidité et convoitise chez tous les New-Yorkais, et donc dans le monde entier. Mais Sherman, lui, brûlait d'envie de sortir enfin de ce fabuleux duplex, son appartement, juste une demi-heure.

Il était là, les deux genoux sur le marbre, en train de se bagarrer avec un chien. Le dachshund représentait son visa de sortie.

En regardant Sherman McCoy courbé comme ça et habillé comme il l'était, avec sa chemise à carreaux, ses pantalons kaki et ses chaussures de bateau on n'aurait jamais deviné quel important personnage il était normalement. Encore jeune... trente-huit ans... grand... presque un mètre quatre-vingt-cinq... une allure formidable, à la limite de l'arrogance... aussi arrogant que son père, le Lion de Dunning Sponget... une masse de cheveux sable foncé... un long nez... un menton proéminent... il était fier de son menton. Le menton des McCoy. Le Lion avait le même. Un menton viril, un menton fort et rond comme ceux qu'arboraient autrefois les gens de Yale dans les dessins de Gibson et Leyendecker, un menton aristocratique, si vous tenez à savoir ce qu'en pensait Sherman. Lui aussi avait fait Yale. Mais à cet instant précis son aspect entier ne voulait dire que : « Je sors juste quelques minutes promener le chien. »

Le dachshund avait l'air de savoir ce qui l'attendait. Il n'arrêtait pas d'esquiver la laisse. Les pattes ridicules de la bête étaient désespérantes. Si on essayait de le saisir, il se changeait en un tube de muscles de soixante-dix centimètres. En se bagarrant avec lui, Sherman dut plonger. Et quand il plongea, sa rotule s'écrasa sur le marbre et la douleur le mit en boule.

« Allez, Marshall, marmonnait-il, tiens-toi tranquille, bon Dieu.

La bête baissa la tête à nouveau, et il se cogna le genou encore une fois et maintenant il n'en voulait plus seulement au chien, mais à sa femme aussi. Grâce à ses illusions sur ses qualités de décoratrice d'intérieur, l'entrée avait dû obligatoirement devenir un étalage de marbre fastueux. La minuscule pointe de gros grain noir qui couvre l'extrémité d'une chaussure de femme.

Elle était là.

– Tu t'amuses, Sherman. Que diable essaies-tu de faire ?

Sans lever les yeux :

– Je descends promener Marshaaaaaaal...

Marshall était sorti comme un grognement parce que le dachshund tentait une nouvelle manœuvre en queue de poisson et que Sherman était obligé de lui entourer le milieu du ventre.

– Tu sais qu'il pleut ?

Il ne levait toujours pas les yeux :

– Oui, je sais.

Finalement, il parvint à attacher la laisse au collier du chien.

– Tu es bien gentil avec Marshall, tout d'un coup.

Une minute! D'où sortait cette ironie? Suspectait-elle quelque chose? Il leva les yeux vers elle.

Mais le sourire qu'elle arborait était visiblement authentique, à la fois plaisant et amusé... un adorable sourire, en fait... *Ma femme... Elle est encore très belle...* Avec ses traits si fins, ses grands yeux bleus si clairs, sa masse de cheveux châtains... *Mais elle a quarante ans!...* Pas moyen d'y échapper... Aujourd'hui *encore très belle...* Demain on dira d'elle qu'elle est *toujours* belle... Pas sa faute... *Mais pas la mienne non plus!*

– J'ai une idée, dit-elle. Pourquoi ne me laisses-tu pas descendre Marshall? Ou bien je demanderai à Eddie. Toi tu monterais lire une histoire à Campbell avant qu'elle dorme. Elle adorerait ça. Il est assez rare que tu rentres aussi tôt. Qu'est-ce que tu en penses?

Il la regarda fixement. Ce n'était pas un truc! Elle était sincère! et pourtant *zip zip zip zip zip zip*, en quelques petits coups, quelques petites phrases elle l'avait... *ligoté complètement! – des nœuds de culpabilité et de logique pure!* Et sans avoir l'air de rien!

Le fait que Campbell soit installée dans son petit lit – *mon seul enfant! l'innocence absolue d'une petite fille de six ans!* – espérant qu'il lui lirait une histoire pour s'endormir... pendant qu'il était... en train de faire ce qu'il avait prévu de faire... *coupable!... Le fait qu'il rentre en général trop tard pour la voir... Le summum de la culpabilité!...* Campbell le rendait gâteux! – Il l'aimait plus que tout au monde!... Et pour aggraver les choses, *la logique de tout ça!* La femme aimante et douce dont il fixait bêtement le visage venait de faire une suggestion sensée, parfaitement logique... Si logique qu'il en restait sans voix! Il n'y avait pas assez de mensonges pieux sur cette terre pour contourner une telle logique! Et elle essayait simplement d'être gentille.

– Vas-y, dit-elle, Campbell sera si contente. Je m'occupe de Marshall.

Le monde était à l'envers. Qu'est-ce que lui, un Maître de l'Univers, fichait à genoux sur le carrelage de marbre, réduit à inventer des mensonges pour contrer la douce logique de sa propre femme? Les Maîtres de l'Univers étaient un ensemble d'effrayants bonshommes en plastique, moches et agressifs, avec lesquels sa fille – et c'était sa seule imperfection – adorait jouer. Ils avaient l'air de dieux débiles déformés par l'haltérophilie et portaient des noms comme Dracon, Ahor, Mangelred et Blutong. Ils étaient étonnamment vulgaires, même pour des jouets de plastique. Et, un jour, un de ces beaux jours, en pleine euphorie, après avoir passé un ordre sur des emprunts qui lui avaient rapporté une commission de 50 000 $, *en une seconde*, cette phrase précise avait jailli dans son cerveau. A Wall Street, lui et quelques autres – combien? trois cents, quatre cents, cinq cents? – étaient précisément devenus ça... Des Maîtres de l'Univers. Il n'y avait... pas de limite!... aucune limite! Naturellement il n'avait jamais même chuchoté cette phrase à qui que ce fût. Il n'était pas fou. Et pourtant il ne parvenait pas à l'effacer de ses pensées. Et il était là, Maître de l'Univers, par terre avec un chien, ligoté par la douceur, la culpabilité et la logique... Pourquoi lui (étant un Maître de l'Univers) était-il incapable de simplement *lui* expliquer? Ecoute, Judy, je t'aime toujours et j'aime notre fille et j'aime notre maison et j'aime notre vie et je ne veux rien y changer – c'est simplement que moi, Maître de l'Univers, un homme jeune en pleine montée de sève, je mérite davantage de temps en temps, quand l'humeur m'en vient...

Mais il savait qu'il ne pourrait jamais énoncer de telles pensées. Donc la rancœur bouillonna dans son crâne...

En un sens elle l'avait cherché, non?... ces femmes dont elle semblait faire si grand cas en ce moment... ces... ces... la phrase éclata comme une bulle dans sa tête à cet instant précis : *Des Rayons X!... mondains,* comme on dit des femmes du monde... Elles parvenaient à se maintenir dans un état de maigreur tel qu'elles finissaient par ressembler à des radiographies!... On voyait les lampes à travers leurs os... Pendant qu'elles blablataient sur leurs *intérieurs* et sur leurs jardins paysagers... enfermant leurs jambes décharnées dans des collants sexy en Lycra métallisé pour leurs Cours de Gym... Et ça t'a aidé en quoi de les fréquenter, hein?... Il se concentra sur son visage et son cou... Emaciés... Aucun doute là-dessus... Les Cours de Gym... Elle devient *l'une d'elles!*

Il se débrouilla pour se fabriquer juste assez de rancœur pour allumer la célèbre humeur des McCoy.

Il pouvait sentir son visage qui s'enflammait. Il baissa la tête et dit « Juuuuuuuudy... » Comme un cri étouffé par ses dents. Il dressa son pouce gauche et l'index et le medium correspondant devant ses *mâchoires crispées* et ses yeux furieux, en disant :

– Ecoute... Je - suis - absolument - prêt - à - promener - ce - chien... Donc - je - sors - promener - le - chien... D'accord?

En plein milieu, il sut que c'était complètement disproportionné... Mais... Il n'avait pas pu s'arrêter. Après tout, c'était là que résidait le secret de l'humeur des McCoy... A Wall Street... ou n'importe où ailleurs... l'excès impérial...

Judy serra les lèvres. Elle secoua la tête.

– Je t'en prie, fais exactement comme tu veux, dit-elle d'un ton neutre.

Puis elle fit demi-tour et traversa la surface de marbre pour gravir le somptueux escalier.

Toujours à genoux il la regardait, mais elle ne se retourna pas. *Je t'en prie, fais exactement comme tu veux.* Il venait de lui piétiner le visage. Rien à dire. Mais c'était une piètre victoire.

Un autre spasme de culpabilité.

Le Maître de l'Univers se leva et s'efforça de passer son imperméable tout en tenant la laisse. C'était un imper d'équitation anglais, formidable, caoutchouté, couvert de rabats, de bandes et de boucles. Il l'avait acheté chez Knoud sur Madison Avenue. Un temps, il avait considéré sa patine comme la chose la plus mode, juste après les chaussures de lézard craquelé façon Boston. Maintenant il hésitait. Il tira sur la laisse et entraîna le dachshund vers l'entrée privée où se trouvait l'ascenseur. Il appuya sur le bouton.

Plutôt que de continuer à payer des équipes d'Irlandais de Queens ou de Portoricains du Bronx 200 000 $ par an pour assurer le fonctionnement des ascenseurs vingt-quatre heures sur vingt-quatre, les copropriétaires avaient décidé, deux ans auparavant, de passer à des ascenseurs automatiques. Ce soir, cela convenait parfaitement à Sherman. Dans cette tenue, avec ce chien qui se tortillait à sa remorque, il n'aurait pas apprécié de devoir partager la descente avec un garçon d'ascenseur habillé comme un colonel autrichien du siècle dernier. La cabine descendit – et s'arrêta deux étages plus bas. *Browning.* La porte s'ouvrit, et la corpulence quelque peu flageolante de Pollard Browning pénétra dans l'ascenseur. Browning regarda Sherman de haut en bas, sa tenue de campagne, le chien, et dit, sans la moindre trace de sourire : « Bonsoir, Sherman. »

Ce « Bonsoir, Sherman », il le lui tendait avec des pincettes d'un mètre de long et ces quatre pauvres syllabes signifiaient en réalité : « Toi, tes vêtements et ton chien dégradez notre ascenseur nouvellement lambrissé d'acajou. »

Sherman était furieux mais se retrouva pourtant en train de se pencher pour prendre le chien dans ses bras.

Browning était président des copropriétaires du building. C'était un vrai New-Yorkais qui était sorti des entrailles de sa mère associé cinquantenaire de Davis Polk et président de Downtown Association. Il n'avait que quarante ans mais il en paraissait cinquante depuis vingt ans. Ses cheveux étaient soigneusement peignés en arrière sur son crâne rond. Il portait un costume bleu marine impeccable, une chemise blanche, une cravate de laine tissée et pas d'imperméable. Il contempla la porte de l'ascenseur, puis se tourna, jeta un nouveau coup d'œil sur Sherman, ne dit rien, et se retourna.

Sherman le connaissait depuis leur enfance à l'école Buckley. Browning avait été un gros jeune snob jovial et arrogant qui, à l'âge de neuf ans, avait su lire entre les lignes l'étonnante nouvelle que McCoy était un nom de rustaud (une famille de rustauds), comme dans Hatfield et McCoy, tandis que lui, Browning, était un vrai Knickerbocker. Il avait surnommé Sherman « Sherman McCoy le péquenot ».

Lorsqu'ils atteignirent le rez-de-chaussée, Browning dit :

— Tu sais qu'il pleut, n'est-ce pas ?

— Oui.

Browning regarda le dachshund et secoua la tête.

— Sherman McCoy, le meilleur ami du meilleur ami de l'homme.

Sherman sentit à nouveau la chaleur lui monter aux joues. Il répliqua :

— Et voilà !

— Et voilà quoi ?

— Tu as eu huit étages pour trouver quelque chose, quelque chose de brillant, et voilà.

C'était supposé être un aimable sarcasme, mais il savait que sa colère avait quelque peu transparu.

— Je ne vois absolument pas de quoi tu parles, dit Browning, et il sortit.

Le portier sourit, hocha la tête et lui ouvrit la porte.

Browning avança sous le dais jusqu'à sa voiture. Son chauffeur lui tenait la portière ouverte. Pas une goutte de pluie ne vint ternir son allure grandiose et il disparut doucement, impeccable, dans le flot de feux arrière qui descendaient Park Avenue. Aucun imperméable usé n'encombrait le dos gras et lustré de Pollard Browning.

En fait il ne pleuvait que très légèrement et il n'y avait pas de vent, mais le dachshund s'en moquait éperdument. Il commençait à gigoter dans les bras de Sherman. La force de ce sale petit bâtard ! Il posa le chien sur le tapis sous le vélum puis s'avança sous la pluie, tirant la laisse. Dans l'obscurité, les immeubles résidentiels de l'autre côté de l'avenue formaient un mur noir et serein, dressé contre le ciel, qui était d'un pourpre flamboyant et brillait, comme pris de fièvre, éclatant de rouge.

Bon Dieu, ce n'était pas si terrible dehors. Sherman tira, mais le chien s'agrippait au tapis avec ses griffes.

– Allons, Marshall.

Le portier le regardait.

– Ça n'a pas l'air de lui plaire, M. McCoy.

– À moi non plus, Eddie, dit-il, et il songea qu'il se serait volontiers passé de ses commentaires. Allez, allez, Marshall.

Maintenant Sherman était sous la pluie et il tirait la laisse comme un forcené, mais le dachshund ne cédait pas. Alors il le souleva et l'arracha au tapis plastifié pour le poser sur le trottoir. Le chien tenta de filer vers la porte. Sherman ne pouvait pas donner plus de mou à la laisse, sinon il allait se retrouver à la case départ. Il tirait donc dans un sens, et le chien dans l'autre, la laisse tendue entre eux. Une lutte à la corde acharnée entre un homme et un chien... sur Park Avenue. Et pourquoi diable le portier ne retournait-il pas dans l'immeuble, à sa place ?

Sherman tira brutalement la laisse. Le chien glissa de quelques centimètres sur le trottoir. Vous pouviez entendre ses ongles gratter l'asphalte. Eh bien, peut-être qu'en le tirant assez fort, il finirait par abandonner et à se mettre à marcher juste pour qu'on ne le tire plus.

– Allons Marshall! Nous allons juste au coin!

Il donna encore une bonne secousse à la laisse puis continua à tirer de toutes ses forces. Le chien glissa d'un mètre. Il glissait! Il refusait de marcher. Il ne cédait pas. Le centre de gravité de la bête semblait être situé au milieu de la terre. C'était comme d'essayer de traîner une luge écrasée sous un tas de briques. Bon Dieu, s'il pouvait seulement atteindre le coin de la rue. C'était tout ce qu'il voulait. Pourquoi *les choses les plus simples*... Il donna une nouvelle secousse à la laisse, puis maintint la pression. Il était penché comme un marin en pleine tempête. Il commençait à avoir chaud sous son imperméable caoutchouté. La pluie lui coulait sur le visage. Le dachshund écartait les pattes sur le trottoir. Les muscles de ses pattes étaient noués. Il secouait la tête en tous sens, le cou tendu : Dieu merci, au moins il n'aboyait pas! Il *glissait!* Bon sang, on l'entendait glisser! On entendait ses ongles racler l'asphalte. Il ne cédait pas un pouce de terrain. Sherman, tête baissée, les épaules courbées, tirait cet animal à travers l'obscurité et la pluie sur Park Avenue. Il pouvait sentir la pluie couler sur sa nuque.

Il s'accroupit et ramassa le dachshund, surprit un regard d'Eddie le portier qui l'observait toujours! Le chien commença à s'agiter en tous sens. Sherman trébucha. Il regarda vers le bas. La laisse était enroulée autour de ses jambes. Il avança en sautillant sur le trottoir. Finalement il parvint au coin, à la cabine téléphonique. Il reposa le chien sur le trottoir.

Dieu! Il s'échappe! Il saisit la laisse juste à temps. Il est en nage. Sa tête est trempée de pluie. Son cœur bat, très fort. Il passe un bras dans la boucle de la laisse. Le chien continue à lutter. La laisse s'entortille à nouveau autour des jambes de Sherman. Il prend le téléphone, le coince entre son épaule et son oreille, fouille dans sa poche à la recherche d'une pièce, et il la met dans la fente et compose le numéro.

Trois sonneries, puis une voix de femme : « Allô ? »

Mais ce n'était pas la voix de Maria. Il se figura que ce devait être son amie Germaine, à qui elle sous-louait l'appartement. Donc il dit :

– Puis-je parler à Maria, s'il vous plaît ?

La femme dit :

– Sherman, est-ce toi ?

Dieu du Ciel ! C'est Judy ! Il a appelé son propre appartement ! Il est pantois, paralysé !

– Sherman ?

Il raccroche. Mon Dieu ! Que peut-il faire ? Il s'en tirera par un coup de bluff. Quand elle le questionnera, il dira qu'il ignore totalement de quoi elle parle. Après tout, il n'a dit que cinq ou six mots. Comment pourrait-elle être certaine ?

Mais c'était voué à l'échec. Elle serait certaine d'avoir raison. De plus il était un piètre bluffeur. Elle allait voir à travers lui. Et pourtant, que pouvait-il faire d'autre ?

Il était là, dans le noir, près du téléphone. L'eau s'était frayé un chemin dans le col de sa chemise. Il respirait lourdement. Il essayait d'imaginer la gravité de la situation. Qu'allait-elle faire ? Qu'allait-elle dire ? Jusqu'où irait sa colère ? Cette fois, elle aurait vraiment de la matière. Cela méritait une vraie scène si elle le désirait. Il avait été vraiment stupide. Comment avait-il pu faire une chose pareille ? Il s'en voulait… Il n'était pas du tout en colère après Judy. Parviendrait-il à la bluffer ou bien avait-il réellement commis l'irréparable ? L'avait-il réellement blessée ?

A la même seconde, Sherman sentit une présence qui s'approchait de lui sur le trottoir, dans l'ombre noire et humide des maisons et des arbres. Même à quinze mètres, dans l'obscurité, il savait. C'était cette profonde angoisse qui réside dans la base du crâne de chaque résident de Park Avenue au sud de la 96ᵉ Rue : un jeune Noir, grand, élancé, avec des tennis blancs. Maintenant il était à dix mètres, huit mètres. Sherman le regarda bien en face. Eh bien, qu'il vienne ! Je ne reculerai pas ! C'est mon territoire ! Je ne m'écarte pas pour un quelconque bon à rien !

Le jeune Noir prit un virage soudain et traversa la rue en diagonale pour changer de trottoir. La lueur jaune pâle d'un réverbère se refléta quelques instants sur son visage qui regardait Sherman.

Il avait traversé ! Quel coup de chance !

Il ne vint pas une minute à l'esprit de Sherman McCoy que ce que le garçon avait vu était un Blanc de trente-huit ans, trempé comme une soupe, vêtu d'une sorte d'imperméable quasi militaire couvert de boucles et de sangles, tenant un chien qui s'agitait violemment dans ses bras, le regard fixe et parlant tout seul.

Sherman était toujours près du téléphone, respirant à toute vitesse, presque hors d'haleine. Qu'allait-il faire maintenant ? Il se sentait tellement écrasé qu'il pouvait aussi bien rentrer immédiatement chez lui. Mais s'il rentrait immédiatement, cela deviendrait carrément évident, n'est-ce pas ? Il n'était pas sorti promener le chien, mais sorti passer un coup de téléphone. De plus, quoi que Judy puisse dire, il ne se sentait pas prêt à l'entendre. Il avait besoin de réfléchir. Il avait besoin d'un conseil. Il avait besoin d'extraire cette intraitable bête de sous la pluie. Il mit donc une deuxième pièce et tenta de se remémorer le numéro de Maria. Il se concentra et finit par le trouver. Il le composa alors avec une attention délibérée, comme s'il se servait de cette invention particulière – le téléphone – pour la première fois.

– Allô ?

– Maria ?

– Oui ?

Pour éviter tout risque :

– C'est moi.

– Sherman?

Cela donnait *Sheuhmeunn*. Sherman était soulagé. C'était bien Maria. Elle avait ce type d'accent du Sud particulier où la moitié des voyelles sont prononcées comme des « eu » et l'autre comme des « aïls » courts. Les bornes étaient des *beuurnes*, les bombes des *beums* et les enveloppes des *invileups*.

– Ecoute, dit-il, j'arrive. Je suis dans une cabine à deux blocs de chez toi.

Il y eut une pause qu'il assimila à une irritation de Maria. Enfin :

– Où étais-tu passé? avec cet accent traînant.

Sherman eut un rire morose.

– Ecoute, j'arrive tout de suite.

L'escalier du petit immeuble pliait et gémissait sous les pas de Sherman. A chaque palier un tube fluorescent nu et circulaire de 22 watts, surnommé le Halo du Proprio, irradiait une faible lueur bleu tuberculose sur les murs qui étaient d'un vert Camion-de-Location. Sherman passait devant des portes nanties d'innombrables verrous alignés les uns au-dessus des autres comme des colonnes ivres. Il y avait des plaques de blindage anti-tournevis autour des serrures, des plaques anti-pieds-de-biche tout autour et des plaques anti-perceuses un peu partout.

Dans les moments joyeux, quand le Roi Priape régnait, sans crises dans son royaume, Sherman escaladait l'escalier de Maria dans une bouffée de romantisme. Comme c'était bohème!... Comme cet endroit était... *réel*! Quel endroit *idéal* pour ces moments où le Maître de l'Univers arrachait les omniprésentes convenances de Park Avenue et Wall Street pour laisser gambader ses hormones friponnes! Le studio de Maria, avec son placard-cuisine et son placard-salle de bains, ce qu'on osait appeler un appartement, au quatrième sur cour, qu'elle sous-louait à son amie Germaine – eh bien, il était parfait. Germaine aussi, c'était quelque chose. Sherman l'avait croisée deux fois. Elle était bâtie comme une bouche d'incendie. Elle avait un liséré de poils au-dessus des lèvres, pratiquement une moustache. Sherman était persuadé qu'elle était lesbienne. Et alors? Tout ceci était réel! Sordide! C'était New York! Un feu de brousse dans les entrailles!

Mais ce soir, Priape ne régnait pas. Ce soir l'aspect sinistre du vieil immeuble de pierre brune pesait au Maître de l'Univers.

Seul le dachshund était heureux. Il traînait son ventre de marche en marche à un train joyeux. Il était au chaud et au sec ici, et il connaissait.

Lorsque Sherman atteignit la porte, il fut surpris de se retrouver hors d'haleine. Il transpirait. Il était complètement en nage sous son imper, sa chemise à carreaux et son tee-shirt.

Avant qu'il puisse frapper, la porte s'ouvrit de trente centimètres. Elle était là. Elle n'ouvrit pas davantage. Elle se tenait là, dévisageant Sherman de haut en bas, comme si elle était en colère. Ses yeux luisaient au-dessus de ses pommettes remarquablement hautes et saillantes. Ses cheveux à la Jeanne d'Arc lui faisaient comme un casque noir. Ses lèvres dessinaient comme un O. Elle commença à sourire et à glousser en même temps, avec de petits bruits de nez.

– Allons, dit Sherman, laisse-moi entrer! Attends que je te raconte ce qui m'est arrivé!

Maria ouvrit la porte complètement, mais au lieu de le faire entrer, elle s'adossa au chambranle, croisa les jambes, croisa les bras sous sa poitrine et continua à le fixer en gloussant. Elle portait des escarpins à hauts talons en cuir noir et blanc tressé en damier. Sherman s'y connaissait peu en chaussures pour femmes, mais il ne pouvait ignorer que c'était un modèle à la mode. Elle portait une jupe sur mesure de gabardine blanche, très courte, vingt bons centimètres au-dessus des genoux, qui révélait ses jambes, jambes qui, pour Sherman, étaient celles d'une danseuse, et accentuait la minceur de sa taille. Elle portait un chemisier de soie blanche, ouvert jusqu'à la ligne de ses seins. La lumière de cette minuscule entrée était telle que l'ensemble de sa silhouette prenait un énorme relief : ses cheveux noirs, ses pommettes, les traits si fins de son visage, la courbe vaniteuse de ses lèvres, sa blouse crémeuse, ses seins crémeux, ses jambes luisantes, croisées avec tant d'insouciance.

– Sherman... Sheumeunnn, tu sais quoi? Tu es mignon. On dirait exactement mon petit frère!

Le Maître de l'Univers était vaguement irrité, mais il entra, passa devant elle, disant :

– Bon sang! Attends que je te raconte ce qui s'est passé.

Sans rien changer à sa posture dans l'entrée, Maria jeta un regard au chien qui reniflait le tapis.

– Bonjour, Marshall! – Meusheull. – Espèce de petit salami trempé!

– Attends que je te raconte...

Maria se mit à rire et ferma la porte.

– Sherman... on dirait que quelqu'un t'a... *roulé en boule* – elle roula en boule une feuille de papier imaginaire – et balancé par terre.

– C'est exactement ce que je ressens. Laisse-moi te raconter ce qui s'est produit.

– Tout comme mon petit frère. Tous les jours quand il revenait de l'école on lui voyait le nombril.

Sherman baissa les yeux. C'était vrai. Sa chemise était sortie de son pantalon et on voyait son nombril. Il rajusta sa chemise mais n'ôta pas son imper. Il ne pouvait pas s'installer. Il ne pouvait pas rester longtemps. Il ne savait pas bien comment faire avaler ça à Maria.

– Tous les jours mon petit frère se bagarrait à l'école...

Sherman cessa d'écouter. Le petit frère de Maria le

fatiguait, pas spécialement parce que cela semblait mettre en exergue son aspect puéril, mais surtout parce qu'elle insistait lourdement. Au premier regard, Maria n'aurait jamais passé pour une fille du Sud, ni pour Sherman, ni pour qui que ce soit. Elle paraissait Italienne, ou Grecque. Mais elle s'exprimait comme une fille du Sud. Le bavardage n'en finissait plus. Elle parlait toujours quand Sherman la coupa :

– Tu sais, je t'ai appelée d'une cabine. Tu veux savoir ce qui s'est passé ?

Maria pivota et s'avança jusqu'au milieu de l'appartement puis refit un demi-tour et prit la pose, la tête légèrement penchée de côté, les mains sur les hanches et un pied de travers, d'un air sans gêne, ses épaules bien en arrière et son dos un peu cambré, poussant ses seins en avant, et elle dit :

– Tu ne remarques rien de nouveau ?

De quoi diable parlait-elle ? Sherman n'était pas d'humeur à la nouveauté. Mais il l'examina comme par devoir. Avait-elle une nouvelle coiffure ? Un nouveau bijou ? Dieu du Ciel, son mari la couvrait de tant de bijoux, comment s'y retrouver ? Non, ce devait être quelque chose dans la pièce. Ses yeux balayèrent les lieux. Cent ans auparavant cela avait dû être conçu comme une chambre d'enfant. Il y avait une petite baie en avancée, avec une fenêtre sur les trois pans et une banquette qui en suivait le contour. Il examina les meubles... Les trois mêmes chaises en bois tourné, la même vieille table disgracieuse avec son pied de chêne, le même vieil ensemble matelas-sommier métallique avec son couvre-lit de velours côtelé et trois ou quatre coussins en cachemire flanqués dessus pour le faire ressembler à un divan. L'ensemble criait : Meublé ! Et de surcroît, rien n'avait changé.

Sherman secoua la tête.

– Tu ne vois vraiment pas ? fit Maria en désignant le lit d'un geste du menton.

Sherman remarqua alors, au-dessus du lit, un petit tableau avec un simple encadrement de bois blond. Il s'approcha de quelques pas. Cela représentait un homme nu, de dos, tracé à grands coups de pinceau noir, comme un enfant de huit ans aurait pu le faire, à supposer qu'un enfant de huit ans ait envie de peindre un homme nu. L'homme semblait prendre une douche, ou du moins y avait-il comme une pomme de douche au-dessus de sa tête et quelques lignes noires figurant des jets sortaient de cet orifice. Il avait l'air de prendre une douche de mazout. La peau de l'homme était bronzée et maculée d'un rose lavande maladif, comme un grand brûlé. Quelle saleté... C'était à vomir... Mais il en émanait l'odeur sainte de l'art sérieux, et par conséquent Sherman hésitait à jouer les candides.

– D'où tiens-tu cela ?

– Tu aimes ? Tu connais son œuvre ?

– L'œuvre de qui ?

– Filippo Chirazzi.

– Non, je ne connais pas son œuvre.

Elle souriait.

– Il y a eu un énorme article sur lui dans le *Times*.

Pour ne pas jouer le Philistin de Wall Street, Sherman réexamina le chef-d'œuvre.

– Eh bien, cela a une certaine... comment dire... une certaine franchise.

Il luttait contre une bouffée d'ironie.

– Où l'as-tu eu ?

– C'est Filippo qui m'en a fait cadeau, dit-elle, réjouie.

– Généreux de sa part.

– Arthur a *acheté* quatre de ses toiles, des très grandes.

– Mais il ne l'a pas donnée à Arthur, il te l'a donnée.

– J'en voulais une pour moi. Les grandes sont à Arthur. De plus, Arthur ne saurait pas reconnaître un

34

Filippo de... de je ne sais quoi si je ne lui avais pas dit.

– Ah.

– Tu ne l'aimes pas, hein?

– Si, j'aime bien. Mais pour tout te dire, je suis complètement secoué. Je viens de faire quelque chose de parfaitement stupide.

Maria abandonna sa posa et vint s'asseoir sur le bord du lit, ce presque-divan, comme pour dire : « Bon, je suis prête à écouter. » Elle croisa les jambes. Sa jupe remontait maintenant jusqu'à mi-cuisses. Mais si ces jambes, ces cuisses exquises et ces hanches étaient pour l'instant hors de propos, Sherman ne parvenait pas à en détacher ses yeux. Ses bas les faisaient briller. Elles étincelaient. A chaque fois qu'elle bougeait, la lumière jouait dessus.

Sherman restait debout. Comme il allait le lui expliquer, il avait peu de temps.

– Bon, je sors Marshall. – Marshall était présentement aplati sur le tapis. – Et il pleut, et il commence à me rendre les choses impossibles...

Quand il en arriva à l'épisode du coup de fil lui-même, il commença à s'agiter vraiment dans sa description des choses. Il remarqua que Maria maintenait son attention, si attention il y avait, avec succès, mais il ne parvenait pas à se calmer. Il s'abîma dans le nœud émotionnel de l'affaire, détaillant les sentiments ressentis après avoir raccroché – et Maria l'interrompit d'un haussement d'épaules et d'un petit geste de la main.

– Oh, ce n'est rien, Sherman, vraiment...

Sheumeunnnn, vreuument...

Il la fixa.

– Tu n'as rien fait d'autre que de téléphoner. Je ne comprends pas pourquoi tu n'as pas dit : « Oh, désolé, j'appelais juste mon amie Maria Ruskin. » C'est ce que j'aurais fait. Je ne me fatigue pas à mentir à Arthur, jamais. Je ne lui dis pas tous les détails, mais je ne lui mens pas.

Aurait-il pu utiliser une stratégie si audacieuse? Il envisagea cette possibilité. « Uhmmmmmmmmmmmmm. » Sa réflexion s'acheva en un grognement.

– Je ne vois pas comment je peux sortir à 21 h 30 en disant que je vais promener le chien puis appeler chez moi et dire : « Désolé, je suis là dehors en train d'appeler Maria Ruskin. »

– Tu connais la différence entre toi et moi, Sherman? Toi tu es désolé pour ta femme et moi je ne me sens pas désolée pour Arthur. Arthur va avoir soixante-douze ans en août. Il savait que j'avais mes propres amis quand il m'a épousée et il savait qu'il ne les aimait pas et il avait ses propres amis, et il savait que je ne *les* aimais pas. Je ne peux pas les supporter. Tous ces vieux yids... Ne me regarde pas comme si j'avais dit quelque chose d'affreux! C'est comme ça qu'Arthur parle. Les *yids*. Et les *goys*, et je suis une *shiksa*. Je n'avais jamais entendu ces trucs avant de rencontrer Arthur. Il se trouve que c'est moi qui suis mariée à un Juif, pas toi, et depuis cinq ans j'ai avalé assez de ces trucs juifs pour avoir le droit de m'en servir un peu quand j'en ai envie.

– Lui as-tu dit que tu avais ton propre appartement ici?

– Bien sûr que non. Je te l'ai dit, je ne lui mens pas, mais je ne lui dis pas tous les détails.

– C'est un détail?

– Ce n'est pas une chose aussi importante que *tu* le crois. C'est plutôt un tracas : le propriétaire s'est encore mis dans un état pas possible.

Maria se leva, s'approcha de la table et ramassa une feuille de papier qu'elle tendit à Sherman, puis retourna s'asseoir sur le bord du lit. La lettre venait du cabinet Golan, Shander, Morgan et Greenbaum, adressée à Germaine Boll concernant son statut de locataire d'un appartement à loyer bloqué, propriété de Winter Real Properties, Inc. Sherman ne parvenait pas à se concentrer sur la lettre. Il ne voulait pas y réfléchir. Il se faisait tard. Maria ne cessait de prendre des tangentes. Il se *faisait tard.*

– Je ne sais pas, Maria. C'est quelque chose dont Germaine doit s'occuper.

– Sherman ?

Elle souriait, les lèvres entrouvertes. Elle se leva.

– Sherman, viens ici.

Il fit deux pas vers elle, mais résista à s'approcher davantage. C'était plus qu'une idée de rapprochement qu'elle avait dans les yeux.

– Tu crois que tu as des ennuis avec ta femme alors que tu n'as rien fait d'autre que de passer un coup de fil.

– Je ne crois pas que j'ai des ennuis. Je sais que j'ai des ennuis.

– Eh bien, si tu as des ennuis sans avoir rien fait, autant faire quelque chose, cela ne fera pas de différence.

Puis elle le toucha.

Le Roi Priape, lui qui avait été mort de trouille, se relevait d'entre les morts.

Etalé sur le lit, Sherman jeta un coup d'œil au dachshund. La bête s'était levée du tapis et s'approchait du lit, les regardant en agitant sa queue.

Dieu ! Existait-il une possibilité qu'un chien puisse indiquer d'une quelconque manière... ? Les chiens faisaient-ils des choses qui exprimaient ce qu'ils avaient vu... ? Judy connaissait bien les animaux. Elle gloussait et exagérait la moindre humeur de Marshall, d'une manière qui en devenait révoltante. Est-ce que les dachshunds, après avoir été témoins de... ? Mais son système nerveux se détendit soudain et il ne s'en soucia pas.

Sa Majesté Priape, le plus ancien des rois, Maître de l'Univers, n'avait pas de conscience.

Sherman pénétra dans l'appartement et s'efforça d'amplifier les petits bruits coutumiers.

– Bon chienchien, Marshall, oui, oui,...

Il ôta son imperméable, avec des gestes exagérés qui firent claquer le caoutchouc et cliqueter les boucles, y ajoutant quelques *ouf*...

Aucun signe de Judy.

La salle à manger, le salon et une petite bibliothèque donnaient sur le grand hall de marbre. Chaque pièce avait son scintillement et ses lueurs familières de bois gravé, de miroirs, d'abat-jour de soie écrue, de laque lustrée et de tout le reste des dépenses à vous couper le souffle effectuées par sa femme, l'aspirante décoratrice. Puis il le remarqua. Le gros fauteuil à oreillettes qui habituellement faisait face au hall dans la bibliothèque était tourné dans l'autre sens. Il ne pouvait voir que le sommet du crâne de Judy, lui tournant le dos. Il y avait une lampe derrière le fauteuil. Apparemment elle lisait un livre.

Il s'approcha de la porte.

– Eh bien nous revoilà!

Pas de réponse.

– Tu avais raison. Je suis trempé et Marshall n'était pas content du tout.

Elle ne se retourna pas. Il n'y eut que sa voix, émergeant du fauteuil :

– Sherman, si tu veux parler à cette Maria, pourquoi m'appelles-tu?

Sherman fit un pas dans la pièce.

– Que veux-tu dire? Si je veux parler à *qui*?

La voix :

– Oh, pour l'amour du Ciel. Ne te fatigue pas à mentir.

– *Mentir? à quel propos?*

C'est alors que Judy tourna la tête vers lui. Le regard qu'elle lui lança!

Sentant son cœur à la dérive, Sherman s'approcha du fauteuil. Sous sa couronne de cheveux brun clair, le visage de sa femme n'était qu'un masque de souffrance.

– De quoi *parles*-tu, Judy?

Elle était si bouleversée que les mots, tout d'abord, ne parvinrent pas à sortir.

– J'aimerais que tu puisses voir la piètre figure que tu fais...

– Je ne sais pas de *quoi* tu parles.

Les aigus dans sa voix la firent rire.

– D'accord, Sherman, regarde-moi bien et dis-moi que tu n'as pas appelé ici et demandé à parler à quelqu'un dénommé Maria?

– A *qui*?

– Une petite pute quelconque, si j'ose dire, nommée Maria.

– Judy, je te jure que je ne comprends pas de quoi tu parles! Je suis sorti promener Marshall! Je ne connais même *personne* nommé Maria! Quelqu'un a appelé ici et demandé une Maria?

– Ahhh...

C'était un court grognement incrédule. Elle se leva et le regarda droit dans les yeux.

– Tu te tiens là, devant moi! Tu crois que je ne reconnais pas ta voix au téléphone?

– Peut-être, mais tu ne l'as pas entendue ce soir. Je t'en fais le serment.

– Tu mens! dit-elle avec un mauvais sourire. Tu es un sale menteur. Et tu es un être pourri. Tu te crois si *bien*, et tu es si minable. Tu mens, n'est-ce pas?

– Je ne mens pas. Je le jure, je suis sorti promener Marshall, je reviens ici et *Bam*... je veux dire, je sais à peine quoi répondre parce que je ne vois pas de quoi tu parles, vraiment. Tu me demandes de prouver une proposition négative...

– Une proposition négative!

Le dégoût rejaillit de cette expression bien tournée.

– Tu es sorti assez longtemps. Tu lui as souhaité bonne nuit et tu l'as bordée aussi?

– Judy...

– C'est ça?

Sherman baissa la tête pour échapper à son regard flamboyant, tourna ses paumes vers le haut et soupira.

– Ecoute, Judy, tu es totalement... totalement... absolument dans l'erreur. Je t'en fais le serment.

Elle le fixait. Tout à coup il y eut des larmes dans ses yeux.

– Oh, tu en fais le serment. Oh, Sherman – Maintenant elle commençait à renifler ses larmes – Je ne vais pas... Je vais monter. Tiens, le téléphone est là. Pourquoi ne l'appelles-tu pas d'ici. – Elle forçait les mots à travers ses larmes – Je m'en fiche. Je m'en fiche vraiment.

Puis elle sortit de la pièce. Il pouvait entendre ses talons cliqueter sur le marbre, jusqu'à l'escalier.

Sherman s'approcha du bureau et s'assit dans son fauteuil tournant Hepplewhite. Il s'effondra contre le dossier. Ses yeux rencontrèrent la frise qui courait tout autour du plafond de cette petite pièce. C'était un bois rouge des Indes gravé, comme un bas-relief représentant toutes sortes de personnages se dépêchant sur le trottoir d'une ville. Judy l'avait fait faire à Hong Kong pour une somme astronomique... *C'est mon argent*... Puis il se pencha en avant. *Que le diable l'emporte*. Désespérément il tentait de rallumer les feux d'une indignation justifiée. Ses parents avaient eu bien raison, n'est-ce pas? Il méritait mieux. Elle avait deux ans de plus que lui, et sa mère avait dit que ces choses *pouvaient* compter – ce qui, de la manière dont elle le disait, signifiait que ces choses *compteraient* un jour. L'avait-il écoutée? Ohhh non... Son père, faisant apparemment référence à Cowles Wilton qui avait fait un premier mariage bref et difficile avec une petite Juive obscure, avait dit : « Est-ce que ce n'est pas aussi facile de tomber amoureux d'une jeune fille riche et de bonne famille? »

L'avait-il écouté? Ohhhhh non... Et durant toutes ces années, Judy, fille d'un professeur d'histoire du Midwest – *un professeur d'histoire du Midwest!* – s'était comportée comme si elle était une intellectuelle aristocrate – mais elle ne s'était pas gênée pour se servir de son argent et de sa famille pour pénétrer ce nouveau milieu qu'elle fréquentait et pour débuter dans la décoration, et pour étaler leur nom et leur appartement à travers les pages de ces magazines vulgaires, *W*, et *Architecture Digest* et tout le reste, n'est-ce pas? Ohhhhhhhhhhhh non, pas une minute! Et qu'est-ce qui lui restait à lui? Une bonne femme de quarante ans qui allait s'enfermer dans ses Cours de Gym...

... et tout d'un coup, il la voit comme il l'avait vue la première fois, quatorze ans auparavant dans le Village, chez Hal Thorndike, l'appartement aux murs chocolat et l'immense table couverte d'obélisques et les gens qui allaient bien plus loin que la simple bohème, du moins concevait-il ainsi la bohème – et cette fille avec les cheveux brun clair et ses traits fins, si fins et la jupe hyper étriquée qui révélait tant de son petit corps parfait. Et, en même temps, il *sent* l'ineffable manière dont ils s'étaient enfermés dans le cocon parfait, dans ce petit appartement de Charles Street, et dans le sien, sur la 19e Rue Ouest, à l'abri de ce que ses parents, et l'école Buckley et St Paul's et Yale lui avaient toujours imposé – et il se *souvient* comme il lui avait dit – presque *exactement ces mots-là!* – que leur amour transcenderait... *Tout...*

... et maintenant, à quarante ans, presque anorexique à force de gymnastique forcenée, elle monte se coucher en pleurant.

Il s'adossa à nouveau dans le fauteuil tournant. Comme beaucoup d'hommes avant lui, il ne faisait pas le poids, en tout cas pas devant les larmes d'une femme. Il posa son noble menton sur sa clavicule. Il pliait.

Presque inconsciemment, il appuya sur un bouton sur

son bureau. La porte tambour d'un faux secrétaire Sheraton s'ouvrit, laissant apparaître un téléviseur. Un autre exploit de sa décoratrice en larmes. Il ouvrit son tiroir et en sortit le gadget de télécommande et d'un clic donna vie à l'image. Les informations. Le maire de New York. Une estrade. Une foule de Noirs en colère. Harlem. On lui jetait des choses... Une émeute. Le maire se met à l'abri. Des cris... Le chaos... Une vraie confiture. Absolument sans intérêt. Pour Sherman, cela n'avait pas plus de sens qu'une rafale de vent. Il ne pouvait pas se concentrer dessus. Il éteignit d'un autre clic.

Elle avait raison. Le Maître de l'Univers était minable, et il était pourri, et c'était un menteur.

II

GIBRALTAR

LE lendemain matin, elle apparaît à Lawrence Kramer, sortie d'une aube gris pâle, la fille au rouge à lèvres brun. Elle se tient à son côté. Il n'arrive pas à préciser ses traits mais il sait qu'elle est la fille au rouge à lèvres brun. Il n'arrive pas à préciser non plus les mots, les mots qui tombent comme de minuscules perles sorties de ces lèvres peintes de brun, et pourtant il sait ce qu'elle dit. *Reste avec moi, Larry. Allonge-toi près de moi, Larry.* Il le veut! il le veut! C'est ce qu'il désire le plus au monde! Qu'attend-il? Qu'est-ce qui l'empêche de presser ses lèvres sur ces lèvres peintes de brun? Sa femme, voilà. Sa femme, sa femme, sa femme, sa femme, sa femme...

Il s'éveilla sur le mouvement de tangage et de roulis de sa femme qui rampait jusqu'au pied du lit. Quel spectacle flasque et maladroit... Le problème était que le lit – grand format sur plate-forme de bois naturel – avait presque la taille de la chambre. Il fallait donc ramper ou traverser en tout cas toute la longueur, pour atteindre la plancher.

A présent elle était sur le sol et se penchait sur une chaise pour ramasser son peignoir de bain. La manière dont sa chemise de nuit de flanelle lui tombait sur les hanches la faisait paraître large d'un kilomètre. Immédiatement il regretta d'avoir eu une telle pensée. Il eut un frisson d'émotion. Ma Rhoda! Après tout, elle avait accouché à peine trois semaines auparavant. Il contemplait les entrailles qui lui avaient donné son premier enfant. Un fils! Elle n'avait pas encore repris ses formes. Il devait en tenir compte.

Pourtant, ça n'améliorait pas le panorama.

Il la regardait s'entortiller dans son peignoir. Elle se tourna vers la porte. De la lumière venait du living-room. Nul doute que la nurse qui venait d'Angleterre, Miss « Efficacité », était déjà debout et efficace. Dans la lumière, il pouvait apercevoir le visage pâle, bouffi de sommeil, pas maquillé de sa femme, de profil.

Vingt-neuf ans, et elle ressemblait déjà à sa mère.

C'était la même personne réincarnée! Elle *était* sa mère! Pas d'alternative! Ce n'était qu'une question de temps! Elle avait les mêmes cheveux roussâtres, les mêmes taches de rousseur, le nez et le menton rebondis de paysanne de sa mère, et même le début de double menton de sa mère. Un embryon de *yenta*! La petite Gretel des *shtetl*! Le petit chaperon juif de l'Upper West Side!

Il étrécit ses paupières pour qu'elle ne puisse pas voir qu'il était réveillé. Elle sortit de la pièce. Il pouvait l'entendre dire quelque chose à la nurse et au bébé. Elle avait une manière de prononcer « Jo-shu-a » à une cadence de comptine. C'était un prénom qu'il commençait déjà à regretter. Si vous vouliez un prénom juif, pourquoi ne pas choisir Daniel ou David ou Jonathan? Il remonta les couvertures jusque sur ses épaules. Il allait retourner à la sublime narcose du sommeil pour quelques dix minutes supplémentaires. Il allait retourner à la fille au rouge à lèvres brun. Il ferma les yeux... Inutile. Il ne pouvait pas la faire revenir. Tout ce qu'il arrivait à imaginer, c'était la course jusqu'au métro s'il ne se levait pas immédiatement.

Il se leva donc. Il marcha jusqu'au bout du matelas. C'était comme essayer d'aller au bout d'un canoë, mais

44

il ne voulait pas ramper. Si flasque et maladroite... Il portait un tee-shirt et des caleçons imprimés. Il se rendit compte qu'il était en proie à cette calamité des hommes encore jeunes, une érection matinale. Il s'approcha de la chaise et passa sa vieille robe de chambre de laine. Lui, comme sa femme, s'étaient mis à porter peignoirs et robes de chambre depuis que cette nurse anglaise était entrée dans leur existence. Un des tragiques inconvénients de cet appartement résidait dans le fait qu'il était impossible de se rendre de la chambre à la salle de bains sans passer par le salon, salon où la nurse dormait dans le canapé-lit et le bébé reposait dans un couffin sous un mobile-boîte à musique composé de minuscules clowns rembourrés. Il l'entendait maintenant. La boîte à musique jouait « Marguerite donne-moi ton cœur ». Le jouait encore et encore. « Plink plink plinkplink, plinkplink, plink, plink plink plink... PLINK plink plink, plinkplink-plinkplink... »

Il regarda son ventre. Pas terrible, la robe de chambre. Cela ressemblait exactement à un mât sous un chapiteau de cirque. Mais s'il se penchait un peu, comme ça, on ne remarquait rien. Donc il avait le choix : traverser le living, mât de chapiteau dressé sous les yeux de la nurse, ou traverser le living courbé en deux comme terrassé par un lumbago. Alors il resta là où il était, dans l'obscurité lugubre.

Lugubre était le mot. La présence de la nurse leur avait vraiment fait sentir l'aspect minable de leur appartement. Cet appartement, connu dans le langage new-yorkais de l'immobilier comme un deux-pièces-et-demie, avait été créé à partir de ce qui était jadis une grande chambre, mais pas immense, au troisième étage d'un hôtel particulier, avec trois fenêtres donnant sur la rue. La « chambre » dans laquelle il était pour l'instant n'était en fait rien de plus qu'une sorte de fente créée à coups de carreaux de plâtre. La fente possédait une des fenêtres. Ce qui restait de la pièce originelle s'appelait maintenant le living-room et possédait les deux autres fenêtres. De l'autre côté, vers la porte palière, on trouvait deux autres fentes, une cuisine où deux personnes ne pouvaient tenir en même temps, et une salle de bains minuscule. Les deux, sans fenêtres. Cet endroit ressemblait à ces maquettes construites pour étudier les fourmis, mais leur coûtait 888 $ par mois, loyer plafonné. Sans cette loi qui bloquait les loyers il aurait probablement coûté 1 500 $, ce qui était hors de question. Et encore, ils avaient eu de la chance de le trouver! Bon Dieu, il y avait des diplômés de son âge – trente-deux ans – plein New York qui auraient vendu leur âme pour un appartement comme ça, un deux-pièces-et-demie, avec une vue, dans un hôtel particulier, avec des plafonds hauts, un loyer bloqué, vers la 77e Rue Ouest! Pathétique, n'est-ce pas? Ils pouvaient à peine se le permettre alors qu'ils travaillaient tous les deux et que leurs salaires combinés se montaient à 56 000 $ par an, 41 000 après impôts. Le plan était le suivant : la mère de Rhoda payait la nurse, comme un cadeau pour la naissance de son petit-fils, pendant quatre semaines, le temps que Rhoda se remette sur pieds et retourne au travail. Pendant ce temps-là, ils chercheraient une jeune fille au pair qui s'occuperait du bébé, logée, nourrie. La mère de Rhoda avait rempli sa part du plan, mais il semblait déjà évident qu'une jeune fille au pair acceptant de dormir sur un canapé-lit dans le salon d'une maquette pour étudier les fourmis du West Side n'existait pas. Rhoda ne pourrait pas retourner au travail. Ils allaient devoir se passer de ses 25 000 $, après impôts, et le loyer annuel de ce trou, même bloqué, était de 10 656 $.

Eh bien, ces considérations morbides avaient au moins redonné à sa robe de chambre un aspect décent. Il sortit donc de la chambre.

– Bonjour, Glenda, dit-il.

– Oh, bonjour, M. Kramer, dit la nurse.

Très froide et très anglaise, cette voix qu'elle avait.

Kramer essayait de se convaincre qu'il n'avait rien à foutre de l'accent britannique ou des Angliches eux-mêmes. En fait, ils l'intimidaient, ces Angliches avec leurs accents. Dans le simple *Oh!* de la nurse – quel *Oh!* – il détectait une bouffée de *Ah, on se lève enfin?*

Dodue, la cinquantaine, elle faisait déjà preuve d'efficacité, dans son uniforme blanc. Ses cheveux étaient tirés en arrière en un chignon parfait. Elle avait déjà replié le canapé-lit et remis les coussins en place et donc il avait repris son apparence diurne de meuble de salon jaune défraîchi en tissu synthétique. Elle avait assise sur le bord de cette chose, le dos parfaitement droit, buvant une tasse de thé. Le bébé était couché dans son couffin, sur le dos, l'air parfaitement heureux. Ils l'avaient trouvée grâce à l'agence Gough, qu'un article dans la rubrique « Chez soi » du *Times* avait désignée comme la meilleure et la plus « mode ». C'est pourquoi ils payaient le prix « modique » de 525 $ la semaine une nurse anglaise. De temps à autre, elle mentionnait d'autres endroits où elle avait travaillé. Toujours sur Park Avenue, Cinquième Avenue, Sutton Place... Eh bien, dommage! Maintenant vous en prenez plein les yeux de ce West Side rafistolé de partout! Ils l'appelaient Glenda. Elle les appelait Monsieur Kramer et Madame Kramer, au lieu de Larry et Rhoda. Tout était inversé. Glenda était l'image même de la distinction, sa tasse de thé à la main, tandis que M. Kramer, seigneur de la maquette pour fourmis, sortait de sa chambre pour aller à la salle de bains, pieds nus, jambes nues, hirsute, couvert d'une vieille robe de chambre râpée. Dans un coin, sous un pot de *Dracœna fragrans* couvert de poussière, la télé était allumée. Une publicité acheva de flamboyer et quelques têtes souriantes se mirent à parler. Mais il n'y avait pas le son. Elle n'aurait jamais osé être imparfaite au point de faire beugler la télé. Que diable pouvait-elle bien avoir dans la tête, cette arbitre britannique assise (sur un repoussant sofa pliant), pour juger de la misère de *chez* Kramer?

Quant à la maîtresse de maison, Mme Kramer, elle émergeait justement de la salle de bains, toujours en peignoir et en chaussons.

– Larry, dit-elle, R'garde mon front. Ch'crois qu'y a kek-chose, genre éruption. J' l'ai vu dans la glace.

Toujours brumeux, Kramer essaya de faire le point sur ce kek-chose.

– Ce n'est rien, Rhoda. C'est juste un début de bouton.

Ça, c'était autre chose encore. Depuis que la nurse était arrivée, Kramer avait été profondément frappé par la manière dont sa femme parlait. Il n'y avait jamais prêté attention auparavant, ou si peu. Elle était diplômée de l'université de New York. Depuis quatre ans elle était assistante d'édition chez Waverly Place Books. C'était une intellectuelle, ou du moins avait-elle l'air de lire tout un tas de poésies de John Ashbery et Gary Snyder quand il l'avait rencontrée, et elle avait beaucoup à dire sur l'Afrique du Sud et sur le Nicaragua. Et pourtant quelque chose devenait kek-chose et le mot « genre » revenait systématiquement dans sa conversation.

Tout comme sa mère.

Rhoda passa à pas feutrés et Kramer entra dans la fente-salle de bains.

La salle de bains était du « en direct de la vraie vie ». Il y avait du linge qui pendait tout autour de la cabine de douche. Il y avait encore plus de linge suspendu sur un fil qui traversait la pièce en diagonale, un pyjama de bébé avec fermeture Eclair, deux bavoirs de bébé, deux slips, plusieurs paires de collants et Dieu sait quoi d'autre, rien qui fût la propriété de la nurse, bien évidemment. Kramer dut se pencher pour atteindre les toilettes. Une paire de collants humides lui glissa le long de l'oreille. C'était révoltant. Il y avait une serviette humide sur le siège des toilettes. Il chercha autour de lui un endroit pour l'accrocher. Il n'y avait de place nulle part. Il la jeta par terre.

Après avoir uriné il se déplaça de vingt-huit à trente-deux centimètres jusqu'au lavabo et ôta sa robe de chambre et son tee-shirt et les posa sur le siège des toilettes. Kramer aimait examiner son visage et sa carrure tous les matins.

Avec ses traits un peu accentués, son nez aplati, son cou large, personne ne l'avait jamais pris pour un Juif de prime abord. Il pouvait aussi bien être grec, slave, italien, irlandais même – dans tous les cas, quelqu'un de dur. Il n'était pas content de commencer à se dégarnir au sommet du crâne mais c'était aussi d'une manière qui le faisait paraître dur. Il acquérait une calvitie comme tous les joueurs de football professionnels. Et sa carrure... Mais ce matin-là, il n'avait le cœur à rien. Ces puissants deltoïdes, ces trapézoïdaux massifs, ces pectoraux bien visibles, ces masses de viande allongée, ses biceps – ils avaient l'air dégonflés. Bordel, il s'atrophiait ! Il n'avait pas pu faire d'exercice depuis l'arrivée du bébé et de la nurse. Il rangeait ses haltères dans un carton derrière la bassine qui contenait leur plante verte et il travaillait sa musculation entre la plante et le canapé-lit – et il n'y avait aucun moyen de travailler, de se laisser aller à grogner, souffler, et ventiler et prendre des poses avantageuses en se regardant dans le miroir devant une nurse anglaise... Ni devant la mythique jeune fille au pair du futur, bien évidemment... Regarde les choses en face ! C'est l'heure d'abandonner ces rêves d'enfant ! Tu es un père de famille américain, un bon papa, maintenant ! Rien de plus.

Quand il quitta la salle de bains, il trouva Rhoda assise sur le canapé à côté de la nurse anglaise et toutes deux avaient les yeux rivés sur le téléviseur et le son était au maximum. C'était le bulletin d'informations du matin.

Rhoda leva le nez vers lui et dit, tout excitée :

– Regarde ça, Larry ! C'est l'maire ! Y'a eu une

émeute à Harlem hier soir. Kèkun lui a j'té une bouteille !

Kramer remarqua à peine qu'elle avait dit « l'maire » et pas *le* maire et kèkun au lieu de quelqu'un. Des choses étonnantes se produisaient sur l'écran. Une scène – une mêlée – des corps comme des vagues – et soudain une énorme main qui masque l'écran quelques secondes. Davantage de cris et de grimaces et de bousculade et puis le vertige total.

Pour Kramer, Rhoda et la nurse, c'était exactement comme si les émeutiers passaient à travers l'écran et sautaient sur le plancher juste à côté du couffin du petit Joshua. Et c'était le Journal, pas les nouvelles locales. Voilà ce que l'Amérique prenait comme petit déjeuner ce matin, une poignée d'habitants de Harlem vociférant d'une colère justifiée et virant le maire blanc de son estrade dans un lieu public. Et le voilà, de dos, là, son crâne qui cherche à s'abriter. La veille il était encore le maire de New York. Maintenant il est le maire du New York blanc.

Quand tout fut terminé ils se regardèrent tous les trois, et Glenda la nurse anglaise prit la parole, avec une véhémence étonnante.

– Eh bien je trouve ça parfaitement dégoûtant. Les gens de couleur ne savent pas comme ils sont bien dans ce pays, je peux vous dire. En Grande-Bretagne, il n'existe pas de gens de couleur portant l'uniforme de la police, encore moins aux postes officiels importants, comme ici. J'ai lu un article là-dessus l'autre jour. Il y a plus de deux cents Noirs qui sont maires dans ce pays. Et ils veulent faire sauter le maire de New York. Certaines personnes ignorent leur bonheur, si vous voulez mon avis.

Elle secouait la tête, très en colère.

Kramer et sa femme se regardèrent. Il savait qu'elle pensait exactement la même chose que lui.

Merci mon Dieu ! Quel soulagement ! Ils pouvaient

respirer maintenant. Miss Efficacité était une fanatique. Ces derniers temps, le problème était que le fanatisme frappait de partout. C'était un signe d'origines modestes, de statut social inférieur, de mauvais goût. Donc ils étaient supérieurs à la nurse anglaise, après tout. Putain, quel soulagement!

La pluie venait juste de cesser quand Kramer se dirigea vers le métro. Il portait un vieil imper par-dessus son habituel costume gris, sa chemise impeccable et sa cravate. Il avait aux pieds une paire de Nikes, avec des bandes blanches sur le côté. Il portait ses chaussures de cuir brun dans un de ces sacs de plastique blanc qu'on donne dans les supermarchés.

La station de métro où il pouvait prendre la ligne D jusqu'au Bronx était sur la 81e Rue et Central Park Ouest. Il aimait bien passer par la 77e Rue et monter le long de Central Park jusqu'à la 81e parce que cela le faisait passer devant le musée d'Histoire naturelle. C'était un beau bloc, le plus beau du West Side, selon l'avis de Kramer, comme une scène de rue de Paris; mais il n'avait jamais été à Paris. La 77e Rue était très large à cet endroit. D'un côté, le musée, une merveilleuse reconstitution romane en vieilles pierres rouges; il était enclos dans un petit parc plein d'arbres. Même par un jour nuageux comme aujourd'hui, les feuilles semblaient lumineuses. Verdoyant. Voilà le terme qui lui traversait l'esprit. Du côté de la rue qu'il arpentait, c'était une falaise d'appartements élégants donnant sur le musée. Il y avait des portiers. Il entr'apercevait des halls tout de marbre. Et puis il pensa à la fille au rouge à lèvres brun... Il la voyait très clairement maintenant, bien plus clairement que dans son rêve. Il serra le poing. Bon Dieu! Il allait le faire! *Il allait lui téléphoner!* Il allait vraiment l'appeler. Il faudrait qu'il patiente jusqu'à la fin du procès, bien sûr. Mais il allait le faire. Il en avait assez de voir les autres... mener... l'Existence. La fille aux lèvres marron! Eux deux, face à face les yeux dans les yeux au restaurant, dans un de ces restaurants tout de bois blond et de briques apparentes, et de plantes vertes qui pendent et de cuivre et de beaux verres et de menus étonnants, écrevisses Natchez et du veau et des bananes vertes et des pains de maïs avec du poivre de Cayenne!

Kramer avait installé confortablement cette merveilleuse vision lorsque, juste devant lui, du splendide porche du 44 Ouest 77e Rue émergea une silhouette qui l'alarma.

C'était un jeune homme au visage un peu poupin, les cheveux noirs bien peignés en arrière. Il portait une pelisse de chez Chesterfield avec un col de velours brun or et tenait un de ces attaché-cases en cuir bordeaux sorti de chez Mädler ou T. Anthony sur Park Avenue, et qui ont cette suave patine qui annonce : « Je coûte 500 $. » On apercevait une partie du bras en uniforme qui lui tenait la porte ouverte. Il avançait à petits pas vifs sous le vélum vers une grosse Audi. Il y avait un chauffeur au volant. Il y avait un numéro sur la vitre arrière – 271. Une voiture de location avec chauffeur. Et maintenant le portier se grouillait, et le jeune homme s'arrêtait pour le laisser lui ouvrir la porte de la limousine.

Et ce jeune homme n'était autre que... Andy Heller! Aucun doute à ce sujet. Il avait été en classe de droit à Columbia avec Kramer – et comme Kramer s'était senti supérieur quand Andy, le si brillant petit Andy, avait fait le truc habituel, c'est-à-dire était parti travailler en bas de la ville chez Angstrom & Molner. Andy et des centaines d'autres allaient passer les cinq ou dix prochaines années penchés sur leurs bureaux du bas de Manhattan, examinant des guillemets, des citations de documents et des paragraphes entiers pour renflouer ou revivifier la cupidité de prêteurs sur gages, de fabricants de produits de beauté naturels, d'experts, de médiateurs, et d'assureurs bon marché – tandis que lui, Kramer, allait prendre l'existence à bras-le-corps et plonger jusqu'aux cuisses dans la vie des misérables et des damnés et se dresser bien droit dans les tribunaux et combattre, *mano a mano*, devant la barre de la Justice.

Et c'était exactement comme ça que ça s'était passé. Et pourquoi diable est-ce que Kramer, maintenant, se retenait ? Pourquoi ne marchait-il pas jusqu'à lui pour lui dire : « Salut, Andy ! » Il était à moins de six mètres de son vieux copain de fac. Au lieu de cela, il s'arrêta et tourna la tête vers l'immeuble puis mit ses mains sur sa figure comme s'il avait quelque chose dans l'œil. Il préférait être damné, oui, damné, plutôt que de voir son vieux copain – pendant que son portier lui tenait la portière ouverte et que son chauffeur n'attendait que le signal du départ – son vieux copain Andy Heller le regarder droit dans les yeux et lui dire : « Larry Kramer, alors comment ça marche ? » puis : « Qu'est-ce que tu fais ? » Et, lui, obligé de répondre : « Eh bien je suis substitut du procureur dans le Bronx. » Il n'aurait même pas besoin d'ajouter : « Je me fais 36 600 $ par an. » Ça tombait sous le sens. Et pendant tout ce temps, Andy Heller passerait au scanner son vieil imper sale, son vieux costume gris, aux pantalons trop courts, ses Nikes à rayures, son sac en plastique blanc... Jamais, bordel !... Kramer resta là, la tête tournée, faisant semblant de s'enlever une poussière de l'œil, jusqu'à ce qu'il entende la porte de l'Audi se fermer. On aurait dit le bruit d'un coffre-fort. Il tourna la tête juste à temps pour se prendre un joli petit nuage d'échappement de luxueuse voiture allemande, tandis qu'Andy Heller filait vers son bureau. Kramer n'osait même pas imaginer une seule seconde à quoi cette saleté d'endroit pouvait bien ressembler.

Dans le métro, ligne D, en route vers le Bronx, Kramer était dans la travée centrale, accroché à une barre d'acier. Le wagon bondissait, tressautait, grinçait horriblement. Sur le banc de plastique en face de lui un vieillard squelettique semblait sorti tout droit de la masse de graffitis derrière lui. Il lisait un journal. Le gros titre s'étalait : LES ÉMEUTIERS DE HARLEM CHASSENT LE MAIRE. Les caractères étaient si larges qu'ils barraient toute la page. Au-dessus, en lettres plus petites, on pouvait lire : « *Retourne dans ta Terre promise!* » Le vieil homme avait aux pieds une paire d'Adidas à rayures blanches et violettes. Ça faisait bizarre sur un si vieil homme, mais pas vraiment sur la ligne D. Kramer balaya des yeux les pieds des passagers. La moitié des gens du wagon portaient le même genre de tennis améliorés, avec des couleurs criardes et des semelles spéciales, qui ressemblaient à des saucières. Les jeunes en portaient, les vieux en portaient, les ménagères avec leurs enfants sur leurs genoux en portaient et lesdits enfants en portaient aussi. Ce n'était pas exactement pour *faire leur jogging pour garder la forme*, comme dans le centre où l'on voyait plein de jeunes gens bien sapés et blancs qui allaient au boulot avec ce genre de chaussures. Non, sur la ligne D, on les portait parce qu'elles étaient bon marché. Sur la ligne D, ces tennis étaient comme un panneau annonçant BAS-FONDS OU EL BARRIO[1].

Kramer avait du mal à admettre pourquoi *lui* en portait aussi. Il laissa son regard errer dans le wagon. Quelques personnes lisaient le journal, gros titres sur l'émeute, mais la ligne D n'était pas une ligne de lecteurs... non... Il pouvait se passer n'importe quoi à Harlem, cela n'aurait absolument aucun effet dans le Bronx. Dans le wagon, chacun regardait du même air abattu, sans croiser le regard de personne.

1. Le « quartier », en « spanglish ».

54

A ce moment, il y eut une de ces sautes de son, un de ces trous dans le rugissement qui se produit quand s'ouvrent les portes entre les wagons. Entrèrent trois jeunes noirs de quinze ou seize ans avec d'énormes tennis nantis d'énormes lacets, parfaitement croisés, parfaitement parallèles, et des anoraks sans manches noirs, des *bombers*. Kramer se tendit et s'efforça d'avoir l'air dur et lassé. Il tendit ses muscles sternocleidomas-toïdiens pour que son cou ressemble à celui d'un cat-cheur... Un contre un... Il pouvait réduire n'importe lequel en charpie... Mais ce n'était jamais à un contre un... Il voyait des mômes comme ça tous les jours au tribunal... Maintenant les trois avançaient dans l'allée... Ils avaient cette démarche dansante connue sous le nom de *Pimp Roll*... Il voyait cette démarche d'apprenti mac tous les jours au tribunal... Quand il faisait chaud dans le Bronx, il y avait tellement de mômes qui se trimbalaient avec cette démarche que les rues entières avaient l'air de rebondir sans arrêt... Ils s'approchaient, avec cet invaria-ble regard vide et glacé... De toute façon, qu'est-ce qu'ils pouvaient faire ?... Ils passèrent, de chaque côté de lui... Et rien ne se passa... Bien sûr que rien ne pouvait se passer... Une masse de muscles comme lui... Il serait la dernière personne qu'ils iraient emmerder... Néanmoins, il était toujours très content que le train s'arrête enfin à la station de la 161e Rue.

Kramer grimpa les escaliers et déboucha dans la 161e Rue. Le ciel s'éclaircissait. Devant lui, juste là, s'élevait l'énorme boule du Yankee Stadium. Derrière le stade s'étendaient les masses pourrissantes du Bronx. Dix ou quinze ans auparavant, ils avaient rénové le stade. Ils y avaient dépensé 100 millions de $. C'était censé lancer la « revitalisation du cœur du Bronx ». Cette bonne blague. Depuis lors, ce secteur, le 44e, ces rues-ci, justement, étaient devenus les plus délinquantes du Bronx. Et Kramer voyait ça tous les jours aussi.

Il commença à escalader la colline, sur la 161e Rue, ses Nikes aux pieds, son sac en plastique avec ses chaussures dedans à la main. Les habitants de ces tristes rues étaient tous devant les magasins et les échoppes de la 161e Rue.

Il leva le nez. Pendant un instant il eut une vision de l'ancien Bronx dans toute sa gloire. En haut de la colline, là où la 161e Rue croisait Grand Concourse, le soleil venait d'apparaître et allumait les façades de calcaire de l'hôtel Concourse Plaza. A cette distance, il pouvait encore passer pour un vieux palace européen des années 20. Les tapeurs de balles yankees avaient l'habitude de s'installer là pour la saison, ceux qui pouvaient se le permettre, les stars. Il se les était toujours imaginés dans de grandes suites. Joe DiMaggio, Babe Ruth, Lou Gehrig... C'étaient les seuls noms dont il se souvenait, bien que son père soit, lui, intarissable. Oh la Terre Promise d'antan! Collines Juives radieuses! Le haut de cette colline, le Grand Concourse, avait été le sommet du rêve juif, le nouveau Canaan, le nouveau quartier juif de New York, le Bronx! Le père de Kramer avait grandi à dix-sept blocs de là, sur la 178e Rue – et il n'avait jamais eu de plus grand rêve que d'avoir un jour un appartement... un jour... dans un de ces grands immeubles du sommet, sur Grand Concourse. Ils avaient édifié le Grand Concourse comme le futur Park Avenue du Bronx, sauf que la Nouvelle Terre Promise devait être encore plus merveilleuse... Grand Concourse était plus large que Park Avenue et avait été aménagé d'une manière bien plus splendide – et là vous aviez une autre plaisanterie sinistre. Vous voulez un appartement sur Grand Concourse? Aujourd'hui, vous pouvez choisir celui que vous voulez. Le luxueux palace du grand rêve juif était désormais un refuge pour chômeurs et le Bronx – la Terre promise – était à soixante-dix pour cent noir et portoricain.

Pauvre triste vieux Bronx juif! Quand il avait vingt-deux ans, et qu'il entrait en droit, Kramer s'était mis à voir son père comme le petit juif, qui, l'espace d'une vie, avait finalement effectué la grande migration « diasporienne » du Bronx jusqu'à Oceanside, Long Island, une trentaine de kilomètres au bas mot, et qui se bousculait encore tous les jours jusqu'à la 20e Rue, dans Manhattan où il était « compte-rouleur » dans une fabrique de cartons. Lui, Kramer, serait l'avocat... Le cosmopolite... Et maintenant, dix ans plus tard, que s'était-il passé ? Il vivait dans une maison pour fourmis qui transformait les trois pièces d'Oceanside du vieil homme en un palais et il prenait la ligne D – oui, la ligne D ! – pour aller travailler tous les jours dans... le *Bronx* !

Juste sous les yeux de Kramer, le soleil levant commençait à éclairer l'autre grande bâtisse en haut de la colline, le bâtiment où il travaillait, le Building du Comté du Bronx. C'était un prodigieux Parthénon de calcaire construit dans les années 30 selon le style Moderne et Civique.

Il avait neuf étages de haut et occupait trois blocs entiers, de la 161e Rue à la 158e. Ceux qui avaient construit ça à l'époque avaient fait preuve d'un optimisme réjouissant.

Malgré tout, le tribunal l'émeuvait profondément. Ses quatre grandes façades étaient une jubilation de sculptures et de bas-reliefs. Des groupes de statues classiques à chaque coin. L'Agriculture, le Commerce, l'Industrie, la Religion et les Arts, la Justice, le Gouvernement, la Loi et l'Ordre, et les Droits de l'Homme – des nobles Romains en toges dans le Bronx ! Quel incroyable rêve avaient-ils fait, jadis !

Aujourd'hui, si un quelconque de ces adorables petits blancs becs s'avisait de descendre de là-haut, il ne survivrait même pas assez longtemps pour atteindre le fast-food de la 162e Rue. Ils le bousilleraient, rien que pour lui piquer sa toge. C'était pas une plaisanterie, ce 44e district. Du côté de la 158e Rue, le tribunal dominait le parc Franz Sigel, qui, d'une fenêtre du sixième, était un pur exemple de jardin à l'anglaise, une romance d'arbres, de buissons, d'herbes et de rocailles qui descendaient tout le flanc de la colline. Pourtant, plus personne ne connaissait Franz Sigel, à part lui, car personne même avec un demi-cerveau ne s'aventurerait assez loin dans le parc pour y lire la plaque qui portait son nom. Rien que la semaine dernière, un pauvre diable avait été poignardé à 10 heures du matin sur l'un des bancs de béton qui avaient été disposés dans le parc lors de la campagne de 1971 destinée à « procéder à des aménagements pour réhumaniser le parc Franz Sigel et le restituer à la communauté ». Le banc était à cinq mètres de l'entrée du parc. Quelqu'un avait tué ce type pour lui piquer sa radio portable, un de ces modèles baptisés les « attaché-cases du Bronx » par le Bureau du procureur. Personne du Bureau du procureur ne descendait dans le parc pique-niquer à midi un beau jour de printemps, même pas quelqu'un comme lui, capable de lever cent kilos à l'épaulé-jeté. Même pas les Officiers du Tribunal, qui portaient un uniforme et également un 38 spécial. Ils restaient à l'intérieur des bâtiments, cette île forteresse du Pouvoir des Blancs, comme lui, ce Gibraltar dans la pauvre mer des Sargasses du Bronx.

Dans la rue qu'il s'apprêtait à traverser, Walton Avenue, trois camionnettes orange et bleu du service pénitentiaire étaient alignées, attendant de pouvoir entrer dans la cour du bâtiment. Ces fourgons amenaient les prisonniers au Tribunal Criminel du Bronx, à un bloc de là, de Rikers Island et de la maison d'arrêt du Bronx pour des audiences devant la Cour suprême du Bronx, la cour qui traitait des crimes sérieux. Les salles d'audience étaient dans les étages supérieurs et les prisonniers passaient par l'entrée de service. Des ascenseurs les menaient à des cellules d'attente aux étages des salles d'audience.

Vous ne pouviez rien voir à l'intérieur de ces fourgons,

parce que leurs fenêtres étaient couvertes d'un grillage très serré. Kramer n'avait pas besoin de regarder. Dans ces fourgons se trouveraient le quota habituel de blacks et de latinos, plus un jeune Italien occasionnel du quartier d'Arthur Avenue et de loin en loin un môme irlandais de là-haut, vers Woodlawn, ou un mec quelconque qui avait eu la misérable chance de choisir le Bronx pour avoir des pépins.

« La bouffe », songea Kramer. N'importe qui l'aurait regardé à cet instant aurait vu ses lèvres prononcer le mot quand il le pensait.

Dans quarante-cinq secondes, il allait se rendre compte que quelqu'un le regardait vraiment, en fait. Mais pour l'instant ce n'était que la routine, les fourgons orange et bleu et lui murmurant dans son for intérieur, la « bouffe ».

Kramer avait atteint ce creux de la vague dans la vie d'un substitut du procureur du Bronx, où il est soudain assailli par les Doutes. Chaque année, quarante mille personnes, quarante mille bons à rien, imbéciles, alcooliques, psychopathes, brutes, bonnes âmes qui avaient dérapé sur un coup de colère définitif, et des gens qu'on ne pouvait qualifier que de criminels endurcis, étaient arrêtés dans le Bronx. Sept mille d'entre eux étaient inculpés et écroués, puis ils pénétraient dans la gueule du système judiciaire – ici, justement – par les portes de Gibraltar, dans cet alignement de fourgons. Cela devait faire cent cinquante cas nouveaux, cent cinquante cœurs trépidants et regards moroses chaque semaine à l'ouverture des tribunaux et du Bureau du procureur du Bronx. Et cela rimait à quoi? Les mêmes crimes stupides, banals, pathétiques, horribles, étaient commis jour et nuit, quoi qu'il advienne. Quel travail était accompli en fait par les substituts, quels qu'ils soient, en remuant sans fin cette merde? Le Bronx s'effondrait et se dégradait un petit peu plus, et un petit peu plus de sang séchait dans les lézardes. Les Doutes! Ah, il y avait en tout cas une chose parfaitement accomplie. Le système était alimenté et ces fourgons charriaient la nourriture, la « bouffe ». Cinquante juges, trente-cinq greffiers, deux cent quarante-cinq substituts du procureur, un procureur – penser à lui arracha un sourire à Kramer, car, sans aucun doute Weiss était là-haut au sixième étage en train de hurler après la chaîne, 4, ou 7 ou 5 ou 2, réclamant la couverture télévisuelle qu'il n'avait pas obtenue la veille et exigeait aujourd'hui – et Dieu seul savait combien d'avocats, d'avocats commis d'office, de chroniqueurs judiciaires, d'assistants sociaux, de secrétaires, d'officiers, de gardiens, d'agents de probation, de prêteurs de cautions, d'enquêteurs spéciaux, de psychiatres et d'experts – cet énorme essaim devait être alimenté! Et chaque matin la « bouffe » débarquait, la « bouffe » et les Doutes.

Kramer venait juste de poser le pied sur la chaussée, quand une grosse Pontiac Bonneville blanche déboula en tanguant, un vrai bateau, avec d'énormes chromes, à l'avant et à l'arrière, le genre de croiseur qu'ils avaient cessé de fabriquer au début des années 80. Ses freins hurlèrent et son nez plongea pour s'arrêter au carrefour. La porte de la Bonneville, gigantesque excroissance de métal moulé, presque deux mètres de large, s'ouvrit avec un bruit de torsion triste et le juge Myron Kovitsky en sortit. Il avait environ soixante ans, était petit, mince, chauve, nerveux, avec un nez pointu, des yeux enfoncés, un sarcasme torve vissé aux lèvres. A travers la vitre arrière de la Bonneville, Kramer put apercevoir une silhouette qui se glissait à la place du conducteur. Cela devait être la femme du juge.

Le bruit de cette énorme portière qui s'ouvrait et la vue de ce petit homme qui en sortait étaient déprimants. Le juge, Myron Kovitsky, vient au travail dans un yacht graisseux vieux de plus de dix ans. Juge de la Cour suprême, il se faisait 65 100 $. Kramer connaissait les chiffres par cœur, cela lui laissait peut-être 45 000 $

après impôts. Un homme de soixante ans quasiment au sommet de la profession. C'était pathétique. En bas de la ville, dans le monde d'Andy Heller... Ils payaient le même salaire à des débutants qui sortaient juste de l'école. Et cet homme dont la voiture fait *thwop*! chaque fois qu'il ouvre la portière est au sommet de la hiérarchie de cette île forteresse. Lui, Kramer, occupait une vague position au milieu. S'il jouait bien ses cartes et s'attirait les bonnes grâces de la Fédération démocrate du Bronx, ce... *thwop*! était le summum de ce qu'il pouvait espérer d'ici trente ans.

Kramer était au beau milieu de la chaussée quand ça commença :

– Ho! Kramer!

C'était une voix énorme. Kramer n'aurait pu dire d'où elle provenait.

– Ho! Suce-bite!

Quooooooi? Il se figea sur place. Une sensation – un bruit – comme un jet de vapeur – emplit son crâne.

– Hé, Kramer, tête de merde!

C'était une autre voix. Ils...

– Hé, gueule de raie!

Ça venait de l'arrière du fourgon, le bleu et orange, le plus proche de lui, à peine dix mètres. Il ne pouvait pas les voir. Il ne pouvait pas les reconnaître à travers le grillage qui couvrait les vitres.

– Ho! Kramer, trou du cul yid!

Yid! Comment pouvaient-ils seulement savoir qu'il était juif? Il n'avait pas l'air... Kramer n'était pas un... pourquoi oseraient-ils... ça le fit vaciller.

– Ho! Kramer! Pédale! suce-moi le cul!

– Aaayyyyyyyy, meeeec, fourré-la-toi dans lé cul, dans lé cul!

Un accent latino – la prononciation lui retourna un peu plus le couteau.

– Ho! Tête de merde!

– Aaaaaayyyyyy! Meeeec! va té faire encouler!

– Ho Kramer! gare à tes couilles!

– Aaaaaaaayyy! Meeeec encoulé, encoulé!

C'était un chœur! Une pluie d'ordures! le *Rigoletto* des égouts, de l'œsophage rance du Bronx!

Kramer était toujours au beau milieu de la rue. Que devait-il faire? Il regardait le fourgon. Il n'y voyait rien. Lesquels?... Lesquels d'entre eux?... Dans cette procession infinie de blackos et de latinos sinistres... Mais non! ne regarde pas! Il détourna les yeux. Qui l'avait vu? Devait-il supporter cet abus intolérable et poursuivre sa route jusqu'à l'entrée sur Walton Avenue, ou devait-il les affronter?... Les affronter, comment?... Non! Il allait faire comme s'ils ne s'adressaient pas à lui... Qui verrait la différence... Il allait continuer sur la 161e Rue et tourner le coin jusqu'à l'entrée principale! Personne ne saurait que c'était lui! Il scruta la portion de trottoir près de l'entrée de Walton Avenue, à ras des fourgons... Rien que la grappe habituelle de citoyens pauvres et tristes... Ils s'étaient arrêtés. Ils fixaient les fourgons! Le garde! Le garde à l'entrée de Walton Avenue le connaissait! Le garde comprenait qu'il essayait de s'en sortir en finesse! Mais le garde n'était pas là... Il s'était probablement planqué dans l'entrée pour ne pas avoir à s'en mêler. Puis Kramer aperçut Kovitsky. Le juge était sur le trottoir à environ cinq mètres de l'entrée. Il était planté là, fixant les fourgons. Puis il regarda droit vers Kramer. Merde! Il me connaît! Il sait que c'est après *moi* qu'ils gueulent! Cette petite silhouette qui venait juste de s'extraire – *thwop* – de sa Bonneville barrait la retraite stratégique de Kramer.

– Ho! Kramer! tas de bouse!

– Hé! chauve de merde!

– Aaaaaayyyy! Fourré-toi ton crâne chauve dans lé cul!

Chauve? Pourquoi chauve? Il n'était pas chauve. Il perdait un peu ses cheveux, salopards, mais il était loin d'être chauve! Une minute! Ce n'était pas lui – ils avaient repéré le juge, Kovitsky. Maintenant, ils avaient deux cibles.

– Ho! Kramer! qu'est-ce que t'as dans ton p'tit sac, mec?

– Hé, vieux pet chauve!

– Hé, t'as le cerveau luisant de merde!

– C'est tes couilles, dans l'sac, Kramer?

Kovitsky et lui étaient dedans tous les deux. Maintenant il ne pouvait pas lancer son sprint final jusqu'à l'entrée de la 161e Rue. Il continua donc à traverser. Il avait l'impression d'être sous l'eau. Il jeta un regard à Kovitsky. Mais Kovitsky ne le regardait plus. Il marchait droit vers le fourgon. Il avait baissé la tête. Il était menaçant. On pouvait voir le blanc de ses yeux. Ses pupilles étaient comme deux rayons de la mort juste derrière ses paupières. Kramer l'avait déjà vu comme ça au tribunal... la tête baissée et les yeux étincelants.

Les voix dans la camionnette tentèrent de le faire reculer.

– Kesk' tu r'gardes, vieux piaf ratatiné?

– Yaaaaaahhhh, viens! allez viens, tête de gland!

Mais le chœur avait perdu son rythme. Ils ne savaient pas quoi faire face à cette petite masse de fureur.

Kovitsky se planta devant le fourgon et essaya de voir à travers le treillis. Il avait les mains sur les hanches.

– Yeah! kesk' tu crois qu' tu r'gardes?

– Viens, viens, j'vais t'donner kek-chose à r'garder!

Mais ils perdaient de la vapeur. Maintenant Kovitsky s'avançait vers le chauffeur. Il tourna ses yeux furieux vers lui.

– Vous... entendez... ça? dit le petit juge en désignant l'arrière du fourgon.

– Hein? dit le chauffeur. Keske...?

Il ne savait pas quoi dire.

– Vous êtes sourd, ou quoi, merde? dit Kovitsky. Vos prisonniers... *vos*... prisonniers... Vous êtes un officier des services pénitentiaires, non?

Il commença à agiter son index vers le chauffeur.

– *Vos prisonniers... Vous laissez vos prisonniers... cracher cette merde...* sur... les citoyens de cette communauté et les magistrats de ce *tribunal?*

Le chauffeur était un type gras et basané, environ cinquante ans, rondouillard, faisant du lard jusqu'à la fin de ses jours dans l'Administration... et ses yeux et sa bouche s'ouvrirent en même temps, sans qu'un son en sortît, et il souleva les épaules et il leva les mains vers le ciel et abaissa les coins de sa bouche.

C'était le haussement d'épaules typique des rues de New York, le geste qui signifiait : « Hééé, keske c'est? Kesk' vous m' voulez? » et, dans cette situation particulière : « Kesk' vous voulez qu' je fasse, que j' rampe dans cette cage avec cette engeance? »

C'était le cri ancestral de New York, l'appel à la pitié, incontournable et incontestable.

Kovitsky fixa l'homme et secoua la tête comme on le fait devant un cas désespéré. Puis il se tourna et revint vers l'arrière du fourgon.

– Voilà le youpin!

– Uuhhhhh!

– Suce ma bite, vot' honneur!

Kovitsky regardait par la fenêtre, essayant toujours de reconnaître ses ennemis à travers l'épais treillis. Puis il prit une grande inspiration, il y eut un bruit de reniflement énorme venant de son nez et un profond raclement venu de sa poitrine et de sa gorge. Il paraissait impossible qu'un tel son volcanique puisse sortir d'un corps si mince et si petit. Et puis il *cracha.* Il propulsa un prodigieux glaviot vers la fenêtre du fourgon. Le crachat s'accrocha au treillis et resta pendu là, comme une énorme huître jaunasse, dont une partie commençait à dégouliner comme un chewing-gum fondu ou une pâte à guimauve luisante et innommable. Et il pendouillait là, étincelant au soleil, pour ceux, quels qu'ils fussent, qui pouvaient le contempler à loisir, de l'intérieur.

Cela les désarçonna. Tout le chœur se tut. Pendant un court instant étrange et fébrile, il n'y eut plus rien au monde, plus rien dans le système solaire, dans l'univers, dans toute l'astronomie, rien que cette cage et cet énorme crachat luisant, suitant et pendouillant au soleil.

Ensuite, gardant sa main droite devant sa poitrine pour que personne ne puisse le voir de la rue, le juge leur fit un doigt d'honneur, puis il tourna les talons et s'avança vers l'entrée du bâtiment.

Il était à mi-chemin de la porte avant qu'ils aient pu reprendre leur souffle.

– Hé, t'faire enculer toi-même, vieux !

– Tu veux ?... Suuuuurr... Viens, essaie un peu !

Mais le cœur n'y était plus, la hargne des émeutiers du fourgon s'était évaporée sur ce furieux petit bout d'acier humain.

Kramer se hâta derrière Kovitsky et le rattrapa au moment où il entrait par la porte de Walton Avenue. Il *fallait* qu'il le rattrape. Il fallait qu'il lui montre qu'il avait été avec lui tout le temps. Qu'ils avaient été deux à supporter cet assaut d'insultes.

Le gardien avait réapparu à la porte.

– Bonjour, juge, dit-il comme si ce n'était qu'un jour banal de plus dans la forteresse de Gibraltar.

Kovitsky leva à peine les yeux vers lui. Il était préoccupé. Il marchait tête baissée.

Kramer lui toucha l'épaule.

– Hé, juge, vous êtes vraiment trop !

Kramer rayonnait comme s'ils venaient de livrer tous les deux une terrible bataille, au coude à coude.

– Ils l'ont fermée ! j'y croyais pas ! Ils ont fermé leurs gueules !

Kovitsky s'arrêta et regarda Kramer de haut en bas, comme s'il regardait quelqu'un qu'il n'avait jamais vu.

– Foutrement inutile, dit le juge.

Il me reproche de n'avoir rien fait, de ne pas l'avoir

aidé – mais à la seconde suivante Kramer se rendit compte que Kovitsky, en fait, parlait du chauffeur du fourgon.

– Ouais, le pauvre connard, dit Kovitsky, il est terrifié. J'aurais honte d'avoir un boulot comme ça si j'étais terrifié à ce point, merde!

Il avait davantage l'air de s'adresser à lui-même qu'à Kramer. Il continuait à parler de cette saloperie de ceci, de cette merde de cela et de ces enculés de n'importe quoi. La grossièreté ne dérangeait pas le moins du monde Kramer. Le tribunal était comme l'armée. Des juges jusqu'aux gardiens, il y avait quelques adjectifs, ou participes peu importe, servis à toutes les sauces et qui devenaient aussi naturels que de respirer. Non, l'esprit de Kramer anticipait à toute vitesse. Il avait peur que les prochains mots qui sortiraient de la bouche de Kovitsky soient : « Pourquoi tu étais planté là, bordel, sans rien foutre ? » Il était déjà en train d'inventer des excuses. « Je ne savais pas d'où ça venait... Je ne savais pas si ça venait du fourgon ou... »

L'éclairage fluorescent donnait au hall l'allure toxique et blafarde d'une salle de radiographie d'hôpital.

– ... Cette histoire de *youpin*... disait Kovitsky, puis il lança à Kramer un regard qui exigeait clairement une réponse.

Kramer n'avait aucune idée de ce qu'il avait raconté.

– Youpin ?

– Ouais... Revoilà les youpins, dit Kovitsky. Tête de gland, quelle différence ça fait, tête de gland ? – Il rit, sincèrement amusé par cette pensée. – Tête de gland... Mais « youpin », ça, c'est une saloperie de poison. C'est de la *haine !* C'est antisémite ! et en fait, sans les yids, ils seraient encore en train d'étaler de l'asphalte avec des fusils à pompe braqués sur leurs gueules en Caroline du Sud, voilà ce qu'ils feraient, ces pauvres cons.

Une alarme retentit. Une sonnerie frénétique emplit le

hall. Elle traversait les oreilles de Kramer par vagues. Le juge Kovitsky dut élever la voix pour se faire entendre, mais il ne réagit pas autrement. Kramer ne cilla pas. L'alarme signifiait qu'un prisonnier s'était échappé ou qu'un maigrichon, frère d'étrangleur, venait de sortir un flingue en plein tribunal, ou qu'un tenancier balaise s'était emparé d'un garde de soixante kilos. Ou alors ce n'était peut-être qu'un incendie. Les premières fois que Kramer avait entendu l'alarme de l'île forterese de Gibraltar, les yeux lui étaient sortis de la tête et il s'était précipité à la recherche d'un groupe de gardes qui portaient des rangers de cuir très militaires et des 38, courant dans les étages de marbre pour choper un dingue en tennis supersoniques, crevant de trouille, le cent mètres en huit secondes. Mais au bout d'un temps, il avait ignoré les alarmes. C'était l'état normal d'alerte rouge, de panique, et de désordre du Tribunal du Bronx. Partout autour de Kramer et du juge, des gens tournaient la tête dans tous les sens. Si tristes visages... Ils entraient à Gibraltar pour la première fois, et Dieu seul savait pour quelles tristes affaires.

Et d'un coup, Kovitsky montrait le plancher et disait :

– ... Quoi ça, Kramer ?

– Ça ? dit Kramer en essayant désespérément de comprendre de quoi parlait le juge.

– Ces merdes de chaussures, dit Kovitsky.

– Ah ! chaussures, dit Kramer. Ce sont des chaussures de jogging, juge.

– C'est une idée de Weiss ?

– Noooon, gloussa Kramer comme amusé de l'intelligence du juge.

– Jogger pour la Justice ? C'est ça que Abe vous fait faire, jogger pour la Justice ?

– Non non non non.

Plus de gloussements encore et un petit rire étouffé en

prime, puisque Kovitsky avait l'air de trouver sa réplique géniale, jogger pour la Justice.

– Merde! tous les mômes qui défilent dans ce tribunal devant moi en portent et maintenant c'est vous?

– Noohhhoon, ho ho.

– Vous croyez que vous allez débarquer dans ma salle comme ça?

– Noooooonnn ho! ho! ho! Je n'y songerais même pas, juge…

L'alarme sonnait toujours. Les nouveaux venus, ces nouveaux visages tristes qui n'étaient jamais entrés dans cette citadelle regardaient partout alentour, les yeux écarquillés et la bouche grande ouverte, et ils voyaient un petit blanc chauve, en costume gris, chemise blanche et cravate et un jeune blanc perdant un peu ses cheveux, en costume gris, chemise blanche et cravate qui étaient là, tranquilles, parlant, souriant, jacassant, très à l'aise, et comme ces deux hommes blancs, si visiblement rouages du Pouvoir, étaient là tranquilles, sans même hausser les sourcils, que pouvait-il bien se passer de grave?

Plus l'alarme résonnait dans la tête de Kramer et plus il déprimait.

A ce moment précis, à cet endroit précis, il prit sa décision. Il allait faire quelque chose – quelque chose d'étonnant, quelque chose d'inconsidéré, quelque chose de désespéré, quel qu'en soit le prix. Il allait se sortir de là. Il allait s'élever au-dessus de cette fange. Il allait allumer le ciel, saisir la Vie à bras-le-corps…

Il pouvait à nouveau voir la fille au rouge à lèvres marron, aussi nettement que si elle se tenait là, à son côté, dans cet endroit triste et sinistre.

III

DU CINQUANTIÈME ÉTAGE

SHERMAN McCOY sortait de son immeuble. Il tenait la main de Campbell, sa fille. Les jours brumeux comme celui-ci créaient une lumière particulière, bleu de cendre, sur Park Avenue. Mais une fois dépassé le dais qui surplombait l'entrée... Quelle magnificence ! Le terre-plein central de l'avenue était un tapis de tulipes jaunes. Il y en avait des milliers, grâce aux cotisations que les propriétaires d'appartements comme Sherman payaient à l'Association Park Avenue et aux milliers de dollars que l'association payait à un service de jardinage appelé Wiltshire Country Gardens, dirigé par trois Coréens de Maspeth, Long Island. La radiance jaune de toutes ces tulipes avait quelque chose de paradisiaque. Adjectif approprié. Tant que Sherman tenait la main de sa fille et la menait à son arrêt de bus, il se sentait parcelle de la grâce divine. C'était un état sublime, et ça ne coûtait pas très cher. L'arrêt du bus était juste de l'autre côté de la rue. Il y avait peu de chance que son impatience, face aux tout petits pas de Campbell, gâche cette gorgée rafraîchissante de paternité qu'il buvait chaque matin.

Campbell était en cours préparatoire à Taliaferro, qui comme tout un chacun, *tout le monde*[1], le savait se prononçait Toliver. Chaque matin, l'école Taliaferro

1. En français dans le texte.

envoyait son propre bus, son chauffeur de bus, et son accompagnatrice vers le haut de Park Avenue. Pour tout dire il existait peu de filles à Taliaferro qui n'habitaient pas à une minute de marche du trajet de cet autobus.

Pour Sherman, qui avançait sur le trottoir en tenant la main de Campbell, elle était comme une vision. Elle était une vision renouvelée chaque matin. Ses cheveux étaient une luxuriance de douces vagues comme ceux de sa mère, mais plus clairs et plus dorés. Son petit visage – quelle perfection! Même les années ingrates de l'adolescence ne parviendraient pas à l'altérer. Il en était certain. Dans sa veste d'uniforme bordeaux, avec son petit chemisier blanc à col rond, son petit sac à dos en nylon, ses grandes chaussettes blanches, elle avait l'air d'un ange. Sherman trouvait ce spectacle émouvant comme rien au monde.

Le portier de l'équipe du matin était un vieil Irlandais nommé Tony. Après leur avoir ouvert la porte, il s'était avancé dehors sous le dais et les regardait partir. C'était bien... très bien! Sherman aimait qu'on observe sa plaisante allure paternelle. Ce matin, il était un individu sérieux, représentant Park Avenue et Wall Street. Il portait un costume bleu-gris, costume droit, deux boutons, simples revers, une seule poche de poitrine, taillé sur mesure à Londres pour 1 800 $. A Wall Street, les costumes croisés et les revers larges n'étaient pas très bien vus, un peu trop uniformes. Ses épais cheveux châtains étaient peignés en arrière. Il carrait ses épaules et relevait son long nez et son merveilleux menton.

– Laisse-moi boutonner ton sweater, mon cœur. Il fait un peu frais.

– Perdu, Béruh! dit Campbell.

– Allons mon petit cœur, je n'ai pas envie que tu attrapes froid.

– Perdu, Béruh, per-du, dit-elle en s'écartant de lui. – Béruh, c'était Hubert à l'envers. – Peerr-duuu.

Sherman abandonna donc l'idée de sauver sa fille des éléments. Ils firent quelques pas.

– Papa ?

– Oui mon cœur ?

– Papa, et s'il n'y avait pas de Dieu ?

Sherman sursauta, désarçonné. Campbell levait le nez vers lui avec une expression parfaitement normale, comme si elle venait de demander comment s'appelaient ces fleurs jaunes.

– Qui dit qu'il n'y a pas de Dieu ?

– Mais s'il n'y en avait pas ?

– Qu'est-ce qui te fait penser... est-ce que quelqu'un t'a dit qu'il n'y avait pas de Dieu ?

Quelle insidieuse petite fauteuse de trouble dans sa classe avait bien pu répandre ce poison ? Du peu que Sherman en savait, Campbell croyait encore au Père Noël, et elle était là, sur le trottoir, s'interrogeant sur l'existence de Dieu ! Et pourtant... pour une petite fille de six ans... C'était une question plutôt précoce... Pas de problème. Penser qu'une telle spéculation...

– Mais s'il n'y en a pas ?

Elle était ennuyée. Lui poser des questions sur l'origine de ses pensées n'était pas une réponse.

– Mais il y *a* un Dieu, mon petit cœur. Alors je ne peux pas te parler de « s'il n'y en avait pas ».

Sherman essayait de ne jamais lui mentir. Mais cette fois il sentait que c'était plus prudent. Il avait espéré ne jamais avoir à discuter religion avec elle. Ils avaient commencé à l'envoyer au catéchisme à l'Eglise épiscopalienne, sur Madison et la 71e Rue. C'était comme cela qu'on s'occupait de religion. Vous les mettiez à St James et vous évitiez ensuite de parler ou de penser religion.

– Oh, fit Campbell.

Elle fixait l'horizon. Sherman se sentit coupable. Elle avait soulevé une question difficile et il l'avait flouée. Et elle était là, six ans, en train d'essayer de rassembler les morceaux du plus grand puzzle de l'existence.

– Papa ?

– Oui, chérie ? Il retenait son souffle.

– Tu sais, la bicyclette de Mme Winston...

La bicyclette de Mme Winston ? Puis il se souvint. Deux ans plus tôt, au jardin d'enfants de Campbell, il y avait une institutrice qui bravait la circulation en venant à l'école à vélo tous les jours. Tous les enfants avaient trouvé ça merveilleux, une maîtresse qui vient à l'école à vélo. Il n'avait plus jamais entendu Campbell en parler depuis.

– Oh oui, je m'en souviens. Un silence anxieux.

– MacKenzie en a un tout pareil.

MacKenzie ? MacKenzie Reed était une petite fille de la classe de Campbell.

– Ah bon ?

– Oui. Seulement il est plus petit.

Sherman attendait... l'étincelle de la logique... mais elle ne vint jamais. C'était tout. Dieu existe ! Dieu est mort ! Le vélo de Mme Winston ! Perdu, Béruh, tout cela sortait du même amoncellement dans le coffre à jouets. Sherman se sentit soulagé un instant, puis il se sentit trompé. La pensée que sa fille puisse se poser le problème de l'existence de Dieu à l'âge de six ans – cela, il l'avait pris pour un signe d'intelligence supérieure. Ces dix dernières années, dans l'Upper East Side, pour la première fois, l'intelligence était devenue socialement acceptable chez les petites filles.

Plusieurs petites filles en uniforme bordeaux, et leurs parents ou nounous, étaient rassemblés près de l'arrêt du bus de Taliaferro, de l'autre côté de Park Avenue. Dès que Campbell les aperçut, elle essaya d'ôter sa main de celle de Sherman. Elle avait déjà atteint cet âge-là... Mais il ne la laissa pas faire. Il tint fermement sa petite main et lui fit traverser la chaussée. Il était son protecteur. Il assassina du regard un taxi qui venait de freiner bruyamment au feu rouge. Il se jetterait volontiers devant, s'il le fallait, pour sauver la vie de Campbell.

Tout en traversant Park Avenue, il se projeta une image mentale du couple idéal qu'ils formaient. Campbell, l'ange parfait dans son uniforme d'école privée, et lui avec son visage impérial, son menton de Yale, sa large carrure, et son costume britannique à 1 800 $, le père de l'ange, un homme influent. Il visualisa les regards admiratifs, envieux, des automobilistes, des piétons, de tout le monde.

Dès qu'ils atteignirent l'arrêt du bus, Campbell se libéra de son emprise. Les parents qui accompagnaient leurs petites filles à l'arrêt du bus de Taliaferro le matin étaient une joyeuse bande. Ils avaient toujours un de ces morals! Sherman commença à distribuer ses bonjours. Edith Tompkins, John Channing, la mère de MacKenzie Reed, la nounou de Kirby Coleman, Leonard Schorske, Mme Lueger. Quand il en arriva à Mme Lueger – il n'avait jamais su son prénom – il empocha le jackpot. C'était une jeune femme blonde, pâle et mince, qui ne se maquillait jamais. Ce matin, elle avait dû se précipiter dehors avec sa fille à la dernière minute. Elle portait une chemise d'homme bleue, avec les deux derniers boutons déboutonnés, des blue-jeans usés et des chaussons de danse. Ses jeans étaient très serrés. Elle avait un petit corps magnifique. Il ne l'avait jamais remarqué avant. Tout à fait magnifique! Elle avait l'air si... pâle, à demi réveillée et vulnérable. Vous savez, Mme Lueger, ce qu'il vous faudrait c'est une bonne tasse de café. Venez, allons au Coffee Shop sur Lexington. Oh, c'est idiot, M. McCoy, montons plutôt chez moi. Il y a du café tout prêt. Il la regarda fixement deux secondes de plus qu'il n'aurait dû, et alors... *Clac*... Le bus arriva, un gros autobus du type Greyhound, et les enfants se bousculèrent sur le marchepied.

Sherman tourna la tête, puis regarda à nouveau Mme Lueger. Mais elle ne le regardait pas. Elle retournait vers son immeuble. La couture du milieu de son jean semblait quasiment la couper en deux. Il y avait des usures blanches sur chaque fesse. C'était comme des phares attirant le regard vers la chair en dessous. Quel merveilleux cul elle avait! Et il avait toujours pensé à elles, ces femmes, en tant que mamans! Qui savait quels feux dévastateurs couvaient à l'intérieur de ces « mamans »?

Sherman se mit en marche, vers l'Est, vers la station de taxi du coin de la Première Avenue et de la 79e Rue. Il se sentait allègre. Pourquoi, il n'aurait pas pu l'expliquer. La découverte de l'adorable Mme Lueger, peut-être... Oui, mais en fait il quittait toujours l'arrêt du bus de très bonne humeur. La Meilleure Ecole, les Meilleures Filles, les Meilleures Familles, le Meilleur Quartier de la Capitale du Monde Occidental à la fin du XXe siècle – mais tout ce qui lui restait vraiment à l'esprit, c'était la sensation de la petite main de Campbell dans la sienne. C'était à cause de cela qu'il se sentait si bien. Le contact de cette petite main confiante, absolument dépendante, était la Vie, la Vie même!

Puis ses pensées se mirent à divaguer. Il marchait d'un bon pas, ses yeux parcourant légèrement les façades des petites maisons de brique brune. Sous ce matin gris, elles avaient un air vieux et déprimant. Des sacs poubelles informes, dans des ombres Brun-Merde-de-Chien et Vert-Crotte, étaient posés devant, au coin du trottoir. Ces sacs étaient des surfaces lisses et molles comme des monstres moulés dans le plastique, ennemis des Maîtres de l'Univers. Comment des gens pouvaient-ils vivre comme ça? L'appartement de Maria n'était qu'à deux pâtés de maisons de là... Ralston Thorpe habitait par là aussi, quelque part... Sherman et Rawlie avaient été à Buckley. St Paul's et Yale ensemble et maintenant ils travaillaient tous les deux chez Pierce & Pierce. Rawlie avait quitté son appartement de douze pièces sur la Cinquième Avenue pour les deux derniers étages d'un brownstone par ici, après son divorce. Très déprimant.

Sherman avait fait un très grand pas vers un joli divorce la nuit dernière, non? Non seulement Judy l'avait pris la main dans le sac, *in flagrante telephone*, c'était ça, mais après, lui, cette abjecte créature vénale, avait foncé tout droit et s'était envoyé en l'air – oui, rien que ça – en l'air – et n'était rentré chez lui que trois quarts d'heure plus tard... Qu'est-ce que cela ferait à Campbell si Judy et lui se séparaient un jour? Il ne parvenait pas à imaginer sa vie après un tel événement. Des droits de visite le week-end pour sa propre fille? Quelle était cette phrase qu'ils utilisaient déjà? « La qualité du temps, pas la quantité... » Du toc, oui... ça ne voulait vraiment rien dire... Campbell, petit être dont l'âme se durcirait mois après mois, dans une petite coquille friable...

Un demi-pâté de maisons plus tard, il se haïssait. Il avait terriblement envie de faire demi-tour, de rentrer dans son appartement et de supplier qu'on lui pardonne en jurant *jamais plus, jamais plus*. Il avait cette sensation, mais il savait qu'il ne le ferait pas. Cela l'aurait mis en retard au bureau, ce qui ferait lever pas mal de sourcils chez Pierce & Pierce. Personne ne disait jamais rien ouvertement, mais vous étiez censé arriver là-bas de bonne heure, commencer à gagner de l'argent... et maîtriser l'Univers. Une bouffée d'adrénaline – l'Emprunt Giscard! Il était au bord de la plus grosse affaire de sa vie, le Giscard, l'emprunt indexé sur l'or – Maître de l'Univers! – puis il s'enfonça à nouveau dans les flots de ses pensées. Judy avait dormi sur le divan dans le dressing-room de leur chambre-salon. Elle dormait encore, ou du moins faisait semblant, quand il s'était levé. Eh bien, Mille Grâces à Dieu pour ça! Il n'aurait pas apprécié le piquant d'un autre round avec elle de si bonne heure, surtout avec Campbell et Bonita qui auraient pu l'entendre. Bonita était une de ces bonnes sud-américaines avec un comportement très agréable mais pour le moins formel. Etaler son énervement ou son angoisse devant elle aurait été une *gaffe*[1]. Pas étonnant que les mariages aient toujours tenu si longtemps. Les parents de Sherman et leurs amis avaient toujours eu plein de domestiques, et les domestiques avaient toujours travaillé de longues heures et vécu dans la maison. Si vous ne vouliez pas vous disputer devant les domestiques, alors il n'y avait pas beaucoup de moments propices aux disputes.

Donc, dans la plus belle tradition des McCoy, exactement comme son père se serait comporté – sauf qu'il ne pouvait imaginer son père dans un tel marasme –, Sherman avait sauvegardé les apparences. Il avait pris son petit déjeuner avec Campbell dans la cuisine, pendant que Bonita la surveillait et la préparait pour l'école. Bonita avait une télé portable dans la cuisine et elle ne cessait de la regarder pour suivre la retransmission matinale de l'émeute à Harlem. C'était un truc très sérieux, mais Sherman n'y avait pas vraiment prêté attention... Cela lui avait semblé si lointain... le genre de choses qui se produisaient là-bas... parmi « ces gens »... Il avait été entièrement occupé à extraire des trésors de bonne humeur et de charme pour que Bonita et Campbell ne perçoivent pas l'atmosphère empoisonnée qui enveloppait la maisonnée.

Sherman était maintenant arrivé au Lexington Avenue. Il s'arrêtait toujours au kiosque du coin pour acheter le *Times*. Comme il allait tourner le coin, une fille vint à sa rencontre, une fille grande, avec une masse de cheveux blonds. Elle portait un grand sac négligemment jeté sur son épaule. Elle marchait vite, comme si elle se dirigeait vers l'entrée du métro de la 77e Rue. Elle avait un long sweater ouvert sur le devant qui révélait un polo avec un petit emblème brodé sur le sein gauche, une paire de pantalons très « je-m'en-foutiste », informes et en accordéon sur les jambes, mais exceptionnellement

---

1. En français dans le texte.

serrés sur l'entrecuisse. *Exceptionnellement!* Il y avait une fente étonnante. Sherman la contemplait, puis il regarda son visage. Elle lui rendit son regard. Elle le fixa droit dans les yeux et sourit. Elle ne ralentit pas le pas et ne le provoqua nullement des yeux. C'était un regard confiant, optimiste, qui semblait dire « Salut! Nous sommes un couple d'animaux étonnamment beaux, non? » Quelle franchise! Pas décontenancée! Si avidement immodeste!

Dans le petit kiosque, après avoir acheté son *Times*, Sherman se tourna vers la porte et ses yeux tombèrent sur un étalage de magazines. La Chair couleur saumon lui sauta au visage... Des filles... Des hommes... Des filles avec des garçons, des filles aux seins nus, des filles aux fesses nues... Une sorte d'émeute de pornographie amusée, une cavalcade, une orgie, une auge à cochons... Sur la couverture d'un des magazines, il y a une fille qui ne porte que des chaussures à hauts talons et un pagne... Sauf que ce n'est pas un pagne, mais un serpent... Et le serpent est entortillé dans son aine et regarde Sherman... Elle aussi semble le fixer... Et elle a sur le visage le sourire le plus ensoleillé, le moins affecté du monde... C'est exactement le visage de la jeune fille qui vous sert deux boules de glace au chocolat chez Baskin-Robbins...

Sherman acheva son trajet vers la Première Avenue en proie à une terrible agitation. C'était dans l'air! C'était comme une vague déferlante! Partout! Impossible d'y échapper!... Le Sexe!... A prendre, à saisir!... Il submergeait la rue avec une témérité insensée... Il était étalé sur toutes les boutiques! Si vous étiez un homme jeune et à moitié en vie, quelles chances aviez-vous?... Techniquement parlant, il avait été infidèle à son épouse. Eh bien, oui, effectivement... Mais qui diable pouvait rester monogame dans ce, ce, ce *raz de marée* de concupiscence qui déferlait sur le monde? Dieu Tout-Puissant! Un Maître de l'Univers ne pouvait pas être un saint, après tout... C'était inévitable. Pour l'amour du ciel, vous ne pouvez pas éviter les flocons de neige, et là, c'était un blizzard! Il s'était presque fait prendre, c'est tout, ou à moitié prendre à cela. Cela ne signifiait rien. Cela n'avait pas de dimension morale. Ce n'était rien de plus que de se faire tremper par la pluie. Quand il atteignit la station de taxi au coin de la Première Avenue et de la 79ᵉ Rue, il avait presque évacué tout cela de sa tête.

Au coin de la Première Avenue et de la 79ᵉ Rue, les taxis s'alignaient tous les matins pour emmener vers Wall Street les jeunes Maîtres de l'Univers. Selon le règlement chaque chauffeur de taxi était censé vous emmener n'importe où en ville, mais les chauffeurs de cette station ne bougeaient que si vous alliez à Wall Street ou dans ce quartier-là. De la station, ils viraient deux blocs vers l'est, puis descendaient le long d'East River, sur la voie express, le FDR, le Franklin Delanoe Roosevelt Drive.

C'était une course à 10 $, chaque matin, mais qu'était-ce pour un Maître de l'Univers? Le père de Sherman avait toujours pris le métro pour descendre à Wall Street, même quand il était président du conseil exécutif de Dunning Sponget & Leach. Même maintenant, à soixante et onze ans, quand il faisait ses excursions quotidiennes chez Dunning Sponget pour respirer le même air que ses vieux copains avocats pendant trois ou quatre heures, il prenait le métro. C'était une question de principe. Plus le métro devenait sinistre, plus les wagons se peinturluraient des graffitis de *ces gens*, plus *ces gens* arrachaient de chaînettes aux cous des filles, plus ils agressaient de vieillards sans défense, plus ils poussaient de femmes devant les trains, plus John Campbell McCoy était déterminé à ne pas se faire virer du métro de New York. Mais pour la nouvelle génération, la jeune génération, celle de la puissance, celle de Sherman, il n'existait pas de tels principes. *Isolation!* Tel était le mot d'ordre. C'était le terme que Rawlie Thorpe utilisait. « Si on veut vivre à New York, avait-il dit un jour à Sherman, il faut s'isoler, s'isoler, s'isoler, s'isoler. » C'est-à-dire s'isoler de *ces gens*. Le cynisme et la simplicité de cette idée avaient frappé Sherman comme une vérité première. Si vous pouviez descendre le FDR Drive le nez à la fenêtre d'un taxi, pourquoi donc aller s'aligner dans les tranchées des guerres urbaines?

Le chauffeur était... un Turc? Un Arménien? Sherman essayait de le deviner d'après son nom sur la carte plastifiée collée au tableau de bord. Une fois le taxi lancé sur la voie express, il se carra dans le fauteuil pour lire le *Times*. En première page il y avait la photo d'une foule de gens sur une scène et le maire, près d'un podium, les regardait. L'émeute, sans nul doute. Il commença à lire l'article, mais ses pensées divaguaient. Le soleil parvenait à percer les nuages. Il pouvait le voir sur la rivière, loin sur sa gauche. La pauvre rivière sale étincelait. Après tout, ce serait un jour de mai ensoleillé. Loin en face, les tours de l'hôpital de New York se dressaient, juste au bord de la voie express. Il y avait un panneau annonçant la sortie de la 71e Rue Est, celle que son père avait toujours empruntée quand ils revenaient de Southampton les dimanches soir. La vue de l'hôpital et de cette sortie faisait penser Sherman à – non, pas seulement penser, mais plutôt *sentir* – la maison de la 73e Rue avec ses pièces vert-Knickerbocker. Il avait grandi dans ces pièces vert-de-gris, et avait grimpé et dévalé ces quatre volées d'escaliers étroits en croyant qu'il vivait au plus haut de l'élégance, dans le foyer du puissant John Campbell McCoy, le Lion de Dunning Sponget & Leach. Ce n'était que très récemment qu'il s'était rendu compte qu'en 1948, lorsque ses parents avaient acheté et rénové cette maison, ils s'étaient comportés comme un couple moyennement aventureux, prenant à bras-le-corps ce qui était une vieille ruine à l'époque, dans un quartier alors à genoux, surveillant les coûts et les dépenses à chaque étape, et mettant leur fierté dans l'agréable maison qu'ils avaient créée pour une somme relativement modeste. Mon Dieu! Si son père découvrait un jour combien il avait payé son appartement et comment il l'avait financé, il aurait une attaque! 2 600 000 $, dont 1 800 000 $ empruntés... 21 000 $ par mois, intérêts compris, avec 1 000 000 $ à payer en deux ans... Le Lion de Dunning Sponget serait atterré... Pire qu'atterré... Blessé... Blessé en comprenant comment toutes les leçons éternellement répétées concernant le devoir, les dettes, l'ostentation et les proportions, étaient directement ressorties par l'autre oreille de son fils...

Est-ce que son père s'était un peu laissé aller avec d'autres femmes? Ce n'était pas complètement impossible. C'était un bel homme. Il avait le menton. Et pourtant Sherman avait du mal à l'imaginer.

Et lorsqu'il aperçut le pont de Brooklyn en face de lui, il cessa de se poser la question. Dans quelques minutes il serait à Wall Street.

La compagnie d'investissements bancaires Pierce & Pierce occupait les cinquantième, cinquante et unième, cinquante-deuxième, troisième et quatrième étages d'une tour de verre qui s'élevait à soixante paliers au-dessus du lugubre bassin de Wall Street. La salle des échanges d'obligations, où Sherman travaillait, était au cinquantième. Tous les matins il sortait d'un ascenseur aux parois d'aluminium et entrait dans ce qui ressemblait à la réception d'un de ces nouveaux hôtels londoniens plutôt destinés à la clientèle yankee. Près de l'ascenseur se trouvait une fausse cheminée et un authentique manteau de cheminée en acajou massif avec de grosses grappes de fruits sculptées à chaque coin. Devant la fausse cheminée, une barrière de cuivre, ou pare-feu comme ils les appellent dans les cottages de l'ouest de l'Angleterre. Dès les premiers frimas, un faux feu se consumait dedans, répandant des lueurs clignotantes sur une prodigieuse paire de chenets de cuivre. Les murs qui l'entouraient étaient recouverts d'un peu plus d'acajou, riche et rougeâtre, monté en panneaux gravés si profond que vous pouviez *sentir* la dépense au bout de vos doigts rien qu'à les regarder.

Tout ceci reflétait la passion du président-directeur général de Pierce & Pierce, Eugène Lopwitz, pour tout ce qui était anglais. Tout – les échelles dans les bibliothèques, les consoles en demi-cercle, les pieds Sheraton, les dossiers Chippendale, les coupe-cigares, les gros fauteuils club, les tapis Wiltonweave – tout se multipliait au cinquantième étage de Pierce & Pierce, jour après jour. Hélas, Eugène Lopwitz ne pouvait pas faire grand-chose quant à la hauteur des plafonds, qui atteignait à peine deux mètres quarante. On avait monté le sol de trente centimètres. Sous le plancher couraient assez de câbles et de fils électriques pour électrifier le Guatemala. Ces câbles fournissaient l'énergie pour les ordinateurs et les téléphones de la salle des obligations. Le plafond avait été descendu de trente centimètres également, pour l'installation de l'éclairage, des bouches d'air conditionné et de quelques kilomètres de câbles supplémentaires. Le plancher avait monté; le plafond était descendu. C'était comme si vous étiez dans un manoir anglais aplati.

A peine aviez-vous dépassé la fausse cheminée que vous entendiez un rugissement païen, comme une foule grondante. Cela venait de quelque part derrière le coin. Vous ne pouviez pas le manquer. Sherman McCoy se dirigea droit dessus, avec avidité... Ce matin-là, comme tous les matins, ses tripes résonnaient en harmonie avec ce bruit.

Il tourna le coin et ça y était : la salle des obligations de Pierce & Pierce. C'était un vaste espace d'environ vingt mètres sur trente, mais avec le même plafond bas qui vous écrasait. C'était un espace oppressant sous une lumière féroce, avec des silhouettes contorsionnées et ce fameux rugissement. La luminosité provenait d'un mur de verre ouvrant plein sud, dominant le port de New York, la Statue de la Liberté, Staten Island et les rives de Brooklyn et du New Jersey. Les silhouettes contorsionnées étaient les bras et les torses de jeunes hommes, dont très peu avaient plus de quarante ans. Ils avaient tous tombé la veste. Ils remuaient d'une manière agitée, et transpiraient déjà, si tôt le matin en criant sans arrêt : d'où le rugissement. C'était le son produit par de jeunes hommes blancs bien éduqués aboyant après l'argent sur le marché des obligations.

– Décroche ce putain de téléphone, s'il te plaît ! criait un jeune membre de la promotion Harvard 76, rose et potelé, s'adressant à quelqu'un, deux rangées de bureaux plus loin.

La pièce était comme la salle de rédaction d'un journal en ce sens qu'il n'y avait pas de cloisons et pas de hiérarchie apparente. Toute le monde était assis devant des bureaux de métal gris clair garnis d'ordinateurs beiges qui étaient autant d'écrans noirs. Des franges de lettres vert diode et de numéros assortis couraient sur les écrans.

– J'ai dit s'il te plaît décroche ce putain de téléphone ! Bordel de Dieu !

Le type avait déjà de sombres demi-lunes de transpiration sous les aisselles et la journée ne faisait que commencer.

Un membre de la promotion 73 de Yale, avec un cou qui semblait dépasser son col de vingt centimètres, avait les yeux fixés sur un écran et hurlait, au téléphone avec un courtier de Paris :

– Si vous ne pouvez pas voir ce putain d'écran... Oh, pour l'amour du ciel, Jean-Pierre, ce sont les cinq millions de *l'acheteur ! De l'acheteur !* Il n'y a rien d'autre qui entre !

Puis il couvrit le téléphone de sa paume, leva les yeux au ciel et dit, à voix plus que haute :

– Ces Mangeurs de grenouilles ! Ces connards de Français !

Quatre bureaux plus loin, un membre de Stanford, promotion 79, était assis, les yeux fixés sur un feuille de papier sur son bureau et un téléphone collé à l'oreille. Son pied droit reposait sur le sommet d'une boîte portable de cireur, et un Noir nommé Félix, qui avait la cinquantaine – ou peut-être la soixantaine – était penché sur son pied, frottant sa chaussure avec une suédine. Toute la journée, Félix se déplaçait de bureau en bureau, faisant étinceler les chaussures de jeunes courtiers blonds et blancs, à 3 $ la paire, pourboire compris.

Il était extrêmement rare que le moindre mot fût échangé. Félix se fondait entièrement dans le décor.

« Stanford 79 » se leva de son fauteuil, les yeux toujours rivés à sa feuille de papier, le téléphone toujours collé à l'oreille. Et le pied droit toujours sur le repose-pied du cireur – et il hurla :

– Eh bien pourquoi crois-tu que tout le monde s'arrache ces putains de « vingt ans » !

Il n'enlevait toujours pas son pied du repose-pied ! Quelles jambes puissantes il devait avoir ! songea Sherman. Sherman s'assit devant son propre téléphone et son propre terminal d'ordinateur. Les cris, les imprécations, les gesticulations, cette putain de peur et d'avidité l'enveloppaient, et il aimait cela. Il était le vendeur numéro un d'obligations, le « plus gros producteur », comme on disait dans la salle des obligations de Pierce & Pierce au cinquantième étage, et il adorait le rugissement de cette tempête.

– Cet ordre de Goldman a vraiment tout foutu en l'air !

– ... monte jusqu'à ce putain de taux et...

– ... offre à 8 1/2...

– Je n'ai que trente-quatre secondes !

– Quelqu'un te monte un putain de bateau! Bordel, tu ne t'en rends même pas compte!

– Je prends un ordre et j' les achète à 6-plus!

– Tapez dans le « cinq ans »!

– Vends-en cinq!

– Vous ne pourriez pas en prendre dix?

– Tu crois que ce truc continue à grimper?

– La fièvre du « vingt ans »! C'est tout ce que ces branleurs sont capables d'imaginer!

– ... cent millions de Juillet-90 au dollar...

– ... à un poil près!

– Dieu du Ciel, qu'est-ce qui se passe?

– Putain! Je peux pas y croire!

« Bordel de Dieu! » criaient les hommes de Yale et les hommes de Harvard, et les hommes de Stanford. « Pu-tain de Bor-del de Dieu! »

Incroyable comment les fils de ces grandes universités, – ces héritiers de Jefferson, Emerson, Thoreau, William James, Frederick Jackson Turner, William Lyons Phelps, Samel Flagg Bemis et autres géants à trois noms de la Pensée Américaine – comment ces légataires de *lux et veritas* se regroupaient maintenant comme un troupeau, dans Wall Street et la salle des obligations de Pierce & Pierce! Comment les histoires circulaient sur chaque campus! Si vous ne faisiez pas 250 000 $, par an au bout de cinq ans, c'est que vous étiez soit carrément stupide, soit carrément paresseux. Voilà ce qui se disait. En atteignant la trentaine, 500 000 $ – et cette somme avait un vague parfum de médiocrité. A quarante ans, soit vous vous faisiez 1 million par an soit vous étiez timide et incompétent. *Fonce maintenant!* Ce refrain martelait chaque cœur, comme une maladie du myocarde. Les golden boys de Wall Street, de simples jeunes gens sans double-menton et avec des artères propres, des garçons encore capables de rougir, achetaient des appartements à 3 millions de $ sur Park et la Cinquième Avenue. (Pourquoi attendre?) Ils achetaient des résidences d'été de vingt-cinq pièces et de deux hectares à Southampton, des maisons construites dans les années 20 et considérées depuis les années 50 comme des éléphants blancs, des maisons avec des ailes pour le personnel qui tombaient en ruine, et ils faisaient refaire ces ailes, et même rajouter encore quelques pièces. (Pourquoi pas ? Nous avons du personnel...) Ils faisaient venir par camions et installer sur leurs pelouses des fêtes foraines entières pour les anniversaires de leurs enfants, avec tous les gens du voyage pour s'en occuper (une petite industrie bien rentable...).

Et d'où venait tout cet argent aussi frais qu'étonnant ? Sherman avait entendu Gene Lopwitz discourir sur ce sujet. Selon l'analyse de Lopwitz, c'était Lyndon Johnson qu'il fallait remercier. Les Etats-Unis, en toute quiétude, avaient commencé à imprimer des billets par billions pour financer la guerre du Viêt-nam. Avant que qui que ce fût, même Johnson, comprenne ce qui se passait, une inflation à l'échelle du globe venait de commencer. Tout le monde se réveilla et s'en aperçut quand les Arabes augmentèrent soudain le prix du baril au début des années 70. En un rien de temps des marchés de toutes sortes se changèrent en gigantesques parties de passe anglaise : l'or, l'argent, le cuivre, les monnaies, les cautions bancaires, les actions – et même les obligations et les emprunts. Pendant des décennies, le marché des obligations n'avait été que le géant malade de Wall Street. Dans des firmes telles que Salomon Brothers, Morgan Stanley, Goldman Sachs et Pierce & Pierce, deux fois plus d'argent avait changé de mains sur le marché des obligations que sur celui des actions. Mais les prix ne bougeaient qu'en centimes à chaque fois, et, dans la plupart des cas, c'était en descendant. Comme Lopwitz le disait : « Le marché des obligations descend depuis la bataille de Midway. » La bataille de Midway – Sherman avait dû vérifier – avait eu lieu pendant la Seconde Guerre mondiale. Le département des obligations de Pierce & Pierce n'avait longtemps compté qu'une vingtaine d'âmes, une vingtaine d'âmes plutôt mornes, surnommées les *Tristes Obligations*. On dirigeait vers les obligations les membres les moins prometteurs de la firme, car, là, ils ne risquaient pas de causer le moindre dégât.

Sherman résista à la pensée que les choses étaient encore ainsi quand il était entré dans ce département. Eh bien, on ne parlait plus de *Tristes Obligations*, aujourd'hui... Oh, non! Pas du tout! Le marché des obligations avait pris feu, et, d'un seul coup, on s'était arraché partout les vendeurs expérimentés comme lui. Tout à coup, chez les investisseurs de tout Wall Street, les anciens des *Tristes Obligations* faisaient tellement d'argent qu'ils se rassemblaient tous le soir dans un bar de Hanover Square – chez Harry's – pour se raconter leurs faits d'armes... et se rassurer : ce n'était pas un coup de chance inespéré, mais bien plutôt une explosion de talent collectif. Les obligations représentaient maintenant les quatre cinquièmes des affaires de Pierce & Pierce, et ces jeunes terreurs de Yale, Harvard et Stanford se battaient pour accéder à la salle des obligations de Pierce & Pierce, et à cet instant précis leurs voix ricochaient sur les lambris d'acajou d'Eugène Lopwitz.

Maîtres de l'Univers! Le rugissement emplissait l'âme de Sherman d'espoir, de confiance, d'*esprit de corps*[1] et de droiture. Oui, de droiture! Judy ne comprenait rien à tout cela, bien évidemment... rien du tout. Oh, il avait bien remarqué ses yeux qui partaient à la dérive quand il en parlait. Actionner les leviers qui meuvent le monde... Voilà ce qu'il faisait – et tout ce qu'elle désirait savoir c'était : « pour quelle raison ne rentrait-il jamais à la maison pour le dîner ? » Quand il lui arrivait de rentrer pour le dîner, de quoi voulait-elle parler ? De ses précieuses petites histoires de décoration intérieure et de com-

---

1. En français dans le texte.

ment leur appartement avait été photographié dans *Architectural Digest*, ce qui, franchement, était un putain d'embarras pour un roi de Wall Street. Appréciait-elle les centaines de milliers de $ dépensés pour faire ses décorations, et pour ses déjeuners et pour tout le reste? Non, même pas. Elle considérait tout cela comme allant de soi...

... Et ainsi de suite. En quatre-vingt-dix secondes, pris dans le flot de ce tout-puissant rugissement de la salle des obligations de chez Pierce & Pierce, Sherman se débrouilla pour se bâtir une bonne dose de ressentiment justifié envers cette femme qui osait le culpabiliser.

Il prit son téléphone, et s'apprêtait à poursuivre ses travaux sur le plus grand coup de sa jeune carrière, le Giscard, lorsqu'il perçut quelque chose dans le coin de son œil. Il *le détecta* – vertueusement! – dans toute cette étendue d'obligations servie par des torses et des membres tordus. *Arguello lisait un journal!*

Ferdinand Arguello était un jeune courtier en obligations, vingt-cinq, vingt-six ans, Argentin. Il se balançait nonchalamment dans son fauteuil en lisant son journal et même d'ici, Sherman pouvait en voir le titre : le *Racing Form!* Le *Racing Form!* Un journal sportif! Le jeune homme ressemblait à une caricature de joueur de polo sud-américain. Il était mince et bel homme. Il avait des cheveux épais et bouclés, aplatis en arrière. Il portait une paire de bretelles en soie rouge moirée. *Soie moirée...* Le département des obligations de Pierce & Pierce était comme une escadrille de chasseurs de l'Air Force. Sherman le savait, même si ce jeune Sud-Américain l'ignorait. En tant que vendeur vedette, Sherman n'avait pas de rang officiel. Pourtant il occupait, moralement, une position éminente. Soit vous étiez capable de faire le travail et prêt à vous y dévouer à cent pour cent, soit vous dégagiez. Les quatre-vingts membres du département recevaient un salaire de base, net, de 120 000 $ par an chacun. C'était considéré comme une somme parfaitement dérisoire. Le reste de leurs revenus provenait de commissions et de partages de parts. Soixante-cinq pour cent des profits du département allaient à Pierce & Pierce. Mais trente-cinq pour cent étaient partagés entre les quatre-vingts vendeurs et courtiers. Tous pour un et un pour tous... et plein pour chacun! Et donc... pas de tire-au-flanc! pas de poids morts! pas de flemmards! pas d'endormis! Vous fonciez droit à votre bureau, votre téléphone et votre terminal d'ordinateur en arrivant le matin. La journée ne commençait pas par des bavardages devant un café ni par l'épluchage du *Wall Street Journal* et des pages financières du *Times*, encore moins du *Racing Form!* Vous étiez censé décrocher le téléphone et immédiatement vous mettre à faire de l'argent. Si vous quittiez le bureau, même pour déjeuner, vous étiez censé laisser votre lieu de destination et un numéro de téléphone à un des « assistants-vendeurs », qui en fait étaient des secrétaires, pour qu'on puisse immédiatement vous appeler si un quelconque changement avait lieu dans les obligations (pour une vente, pas une seconde à perdre!). Si vous sortiez déjeuner, vous aviez intérêt à ce que cela ait un quelconque rapport avec la vente des obligations pour Pierce & Pierce. Sinon... restez assis là, et commandez donc au *Delicatessen* d'en bas comme le reste de l'escadron.

Sherman s'approcha du bureau d'Arguello et le contempla de haut.

– Qu'est-ce que tu fais, Ferdi?

A partir de l'instant où le jeune homme leva les yeux, Sherman sut qu'il avait compris le sens de la question et comprit qu'il était en tort. Mais s'il existait une chose qu'un aristocrate argentin avait également, c'était comment s'en sortir par le culot.

Arguello verrouilla ses yeux dans ceux de Sherman et dit, d'une voix à peine plus forte qu'il n'était nécessaire :

– Je lis le *Racing Form.*

– Pour quoi faire?

– Pour quoi faire? Parce que quatre de nos chevaux courent à Lafayette aujourd'hui. C'est un champ de courses, dans la banlieue de Chicago.

Et sur ces belles paroles, il reprit la lecture de son journal.

C'est le *nos* qui déclencha tout. Ce *nos* était supposé vous rappeler que vous étiez en présence de la Maison Arguello, seigneurs des pampas. De surcroît, cette petite merde portait une paire de bretelles en soie moirée.

– Ecoute... vieux, dit Sherman, je veux que tu ranges ce journal.

– Qu'est-ce que tu dis? (avec un air de défi).

– Tu m'as très bien entendu. J'ai dit : range-moi ce putain de journal!

Normalement cela aurait dû sortir calme et ferme, mais c'était sorti avec fureur. Avec assez de fureur pour effacer Judy, Pollard Browning, le portier et un « éventuel agresseur ayant renoncé ».

Le jeune homme resta sans voix.

– Si jamais je te vois encore une fois ici avec un *Racing Form*, tu pourras aller t'asseoir dans la banlieue de Chicago pour gagner ton blé! Tu pourrais aller t'asseoir au club et parier toute ta vie dans l'ordre! Ici, c'est Pierce & Pierce, pas un champ de courses!

Arguello était écarlate. Il était paralysé de colère. Tout ce qu'il pouvait faire, c'était de tirer des rayons de haine pure sur Sherman. Sherman, l'homme en proie à une indignation totalement justifiée, se détourna, et en s'éloignant remarqua non sans plaisir que le jeune homme repliait doucement les grandes pages du *Racing Form*.

L'indignation! Justifiée! Sherman était transporté. Des gens regardaient. Tant mieux! L'oisiveté n'était pas un péché contre soi ou le Seigneur, mais contre le Veau d'Or et Pierce & Pierce. S'il devait être celui qui demanderait des comptes à cette couille molle, alors... mais il regretta le *couille molle*, même dans ses pensées. Il se considérait comme une partie de l'ère nouvelle et de la génération nouvelle, un homme de Wall Street sans préjugés, un Maître de l'Univers qui n'était respectueux que de l'exploit. Wall Street, ou Pierce & Pierce ne signifiaient plus : Grande Famille Protestante. Il y avait nombre de Juifs parmi les principaux investisseurs bancaires. Lopwitz lui-même était juif. Il y avait plein d'Irlandais, de Grecs et de Slaves. Le fait qu'aucun des quatre-vingts membres du département des obligations n'était ni femme, ni noir ne le tourmentait pas. Pourquoi aurait-il dû même s'en soucier? Lopwitz ne s'en souciait pas. Il avait déjà affirmé que la salle des obligations de Pierce & Pierce n'était pas un endroit pour les actes symboliques.

– Hé, Sherman.

Il passait devant le bureau de Rawlie Thorpe. Rawlie était chauve, si ce n'était une frange de cheveux autour de l'arrière de son crâne, et pourtant il avait encore l'air jeune. C'était un enragé de la chemise à col boutonné et des bretelles Shep Miller. Les porteurs de ces chemises étaient toujours impeccables.

– Qu'est-ce que c'était que tout ça? demanda-t-il à Sherman.

– Je ne pouvais pas le croire, répondit Sherman. Il est là, il lit le *Racing Form* et il fait ses paris.

Il se sentait obligé d'exagérer un peu l'offense.

Rawlie se mit à rire.

– Bof! il est jeune. Il en a peut-être marre des beignets électroniques.

– Marre de *quoi*?

Rawlie prit son téléphone et désigna le micro.

– Tu vois ça? C'est un beignet électronique.

Sherman contemplait le téléphone. Oui, cela ressemblait vaguement à un beignet, avec un tas de petits trous au lieu d'un seul gros au milieu.

– Ça m'a frappé pas plus tard qu'aujourd'hui, dit Rawlie. Tout ce que je fais toute la journée, en fait, c'est parler à d'autres beignets électroniques. Je viens de finir de parler avec un type de Drexel. Je lui ai vendu un million et demi de Joshua Tree. (A Wall Street vous ne disiez pas *un million et demi de dollars d'obligations,* vous disiez juste le montant et le nom.) C'est une quelconque compagnie en Arizona. Il s'appelle Earl. Je ne connais même pas son nom de famille. Depuis deux ans, j'ai fait deux douzaines de transactions avec lui, cinquante, soixante millions, et je ne connais même pas son nom de famille, et je ne l'ai jamais rencontré et je ne le rencontrerai probablement jamais. C'est rien qu'un beignet électronique.

Sherman ne trouva pas cela amusant. Dans un sens c'était rabaisser son triomphe sur le paresseux petit Argentin. C'était un désaveu cynique du bien-fondé de son attitude elle-même. Rawlie était un type très amusant, mais il n'était plus lui-même depuis son divorce. Peut-être n'était-il plus réellement digne de l'escadron non plus, d'ailleurs.

– Ouais, dit Sherman, esquissant un demi-sourire pour son vieux copain. Bon, je dois appeler quelques-uns de *mes* beignets électroniques.

De retour à son bureau, Sherman s'attaqua au travail en cours. Il fixa les petits symboles verts qui se couraient après sur l'écran du terminal devant lui. Il décrocha son téléphone. L'emprunt français indexé sur l'or... Une situation peu ordinaire, mais prometteuse, et il l'avait découvert presque par hasard, un soir chez Harry's, quand quelqu'un avait mentionné ces obligations...

Durant l'innocente année 1973, à l'aube de la crise, le gouvernement français avait émis un emprunt, connu sous le nom d'Emprunt Giscard, pour une valeur nominale de 6,5 billions de dollars. Le Giscard avait un aspect très intéressant : il était indexé sur l'or. Donc, comme le prix de l'or montait et descendait, le prix du Giscard faisait la même chose. Depuis cette époque, le prix de l'or et la valeur du franc français jouaient les montagnes russes, et les investisseurs américains avaient perdu tout intérêt à l'affaire. Mais dernièrement, avec un ordre stable aux alentours de 400 $, Sherman avait découvert qu'un Américain achetant du Giscard pouvait gagner trois ou quatre fois les intérêts qu'il gagnait sur n'importe quelle obligation américaine, plus un profit de trente pour cent quand le Giscard arriverait à terme. C'était la belle au bois dormant. Le grand danger résidait dans une brusque chute de la valeur du franc. Sherman avait neutralisé cela avec un plan pour vendre des francs en une fraction de seconde.

Le seul vrai problème était la complexité de l'ensemble. Il fallait de gros investisseurs, sophistiqués, pour le comprendre. Gros, sophistiqués et *confiants*. Aucun nouveau venu ne pouvait convaincre qui que ce soit de mettre des millions dans le Giscard. Il vous fallait un sacré passé. Il vous fallait du talent – du génie! – Maîtrise de l'Univers! – comme Sherman McCoy, le plus gros rapporteur d'affaires de Pierce & Pierce. Il avait convaincu Gene Lopwitz de rassembler 600 millions de $ pour acheter du Giscard.

Furtivement, avec mille précautions, il avait acheté les obligations à leurs propriétaires européens sans révéler la toute-puissante main de Pierce & Pierce, en se servant de différents prête-noms. Et maintenant c'était l'heure du test suprême pour le Maître de l'Univers. Il n'existait que douze joueurs potentiels capables d'acheter un truc aussi ésotérique que le Giscard. Sur ces douze, Sherman s'était débrouillé pour entamer des négociations avec cinq : deux banques d'investissement Trader's Trust Co (plus connue sous le surnom de Trader T) et Metroland, deux agents de change, et un de ses clients personnels, Oscar Suder, de Cleveland, qui avait indiqué qu'il en achèterait pour 10 millions. Mais le plus important de tous, et de loin, était Trader T, qui envisageait de prendre la moitié du lot, c'est-à-dire 300 millions de $.

Cette affaire rapporterait à Pierce & Pierce une commission de un pour cent – 6 millions – pour avoir conçu l'idée et risqué son propre capital. La part de Sherman, en comptant la commission d'apporteur, les bonus, les parts à diviser et la commission de revente s'élèverait à environ 1,75 million de $. Avec cela, il avait l'intention de rembourser l'horrible prêt de 1,8 million qu'il avait contracté pour acheter l'appartement.

Donc, sa première démarche de la journée consistait à appeler Bernard Lévy, un Français qui s'occupait de l'affaire chez Trader T. Un coup de téléphone amical, relax, l'appel du plus gros monteur d'affaires (Maître de l'Univers) pour rappeler à Lévy que même si l'or et le franc avaient chuté la veille et ce matin (sur les marchés européens), cela ne signifiait rien. Tout allait très bien, très très bien même. Il était vrai qu'il n'avait rencontré Bernard Lévy qu'une seule fois, quand il avait organisé sa première présentation de l'affaire. Ils se parlaient maintenant au téléphone depuis des mois... Mais un *beignet électronique*? Le cynisme était une forme de supériorité si lâche... C'était la grande faiblesse de Rawlie. Rawlie encaissait ses chèques. Il n'était pas trop cynique dans ces moments-là! S'il tenait à prendre du lard parce que ça n'allait plus avec sa femme, c'était son triste problème.

Sherman composa le numéro et tandis qu'il attendait que Bernard Lévy soit en ligne, le son excitant de la tempête avide le submergea à nouveau complètement. Du bureau juste en face du sien, un grand type avec des yeux plissés (Yale 77) : – Enchères du 31 janvier, quatre-vingt...

D'un bureau derrière lui :

– Il me manque 70 millions sur dix ans!

D'il ne savait où :

– Ils ont mis leurs putains de pompes d'acheteurs!

– Je suis coincé!

– ... 125 trop long...

– Un million de quatre ans des Midlands!

– Qui c'est qui déconne avec les W-1?
– Je te dis que je suis dans la boîte!
– Offrez 80 1/2!
– Achète-les à 6 plus!
– Ramasse, sur la base de 2 points 1/2!
– Oublie tout cela! C'est l'heure des cheveux en quatre!

A dix heures, Sherman, Rawlie et cinq autres se rassemblèrent dans la salle de conférence de la suite de bureaux d'Eugène Lopwitz pour décider de la stratégie de Pierce & Pierce à propos de l'événement majeur de la journée sur le marché des obligations, qui était une vente du Trésor américain de 10 billions de $ d'obligations arrivant à échéance dans vingt ans. On mesurait l'importance des obligations chez Pierce & Pierce au fait que les bureaux de Lopwitz ouvraient directement sur la salle des obligations.

La salle de conférence n'avait pas de table de conférence. On aurait dit le salon des hôtels anglais pour Américains où ils vous servent le thé. C'était rempli de petites tables anciennes et de meubles à tiroirs. Tout était si vieux, si fragile et si bien astiqué que vous aviez l'impression que, si vous touchiez quoi que ce soit du bout du doigt un peu fort, tout allait éclater en morceaux. Et en même temps, un mur de verre épais dispensait une vue sur l'Hudson et sur les quais vermoulus du New Jersey que vous preniez en pleine face.

Sherman choisit un fauteuil George II. Rawlie s'assit près de lui, dans un vieux fauteuil avec un dossier en forme de bouclier. Dans d'autres fauteuils, ou sur d'autres chaises anciennes, entourés de petits guéridons Sheraton ou Chippendale, se trouvaient le responsable des relations avec le Trésor George Connor, qui avait deux ans de moins que Sherman, son second, Vic Saasi, qui n'avait que vingt-huit ans, le responsable des analyses du marché, Paul Feiffer, et Arnold Parch, le vice-président-directeur général, qui était le premier lieutenant de Lopwitz.

Chacun dans la pièce était assis sur un chef-d'œuvre d'antiquité et regardait un haut-parleur de plastique brun au sommet d'un petit meuble. C'était un secrétaire à dos d'âne Adam, vieux de deux cent vingt ans, datant de la période où les frères Adam aimaient à peindre des images et orner les coins de leurs meubles de bois. Sur le panneau central un tableau ovale représentait une jeune Grecque assise dans un vallon, ou une grotte dans laquelle des dentelles de feuillages cédaient peu à peu la place, en ombres de vert, à un ciel couleur thé. La chose avait coûté une somme d'argent incroyable. Le haut-parleur de plastique avait la taille d'un radio-réveil. Tout le monde avait les yeux fixés dessus, attendant la voix d'Eugène Lopwitz, Lopwitz était à Londres, où il était alors 16 heures. Il allait présider cette séance par téléphone.

Un bruit indistinct sortit du haut-parleur. Ç'aurait pu être une voix, comme ç'aurait pu être un avion. Arnold Parch se leva de son fauteuil et s'approcha du secrétaire Adam, regarda le micro de plastique et dit :

— Gene, tu m'entends bien ?

Il regardait le haut-parleur d'un air implorant, sans en détacher les yeux, comme si, en fait, *c'était* Gene Lopwitz transformé, comme on transforme les princes en crapauds dans les contes de fées. Pendant un moment, le crapaud de plastique ne dit rien. Puis il se mit à parler.

— Ouais, je t'entends, Arnie, il y a une de ces ambiances, ici !

La voix de Lopwitz donnait l'impression d'émerger d'une tempête de pluie, mais on parvenait à l'entendre.

— Où es-tu, Gene ? demanda Parch.

— Je suis à un match de cricket. — Puis, moins clairement : Comment s'appelle cet endroit, déjà ? —

Selon toute évidence, il n'était pas seul. – Tottenham Park, Arnie. Je suis sur une sorte de terrasse.

– Qui joue ? demanda Parch en souriant, comme pour montrer au crapaud de plastique que ce n'était pas une question sérieuse.

– Ne me la joue pas technique, Arnie. Un tas de très beaux jeunes gentlemen en gilets de laine tricotée et pantalons de flanelle blancs. C'est à peu près tout ce que je peux t'en dire.

Des rires appréciateurs éclatèrent dans la pièce, et Sherman sentit ses lèvres prendre la forme du sourire quelque peu obligatoire. Il balaya la pièce du regard. Tout le monde souriait et gloussait en face du haut-parleur de plastique brun, sauf Rawlie, qui roulait les yeux comme pour dire « à peine croyable... ».

Puis Rawlie se pencha vers Sherman et dit, dans un chuchotement bruyant :

– Regarde ces idiots sourire. Ils croient que cette boîte en plastique a des yeux !

Sherman ne trouva pas cela fondamentalement drôle, puisqu'il s'était laissé aller à sourire lui-même. Il avait également peur que Parch, l'aide loyal de Lopwitz, pense qu'il était allié à Rawlie pour se moquer du chef suprême.

– Eh bien tout le monde est là, Gene, dit Parch à la boîte, et donc je vais te passer George qui va te brosser la situation des ventes pour l'instant.

Parch regarda George Connor, hocha la tête et regagna son fauteuil, tandis que Connar quittait le sien, s'approchait du secrétaire, regardait la boîte de plastique brun avant de dire :

– Gene ? C'est George.

– Ouais. Salut, George, dit le crapaud. Je t'écoute, vas-y.

– Voilà le tableau, Gene, dit Connor debout devant le secrétaire incapable d'ôter les yeux de la boîte de plastique, ça sent plutôt bon. Les vieux Vingt s'échangent à huit pour cent. Les courtiers nous disent qu'ils vont entrer sur les nouveaux à 8.05, mais je crois qu'ils nous baratinent. Nous pensons qu'il va y avoir de l'action jusqu'à 8.00. Donc, voilà comment je vois les choses. On monte à 8.01, 8.02, 8.03 avec la limite d'équilibre à 8.04. Je suis prêt à aller à soixante pour cent du tout.

Ce qui, traduit, signifiait qu'il proposait d'acheter 6 billions de $ des 10 billions en obligations offerts à la vente, avec un profit attendu de deux trente-deuxièmes d'un dollar – 6 1/4 cents – sur chaque centaine de dollars en jeu. On appelait cela « double tick ».

Sherman ne put s'empêcher de regarder à nouveau Rawlie. Il avait un petit sourire désagréable, et ses yeux semblaient fixer un point à plusieurs degrés sur la droite du secrétaire Adam, vers les quais d'Hoboken. La présence de Rawlie était comme un verre d'eau glacé en pleine face. Sherman en était mal à l'aise. Il savait ce que l'autre avait en tête. Il y avait là cet incroyable arriviste, Lopwitz – Sherman savait que Rawlie le considérait ainsi – qui essayait de jouer les rupins sur la terrasse d'un club de cricket britannique tout en menant de front une réunion à New York pour décider si Pierce & Pierce allait jouer 2 billions, 4 billions ou 6 billions sur une simple obligation gouvernementale mise à prix dans trois heures d'ici. Pas de doute, Lopwitz avait sa propre audience sous la main dans le club de cricket, admirant cette performance, tandis que ses maîtres mots s'envolaient vers un satellite de communication quelque part dans l'espace, pour rebondir jusqu'à Wall Street. Oui, ce n'était pas très difficile de trouver quelque chose de risible là-dedans, mais Lopwitz était, réellement, un Maître de l'Univers. Lopwitz avait quarante-cinq ans. Sherman n'en demandait pas plus pour dans sept ans, quand il aurait son âge. Etre de l'autre côté de l'Atlantique... avec des billions à jouer ! Rawlie pouvait bien ironiser... et perdre son temps à ricaner... mais imaginer ce que Lopwitz avait maintenant en mains, penser à ce qu'il se faisait chaque année rien que chez Pierce & Pierce, qui se montait au bas mot à 25 millions, penser à la vie qu'il menait – et la première chose qui venait à l'esprit de Sherman était une image de la jeune femme de Lopwitz : Blanche-Neige. C'était un surnom inventé par Rawlie. Cheveux noirs d'ébène, lèvres rouge sang, peau blanche comme neige... C'était la quatrième femme de Lopwitz, Française, comtesse (apparemment), pas plus de vingt-cinq, vingt-six ans, avec un accent comme Catherine Deneuve faisant une publicité pour une huile de bain. Ah, c'était quelque chose... Sherman l'avait rencontrée dans une soirée chez les Peterson. Elle avait posé une main sur son avant-bras, à un moment, pour attirer son attention sur un point précis de la conversation, rien de plus – mais la manière dont elle avait continué à appuyer en le fixant, ses yeux à quelques centimètres des siens ! C'était un jeune animal farouche. Lopwitz avait pris ce qu'il désirait. Il avait voulu un jeune animal farouche avec des lèvres rouge sang et une peau blanche comme neige, et il l'avait pris. Qu'avaient bien pu devenir les trois précédentes madame Lopwitz était une question que Sherman n'avait jamais entendu soulever. Quand vous aviez atteint le niveau de Lopwitz, cela n'avait plus même d'importance.

– Ouais, eh bien, ça m'a l'air d'aller, George, dit le crapaud en plastique. Et Sherman ? Tu es là, Sherman ?

– Salut, Gene ! dit Sherman en se levant de son fauteuil George II. Sa voix lui paraissait très bizarre, maintenant qu'il parlait à une boîte en plastique, et il n'osa pas un seul regard vers Rawlie, même brièvement, pendant qu'il s'approchait du secrétaire Adam, avant de se mettre en bonne place pour parler à la machine, captivé.

– Gene, tous mes clients parlent de 8.05. Mais, viscéralement, je pense qu'ils sont de notre côté. Le marché sonne plutôt bien. Je crois que nous pouvons surenchérir dans l'intérêt du client.

– Okay, dit la voix dans la boîte, mais sois certain que George et toi restiez au sommet des échanges. Je ne veux pas entendre parler de Salomon ou de qui que ce soit qui magouille dans les alentours.

Sherman s'émerveilla soudain de la sagesse du crapaud.

Une sorte de rugissement étranglé envahit le haut-parleur. Tout le monde le fixa.

La voix de Lopwitz revint.

– Quelqu'un vient de vous expédier une de ces balles ! dit-il. On dirait que la balle est morte, d'ailleurs. Vous devriez voir ça.

Le sens de cette phrase n'était pas très clair.

– Bon, écoute George... Tu m'entends George !

Connor bondit, se leva de son fauteuil et fonça vers le secrétaire Adam.

– Je t'entends, Gene.

– Je voulais juste ajouter que si vous vous sentez d'y aller et de frapper un grand coup aujourd'hui, allez-y. Tout m'a l'air parfait.

Et ce fut tout.

Quarante-cinq secondes avant le départ de la vente fixé à 13 heures, George Connor, au téléphone au beau milieu de la salle des obligations, lut son échelle d'ordres à un exécutif de Pierce & Pierce assis au téléphone dans l'Immeuble Federal, où avait matériellement lieu la vente. Les enchères se montèrent à 99,62643 $ par obligation de 100 $.

Quelques secondes après 13 heures, Pierce & Pierce possédait, comme prévu, 6 billions de cette obligation sur vingt ans. Le département des obligations avait quatre heures pour créer un marché favorable. Vic Scaasi tenait la charge du bureau des échanges d'obligations, revendant les obligations à diverses maisons de change – par téléphone. Sherman et Rawlie s'occupaient des courtiers, revendant les obligations principalement à des compagnies d'assurances et à des banques d'investissement. Vers 14 heures, le bruit rugissant de la salle des obligations, nourri plus par la peur que par l'avidité, était surnaturel. Ils criaient tous et transpiraient, juraient et dévoraient leurs beignets électroniques.

A 17 heures ils avaient vendu 40 % – 2,4 billions – des 6 billions à un prix global de 99,75062 $ par paquet de 100 $ d'obligations, pour un profit non pas double, mais quadruple! *Quadruple tick!* C'était un profit de 12 cents et demi par 100 $. *Quatre ticks!* Pour l'éventuel racheteur au détail de ces obligations, que ce soit un individu, une firme ou une institution, c'était parfaitement invisible. Mais – *quadruple tick!* Pour Pierce & Pierce cela signifiait un profit de presque 3 millions de $ en un après-midi de travail! Et cela ne s'arrêtait pas là. Le marché tenait bon et était à la hausse. Dans la semaine à venir, ils pouvaient facilement se faire 5 millions de $ supplémentaires, voire 10 sur les 3,6 billions restants. *Par quatre!*

Vers 17 heures, Sherman était collé au plafond par l'adrénaline. Il était membre de la force irrésistible de Pierce & Pierce, Maîtres de l'Univers. Une audace à vous couper le souffle. Risquer 6 billions en un après-midi pour faire *deux ticks* – 6 cents un quart par centaine de $ – et arriver à en faire *quatre!* – *quatre ticks!* – l'audace! – l'audace! Y avait-il puissance plus excitante à la surface de la terre! Que Lopwitz contemple tous les matches de cricket qu'il voudrait! qu'il joue au crapaud en plastique! Maître de l'Univers – l'audace!

Tout cela coulait comme un fleuve à travers les membres de Sherman, à travers son système lymphatique, son bas-ventre. Pierce & Pierce était le Pouvoir, et il était connecté au Pouvoir, et le Pouvoir grondait et jaillissait jusque dans son être profond.

Judy... Il n'avait pas pensé à elle depuis des heures.

Qu'était-ce qu'un seul minuscule coup de téléphone, même aussi stupide... comparé au grand livre des miracles de Pierce & Pierce ? Le cinquantième étage était fait pour ceux qui n'avaient pas peur de prendre ce qu'ils désiraient. Et, Dieu du Ciel, il ne désirait pas grand-chose, comparé à ce que lui, un Maître de l'Univers, méritait en réalité. Tout ce qu'il voulait, c'était être capable de taper dans le gong quand il en avait envie, pour avoir les simples plaisirs dus à tous les grands guerriers.

A quoi cela servait-il de lui rendre ainsi la vie impossible ?

Si le Moyen Age exige qu'un Maître de l'Univers soit perpétuellement aidé et escorté, alors elle doit le laisser profiter des richesses qu'il a méritées, qui sont la jeunesse, la beauté, la chair fraîche et...

Ça n'avait pas de sens ! D'une certaine manière, sans aucune raison valable, Judy l'avait toujours fait marcher. Elle le regardait toujours de haut – d'un point élevé parfaitement fictif ; pourtant, elle le regardait toujours de haut. Alors qu'elle n'était que la fille du professeur Miller, E (pour Egbord !) Ronald Miller, de l'université de Desportes, Terwilliger, Wisconsin... Pauvre lourdaud de professeur Miller, dans ses tweeds râpés, dont la seule approche de la célébrité était une attaque écrite plutôt molle (Sherman s'était plongé une fois dans le détail de l'histoire) contre son compatriote du Wisconsin le sénateur Joseph McCarthy, dans le magazine *Aspects* en 1955. Pourtant, dans le cocon de leurs jours passés ensemble dans le Village, Sherman avait marché dans cette vision des choses. Il avait été *heureux* de dire à Judy que même s'il travaillait *à* Wall Street, il n'était pas *de* Wall Street, et ne faisait que *se servir de* Wall Street. Il avait été *heureux* quand elle avait condescendu à admirer son ambition naissante.

D'une certaine manière, elle lui assurait que son propre père, John Cambell McCoy, le Lion de Dunning

Sponget, faisait figure de fantassin, après tout, une sorte de vigile de haute sécurité chargé du capital d'autres gens. Quant à l'importance que cela pouvait avoir pour lui, Sherman ne savait même pas comment l'analyser. Son intérêt pour la psychanalyse, jamais bien grand, était tombé net un jour, à Yale, quand Rawlie Thorpe l'avait qualifiée de « Science Juive » (ce qui était précisément l'opinion qui avait le plus troublé et le plus énervé Freud soixante-quinze ans plus tôt).

Mais tout ceci était du passé, faisait partie de son enfance, son enfance sur la 73e Rue et son enfance au Village. C'était une ère nouvelle ! C'était un nouveau Wall Street ! – et Judy était... un vieux reste de son enfance... et pourtant elle vivait toujours, vieillissait, maigrissait... *embellissait*...

Sherman se balança en arrière sur son fauteuil et regarda la salle des obligations. Les processions de petites lettres phosphorescentes couraient toujours sur les écrans des terminaux d'ordinateurs, mais le vacarme s'était réduit à quelque chose comme des rires de vestiaires après un match gagné. George Connor était debout à côté de Vic Scaasi, les mains dans les poches, bavardant tranquillement. Vic cambra le dos, fit rouler ses épaules et parut presque vouloir bâiller. Il y avait Rawlie, rencogné dans son fauteuil, toujours au téléphone, tout sourire, qui caressait son crâne chauve du plat de la main. Les Guerriers victorieux après la bagarre... Maîtres de l'Univers...

Et elle avait le culot de l'accabler à cause d'un *coup de téléphone* !

IV

LE ROI DE LA JUNGLE

THUMPA *thumpa thumpa thumpa thumpa thumpa
thumpa thumpa thumpa thumpa,* le bruit des long-
courriers qui décollaient pilonnait l'air si fort qu'il pouvait le sentir. Cela empestait le kérosène. La puanteur le
frappait droit à l'estomac. Des voitures n'arrêtaient pas
de bondir hors de la bouche d'une rampe et se frayaient
un chemin à travers la multitude de gens qui allaient et
venaient sur le toit, cherchant dans l'obscurité les ascenseurs ou leurs voitures ou les voitures de quelqu'un
d'autre – volez! volez! volez! – et sa voiture serait la
cible numéro un, bien évidemment... Sherman était
debout, une main sur la portière, se demandant s'il
oserait vraiment la laisser là. La voiture était un coupé
Mercedes sport, noir, qui avait coûté 48 000 $ – ou
120 000 $ suivant la manière dont vous considérez les
choses. Dans la tranche d'impôts d'un Maître de l'Univers, avec les taxes fédérales, les taxes de l'Etat de New
York, les taxes de la ville de New York, Sherman devait
gagner 120 000 $ pour pouvoir en dépenser 48 000 pour
un coupé sport. Comment pourrait-il expliquer quoi que
ce soit à Judy si l'objet lui était volé là, sur le toit d'un
terminal de l'aéroport Kennedy?

Et d'abord, pourquoi lui devrait-il une explication?
Pendant une semaine entière, il était rentré dîner à la
maison. Cela devait être la première fois qu'il parvenait à

arranger cela depuis qu'il travaillait chez Pierce & Pierce. Il avait été attentif avec Campbell, allant jusqu'à passer plus de quarante-cinq minutes avec elle un soir, ce qui était inhabituel, et pourtant il aurait fort mal pris que quelqu'un le lui fasse remarquer. Il avait réparé un lampadaire dans la bibliothèque sans râler ni protester outre mesure. Après trois jours de cette représentation exemplaire, Judy avait abandonné le divan de son dressing-room pour revenir dormir dans la chambre. A vrai dire, le Mur de Berlin passait maintenant au milieu de leur lit et elle ne lui accordait pas une miette de conversation. Mais elle était toujours très civile avec lui lorsque Campbell était présente. C'était le plus important.

Deux heures plus tôt, quand il avait appelé Judy pour lui dire qu'il travaillerait tard, elle l'avait pris sans effort. Eh bien... il le méritait! Il jeta un dernier regard à la Mercedes et se dirigea vers les arrivées internationales.

C'était dans les entrailles du bâtiment, dans ce qui devait avoir été conçu à l'origine comme une aire à bagages. Des rangées de tubes fluorescents luttaient contre l'aspect sinistre de l'endroit. Les gens étaient entassés derrière une barrière métallique, attendant des passagers venus de l'autre côté de l'océan et qui passaient la douane. Supposons qu'il y ait là quelqu'un qui les connaisse, lui et Judy? Il surveillait la foule.

Shorts, tennis, maillots de football : Dieu, qui étaient ces gens? Un par un, les voyageurs s'éparpillaient au sortir de la douane. Sweat-shirts, tee-shirts, bombers, coupe-vents, chaussettes voyantes, survêtements, blousons de sport, casquettes de base-ball, débarquant de Rome, Milan, Paris, Bruxelles, Munich et Londres, les voyageurs internationaux, ce mélange... Sherman dressa son menton de Yale contre cette marée.

Lorsque Maria apparut enfin, elle ne fut pas difficile à repérer. Dans cette cohue populeuse, elle semblait venue d'une autre galaxie. Elle portait une robe et une veste à épaulettes d'un bleu dur qui était de mode en France, un chemisier de soie à rayures bleues et blanches et des chaussures de lézard bleu électrique avec bouts en veau blanc sur les pointes. Le seul prix du chemisier et des chaussures aurait suffi à habiller vingt des femmes présentes dans ce sous-sol. Elle marchait, avec ce nez relevé et ce balancement des hanches façon trop model calculé, pour provoquer le maximum d'envie et de lessentiment. Les gens la fixaient. Derrière elle, un porteur poussait un caddy d'aluminium couvert d'un incroyable amoncellement de bagages, tous assortis, en cuir crème, avec des coins de cuir couleur chocolat. Vulgaire, mais pas aussi vulgaire que du Vuitton, songea Sherman. Elle s'était rendue en Italie juste une semaine, afin de trouver une maison sur le lac de Côme pour l'été. Il n'arrivait pas à imaginer pourquoi elle avait pris tant de bagages. (Inconsciemment il associait de telles choses à un manque d'éducation certain.) Il se demandait comment il allait faire entrer tout cela dans la Mercedes.

Il se fraya un passage de l'autre côté de la barrière et avança vers elle. Il redressa les épaules.

– Bonjour, bébé, dit-il.

– *Bébé?* dit Maria.

Elle ajouta un sourire comme si cela ne l'ennuyait pas vraiment, mais visiblement cela l'ennuyait. En vérité il ne l'avait jamais appelée « bébé » avant. Mais il avait voulu trouver un ton complice, tout en restant un peu formel, comme un Maître de l'Univers retrouvant sa maîtresse dans un aéroport.

Il prit son bras, ajusta son pas sur le sien et décida de retenter sa chance.

– Comment était le vol?

– C'était génial, dit Maria, si on aime se faire agresser par un British pendant six heures.

Il fallut quelques battements de cœur à Sherman pour réaliser qu'elle avait dit « agacer » et pas « agresser ».

Elle regardait au loin, comme si elle réfléchissait à cette épreuve.

Sur le toit, la Mercedes avait survécu aux multitudes de voleurs. Le porteur ne pouvait pas mettre grand-chose des bagages dans le minuscule coffre du cabriolet. Il dut en entasser plus de la moitié sur le siège arrière, qui n'était en fait qu'une minuscule banquette de cuir. Fantastique, songea Sherman. Si je dois freiner brusquement, je vais être frappé à la base du crâne par des mallettes couleur crème aux coins de cuir chocolat.

Lorsqu'ils sortirent enfin de l'aéroport et s'engagèrent sur le Van Wyck Expressway vers Manhattan, seule la dernière lueur du jour était encore visible derrière les immeubles et les arbres du South Ozone Park. C'était ce moment du crépuscule où les réverbères allumés et les phares des voitures font peu de différence. Un flot de feux arrière rouges se déroulait devant eux. Sur le côté de l'autoroute, juste après Rockaway Boulevard, il vit une énorme limousine coupé, le genre de voitures qu'ils fabriquaient dans les années 70, debout contre un mur de soutènement. Un homme... étalé sur l'autoroute!... Non, en approchant il put se rendre compte que ce n'était pas un homme du tout. C'était le capot de la voiture. Le capot avait été arraché et s'étalait sur l'asphalte. Les roues, les sièges, le volant étaient partis... Cette énorme machine dévastée faisait maintenant corps avec le paysage... Sherman, Maria, les bagages et la Mercedes passèrent.

Il fit une nouvelle tentative.

– Eh bien, comment était Milan? Et que se passe-t-il au lac de Côme?

– Sherman, qui est Christopher Marlowe? Sheuu-meuun, qui est Chrustopheuur Mawlow?

Christopher Marlowe?...

– Je n'en sais rien. Suis-je censé le connaître?

– Celui dont je parle était écrivain.

– Tu ne parles pas de l'auteur de théâtre?

– Si, je crois. Qui était-ce ? dit Maria, le regard fixé sur les voitures devant eux.

Elle parlait comme si son meilleur ami venait de décéder.

– Christopher Marlowe… C'était un auteur britannique, du temps de Shakespeare, je crois. Peut-être un peu avant Shakespeare. Pourquoi ?

– C'était quand ?

Elle n'aurait pas pu paraître plus misérable.

– Voyons… Je ne sais pas… Le XVIe siècle… quinze cent quelque chose. Pourquoi ?

– Qu'est-ce qu'il a écrit ?

– Dieu du Ciel… je suis perdu ! Ecoute, je croyais qu'il me suffisait de me rappeler qui il était. Pourquoi ?

– Oui, mais tu sais vraiment qui c'est.

– A peine. Pourquoi ?

– Et le docteur Faust ?

– Le docteur Faust ?

– Est-ce qu'il a écrit quelque chose sur le docteur Faust ?

– Mmmmmmmmmmmmm – un minuscule flash de souvenir. Mais il s'évapora. – Ça se pourrait. Le docteur Faust… *Le Juif de Malte !* il a écrit une pièce. *Le Juif de Malte.* J'en suis presque certain. *Le Juif de Malte.* Je ne sais même pas comment je me souviens du *Juif de Malte.* Je suis certain de ne l'avoir jamais lu.

– Mais tu sais qui c'était. C'est une des choses qu'on est censé savoir, n'est-ce pas ?

Et là, elle avait mis le doigt dessus. La seule chose qui avait vraiment frappé Sherman à propos de Christopher Marlowe, après neuf ans à Buckley, quatre ans à Saint Paul's et quatre ans à Yale était qu'en fait on était effectivement censé savoir qui était Christopher Marlowe. Mais il n'allait pas lui dire cela. A la place il lui demanda :

– Qui est censé savoir cela ?

– N'importe qui, marmonna Maria. Moi.

Il faisait plus sombre. Les splendides cadrans lumineux de la Mercedes brillaient comme le tableau de bord d'un chasseur. Ils approchaient du pont enjambant Atlantic Avenue. Il y avait une autre voiture abandonnée sur le bord de la route. Les roues étaient parties, le capot était relevé et deux silhouettes, l'une avec une lampe torche, fouillaient dans le moteur.

Maria continuait à regarder droit devant elle, tandis qu'ils entraient sur Grand Central Parkway au milieu du flot. Une galaxie de phares et de feux arrière emplit leur champ de vision comme si toute l'énergie de toute la ville était soudain transformée en millions de globes de lumière mis en orbite dans l'obscurité. Et là, dans la Mercedes, fenêtres remontées, ce spectacle prodigieux venait glisser devant eux sans le moindre son.

– Tu sais quoi, Sherman? Tu saaaiis qwa, Sheuuumeuuun? Je hais les Anglais. Je les *hais*!

– Tu *hais* Christopher Marlowe?

– Merci, gros malin, dit Maria, on dirait le salaud qui était assis à côté de moi.

Maintenant elle regardait Sherman et souriait. C'était le genre de sourire qu'on arrive à sortir bravement malgré une intense douleur. On aurait dit que ses yeux allaient déborder soudain de larmes.

– Quel salaud? demanda-t-il.

– Dans l'avion, ce British – synonyme de minable – il a commencé à me parler. Je regardais le catalogue de l'exposition Reiner Fetting que j'ai vue à Milano – cela ennuyait Sherman qu'elle italianise ainsi, préférant Milano à l'anglais Milan, surtout parce qu'il n'avait jamais entendu parler de Reiner Fetting – et la voilà qui se met à me parler de Reiner Fetting. Il avait une de ces Rolex en or, ces énormes trucs? On se demande comment ils peuvent lever le bras?

Elle avait cette habitude des filles du Sud de tourner les affirmations en phrases interrogatives.

– Tu crois qu'il essayait de te draguer?

Maria sourit, cette fois avec plaisir.

– Bien sûr !

Ce sourire soulagea grandement Sherman. La malédiction était brisée. Pourquoi ? il n'en savait rien. Il ne se
rendait pas compte qu'il existait des femmes qui envisa-
geaient l'attraction sexuelle de la manière dont lui regardait la Bourse... Il savait seulement que la glace de la
malédiction était brisée et que ce qui pesait auparavant
venait de disparaître. Peu importait de quoi elle allait
parler maintenant. Et elle se mit effectivement à jacas-
ser. Elle plongea très loin dans l'affreuse situation qu'elle
avait dû subir.

– Il voulait à tout prix me dire qu'il était producteur
de cinéma. Il faisait un film tiré de cette pièce, *Docteur
Faust*, de Christopher Marlowe, ou juste Marlowe, oui,
c'est comme ça qu'il disait, Marlowe tout court, et je ne
sais même pas pourquoi j'ai répondu, mais je croyais
qu'un dénommé Marlowe travaillait dans le cinéma. En
fait, je crois que je pensais à ce film avec un *personnage*
nommé Marlowe. Avec Robert Mitchum.

– C'est vrai. C'est une histoire de Raymond Chandler.

Maria le regarda. Un blanc total. Il laissa tomber
Raymond Chandler.

– Alors, qu'est-ce que tu lui as dit ?

– J'ai dit : « Oh, Christopher Marlowe. Est-ce qu'il n'a
pas écrit un film ? » Et tu sais ce que ce... salaud... me
dit ? Il dit : « Je ne crois pas, mademoiselle. Il est mort
en 1593. » *Je ne crois pas, mademoiselle...*

Ses yeux étincelaient rien qu'à ce souvenir. Sherman
attendit un moment.

– C'est tout ?

– C'est *tout* ? Mais je voulais l'étrangler. C'était si...
humiliant. *Je ne crois pas, mademoiselle.* J'arrivais pas
à imaginer... La prétention !

– Qu'est-ce que tu lui as dit ?

– Rien. Je suis devenue toute rouge. Je ne pouvais pas dire un mot.

– Et c'est pour cela que tu es d'une telle humeur ?

– Sherman, dis-moi honnêtement la vérité. Si tu ne connais pas Christopher Marlowe, est-ce que ça fait de toi quelqu'un de stupide ?

– Pour l'amour du ciel, Maria. Je ne peux pas croire que cela t'ait mis dans un tel état.

– Quel état ?

– Ce nuage noir que tu transportes depuis l'aéroport.

– Tu ne m'as pas répondu, Sherman. Est-ce que ça fait de toi quelqu'un de stupide ?

– Ne sois pas ridicule. J'arrivais à peine à me souvenir de qui il s'agissait et j'ai certainement appris cela un jour dans un cours quelconque.

– Eh bien, c'est exactement ça le problème. Au moins tu as appris ça à l'école un jour. Pas moi, jamais. C'est ça qui me fais me sentir si... tu ne comprends même pas de quoi je parle, n'est-ce pas ?

– Evidemment pas, dit-il en souriant et elle lui rendit son sourire.

Maintenant ils passaient devant l'aéroport de La Guardia, qui était illuminé de centaines d'ampoules au sodium. Il ne ressemblait pas à une grande porte vers les cieux. Il ressemblait à une usine. Sherman passa dans la file de gauche, écrasa l'accélérateur et expédia la Mercedes comme une fusée sous le tunnel de la 31e Rue et en hauteur sur la rampe du Triborough Bridge. Le nuage était passé. Il se sentait content de lui une fois de plus. Il l'avait ramenée, d'un trait d'humour.

Maintenant il fallait qu'il ralentisse. Les quatre voies étaient congestionnées. Tandis que la Mercedes escaladait le grand arc du pont, il pouvait voir l'île de Manhattan sur sa gauche. Toutes ces tours étaient collées les unes aux autres de si près qu'il avait l'impression de sentir leur masse et leur poids insensé. Pensez seulement aux millions de gens, sur toute la planète, qui crèvent d'envie d'être sur cette île, dans ces tours, dans ces rues étroites! Elle était là, la Rome, le Paris, le Londres du XXᵉ siècle, la ville de l'ambition, le grand roc magnétique, l'irrésistible destination de tous ceux qui veulent être *là où ça se passe!* – et il était l'un de ces vainqueurs! Il vivait sur Park Avenue, *la rue des rêves!* Il travaillait à Wall Street, au cinquantième étage, pour le légendaire Pierce & Pierce, dominant le monde! Il était au volant d'un coupé de 48 000 $ avec, à ses côtés, une des plus belles femmes de New York – pas diplômée de littérature, peut-être, mais magnifique. Un jeune animal folâtre! Il faisait partie de ceux dont la destinée naturelle est... d'obtenir ce qu'ils veulent!

Il enleva une main du volant et fit un grand geste vers la grande île.

– On y est, bébé.

– Revoilà le bébé!

– Je ne sais pas, j'ai envie de t'appeler bébé. New York City. Nous y sommes.

– Tu crois vraiment que je suis du genre bébé?

– Tu es aussi bébé que ça me vient, Maria. Où veux-tu que nous dînions? Elle est toute à toi : New York City.

– Sherman! est-ce que tu ne dois pas tourner ici?

Il regarda à droite. C'était vrai. Il était deux files trop à gauche pour prendre la rampe qui menait à Manhattan, et il n'avait aucun moyen de couper. Chaque voie, sa voie, les autres, toutes les files n'étaient qu'une série de trains de voitures et de camions, pare-chocs contre pare-chocs, grignotant les centimètres jusqu'à l'espace immense du péage à quelques cent mètres de là. Au-dessus du péage un énorme panneau vert, éclairé de lampes jaunes, disait : Bronx upstate N. Y. New England.

– Sherman, je suis sûre que c'est la sortie pour Manhattan.

– Tu as raison, mon cœur, mais je n'ai aucun moyen de la prendre.

– Et où va celle-là ?

– Dans le Bronx.

Les trains de véhicules avançaient lentement dans un nuage de carbone et de particules diverses vers le péage.

La Mercedes était si basse sur roues que Sherman dut se soulever pour tendre deux dollars vers la cabine de péage. Un Noir fatigué le regarda de sa fenêtre haut perchée. Quelque chose avait fait une longue entaille sur le côté de la cabine. La rigole rouillait.

Une sorte de vague malaise abyssal et brumeux s'insinuait peu à peu dans le crâne de Sherman... Il était né et avait été élevé à New York et se faisait une fierté de connaître la ville. *Je connais la ville.* Mais en fait sa familiarité avec le Bronx, en trente-huit ans, tenait à cinq ou six voyages au zoo du Bronx, deux au jardin botanique et peut-être à une douzaine de matches au Yankee Stadium, le dernier pour une coupe de football en 1977. Il savait que le Bronx avait des rues numérotées, qui étaient une continuation de celles de Manhattan. Ce qu'il allait faire... eh bien, il prendrait une rue transversale et la suivrait vers l'ouest jusqu'à ce qu'il atteigne une des avenues qui vous ramenaient vers Manhattan.

Quel problème pouvait-il y avoir ?

La marée de feux rouges s'écoulait au-devant d'eux et maintenant ils l'agaçaient. Dans l'obscurité, dans ce flux rouge, il ne parvenait pas à se diriger. Son sens de l'orientation lui échappait. Il devait bien se diriger toujours vers le nord. La descente du pont ne s'était pas beaucoup incurvée. Mais maintenant il n'y avait que des panneaux disant d'avancer. Toutes les marques de son territoire avaient disparu, loin derrière eux. Au bout du pont l'autoroute se sépara en une fourche. MAJOR DEEGAN... GEO. WASHINGTON BRIDGE... BRUCKNER NEW ENGLAND... Major Deegan montait vers le nord de l'Etat... Non! Vire à droite... Soudain, une autre fourche... EAST BRONX NEW ENGLAND... EAST 138ᵉ BRUCKNER BOULEVARD... Choisis-en une, imbécile! Am stram gram... Pile ou face... Il prit encore à droite... EAST 138ᵉ... Une rampe... Tout d'un coup, il n'y eut plus de rampe, plus d'autoroute si proprement encadrée de barrières. Il était au niveau du sol. C'était comme s'il était tombé dans une décharge municipale. Il lui semblait rouler sous l'autoroute. Dans le noir il parvint à distinguer un de ces grillages protecteurs sur sa gauche... Quelque chose pris dedans... Une tête de femme!... Non, c'était une chaise avec trois pieds, à moitié brûlée et dont la bourre pendait en grosses perruques, fichée dans le grillage... Qui sur terre irait flanquer une chaise dans un grillage? Et pourquoi?

– Où sommes-nous, Sherman?

Il pouvait dire au ton de sa voix qu'il n'y aurait plus de discussions sur Christopher Marlowe ou sur le choix du restaurant.

– Nous sommes dans le Bronx.

– Tu sais comment sortir de là?

– Bien sûr. Si je peux trouver une rue transversale... Voyons, voyons, voyons... 138ᵉ Rue...

Ils avançaient vers le nord sous l'autoroute. Mais quelle autoroute?... Deux voies, vers le nord toutes les deux... Sur la gauche un mur de soutènement, un grillage et des colonnes de béton supportant l'autoroute... Devrait tourner vers l'ouest pour trouver une rue vers Manhattan... Tourner à gauche... Mais il ne peut pas tourner à gauche à cause du mur... Voyons, voyons... 138ᵉ Rue... Où est-elle?... Là! le panneau : 138ᵉ Rue... Il reste sur sa gauche, prêt à tourner... Mais il ne peut pas tourner à gauche! Sur sa gauche, quatre ou cinq voies, deux qui vont vers le nord, deux qui vont vers le sud, et encore une autre au-delà, des voitures et des camions grondant dans les deux sens – il n'a aucun moyen de couper cette circulation... Alors il continue tout droit... Dans le Bronx... Une autre ouverture s'annonce dans le mur... Il bénit la voie de gauche... Même chose!... Pas moyen de tourner à gauche!... Il commence à se sentir piégé là, dans cette horreur sous cette autoroute... Mais est-ce si grave que ça?... Il y a plein de circulation....

– Qu'est-ce qu'on fait, Sherman?

– J'essaie de prendre à gauche, mais il n'y a aucun moyen de tourner à gauche sur cette satanée route. Il va falloir que je tourne à droite quelque part, que je fasse demi-tour ou autre chose et que je revienne perpendiculairement.

Maria ne fit pas de commentaires. Sherman lui jeta un coup d'œil. Elle regardait droit devant elle, l'air sévère. Sur sa droite, au-dessus de bâtiments bas et décrépis, il aperçut une enseigne qui disait :

MEILLEURS DU BRONX
ENTREPÔTS DE VIANDE

Un entrepôt frigorifique... au cœur du Bronx... Et une autre ouverture dans le mur devant lui... Il commence à déboîter sur sa droite cette fois – un énorme coup de klaxon – un camion le double sur sa droite... Il fait une embardée à gauche.

– Sherman!

– Désolé, bébé.

Trop tard pour tourner à droite... Il continue, se colle le plus à droite possible, prêt à virer... Une autre ouverture... tourne à droite... Une large rue... Et tous ces gens tout d'un coup... La moitié d'entre eux semblent être sur la chaussée... sombres, mais ils ont l'air latins... Portoricains?... Et là, un long bâtiment bas avec des mansardes à festons... on le dirait sorti d'un livre pour enfants sur les chalets suisses... mais terriblement noirci... Et là, un bar – il scrute – à moitié couvert de plaques de métal... Tant de gens dans ces rues... Il ralentit... Des immeubles bas avec des fenêtres qui manquent... châssis entiers disparus... Un feu rouge. Il s'arrête. Il peut voir le visage de Maria qui pivote dans cette direction et ça... « *Oooooooaaaaahhhh!* » Un terrible cri sur la gauche... Un jeune type avec une moustache tortillonnée et une chemise de sport s'avance sur la chaussée. Une fille lui court après en hurlant. « Oooaaaahhhhh! »... Visage noir, cheveux blonds crépus... Elle jette son bras autour du cou du type, mais au ralenti, comme si elle était ivre. « Oooaaahhh! » Elle essaie de l'étrangler! Il ne la regarde même pas. Il lui flanque son coude dans l'estomac. Elle glisse, le lâche, tombe. Elle est les quatre fers en l'air sur la chaussée. Il continue à marcher. Ne se retourne pas. Elle se relève. Elle se précipite après lui. « Oooaaaahhhh! » Maintenant ils sont juste devant la Mercedes. Sherman et Maria sont assis dans leurs sièges de cuir patiné et les regardent. La fille – elle tient son mec par le cou à nouveau. Il lui refile un grand coup de coude dans le ventre. Le feu passe au vert, mais Sherman ne peut pas bouger. Des gens sont descendus des deux trottoirs pour contempler l'imbroglio. Ils rigolent. Ils les encouragent. Elle lui tire les cheveux. Il grimace et la repousse des deux coudes. Il y a des gens partout. Sherman regarde Maria. Aucun des deux n'a rien à dire. Deux Blancs, dont une jeune femme en bleu dur style Avenue Montaigne avec des épaulettes à peine croyables... assez de valises assorties sur le siège arrière pour un voyage en Chine... Un coupé Mercedes à 48 000 $... en plein milieu du South Bronx... Miracle! Personne ne leur prête attention. Ce n'est qu'une bagnole arrêtée au feu. Les deux combattants, peu à peu, se démènent jusqu'à l'autre côté de la rue. Maintenant ils s'empoignent comme deux lutteurs de Sumo, face à face. Ils titubent, ils battent de l'aile. Ils sont épuisés. Ils cherchent leur souffle. C'est fini. Ils pourraient aussi bien danser. La foule se désintéresse, se disperse.

Sherman dit à Maria : « Ça, c'est l'amour, bébé. »
Veut lui faire croire qu'il n'est pas inquiet.

Maintenant il n'y a plus personne devant leur voiture,
mais le feu est repassé au rouge. Il attend, puis s'engage
dans la rue. Moins de monde maintenant... une rue
large. Il fait un demi-tour, repart...

– Qu'est-ce que tu vas faire maintenant, Sherman ?

– Je crois qu'on est bon. C'est une rue principale...
On est dans la bonne direction. On va vers l'ouest.

Mais lorsqu'ils parvinrent au grand carrefour sous
l'autoroute, ils se trouvèrent dans un nœud emmêlé. Des
rues convergeaient selon des angles bizarres... Des gens
traversaient la rue dans tous les sens... Des visages
sombres... D'un côté, au-dessus, une entrée de métro...
De l'autre des bâtiments bas, des boutiques... LE BON-
HEUR D'ASIE : PLATS CHINOIS À EMPORTER... Il ne parvenait
pas à savoir laquelle des rues allait vraiment vers
l'ouest... *Celle-là* – celle qui en avait le plus l'air – il prit
par là... Une rue très large... Des voitures garées des
deux côtés... Devant en double file... en triple file... une
foule... Pouvait-il vraiment passer à travers ?... Donc il
tourna... *par là*... Il y avait un panneau de rue, mais les
panneaux n'étaient même plus parallèles aux rues elles-
mêmes... Alors il prit cette rue, mais elle se changea très
vite en une rue étroite qui serpentait entre des bâtiments
bas. Tout avait l'air abandonné. Au coin suivant il tourna
– vers l'ouest, se figura-t-il – et suivit cette rue durant
quelques blocs. Encore des bâtiments bas. Ça pouvait
être des garages et ça pouvait être des remises. Il y avait
des grillages avec des spirales de barbelés au sommet.
Les rues étaient désertes, ce qui n'était pas mal, se dit-il,
et pourtant il pouvait sentir son cœur battre sèchement,
comme une corde tendue. Puis il tourna encore. Une rue
étroite encadrée d'immeubles de sept ou huit étages, des
appartements, pas de gens, pas de lumière. Le bloc
d'après, pareil. Il tourna encore et tandis qu'il passait le
coin...

Sidérant. Absolument vide, un vaste terrain ouvert. Bloc après bloc – combien de blocs? six? une douzaine? Des blocs entiers de la ville sans un seul immeuble debout. Il restait les rues et les caniveaux et les trottoirs et les réverbères et rien d'autre. L'incroyable carte d'une ville était étalée devant lui, éclairée par le jaune chimique des lumières municipales. De-ci, de-là, il y avait des traces de moellons et de gravats. La terre ressemblait à du béton, sauf qu'elle dégringolait par ici... Les collines et les vallées du Bronx... réduites à de l'asphalte, du béton et des cendres... sous un éclairage jaune fantomatique.

Il dut y regarder à deux fois avant d'être certain qu'il roulait bien dans une rue de New York. La rue escaladait une longue pente... Deux blocs plus loin... Trois blocs plus loin... Difficile à dire à cette distance, il y avait un immeuble solitaire, le dernier... Il était au coin... Difficile à dire à cette distance, deux ou trois étages... Il avait l'air prêt à dégringoler à tout instant... De la lumière au rez-de-chaussée comme s'il y avait un magasin ou un bar. Trois ou quatre personnes dehors sur le trottoir. Sherman les voyait bien sous le réverbère du coin.

– Qu'est-ce que c'est que ça, Sherman? dit Maria, les yeux braqués sur lui.

– Le South Bronx, je pense.

– Tu veux dire que tu ne sais pas où on est?

– Je sais *à peu près* où on est. Tant qu'on va vers l'ouest, tout va bien.

– Qu'est-ce qui te fait croire qu'on va vers l'ouest?

– Oh, ne t'inquiète pas, on va vers l'ouest. C'est simplement que...

– Simplement quoi?

– Si tu vois une plaque de rue... Je cherche une rue à numéro.

La vérité était que Sherman ne savait plus dans quel sens il allait. Rien à dire. Comme ils approchaient de

117

l'immeuble, il put entendre *thung thung thung thung thung thung*. Il l'entendait malgré les fenêtres fermées de la voiture... Une basse électrique... Un fil électrique descendait du réverbère jusque dans la porte ouverte. Dehors, sur le trottoir, une femme qui portait quelque chose comme un short et un haut de basket-ball, et deux types avec des chemises de sport à manches courtes. La femme était penchée en avant, les mains sur les genoux, elle riait et tournait la tête dans un grand mouvement circulaire. Les deux hommes se moquaient d'elle. Etaient-ils portoricains? Impossible à dire. Dans l'entrée, là où le fil électrique continuait, Sherman pouvait voir une lumière tamisée et de vagues silhouettes. *Thung thung thung thung thung...* la basse... Puis les aigus de quelques notes de trompette... De la salsa?... La tête de la femme tournait et tournait...

Il jeta un regard vers Maria. Elle était assise dans sa fantastique veste bleu dur. Ses cheveux noirs épars encadraient un visage aussi glacé qu'une photographie. Sherman accéléra et abandonna cette étrange oasis dans le désert.

Il tourna vers des immeubles... là-bas... Là... Il passa des maisons aux fenêtres crevées...

Ils arrivaient devant un petit parc encerclé d'une barrière de métal. Il fallait tourner soit à gauche, soit à droite. Les rues s'ouvraient selon des angles bizarres. Sherman avait perdu toute notion d'une topographie quelconque. Cela ne ressemblait plus en rien à New York. On aurait dit une petite ville de Nouvelle-Angleterre complètement ravagée. Il tourna à gauche.

– Sherman, je commence à ne pas aimer ça du tout.

– T'inquiète pas, petite...

– C'est *petite* maintenant?

– Tu n'aimais pas *bébé*.

Il essayait d'avoir l'air décontracté...

Maintenant il y avait des voitures garées le long de la

rue... Trois mômes debout sous un réverbère. Trois visages sombres. Ils portaient des blousons rembourrés. Ils regardèrent la Mercedes. Sherman tourna encore.

Loin devant il apercevait la lueur jaune et vague de ce qui semblait être une rue plus importante, bien plus éclairée. Plus ils approchaient, plus il y avait de gens... Sur les trottoirs, dans les entrées d'immeubles, sur la chaussée... un véritable amas de visages sombres... Loin devant, quelque chose sur la chaussée. Ses codes étaient absorbés par l'obscurité. Puis il parvint à faire le point. Une voiture garée au milieu de la rue, vraiment loin du trottoir... Un groupe de garçons autour de la voiture... Visages encore plus sombres... Pourrait-il au moins les contourner? Il pressa le bouton qui verrouillait les portes. Le « clic » électronique le surprit, comme un coup de caisse-claire. Il ralentit. Les mômes se penchèrent et regardèrent les fenêtres de la Mercedes.

Dans le coin de son champ de vision il en voyait un qui souriait. Mais il ne dit rien. Il les regarda et grimaça. Dieu merci, il avait la place de passer. Sherman n'arrêtait pas de se rassurer. Suppose que tu aies un pneu crevé? Ou que le moteur soit noyé? Là, ce serait réglé. Mais il ne se sentait pas démonté. Il était encore aux commandes, au-dessus de *ça*! Continue à rouler. C'est le principal. Une Mercedes à 48 000 $. Allez, les Boches, les têtes de Panzer, les mécanos à tête de fer... Faites ça bien... Il dépassa la voiture. Plus loin, un croisement important... La circulation traversait le carrefour assez vite dans chaque direction. Il cessa de retenir sa respiration. Il allait avancer! A droite! à gauche! aucune importance. Il atteignit le croisement. Le feu était rouge. Et merde... Il passa.

– Sherman, tu as grillé le feu!

– Très bien. Les flics vont m'arrêter. Ça ne me dérangerait pas trop.

Maria ne disait plus un mot. La problématique de son

existence luxueuse était étroitement concentrée, la vie humaine n'avait qu'un seul objectif : sortir du Bronx.

Plus loin, le jaune moutarde des réverbères brillait davantage et semblait s'espacer... Une sorte de grand carrefour... Attendez une minute... Là, une station de métro... Et là, des boutiques, des fast-food bon marché... Texas Fried Chicken... Le bonheur d'Asie, plats chinois à emporter... *Le bonheur d'Asie, plats chinois à emporter !*

Maria pensait exactement la même chose.

– Dieu du Ciel, Sherman, on est revenu au même point ! Tu as tourné en rond !

– Je sais, je sais. Attends une seconde. Je vais tourner à droite. Je vais passer sous l'autoroute. Je vais...

– Ne repasse pas sous ce truc, Sherman.

L'autoroute était juste au-dessus. Le feu était au vert. Sherman ne savait pas quoi faire. Quelqu'un klaxonnait derrière lui.

– Sherman, regarde, là ! Direction George Washington Bridge !

Où ça ? Le klaxon persévérait. Et il le vit. Sur le côté, loin, sous l'autoroute, dans cette décrépitude de béton mal éclairé, un panneau sur un support de ciment... 95. 895 EAST. GEO. WASH BRIDGE... ça doit être une rampe d'accès...

– Mais on ne va pas par là, c'est au nord !

– Et alors, Sherman ? Au moins tu sais ce que c'est ! au moins c'est la civilisation ! Il faut sortir de là !

Le klaxon vociférait. Quelqu'un derrière hurlait. Sherman écrasa l'accélérateur, le feu était encore au vert. Il passa à travers les cinq voies vers le petit panneau. Il était de retour sous l'autoroute.

– C'est juste là, Sherman !

– Oui, oui, je vois.

La rampe d'accès ressemblait à un toboggan noir coincé entre les supports en béton. La Mercedes fut secouée par un nid-de-poule.

– Bon sang, dit Sherman, je ne l'avais même pas vu.

Il se pencha sur le volant. Les phares balayaient les colonnes de béton en un vrai délire. Il rétrograda en seconde. Il prit à gauche autour d'un arc-boutant et accéléra en grimpant la rampe. Des corps !... Des corps sur la route ! Deux, couchés en chien de fusil !... Non, pas des corps... des arêtes sur le côté... des formes moulées ?... non, des containers, un genre de containers... des poubelles... Il fallait qu'il serre à gauche pour les éviter... Il passa la première et tourna à gauche... Du flou dans ses phares... Une seconde il pensa que quelqu'un avait sauté par-dessus la barrière de la rampe... Pas assez gros... C'était un animal... Aplati sur la chaussée, barrant la route... Sherman écrasa le frein... Une mallette vint cogner sa nuque... Deux...

Un cri de Maria. Une valise était passée par-dessus son appuie-tête. La voiture avait calé. Sherman mit le frein à main et tira la valise en arrière pour la dégager.

– Ça va ?

Elle ne le regardait pas. Elle avait les yeux fixés sur le pare-brise.

– Qu'est-ce que c'est que ça ?

Barrant la route – ce n'était pas un animal... des rayures... C'était une roue... Sa première pensée fut qu'une voiture avait dû perdre sa roue sur l'autoroute au-dessus et qu'elle avait rebondi jusque sur la rampe. Tout d'un coup tout était mortellement silencieux, parce que le moteur avait calé. Sherman remit le moteur en marche. Il testa le frein pour voir s'il tenait bien. Puis il ouvrit la portière.

– Qu'est-ce que tu fais, Sherman ?

– Je vais enlever ça de la route.

– Fais attention. S'il vient une voiture...

– Eh bien, dit-il en haussant les épaules.

Il sortit. Il se sentit bizarre à partir du moment où il posa le pied sur la rampe d'accès. D'en haut tombait l'énorme bruit des véhicules passant sur une sorte de joint métallique ou de plaque sur l'autoroute. Il regardait les entrailles obscures de ce dessous d'autoroute. Il ne pouvait pas voir les voitures. Il ne pouvait que les entendre avaler l'autoroute, apparemment à grande vitesse. La vibration enveloppait la grande structure décrépie et sombre d'une sorte de *mmmmh* permanent. Mais dans le même temps, il pouvait entendre ses chaussures, ses New & Lingwood à 650 $, New & Lingwood de Jermyn Street, Londres, avec leurs semelles et leurs talons de cuir qui produisaient un petit grattement tandis qu'il avançait vers la roue. Le petit grattement de ses chaussures était plus aigu que tout ce qu'il avait entendu de sa vie. Il se pencha. Ce n'était pas une roue, en fait, juste un pneu. Imaginez une voiture perdant un pneu. Il le ramassa.

Il pivota, regarda la Mercedes. Deux silhouettes!... Deux jeunes types – noirs – sur la rampe, venant vers lui... *Celtiques de Boston!*... Celui qui était le plus proche de lui portait un survêtement de basket argenté avec CELTIQUES écrit en travers de la poitrine... Il n'était qu'à quatre ou cinq pas de lui... puissamment bâti... Son survêtement était ouvert... un tee-shirt blanc... des pectoraux énormes... un visage carré... mâchoire large... grande bouche... Ressemblait à quoi?... Un chasseur! Un prédateur!... Le jeune type regarda Sherman droit dans les yeux... marchait lentement... L'autre était grand mais maigre, avec un long cou, un visage étroit... un visage délicat... Les yeux grands ouverts... sidéré... Il avait l'air terrifié... Il portait un pull trop large... Il était à deux pas derrière l'autre...

– Hey, dit le gros. Besoin d'aide?

Sherman était immobile, le pneu dans les bras, sur ses gardes.

– Kesk'ya, mec? Besoin d'aide?

Une voix de bon voisinage. *C'est bidon! une main dans sa poche de veste!* Mais il a l'air sincère. *C'est du bidon, idiot!* Mais suppose qu'il veuille vraiment m'aider? *Et qu'est-ce qu'ils font sur cette rampe?* N'ont rien fait – n'ont pas menacé. *Mais ils vont le faire!* Reste amical. *Tu es fou? Fais quelque chose! réagis!* Un son emplit son crâne, le son de la vapeur sous pression, un rugissement. Il tenait le pneu devant sa poitrine. *Maintenant!* Bang – il chargea le plus gros et lui jeta le pneu. Le pneu revint droit vers lui! Il leva les mains. Il écarta le pneu qui rebondit. Un grognement. La brute était tombée sur le pneu. Le blouson argenté, les Celtiques, au tapis... Le propre élan de Sherman le poussa en avant. Il glissa sur ses chaussures de soirée New & Lingwood. Il pivota.

– Sherman!

Maria était au volant de la voiture. Le moteur rugissait. La porte côté passager était ouverte.

– Monte!

L'autre, le maigre, était entre lui et la voiture... l'air absolument terrifié... les yeux écarquillés... Sherman était pris de frénésie... Il fallait qu'il atteigne la voiture!... Il se mit à courir. Il baissa la tête. Il écrasa son épaule contre lui. Le garçon fit une pirouette et heurta le pare-chocs arrière de la voiture mais ne tomba pas.

– Henry!

Le gros se relevait. Sherman se jeta dans la Mercedes.

Le visage de Maria, pâle de terreur : « Monte! monte! » Le moteur qui rugit... Les cadrans de la Mercedes-Panzer... un mouvement dehors près de la voiture... Sherman saisit la poignée et claque la portière, avec une énorme décharge d'adrénaline. Dans le coin de son regard, le gros – presque à la porte du côté de Maria. Sherman appuya sur le système de verrouillage. *Rap!* Il tirait sur la poignée de la portière – CELTIQUES, à quelques centimètres de Maria, avec juste la vitre entre eux. Maria passa la première et la Mercedes bondit en avant. Le jeune sauta sur le côté. La voiture fonçait droit vers les poubelles. Maria écrasa le frein. Sherman fut projeté contre le tableau de bord. Une mallette tomba sur le levier de vitesses. Sherman la saisit. Il la prit sur ses genoux. Maria passa la marche arrière. La voiture bondit à reculons. Il regarda à droite. Le maigre... Le garçon maigre était là, le regardait... un effroi total sur son visage si fin... Maria repassa la première... Elle respirait à grosses gorgées, comme si elle se noyait... Sherman hurla : « Attention ! »

Le gros fonçait vers la voiture. Il tenait le pneu au-dessus de sa tête. Maria fit bondir la voiture en avant, droit sur lui. Il plongea hors d'atteinte... un mouvement flou... un fracas terrible... Le pneu heurta le pare-brise et rebondit, sans casser la vitre... Les Boches !... Maria vira à gauche pour éviter les poubelles... Le maigre, là, juste là... L'arrière de la voiture, comme la queue d'un poisson... *tchok*... Le garçon maigre n'était plus visible... Maria se battait avec le volant... Un passage juste entre la barrière et les poubelles... Elle passa... Un rugissement furieux... La Mercedes grimpa la rampe. La route s'éleva sous lui... Sherman s'accrocha... L'immense langue de l'autoroute... Des lumières passant comme des fusées... Maria pila sur place... Sherman et la mallette furent projetées contre le tableau de bord... *hahhh hahhhhh hahhhhh hahhhhh*... D'abord il crut qu'elle riait. Elle essayait seulement de retrouver son souffle.

– Ça va ?

Elle lança la voiture en avant. Le hurlement d'un klaxon.

– Pour l'amour du Ciel, Maria !

Le hurlement du klaxon passa, continu, et ils débouchèrent sur l'autoroute.

La sueur lui piquait les yeux. Il lâcha la mallette pour essuyer son visage, mais sa main tremblait tellement qu'il la reposa. Il pouvait sentir son cœur battre dans sa gorge. Il était trempé de sueur. Sa veste était déchirée en deux. Il le sentait. Elle était ouverte dans le dos. Ses poumons luttaient pour obtenir plus d'oxygène.

Ils fonçaient sur l'autoroute, beaucoup trop vite.

– Ralentis, Maria, pour l'amour du Ciel !

– Où je vais, Sherman, où je vais ?

– Suis les panneaux marqués George Washington Bridge, et, pour l'amour de Dieu, ralentis !

Maria ôta une main du volant pour dégager ses cheveux de son front. Son bras entier, comme sa main, tremblait convulsivement. Sherman se demanda si elle pouvait vraiment contrôler sa conduite, mais il ne voulait surtout pas la déconcentrer. Son cœur courait à toute vitesse, avec des coups sourds, comme s'il voulait sortir de sa cage thoracique.

– Ah, merde, mes bras tremblent ! dit Maria. *Ao ! meuurde, mes braas treemmblent...* Il ne l'avait jamais entendue dire *merde*.

– Calme-toi, dit Sherman, tout va bien maintenant, on est bon...

– Mais où on va ?

– Ne t'en fais pas... Suis les panneaux. George Washington Bridge...

– Ao, meuurde, Sherman, c'est ce qu'on a fait tout à l'heure !

– Calme-toi, je t'en prie. Je te dirai où...

– Fous pas tout en l'air, cette fois, Sherman !

Sherman s'aperçut qu'il avait les mains crispées sur la malette comme si c'était un second volant. Il essaya de se concentrer sur la route devant eux. Puis il bloqua son regard sur un panneau au-dessus de l'autoroute, loin devant : CROSS BRONX. GEO WASH. BRIDGE.

– Cross Bronx ! Qu'est-ce que c'est que ça ?

– Prends par là !

– Meuurde, Sherman !

– Reste sur l'autoroute et tout ira bien. (Navigateur à pilote.)

Il regarda la ligne blanche sur le côté de la route. Il se

concentrait si fort que les pointillés commençaient à se séparer... Les lignes... Les panneaux... Les feux arrière... Il ne pouvait plus faire le point... Il se concentrait sur... des fragments!... des molécules!... des atomes!... Dieu du Ciel!... *J'ai perdu le pouvoir de raisonner!*... Son cœur... Des palpitations!... Et puis un grand... *crac!*... Son cœur reprit un rythme normal.

Puis, au-dessus d'eux : MAJOR DEEGAN TRIBORO BRIDGE.

— Tu vois ça, Maria? Triborough Bridge! prends par là!

— Bon Dieu, Sherman, on devait prendre le Washington Bridge!

— Non! C'est le Triborough qu'il nous faut, Maria! Il nous ramènera droit dans Manhattan!

Ils prirent donc cette autoroute. Actuellement, au-dessus de leurs têtes : WILLIS AVENUE.

— C'est quoi, Willis Avenue?

— Je crois que c'est dans le Bronx, dit Sherman.

— Meuurde!

— Reste sur ta gauche! tout va bien!

— Meuurde, Sherman!

Au-dessus de l'autoroute un Grand Panneau : TRIBORO.

— Voilà, Maria! tu le vois?

— Ouais...

— Décale-toi vers la droite. Tu sors à droite! Maintenant.

Sherman agrippait la mallette et négociait le virage comme si c'était un volant. Il tenait une mallette comme un môme qui joue aux voitures de courses! Maria avait une veste à épaulettes bleu dur sortie tout droit de l'Avenue Montaigne... dehors, ici... un petit animal tendu, tremblant sous ses épaulettes bleu dur et parisiennes... eux deux dans cette Mercedes à 48 000 $ avec son tableau de bord d'avion de chasse... voulaient à tout prix s'échapper du Bronx...

Ils atteignirent la sortie. Il s'accrochait à sa chère existence, comme si une tornade allait se lever dans les cinq secondes et les balayer hors de leurs rails pour les renvoyer... *droit dans le Bronx!*

Ils y étaient arrivés. Maintenant ils descendaient le long plan incliné qui menait au pont et à Manhattan.

Hahhhhh hahhhhh hahhhhh hahhhhh

— Sherman!

Il la regarda. Elle soupirait et aspirait de grosses goulées d'air.

— Tout va bien maintenant, mon cœur...

— Sherman... Il l'a lancée! droit sur moi!

— Lancé quoi?

— Cette... roue, Sherman!

Le pneu avait frappé le pare-brise droit devant ses yeux. Mais un autre son fit comme un flash dans la mémoire de Sherman... *Tchok*... le son du pare-chocs arrière frappant quelqu'un et le garçon maigre qui disparaissait... Maria laissa échapper un sanglot.

— Tiens bon! On n'est plus loin maintenant!

Elle renifla ses larmes...

— Mon Dieu...

Sherman passa la main derrière sa nuque et lui massa le cou.

— Tout va bien, chérie... Tu t'en sors très bien.

— Oh, Sherman...

La chose bizarre – et ça lui paraissait bizarre juste à ce moment précis – c'était qu'il avait le sourire aux lèvres. Je l'ai sauvée! Je suis son protecteur! Il continuait à lui masser la nuque.

— Ce n'était qu'un pneu, dit le protecteur, savourant le luxe de pouvoir apaiser le faible. Sinon, cela aurait cassé le pare-brise.

— Il me l'a lancé!... droit... sur moi!

— Je sais, je sais. C'est fini, tout va bien.

Mais il l'entendait encore. Le petit *tchok*. Et plus de garçon maigre...

– Maria, je crois que tu... Je crois qu'on a touché l'autre...

Tu... on... déjà un instant profond ramenait le protecteur à la surface. Un blâme.

Maria ne dit rien.

– Tu sais, quand on a dérapé. Il y a eu cette espèce de... ce genre de... petit bruit, un petit *tchok*.

Maria demeura silencieuse. Sherman l'observait. Finalement, elle dit :

– Ouais... Je... Je ne sais pas. Je m'en fous, Sherman, merde ! La seule chose qui compte c'est qu'on soit sortis de là !

– C'est le principal, mais...

– Mon Dieu, Sherman... C'était comme... le pire des cauchemars !

Elle commença à réprimer des sanglots, penchée en avant sur le volant, les yeux braqués sur la route, concentrée sur la circulation.

– Tout va bien, chérie, on en est sortis !

Il lui massa encore un peu la nuque. Le garçon maigre était debout. *Tchok !* Il n'était plus là.

La circulation se faisait plus dense. La marée de feux rouges devant eux passait sous un pont et tournait en montant une pente. Ils n'étaient plus loin du pont. Maria ralentit. Dans l'ombre, les cabines de péage ressemblaient à une grande coulée de béton jaunie par les lumières. Le flot de feux arrière s'étalait vers les cabines du péage. Au lointain, Sherman apercevait l'obscurité profonde de Manhattan.

Une telle force de gravité... tant de lumières... tant de gens... tant d'âmes partageant cette langue de béton avec lui... et tous, absolument tous ignorant à quoi il venait d'échapper !

Sherman attendit qu'ils roulent le long de la voie express Franklin Delano Roosevelt le long d'East River, dans le Manhattan blanc, il attendit que Maria soit calmée avant de remettre le sujet sur le tapis.

– Eh bien, qu'est-ce que tu en penses, Maria? Je crois qu'on devrait prévenir la police.

Elle ne dit rien. Il la regarda. Elle fixait la route devant eux.

– Qu'est-ce que tu en penses?

– Pour quoi faire?

– Eh bien je pensais que...

– Ferme-la, Sherman, dit-elle gentiment, doucement. Laisse-moi conduire cette satanée voiture.

Les murailles gothiques familières de l'hôpital de New York étaient juste devant eux. Le Manhattan blanc! Ils prirent la sortie de la 71e Rue pour pénétrer dans la ville.

Maria se gara de l'autre côté de l'immeuble et de sa cachette au quatrième étage. Sherman sortit et alla aussitôt inspecter le pare-chocs arrière. A son grand soulagement, pas de bosse, aucun signe de rien, du moins pas là, dans le noir. Comme Maria avait dit à son mari qu'elle ne rentrait d'Italie que le lendemain, elle voulait monter ses bagages dans le petit appartement... Trois fois Sherman grimpa les marches grinçantes, dans le misérable éclairage du Halo du Proprio, traînant les bagages.

Maria ôta sa veste bleu dur à épaulettes parisiennes et la posa sur le lit. Sherman enleva sa veste. Elle était salement déchirée dans le dos, les coutures arrachées... Huntsman, Savile Row, Londres. Coûtait une sacrée fortune. Il la jeta sur le lit. Sa chemise était trempée de sueur. Maria se débarrassa de ses chaussures de deux coups de pied, s'assit dans un des fauteuils en bois tourné près de la table au pied de chêne, mit un coude sur la table et laissa sa tête tomber sur son avant-bras. La vieille table fléchit tristement. Puis Maria se reprit et regarda Sherman.

– J'ai besoin d'un verre, dit-elle. Tu en veux un?

– Ouais... Tu veux que je les prépare?

– Hun hun... Je veux une bonne dose de vodka avec un tout petit peu de jus d'orange et de la glace. La vodka est en haut dans le placard.

Il entra dans la vilaine petite cuisine et alluma. Un cafard était installé sur le manche d'une casserole sale sur la cuisinière. Eh bien tant pis!... Il prépara la vodka orange de Maria puis se servit un plein verre de scotch et y ajouta un peu de glace et un peu d'eau. Il s'assit sur une chaise de bois tourné en face d'elle. Il s'aperçut qu'il avait vraiment envie de ce verre. Il désirait chaque dégringolade de glace brûlante dans son estomac. La voiture dérape... *tchok!* Le grand et délicat jeune homme n'est plus là...

Maria avait déjà vidé la moitié du grand verre qu'il lui avait donné. Elle ferma les yeux, jeta la tête en arrière, regarda Sherman et lui sourit d'un air fatigué.

– Je le jure, dit-elle. Je croyais que c'était... la fin.

– Eh bien, qu'est-ce qu'on fait maintenant? demanda Sherman.

– Qu'est-ce que tu veux dire?

– Je crois que nous devrions... Je crois que nous devrions prévenir la police.

– Tu l'as déjà dit. Très bien. Explique-moi pour quoi faire?

– Eh bien ils ont essayé de nous dévaliser... et je crois que peut-être... je crois qu'il est possible que tu en aies touché un.

Elle se contenta de le regarder.

– C'est quand tu as accéléré, et qu'on a dérapé.

– Eh bien, tu veux savoir quelque chose? J'espère que je l'ai touché. Mais même si je l'ai touché, je sais que je ne l'ai pas touché fort. J'ai à peine entendu quoi que ce soit.

– C'était juste un petit *tchock*. Et puis, tout d'un coup, il n'était plus là.

Maria haussa les épaules.

– Excuse-moi, je pense tout haut, dit Sherman. Je crois qu'on devrait le signaler. C'est une manière de nous protéger.

Maria souffla de l'air entre ses lèvres, comme on fait quand on est à bout, et regarda ailleurs.

– Et si le type est blessé ?

Elle le regarda et rit doucement.

– Franchement, je m'en fiche complètement !

– Mais suppose que...

– Ecoute on est sortis de là. Comment, ça n'a aucune espèce d'importance.

– Mais suppose que...

– Suppose de la merde, Sherman... Qu'est-ce que tu vas *dire à la police* ? Hein, qu'est-ce que tu vas dire ?

– Je ne sais pas. Je leur dirai ce qui s'est produit.

– Sherman, je vais te dire ce qui s'est produit. Je viens de Caroline du Sud et je vais te le dire en anglais dans le texte. Deux nègres ont essayé de nous tuer, et on s'en est sortis. Deux nègres ont essayé de nous tuer dans cette jungle et on s'est sorti de cette jungle et on respire toujours et c'est tout.

– Ouais, mais suppose que...

– Suppose toi, plutôt ! Suppose que tu ailles voir les flics ? Qu'est-ce que tu vas leur dire ? Comment vas-tu leur expliquer qu'on était dans le Bronx ? Tu dis que tu vas leur raconter ce qui s'est passé. Eh bien, vas-y, Sherman, dis-moi... Qu'est-ce qui s'est passé ?

Voilà où elle voulait en venir. Est-ce que vous iriez dire à la police que Madame Arthur Ruskin, de la Cinquième Avenue et Monsieur Sherman McCoy, de Park Avenue, en *tête-à-tête* nocturne, ont loupé la sortie Manhattan sur le Triborough Bridge et se sont retrouvés dans une petite galère dans le Bronx ? Il déroulait cette séquence dans sa tête. Eh bien, il n'aurait qu'à dire à Judy – non, il n'avait aucun moyen de simplement *dire à Judy* qu'il se baladait avec une dénommée Maria. Mais s'ils – si Maria avait touché le gamin, alors il valait mieux s'en mordre les doigts mais tout raconter. Tout quoi... Eh bien... Deux gamins ont tenté de les attaquer. Ils ont bloqué la rampe d'accès. Ils se sont approchés de lui. Ils ont dit... Un petit choc en plein dans son plexus solaire. Ils ont dit : ... *Hé! Vous avez besoin d'aide?* C'est tout ce que le gros balaise avait dit. Il n'avait pas sorti la moindre arme. Aucun des deux n'avait fait le moindre geste menaçant avant qu'il ne leur jette le pneu dessus. Se pourrait-il que – hé, minute! C'est dingue! Qu'est-ce qu'ils auraient bien pu faire d'autre sur cette rampe d'accès à part une barricade, dans le noir – sauf que... pourrait appuyer sa thèse... son *interprétation!*... un petit animal farouche... tout d'un coup il se rendit compte qu'il la connaissait à peine.

– Je n'en sais rien, dit-il. Tu as sans doute raison. Réfléchissons à la question. Je pense tout haut, c'est tout.

– C'est tout réfléchi, Sherman. Il y a des choses que je comprends mieux que toi. Pas beaucoup de choses, mais certaines. Ils adoreraient nous mettre la main dessus à tous les deux.

– Qui ça?

– La police. Et à quoi ça servirait? Il n'attraperont jamais ces types.

– Comment ça mettre la main sur nous?

– Je t'en prie, oublie la police.

– Mais de quoi parles-tu?

– De toi, pour commencer. Tu es une personnalité.

– *Je ne suis pas* une personnalité!

Les Maîtres de l'Univers étaient à un niveau bien supérieur.

– Ah non? Et ton appartement en photo dans *Architectural Digest*? Ta photo dans *W*? Ton père était – je veux dire est – euh... ce qu'il est. Tu vois ce que je veux dire.

– C'est *ma femme* qui a étalé notre appartement dans ce magazine!

– Eh bien tu expliqueras ça à la police, Sherman. Je suis certaine qu'ils apprécieront la nuance.

Sherman était sans voix. C'était une pensée haineuse.

– Quant à moi, ils seront ravis de me mettre la main dessus, en passant. Je ne suis qu'une petite fille de Caroline du Sud, mais mon mari pèse 100 millions de $ et possède un très bel appartement sur la Cinquième Avenue.

– Très bien, j'essayais simplement de me représenter le tableau, je dis ce qui me passe par la tête, c'est tout. Et si tu as touché le gamin ? Et s'il est gravement blessé ?

– Tu l'as vu se faire toucher ?

– Non.

– Moi non plus. Et pour ce que j'en sais, je n'ai touché personne. Bon Dieu, j'aurais aimé le toucher pour de bon, je le jure, mais pour ce que j'en sais, et pour ce que tu en sais aussi, je n'ai touché personne ! D'accord ?

– Eh bien, je crois que tu as raison. Je n'ai rien vu. Mais j'ai entendu quelque chose et j'ai senti quelque chose.

– Sherman, tout s'est passé si vite, tu ne sais *pas* ce qui s'est passé, et moi non plus. Ces mômes n'iront pas voir les flics. Ça, tu peux en être satanément sûr ! Et si toi tu vas les voir, ils ne les retrouveront jamais non plus. La police passera un excellent moment à écouter ton histoire – et tu ne sais pas vraiment ce qui s'est passé, n'est-ce pas ?

– Je crois bien que non.

– Et moi non plus, je crois bien. Si jamais la question se pose un jour, tout ce qui s'est passé, c'est que deux jeunes types ont barré la route et essayé de nous dévaliser, et on a réussi à leur échapper. Point à la ligne. C'est tout ce qu'on sait.

– Et pourquoi ne l'avons-nous pas signalé ?

– Parce que c'était sans intérêt. Nous n'étions pas blessés, et nous nous imaginions qu'ils ne retrouveraient jamais ces deux types, jamais. Et tu sais quoi, Sherman ?

– Quoi ?

– Il se trouve que c'est la vérité absolue. Tu peux t'imaginer ce que tu veux, il se trouve que c'est exactement *tout* ce que toi et moi savons.

– Ouais... Tu as raison. Je ne sais pas, je me sentirais juste un peu mieux si...

– Tu n'as pas à te sentir mieux, Sherman. C'est moi qui conduisais. Si j'ai touché ce salaud, eh bien c'est moi qui l'ai touché ; et moi je dis que je n'ai touché personne, et je ne vais rien signaler à la police. Alors, ne t'inquiète plus de rien.

– Je ne m'inquiète pas, seulement...

– Très bien !

Sherman hésitait. C'était pourtant vrai, n'est-ce pas ? *Elle* était au volant. C'était sa voiture, mais *elle* avait pris sur elle de conduire, et si la question était soulevée un jour, c'était son entière responsabilité. *Elle* conduisait... donc s'il y avait quoi que ce soit à signaler, c'était également *sa* responsabilité. Naturellement il témoignerait pour elle... Mais déjà un grand poids venait de glisser de ses épaules.

– Tu as raison, Maria. C'était exactement comme dans une jungle.

Il hocha la tête plusieurs fois de suite, pour indiquer que la vérité s'était fait jour en lui.

– On aurait pu se faire tuer, dit Maria.

– Tu sais quoi, Maria ? On s'est battus !

– Battus ?

– On était dans cette saleté de jungle... et on a été attaqués... Et on s'est battus pour en sortir.

Maintenant sa voix s'éclaircissait, de plus en plus enjouée.

– Bon Dieu, je ne me souviens même plus de ma

dernière bagarre, je veux dire une vraie bagarre. Je crois que j'avais douze ans, ou treize. Tu sais quoi, bébé? Tu as été superbe. Tu as été fantastique. Vraiment. Quand je t'ai vue au volant... je ne savais même pas si tu savais conduire cette voiture!

Il s'exaltait. *Elle* conduisait.

– Mais tu t'en es sortie, merde! Tu étais géniale!

Oh, l'aube de la vérité se faisait jour. La planète entière baignait dans cette lumière nouvelle.

– Je ne sais même pas comment j'ai fait, dit Maria. Tout est a-a-arrivé en même temps. Le pire a été de changer de siège. Je ne sais pas pourquoi ils ont mis cette espèce de levier de vitesses en plein milieu. Je me suis pris la jupe dedans.

– Quand je t'ai vue au volant, je n'en croyais pas mes yeux! Si tu n'avais pas fait ça – il secoua la tête – on n'y serait jamais arrivés!

Comme ils atteignaient l'exaltation de ceux qui se racontent leur guerre, Sherman n'avait pas résisté à un petit éloge.

– J'ai fait ce que j'ai pu, dit Maria, je ne sais pas, l'instinct...

Typique de Maria. Elle n'avait pas remarqué son ouverture.

– Ouais, dit Sherman, eh bien c'était un sacré bon instinct. J'avais justement les mains pleines à ce moment-là!

Il ouvrit les bras, large comme un pneu de camion.

Ça, elle le remarqua.

– Oh, Sherman... je sais... Quand tu as lancé cette roue, ce pneu, sur ce type... Bon Dieu, j'ai pensé... comment dire... tu les as battus tous les deux, Sherman! deux contre un!

Deux contre un... Jamais les oreilles du Maître de l'Univers n'avaient vibré à une si douce musique. Continue! ne t'arrête pas!

– Je n'arrivais pas à comprendre ce qui se passait, dit Sherman.

Et il souriait maintenant, d'excitation, et sans essayer le moins du monde de réprimer son sourire.

– J'ai lancé le pneu, et immédiatement il m'est revenu dans la figure !

– C'est parce qu'il avait mis ses mains pour le bloquer, que le pneu a rebondi et...

Ils replongèrent dans les détails de l'aventure, flots épais d'adrénaline.

Leurs voix montèrent d'un cran avec leurs pensées, et ils riaient soi-disant à propos de la bizarrerie des détails de leur aventure, mais en fait avec une joie réelle, une exaltation spontanée devant ce *miracle*. Ensemble ils venaient de vivre le pire cauchemar new-yorkais, et ils avaient triomphé.

Maria se redressa et commença à regarder Sherman avec ses yeux largement ouverts et ses lèvres entrouvertes qui esquissaient un sourire. Il eut une délicieuse prémonition. Sans un mot elle se leva et ôta son chemisier. Elle ne portait rien dessous. Il regarda ses seins, qui étaient fantastiques. La merveilleuse chair pâle respirait la concupiscence et luisait de sueur. Elle s'avança vers lui et s'installa entre ses jambes, tandis qu'assis, il défaisait sa cravate. Il mit les bras autour de sa taille et la tira si fort vers lui qu'elle perdit l'équilibre. Ils roulèrent sur le tapis. Quel incroyable et heureux instant... Ils s'arrachaient leurs vêtements !

Maintenant ils étaient allongés sur le plancher, sur le tapis qui était sale, couchés dans les moutons de poussière, mais rien à faire de la poussière et des moutons !... Ils étaient brûlants et trempés de sueur, mais quelle importance ? C'était bien mieux comme ça. Ils avaient franchi ensemble le cercle de feu. Ils avaient combattu ensemble dans la jungle, non ? Ils étaient allongés côte à côte, et leurs corps étaient encore moites et brûlants de ce combat. Sherman l'embrassa sur les lèvres et ils restèrent comme cela un long moment, bouche contre bouche, simplement, leurs corps écrasés, l'un sur l'autre. Puis il commença à laisser courir ses doigts sur son dos et sur la courbe parfaite de ses cuisses, et dans la courbe parfaite de ses cuisses – et jamais une telle excitation! Un flux électrique le parcourut, du bout de ses doigts jusque dans son bas-ventre, puis à travers tout son système nerveux, jusqu'à l'explosion de milliards de synapses. Il voulait *avoir* cette femme, littéralement, la faire entrer en lui, absorber ce merveilleux corps blanc et chaud, en pleine jeunesse animale saine et forte, et le faire sien pour toujours. L'amour parfait! La béatitude parfaite! Priape, roi et maître! Maître de l'Univers! Roi de la Jungle!

Sherman garait ses deux voitures, la Mercedes et une grosse station wagon Mercury dans un garage souterrain, à deux pâtés de maisons de son appartement. En bas de la rampe d'accès, il s'arrêta, comme d'habitude, à côté de la cabine en bois du gardien. Un petit gros en chemise à manches courtes et pantalon de tergal gris tirebouchonné sortit. C'était justement celui qu'il n'aimait pas. Dan, le rouquin. Sherman sortit de sa voiture et fit, très vite, un rouleau avec sa veste, espérant que le petit garçon ne s'apercevrait de rien.

– Hey, Sherm', comment qu'ça va?

C'était cela que Sherman détestait le plus. Il était déjà assez insupportable que ce type insiste pour l'appeler par son prénom. Mais de le raccourcir en « Sherm », ce que personne n'avait jamais osé faire – c'était l'escalade. Du présomptueux à l'insupportable carrément. Sherman ne se souvenait d'aucun geste ni d'aucune parole qui auraient pu inviter, ou même laisser imaginer une telle familiarité possible. Aujourd'hui, on se devait d'accepter la familiarité gratuite, mais Sherman ne l'acceptait pas. C'était une forme d'agression. *Tu penses que je suis ton inférieur, toi le Wasp de Wall Street avec ton menton de*

Yale, mais je vais te faire voir... Plusieurs fois il avait tenté de penser à une réponse polie mais irrémédiablement froide face à ces paroles d'accueil chaleureuses et pseudo-amicales, et il n'avait rien trouvé.

– Sherm' comment qu'ça va?

Dan était juste à côté de lui. Il ne le lâchait pas.

– Très bien, dit seulement M. McCoy, glacial... mais faible, aussi.

Une des règles non écrites de la bonne conduite consiste à répondre aux « comment ça va » des inférieurs par le silence. Sherman se détourna et commença à s'éloigner.

– Sherm'!

Il s'arrêta. Dan était planté près de la Mercedes, les mains sur ses hanches grassouillettes. Il avait les hanches d'une vieille bonne femme.

– Z'avez vu que vot' veste est déchirée?

Le bloc de glace, son menton levé, ne dit rien.

– Là, là, regardez, dit Dan avec une satisfaction considérable. On voit la doublure, comment z'avez fait ça?

Sherman l'entendit – le *tchok* – et il sentit à nouveau l'arrière de la voiture qui dérapait, et le garçon maigre n'était plus là. *Pas un mot sur tout ça* – et pourtant il sentait comme une terrible urgence de tout raconter à cet odieux petit bonhomme. Maintenant qu'il avait passé le cercle de feu et qu'il avait survécu, il expérimentait l'une des conduites humaines les plus aiguës et les moins compréhensibles : l'envie de se confier. Il voulait lui raconter sa guerre.

Mais la prudence triompha, la prudence boulonnée de snobisme. Il semblait évident qu'il ne devait en parler à personne, et à ce type encore moins.

– Pas la moindre idée, répondit-il finalement.

– Z'aviez pas remarqué?

L'iceberg humain avec le menton de Yale, Monsieur Sherman McCoy, fit un geste vers la Mercedes.

– Je ne la reprendrai pas avant le week-end.

Puis il fit un demi-tour parfait et s'en alla.

Comme il regagnait la rue, une bouffée de vent balaya le trottoir. Il pouvait sentir l'épaisseur humide de sa chemise. Son pantalon était encore trempé derrière les genoux. Sa veste déchirée était passée sur son bras. Ses cheveux emmêlés comme un nid d'oiseau. Il était dans un état lamentable. Son cœur battait trop vite. *J'ai quelque chose à cacher.* Mais pourquoi s'inquiétait-il ? Ce n'était pas lui qui conduisait la voiture quand c'était arrivé – si c'était arrivé. Il n'avait pas vu le gamin frappé par le pare-chocs, et elle non plus, et, de surcroît, c'était dans le tourbillon du combat, un combat pour leur survie – et *elle* était au volant, de toute façon. Si elle ne voulait pas le signaler à la police, c'était *son* problème.

Il s'arrêta, reprit sa respiration et regarda autour de lui. Oui... Le Manhattan blanc, le sanctuaire des 70es Rues Est. De l'autre côté de la rue, un portier attendait sous le dais d'une entrée d'immeuble, une cigarette aux lèvres. Un jeune homme en costume trois-pièces sombre et une jolie fille en robe blanche avançaient vers lui. Le jeune homme lui parlait à cent kilomètres/heure. Si jeune et habillé comme un vieil homme, un costume de chez Brooks Brothers ou Chipp, ou J. Press, exactement comme lui la première fois qu'il s'était présenté chez Pierce & Pierce.

Tout d'un coup, un sentiment merveilleux envahit Sherman. Pour l'amour du Ciel, pourquoi s'inquiétait-il ? Il était là, sur le trottoir, invulnérable, le menton levé et un immense sourire aux lèvres. Le garçon et la fille pensaient probablement qu'il était fou. En fait – c'était un *homme.* Ce soir, avec seulement ses mains et ses nerfs il avait combattu l'ennemi fondamental, le chasseur, le prédateur, et il avait vaincu. En combattant il s'était sorti d'une embuscade sur le terrain du cauchemar, et il avait vaincu. Il avait sauvé une femme. L'heure était venue d'agir comme un homme, et il avait agi, et il avait vaincu. Il n'était plus simplement un Maître de l'Univers, il était plus que cela. Il était un homme. Grimaçant et marmonnant « Montrez-m'en dix qui soient valeureux », le valeureux, encore trempé de son combat, avala les deux pâtés de maisons qui menaient à son duplex surplombant l'avenue des rêves.

V

LA FILLE
AU ROUGE À LÈVRES MARRON

Sur la mezzanine du cinquième étage du Tribunal du comté du Bronx, près des ascenseurs, se trouvait un grand hall d'entrée lambrissé de deux ou trois tonnes d'acajou et de marbre, et barré par un comptoir et une grande porte. Derrière le comptoir, un garde, avec un revolver calibre 38 dans un holster sur sa hanche. Le garde servait de réceptionniste. Le revolver, qui avait l'air assez gros pour arrêter un camion de fleuriste, était censé servir de dissuasion à la vengeance aveugle de quelques fous criminels du Bronx.

Au-dessus de ce hall d'entrée s'étalaient d'énormes lettres capitales de style romain, qui avaient été moulées dans le cuivre pur, à l'énorme détriment des contribuables de New York et collées sur le marbre à la cianolite. Une fois par semaine, un nettoyeur grimpait sur une échelle et astiquait les lettres de manière à ce que la légende : RICHARD A. WEISS, PROCUREUR GÉNÉRAL COMTÉ DU BRONX, brille plus que tout ce que les architectes, Joseph H. Freedlander et Max Hausle, avaient eu le culot de coller à l'extérieur du bâtiment dans ses heures de gloire, un demi-siècle auparavant.

Tandis que Larry Kramer sortait de l'ascenseur et s'avançait vers cet étalage de cuivre étincelant, le coin droit de ses lèvres se tordait en une ironie subversive. Le

A était pour Abraham. Weiss était plus connu – de ses amis, de ses partenaires politiques, des journalistes, des chaînes 1, 2, 4, 5, 7 et 11, et de ses mandants, plus particulièrement les Juifs et les Italiens du haut du Bronx, de Riverdale à Pelham Parkway et Co-op City, il était plus connu sous le diminutif de Abe Weiss. Il détestait ce surnom qui lui collait depuis son enfance à Brooklyn. Quelques années auparavant, il avait fait savoir qu'il préférait qu'on l'appelle Dick, et c'est pratiquement sous des rires qu'il s'était fait sortir de la Fédération démocrate du Bronx. C'était la dernière fois qu'Abe Weiss avait mentionné Dick Weiss. Pour Abe Weiss, se faire sortir sous des rires de cette organisation, ou en être séparé d'une manière ou d'une autre, aurait été comme se faire balancer par-dessus la rambarde d'un paquebot de croisière, la nuit de Noël, dans les Caraïbes! Il n'était donc Richard A. Weiss que dans le *New York Times* et sur sa porte.

Le garde appuya sur le « buzz » pour faire entrer Kramer, et les tennis de Kramer couinèrent sur le sol de marbre. Le garde leur jeta un œil dubitatif. Comme d'habitude, Kramer portait ses chaussures de cuir dans un sac en plastique.

Au-delà du hall d'entrée, le service du procureur allait de la grandeur à la décadence. Le bureau de Weiss lui-même était plus grand et plus tapageur (grâce à ses murs lambrissés) que celui du maire de New York. Les bureaux des chefs de département – Homicides, Enquêtes, Délits majeurs, Cour suprême, Cour criminelle et Appels – avaient eu leur part de lambris, de banquettes cuir style école-du-cuir, et de fauteuils type Sheraton. Mais quand on parvenait enfin chez quelqu'un comme Kramer, substitut du procureur, là en fait de décoration, on tombait dans le Assez-bon-pour-les-employés-du-gouvernement.

Les deux substituts qui partageaient le bureau avec lui, Ray Andriutti et Jimmy Caughey, étaient assis, jambes croisées dans leurs fauteuils pivotants. Il y avait juste assez de place dans la pièce pour trois bureaux métalliques, trois fauteuils tournants, quatre placards à fichiers, un vieux portemanteau avec six crocs sauvages pointés et une table garnie d'une machine « Mister Café », d'un tas informe de gobelets en plastique, de cuillers, d'un collage gluant de serviettes en papier, de sachets de sucre en poudre et de sachets roses de saccharine sur un plateau de plastique marronnasse, le tout dans une sale odeur plus que douceâtre composée de café renversé et de lait en poudre présucré.

Andriutti et Caughey étaient assis exactement de la même manière, les jambes croisées de la même façon. La cheville gauche reposait sur le genou droit, comme s'ils étaient si semblables qu'ils n'auraient jamais pu croiser un peu plus les jambes, même s'ils l'avaient voulu. C'était la position admise et normale du département des Homicides, le plus viril des six départements dépendant du procureur général.

Ils avaient tous deux ôté leur veste qu'ils avaient accrochée avec le plus grand je-m'en-foutisme sur le portemanteau. Leurs cols de chemise étaient déboutonnés et leurs nœuds de cravate relâchés de cinq centimètres. Andriutti frottait le dessus de son bras gauche avec sa main droite, comme si ça le grattait. En fait il était en train d'admirer ses propres triceps, qu'il travaillait au moins trois fois par semaine avec des haltères à la Française à l'Athletic Club de New York. Andriutti pouvait s'offrir l'Athletic Club, et pas un tapis coincé entre un *Dracanea fragrans* et un canapé-lit, parce qu'il n'avait pas une femme et un enfant à nourrir dans une maquette pour fourmis à 888 $ par mois vers la 70e Rue. Il n'avait pas à s'inquiéter pour ses triceps, ses deltoïdes et ses dorsaux flageolants. Andriutti aimait ce moment où, quand il passait une de ses mains derrière un de ses gros bras, les plus larges muscles de son dos, *latissima dorsae*, gonflaient jusqu'à presque fendre sa chemise, et ses pectoraux se durcissaient en deux montagnes de muscle pur. Kramer et Andriutti faisaient partie de la nouvelle génération, celle où les termes *triceps, deltoïdes, latissima dorsae* et *pectoralis major* étaient plus connus que les noms des principales planètes. Andriutti massait ses triceps cent vingt fois par jour, au bas mot.

Il les massait toujours en regardant Kramer qui entrait et dit :

– Tiens, voilà mémé-clodo... Qu'est-ce que c'est que ce putain de sac plastique, Larry ? Depuis le début de la semaine, tu te pointes avec ce putain de sac.

Puis il se tourna vers Jimmy Caughey et ajouta :

– C'est vraiment mémé-clodo, non ?

Caughey était aussi un athlète, mais plus du type triathlon avec un visage étroit et un menton pointu. Il se contenta de sourire à Kramer, sur le mode « qu'est-ce que tu vas répondre à ça ? ».

– Ton bras te gratte, Ray, dit Kramer, puis il se tourna vers Caughey et ajouta : Ray a cette putain d'allergie. Ça s'appelle la maladie des haltérophiles. – Puis il regarda à nouveau Andriutti. – Ça gratte comme des putains de morpions, pas vrai ?

Andriutti cessa de se masser le triceps.

– Et qu'est-ce que c'est que ces *pompes de jogging* ? demanda-t-il à Kramer, on dirait ces nanas qui vont bosser impeccablement fringuées, avec ces putains de péniches en caoutchouc aux pieds.

– Et qu'est-ce que tu as dans ce putain de sac ? dit Caughey.

– Mes hauts talons, dit Kramer.

Il enleva sa veste et la balança, j'm'en foutiste, au porte-manteau selon le rite commun, puis défit son nœud de cravate et déboutonna son col avant de s'asseoir dans son fauteuil pivotant et d'ouvrir son sac plastique pour y pêcher ses chaussures de cuir de chez Johnston & Murphy. Il commença à défaire ses Nikes.

– Jimmy, dit Andriutti à Caughey, tu savais que les Juifs – Larry, je ne veux pas que tu prennes ça pour toi personnellement – tu savais que les Juifs, même s'ils ont l'air balaise, ont tous un chromosome de tante ? C'est un fait reconnu. Ils ne supportent pas de sortir sous la pluie sans parapluie ou bien ils accumulent les merdes modernes dans leurs appartements ou bien ils n'aiment pas la chasse ou bien ils sont pour ce putain de moratoire nucléaire ou bien ils portent des pompes de jogging pour aller travailler, ou n'importe quel putain de truc. Tu savais ça ?

– Bon Dieu, dit Kramer, je ne vois pas pourquoi tu pensais que je risquais de prendre ça pour moi personnellement.

– Allons, Larry, dit Andriutti, dis-nous la vérité. Tout au fond de toi, tu n'aimerais pas être italien ou irlandais ?

– Ouais, dit Kramer, comme ça, je ne saurais pas ce qui se passe dans ce putain d'endroit.

Caughey se mit à rire.

– Un conseil, ne laisse pas Ahab voir ces pompes, Larry. Il ferait taper une de ses putains de notes de service par Jeanette !

– Non, il convoquerait une de ses putains de conférences de presse, dit Andriutti.

– Ça c'est un putain de pari gagnant à tous les coups !

Et ainsi une putain de nouvelle journée démarrait dans ce putain de département des Homicides de ce putain de service du putain de procureur général de ce putain de Bronx.

Un des substituts du service des Délits majeurs avait inventé ce surnom de Capitaine Ahab pour Abe Weiss, et maintenant tout le monde l'appelait comme ça. Weiss était célèbre pour son obsession de la publicité, même au milieu de cet environnement, fou de pub par nature. Contrairement aux grands procureurs d'antan, comme

Frank Hogan, Burt Roberts ou Mario Merola, Weiss ne s'approchait jamais d'une salle d'audience. Il n'en avait pas le temps. Il manquait déjà trop de temps dans une journée pour rester en contact avec les chaînes 1, 2, 4, 5, 7 et 11 et le *Daily News*, le *Post*, le *City Light*, et le *Times*.

– Je viens d'aller voir le capitaine, dit Jimmy Caughey, tu devrais...

– Toi? Et pourquoi? demanda Kramer avec juste un soupçon de curiosité et d'envie de trop dans la voix.

– Moi et Bernie, dit Caughey. Il voulait en savoir plus sur l'affaire Moore.

– Et alors?

– De la merde, dit Caughey. Cet enculé de Moore, il a une grosse baraque à Riverdale, et la mère de sa femme vit là-haut avec eux et ça fait environ trente-sept ans qu'elle l'emmerde, tu vois? Alors, ce mec, il perd son boulot. Il travaillait pour une de ces compagnies d'assurances retraite, et il se faisait 200 000 $ ou 300 000 $ par an et maintenant ça fait huit ou neuf mois qu'il n'a plus de boulot, et personne ne le réembauche, et il ne sait foutrement pas quoi faire, okay? Alors, un jour qu'il tapait dans sa balle de golf dans son jardin, sa belle-mère vient et lui balance : « Jardinier est maître chez soi. » C'est dans le compte rendu des débats. « Jardinier est maître chez soi. Tu devrais te chercher un boulot de jardinier. » Alors ce mec, putain, il perd la tête, il devient dingue. Il rentre et dit à sa femme : « J'en ai jusque-là de ta mère. Je vais prendre mon fusil et je vais lui flanquer la trouille de sa vie. » Et il monte dans sa chambre où il range un fusil à pompe calibre 12, il redescend l'escalier et fonce vers sa belle-mère, pour qu'elle chie dans sa culotte de trouille, il dit : « Okay, Gladys », et il se prend les pieds dans le tapis, le coup part, elle est déchiquetée, bim boum – Meurtre au deuxième degré.

– En quoi ça intéressait Weiss?

– Eh bien le mec est blanc, il a un peu de fric, il vit

146

dans une grande baraque de Riverdale. On pourrait d'abord penser qu'il a fabriqué un meurtre accidentel.

– C'est possible?

– Nan... Ce putain de mec est comme toi et moi. C'est l'Irlandais de base qui s'en est sorti mais c'est toujours la vraie Guimbarde[1]. Il est noyé dans ses remords. On dirait qu'il a flingué sa propre mère, tellement il se sent coupable, putain! Là, maintenant, il avouerait n'importe quoi. Bernie pourrait se l'asseoir devant les caméras vidéo et éclaircir tous les crimes impunis du Bronx pendant ces cinq dernières années. Nan... C'est de la merde, mais ça avait l'air bon, au départ.

Kramer et Andriutti regardaient ce tas de merde sans nul besoin d'explications supplémentaires. Tous les substituts du procureur du Bronx, du plus jeune Italien sortant à peine de St John, jusqu'au plus vieux chef de bureau irlandais, qui était précisément quelqu'un comme Bernie Fitzgibbon, quarante-deux ans, partageaient la manie du Capitaine Ahab pour le Grand Coupable blanc. Tout d'abord ce n'était pas vraiment drôle de passer sa vie en se disant « ce que je fais pour vivre consiste à entasser des blackos et des latinos dans des taules ». Kramer avait eu une éducation libérale. Dans des familles juives comme la sienne, la libéralisme allait de pair avec le linoléum, le jus de pomme de chez Mott, l'instamatic Kodak et les grimaces de papa le soir. Et même les Italiens, comme Ray Andriutti, et les Irlandais, comme Jimmy Caughey, qui n'étaient pas exactement pétris de libéralisme par leurs parents, ne pouvaient pas ne pas être affectés par le climat des facultés de droit, où, d'abord, il y avait un tel nombre de membres de la faculté qui étaient juifs. Quand vous en aviez fini avec vos cours de droit dans la région de New York eh bien il était... *impoli!*... à ce niveau social-là... de répandre des plaisanteries sur les *yids*. Pas que ce soit

1. A cause de la *harp* irlandaise.

amoral... C'était juste *de mauvais goût.* Et cela mettait donc tous ces garçons mal à l'aise, cette persécution permanente des Noirs et des Portoricains.

Non pas qu'ils ne fussent pas coupables. Kramer avait au moins appris une chose les deux premières semaines de sa prise de fonction dans le Bronx, c'était que 95 pour cent des accusés qui dépassaient le stade de simple prévenus, peut-être même 98 pour cent, étaient réellement coupables. Cette fatalité était si écrasante que vous ne perdiez jamais de temps à monter en épingle les cas particuliers, sauf si vous aviez la presse sur le dos. Ils transportaient de la culpabilité à la tonne, ces fourgons orange et bleu, là, dehors, sur Walton Avenue. Mais les pauvres merdeux derrière le treillis de grillage ne méritaient qu'à peine l'appellation de *criminels,* si vous entendiez par Criminel cette notion romantique d'une personne qui a un mobile et qui cherche à atteindre son but par un chemin désespéré et hors la loi. Non, c'étaient des nuls, des simples d'esprit, pour la plupart, et ils faisaient des choses incroyablement stupides, des choses abjectes.

Kramer regardait Andriutti et Caughey, assis là avec leurs grosses cuisses croisées. Il se sentait supérieur à eux. Il était diplômé de l'Ecole de droit de Columbia, tandis qu'eux venaient de St John, largement connue pour être la sortie de secours des virés de la compétition académique. Et il était juif. Très tôt dans son existence il avait acquis la notion que les Italiens et les Irlandais étaient des animaux. Les Italiens étaient des cochons et les Irlandais des mulets ou des chèvres. Il ne se souvenait pas si ses parents avaient vraiment employé de tels termes ou pas, mais l'intention y était, pour de bon. Pour ses parents, New York City – New York? Non, les USA entiers, le monde entier! – n'était qu'un mélodrame. Titre : *Les Juifs contre les goys,* et les *goys* prenaient la forme d'animaux. Et qu'est-ce qu'il faisait là, lui, avec ces animaux? Un Juif dans le département des Homicides était une chose très rare. Le département des Homicides était le corps d'élite du Bureau du procureur, les *Marines* du procureur général, car l'homicide est le plus sérieux de tous les crimes et délits. Un substitut du département des Homicides devait pouvoir sortir dans les rues pour aller sur les lieux des crimes à n'importe quelle heure du jour ou de la nuit, être un vrai commando, et se frotter à la police et savoir comment confronter inculpés et témoins, les intimider quand le moment venait, et pourtant ces coupables et ces témoins s'avéraient être les plus sordides, les plus grimaçants, les plus vils coupables et témoins de toute l'histoire de la criminalité. Pendant cinquante ans, au bas mot, peut-être même plus, l'Homicide avait été un territoire purement irlandais, même si récemment les Italiens s'étaient frayé un chemin dans cette zone. Les Irlandais avaient imprimé leur marque aux Homicides. Les Irlandais étaient audacieux comme des rocs. Même quand il était insensé de ne pas s'arrêter, ils continuaient. Andriutti avait eu raison, ou à moitié raison. Kramer ne voulait pas être italien, mais il aurait bien aimé être irlandais, et Ray Andriutti aussi, putain de crétin. Oui, c'étaient des animaux ! les *goys* étaient des animaux, et Kramer était fier d'être parmi ces animaux, dans le département des Homicides.

Quoi qu'il en soit, ils étaient là tous les trois, assis dans ce décor tout-juste-assez-bon-pour-les-fonctionnaires, payés de 36 000 à 42 000 $ par an, au lieu de 132 000 à 142 000 $ chez Cravath, Swaine & Moore ou un quelconque endroit du même genre. Ils étaient nés à des millions de kilomètres de Wall Street, c'est-à-dire dans les banlieues, Brooklyn, Queens et le Bronx. Pour leurs familles, qu'ils aillent à l'université et deviennent avocats était l'événement le plus marquant depuis Franklin D. Roosevelt. Et ils étaient assis là dans le département des Homicides parlant de cette putain d'affaire et de ce putain de truc et disant *pas* au lieu de *ne pas* et *nan* pour *non* comme s'ils ne savaient pas mieux dire.

Ils étaient là... Et lui, il était là, et où allait-il? Qu'est-ce que c'était que ces affaires qu'il traitait? Un tas de merdes! Un ramassis d'ordures... Arthur Rivera. Arthur Rivera et un autre dealer de dope s'étaient engueulés à propos d'une commande de pizza dans un *social club*, avaient sorti les lames, et Arthur dit : « On pose les lames et on se bat comme des hommes! » Ils le font, et là, Arthur sort un second couteau et plante l'autre type en pleine poitrine et le tue... Jimmy Dollard. Jimmy Dollard et son meilleur pote, Otis Blakemore, et trois autres types, sont en train de picoler, de prendre de la coke et de jouer à un jeu, *la patience*, dans lequel l'idée consiste à voir jusqu'où on peut aller à insulter le partenaire, et Blakemore, très inspiré, se paie Jimmy, et Jimmy sort un flingue et lui en colle une en plein cœur avant de s'effondrer sur la table en sanglotant : « Mon pote! j'ai flingué mon pote Stan! mon pote Stan! »... Et l'affaire Herbert 92 X...

Pendant un instant la pensée de l'affaire Herbert déclencha une vision de la fille au rouge à lèvres brun...

La presse ne pouvait même pas *voir* ces cas. Ce n'étaient que de pauvres gens tuant des pauvres gens. Représenter l'Etat dans de telles affaires, c'était faire partie du service des éboueurs, travail nécessaire et honorable, pénible et anonyme.

Le Capitaine Ahab n'était pas si ridicule, après tout. La couverture médiatique! Ray et Jimmy pouvaient rire tout leur saoul, Weiss s'était assuré que toute la ville connaisse son nom. Weiss se présentait aux élections et le Bronx était à 70 pour cent black et latino. Il allait s'assurer que son nom leur soit matraqué sur toutes les chaînes existantes. Il ne pouvait pas faire beaucoup plus, mais il allait faire au moins ça.

Un téléphone sonna : celui de Ray.

– Homicides, dit-il, Andriutti... Bernie n'est pas là. Je crois qu'il est en audience... Quoi?... Revenir sur ce truc encore? – Une longue pause, puis – : Alors, il a été touché par une voiture ou pas?... Heinhein... Mais merde, j'en sais rien. Vous devriez en parler avec Bernie. Okay?... Okay.

Il raccrocha, secoua la tête et regarda Jimmy Caughey.

– C'était un inspecteur, à l'hôpital Lincoln. Dit qu'il a un môme au bord de la mort. Le môme en arrivant en urgence ne savait pas s'il avait glissé dans sa baignoire et pété son poignet ou s'il avait été tapé par une Mercedes Benz. Enfin, une merde dans ce genre-là. Veut parler à Bernie. Alors qu'il parle à Bernie, putain de bordel!

Ray secoua à nouveau la tête, et Kramer et Caughey eurent une moue de sympathie. Les éternels merdiers du Bronx.

Kramer regarda sa montre et se leva.

– Bon, dit-il, les mecs vous pouvez rester là à enculer des mouches si vous voulez, mais moi je dois aller écouter ce putain d'étudiant célèbre, cet Herbert 92 X, lire le Coran.

Il y avait trente-cinq salles d'audience dans le Building du Comté du Bronx, affectées aux affaires criminelles, et chacune d'elles était connue sous le surnom de *Section*. Elles avaient été construites à une époque – le début des années 30 – où l'on supposait encore que la simple apparence d'une salle d'audience devait proclamer la gravité et l'omnipotence de la loi. Les plafonds étaient à six bons mètres de haut. Les murs étaient lambrissés de partout en bois très sombre. Le fauteuil du juge était sur une scène avec un vaste bureau. Ledit bureau avait assez de corniches, de moulures, de panneaux, de pilastres, d'incrustations et était une telle masse de bois que vous étiez persuadé que Salomon lui-même, tout roi qu'il était, l'aurait trouvé imposant. Les sièges, côté spectateurs, étaient séparés du juge, des jurés, des tables de la partie civile, des accusés et du greffier par une balustrade de bois surmontée d'un énorme rail sculpté, la dénommée Barre de la Justice. En bref, rien dans l'apparence des lieux ne pouvait sauver l'imprudent lancé sur le toboggan de la journée de travail ordinaire d'un juge de la cour criminelle.

Au moment où il entra, Kramer sut que la journée avait pris un mauvais départ dans la Section 60. Il n'eut qu'à regarder le juge. Kovitsky était sur l'estrade, penché en avant sur son bureau, les deux avant-bras étalés. Son menton était si bas qu'on s'attendait à ce qu'il touche le bureau. Son crâne osseux et son bec acéré faisaient saillie hors de sa grande robe noire selon un angle si bas qu'on aurait dit un vautour. Kramer pouvait voir ses iris flotter et rouler sur le blanc de ses yeux tandis qu'il observait la salle et son pauvre ramassis d'humanité. Il avait l'air prêt à étendre les ailes et à fondre sur sa proie. Kramer était partagé quant à Kovitsky. D'un côté, il lui en voulait de ses tirades d'audience, qui étaient souvent personnelles et faites pour humilier. De l'autre, Kovitsky était un Guerrier juif, un fils de Massada. Seul Kovitsky avait pu arrêter les grandes gueules du fourgon cellulaire d'un glaviot bien placé.

– Où est M. Sonnenberg? dit Kovitsky. Pas de réponse.

Alors il le répéta, cette fois, avec une voix de baryton qui cloua chaque syllabe sur le mur du fond et qui étonna les nouveaux arrivants dans la salle d'audience du juge Myron Kovitsky : « OÙ EST MON-SIEUR SON-NON-BERG? »

A part deux petits garçons et une petite fille, qui couraient entre les travées en jouant à chat, les spectateurs se figèrent. Un par un ils se félicitèrent du regard. Quel que pût être leur misérable destin, au moins ils n'étaient pas tombés aussi bas que M. Sonnenberg, ce misérable insecte.

Ce misérable insecte était un avocat, et Kramer connaissait la nature de son offense : son absence ralentissait l'enfournage des pelletées de « bouffe » dans l'œsophage du système de justice criminelle, Section 60.

Dans chaque section, la journée commençait par le soi-disant récapitulatif des affaires, pendant lequel le juge s'occupait de mouvements et de suppliques pour tout un tas de cas, peut-être une douzaine dans la matinée. Cela faisait bien rire Kramer à chaque fois qu'il voyait un tribunal dans un feuilleton télévisé. Ils prenaient toujours le procès en train. Un procès! Qui diable imaginait ces pauvres scénarios? Chaque année il y avait 7 000 arrestations criminelles dans le Bronx où l'on pouvait juger 650 procès, au plus. Les juges devaient traiter les 6 350 autres cas de deux manières différentes. Ils pouvaient renvoyer une affaire ou ils pouvaient autoriser l'accusé à plaider coupable pour obtenir une réduction de peine en échange du fait qu'il n'avait pas obligé la cour à aller jusqu'au procès. Renvoyer les affaires était une manière plutôt hasardeuse de réduire les fichiers même pour le plus grotesque des cyniques. Chaque fois qu'une affaire criminelle était renvoyée, quelqu'un, la victime ou sa famille, se mettait à hurler, et la presse était trop heureuse de se jeter sur les juges qui laissaient courir les malfaiteurs. Restaient les arrangements directs entre juge et accusé qui étaient à l'ordre du jour des sessions d'énoncé des dossiers. Ces sessions étaient le véritable canal alimentaire du système de justice criminel du Bronx.

Chaque semaine, le greffier de chaque section remettait une liste des affaires à Louis Mastroiani, premier juge administratif de la division criminelle, Cour suprême, Comté du Bronx. Cette liste montrait combien d'affaires le juge de cette section avait traitées cette semaine, que ce fût en compromis, en renvois ou en procès proprement dits. Sur le mur de la salle d'audience, au-dessus de la tête du juge, on lisait : IN GOD WE TRUST (NOUS AVONS CONFIANCE EN DIEU). Sur la liste du greffier, on lisait : ANALYSE DES AFFAIRES EN COURS, et l'efficacité d'un juge était mesurée presque exclusivement d'après cette ANALYSE DES AFFAIRES EN COURS.

Presque toutes les affaires étaient appelées pour 9 h 30. Si le greffier appelait une affaire et que l'accusé n'était pas présent, ou si son avocat n'était pas présent ou si une douzaine de choses différentes rendaient impossible de pousser un peu cette affaire dans l'entonnoir, les accusés de l'affaire suivante seraient à portée de la main – on pouvait l'espérer – prêts à s'avancer à la barre. L'espace réservé aux spectateurs était donc parsemé de petits groupes de gens, absolument pas spectateurs au sens sportif du terme. C'étaient les accusés et leurs avocats, les accusés et leurs copains, les accusés et leurs familles. Les trois petits enfants se faufilaient entre les bancs, couraient jusqu'au fond de la salle en pouffant. Ils disparurent derrière la dernière rangée. Une femme tourna la tête vers eux et fronça les sourcils, mais ne se dérangea pas pour aller les chercher. Maintenant Kramer reconnaissait ce trio. C'étaient les enfants d'Herbert 92 X. Rien de remarquable à cela : il y avait des enfants dans les salles d'audience tous les jours. Les tribunaux étaient à la fois des crèches et des bureaux d'assistance sociale dans le Bronx. Jouer à chat dans la Section 60, pendant l'audition de papa, les plaidoiries et la sentence, faisait partie de leur enfance, tout simplement.

Kovitsky se tourna vers le greffier, qui était assis à une table sur le côté sous l'estrade du juge. Le greffier était un Italien à cou de taureau nommé Charles Bruzzielli. Il avait ôté sa veste. Il portait une chemise à manches courtes avec le col ouvert et sa cravate défaite pendait.

On pouvait voir le haut de son tee-shirt. La cravate avait un énorme nœud à la Windsor.

– Est-ce bien là monsieur... Kovitsky regarda une feuille de papier sur son bureau, puis à nouveau Bruzzielli... Lockwood?

Bruzzielli acquiesça et Kovitsky regarda fixement une mince silhouette qui s'était avancée des rangs des spectateurs jusqu'à la barre.

– M. Lockwood, dit Kovitsky, où est votre avocat? Où est M. Sonnenberg?

– J'sais pas, dit le môme.

Il était à peine audible. Il ne devait pas avoir plus de vingt ans. Il avait la peau sombre. Il était si maigre qu'il n'y avait pas trace d'épaules sous son bomber sans manches en nylon noir, il portait des jeans noirs en tuyau de poêle et une paire d'énormes Nikes blanches fermées de Velcro à la place des lacets.

Kovitsky l'observa un instant, puis dit :

– Très bien, M. Lockwood, rasseyez-vous. Quand et si M. Sonnenberg daigne nous faire l'honneur de sa présence, nous rappellerons votre affaire.

Lockwood se retourna et regagna les rangs des spectateurs. Il avait cette même démarche balancée qu'affectaient tous les jeunes inculpés du Bronx, le Pimp Roll. Des egos si machos, si stupidement autodestructeurs, songea Kramer. Ils ne manquaient jamais de se montrer avec leurs blousons noirs brillants, leurs Adidas bon marché et leur Pimp Roll. Ils ne manquaient jamais d'avoir l'air du jeune délinquant devant les juges, les jurés, les juges d'application des peines, les experts psychiatres, devant chaque âme dont dépendait leur séjour, ou pas, en prison, et aussi la durée de ce séjour. Lockwood se balança jusqu'à un banc au fond et se posa à côté de deux autres mômes en bombers noirs sans manches. Les camarades des accusés venaient toujours à la cour avec *leur* blouson noir et *leurs* pompes « va te faire foutre ». Ça aussi, c'était très malin. Cela établissait immédiatement le fait que l'accusé n'était pas une pauvre victime sans défense de la vie dans le ghetto, mais membre d'une écurie de jeunes vauriens sans remords, du genre à aimer agresser les vieilles dames avec des barres de fer pour leur arracher leurs sacs. Tout le rang entrait dans la salle d'audience plein de morgue, roulant leurs muscles d'acier et la mâchoire crispée de défi, prêt à défendre l'honneur, et si nécessaire, la peau de leurs potes contre le Système. Mais très vite une stupéfiante marée d'ennui et de confusion les submergeait. Ils étaient faits pour l'action. Ils n'étaient pas faits pour ce que cette journée leur réservait, c'est-à-dire attendre pendant que quelque chose dont ils n'avaient jamais entendu parler – un énoncé des affaires en cours – les enlisait dans un tas de mots étincelants comme « daigne nous accorder la faveur de sa présence ».

Kramer passa la barre et se dirigea vers la table du greffier. Trois autres substituts du procureur y étaient déjà, tout ouïe et attendant leur tour de passer devant le juge.

Le greffier annonça :

– Affaire Albert et Marilyn Krin...

Il hésita et compulsa les papiers devant lui. Il regarda une jeune femme qui se tenait à un mètre de là, une substitut nommée Patti Stullieri et il murmura, comme un souffleur :

– Qu'est-ce que c'est ce bordel ?

Kramer regarda par-dessus son épaule. Le document disait : Albert et Marilyn Krnkka.

– Kri-nick-a, dit Patti Stullieri.

– Albert et Marilyn Kri-nick-a ! déclama-t-il. Inculpation numéro 3-2-8-1. Puis, à Patti Stullieri : Bon Dieu, qu'est-ce que c'est que ce nom ?

– C'est yougoslave.

– *Yougoslave*. On dirait que quelqu'un s'est coincé les doigts dans une putain de machine à écrire.

De l'arrière de la section spectateurs, un couple

s'avança jusqu'à la grande barre et se pencha dessus. L'homme, Albert Krnkka, souriait, les yeux brillants, comme pour attirer l'attention et les faveurs du juge Kovitsky. Albert Krnkka était un grand type avec une barbiche de dix centimètres mais pas de moustache du tout et des cheveux blonds et longs comme un musicien de rock démodé. Il avait un nez osseux, un long cou et une pomme d'Adam qui avait l'air de monter et de descendre de trente centimètres quand il déglutissait. Il portait une chemise vert canard avec un col démesuré et, à la place des boutons, une fermeture Eclair qui partait en diagonale de son épaule gauche jusqu'au coin droit de sa ceinture. A ses côtés, sa femme. Marilyn Krnkka était une brune au visage fin et délicat. Ses yeux faisaient comme deux fentes. Elle ne cessait de serrer les lèvres et de grimacer.

Tout le monde, le juge Kovitsky, le greffier, Patti Stullieri, et même Kramer, regardait les Krnkka, s'attendant à voir s'avancer leur avocat ou à le voir entrer par la porte de côté où à se matérialiser d'une manière ou d'une autre. Mais il n'y avait pas d'avocat.

Furieux, Kovitsky se tourna vers Bruzielli et dit :

— Qui représente ces gens ?

— Je crois que c'est Marvin Sunshine, dit Bruzielli.

— Eh bien, où est-il ? Je l'ai vu au fond il y a quelques minutes. Mais qu'est-ce qu'ils ont tous aujourd'hui ?

Bruzzielli lui répondit d'un Haussement d'Epaules Primal et fit rouler ses yeux, comme si tout ceci le peinait énormément mais qu'il n'y avait rien qu'il pût faire.

Maintenant, le visage de Kovitsky était encore plus bas. Ses iris flottaient comme deux destroyers sur un lac de blancheur. Mais avant qu'il puisse se lancer dans un discours ampoulé sur les avocats des délinquants, une voix s'éleva de la barre.

— Votre honneur ! Votre honneur ! hé, M'sieur, l'juge !

C'était Albert Krnkka. Il agitait la main droite essayant d'attirer l'attention de Kovitsky. Il avait les bras minces, mais des poignets et des mains énormes. Sa bouche pendait ouverte en un demi-sourire censé convaincre le juge qu'il était un homme raisonnable. En fait, il avait l'air – dans chacun de ses centimètres – d'un de ces hommes avec la peau sur les os dont le métabolisme fonctionne à triple vitesse et qui, plus que quiconque sur terre, sont sujets aux explosions.

– He, m'sieur l' juge! regardez!

Kovitsky le regarda, sidéré par la scène.

– Hé, m'sieur l' juge! écoutez, il y a deux semaines elle nous a dit de deux à six ans, okay?

Quand Albert Krnkka dit « de deux à six » il leva les deux mains en l'air et dressa deux doigts de chaque main, comme pour un *v* de victoire ou le signe pour la paix, comme s'il agitait une paire de baguettes aériennes en rythme sur la phrase « de deux à six ».

– M. Krnkka, commença Kovitsky d'un ton plutôt doux pour lui.

– Et maintenant elle r'vient avec « trois à neuf », dit Albert Krnkka. On a déjà dit okay, de deux à six – une fois encore il leva ses mains et sa paire de *v* et battit un invisible tambour au rythme de « deux à six » – et elle r'vient avec « de trois à neuf ». Deux à six – il battit l'air – « deux à six »...

– MON-SIEUR KRI-NICK-A, SI VOUS NE...

Mais Albert Krnnka ne pliait pas sous la voix de stentor du juge Kovitsky.

– De deux à six – *blam blam blam* – on l'avait!

– MON-SIEUR KRI-NICK-A. Si vous voulez en appeler à la cour, vous devez le faire par l'intermédiaire de votre avocat.

– Hé, m'sieur l' juge, d'mandez-lui à *elle*! cria-t-il en pointant son index gauche vers Patti Stullieri. – Son bras faisait deux kilomètres de long. – C'est elle. Elle a offert de deux à six, m'sieur l' juge. Et maintenant elle r'vient avec...

– Monsieur Krnkka...

– De deux à six, m'sieur l' juge, deux à six!

Se rendant compte que son temps à la barre lui était compté, Albert Krnkka comprimait maintenant son message en une phrase clé, tout en battant l'air de ses énormes doigts.

– Deux à six! deux à six! deux à six! on l'avait!

– Monsieur Krnkka... ASSIS! Attendez votre avocat.

Albert Krnkka et sa femme battirent en retraite, en marche arrière, regardant tout le temps Kovitsky comme s'ils quittaient une salle du trône. Albert continuait à dire « de deux à six » tout en agitant ses doigts en *v*.

Larry Kramer s'approcha de Patti Stullieri et lui demanda :

– Qu'est-ce qu'*ils* ont fait?

– La femme tenait un couteau sur la gorge d'une fille pendant que le mari la violait, dit Patti Stullieri.

– Doux Jésus, dit Kramer, malgré lui.

Patti Stullieri avait un sourire d'ennui universel. Elle avait vingt-huit ou vingt-neuf ans. Kramer se demandait si ça valait le coup de la draguer. Ce n'était pas une beauté, mais ses poses JE-SUIS-DURE l'excitaient quelque peu. Kramer se demandait à quoi elle avait bien pu ressembler au collège. Il se demandait si elle avait fait partie de ces gonzesses minces et nerveuses qui étaient toujours irritables, difficiles et manquaient de féminité sans pour autant être fortes. D'un autre côté elle avait cette peau olivâtre, ces épais cheveux noirs, ces grands yeux sombres et ces lèvres de Cléopâtre qui, additionnés dans l'esprit de Kramer, donnaient le look Sale-Petite-Ritale! Au collège – bon sang, ces Sales-Petites-Ritales! – Kramer les avait toujours trouvées grossières, stupides au-delà de tout, anti-intellectuelles, inapprochables et intensément désirables.

La porte de la salle s'ouvrit et entra un vieil homme avec une tête large, léonine, plutôt noble. Débonnaire, voilà le mot. Ou du moins était-il débonnaire selon les standards de Gibraltar. Il portait un costume croisé bleu marine à fines raies blanches, une chemise blanche avec un col amidonné et une cravate rouge sombre. Ses cheveux noirs, qui étaient fins et avaient la couleur douteuse d'une teinture, étaient rejetés en arrière et comme plâtrés sur son crâne. Il avait une moustache démodée façon trait de crayon qui créait une ligne noire de chaque côté des fossettes sous son nez.

Larry Kramer, toujours près du bureau du greffier, leva les yeux sur lui. Il connaissait l'homme. Il y avait quelque chose de charmant – non, de brave – dans son style. Et en même temps il vous filait des frissons. Cet homme avait été jadis, à ce qu'en savait Kramer, substitut du procureur. *Bing! Bing! Bing!* Trente ans étaient passés et il était là, finissant sa carrière dans le privé, représentant ces pauvres ringards, y compris les – 18, les délinquants juvéniles qui ne pouvaient pas s'offrir d'avocat. *Bing! Bing! Bing!* C'est pas si long, trente ans!

Larry Kramer n'était pas le seul à s'arrêter et à le regarder. L'entrée de cet homme était un événement. Son menton avait la forme d'un melon. Il le tenait relevé à un angle pleinement satisfait comme un *boulevardier* [1], comme si le Grand Concourse pouvait encore être appelé Grand Boulevard.

– MON-SIEUR SONNENBERG!

Le vieil avocat tourna la tête vers Kovitsky. Il semblait agréablement surpris que son arrivée occasionne un accueil si chaleureux.

– Nous avons appelé votre affaire il y a cinq minutes!

– Mes excuses, votre honneur, dit Sonnenberg en s'amenant, doucement, vers la table de la défense.

1. En français dans le texte.

Il leva son gros menton selon un arc élégant vers le juge.

– J'étais retenu Section 62 par le juge Meldnick.

– Keske vous foutez avec une affaire Section 62 quand vous saviez que cette cour vous a mis en haut de la pile pour vous arranger personnellement ? Votre client, M. Lockwood, a un emploi, si je ne m'abuse ?

– C'est exact, votre honneur, mais on m'avait assuré que...

– Votre client est ici.

– Je sais.

– Il vous attend.

– J'en suis conscient votre honneur, mais je ne savais pas que le juge Meldnick...

– Très bien, M. Sonnenberg, êtes-vous prêt à procéder maintenant ?

– Oui, votre honneur.

Kovitsky fit rappeler l'affaire par le greffier Bruzzielli. Le jeune Noir, Lockwood, se leva de la section spectateurs et se dandina jusqu'au bureau des accusés avec son éternel Pimp Roll.

Il devint vite apparent que l'objet de cette audience était de permettre à Lockwood de plaider coupable pour son inculpation d'attaque à main armée, en échange d'une sentence légère, de deux à six ans, offerte par le Bureau du procureur général. Mais Lockwood n'en voulait pas. Tout ce que Sonnenberg pouvait faire, c'était réitérer le « non-coupable » de son client.

– M. Sonnenberg, dit Kovitsky, voudriez-vous vous approcher s'il vous plaît, et M. Torres aussi.

Torres était le substitut sur l'affaire. Il était petit et plutôt gras, même s'il avait à peine trente ans. Il avait l'espèce de moustache que portent les jeunes avocats et les jeunes médecins pour se donner l'air plus âgés, et plus graves.

Tandis que Sonnenberg s'approchait, Kovitsky dit d'un ton aimable, familier :

– Vous ressemblez tout à fait à David Niven aujour-d'hui, M. Sonnenberg.

– Oh, non, juge, dit Sonnenberg. Pas David Niven. William Powell, peut-être, mais pas David Niven.

– William Powell ? Vous vous vieillissez, M. Sonnen-berg. Vous n'êtes pas si vieux, dites-moi ? – Kovitsky se tourna vers Torres et dit : – Dans les prochains jours, M. Sonnenberg va nous quitter pour le soleil de Floride. Il sera là-bas, dans son lotissement, et son seul souci sera d'arriver à temps au centre commercial pour boire son Early Bird chez Denny's. Il n'aura plus besoin de penser à se lever le matin pour plaider en Section 60 dans le Bronx.

– Ecoutez, juge, je vous jure que...

– M. Sonnenberg, vous connaissez M. Torres ?

– Oh oui.

– Eh bien M. Torres comprend que je parle de lotisse-ments et d'Early Bird Special. Il est à moitié *yiddeleh* lui-même. N'est-ce pas, M. Torres ?

– Ah ouais ?

Sonnenberg ne savait pas s'il devait avoir l'air content ou pas.

– Ouais, il est moitié portoricain, et moitié *yiddeleh*, pas vrai, M. Torres ?

Torres sourit et haussa les épaules, essayant d'avoir l'air amusé de manière appropriée.

– Alors il s'est servi de sa calotte yiddish et a fait une demande de bourse réservée aux minorités pour aller en fac de droit, dit Kovitsky. Sa moitié yiddish faisant la demande pour sa moitié portoricaine ! Le Monde est à tout le monde, non ? C'est user ta putain de *calotte* de toute manière.

Kovitsky regarda Sonnenberg jusqu'à ce qu'il sourie, puis il regarda Torres jusqu'à ce qu'il sourie, puis Kovitsky leur sourit à tous deux. Pourquoi cette sou-daine humeur si joviale ? Kramer regarda l'accusé, Lock-wood. Il était debout à la table de la défense et fixait ce joyeux trio. Qu'est-ce qui pouvait bien lui passer par la tête? Ses doigts étaient posés sur la table et sa poitrine semblait avoir implosé. Ses yeux! Ses yeux étaient ceux du gibier de nuit. Il regardait ce spectacle, son avocat grimaçant et rigolant avec le juge et le procureur. Il était là, avec son avocat blanc qui souriait et jacassait avec le juge blanc et le petit enculé blanc et gras qui essayait de l'expédier au trou.

Sonnenberg et Torres étaient tous les deux debout devant l'estrade, le nez levé vers Kovitsky. Maintenant Kovitsky se mettait au travail.

– Que lui avez-vous offert, M. Torres?

– De deux à six ans, M. le juge.

– Et que dit votre client, M. Sonnenberg?

– Il n'en veut pas, juge. Je lui ai parlé la semaine dernière et je lui en ai reparlé ce matin. Il veut aller au procès.

– Pourquoi? demanda Kovitsky. Lui avez-vous expliqué qu'il pourra être admis à travailler sous contrôle dans un an? Ce n'est pas une mauvaise affaire.

– Eh bien, dit Sonnenberg, le problème c'est, comme le sait M. Torres, que mon client est un D. J. Il a commis le même délit – attaque à main armée – quand il était mineur et s'il plaide coupable pour celui-ci, il va devoir purger aussi ce qu'il avait pris pour le premier.

– Ah, dit Kovitsky. Qu'est-ce qu'il *va* prendre?

– Il va prendre un an un quart à quatre ans, quatre ans et demi, avec la sentence du premier délit en plus de celui-ci.

– Qu'en dites-vous, M. Torres?

Le jeune substitut chercha son souffle, baissa les yeux et secoua la tête.

– Je ne peux pas le faire, M. le juge. C'est d'attaque à main armée qu'on parle!

– Ouais, je sais, dit Kovitsky, mais c'était lui qui avait le flingue?

– Non, dit Torres.

163

Kovitsky quitta des yeux les visages de Sonnenberg et de Torres et regarda Lockwood.

– Il n'a pas l'air d'une petite crapule, dit Kovitsky, pour le bénéfice de Torres. En fait il a l'air d'un bébé. Je vois ces mômes ici tous les jours. Ils sont aisément influençables. Ils vivent dans un quartier merdeux et ils finissent par faire des conneries idiotes. A quoi ressemble-t-il, M. Sonnenberg?

– C'est à peu près ce que vous venez de dire, juge, dit Sonnenberg. Ce garçon est un suiveur. Ce n'est pas une lumière, mais ce n'est pas non plus un mauvais. Pas une crapule, à mon avis.

Ce profil rapide était bien évidemment supposé amener Torres à offrir à Lockwood une condamnation de un tiers à quatre, en effaçant du même coup sa condamnation de D. J.

D. J. signifiait Délinquant Juvénile.

– Ecoutez, M. le juge, c'est inutile, dit Torres. Je ne peux pas faire ça. De deux à six, c'est le plus bas que je puisse descendre. Mon service...

– Pourquoi vous n'appelez pas Frank? demanda Kovitsky.

– C'est inutile, M. le juge. Nous parlons d'attaque à main armée! Il n'a peut-être pas braqué de revolver sur la victime, mais c'est parce qu'il était occupé à lui fouiller les poches des deux mains! Un homme de soixante-neuf ans, et handicapé. Marchant comme ça.

Torres fit une danse devant l'estrade, boitant comme un vieil homme handicapé.

Kovitsky sourit.

– Voilà le yid qui sort! M. Torres doit avoir quelques chromosomes de Ted Lewis et l'ignore!

– Ted Lewis était juif? demanda Sonnenberg.

– Pourquoi pas? dit Kovitsky. C'était un comédien, non? Okay, M. Torres, calmons-nous.

Torres revint vers l'estrade.

– La victime, M. Borsalino souffre d'une côte cassée.

Et nous ne portons pas plainte pour ça car ce vieil homme n'a pas été voir un docteur à ce sujet. Non, deux à six, c'est tout.

Kovitsky réfléchit un instant.

– Vous avez expliqué ça à votre client ?

– Bien sûr, dit Sonnenberg. – Il haussa les épaules et fit une grimace, comme pour signifier que son client refusait d'écouter la voix de la raison. – Il veut tenter sa chance.

– Tenter sa chance ? fit Kovitsky, mais il a signé des aveux.

Sonnenberg refit la grimace et fronça les sourcils.

– Laissez-moi lui parler, dit Kovitsky.

Sonnenberg plissa les lèvres et leva les yeux au ciel comme pour dire « bonne chance ».

Kovitsky releva la tête et regarda Lockwood, puis il dressa le menton et dit :

– Fiston... viens ici.

Le garçon était debout à la table, paralysé, pas bien certain que le juge s'adressait à lui. Aussi Kovitsky arbora-t-il un sourire, le sourire du chef bienveillant. Celui-Qui-Veut-Bien-Etre-Patient, leva la main droite et répéta :

– Viens ici, fiston, je veux te parler.

Le garçon, Lockwood, commença à s'avancer, lentement, prudemment, jusque-là où Sonnenberg et Torres se tenaient, et regarda Kovitsky. Le regard qu'il lui lança était absolument vide. Kovitsky le fixa à son tour. C'était comme de regarder une petite maison dans le noir, avec toutes les lumières éteintes.

– Fiston, dit Kovitsky, tu ne m'as pas l'air d'une mauvaise graine. Tu m'as l'air d'un gentil jeune homme. Maintenant je veux que tu te donnes une chance à toi-même. Moi je vais te donner une chance, mais tu vas devoir d'abord t'en donner une, toi.

Et Kovitsky regarda droit dans les yeux de Lockwood

comme si ce qu'il allait dire était l'une des choses les plus importantes qu'il entendrait dans sa vie.

– Fiston, dit-il. Pourquoi k' tu te retrouves dans ces putains d'attaques à main armée, bordel?

Les lèvres de Lockwood remuèrent, mais il lutta contre l'impulsion de dire quoi que ce soit, peut-être par peur de s'enfoncer davantage.

– Qu'est-ce qu'elle en dit, ta mère? Tu vis avec ta mère?

Lockwood opina.

– Et qu'est-ce qu'elle en dit? Elle t'a déjà frappé sur la tête?

– Nan, dit Lockwood. Ses yeux semblaient brumeux. Kovitsky prit cela pour un signe de progrès.

– Bon, dit-il, tu as un boulot, fiston?

Lockwood acquiesça.

– Keske tu fais?

– Vigile.

– Vigile, dit Kovitsky.

Il regarda un point perdu sur le mur, comme s'il soupesait l'implication de cette réponse pour la société tout entière, puis il décida de s'en tenir à ce qu'il avait à portée de la main.

– Tu vois, dit-il, tu as un boulot, tu as un chez-toi, tu es jeune, tu es un jeune homme très bien et très brillant. Tu as l'avenir devant toi. Tu es plus à l'aise que beaucoup de gens. Mais tu as un gros problème à surmonter. TU AS ÉTÉ IMPLIQUÉ DANS CES PUTAINS DE BRA-QUAGES! Bon, le procureur t'a fait une offre de deux à six ans. Si tu acceptes cette offre et que tu te tiens bien, tout ça sera du passé en un rien de temps, et tu seras encore un jeune homme avec toute la vie devant toi. Si tu vas jusqu'au procès et que tu es condamné, tu peux prendre de huit à vingt-cinq ans. Alors, maintenant pense à ça. Le procureur t'a fait une offre.

Lockwood ne dit rien.

– Pourquoi tu n'acceptes pas? demanda Kovitsky.

– Parce que.

– Parce que quoi?

Lockwood détourna les yeux. Il n'allait pas se battre avec des mots. Il allait seulement tenir bon.

– Ecoute, fiston, dit Kovitsky, j'essaie de t'aider. Tout ceci ne va pas s'effacer. Tu ne peux pas juste fermer les yeux et espérer que tout ça disparaisse. Est-ce que tu comprends ce que je te dis?

Lockwood continuait à regarder en bas, ou sur les côtés, toujours à quelques centimètres du regard du juge. Kovitsky ne cessait de remuer la tête comme pour intercepter son regard, comme un gardien de but de hockey.

– Regarde-moi, fiston. Tu comprends?

Lockwood abandonna et le regarda. C'était le genre de regard qu'on s'attend à trouver quand on fait partie du peloton d'exécution.

– Maintenant, fiston, essaie de voir les choses comme ça. C'est comme d'avoir le cancer. Tu connais le cancer?

Il n'y eut pas la moindre lueur de compréhension, ni du cancer ni de rien.

– Le cancer ne s'en va pas non plus. Il faut faire quelque chose. Si tu l'attrapes très tôt, pendant qu'il est petit, avant qu'il s'étende dans tout ton corps et te prenne la vie – et te ruine la vie – et te *tue* la vie – tu comprends? – *tue ta vie* – si tu fais quelque chose pendant que c'est encore un petit problème, si on te fait la *petite* opération nécessaire, eh bien c'est fini!

Kovitsky leva les mains vers le ciel, souleva son menton et sourit comme s'il était l'entrain personnifié.

– Maintenant, c'est la même chose avec le problème que tu as. Si tu plaides coupable et que tu prends deux à six ans et si tu te tiens bien, tu auras droit à un programme de réinsertion par le travail au bout d'un an et à la liberté sur parole au bout de deux ans. Et tout cela sera derrière toi. Mais si tu vas au procès et qu'on te juge coupable, alors ta sentence minimale sera de huit ans. Huit et un tiers jusqu'à vingt-cinq. *Huit ans* – tu n'en as que dix-neuf. Huit ans c'est déjà presque la moitié du temps que tu as passé sur cette terre. Tu veux passer toute ta putain de jeunesse en taule?

Lockwood détourna les yeux. Il ne dit pas un mot.

– Alors, qu'est-ce que t'en dis? demanda Kovitsky.

Sans lever les yeux, Lockwood secoua la tête pour dire non.

– D'accord, très bien. Si tu es innocent je ne veux pas que tu plaides coupable, quelle que soit l'offre qu'on te fait. Mais tu as signé des aveux! Le substitut a une bande vidéo de toi en train d'avouer! Keske tu comptes faire de ça?

– J' sais pas, dit Lockwood.

– Que dit ton avocat?

– J' sais pas.

– Allons, fiston, bien sûr que tu sais. Tu as un excellent avocat. C'est l'un des meilleurs, M. Sonnenberg. Il a beaucoup d'expérience. Ecoute-le. Il te dira que j'ai raison. Tout ceci ne va pas s'effacer tout seul, pas plus qu'un cancer.

Lockwood continuait à regarder ses pieds. Quoi que son avocat, le juge et le substitut aient pu concocter, il n'achetait pas.

– Ecoute, fils, dit Kovitsky, parles-en un peu plus avec ton avocat. Parles-en avec ta mère. Qu'est-ce qu'elle en dit, ta mère?

Lockwood leva un regard de haine pure. Des larmes commencèrent à se former dans ses yeux. C'était une affaire très délicate de parler de leur mère à ces garçons. Mais Kovitsky le fixait.

– Très bien, Maître! dit Kovitsky en élevant la voix tout en regardant Sonnenberg, et vous aussi M. Torres. Je reporte tout ceci à une quinzaine. Et, fiston, dit-il à Lockwood, pense à tout ce que je t'ai dit, et parles-en avec M. Sonnenberg et puis tu prendras ta décision, d'accord?

Lockwood lança un dernier vague coup d'œil vers Kovitsky puis acquiesça et s'éloigna de l'estrade, regagnant la section spectateurs. Sonnenberg l'accompagna et lui dit quelque chose mais Lockwood ne répondit pas. Quand il passa la barre et qu'il vit ses potes qui se levaient au dernier rang, Lockwood reprit sa démarche de petit mac. Sorti d'ici!... Je r'tourne vers... la Vie! Les trois garçons quittèrent la salle, démarches identiques. Sonnenberg trottinant derrière, le menton relevé à un angle de trente degrés.

La matinée avançait vite, et, pour l'instant, Kovistsky n'avait pas réglé une seule affaire.

Il était tard dans la matinée quand Kovitsky finit d'enterrer les affaires en cours et parvint au procès de Herbert 92 X, qui en était à son quatrième jour d'audience. Kramer était à la table de l'accusation. Les officiers de service roulaient les épaules, faisaient craquer leurs jointures, en d'autres termes se préparaient à l'arrivée d'Herbert 92 X qu'ils considéraient comme suffisamment dingue pour faire quelque chose de violent ou de stupide en plein tribunal. L'avocat d'Herbert 92 X, Albert Teskowitz, commis d'office, quitta la table de la défense. C'était un homme voûté et noueux avec une veste de laine bleu pâle qui pendait à trois centimètres de son tour de cou et une paire de pantalons marron qui n'avaient jamais été présentés à la veste. Ses cheveux gris et en voie de disparition avaient la couleur de la glace sèche. Il lança à Kramer un petit sourire tordu, comme un flash, qui voulait dire « allons-y, la charade va commencer ».

– Eh bien, Larry, dit-il, es-tu prêt pour la sagesse d'Allah ?

– Puis-je te demander quelque chose, dit Kramer. Est-ce qu'Herbert choisit tout ça tous les jours avec l'idée que c'est une sorte de commentaire sur cette affaire, ou bien ouvre-t-il simplement le livre au hasard? Je n'en sais rien.

– Moi non plus, dit Teskowitz, je reste en dehors du sujet, pour te dire la vérité. Mentionne-le, et tu perds une heure de ta vie. Tu as déjà parlé à un dingo logique? Ils sont bien pire que les dingos dingos.

Teskowitz était un si mauvais avocat que Kramer se sentait désolé pour Herbert. Mais il était déjà désolé pour lui, de toute façon. Le nom légal d'Herbert 92 X était Herbert Cantrell; 92 X était son nom musulman. Il était chauffeur livreur pour une maison d'alcools. C'était un des nombreux détails qui incitaient Kramer à penser qu'il n'était pas un musulman authentique. Un véritable musulman n'aurait jamais rien eu à voir avec de l'alcool. En résumé, un jour, le camion d'Herbert avait été attaqué sur Willis Avenue, par trois Italiens de Brooklyn qui, ces dix dernières années, n'avaient pas fait grand-chose d'autre que d'attaquer des camions pour qui les payait à attaquer des camions. Ils avaient braqué Herbert, l'avaient ligoté, lui avaient mis un grand coup dans la gueule, l'avaient jeté dans des poubelles dans une ruelle en lui ordonnant de ne pas bouger pendant une heure. Puis les trois Italiens avaient conduit le camion dans l'entrepôt de leur employeur du moment, un distributeur d'alcool très finaud qui abaissait couramment ses frais en volant de la marchandise. Ils entrent avec le camion volé et le manutentionnaire leur dit:

– Bon Dieu de merde! Les gars vous êtes dans la panade! C'est un de *nos* camions!

– Keske tu dis?

– C'est un de nos camions! C'est moi qui l'ai chargé il y a deux heures! Vous nous amenez de la came qu'on a déjà raquée! Vous avez attaqué un d' nos gars! Vous êtes dans une belle merde!

Donc les trois Italiens repartent dans le camion et filent vers la benne à ordures pour rendre son camion à

Herbert 92 X. Mais Herbert s'est débrouillé pour s'en sortir. Ils commencent à arpenter les rues avec leur camion, cherchant Herbert partout. En fin de compte ils le trouvent dans un bar où il écluse pour se calmer les nerfs. Pas très musulman, tout ça. Ils entrent dans le bar pour lui dire qu'ils sont désolés et qu'il peut récupérer son camion, mais Herbert croit qu'ils reviennent parce qu'il ne leur a pas obéi en s'échappant de la benne à ordures. Alors il sort un calibre 38 de son bomber en nylon – il l'avait porté tout le temps, mais les durs avaient été plus rapides que lui – et il tire deux fois. Il manque les trois Italiens, mais il tue un type nommé Nestor Cabrillo qui était entré pour passer un coup de téléphone. L'arme à feu était sans doute un engin de défense nécessaire dans ce qui paraissait visiblement un métier à risques. Mais il n'avait pas de permis de port d'armes et Nestor Cabrillo était un citoyen modèle père de cinq enfants. Donc Herbert était inculpé d'homicide involontaire et de port d'arme prohibée, et l'affaire devait être jugée, et Kramer était empêtré là-dedans. Cette affaire était une vraie thèse sur la stupidité, l'incompétence et l'inutile. En bref, un tas de merde. Herbert 92 X refusait tout compromis puisqu'il considérait ce qui s'était passé comme un accident. Il était seulement désolé que le 38 ait eu tant de recul. Et donc ce tas de merde passait en procès.

Une porte s'ouvrit sur le côté de l'estrade et en sortit Herbert 92 X, encadré par deux gardiens. Le Sommier gérait les cellules de détention provisoire, qui étaient des sortes de cages sans fenêtres un étage et demi en dessous du tribunal. Herbert 92 X était un homme grand. Ses yeux brillaient à l'ombre d'un keffieh à damier noir et blanc façon Yasser Arafat qui lui couvrait la tête. Il portait une robe brune qui lui tombait aux chevilles. Sous la robe, on pouvait apercevoir des pantalons couleur crème dont les coutures de côté avaient des surpiqûres contrastées, et une paire de chaussures marron pour quinze orteils par pied. Il tenait ses mains derrière son dos. Quand les gardes le firent pivoter pour lui ôter ses menottes, Kramer vit qu'il serrait Le Coran.

– Youhou! Herbert!

La voix d'un joyeux petit garçon. C'était l'un des enfants, près de la barre. Les gardiens lui firent les gros yeux. Une femme, au fond de la salle, s'écria : « Hé, viens ici! » Le petit garçon rit aux éclats et courut vers elle. Herbert se tourna vers le gamin. Son visage furieux se détendit d'un seul coup. Il lança au gamin un sourire si plein d'amour et de joie que Kramer dut déglutir – et ressentit un nouveau spasme de Doutes. Puis Herbert s'assit à la table de la défense.

Le greffier, Bruzzielli, annonça :

– Affaire Herbert Cantrell, numéro d'inculpation 2-7-7-7.

Herbert 92 X était déjà debout, la main dressée en l'air.

– Il me provoque!

Kovitsky se pencha sur son bureau et dit, patiemment :

– M. 92 X, je vous ai déjà expliqué ça hier, et avant-hier et le jour d'avant également.

– Il m'a provoqué!

– Je vous l'ai expliqué, M. 92 X. Le greffier est tenu par la procédure légale. Mais au vu de votre intention évidente de changer de nom, ce qui est votre droit, et il y a des procédures légales pour cela, la cour consent à se référer à vous en tant qu'Herbert 92 X durant toute cette procédure. Cela vous va-t-il?

– Merci votre honneur, dit Herbert 92 X, toujours debout. – Il ouvrit Le Coran et commença à feuilleter les pages. – Votre honneur, ce matin...

– Pouvons-nous procéder?

– Oui, M. le juge. Ce matin...

– Alors, assis!

Herbert 92 X fixa un instant Kovitsky, puis se coula

dans son siège, tenant toujours son Coran ouvert. D'un air quelque peu boudeur il dit :

– Vous allez me laisser lire ?

Kovitsky consulta sa montre et acquiesça, puis il pivota sur son siège de quarante-cinq degrés à peu près et contempla le mur au-dessus du box du jury vide.

Assis, Herbert 92 X plaça Le Coran sur la table de la défense et commença :

– Ce matin, votre honneur, je partirai du Chapitre 41, intitulé : « Comme distinctement expliqué, révélé à La Mecque... au nom de Dieu miséricordieux... Voici une révélation d'Allah le grand et miséricordieux... Qu'ils soient avertis du jour où les ennemis de Dieu seront tous rassemblés et plongés dans le feu, ils marcheront en groupes séparés jusqu'à ce que, parvenus au dit lieu, leurs yeux et leurs oreilles et leurs peaux témoignent contre eux... »

Les agents de garde levaient les yeux au ciel. L'un d'eux, Kaminsky, un vrai porcin dont la chemise d'uniforme avait du mal à contenir la graisse qui débordait du ceinturon de son revolver, laissa échapper un soupir parfaitement audible et pivota à cent quatre-vingts degrés sur les talons de ses grosses chaussures de flic en cuir noir. Les avocats de la défense et la partie civile regardaient Kovitsky avec une sainte terreur. Mais les agents étaient la classe ouvrière, les troupes de première ligne du service civil, et ils considéraient Kovitsky et pratiquement tous les autres juges comme outrageusement et lâchement doux avec les criminels... laisser ce dingue assis là à lire Le Coran pendant que ses moutards cavalaient dans la salle d'audience en hurlant « Youhou, Herbert ! » Le raisonnement de Kovitsky semblait être que puisque Herbert 92 X était un forcené et puisque la lecture du Coran le calmait, autant sauver du temps avant la charge.

– « ... changer le mal en ce qui est bien, et, au-delà,

l'homme dont tu étais l'ennemi deviendra, comme il l'était, ton plus cher ami, mais personne ne... »

Avec le ton lugubre et monotone d'Herbert, les mots tombaient dans la salle comme une bruine... L'esprit de Kramer partait à la dérive... la fille au rouge à lèvres brun... Bientôt elle allait apparaître... Cette seule pensée le fit se redresser sur sa chaise...

Il aurait aimé se regarder dans une glace un peu avant qu'elle n'entre dans la salle... ses cheveux... sa cravate... Il tendit son cou et rejeta doucement la tête en arrière... Il était persuadé que les femmes étaient impressionnées par les hommes aux énormes muscles sternocléidomastoïdiens... Il ferma les yeux...

Herbert lisait toujours lorsque Kovitsky l'interrompit :

– Merci, M. 92 X, voilà qui conclut notre lecture du Coran.

– Vous dites ? J'ai pas fini !

– J'ai dit voilà qui conclut notre lecture du Coran, M. 92 X. SUIS-JE ASSEZ CLAIR ?

La voix de Kovitsky était si forte soudain que des gens dans les rangs des spectateurs sursautèrent.

Herbert bondit sur ses pieds.

– Vous violez mes droits !

Son menton était dressé vers Kovitsky et ses yeux étaient en feu. Il ressemblait à un missile prêt à partir.

– Assis !

– Vous violez ma liberté de religion !

– AS-SIS, M. 92 X !

– Vice de procédure ! hurla Herbert. Vice de procédure !

Puis il tourna sa colère vers Teskowitz, toujours assis à côté de lui.

– Allez, debout, mon vieux, c'est un vice de procédure !

Surpris et un peu effrayé, Teskowitz se leva.

– Votre honneur, mon client...

– J'AI DIT ASSIS! TOUS LES DEUX!

Les deux s'assirent.

– Maintenant, M. 92 X, cette cour a été très indulgente avec vous. Personne ne viole votre liberté de religion. Les heures passent et nous avons un jury, là, dans une petite pièce qui n'a pas été repeinte depuis vingt-cinq ans, et il est temps de conclure notre lecture du Coran.

– Conclure? Vous voulez dire interdire! Vous violez mes droits!

– L'accusé va LA FERMER! Vous n'avez aucun droit de lire Le Coran, Le Talmud, La Bible ou les paroles d'Angel Moroni qui a écrit le livre des Mormons, ni aucun autre texte spirituel, aussi divin soit-il – vous n'avez pas le droit de le lire dans cette cour. Laissez-moi vous rappeler, monsieur, que ceci n'est pas la Nation islamique. Il se trouve que nous vivons en république et que, dans cette république, existe la séparation de l'Eglise et de l'Etat. Vous comprenez? Et cette cour est régie par les lois de cette république qui sont incarnées par la Constitution des Etats-Unis.

– Ce n'est pas vrai!

– Qu'est-ce qui n'est pas vrai, M. 92 X?

– La séparation de l'Eglise et de l'Etat. Et je peux le prouver!

– De quoi est-c'que vous parlez, M. 92 X?

– Tournez-vous! Regardez sur le mur là-haut!

Herbert était à nouveau debout, le doigt pointé sur le mur au-dessus de Kovitsky. Kovitsky pivota sur sa chaise et leva les yeux. Pour sûr, gravés dans les lambris les mots : EN DIEU NOUS AVONS CONFIANCE (IN GOD WE TRUST).

– L'Eglise et l'Etat! criait Herbert, triomphant. Vous l'avez gravé dans le bois au-dessus de votre tête!

Hi hi hi hi hi iiiii! Une femme dans la salle commença à rire. Un des gardes pouffa mais tourna la tête avant que Kovitsky ne le voie. Le greffier, Bruzzielli, ne parvenait pas à effacer son sourire. Patti Stullieri avait la main sur la bouche. Kramer regardait Myron Kovitsky, attendant l'explosion.

Au lieu de cela, Kovitsky arbora un large sourire. Mais il avait baissé la tête et ses iris flottaient à nouveau sur une mer blanche et turbulente.

— Je vois que vous êtes très observateur, M. 92 X, et je vous en félicite. Et puisque vous êtes observateur, vous observerez aussi que je n'ai pas d'yeux derrière la tête. Mais j'ai des yeux devant et ce qu'ils voient pour l'instant c'est un accusé qui est inculpé pour des charges très sérieuses et risque la perspective de douze ans et demi à vingt-cinq ans de prison, si le jury le déclare coupable, et je voudrais que ce jury ait le temps de soupeser les plateaux de la justice... AVEC SOIN ET IMPAR-TIALITÉ!... pour déterminer la culpabilité ou l'innocence de cet accusé. Nous sommes un pays libre, M. 92 X, et personne ne peut vous empêcher de croire à n'importe quelle déïté. Mais tant que vous êtes dans cette cour, vous feriez nettement mieux de croire à LA BIBLE SELON KOVITSKY !

Kovitsky avait dit ça avec une telle férocité, qu'Herbert en retomba dans sa chaise. Il ne dit plus un mot. Il se contenta de regarder Teskowitz. Teskowitz haussa légèrement les épaules et secoua la tête, d'un air de dire : « C'est à peu près ça, Herbert... »

— Faites entrer les jurés, dit Kovitsky.

Un garde ouvrit la porte qui menait à la salle des jurés. Kramer se redressa sur sa chaise. Il poussa sa tête en arrière pour faire jouer ses si puissants muscles du cou. Les jurés commençaient à entrer... trois Noirs, six Portoricains... Où était-elle?... Là! elle passait la porte!... Kramer n'essaya même pas d'être subtil. Il la regarda fixement. Ces longs cheveux brun sombre et brillants, assez épais pour enfouir votre tête dedans, séparés au milieu et tirés en arrière pour révéler ce front blanc et parfait, ces grands yeux et ces cils luxurieux, et ces lèvres si parfaitement dessinées... avec du rouge à lèvres brun! Oui! Elle l'avait remis! Le rouge marron, la couleur du caramel, infernal, rebelle, parfaitement élégant...

Rapidement, Kramer évalua la compétition. Le grand greffier, Bruzzielli, avait les yeux rivés sur elle. Les trois gardes la regardaient si intensément qu'Herbert aurait pu sortir se promener sans qu'ils s'en aperçoivent. Sullivan, le sténo de la cour, assis devant sa machine, la buvait des yeux. Et Kovitsky! Lui aussi! Kramer avait entendu des histoires sur Kovitsky. Il n'avait pas l'air d'être son type – mais on ne sait jamais.

Pour atteindre le box du jury elle devait passer, à la suite des autres, devant la table de l'accusation. Elle portait un sweater couleur pêche, duveteux, angora ou mohair ouvert sur le devant et une blouse de soie avec des raies rose et jaune, sous laquelle Kramer pouvait détecter, ou pensait qu'il pouvait détecter, la voluptueuse présence de ses seins. Elle portait une jupe de gabardine couleur crème, assez serrée pour faire ressortir la courbe de ses cuisses.

L'horreur de tout ceci, c'était que pratiquement tous les hommes de ce côté de la Barre de la Justice avaient une chance. Non, pas Herbert, mais son minuscule bout d'avocat, Teskowitz, si. Même ce gros tas de garde, ce Kaminsky. Le nombre de gardes, d'avocats de la défense, de greffiers, de substituts du procureur (oh oui!) et même de juges (ne pas les oublier!) qui avaient tringlé (c'est le mot!) de mignonnes petites jurées d'affaires criminelles – Dieu! si jamais la presse s'emparait de cette histoire – mais la presse ne se montrait jamais dans les salles d'audience du Bronx.

Les nouveaux jurés d'un Tribunal Criminel avaient une manière de s'enivrer à la haute tension de ce monde infernal qu'ils dominaient de leur box, et c'étaient les jeunes femmes qui avaient l'ivresse la plus rapide. Pour elles les accusés n'étaient pas de la « bouffe », tout sauf ça. C'étaient des desperados. Et ces affaires n'étaient pas des tas de merde. C'étaient les misérables drames de cette ville aux millions d'âmes. Et ceux qui avaient le courage de traiter avec les desperados, de les combattre, de les dompter, étaient... de vrais hommes... même un gardien avec un rouleau de dix centimètres de graisse, débordant au-dessus de son ceinturon. Mais qui était le plus viril, sinon un jeune procureur, lui qui se tenait à quelques mètres de l'accusé, séparé de lui seulement par une mince couche d'air, et qui assenait les accusations de la justice ?

Maintenant elle était en face de Kramer. Elle lui rendait son regard. Son expression ne disait rien, mais ce regard était si franc et si droit ! Et elle portait du rouge à lèvres brun ! Puis elle passa devant lui et franchit la petite porte d'entrée du box du jury. Il ne pouvait tout de même pas *se retourner* et la fixer, mais il en était tenté. Combien d'entre eux avaient déjà été voir Bruzzielli le greffier pour regarder son adresse et son numéro de téléphone, au travail et à la maison – comme lui l'avait fait ? Le greffier conservait les fiches avec ces informations, après tirages au sort, dans une boîte sur son bureau dans la salle d'audience, pour que la cour puisse prévenir rapidement les jurés en cas de changement d'horaires ou de quoi que ce soit d'autre. En tant que procureur dans cette affaire, lui, Kramer, pouvait approcher Bruzzielli et lui demander de voir la fiche correspondant à la Fille aux Lèvres Marron, ou de n'importe quel juré, sans arrière-pensée. L'avocat de la défense, Teskowitz, aussi. Kovitsky aussi, sans trop de problème et, bien évidemment, Bruzzielli pouvait y jeter un coup d'œil dès qu'il en avait envie. Quant à un garde comme Kaminsky, pour lui, demander d'y jeter un coup d'œil tomberait dans la catégorie des... on ferme les yeux sur cette faveur. Mais Kramer n'avait-il pas déjà aperçu Kaminsky penché avec Bruzzielli sur le bureau de Bruzzielli, en grande conversation sur... quelque chose? La pensée que même des créatures comme le gros Kaminsky puissent courir après cette... cette *fleur*... renforçait encore la détermination de Kramer. (Il la sauverait des autres.)

Mlle Shelly Thomas, de Riverdale.

Elle venait de la meilleure partie de Riverdale, banlieue verdoyante qui, géographiquement, faisait partie du Comté de Westchester, mais politiquement du Bronx. Il y avait encore plein d'endroits agréables dans le nord du Bronx. En général, les gens qui habitaient Riverdale avaient de l'argent, et ils avaient également leurs moyens pour échapper aux devoirs de jurés. Ils sonneraient à toutes les portes possibles pour ne pas se soumettre à la perspective de descendre dans le South Bronx, 44e District, dans cette île-forteresse de Gibraltar. Le jury typique du Bronx était noir et portoricain, avec un zeste de juif et d'italien.

Mais de temps à autre, une fleur rare comme Mlle Shelly Thomas de Riverdale atterrissait dans un box. Quelle sorte de nom était-ce? Thomas était un nom très wasp. Mais il y avait aussi Danny Thomas, et c'était un Arabe, un Libanais, ou quelque chose comme ça. Les Wasps étaient rares dans le Bronx, sauf ces membres de la Société qui montaient de Manhattan de temps à autre, dans des limousines avec chauffeur, pour faire leurs B.A. pour la Jeunesse du Ghetto. L'organisation Grand Frère, les Jeunes de l'Episcopat, la Fondation Dédale – ces gens se montraient dans les tribunaux dits de Famille, qui étaient réservés aux délinquants de moins de dix-sept ans. Ils avaient de ces *noms*... Farnsworth, Fiske, Phipps, Simpson, Thornton, Frost... et des intentions immaculées.

Non, les chances que Mlle Shelly Thomas soit une Wasp étaient bien minces. Mais alors qu'était-elle? Lors de la sélection des jurés, il avait appris qu'elle était directrice artistique, ce qui apparemment signifiait quelque chose comme dessinatrice pour l'agence de pub

Prischer & Bolka dans Manhattan. Pour Kramer cela suggérait une vie enchanteresse. De merveilleuses créatures folâtrant de-ci, de-là sur fond de musique new wave dans un bureau aux murs d'un blanc délicat parsemé de briques de verre... Une sorte de bureau de MTV[1]... des déjeuners et des dîners fantastiques dans des restaurants aux murs de bois blond, avec cuivres, éclairages indirects et verres givrés... des cailles farcies aux chanterelles sur un lit de patates douces et une dentelle de pissenlits braisés... Il voyait tout le tableau. Elle faisait partie de *cette* vie, de ces endroits où vont les filles au rouge à lèvres marron!... Il avait ses deux numéros de téléphone, chez Prischer & Bolka et chez elle. Naturellement, tant que le procès durait, il ne pouvait rien faire. Mais après?... Mlle Thomas? C'est Lawrence Kramer. Je suis – oh! vous vous souvenez? C'est merveilleux! Mlle Thomas, je vous appelle car, assez souvent, lorsqu'une de ces affaires majeures est enfin conclue, j'aime beaucoup savoir ce qui a réellement emporté le jury – une soudaine vague de doutes... Supposons qu'elle lui fasse perdre l'affaire? Les jurés du Bronx étaient déjà plutôt difficiles avec les procureurs. Ils sortaient des rangs de ceux qui savent que, en fait, la police est capable de mensonge. Les jurés, dans le Bronx, étaient submergés de doutes, avec raison et sans raison, et des accusés noirs ou portoricains qui étaient archicoupables, coupables comme le pire pécheur, sortaient souvent de la forteresse, libres comme l'air. Heureusement, Herbert 92 X avait abattu un brave homme, un pauvre homme, un père de famille du ghetto. Que le ciel soit loué pour ça! Aucun juré habitant le South Bronx ne saurait avoir la moindre sympathie pour un dingue complet comme Herbert. Seule une inconnue dans l'équation comme Mlle Shelly Thomas, de Riverdale, risquait d'éprouver de la sympathie! Une jeune

1. Chaîne télévisée de rock and roll par satellite.

femme blanche à l'éducation parfaite, en pleine ascension, du genre artiste, peut-être même juive... Elle était exactement du genre à virer à l'idéaliste contre lui et à refuser de condamner Herbert sur la base de ce qu'il était noir, romantique et déjà largement marqué par le Destin. Mais il fallait qu'il coure cette chance. Il n'avait pas l'intention de la laisser disparaître. Il avait besoin d'elle. Il avait besoin de ce triomphe particulier. Dans cette cour il était au centre de l'arène. Ses yeux ne le quittaient pas. Il le savait. Il pouvait le sentir. Il existait déjà quelque chose entre eux... Larry Kramer et la fille au rouge à lèvres marron.

Les habitués furent stupéfaits, ce jour-là, par le zèle et l'agressivité du substitut du procureur Lawrence Kramer dans cette affaire, ce crime à la petite semaine du Bronx.

Il commença par démolir les témoignages de l'alibi d'Herbert.

— N'est-il pas vrai, M. Williams, que votre dit « témoignage » fait partie d'une transaction d'argent entre vous et l'accusé ?

Mais bon sang, qu'est-ce qu'il lui prenait à Kramer ? Teskowitz devenait de plus en plus furieux. Cet enfant de putain de Kramer lui filait une sale réputation ! Il déchirait la cour comme si cette affaire de merde était le procès du siècle !

Kramer ne prêtait aucune attention aux blessures qu'il infligeait à Teskowitz, à Herbert 92 X ou au reste d'entre eux. Il n'existait que deux personnes dans cette caverne d'acajou, et c'était Larry Kramer et la fille au rouge à lèvres marron.

Pendant l'heure du déjeuner, Kramer revint au bureau, comme Andriutti et Jimmy Caughey. Un substitut avec un procès en cours avait droit, ainsi que ses témoins, à un déjeuner offert par l'Etat de New York. En pratique cela signifiait que tout le monde au bureau se réjouissait d'un repas gratuit. Ce pathétique petit ravigotage de l'ordinaire du bureau était pris très au sérieux. Gloria Dawson, la secrétaire de Bernie Fitzgibbon, commandait des sandwiches dans un *Delicatessen*. Elle y avait droit aussi. Kramer prit un sandwich au roast beef sur un pain à l'oignon, avec moutarde. La moutarde était empaquetée dans un étui gélatineux qu'il devait ouvrir avec ses dents. Ray Andriutti avait pris un double hot-dog au poivron avec tout ce qu'on pouvait y ajouter, sauf deux énormes tranches de cornichon aigre-doux qui reposaient sur une feuille de papier sulfurisé sur son bureau. L'odeur des cornichons emplissait la pièce, saumure à l'aneth. Kramer observa avec une fascination dégoûtée Andriutti, courbé au-dessus de son bureau pour que les morceaux et les jus divers qui suintaient de son sandwich tombent sur le bureau et pas sur sa cravate. Il faisait ça à chaque bouchée. Il plongeait sur son bureau et des miettes et des gouttes éclaboussaient, jaillissaient de ses mâchoires. On aurait dit un thon, ou une baleine. A chaque plongeon, son menton passait juste à ras d'un gobelet de café posé sur le bureau. Le café sortait de la machine Mister Coffee. Le gobelet était si plein que le café débordait, déformant le plastique. Tout d'un coup, il déborda pour de bon. Un ruisselet jaune visqueux, pas plus large qu'un fil, commença à courir sur le côté du gobelet. Andriutti ne s'en apercevait même pas. Quand cette saleté de flot jaunasse atteignit la surface du bureau, elle créa une petite piscine, grosse comme un demi-dollar à l'effigie de Kennedy. En peu de temps elle avait atteint la taille d'un pancake à un dollar. Bientôt les coins de deux paquets de sucre vide furent submergés dans cette mare. Andriutti chargeait toujours son café de lait en poudre et de sucre jusqu'à ce qu'il se transforme en une sorte de bile épaisse et hyper-sucrée, d'un jaune hépatique. Ses mâchoires qui mastiquaient, les hot-dogs au poivron fourrés dedans, continuaient à plonger devant le gobelet. Le moment crucial de cette journée! un repas gratis!

Et ça ne s'arrange pas, songeait Kramer. Ce n'étaient pas seulement de jeunes substituts du procureur comme lui, Andriutti et Jimmy Caughey. Partout dans Gibraltar, à cet instant précis, du plus haut au plus bas, les représentants du Pouvoir dans le Bronx étaient cloués dans leurs bureaux, enfermés, courbés sur des sandwiches qu'ils avaient fait livrer. Autour de la grande table de conférence dans le bureau d'Abe Weiss, ils étaient courbés sur leurs sandwiches, ceux dont Weis pensait qu'il avait besoin aujourd'hui, ou qu'il avait accrochés dans sa grande croisade pour la publicité. Autour de la grande table de conférence dans le bureau du juge responsable administratif de la Division criminelle, Louis Mastroiani, ils étaient courbés sur leurs sandwiches. Même quand ces éminents juristes recevaient une huile conséquente, même quand un sénateur des Etats-Unis passait par là, ils s'asseyaient tous, courbés en deux devant leurs sandwiches. Vous pouviez grimper tout en haut de la hiérarchie du système de la justice criminelle dans le Bronx et manger des sandwiches au déjeuner jusqu'à votre retraite ou à votre mort.

Pourquoi cela? Parce qu'eux, le Pouvoir, le Pouvoir qui régissait le Bronx, ils étaient terrifiés! Ils étaient terrifiés à l'idée de sortir au cœur du Bronx pour aller déjeuner dans un restaurant! Terrifiés! Et ils régentaient cet endroit, ce Bronx, un quartier de plus d'un million d'âmes. Le cœur du Bronx était dans un tel état de décrépitude qu'il n'existait plus rien qui ressemble un tant soit peu à un restaurant d'affaires. Mais même si cela avait été, quel juge, quel procureur, quel substitut, quel garde, même avec un 38 spécial, aurait quitté Gibraltar à l'heure du déjeuner pour y aller? D'abord, il y avait la peur, brute. Vous sortiez du Building du Comté du Bronx sur le Grand Concourse et descendiez la pente de la 161e Rue jusqu'au siège du Tribunal, une distance d'un bloc et demi, si vous aviez à le faire, mais le prudent rouage du Pouvoir ne gardait pas ses yeux dans sa poche. Il y avait des agressions en haut sur Grand Concourse, ce chef-d'œuvre d'ornementation du Bronx, à 11 heures du matin par beau temps. Et pourquoi pas? Il y a plus de portefeuilles et de sacs à main au milieu de la journée, quand le soleil brille. Vous ne dépassiez jamais le bâtiment du Palais de Justice. Il existait des substituts du procureur qui avaient travaillé à Gibraltar pendant dix ans et qui n'auraient pas su vous dire, même en pariant, ce qu'il y avait dans la 162ᵉ ou 163ᵉ Rue, à un bloc du Grand Concourse. Ils n'avaient jamais mis les pieds au Musée d'Art Moderne du Bronx, sur la 164ᵉ Rue. Mais supposons que vous n'ayez pas cette peur-là. Il en restait pourtant une autre, bien plus subtile. Vous étiez un étranger dans les rues du 44ᵉ District, et vous le saviez tout de suite, à chaque fois que le Destin vous jetait dans *leur* territoire. Les regards! Les regards! La méfiance mortelle! Vous n'étiez pas désiré. Vous n'étiez pas bienvenu. Gibraltar et le Pouvoir appartenaient au Parti démocrate du Bronx, aux Juifs et aux Italiens, spécifiquement, mais les rues appartenaient aux Lockwood, aux Arthur Rivera, aux Jimmy Dollard, aux Otis Blakemore et aux Herbert 92 X.

Cette pensée déprimait Kramer. Ils étaient là, lui et Andriutti, le Juif et l'Italien, bouffant leurs sandwiches, livrés au palais, à l'intérieur de la forteresse, dans ce roc de calcaire. Et pour quoi? Qu'est-ce qu'ils avaient à attendre? Comment cette mise en scène pourrait-elle durer assez longtemps pour qu'ils puissent atteindre le haut de la pyramide, en supposant que ce haut en vaille la peine? Tôt ou tard, les Portoricains et les Noirs s'uniraient politiquement et s'empareraient même de Gibraltar et de tout son contenu. Et en attendant, qu'est-ce qu'il pouvait bien faire? Il remuerait la merde... remuer la merde... jusqu'à ce qu'ils lui enlèvent son bâton.

A ce moment le téléphone sonna.

– Allô?

– Bernie?

– On vous a mal aiguillé, dit Kramer, mais de toute façon je crois qu'il n'est pas là.

– Qui est à l'appareil?

– Kramer.

– Ah ouais, je me souviens de vous. Ici l'inspecteur Martin.

Kramer ne se rappelait pas vraiment Martin, mais le nom et la voix éveillaient des souvenirs vagues et désagréables.

– Qu'est-ce que je peux faire pour vous?

– Eh bien, je suis à l'hôpital Lincoln avec Goldberg, mon équipier, et on est sur cette affaire de demi-homicide, et je pensais en parler à Bernie.

– Vous n'avez pas déjà parlé à quelqu'un en début de matinée? Ray Andriutti?

– Si...

Kramer soupira.

– Eh bien Bernie n'est pas rentré. Je ne sais pas où il est.

Une pause.

– Merde. Peut-être vous pourriez lui transmettre ça.

Un autre soupir.

– Okay.

– Il y a ce môme, Henry Lamb. L-A-M-B, dix-huit ans, il est en réanimation intensive. Il est arrivé là hier soir avec un poignet cassé, okay? Quand il est arrivé là, du moins d'après ce qu'il y a sur la fiche, il a pas dit qu'il s'était fait écraser par une voiture. Il a juste dit qu'il était tombé, okay? Donc ils lui ont réparé le poignet en urgence et ils l'ont renvoyé chez lui. Ce matin la mère du gamin, elle le ramène, et il est commotionné, et il tombe dans le coma et maintenant il est au bord de la mort. Okay?

– Ouais.

– Le môme était déjà dans le coma quand ils nous ont appelés, mais il y a une infirmière qui dit qu'il a dit à sa mère qu'il avait été renversé par une voiture, une Mercedes, et que la voiture est partie, et qu'il a partiellement relevé le numéro d'immatriculation.

– Des témoins ?

– Non. Tout ça, c'est l'infirmière qui le dit. On ne trouve même pas la mère.

– C'est censé être un accident ou deux accidents ? Vous parlez d'un poignet cassé, puis d'une commotion cérébrale ?

– Un seul, d'après cette infirmière qui est tout excitée et qui me casse les couilles avec son délit de fuite. C'est tout de la merde, mais je voulais juste en parler avec Bernie, au cas où il aurait voulu en faire quelque chose.

– Très bien, je lui dirai, mais je ne vois pas ce qu'on a à voir là-dedans. Il n'y a pas de témoins, pas de chauffeur, le type est dans le coma, mais je lui dirai.

– Ouais, je sais. Si on trouve la mère et le reste, dites à Bernie que je le rappellerai.

– Okay.

Après avoir raccroché, Kramer griffonna une note pour Bernie Fitzgibbon. La victime avait négligé de signaler qu'il avait été touché par une voiture. Une affaire typique du Bronx. Encore un tas de merde.

VI

UN LEADER DU PEUPLE

LE lendemain matin, Sherman McCoy fit l'expérience de quelque chose d'entièrement nouveau pour lui depuis huit ans qu'il était chez Pierce & Pierce. Il était incapable de se concentrer. D'ordinaire, dès qu'il entrait dans la salle des obligations et que les lueurs des panneaux vitrés le frappait tandis qu'une légion d'hommes jeunes et affolés par le gain et l'ambition l'emportait dans son flux, tout le reste de son existence s'effaçait et le monde se réduisait enfin à ces petits symboles verts qui couraient sur les écrans des ordinateurs. Même le matin qui avait suivi le coup de téléphone le plus stupide de sa vie, le matin où il s'était demandé si sa femme allait le quitter et lui prendre la chose la plus précieuse de sa vie, c'est-à-dire Campbell – même ce matin-là il était entré dans la salle des obligations et *juste comme ça*, l'existence humaine s'était réduite aux obligations françaises indexées sur l'or et les bons sur vingt ans des Etats-Unis. Mais maintenant, c'était comme s'il avait une bande à deux pistes dans le crâne, le mécanisme ne cessait de passer d'une piste à l'autre, sans qu'il pût avoir aucun contrôle dessus. Sur l'écran :

« U. Frag. 10.1 '96. 102. » En baisse d'un point! Les obligations United Fragrance, obligations sur treize ans, arrivant à terme en 1996, avaient glissé de 103 à 102.5 pas plus tard qu'hier. Maintenant, à 102, la cession serait du 9.75 pour cent – et la question qu'il se posait était :

Est-ce que c'était vraiment une *personne* que la voiture avait touchée quand elle avait reculé? Est-ce que ça ne pouvait pas être le pneu ou une poubelle ou quelque chose de complètement différent? Il s'évertua à ressentir de nouveau le coup dans son système nerveux central. C'était un... *tchok*... un petit coup... Pas grand-chose, vraiment. Ç'aurait pu être n'importe quoi. Mais là, il sentit son cœur sombrer. Qu'est-ce que ça pouvait bien avoir été d'autre que ce grand môme maigre? – et soudain, il revoyait ce visage sombre aux traits fins, cette bouche à demi ouverte par la peur... Il n'était pas trop tard pour prévenir la police! Trente-six heures – quarante maintenant – comment présenter la chose? Je crois que nous – c'est-à-dire mon amie, Mme Ruskin et moi – il se peut que nous ayons – pour l'amour du Ciel, vieux, reprends-toi! Après quarante heures ce ne serait plus comme signaler un accident, ce serait une confession! Tu es un Maître de l'Univers. Tu n'es pas au cinquantième étage de Pierce & Pierce pour t'effondrer à cause d'un peu de pression. Cette heureuse pensée le blinda pour le travail à faire et il se concentra à nouveau sur l'écran.

Les chiffres glissaient d'un côté à l'autre en lignes continues comme si un pinceau vert radium les peignait et elles avaient bougé et changé devant ses yeux sans qu'il l'enregistre dans sa tête. Cela le fit presque sursauter. Les United Fragrance étaient descendues à 101 7/8, ce qui signifiait que la marge était presque à 10 pour cent. Est-ce que quelque chose allait de travers? Mais pas plus tard qu'hier il l'avait fait analyser par la Recherche, et les United Fragrance étaient en pleine forme, un bon et solide double A. Pour l'instant la seule chose qu'il avait besoin de savoir c'était :

Est-ce qu'il y avait quelque chose dans le *City Light*? Le journal grésillait par terre, à ses pieds. Il n'y avait rien dans le *Times*, le *Post*, ni dans le *Daily News*, qu'il avait épluchés en prenant son taxi ce matin. La première édition du *City Light*, journal de l'après-midi, ne sortait pas avant 10 heures du matin. Donc, vingt minutes auparavant, il avait donné 5 $ à Félix, le cireur, pour qu'il descende lui acheter le *City Light*. Mais comment pouvait-il le lire? Il ne pouvait même pas se laisser voir avec un journal posé sur son bureau. Pas lui! surtout après les remontrances qu'il avait faites au jeune Señor Arguello. Donc il était sous son bureau, sur le plancher, grésillant à ses pieds. Le journal grésillait, et lui était en feu. Il brûlait littéralement du désir de le ramasser et de le parcourir... *Maintenant*... Et tant pis pour le qu'en dira-t-on... Mais, évidemment, c'était totalement irrationnel. De plus, quelle différence cela ferait-il qu'il le lise maintenant ou dans six heures? Qu'est-ce que cela pourrait bien changer? Pas grand-chose, pas grand-chose. Et puis cela le brûla davantage, jusqu'à ce qu'il n'y tienne plus.

Merde! Il se passait quelque chose avec les United Fragrance sur treize ans! Elles étaient remontées à 102! D'autres acheteurs avaient repéré l'affaire! Agis, vite! Il composa le numéro d'Oscar Suder à Cleveland, et tomba sur son aide de camp, Frank... Frank... Quel nom de famille?... Frank... Frank le beignet électronique...

– Frank? Sherman McCoy chez Pierce & Pierce. Dis à Oscar que je peux lui avoir des United Fragrance dix dixièmes de 96 avec 9.75 net, si ça l'intéresse. Mais elles montent.

– Ne quittez pas. – En deux secondes le beignet était de retour. – Oscar en prend trois.

– Très bien... Trois millions d'United Fragrance dix dixièmes de 96.

– C'est ça.

– Merci Frank... Salue Oscar de ma part. Oh, et dis-lui que je ne vais pas tarder à le rappeler pour le Giscard. Le franc est un peu descendu, mais c'est facile de se couvrir. De toute façon, je le rappelle.

– Je lui dirai, dit le beignet de Cleveland...

Et avant même d'avoir fini d'écrire la feuille d'ordre et de la donner à Muriel, l'assistante aux ventes, il pensait : Peut-être devrais-je consulter un avocat. Je devrais appeler Freddy Button. Mais il connaissait trop bien Freddy. Après tout, Freddy était chez Dunning Sponget. Son père l'avait aiguillé sur Freddy d'entrée – et suppose que Freddy parle au Vieux Lion ? Il ne le ferait pas – ou le ferait-il ? Freddy se considérait comme un ami de la famille. Il connaissait Judy, et il demandait des nouvelles de Campbell à chaque fois qu'ils bavardaient, même si Freddy était probablement homosexuel. Et alors, les homosexuels pouvaient s'intéresser aux enfants, non ? Freddy en avait d'ailleurs trois. Cela ne signifiait pas qu'il n'était pas homosexuel, pourtant – Dieu ! quelle importance, la vie sexuelle de Freddy Button ? Il était fou de laisser son cerveau errer comme ça ! Freddy Button. Il se sentirait complètement idiot s'il allait raconter toute son histoire à Freddy Button et que cela s'avère être une fausse alerte... Ce que c'était, selon toute vraisemblance. Deux jeunes étrangleurs avaient essayé de les dévaliser, Maria et lui, et ils avaient mérité ce qui leur était arrivé. Un combat dans la jungle, selon les lois de la jungle. C'est tout ce qu'il s'était passé. Pendant un instant il se sentit à nouveau fier de lui. La loi de la jungle ! Le Maître de l'Univers !

Puis tout s'effondra. Ils ne l'avaient jamais menacé ouvertement. *Ho ! Besoin d'aide ?* Et Maria l'avait probablement touché avec la voiture. Oui, c'était Maria. *Je* ne conduisais pas. *Elle* était au volant. Mais est-ce que cela l'absolvait de toute responsabilité aux yeux de la loi ? Et est-ce que...

Qu'est-ce que c'était que ça ? Sur l'écran, les United Fragrance, dix dixièmes de 96, grimpaient à 102 un huitième. Ah ! Cela voulait dire qu'il avait gagné un quart de point de pourcentage sur trois millions d'obligations pour Oscar Suder en agissant vite! Il lui ferait savoir demain. Est-ce que ça aiderait à geler le Giscard – mais si quoi que ce soit arrive au... *tchok*... jeune homme grand et fin... Les petits symboles vert fluorescent luisaient, comme radioactifs, sur l'écran. Ils n'avaient pas bougé depuis au moins une minute. Il ne pouvait plus tenir. Il allait se rendre aux toilettes. Aucune loi ne l'interdisait. Il prit une grande enveloppe kraft sur son bureau. Le rabat était muni d'une boucle qu'on rabattait autour d'un disque de plastique pour sceller l'enveloppe. C'était le genre d'enveloppe utilisée pour passer des documents d'un bureau à un autre.

Il balaya la salle des obligations pour voir si la voie était libre, puis baissa la tête sous son bureau et fourra le *City Light* dans l'enveloppe avant de se diriger vers les toilettes.

Il y avait quatre W.-C., deux urinoirs et un grand lavabo. Dans le cabinet il se rendit compte, horrifié, du froissement du journal quand il le sortit de l'enveloppe. Comment pouvait-il seulement tourner les pages? Chaque froissement craquant de chaque page serait comme une annonce en fanfare qu'un flemmard quelconque était enfermé là-dedans en train de rigoler sur son journal. Il posa ses pieds sur le socle des toilettes. De cette manière personne ne pourrait jeter un coup d'œil sous la porte et apercevoir ses chaussures demi-montantes et leurs semelles montées main de chez New & Lingwood pour en conclure : Haha, c'est McCoy!

Caché derrière la porte des toilettes, le Maître de l'Univers commença à éplucher le journal à toute vitesse, page sale après page sale. Il n'y avait rien. Aucune mention d'un garçon écrasé sur une rampe d'accès dans le Bronx. Il se sentit énormément soulagé. Presque deux jours pleins avaient passé maintenant – et rien. Dieu, qu'il faisait chaud là-dedans. Il transpirait terriblement. Comment pouvait-il se laisser emporter comme ça? Maria avait raison. Ces brutes les avaient attaqués, et il avait vaincu les brutes, ils s'étaient échappés, et c'était tout. De ses mains nues, il avait triomphé!

Ou bien était-ce que le môme avait été touché et que la police cherchait la voiture, mais que les journaux n'estimaient pas cet événement assez important pour mériter un article?

La fièvre se mit à remonter. Suppose qu'il y ait *quelque chose* dans les journaux... Même un entrefilet... Comment est-ce qu'il pouvait s'occuper du Giscard sous une telle pression?... Il serait fini!... *fini!*... Et même si la peur d'une telle catastrophe le faisait trembler, il savait qu'il se laissait embourber dedans par pure superstition. Si on envisageait consciemment une chose aussi épouvantable, alors elle ne pouvait pas se produire, n'est-ce pas?... Dieu ou le Destin refuserait qu'un simple mortel ose anticiper Sa décision, non?... D'habitude Dieu se débrouillait pour donner à Ses désastres la pureté de la surprise, n'est-ce pas?... Et pourtant – et pourtant – certaines formes de malédictions sont si évidentes qu'on ne peut pas les éviter de cette manière, non? Un soupçon de scandale et – son esprit s'enfonça davantage. *Un soupçon de scandale,* un souffle, et non seulement tout son plan sur le Giscard allait s'effondrer, mais sa carrière même serait terminée! Et qu'est-ce qu'il ferait à ce moment-là? *Je suis déjà presque fauché avec 1 million de $ par an!* Les terrifiants schémas éclataient dans sa cervelle. L'année dernière, ses revenus étaient montés à 980 000 $. Mais il devait payer 21 000 $ par mois pour l'emprunt de 1 million 8 qu'il avait contracté pour l'appartement. Que représentaient 21 000 $ pour quelqu'un qui se faisait 1 million de $ par an? C'était ainsi qu'il voyait les choses à l'époque – et en fait c'était juste un *poids écrasant, terrifiant* – c'était tout! Cela faisait 252 000 $ par an, non déductibles d'impôts, car c'était un prêt personnel, pas une hypothèque. (Les assemblées de copropriétaires des Bons Immeubles de Park Avenue comme le sien ne vous autorisaient pas à prendre une hypothèque sur votre appartement.) Donc, en considérant les impôts il fallait 420 000 $ de revenus pour payer les 252 000 $. Des 560 000 $ qui restaient de ses revenus de l'an dernier, il fallait ôter 44 000 $ de charges pour l'appartement, 116 000 $ pour la maison d'Old Drover's Mooring Lane à Southampton (84 000 $ pour l'hypothèque et les intérêts, 18 000 $ pour le chauffage, les services, l'assurance et les réparations, 6 000 $ pour le gazon et la taille des haies, plus 8 000 $ de taxes). Les réceptions à la maison et les soirées au restaurant étaient montées à 37 000 $. C'était une somme plutôt modeste comparée à ce que d'autres gens dépensaient. Par exemple, l'anniversaire de Campbell à Southampton n'avait compté qu'un seul manège (plus, bien sûr, les indispensables poneys et le magicien) et avait coûté moins de 4 000 $. L'école Taliaferro, y compris le bus, coûtait 9 400 $ par an. Le budget pour les meubles et les vêtements se montait à environ 65 000 $, et il y avait peu d'espoir de réduire ce chiffre, puisque Judy, après tout, était une décoratrice et devait maintenir un certain niveau. Le personnel (Bonita, Miss Lyons, Lucille la femme de ménage et Hobie, l'homme à tout faire à Southampton) arrivaient à 62 000 $ par an. Il ne restait que 226 000 $, ou 18 850 par mois, pour les taxes supplémentaires, pour ceci, cela, y compris les traites des assurances (près de 1 000 $ par mois, si on y songeait), la location des parkings pour les deux voitures (840 $ par mois), l'alimentation (1 500 $), le club (environ 250 $ par mois)...

La vérité abyssale était qu'il avait dépensé *plus* de 980 000 $ l'an dernier. Bon, apparemment il pouvait rogner ici ou là – mais pas assez – *si le pire se produisait!* Il ne pouvait pas se sortir de ce prêt d'un million huit, ces 21 000 $ par mois (grain de sable écrasant) à moins de vendre l'appartement et d'emmé-

nager dans un endroit plus modeste et plus petit –
Impossible ! Pas moyen de revenir en arrière ! Quand
vous aviez vécu dans un appartement à 2 millions
600 000 $ sur Park Avenue, il était impossible de vivre
dans un appartement à 1 million ! Naturellement, il n'y
avait aucun moyen d'expliquer ça à âme qui vive. A
moins d'être complètement idiot, vous ne pourriez
même pas pousser ces mots hors de votre bouche.
Néanmoins – *c'était ainsi !* C'était une... *Impossibilité !*
Et puis c'était l'un de ces splendides grands buildings
construits juste avant la Première Guerre mondiale ! A
cette époque, il n'était pas encore vraiment admis
qu'une bonne famille puisse vivre dans un appartement
(au lieu d'une maison). Les appartements étaient donc
construits comme des manoirs, avec des six, sept mètres
sous plafond, d'immenses halls d'entrée, des escaliers,
des ailes pour le personnel, des parquets à chevrons, des
cloisons de trente centimètres d'épaisseur, des murs
extérieurs aussi épais que ceux d'un château fort, et des
cheminées, des cheminées, des cheminées, même si ces
immeubles étaient tous construits avec le chauffage
central. Un manoir ! – sauf que vous arriviez devant la
porte d'entrée grâce à un ascenseur (ouvrant dans votre
propre vestibule privé). Voilà ce qu'on avait pour
2,6 millions de $ et quiconque mettait un pied dans le
hall d'entrée du duplex des McCoy au neuvième étage
savait instantanément qu'il était dans... un de ces fabuleux appartements que *tout le monde*[1], le monde entier,
désirait à en mourir ! Et qu'est-ce qu'on avait avec
1 million de $ aujourd'hui ? Au plus, au plus, tout au
plus : un appartement avec trois chambres à coucher –
pas de chambre de bonne, pas de chambres d'amis,
oubliez les dressing-rooms et le solarium – dans une
haute tour de brique, blanche sur l'Est de Park Avenue,
immeuble des années 60 avec deux mètres quatre-vingts

1. En français dans le texte.

sous plafond, une salle à manger, mais pas de bibliothèque, un hall d'entrée de la taille d'un placard, pas de cheminée, des moulures étriquées (dans le meilleur des cas), des cloisons en carreau de plâtre qui laissaient passer le moindre chuchotement, et pas d'entrée personnelle pour l'ascenseur. Oh, non. Au lieu de cela, un sale couloir avec cinq portes pathétiques, plaquées de métal beige comme de la bile, chacune d'elles protégée par au moins deux grosses serrures très moches. Et l'une de ces portes morbides était *la vôtre !*

Manifestement... *Une impossibilité !*

Il était assis là, avec ses chaussures à 650 $ de chez New & Lingwodd ramenés sous la froide cuvette des toilettes, et le froissement du journal dans ses mains tremblantes, et il imaginait Campbell, les yeux brillants de larmes, quittant le hall d'entrée du neuvième étage pour la dernière fois, entamant sa descente vers les profondeurs inconnues.

Puisque je l'ai entrevu, Dieu... Vous ne pouvez pas laisser cela se produire, n'est-ce pas ?

Le Giscard !... Il fallait agir vite ! Il lui fallait un imprimé... Cette phrase submergea soudain son cerveau : *un imprimé* ! Lorsqu'une affaire aussi importante que le Giscard était achevée, classée, une bonne fois pour toutes, elle était entérinée sous forme d'un contrat, qui était imprimé par un imprimeur, sur une presse. *Un imprimé !*

Il était assis, là, à cheval sur des toilettes de porcelaine blanche, implorant le Tout-Puissant pour un imprimé.

Deux hommes, blancs, jeunes, étaient assis dans un hôtel particulier de Harlem et regardaient un Noir entre deux âges. Le plus jeune, celui qui menait la conversation, était vraiment secoué par ce qu'il voyait. Il avait la sensation d'avoir été sorti de son propre corps par projection astrale et d'écouter ses propres mots comme un spectateur, au fur et à mesure qu'ils sortaient de sa bouche.

– Donc, je ne sais vraiment comment présenter la chose, Révérend Bacon, mais il se trouve que nous – je veux dire le diocèse – l'Eglise épiscopalienne – nous avons remis 350 000 $ de fonds de départ pour le Dispensaire du Petit Berger, et nous avons reçu, hier, un coup de fil d'un journaliste affirmant que l'Administration des Fonds Humanitaires vous a supprimé votre licence il y a *neuf semaines* et, je veux dire, nous ne pouvions pas y croire. C'était la première fois qu'on en entendait parler et, donc...

Les mots continuaient à sortir de sa bouche, mais le jeune homme – Edward Fiske III – n'y pensait même plus. Sa voix était passée en automatique, tandis que son esprit essayait de trouver un sens à la situation dans laquelle il se trouvait. La pièce était un vaste salon des Beaux-Arts, empli d'architraves de chêne massif, de corniches, de rosettes de plâtre, de guirlandes dorées, d'encoignures travaillées et de panneaux en ogives, le tout soigneusement restauré selon le style originel du tournant du siècle. C'était le genre de manoir que les barons de l'alimentaire avaient coutume d'ériger à New York avant la Première Guerre mondiale. Mais maintenant, le baron de ces lieux, assis derrière un gigantesque bureau d'acajou, était un Noir.

Son fauteuil tournant à haut dossier était recouvert d'un riche cuir sang-de-bœuf. Il n'y avait pas la moindre trace d'émotion sur son visage. C'était un de ces hommes minces et osseux qui dégagent de la force sans paraître musclés. Ses cheveux noirs clairsemés étaient plaqués en arrière sur quelques centimètres avant de s'étaler en bouclettes frisées. Il portait un costume croisé noir à larges revers, une chemise blanche à grand col empesé et une cravate noire avec de larges rayures obliques blanches. A son poignet gauche, une montre avec assez d'or pour faire un mètre étalon.

D'une manière surnaturelle, Fiske entendit soudain le son de sa propre voix :

– ... et alors nous avons – en fait, j'ai – passé un coup de fil au HRA[1], et j'ai eu un certain M. Lubidoff, et il m'a dit – je ne fais que vous répéter ses propres mots – il a dit que plusieurs – en fait il a dit sept – il a dit que sept directeurs sur neuf du Dispensaire du Petit Berger ont de lourds casiers judiciaires, et que trois sont en liberté sur parole, ce qui signifie que techniquement, légalement – il jeta un coup d'œil à son jeune collègue, Moody, qui était avocat – ils sont considérés, ou regardés comme, ou devrais-je dire, écrasés par leur passé de détenu.

Fiske regarda fixement le Révérend Bacon, puis il ouvrit grand les yeux et souleva les sourcils. C'était une tentative désespérée pour ramener le « baron » dans le vide de la conversation. Il n'osait pas le *questionner*, l'*interroger*. Le mieux qu'il pouvait espérer, c'était d'établir certains faits qui, par la logique même de la situation, pourraient l'obliger à répondre.

Mais l'expression du Révérend Bacon ne changeait pas. Il se contentait de regarder le jeune homme comme s'il contemplait un écureuil tournant dans une cage. L'étroite moustache qui soulignait sa lèvre supérieure ne remuait pas. Puis il commença à pianoter des deux premiers doigts de la main gauche sur le bureau, comme pour dire : « Et donc ? »

Ce n'était pas le Révérend Bacon, mais Fiske lui-même qui ne pouvait plus supporter le vide de la conversation. Et il plongea.

– Et donc – eh bien, je veux dire, aux yeux de l'Administration sanitaire – la façon dont ils voient les choses – et ils sont l'autorité compétente en ce qui concerne les dispensaires – et vous êtes conscient de leur fureur – ils sont très chatouilleux sur les dispensaires – c'est un problème politique important – que trois direc-

1. Administration de la Santé.

teurs du Dispensaire du Petit Berger, ceux qui sont sur parole, eh bien... ils *sont toujours en prison*, parce que les gens sur parole purgent toujours une peine de prison et sont toujours sujets à tous les... eh bien, vous voyez... et les quatre autres aussi qui ont des casiers chargés, ce qui en soi est suffisant pour... pour... eh bien, le règlement ne le permet pas...

Les mots jaillissaient en d'étranges giclées, tandis que son esprit courait dans toute la pièce, pour trouver une sortie. Fiske était l'un de ces Blancs superbement en forme qui conservent le teint de pêche de leur treize ans jusque avant la trentaine. Mais maintenant, justement, son visage fin et honnête commençait à rougir. Il était plus qu'embarrassé. Non, il avait peur. Dans quelques instants il allait devoir en arriver à l'épisode des 350 000 $, à moins que son équipier, là, Moody – l'avocat – ne le fasse pour lui. Dieu Tout-Puissant, comment en était-il arrivé là? Après avoir quitté Yale, Fiske était allé à la Wharton School of Business, où il avait écrit une thèse de maîtrise intitulée : « Les Aspects quantitatifs du comportement éthique dans une entreprise à capital intensif. » Durant les trois années passées, il avait été directeur des Relations avec les Communautés pour le Diocèse épiscopalien de New York, un poste qui l'impliquait dans l'intense soutien moral et financier accordé au Révérend Bacon et à ses œuvres. Mais même lors de ces moments chaleureux et de bon augure (deux ans auparavant), il ne s'était jamais senti à l'aise quand il était venu dans ce grand hôtel particulier de Harlem. Depuis le début, un millier de petites choses avaient piqué les talons de son profond libéralisme intellectuel, à commencer par ces histoires de « Révérend Bacon ». Tout homme sorti de Yale, ou du moins tous les Episcopaliens parmi eux, savait que *Révérend* était un adjectif, pas un titre. C'était comme *Honorable* avant le nom d'un législateur ou d'un juge. Vous pouviez faire référence à « l'Honorable William Rehnquist », mais vous ne l'auriez jamais appelé « Honorable Rehnquist ». De la même manière, vous auriez pu faire référence au « Révérend Reginald Bacon », ou au « révérend Monsieur Bacon », mais vous ne pouviez dire « Révérend Bacon » – sauf dans cette maison et dans cette partie de New York, où vous l'appeliez exactement comme il voulait qu'on l'appelle, et où vous oubliez Yale. La vérité, c'était que Fiske avait trouvé le Révérend Bacon sinistre, même durant ces jours enfuis où il était encore tout sourire. Ils tombaient d'accord sur presque tous les problèmes politiques ou philosophiques. Et pourtant ils n'étaient *en rien* semblables. Et ces jours enfuis étaient loin. On en était à ce que vous auriez pu appeler les derniers jours.

– ... et donc, selon toute évidence, nous avons un problème, Révérend Bacon. Jusqu'à ce que nous puissions débrouiller cette histoire d'autorisation – et j'aurais bien aimé avoir été au courant il y a neuf semaines, quand cela s'est produit – eh bien, je ne vois pas comment le projet pourrait bien continuer sans qu'on résolve ce problème. Ce n'est pas qu'on ne puisse pas le résoudre, bien sûr... mais vous devez..., euh, la première chose que nous devons faire, il me semble, c'est d'être très réaliste quant à ces 350 000 $. Naturellement ce comité – je veux dire votre comité actuel – ce comité ne peut absolument pas dépenser la moindre partie de cet argent pour le dispensaire parce qu'il va devoir être réorganisé, il me semble... ce qui, si on prend les choses au pied de la lettre, signifie une réorganisation de l'ensemble, et cela prendra quelque temps. Pas beaucoup de temps, peut-être, mais cela prendra du temps, et...

Tandis que sa voix continuait à se débattre, Fiske eut un regard acéré vers son collègue. Et ce type, là, Moody, n'avait pas l'air embêté du tout. Il était assis tranquillement dans son fauteuil, la tête un peu penchée de côté, très cool, comme s'il voyait à travers le Révérend Bacon.

C'était son premier voyage dans la maison de Bacon, et il avait l'air de considérer ça comme une rigolade. C'était le plus jeune nouveau cadre que Dunning Sponget & Leath avait refilé au diocèse, une affaire prestigieuse mais sans intérêt pécuniaire. En venant, dans la voiture, le jeune avocat avait dit à Fiske qu'il sortait aussi de Yale. Il avait été arrière de l'équipe de football. Il s'était débrouillé pour mentionner ça à peu près cinq fois. Il était entré dans le quartier général du Révérend Bacon comme s'il avait un tonneau de bière blonde entre les jambes. Il s'était assis et enfoui dans son fauteuil, avec une aisance glorieuse. Mais il ne disait rien...

– ... donc, pendant ce temps-là, Révérend Bacon, continuait Fiske, nous pensons que la chose la plus prudente serait de – mais nous en avons parlé au diocèse – c'est l'avis de tout le monde, pas seulement le mien – nous pensons que le plus avisé – je veux dire, nous sommes tous préoccupés par une seule et même chose, l'avenir de ce projet, du Dispensaire du Petit Berger – parce que nous sommes toujours à cent pour cent pour ce projet – cela n'a pas changé d'un iota – bref, nous pensons que le plus prudent serait de placer les 350 000 $ – sans tenir compte de l'argent déjà parti pour la location de l'immeuble de la 129ᵉ Rue Ouest, bien sûr – nous devrions mettre les – quoi? – 340 000 $, c'est à peu près ça, sur un compte à intérêts bloqués et, quand cette histoire de directeurs sera réglée, quand vous aurez l'autorisation de la Santé, et quand il n'y aura plus d'alerte rouge en vue, ces fonds vous seront retournés, à vous et à votre nouveau comité, et, eh bien, c'est... à peu près ça, quoi!

Fiske ouvrit à nouveau grand les yeux et souleva ses sourcils et esquissa même un petit sourire amical, comme pour dire : « Hé! on est tous sur le même bateau, hein? »

Il regarda Moody, qui contemplait toujours le Révérend Bacon de son air tranquille. Le Révérend Bacon n'avait même pas cillé, et quelque chose dans ce regard implacable décida Fiske à ne plus le fixer dans les yeux. C'était plus raisonnable. Il regarda les doigts du Révérend Bacon qui tambourinaient sur le bureau. Pas un mot. Il laissa ses yeux errer sur la surface du bureau. Il y avait un grand et beau sous-main de cuir, un porte-stylo Dunhill en or monté sur un socle d'onyx, une collection de presse-papier et de médailles prises dans des blocs de plexi, dont quelques-unes avaient été frappées par le Révérend Reginald Bacon par des organisations civiques, une pile de papiers aplatis sous un presse-papier de cuivre épais marqué des lettres WNBC-TV, un interphone avec une rangée de boutons, et un grand cendrier en forme de boîte, avec des bords de cuir sertis de cuivre et une grille de cuivre sur le dessus...

Fiske garda les yeux baissés. Dans ce vide on entendait les bruits de la maison. A l'étage du dessus, lourdement étouffé par l'épaisseur des murs et des planchers, le son lointain d'un piano... Moody, assis juste à côté de lui, ne s'en rendait probablement pas compte. Mais Fiske, dans sa tête, pouvait chanter en chœur avec ces riches et percutants accords.

– Le rè-è-ègne millénaire...
– Le rè-è-ègne mil-l-lénai-re...
– se-e-ra...
Enormes chœurs.
– Mi-i-ille ans d'éter-ni-té...
– Seigneur des seigneurs...
– Mi-i-ille ans d'éter-ni-té...

D'autres chœurs. Un océan de notes et de chœurs. *Elle* était là-haut, là, maintenant. Quand tout ceci avait commencé, toute cette histoire de diocèse et de Révérend Bacon, Fiske avait pris l'habitude, le soir, de passer des disques de la mère du Révérend Bacon et de chanter en chœur, brûlant sa gorge et ses poumons, dans un abandon d'extase – « le rè-è-ègne mil-l-lénaire ! » – chanson rendue célèbre par Shirley Caeser... oh, il connaissait ses gospels – lui! – Edwards Fiske III, Yale 1980! – qui avait maintenant ses entrées dans ce monde noir riche... Le nom d'Adela Bacon apparaissait encore dans les hit-parades du gospel, de temps en temps. De toutes les organisations énumérées sur les plaques dans l'entrée de l'hôtel particulier, en bas : LA SOLIDARITÉ DE TOUS LES PEUPLES, LES PORTES DU ROYAUME DE L'ÉGLISE, LA COALITION PORTES OUVERTES POUR L'EMPLOI, LES MÈRES EN ALERTE, LA CROISADE ANTIDROGUE DES PETITS ENFANTS, LA LIGUE CONTRE LA DIFFAMATION DU TIERS MONDE, LE DISPENSAIRE DU PETIT BERGER et toutes les autres, seule la CORPORATION MUSICALE DU RÈGNE MILLÉNAIRE était une entreprise commerciale classique. Il regrettait de n'avoir jamais pu *la* rencontrer. Elle avait fondé « l'Eglise des Portes du Royaume », qui était censée être l'Eglise du Révérend Bacon, mais qui, à vrai dire, n'existait quasiment plus. Elle s'en était occupée. Elle avait dirigé les services. Elle avait porté aux nues les ouailles de « l'Eglise de la Pentecôte » grâce à son étonnante voix de contralto, et à ses océans de notes et de chœurs. Elle, et elle seule, avait été l'âme de cette église qui avait ordonné son fils, le Révérend Reginald Bacon. Au début, Fiske avait été choqué d'apprendre ça. Puis une grande vérité sociologique s'était abattue sur lui. Tous les titres religieux sont arbitraires, comme auto-attribués. Qui est à l'origine des *articles de la foi* selon lesquels son propre patron, l'archevêque épiscopalien de New York, avait été ordonné ? Est-ce Moïse qui les avait descendus du sommet de la montagne, gravés dans la pierre ? Non. Un Anglais quelconque les avait rêvés quelques siècles auparavant, et un tas de gens aux longs visages blafards avaient accepté de les tenir pour rigoureux et sacrés. Et la foi épiscopalienne était beaucoup plus vieille, plus ramifiée et plus respectable que la foi baconienne, dans la société blanche...

Mais l'heure était largement passée de s'inquiéter de

théologie et d'histoire de l'Eglise. Il était l'heure de récupérer 350 000 $.

Maintenant, il entendait de l'eau qui coulait, une porte de frigidaire qui s'ouvrait et une de ces machines à café à vous hérisser les cheveux sur la tête qui se mettait à bouillir. Cela signifiait que la porte de la petite cuisine de service était ouverte. Un grand type noir passa la tête dans l'entrebâillement. Il portait une chemise de travail bleue. Il avait un cou long et puissant et une seule boucle d'oreille dorée, comme un pirate de bande dessinée. C'était une des choses dans cet endroit qui... la manière dont ces... ces... ces... *durs* étaient toujours dans les parages. Pour Fiske, ils n'avaient plus l'air de révolutionnaires romantiques... Ils avaient l'air de... La pensée de ce qu'ils pouvaient être effectivement obligea Fiske à déplacer son regard... Maintenant, il regardait au-delà de Bacon, à travers la baie vitrée placée derrière lui, dehors. La fenêtre donnait sur une cour. On était au début de l'après-midi, mais cette cour ne recevait qu'une lumière verdâtre à cause des buildings qui avaient grimpé sur les rues parallèles. Fiske ne pouvait apercevoir que les troncs de trois énormes vieux sycomores. C'était tout ce qu'il restait de ce qui avait dû être un sacré petit décor jadis, selon les standards new-yorkais.

Les chœurs étouffés. Dans sa tête, Fiske pouvait entendre la merveilleuse voix d'Adela Bacon :

– Oh, Seigneur... que dois-je dire ?

– Et *tout* vient à passer, oh, Seigneur...

Vagues de chœurs en sourdine.

– Une voix... Venue du ciel... A dit...

– Toute chair... est ma moisson...

Et un océan entier de chœurs.

Le Révérend Bacon cessa de tambouriner. Il posa les extrémités de ses doigts des deux mains sur l'arête de chaque coin de son bureau. Il leva légèrement le menton et dit :

– Ç'est Harlem, ici.

Il le dit lentement et doucement. Il était aussi calme que Fiske était nerveux. Fiske n'avait jamais entendu l'homme élever la voix. Le Révérend Bacon gela son expression et la position de ses mains pour que ses paroles s'enfoncent bien, complètement.

– Ici... répéta-t-il, c'est HARLEM... vous voyez...

Il se tut un instant.

– Et vous débarquez maintenant, après tout ce temps, et vous me dites, à moi, qu'il y a des gens avec des *casiers judiciaires* dans le comité des directeurs du Dispensaire du Petit Berger. Vous m'informez de ce fait.

– Ce n'est pas *moi* qui vous le dis, Révérand Bacon, risqua Fiske, c'est ce que l'Administration nous dit à nous tous.

– Je voudrais *vous* dire quelque chose, je voudrais vous *rappeler* quelque chose que *vous* m'avez dit. Qui voulons-nous, *nous tous*, pour s'occuper du Dispensaire du Petit Berger? Est-ce que vous vous en souvenez? Voulons-nous vos charmantes jeunes filles, sorties de Wellesley ou de Vassar, parachutées ici pour s'occuper des enfants de Harlem? Voulons-nous vos généreux donateurs? Voulons-nous vos bureaucrates licenciés ès service civil? Vos humanistes de l'Hôtel de Ville? Est-ce cela que nous voulons? Est-ce *cela* que *nous* voulons?

Fiske se sentit contraint de répondre. Docilement, comme un premier de la classe, il dit :

– Non.

– Non, approuva le Révérend Bacon, ce n'est pas ce que nous voulons. Que *voulons-nous*? Nous voulons que les gens de Harlem s'occupent des enfants de Harlem. Nous allons mettre toutes nos forces... nos *forces*... issues de *notre* peuple, dans *nos* rues. Je vous l'ai déjà dit il y a longtemps, au tout début. Vous vous souvenez? Vous vous souvenez de *ça*?

– Oui, dit Fiske, se sentant plus puéril de minute en

minute, et complètement impuissant face à ce regard fixe.

– Oui. Nos propres rues. Maintenant, un jeune homme grandit dans les rues de Harlem, et la police a toutes les chances d'avoir un dossier sur ce jeune homme. Vous comprenez ? Ils ont un casier sur ce jeune homme. Je parle de fiches de police. Alors, si vous dites à tous ceux qui ont été en prison, tous ceux qui *sortent* de prison et tous ceux qui sont en *liberté sur parole* : « Vous ne pouvez pas participer à la renaissance de Harlem, parce que nous vous avons lâché dès que vous avez eu un casier ! »... vous voyez... alors vous ne parlez pas de la renaissance de Harlem... Vous parlez d'un lieu imaginaire, une sorte de royaume magique. Vous vous mentez à vous-même. Vous ne recherchez pas une solution radicale. Vous voulez continuer à jouer le même jeu, vous voulez voir toujours les mêmes visages. Vous voulez pratiquer le même vieux colonialisme. Vous comprenez ? *Vous comprenez ce que je vous dis ?*

Fiske allait acquiescer de la tête, lorsque Moody éleva soudain la voix.

– Ecoutez, Révérend Bacon, nous savons tout sur tout cela mais ce n'est pas la question. Nous avons un problème immédiat, spécifique, technique et légal. Selon la loi, la Santé n'a pas le droit d'accorder une autorisation dans de telles circonstances, et c'est tout ce qui se passe. Alors, occupons-nous de ce problème, et voyons l'histoire des 350 000 $, et alors nous aurons une position nous permettant de résoudre la question globale.

Fiske n'en croyait pas ses oreilles. Involontairement il s'enfonça un peu dans son fauteuil et jeta un regard circonspect sur le Révérend Bacon. Le Révérend Bacon regardait Moody sans la moindre réaction. Il le regarda assez longtemps pour que le silence puisse l'envelopper. Puis, sans desserrer les lèvres, il colla sa langue dans sa joue, jusqu'à ce que sa joue prenne la taille d'une balle

de golf. Il se tourna vers Fiske et demanda doucement :

– Comment êtes-vous venus ?

– Euh... En voiture, dit Fiske.

– Où est votre voiture ? A quoi elle ressemble ?

Fiske hésita. Puis le lui dit.

– Vous auriez dû me le dire plus tôt, lâcha le Révérend Bacon. Il y a de mauvais éléments dans le coin.

Il appela.

– Hé, Buck !

De la cuisine sortit le grand type avec la boucle
d'oreille en or. Il avait enlevé ses manches de chemise. Il
avait des avant-bras énormes. Le Révérend Bacon lui fit
signe, il s'approcha, se courba, mit les mains sur ses
hanches et le Révérend Bacon lui dit quelque chose à
voix basse. Les bras de l'homme créaient des angles
terribles là où ils se pliaient aux coudes. Le type se
releva, regarda le Révérend Bacon très sérieusement et
se dirigea vers la sortie.

– Oh, Buck, dit le Révérend Bacon.

Buck s'arrêta et se retourna.

– Et tu surveilles cette voiture.

Buck acquiesça et sortit.

Le Révérend Bacon regarda Fiske.

– J'espère qu'aucune de ces brebis perdues... Non,
pas de problème, face à Buck, ils... Qu'est-ce que je
disais ?

Tout ceci était entièrement pour Fiske. C'était comme
si Moody n'était pas dans la pièce.

– Révérend Bacon, dit Fiske, je crois que...

L'interphone du Révérend Bacon retentit.

– Oui ?

Une voix de femme annonça :

– Irv Stone, de la une, sur le 4-7.

Le Révérend Bacon se tourna vers un téléphone sur
une petite console près de son fauteuil.

– Allô, Irv ?... Bien, Bien... Non, non. Surtout la STP,

la Solidarité de Tous les Peuples. Nous avons un maire à battre en novembre... Pas cette fois, Irv, pas cette fois. Cet homme, tout ce qu'il mérite, c'est une bonne dégringolade. Mais ce n'est pas pour ça que je t'avais appelé. Je t'appelais au sujet de la Coalition Portes Ouvertes pour l'Emploi... Je dis *Portes Ouvertes pour l'Emploi...* Depuis combien de temps? Pas mal de temps, pas mal de temps. Tu ne lis pas les journaux?... Oui, c'est ça. C'est pour cela que je t'avais appelé. Tu sais, ces restaurants du centre, entre la 50e et la 60e Rue, ces restaurants où les gens claquent 100 $ pour déjeuner et 200 $ pour dîner, le tout sans même y penser... Quoi? Ne plaisante pas avec moi, Irv. Je vous connais, vous de la télé. Tu sais, cet endroit où tu vas déjeuner tous les jours, La Bouée d'Argent?

Fiske remarqua que le Révérend Bacon n'avait aucun mal à prononcer le nom d'un des restaurants français les plus chics et les plus chers de la ville.

– Hé hé hé hé, eh bien c'est ce qu'on m'a dit. A moins que ce soit au Leicester's?

Il connaissait celui-là aussi, et il prononçait, à l'anglaise avec exactitude, *Leister's.* Le Révérend Bacon gloussait en souriant maintenant. Visiblement, il tenait une bonne plaisanterie. Fiske était content de le voir sourire – même pour n'importe quoi.

– Eh bien, ce que je voulais dire, c'est... Est-ce que dans un seul de ces endroits tu as déjà vu un *serveur noir*? Hein? Est-ce que tu y as vu *un seul* serveur noir?... Exact, tu n'en as jamais vu un seul. Jamais. Nulle part. Et pourquoi ça?... C'est ça. Les syndicats aussi. Tu comprends ce que je te dis?... C'est ça. C'est *cela* qui doit changer... hein... Qui doit changer. Mardi prochain, à partir de midi, la Coalition va manifester chez Leicester's, et quand on en aura fini avec celui-là, nous irons à La Bouée d'Argent, et au Macaque, et à La Grise, et aux Trois Ortolans, et tout... Comment? Absolument nécessaire, Irv! Tu parles toujours métrage, Irv.

Eh bien là, je peux te promettre une chose, Tu en auras du *métrage*! Tu me suis?... Appeler Leicester's? Bien sûr, vas-y... Non, ça m'est parfaitement égal...

Lorsqu'il raccrocha, il dit, comme s'il se parlait à lui-même : « J'espère bien qu'ils vont les appeler. »

Puis il regarda les deux jeunes types.

– Bon, dit-il, comme si le temps était intervenu, avait emballé l'ensemble, avant de renvoyer chacun chez soi. Les gars, vous voyez à quoi j'ai affaire ici. C'est le combat de ma vie. Le... combat... de... ma... vie. La STP... la Solidarité de Tous les Peuples... En novembre nous devons battre le maire le plus raciste de toute l'histoire des Etats-Unis. La Coalition Portes Ouvertes pour l'Emploi, nous devons casser les murs de l'apartheid sur le marché du travail. Et la Ligue contre la Diffamation du Tiers Monde est en train de négocier avec une bande d'exploiteurs qui sont en train de monter un film monumentalement raciste intitulé *Les Anges de Harlem*. Des gangs, des dealers, des junkies, des ivrognes, rien que ça. Des stéréotypes raciaux. Parce qu'ils ont un personnage chef d'un gang dévoué à Jésus, ils pensent qu'ils ne sont pas racistes. Mais ils sont complètement racistes et il faut qu'ils soient correctement informés de cet état de fait. Et le jour arrive, à New York... L'heure approche... L'heure de la bataille finale, pourrait-on dire. L'armée de Notre-Seigneur... et *vous*!... vous débarquez ici et vous étalez vos petites phrases insignifiantes sur le comité des directeurs du Dispensaire du Petit Berger... *bord...*!

La fureur s'était glissée dans la voix du *baron*. Il avait failli laisser échapper un « bordel de merde », et Fiske ne l'avait pourtant jamais entendu prononcer la moindre grossièreté, même pas un « nom de... », depuis qu'il le connaissait. Fiske était déchiré entre son désir de quitter cette maison avant le début de la bataille finale et son déluge de feu, et le désir de sauvegarder son travail, tel qu'il était. C'était lui qui avait accordé les 350 000 $ au

Révérend Bacon au départ. Maintenant il fallait qu'il les récupère.

– Eh bien, dit-il en testant un terrain intermédiaire, vous avez probablement raison, Révérend Bacon. Et nous – le diocèse – ne sommes pas là pour compliquer les choses. Franchement, nous voulons vous protéger et nous voulons protéger notre investissement sur vous. Nous vous avons donné 350 000 $ sous condition d'autorisation du centre. Donc, si vous nous remettez 350 000 $, ou les 340 000 $ qu'il reste, peu importe, et si vous nous laissez les placer, là nous vous aiderons. Nous nous battrons pour vous.

Le Révérend Bacon le regardait distraitement, comme s'il soupesait une grande résolution.

– Ce n'est pas si simple, dit-il.

– Euh... pourquoi?

– Cet argent est presque complètement... engagé...

– Engagé?

– Auprès des entrepreneurs.

– Des entrepreneurs? Quel entrepreneurs?

– *Quels* entrepreneurs? Dieu du Ciel, mon vieux..., l'équipement, les meubles, les ordinateurs, les téléphones, la moquette, l'air conditionné, la ventilation – très important la ventilation, pour les enfants – les jouets éducatifs. Impossible de me souvenir de tout...

– Mais, Révérend Bacon, dit Fiske d'une voix qui grimpait dans les aigus, tout ce que vous avez pour l'instant, c'est un vieil entrepôt vide! J'y étais tout à l'heure! Il n'y a rien là-dedans! Vous n'avez pas engagé le moindre architecte! Vous n'avez même pas le moindre plan!

– C'est sans importance. C'est la coordination qui compte le plus pour un projet de cette ampleur. La coordination.

– La coordination? Je ne vois pas – euh, bon, oui, mais si vous vous êtes engagé avec des entrepreneurs, il me semble que vous n'avez qu'à leur expliquer qu'il va y avoir un délai inévitable.

Fiske eut soudain peur d'avoir employé un ton trop dur. Il ajouta :

– Sans paraître désobligeant, Révérend Bacon, combien reste-t-il de cet argent, engagé ou pas ?

– Pas un centime, dit le Révérend Bacon.

– *Pas un centime ?* Comment est-ce possible ?

– C'était bien un investissement de départ, non ! Il fallait bien planter la graine. Un peu du grain est tombé sur des terres arides...

– Planter la graine ? Mais, Révérend Bacon, vous n'avez tout de même pas avancé cet argent à ces entreprises avant qu'elles n'effectuent le travail !

– Ce sont des entreprises appartenant à la minorité. Des gens de la communauté. C'était ce que nous voulions. Est-ce exact ou non ?

– Oui. Mais vous n'avez tout de même pas avancé...

– Ce ne sont pas des entreprises avec vos « lignes de crédit », vos « inventaires sur ordinateurs », vos « *cash-flow* provisionnels » vos « réserves convertibles », vos « quotas indexés » et tout... Ce ne sont pas des entreprises avec des commissionnaires en gros, comme dans l'industrie du vêtement, vers qui se tourner quand la malchance frappe à la porte avec vos « délais inévitables »... Vous voyez... Ce sont des entreprises fondées par des membres de notre communauté. Ce sont de tendres pousses qui ont éclos des graines que nous avons semées – vous, moi, l'Eglise épiscopalienne, l'Eglise des Portes du Royaume. De tendres pousses... Et vous arrivez avec vos « délais inévitables ». Ce n'est pas seulement un terme, ce n'est pas seulement un tas de scellés rouges – c'est une *sentence de mort*! Oui, une sentence de mort. Ça veut dire : laissez-vous crever gentiment! Alors ne venez pas me dire que je n'ai qu'à leur expliquer : « un délai inévitable »... Dites plutôt une *mort inévitable*!

– Mais, Révérend Bacon... nous parlons de 350 000 $!
Il est certain que...

Fiske regarda Moody. Moody était assis très droit sur
son fauteuil. Il n'avait plus l'air *cool* du tout et il ne
proférait pas un son.

– Le Diocèse va... Il va devoir y avoir une audit, dit
Fiske. Immédiatement.

– Oh oui, dit le Révérend Bacon. Il va y avoir une
audit. Je vais vous en donner une d'audit... Et tout de
suite. Je vais vous dire quelque chose. Je vais vous dire
quelque chose sur le capitalisme au nord de la 96e Rue.
Pourquoi croyez-vous que vous investissez tout cet
argent, vos *350 000 $* dans un dispensaire à Harlem?
Hein, pourquoi?

Fiske ne répondit pas. Les dialogues socratiques du
Révérend Bacon le faisaient se sentir puéril et impuissant.

Mais Bacon insistait :

– Allez, dites-le-moi. Je veux vous l'entendre dire.
Comme vous disiez, on va avoir une audit. Une *audit*! Je
veux l'entendre de vous avec vos propres mots. Pourquoi investissez-vous tout cet argent dans un centre de
soins dans Harlem? Pourquoi?

Fiske n'en pouvait plus.

– Parce que Harlem a désespérément besoin de dispensaires, dit-il, comme s'il avait six ans et demi.

– Non, mon ami, dit doucement Bacon, ce n'est pas la
raison. Si vous et vos semblables étiez aussi concernés
que ça par les enfants, vous construiriez le centre
vous-même et vous engageriez les meilleurs professionnels pour y travailler. Des gens d'expérience. Vous
n'imagineriez même pas d'engager des gens du quartier.
Qu'est-ce que les gens de ces rues savent du fonctionnement d'un dispensaire? Non, mon ami, vous investissez
dans quelque chose d'autre. Vous investissez dans le
contrôle de la pression. Et vous obtenez des valeurs pour
de l'argent. *Valeurs contre argent.*

– Le contrôle de la pression?

– Oui, le contrôle de la *pression*. C'est un investissement de capital. Un très bon investissement. Vous savez à quoi correspond ce capital? Vous croyez que c'est quelque chose que vous possédez, n'est-ce pas? Vous pensez qu'il s'agit d'usines, de machines, de buildings, de terre ou de choses que vous pouvez vendre, ou d'actions, d'argent, de banques et de corporations. Vous croyez que c'est quelque chose que vous possédez parce que vous l'avez toujours possédé. Vous *possédiez* tout ce sol.

Il fit un grand geste du bras pour désigner la baie vitrée derrière lui, la cour obscure et les trois sycomores.

– Vous possédiez toute cette terre, et là-bas aussi, et ici... et dans le Kansas... et dans l'Oklahoma... tout le monde se mettait en rang, tout simplement, on disait : à vos marques, prêt, partez! et tout un tas de Blancs commençaient à courir, et il y avait toute cette étendue de terre, et tout ce qu'ils avaient à faire c'était de s'y installer et d'y rester, et ils en devenaient propriétaires, et leur peau blanche était leur titre de propriété... vous voyez... L'homme rouge, il était dans le chemin, et il a été éliminé. L'homme jaune, lui, il pouvait poser des rails à travers et puis après, se faire enfermer dans Chinatown. Et l'homme noir, pendant ce temps-là, de toute façon : il était enchaîné. Donc vous possédiez tout, et vous le possédez encore, et vous pensez que le capital consiste à posséder des choses. Mais vous vous trompez. Le capital consiste à contrôler des choses. Le contrôle, tout est là. Vous voulez des terres dans le Kansas? Vous voulez exercer votre droit de propriété en tant que blanc? D'abord vous devez contrôler le Kansas... Vous voyez... Contrôler. Je ne pense pas que vous ayiez jamais travaillé dans une chaufferie. J'ai travaillé dans une chaufferie. Des gens *possèdent* les chaufferies, mais ça ne leur fait pas le moindre bien, à moins de savoir comment contrôler la *pression*... Vous voyez, si vous ne pouvez pas contrôler la *vapeur*... alors... C'est la Vallée de la Poudre pour vous et toute votre équipe. Si vous n'avez jamais vu une chaufferie échapper à tout contrôle... imaginez tout un tas de gens courant pour sauver leur peau. Et ces gens, ils ne pensent qu'à la chaufferie en tant que masse de capitaux, ils ne pensent pas aux revenus de leurs investissements, ils ne pensent pas à des comptes bloqués, des audits et à toute cette prudence... vous voyez... Ils disent : « Dieu Tout-Puissant, j'ai perdu le contrôle », et ils cavalent pour sauver leur peau. C'est leur peau ! Vous voyez cette maison ? (il fit un geste vague vers le plafond.) Cette maison a été construite en l'an 1906 par un nommé Stanley Lightfoot Bowman. Lightfoot. Des voiles turcs et des tapisseries de Damas en gros, Stanley Lightfoot Bowman. Il a vendu ses soieries et ses serviettes de table à la tonne. Il a dépensé presque un demi-million de dollars pour cette maison en 1906... vous voyez... les initiales de cet homme, S.L.B., elles sont là, tout le long de l'escalier, en bronze, à la place des mandrins. C'était l'endroit rêvé où habiter en 1906. Ils ont construit toutes ces grosses maisons tout au long du West Side, en commençant à la 72e Rue, et en montant jusqu'ici... Ouais, et j'ai acheté cette maison à – à un Juif – en 1978 pour 62 000 $ et le type était content de récupérer au moins ça. Il se léchait les babines en se disant : « J'ai réussi à trouver un – un crétin capable de me filer 62 000 $ pour cette maison. » Eh bien, qu'est-il arrivé à tous ces Stanley Lightfoot Bowman ? Ont-ils perdu leur argent ? Non. Ils ont perdu le *contrôle*... Vous voyez... ils ont perdu le contrôle au nord de la 96e Rue, et quand ils ont perdu le contrôle, ils ont perdu le capital. Vous comprenez ? Tout ce capital s'est évaporé de la surface de la terre. La maison était toujours là, mais le capital... évanoui !... Vous voyez... Donc ce que je vous dis, c'est que vous feriez bien de vous réveiller. Vous pratiquez le capitalisme du futur et vous ne le savez même pas. Vous n'investissez pas dans un dispensaire pour les enfants de Harlem. Vous investissez dans les âmes... Les *âmes*... des gens qui ont été trop longtemps à Harlem pour le regarder comme des enfants, des gens qui ont grandi ici avec une rancœur justifiée au fond de leurs âmes et une *pression* justifiée qui monte dans leurs âmes, prête à exploser. Une *Pression Justifiée!* Quand vous montez jusqu'ici et que vous parlez « d'entreprises de la minorité », d' « emplois de la minorité » et de centres de soins *pour* les gens de la rue, *aux* gens de la rue et *par* les gens de la rue, vous chantonnez la bonne chanson, mais vous ne voulez pas chanter les bonnes paroles. Vous ne voulez pas y aller directement et dire : « S'il Te plaît, Seigneur, Dieu Tout-Puissant, laisse-les faire ce qu'ils veulent avec l'argent, tant que cela *contrôle la pression*... Avant qu'il soit trop tard »... Alors, allez-y, faites votre *audit*, causez à votre Administration de la Santé, réorganisez vos comités, mettez bien les barres aux t et les points sur les i. Pendant ce temps j'ai fait votre investissement pour vous, et, grâce à moi, vous êtes déjà en avance dans la partie... Oh, *envoyez votre audit*!... Mais l'heure viendra où vous direz : « Dieu merci, Merci, mon Dieu, merci! Nous avons géré notre argent comme le préconisait le Révérend Bacon! » Parce que c'est moi le conservateur, que vous le sachiez ou non. Vous ne savez pas ce qu'il y a, *là*, *dehors* dans ces rues sauvages où l'on crève de faim. Je suis votre courtier prudent pour le Jugement Dernier. Harlem, le Bronx et Brooklyn... tout ça va *exploser*, mon ami, et ce jour-là, vous serez extrêmement reconnaissant envers votre prudent courtier... qui peut contrôler la pression. Oh oui! Ce jour-là, ceux qui possèdent le capital, comme ils seront heureux d'échanger ce qu'ils possèdent, comme ils seront heureux de pouvoir échanger même leurs droits de naissance, juste pour pouvoir contrôler cette pression sauvage et affamée. Maintenant, vous allez redescendre et vous direz :

« Monsieur l'Evêque, je suis allé en haut de la ville, et je suis revenu vous dire que nous avons fait un bon investissement. Nous avons trouvé un courtier prudent. Nous allons occuper les hauteurs quand les marais seront engloutis. »

A cet instant précis, l'interphone bourdonna à nouveau, et la voix de la secrétaire dit :

– Il y a M. Simpson, de la Compagnie Mutuelle d'Assurance. Il veut parler au Président de la Garantie Urbaine.

Le Révérend Bacon décrocha son téléphone.

– Reginald Bacon, j'écoute... C'est exact, président et directeur général... C'est exact, c'est exact... Oui, eh bien j'apprécie hautement votre intérêt, M. Simpson, mais nous avons déjà mis ce titre sur le marché... Oui, entièrement... Oh, absolument, M. Simpson, ces emprunts scolaires sont très populaires. Bien évidemment, cela aide de savoir quel marché en particulier, et c'est là que notre groupe intervient. Nous voulons, nous la Garantie Urbaine, mettre Harlem sur le marché... C'est ça, exactement, Harlem a *toujours* été sur le marché... Vous voyez... Maintenant Harlem va être *dans* le marché... Merci, merci... Eh bien, pourquoi n'essayez-vous pas un de nos associés dans le centre. Vous avez déjà traité avec Pierce & Pierce ?... C'est cela... Ils ont déjà mis une grosse partie de cet emprunt sur le marché, une *très grosse* partie. Je suis certain qu'ils seront enchantés de faire affaire avec vous.

La Garantie Urbaine ? Pierce & Pierce était l'une des compagnies d'investissement les plus importantes et les plus agressives de Wall Street. Un soupçon terrible envahit le cœur de Fiske, d'ordinaire charitable. Il jeta un œil vers Moody, et Moody le regardait, et il était évident qu'il pensait la même chose. Bacon avait-il fait passer les 350 000 $ dans cette opération sur titres, dont Dieu seul savait à quoi elle correspondait ? Si l'argent avait été investi dans le marché des actions, alors, à cette heure, il pouvait très bien avoir disparu sans laisser la moindre trace.

Dès que Bacon raccrocha, Fiske dit :

– Je ne savais pas que vous aviez... je n'avais jamais entendu parler de... eh bien, peut-être que vous... mais je ne crois pas... qu'est-ce que... Je n'ai pas pu faire autrement que de vous entendre mentionner... Qu'est-ce donc que la Garantie Urbaine ?

– Oh, dit le Révérend Bacon, nous faisons quelques petites émissions quand cela peut nous aider. Il n'y a pas de raison que Harlem achète toujours au détail pour revendre en gros !... Vous voyez... pourquoi ne pas faire de Harlem le courtier ?

Pour Fiske c'était du pur charabia.

– Mais où trouvez-vous... comment pouvez-vous financer... je veux dire quelque chose comme ça... ?

Il ne parvenait pas à mettre en mots ce feu d'artifice pétaradant. Les euphémismes nécessaires lui échappaient. Il fut surpris d'entendre Moody prendre à nouveau la parole.

– Je connais un peu les compagnies financières, Révérend Bacon, et je sais qu'elles nécessitent de gros capitaux.

Il s'arrêta et Fiske sentit que Moody, à son tour, pataugeait dans les flots gonflés des circonlocutions.

– Ce que je veux dire c'est que c'est un capital ordinaire, du capital au sens ordinaire du terme. Vous – nous venons d'évoquer le capital au nord de la 96e Rue, et le contrôle de... euh, la pression, comme vous dites... mais ceci sonne comme du vrai capitalisme, du capitalisme de base, si vous voyez ce que je veux dire.

Le Révérend Bacon lui lança un regard sinistre, puis il s'éclaircit la gorge et sourit sans aménité.

– Nul besoin de capital. Nous sommes émetteurs. Nous amenons les titres sur le marché, tant qu'ils sont bénéfiques pour la communauté... vous voyez... des écoles, des hôpitaux...

– Oui, mais...

– Comme saint Paul le savait, beaucoup de chemins mènent à Damas, mon ami. Beaucoup. *Et beaucoup* sont suspendus dans les airs, lourds de sens.

– Oui, je sais, mais...

– Si j'étais vous, dit le Révérend Bacon, je ne me soucierais pas de la Garantie Urbaine. Si j'étais vous, je ferais comme disent les vieux, je retournerais à mon tricot.

– C'est ce que j'essaie de faire, Révérend Bacon, dit Moody. Mais mon tricot – euh – vaut 350 000 $.

Fiske se laissa à nouveau glisser au fond de son fauteuil. Moody avait retrouvé son courage de tueur fou. Fiske jeta un coup d'œil au tueur fou derrière le bureau. Juste à ce moment l'interphone glapit à nouveau :

La voix de la secrétaire dit :

– J'ai Annie Lamb en ligne. Dit qu'il faut qu'elle vous parle.

– Annie Lamb ?

– C'est ça, Révérend.

Un grand soupir.

– Très bien, je la prends.

Il s'empara du téléphone.

– Annie ?... Annie, une minute ! moins vite... Quoi ? Henry ?... Mais c'est terrible, Annie, c'est grave ?... Oh, Annie, je suis désolé... Il, quoi ?

Un long silence. Le Révérend Bacon écoutait, les yeux baissés.

– Et que dit la police ?... des contredanses ? Ça ne... ça ne... je dis que ça ne... Bon, Annie, écoute. Tu viens ici et tu me racontes toute l'histoire... Pendant ce temps-là, j'appelle l'hôpital. Ils n'ont pas fait leur devoir, Annie. Voilà ce que je pense. Ils n'ont pas fait ce qu'il fallait faire... Quoi ?... Tu as absolument raison. C'est clair comme de l'eau de roche. Ils n'ont pas fait ce qu'il fallait, et ils vont entendre parler de moi !... Ne t'inquiète pas. Viens ici, je t'attends.

Le Révérend Bacon raccrocha et pivota sur son fauteuil, regardant Moody et Fiske. Il étrécit ses yeux et les fixa, grave.

— Messieurs, c'est un cas d'urgence. Un de mes travailleurs les plus loyaux, un des meneurs de cette communauté, eh bien, son fils a été écrasé par une voiture qui ne s'est pas arrêtée... une Mercedes Benz. Une Mercedes Benz... Son fils est aux portes de la mort et cette brave femme a peur d'aller voir la police, et vous savez pourquoi ? Des contredanses ! Ils ont un avis de recherche pour elle à cause de contredanses impayées ! Cette femme *travaille* ! Elle travaille à l'Hôtel de Ville, et elle *a besoin* de cette voiture, et ils ont un avis de recherche pour... des *contredanses* ! Ça ne vous arrêterait pas si c'était votre fils, mais vous n'avez jamais vécu dans le ghetto. Si c'était votre fils, ils n'auraient pas fait ce qu'ils ont fait. Il ne l'auraient pas plâtré au poignet et renvoyé chez lui alors qu'il a en fait une commotion cérébrale et qu'il est à l'article de la mort ! Vous voyez !... Mais c'est toute l'histoire du ghetto. La négligence absolue. C'est ça, le ghetto. La négligence absolue... Messieurs, notre réunion est ajournée. J'ai quelques affaires sérieuses à régler maintenant.

Pendant le trajet qui les ramenait vers le centre, les deux jeunes gens de Yale ne dirent pas grand-chose avant d'atteindre la 96ᵉ Rue. Fiske était déjà content d'avoir retrouvé sa voiture là où il l'avait laissée, avec les pneus toujours gonflés et le pare-brise en un seul morceau. Quant à Moody – vingt pâtés de maisons venaient de défiler et Fiske n'avait pas entendu le moindre mot sur son passé d'ailier à Yale.

Finalement, Moody dit :

— Tu ne voudrais pas dîner chez Leicester's ? Je connais le maître d'hôtel, un grand type noir avec une grosse boucle d'oreille en or.

Fiske esquissa un sourire mais ne dit rien. La petite

plaisanterie de Moody le faisait se sentir supérieur. Une partie de cet humour présumé participait de l'aspect improbable que l'un ou l'autre pût dîner chez Leicester's qui était, cette année, le restaurant le plus à la mode du siècle. Mais il se trouvait, justement, que Fiske allait dîner chez Leicester's ce soir-là. Moody ne se rendait pas compte non plus que Leicester's, bien qu'à la mode, n'était pas un restaurant guindé plein d'escadrilles de serveurs amidonnés, de maîtres d'hôtels assortis. C'était plutôt le bistrot british typique de Fulham Road. Leicester's était le rendez-vous favori de la colonie britannique de New York, et Fiske avait rencontré quelques-uns d'entre eux – et, eh bien, c'était le genre de choses qu'il ne pourrait jamais expliquer à un copain comme Moody, mais les Britanniques comprenaient l'art de la conversation. Fiske se considérait comme britannique par essence, britannique par ses ancêtres et britannique dans cette... cette compréhension aristocratique pas au sens du plus riche, mais au sens du *meilleur.* Il était comme le grand Lord Philbank, non ? – Philbank était un pilier de l'Eglise d'Angleterre qui s'était servi de ses relations sociales et de sa connaissance des marchés financiers pour aider les pauvres de l'East End de Londres.

– Si on y pense, dit Moody, je n'ai *jamais* vu un seul serveur noir dans un restaurant de New York, sauf dans les cafétérias. Tu crois vraiment que Bacon va arriver à quelque chose ?

– Ça dépend ce que tu entends par là.

– Eh bien, que va-t-il se passer, en fait ?

– Je n'en sais rien, dit Fiske, mais ils veulent être serveurs chez Leicester's à peu près autant que toi ou moi. Je crois qu'ils vont sûrement s'entendre pour faire œuvre de charité envers les merveilleux travaux de M. Bacon dans Harlem. Et puis ils passeront au restaurant suivant.

– Alors c'est presque un racket, dit Moody.

– C'est cela qui est drôle, dit Fiske. Les choses changent vraiment. Je ne suis pas certain qu'il se soucie tant que ça qu'elles changent ou pas, mais elles changent. Il y a des restaurants dont il n'a jamais parlé, et dont il se ficherait de toute façon, qui commencent à engager des serveurs noirs plutôt que d'attendre que Buck et les autres phénomènes ne se pointent.

– La pression, fit Moody.

– Je suppose, enchaîna Fiske. Tu n'as pas aimé tout son truc à propos de la chaufferie ? Il n'a jamais mis les pieds dans une chaufferie. Mais je pense qu'il a découvert de nouvelles ressources, si on peut dire. C'est peut-être même une forme de capital, si tu définis par capital n'importe quel moyen d'accroître la richesse. Je ne sais pas... Peut-être Bacon n'est-il pas différent de Rockefeller ou Carnegie. Tu découvres de nouveaux moyens et tu fais ton argent tant que tu es jeune, et quand tu deviens vieux, ils te donnent des récompenses, donnent ton nom à des choses, et on se souvient de toi comme d'un grand leader populaire.

– Très bien, et alors, la Garantie Urbaine ? Ça ne ressemble pas à un nouveau moyen.

– Je n'en suis pas si certain. Je ne sais pas ce que c'est, mais je vais creuser le sujet. Je veux bien te parier une chose. Quoi que ce soit, cela aura un angle bizarre, et ça va me conduire un petit peu plus loin dans ce putain de virage. Cette putain de courbe.

Là, Fiske se mordit les lèvres, parce qu'en vérité il était vraiment dévot, jurait très rarement et regardait la grossièreté verbale non seulement comme une faute, mais comme un abaissement. C'était l'un des quelques points où, même après ces années, il se trouvait en accord avec Reginald Bacon.

Lorsqu'ils atteignirent la 69ᵉ Rue, en sécurité dans le Manhattan blanc, Fiske comprit que Bacon avait raison, une fois de plus. Ils n'investissaient pas dans un dispensaire, ils étaient... Ils essayaient d'acheter des âmes. Ils essayaient de calmer la colère des âmes de Harlem, pour de bon.

Regardons les choses en face!

Puis il s'en sortit en un éclair. *Fiske... Espèce d'idiot...* S'il ne se débrouillait pas pour récupérer les 350 000 $, ou la plupart de ces dollars, il allait avoir l'air, lui, d'un *idiot*, pour de bon!

VII

LA PÊCHE AU GROS

LE téléphone réveilla Peter Fallow comme une bombe dans un œuf dont on a épluché la coquille et dont il ne reste que la membrane intérieure pour le maintenir. Ah ! Cette membrane était sa tête et le côté droit de sa tête était sur l'oreiller et le jaune était aussi lourd que du mercure et lui appuyait sur la tempe droite, l'œil droit et l'oreille droite. S'il essayait de se lever pour répondre au téléphone, le jaune, le mercure, toute cette masse empoisonnée allait faire éclater la membrane et sa cervelle se répandrait.

Le téléphone était sur le plancher, dans un coin, près de la fenêtre, sur le tapis marron. Ce tapis était immonde. Synthétique. Les pires produits manufacturés américains. Metalon, streptolon, profond, poilu, une matière à vous faire frissonner. Une autre explosion. Il le regardait bien en face : un téléphone blanc et un fil blanc tordu sur un sale nid de streptolon poilu. Derrière les stores vénitiens, le soleil était si intense que cela lui faisait mal aux yeux. La pièce n'avait droit au soleil qu'entre 13 et 14 heures, quand il daignait passer entre deux buildings dans son périple à travers le sud du ciel. Les autres pièces, la salle de bains, la cuisine et le living n'avaient jamais droit au soleil. La cuisine et la salle de bains n'avaient même pas de fenêtres. Quand on allumait la lumière dans la salle de bains, équipée d'un module baignoire-douche-intégré – un *module*! – qui avait tendance à fléchir quand il mettait les pieds dedans – quand on allumait la lumière de la salle de bains, donc, un ventilateur se mettait en marche, au plafond, derrière une grille métallique, pour assurer la ventilation. Ce ventilateur générait un bruit de moulin à café électrique et une énorme vibration. Donc, lorsqu'il se levait, il n'allumait pas la lumière de la salle de bains. Il s'en remettait à la piètre aube bleuâtre fournie par les éclairages fluorescents du passage dehors. Plus d'une fois il était parti travailler sans se raser.

La tête toujours sur l'oreiller, Fallow continuait à fixer le téléphone qui continuait à exploser. Il fallait vraiment qu'il trouve une table à mettre près du lit, si on pouvait appeler un matelas et des ressorts posés sur un de ces cadres métalliques ajustables et américains, juste assez bons pour se couper les rotules et les doigts quand on essayait de l'ajuster – si on pouvait appeler ça un lit. Le téléphone avait un air visqueux et dégoulinant, posé sur ce tapis immonde. Mais il n'invitait jamais personne ici, sauf quelques filles, et c'était toujours très tard dans la nuit quand il avait éclusé deux ou trois bouteilles de vin et qu'il s'en tapait complètement. Ce n'était pas tout à fait vrai, n'est-ce pas? Quand il amenait une fille ici, il voyait toujours ce trou pathétique à travers son regard, au moins un instant. La pensée du vin et d'une fille grilla un fusible dans sa tête et une vague de remords traversa son système nerveux. Il s'était passé quelque chose la nuit dernière. Ces temps derniers, il se réveillait souvent comme ça, la gueule de bois empoisonnée, paniqué rien qu'à l'idée de bouger d'un centimètre et submergé par un sentiment abstrait fait de désespoir et de honte. Quoi qu'il ait pu faire, c'était maintenant immergé, comme un monstre au fond d'un lac glacé. Sa mémoire s'était noyée dans la nuit et il ne restait que ce désespoir glacial. Il fallait qu'il examine ce monstre point par point, centimètre par centimètre. Parfois il savait qu'il ne pourrait absolument pas y faire face, et alors il décidait de l'oublier pour toujours, et, juste à ce moment-là, un léger détail émettait toujours un signal et la bête remontait à la surface d'elle-même et lui montrait son sale museau.

Il se souvenait comment ça avait commencé, en gros, chez Leicester's, où, comme beaucoup d'Anglais qui fréquentaient cet endroit, il s'était débrouillé pour s'insinuer à la table d'un Américain sur qui on pourrait compter pour ramasser l'addition sans rechigner. Là, il s'agissait d'un gros type nommé Aaron Gutwillig, qui venait de vendre une compagnie de leasing de simulateurs pour la bagatelle de 12 millions de $ et qui adorait être invité dans des soirées données par les colonies anglaises ou italiennes de New York. Un autre Ricain, un petit, grossier mais marrant, nommé Benny Grillo, qui produisait de prétendus documentaires d'actualité pour la télévision s'était mis en tête d'aller dans une discothèque en bas de la ville, Les Feux de la Rampe, discothèque installée dans ce qui avait été une église épiscopalienne. Grillo était bon pour la note aux Feux de la Rampe et donc il était parti là-bas avec Grillo et deux mannequins américaines et Franco di Nodini, qui était un journaliste italien, et Tony Moss, qu'il avait connu à l'université de Kent, et Caroline Hefsthank, qui arrivait tout juste de Londres et qui était absolument pétrifiée par la peur de la criminalité à New York vue à travers un article par jour dans la presse londonienne, et elle sursautait à tout bout de champ, ce qui était drôle, au début. Les deux mannequins avaient commandé des sandwiches au roastbeef chez Leicester's et elles avaient ôté les tranches de viande qu'elles avaient suspendues au-dessus de leur bouche pour les manger avec les doigts. Caroline Heftshank avait beaucoup sursauté quand ils étaient sortis du taxi devant Les Feux de la Rampe. L'endroit était quasiment encerclé de jeunes Noirs avec d'énormes pompes de jogging, assis ou perchés sur la vieille barrière métallique, matant les ivrognes et les défoncés qui entraient et sortaient de la boîte. A l'intérieur, Les Feux de la Rampe semblaient inhabituellement grotesques, et Fallow s'était senti inhabituellement vif, soûl et charmant. Tant de travestis! Tant de punks suprêmement repoussants! Tant de petites Américaines au visage plâtré avec des dents refaites depuis l'adolescence, du rouge à lèvres argenté et du rimmel nuit-humide! Une musique si forte, infinie, métallique et répétitive et de telles bandes vidéo, sous-exposées sur des écrans, pleines de garçons maigres et moroses, et de fumigènes! Tout était descendu de plus en plus profond dans le lac. Ils étaient dans un taxi qui faisait des aller et retour vers la 50ᵉ Rue, cherchant un endroit avec une porte en métal galvanisé, un endroit appelé La Coupe. Un plancher latté de caoutchouc noir et quelques Irlandais repoussants, sans chemise, du moins ils avaient l'air Irlandais, aspergeant tout le monde avec des boîtes de bière. Et puis quelques filles sans chemise. Ah. Quelque chose s'était passé devant des gens au fond d'une pièce. En espérant qu'il possédait un truc appelé mémoire, ça, il s'en souvenait... Pourquoi faisait-il des choses comme ça?... La maison à Canterbury... La chambre de bonne à CrossKeys... Il pouvoir voir à quoi il ressemblait à cette époque... Ses cheveux blonds comme dans les tableaux victoriens, dont il avait été si fier... Son long nez fin, ses mâchoires bien dessinées, son corps élancé toujours trop mince pour sa grande taille, dont il avait également été si fier... son corps élancé... *un remous dans l'eau*... Le monstre remontait du fond du lac! Dans un instant... *son sale museau!*

Insupportable...

Le téléphone explosa à nouveau. Il ouvrit les yeux et frémit en voyant cette saleté baignée de soleil, et avec les yeux ouverts c'était pire! Avec les yeux ouverts – le futur immédiat. Rien à espérer! Un désespoir glacial! Il plissa les yeux, frissonna et referma les yeux. *Le sale museau!*

Il les rouvrit immédiatement. Qu'avait-il fait quand il était très très bourré? ajoutée au déscspoir et aux remords, il sentait maintenant la peur.

L'insistance du téléphone commença à l'alarmer. Supposons que ce soit le *City Light*. Après la dernière séance du Rat Mort, il s'était juré d'être au bureau à 10 heures tous les matins, et maintenant il était 1 heure de l'après-midi. Dans ce cas, il ferait mieux de ne pas répondre. Non – s'il ne répondait pas, il allait s'engloutir au fond pour toujours, avec le monstre. Il roula hors du lit et posa les pieds sur le sol et le terrifiant jaune d'œuf changea de place. Il fut envahi d'un horrible mal de tête. Il voulait vomir, mais il savait que cela lui ferait trop mal au crâne, beaucoup trop. Il commença à avancer vers le téléphone. Il se coula à genoux, puis à quatre pattes. Il rampa jusqu'au téléphone, décrocha, puis s'allongea sur le tapis, espérant que le jaune se stabiliserait à nouveau.

– Allô, dit-il.

– Peter? *Pii-teuh?* Dieu soit loué, c'était une voix anglaise.

– Oui?

– Peter, tu marmonnes. Je t'ai réveillé, n'est-ce pas? C'est Tony.

– Non, non, non, non, non... je suis... j'étais, j'étais dans l'autre pièce. Je travaille à la maison aujourd'hui. Il se rendit compte que sa voix avait coulé vers un baryton furtif.

– Eh bien tu fais une remarquable imitation de quelqu'un qui se réveille.

– Tu ne me crois pas, hein?

Dieu merci, c'était Tony. Tony était un Anglais qui avait commencé à travailler au *City Light* en même temps que lui. Ils étaient comme deux camarades de commandos dans ce pays grossier.

– Bien sûr que je te crois, mais ça me met en minorité

maintenant. Si j'étais toi, je rappliquerais ici le plus vite possible.

– Ummmmmmmmmmmmmmmmmm. Oui.

– Le Rat vient de passer et m'a demandé où tu étais. Pas sans curiosité, d'ailleurs. Il avait l'air vraiment furax.

– Qu'est-ce que tu lui as dit?

– Je lui ai dit que tu étais à la Cour des Tutelles.

– Mmmmmmh... Sans t'emmerder, qu'est-ce que je fais là-bas?

– Bon Dieu, Peter, je te sors vraiment du lit, hein? Cette Affaire Lacey Putney.

– Mmmmmmmmmmmmmmmmmh. Lacey Putney...

La douleur, la nausée et le sommeil passèrent sur la cervelle de Fallow comme une vague hawaïenne. Sa tête était aplatie sur le tapis. Le jaune d'œuf empoisonné gigotait terriblement.

– Mmmmmmmmmmmmmmmmmmh.

– Ne t'évanouis pas, Peter. Je ne plaisante pas. Je crois que tu devrais te ramener et sauver un peu les apparences.

– Je sais, je sais, je sais, je sais, je sais, je sais. Merci, Tony. Tu as absolument raison.

– Tu arrives?

– Oui.

Rien qu'à le dire, il savait comment il allait se sentir quand il essayerait de se lever.

– Et fais-moi une faveur.

– Tout ce que tu voudras.

– Essaie de te rappeler que tu étais à la Cour des Tutelles. Les propriétés Lacey Putney. Ce n'est pas évident que le Rat m'ait cru, mais, tu sais...

– Oui. Lacey Putney. Merci, Tony.

Fallow raccrocha, se leva du sol, s'empêtra dans les stores vénitiens et se coupa la lèvre. Les lamelles du store étaient de cette sorte métallique et fine que les Ricains aiment. C'étaient de vraies lames. Il essuya le sang sur sa lèvre avec le revers de son index gauche. Il n'arrivait pas à maintenir sa tête droite. Le jaune d'œuf en mercure anéantissait son sens de l'équilibre. Il tituba vers la salle de bains, passant dans l'aube bleu tuberculose de la lumière fluorescente de la ruelle derrière. Dans le miroir de l'armoire à pharmacie, dans cette lueur maladive, le sang sur sa lèvre paraissait violet. Aucun problème. Il pouvait vivre avec du sang violet. Mais si jamais il allumait la lumière de la salle de bains, il était fini.

Des rangées de terminaux d'ordinateurs dans des boîtiers gris neutre imitation 2001 donnaient à la salle de rédaction du *City Light* un semblant d'ordre et de modernité. Mais elle ne résistait pas à un second coup d'œil. Les bureaux étaient couverts des tas de papiers habituels, des gobelets, livres, manuels, almanachs, magazines et cendriers encrassés. Les habituels jeunes gens et jeunes femmes, dos courbé devant les claviers. Un perpétuel bruissement morne – *thuk thuk thuk thuk thuk thuk thuk thuk thuk thuk thuk* – s'élevait des claviers, comme si avait lieu un immense tournoi de mah-jong. Les journalistes, rewriters, et secrétaires de rédaction étaient courbés dans l'éternelle position des journalistes. Toutes les x secondes, une tête se dressait et criait quelque chose à propos de lignes bloc, de compte de titre ou de longueur d'histoire. Mais même l'excitation du bouclage ne pouvait durer longtemps. Une porte s'ouvrit et un Grec vêtu d'un uniforme blanc entra, portant un prodigieux plateau couvert de Thermos de soda et de café, de boîtes de beignets, de fromage danois, de pains à l'oignon, de toutes les variétés imaginable de lards et de charcutaille, et la moitié de la salle déserta les ordinateurs et lui fondit dessus, tombant sur le plateau comme des charançons affamés.

Fallow prit avantage de ce hiatus pour se frayer un chemin à travers la pièce jusqu'à sa cabine vitrée. Au milieu du champ de terminaux d'ordinateurs il s'arrêta, et, l'air d'un professionnel attentif, il ramassa une copie de la deuxième édition, qu'on venait juste de monter. Sous le logo – *THE CITY LIGTH* – la une consistait en d'énormes lettres capitales courant sur le côté droit :

IL SCALPE
GRAND-MÈRE
PUIS
LA DÉPOUILLE

et une photo sur la gauche. La photo était un agrandissement recadré de ces espèces de portraits tramés et souriants que produisent les studios. C'était le visage d'une femme nommée Carolina Perez, cinquante-cinq ans et pas vraiment l'air d'une grand-mère, avec une masse luxuriante de cheveux noirs tirés en arrière à la façon des grandes dames espagnoles.

Doux Jésus! ça avait dû être une affaire de la scalper! S'il s'était senti mieux, Fallow aurait rendu un hommage silencieux à cette extraordinaire *esthétique de l'abattoir*[1] qui permettait à ces diables dénués de vergogne, ses employeurs, ses compatriotes, ses concitoyens anglais, ses frères, fils de Milton et de Shakespeare d'arriver à trouver des trucs comme ça, jour après jour. Pensez donc à ce superbe sens de la syntaxe du caniveau qui les avait inspirés pour créer un titre fait de verbes et d'objets, où le vrai sujet manquait, meilleur moyen de vous faire plonger vos griffes dans ces pages noires et grasses pour savoir quel démon était assez monstrueux pour être ce « IL ». Pensez seulement à la patience d'asticot qui avait permis à un quelconque reporter d'envahir les Perez pour leur voler une photo de Mémé qui vous ferait sentir l'horreur du crime du bout des doigts – et vous hérisserait les poils du dos! Pensez au

1. En français dans le texte.

fantastique retour à l'ordinaire de cette phrase : « Il *scalpe*... puis *dépouille*. » Oh quel *merveilleux* anticlimax ! Bon Dieu, s'ils avaient eu plus de place ils auraient ajouté : « puis laisse toutes les lumières allumées dans sa cuisine. »

A cet instant, pourtant, il était trop salement malade pour s'en amuser. Non, il se tenait là, les yeux sur ce morceau de génie tout neuf pour établir ostensiblement – surtout, l'espérait-il, pour le Rat Mort lui-même – qu'il était sur la brèche et intéressé presque exclusivement dans sa vie par le *City Light* de New York.

Tenant le journal dans ses mains et les yeux braqués sur la une, comme transfiguré par sa virtuosité, il finit sa traversée de la salle de rédaction et entra dans son compartiment. Celui-ci consistait en cloisons d'aggloméré modulables saumon malade de 1 m 50 de haut, un prétendu poste de travail avec de petites courbes high-tech dans les coins, qui emprisonnait un bureau de métal gris, l'éternel terminal d'ordinateur avec son clavier, un fauteuil en plastique désagréablement moulé-orthopédique et un portemanteau modulaire en plastique, qui s'accrochait astucieusement sur le mur modulable. Le tout était déjà déglingué. Au portemanteau pendait un unique vêtement couleur de muraille, l'imperméable de Peter Fallow, qui ne quittait jamais le compartiment.

Juste à côté du portemanteau se trouvait une fenêtre et il y vit son reflet. De face il avait plus l'air d'un jeune homme de trente-six ans plutôt beau, que d'un quadragénaire qui a pris de la brioche. De face, son front haut et ses longs cheveux blonds qui partaient, flottant en arrière, avaient encore l'air... disons *Byronien*... bien que de plus en plus solitaires sur le sommet de son crâne. Oui, selon cet angle-là, de face... Tout allait très bien... Son long nez fin avait l'air patricien du haut en bas, bien que trop bulbeux au bout. Son large menton fendu n'était pas encore trop compromis par les bajoues qui se formaient de chaque côté. Son blazer bleu marine, qui avait été fait chez Blades, huit – non, *dix !* – ans auparavant était un peu... *lustré*... sur les manches... mais il pouvait sans doute revivifier le tissu avec une de ces brosses métalliques... Il avait un début de ventre, et un peu trop de chair sur les hanches et les cuisses. Mais ce ne serait plus un problème maintenant qu'il avait cessé de boire. Plus jamais. Il allait commencer un régime draconien ce soir. Ou demain, en tout cas. Il se sentait trop bilieux pour songer à ce soir. Mais ce ne serait pas ce pathétique jogging à l'américaine, non. Ce serait quelque chose de propre, de tranchant, d'actif, d'énergique... A l'anglaise. Il pensa à des *medecine-balls* et des espaliers et des chevaux d'arçons et des haltères et des barres parallèles et des cordes à nœuds avec des attaches de cuir au bout, et il se rendit compte qu'il s'agissait de l'appareillage du gymnase de Cross Keys, l'école où il allait avant d'entrer à l'université de Kent. Bon Dieu... vingt ans déjà. Mais il n'avait encore que trente-six ans, et il faisait un mètre quatre-vingt-huit et il avait un physique tout à fait parfait, fondamentalement.

Il rentra son estomac et inspira un bon coup. Cela lui flanqua la nausée. Il décrocha le téléphone et se colla le récepteur contre l'oreille. Aie l'air occupé ! C'était le principal. La tonalité lui parut douce à l'oreille. Il souhaita pouvoir ramper dans le téléphone et faire la planche sur cette tonalité en laissant ce son cautériser ses terminaisons nerveuses. Comme ce serait facile de poser la tête sur le bureau, de fermer les yeux et de piquer un somme. Il pourrait peut-être s'en sortir s'il collait un côté de sa figure sur le bureau, en tournant le dos à la pièce, et en mettant le récepteur sur son autre oreille comme s'il était en pleine conversation. Non. Ça aurait quand même l'air bizarre. Peut-être que...

Bon Dieu ! Un des Américains, un journaliste nommé Robert Goldman, se dirigeait droit vers sa cabine vitrée.

Goldman portait une cravate avec des rayures criardes, rouges, jaunes, noires et bleu ciel, en diagonale. Les Ricains appelaient ces fausses cravates régimentaires, des cravates « *rep* ». Les Ricains portaient toujours des cravates qui vous sautaient à la figure, comme pour annoncer la balourdise à suivre. Deux semaines plus tôt, il avait emprunté 100 $ à Goldman. Il lui avait affirmé devoir payer une dette de jeu avant la nuit – au back-gammon – au Bracer's Club – foule d'Européens excités. Les Ricains louchaient sur toute histoire de croupiers et d'aristos. Et depuis, cette petite merde lui avait déjà réclamé trois fois l'argent comme si son avenir sur cette terre dépendait de 100 $. Le récepteur toujours collé à l'oreille, Fallow jeta un coup d'œil à la silhouette qui se rapprochait et à la splendide cravate qui lui servait d'armoiries, avec mépris. Comme plus d'un Anglais vivant à New York, il considérait les Américains comme des enfants incurables à qui la Providence avait perversement confié cette espèce d'énorme dinde enflée en forme de continent. Toute tentative pour leur extorquer leur fortune, excepté la violence, était de bonne guerre, sinon moralement justifiable, puisqu'ils la gaspillaient de toute façon en fringues moches et en n'importe quoi.

Fallow se mit à parler au récepteur, comme en pleine conversation. Il chercha dans son cerveau empoisonné le genre de dialogue à une seule voix que les scénaristes doivent se farcir pour les scènes au téléphone.

– Qu'est-ce que c'est que ça?... Vous dites que le substitut refuse au sténographe de nous remettre une transcription? Eh bien dites-lui... D'accord, d'accord... Bien sûr... C'est une violation absolue... non, non... Maintenant, écoutez-moi bien...

La cravate – et Goldman – se tenaient juste à côté de lui. Peter Fallow garda les yeux baissés et leva une main comme pour dire « s'il te plaît! ceci ne souffre aucune interruption! »

– Salut, Pete, dit Goldman.

Pete! avait-il dit, et pas même gentiment! *Pete!* Rien

que ce son fit grincer les dents de Fallow... Cette... Épouvantable... familiarité... ricaine! Trop mignons, ces Ricains – avec leurs gentils petits diminutifs – leurs « mon pote », leur Arnie, leurs Hanks et leurs... *Pete!* Et ce monument de lourdeur et de gaucherie avec sa cravate à hurler a le culot d'entrer dans un bureau pendant qu'on est au téléphone, parce qu'il fait une dépression nerveuse pour ses pathétiques 100 \$! – et le culot d'appeler quelqu'un *Pete!*

Fallow se vissa un regard intense sur la figure et commença à parler à mille kilomètres/secondes.

– Et alors?... Dites à l'assistant et au sténographe que nous voulons cette transcription pour demain midi!... Bien sûr!... C'est évident!... C'est quelque chose que sa bâtonnière nous a cuisiné! Ils sont tous gras comme des voleurs là-bas!

– C'est juge, dit Goldman d'une voix neutre.

Fallow fixa ses yeux sur l'Américain avec un regard noir furieux.

Goldman le lui rendit avec un soupçon d'ironie aux lèvres.

– Ils ne disent pas « assistant » mais substitut, et ils ne disent pas « bâtonnière », mais juge, et « sténographe », c'est sténotypiste. Remarque, ils comprendront ce que tu veux dire.

Fallow transforma ses yeux et ses lèvres en trois lignes serrées et secoua la tête et tapa sur la table du plat de la main comme confronté à un étalage d'impudence intolérable.

Mais quand il rouvrit les yeux, Goldman était toujours là. Goldman le regardait d'en haut. Il se colla un air de moquerie amusée, leva les deux mains et écarta ses dix doigts juste devant le nez de Fallow, puis referma ses deux poings avant de les rouvrir et d'écarter à nouveau ses dix doigts. Il répéta ce geste dix fois – et dit : « Cent gros dollars, Pete », avant de faire demi-tour et de retourner dans la salle de rédaction.

Quel impudence! Quelle impudence!... Une fois certain que cette impudente petite merde humide ne revenait pas, Fallow reposa le téléphone et se dirigea vers le
portcmanteau. Il avait juré – mais Seigneur Dieu! Ce qui
venait de lui arriver *était... juste... un... petit peu...
trop!* Sans l'enlever du portemanteau il ouvrit l'imperméable et mit sa tête dedans, comme s'il inspectait les
coutures. Puis il s'en enveloppa, de manière à ce que
tout le haut de son corps soit hors de vue. C'était le
genre d'imper avec des poches fendues qui permettent
de mettre la main dans les poches de votre veste quand il
pleut sans devoir l'ouvrir. Sous sa tente de popeline,
Fallow farfouilla dans la fente qui ouvrait sur la poche
gauche. De la poche il retira une gourde d'un litre.

Il dévissa le bouchon, porta le goulot à ses lèvres et
avala deux grandes lampées de vodka puis attendit la
secousse dans son estomac. Ça tomba, puis ça secoua
son corps et sa tête d'une vague de chaleur. Il revissa le
bouchon et remit la gourde dans la poche et émergea de
l'imperméable. Son visage était en feu. Il avait les larmes
aux yeux. Il jeta un regard prudent sur la salle de
rédaction et...

Oh merde!

... le Rat Mort le regardait. Fallow n'osa pas lui faire
un clin d'œil, ni même sourire. Il ne voulait pas provoquer la moindre réponse chez le Rat Mort. Il se détourna
comme s'il ne l'avait pas vu. La vodka était-elle vraiment
inodore? Il priait pour que ce soit vrai. Il se rassit à son
bureau et reprit le téléphone en faisant semblant de
parler. La tonalité résonnait, mais il était trop nerveux
pour s'y abandonner. Est-ce que le Rat Mort l'avait vu,
sous son imperméable? Et si oui, devinerait-il quelque
chose? Oh, comme cette petite goutte était différente de
ces toasts glorieux portés quelques mois auparavant! Oh
quelles glorieuses perspectives il avait laissées foirer! Il
pouvait voir la scène... le dîner dans l'appartement
grotesque du Rat sur Park Avenue... les cartes d'invita-

tion informelles et pompeuses avec les caractères en relief : *Sir Gerald Steiner et Lady Steiner souhaitent avoir le plaisir de votre compagnie pour un dîner en l'honneur de M. Peter Fallow (dîner et M. Peter Fallow* écrit à la main)... le musée ridicule de meubles Louis-Philippe et de tapisseries d'Aubusson élimées que le Rat Mort et Lady Rat Mort avait entassés sur Park Avenue. Pourtant quelle capiteuse soirée ç'avait été! Toute la tablée n'était que britannique. Il n'y avait que trois ou quatre Américains dans le haut de la hiérarchie du *City Light* de toute manière, et aucun n'avait été invité. Il y avait des dîners comme ça partout dans l'Est de Manhattan, tous les soirs, avait-il bientôt découvert, des soirées somptueuses qui étaient seulement anglaises ou complètement françaises ou italiennes ou seulement européennes. Jamais d'Américains, quoi qu'il arrive. On avait la sensation qu'une légion secrète, suave et riche, s'était infiltrée dans les immeubles en copropriété de Park Avenue et de la Cinquième Avenue, et allait avancer à volonté dans la grosse dinde yankee pour dévorer à loisir le dernier petit morceau de chair sur les os du capitalisme.

En Angleterre, Fallow avait toujours pensé à Gerald Steiner comme « ce Juif de Steiner », mais cette nuit-là, tous les snobismes de base s'étaient évaporés. Ils étaient frères d'armes dans cette légion secrète, au service du chauvinisme écorché de la Grande-Bretagne. Steiner avait expliqué à toute la tablée quel génie était Fallow. Steiner avait été ébloui par une série d'articles sur la vie des riches à la campagne que Fallow avait pondus pour le *Dispatch*. C'était plein de noms et de titres et d'hélicoptères et de perversions qui vous laissaient perplexe, (« ce truc avec la coupe? »), de maladies coûteuses, et tout ceci avait été artistiquement conçu pour être à l'épreuve des balles de la diffamation. Cela avait été le plus grand triomphe de Fallow en tant que journaliste (le seul, d'ailleurs) et Steiner ne pouvait pas imaginer d'où il tirait ses informations. Fallow, lui, le savait, mais il s'était débrouillé pour en masquer le souvenir sous les broderies de la vanité. Tous les morceaux croustillants de ces articles venaient d'une fille qu'il voyait à l'époque, une petite femme pleine de ressentiment nommée Jeannie Brokenborough, la fille d'un marchand de livres rares, qui frayait avec les riches comme le petit dernier dans l'étable de la haute société. Quand la petite Miss Brokenborough disparut, la magie quotidienne de Fallow s'évanouit avec elle.

L'invitation de Steiner à se rendre à New York était tombée à pic, même si Fallow ne le voyait pas ainsi. Comme tout écrivain avant lui qui vient de faire un triomphe, même au niveau du *Dispatch* de Londres, Fallow refusait de croire à la chance. Aurait-il du mal à répéter son triomphe dans une ville dont il ignorait tout, dans un pays qu'il considérait comme une prodigieuse plaisanterie ? Eh bien... Pourquoi pas, d'abord ? Son génie venait juste d'éclore. Ce n'était que du journalisme, après tout, de la petite bière avant son éventuel triomphe en tant que romancier. Le père de Fallow, Ambrose Fallow, était romancier, un romancier mineur, en fait. Son père et sa mère étaient d'East Anglia, et avaient été le genre de jeunes gens très bien élevés, bon sang, bon rang, qui, après la Seconde Guerre mondiale, avaient développé la notion suivante : la sensibilité littéraire pouvait faire de vous un aristocrate. La certitude de leur aristocratie affleurait toujours dans leurs esprits, comme dans celui de Fallow. Fallow avait essayé de compenser son manque d'argent en étant un homme d'esprit et un viveur. Ces accomplissements aristocratiques ne lui avaient rien rapporté de plus qu'une place incertaine dans la queue de la comète de la bonne société londonienne.

Maintenant, membre de la brigade Steiner à New York, Fallow allait également faire fortune dans ce Nouveau Monde gras et blanc.

Les gens se demandaient pourquoi Steiner, qui n'avait jamais fait de journalisme, était venu aux Etats-Unis et avait entrepris une chose aussi coûteuse que le lancement d'un journal. La bonne explication était que le *City Light* avait été créé comme une arme d'attaque ou de représailles pour les investissements financiers beaucoup plus importants que Steiner avait fait aux Etats-Unis, où il était déjà connu sous le surnom du « Redoutable Rosbif ». Mais Fallow savait que c'était l'inverse. Les investissements « sérieux » n'existaient que pour servir le *City Light*. Steiner avait été dressé, envoyé à l'école, poussé et nanti d'une fortune par le vieux Steiner, un financier bruyant et pompeux qui voulait que son fils devienne un vrai pair britannique, et pas seulement un jeune Juif riche.

Steiner *fils* était devenu la souris aux belles manières, belle éducation, belles tenues que son père désirait. Il n'avait jamais trouvé le courage de se rebeller. Maintenant, sur le tard, il avait découvert le monde de la presse. Son plongeon quotidien dans la boue – IL SCALPE GRAND-MÈRE PUIS LA DÉPOUILLE – lui apportait une joie inexprimable. *Youpiiie*! Enfin libre! Tous les jours il relevait ses manches et plongeait dans la vie de la salle de rédaction. Certains jours il écrivait les titres lui-même. Il était très possible qu'il eût écrit SCALPE GRAND-MÈRE, bien que cela ressemblât à la patte inimitable de son rédacteur en chef, un type de Liverpool nommé Brian Highridge. Malgré les nombreuses victoires de sa carrière, il n'avait pourtant jamais été accepté dans la haute société. C'était largement dû à sa personnalité, mais le sentiment antijuif n'était pas mort non plus, et il n'y pouvait pas grand-chose. De toute façon, il guettait avec un plaisir authentique la perspective de Peter Fallow allumant un joli petit bûcher sous tous ces snobs qui le regardaient de haut. Et donc il attendait.

Et il attendait toujours. Au début, les notes de frais de Fallow, qui étaient plus épaisses que celles de tout autre journaliste du *City Light* (en exceptant les rares envoyés spéciaux à l'étranger), ne posaient pas problème. Après tout, pour pénétrer la vie des hautes sphères, il fallait la vivre, au moins en partie. Les étonnantes notes de déjeuner, notes de dîner et notes de bar, étaient suivies d'amusants reportages sur les andains que M. Peter Fallow se payait, comme un Géant Vert Angliche, en ravissants bombardements en piqué. Au bout d'un certain temps, ils étaient devenus moins amusants. Aucun grop coup dans la chronique des hautes sphères n'avait été débusqué par ce mercenaire d'un nouveau genre. Plusieurs fois, Fallow avait remis des articles pour les retrouver le lendemain réduits à des entrefilets. Steiner l'avait convoqué plusieurs fois pour savoir où il en était. Ces discussions étaient devenues de plus en plus fraîches. Sa fierté blessée, Fallow avait commencé à amuser ses collègues en baptisant Steiner (le célèbre « Redoutable Rosbif »), le Rat Mort. Tout le monde avait l'air d'adorer ça. Après tout, Steiner *avait* un nez long et pointu comme une souris ou un rat, pas de menton et une toute petite bouche ratatinée, de grandes oreilles, des mains et des pieds minuscules, des yeux dont la lumière semblait absente, et une petite voix fatiguée. Récemment, pourtant, Steiner avait devenu carrément abrupt et froid, et Fallow commençait à se demander si, en fait, il n'avait pas été au courant de cette vanne.

Il releva la tête... Steiner était là, à deux mètres, dans l'encadrement de la porte de son compartiment, et le regardait fixement, une main posée sur la cloison modulable.

– C'est gentil de nous rendre visite, Fallow.

Fallow ! C'était le truc du plus méprisant proviseur d'école ! Fallow en était sans voix.

– Eh bien, dit Steiner, qu'est-ce que vous avez pour moi ?

Fallow ouvrit la bouche. Il saccagea son cerveau empoisonné à la recherche de la conversation facile pour

laquelle il était célèbre et n'arriva qu'à haleter et bre-
douiller.

– Eh bien – vous vous souvenez – les propriétés Lacey
Putney – j'en ai parlé – si je ne me trompe pas – ils ont
essayé de nous avoir en référé, le, le... Merde! qu'est-ce
que c'était déjà? Les sténographes, ou une histoire de
rapporteurs? Qu'est-ce qu'il avait dit, Goldman? Eh bien
– j'ai à peine – mais je crois que je tiens tout le truc
maintenant! C'est juste une question de – je peux vous
dire – ça, ça va vraiment faire mal...

Steiner n'attendit même pas qu'il finisse.

– Je l'espère sincèrement, Fallow, dit-il, tout à fait
menaçant. Je l'espère sincèrement.

Puis il s'en alla et replongea dans sa salle de rédaction
adorée.

Fallow coula dans son fauteuil. Il parvint à attendre
presque une minute entière avant de se lever et de
disparaître dans son imperméable.

Albert Teskowitz n'était pas ce que Kramer ou n'importe quel autre procureur aurait pu appeler une
menace quand il s'agissait d'emporter un jury par la
magie de ses plaidoiries. Tout crescendo émotionnel était
hors de sa portée, et même la quelconque poussée de
rhétorique dont il était capable était très vite sapée par
son apparence. Son attitude était si mauvaise que toutes
les femmes dans le jury, ou toute bonne mère, au moins,
brûlait de lui crier : « Redresse tes épaules! » Quant à ses
prestations, ce n'était pas qu'il négligeait de préparer ses
plaidoiries, c'était qu'il les préparait visiblement sur un
bloc jaune officiel, qui était posé, en évidence, sur la
table de la défense.

– Mesdames et messieurs, l'accusé a trois enfants, de
six, sept et neuf ans, disait Teskowitz, et ils sont dans la
salle en ce moment, ils attendent l'issue de ce procès.

Teskowitz évitait d'appeler son client par son nom. S'il
avait pu dire Herbert Cantrell, M. Cantrell ou même

Herbert, tout aurait été parfait, mais Herbert ne supportait pas même Herbert. « Je ne m'appelle pas Herbert, avait-il dit à Teskowitz, au tout début de l'affaire. Je ne suis pas votre chauffeur. Mon nom est Herbert 92 X. »

– Il ne s'agissait pas d'un déjeuner de criminels, cet après-midi-là dans le Doubleheader Grill, continuait Teskowitz, mais d'un brave homme avec un travail et une famille.

Il hésita et leva la tête, avec cette expression (partie loin, loin, loin) de celui qui va avoir une crise d'épilepsie. « Un travail et une famille », répéta-t-il, comme dans un rêve, à mille lieues de là. Puis il pivota sur ses talons, s'approcha de la table de la défense, pencha son torse déjà tordu et scruta son bloc-notes jaune avec la tête penchée de côté, comme un oiseau qui mate un ver de terre dans son trou. Il garda cette pose un temps qui sembla une éternité, puis revint vers le box du jury et dit :

– Il n'était pas l'agresseur. Il n'avait pas de score à égaliser, ni de match à gagner, ni de revanche à prendre. C'était un brave homme avec un travail et une famille et qui n'avait qu'un seul souci et cela il en avait le droit : « Défendre sa vie. »

Les yeux du petit avocat s'ouvrirent comme des diaphragmes d'appareil photo, et il fit un nouveau demi-tour pour retourner à la table de la défense, et regarda ses notes sur son bloc jaune, une fois de plus. Penché comme il l'était, il avait exactement la silhouette d'un siphon d'évier... Un siphon d'évier... Un chien qui tenait un vieil os horrible... Des images espiègles naissaient dans l'esprit des jurés. Ils commençaient à remarquer des trucs comme la couche de poussière sur les immenses fenêtres de la salle et la manière dont le soleil mourant de cette fin d'après-midi éclairait la poussière, comme s'il s'agissait de cette espèce de plastique dont on fait des jouets, ce plastique qui prend la lumière, et toutes les mères de famille du jury, mêmes les mauvaises, se demandaient pourquoi diable personne ne nettoyait ces vitres. Tous se posaient plein de questions (et notamment sur ce que Teskowitz racontait sur Herbert 92 X) et par-dessus tout s'interrogeaient sur ce bloc-notes jaune qui semblait accroché au pauvre cou tordu de Teskowitz par une invisible laisse.

– ... et déclarent cet accusé... non coupable.

Quand Teskowitz acheva sa plaidoirie, ils n'étaient même pas certains qu'il eût fini. Leurs yeux se braquèrent vers le bloc-notes jaune. Ils s'attendaient à ce qu'il bondisse vers la table une fois de plus. Même Herbert 92 X, qui n'en avait pas perdu une miette, avait l'air intrigué.

C'est juste à ce moment qu'une sorte de chant s'éleva dans la salle d'audience.

– Yo-ohhhhhh... cela venait de là-bas.

– Yo-ohhhhhhhhhhhhhhhh... cela venait d'ici...

Kaminsky, le gros officier, avait commencé. Puis Bruzielli, le greffier reprit, et même Sullivan, le rapporteur, qui était assis devant sa machine à sténotyper juste sous le surplomb du banc de Kovitsky, y joignit sa version discrète : « Yo-ohhh. »

Sans un cillement de paupière, Kovitsky frappa de son maillet et suspendit la séance pour trente minutes.

Kramer ne s'en inquiéta même pas. C'était l'heure de mettre les chariots en cercle autour de la forteresse, rien de plus. Les chariots en cercle étaient une pratique standard. Si un procès risquait de durer après la tombée de la nuit, alors il fallait faire le cercle. Ce procès allait dépasser le crépuscule parce que la défense venait tout juste de faire sa plaidoirie et que le juge ne pouvait pas ajourner la séance sans laisser le procureur faire son réquisitoire. Donc, c'était l'heure du cercle.

Pendant une suspension d'audience pour faire le cercle, tous les employés qui étaient venus travailler en voiture et qui devaient rester après la tombée de la nuit à cause du procès se levaient, sortaient et se dirigeaient vers leurs voitures dans les parkings extérieurs. Le juge, Kovitsky, n'y coupait pas. Aujourd'hui il avait pris sa voiture. Donc il se rendit dans sa salle, par une porte sur le côté de l'estrade, où il ôta sa robe noire et se dirigea vers le parking, comme tout le monde.

Kramer n'avait pas de voiture et il ne pouvait pas se permettre de claquer 10 $ pour prendre un « gipsy cab » pour rentrer. Ces taxis illégaux – pour la plupart conduits par de récents immigrés venus d'Afrique, d'endroits comme le Sénégal ou le Nigéria – étaient les seuls taxis qui prenaient des clients de Manhattan jusqu'au Building du Comté du Bronx. Les chauffeurs mettaient le signal « LIBRE » en place avant même d'avoir effleuré la pédale de frein, larguaient leur client, puis filaient à toute vitesse. Non. Avec un léger frisson dans la région du cœur, Kramer se rendait peu à peu compte que ce serait une de ces nuits où il allait devoir marcher trois blocs jusqu'à la station de métro de la 161e Rue dans le noir et attendre là, attendre dans une station classée comme une des dix plus dangereuses de la ville, en termes d'agressions, tout en espérant tomber sur un wagon assez bondé pour ne pas se faire ramasser par un troupeau de loups guettant l'animal malade de la horde. Il se dit que ses Nikes lui donnaient au moins une vague chance en cas de combat. Déjà, ces chaussures étaient un camouflage. Dans le métro, dans le Bronx, une paire de chaussures de cuir de chez Johnston & Murphy vous cataloguait comme une cible de choix au premier coup d'œil. C'était comme de porter une pancarte autour du cou disant : DÉPOUILLEZ-MOI. Les Nikes et le sac plastique les feraient au moins réfléchir à deux fois. Ils pouvaient le prendre pour un flic en civil qui rentrait chez lui. Il n'existait plus de flic en civil dans le Bronx qui ne portait pas de baskets. L'autre avantage était que, s'il se mettait à pleuvoir des emmerdements, avec les Nikes il pouvait au moins courir ou se lancer dans la bagarre. Il ne dirait rien de tout ça à Andriutti et Caughey. Andriutti, il s'en foutait, mais il savait qu'il ne supporterait pas le mépris de Caughey. Caughey était irlandais et il aurait plutôt pris une balle en pleine gueule que de porter un putain de camouflage dans le métro. Comme les jurés se rendaient vers la salle qui leur était réservée, Kramer regarda Miss Shelly Thomas jusqu'à ce qu'il puisse *sentir* la douceur de son rouge à lèvres brun tandis qu'elle passait; et elle le regarda un instant – *avec un soupçon de sourire!* – et il commença à flipper en se demandant comment elle allait rentrer chez elle, et il n'y avait rien qu'il pût y faire, puisque, bien évidemment, il ne pouvait pas s'approcher d'elle pour lui transmettre le moindre message. Même avec tous ces *yo-ohhhhhhhh*, personne n'informait jamais le jury ou les témoins sur le cercle des chariots, et jamais un juré n'aurait été autorisé à se rendre dans un parking pendant une suspension d'audience, jamais.

Kramer descendit jusqu'à l'entrée de Walton Avenue, pour se dégourdir les jambes, prendre un peu l'air et regarder la parade. Sur le trottoir, un groupe (incluant Kovitsky et son assesseur, Mel Herskowitz) s'était déjà formé. Les officiers étaient avec eux, les encadrant comme des ailiers. Le gros crapaud, Kaminsky, était debout sur la pointe des pieds, examinant les alentours pour voir si quelqu'un d'autre voulait se joindre à eux.

Le parking favori des habitués du tribunal était juste de l'autre côté du sommet du Grand Concourse, dans la descente, sur la 161e Rue, dans une énorme excavation de boue, en face des bâtiments du Tribunal Criminel. Ce trou, qui occupait un bloc entier, avait été creusé pour les fondations d'un building qui n'avait jamais vu le jour.

Le groupe s'assembla, Kaminsky en tête et un autre officier en arrière-garde. Les officiers portaient leur 38 bien visible sur leurs hanches. Le petit contingent s'avança bravement en territoire indien. Il était presque

6 heures moins le quart. Walton Avenue était tranquille. Il n'y avait pas vraiment d'heure de pointe dans le Bronx. Les places de stationnement sur Walton Avenue près de la forteresse étaient à 90° par rapport au trottoir. Seule demeurait une poignée de voitures. Il y avait dix espaces réservés près de l'entrée, pour Abe Weiss, Louis Mastrioani et autres Suprêmes Chargés du Pouvoir dans le Bronx. Le garde à la porte mettait des cônes de signalisation rouge fluo en plastique sur ces emplacements quand leurs usagers privilégiés étaient partis. Kramer remarqua que la voiture d'Abe Weiss était encore là. Il y en avait une autre, qu'il ne reconnut pas, mais les autres emplacements étaient libres. Kramer marchait de long en large sur le trottoir devant l'entrée, tête baissée et les mains dans les poches, se concentrant sur son réquisitoire. Il était là pour parler en nom et place du principal acteur de ce drame, celui qui ne pouvait pas s'exprimer lui-même, la victime, le décédé, feu Nestor Cabrillo, excellent père de famille et honorable citoyen du Bronx. Tout tombait en place tout seul. Les arguments massue ne seraient pourtant pas suffisants pour ce qu'il avait en tête. Ce réquisitoire devait l'*émouvoir, elle,* l'émouvoir jusqu'aux larmes, ou jusqu'à la crainte, ou, au moins, jusqu'à cette étrange ébriété, cette défonce au crime dans le Bronx, avec, dans le rôle principal, un jeune substitut intraitable, qui parlait d'or et ne craignait rien, sans compter son fantastique cou d'athlète. Donc il marchait de long en large sur le trottoir devant l'entrée de Walton Avenue, mettant son oie Herbert 92 X à cuire et bandant ses muscles sternocleidomastoïdiens, tandis qu'une vision de la fille au rouge à lèvres marron dansait dans sa tête.

Très vite, la première voiture arriva. Yo-ohhh, voilà Kovitsky dans son énorme paquebot blanc, sa vieille Pontiac Bonneville. Il s'inséra dans un des espaces vacants près de la porte. *Thwop!* L'énorme portière grinça, et il sortit, discret petit chauve dans son costume gris très ordinaire. Puis vint Bruzielli dans une petite voiture de sport japonaise qui semblait à peine pouvoir le contenir. Puis Mel Herskowitz et Sullivan, le rapporteur. Puis Teskowitz dans une Buick Regal neuve. Merde, pensa Kramer. Même Al Teskowitz peut s'offrir une voiture. Même lui, un avocat commis d'office, et moi je rentre en métro! Très vite, tous les emplacements de stationnement sur Walton Avenue furent remplis par les habitués. La dernière voiture à se garer fut celle de Kaminsky. Il avait ramené avec lui l'autre officier. Ils sortirent tous deux et Kaminsky aperçut Kramer, lui fit une grimace souriante et chanta :

– Yo-ohhhhhhhhhhhhhhhhhhhhh!

– Yo ho ho, fit Kramer.

La caravane. Yo-ohhhhhh était le cri de John Wayne, héros et éclaireur en chef, signalant aux pionniers qu'ils devaient avancer les chariots. C'était un territoire indien, infesté de bandits, et il était l'heure de faire le cercle avec les chariots pour la nuit. Quiconque s'imaginait qu'il était capable de monter deux blocs jusqu'au parking après la tombée de la nuit pour prendre sa bagnole et rentrer tranquille chez papa maman, jouait sa vie sur une moitié de table de casino.

Tard dans la journée, Sherman reçut un appel de la secrétaire d'Arnold Parch disant que Parch voulait le voir. Parch avait le titre de vice-président exécutif, mais il n'était pas du genre à convoquer souvent les gens de l'étage dans son bureau.

Le bureau de Parch, naturellement, était plus petit que celui de Lopwitz, mais il avait la même vue fantastique sur l'ouest, sur l'Hudson River et sur le New Jersey. Contrastant avec le bureau de Lopwitz bourré d'antiquités, celui de Parch était meublé moderne et pourvu de grands tableaux contemporains comme Maria et son mari les aimaient.

Parch, qui avait toujours le sourire aux lèvres, sourit

et lui désigna un fauteuil gris, si luisant et si rapproché du sol qu'on aurait dit un sous-marin faisant surface. Sherman s'y coula, saisi par la sensation d'être sous le niveau du plancher. Parch se posa dans un fauteuil identique en face de lui. Sherman avait l'impression de ne voir que des jambes, les siennes et celles de Parch. Dans l'axe de vision de Sherman, le menton de Parch dépassait à grand peine le haut de ses genoux.

– Sherman, dit le visage souriant derrière ses rotules, je viens d'avoir un appel d'Oscar Suder, de Colombus, Ohio, et il est vraiment furax à propos de ces obligations d'United Fragrance.

Sherman était sidéré. Il voulut relever un peu la tête, mais il ne pouvait pas.

– Vraiment? Et il t'a appelé, *toi*? Qu'est-ce qu'il t'a dit?

– Il a dit que tu l'avais appelé pour lui vendre trois millions d'obligations à 102. Il a aussi dit que tu lui avais conseillé de se presser, parce qu'elles montaient. Et ce matin, elles sont redescendues à 100.

– *Cent dol!* C'est incroyable!

– Eh bien c'est pourtant un fait, et elles descendent toujours, c'est tout ce qu'elles font. Standard & Poor viennent de les passer d'un double A à un triple B.

– Je... Je n'arrive pas à y croire, Arnold! Je les ai vues passer de 103 à 102.5 avant-hier, et j'ai vérifié avec la Recherche, et tout allait très bien. Et puis hier elles sont descendues à 102, puis 101 7/8, et puis elles sont remontées à 102. Je me suis dont figuré que d'autres étaient en train de les repérer, et c'est là que j'ai appelé Oscar. Elles commençaient à remonter. C'était une sacrée bonne affaire à 102. Oscar cherchait quelque chose au-dessus de 9 %, et là on était à 9.75, presque 10 double A.

– Mais est-ce que tu as vérifié à la Recherche hier, avant de les prendre pour Oscar?

– Non, mais elles sont montées d'un autre huitième

après mon achat. Elles montaient. Je suis sidéré. *Cent dol!* C'est incroyable!

– Eh bien, mon cher Sherman, dit Parch qui ne souriait plus, tu ne vois pas ce qui s'est passé? Quelqu'un chez Salomon t'a monté un bateau. Ils étaient chargés de U. Frags et ils savaient que le rapport du S & P allait tomber, alors ils ont monté un bateau. Ils ont fait descendre le prix avant-hier, en cherchant des pigeons. Puis ils l'ont fait remonter pour faire croire qu'il y avait de l'achat dans l'air. Et puis ils l'ont fait redescendre à nouveau hier et ils l'ont ramené un peu plus haut. Et là, quand ils t'ont appâté – un beau gros poisson – ils ont relevé encore le prix, pour voir si tu allais marcher à 102 un/huitième. Solly et toi étiez tout le marché à vous seuls, Sherman! Personne d'autre n'y touchait! Ils t'ont monté un bateau. Maintenant, Oscar en est de 60 000 $ et il a trois millions de Triple B dont il ne veut pas!

Un terrible éclair de lucidité. Bien évidemment, c'était ça! Il s'était fait avoir comme le pire des amateurs. Et Oscar Suder, entre tous! Oscar, sur qui il comptait pour l'emprunt Giscard... seulement, pour 10 millions de $ sur 600, mais c'étaient maintenant 10 millions de $ qu'il allait devoir chercher ailleurs...

– Je ne sais pas quoi dire, fit Sherman, tu as absolument raison. J'ai gaffé.

Il se rendit compte que *gaffé* sonnait comme s'il s'en fichait un peu. Il enchaîna rapidement.

– C'était une bévue stupide, Arnold. J'aurais dû voir venir le coup. – Il secoua la tête – Mince... Oscar... Le pauvre. Je me demande si je ne devrais pas l'appeler?

– Pas maintenant en tout cas. Il est vraiment furax. Il voulait savoir si toi ou quelqu'un d'autre savait que le rapport S & P allait tomber. J'ai répondu que non, parce que je savais que tu n'aurais jamais rien fait contre Oscar. Mais en fait, la Recherche le savait. Tu aurais dû vérifier auprès d'eux, Sherman. Après tout, trois millions d'obligations...

Parch se fabriqua un sourire de « sans-rancune ». Visiblement, il n'aimait pas non plus ce genre de séance.

– Bon, ça va. Ça arrive, ça arrive, mais tu es notre numéro UN là-dedans, Sherman.

Il souleva les sourcils et les laissa tout là-haut sur son front, comme pour dire : « Tu vois le tableau ? »

Il s'extirpa de son fauteuil. Sherman fit de même. Considérablement embarrassé, Parch lui tendit la main et Sherman la serra.

– Okay, retourne à l'attaque, dit Parch avec un sourire large, mais glacial.

Au début, la distance qui séparait Kramer, à la table de l'accusation, d'Herbert 92 X, à la table de la défense, n'excédait pas huit mètres. Kramer s'approcha de quelques pas, réduisant l'espace jusqu'à ce que tous les gens présents dans le tribunal puissent se dire qu'il se passait quelque chose d'anormal sans vraiment pouvoir dire quoi. Il venait d'atteindre l'instant où il fallait démolir le peu de pitié pour Herbert que Teskowitz avait pu réussir à générer.

– Bon, je sais que nous avons entendu certaines choses sur l'histoire personnelle d'Herbert 92 X, dit Kramer, face aux jurés, et voici Herbert 92 X, assis dans ce tribunal aujourd'hui.

Contrairement à Teskowitz, Kramer collait le nom d'Herbert 92 X presque dans chacune de ses phrases, jusqu'à ce que cela commence à ressembler au nom d'un robot de science-fiction. Puis il pivota, baissa la tête, regarda Herbert dans les yeux, et lui dit :

– Oui, voici Herbert 92 X... en *parfaite santé !*... plein *d'énergie !*... prêt à retourner dans les rues et à *poursuivre* son existence, dans le style Herbert 92 X, qui suppose qu'on se trimbale avec *un revolver calibre 38 planqué et sans permis de port d'armes!*

Kramer fixait Herbert 92 X. Il était à trois mètres de lui, à peine, maintenant, et il lançait les mots entre ses dents, *santé, énergie,* et *poursuivre,* comme s'il allait personnellement lui ôter la santé et l'énergie et toute possibilité de poursuite de sa vie de travailleur ou de sa vie tout court, et à mains nues. Herbert n'était pas du genre à se ratatiner devant un tel défi. Il contemplait Kramer avec un sourire tranquille, comme pour dire : « Continue à causer, connard, parce que je vais compter jusqu'à dix et... *t'écrabouiller* ». Pour les jurés – pour elle – Herbert devait avoir l'air d'être assez près pour le choper et lui dévisser la tête, et surtout, d'avoir envie de le faire. Ce qui n'inquiétait pas Kramer. Il était appuyé par trois officiers armés qui étaient déjà très heureux à la pensée des heures supplémentaires qu'ils se faisaient en restant plus tard ce soir. Qu'Herbert reste donc assis là, dans son déguisement d'Arabe et qu'il ait l'air aussi dur qu'il voulait! Plus Herbert avait l'air dur aux yeux du jury, mieux c'était pour Kramer. Et plus il avait l'air dangereux aux yeux de Mlle Shelly Thomas, plus l'aura de ce jeune procureur sans peur étincellerait d'héroïsme!

Celui qui n'en croyait pas ses yeux, c'était Teskowitz. Sa tête allait d'avant en arrière comme un système d'arrosage automatique pour pelouses. Il ne parvenait pas à croire au spectacle qu'il voyait. Si Kramer se jetait sur Herbert comme ça pour une affaire de merde, qu'est-ce qu'il allait foutre quand il aurait un véritable tueur entre les pattes?

– Eh bien, mesdames et messieurs, dit Kramer en se tournant à nouveau vers les jurés tout en restant toujours aussi près d'Herbert, il est de mon devoir de parler en lieu et place de quelqu'un qui n'est pas assis parmi nous dans ce tribunal parce qu'il a été frappé et tué par une balle sortie d'un revolver en possession d'un homme qu'il n'avait jamais vu de sa vie, Herbert 92 X. Je vous rappellerai que l'objet de ce procès n'est pas la vie d'Herbert 92 X, mais la mort de Nestor Cabrillo, un brave homme, un brave citoyen du Bronx, un bon mari, un brave père de famille... Père de *cinq enfants*... effacé au début de sa vie par *l'arrogante méprise* d'Herbert 92 X... qui croyait qu'il pouvait vaquer à ses affaires avec un revolver de calibre 38 planqué dans sa poche, et sans permis de port d'armes...

Kramer honora chaque juré d'un regard, un par un. Mais à la fin de chacun de ces lourds regards, ses yeux venaient se poser sur *elle*. Elle était assise près du bord gauche de la deuxième rangée, et c'était un petit peu bizarre, même peut-être un peu évident. Mais la vie est courte! Et – Dieu du Ciel! – un visage aux traits si fins! une chevelure si luxuriante! des lèvres si parfaites avec du rouge à lèvres brun! Et quelles étincelles d'admiration pouvait-il distinguer maintenant dans ces grands yeux bruns! Mlle Shelly Thomas était vraiment ivre, défoncée au crime dans le Bronx.

Dehors sur le trottoir, Peter Fallow voyait les voitures et les taxis qui fonçaient dans West Street. Doux Jésus, comme il aimerait s'affaler dans un taxi et dormir jusque chez Leicester's. *Non!* Pas question! Pas de Leicester's ce soir, pas la moindre goutte d'alcool sous quelque forme que ce soit. Ce soir il rentrait directement à la maison. Il commençait à faire sombre. Il aurait donné n'importe quoi pour un taxi... Pour se tasser sur le siège et roupiller jusqu'à chez lui... Mais la course coûterait 9 ou 10 $, et il lui restait moins de 75 $ jusqu'au jour de paie, la semaine suivante, et à New York, 75 $ n'étaient rien, un simple soupir, une courte respiration, une pensée fugitive, une fantaisie, un claquement de doigts. Il ne cessait de regarder l'entrée du building du *City Light*, une vieille tour moderne des années 20, espérant en voir sortir un des Américains de l'équipe, avec qui il pourrait partager un taxi. Le truc consistait à deviner où l'Américain allait, puis de se choisir une destination quatre ou cinq blocs avant ça, et d'annoncer que c'était là qu'on allait. Aucun Américain n'avait le culot de demander à l'autre sa part de la course dans de telles circonstances.

Au bout d'un moment émergea un Américain, Ken Goodrich, le directeur du marketing du *City Light*. Au nom du Ciel, qu'est-ce que c'était que le *marketing*? Allait-il oser une fois de plus? Il avait déjà fait le coup à Goodrich deux fois en l'espace de deux mois, et la seconde fois, le plaisir de Goodrich de pouvoir bavarder avec un Anglais en remontant vers le haut de la ville avait été considérablement moins intense... considérablement. Non. Il n'osait pas. Donc il prit son élan pour s'envoyer, à pied, les huit blocs jusqu'à l'Hôtel de Ville, où il pourrait prendre le métro de Lexington Avenue.

Cette partie ancienne du bas de Manhattan se vidait très vite le soir et, comme il avançait péniblement dans le crépuscule, Fallow se sentait de plus en plus apitoyé sur lui-même. Il fouilla dans ses poches de veste à la recherche d'un jeton de métro. Il en trouva un, et cela lui rappela un souvenir particulièrement déprimant. Deux soirs plus tôt, chez Leicester's, il avait fouillé dans sa poche pour donner à Tony Moss une pièce pour téléphoner – cette pièce était importante pour lui parce qu'il commençait à avoir une réputation de pique-assiette, même parmi ces concitoyens – et il avait sorti une poignée de pièces, et là, au milieu des *dimes*, *quarters*, *nickels et pennies*, il y avait deux jetons de métro. Il avait eu l'impression que la tablée entière ne regardait que ces deux jetons. Tony Moss, lui, les avait certainement remarqués.

Fallow n'avait aucune peur physique dans le métro de New York. Il aimait à se considérer comme un type dur, et jusqu'à aujourd'hui, rien de désagréable ne lui était jamais arrivé dans le métro. Non. Ce qu'il craignait – et cela équivalait à une véritable peur – c'était la misère. Descendre les marches de la station de l'Hôtel de Ville avec toutes ces ombres de pauvres gens, c'était comme de descendre, volontairement, l'escalier d'un donjon, un donjon très sale et très bruyant. Il y avait du béton grisâtre et des barreaux noirs partout, cage après cage, étage après étage, comme un délire entrevu à travers des barreaux dans toutes les directions. A chaque fois qu'une rame arrivait ou quittait la station, il y avait un cri d'agonie métallique, comme si quelque squelette d'acier géant était démantibulé par un levier d'une incroyable puissance. Comment se faisait-il que dans ce pays si bien engraissé, avec ses étalages obscènes de richesse et son obsession plus obscène encore pour le confort des gens, comment se faisait-il qu'ils soient incapables de créer un métro aussi calme, ordonné, présentable – et disons décent – que celui de Londres? Parce qu'ils étaient puérils. Tant qu'il s'agissait de sous terre, hors de vue, peu importait à quoi cela ressemblait.

Fallow pouvait trouver une place assise à cette heure, si on pouvait appeler place cet espace étroit sur un banc de plastique. Dans son champ de vision, les cadavres flous d'une tonne des habituels graffitis, les habituelles ombres de pauvres gens, avec leurs vêtements bruns et gris et leur tennis – sauf deux, juste en face de lui, un homme et un garçon. L'homme, qui devait avoir la quarantaine, était petit et râblé. Il portait un costume gris à fines raies couleur craie, qui avait l'air cher et de très bon goût, une chemise blanche impeccable, et, pour un Américain, une cravate discrète. Il portait également une paire de chaussures noires, belles, bien faites et bien cirées. Les Américains, d'habitude, ruinaient un ensemble presque présentable en portant de grosses godasses minables et mal entretenues. (Ils voyaient rarement leurs propres pieds, et donc, puérils, ils se souciaient rarement de leur apparence.) Entre ses pieds, un attaché-case de cuir noir, visiblement assez cher. Il se penchait, pour parler à l'oreille du garçon, qui devait avoir huit ou neuf ans. Le garçon portait un blazer bleu marine, une chemise blanche et une cravate à rayures. Tout en parlant au garçon, l'homme regardait tout autour et remuait la main droite. Fallow se disait que ce devait être un type qui travaillait à Wall Street et qui avait fait venir son fils au bureau pour qu'il le visite, et que maintenant, dans le métro, il soulignait pour lui les arcanes de ce donjon en mouvement.

L'esprit ailleurs, il les regardait, tandis que la rame prenait de la vitesse et s'installait dans le balancement bruyant et bringuebalant de son trajet vers le haut de la ville. Fallow voyait son propre père. Un pauvre arbuste, un pauvre petit bonhomme qui avait eu un fils baptisé Peter, un pauvre petit raté assis dans ses meubles bohème dans sa maison en ruine de Canterbury... Et que suis-je, songea Fallow, assis dans ce donjon roulant dans cette ville de dingues dans ce pays de fous ? Un verre... Mon royaume pour un verre... Une autre vague de désespoir le submergea... Il baissa la tête, regarda ses manches. Il pouvait voir comme elles étaient lustrées, même sous cette misérable lumière. Il avait glissé... Plus bas que la bohème... Le mot affreux éclata dans sa tête : *miteux.*

La station de métro Lexington 77ᵉ Rue était dangereusement proche de Leicester's. Mais ce n'était pas un problème. Peter Fallow n'allait plus jouer cette pièce. Comme il atteignait le haut des escaliers et avançait sur le trottoir crépusculaire, il se remémora le décor dans sa tête, ne serait-ce que pour se prouver sa résolution de tout rejeter. Le bois ancien, les lampes en pâte de verre, l'éclairage indirect derrière le bar et la façon dont il faisait briller les rangées de bouteilles, l'entassement de gens comme dans un pub, la chaleur rugissante de leurs voix mêlées – leurs voix – Des *voix anglaises*... Peut-être que s'il prenait juste un jus d'orange... avec du ginger ale... Et un quart d'heure de voix anglaises... *Non!* Il tiendrait bon.

Maintenant, il était devant Leicester's, qui, pour un innocent badaud, devait ressembler à un de ces petits bistrots ou une de ces trattorias sympathiques de l'East Side. Entre les meneaux à l'ancienne de la façade vitrée, il pouvait apercevoir tous ces visages blancs arrosés du rose des lampes ambrées. Foutu... Il avait besoin qu'on le console, besoin d'un jus d'orange au ginger ale et de voix anglaises.

Lorsqu'on entre chez Leicester's, sur Lexington Avenue, on se retrouve dans une salle pleine de tables couvertes de nappes à petits carreaux rouge et blanc, façon bistrot. Le long d'un des murs court un grand bar de saloon avec une barre de cuivre pour poser ses pieds, tout du long. D'un côté, une petite salle à manger. Dans cette pièce-là, sous la vitrine donnant sur Lexington Avenue, une table où huit ou dix personnes peuvent s'entasser, en espérant qu'ils soient conviviaux. Selon une coutume purement tacite, cette table était devenue la Table des Anglais, comme la table d'un club où, l'après-midi et en début de soirée, les Brits – membres du Londres *bon ton* vivant actuellement à New York – allaient et venaient pour boire quelques... et entendre des voix anglaises.

Les voix! *Le foyer rugissait déjà lorsque Fallow entra.*

– Hello, Peter!

C'était Grillo, l'Américain, debout dans la foule coincée au bar. C'était un type amusant, et amical, mais Fallow avait eu plus que sa dose d'Américains pour la journée. Il sourit, chantonna « Hello, Benny! » avant de foncer droit vers l'autre salle.

Tony Moss était à la Table. Et Caroline Heftshank. Et Alex Britt-Whiters, le propriétaire de Leicester's. Et St John Thomas, le directeur de musée, et (discrètement) marchand d'art. Et le petit ami de St John, Billy

Cortez, un Vénézuélien qui avait fait Oxford et qui aurait aussi bien pu être anglais. Et Rachel Lampwick, une de ses deux filles que Lord Lampwick entretenait à New York. Et Nick Stopping, le journaliste marxiste – staliniste convenait mieux – qui vivait principalement d'articles flatteurs pour les riches dans : *Maisons et Jardins*, *Art et Antiquités*, et *Connaisseur*. A en juger par les bouteilles et les verres, la Table fonctionnait depuis un bon moment, et très vite ils allaient devoir pêcher au gros, à moins qu'Alex Britt-Whithers, le propriétaire ne... mais non, Alex n'oubliait jamais les tournées.

Fallow s'assit et annonça qu'il tournait une page et qu'il ne boirait qu'un jus d'orange au ginger ale.

Tony Moss voulut savoir si cela signifiait qu'il avait arrêté de boire ou arrêté de payer. Fallow ne releva pas, puisque ça venait de Tony, qu'il aimait bien, et il se mit à rire et dit qu'en fait tout leur argent n'avait aucune valeur ce soir, puisque leur hôte généreux, Alex, était à leur table. Et Alex répondit : « Le tien moins que ceux des autres, je suppose. » Caroline Heftshank dit qu'Alex avait blessé la sensibilité de Fallow et Fallow dit que c'était vrai et que, puisque c'était comme ça, il était obligé de changer d'avis. Il dit au garçon de lui apporter une vodka Southside. Tout le monde éclata de rire, parce que c'était une allusion à Asher Herzfeld, un Américain, héritier de la fortune des verriers Herzfeld, qui s'était copieusement engueulé avec Alex la nuit précédente parce qu'il ne pouvait pas avoir de table. Herzfeld avait toujours fait tourner en bourrique garçons et barmen en commandant systématiquement la boisson américaine la plus nocive, la vodka Southside, qui était servie avec une feuille de menthe, et se plaignait à chaque fois que la menthe n'était pas fraîche. Toute la Table se mit à raconter des histoires sur Herzfeld. St John Thomas, avec sa voix la plus précieuse, raconta comment il était allé dîner chez Herzfeld sur la Cinquième Avenue, et comment Herzfeld avait insisté pour présenter ses invités à ses quatre domestiques, ce qui avait embarrassé les uns et gêné les autres. Il était certain d'avoir entendu le jeune domestique sud-américain dire : « Eh ben, pourquoi on ne va pas tous dîner dans ma chambre », ce qui aurait probablement été une soirée plus marrante, de l'avis de St John.

– Plus marrante ou pas plus marrante ? demanda Billy Cortez, avec un soupçon de reproche sincère. Je suis certain que tu l'as grimpé depuis. Un petit mac portoricain, je ne vous dis que ça.

– Pas portoricain, dit St John, péruvien et pas mac du tout !

Maintenant la Table s'installait dans les thèmes familiers. Les habitudes domestiques des Américains. Les Américains, avec leur sens perverti de la culpabilité, présentaient toujours leurs hôtes à leurs domestiques, surtout « les gens comme Herzfeld », dit Rachel Lampwick. Puis ils parlèrent de leurs femmes, ces femmes américaines, qui exerçaient un contrôle tyrannique sur leurs maris. Nick Stopping dit qu'il avait découvert pourquoi les hommes d'affaires américains de New York passaient autant de temps à déjeuner. C'était les seuls instants où ils pouvaient fuir leurs femmes et aller baiser. Il comptait écrire un article intitulé « Le Sexe au déjeuner » pour *Vanity Fair*. Bien évidemment, le garçon apporta une vodka Southside à Fallow, et, au milieu d'une telle gaieté, portant un toast en se plaignant à Alex de la piètre fraîcheur de la menthe, il la vida et en commanda une autre. En fait ça n'avait pas mauvais goût. Alex quitta la Table pour voir comment allaient les affaires dans la salle principale, et Johnny Robertson, le critique d'art, arriva et raconta une histoire très drôle à propos d'un Américain qui, la nuit précédente, n'arrêtait pas d'appeler par leurs prénoms le ministre des Affaires étrangères italien et sa femme, au vernissage de l'exposition de Tiepolo. Et Rachel Lampwick raconta celle de l'Américain présenté à son père – Lord Lampwick – et qui avait répondu : « Ça va, Lloyd ? » « Mais les professeurs des universités américaines sont très vexés si on ne les appelle pas Docteur », dit St John et Caroline Heftshank voulut savoir pourquoi les Américains collaient l'adresse de l'expéditeur en haut et à gauche des enveloppes, et Fallow commanda une autre vodka Southside, et Tony et Caroline expliquèrent pourquoi ils ne commandaient pas une autre bouteille de vin. Fallow dit qu'il s'en foutait que les Ricains l'appellent par son prénom, si seulement ils condescendaient à ne pas le réduire à *Pete*. Tous les Amerloques du *City Light* l'appelaient *Pete*, et ils appelaient Nigle Stringfellow, *Nige* et ils portaient tous de ces cravates insensées qui leur sortaient de sous la tête, à tel point que dès qu'il apercevait une de ces cravates hurlantes, cela déclenchait un réflexe pavlovien, et il s'attendait immédiatement à s'entendre appeler *Pete*. Nick Stopping dit qu'il avait dîné l'autre soir chez Stropp, le banquier sur Park Avenue, et que la fille de Stropp, quatre ans (et de sa deuxième femme), était entrée dans la salle à manger en tirant un chariot-jouet, surmonté d'un étron humain – oui, un étron ! – le sien (on pouvait l'espérer), et elle avait fait trois fois le tour de la table et ni Stropp ni sa femme n'avaient fait plus que hocher la tête et sourire. Cela n'appelait aucun commentaire supplémentaire, puisque l'indulgence insensée des Ricains pour leurs enfants était plus que connue, et Fallow commanda une autre vodka Southside et leva son verre à l'absent, Asher Herzfeld, puis tout le monde commanda à boire.

Maintenant, Fallow commençait à s'apercevoir qu'il avait commandé pour 20 $ de vodka Southside, qu'il n'avait aucune intention de payer. Comme reliés les uns aux autres par l'inconscient collectif de Jung, Fallow, St John, Nick et Tony se rendaient compte que l'heure de la pêche au gros était arrivée. Mais quel gros ?

C'est Tony, finalement qui chantonna : « Salut, Ed ! » avec le plus beau et le plus chaleureux sourire possible.

Il commença à attirer un grand type vers la Table. C'était un Américain bien habillé, plutôt pas mal de sa personne, vraiment, avec des traits aristocratiques et un visage aussi lisse, rose et duveteux qu'une pêche.

– Ed, je te présente Caroline Heftshank. Caroline, mon vieil ami Ed Fiske.

Des « Salut-comment-ça-va » tout autour de la table pendant que Tony présentait le jeune Américain. Et Tony annonça : « Ed est le Prince de Harlem. »

– Oh, allons, dit Ed Fiske.

– C'est vrai! s'écria Tony. Ed est le seul type que je connaisse qui peut arpenter la longueur, la largeur, la profondeur, les avenues, les ruelles, le grand monde et le menu fretin de Harlem, quand il veut, où il veut, n'importe quand, de jour comme de nuit, et se faire accepter sans aucun problème.

– Tony, tu exagères terriblement, dit M. Ed Fiske, en rougissant un peu, mais souriant aussi d'une manière qui indiquait que l'exagération n'était pas outrancière.

Il prit un siège et on l'encouragea à commander à boire, ce qu'il fit.

– Qu'est-ce qui se passe *vraiment* à Harlem, Ed?

Rougissant un peu plus, M. Ed Fiske avoua avoir été à Harlem cet après-midi même. Sans mentionner de noms, il raconta sa rencontre avec un individu auprès duquel il avait la délicate mission d'insister pour qu'il rende beaucoup d'argent, 350 000 $.

Il raconta toute l'histoire d'une traite et d'une manière un peu incohérente, parce qu'il faisait attention à ne pas en rajouter sur le facteur « noir » ni à expliquer pourquoi tant d'argent était en jeu – mais les Brits étaient pendus au moindre de ses mots, visages compréhensifs et chaleureux, comme s'il était le conteur le plus brillant du Nouveau Monde. Ils acquiesçaient, souriaient, répétaient les fins de ses phrases, comme un chœur de Gilbert et Sullivan. M. Ed Fiske continuait à parler, acquérant de plus en plus de confiance et d'aisance. Les verres étaient arrivés à point nommé. Il déploya devant eux son savoir sur Harlem, son savoir le plus choisi et le plus branché. Tous ces visages anglais en admiration devant lui! Tous ces regards brillants! Ils appréciaient vraiment l'art de la conversation! Avec une largesse ordinaire il commanda une tournée pour la Table, et Fallow prit une autre vodka Southside, et M. Ed Fiske leur parla d'un grand type inquiétant surnommé Buck qui portait une grande boucle d'oreille en or, comme un pirate.

Les Brits avaient éclusé leurs verres et, un par un, ils se glissaient hors de la Table. D'abord Tony, puis Caroline, puis Rachel, puis Johnny Robertson, puis Nick Stopping. Quand Fallow dit doucement : « Excusez-moi une seconde » et se leva, seuls St John Thomas et Billy Cortez étaient encore assis, et Billy tirait la manche de St John, parce qu'il détectait plus qu'une légère sincérité dans les regards captivés que St John lançait à ce jeune homme ravissant, et apparemment fortuné, avec un teint de pêche.

Dehors, sur Lexington Avenue, Fallow se demanda quelle importance atteindrait l'addition qu'on filerait assez vite au jeune M. Fiske. Il grimaça dans le noir, défoncé et heureux de l'être. Cela allait approcher les 200 $. Il s'en acquitterait sans un murmure, sans nul doute. Pauvre gros.

Les Amerloques... Dieu merci...

Il ne lui restait plus qu'à résoudre le problème du dîner. Dîner chez Leicester's, même sans boire de vin, coûtait environ 40 $ par personne. Fallow se dirigea vers la cabine téléphonique au coin de la rue. Il y avait ce Bob Bowles, cet éditeur... ça devrait marcher... La fille maigre avec qui il vivait... Mona quelque chose, était vraiment à peine supportable, même quand elle ne parlait pas. Mais, dans la vie, tout avait son prix, n'est-ce pas ?

Il entra dans la cabine et colla un quarter dans la fente. Avec un peu de chance il serait de retour chez

Leicester's d'ici une heure, en train de manger son plat favori, le poulet paillard, qui avait si bon goût, avec un bon vin rouge. Il aimait le Vieux Galouches, un vin français dans de drôles de bouteilles avec un col bizarre, le meilleur.

VIII

L'AFFAIRE

MARTIN, l'inspecteur irlandais, était au volant, et son équipier, Goldberg, l'inspecteur juif, sur le siège du passager. Kramer était sur la banquette arrière, assis exactement dans le bon angle pour apercevoir le compteur de vitesse, tout à fait par hasard. Ils filaient un bon cent dix à l'heure irlandais, direction Harlem.

Le fait que Martin soit irlandais était très présent à l'esprit de Kramer à ce moment. Il venait juste de se rappeler où il l'avait vu pour la première fois. C'était juste après ses débuts au Département des Homicides. On l'avait envoyé sur la 152ᵉ Rue Est, où un homme avait été assassiné à l'arrière d'une voiture. La voiture était une Cadillac Sedan DeVille. Une des portières arrière était ouverte, et un inspecteur se tenait près de la porte, un type petit, pas plus de soixante-dix kilos avec un cou mince, un visage étroit et presque asymétrique, et les yeux d'un doberman. Inspecteur Martin. L'inspecteur Martin avait fait un geste vers la portière, comme un maître d'hôtel vers une table. Kramer avait regardé à l'intérieur et ce qu'il avait vu était absolument horrible, bien au-delà de ce que pouvait suggérer la phrase : « assassiné à l'arrière d'une voiture ». La victime était un gros homme avec une épaisse veste à carreaux. Il était assis sur la banquette arrière, les mains sur les cuisses, à ras de ses genoux, comme s'il allait tirer sur ses pantalons pour ne pas les déformer. Il avait l'air de porter un bavoir rouge vif. Deux tiers de sa tête avaient disparu. La vitre arrière de la Cadillac donnait l'impression que quelqu'un y avait écrabouillé une pizza. Le bavoir rouge était le sang de ses artères qui avait jailli du trou dans sa tête comme d'une fontaine. Kramer avait reculé.

– Merde, avait-il dit. Vous avez vu ça? Comment ont-ils?... Ah *Merde*! – Y'en a plein la bagnole!

Ce à quoi Martin avait répondu :

– Ouais, ça a dû lui foutre en l'air sa putain de journée.

D'abord, Kramer avait pris ça comme une rebuffade à cause de son détachement devant cette vision d'horreur. Mais plus tard, il s'était dit que Martin n'aurait jamais procédé autrement. Quel plaisir y avait-il à plonger des gens dans l'estropiage à la mode du Bronx s'ils n'en sortaient pas détachés? Après cela, Kramer avait mis un point d'honneur à se comporter comme tout bon Irlandais sur les lieux d'un crime.

L'équipier de Martin, Goldberg, avait deux fois son format, un vrai bœuf, avec d'épais cheveux bouclés, une moustache qui pendouillait un peu au coin des lèvres, et un gros cou. Il existait des Irlandais nommés Martin et des Juifs nommés Martin. Il existait des Allemands nommés Kramer et des Juifs nommés Kramer. Mais dans l'Histoire, tout Goldberg était un Juif, peut-être à l'exception de celui-ci. A présent, à force de faire équipe avec Martin, il s'était probablement transformé en Irlandais.

Martin, au volant, tourna légèrement la tête pour s'adresser à Kramer sur la banquette arrière.

– J'arrive pas à croire que je roule vraiment vers Harlem pour aller écouter ce trou du cul. S'il était sur table d'écoute, je voudrais bien le croire. Ça je le croirais. Comment est-il arrivé jusqu'à Weiss, bordel?

– J'en sais rien, dit Kramer.

Il le dit d'un air lassé, juste pour montrer qu'il était de

leur bord et qu'il pensait que cette mission était de la branlette. En fait, il était encore transporté par le verdict de la veille. Herbert 92 X était au trou. Shelly Thomas avait bondi de joie, glorieuse comme l'astre du jour.

– Apparemment, Bacon a appelé Joseph Leonard. Vous connaissez Leonard ? *le* Noir de l'assemblée ?

Le radar de Kramer lui signala que *Noir* était trop délicat, trop raffiné, trop tendancieusement libéral comme terme à employer dans une conversation avec Martin et Goldberg, il ne voulait pas tenter quoi que ce soit d'autre.

– Oui, je l' connais, dit Martin. C'est un numéro aussi, celui-là.

– Bon, c'est juste une supposition, répondit Kramer, mais Weiss a les élections en novembre, et si Leonard demande une faveur, Weiss lui fera une faveur. Il pense qu'il a besoin de l'appui noir. Ce Portoricain-là, Santiago, se présente contre lui aux primaires.

Goldberg grogna.

– J'adore leur mot, *appui*. Comme s'ils pensaient qu'y a une sorte d'organisation là-dehors. Quelle putain de rigolade. Dans le Bronx, y pourraient même pas organiser une tasse de café. Bedford-Stuyvesant, pareil. J'ai bossé dans le Bronx, dans Bedford-Stuyvesant, et à Harlem. Dans Harlem y sont plus sophistiqués. A Harlem quand vous emmenez un trou du cul au trou et que vous lui dites « regarde, il y a deux manières, la sympa et la dure, à toi de voir », au moins ils savent de quoi vous parlez. Dans le Bronx ou Bed-Stuy, oubliez-moi-tout-ça. Bed-Stuy, c'est le pire. A Bed-Stuy y passent direct de la maternité dans la fange, pas vrai Marty ?

– Ouais, dit Martin, sans enthousiasme.

Goldberg n'avait employé aucun terme descriptif, sinon le *y*. Martin n'avait pas l'air de vouloir entrer dans une discussion sur la philosophie des flics.

– Donc Bacon appelle Leonard, fit-il, et Leonard appelle Weiss. Et maintenant ?

– Ce môme, Lamb, sa mère travaille pour Bacon, ou travaillait pour Bacon, dit Kramer. Elle affirme détenir des informations sur ce qui est arrivé à son fils, mais elle collectionne les contredanses, et il y a un mandat d'amener contre elle, et elle a peur d'aller voir les flics. Donc le marché est le suivant : Weiss écrase le mandat et lui accorde des délais de paiement pour ses contredanses et elle nous donne l'information, mais tout doit se passer en présence de Bacon.

– Et Weiss est d'accord avec ça?

– Ouaip!

– Magnifique!

– Vous connaissez Weiss, dit Kramer. Tout ce qui lui importe, c'est qu'il est juif et qu'il se représente dans un comté qui est à soixante-dix pour cent noir et portoricain.

– Vous avez déjà rencontré Bacon? demanda Goldberg.

– Non.

– Feriez mieux d'enlever votre montre avant d'entrer là-dedans. Ce putain de mec n' lève le petit doigt que pour chourer!

– Je pensais justement à ça, Davey, surenchérit Martin. Je ne vois pas où il y a du fric en jeu dans cette affaire, mais j' te parie qu'il y en a quelque part – Puis il se tourna vers Kramer et ajouta : – Déjà entendu parler de la Coalition Portes Ouvertes pour l'Emploi?

– Bien sûr.

– C'est une des opérations de Bacon. Vous savez, ils débarquent dans des restaurants et ils exigent des emplois pour les minorités. Vous auriez dû être à cette putain de bagarre dans Gun Hill Road. Y avait pas un seul putain de visage pâle qui bossait là-haut. Alors je ne sais vraiment pas de quelle minorité ils parlent, à moins qu'une bande de *bongos* avec des tuyaux de plomb à la main puisse se baptiser minorité.

Kramer se demanda si *bongos* pouvait, ou pas, être

interprété comme un épithète raciste. Il n'osait pas être irlandais à ce point.

– Eh bien, dit-il, qu'est-ce qu'il y a là-dedans qui les concerne?

– Le fric, dit Martin. Si le propriétaire du restau dit : « Ah ouais, on a besoin de monde, vous pouvez tous avoir du boulot », ils vont le regarder comme s'il avait des cafards plein les yeux. Ils veulent juste qu'on les paie pour rester à distance. C'est pareil avec la Ligue contre la Diffamation du Tiers Monde. Ce sont eux qui descendent jusqu'en bas de la ville pour y foutre le feu. C'est aussi une des opérations de Bacon. C'est vraiment un mec charmant.

– Mais la Coalition Portes Ouvertes pour l'Emploi, dit Kramer, ils se retrouvent dans de vraies bagarres.

– Avec des putains de battes de base-ball, dit Goldberg.

– C'est de la connerie! pourquoi ils feraient ça? ils risquent de se faire tuer!

– Vous devriez les voir, dit Martin, ces putains de dingues se bagarrent pour rien à longueur de journée. Pourquoi ils le feraient pas si quelqu'un leur file quelques dollars?

– Tu t'souviens de celui qui t'a flanqué un coup de tuyau de plomb, Marty?

– Si je m'en souviens? Putain, j'en rêve la nuit! Un grand trou-duc avec une boucle d'oreille en or qui lui pendait de la tête comme ça...

Martin forma un grand O avec son pouce et son index et se le colla sous l'oreille.

Kramer songeait que dans tout ça, il fallait en prendre et en laisser. Il avait lu une fois un article du *Village Voice* qui décrivait Bacon comme un « socialiste des rues », un activiste politique noir qui avait forgé ses propres théories sur les entraves du capitalisme et sur les stratégies nécessaires pour rendre son dû au peuple noir. Kramer ne s'intéressait pas à la politique d'extrême gauche, et son père non plus. Pourtant, dans leur maison, pendant son enfance, le mot *socialiste* avait une consonance quasi religieuse. C'était comme *Zélote*, et *Massada*. Il y avait quelque chose de juif dedans. Peu importait la quantité d'erreurs qu'un socialiste pouvait commettre, même s'il était cruel ou vindicatif, il possédait, quelque part au fond de son âme, une étincelle de la lumière de Dieu, de Jehovah. L'opération de Bacon pouvait être de l'extorsion, ou pas. Dans un sens, l'histoire complète du mouvement des travailleurs ressemblait à de l'extorsion. Qu'était-ce qu'une grève, sinon de l'extorsion appuyée par une menace, réelle ou implicite ? Le mouvement ouvrier avait également une aura religieuse chez les Kramer. Les syndicats étaient une révolte de type Massada contre les pires des goys. Son père était un capitaliste potentiel, un serviteur des capitalistes, en fait, qui n'avait jamais appartenu à un syndicat ouvrier de sa vie et se sentait infiniment supérieur à ceux qui y adhéraient. Pourtant, un soir, le sénateur Barry Goldwater était passé à la télé, faisant de la promotion pour un amendement sur le droit au travail, et son père avait commencé à grogner et à jurer d'une manière qui aurait fait paraître Joe Hill et les Wobbies comme des médiateurs centristes. Oui, le mouvement ouvrier était vraiment religieux, comme le judaïsme lui-même. C'était une de ces choses auxquelles vous croyiez pour toute l'humanité et dont vous ne vous souciiez pas une seule seconde dans la vie de tous les jours. C'était drôle, à propos de religion... Son père se drapait dedans comme sous une cape... Ce type, Bacon, se drapait dedans... Herbert 92 X aussi... Herbert... Tout d'un coup Kramer entrevit un moyen de parler de son triomphe.

– C'est drôle, ces types et la religion, commença Kramer pour les deux flics à l'avant. Je viens d'être sur une affaire, un type nommé Herbert 92 X.

Il n'avait pas dit : « Je viens de gagner une affaire. » Il allait faire son chemin vers ce but.

266

– Donc, ce mec...

Martin et Goldberg s'en foutaient sûrement aussi. Mais au moins ils pourraient... comprendre...

Il demeura un conteur plein d'allant, pendant tout le trajet jusqu'à Harlem.

Il n'y avait pas une âme dans le grand bureau du Révérend Bacon quand la secrétaire fit entrer Kramer, Martin et Goldberg. L'absent le plus manifeste était le Révérend Bacon lui-même. Son grand fauteuil pivotant et vide laissait planer un suspense tendu.

La secrétaire leur désigna à tous trois des fauteuils qui faisaient face au bureau, puis elle sortit. Kramer regarda par la baie vitrée derrière le fauteuil tournant, les trois lugubres troncs d'arbres dans le jardin. Les troncs étaient parsemés de taches jaune marécageux et gris pourriture. Puis il contempla le plafond avec ses délires de moulures de plâtre et tous les détails architecturaux qui, quatre-vingts ans auparavant, proclamaient : milliardaire. Martin et Goldberg faisaient la même chose. Martin regarda Goldberg et tordit ses lèvres vers le haut d'un seul côté, l'air de dire : « Ben mince alors ! »

Une porte s'ouvrit, et un grand Noir entra dans la pièce, qui ressemblait à 10 millions de $. Il portait un costume noir, taillé de manière à accentuer la largeur de ses épaules et la minceur de sa taille. La veste à deux boutons révélait un bon hectare de magnifique chemise blanc de nacre. Le col amidonné était immaculé contre sa peau sombre. Il portait une cravate blanche avec un imprimé entrecroisé noir, le genre de cravate qu'Anouar el Sadate portait. Kramer se sentait mal, rien qu'à le regarder.

Pendant un moment il se demanda s'il devait, ou pas, se lever de son fauteuil, sachant ce que Martin et Goldberg penseraient du moindre geste de respect. Mais il ne voyait pas d'autre moyen de s'en sortir. Donc il se leva. Martin attendit quelques secondes, puis il se leva également, et Goldberg finit par suivre. Ils se lancèrent un coup d'œil et tordirent leurs lèvres en même temps cette fois. Puisque Kramer s'était levé le premier, l'homme fit quelques pas vers lui, lui tendit la main et dit :

– Reginald Bacon.

Kramer lui serra la main et dit :

– Lawrence Kramer, Bureau du procureur du Bronx. Inspecteur Martin, inspecteur Goldberg.

A la façon dont Martin regardait la main du Révérend Bacon avec ses yeux de doberman, Kramer ne savait pas s'il allait la serrer ou la mordre. Finalement il la serra. Il la serra au moins un quart de seconde, comme s'il avait ramassé un paquet de braises. Goldberg fit de même.

– Du café, messieurs ?

– Non merci, dit Kramer.

Martin jeta un regard glacial au Révérend Bacon puis secoua deux fois la tête de droite à gauche, très-très len-te-ment, faisant passer avec succès le message suivant : pas même si je mourais de soif. Goldberg fit de même.

Le Révérend Bacon fit le tour de son bureau pour regagner son grand fauteuil, et tous s'assirent. Il se recula dans son siège et regarda Kramer d'un air impassible pendant ce qui parut un long moment, puis dit, d'une voix basse et douce :

– Le procureur vous a expliqué la situation de Mme Lamb ?

– Mon chef de Département l'a fait, oui.

– Votre chef ?

– Bernie Fitzgibbon. Il est à la tête du Département des Homicides.

– Vous êtes du Département des Homicides ?

– Quand une affaire est répertoriée comme pouvant entraîner la mort, ils la transmettent au Département des Homicides. Pas toujours, mais souvent.

– Vous n'avez pas besoin de préciser à Mme Lamb que vous êtes du Département des Homicides.

– Je comprends, dit Kramer.

– J'apprécierais le geste.

– Où est Mme Lamb?

– Elle est ici. Elle va venir dans une minute. Mais je voulais vous dire quelque chose avant qu'elle entre ici. Elle est très retournée. Son fils est mourant, et elle le sait, et elle sait pas... vous voyez... C'est quelque chose qu'elle sait et quelque chose qu'elle veut pas savoir. Vous comprenez? Et pendant tout ce temps, elle est là, elle a des ennuis avec un tas de contraventions. Elle se dit à elle-même : « Il faut que je sois auprès de mon fils, et supposons qu'ils m'arrêtent à cause de toutes ces contredanses »... vous voyez?

– Eh bien, elle... elle n'a... elle a pas à s'inquiéter pour ça, dit Kramer.

Dans une pièce avec trois personnes qui disaient *elle a pas*, il avait du mal à sortir *elle n'a pas*.

– Le procureur a étouffé le mandat d'amener. Elle aura quand même à payer les contredanses, mais personne va l'arrêter.

– Je lui ai dit, mais ça aidera si vous lui dites vous-même.

– Oh, on est ici pour aider, mais je pensais qu'*elle* avait quelque chose à nous dire.

Ça, c'était pour le bénéfice de Martin et Goldberg, pour qu'ils ne pensent pas qu'il était une poire.

Le Révérend Bacon marqua un nouveau silence et regarda Kramer, puis reprit, doucement, comme précédemment :

– C'est vrai. Elle a quelque chose à vous dire. Mais il faut que vous sachiez des choses sur elle et son fils, Henry. Henry est... était... *était*... un jeune homme bien, le genre que vous aimeriez rencontrer... vous voyez... Va à l'église, jamais été dans la moindre galère, presque en fin d'études, prêt à entrer à l'université... Un jeune type

269

vraiment bien. Et il est diplômé de quelque chose de bien plus dur que Harvard. Il a grandi dans le ghetto, et il s'en est sorti. Il a survécu. Il en est sorti un jeune homme très bien. Henry Lamb... *était*... *l'espoir*!... Vous voyez... l'espoir... Et voilà que quelqu'un passe et *clac*! – Il claqua sa main sur le bureau –... lui roule dessus et s'arrête même pas !

Parce que Martin et Goldberg étaient là, Kramer sentait le besoin d'éviter toute théâtralité.

– Cela se peut, Révérend Bacon, dit-il, mais jusqu'ici nous n'avons aucune preuve de délit de fuite.

Le Révérend Bacon lui lança son regard horizontal, puis, pour la première fois, sourit.

– Vous allez avoir toutes les preuves que vous voulez. Vous allez rencontrer la mère de Henry Lamb. Je la connais très bien... vous voyez... et vous pouvez croire ce qu'elle dit. Elle est membre de mon Eglise. C'est une femme qui travaille dur, une brave femme... Vous voyez... Une très brave femme. Elle a un boulot, à l'Hôtel de Ville, au service des mariages. Touche pas un sou d'aide sociale. Une brave femme, avec un fils bien.

Il appuya sur un bouton sur son bureau, se pencha en avant et dit :

– Mlle Hadley, faites entrer Mme Lamb. Oh, autre chose. Son mari, le père d'Henry, a été tué il y a six ans, abattu comme un lapin, un soir qu'il rentrait chez lui, juste à côté d'ici. Avait essayé de résister à un voleur.

Le Révérend Bacon regarda chacun des trois hommes, hochant la tête sans discontinuer.

Là-dessus, Martin se leva et regarda dehors par la baie vitrée. Il regardait avec une telle intensité que Kramer pensait qu'il devait avoir repéré un cambriolage en cours, au bas mot. Le Révérend Bacon, le regarda, dérouté.

– C'est quelle sorte d'arbres ? demanda Martin.

270

– Lesquels, Marty? demanda Goldberg en se levant aussi.

– Ceux-là, dit Martin, en pointant le doigt.

Le Révérend Bacon pivota sur son fauteuil et regarda lui aussi par la fenêtre.

– Ce sont des sycomores, dit-il.

– Des sycomores, dit Martin, avec le ton contemplatif d'un jeune naturaliste suivant un programme d'arboriculture. Regardez-moi ces troncs. Montent au moins à quinze mètres...

– Ils essaient d'atteindre la lumière, dit le Révérend Bacon, essaient de trouver le soleil.

Derrière Kramer une paire d'énormes portes de chêne s'ouvrit, et la secrétaire, Mlle Hadley, poussa dans la pièce une femme noire très soignée. Pas plus de quarante ans, peut-être plus jeune. Elle portait un tailleur bleu très strict, et un chemisier blanc. Ses cheveux noirs étaient soigneusement ondulés. Elle avait un visage mince, presque délicat, de grands yeux, et la maîtrise de soi apparente d'un professeur ou de quelqu'un habitué au contact du public.

Le Révérend Bacon se leva, fit le tour de son bureau pour l'accueillir. Kramer se leva également – et comprit aussitôt l'intérêt soudain de Martin et Goldberg pour les espèces arboricoles. Ils ne voulaient pas se faire piéger en devant se lever quand la femme allait entrer. Ça avait été suffisant de devoir se lever pour un arnaqueur comme Bacon. Le refaire pour une quelconque femme de la « Cité » qui jouait un rôle dans cette mise en scène, c'était aller un peu trop loin. De cette manière ils étaient déjà debout, le nez dans les sycomores, quand elle pénétra dans la pièce.

– Messieurs, dit le Révérend Bacon, voici Mme Annie Lamb. Voici le monsieur du Bureau du procureur du Bronx, M. Kramer, et euh...

– Inspecteur Martin, et inspecteur Goldberg, dit Kramer. Ils sont chargés de l'enquête sur l'affaire de votre fils.

Mme Lamb ne s'avança pas pour leur serrer la main, et elle ne sourit pas. Elle hocha à peine la tête. Elle semblait réserver son jugement sur eux trois.

Tout à fait berger face à ses brebis, le Révérend Bacon tira un fauteuil pour elle. Au lieu de retourner à son gros fauteuil tournant, il se posa sur le coin de son bureau avec un naturel d'athlète.

Le Révérend Bacon dit à Mme Lamb :

– J'en parlais à M. Kramer, là, et les contraventions, c'est réglé. Il regarda Kramer.

– Eh bien le mandat a été annulé, dit Kramer, il n'y a plus de mandat d'amener. Bon, il reste seulement les contraventions, et, pour l'instant, ce n'est absolument pas le problème qui nous préoccupe.

Le Révérend Bacon regarda Mme Lamb, sourit et hocha la tête plusieurs fois, comme pour dire : « Le Révérend Bacon réussit toujours tout ». Elle se contenta de le regarder en serrant les lèvres.

– Eh bien, Mme Lamb, dit Kramer, le Révérend Bacon nous a dit que vous aviez des informations pour nous sur ce qui est arrivé à votre fils.

Mme Lamb regarda le Révérend Bacon. Il opina et dit :

– Vas-y. Dis à M. Kramer ce que tu m'as dit.

Elle lâcha :

– Mon fils a été renversé par une voiture, et la voiture ne s'est pas arrêtée. C'est un délit de fuite. Mais il a noté le numéro de la plaque, ou plutôt une partie du numéro.

Elle parlait méthodiquement.

– Attendez une seconde, Mme Lamb, dit Kramer, si cela ne vous fait rien, commencez par le début. A quel moment avez-vous été au courant de tout ça? A quel moment avez-vous su que votre fils avait été blessé?

272

– Quand il est revenu de l'hôpital avec le poignet dans – euh – je ne sais pas comment on appelle ça.

– Un plâtre?

– Non, ce n'était pas un plâtre. C'était plutôt comme une attelle, mais ça ressemblait à un grand gant en grosses mailles.

– Bon, peu importe, il est revenu de l'hôpital avec sa blessure au poignet. Quand était-ce?

– C'était... il y a trois nuits.

– Qu'est-ce qu'il vous a raconté sur ce qui s'était passé?

– Il n'a pas dit grand-chose. Il avait très mal, et il voulait aller se coucher. Il a vaguement parlé d'une voiture, mais j'ai cru qu'il était en voiture et qu'ils avaient eu un accident. Comme je vous disais, il ne voulait pas parler. Je crois qu'ils lui avaient donné quelque chose à l'hôpital contre la douleur. Il voulait simplement se coucher. Donc je lui ai dit d'aller au lit.

– Est-ce qu'il a dit avec qui il était quand c'est arrivé?

– Non. Il n'était avec personne. Il était tout seul.

– Donc, il n'était pas dans une voiture?

– Non, il marchait dans la rue.

– Très bien, continuez. Que s'est-il passé ensuite?

– Le lendemain matin il se sentait vraiment mal. Il a essayé de soulever la tête et il a failli tourner de l'œil. Il se sentait tellement mal que je ne suis pas allée à mon travail. J'ai appelé pour prévenir. Je suis restée à la maison. C'est à ce moment-là qu'il m'a dit qu'une voiture l'avait renversé.

– Comment a-t-il dit que ça s'était passé?

– Il traversait Bruckner Boulevard, et une voiture l'a touché et il est tombé sur le poignet d'abord, et il a dû se cogner la tête aussi, parce qu'il avait une grave commotion.

A cet instant, son apparence s'effondra. Elle ferma les

yeux, et ils étaient pleins de larmes quand elle les rouvrit.

Kramer attendit un moment.

– Où cela s'est-il passé sur Bruckner Boulevard?

– Je n'en sais rien. Quand il essayait de parler il avait tellement mal... Il ouvrait les yeux et puis il les fermait tout de suite. Il ne pouvait même pas s'asseoir.

– Mais vous dites qu'il était tout seul. Qu'est-ce qu'il faisait sur Bruckner Boulevard.

– Je ne sais pas. Il y a un fast-food là, au coin de la 161e Rue, un Texas Fried Chicken, et Henry il aime ces trucs qu'ils vendent, les croquettes de poulet, et il avait peut-être été là-bas, je ne sais pas...

– Où est-ce que la voiture l'a tapé? Sur son corps, je veux dire?

– Je ne sais pas non plus. L'hôpital, peut-être... Ils pourraient peut-être vous le dire.

Le Révérend Bacon intervint brusquement :

– L'hôpital, ils ont panné leur travail. Ils n'ont pas fait de radios de la tête à ce jeune homme. Ils ne l'ont pas passé au scanner ou à la résonance magnétique nucléaire, ni rien de leurs gadgets. Ce jeune homme entre avec un traumatisme crânien très sérieux, et ils lui raccommodent le *poignet* et le réexpédient chez lui.

– Eh bien, dit Kramer, apparemment, ils ne savaient pas qu'il avait été renversé par une voiture. – Il se tourna vers Martin. – Pas vrai?

– Là, le rapport de la salle d'urgences mentionne aucune automobile, dit Martin.

– Ce garçon avait une sérieuse blessure à la tête! lança le Révérend Bacon. Il ne savait sûrement pas ce qu'il disait. Ils sont censés remarquer ces choses, non?

– Bon, ne divergeons pas trop dans ce sens, dit Kramer.

– Il se souvient d'une partie de l'immatriculation de la voiture, dit Mme Lamb.

– Qu'est-ce qu'il vous a dit?

– Il a dit que ça commençait par un R. C'était la première lettre. La deuxième lettre était un E, un F, un P ou un B, une lettre dans ce style. Enfin, qui ressemblait à ça.

– Quel Etat? New York?

– Quel Etat, je ne sais pas. Je crois que c'est New York. Il n'a pas dit que c'était un autre Etat. Et il m'a dit la marque.

– Quelle marque?

– Une Mercedes.

– Je vois. Quelle couleur?

– Je ne sais pas. Il ne l'a pas dit.

– Quatre portes? Ou coupé?

– Je ne sais pas.

– Est-ce qu'il a dit à quoi ressemblait le chauffeur?

– Il a dit qu'il y avait un homme et une femme dans la voiture.

– C'est l'homme qui conduisait?

– Je crois. Je ne sais pas.

– Aucune description de l'homme ni de la femme?

– Ils étaient blancs.

– Il a dit que c'étaient des Blancs. Rien d'autre?

– Non. Il a juste dit qu'ils étaient blancs.

– C'est tout? Il n'a rien dit d'autre sur eux ou sur la voiture?

– Non, il pouvait à peine parler.

– Comment est-il allé jusqu'à l'hôpital?

– Je ne sais pas. Il ne me l'a pas dit.

Kramer demanda à Martin :

– Qu'est-ce qu'ils ont dit à l'hôpital?

– Il est entré à pied, pas en ambulance.

– Il n'aurait pas pu marcher de Bruckner Boulevard au Lincoln Hospital avec un poignet cassé.

– Entré à pied ne veut pas dire qu'il a marché jusque-là. Ça pourrait vouloir dire qu'il est entré de lui-même dans la salle des urgences, pas sur un brancard. Police secours ne l'a pas amené. Il n'a pas pris d'ambulance.

L'esprit de Kramer avait déjà sauté dans le temps jusqu'au moment de la préparation d'un procès. Il ne voyait que des impasses. Il se taisait, puis soudain il secoua la tête et dit, à personne en particulier :

– Ça ne nous donne pas grand-chose...

– *Keske-vous-voulez dire?* fit Bacon. – Pour la première fois il y avait quelque chose de tranchant dans sa voix. – Vous avez la première lettre de la plaque d'immatriculation, et une éventualité sur la seconde lettre, et vous avez la marque de la voiture... combien de Mercedes avec une plaque qui commence par RE, RF, RB, ou RP croyez-vous que vous allez trouver?

– Difficile à deviner, dit Kramer. L'inspecteur Martin et l'inspecteur Goldberg vont vérifier les listes. Mais ce dont nous avons besoin, c'est d'un témoin. Sans témoin, il n'y a pas vraiment d'affaire.

– Pas d'affaire? dit le Révérend Bacon. Vous avez une affaire et demie pour moi! Vous avez ce jeune homme, un garçon vraiment bien, aux portes de la mort. Vous avez une voiture et une plaque d'immatriculation. Qu'est-ce qu'il vous faut de plus pour votre *affaire*?

– Ecoutez, dit Kramer en espérant qu'un ton ultra-patient, légèrement condescendant, écraserait l'agressivité sous-jacente. Laissez-moi vous expliquer quelque chose. Supposons que nous identifions la voiture demain matin. D'accord? Supposons que cette voiture est enregistrée dans l'Etat de New York et qu'il n'y a qu'une seule Mercedes avec ce numéro qui commence par R. Là, nous avons une voiture. Mais nous n'avons pas de chauffeur.

– Ouais, mais vous pouvez...

– Ce n'est pas parce que quelqu'un possède une voiture que cela signifie que – dès que cela lui glissa hors des lèvres, Kramer espéra que le *cela signifie* n'allait pas péter comme une bombe bourgeoise – qu'il conduisait là, à cette heure précise.

– Mais vous pouvez interroger cet homme?

– C'est vrai, et ça sera fait. Mais à moins qu'il ne dise : « Ouais, bien sûr, je suis impliqué dans ça, ça, ça et ce délit de fuite », nous revenons à la case départ.

Le Révérend Bacon secouait la tête.

– Je ne vois pas les choses comme ça, dit-il.

– Le problème, c'est que nous n'avons pas de témoin. Non seulement nous n'avons personne qui peut nous dire où ce truc s'est produit, mais encore nous n'avons personne même capable de nous dire qu'il s'est vraiment fait renverser par une voiture.

– Vous avez Henry Lamb lui-même!

Kramer leva les deux paumes en l'air et haussa les épaules gentiment, comme pour ne pas trop souligner le fait que le fils de Mme Lamb ne serait sans doute jamais capable d'être le témoin de quoi que ce soit.

– Vous avez ce qu'il a dit à sa mère. Il le lui a dit lui-même.

– C'est une ouverture, mais c'est du ouï-dire.

– C'est ce qu'il a dit à sa *mère*!

– Vous pouvez l'accepter comme étant la vérité, et je pourrais l'accepter comme la vérité, mais ce n'est pas recevable devant un tribunal.

– Pour moi ça n'a aucun sens!

– Eh bien, c'est la loi. Mais en toute candeur, je voudrais soulever un autre problème. Apparemment, quand il est entré dans la salle des urgences, il y a trois nuits de ça, il n'a jamais parlé d'une quelconque voiture qui l'aurait renversé. Ça, ça aide pas les choses... – *ça aide pas.* Il l'avait bien sorti cette fois-ci.

– Il avait une commotion... et un poignet cassé... Probablement qu'il y a un tas de choses qu'il a pas dites...

– Eh bien, est-ce qu'il pensait un peu plus clairement

le lendemain matin ? Vous pourriez soulever cet argument aussi.

– *Qui* pourrait soulever cet argument ? dit le Révérend Bacon. Vous ?

– Je ne soulève aucun argument. J'essaie simplement de vous montrer que sans témoin on se heurte à pas mal de problèmes.

– Et alors ? Vous pouvez retrouver la voiture, non ? Vous pouvez interroger le propriétaire. Vous pouvez vérifier et tomber sur une preuve, non ?

– Bien sûr, dit Kramer, comme je vous le disais, ils vont s'occuper de ça.

Il hocha la tête en direction de Martin et Goldberg.

– Ils vont essayer de trouver des témoins, aussi, reprit Kramer. Mais je ne crois pas que la voiture elle-même porte trop de traces. Si une voiture l'a renversé, il devrait être très abîmé. Il a quelques hématomes, mais il a pas le genre de blessures sanglantes qu'on attrape en se faisant *renverser* par une voiture, vraiment.

– J'ai bien entendu *si* une voiture l'a renversé ?

– Cette affaire est pleine de *si*, Révérend Bacon. Si nous trouvons la voiture et si nous trouvons le propriétaire, et si le propriétaire nous dit : « Ouais, j'ai tapé ce jeune mec l'autre soir, et j'me suis pas arrêté et j'l'ai pas déclaré aux flics », alors nous tenons une affaire. Sinon, nous ne tenons qu'un gros tas de problèmes.

– Mouais... dit le Révérend Bacon. Donc il se pourrait que vous ne puissiez pas passer trop de temps sur cette affaire, puisque apparemment, c'est une masse de problèmes ?

– Ce n'est pas vrai. Cette affaire recevra autant de soin et d'attention que n'importe quelle autre affaire.

– Vous parliez de candeur. Eh bien je vais être candide. Henry Lamb n'est pas un citoyen éminent, et il n'est pas non plus le fils d'un citoyen éminent, mais c'est un jeune homme vraiment bien... Vous voyez... Il va entrer à l'université. Il n'a pas tout largué comme les autres. Il était – il pense à l'université. Jamais eu le moindre problème. Mais il vient des immeubles de la Cité Edgar Allan Poe. Oui, la Cité Edgar Allan Poe. C'est un de ces jeunes Noirs nés dans ces immeubles-là. Maintenant, retournons les choses un instant. Supposons qu'Henry Lamb soit un jeune Blanc, qu'il habite Park Avenue, qu'il allait rentrer à Yale, et qu'il se soit fait écraser en traversant Park Avenue par un Noir et une Noire dans une... une... une Pontiac Firebird au lieu d'une Mercedes... Vous voyez... Et ce garçon dit à sa mère ce qu'Henry Lamb lui a dit. Et vous essayez de me dire que vous ne tiendriez pas une *affaire*? Au lieu de parler de *problèmes,* vous seriez en train de décortiquer tout ça et de compter les points de suture!

Martin se lança dans la bagarre, comme on se réveille soudain :

– Nous ferions la même chose que ce que nous faisons maintenant. Ça fait deux jours que nous voulons voir Mme Lamb. Quand est-ce qu'on a entendu parler d'une plaque d'immatriculation? Vous venez de l'entendre. J'ai bossé à Park Avenue et j'ai bossé à Bruckner Boulevard. Y'a aucune différence.

La voix de Martin était si calme et si déterminée, et son regard était si implacable, obstiné comme une mule, si fondamentalement irlandais, qu'on aurait dit que le Révérend Bacon avait du mal à s'en remettre. Il essaya de faire baisser les yeux au petit Irlandais, sans succès. Puis il sourit vaguement et dit :

– Vous pouvez me parler comme ça parce que je suis prêtre et que je veux bien croire que la justice est aveugle... Vous voyez... Je *veux* le croire. Mais vous feriez mieux de ne pas vous balader dans les rues de Harlem ou du Bronx en essayant de dire ça aux gens. Vous feriez mieux de ne pas les informer de ce genre de bénédiction, parce qu'ils savent déjà la vérité. Ils la découvrent tous les matins.

– Moi aussi je suis dans les rues du Bronx tous les

matins, dit Martin, et je répéterai ça à qui veut l'entendre!

– Mmmmmmouais, dit le Révérend Bacon. Vous savez, nous avons une organisation, la Solidarité de Tous les Peuples. Nous inspectons tous les quartiers, et les gens viennent à nous et je peux vous dire que les gens ne pigent pas vraiment votre message. C'est un autre message qui passe.

– J'ai été dans une de vos inspections, dit Martin.

– Vous avez été dans quoi?

– Une de vos inspections. En haut de Gun Hill Road.

– Ouais, eh bien, je ne vois pas de quoi vous parlez...

– C'était dans les rues du Bronx, fit Martin.

– Bon, peu importe, dit Kramer en regardant Mme Lamb. Merci pour les renseignements. Et j'espère que vous aurez de bonnes nouvelles de votre fils. Nous allons vérifier ce numéro d'immatriculation. Pendant ce temps-là, si vous entendez parler de qui que ce soit qui aurait pu être avec votre fils l'autre nuit, ou de quelqu'un qui aurait vu quoi que ce soit, vous nous tenez au courant, d'accord?

– Mmmmmhhh, dit-elle, avec la même nuance dubitative qu'auparavant, merci.

Martin fixait toujours le Révérend Bacon avec ses yeux de doberman. Kramer se tourna donc vers Goldberg et dit:

– Tu as une carte que tu pourrais laisser à Mme Lamb, avec un numéro de téléphone?

Goldberg partit à la pêche dans une poche intérieure et en sortit une carte qu'il lui tendit. Elle la prit sans même la regarder.

Le Révérend Bacon se leva.

– Inutile de me donner votre carte, dit-il à Goldberg. Je vous connais... Vous voyez... C'est *moi* qui vous appellerai. Je vais me mettre sur *votre* affaire. Je veux voir les choses faites. La Solidarité de Tous les Peuples veut voir les choses se concrétiser. Et les choses *vont* se concrétiser... Vous voyez... Donc, il y a une chose sur quoi vous pouvez compter, c'est que vous allez entendre parler de *moi*!

– Quand vous voudrez, dit Martin, vraiment, quand vous voudrez.

Ses lèvres étaient à peine écartées avec un soupçon de sourire dans les coins. Cela rappelait à Kramer l'expression, le *je-te-bousille*, que les garçons affichaient sur un terrain de jeu avant le baston.

Kramer se leva pour sortir, disant au revoir des épaules tout en marchant, espérant que cela ferait jeter l'éponge à Martin la Terreur et à David-contre-Goliath Goldberg. Que cela les ferait sortir.

Pendant le trajet qui les ramenait à Gibraltar, Martin dit :

– Bon Dieu, maintenant je comprends pourquoi ils vous expédient, toi et les mecs comme toi, dans les facs de droit, Kramer. Comme ça, t'apprends à pas broncher.

Il avait dit ça avec un certain naturel.

– Ecoute, euh, Marty, dit Kramer, se figurant qu'ayant été compagnon d'armes avec lui dans ce merdier total chez le Révérend Bacon, il pouvait oser un diminutif pareil avec ce « petit mulet irlandais totalement obstiné ». Y'avait quand même la mère du môme assise là, avec nous. D'autre part, cette plaque d'immatriculation pourrait nous mener quelque part.

– Tu veux parier là-dessus ?

– C'est une possibilité.

– Une possibilité, mon cul ! Tu te fais renverser par une putain de bagnole, tu vas à l'hosto et tu mentionnes absolument rien là-dessus ? Et ensuite tu rentres chez ta maman et, par hasard, tu lui en parles pas non plus ? Et le lendemain matin tu te sens pas trop bien, alors tu dis :

« Oh, à propos, j'me suis fait écraser par une voiture » ?
Va-t'faire foutre ? Ce pauvre con s'est fait dérouiller mais
c'était un truc dont il ne voulait parler à personne !

– Oh, j'ai pas le moindre doute sur ça. Vois quand
même s'il a un casier, non ?

– Vous savez, dit Goldberg, je plains ces gens. Ils sont
là, ils vous disent que le môme n'a pas de casier, comme
si c'était le putain de comble de la réussite. Et dans leurs
Cités, c'est le pactole. Ne pas avoir de casier ! Ça, c'est
vraiment spécial. Je plains cette femme.

Et un petit peu du Juif suinte à travers le Shamrok[1],
songea Kramer.

Mais c'est alors que Martin reprit en chœur :

– Une femme comme ça, elle devrait même pas vivre
dans ses Cités, pour l'amour du ciel ! Elle est bien, elle
est honnête. Maintenant je me souviens de cette affaire,
quand son mari s'est fait tuer. Le type était une bête de
travail, mais avec du cœur. Il se battait contre sa propre
misère et un enculé lui a tiré en plein dans la bouche.
Elle travaille, elle touche pas de subsides, elle envoie son
moutard à l'église, elle le maintient à l'école – elle est
bien. On ne sait pas dans quoi le môme s'est fourré, mais
elle, elle est très bien. La moitié d'ces gens, tu sais, il leur
arrive un truc, et on leur parle et ils passent leur temps à
blâmer ce putain de monde pour ce qui leur est arrivé, si
bien qu'on peut même plus savoir ce qui leur est
vraiment arrivé en fait. Mais elle, pas à dire, elle est
bien. Dommage qu'elle se soit r'trouvée coincée dans ces
putains d' Cités, mais tu sais – il regarda Kramer en
disant ça – il y a un tas de gens corrects dans ces Cités,
des gens qui bossent vraiment.

Goldberg hocha la tête d'un air judicieux et dit :

– On l'dirait pas maintenant, mais c'est pour ça que
ces putains d'immeubles ont été construits, pour les gens
qui travaillent. C'était ça l'idée, des logements à bon

1. Trèfle à quatre feuilles symbole des Irlandais.

282

marché pour des gens qui bossent. Et maintenant, dès qu'on trouve quelqu'un là-dedans qui essaie de travailler et qui essaie d'être dans le droit chemin, ça vous brise le cœur.

Et soudain Kramer comprit. Les flics n'étaient pas si différents des substituts du procureur. C'était le même facteur merdier. Les flics en avaient ras le bol de coller au trou des masses de blackos et de latinos, tous les jours, tous les jours. Comme lui. C'était même pire pour eux, parce qu'il fallait qu'ils plongent plus profond dans le merdier. La seule chose *constructive* qui se dégageait, c'était l'idée qu'ils le faisaient *pour* certaines personnes – *pour les gens bien.* Donc ils ouvraient grands les yeux et maintenant ils s'accordaient avec tous les braves gens de couleur... qui montaient vers le sommet... dans le perpétuel bouillonnement du merdier ambiant...

On ne pouvait pas vraiment appeler ça une éclaircie, pensa Kramer, mais c'était déjà un putain de départ.

IX

UN BRITISH NOMMÉ FALLOW

CETTE fois, l'explosion du téléphone plongea son cœur en pleine tachycardie et chaque contraction forçait son sang dans sa tête avec une telle pression – une attaque! il allait avoir une attaque!... allongé là tout seul dans son taudis américain hors de prix! une attaque! La panique fit sortir la bête. La bête bondit à la surface et montra son groin.

Fallow ouvrit un œil et aperçut le téléphone couché dans son nid de streptolon brun. Il avait la tête qui tournait, et il ne l'avait pas encore bougée, pourtant. De grands flots de merde séchée lui coulaient devant les yeux. Son sang qui battait cassait l'œuf de mercure en traînées caillées et ces traînées lui sortaient par les yeux. Le téléphone explosa à nouveau. Il ferma les yeux. Le groin de la bête était juste derrière ses paupières. Ces histoires de *pédophile*...

Et pourtant la nuit précédente avait commencé comme un soir tellement normal!

Avec moins de 40 $ pour les trois jours suivants, il avait fait comme d'habitude. Il avait appelé un Amerloque. Il avait appelé Gil Archer, l'agent littéraire, qui était marié avec une femme dont Fallow ne parvenait jamais à se rappeler le nom. Il avait suggéré qu'ils se retrouvent pour dîner chez Leicester's, laissant l'impression que lui-même viendrait avec une fille. Archer était arrivé avec sa femme, tandis qu'il arrivait seul. Naturellement, dans de telles circonstances, Archer, toujours Amerloque neutre et poli, avait pris l'addition. Quelle soirée tranquille. Quel début de soirée tranquille. Quelle soirée routinière pour un Anglais à New York, un dîner rasoir payé par un Amerloque. Il avait sérieusement pensé se lever et rentrer chez lui. Et c'est là que Caroline Heftshank était entrée avec un ami à elle, un artiste italien, Filippo Chirazzi, et ils s'étaient arrêtés à leur table, s'étaient assis et Archer leur avait demandé s'ils voulaient boire quelque chose et il avait dit pourquoi pas une autre bouteille de vin, et donc Archer avait commandé une autre bouteille de vin, et ils avaient bu ça, et puis ils en avaient bu une autre, puis une autre encore et là, Leicester's était bourré à craquer des visages habituels, et Alex Britt-Withers avait envoyé un de ses serveurs leur offrir une tournée de la part du patron, ce qui avait donné à Archer l'impression d'être reconnu, socialement accepté, connu-du-patron, et toute cette sorte de choses – les Amerloques étaient très friands de ça – et Caroline Heftshank n'arrêtait pas de serrer son joli petit Italien dans ses bras, Chirazzi, qui posait avec son joli petit profil relevé d'un air hautain, comme si vous deviez vous sentir privilégié de respirer le même air que lui. St John s'était levé d'une autre table pour admirer le jeune signor Chirazzi, au grand dam de Billy Cortez, et le signor Chirazzi avait dit à St John qu'il était nécessaire pour un peintre de peindre avec « les yeux d'un enfant » et St John avait répondu qu'il essayait lui-même de voir le monde avec des yeux d'enfant, ce qui avait fait dire à Billy Cortez : « Il a dit *enfant*, St John, pas *pédophile*. » Le signor Chirazzi continuait à poser, avec son long cou et son nez à la Valentino qui sortaient de sa ridicule chemise de punk bleu électrique, avec un col de dix centimètres et une cravate rose glamour, et donc Fallow avait dit que pour un peintre il était beaucoup plus *post-moderne* d'avoir des yeux de pédophile que des yeux d'enfant, et qu'en pensait donc le signor Chirazzi? Caroline, qui était tout à fait soûle, lui avait dit de ne pas être stupide, l'avait dit très sèchement, et Fallow avait fait machine arrière, juste pour essayer de prendre une pose destinée à ridiculiser celle du jeune peintre, mais il avait perdu l'équilibre et était tombé par terre. Plein de gros rires. Quand il s'était relevé, il avait la tête qui tournait, et il s'était accroché à Caroline, juste pour retrouver son assise, mais le jeune signor Chirazzi l'avait pris comme une offense, du fond de son honneur de macho italien, et avait essayé de pousser Fallow, et Fallow et Caroline étaient tombés par terre et Chirazzi avait essayé de sauter sur Fallow, et St John, pour une raison inconnue, avait alors sauté sur le joli petit Italien, et Billy Cortez criait, et Fallow s'accrochait pour se relever, soulevant un énorme poids, et Britt-Withers était sur lui, criant : « Pour l'amour du Ciel ! » et puis tout un tas de gens lui étaient tombés dessus, et ils s'étaient tous retrouvés, après avoir passé la porte, écrasés sur le trottoir de Lexington Avenue...

Le téléphone explosa à nouveau, et Fallow était terrifié à l'idée de ce qu'il pourrait entendre s'il décrochait. Il ne se souvenait de rien à partir du moment où ils s'étaient tous retrouvés par terre sur le trottoir. Rien jusqu'à maintenant. Il lança ses pieds hors du lit, et tout le monde criait et grognait encore dans son crâne, et tout son corps était à vif. Il rampa sur le tapis jusqu'au téléphone explosif et s'allongea à côté de lui. Le tapis paraissait sec, métallique, poussiéreux et sale, tout contre sa joue.

— Allô ?

— Hé hé hé hé, Pete ! comment k'ça va ?

C'était une voix joyeuse, une voix amerloque, une voix new-yorkaise, une sorte particulièrement grossière, façon New York. Fallow trouvait cette voix amerloque plus désagréable encore que le *Pete*. Bon, au moins ce n'était pas une voix du *City Light*. Personne au *City Light* ne l'appellerait avec une voix aussi joyeuse.

– Qui est-ce ? demanda Fallow.

Sa propre voix était comme un animal terré dans un trou.

– Booon Dieu, Pete, *t'as* l'air en forme ! Une petite biture ? Hé, c'est Al Vogel !

Cette nouvelle lui fit refermer les yeux. Vogel était une de ces sortes de célébrités typiquement américaines qui, pour un Anglais lisant des articles sur eux à Londres, semblaient si colorés, intransigeants, et moralement admirables. Une fois à New York, et de visu, tous s'avéraient être semblables. C'étaient des Amerloques, ce qui signifie : d'un ennui mortel. Vogel était très connu en Angleterre comme un de ces avocats américains qui se sont fait une spécialité des causes politiques impopulaires. Il défendait les radicaux et les pacifistes, comme Charles Garry, William Kunstler et Mark Lane l'avaient fait. Impopulaires, bien sûr, signifiait seulement impopulaires auprès des gens ordinaires. Les clients de Vogel étaient absolument populaires auprès de la presse et des intellectuels des années 60 et 70, surtout en Europe, où qui que ce soit défendu par Albert Vogel se sentait pousser des ailes, un halo, une toge et un flambeau. Pourtant, peu de ces saints tardifs avaient de l'argent, et Fallow s'était souvent demandé comment Vogel arrivait à vivre, d'autant que les années 80 avaient été dures pour lui. Dans les années 80, même la presse et les intellectuels avaient perdu patience envers la sorte de clientèle irascible, agitée, de mauvaise humeur, amoureuse de la misère et issue du pop qui était sa spécialité. Récemment, Fallow avait rencontré ce grand défenseur dans les soirées les plus extraordinaires. Vogel était du genre à se rendre à l'ouverture d'un nouveau parking (et Fallow le retrouvait là !).

– Oh, saluuuut, dit Fallow, et cela s'acheva par un gémissement.

– J'ai appelé ton bureau, Pete, et ils m'ont dit qu'ils ne t'avaient pas vu.

Pas bon, songea Fallow. Il se demanda quand, si, et où il avait donné son téléphone personnel à Vogel.

– T'es toujours là, Pete ?

– Hummmmmmmmmmm. – Fallow avait les yeux fermés. Il avait perdu tout sens du haut ou du bas. – Tout va bien. Je travaille à la maison aujourd'hui.

– J'ai un truc dont j'aimerais te parler, Pete. Je crois que c'est un sacré coup pour toi.

– Mmmmmmmh...

– Ouais, mais j'aimerais mieux ne pas en causer au téléphone. Ecoute, pourquoi tu viens pas déjeuner avec moi ? J' te retrouve au Regent's Park à une heure.

– Mmmmmmhh. Je ne sais pas, Al. Le Regent's Park. Où est-ce ?

– Sur Central Park Sud, près de l'Athletic Club.

– Mmmmmmh.

Fallow était déchiré entre deux instincts profonds. D'un côté, la pensée de devoir se remettre sur pied, de secouer à nouveau son jaune d'œuf de mercure, juste pour aller écouter un Américain d'un ennui mortel et vraiment *has-been*, pendant une heure ou deux... De l'autre, un déjeuner gratuit au restaurant. Le ptérodactyle et le brontosaure étaient agrippés en un combat mortel sur la falaise surplombant le Monde Perdu.

Le déjeuner gratuit gagna, comme si souvent dans le passé.

– Très bien, Al. Je te retrouve à une heure. Où est cet endroit déjà ?

– Sur Central Park Sud, Pete, juste à côté de l'A.C. de New York. C'est un endroit très bien. On a vue sur le parc. On a vue sur la statue de José Marti sur son cheval.

Fallow lui dit au revoir et batailla pour se lever, et le jaune d'œuf ballottait de-ci de-là, et il se cogna l'orteil sur le pied de métal de son lit. La douleur était terri-

288

fiante, mais elle redressa son système nerveux en un seul sens. Il prit une douche dans l'obscurité. Le rideau de plastique de la douche l'étouffait. Quand il fermait les yeux il avait l'impression de chavirer. De temps en temps il devait se raccrocher à la pomme de douche.

Le Regent's Park était le genre de restaurant new-yorkais favori des hommes mariés ayant des aventures avec des jeunes femmes. C'était grand, glacé et solennel, avec plein de marbre dehors et dedans, une entrée à se prendre un torticolis colossal, tant la *hauteur*[1] impressionnait les gens qui descendaient au Ritz-Carlton voisin, ou au Park Lane, au Saint-Moritz et au Plaza. Dans toute l'histoire de New York, aucune conversation n'avait jamais commencé par... : « Je déjeunais l'autre jour au Regent's Park, et... »

Fidèle à sa parole, Albert Vogel avait réservé une table près des grandes fenêtres. Ce n'était pas une gageure au Regent's Park. Néanmoins, il était là, *le* parc, dans toute sa gloire printanière. Et il y avait la statue de José Marti, ce que Vogel avait également promis. Le cheval de Marti se cabrait et le grand révolutionnaire cubain se penchait dangereusement à droite sur sa selle. Fallow détourna les yeux. Une statue qui paraissait instable, c'était trop, dans son état.

Vogel était de son habituelle bonne humeur chaleureuse. Fallow regardait ses lèvres bouger sans entendre un seul mot. Le sang se retira du visage de Fallow, puis de sa poitrine et de ses bras. Sa peau devint glacée. Un million d'ablettes brûlantes tentèrent de s'échapper de ses artères et d'atteindre la surface. La sueur perla à son front. Il se demanda s'il était en train de mourir. C'était comme cela que commençaient les attaques cardiaques. Il avait lu ça. Il se demanda si Vogel s'y connaissait en massages cardiaques. Vogel ressemblait à la grand-mère

1. En français dans le texte.

de quelqu'un. Ses cheveux étaient blancs, pas grisonnants, mais d'un blanc soyeux et pur. Il était petit et grassouillet. Dans ses heures de gloire il était déjà grassouillet, mais il avait cet air « négligé », comme aimaient à le dire les Amerloques. Maintenant sa peau était rosâtre et délicate. Ses mains étaient minuscules et de grosses veines noueuses roulaient sur ses phalanges. Une joyeuse vieille dame.

– Pete, dit Vogel, qu'est-ce que tu bois ?

– Rien du tout, dit Fallow, avec un peu trop d'emphase. – Puis, au garçon : – Pourrais-je avoir un peu d'eau ?

– Je veux un margarita avec glace, dit Vogel. T'es sûr que tu ne veux rien ?

Fallow secoua la tête. L'erreur à ne pas faire. Un martèlement empoisonné commença à frapper dans son crâne.

– Juste un pour remettre le moteur en marche ?

– Non, non.

Vogel posa ses coudes sur la table et se pencha en avant en détaillant l'ensemble de la pièce, puis ses yeux se braquèrent sur une table légèrement derrière eux. A cette table, un homme en costume trois-pièces gris et une fille d'à peine vingt ans avec des cheveux blonds, longs, raides et éclatants.

– Tu vois cette fille ? dit Vogel. Ma main au feu que cette fille faisait partie de ce comité, peu importe le nom, à l'université du Michigan.

– Quel comité ?

– Un groupe d'étudiants. Ils s'occupent du programme des conférences. J'ai fait une conférence à l'université du Michigan il y a deux jours.

Et alors ? songea Fallow. Vogel regarda à nouveau par-dessus son épaule.

– Non. C'est pas elle. Bon Dieu, elle lui ressemble vraiment. Ces satanées filles dans ces universités... tu veux savoir pourquoi les gens vont faire des conférences dans tout le pays?

Non, songea Fallow.

– D'accord, pour le fric. Mais pas seulement. Tu veux savoir pourquoi?

Les Amerloques ne cessaient de répéter des questions introductives.

– A cause de ces satanées filles, fit Vogel en secouant la tête. – Il eut l'air distrait pendant une seconde, comme frappé par cette pensée même. – Je te le jure sur la Sainte Trinité, Pete, il faut se retenir. Sinon, tu te sens coupable, putain! Ces filles, aujourd'hui, eh bien quand j'étais adolescent, le grand truc c'était que quand tu allais au collège tu pouvais picoler quand tu voulais. Okay? Ces filles, elles vont au collège pour pouvoir se faire baiser quand elles en ont envie. Et qui veulent-elles? Voilà ce qui est vraiment pathétique. Veulent-elles de gentils garçons sains et de leur âge? Non. Tu veux savoir qui elles veulent?... Elles veulent une certaine autorité... le Pouvoir... la Renommée... le Prestige... Elles veulent se faire mettre par les profs! Les profs deviennent dingues maintenant, dans ces endroits. Tu sais, quand le Mouvement marchait à fond, une des choses que nous avions essayé de faire dans les campus, c'était de casser ce mur de formalisme entre la faculté et les étudiants, parce que ce n'était rien qu'un instrument de contrôle. Mais maintenant, bon Dieu, je me pose des questions. Je crois qu'elles veulent toutes se faire baiser par leur père, si tu crois Freud, c' qui n'est pas mon cas. Tu sais, là, le mouvement des femmes n'est arrivé à rien. Quand une femme atteint la quarantaine, ses problèmes sont aussi importants qu'ils l'ont toujours été – et un mec comme moi n'en a jamais autant profité. J' suis pas si vieux, mais, bon Dieu, j'ai des cheveux gris...

Blancs, pensa Fallow, comme ceux d'une vieille femme.

– ... et ça ne fait aucune différence, aucune! Un léger

soupçon de célébrité et elles tombent toutes. Elles *tombent* pour de bon. Je ne me vante pas, parce que c'est vraiment pathétique. Et ces satanées filles, elles sont toutes plus bandantes les unes que les autres. J'aimerais leur faire une conférence sur *ce* sujet-là, mais elles ne sauraient vraisemblablement pas de quoi je parle. Elles n'ont aucun système de référence, sur rien. La conférence que j'ai faite hier soir était sur l'engagement des étudiants dans les années 80.

– Je mourais d'envie de le savoir, dit Fallow du fond de la gorge, et sans bouger les lèvres.

– Pardon ?

Les Amerloques disaient *pardon ?* au lieu de *quoi ?*

– Rien.

– Je leur disais comment c'était sur les campus il y a quinze ans. – Son visage s'assombrit. – Mais je ne sais pas... Quinze ans, cinquante ans, cent ans auparavant... Elles n'ont aucun système de référence. C'est si lointain. Dix ans... même *cinq* ans. Il y a cinq ans, c'était avant l'apparition du walkman. Ils n'arrivent même pas à l'imaginer.

Fallow cessa d'écouter. Il n'y avait aucun moyen de détourner Vogel de sa course. Il était à l'épreuve de toute ironie. Fallow jeta un coup d'œil vers la fille aux cheveux blonds. Et soudain, lancée dans le restaurant, apparut l'image de Caroline Heftshank, et le regard effrayé qu'elle avait eu. Avait-il fait quelque chose avant qu'ils passent tous à travers la porte ? Mais quoi ? Elle le méritait – mais qu'avait-il fait ? Les lèvres de Vogel remuaient. Il racontait sa conférence entière. Les paupières de Fallow se fermèrent toutes seules. La bête déboula à la surface, pataugea dans le décor et le regarda. Elle le regardait de son horrible groin sale. Maintenant la bête le tenait. Il ne pouvait plus bouger.

– ... Managua ? demanda Vogel.

– Quoi ?

– T'as déjà été là-bas ? demanda Vogel.

Fallow secoua la tête. Ce tangage le fit presque vomir.

– Tu devrais. Tous les journalistes devraient. C'est à peu près de la taille de... oh, je sais pas, East Hampton. Et encore. T'aimerais aller là-bas ? Ça serait assez facile d'organiser ça pour toi.

Fallow ne voulait pas remuer à nouveau la tête.

– C'est ça l'histoire dont tu voulais me parler ?

Vogel se tut un instant, comme s'il soupesait les éventuels sarcasmes contenus dans cette remarque.

– Non, dit-il, mais ce n'est pas une mauvaise idée. A peu près un cinquantième de tout ce qui devrait être dit sur le Nicaragua réussit à être imprimé dans ce pays. Non, ce qui m'amène, c'est un truc qui s'est passé dans le Bronx il y a quatre jours. Ça pourrait aussi bien être le Nicaragua, si jamais tu vivais là-dedans. Peu importe, tu sais qui est le Révérend Bacon, non ?

– Oui, je crois.

– C'est un... eh bien, c'est... tu as lu des trucs sur lui ou tu l'as vu à la télé, non ?

– Oui.

Vogel rit.

– Tu veux savoir où je l'ai rencontré la première fois ? Dans un gigantesque appartement en duplex sur Park Avenue, chez Peggy Fryskamp, à l'époque où elle s'intéressait aux frères Geronimo. Elle avait donné une soirée pour récolter des fonds. Ça devait être à la fin des années 60, ou au début des années 70. Il y avait ce type, là, Daim Volant. Il faisait son speech la voix *soul*, comme on disait. Bon, donc il faisait son speech, son *blabla* spirituel. Elle ne savait pas que cet enfant de putain était chargé. Elle pensait que c'était comme ça que les Indiens parlent. Il avait l'air allumé, c'était dingue. Quinze minutes plus tard il a gerbé partout sur le piano Duncan Phyfe à 80 000 $ que Peggy avait, partout sur le clavier, les cordes, les marteaux et tout. Tu sais, ces petits marteaux feutrés... Oh, c'était abominable. Elle ne s'en est jamais remise. Ce con a foiré un sacré *deal* ce soir-là. Et tu veux savoir qui s'est vraiment jeté sur lui ? Le Révérend Bacon. Ouais. Il était sur le point de demander à Peggy de soutenir quelques-unes des choses qu'il mettait en train, et quand ce Daim Volant a gerbé tous ses petits gâteaux partout sur le Duncan Phyfe, il savait que c'était « au revoir Peggy Fryskamp ». Il avait commencé à l'appeler Joint Volant. « Daim volant ? Non, Joint volant ! » Dieu que c'était marrant. Mais il n'essayait pas d'être marrant. Bacon n'essaie jamais d'être drôle. Bon, il y a une femme qui travaille pour lui quelquefois, Annie Lamb, du Bronx. Annie Lamb vit dans la Cité Edgar Allan Poe avec son fils unique, Henry.

– Elle est noire ? demanda Fallow.

– Ouais, elle est noire. Pratiquement tous les gens de la Cité Edgar Allan Poe sont noirs ou portoricains. Soit dit en passant, ces immeubles étaient supposés réaliser l'intégration, d'après la loi. – Vogel haussa les sourcils. – Donc, cette Annie Lamb, quoi qu'il en soit, est une femme peu ordinaire.

Vogel résuma l'histoire d'Annie Lamb et de sa famille, avec, comme point culminant, le coup de la Mercedes et du délit de fuite qui avait mené son fils si prometteur, Henry, aux portes de la mort.

C'est malheureux, songea Fallow, mais où est l'histoire ?

Comme s'il anticipait cette objection, Vogel dit :

– Bon, il y a deux aspects à cette histoire, et les deux touchent ce qui arrive à un brave môme comme ça s'il a le malheur d'être noir et d'avoir grandi dans le Bronx. Je veux dire, voilà un môme qui a toujours fait tout bien. Si tu parles d'Henry Lamb, tu parles de ce un pour cent de mômes qui font exactement ce que le système leur dit qu'ils doivent faire. Okay ? Et qu'est-ce qui se passe ? D'abord l'hôpital soigne le môme pour... un poignet cassé ! Si ça avait été un petit bourgeois blanc, ils l'auraient passé aux rayons X, au scanner, à la résonance nucléaire magnétique, tout ce qu'ils ont. Ensuite, la police et le procureur ne se remuent pas sur l'affaire. C'est ça qui rend la mère du môme furieuse. C'est un homicide involontaire doublé d'un délit de fuite, ils ont une bonne partie du numéro d'immatriculation et la marque de la voiture et ils font que dalle.

– Pourquoi ?

– Eh bien, à la base, c'est juste un de ces mômes du South Bronx qui s'est fait taper par une voiture, pour eux il y a que ça. Peuvent pas s'emmerder avec ça. Mais ce qu'ils disent c'est qu'il n'y a pas eu de témoin, sauf la victime elle-même, et il est dans le coma, et donc, ils n'auraient pas d'affaire sous la dent même s'ils trouvaient la voiture et le conducteur. Maintenant, imagine que ce soit ton fils. Il a transmis l'info mais ils ne s'en serviront pas parce que, techniquement, c'est du ouï-dire.

Tout cela faisait mal à la tête de Fallow. Il ne pouvait pas s'imaginer avoir un fils, et certainement pas dans ces cités du Bronx, à New York, en Amérique.

– C'est une situation malheureuse, dit Fallow, mais je ne suis pas certain qu'on tienne une histoire avec tout ça.

– Eh bien, il y a quelqu'un qui va en avoir, des histoires, Pete, dit Vogel. La communauté a sorti la hache de guerre. Ils sont au bord de l'explosion. Le Révérend Bacon organise une manifestation de protestation.

– Pourquoi explosent-ils exactement ?

– Ils sont fatigués d'être traités comme si la vie humaine ne signifiait rien dans le South Bronx ! Et je vais te dire, quand Bacon s'empare d'un truc, il se passe des choses. Ce n'est pas Martin Luther King, ni Desmond Tutu. Okay ? Il n'aura jamais de prix Nobel. Il a sa propre manière de faire et quelquefois ça ne supporte pas un examen approfondi. Mais c'est une des raisons de son efficacité. Il est ce que Hobsbawm appelait un révolutionnaire primitif. Hobsbawm était british, non?

– Il l'est toujours.

– Je croyais qu'il était... Bon, il avait cette théorie sur les révolutionnaires primitifs. Il existe certains chefs naturels dans les classes inférieures, et la structure du pouvoir interprète ce qu'ils font comme des crimes – ils peuvent même l'interpréter sérieusement comme ça – mais cette personne est un révolutionnaire. Et c'est ce qu'est Bacon. Je l'admire. Et je plains sincèrement ces gens. Bon, je crois en tout cas qu'il y a une bonne histoire là-dedans, toutes considérations philosophiques mises à part.

Fallow ferma les yeux. Il vit le groin de la bête, éclairé par des lampes de bistrot tamisées. Puis le frisson glacé. Il rouvrit les yeux. Vogel le fixait avec sa grimace de joyeuse grand-mère rose. Quel pays ridicule...

– Ecoute, Pete, le pire que tu pourras en tirer sera un bon article d'un intérêt humanitaire. Et si les choses se passent comme il faut, tu seras sur un très gros coup. Je peux t'obtenir une interview avec Annie Lamb. Je peux t'avoir une interview avec le Révérend Bacon. Je peux t'emmener droit dans l'unité de soins intensifs, là où se trouve le môme. Je veux dire il est dans le coma, mais tu peux le voir.

Fallow essayait de se représenter le transfert de son œuf de mercure et de ses entrailles bilieuses dans le Bronx. Il pouvait à peine imaginer survivre ne serait-ce qu'au voyage. De son point de vue, le Bronx, c'était comme l'Arctique. C'était quelque part vers le nord, et les gens n'allaient jamais là-haut.

– Je ne sais pas, Al. Je suis censé être un spécialiste de la vie mondaine. – Il tenta un sourire.

– Censé, Peter, censé être. Ils ne vont pas te virer si tu débarques avec une sacrément bonne histoire des bas-fonds.

Ce fut le mot *virer* qui déclencha tout. Il ferma les

yeux. Le groin n'était plus là. A la place, il vit le visage du Rat Mort. Il pouvait voir cette grosse souris regarder vers son bureau cabine dans la salle de rédaction à cet instant précis, et le trouver vide. La peur se répandit dans la moindre de ses cellules, et il se passa sa serviette sur le front.

– Est-ce que je peux te demander quelque chose, Al?

– Vas-y...

– Quel est ton intérêt dans tout ceci?

– Aucun, si tu parles d'intérêt matériel. Le Révérend Bacon m'a appelé et m'a demandé mon avis et je lui ai dit que j'allais essayer de l'aider, c'est tout. Je l'aime bien. J'aime bien ce qu'il essaie de faire. J'aime la manière dont il secoue cette putain de ville. Je suis de son côté. Je lui ai dit qu'il devrait essayer de faire publier cette histoire dans les journaux avant d'organiser sa manifestation de protestation. Comme ça, il aura plus de couverture télé et tout. Je vais te dire vraiment la vérité, maintenant. J'ai pensé à toi parce que je me suis imaginé que tu pourrais te servir d'une opportunité comme ça. Ça peut t'avantager, comme ça peut avantager un tas de gens décents qui n'arrivent pas à s'en sortir dans cette putain de ville.

Fallow frissonna. Qu'est-ce que Vogel avait entendu dire exactement sur sa situation? Il ne tenait pas réellement à le savoir. Il savait qu'il se faisait manipuler. En même temps, c'était un beau bout de viande à jeter au Rat Mort.

– Eh bien, tu as sans doute raison.

– Je sais que j'ai raison, Pete. Ça va être une sacrée histoire d'une manière ou d'une autre. Autant que ce soit toi qui la déclenches.

– Tu peux m'emmener voir ces gens?

– Bien sûr! T'inquiète pas pour ça. La seule chose c'est que tu ne peux pas t'endormir sur cette histoire. Bacon est prêt à foncer.

– Mmmmmmmh. Laisse-moi noter quelques noms.

Fallow fouilla dans la poche de sa veste. Bon Dieu, il n'avait même pas pris un bloc-notes ou un peu de papier avant de venir. De sa poche il sortit un imprimé de Con-Edison l'avertissant que son gaz et son électricité allaient bientôt être coupés. Il ne pouvait même pas écrire dessus. C'était imprimé des deux côtés. Vogel observait tout cela, et, sans faire de commentaires, il posa sur la table un grand bloc-notes et lui tendit un stylo à bille en argent. Il répéta les noms et les détails.

– Ecoute, dit Fallow, je vais appeler la rédaction immédiatement.

Il se leva et bouscula une chaise de la table à côté, où une vieille dame en tailleur style Chanel essayait de porter à sa bouche une cuiller de soupe à l'oseille. Elle le fusilla du regard.

– Keske tu veux manger ? dit Vogel. J' vais prendre les commandes.

– Rien. Une soupe à la tomate, un peu de poulet grillé.

– Du vin ?

– Non. Euh, si, juste un verre.

Le téléphone était dans un vestibule derrière la caisse où une jolie fille était assise sur un tabouret haut, lisant un livre. Ses yeux sortaient d'une sinistre ellipse noire dessinée avec soin sur ses paupières. Fallow appela Frank de Pietro, le chef du service local du *City Light*. De Pietro était l'un des rares Américains occupant une position éditoriale importante au journal. Ils avaient tout de même besoin de quelqu'un de New York, comme responsable des nouvelles de la ville. Les autres Anglais qui, comme Fallow, étaient rattachés à ce service, n'avaient droit qu'à une bande de Manhattan qui allait des restaurants à la mode de la pointe Sud, jusqu'aux restaurants à la mode de « Yorkville », près de la 86e Rue, au nord. Le reste de New York aurait aussi bien pu être Damas.

– Ouais?

La voix de Frank de Pietro. Son enthousiasme à recevoir un appel de Peter Fallow en plein coup de feu était imperceptible.

– Frank, dit Fallow, est-ce que tu es un familier d'un endroit qu'on appelle la Cité Edgar Allan Poe?

– Ouais. Et toi?

Fallow ne savait pas ce qui était le plus désagréable, cette habitude des Amerloques de dire *ouais* à la place de *oui*, ou l'incrédulité dans la voix du bonhomme. Néanmoins il se lança, raconta l'histoire d'Albert Vogel en l'embellissant là où c'était nécessaire, et sans mentionner Albert Vogel. Il donnait l'impression d'avoir déjà été en contact avec le Révérend Bacon et la mère de la victime, et que son apparition imminente dans le Bronx était attendue par tout un chacun. De Pietro lui dit d'y aller et de voir. Il le fit sans enthousiasme particulier non plus. Et pourtant Fallow sentit son cœur s'emplir d'une joie tout à fait inattendue.

Quand il revint à leur table, Vogel dit : « Hé, comment ça a été? Ta soupe refroidit. » Les mots avaient du mal à sortir de sa bouche qui était bourrée de nourriture.

Une grande assiette de soupe à la tomate et un verre de vin blanc attendaient Fallow à sa place. Vogel se battait avec une côte de veau absolument hideuse.

– Ils aiment, non?

– Mmmmmmmmmh.

En tout cas, ils ne méprisent pas, songea Fallow. Sa nausée commençait à battre en retraite. Le jaune d'œuf diminuait de volume. Une sorte de rire intérieur, une excitation amusée, pas loin de celle d'un athlète entrant dans la bagarre, se propageait dans son système nerveux. Il se sentait... presque propre. C'était l'émotion, jamais commentée par les poètes, de ceux qui se sentent joyeux, pour une fois, à l'idée qu'ils méritent leur paie.

C'était au tour de Kramer de porter le *bip* à sa ceinture pendant douze heures. Dans le Département des Homicides du Bureau du procureur du Bronx, quelqu'un, un des substituts, devait pouvoir être appelé à toute heure. Le but était d'avoir quelqu'un prêt à se rendre immédiatement sur les lieux d'un crime, pour interroger les témoins avant qu'ils ne s'évanouissent ou oublient l'urgence de raconter les faits. Pendant ces douze heures, un substitut du procureur se retrouvait coincé par toutes les merdes du Bronx impliquant un homicide, et c'était un merdier classique du Bronx qui avait amené Kramer dans ce commissariat. Un sergent noir nommé Gordon était assis près du bureau d'accueil et lui donnait les détails.

– Ils appellent le type Mac, disait Gordon, mais c'est pas un mac. C'est plutôt un joueur et il deale aussi probablement de la dope, mais il s'habille comme un mac. Vous allez le voir dans une minute. Il est là, dans les vestiaires, et il porte un de ces costards incroyables avec un veston à double boutonnage. – Gordon secoua la tête. – Il est assis sur le bord d'une chaise et il mange des travers de porc en les tenant comme ça – il se pencha en avant et leva la main d'une manière délicate – pour que la sauce ne coule pas sur son costume. Il doit avoir une quarantaine de costards et quand il vous en parle de ces putains de costards, on dirait que c'est son enfoiré de fils qui est porté disparu !

Toute l'affaire venait de ce que quelqu'un avait volé lesdits quarante costumes. Oh, c'était vraiment un tas de merde. Des vagues et des vagues de puérilité et de violence gratuite, et Kramer n'avait pas encore entendu toute l'histoire.

La pièce principale du commissariat était saturée de cette odeur humide et étrangement sucrée de bois pourri provoquée par des décennies de radiateurs dont la vapeur condensait et gouttait sur les planchers. La plus grande partie du parquet avait été remplacée par du béton. Les murs étaient peints en vert-employés-du-gouvernement, sauf pour un vieux lambris usé marronnasse de presque un mètre qui courait à leur pied. Le bâtiment avait des murs épais et de hauts plafonds, qui disparaissaient maintenant sous un délire de tubes fluorescents. En face de lui, Kramer apercevait le dos de deux hommes de patrouille. Leurs hanches étaient grossies d'un tas d'armes et d'ustensiles, à savoir lampes torches, carnets de déclaration, walkies-talkies, et menottes. L'un d'eux ne cessait de lever les mains en gestes explicatifs à l'adresse de deux femmes et d'un homme, des habitants du quartier, dont le visage disait clairement qu'ils ne croyaient pas un mot de ce qu'il disait.

Gordon racontait à Kramer :

– Donc, il est dans cet appartement et il y a quatre types là-dedans, et l'un d'eux est André Potts, dont il se figure qu'il sait qui a pris les costumes, seulement André dit qu'il ne sait rien de rien, et ils palabrent et palabrent, et finalement André en a marre de tout ça, il se lève et sort de la pièce. Et qu'est-ce que *vous* feriez si un enculé irrespectueux se levait et vous tournait le dos pendant que vous menez l'enquête sur vos putains de quarante costards ? Vous lui tireriez dans le dos, non ? Eh bien, c'est ce que Mac a fait. Il a tiré trois balles de 38 dans le dos de M. André Potts.

– Vous avez des témoins ?

– Oh, on les a parqués ici.

A cet instant le *bip* retentit à la ceinture de Kramer.

– Je peux me servir de votre téléphone ?

Gordon lui désigna d'un geste une porte ouverte qui menait dans le bureau des inspecteurs, ouvert directement sur la salle principale. A l'intérieur il y avait trois bureaux lugubres de métal gris-gouvernement. Derrière chaque bureau était assis un Noir de trente ou quarante ans. Chacun d'eux portait des fringues funky façon

Bronx, mais un tout petit peu trop funky pour être vraies. Kramer songea combien il était inhabituel d'entrer dans un bureau entièrement occupé par des inspecteurs noirs. Celui derrière le bureau le plus proche de la porte portait un bomber en nylon noir et un tee-shirt sans manches qui révélait ses bras puissants.

Kramer tendit la main vers le téléphone de son bureau et dit :

– J'peux ?

– Putain, ça va pas, mec ?

Kramer retira sa main.

– Combien d'temps j'vais rester enchaîné là comme une bête, putain ?

Disant ça, le type leva son énorme bras dans un bruit de métal terrifiant. Il avait une menotte au poignet, et de cette menotte partait une chaîne. L'autre bout de la chaîne était menotté au pied du bureau. Et maintenant les deux autres, derrière les deux autres bureaux, avaient levé leurs bras en l'air avec force bruit et grognements. Ils étaient tous les trois enchaînés aux bureaux.

– Tout ce que j'ai fait c'est *voir* c't'enculé de sa mère buter l'autre con, et c'est lui l'enculé de sa mère qui a *buté* ce con et c'est *moi* qui suis enchaîné là comme un animal, putain, et cet enculé de sa mère – un autre bruit terrifiant quand il tendit la main vers une pièce derrière – il est assis là-dedans à regarder cette putain de télé en bouffant des travers de porc !

Kramer regarda vers le fond de la pièce, et, effectivement, là-bas, dans un vestiaire, un type était assis sur le rebord d'une chaise, éclairé par la lueur blafarde d'un poste de télé, et mangeait une bande de travers de porc sauce barbecue. Et il était vraiment délicatement penché en avant. La manche de sa veste était taillée pour révéler une longueur de poignet de chemise blanche et la lueur d'une menotte.

Maintenant ils gueulaient tous les trois, *putains de travers... putains de chaînes!... putain de télé!*

Bien sûr! Les témoins! Une fois cette idée admise, tout reprit sa vraie place, les chaînes y compris.

– Ouais, ouais, okay, dit-il au type d'un ton impatient. Je m'occupe de vous dans une minute. Faut que je passe un coup de fil.

– *Putains de travers... ben sûûûr... putains de chaînes!*

Kramer appela le bureau, et Gloria, la secrétaire de Bernie Fitzgibbon, lui dit que Milt Lubell voulait lui parler. Lubell était l'attaché de presse de Abe Weiss. Kramer connaissait à peine Lubell. Il ne se souvenait pas de lui avoir parlé plus de quatre ou cinq fois. Gloria lui donna le numéro de Lubell.

Milt Lubell avait travaillé à l'ancien *Mirror* de New York, à l'époque où Walter Winchell y avait encore ses colonnes. Il avait connu le grand homme juste assez pour faire perdurer sa manière de causer à toute blinde jusqu'aux derniers jours du XXe siècle.

– Kramer, dit-il, Kramer, Kramer, 'ttendez une seconde, Kramer, ouais, ouais, ouais, okay, ça y est. L'affaire Henry Lamb. Article de la mort. C'est quoi, c't'affaire?

– Un tas de merde, dit Kramer.

– Eh bien j'ai une demande du *City Light*, un rosbif nommé Fallow. L'mec a un d'ces accents! J'croyais être sur la chaîne culturelle! Bon, il m'a lu une déclaration du Révérend Bacon sur le cas d'Henry Lamb. J'avais bien besoin de ça! Les mots du Révérend Bacon avec un accent british! Connaissez Bacon?

– Ouais, dit Kramer, j'ai interrogé la mère d'Henry Lamb dans le bureau de Bacon.

– Ce type a quelque chose d'elle aussi, mais ça vient surtout de Bacon. Attends, attends... ça dit... Euh... Bla, bla, bla, bla, bla, bla, bla... la vie humaine dans le Bronx... la malfaisance... La classe moyenne blanche...

bla, bla, bla... Résonance magnétique nucléaire... ça
continue sur la résonance magnétique nucléaire. Il y a
peut-être deux de ces putains de machines dans tout
l'pays, je crois... bla, bla, bla... Attends... voilà. Il accuse
le procureur de laisser tomber l'affaire. Dit que nous
voulons pas nous emmerder à entamer une procédure
parce que le môme est un jeune black de la Cité Edgar
Poe et que c'est trop de boulot.

– C'est de la merde!

– Je le sais bien, et tu le sais, mais faut que je rappelle
cet Angliche et que j'lui dise quelque chose.

Un énorme bruit.

– Combien d'temps faut que j'reste assis là avec ces
chaînes, mec! – Le type aux gros bras explosait à
nouveau. – C'est illégal!

– Hé, dit Kramer, authentiquement ennuyé. Vous
voulez vous barrer d'ici? alors, vous la fermez. J'peux
pas m'entendre parler, bordel! – Puis à Lubell : – Désolé,
je suis au commissariat. – Il entoura de sa main le micro
du téléphone et dit, à voix basse : – Ils ont trois témoins
d'un meurtre ici, enchaînés à ces putains de bureaux des
inspecteurs, et ils deviennent jobards.

Il jouit du bas niveau macho employé pour exposer ses
faits d'armes à Lubell, même s'il ne connaissait pas bien
le bonhomme.

– Enchaînés aux bureaux! dit Lubell, d'un air appréciateur. Bon Dieu, celle-là, je l'avais jamais entendue!

– Bon, dit Kramer, où en étais-je? Okay, nous avons
une Mercedes Benz avec une plaque qui commence par
R. Pour commencer nous ne savons même pas si nous
parlons d'une plaque de l'Etat de New York. Okay?
Voilà le début. Mais supposons que ce soit le cas. Il y a
deux mille cinq cents Mercedes immatriculées à New
York avec des plaques qui commencent par R. Bon, la
deuxième lettre est censée ressembler à un E ou un F,
ou peut-être un P ou un B ou un R, une lettre avec une
verticale sur la gauche et quelques horizontales qui en

partent. Supposons qu'on parte de ça. On se retrouve avec encore cinq cents voitures. Alors keskonfait? On s'attaque aux cinq cents voitures? Si vous avez un témoin qui peut vous dire que le garçon a été heurté par telle ou telle voiture, là, oui, peut-être. Mais il n'y a pas de témoins, sauf le môme, et il est dans le coma et il en sort pas. Nous n'avons aucune information sur le conducteur. Tout ce que nous avons c'est deux personnes à bord, deux Blancs, un homme et une femme, et par-dessus tout ça, l'histoire du môme était différente la première fois.

– Bien, keske j'dis? L'enquête continue?

– Ouais. L'enquête *continue*. Mais à moins que Martin trouve un témoin, il n'y a pas d'affaire du tout. Même si le môme a été renversé par une voiture, ce n'est probablement pas le genre de cas où la voiture elle-même peut servir de preuve, parce que le môme ne porte pas trace de blessures inhérentes à un tel type de collision – j'veux dire, pour l'amour du Ciel, il y a tellement de putains de *si* dans cette affaire de mère éplorée! Si vous voulez mon avis, c'est de la merde. Le môme a l'air du genre honnête et sincère, et sa mère aussi, mais entre vous et moi, je crois qu'il s'est fourré dans un merdier quelconque et qu'il a inventé cette putain d'histoire pour sa mère.

– Mais pourquoi aurait-il été rêver un morceau de plaque d'immatriculation? Pourquoi n'aurait-il pas dit qu'il se souvenait plus du numéro?

– Comment le savoir? Pourquoi les gens dans c'pays font les trucs qu'ils font? Vous croyez que ce mec, ce journaliste, va vraiment écrire quelque chose?

– J'en sais rien. Je vais juste lui dire que nous suivons l'affaire avec soin.

– Personne d'autre n'a appelé à ce sujet?

– Nan. On dirait que Bacon a réussi à joindre ce type-là par la bande.

– Et qu'est-ce que Bacon en tire?

– Oh, c'est un de ses chevaux de bataille préférés. La double société, la justice blanche, bla bla bla. Fait tout c'qu'y peut pour embarrasser le maire.

– Eh bien, dit Kramer, s'il arrive à sortir quelque chose de ce tas de merde, c'est un magicien!

Quand Kramer raccrocha, les trois témoins enchaînés gigotaient et se plaignaient toujours. Le cœur lourd, il se rendit compte qu'il allait vraiment devoir s'asseoir et parler avec ces trois bacilles et en sortir quelque chose de cohérent à propos d'un type surnommé Mac qui avait tué un homme qui connaissait un homme qui avait, ou n'avait pas connu les tenants et les aboutissants de quarante costards. Toute sa nuit du vendredi allait se faire foutre et il allait risquer sa vie aux dés et rentrer à Manhattan en métro. Il jeta un nouveau coup d'œil vers le vestiaire. Cette vision faite homme, cette gravure de mode funky, ce type nommé Mac, était toujours là-bas, bouffant ses travers et se marrant comme une baleine en regardant la télé, qui éclairait son visage en rose brûlure au premier degré et bleu thérapie au cobalt.

Kramer sortit du bureau des inspecteurs et dit à Gordon :

– Vos témoins commencent à s'exciter là-dedans. Y en a un qui voulait me passer sa chaîne autour du cou!

– Fallait que je lui mette la chaîne.

– Je sais ça, mais je voudrais vous poser une question. Ce type, Mac, il est assis là-bas et il mange ses travers de porc. Il n'est enchaîné à rien...

– Oh, je m'inquiète pas pour Mac. Il n'ira nulle part. Il s'est calmé. Il est content. Ce quartier en ruine, c'est tout ce qu'il connaît. J'vous parie qu'il ne sait pas que New York est sur l'océan Atlantique. C'est un gars d'ici. Non, il n'ira nulle part. Il n'est que le responsable. Mais un *témoin* – hé, chéri, si je ne mettais pas des chaînes aux témoins, vous auriez perso-o-o-onne à interroger. Vous verriez plus jamais leur cul. Votre putain de témoin se retrouverait à Saint-Domingue avant que vous puissiez dire : « tout ce que vous pourrez dire maintenant... »

Kramer retourna dans le bureau des inspecteurs faire son devoir et interroger les trois citoyens verts de rage et enchaînés, essayant de remettre un peu d'ordre dans ce tas de merde.

Comme le *City Light* ne publiait pas d'édition dominicale, l'équipe rédactionnelle était plutôt squelettique les samedis après-midi. La plupart étaient des rédacteurs attachés aux dépêches, fouillant dans le matériau qui coulait, heure après heure, venu de l'Associated Press ou de l'United Press, à la recherche de dépêches utilisables pour l'édition de lundi. Il y avait trois journalistes dans la salle de rédaction, plus un au quartier général de la police de Manhattan, au cas où se produirait une catastrophe ou un fait divers si sanglant que les lecteurs du *City Light* voudraient encore laper les détails le lundi. Il y avait un assistant rédacteur du service municipal, qui passait le plus clair de l'après-midi au téléphone, faisant des ventes par téléphone sur la ligne du *City Light*, pour un pote à lui, lequel vendait de la joaillerie de fraternité universitaire en gros, à des managers de fraternités estudiantines, qui revendaient le tout, les pinces à cravates, les bagues et les épingles et tutti quanti, aux *frères* et qui gardaient la différence pour eux-mêmes. L'ennui et la lassitude de ces sentinelles de la presse n'avaient qu'à peine besoin d'être exagérés.

Et, en ce samedi après-midi particulier, il y avait également Peter Fallow.

Fallow, par contraste, était la ferveur personnifiée. De tous les compartiments le long des bords de la salle de rédaction, le sien était le seul en action. Il était perché sur le bord de son fauteuil, le téléphone à l'oreille et un feutre Biro à la main. Il était tellement accroché que son excitation traversait sa gueule de bois quotidienne avec quelque chose qui approchait de la clarté.

Sur son bureau était posé un annuaire du Comté de Nassau, qui était dans Long Island. Bien épais, cet annuaire. Il n'avait jamais entendu parler du Comté de Nassau, bien qu'il se souvînt vaguement d'être obligatoirement passé par là durant un week-end où il s'était débrouillé pour inspirer le supérieur de St John au muséum, Virgil Gooch III – les Amerloques adoraient aligner des chiffres romains après le nom de leurs enfants – et se faire inviter dans son luxueux manoir au bord de l'océan à East Hampton, Long Island. Il n'y avait pas eu de seconde invitation, mais... ah, eh bien, eh bien... Quant à la ville de Hewlett, qui était dans le Comté de Nassau, son existence sur terre était entièrement nouvelle pour lui, mais quelque part dans la ville de Hewlett, un téléphone sonnait, et il souhaitait, désespérément, qu'on réponde. Finalement, après sept sonneries, on décrocha.

– Allô? – Hors d'haleine.

– M. Rifkind?

– Oui – à bout de souffle et circonspect.

– Ici Peter Fallow, du *City Light* de New York.

– J'en veux pas.

– Excusez-moi? J'espère vraiment que vous me pardonnerez de vous appeler un samedi après-midi.

– Vous espérez inutilement. J'ai été abonné au *Times* une fois. En fait, je le recevais environ une fois par semaine...

– Non, non, non, je ne suis pas...

– Soit quelqu'un le fauchait devant la porte avant que je parte de chez moi, soit il était changé en éponge, soit il n'était jamais livré.

– Non, je suis journaliste, M. Rifkind, j'écris pour le *City Light*.

Il finit par établir ce fait à l'intense satisfaction de M. Rifkind.

– Eh bien d'accord, dit M. Rifkind, allez-y. J'étais juste dans ma cour en train de boire des bières en peignant un panneau À VENDRE pour ma voiture. Vous ne seriez pas acheteur d'une Thunderbird 81, par hasard?

– J'ai bien peur que non, dit Fallow avec un glousse-ment, comme si M. Rifkind était l'homme le plus spirituel de tous les samedis après-midi de toute son existence. En fait je vous appelle pour vous parler d'un de vos étudiants, le jeune M. Henry Lamb.

– Henry Lamb? ça ne m'évoque rien. Qu'a-t-il fait?

– Oh, *rien*, à proprement parler. Il a été sérieusement blessé. – Il procéda à l'étalage des faits concernant cette affaire en les dirigeant plutôt lourdement vers la théorie Albert Vogel-Révérend Bacon. – On m'a dit que c'était un de vos élèves dans votre cours d'anglais.

– Qui vous a dit ça?

– Sa mère. J'ai eu une assez longue conversation avec elle. C'est une femme très bien et elle est très éprouvée, comme vous pouvez vous en douter.

– Henry Lamb... Oh, oui, je sais de qui vous parlez. Ah, c'est vraiment malheureux.

– Ce que j'aimerais savoir, M. Rifkind, c'est quel genre d'étudiant est Henry Lamb.

– Quel *genre*?

– Eh bien, est-ce que vous diriez qu'il était un étudiant *particulièrement remarquable*?

– D'où êtes-vous, M... Je suis désolé, redites-moi votre nom?

– Fallow.

– M. Fallow. Il me semble que vous n'êtes pas de New York.

– C'est vrai.

– Donc il n'y a aucune raison pour que vous sachiez quoi que ce soit sur le Collège Colonel Jacob Ruppert, dans le Bronx. A Ruppert nous utilisons des termes comparatifs, mais le mot *remarquable* n'en fait pas partie. L'échelle irait plutôt de coopératif à mortellement menaçant. – M. Rifkind commença à glousser. – Bon Dieu, n'écrivez pas que j'ai dit ça!

– Eh bien, comment décririez-vous Henry Lamb?

– Coopératif. C'est un brave garçon. Ne m'a jamais causé d'ennuis.

– Le décririez-vous comme un bon élève?

– *Bon* ne fonctionne pas trop bien non plus en ce qui concerne Ruppert. C'est plutôt : assiste-t-il aux cours ou pas.

– Est-ce qu'Henry Lamb assiste aux cours?

– Pour autant que je m'en souvienne, oui. En général il est là. On peut compter sur lui. C'est un gentil môme, aussi gentil qu'ils peuvent l'être.

– Y avait-il une partie de l'enseignement dans laquelle il était particulièrement bon... ou disons apte à, quelque chose qu'il faisait mieux que le reste?

– Pas particulièrement.

– Non?

– C'est difficile à expliquer, M. Fallow. Comme on dit : *ex nihilo, nihil fit*. Il n'y a pas un grand éventail d'activités dans ces cours, et donc c'est dur de comparer les performances. Ces garçons et ces filles... parfois leurs esprits sont en classe, et parfois ils sont ailleurs.

– Et Henry Lamb?

– C'est un brave garçon. Il est poli, il est attentif, il ne m'a jamais causé le moindre problème. Il essaie d'apprendre.

– Eh bien il doit avoir quelques qualités. Sa mère m'a dit qu'il envisageait d'aller à l'Université.

– Cela se pourrait bien. Elle parle sans doute du CCNY. C'est le City College of New York.

– Effectivement, je crois que Mme Lamb l'a mentionné.

– Ce Collège a une politique d'admission libre. Si vous vivez à New York, que vous avez fini le College et que vous voulez aller à l'Université, vous pouvez aller là.

– Est-ce qu'Henry Lamb aura son diplôme, ou l'aurait-il eu?

– Il me semble, oui. Comme je vous disais, il est très assidu.

– Comment croyez-vous qu'il s'en serait sorti à l'Université?

Un soupir.

– Je ne sais pas. Je ne peux pas imaginer ce qui arrive à ces enfants quand ils entrent au CCNY.

– Eh bien, M. Rifkind, n'y a-t-il *rien* que vous puissiez me dire sur les capacités ou les aptitudes de Henry Lamb? Rien du tout?

– Il faut que vous compreniez qu'on me donne environ soixante-cinq élèves par classe quand l'année commence, parce qu'on sait qu'il en restera quarante au milieu de l'année et trente seulement à la fin. Même trente, c'est trop, mais c'est ça qu'on me donne. Ce n'est pas exactement ce que vous appelleriez un système pédagogique. Henry Lamb est un brave jeune homme qui s'applique et veut s'éduquer. Qu'est-ce que je peux vous dire de plus?

– Une question. Comment s'en sort-il à l'écrit?

M. Rifkind laissa échapper un « oups ».

– A l'écrit? Il n'y a pas eu de travail écrit à Ruppert depuis quinze ans! Peut-être même vingt! Ils ont des tests à choix multiples. La compréhension de la lecture, c'est ça le grand truc. C'est tout ce qui préoccupe le Conseil d'Education.

– Et comment Henry Lamb s'en sortait-il en lecture?

– Il faudrait que je regarde. Pas mal, il me semble.

– Mieux que la plupart? Ou bien moyennement? Qu'est-ce que vous diriez?

– Eh bien... Je sais que ce doit être difficile pour vous de comprendre, M. Fallow, étant donné que vous venez d'Angleterre. C'est bien ça, je ne me trompe pas, vous êtes anglais?

– Oui.

– Naturellement – enfin, je pense que c'est naturel – vous êtes accoutumé à des niveaux d'excellence. Mais ces enfants ont atteint le niveau où cela vaut la peine d'attirer l'attention sur le genre de comparaisons dont vous parlez. Nous essayons simplement de les amener à un certain niveau puis nous essayons qu'ils ne retombent pas. Vous pensez à des « prix d'honneur », ou « d'excellence », et tout ça, et c'est assez naturel, je dois dire. Mais au Collège Colonel Jacob Ruppert, un « prix d'honneur » est un élève qui assiste aux cours, qui ne trouble pas la classe, et qui arrive à lire et à compter.

– Bon, utilisons donc ces standards. Selon cette échelle, est-ce qu'Henry Lamb est un élève honorable ?

– Selon ces standards, oui.

– Merci beaucoup, M. Rifkind.

– Je vous en prie. Je suis désolé de cette histoire. Il a l'air d'un bon gars. On n'est pas censé les appeler des garçons, mais c'est ce qu'ils sont, de pauvres garçons tristes et paumés, avec un tas de problèmes. Ne me citez pas, pour l'amour du Ciel ! Sinon c'est *moi* qui vais avoir un tas de problèmes ! Hé, dites donc, vous êtes sûr que vous ne voulez pas acheter une Thunderbird 1981 ?

X

SOMBRE SAMEDI MIDI ENSOLEILLÉ

AU même moment, également dans Long Island, mais soixante miles plus à l'est, sur le rivage sud, le *beach club* venait d'ouvrir pour la saison. Le club possédait un long bâtiment bas en stuc aplati sur les dunes et environ cent mètres de plage, délimités par deux grosses cordes d'amarrage passées dans des étais métalliques. Les aménagements du club étaient spacieux et confortables mais étaient maintenus avec dévotion dans le style Ascétique-Brahmane, ou Bois-Poncé-Façon-Pension, qui avait eu son heure de gloire dans les années 20 et 30. Et par conséquent, Sherman McCoy était maintenant assis sur la terrasse devant une table de bois parfaitement naturel sous un grand parasol aux couleurs passées. Avec lui se trouvaient son père, sa mère, Judy, et, par intermittence, Campbell.

Vous pouviez marcher ou, dans le cas de Campbell, courir directement de la terrasse sur le sable délimité par les deux cordes, et Campbell était justement quelque part là-bas avec la petite fille de Rawlie Thorpe, Eliza, et la petite fille de Garland Reed, MacKenzie. Sherman n'écoutait pas très attentivement son père dire à Judy comment Talbot, le barman du club, avait préparé son dry martini, qui avait la couleur d'un thé pâle.

– ... ne sais pas pourquoi, mais j'ai toujours préféré

un martini fait avec du vermouth doux, battu jusqu'à ce qu'il mousse, Talbot discute toujours...

Les fines lèvres de son père s'ouvraient et se fermaient, et son menton imposant allait de haut en bas, et son charmant sourire de conteur plissait ses joues. Une fois, quand Sherman avait l'âge de Campbell, son père et sa mère l'avaient emmené à un pique-nique sur le sable au-delà des cordes. Cette excursion avait un goût d'aventure. C'était très osé. Les étrangers là-bas sur la plage, la poignée de gens qui restaient tard dans l'après-midi, s'étaient avérés inoffensifs.

Maintenant, Sherman ne regardait plus son père. Son regard glissa pour explorer à nouveau le sable de la plage au-delà des cordes. Cela lui fit plisser les yeux, car au-delà du rassemblement de tables et de parasols, la plage n'était qu'une masse de lumière éblouissante. Il regarda moins loin et se retrouva les yeux fixés sur une tête à la table juste derrière son père. C'était l'inévitable tête ronde de Pollard Browning. Pollard était assis là avec Lewis Sanderson senior, qui avait toujours été l'Ambassadeur Sanderson durant l'adolescence de Sherman, Mme Sanderson, et Coker Channing et sa femme. Comment Channing avait pu devenir membre du club dépassait la compréhension de Sherman, sinon par le fait qu'il faisait carrière en s'insinuant auprès de gens comme Pollard. Pollard était président du club. Bon Dieu, il était président de l'assemblée des copropriétaires de l'immeuble de Sherman aussi. Cette tête ronde, épaisse... Mais étant donné son état d'esprit présent, Sherman se sentait rassuré par cette vue... épaisse comme un roc, solide comme un roc, riche comme Crésus, inamovible...

Les lèvres de son père cessèrent de remuer quelques instants, et il entendit sa mère dire :

– Cher, n'ennuie pas Judy avec tes martinis. Cela te fait paraître si vieux. Il n'y a plus que toi qui en bois.

– Ici, à la plage, ils en boivent. Si tu ne me crois pas...

– C'est comme parler du charleston, des années folles ou des wagons-restaurants ou...

– Si tu ne me crois pas...

– Des rations K ou des soixante-dix-huit tours.

– Si tu ne me crois pas...

– Avez-vous déjà entendu une chanteuse nommée Bonnie Baker? – Elle avait dit ça pour Judy, ignorant le père de Sherman. – Bonnie Baker était la star du Hit-Parade, à la radio. On l'appelait Wee Bonnie Baker. Le pays entier l'écoutait. Complètement oubliée maintenant, je pense.

Soixante-cinq ans et toujours aussi belle, pensait Sherman. Grande, mince, droite, d'épais cheveux blancs – refuse de les teindre – une aristocrate, bien plus que son père, avec toute son application à en être un – et toujours en train d'ébrécher le socle de la statue du grand Lion de Dunning Sponget.

– Oh, vous n'avez pas besoin de revenir si loin en arrière, dit Judy. Je parlais avec le fils de Garland. C'est un junior. Je crois, à Brown...

– Garland Reed a un fils au Collège?

– Le fils de Sally.

– Mon Dieu, j'avais complètement oublié Sally. N'est-ce pas épouvantable?

– Pas épouvantable, non, actuel, dit Judy, sans beaucoup sourire.

– Si tu ne me crois pas, demande à Talbot, dit le père de Sherman.

– Actuel! dit sa mère, riant et ignorant le Lion, ses martinis et son Talbot.

– Donc, dit Judy, il se trouve que je lui ai lâché trois mots sur les hippies, et il me regardait d'un air effaré. Jamais entendu parler d'eux. De l'histoire ancienne.

– Ici, sur la plage...

– C'est comme les martinis, dit la mère de Sherman à Judy.

– Ici, à la plage, on a encore le droit de profiter des simples plaisirs de la vie, dit le père de Sherman, ou du moins on en avait le droit jusqu'à il y a cinq minutes.

– Papa et moi sommes allés hier soir dans ce petit restaurant, Sherman, dans Wainscott, celui que Papa aime tant, avec Inez et Herbert Clark, et tu sais ce que la patronne m'a dit... tu vois la jolie petite femme qui le tient ?

Sherman acquiesça.

– Je la trouve très mignonne, dit sa mère, et alors que nous partions elle m'a dit – d'abord je dois mentionner que Inez et Herbert avaient bu deux gin-tonic chacun, Papa avait eu ses trois martinis, *et* il y avait eu du vin, et donc elle m'a dit...

– Céleste, ton nez va pousser. J'en avais bu *un*.

– Bien, peut-être pas trois, deux.

– Céleste...

– Bien, elle pensait que c'était beaucoup, elle me l'a dit. Elle m'a dit : « Ce sont mes vieux clients que je préfère. Ce sont les seuls qui boivent encore de nos jours. » *Mes vieux clients !* Je n'ose pas imaginer comment j'étais censée prendre ça !

– Elle pensait que tu avais vingt-cinq ans, dit le père de Sherman, – Puis à Judy : – Tout d'un coup je suis marié à Mme Prohibition.

– Mme Prohibition ?

– C'est de l'histoire encore plus ancienne, murmurat-il. Ou alors je suis marié à Miss Dernière Mode. Tu as toujours été très femme actuelle, Céleste.

– Seulement comparée à toi, chéri, dit-elle en souriant et en posant sa main sur son avant-bras. Pour rien au monde, je ne t'enlèverais tes martinis. Ceux de Talbot non plus.

– Je ne m'inquiète pas pour Talbot, dit le Lion.

Sherman avait dû entendre son père parler de la

manière dont il aimait ses martinis au moins cent fois, et Judy au moins vingt fois, mais ce n'était pas grave. Cela tapait sur les nerfs de sa mère, pas sur les siens. Tout allait bien, tout était exactement comme à l'habitude. C'était comme cela qu'il voulait que se passe ce week-end. Pareil, pareil, pareil, et nettement délimité par les deux cordes de la plage.

Rien que de sortir de l'appartement, où le *Puis-je parler à Maria* empoisonnait toujours l'atmosphère, avait grandement aidé. Judy était partie la veille dans le break avec Campbell, Bonita et Mlle Lyons, la nounou. Lui était parti la veille au soir avec la Mercedes. Ce matin, dans l'allée devant le garage derrière leur grande maison de Old Drover's Mooring Lane, il avait examiné la voiture. Aucune trace, du moins qu'il pût voir, de l'accident... Tout était plus brillant ce matin, Judy y compris. Elle avait bavardé aimablement au petit déjeuner. Et maintenant elle souriait à son père et à sa mère. Elle avait l'air détendu... et plutôt vraiment jolie, plutôt chic... avec son polo, son shetland jaune pâle et ses pantalons blancs... Elle n'était pas jeune, mais elle avait ce genre de finesse qui vieillirait bien... des cheveux adorables... les régimes et l'abominable Entraînement Sportif... et l'âge... avaient pris leurs tributs sur sa poitrine, mais elle avait toujours un corps fin et élancé... ferme... Il sentit monter un demi-désir... Peut-être ce soir... Ou au milieu de l'après-midi!... pourquoi pas?... Cela pourrait amorcer le dégel, la renaissance du printemps, le retour du soleil... une nouvelle fondation plus solide... Si elle était d'accord, alors la... sale affaire... serait enterrée... Peut-être *toutes* les sales affaires. Quatre jours avaient passé maintenant, et il n'y avait pas eu le moindre entrefilet racontant une affreuse histoire arrivée à un grand garçon maigre sur une rampe d'autoroute dans le Bronx. Personne n'était venu frapper à sa porte. De plus *elle* conduisait. Elle l'avait dit elle-même. Et quoi qu'il arrive, il était *moralement propre*. (Rien à craindre de Dieu.) Il avait combattu pour leurs vies à tous deux.

Peut-être tout cela était-il un avertissement de Dieu? Pourquoi Judy, Campbell et lui ne sortaient-ils pas de la folie de New York... et de la mégalomanie de Wall Street? Qui d'autre qu'un fou arrogant voudrait être un Maître de l'Univers – et prendre les risques insensés qu'il avait pris? Pas tombé loin, l'avertissement... Mon Dieu, je Vous jure qu'à partir de maintenant... Pourquoi ne vendrait-il pas l'appartement pour emménager ici à Southampton – ou dans le Tennessee... Tennessee... Son grand-père, William Sherman McCoy était venu de Knoxville à New York quand il avait trente et un ans... Un péquenot aux yeux des Browning... Eh bien, qu'y avait-il de mal chez les bons péquenots américains?... Le père de Sherman l'avait emmené à Knoxville un jour. Il avait vu la maison parfaitement convenable où son grand-père avait grandi... Une charmante petite ville, une petite ville sobre et raisonnable, Knoxville... Pourquoi ne pas aller là-bas, prendre un travail chez un agent de change, un travail régulier, un travail sain et responsable, sans essayer de faire pivoter la terre sur son axe, un boulot de neuf à cinq, ou quels que soient les horaires là-bas, à Knoxville, 90 000 $ ou 100 000 $ par an, un dixième au plus de ce dont il croyait absurdement avoir besoin maintenant, et ce serait largement suffisant... Une maison géorgienne avec un porche d'un côté. Un demi-hectare ou deux de bon gazon bien vert, une tondeuse sophistiquée dont il se servirait lui-même à l'occasion, un garage avec une porte qui s'ouvre grâce au petit Génie de la télécommande qu'on accroche au pare-soleil de la voiture, une cuisine avec un tableau magnétique où vous pouviez laisser des messages pour les uns et les autres, une vie confortable, une vie aimante. Notre petite ville...

Maintenant, Judy souriait à quelque chose que son père avait dit, et le Lion souriait, savourant son appréciation de ses mots d'esprit, et sa mère leur souriait à tous les deux, et, aux tables derrière, Pollard souriait et Rawlie souriait et l'Ambassadeur Sanderson, ses grandes vieilles jambes et tout, souriait et le doux soleil de ce début de juin au bord de la mer réchauffait les os de Sherman, et il se détendit pour la première fois depuis deux semaines, et il sourit à Judy, à son père et à sa mère, comme s'il avait réellement prêté attention à leur badinage.

— Papa !

Campbell arrivait en courant vers lui, venue de la plage et de la lumière étincelante, courant sur les planches, entre les tables.

— Papa !

Elle était absolument merveilleuse. Pas tout à fait sept ans encore et elle avait perdu ses traits de bébé, était devenue une petite fille avec des bras fins, des jambes musclées et fermes et pas un seul défaut. Elle portait un maillot de bain rose avec les lettres de l'alphabet imprimées en noir et blanc. Sa peau luisait du soleil et de l'exercice. Rien que de la voir, elle... Comme une vision... *une vision...* qui amena des sourires sur les visages de son père, de sa mère et de Judy. Il déplaça ses jambes de sous la table et ouvrit grands les bras. Il voulait qu'elle coure droit dans ses bras ouverts.

Mais elle s'arrêta net. Elle n'était pas venue pour un câlin.

— Papa... — Elle respirait fort. Elle avait une importante question à poser. — Papa.

— Oui mon cœur !

— Papa. — Elle avait du mal à reprendre son souffle.

— Doucement, ma chérie. Qu'y a-t-il ?

— Papa... Qu'est-ce que tu fais ?

Qu'est-ce qu'il faisait ?

— Je fais ? Qu'est-ce que tu veux dire, mon petit cœur ?

– Eh bien, le père de MacKenzie fait des livres, et il a quatre-vingts personnes qui travaillent pour lui.

– C'est ce que MacKenzie t'a dit?

– Oui.

– Oh oh oh! Quatre-vingts personnes! dit le père de Sherman, avec la voix dont il se servait pour les petits enfants. Voyez-vous ça!

Sherman pouvait très bien imaginer ce que le Lion pensait de Garland Reed. Garland avait hérité l'affaire d'imprimerie de son père et depuis dix ans il n'avait rien fait d'autre que de la maintenir en vie. Les « livres » qu'il « faisait » étaient des travaux d'imprimerie confiés par les vrais éditeurs, et les produits allaient de manuels en programmes de club, contrats de corporations et rapports annuels, le tout assez loin de la littérature. Quant aux quatre-vingts personnes... quatre-vingts blouses tachées d'encre serait plus approprié, linotypistes, ouvriers, et ainsi de suite. Au plus haut de sa carrière, le Lion avait eu *deux cents avocats de Wall Street* sous son fouet, la plupart de l'Ivy League[1].

– Mais qu'est-ce que tu *fais*? demanda Campbell, de plus en plus impatiente...

Elle voulait retourner voir MacKenzie pour lui faire son rapport, et cela appelait une réponse très impressionnante.

– Eh bien, Sherman, qu'en dis-tu? dit son père avec une petite grimace. Je veux entendre la réponse à cette question moi aussi. Je me suis souvent demandé ce que vous faisiez tous exactement. Campbell, c'est une *excellente* question.

Campbell sourit, ravie de cette louange de son grand-père.

Un peu plus d'ironie. Et pas si bienvenue, cette fois. Le Lion avait toujours regretté qu'il se lance dans les affaires d'obligations plutôt que dans la Loi, et le fait

1. Ivy League : association des sept plus grandes Ecoles des USA.

qu'il ait prospéré là-dedans rendait les choses encore pires. Sherman sentait sa colère monter. Il ne pouvait pas rester assis là et brosser un tableau de lui en Maître de l'Univers, pas avec son père, sa mère et Judy prêts à bondir au moindre mot. Et en même temps, il ne pouvait pas donner à Campbell une modeste opinion de lui-même en tant que vendeur, un parmi tant d'autres, ni même de chef des ventes d'obligations, ce qui paraîtrait pompeux sans être impressionnant et ne signifierait rien pour Campbell en tout cas – Campbell qui était là, haletante, anxieuse de courir retrouver sa petite amie qui avait un papa qui *faisait des livres* et qui avait *quatre-vingts personnes* qui travaillaient pour lui.

– Eh bien, je fais du commerce d'*obligations*, mon cœur. Je les achète, je les vends, je...

– C'est quoi des obligations? C'est quoi du commerce?

Maintenant sa mère se mettait à rire :

– Il faut que tu trouves mieux que cela, Sherman !

– Eh bien, ma chérie, des obligations... une obligation c'est... attends, laisse-moi trouver le meilleur moyen de t'expliquer...

– Explique-le-moi, Sherman, dit son père, j'ai dû rédiger cinq mille contrats de systèmes d'achat et je me suis toujours endormi avant de comprendre pourquoi diable les gens voulaient des obligations.

C'est parce que toi et tes deux cents avocats de Wall Street n'étiez que des fonctionnaires au service des Maîtres de l'Univers, songea Sherman, de plus en plus ennuyé. Il vit Campbell qui regardait son grand-père, l'air consterné.

– Ton grand-père plaisante, chérie, dit-il en fusillant son père du regard. Une obligation c'est un moyen de prêter l'argent à quelqu'un. Disons que tu veuilles construire une route, et que ce n'est pas une petite route mais une grande autoroute, comme celle qu'on a prise pour aller dans le Maine l'été dernier. Ou bien que tu veuilles construire un grand hôpital. Pour faire ça, il faut beaucoup d'argent, plus d'argent qu'on ne peut trouver en allant simplement dans une banque. Donc, ce qu'on fait c'est qu'on émet des emprunts, des obligations, cela s'appelle.

– Tu construis des routes et des hôpitals, Papa? C'est ça que tu fais?

Maintenant et son père et sa mère riaient. Il leur lança ouvertement des regards pleins de reproches, ce qui ne fit que les rendre plus joyeux encore. Judy souriait, avec une petite lueur de sympathie, du moins en apparence.

– Non, je ne les construis pas réellement, mon cœur, je m'occupe des obligations, et ce sont ces obligations qui les rendent possibles...

– Tu *aides* à les construire?

– Oui, dans un sens.

– Lesquels?

– Comment *lesquels*?

– Tu as dit des routes et des hôpitals...

– Eh bien, aucun vraiment en particulier...

– La route du Maine?

Maintenant son père et sa mère pouffaient, avec ces contractions irrésistibles des gens qui essaient de ne pas vous éclater de rire à la figure.

– Non, pas la...

– Je crois que tu coules pour de bon, Sherman, dit sa mère. – Le *coules* sortit comme un gloussement aigu.

– Pas la route du Maine, dit Sherman en ignorant ce commentaire. Laisse-moi essayer de t'expliquer autrement.

Judy prit les devants :

– Laisse-moi essayer.

– Eh bien... d'accord.

– Chérie, dit Judy, Papa ne construit pas des routes ou des hôpitaux et il n'aide pas à les construire, mais il s'occupe vraiment des *obligations* pour les gens qui rassemblent de l'argent.

– Des obligations?

– Oui. Imagine simplement qu'une obligation est comme une part de gâteau, et que tu n'as pas aidé à faire ni à cuire le gâteau, mais à chaque fois que tu tends une part de ce gâteau à quelqu'un, une minuscule miette en tombe, et tu peux garder cette miette.

Judy souriait, et Campbell aussi, qui semblait se rendre compte que c'était une plaisanterie, une sorte de conte de fées basé sur ce que faisait son papa.

– Des petites miettes? dit-elle d'un ton encourageant.

. – Oui, dit Judy. Imagine de petites miettes, mais *un tas* de petites miettes. Si tu tends suffisamment de parts de gâteau, alors, très vite tu vas avoir assez de miettes pour faire un *gigantesque* gâteau.

– Pour de vrai? dans la vraie vie? demanda Campbell.

– Non, pas en vrai. Il faut juste que tu imagines ça.

Judy regarda le père et la mère de Sherman, cherchant leur approbation pour cette description avisée du marché des obligations. Ils souriaient, mais sans trop de conviction.

– Je ne suis pas certain que tu rendes les choses plus claires pour Campbell, dit Sherman. Mon Dieu... des *miettes*...

Il sourit pour montrer qu'il savait que ce n'était qu'un badinage de déjeuner. En fait... il était habitué à l'attitude dédaigneuse de Judy envers Wall Street, mais il n'était pas très satisfait des... *miettes*.

– Je ne crois pas que ce soit une si mauvaise métaphore, dit Judy en souriant aussi. – Puis elle se tourna vers son père. – Laissez-moi vous donner un exemple actuel, John, et vous serez juge.

John. Même s'il y avait quelque chose d'un peu... bizarre... dans les *miettes*, c'était la première indication réelle que les choses pouvaient dégénérer. *John*. Son père et sa mère avaient toujours encouragé Judy à les appeler John et Céleste, mais cela la mettait mal à l'aise. Donc elle s'arrangeait pour ne pas avoir à les appeler par leurs noms. Ce *John* fortuit et confiant ne lui ressemblait pas. Même son père semblait être un peu sur ses gardes.

Judy se lança dans une description de l'emprunt Giscard. Puis elle dit à son père :

– Pierce & Pierce ne le vend pas pour le gouvernement français et ne l'achète pas au gouvernement français mais à ceux qui l'ont déjà acheté au gouvernement français. Donc les transactions de Pierce & Pierce n'ont rien à voir avec quoi que ce soit que la France voudrait construire ou développer ou... réussir. Tout a été fait longtemps avant que Pierce & Pierce n'entre dans le jeu. Donc ce ne sont que des espèces de... tranches de gâteau. Un gâteau en or. Et Pierce & Pierce ramasse des millions de merveilleuses – elle haussa les épaules – miettes d'or.

– Tu peux appeler ça des miettes si tu veux, dit Sherman en essayant de ne pas avoir l'air irrité, et en échouant.

– Voilà, c'est le mieux que je peux faire, dit Judy, avec ferveur. – Puis à son père et sa mère : – Les banques d'investissement sont un champ inhabituel. Je ne sais pas si l'on peut expliquer cela à qui que ce soit en dessous de vingt ans. Ou peut-être même de *trente*.

Sherman remarqua que Campbell était là, debout, avec un air de détresse sur son petit visage.

– Campbell, dit-il, tu sais quoi ? Je pense que maman veut que je change de profession.

Il fit une grimace comme si c'était une des discussions les plus drôles du monde.

– Pas du tout, dit Judy en riant. Je ne me plains pas de tes miettes d'or !

Des miettes ! – assez de miettes ! Il sentait la colère monter. Mais il continua à sourire.

– Peut-être devrais-je essayer la décoration. Excuse-moi, l'agencement d'intérieurs.

– Je ne crois pas que tu sois fait pour ça.

– Oh, je ne sais pas. Ce doit être amusant d'installer des rideaux mousseux et des chintz lustrés pour... qui étaient ces gens?... ces Italiens dont tu as décoré l'appartement?... les di Ducci?

– Je ne trouve pas cela particulièrement amusant.

– Eh bien alors, c'est *créatif*, n'est-ce pas?

– Eh bien... au moins tu es capable de montrer quelque chose que tu as *fait*, quelque chose de tangible, quelque chose d'accompli...

– Pour les di Ducci.

– Même si c'est pour des gens qui sont barbants et vaniteux. C'est quelque chose de *réel*, quelque chose de descriptible, quelque chose qui contribue à la simple satisfaction humaine, peu importe que ce soit frivole et temporaire, c'est quelque chose que tu peux au moins expliquer à ton enfant. Je veux dire, chez Pierce & Pierce, que diable vous racontez-vous *à vous-mêmes* sur votre travail de chaque jour?

Tout d'un coup, un gémissement. Campbell. Des larmes coulaient sur son visage. Sherman passa ses bras autour d'elle, mais son petit corps était tout raide.

– Tout va bien, mon cœur!

Judy se leva, les rejoignit et mit également ses bras autour d'elle.

– Oh, Campbell, Campbell, Campbell, mon petit sucre! Papa et moi on ne faisait que se taquiner!

Pollard Browning regardait vers eux. Et Rawlie aussi. Des visages aux tables tout autour regardaient l'enfant blessée.

Parce qu'ils essayaient tous deux d'embrasser Campbell, Sherman se retrouva le visage à quelques centimètres de celui de Judy. Il aurait voulu l'étrangler. Il jeta un coup d'œil vers ses parents. Ils étaient consternés.

Son père se leva.

– Je vais chercher un martini, dit-il, vous êtes trop *actuels* pour moi.

Samedi! à SoHo! Après une attente de moins de vingt minutes, Larry Kramer et sa femme, Rhoda, Greg Rosenwald et sa petite-amie-du-moment, Mary-Lou-J'-aime-Greg, et Herman Rappaport et sa femme Susan, occupaient une table en vitrine au restaurant Haiphong Harbor. Dehors, sur West Broadway, c'était une journée de fin de printemps si claire et si pétillante que même la saleté de SoHo ne pouvait l'obscurcir. Même la jalousie qu'éprouvait Kramer pour Greg Rosenwald ne pouvait l'obscurcir. Lui et Greg et Herman avaient étudié ensemble à l'université de New York. Ils avaient travaillé ensemble au conseil des activités estudiantines. Herman était maintenant directeur de collection, parmi tant d'autres, chez Putnam, la maison d'édition, et c'était principalement grâce à lui que Rhoda avait obtenu son boulot à Waverly Place Books. Kramer était substitut du procureur, un des deux cent quarante-cinq, dans le Bronx. Mais Greg, Greg avec ses fringues chic et l'adorable Blonde-Mary-Lou à son côté, écrivait dans le *Village Voice*. De fait, Greg était la seule étoile qui fût montée au firmament de leurs rêves d'étudiants. Cela avait été évident dès l'instant où ils s'étaient assis. A chaque fois que les autres avaient une remarque à faire, ils regardaient Greg.

Herman regardait Greg lorsqu'il dit :

– Vous avez été dans cet endroit-là, chez Dean et DeLuca? Vous avez vu les prix? du saumon... fumé... écossais... 33 $ la livre? Susan et moi on y est allé récemment.

Greg eut le sourire de celui qui sait.

– C'est pour les *Seville de Short Hills*.

– Les Seville de Short Hills? demanda Rhoda.

Ma femme, la gaffe sur toute la ligne personnifiée. Plus que ça, même. Elle arborait le genre d'expression qu'on a sur le visage quand on *sait* qu'on va se manger une réplique pleine d'esprit.

– Ouais, dit Greg. Regarde... « r'garde ». – Son accent était aussi atroce que celui de Rhoda. – Toutes les autres voitures dehors – toutes la z'aut' voatures déhors – sont des Cadillac Seville avec des plaques du New Jersey. Et regarde comment ils *s'habillent*! – R'garde comment y s'billent!

Non seulement il avait un accent atroce, mais en plus il avait les trois-mille volts de David Brenner, l'acteur.

– Ils sortent de leurs baraques géorgiennes six chambres sept salles de bains, avec leurs blousons d'aviateur et leurs blue-jeans, ils grimpent dans leurs Cadillac Seville et ils descendent à SoHo tous les samedis.

T'les samdis. Mais Rhoda et Herman et Susan étaient suspendus à ce qu'il leur montrait et gloussaient d'un air approbateur. Ils pensaient que c'était riche comme humour. Seule Mary-Lou-Blonde-Phare avait l'air moins balayée par cette appréciation absolue. Kramer décida que s'il parvenait à en placer une, il la dirigerait vers elle.

Greg était lancé dans une dissertation sur tous les éléments bourgeois qui étaient maintenant attirés vers le quartier des artistes. Pourquoi ne commençait-il pas par lui-même? Regarde-le. Une grosse barbe rousse bouclée, aussi épaisse que celle du Roi de Cœur, qui cache son menton fuyant... une veste de tweed vert foncé avec des énormes épaules et des revers avec des crans tout le long de ses côtes... un tee-shirt noir avec le logo des Plus Casserole, le groupe, en travers de la poitrine... des pantalons noirs à pinces... Ce look Noir-Graisseux qui était si... Si post-punk, si... *actuel*... et en fait c'était un gentil petit garçon juif de Riverdale, qui était le Short Hills de New York, et ses parents avaient une jolie maison de style colonial, ou Tudor, ou peu importe... Un germe de la petite bourgeoisie... journaliste au *Village Voice*, un je-sais-tout, possesseur de Mary-Lou-Jolies-

327

Hanches... Greg avait commencé à vivre avec Mary-Lou quand elle s'était inscrite au Séminaire de Journalisme Investigateur qu'il dirigeait à l'université de New York deux ans auparavant. Elle avait un corps fantastique, des seins *extraordinaires*, et un look de Wasp classique. Elle se trimbalait sur le campus comme un être d'une autre planète. Kramer l'appelait Mary-Lou-J'-aime-Greg, ce qui était une manière de dire qu'elle avait abandonné sa véritable identité pour vivre avec Greg. Elle les ennuyait. Elle ennuyait surtout Kramer. Il la trouvait dense, distante – intensément désirable. Elle lui rappelait la fille au rouge à lèvres marron. Et à cause de cela, il enviait Greg par-dessus tout. Il avait pris cette magnifique créature et l'avait possédée sans assumer aucune des obligations, sans se faire engluer dans une colonie pour fourmis dans le West Side, sans avoir une nurse anglaise assise sur la tête, sans avoir une femme qu'il devait regarder se transformer peu à peu en sa maman *shtetl*... Kramer observa Rhoda une seconde, son visage bouffi et radieux, et se sentit immédiatement coupable. Il *aimait* son petit bébé, il était *lié* à Rhoda, pour toujours, et selon les sacrements... et pourtant... *C'est New York, ici! et je suis jeune encore!*

Les mots de Greg glissaient sur lui. Son regard errait. Pendant un instant ses yeux rencontrèrent ceux de Mary-Lou. Elle soutint son regard. *Se pourrait-il que?* Mais il ne pouvait pas la fixer ainsi éternellement. Il regarda par la vitrine les gens qui marchaient sur West Broadway. La plupart étaient jeunes ou avaient l'air jeunes – si branchés! – si pétillants, même en Noir-Goudron, en ce parfait après-midi de fin de printemps.

A la fois ici et ailleurs, assis à une table du Haiphong Harbor, Kramer se jurait qu'il allait *prendre sa part*. La fille au rouge à lèvres brun...

...avait soutenu son regard, et lui avait soutenu le sien, quand le verdict était tombé. Il avait emporté les jurés et coulé Herbert, qui allait purger une peine de trois à six ans, au minimum, puisqu'il avait déjà une condamnation pour escroquerie dans son casier. Il avait été dur, sans peur, perspicace – et il avait gagné. Il l'avait gagnée, *elle*. Quand le représentant des jurés, un Noir nommé Forrester, avait annoncé le verdict, il l'avait regardée droit dans les yeux et elle avait plongé dans son regard, et ils étaient restés comme ça pendant ce qui ressemblait à une éternité. Il n'y avait aucun doute à ce sujet.

Kramer tenta d'accrocher à nouveau les regards de Mary-Lou, mais n'y parvint pas. Rhoda lisait le menu. Il l'entendit demander à Susan Rappaport : « T' mangé, 'vant d'v'nir ? » ce qui signifiait : est-ce que tu as mangé avant de venir ?

Susan dit :

– Nan étta ? – Non, et toi ?

– Non. J' pouvais plus t'nir, fallait qu' j' sorte. Je vais plus pouvoir l' faire pendant les seize prochaines années !

– Faire quoi ?

– Oh, juste aller à SoHo pasque j'ai envie d'aller à SoHo. Aller n'importe où. La nurse part mercredi.

– Pourquoi v' prenez pas quelqu'un d'autre ?

– Tu plaisantes ? Tu veux savoir combien elle nous coûte ?

– Combien ?

– Cinq cent vingt-cinq dollars la s'maine. C'est ma mère qui a payé pour quatre semaines.

Merci beaucoup. Vas-y, continue. Dis à tous ces *yentas* que ton mari n'est même pas capable de payer cette satanée nurse. Il remarqua que les yeux de Susan quittaient le visage de Rhoda et se levaient vers la vitrine. Sur le trottoir, juste de l'autre côté de la vitre, se tenait un jeune homme qui essayait de regarder à l'intérieur. Sans les quelques millimètres de verre, il aurait été penché carrément sur leur table. Il scrutait, cherchait, fixait l'intérieur, jusqu'à ce que le bout de son nez soit presque écrasé contre la vitre. Maintenant, tous les six regardaient le type, mais apparemment il ne les voyait pas. Il avait un visage décharné mais sympathique, jeune, et des cheveux bouclés châtains. Avec sa chemise au col ouvert, et le col de son blouson de l'aéronavale relevé, il avait l'air d'un aviateur de jadis.

Mary-Lou-Caresse se tourna vers Susan avec un regard mauvais.

– Je crois qu'on devrait lui demander s'il a déjeuné.

– Mmmmmmmh, dit Susan qui, comme Rhoda, avait déjà gagné sa première couche sous-cutanée de matrone.

– Il m'a l'air affamé, dit Mary-Lou.

– M'a l'air plutôt retardé, dit Greg.

Greg était à trente centimètres du jeune homme et le contraste entre l'apparence de fouine malsaine fringuée mode Noir-Graisseux de Greg et l'aspect rose poupon et sain du jeune type était phénoménal. Kramer se demanda si les autres le remarquaient aussi. Mary-Lou devait l'avoir remarqué. Ce rouquin barbu d'intello raté de Riverdale ne la méritait vraiment pas.

Kramer croisa à nouveau un instant ses yeux, mais elle regardait le jeune homme, qui, vaincu par les reflets, se détournait de la vitrine et s'en allait sur West Broadway. Sur le dos de son blouson était brodé un éclair doré et, au-dessus, les mots : RADARTRONIC SECURITY.

– Radartronic Security, dit Greg de manière à signifier quel zéro, quelle nullité était ce personnage devant qui Mary-Lou avait décidé de tomber gaga.

– Vous pouvez être sûrs qu'il ne travaille pour aucune compagnie de sécurité, dit Kramer.

Il était déterminé à attirer l'attention de Mary-Lou.

– Pourquoi ça ? demanda Greg.

– Parce qu'il se trouve que j'en connais. Je les vois tous les jours. Je n'engagerais pas un seul vigile dans cette ville même si ma vie en dépendait – surtout si ma vie en dépendait. Ce sont tous des délinquants endurcis et violents.

– Ce sont quoi? demanda Mary-Lou.

– Des délinquants avec propension à la violence. Ils ont tous eu déjà au moins une condamnation pour un crime ou des voies de fait.

– Allez, dit Herman, c'est pas possible.

Il tenait leur attention maintenant. Il allait leur jouer sa suite en dur, Notre Macho Spécialiste du Bronx.

– Bon, peut-être pas tous, mais au moins soixante pour cent. Vous devriez aller vous asseoir un matin au bureau des plaintes sur le Grand Concourse. Un des moyens de justifier d'une plainte : Le juge demande à l'accusé s'il a un travail, et si oui, c'est censé montrer qu'il a des racines dans la communauté, etc. Donc le juge demande à ces mômes s'ils ont un travail, et je veux dire que ces mômes sont là pour attaque à main armée, vol à l'arraché, voies de fait, meurtre, tentative de meurtre, j'en passe et des meilleures, et tous, je dis bien tous, s'ils ont un boulot, ils vont dire : « Ouais, j' suis vigile. » Je veux dire, qui croyez-vous qui choisisse ce genre de boulot? Ils sont payés un minimum, c'est un boulot emmerdant, et quand c'est pas emmerdant c'est désagréable.

– Peut-être qu'ils sont bons pour ce genre de boulot, dit Greg. Ils aiment bien ça. Ils savent comment manier une arme.

Rhoda et Susan rirent. Quel esprit, quel esprit...

Mary-Lou ne rit pas. Elle regardait Kramer fixement.

– Ça, il n'y a aucun doute, dit-il.

Il ne voulait pas perdre le contrôle de la conversation, ni ces grands yeux bleus et cette avantageuse poitrine.

– Tout le monde est armé dans le Bronx. Attendez, je vais vous raconter une affaire que je viens de finir.

Ahhhhhhhhh! C'était enfin une chance de leur parler du triomphe du Ministère Public sur ce desperado d'Herbert 92 X, et il plongea dans son récit avec appétit. Mais d'entrée, Greg lui posa un problème. Dès qu'il entendit le nom Herbert 92 X, il dévia vers une histoire qu'il avait écrite sur les prisons pour le *Village Voice*.

— S'il n'y avait pas les musulmans, les prisons de cette ville échapperaient *vraiment* à tout contrôle.

C'était de la merde, mais Kramer ne voulait pas que la discussion dévie sur les musulmans et la satanée histoire de Greg. Donc il dit :

— Herbert n'est pas vraiment un musulman. Je veux dire, les musulmans ne picolent pas dans les bars.

Ça avançait doucement. Greg savait tout. Il savait tout sur les musulmans, les prisons, le crime, la rue et la vie de cette cité aux milliards de jambes. Il commença à retourner l'histoire contre Kramer. Pourquoi voulaient-ils absolument condamner un homme qui n'avait rien fait d'autre que de suivre l'instinct naturel qui consiste à protéger sa propre vie ?

— Mais il a *tué* un homme, Greg ! avec un revolver sans permis qu'il portait tous les jours... pure routine !

— Ouais, mais regarde le boulot qu'il avait ! C'est visiblement un boulot dangereux. Tu disais toi-même que tout le monde est armé là-haut.

— Son *boulot* ? Okay, regardons son boulot. Il travaillait pour un putain de trafiquant d'alcool !

— Et kesk' tu veux qu'il fasse ? Qu'il bosse pour IBM ?

— Tu parles comme si c'était hors de question. Je te parie qu'IBM a plein de programmes pour les minorités, mais Herbert ne voudrait pas d'un de leurs boulots, même s'ils le lui donnaient. Herbert est un comédien. C'est un arnaqueur qui essaie de se faire une couverture avec sa religion, et il se trouve qu'il n'est que puéril, égocentrique, irresponsable, paresseux...

Il apparut soudain à Kramer qu'ils le regardaient tous d'une drôle de façon, tous. Rhoda... Mary-Lou... Ils lui servaient le regard qu'on réserve à quelqu'un qui s'avère tout à coup être un réactionnaire masqué. Il était allé trop loin dans son bidouillage justice-crime... Il y avait trop de relents réactionnaires dans sa voix... C'était comme une de ces soirées à refaire le monde que leur bande avait connues quand ils étaient tous à NYU, sauf que maintenant ils avaient dépassé la trentaine et qu'ils le regardaient comme s'il était devenu quelque chose d'affreux. Et en une seconde il sut qu'il n'existait aucun moyen de leur expliquer ce qu'il avait vécu ces six dernières années, ce qu'il avait vu. Ils ne comprendraient pas, Greg moins que les autres encore, qui prenait son triomphe sur Herbert 92 X et le lui rentrait dans la gorge.

Ça allait si mal que Rhoda se sentit obligée de venir à la rescousse.

– Tu ne comprends pas, Greg, dit-elle, tu n'as pas idée de ce que Larry se coltine. Il y a sept mille arrestations criminelles dans le Bronx chaque année, et ils ont la capacité – la c'passitéï – de cinq cents procès seulement. Il n'y a pas moyen qu'ils puissent étudier chaque aspect de chaque affaire et prendre toutes ces choses différentes en considération.

– Oui, j'imagine très bien quelqu'un en train de dire ça à cet Herbert 92 X.

Kramer regarda le plafond du Haiphong Harbor. Il avait été peint en noir mat, ainsi que tous les câbles, tuyaux et appliques électriques. On aurait dit des intestins. Sa propre femme. Son idée pour prendre sa défense consistait à dire : « Larry a tellement de gens de couleur à enfermer, qu'il n'a pas le temps de les traiter comme des individus. Alors, soyez pas durs avec lui ! » Il s'était donné à fond dans cette affaire d'Herbert 92 X, il l'avait menée si brillamment, il avait regardé Herbert droit dans les yeux, vengé un père de cinq enfants, Nestor Cabrillo – et résultat des courses ? Maintenant il fallait qu'il se défende, *lui-même*, contre une bande d'intellectuels dans le vent, dans un bistrot dans le vent, dans ce putain de SoHo dans le vent.

Il examina leur tablée. Même Mary-Lou le regardait

avec des yeux de poisson. La belle créature aérienne bonne comme du pain blanc était devenue aussi dans le vent que le reste d'entre eux.

Eh bien, il y avait pourtant une personne qui comprenait l'affaire Herbert 92 X, qui comprenait combien il avait été brillant, qui comprenait la rectitude de la justice qu'il façonnait, et comparée à elle, Mary-Lou avait l'air... l'air de... pas grand-chose.

Pendant un moment il croisa à nouveau le regard de Mary-Lou, mais la lueur avait disparu.

XI

LES MOTS SUR LE SOL

La Bourse de Paris était ouverte aux transactions internationales deux heures seulement par jour de 13 à 15 heures, ce qui faisait de 7 à 9 heures du matin heure de New York. Donc, le lundi, Sherman arrivait dans la salle des obligations de Pierce & Pierce à 6 h 30. Il était maintenant 7 h 30 et il était à son bureau avec son téléphone à son oreille gauche et son pied droit sur le stand portable de Félix le cireur.

Le bruit des jeunes hommes brassant l'argent du marché des obligations s'élevait déjà dans la salle, car ce marché était maintenant une affaire internationale. En face de lui se trouvait le jeune seigneur des pampas, Arguello, son téléphone accroché à l'oreille droite et la main gauche sur l'oreille gauche, en train de parler avec Tokyo, selon toute probabilité. Quand Sherman était arrivé, cela faisait douze heures qu'il était au bureau, travaillant sur une énorme vente de bons du Trésor américain au Service postal japonais. Comment ce gamin avait-il mis la main sur une affaire de cette taille, Sherman n'arrivait pas à se l'imaginer, mais il était là. La Bourse de Tokyo était ouverte de 19 h 30 à 4 heures du matin, heures de New York. Arguello portait des bretelles genre « rien-à-foutre » avec des dessins de Bugs Bunny imprimés dessus, mais peu importait. Il était au travail, et Sherman en paix.

Félix, le cireur, était cassé en deux, frottant la chaussure droite de Sherman, une New & Lingwood, avec son cirage ultra-brillant. Sherman aimait la manière dont l'élévation de son pied fléchissait sa jambe, la tendait et accentuait la pression sur l'intérieur de sa cuisse. Cela le faisait se sentir athlétique. Il aimait la façon dont Félix se courbait, recroquevillé, comme s'il enveloppait la chaussure de son corps et de son âme. Il pouvait voir le sommet du crâne du Noir, qui était à vingt centimètres sous son angle de vue. Félix avait une sorte de tonsure caramel parfaitement ronde au sommet de la tête, ce qui était plutôt bizarre étant donné que les cheveux qui l'entouraient étaient plutôt épais. Sherman aimait ce cercle parfaitement chauve. On pouvait compter sur Félix. Il était curieux, mais ni jeune ni rancunier, et malin.

Félix avait un exemplaire du *City Light* posé sur le sol près de son stand, et il le parcourait tout en travaillant. Il était ouvert en page 2 et plié au milieu. La page 2 contenait la plupart des nouvelles internationales du *City Light*. Le titre en haut disait : UN BÉBÉ FAIT UNE CHUTE DE 75 MÈTRES – ET SURVIT. Cela se passait à Elaichori, en Grèce. Mais tout allait bien. Les journaux ne pouvaient plus terroriser Sherman. Cinq jours s'étaient écoulés et il n'y avait pas eu un mot dans aucun journal sur un quelconque terrible incident survenu sur une rampe d'accès à l'autoroute dans le Bronx. C'était exactement comme Maria l'avait dit. Ils avaient été entraînés dans un combat dans la jungle, ils avaient combattu et vaincu, et la jungle ne hurlait pas à la mort d'un des siens. Ce matin, Sherman n'avait acheté que le *Times* dans la petite boutique sur Lexington. Il avait lu des articles sur les Soviétiques, le Sri Lanka et les luttes intestines dans la Réserve Fédérale dans le taxi qui l'emmenait en bas de la ville, au lieu d'ouvrir directement à la section B, Informations Métropolitaines...

Après une semaine complète de peur totale, il pouvait

à nouveau se concentrer sur les nombres vert radium qui glissaient sur les écrans noirs. Il pouvait se concentrer sur les affaires en cours... le Giscard...

Bernard Lévy, le Français avec lequel il traitait chez Trader's Trust Co., était actuellement en France pour effectuer quelques dernières recherches sur le Giscard avant que Trader T ne se mouille de 300 millions de $, clôture l'affaire et l'entérine... *les miettes*... La phrase méprisante de Judy se glissa dans son esprit, puis en sortit immédiatement... Des miettes... Et alors?... c'étaient des miettes d'or... Il se concentra sur la voix de Lévy à l'autre bout de la liaison satellite :

– Ecoute, Sherman, voilà le problème. Le montant de la dette gouvernementale publié ici a mis tout le monde au bord du gouffre. Le franc dégringole, et il va continuer à descendre, et, en même temps, comme tu le sais, l'or chute, même si c'est pour des raisons différentes. La question est : où va être le plancher, et...

Sherman le laissa parler. Il n'était pas inhabituel de voir des gens jouer un peu les écureuils quand ils s'apprêtaient à risquer 300 millions de $. Il avait parlé à Bernard – il l'appelait par son prénom – presque tous les jours depuis six semaines maintenant, et il avait du mal à se rappeler à quoi il ressemblait. Mon « beignet » français, pensa-t-il – et il se rendit compte immédiatement que la vanne de Rawlie Thorpe, le cynisme de Rawlie, ses sarcasmes, son pessimisme, son nihilisme, n'étaient qu'une manière d'affirmer la *faiblesse* de Rawlie, et donc il bannit le *beignet* aussi bien que *les miettes* de son esprit. Ce matin, il était une fois de plus du côté de la force et du Destin. Il était presque prêt à retrouver, une fois de plus, la notion de... maîtrise de l'univers... La curée des jeunes Titans résonnait tout autour de lui...

– Je suis à seize, dix-sept. Qu'est-ce qu'il veut faire?
– Prends-moi vingt-cinq des dix ans!
– Je me retire!

... Et une fois de plus c'était comme de la musique. Félix frottait sa peau de chamois d'avant en arrière. Sherman sentait avec plaisir la pression du chiffon sur ses métatarses. C'était un minuscule massage de l'ego, si on prenait ça au pied de la lettre – cet homme de couleur meilleur cireur du monde, avec sa tonsure lisse, là, à ses pieds, frottant, inconscient des leviers avec lesquels Sherman pouvait soulever un autre pays, un autre continent, rien qu'en prononçant quelques mots relayés par satellite.

– Le franc n'est pas un problème, dit-il à Bernard. On peut miser pour ou contre d'ici janvier prochain, ou à terme ou les deux.

Il sentit Félix qui tapait la semelle de sa chaussure droite. Il enleva son pied du stand, et Félix le prit et le déplaça vers l'autre côté de sa chaise. Puis Sherman souleva son athlétique jambe gauche et posa son pied gauche sur l'emplacement de métal prévu à cet effet. Félix tourna le journal et le plia dans l'autre sens au milieu, avant de le placer sur le sol près du stand, puis il commença à travailler sur la New & Lingwood de gauche.

– Oui, mais tu devras payer pour cette couverture, dit Bernard, et nous n'avions parlé que d'opter sous un ciel serein et...

Sherman essayait d'imaginer son beignet, Bernard, assis dans un bureau dans un de ces gentils petits immeubles modernes que les Français construisaient, avec des centaines de minuscules voitures vrombissant et actionnant leurs klaxons jouets dans les rues en bas... en bas... et ses yeux tombèrent sur le journal sur le sol...

Les poils de ses bras se hérissèrent. En haut de la page, la troisième page du *City Light*, un gros titre disait :

LA MÈRE DU BRILLANT ÉTUDIANT :
LES FLICS SE FICHENT DU DÉLIT DE FUITE

Et au-dessus de ça, en lettres blanches sur une barre noire, cela disait : *Tandis qu'il lutte contre la mort*. En dessous, une autre barre noire disait : *Une exclusivité du City Light* et en dessous de ça : *Par Peter Fallow*. Et, en dessous de tout ceci, coincé dans une colonne de texte, il y avait une photo, le buste d'un jeune Noir souriant, proprement habillé d'une veste noire, d'une chemise blanche et d'une cravate à rayures. Son visage fin et délicat était souriant.

– Je crois que la seule chose à faire c'est de trouver jusqu'où ça peut descendre, disait Bernard.

– Euh... Je crois que tu exagères, euh... le... euh... – *Ce visage!...* – le, euh... – *Ce visage fin et délicat, maintenant en chemise et en cravate! un jeune gentleman!...* – le, euh, le... problème...

– Je l'espère, dit Bernard, mais d'un côté comme de l'autre, ça ne fera aucun mal d'attendre.

– Attendre ?

Hé, vous avez besoin d'aide! Ce visage délicat déformé par la peur! *Un brave garçon!* Est-ce que Bernard a dit « d'attendre » ?

– Je ne comprends pas, Bernard, tout est en place !

Il n'avait pas voulu paraître si emphatique, si pressé, mais ses yeux étaient rivés aux mots étalés sur le sol à ses pieds.

Contenant difficilement ses larmes, une veuve du Bronx a expliqué à notre rédaction hier comment son fils, brillant étudiant, a été renversé par une luxueuse voiture de sport roulant à toute vitesse – et accuse la police et le Bureau du procureur général du Bronx d'enterrer l'affaire.

Mme Annie Lamb, employée au Service des Mariages de la ville, explique que son fils, Henry, 18 ans, prêt à sortir avec les honneurs du Collège Colonel Jacob Ruppert la semaine prochaine, a réussi à donner une partie

du numéro d'immatriculation de la voiture – une Mercedes Benz – avant de tomber dans le coma.

« Mais l'homme du Bureau du procureur a traité cette
information d'inutile », dit-elle, car selon eux, la victime
elle-même est le seul témoin connu.

Les médecins de l'hôpital Lincoln définissent le coma
comme « probablement irréversible » et qualifient l'état
de Lamb de « grave ».

Lamb et sa mère vivent dans la Cité Edgar Allan Poe,
un projet urbain de réhabilitation du Bronx. Décrit par
ses voisins et ses professeurs comme « un jeune homme
exemplaire », il se préparait à entrer à l'université à
l'automne.

Le professeur de littérature et de composition de
Lamb au Collège Ruppert, Zane J. Rifkind, a expliqué au
City Light : « C'est une situation tragique. Henry fait
partie de cette remarquable fraction d'étudiants qui
réussissent à surmonter les nombreux obstacles que la
vie dans le South Bronx place sur leur chemin, et se
concentrent sur leurs études, leur potentiel, et leur futur.
On est en droit de se demander jusqu'où il aurait été
dans ses études supérieures. »

Mme Lamb dit que son fils a quitté leur appartement
en début de soirée mardi dernier, apparemment pour
aller chercher à manger. En traversant Bruckner Boulevard, dit-elle, il a été écrasé par une Mercedes Benz, avec
à bord un homme et une femme, blancs tous les deux.
La voiture ne s'est pas arrêtée. Le quartier est à prédo-
minance noire et hispanique.

Lamb a réussi à gagner l'hôpital où on lui a soigné un
poignet cassé avant de le laisser repartir. Le lendemain
matin, il s'est plaint d'une sérieuse migraine et de
vertiges. Il est tombé inconscient dans la salle d'urgences. On a diagnostiqué à ce moment une sérieuse commotion cérébrale.

Milton Lubell, porte-parole du procureur général du
Bronx, Abe Weiss, dit que des inspecteurs et un substitut
du procureur ont interrogé Mme Lamb et qu'« une
enquête est en cours », mais qu'il existe 2 500 Mercedes
Benz immatriculées à New York, avec des plaques commençant par R, la lettre indiquée par Mme Lamb. Elle

dit que son fils pensait que la deuxième lettre était E, F, B, P ou R. « Même en admettant que ce soit bien là la seconde lettre, dit Lubell, nous avons affaire à au moins 500 voitures. »

RF – Mercedes Benz – l'information sur les pages d'un million de journaux – frappa Sherman au plexus solaire comme une gigantesque vibration. Sa plaque d'immatriculation commençait par : RFH. Pris d'un appétit terrifiant pour les nouvelles de son funeste destin, il continua à lire :

et nous n'avons pas de description du chauffeur, pas de témoins et

C'était tout ce qu'il pouvait lire. Félix avait plié le journal à cet endroit. Le reste était sur l'autre moitié de la page. Il avait le cerveau en feu. Il crevait d'envie de se pencher et de retourner le journal... et il crevait de ne jamais savoir ce qu'il révélerait. Pendant ce temps, la voix de Bernard Lévy bourdonnait de l'autre côté de l'océan, rebondissant sur un satellite de communication de A T & T.

– ... parlant de quatre-vingt-six, si c'est ce que tu entends par « en place ». Mais ça commence à être un peu juste sur le prix, parce que...

Un peu cher ? Quatre-vingt-six ? *Aucune allusion à un second môme ! aucune mention de rampe d'autoroute, de barricade, de tentative de vol !* Le prix avait toujours été fixé ! Comment pouvait-il ramener ça sur le tapis maintenant ? *Cela pouvait-il ne pas avoir été une tentative de vol, après tout ?* Il paierait une moyenne de quatre-vingt-quatre. Seulement une différence de deux points ! Pouvait pas aller plus bas ! *Ce beau garçon en train de mourir ! Ma voiture !* Faire le point, se concentrer sur ça... le Giscard ! Impossible d'échouer, pas après tout ce temps passé ! Et le journal grésillait sur le sol.

– Bernard... – Sa bouche était complètement desséchée... – Ecoute, Bernard...

– Oui?

· Mais peut-être que s'il ôtait son pied du stand du cireur...

– Félix? Félix?

Félix n'avait pas l'air de l'entendre. Le rond parfait couleur caramel sur le sommet de son crâne continuait à aller et venir en rythme sur son travail.

– Félix!

– Allô, Sherman? Qu'est-ce que tu dis?

Dans son oreille, la voix du beignet français, assis au sommet de 300 millions d'obligations indexées sur l'or – et devant ses yeux, le sommet du crâne d'un Noir assis sur son stand de cireur et engloutissant son pied gauche.

– Excuse-moi, Bernard!... Juste un instant... Félix?

– Tu dis Félix?

– Non, Bernard, je veux dire, une minute... Félix!

Félix cessa de cirer sa chaussure et leva le nez.

– Désolé, Félix, il faut que j'étende ma jambe quelques instants.

Le beignet français :

– Allô, Sherman, je ne comprends pas!

Sherman ôta son pied du stand et fit un grand cirque en étendant la jambe comme s'il avait une crampe.

– Sherman, tu es là?

– Oui, excuse-moi une seconde, Bernard.

Comme il l'espérait, Félix profita de cette opportunité et retourna le *City Light* pour lire l'autre moitié de la page.

Sherman replaça son pied sur le stand, et Félix se recourba sur sa chaussure. Sherman pencha la tête, essayant de lire les mots sur le sol. Il pencha la tête si près de celle de Félix que le Noir releva le nez. Sherman recula son visage et sourit faiblement.

– Désolé, dit-il.

– Tu dis, désolé ? demanda le beignet français.

– Désolé, Bernard, je parlais à quelqu'un d'autre.

Félix secoua la tête d'un air réprobateur, puis la baissa et se remit au travail.

– Désolé ? répéta le beignet français, toujours aussi déconcerté.

– Rien de grave, Bernard, je parlais simplement à quelqu'un d'autre.

Lentement, Sherman abaissa à nouveau la tête et concentra son regard sur les lignes imprimées tout en bas sur le plancher.

personne ne peut nous dire ce qui s'est passé, pas même le jeune homme lui-même.

– Sherman, tu es là ? Sherman ?

– Oui, Bernard, désolé. Euh... redis-moi ce que tu disais sur le prix ? Parce que, vraiment, Bernard, nous étions tout à fait prêts. Nous sommes prêts depuis *des semaines* !

– Encore ?

– Si ça ne te fait rien. J'ai été interrompu, ici.

Un grand soupir, venu d'Europe par satellite.

– Je disais qu'ici nous avons bougé. Nous sommes passés d'une situation stable à une instable. On ne peut plus extrapoler à partir des plans dont nous parlions quand tu as construit ta stratégie...

Sherman essayait de prêter attention aux deux choses en même temps, mais très vite, les mots du Français se changèrent en un crachin, un crachin par satellite, tandis qu'il dévorait les lignes visibles, sous le crâne du cireur :

Mais le Révérend Reginald Bacon, président de l'association basée à Harlem Solidarité de Tous les Peuples, déclare : « C'est toujours la même histoire. La vie humaine, s'il s'agit de vie humaine noire ou hispanique, n'a pas grande valeur pour la structure au pouvoir. S'il s'était agi d'un jeune étudiant blanc écrasé sur Park Avenue par un conducteur noir, ils ne seraient pas en train de tout noyer sous les statistiques et les obstacles légaux. »

Il qualifie l'erreur de diagnostic de l'hôpital quand Lamb s'y est rendu le soir même d'« infâme » et exige une enquête médicale approfondie.

Pendant ce temps, des voisins se sont rendus dans l'appartement, petit mais très bien tenu, de Mme Lamb dans la Cité Edgar Poe pour lui venir en aide face à ce terrible nouveau coup du sort qui vient frapper sa famille.

« Le père d'Henry a été tué juste là, devant, il y a six ans », a-t-elle dit au *City Light*, en désignant une fenêtre surplombant l'entrée du grand ensemble. Monroe Lamb, alors âgé de 36 ans, avait été abattu par un voleur un soir alors qu'il revenait de son travail de mécanicien en climatisation.

« Si je perds Henry, ce sera la fin pour moi aussi, et personne ne se souciera de ça non plus, a-t-elle dit. La police n'a jamais découvert qui avait tué mon mari, et ils ne veulent même pas chercher le responsable de l'accident d'Henry. »

Mais le Révérend Bacon a juré de maintenir la pression sur les autorités jusqu'à ce que quelque chose soit fait : « Si la structure au pouvoir nous dit que ce qui arrive aux meilleurs d'entre nous n'a strictement aucune importance, tandis qu'il s'agit pour nous du seul espoir de ces rues terribles, alors il est temps de répondre à la structure au pouvoir :

" Vos noms ne sont pas gravés sur les tables de la Loi. Il y a une élection à venir, et vous pouvez être remplacés. " »

Abe Weiss, le procureur général du Bronx, devra affronter un scrutin serré dans les primaires Démocrates de septembre. Robert Santiago, député, a le soutien de Bacon, du député Joseph Léonard et d'autres dirigeants noirs, alors qu'il est déjà en tête dans les quartiers fortement portoricains du Centre et du Sud du Bronx.

– ...et donc je te dis qu'on devrait attendre quelques semaines, que les particules se stabilisent. A ce moment-là, on saura où est le fond. Nous saurons si nous parlons de prix réalistes. Nous saurons...

Soudain, ce que disait le beignet français terrorisé se referma sur Sherman. Mais *il ne pouvait pas attendre* – pas avec *cette histoire* qui lui tombait dessus – il lui fallait l'imprimatur, maintenant!

– Bernard, écoute-moi. *Nous ne pouvons pas attendre.* Nous avons passé un temps fou à mettre tout ça en place. On ne va pas s'asseoir et attendre. Tout est *prêt.* Nous devons agir *maintenant!* Tu échafaudes des mirages improbables. Il faut y aller, et maintenant! On a déjà mis tout ça sur le tapis il y a très très longtemps! Peu importe ce qui arrive au franc et à l'or sur la base d'une journée!

Tout en parlant il se rendait compte de l'urgence fatale contenue dans sa voix. A Wall Street, un vendeur frénétique était un vendeur mort. Il le savait! Mais il ne parvenait pas à se retenir...

– Je ne peux pas exactement fermer les yeux, Sherman.

– Personne ne te demande de le faire.

Tchok. Un petit coup. Un grand garçon fin, un étudiant brillant! Cette terrible pensée prenait possession de sa conscience tout entière : *C'étaient vraiment deux braves garçons qui ne voulaient que les aider...* Hé!... La rampe. L'obscurité... Mais, et l'autre... le costaud? Pas un mot sur l'autre garçon!... Pas un mot sur la rampe de l'autoroute... Cela n'avait aucun sens... *Juste une coïncidence, peut-être! – une autre Mercedes! – R – Il y en a deux mille cinq cents comme ça!*

Dans le Bronx, ce même soir?

L'horreur de la situation le submergea à nouveau.

– Je suis désolé, mais il faudrait un archer zen pour

nous sortir de celle-là, Sherman. Il va falloir marcher sur des œufs pendant quelque temps.

– De quoi tu parles ? Qu'est-ce que c'est « quelque temps » ?

Bon Dieu ! *Est-ce qu'ils pouvaient vraiment vérifier deux mille cinq cents voitures ?*

– Eh bien, la semaine prochaine ou la semaine d'après. Je dirais trois semaines, au pire.

– Trois semaines !

– Nous avons toute une série de grosses émissions sur le marché qui arrivent. Je ne peux rien y faire.

– Je ne peux pas attendre trois semaines, Bernard ! Ecoute, tu as laissé quelques problèmes mineurs. Bon sang, non, ce ne sont même pas des *problèmes*. J'ai envisagé et couvert toutes les éventualités au moins vingt fois, bon Dieu ! *Faut* le faire maintenant ! Ce serait trois semaines de perdues !

A Wall Street, les vendeurs ne disaient jamais *faut*, non plus.

Un silence. Puis la douce et patiente voix du beignet de Paris par satellite :

– Sherman, s'il te plaît. Pour 300 millions d'obligations, personne *fera* jamais ça sur un coup de tête !

– Bien sûr que non, bien sûr que non. C'est seulement que je sais que j'ai expliqué... Je sais que j'ai... Je sais...

Il savait qu'il fallait qu'il se sorte des sables mouvants de l'urgence aussi vite que possible, qu'il redevienne la personne calme et pondérée du cinquantième étage de Pierce & Pierce que le beignet de Trader T avait toujours connue, une personne digne de confiance, et d'une inébranlable *puissance*, mais... *C'était forcément sa voiture ! Pas moyen d'en sortir ! Une Mercedes, RF, un Blanc et une Blanche !*

L'incendie faisait rage dans son crâne. Le cireur noir en avait fini avec sa chaussure. Les bruits de la salle des obligations se refermèrent sur lui comme des rugissements de bêtes :

— Il les voit à six! ton offre est de cinq!
— Sors-en! Les Fédés marchent à l'envers!
— Les Fédés achètent tous les coupons!
— Sainte merde de Dieu! Je sors de là!

C'était la confusion la plus totale dans la Section 62, sous la présidence du juge Jérôme Meldnick.

De derrière la table du greffier, Kramer observait la stupéfaction de Meldnick avec un mépris amusé. En haut de l'estrade, la large figure pâle de Meldnick ressemblait à un gouda de Hollande. Il était penché vers celle de son secrétaire, Jonathan Steadman. Si tant est que les jugements de Jérôme Meldnick eussent le moindre fondement légal utilisable, c'était parce qu'ils étaient issus de la tête de Steadman. Meldnick avait été secrétaire exécutif du syndicat des enseignants, un des syndicats Démocrates les plus vastes et les plus solides de l'Etat, et le gouverneur l'avait nommé juge dans la division criminelle de la Cour Suprême de l'Etat; par reconnaissance envers son acquis de jurisprudence et ses décennies à travailler comme une mule pour le parti. Il n'avait pas pratiqué la Loi depuis ses années de stagiaire (peu après avoir passé son diplôme) pour son oncle, qui était avocat, s'occupait de testaments et de contrats de propriété, et vendait des assurances dans un immeuble de deux étages sur Queens Boulevard.

Irving Bietelberg, l'avocat du prévenu Willie Francisco, était dressé sur la pointe des pieds à l'autre bout de l'estrade, essayant de voir et d'entendre ce qu'ils se disaient. L'accusé, Francisco, gras, vingt-deux ans, portant une moustache en tortillon et une chemise de sport à rayures rouges et blanches, était debout et criait après Bietelberg : « Hé, vous! Hé! » Trois officiers étaient placés à gauche sur les côtés et derrière Willie, au cas où il s'exciterait trop. Ils auraient été heureux de lui faire

347

péter la tête, puisqu'il avait tué un flic sans même sourciller. Le flic l'avait appréhendé alors qu'il sortait en courant de chez un opticien avec une paire de lunettes Porsche à la main. Les lunettes de soleil Porsche étaient très en vogue dans le quartier Morrisania du Bronx, parce qu'elles coûtaient 250 $ pièce et portaient le mot *Porsche* gravé en lettres blanches sur le coin supérieur du verre gauche. Willie était entré chez l'opticien avec une fausse ordonnance de Medicaid pour une paire de lunettes et avait annoncé qu'il voulait des Porsche. L'employé avait dit que c'était impossible, parce que Medicaid ne rembourserait pas la boutique pour des lunettes de ce prix. Alors Willie s'était emparé des Porsche, avait couru dehors et buté le flic.

C'était un vrai tas de merde, cette affaire, un tas de merde qui n'en finissait plus de s'ouvrir et de se fermer, et Jimmy Caughey n'avait pas eu à se fatiguer beaucoup pour la gagner. Mais là, il s'était produit quelque chose de bizarre. Le jury était sorti pour délibérer la veille, et après six heures d'attente était revenu sans rendre de verdict. Ce matin, Meldnick était en train de parcourir son calendrier de séances quand le jury avait fait savoir qu'il avait enfin rendu un verdict. Ils étaient entrés en file indienne, et le verdict était : coupable. Bietelberg, par pure routine, avait demandé à ce que chaque juré soit appelé à répondre. « Coupable », « coupable », « coupable », dirent les uns et les autres jusqu'à ce que le greffier en arrive à un vieux Blanc obèse, Lester McGuigan, qui dit également « coupable », mais regarda à ce moment dans les yeux sans Porsche de Willie Francisco et dit :

– Je ne me sens pas exactement dans le vrai en faisant ça, mais je crois qu'il faut bien que je vote, et voilà donc mon vote.

Willie Francisco avait sauté en l'air en hurlant : « Vice de forme ! » avant même que Bietelberg puisse le faire – et après on était tombé dans la confusion la plus totale.

Meldnick s'était pris la tête entre les bras et avait appelé Steadman, et voilà où on en était. Jimmy Caughey n'arrivait pas à le croire. Les jurés du Bronx, de toute notoriété, étaient imprévisibles, mais Caughey s'était figuré que McGuigan était un des rocs les plus solides. Non seulement il était blanc, mais irlandais, un Irlandais qui avait passé toute sa vie dans le Bronx, qui devait certainement savoir que quiconque nommé Jimmy Caughey était un jeune Irlandais de valeur lui-même. Mais McGuigan s'était avéré un vieil homme pétri par le temps, qui pensait trop et brassait un peu trop philosophiquement les choses, y compris une certaine sympathie pour Willie Francisco.

Kramer était amusé par la confusion de Meldnick, mais pas Jimmy Caughey. Pour Jimmy, il n'avait que de la commisération. Kramer était dans la Section 62 avec un merdier similaire sur les bras, et avait à craindre une catastrophe ridicule similaire. Kramer attendait d'entendre la plaidoirie de l'avocat Gérard Scalio, pour l'affaire Jorge et Juan Terzio, deux frères qui étaient « une vraie paire de crétins ». Ils avaient tenté de braquer une épicerie coréenne sur Fordham Road, mais ils n'étaient pas parvenus à trouver sur quels boutons il fallait appuyer pour ouvrir le tiroir-caisse et ils s'étaient donc rabattus sur une cliente pour lui arracher deux bagues. Cela énerve tellement un autre client, Charlie Esposito, qu'il leur court après, se jette sur Jorge, le flanque par terre, le cloue au sol et lui dit : « Tu sais quoi? Vous êtes une paire de vrais crétins! » Jorge sort un flingue de sa chemise et lui tire en pleine gueule, le tuant net.

Un vrai tas de merde.

Tandis que la tempête de merde grossissait et que Jimmy Caughey roulait ses yeux sous des sourcils de plus en plus désespérés, Kramer songeait à un avenir nettement plus exaltant. Ce soir il allait enfin la rencontrer... la Fille au Rouge à Lèvres Marron.

Muldowny's, ce restaurant de l'East Side, Troisième

Avenue et 78ᵉ Rue... des murs de brique nue, du bois blond, du cuivre, du verre gravé, des plantes vertes qui pendent... des aspirantes comédiennes comme serveuses... des célébrités... mais informel et pas trop cher, du moins le lui avait-on dit... le murmure électrique des jeunes gens aux commandes de Manhattan... la Vie... une table pour deux... Il contemple l'incomparable visage de Mlle Shelly Thomas...

Une petite voix timide lui suggéra qu'il ne devrait pas le faire, du moins pas encore. L'affaire était close, en tout cas en ce qui concernait le procès, et Herbert 92 X avait été dûment condamné et le jury avait été démis. Donc, quel mal y avait-il à rencontrer un des jurés pour l'interroger sur la nature des délibérations dans cette affaire ? Aucun... sauf que la sentence n'avait pas encore été appliquée, et que par conséquent, techniquement, l'affaire n'était pas terminée. La prudence conseillait d'attendre. Mais pendant ce temps-là, Mlle Shelly Thomas pouvait... décompresser... redescendre de son ivresse du crime... n'être plus sous le charme magique de ce jeune substitut du procureur qui parlait d'or et possédait de puissants muscles sternocléidomastoïdiens...

Une grosse voix très mâle lui demanda s'il allait continuer à la jouer prudent et petite semaine toute sa vie durant. Il carra ses épaules. Il irait au rendez-vous. J'ai raison, bordel ! L'excitation dans sa voix ! C'était presque comme si elle s'était attendue à ce qu'il appelle. Elle était là, dans son bureau genre station de rock par satellite, briques, verre et tuyaux blancs apparents chez Prischker & Bolka, au cœur de la Vie, battant toujours au rythme violent de la vie âpre du Bronx, encore frissonnante face à la force de ceux qui étaient assez mâles pour affronter les prédateurs... Il pouvait la voir, il pouvait la voir... Il ferma les yeux très fort... Ses épais cheveux bruns, son visage d'albâtre, son rouge à lèvres...

350

– Hé, Kramer ! – Il ouvrit les yeux. C'était le greffier.
– Un coup de fil pour toi.

Il décrocha le téléphone qui était sur le bureau du greffe. En haut, sur l'estrade, Meldnick, consterné comme un gouda, était toujours penché vers Steadman. Willie Francisco hurlait toujours : « Vous, hé, vous ! »

– Kramer, dit Kramer.

– Larry, c'est Bernie. Est-ce que tu as lu le *City Light* de ce matin ?

– Non.

– Il y a un grand article en page 3 sur l'affaire Henry Lamb. Disent que les flics enterrent l'affaire. Disent que nous aussi. Disent que tu as affirmé à cette Mme Lamb que les informations qu'elle t'a données étaient sans intérêt. C'est un grand article.

– *Quoi ?*

– Te mentionnent pas sous ton nom. Disent juste « l'homme du Bureau du procureur ».

– Mais c'est complètement et absolument de la merde, Bernie ! Je lui ai dit le contraire, putain de bordel ! Je lui ai dit qu'elle nous avait mis sur une bonne piste ! Simplement, il n'y avait pas vraiment de quoi lancer une affaire !

– Eh bien, Weiss devient dingo. Il ricoche sur les murs ! Milt Lubell descend ici toutes les trois minutes. Qu'est-ce que tu fais, là, maintenant ?

– J'attends une audience dans l'affaire des frères Terzio, tu sais, les deux crétins. L'affaire Lamb ! Dieu du Ciel. Milt m'a dit l'autre jour qu'il y avait un mec, un putain d'Anglais, qui appelait du *City Light* ! Mais, bon Dieu, c'est pas possible ! Cette affaire est pleine de putains de trous ! J'espère que tu t'en rends bien compte, Bernie.

– Ouais, eh bien, écoute, fais reporter les deux crétins et arrive ici tout de suite.

– J' peux pas. Pour changer, Meldnick est là-haut à se tenir la tête. Y a un juré qui vient de réviser son vote dans l'affaire Willie Francisco. Jimmy est là-haut et y a d' la fumée qui lui sort des oreilles. Il se passera rien ici tant que Meldnick n'aura pas trouvé quelqu'un pour lui dire quoi faire.

— Francisco ? Oh, bordel de Dieu. Qui est le greffier, là, Eisenberg ?

— Ouais.

— Passe-le-moi.

— Hé, Phil, dit Kramer, Bernie Fitzgibbon veut te parler.

Pendant que Bernie Fitzgibbon parlait à Phil Eisenberg, Kramer fit le tour de la table du greffe pour ramasser ses papiers sur les frères Terzio. Il n'arrivait pas à y croire. La pauvre veuve Lamb, cette femme dont même Martin et Goldberg avaient eu pitié – c'était un serpent en fait ! Où trouver ce journal ? Il mourait d'envie de mettre la main dessus. Il était à côté du sténotypiste de la cour, ou du rapporteur comme on disait maintenant, ce grand Irlandais, Sullivan. Sullivan s'était levé de devant sa machine à sténotyper juste sous le bord de l'estrade du juge, et il s'étirait. Sullivan était un type plutôt beau, avec des cheveux comme du chaume, au début de la quarantaine, fameux à Gibraltar pour ses fringues coquettes. Pour l'instant, il portait une veste de cuir qui était si douce et si luxueuse, si pleine de reflets de bruyère des Highlands, que Kramer savait qu'il n'aurait jamais pu se la payer, fût-ce dans un million d'années. De derrière Kramer surgit un vieil habitué de la cour, Joe Hyman, superviseur des rapporteurs. Il s'avança jusqu'à Sullivan et lui dit :

— Il y a un meurtre prévu ensuite dans cette section. Ça va prendre la journée. Ça te va ?

Sullivan dit :

— Quoi ? Ho, Joe, je viens d'me faire un meurtre. Pourquoi est-ce que je devrais m'en faire un autre ? Va falloir faire le cercle ! J'ai des places pour le théâtre, ce soir. Ça m'a coûté 35 $ pièce !

Hyman dit :

– Très bien, très bien. Et le viol ? Y a un viol qui doit être examiné aujourd'hui !

– Et merde, Joe, dit Sullivan. Un viol – c'est le cercle obligatoire aussi. Pourquoi moi ? Pourquoi est-ce que c'est toujours moi ? Sheila Polski n'a pas eu droit à un seul jury depuis des mois ! Pourquoi pas elle ?

– Elle a mal au dos. Elle peut pas rester assise aussi longtemps.

– Mal au dos, dit Sullivan. Elle a vingt-huit ans. Bon Dieu, c'est l'vrai lingot d'or, cette fille. C'est tout ce qu'elle a !

– De toute façon...

– Ecoute, on va faire une réunion. J'en ai marre d'être toujours le pigeon. Il faut parler des assignations. Il faut dénoncer les tire-au-flanc !

– Très bien, très bien, dit Hyman. J'vais te dire. Tu prends le viol et je te mets un calendrier à mi-temps pour la semaine prochaine. Okay ?

– J'sais pas, dit Sullivan.

Il replia ses sourcils sur son nez, comme s'il était face à la décision la plus vitale de son existence.

– Tu crois qu'il y aura des copies des minutes du viol ?

– J'sais pas. Probablement.

Des copies des minutes. Maintenant Kramer savait pourquoi il détestait Sullivan et ses belles fringues. Après quatorze ans en tant que rapporteur de la cour, Sullivan était arrivé au plafond du service civil, 51 000 $ par an – 14 500 $ de plus que ce que faisait Kramer – et c'était juste la base de ses appointements. En plus de ça, les rapporteurs *vendaient* les minutes des procès, page par page, à un tarif minimum de 4,50 $ la page. Les copies des minutes signifiaient que chaque avocat de la défense, le substitut du procureur, plus la cour, c'est-à-dire le juge, devaient recevoir des transcriptions du déroulement des procès, une commande urgente qui fournissait à Sullivan un bonus d'au moins 6 $ la page. S'il y avait « accusés multiples » – et dans les histoires de viol c'était le cas la plupart du temps – cela pouvait l'amener à 14 ou 15 $ la page. Le bruit courait que l'année précédente, dans une affaire de meurtre impliquant un gang de dealers de dope albanais, Sullivan et un autre rapporteur s'étaient partagé 30 000 $ pour deux semaines et demie de travail. Ce n'était rien pour ces personnages qui se faisaient 75 000 $ par an, 10 000 $ de plus qu'un juge et *deux fois* plus que Kramer lui-même. Un rapporteur de la cour ! Un automate rivé à sa machine ! Lui qui ne peut pas ouvrir la bouche dans un tribunal sauf pour demander au juge de bien vouloir faire répéter un mot ou une phrase !

Et il était là, lui, Larry Kramer, diplômé de la fac de droit de Columbia, substitut du procureur – se demandant s'il avait vraiment les moyens de sortir une fille au rouge à lèvres marron dans un restaurant de l'East Side !

– Hé, Kramer...

C'était Eisenberg, le greffier, lui tendant le téléphone.

– Ouais, Bernie ?

– J'ai aplani l'histoire avec Eisenberg, Larry. Il va mettre les frères Terzio sous la pile. Rapplique ici. Faut mettre quelque chose en train dans cette affaire Lamb.

– La manière dont les Ricains construisent leurs immeubles populaires. L'ascenseur s'arrête tous les deux étages ! dit Fallow, et en plus ça pue la pisse. Les ascenseurs, je veux dire. Dès qu'on y entre – de grands effluves de pisse humaine.

– Pourquoi tous les deux étages ? demanda Sir Gerald Steiner, qui dévorait ce « conte des bas-fonds ».

Son rédacteur en chef, Brian Highridge, était à son côté, captivé de la même manière. Dans un coin de son compartiment, le vieil imper de Fallow pendait toujours au portemanteau en plastique et sa gourde de vodka était toujours planquée dans la poche intérieure. Mais il avait l'attention, les louanges, et l'hilarité pour compenser la gueule de bois de cette matinée.

– Pour économiser de l'argent dans la construction, j'imagine, dit-il. Ou alors pour rappeler à ces pauvres diables qu'ils sont au chômage. C'est très bien pour ceux qui ont un appartement à l'étage où l'ascenseur s'arrête, mais l'autre moitié des locataires doit monter jusqu'à l'étage au-dessus et descendre un étage à pied. Et dans un immeuble du Bronx, cela semble plutôt hasardeux. La mère du garçon, cette Mme Lamb, m'a dit qu'elle avait perdu la moitié de ses meubles quand ils ont emménagé.

Ce souvenir amena un sourire sur les lèvres de Fallow, cette sorte de sourire tordu qui dit : « C'est une histoire triste, mais pourtant on doit admettre que c'est marrant. »

– Elle avait monté ses meubles par l'ascenseur à l'étage au-dessus de leur appartement. Il fallait qu'ils portent chaque truc un étage plus bas par l'escalier, et à chaque fois qu'ils revenaient à l'étage au-dessus, il manquait quelque chose. C'est une coutume ! Quand de nouveaux locataires emménagent à un étage sans arrêt d'ascenseur, les natifs leur piquent leurs affaires devant !

Le Rat Mort et Highridge essayaient de retenir leur fou rire, car, après tout, il s'agissait d'un tas de pauvres gens. Le Rat Mort posa ses fesses sur le coin du bureau de Fallow, ce qui indiquait qu'il était suffisamment satisfait de tout ça pour s'installer un instant. L'âme de Fallow enflait d'aise. Ce qu'il avait en face de lui, n'était plus... le Rat Mort... mais Sir Gerald Steiner, le baron éclairé, le Britannique de l'édition britannique qui l'avait fait venir dans le Nouveau Monde.

– Apparemment, on risque sa vie rien qu'en descendant ces escaliers, continua-t-il. Mme Lamb m'a dit que je ne *devais* les utiliser sous aucun prétexte.

– Pourquoi ? demanda Steiner.

– Il semblerait que ces escaliers soient les ruelles arrière de ces immeubles, pour ainsi dire. Les appartements sont empilés dans ces immenses tours, vous voyez, et les tours sont installées comme ceci – il bougea les mains pour dessiner la dispersion irrégulière des tours – dans ce qui devait être des parcs. Bien évidemment, il n'y a pas un brin d'herbe qui ait survécu, mais surtout il n'y a pas de rues, pas d'allées, pas de promenades, pas de pubs ni quoi que ce soit entre les immeubles, rien que ces espaces vides et dévastés. Il n'y a pas même un endroit où les natifs puissent commettre de péché. Donc ils se servent des paliers des ascenseurs. Ils y font... *tout*... sur ces paliers.

Les yeux écarquillés de Sir Gerald et de son rédacteur en chef étaient presque trop pour Fallow. Ils suscitaient une émergence de poésie licencieuse dans son cerveau.

– Je dois vous avouer que je ne pouvais pas résister à y jeter un œil. Donc j'ai décidé de retracer le chemin parcouru par Mme Lamb et son fils la première fois qu'ils ont emménagé dans la Cité Edgar Allan Poe.

En fait, après l'avertissement, Fallow n'avait même pas osé s'approcher des escaliers. Mais maintenant les mensonges, les mensonges graphiques, éclataient dans sa cervelle à une vitesse stupéfiante, au vrai sens du terme. Dans son intrépide voyage dans les escaliers il avait rencontré tous les vices possibles : fornication, fumeurs de *crack*, shootés à l'héroïne, jeux de dés et de bonneteau, et encore de la fornication.

Steiner et Highridge le regardaient, avides et yeux écarquillés.

– Vous êtes sérieux ? demanda Highridge. Qu'est-ce qu'ils ont fait en vous voyant ?

– Rien. Ils se sont tirés. Dans leur sublime état,

qu'est-ce qu'un pauvre journaliste qui ne fait que passer ?

– On dirait ce satané Hogarth, dit Steiner. La Rue du Gin, sauf que là, c'est vertical.

Fallow et Highridge éclatèrent tous deux de rire, avec un enthousiasme justifié pour cette comparaison.

– La Rue du Gin verticale, dit Highridge. Tu sais, Jerry, cela ferait un feuilleton en deux épisodes plutôt pas mal. La-vie-dans-un-taudis-subdivisé, ce genre de chose.

– Hogarth de Haut en Bas, dit Steiner, s'installant un peu dans son nouveau rôle de phraseur. Mais est-ce que les Américains connaissent un tant soit peu Hogarth et la Rue du Gin ?

– Oh, je ne crois pas que ce soit un problème, dit Highridge. Tu te rappelles notre histoire sur le Barbe-Bleue d'Howard Beach. Je suis certain qu'ils n'avaient pas la moindre idée de qui est Barbe-Bleue, mais ça peut être expliqué en un paragraphe, et ils sont contents d'avoir appris un petit quelque chose. Et Peter, que voilà, peut être notre Hogarth.

Fallow sentit un lointain signal d'alarme.

– A la réflexion, dit Steiner, je ne crois pas que ce soit une si bonne idée.

Fallow se sentit grandement soulagé.

– Pourquoi, Jerry ? demanda Highridge. Je crois que tu as mis le doigt sur quelque chose.

– Oh, oui, je crois qu'intrinsèquement c'est une bonne histoire, mais tu sais, ils sont très sensibles à ce genre de choses. Si nous faisions une histoire sur la vie dans les cités tout irait bien, mais je ne crois pas qu'il existe des cités habitées par des Blancs à New York. C'est un terrain très délicat et un qui me concerne particulièrement en ce moment. On a déjà reçu des protestations de ces organisations qui accusent le *City Light* d'être contre les minorités, pour utiliser leur vocable. Bon, il n'y a rien de mal à être un journal *blanc* – qu'y a-t-il de plus blanc et pur que le *Times*? – mais c'est tout à fait autre chose de se faire coller ce genre de réputation. Cela met mal à l'aise un grand nombre de gens très influents, y compris, je dois le dire, les annonceurs. J'ai reçu une horrible lettre l'autre jour d'une sorte d'organisation qui s'est baptisée La Ligue contre la Diffamation du Tiers Monde. – Il lâcha le mot *Diffamation* comme si c'était la concoction la plus grotesque qu'on puisse imaginer. – C'était à quel propos, déjà, Brian?

– Les Vandales Hilares, dit Highridge. On avait une photo à la une la semaine dernière, avec trois mômes noirs dans un poste de police, en train de rire. Ils avaient été arrêtés pendant qu'ils détruisaient les installations de thérapie physique dans une école pour enfants handicapés. Ils avaient répandu du pétrole et craqué des allumettes. Des mômes adorables. La police avait dit qu'ils rigolaient encore quand elle les avait pris et donc j'y avais envoyé un de nos photographes, Silverstein – c'est un Américain – un petit culotté –, pour les photographier en train de se marrer.

Il haussa les épaules, comme si cela avait été une décision journalistique de pure routine.

– La police a été très coopérative. Ils les ont sortis de cellule, par le bureau d'accueil, pour que notre homme puisse faire une photo d'eux en train de se marrer, mais quand ils ont vu Silverstein avec son appareil, ils ne voulaient plus rire. Alors Silverstein leur a raconté une blague dégueulasse. *Une blague dégueu!* – Highridge se mit à rire avant de pouvoir finir sa phrase. – C'était l'histoire d'une vieille juive qui va en Afrique et qui est kidnappée par un gorille, et il l'emmène dans un arbre, il la viole et il la garde là-haut pendant trois mois, en la violant nuit et jour et finalement elle réussit à s'échapper et elle réussit à gagner les States, et elle raconte tout ça à une autre femme, sa meilleure amie, et elle éclate en sanglots. Et son amie dit : « Là, là, là, tout va bien maintenant » et la femme répond : « C'est facile pour toi de dire ça. Tu ne sais pas ce que je ressens. Il *n'écrit pas...* Il *n'appelle pas...* »... Et les trois mômes se sont mis à rigoler, probablement d'embarras, face à cette blague immonde, et Silverstein a pris la photo et on l'a publiée. « Les Vandales Hilares ».

Steiner explosa.

– Oh, elle est bonne ! Je ne devrais pas rire. Bon Dieu ! Comment as-tu dit que notre homme s'appelle ? Silverstein ?

– Silverstein, dit Highridge. Tu ne peux pas le manquer. Il se trimbale tout le temps avec des coupures sur la figure. Il met des morceaux de *papier toilette* dessus pour arrêter le sang. Il a toujours du papier toilette collé sur la figure.

– Des coupures ? Quelles sortes de coupures ?

– De rasoir. Il semble que son père lui a légué son coupe-chou quand il est mort. Et il insiste pour s'en servir. Peut pas s'en passer. Se découpe la figure tous les jours. Heureusement, il sait *faire des photos* !

Steiner en avait le souffle coupé.

– Les Ricains ! Merci mon Dieu ! Je les adore ! Il leur raconte une blague ! Mon Dieu, mon Dieu... J'aime ce genre de bonhomme avec de la repartie. Note ça, Brian. Donne-lui une augmentation. 25 $ de plus par semaine. Mais pour l'amour du Ciel ne lui dis pas d'où ça vient ni pour quoi ! Il leur raconte une *blague* ! Violée par un *gorille* !

L'amour de Steiner pour le journalisme à l'ancienne, son respect pour le « génie » qui donnait aux journalistes le courage d'essayer de telles cascades, étaient si authentiques que Fallow et Highridge ne pouvaient pas s'empêcher de rire avec lui. Le petit visage de Steiner était loin de celui d'un Rat Mort à cet instant. Le zeste d'outrecuidance de ce photographe américain, Silverstein, lui donnait de la vie. Il irradiait même.

– Bon, quoi qu'il en soit, dit Steiner en calmant son fou rire, nous avons un problème.

– Je crois que nous étions parfaitement dans le vrai, dit Highridge. La police nous avait assuré qu'ils avaient ri. C'est un de leurs avocats, un de ces types nommés d'office, de l'Aide Légale pour le Peuple, je crois qu'on appelle ça comme ça, qui a fait tout un foin, et c'est sûrement lui qui a alerté cette Ligue contre la Diffamation, ou peu importe comment ça s'appelle...

– Malheureusement ce ne sont pas les faits qui comptent, dit Steiner. Nous devons altérer certaines perceptions, et je crois que cette histoire de délit de fuite est un bon démarrage. Voyons ce que nous pouvons faire pour cette famille, ces pauvres Lamb. Il semble qu'ils aient déjà un certain soutien. Ce Bacon.

– Les pauvres Lamb, dit Brian Highridge. Oui.

Steiner avait l'air intrigué. Comme si la tournure de phrase cachait une plaisanterie.

– Bon, Peter, permettez-moi de vous demander une chose, dit Steiner. Est-ce que la mère, cette Mme Lamb, vous semble une personne crédible ?

– Oh oui, dit Fallow. Elle présente bien, elle s'exprime très bien, elle est très sincère. Elle a un boulot, elle est très bien de sa personne – je veux dire, ces grands ensembles sont des endroits sinistres et les appartements... Mais le sien est très bien tenu... des tableaux aux murs... un divan-avec-guéridons, ce genre de choses... Et même une petite tablette près de la porte d'entrée...

– Et le gamin ? Il ne va pas nous péter à la figure, non ? Je crois que c'est un prix d'honneur, ou quelque chose comme ça ?

– D'après les standards de son école, oui. Je ne sais pas quel genre de résultats il aurait dans Holland Park Comprehensive. – Fallow souriait. C'était une école à Londres. – Il n'a jamais eu de problèmes avec la police. C'est complètement inhabituel pour ces cités. C'est pour cela qu'ils en parlent, comme si on devait être impressionné par ce fait remarquable.

– Les voisins, que disent-ils de lui ?

– Oh… que c'est un charmant… môme bien élevé, dit Fallow.

En fait Fallow avait été droit dans l'appartement d'Annie Lamb avec Vogel et un des types de chez le Révérend Bacon, un grand mec avec un anneau d'or à une oreille, et il avait interviewé Annie Lamb et était reparti. Mais maintenant, son statut d'explorateur intrépide des bas-fonds, version Bronx, était si exalté aux yeux de son noble employeur, qu'il n'osait pas vraiment faire machine arrière.

– Très bien, dit Steiner. Qu'est-ce qu'on a comme suites possibles ?

– Le Révérend Bacon – c'est comme ça que tout le monde l'appelle, Révérend Bacon – le Révérend Bacon organise une grande manifestation demain. C'est pour protester…

A cet instant précis le téléphone de Fallow sonna.

– Allô ?

– Hé, hé, hé, hé, Pete ! – C'était l'incontournable voix d'Albert Vogel. – Ça boume drôlement. Y a un môme qui vient d'appeler Bacon, un type du Bureau des Véhicules Motorisés. – Fallow commença à prendre des notes. – Ce môme, il a lu ton histoire, et il a pris sur lui de se servir des ordinateurs qu'ils ont là-bas, et il affirme avoir réduit le nombre à cent vingt-quatre voitures !

– Cent vingt-quatre ? Est-ce que la police peut s'occuper de ça ?

– Pas de problème – s'ils le veulent bien. Ils peuvent les vérifier en quelques jours, s'ils mettent assez de bonshommes dessus.

– Qui est ce… type ?

Fallow détestait l'emploi du mot « môme » pour parler d'un jeune homme, habitude typiquement américaine.

– Oh, rien qu'un môme qui travaille là-bas, un môme qui se rend compte que les Lamb ont droit au traitement normal du ghetto. Je t'ai dit que c'est ce que j'aimais chez Bacon. Il galvanise les gens qui veulent défier le pouvoir en place.

– Comment puis-je joindre ce... type ?

Vogel lui donna tous les détails, puis dit :

– Maintenant, Pete, écoute-moi une seconde. Bacon a lu ton histoire et il l'a beaucoup aimée. Tous les journaux et toutes les télés de la ville l'ont appelé, mais il a gardé cette info du Bureau des Véhicules Motorisés pour toi. Elle est à toi, exclusive ! Okay ! Mais il faut que tu la pousses. Il faut que tu cavales avec ce foutu ballon, okay ? Tu comprends ce que je te dis ?

– Je comprends, oui.

Après avoir raccroché, Fallow sourit à Steiner et Highridge, qui étaient suspendus à ce qu'il allait dire. Il hocha la tête d'un air entendu et dit :

– Ouiiiii... Je crois que ça roule. C'était un informateur du Bureau des Véhicules Motorisés, là où ils enregistrent toutes les plaques d'immatriculation.

C'était exactement comme il avait rêvé que ce serait. C'était si précisément comme cela qu'il en retenait son souffle de peur que quelque chose ne vienne briser cette magie. Elle le regardait dans les yeux de l'autre côté d'une minuscule table. Elle était absorbée par ses mots, attirée dans son champ magnétique, si loin, qu'il avait eu l'irrésistible envie de glisser ses mains vers elle et de poser ses doigts sous les siens – déjà ! – à peine vingt minutes après leur rencontre – une telle électricité ! Mais il ne devait pas brûler les étapes, pas détruire l'équilibre exquis de ce moment.

Au fond du décor se trouvaient les briques nues, les reflets mordorés du cuivre, les cataractes de verre gravé, les voix « aérobic » des jeunes gens chic. Au premier plan, la masse merveilleuse de ses cheveux noirs, le rose luisant, Berkshire en automne, de ses joues – en fait, se rendit-il compte, même dans la magie du mirage, cette lueur automnale était probablement du maquillage. Le mauve et l'arc-en-ciel pourpre sur ses paupières étaient certainement du maquillage – mais telle était la nature de la perfection contemporaine. De ses lèvres gonflées de désir, luisantes de rouge à lèvres marron, vinrent les mots :

– Mais vous étiez si *près* de lui, et pratiquement en train de lui *crier* après, et il vous lançait des regards si *meurtriers*... Je veux dire, vous n'aviez pas peur qu'il vous *saute* carrément dessus... je ne sais pas... enfin, il n'avait pas vraiment l'air d'un type *bien* !

– Ah là là là, dit Kramer, en effaçant le danger mortel d'un haussement d'épaules et en détendant ses sternocléidomastoïdiens. Ces personnages sont quatre-vingt-dix pour cent de frime, même s'il vaut mieux garder un œil sur les dix pour cent qui restent. Ah, ah, oui. Le principal, en fait, c'était de réussir à amener à la surface le caractère violent d'Herbert, pour que tout le monde puisse le voir. Son avocat, Al Teskowitz, bon, je n'ai pas besoin de vous le dire, ce n'est pas le plus grand orateur du monde, mais ça... cela ne... – il était temps de surveiller un peu son langage – fait pas nécessairement une différence dans un procès criminel. La Loi criminelle est une chose en soi, parce que les enjeux ne sont pas l'argent, mais la vie humaine, et la liberté humaine, et je vais vous dire, cela déclenche un tas d'émotions folles. Teskowitz, croyez-le ou pas, peut être un génie pour semer la confusion, en manipulant les jurés. Il a l'air complètement perdu lui-même... mais c'est *calculé* ! Oui. Il sait comment susciter la pitié pour un client. La moitié de ses arguments sont – quel est le terme ? – un langage gestuel, je crois qu'on pourrait dire ça. Ce n'est peut-être que de l'étalage de jambon, mais il sait très bien y faire, et je ne pouvais pas laisser cette idée qu'Herbert est un brave père de famille faire son chemin dans l'air comme cela, vous savez. Donc, j'avais envisagé de...

Les mots sortaient tout seuls, en torrents, toutes ces

choses merveilleuses sur sa bravoure et son talent pour la bagarre dont il ne pouvait plus parler à personne. Il ne pouvait pas parler comme ça à Jimmy Caughey ou à Ray Andriutti, et plus à sa femme, dont le seuil d'écoute pour l'ivresse du crime était maintenant un mur de pierre. Mais Mlle Shelly Thomas – il faut que je te fasse planer ! Elle buvait tout. Ces yeux ! Ces lèvres brillantes de désir ! Sa soif pour ses mots était inextinguible, ce qui était une bonne chose, car elle ne buvait que de l'eau en carafe. Kramer avait pris un verre de vin blanc maison et essayait de ne pas le boire trop vite, parce qu'il se rendait déjà compte que cet endroit n'était pas si bon marché qu'on le lui avait dit. Bon Dieu ! Sa foutue cervelle courait deux pistes en même temps à Mach 3 ! C'était comme un magnétophone à deux pistes. Sur la première, il expliquait comment il avait mené le procès...

– ... Du coin de l'œil je voyais qu'il allait bientôt craquer. La corde était bien tendue ! Je ne savais même pas si j'atteindrais la fin de ma plaidoirie, mais je voulais...

... Et sur l'autre piste il pensait à *elle*, à l'addition (et ils n'avaient pas encore commandé à dîner !) et où il pourrait bien l'emmener (si !) et à la foule ici, chez Muldowny ! Doux Jésus ! Est-ce que ce n'était pas John Rector, là, le présentateur vedette du journal de la Chaîne 9, à cette table près de l'entrée, devant le mur de briques nues ? Mais non ! Il n'allait pas le lui faire remarquer. – Il n'y avait d'espace que pour une seule célébrité ce soir – lui-même – vainqueur du violent Herbert 92 X et de l'habile Al Teskowitz. Une foule jeune, une foule bien sapée ici – l'endroit était plein à craquer – parfait – il ne pouvait rêver mieux. Shelly Thomas s'était avérée être grecque. Une pointe de déception. Il avait souhaité – il ne savait pas quoi. Thomas était le nom de son beau-père. Il fabriquait des containers de plastique à Long Island. Le nom de son vrai père était Choudras. Elle vivait à Riverdale avec son beau-père et sa mère, travaillait pour Prischer & Bolka, ne pouvait pas s'offrir un appartement dans Manhattan, en désirait un désespérément – on ne pouvait plus trouver « un petit truc dans Manhattan » (pas besoin de le lui expliquer !)...

– ... Le truc, c'est que les jurés, dans le Bronx, sont imprévisibles. Je pourrais vous dire ce qui est arrivé à un de mes collègues ce matin au tribunal ! – mais vous avez sûrement remarqué ce que je veux dire. Vous savez, on vous envoie des gens dans le box du jury avec les idées – comment dirais-je – bien arrêtées. Il y a pas mal de « Nous contre Eux ». Eux étant la police et le ministère public – mais vous avez dû vous en rendre compte un peu, non ?

– Non, en fait. Tout le monde avait l'air sensible, et ils semblaient tous vouloir faire les choses bien. Je ne savais pas à quoi m'attendre, mais j'ai été très agréablement surprise.

Est-ce qu'elle pense que je suis raciste ?

– Non, je ne veux pas dire... il y a plein de braves gens dans le Bronx, c'est seulement que certaines personnes sont complètement allumées et que des choses vraiment bizarres se produisent. – Sortons de ce terrain miné. – Tant qu'on reste candide... est-ce que je peux vous avouer quelque chose ? C'est *vous* qui m'inquiétiez, en tant que juré !

– Moi !

Elle sourit et parut presque rougir sous son maquillage. Elle rosissait d'avoir été un facteur dans la menée stratégique d'une cour suprême, dans le Bronx.

– Oui ! C'est la vérité ! Vous voyez, dans un procès criminel, vous apprenez à regarder les choses selon une perspective différente. C'est peut-être une fausse perspective, mais c'est la nature de la bête. Dans un cas comme celui-ci – vous – vous finissiez par être *trop* brillante, *trop* bien éduquée, *trop éloignée* du monde d'un personnage comme Herbert 92 X, et par conséquent – et c'est là toute l'ironie de la chose – trop capable de compréhension pour ses problèmes, et comme disent les Français, « tout comprendre, c'est tout pardonner ».

– Eh bien, en fait...

– Je ne dis pas que ce soit forcément vrai ou approprié, mais c'est comme cela que vous finissez par voir les choses dans ce type d'affaires. Pas vous – mais quelqu'un comme vous – peut être *trop sensible*.

– Mais vous ne m'avez pas récusée. Est-ce bien le terme ?

– Ouais. Non, je ne l'ai pas fait. D'abord, pour une raison, c'est que je crois pas qu'il soit juste de récuser un juré parce qu'il – ou elle est intelligente et bien éduquée. Je veux dire, je suis certain que vous avez remarqué qu'il n'y avait personne d'autre de Riverdale dans votre jury. Il n'y avait même personne de Riverdale sur votre tableau pendant le *choix des jurés*. Tout le monde est toujours en train de se plaindre du fait qu'on n'a pas assez de jurés à haut niveau d'éducation dans le Bronx, et quand par hasard on en a un – eh bien, ce serait vraiment du gaspillage de le récuser juste parce que l'on pense qu'elle est *trop sensible*. De plus... – Est-ce qu'il allait oser ? Il *osa*. – Je... pour être honnête... Je vous voulais dans ce jury.

Il regarda aussi intensément qu'il le pouvait dans ces grands yeux cerclés d'arc-en-ciel mauve et se posa sur le visage un air aussi honnête et aussi ouvert que possible, puis il releva le menton pour qu'elle puisse voir la plénitude de ses sternocléidomastoïdiens.

Elle baissa les yeux et rougit à nouveau façon automne dans le Berkshire. Puis elle releva les yeux et regarda dans les siens, profondément.

– J'avais cru remarquer que vous me regardiez beaucoup.

Moi et tout l'monde au tribunal! – mais il n'allait pas le lui laisser savoir!

– Vraiment? J'espérais que ce n'était pas si évident! Mon Dieu, j'espère que personne d'autre ne l'a remarqué.

– Ha! ha! Je crois bien que si. Vous vous souvenez de la dame qui était assise à côté de moi, la dame noire? C'est une dame très bien. Elle travaille chez un gynécologue et elle est très gentille, très intelligente. Je lui ai demandé son numéro de téléphone, je lui ai dit que je l'appellerais. Bref, vous voulez savoir ce qu'elle m'a dit?

– Quoi?

– Elle a dit : « Je crois que ce substitut vous aime bien, Shelly. » Elle m'appelle Shelly. On s'est très bien entendues. « Il n'arrête pas de vous regarder! »

– Elle a dit ça, sourit-il.

– Oui!

– Est-ce qu'elle était offusquée? Je veux dire... Oh, mon Dieu, je ne pensais pas que c'était *si* évident!

– Non, elle trouvait ça mignon. Les femmes aiment ce genre de choses.

– C'était si évident, hein?

– Pour elle, oui!

Kramer secoua la tête comme s'il était embarrassé, tout en buvant son regard, les yeux dans ses yeux, et elle lui parlait avec ses yeux. Ils avaient déjà brûlé pas mal d'étapes, et plutôt aisément. Il savait – *Il savait!* – qu'il pouvait glisser ses mains à travers la table et prendre le bout de ses doigts dans les siens, et qu'elle le laisserait faire, et tout ceci allait arriver sans que leurs yeux se quittent, mais il se retint. C'était trop parfait et tout allait trop bien pour courir le moindre risque.

Il continua à secouer la tête en souriant... En y mettant encore plus de sens... En fait, il était embarrassé, pas à cause du fait que d'autres avaient remarqué combien il était attiré par elle dans ce tribunal. Non. Où aller ? – *Où ?* – C'était ça qui l'embarrassait. Elle n'avait pas d'appartement, et bien sûr il n'y avait aucun moyen de l'emmener dans sa colonie pour fourmis. Un hôtel ? Bien trop grossier, et de surcroît, comment diable pourrait-il se le permettre financièrement ? Même un hôtel de deuxième zone valait au moins 100 $ la chambre. Dieu seul savait combien ce repas allait déjà lui coûter ! Le menu était écrit à la main, sans aucun effort artistique, ce qui avait allumé un signal d'alarme dans le système nerveux central de Kramer : *l'argent*. D'une certaine manière il savait, même avec peu d'expérience, que ce faux menu relax de merde voulait dire : *du fric !*

Juste à cet instant, la serveuse revint. « Vous avez eu un moment pour choisir ? »

Elle était de confection parfaite, également. Jeune, blonde, bouclée, des yeux bleus brillants, le type parfait de la serveuse apprentie-actrice, avec des taches de rousseur et un sourire qui disait : « Eh bien, je vois que vous deux, vous avez *décidé quelque chose, au moins* ! » Ou bien disait-il : « Je suis jeune, jolie et charmante et j'espère un bon pourboire quand vous paierez votre grosse addition. »

Kramer regarda son visage étincelant, puis il regarda celui de Miss Shelly Thomas. Il était consumé de sentiments de concupiscence et de pauvreté.

– Eh bien, Shelly, dit-il, qu'est-ce que vous aimeriez ?

C'était la première fois qu'il l'appelait par son prénom.

Sherman se posa sur le bord d'un des fauteuils de bois tourné. Il était penché en avant, les mains serrées entre ses genoux et la tête baissée. Un exemplaire délétère du *City Light*, véritable pièce à conviction, était posé sur le dessus de la table de chêne comme un élément radioactif. Maria était assise dans l'autre fauteuil, moins décomposée, mais sans son insouciance coutumière toutefois.

– Je le savais, dit Sherman, sans la regarder, je le savais dès ce moment-là. On aurait dû déclarer l'accident tout de suite. Je ne peux pas croire que je... je ne peux pas croire que nous soyons dans une telle situation.

– Eh bien, c'est trop tard, Sherman. Le lait est renversé.

Il se redressa sur son siège et la regarda.

– Peut-être qu'il n'est pas trop tard. Peut-être que tu peux dire que tu ne le savais pas avant d'avoir lu le journal, que tu ne savais pas que tu avais touché quelqu'un avant d'avoir lu ce journal.

– Oh, bien sûr, dit Maria. Alors comment est-ce que je dis qu'elle s'est produite, cette chose que je ne savais pas?

– Tu dis juste... ce qui s'est vraiment passé.

– Oh, ça fera très bien. Deux garçons nous arrêtent, essaient de nous dévaliser, mais tu as jeté un pneu sur l'un d'eux et je nous ai sortis de là en conduisant comme un... un... coureur de rallye, mais je ne savais pas que j'avais touché quelqu'un.

– Eh bien, mais c'est exactement ce qui s'est produit, Maria.

– Et qui va le croire? Tu as lu cette histoire. Ils disent que ce garçon est un honorable étudiant, une sorte de saint. Ils ne disent pas un mot sur l'autre. Ils ne disent même rien sur une rampe d'autoroute. Ils parlent d'un petit saint qui était allé acheter à manger pour sa famille.

La terrible possibilité refit surface. Et si les deux garçons *avaient vraiment voulu juste les aider*?

Et Maria était assise là, dans un pull à col roulé en jersey qui soulignait ses seins parfaits même à cet instant. Elle portait une jupe courte à carreaux, et ses merveilleuses jambes étaient croisées et l'une de ses chaussures se balançait au bout d'un de ses pieds.

Derrière elle, il y avait le lit minable et au-dessus du lit il y avait maintenant un second petit tableau à l'huile, une femme nue qui tenait un petit animal. Le travail était si atrocement cru qu'il n'arrivait pas à savoir de quel animal il s'agissait. Cela aurait pu être un rat aussi bien qu'un chien. Sa misère fit qu'il le regarda un bon moment.

– Tu l'as remarqué ? dit Maria, essayant de sourire. Tu fais des progrès. Filippo me l'a donné.

– Formidable.

La question de savoir pourquoi un quelconque artiste gominé se montrait si généreux envers Maria n'intéressait plus du tout Sherman. Le monde avait rétréci.

– Alors qu'est-ce que tu crois que nous devrions faire ?

– Je crois que nous devrions prendre dix profondes respirations et nous détendre. Voilà ce que je crois.

– Et après ?

– Et après, peut-être rien – a-prai-peutête rieun. – Si on leur dit la vérité, Sherman, ils vont nous *tuer*. Tu comprends ça ? Ils vont nous découper en petits morceaux. Pour l'instant, ils ne savent pas à qui était la voiture, ils ne savent pas qui conduisait, ils n'ont aucun témoin, et le môme lui-même est dans le coma et il semble qu'il ne va pas... il n'en sortira jamais.

Tu conduisais, pensa Sherman. N'oublie pas cette partie de l'histoire. Cela le rassurait de l'entendre le dire. Puis une onde de panique : suppose qu'elle renie tout et dise qu'il conduisait ? Mais l'autre garçon le savait bien, lui, qui qu'il pût être.

Pourtant, tout ce qu'il dit fut :

– Et l'autre garçon ? Suppose qu'il fasse surface.

– S'il avait dû se montrer, ce serait déjà fait. Il ne va pas le faire, parce que c'est un criminel.

Sherman se repencha en avant et se reprit la tête dans les mains. Il se retrouva en train de fixer la pointe brillante de ses New & Lingwood. La vanité colossale de ces chaussures anglaises faites sur mesure le dégoûta soudain. « Ce qui profite à l'homme... » Il ne se souvenait pas de la citation complète. Il pouvait voir la pauvre lune marron sur le crâne de Félix le cireur... Knoxville... Pourquoi n'avait-il pas déménagé pour Knoxville il y a longtemps déjà?... Une simple maison géorgienne avec un porche d'un côté et...

– Je ne sais pas, Maria, dit-il, sans lever la tête. Je ne crois pas qu'on puisse échapper à leurs déductions. Je pense que peut-être nous devrions contacter un avocat – *deux avocats*, dit une petite voix dans le fond de sa tête, puisque je ne connais pas cette femme et qu'il se peut que nous ne soyons pas éternellement du même côté – ... et avancer avec ce que nous savons.

– Et nous jeter dans la gueule du tigre, c'est cela que tu veux dire. – A nous j'euté-dans-l'gueul' d'tigre. L'accent sudiste de Maria commençait à lui porter sur les nerfs. – C'est *moi* qui conduisais la voiture, Sherman, et donc je crois que c'est à moi de décider.

C'est moi qui conduisais la voiture! Elle l'avait dit elle-même. Son humeur se rasséréna légèrement.

– Je n'essaie pas de t'obliger à quoi que ce soit, dit-il. J'essaie juste de réfléchir à voix haute.

L'expression de Maria se radoucit. Elle lui sourit chaleureusement, presque maternelle.

– Sherman, laisse-moi t'expliquer quelque chose. Il y a deux sortes de jungles. Wall Street est une jungle. Tu en as entendu parler, non? Tu sais comment réagir dans cette jungle-ci.

La brise sudiste sifflait en passant dans ses oreilles – mais c'était vrai, n'est-ce pas? Son humeur s'éclaircit encore un peu plus.

– Et puis il y a l'autre jungle. C'est celle dans laquelle nous nous sommes perdus l'autre nuit, dans le Bronx. Et tu t'es *battu*, Sherman! Tu étais merveilleux!

Il dut résister à se féliciter lui-même d'un sourire.

– Mais tu ne vis pas dans cette jungle, Sherman, et tu n'y as jamais vécu. Tu sais ce qu'il y a dans cette jungle?

Des gens qui ne font qu'aller et venir, aller et venir, aller et venir d'un côté à l'autre de la loi, tout le temps, d'un côté à l'autre. Tu ne sais pas ce que c'est. Tu as eu une *enfance heureuse*. Les lois n'ont jamais été une menace pour toi, jamais. C'étaient *tes lois*, Sherman, des lois pour toi et ta famille. Eh bien moi, je n'ai pas grandi comme ça. On se battait toujours pour retraverser la ligne, comme une bande d'ivrognes, et donc je sais, et cela ne me fait pas peur. Et laisse-moi te dire encore autre chose. Là-dehors, sur cette ligne, tout le monde n'est qu'un animal : la police, les juges, les criminels, tout le monde.

Elle continuait à lui sourire avec chaleur, comme une mère qui vient d'expliquer à son fils une vérité profonde. Il se demanda si elle savait vraiment de quoi elle parlait ou si elle ne s'adjugeait pas plutôt une petite sensiblerie à l'envers.

– Alors qu'est-ce que tu en dis ? demanda-t-il.

– J'en dis que je crois que tu devrais suivre mon instinct.

Juste à cet instant on frappa à la porte.

– Qui est-ce ? dit Sherman, en alerte rouge.

– Ne t'inquiète pas, dit Maria. C'est Germaine. Je lui ai dit que tu serais là.

Elle se leva et s'avança vers la porte.

– Tu ne lui as pas dit ce qui s'est passé...

– Bien sûr que non.

Elle ouvrit la porte, mais ce n'était pas Germaine. C'était un type gigantesque dans un costume noir incongru. Il entra comme si l'endroit lui appartenait, jeta un coup d'œil rapide sur l'ensemble de la pièce, Sherman, les murs, le plafond, le plancher, puis Maria.

– C'est vous Germaine Boll – il haletait, apparemment parce qu'il venait juste de grimper les escaliers – ou Bowl ?

Maria resta sans voix. Sherman aussi. Le géant était jeune, blanc, avec une grande barbe noire broussailleuse, un immense visage rouge apoplectique qui luisait de transpiration, un feutre noir avec des bords absolument plats, un feutre trop petit perché tout en haut de son énorme tête comme un jouet, une chemise blanche froissée boutonnée jusqu'au cou, mais pas de cravate, et un costume deux-pièces noir brillant, avec le revers gauche boutonné par-dessus le revers droit, comme on ferme habituellement une veste de femme. Un juif hassidim. Sherman avait souvent vu des juifs hassidim dans le quartier des diamantaires, qui était dans la 46e et la 47e Rue, entre la Cinquième et la Sixième Avenue, mais il n'en avait jamais vu de si énorme. Il faisait probablement plus de deux mètres, au moins 125 kilos, gras mais puissamment bâti, débordant de sa peau comme une sorte de saucisse. Il ôta son feutre. Ses cheveux étaient collés à son crâne par la sueur. Il se frappa le côté de la tête de la paume de la main, comme pour la remettre en forme. Puis il remit son chapeau. Il était perché si haut qu'il avait l'air de pouvoir tomber à tout moment. La sueur roulait en gouttes sur le front du géant.

– Germaine Boll? Bowl? Bull?

– Non, ce n'est pas moi, dit Maria. – Elle s'était reprise. Elle était irritée, déjà prête à l'attaque. – Elle n'est pas là, qu'est-ce que vous voulez?

– Vous vivez ici?

Pour un type si gros il avait une voix curieusement haut perchée.

– Mlle Boll n'est pas là pour l'instant, dit Maria, ignorant sa question.

– Vous vivez ici ou elle vit ici?

– Ecoutez, on est très occupés. – Exagérément patiente. – Pourquoi vous ne revenez pas plus tard? – Agressive. – Comment vous êtes entré dans l'immeuble?

Le géant fouilla dans sa poche de veste et en sortit un énorme trousseau de clés. Il y en avait des dizaines. Il passa un gros doigt entre les clés et en sortit délicatement une entre son pouce et son index.

– Avec ceci. Winter Real Estate. – *Aveïc céci. Winteuh Reeals-tate.* Il avait un léger accent yiddish.

– Eh bien, il faudra que vous reveniez plus tard pour parler à Mlle Boll.

Le géant ne bougeait pas. Il regardait l'appartement.

– Vous ne viveïz pas ici?

– Bon, écoutez...

– Tout va bien, tout va bien. On va repeindre ici.

Sur ces mots le géant écarta les deux bras, comme des ailes, comme s'il allait exécuter un saut de l'ange, s'avança vers un mur et se colla devant. Puis il appuya sa main gauche contre le mur, glissa sur le côté, leva sa main gauche et appuya sa main droite à cet endroit-là et se déplaça sur sa gauche jusqu'à retrouver sa position bras écartés.

Maria regarda Sherman. Il savait qu'il allait devoir faire quelque chose, mais il n'arrivait pas à imaginer quoi. Il s'approcha du géant. Sur le ton de commandement le plus glacial qu'il pouvait exprimer, exactement comme le Lion de Dunning Sponget l'aurait fait, il dit :

– Une minute, qu'est-ce que vous faites?

– J'mesure, dit le géant, continuant son ballet autour du mur. Il faut répeindre ici.

– Eh bien, je suis vraiment désolé, mais nous n'avons pas le temps pour cela maintenant. Il faudra que vous fassiez cela une autre fois.

L'énorme jeune homme se retourna lentement et mit ses mains sur ses hanches. Il prit une grande inspiration, ce qui lui donna l'air de gonfler jusqu'à 250 kilos. Son visage arborait l'expression de quelqu'un obligé de traiter avec un insecte. Sherman avait la sensation nauséeuse que ce monstre était habitué à de telles confrontations, et, en fait, les attendait avec appétit. Mais le combat des mâles avait commencé.

– *Vous* vivez ici? demanda le géant.

– J'ai dit que nous n'avions pas le temps de vous parler, dit Sherman, essayant de conserver le ton de commandement du Lion. Maintenant, soyez un brave garçon, partez, et revenez faire votre peinture une autre fois.

– Vous *vivez* ici?

– Il se trouve que je ne *vis pas* ici, mais je suis l'hôte ici, et je ne...

– Vous ne vivez pas ici, et elle vit pas ici. Qu'est-ce que vous faites ici?

– Cela ne vous regarde pas! dit Sherman, incapable de maîtriser sa colère, mais se sentant de plus en plus affaibli. – Il désigna la porte. – Maintenant, soyez gentil, et sortez!

– C'est pas chez vous ici, okay? Nous avons un vrai problème. – *Nous avons un vreï problème.* – Nous avons des gens qui doivent pas vivre dans c't'immeuble. C'est un immeuble à loyer bloqué, et les gens, ils fraudent – *ils freudent* – et ils sous-louent leurs appartemonts à d'autres gens pour 1 000 par mois. Le loyer, dans cet appartemont, est de 331 $ par mois, vous voyez? Germaine Boll – mais on neï la voit jamais par ici. Combien vous payez, hein?

Quelle insolence! la bataille des mâles! que pouvait-il faire? Dans la plupart des situations, Sherman se sentait grand et fort, physiquement. Mais à côté de cette créature préhistorique... Il ne pouvait vraiment pas le toucher. Il ne pouvait pas l'intimider. Les ordres calmes du Lion n'avaient aucun effet. Et sous tout cela, toutes les fondations étaient complètement pourries. Il était en désavantage moral total. Il *n'appartenait pas* à cet endroit – et il avait tout à cacher, tout au monde. Et si jamais cet incroyable monstre ne faisait pas partie des Winter Real Estate en réalité? Supposons que...

Heureusement Maria intervint.

– Il se trouve que Mlle Boll sera là dans très peu de temps. En attendant...

– Okay. Très bien. Je vaïe l'attondre.

Le géant commença à marcher de long en large dans la pièce, comme un druide de pierre. Il s'arrêta devant la table au pied de chêne, et, avec un glorieux sans-gêne, il posa son énorme masse dans un des fauteuils de bois tourné.

– Très bien! cria Maria. C'est assez! ça commence à suffire.

Pour toute réponse le géant croisa les bras, ferma les yeux et s'enfonça dans le fauteuil, comme pour s'installer en attendant. A cet instant Sherman se rendit compte qu'il aurait vraiment dû faire quelque chose, n'importe quoi, sous peine d'abdiquer toute virilité. Le combat des mâles! Il commença à avancer.

Craaaaaaaaaackkkkkk! D'un seul coup le monstre fut sur le plancher, sur le dos, et la tranche fine du bord de son feutre roula à toute vitesse tout le long du tapis. Un pied de la chaise était cassé presque en deux, près du siège, et le bois léger sous la patine extérieure se voyait. Le fauteuil s'était effondré sous son poids.

Maria criait :

– Regardez ce que vous avez fait, tête de nœud! Pauvre truie! Baignoire à saindoux!

En soufflant et soufflant, le géant se remit d'aplomb, puis sur pieds. Son allure insolente était atomisée. Il était rouge de honte, et sa sueur coulait à nouveau comme une fontaine. Il se pencha pour ramasser son chapeau et perdit presque l'équilibre.

Maria continuait son attaque. Elle désigna les restes du fauteuil :

– J'espère que vous vous rendez compte que vous allez devoir *payer* ça!

– Keske, keske, dit le géant. Ça neï vous appartient pas!

Mais il battait en retraite. Les reproches de Maria et son propre embarras. C'était trop pour lui.

– Ça va vous coûter 500 $ et un... des poursuites ! dit Maria. C'est effraction et saccage, et saccage et effraction !

Le géant s'arrêta devant la porte, les yeux écarquillés, mais c'était trop pour lui. Il partit en se dandinant, dans le plus grand désarroi.

Dès qu'elle l'entendit clopiner dans l'escalier, Maria ferma la porte et les verrous. Elle se retourna, regarda Sherman et partit d'un fou rire incontrôlable.

– Tu... l'as... vu... sur... le... plancher !

Elle riait si fort qu'elle en avait du mal à parler.

Sherman la contemplait. C'était vrai – elle avait raison. Ils étaient des animaux différents. Maria avait l'estomac nécessaire pour... pour tout ce qui leur arrivait. Elle se battait avec appétit ! La vie, c'était bien la ligne dont elle parlait – et alors ? Il *voulait* rire. Il voulait partager sa joie animale tirée de la scène grotesque qu'ils venaient de vivre. Mais il n'y parvenait pas. Il n'arrivait même pas à se fabriquer un sourire. Il se sentait comme si cette fameuse isolation de sa position dans le monde s'effilochait. Ces... gens incroyables... pouvaient maintenant entrer dans son existence.

– Craaaaaaaackkkkk ! dit Maria, pleurant de rire. Mon Dieu, j'aimerais avoir une bande vidéo de ça ! – Puis elle découvrit l'expression du regard de Sherman. – Qu'est-ce qu'il y a ?

– Tu crois que c'était pour quoi, en fait, tout ça ?

– Qu'est-ce que tu entends par « pour quoi » ?

– Qu'est-ce que tu crois qu'il faisait ici ?

– Le *propriétaire* l'a envoyé. Tu te souviens de cette lettre que je t'avais montrée ?

– Mais ce n'est pas un peu bizarre que...

– Germaine ne paie que 331 $ par mois, et je la paie 750 $. C'est un loyer bloqué. Ils adoreraient qu'elle parte d'ici.

– Ça ne te paraît pas bizarre qu'ils décident de débarquer ici, juste maintenant ?

– Maintenant ?

– Eh bien, je suis peut-être fou, mais aujourd'hui... après cet « article » dans le journal ?

– Dans le *journal* ? – Puis elle comprit ce qui le tourmentait. Et elle lui sourit. – Sherman, tu es vraiment *fou*. Tu es paranoïaque. Tu le sais ?

– Oui, peut-être le suis-je. Je pense que c'est une coïncidence vraiment curieuse.

– Qui crois-tu qui l'a envoyé, à part le propriétaire ? La police ?

– Euh...

Il se rendit compte que cela sonnait vraiment très paranoïaque. Il sourit, faiblement.

– La police va t'envoyer un dingo de tas de graisse colossal et hassidim pour *t'espionner* ?

Sherman baissa son large et noble menton de Yale sur son cou.

– Tu as raison.

Maria s'approcha de lui et souleva son menton de son index, puis elle le regarda dans les yeux et lui fit le sourire le plus amoureux qu'il eût jamais vu.

– Sherman... – *Sheumeun*... – Le monde entier n'est pas en train de parler de toi. Le monde entier ne va pas te sauter dessus. Mais moi, si !

Elle prit son visage entre ses deux mains et l'embrassa. Ils finirent sur le lit, mais cette fois il lui fallut s'agiter un peu. Ce n'est pas pareil quand vous êtes à moitié mort de peur.

XII

LE DERNIER DES GRANDS FUMEURS

APRÈS une nuit de sommeil agité, Sherman atteignit Pierce & Pierce à 8 heures. Il était épuisé, et la journée n'avait pas encore commencé. La salle des obligations avait l'apparence d'une hallucination. La lumière aveuglante du côté du port... les silhouettes courbées... les chiffres vert radium qui couraient sur les visages d'un nombre infini d'écrans d'ordinateur... les jeunes Maîtres de l'Univers, si complètement ignorants, aboyant après leurs beignets électroniques :

– Je paie deux!
– Ouais, d'accord, et pour la date d'émission, hein?
– Deux ticks en dessous!
– De la merde, oui! On n'peut pas éteindre un fusible!

Même Rawlie, ce pauvre écervelé de Rawlie, était debout, son téléphone collé à l'oreille, les lèvres remuant à cinq cents à l'heure, pianotant à toute vitesse sur son bureau avec un crayon. Le jeune Arguello, seigneur des pampas, était vautré dans son fauteuil, les cuisses croisées, le téléphone rivé à l'oreille, ses bretelles moirées lançant des éclairs et un grand sourire aplati sur sa petite gueule de gigolo. Il avait réussi un coup d'éclat la veille au Japon avec les bons du Trésor. Toute la salle des obligations ne parlait que de ça. Sourire, sourire, sourire, la tête de gomina paressait après son triomphe.

Sherman mourait d'envie d'aller au Yale Club prendre un bain de vapeur et s'allonger sur une de ces tables couvertes de cuir pour un massage à la dure, avant de dormir enfin.

Sur son bureau il y avait un message, marqué urgent, lui disant d'appeler Bernard à Paris.

Quatre terminaux d'ordinateur plus loin, Félix cirait la chaussure droite d'un jeune type dégingandé et antipathique nommé Ahlstrom, sorti de Wharton il y avait à peine deux ans. Ahlstrom était au téléphone. Ta gueule, ta gueule, ta gueule, hein, M. Ahlstrom ? Félix – le *City Light*. Il allait être près de son stand à cette heure. Il voulait le voir, et il mourait de peur de le voir.

A peine conscient de ce qu'il faisait, Sherman se colla le téléphone à l'oreille et appela le numéro de Trader T à Paris. Il se pencha au-dessus de son bureau et se cala sur ses deux coudes. Dès que Félix en aurait fini avec le jeune et bouillant Ahlstrom, il l'appellerait. Une partie seulement de son cerveau écoutait quand le beignet français, Bernard Lévy, dit :

– Sherman, après notre conversation d'hier, j'en ai parlé avec New York, et tout le monde est d'accord. Inutile d'attendre.

Dieu merci !

– Mais, continua Bernard, on ne peut pas aller à quatre-vingt-seize !

– Comment ?

Il entendait des phrases primordiales... et pourtant il ne parvenait pas à se concentrer... Les journaux du matin, le *Times*, le *Post*, le *Daily News*, qu'il avait lus dans le taxi qui l'amenait en bas de la ville, contenaient des reliquats de l'histoire du *City Light*, plus quelques déclarations de ce Noir, le Révérend Bacon. De féroces dénonciations de l'hôpital où le garçon était toujours dans le coma. Pendant un moment, Sherman avait repris du poil de la bête. *Ils collaient tout sur le dos de l'hôpital !* Puis il s'était rendu compte qu'il s'illusionnait.

Ils allaient fondre sur... C'était *elle* qui conduisait. S'ils les coinçaient, en fin de compte, si tout le reste échouait c'était quand même *elle* qui conduisait. Il s'accrochait à cela.

– Non, 96 est hors de question, disait Bernard, mais nous sommes prêts à 93.

– Quatre-vingt-treize!

Sherman se redressa sur son fauteuil. Ce ne pouvait être vrai. Certainement, dans les secondes qui suivaient, Bernard allait lui dire que sa langue avait fourché. Il avait dit 95 au pire. Sherman avait payé 94. Six cents millions d'obligations à 94! A 93, Pierce & Pierce allait perdre 6 millions de $!

– Tu n'as pas dit 93, n'est-ce pas?

– 93, Sherman. Nous pensons que c'est un prix très honnête. De toute façon, c'est l'offre.

– Jésus tout-puissant... Il faut que je réfléchisse une seconde. Ecoute, je te rappelle. Tu seras là?

– Bien sûr.

– Très bien. Je te rappelle tout de suite.

Il raccrocha et se frotta les yeux. Dieu! Il doit y avoir un moyen de se sortir de là. Il s'était laissé rouler par Bernard la veille! Fatal! Bernard avait détecté la panique dans sa voix et avait fait marche arrière. Reprends-toi! Rassemble tes forces! Trouve une issue! Tu n'as aucun moyen de laisser les choses s'effondrer après tout ça! Rappelle-le et sois toi-même, le meilleur de Pierce & Pierce! – Maître de... Il se mit à trembler. Plus il essayait de se reprendre, plus il devenait nerveux. Il regarda sa montre. Il regarda Félix. Félix venait de quitter les chaussures du jeune loup, Ahlstrom. Il lui fit signe de venir. Il sortit sa pince à billets de sa poche de pantalon, se rassit, la cacha entre ses genoux, en sortit un billet de 5 $ et le glissa dans une enveloppe du courrier interne, puis se releva au moment où Félix s'approchait.

– Félix, il y a 5 $ là-dedans. Descends m'acheter le *City Light*, s'il te plaît. Et garde la monnaie.

Félix le regarda avec un sourire bizarre et dit :

– Ouais, okay, mais vous savez, la dernière fois ils m'ont fait poireauter au kiosque, et l'ascenseur ne vient pas, et je perds des heures. Hé, y a cinquante étages jusqu'en bas. Ça me coûte plein de temps.

Il ne bougea pas.

C'était outrageant ! Il osait affirmer que 5 $ pour aller acheter un journal à 35 *cents* diminuait sa marge de profit en tant que cireur de chaussures ! Il avait le culot de lui tenir tête. – Ahhhhhhh... C'était trop. Une sorte de radar de la vie des rues lui dit que s'il cachait le journal dans une enveloppe, alors c'était de la contrebande. C'était de la fraude. C'était du désespoir, et les gens désespérés paient toujours le maximum.

A peine capable de contenir sa fureur, Sherman remit la main à la poche et en sortit une autre coupure de 5 $ qu'il tendit au Noir, qui la prit, lui lança un regard fastidieux et fatigué et s'en alla avec l'enveloppe.

Il rappela Paris.

– Bernard ?

– Oui ?

– Sherman. Je travaille toujours dessus. Donne-moi quinze ou vingt minutes de plus.

Un silence. Puis :

– Très bien.

Sherman raccrocha et regarda vers l'immense fenêtre. Les silhouettes remuaient et dansaient selon des figures insensées. S'il était désireux de monter à 95... En un rien de temps le Noir était de retour. Il lui tendit l'enveloppe sans un mot ni aucune expression pénétrable.

L'enveloppe était épaisse à cause du journal plié dedans. C'était comme s'il y avait quelque chose de vivant à l'intérieur. Il la mit sous son bureau et elle commença à grincer des dents et à s'agiter en tout sens !

S'il engageait une partie de son profit dedans... Il commença à jeter ses calculs sur une feuille de papier.

Rien que de les voir – aucun sens! Rattachés à rien! Il pouvait entendre sa propre respiration. Il ramassa l'enveloppe et se dirigea vers les toilettes pour hommes.

Dans le cabinet, le pantalon de son costume à 2 000 $ de Savile Row honorant le siège nu des toilettes, ses nouvelles chaussures de chez New & Lingwood ramenées tout contre le socle de la cuvette, Sherman ouvrit l'enveloppe et en retira le journal. Chaque froissement du papier l'accusait. La une... LE SCANDALE DES ÉLECTEURS FANTÔMES DE CHINATOWN... aucun intérêt, aucun... Il ouvrit... Page 2... Page 3... la photo d'un propriétaire de restaurant chinois... C'était en bas de page :

LISTING SECRET DANS
LE DÉLIT DE FUITE DU BRONX

Au-dessus du titre, en plus petites lettres blanches sur fond noir : *Une nouvelle bombe dans l'affaire Lamb.* Sous le titre, dans une autre barre noire, cela disait : *Une exclusivité du City Light.* L'histoire était du même Peter Fallow :

Déclarant : « J'en ai marre des traîne-savates », une source dans la Division des Véhicules automobiles a fourni au *City Light* un listing d'ordinateur réduisant à 124 le nombre de véhicules pouvant être impliqués dans l'affaire du délit de fuite de la semaine dernière qui a sévèrement blessé le jeune et honorable étudiant Henry Lamb.

Notre source, qui a travaillé avec la police dans le passé sur des affaires similaires, affirme : « Ils peuvent vérifier 124 voitures en quelques jours. Mais d'abord il faut qu'ils veuillent faire transpirer les bonshommes! Quand la victime sort des Cités ils n'y tiennent pas toujours. »

Lamb, qui vit avec sa mère, veuve, dans la Cité Edgar Allan Poe, un projet de réhabilitation urbaine du Bronx, est toujours dans ce qui semble un coma irréversible. Avant de perdre conscience il a pu donner à sa mère la première lettre – R – et cinq possibilités pour la seconde lettre – E, F, B, R, P – de la plaque d'immatriculation de la luxueuse Mercedes Benz qui lui a roulé dessus sur Bruckner Boulevard avant de disparaître à toute vitesse.

La Police et le Bureau du procureur du Bronx avaient objecté qu'il y a plus de 500 Mercedes Benz enregistrées dans l'Etat de New York avec des plaques commençant par ces lettres, trop pour justifier une vérification véhicule par véhicule, dans une affaire où le seul témoin connu, Lamb lui-même, peut ne jamais reprendre conscience.

Mais notre source répond : « Bien sûr il y a 500 possibilités, mais seulement 124 qui tiennent. Bruckner Boulevard, où ce jeune homme a été renversé, n'est pas exactement un lieu pour touristes. Il paraît raisonnable que le véhicule appartienne à quelqu'un habitant New York ou Westchester. Si on se base sur cette hypothèse – et j'ai vu les flics le faire dans d'autres affaires – cela réduit le nombre à 124. »

Cette révélation a suscité une nouvelle exigence du leader noir, le Révérend Reginald Bacon, pour une véritable enquête sur cet accident.

« Si la Police et le procureur général ne la font pas, nous la ferons nous-mêmes, dit-il. Le pouvoir en place laisse détruire la vie de ce brillant jeune homme et ne fait que bayer aux corneilles. Mais nous n'allons pas en rester là. Nous avons ce listing maintenant et nous allons rechercher ces voitures nous-mêmes s'il le faut. »

Le cœur de Sherman bondit dans sa poitrine.

Le voisinage immédiat de Lamb dans le Bronx a été décrit comme « en armes » et « bouillant de colère » sur la manière dont ont été traitées ses blessures et la réticence visible des autorités à bouger dans cette affaire.

Un porte-parole de l'Administration de la Santé et des

Hôpitaux affirme qu'« une enquête interne est en cours ». La Police et le Bureau du procureur Abe Weiss disent que leur enquête « se poursuit ». Ils refusent de commenter cette réduction du nombre de véhicules, mais un porte-parole du Département des Véhicules Motorisés, Ruth Berkowitz, a déclaré : « La révélation sans autorisation d'informations sur la propriété dans une affaire aussi délicate que celle-ci crée un précédent grave et inadmissible dans la police départementale. »

C'était tout. Sherman était assis sur les toilettes, fixant le bloc de caractères. L'étau se resserre ! Mais la police n'avait pas l'air de trop y prêter attention... Oui, mais suppose que ce... ce *Bacon*... et une bande de Noirs fous de rage, en armes, commencent à vérifier les voitures eux-mêmes... Il essaya de se brosser ce tableau... Trop grossier pour son imagination... Il regarda la porte gris-beige du cabinet... La porte d'entrée des toilettes pour hommes venait de s'ouvrir. Puis une porte s'ouvrit à quelques cabinets de lui. Lentement Sherman referma le journal, le replia et le glissa dans l'enveloppe du courrier interne. Toujours aussi lentement il se releva. Toujours aussi calmement il ouvrit la porte du cabinet. Et toujours aussi furtivement il traversa les toilettes pour hommes, tandis que son cœur courait en avant de lui.

Une fois revenu dans la salle des obligations, il décrocha son téléphone. *Faut appeler Bernard. Faut appeler Maria.* Les appels personnels passés de la salle des obligations de Pierce & Pierce faisaient beaucoup froncer les sourcils. Il appela son appartement sur la Cinquième Avenue. Une femme avec un accent espagnol répondit que Mme Ruskin n'était pas à la maison. Il appela la cachette, s'appliquant sérieusement pour composer le numéro. Pas de réponse. Il s'appuya sur le dossier de sa chaise. Ses yeux faisaient le point sur le lointain... La lumière, les silhouettes qui s'agitaient, le rugissement...

Le bruit de quelqu'un claquant des doigts au-dessus de

sa tête... Il leva le nez. C'était Rawlie, claquant ses doigts.

– Réveille-toi. Il est interdit de penser ici...

– J'étais juste...

Il n'eut pas à terminer, parce que Rawlie était déjà parti.

Il se pencha sur son bureau et regarda les chiffres vert radium qui cavalaient à travers l'écran.

Juste comme ça, il décida d'aller voir Freddy Button.

Que dirait-il à Muriel, l'assistante de vente ? Il lui dirait qu'il allait voir Mel Troutman chez Polsek & Fragner au sujet de l'émission des Medicart Fleet... Voilà ce qu'il lui dirait... Et cela le rendit malade. Une des maximes du Lion était : « Un mensonge peut tromper quelqu'un, mais il vous dit la vérité : vous êtes faible. »

Il ne se rappelait pas le numéro de téléphone de Freddy Button. Il y avait très longtemps qu'il ne l'avait pas appelé. Il regarda dans son carnet d'adresses.

– C'est Sherman McCoy. J'aimerais parler à M. Button.

– Je suis désolée, M. McCoy, il est avec un client. Peut-il vous rappeler ?

Sherman hésita :

– Dites-lui que c'est urgent.

La secrétaire hésita :

– Ne quittez pas.

Sherman était courbé sur son bureau. Il regardait à ses pieds... l'enveloppe avec le journal... Non! Suppose qu'elle appelle Freddy par un interphone et qu'un autre avocat, quelqu'un qui connaissait son père, l'entende dire... « Sherman McCoy, très urgent »...

– Excusez-moi! Attendez une seconde! Peu importe... vous êtes là? Allô?

Il criait dans le téléphone. Elle n'était pas en ligne.

Il regarda l'enveloppe. Il gribouilla quelques chiffres et lettres sur un morceau de papier pour avoir l'air occupé et en pleine affaire. Quelques secondes plus tard il entendit la voix toujours suave et toujours nasale de Freddy Button.

– Sherman? Comment ça va? Qu'est-ce qu'il y a?

En sortant, Sherman dit son mensonge à Muriel et se sentit minable, sordide et faible.

Comme beaucoup d'autres vieilles familles protestantes bien établies à Manhattan, les McCoy s'étaient toujours assurés que seuls d'autres protestants gèrent leurs affaires privées et leurs corps. De nos jours, cela devenait difficile. Dentistes et conseillers fiscaux protestants étaient des créatures rares, et les médecins protestants n'étaient pas faciles à trouver.

Il y avait pourtant encore plein d'avocats protestants, au moins à Wall Street, et Sherman était devenu client de Freddy Button de la même façon qu'il avait adhéré aux Knickerbocker Greys, le corps de jeunes cadets, étant enfant. Son père avait tout arrangé. Quand Sherman était senior à Yale, le Lion avait pensé qu'il était temps pour lui de faire un testament, car cela faisait partie de ce qu'on devait faire, par prudence, en grandissant. Donc il l'avait envoyé chez Freddy, qui était alors un jeune et nouvel associé chez Dunning Sponget. Sherman n'avait jamais eu à se soucier de savoir si Freddy était un bon avocat ou pas. Il était allé à lui par souci d'ordre : pour les testaments, quand il avait épousé Judy et quand Campbell était née, pour des contrats quand il avait acheté l'appartement sur Park Avenue et la maison à Southampton. L'achat de l'appartement avait fait réfléchir Sherman à deux fois. Freddy savait qu'il avait emprunté 1,8 million de $ pour l'acheter, et c'était plus que ce qu'il voulait que son père (techniquement associé de Freddy) sache. Freddy avait gardé le secret. Mais dans une affaire aussi obscène que celle-ci, avec les hurlements des journaux, existait-il une raison – une procédure quelconque – une habitude de la firme –

quelque chose qui ferait que l'affaire circule entre les autres associés – pour parvenir jusqu'au Lion lui-même ?

Dunning Sponget & Leach occupait quatre étages d'un gratte-ciel sur Wall Street, à trois blocs de Pierce & Pierce. Lorsqu'il avait été construit, c'était la dernière mode du Modern' Style des années 20, mais maintenant il avait la mélancolie encrassée typique de Wall Street. Les bureaux de Dunning Sponget ressemblaient à ceux de Pierce & Pierce. Dans les deux cas, des intérieurs modernes avaient été alternés avec des lambris anglais XVIIIᵉ et emplis de meubles anglais XVIIIᵉ. Toutefois, Sherman n'y prêtait aucune attention. Pour lui, tout ce qui était Dunning Sponget était aussi vénérable que son père.

A son grand soulagement, la réceptionniste ne le reconnut pas, même de nom. Bien sûr, maintenant, le Lion n'était plus qu'un des vieux associés ridés qui infestaient les couloirs quelques heures par jour. Sherman venait de prendre un fauteuil quand la secrétaire de Freddy Button, Mlle Zilitsky, arriva. C'était une de ces femmes qui paraissent la cinquantaine et loyales. Elle le conduisit à travers un hall silencieux.

Freddy, grand, élégant, charmant, une cigarette aux lèvres, se tenait à la porte de son bureau pour l'accueillir.

– Sal-lut, Sherman !

Un panache de fumée de cigarette, un sourire magnifique, une chaleureuse poignée de main, un charmant étalage du simple plaisir de voir Sherman McCoy.

– Mon Dieu, mon Dieu, mon Dieu... Comment vas-tu ? Prends un siège. Tu veux du café ? Mlle Zilitsky !

– Non, merci. Pas pour moi.

– Comment va Judy ?

– Bien.

– Et Campbell ?

388

Il se souvenait toujours du nom de Campbell, ce que Sherman appréciait, même en l'état présent.

– Oh, elle est en pleine forme.

– Elle est à Taliaferro maintenant, non ?

– Oui. Comment sais-tu ? Mon père t'en a parlé ?

– Non. C'est Sally, ma fille. Elle est sortie de Taliaferro il y a deux ans. Elle a absolument adoré. Imbattable, cette école. Elle est à Brown, maintenant.

– Et elle aime Brown ?

Dieu Tout-Puissant ! Pourquoi est-ce que je me soucie de cela ?

Mais il savait pourquoi. Le charme de Freddy, charme épais, rapide et anodin, vous submergeait toujours. Terrassé, vous disiez ce genre de banalités.

C'était une erreur, Freddy partit immédiatement dans une anecdote sur Brown et sur les pensions mixtes. Sherman n'écoutait même pas. Pour accentuer un point, Freddy levait ses longues mains en l'air dans une attitude languide et efféminée. Il parlait toujours de familles, sa famille, votre famille, les familles des autres, et il était homosexuel. Aucun doute à ce sujet. Freddy avait environ cinquante ans, un mètre quatre-vingt-cinq ou plus, mince, bizarrement fichu, mais élégamment habillé dans le style « drap anglais ». Ses cheveux blonds et mous, ternis aujourd'hui d'une marée de gris, étaient ramenés en arrière à la mode des années 30. Avec nonchalance, il s'installa dans son fauteuil, de l'autre côté du bureau, face à Sherman, tout en parlant, et en fumant. Il aspira une longue bouffée de sa cigarette et laissa la fumée sortir en courbes et en volutes de sa bouche puis l'attira vers ses narines en deux grosses colonnes. A une époque, on appelait cela fumer « à la française », et Freddy Button, le dernier des Grands Fumeurs, connaissait très bien, lui. Il savait faire des ronds de fumée. Il inhalait « à la française » et soufflait de larges ronds de fumée puis projetait de rapides petits ronds à travers les grands. De temps en temps, il tenait sa cigarette, non pas entre l'index et le majeur, mais entre le pouce et l'index, droite, comme une chandelle. Pourquoi les homosexuels fumaient-ils tant ? Peut-être parce qu'ils avaient tendance à s'autodétruire. Mais le mot *s'autodétruire* était la limite (comme de la cinquième dimension) de la familiarité de Sherman avec la pensée psychanalytique, et donc son regard commença à dériver dans la pièce. Le bureau de Freddy était *agencé*, au sens où Judy parlait d'*agencer* un appartement. Il ressemblait à quelque chose sorti d'un de ces abominables magazines... velours bordeaux, cuir sang-de-bœuf, bois robuste, cuivre et bibelots en argent... Tout d'un coup, Freddy et son charme et son goût étaient suprêmement ennuyeux.

Freddy devait avoir perçu son irritation, car il interrompit brusquement son histoire et dit :

– Eh bien... tu disais qu'il t'était arrivé quelque chose avec ta voiture ?

– Malheureusement, tu peux même le lire, Freddy, dit Sherman.

Sherman ouvrit son attaché-case et en sortit l'enveloppe de Pierce & Pierce, puis en retira l'exemplaire du *City Light*, le plia en page 3 et le tendit au-dessus du bureau.

– C'est en bas de la page 3.

Freddy prit le journal de la main gauche et, de la droite, il mit sa cigarette dans un cendrier Lalique avec une tête de lion sculptée sur la tranche. Il alla chercher un carré de soie blanc qui dépassait négligemment de la pochette de sa veste et sortit une paire de lunettes cerclées de corne. Puis il étala le journal et mit les lunettes en place de ses deux mains. De sa poche intérieure il sortit un étui à cigarettes ivoire et argent, l'ouvrit et prit une cigarette de sous une barrette d'argent. Il la tapa sur le couvercle de son étui, l'alluma avec un mince briquet d'argent massif, puis prit le journal et commença à lire; ou à lire et à fumer. Les yeux toujours fixés sur le journal, il amena la cigarette à ses lèvres en position de chandelle, entre son pouce et son index, prit une profonde bouffée, tourna les doigts et – bingo! – la cigarette réapparut soudain entre les phalanges de son index et de son majeur. Sherman était fasciné. Comment avait-il fait? Puis il se sentit furieux. Il fait l'acrobate tabagique – *au beau milieu de mon drame!*

Freddy finit l'article et posa la cigarette dans le cendrier Lalique avec grand soin, puis il prit ses lunettes et les replia dans le carré de soie brillant avant de reprendre sa cigarette et d'en tirer une autre longue bouffée.

Sherman, crachant ses mots :

– C'est l'histoire de ma voiture que tu viens de lire!

La colère dans sa voix surprit Freddy. Avec moult précautions, comme sur la pointe des pieds, il dit :

– Tu as une Mercedes avec une plaque qui commence par R? R quelque chose?

– Exactement, siffla Sherman entre ses dents.

Freddy, déboussolé :

– Eh bien... pourquoi ne me racontes-tu pas ce qui s'est passé?

Jusqu'à ce que Freddy prononce ces mots, Sherman ne s'était pas rendu compte qu'il... en mourait d'envie! Il mourait d'envie de se confesser – à quelqu'un! N'importe qui! Même à ce *Turnvereiner*[1] à la nicotine, ce bellâtre homosexuel qui était l'un des associés de son père! Il n'avait jamais vu Freddy avec autant de clarté. Il pouvait le *voir*. Freddy était le genre de baguette magique à laquelle la Branche Wall Street de Dunning Sponget envoyait se raccrocher toutes les veuves et les éplorés, comme lui, qui étaient censés avoir plus d'argent que de problèmes. Pourtant, il était le seul confesseur disponible.

– J'ai une amie, Maria Ruskin, dit-il. C'est la femme

1. Membre d'un club sportif new-yorkais, fréquenté par des Américains d'origine allemande et qui, sous couvert d'installations sportives, est surtout un lieu où l'on boit.

d'Arthur Ruskin, qui a gagné beaucoup d'argent en faisant Dieu sait quoi.

– J'ai entendu parler de lui, acquiesça Freddy.

– J'ai... – Sherman s'arrêta. Il ne savait pas trop bien comment présenter la chose. – J'ai beaucoup vu Mme Ruskin.

Il serra les lèvres et fixa Freddy. Le message inaudible était le suivant : Oui, précisément, c'est l'habituelle affaire de lit sordide.

Freddy hocha la tête.

Sherman hésita à nouveau, puis plongea dans les détails du trajet en voiture dans le Bronx. Il étudiait le visage de Freddy, guettant des signes de désapprobation ou – pire! – de joie! Il ne détectait rien d'autre qu'une sympathie soucieuse ponctuée de ronds de fumée. Sherman ne lui en voulait plus, pourtant. Un tel soulagement! Le vil poison s'écoulait au-dehors! Mon confesseur!

Tout en racontant son histoire il éprouva quelque chose d'autre : une joie irrationnelle. Il était le personnage principal d'une excitante histoire. Tout du long, il se sentit fier – fierté stupide! – d'avoir combattu dans la jungle et d'avoir triomphé. Il était sur scène. Il était la star! L'expression de Freddy était passée de l'intérêt bienveillant... à une vraie transe!

– Et voilà où j'en suis, dit finalement Sherman. Je ne sais pas quoi faire. J'aimerais être allé voir directement la police quand c'est arrivé.

Freddy se recula dans son fauteuil, regarda vers le lointain, tira une bouffée de sa cigarette puis tourna la tête et lança à Sherman un sourire rassurant.

– Eh bien, d'après tout ce que tu m'as raconté, tu n'es pas responsable de la blessure infligée à ce jeune homme...

Tout en parlant, de la fumée sortait de sa bouche en nuages diffus. Sherman n'avait pas vu quelqu'un faire ça depuis des années.

– Tu peux avoir certaines obligations, en tant que propriétaire de la voiture, notamment de déclarer l'accident, et il y aura peut-être ce problème d'avoir quitté les lieux. Il faudrait que je relise le Code pénal. Je suppose qu'ils pourraient développer une inculpation de coups et blessures, pour avoir lancé le pneu, mais je ne crois pas que ça tiendrait, puisque tu avais parfaitement raison de penser que ta vie était en danger. En fait, ce sont des circonstances beaucoup moins inhabituelles que tu le penses. Tu connais Clinton Danforth?

– Non.

– C'est le président de Danco. Je l'ai représenté contre le triple A[1]. En fait, je crois que la véritable entité c'était l'Automobile Club de New York. Lui et sa femme – tu n'as jamais vu Clinton?

Vu?

– Non...

– Très smart. Il ressemble à un de ces capitalistes que les caricaturistes dessinaient dans le temps, avec le haut-de-forme. Bref, une nuit Clinton et sa femme rentraient chez eux...

Et maintenant il repartait sur une autre histoire à propos de la voiture de son illustre client tombant en panne dans Ozone Park, dans Queens. Sherman passait les mots au crible, espérant tomber sur une petite pépite d'espoir. Puis il lui vint soudain à l'esprit qu'il ne s'agissait que du réflexe charmeur de Freddy au travail. L'essence du charmeur social était d'avoir une histoire toute prête pour chaque circonstance, si possible avec des noms bien Gras dedans. En un quart de siècle de pratique de la loi, c'était peut-être la première fois que Freddy s'occupait d'une affaire qui touchait aux rues de New York.

– ... un Noir avec un chien policier en laisse...

1. American Automobile Association.

– Freddy, siffla Sherman entre ses dents. Je me fous de ton gros Danforth.

– Pardon ? dit Freddy, déboussolé et choqué.

– Je n'ai pas le temps. J'ai un vrai problème.

– Oh, écoute. S'il te plaît, excuse-moi, dit Freddy doucement, prudemment et tristement aussi, comme vous parleriez à un dingue qui s'énerve tout seul. Vraiment, je voulais juste te montrer...

– Inutile de me montrer. Ecrase cette cigarette et dis-moi ce que tu en penses.

Sans quitter Sherman des yeux, Freddy écrasa sa cigarette dans le cendrier Lalique.

– Très bien, je vais te dire exactement ce que je pense.

– Je veux pas avoir l'air brutal, Freddy, mais bon Dieu...

– Je sais, Sherman.

– Je t'en prie, fume si tu veux, mais occupons-nous de mon histoire !

Les mains de Freddy s'agitèrent en l'air pour indiquer que fumer n'était pas important.

– Très bien, dit Freddy, voilà comment je vois les choses. Je crois que tu es tranquille en ce qui concerne le plus grave, qui est les coups et blessures. Il est concevable que tu sois poursuivi pour délit de fuite parce que tu es parti sans avertir la police. Comme je te disais, je vais faire des recherches là-dessus. Mais je crois que ce ne sera pas très sérieux, à condition que nous puissions établir la suite des événements comme tu viens de me les raconter.

– Qu'entends-tu par « établir » ?

– Eh bien, la chose qui m'inquiète dans cette histoire du journal, c'est que c'est très très loin des faits tels que tu me les as exposés.

– Oh ça, je le sais ! dit Sherman. Ils ne mentionnent pas l'autre, l'autre type, celui qui s'est approché de moi le premier. Il n'y a pas un mot sur la barricade ni même sur la rampe! Ils disent que cela s'est produit sur Bruckner Boulevard. Cela ne s'est pas produit sur Bruckner Boulevard, ni sur aucun boulevard. Ils ont inventé que ce garçon, ce... cet *honorable* étudiant... ce saint noir... traversait la rue, vaquant à ses affaires, et qu'un fanatique blanc dans une « voiture de luxe » est passé et l'a écrasé avant de s'enfuir. C'est de la folie pure! Ils n'arrêtent pas de dire « voiture de luxe », alors que ce n'est qu'une Mercedes. Bon Dieu, une Mercedes, c'est comme la Buick de maintenant!

Les sourcils de Freddy dirent : pas précisément, mais Sherman continua.

– Laisse-moi te poser une question, Freddy. Est-ce que le fait que – il allait dire Maria Ruskin, mais ne voulut pas avoir l'air anxieux de se débarrasser de la faute – le fait que je ne conduisais pas quand le garçon a été touché, est-ce que cela me lave, légalement?

– En ce qui concerne les blessures infligées au jeune homme, oui, il me semble. Je te répète qu'il faut que je vérifie les textes. Mais je voudrais te demander quelque chose. Quelle est la version de ton amie, Mme Ruskin?

– Sa version?

– Oui. Comment raconte-t-elle que le garçon a été touché? Est-ce qu'elle dit qu'elle conduisait?

– *Comment ça « est-ce qu'elle* dit *qu'elle conduisait »*? Elle conduisait!

– Oui, mais suppose qu'elle s'aperçoive qu'il existe une possibilité d'inculpation grave si elle dit qu'elle conduisait?

Sherman demeura silencieux quelques instants.

– Eh bien, je ne peux pas imaginer qu'elle pourrait...

Mentir était le mot qu'il voulait dire, mais il ne le prononça pas, car en fait, ce n'était pas complètement au-delà du royaume de l'imaginaire. La notion le choquait.

– Eh bien... tout ce que je peux te dire, c'est qu'à chaque fois que nous en avons parlé, elle a dit la même chose. Elle a toujours employé la même expression : « Après tout, c'était moi qui conduisais. » La première fois que j'ai suggéré d'aller voir la police, juste après l'accident, c'est ce qu'elle a dit. « C'était moi qui conduisais, donc c'est à moi de décider. » Je veux dire, je pense qu'il pourrait se passer n'importe quoi mais... Oh, Dieu Tout-Puissant...

– Je n'essaie pas de semer le doute, Sherman. Je veux juste être certain que tu saches qu'elle est sans doute la seule personne qui puisse corroborer ta version de cette histoire – et à ses risques et périls.

Sherman coula dans son fauteuil. Cette voluptueuse guerrière qui avait combattu à son côté dans la jungle et qui, étincelante, avait fait l'amour avec lui sur le plancher...

– Donc, si je vais à la police maintenant, dit-il, et que je leur dis ce qui s'est passé et qu'elle ne me soutient pas, je suis encore plus dans le pétrin que maintenant ?

– C'est une possibilité. Ecoute, je ne suggère pas qu'elle ne va pas te soutenir. Je veux juste que tu saches... où tu vas.

– Qu'est-ce que tu crois que je devrais faire, Freddy ?

– A qui as-tu parlé de tout ça ?

– A personne. Juste à toi.

– Et Judy ?

– Non. Surtout pas à Judy, si tu veux savoir la vérité.

– Bon, pour l'instant tu devrais n'en parler à personne, et probablement pas même à Judy, sauf si tu sens que tu ne peux pas t'en empêcher. Et même dans ce cas-là, tu devrais insister fortement sur la nécessité d'en dire le moins possible à qui que ce soit. Tu serais étonné de la manière dont les choses que tu dis peuvent être décortiquées et utilisées contre toi, si quelqu'un le désire. Je l'ai vu trop souvent.

Sherman en doutait, mais il hocha légèrement la tête.

– En attendant, avec ta permission, je vais parler de cette situation avec un autre avocat que je connais, un type qui travaille dans ce secteur tout le temps.

– Pas quelqu'un d'ici, chez Dunning Sponget...

– Non.

– Parce que je n'aimerais pas que cette histoire rebondisse sur les murs de ces bureaux...

– Ne t'inquiète pas, c'est un autre cabinet.

– Quel cabinet ?

– Ça s'appelle Dershkin, Bellavita, Fishbein & Schlossel.

Ce torrent de syllabes était comme un relent de mauvaise odeur.

– Quel genre de cabinet est-ce ?

– Oh, ils font un peu de tout, mais ils sont surtout connus pour leurs travaux dans les affaires criminelles.

– *Criminelles* ?

Freddy sourit un petit peu.

– Oh, ne t'inquiète pas, les avocats criminels aident des gens qui ne sont pas forcément des criminels. Nous avons fait appel à ce type, ici, déjà. Il s'appelle Thomas Killian. Il est très brillant. Il a à peu près ton âge. Il a été à Yale, tiens, justement, ou du moins à la faculté de droit, je ne sais plus. C'est le seul Irlandais diplômé de l'école de droit de Yale, et c'est le seul diplômé de l'école de droit de Yale qui pratique le pénal. J'exagère, bien sûr.

Sherman s'enfonça à nouveau dans son fauteuil et essaya d'admettre le terme « pénal ». Voyant qu'il était redevenu l'Avocat avec un grand A, Freddy prit son étui à cigarettes argent et ivoire, sortit une Senior Service de sous la barrette d'argent, la tapota sur le couvercle, l'alluma et inhala avec une satisfaction profonde.

– Je veux savoir ce qu'il en pense, dit Freddy, particulièrement parce que, si on en juge par cette histoire dans le journal, cette affaire prend une tournure politique. Tommy Killian peut nous donner une bien meilleure lecture de ça que moi.

– Dershkin, quelque chose et Schloffel?

– Dershkin, Bellavita, Fishbein & Schlossel, dit Freddy. Trois juifs et un Italien, et Tommy Killian est irlandais. Je vais te dire quelque chose, Sherman, la pratique du droit se spécialise de plus en plus à New York. C'est comme s'il y avait plein de petits... *clans*... de *trolls*... je vais te donner un exemple. Si j'étais poursuivi dans une affaire de négligence automobile, je ne m'adresserais jamais à Dunning Sponget pour me représenter. J'irais voir un de ces avocats en bas de Broadway qui ne font que ça. Ils sont le fond du tonneau de la profession. Ce sont tous des Bellavita et des Schlossel. Ils sont crus, vulgaires, visqueux, et pas ragoûtants – tu ne peux même pas imaginer à quoi ils ressemblent. Mais c'est là que j'irais. Ils connaissent tous les juges, tous les greffiers, les autres avocats – ils savent comment traiter avec eux. Si quelqu'un nommé Bradshaw ou Farnsworth débarquait de chez Dunning Sponget & Leach, ils le glaceraient sur place. Ils le saboteraient. C'est pareil pour les affaires criminelles. Les avocats du pénal ne sont pas exactement des *boute-en-train*[1] non plus, mais dans certains cas, il faut faire appel à eux. Etant donné la situation, Tommy Killian est un très bon choix.

– Dieu du Ciel, dit Sherman.

De tout ce que Freddy avait dit, seul le mot *criminel* était passé.

– Ne prends pas cet air lugubre, Sherman!

La criminelle.

---

1. En français dans le texte.

Quand il revint dans la salle des obligations de Pierce & Pierce, l'assistante, Muriel, le fusilla du regard.

– Où étiez-vous, Sherman? J'ai essayé de vous joindre.

– J'étais...

Il commença à répéter son mensonge, avec des améliorations, mais l'expression sur son visage lui fit comprendre qu'il ne faisait qu'envenimer les choses.

– Très bien. Qu'est-ce qui ne va pas?

– Juste après votre départ, il y a eu une émission, 200 millions de Fidélité Mutuelle. Donc j'ai appelé Polsek et Fragner, mais vous n'y étiez pas, et ils ont dit qu'ils ne vous attendaient pas. Arnold n'est pas content, Sherman. Il veut vous voir.

– Je vais y aller.

Il se détourna et commença à marcher vers son bureau.

– Attendez une seconde, dit Muriel. Ce type de Paris a essayé de vous joindre aussi. Il a appelé au moins quatre fois. M. Lévy. Il a dit que vous étiez censé le rappeler. Il a dit de vous dire que c'était 93, point final. Il a dit que vous sauriez ce que ça signifie.

XIII

L'ANGUILLE FLUO

KRAMER et les deux inspecteurs, Martin et Goldberg, arrivèrent à la Cité Edgar Poe dans une Dodge banalisée vers 16 h 15. La manifestation était prévue pour 17 heures. Le grand ensemble avait été conçu durant l'ère de l'Herbe Verte, ère d'éradication des taudis. L'idée avait été de construire des tours sur un terrain herbeux où les jeunes pourraient gambader et les vieux s'asseoir à l'ombre des arbres, le long de sentiers sinueux. En fait, les jeunes gambadeurs cassèrent, coupèrent ou arrachèrent les jeunes arbustes dès le premier mois et une personne âgée assez dingue pour s'asseoir le long des sentiers sinueux risquait de subir exactement le même traitement. Le grand ensemble était maintenant un immense échiquier de tours de brique sale posées sur des tas de mâchefer et de terre battue. Leurs planches disparues depuis longtemps, les supports de béton des bancs publics ressemblaient à des ruines plus anciennes encore. Les allées et venues de la ville, provoquées par les marées du travail humain, n'engendraient pas la moindre onde dans la Cité Edgar Allan Poe, où le taux de chômage était d'au moins 75 pour cent. L'endroit n'était pas plus vivant à 16 h 15 qu'à midi. Kramer ne voyait pas une âme, sauf un petit groupe de jeunes garçons qui cavalaient devant l'étalage des graffitis qui décoraient la base des immeubles. Les graffitis avaient été peints sans trop de ferveur. La brique sale, avec toutes ses rayures de mortier, déprimait même les rois de la bombe de peinture.

Martin ralentit jusqu'à rouler au pas. Ils étaient sur l'allée principale, devant le Bâtiment A, où la manifestation devait avoir lieu. Tout le bloc était vide, à l'exception d'un gigantesque môme installé au milieu de la rue en train de bricoler une roue de voiture. La voiture, une Camaro rouge, avait l'avant engagé dans une place de stationnement le long du trottoir. L'arrière dépassait au milieu de la rue. Le garçon portait des jeans noirs, un tee-shirt noir et des tennis à rayures. Il était accroupi sur ses chevilles, une clé à molette à la main.

Martin arrêta la voiture à trois mètres à peine de lui et éteignit le moteur. Le garçon, toujours accroupi, regarda la Dodge. Martin et Goldberg étaient juste assis là, regardant droit devant eux. Kramer n'avait aucune idée de ce qu'ils pouvaient bien faire. Puis Martin sortit. Il portait un coupe-vent marron, un polo et une paire de pantalons gris bon marché. Il s'avança près du garçon et, penché sur lui, lui dit :

– Keske tu fous ?

Il ne le dit pas gentiment du tout.

Sidéré, le môme dit :

– Rien. Je remets un enjoliveur.

– Tu remets un enjoliveur ? demanda Martin, d'une voix pleine d'insinuations.

– Ouais ouais ouais...

– Tu t'gares toujours com'ça, au milieu d'ce putain d'rue ?

Le garçon se leva. Il faisait presque deux mètres. Il avait de longs bras musclés et des mains puissantes, dont une tenait toujours la clé anglaise. La bouche ouverte, il surplombait Martin qui ressemblait soudain à un nain. Les épaules étroites de Martin, sous son coupe-vent, paraissaient inexistantes. Il ne portait pas de badge, ni aucun insigne de police. Kramer n'arrivait pas à en

401

croire ses yeux. Ils sont là, dans le South Bronx, à trente minutes d'une manifestation pour protester contre les insuffisances de la Justice blanche, et Martin jette son gantelet au visage d'un jeune noir de deux fois sa taille armé d'une clé anglaise.

Martin pencha la tête de côté et fixa le visage incrédule du môme, sans sourciller. Le garçon semblait trouver cela extrêmement étrange également car il ne bougea pas et ne dit rien non plus. Maintenant, il regardait la Dodge et se trouvait nez à nez avec la grosse tête charnue de Goldberg, avec les fentes qui lui servaient d'yeux et sa moustache tombante. Puis il affronta à nouveau Martin et se colla une expression brave et énervée.

– J'remets juste un enjoliveur, champion. Rien qui t'intéresse.

Avant d'avoir achevé sa phrase, il s'éloignait déjà de Martin qui était censé passer pour un flâneur. Il ouvrit la porte de la Camaro, jeta sa clé anglaise dedans, y entra, démarra et manœuvra pour sortir avant de filer. La Camaro émit un puissant rugissement. Martin revint dans la Dodge et se remit au volant.

– Je t'inscris pour une médaille sur les relations entre communautés raciales, Marty, dit Goldberg.

– Ce môme a eu de la chance que j'aie pas mon carnet de contredanses, dit Martin. De plus, c'est la seule place de stationnement de tout ce putain de bloc.

Et ils se demandent pourquoi les gens les haïssent dans le ghetto, songea Kramer. Et pourtant, en même temps il s'émerveillait... *s'émerveillait !* Lui, Kramer, était assez grand et costaud pour aller se battre avec le môme à la clé anglaise, et il était concevable qu'il puisse le battre. Mais il aurait *dû en arriver là*. S'il avait été confronté au garçon, on en serait tout de suite arrivé à la bagarre. Mais Martin savait depuis le début qu'il n'irait pas jusque-là. Il savait que quelque chose dans ses yeux ferait comprendre au môme : Attention Flic Irlandais Qui ne Recule Pas. Bien sûr, cela ne faisait pas de mal d'avoir Goldberg assis là, l'air du Parfait Etrangleur, et ça ne faisait pas de mal non plus d'avoir un 38 dans votre veste. Néanmoins, Kramer savait qu'il n'aurait pas pu faire ce que ce petit pur-sang poids plume avait fait, et pour la cinq centième fois dans sa carrière de substitut du procureur du Bronx, il rendit un hommage silencieux à cet attribut si mystérieux et si convoité des mâles, le machisme irlandais.

Martin gara la dodge dans l'espace laissé libre par le môme et tous les trois commencèrent à attendre, assis à l'intérieur.

— C'est le règne de la merde, dit Martin.

— Hé, Marty, dit Kramer, fier de pouvoir appeler ce dragon par son prénom, vous avez trouvé qui a donné cette info au *City Light* ?

Sans se retourner, Martin dit :

— Un d'ces *frères*, avec la version irlandaise d'un accent noir.

Il tourna la tête doucement et tordit les lèvres pour indiquer que c'était à ça qu'il fallait s'attendre et qu'on ne pouvait rien y faire.

— Vous allez vérifier les cent vingt-quatre voitures ?

— Ouais. Weiss est sur le dos du Département de la Criminelle depuis ce matin.

— Combien de temps ça va prendre ?

— Trois, quatre jours. Il a mis six mecs sur le coup. C'est le règne de la merde.

Goldberg se retourna et dit à Kramer :

— Qu'est-ce qu'il a, Weiss ? Il croit vraiment à toute cette merde qu'il lit dans les journaux ou quoi ?

— C'est tout ce à quoi il croit, dit Kramer, et tout ce qui a le moindre angle racial le rend dingue. Comme je vous l'ai dit, il ne pense qu'à sa réélection.

— Ouais, mais qu'est-ce qui lui fait penser que nous

allons trouver des témoins dans cette manif, qui est *vraiment* de la merde pure !

– Je ne sais pas. Mais c'est ça qu'il a dit à Bernie.

Goldberg secoua la tête :

– On a même pas le lieu exact de ce putain d'accident. Vous vous rendez compte de ça ? Marty et moi on a arpenté Bruckner Boulevard du haut en bas et que je sois damné si on peut établir où ça s'est passé. C'est une autre chose que le môme a oublié de dire à sa mère quand il a sorti son merdier de plaque d'immatriculation, dire où ce bordel de merde a eu lieu !

– Parlant de ça, dit Kramer, comment un môme de la Cité Poe peut même savoir à quoi ressemble une Mercedes ?

– Oh, ça, y savent, dit Martin, sans tourner la tête. Les macs et les petits demi-sels conduisent des Mercedes.

– Ouais, dit Goldberg. Ils regardent même plus les Cadillac. Et puis tu vois ces mômes avec ces trucs, ces décorations de bouchons de radiateur des Mercedes accrochés autour du cou.

– Si un môme d'ici veut penser à une bagnole de merde pour une histoire de merde, dit Martin, la Mercedes est la première à quoi y va penser. Bernie le sait, ça.

– Eh bien, Weiss est sur le dos de Bernie aussi, dit Kramer.

Il regarda autour de lui une fois de plus. L'immense ensemble était si calme que c'en était irréel.

– T'es sûr que c'est le bon endroit, Marty ? Y a personne.

– T'inquiète pas, dit Martin. Ils vont venir. Le règne de la merde.

Bientôt un mini-car couleur bronze apparut au coin du bloc et s'arrêta en avant d'eux. Environ une douzaine d'hommes en sortirent. Ils étaient tous noirs. La plupart portaient des chemises de travail bleues et des pantalons en treillis. Ils semblaient tous aux alentours de la trentaine. L'un d'eux dépassait tant il était grand. Il avait un profil anguleux, une grosse pomme d'Adam et portait un anneau d'or à l'oreille. Il dit quelque chose aux autres, et ils commencèrent à sortir de longs bois du fourgon. Ces bois s'avérèrent être des hampes pour des pancartes. Ils posèrent les pancartes sur le trottoir. La moitié des hommes s'appuyèrent contre la fourgonnette et commencèrent à discuter en fumant des cigarettes.

– J'ai déjà vu ce grand trou-du-cul kèkepart, dit Martin.

– Je crois que moi aussi, dit Goldberg. Oh, oui, merde ! C'est un des trous duc' de Bacon, celui qu'ils appellent Buck. Il était à ce truc dans Gun Hill Road.

Martin se redressa sur son siège.

– T'as raison, Davey. C'est le même trou-du-cul.

Il regardait dans la rue, fixant le bonhomme.

– J'aimerais vraiment... dit-il, parlant comme s'il rêvait. S'il te plaît, trou duc', s'il te plaît, fais juste une petite connerie, rien qu'une... Bon, je sors.

Martin sortit de la Dodge et monta sur le trottoir. Très ostensiblement il commença à rouler des épaules et des bras, comme un combattant qui s'échauffe. Puis Goldberg sortit. Donc, Kramer sortit aussi. Les manifestants de l'autre côté de la rue commençaient à les regarder.

Alors, l'un d'entre eux, un jeune type puissamment bâti en chemise bleue et blue-jean, traversa la rue avec sa démarche de mac. Il s'approcha de Martin.

– Ho ! dit-il, vous êtes de la télé ?

Martin baissa le menton et secoua la tête pour dire non, très lentement, d'une manière qui était une menace pure.

Le Noir le mesura du regard et dit :

– Alors, t'es d'où, Jack ?

– De J'te-Saute-Ville, Agnès...

Le jeune homme essaya un air menaçant, puis il essaya un sourire, mais avec l'un comme avec l'autre il n'obtint qu'un plein visage de mépris irlandais. Il fit demi-tour, retraversa la rue et dit quelque chose aux autres, et le dénommé Buck regarda Martin. Martin lui rendit son regard avec une paire de lasers irlandais. Buck détourna la tête et rassembla quatre ou cinq des autres autour de lui en petit comité. De temps en temps ils jetaient des coups d'œil vers Martin.

Cette parade mexicaine durait depuis quelques minutes lorsqu'une autre fourgonnette arriva. Des jeunes gens blancs en sortirent, sept hommes et trois femmes. Ils avaient l'air d'étudiants, à l'exception d'une femme avec de longs cheveux blond cendré.

– Hé, Buck! chanta-t-elle.

Elle s'approcha du grand type à la boucle d'oreille et lui tendit les deux mains avec un large sourire. Il lui prit les mains, mais sans grand enthousiasme, et dit :

– Hé, comment ça va, Reva?

La femme l'attira à elle et l'embrassa sur une joue, puis sur l'autre.

– Oh putain, c'est pas vrai, dit Goldberg, lâchez-moi la grappe! Cette radasse!

– Tu la connais? demanda Kramer.

– Sais qui c'est. C'est une putain de communiste.

Puis la femme blanche, Reva, se tourna et dit quelque chose et un homme blanc et une fille blanche retournèrent dans le fourgon et en sortirent d'autres banderoles.

Maintenant, un troisième fourgon arrivait. Neuf ou dix blancs de plus en descendirent, hommes et femmes, la plupart plutôt jeunes. Ils sortirent un grand rouleau de tissu de leur véhicule et le déroulèrent. C'était une banderole. Kramer parvenait à distinguer les mots : LA FORCE DE FRAPPE DU POING GAY CONTRE LE RACISME.

– Qu'est-ce que c'est que ça? dit-il.

– C'est les gouinettes et les tapettes, dit Goldberg.

– Qu'est-ce qu'ils font là?

– Y sont toujours de ce genre de fiestas. Doivent aimer l'air frais. Y se défoncent comme des bêtes.

– Mais quel intérêt ont-ils dans cette affaire?

– Me demande pas à moi. L'unité des opprimés, ils appellent ça. Dès qu'un de ces groupes a besoin de monde, ils se pointent.

Il y avait donc maintenant environ deux douzaines de manifestants blancs et une douzaine de noirs, déambulant, discutant le coup et assemblant des banderoles et des pancartes.

Et maintenant une voiture arrivait. Deux hommes en sortirent. L'un d'eux portait deux appareils photo autour du cou et un sac en bandoulière avec le logo du *City Light* scotché dessus. L'autre était un grand type dans la trentaine, avec un long nez et des cheveux blonds qui partaient d'un étroit épi. Sa peau plutôt pâle était tachée de rouge. Il portait un blazer bleu d'une coupe inhabituelle, et, sembla-t-il à Kramer, étrangère. Sans raison apparente il partit soudain sur sa gauche. Il avait l'air à l'agonie. Il s'immobilisa sur le trottoir, se colla un cahier à spirale sous le bras gauche, ferma les yeux et appuya ses deux mains sur ses tempes, les massa pendant un bon moment, puis rouvrit les yeux, les serra, les cligna et regarda tout autour de lui.

Martin se mit à rire.

– Regardez-le-moi, on dirait un pressoir à bourbon. Le mec a tellement la gueule de bois que ça lui saigne dans la calebasse.

Fallow trébucha encore vers la gauche. Il n'arrêtait pas de gîter à bâbord. Il y avait quelque chose de vraiment détraqué dans son système vestibulaire. Cette fois, c'était vraiment du poison, comme si son cerveau était enveloppé de fils membraneux, comme les fils blancs d'une orange, et chaque contraction de son cœur resserrait les fils, et le poison était pressé directement dans son système. Il avait eu des migraines lancinantes auparavant, mais celle-ci était *toxique*, empoisonnée à l'extrême...

Où était la foule? S'étaient-ils trompés d'endroit? Il semblait y avoir une poignée de noirs et environ vingt étudiants blancs, qui restaient plantés là. Une immense banderole disait : le Poing Gay. *Le Poing Gay?* Il avait eu peur à la pensée du bruit et des cris, mais maintenant, ce silence l'inquiétait.

Sur le trottoir, juste devant, il y avait le même grand type noir avec l'anneau d'or qui les avait conduits ici, Vogel et lui, deux jours auparavant. Vogel. Il ferma les yeux. Vogel l'avait invité à dîner chez Leicester's la veille pour une sorte de célébration (la rétribution?) de son article... Il avait pris une vodka Southside... Puis une autre... *Le groin de la bête! allumé par une flamme bleu radium!...* Tony Stalk et Caroline Heftshank étaient venus s'asseoir avec eux et Fallow avait tenté de s'excuser pour ce qui s'était passé avec son jeune ami, Chirazzi, l'artiste, et Caroline lui avait fait un étrange sourire et avait dit qu'il ne s'inquiète pas pour ça, et il avait pris une autre vodka Southside, et Caroline continuait à boire du Frascati et à crier d'une manière idiote vers Britt-Withers, et finalement il vint les rejoindre, et elle lui déboutonna sa chemise et lui tira les poils de la poitrine si fort qu'il jura, et puis Fallow et Caroline étaient dans le bureau de Britt-Withers à l'étage, où Britt-Withers avait un bull-terrier aux yeux larmoyants attaché par une chaîne, et Caroline continuait à regarder Fallow avec son étrange sourire, et il essayait de lui déboutonner son chemisier, et elle riait et lui tapait doucement sur les fesses, méprisante, mais cela le rendait fou et – *Une onde! – La bête s'agitait dans les profondeurs glacées!* – et elle courba son index et lui fit signe de la suivre, et il savait qu'elle se moquait de lui, mais il traversa quand même le bureau et là il y avait une machine – quelque chose au sujet d'une machine et d'un éclair bleu radium – *fonçant, grimpant vers la surface !* – un battement caoutchouteux, élastique – il pouvait presque le voir maintenant – *presque !* et elle se moquait de lui, mais il s'en foutait, et elle n'arrêtait pas d'appuyer sur quelque chose et le radium bleu éclatait à l'intérieur, et il y eut un bruit comme de moulin à café, une vibration, et elle se pencha et ramassa quelque chose – elle le lui montrait – il pouvait presque le voir – impossible de se retenir – *Elle arriva à la surface et le regarda droit du haut de son sale groin* – et c'était comme un bloc de bois souligné d'une aura de radium sur fond noir, et la bête continuait à le regarder avec son horrible gueule, et il voulait ouvrir les yeux pour la chasser, mais il ne pouvait pas, et le bull-terrier commençait à grogner, et Caroline ne le regardait plus, même pour lui montrer son mépris, donc il lui toucha l'épaule, mais soudain elle était toute à ses occupations, et la machine continuait à vrombir et à murmurer, vrombir et murmurer, et à faire des éclairs bleu radium, et alors elle avait un tas de photos à la main, et elle courait, dévalant l'escalier vers le restaurant et il restait là, penché d'un côté, et alors une terrible pensée lui vint. Il descendit en courant les escaliers qui étaient une spirale très serrée et cela lui fit encore plus tourner la tête. Dans le restaurant, tant de visages rugissants et de dents bouillantes ! et Caroline Heftshank était debout près du bar et montrait la photo à Cecil Smallwood et à Billy Cortez, et puis il y avait des photos partout, et il se précipitait, s'écrasait sur les tables et les gens pour attraper les photos...

Il ouvrit les yeux et essaya de les maintenir ouverts. Le Bronx, le Bronx. Il était dans le Bronx. Il marcha vers le type à l'anneau d'or, Buck. Il n'arrêtait pas de glisser vers bâbord. Il avait des vertiges. Il se demanda s'il avait eu une attaque.

– Bonjour, dit-il à Buck.

Il se voulait amical, mais c'était sorti comme un

glapissement. Buck le regarda sans apparemment le reconnaître. Donc il se présenta :

– Peter Fallow, du *City Light*.

– Oh, hé, comment ça va, frère.

Le ton du Noir était agréable mais pas enthousiaste. L'auteur des brillants scoops du *City Light* s'attendait à de l'enthousiasme. Le Noir reprit sa conversation avec la femme.

– Quand commence la manifestation? demanda Fallow.

Buck regarda en l'air d'un air distrait.

– Dès que la 1 est là.

Arrivé au mot « là », il regardait déjà à nouveau la femme.

– Mais où sont les gens?

Il regarda Fallow et se tut, comme pour essayer de le percer à jour.

– Ils seront ici... dès que la 1 sera arrivée.

Il utilisait la sorte de voix que vous employez face à quelqu'un qui est gentillet, mais borné.

– Je vois, dit Fallow, qui ne voyait rien du tout. Quand, euh, comme vous dites, la 1 arrive euh... qu'est-ce qui se passe alors?

– Explique à monsieur, Reva, dit Buck.

Une Blanche à l'air complètement dément fouilla dans un grand sac en vinyle posé sur le trottoir à ses pieds et lui tendit deux feuilles de papier agrafées ensemble. Le papier, qui était photocopié – *Photocopié! Bleu Radium! La bête!* – portait le logo de l'Alliance du Peuple Américain. Un titre, en lettres capitales, disait : LE PEUPLE EXIGE DES RÉSULTATS DANS L'AFFAIRE LAMB !

Fallow commença à le lire, mais les mots couraient tous ensemble comme du goulasch devant ses yeux. Juste à ce moment-là, un jeune Blanc dynamique se matérialisa. Il portait une veste de tweed d'un mauvais goût étonnant.

410

– Neil Flannagan, du *Daily News,* dit le dynamique jeune homme. Qu'est-ce qui se passe ?

La femme dénommée Reva sortit une autre déclaration de presse. M. Neil Flannagan, comme Fallow lui-même, était accompagné d'un photographe. Le dynamique M. Flannagan n'avait rien à dire à Fallow, mais les deux photographes se branchèrent ensemble immédiatement. Fallow les entendait se plaindre de ce reportage. Le photographe de Fallow, un odieux petit bonhomme qui portait une casquette, n'arrêtait pas d'utiliser l'expression « gros tas d'merde ». C'était à peu près tout ce que les photographes des quotidiens américains semblaient évoquer sans aucun appétit : leur déplaisir d'avoir à quitter le bureau pour aller prendre des photos. La douzaine de manifestants, pendant ce temps-là, étaient visiblement peu émus par la présence de représentants de deux des journaux de la ville, le *City Light* et le *Daily News.* Ils continuaient à papoter autour de la fourgonnette, leur rage envers les injustices subies par Henry Lamb, si elle existait, contenue avec succès.

Fallow tenta une fois de plus de lire le communiqué de presse mais il abandonna vite. Les tours de la Cité Poe demeuraient bien calmes, plutôt anormalement, d'ailleurs, si on considérait leur taille. De l'autre côté de la rue se tenaient trois Blancs. Il y avait un petit bonhomme avec un coupe-vent marron, un gros homme porcin avec une moustache tombante qui portait un haut de jogging, et un homme bientôt chauve aux traits carrés qui portait un costume gris mal coupé et une cravate d'Amerloque à rayures. Fallow se demanda qui ils étaient. Mais, surtout, il aurait voulu dormir. Il se demanda s'il arriverait à dormir debout, comme un cheval.

Pour l'instant il entendait la femme, Reva, dire à Buck : « Je crois que c'est eux. » Ils regardèrent tous deux la rue. Les manifestants revinrent à la vie.

Montant la rue, arrivait un gros fourgon blanc. Sur ses

flancs, en lettres énormes, l'inscription : THE LIVE 1.
Buck, Reva et les manifestants commencèrent à marcher
à sa rencontre. M. Neil Flannagan, les deux photographes, et, finalement, Fallow lui-même suivirent le mouvement. La 1 était arrivée.

Le fourgon s'arrêta, et du côté du passager, sortit un
jeune homme avec une grosse masse de cheveux bouclés
sombres, un blazer marine et des pantalons bruns.

– Robert Corso, dit Reva avec respect.

Les portes coulissantes des côtés du fourgon s'ouvrirent et deux jeunes types en jeans, pull-over et tennis
sortirent. Le chauffeur resta au volant. Buck se précipita
vers eux.

– Hé hé hé hé hé! Robert Corso! Comment va,
mec ?

Soudain, Buck avait un sourire qui illuminait la rue.

– Très bien! dit Robert Corso, essayant d'avoir l'air
enthousiaste. – Il n'avait visiblement pas idée de qui était
ce Noir à l'anneau d'or à l'oreille.

– Qu'est-ce que tu veux qu'on fasse? demanda
Buck.

Le bondissant jeune homme entra dans la danse :

– Hé, Corso, Neil Flannagan, *Daily News.*

– Oh, salut...

– Qu'est-ce que tu veux qu'on...

– Où vous étiez, les gars?

– Qu'est-ce que tu veux que...

Robert Corso regarda sa montre.

– Il n'est que 5 h 30. On est en direct à 6 heures juste.
On a tout notre temps.

– Ouais, mais moi j'ai le bouclage à 7 heures.

– Qu'est-ce que tu veux qu'on fasse? insistait Buck.

– Eh bien... hé! dit Robert Corso, j'en sais rien.
Qu'est-ce que vous feriez si je n'étais pas là?

Buck et Reva le regardèrent avec de drôles de petites
grimaces, comme s'il plaisantait visiblement.

– Où sont le Révérend Bacon et Mme Lamb? demanda Robert Corso.

– Dans l'appartement de Mme Lamb, dit Reva.

Fallow prit cela mal. Personne n'avait pris la peine de l'entretenir de ce fait.

– Hé, c'est quand tu voudras, dit Buck.

Robert Corso secoua sa grosse tête frisée. Il marmonna :

– Eh bien, je vais pas tout faire à votre place, non? – Puis, fort, à Buck : – Ça va nous prendre un certain temps pour nous installer. Je crois que le mieux c'est le trottoir. Je veux avoir les immeubles en fond.

Buck et Reva se mirent au travail. Ils commencèrent à gesticuler et à donner des instructions aux manifestants, qui, alors, retournèrent dans leurs fourgons pour prendre les panneaux et les banderoles. Quelques personnes étaient arrivées, venues des Tours Poe.

Fallow abandonna Buck et Reva et s'approcha de Robert Corso.

– Excusez-moi, dit-il, je suis Peter Fallow, du *City Light*. Je vous ai bien entendus dire que le Révérend Bacon et Mme Lamb sont là?

– Fallow? dit Robert Corso. C'est vous qui avez écrit ces articles?

Il lui tendit la main et la lui secoua avec enthousiasme.

– J'en ai bien peur.

– C'est vous la raison de notre présence dans ce putain d'endroit? dit-il avec un sourire appréciateur.

– Désolé, dit Fallow qui se sentait illuminé de l'intérieur.

C'était le genre d'hommages qu'il avait attendu tout le temps, mais qu'il n'aurait jamais attendu d'un type de la télé.

Robert Corso redevint sérieux.

– Vous croyez que Bacon est vraiment au niveau dans cette histoire? Oui, visiblement, oui.

– Pas vous ? demanda Fallow.

– Ah, merde, on sait jamais avec Bacon. Il est joliment combinard. Mais quand j'ai interviewé Mme Lamb, j'ai été très impressionné, pour tout vous dire. Elle m'a semblé être quelqu'un de bien, elle est intelligente, elle a un boulot fixe, elle a un petit appartement coquet et propre. J'étais impressionné. Je ne sais pas... Je la crois. Qu'est-ce que vous en pensez ?

– Vous l'avez déjà interviewée ? Je croyais que vous vous prépariez à le faire ici.

– Ouais, mais c'est juste pour l'emballage. On emballe en direct à 6 heures.

– On emballe... en direct... Je crois que je ne saisis pas bien comment on emballe en direct...

L'ironie passa au-dessus de la tête de l'Américain.

– Eh bien, ce qu'on fait, c'est que je suis venu cet après-midi avec une équipe, après la parution de votre article. Merci pour ça, d'ailleurs ! J'adore les missions dans le Bronx ! Enfin, on a interviewé Mme Lamb et quelques voisins et on a filmé un peu sur Bruckner Boulevard et à l'endroit où le père du garçon a été tué, ce genre de choses, et quelques photos du gamin. Donc on a déjà presque toute l'histoire sur bande. Ça va faire environ deux minutes, et ce qu'on fait maintenant, c'est qu'on tourne la manifestation en direct et après on rembobine, on coupe dans le direct et on emballe les interviews avec. C'est ça, l'emballage en direct.

– Mais qu'est-ce que vous allez montrer ? Il n'y a personne ici que cette bande. Et la plupart sont blancs, dit Fallow en désignant Buck et Reva.

– Oh, vous inquiétez pas. Il y aura plein de monde qui va venir, dès que notre télescope va monter.

– Votre télescope ?

– Notre antenne télescopique.

Robert Corso regarda vers la camionnette. Fallow suivit son regard. Il y avait deux types de l'équipe télé en blue-jean.

– Votre antenne télescopique. A propos, où est la concurrence?

– La concurrence?

– Les autres chaînes de télévision.

– Oh, mais on nous a promis l'exclusivité.

– Vraiment! Qui « on »?

– Bacon, je crois. C'est ça que je n'aime pas trop dans tout ça. Bacon est tellement manipulateur. Il a un pipe-line branché sur mon producteur, Irv Stone. Vous connaissez Irv?

– Non, je ne crois pas.

– Vous avez entendu parler de lui.

– Mmmmmmh, en fait, non.

– Il a eu un tas d'oscars.

– Mmmmmh.

– Irv est – enfin, Irv est bien, mais c'est un de ces vieux radicalistes enragés dans les facs dans les années 60, quand ils faisaient les manifs contre la guerre et tout. Il croit que Bacon est une sorte de meneur populaire romantique. Moi je pense que c'est un enculé de manipulateur. Mais peu importe, il a promis une exclusivité à Irv s'il diffusait en direct à 18 heures.

– C'est très commode. Mais pourquoi ferait-il ça? Pourquoi ne voudrait-il pas que toutes les stations soient là?

– Parce que de cette façon, il pourrait ne rien obtenir. Je vous parie qu'il doit y avoir vingt ou trente manifestations par jour dans tout New York, et ils se battent tous pour passer à la télé. De cette manière, il sait qu'on mettra le paquet. Si on galère à amener le car-émetteur, et si on diffuse en direct, et si on pense qu'on a l'exclusivité, alors ça va faire la une du bulletin d'info. Ce sera du direct, et ce sera un gros truc, et demain la 5, la 7 et la 2 et le reste vont se dire qu'ils feraient bien de couvrir cette histoire aussi.

– Je vois, dit Fallow... Mmmmmh... Mais comment peut-il garantir une exclusivité, comme vous dites?

Qu'est-ce qui peut empêcher les autres... euh... chaînes, de venir ici?

– Rien, sinon qu'il ne leur dira ni où ni quand c'est.

– Il n'a pas eu autant de considération pour moi, non? dit Fallow. Je remarque que le *Daily News* savait où et quand...

– Oui, dit Robert Corso, mais vous avez eu l'exclusivité pendant deux jours. Maintenant il est obligé de laisser entrer les autres canards.

Il se tut. Son jeune et beau visage d'Américain bouclé parut soudain très mélancolique.

– Mais vous pensez que cette histoire est légitime, non?

– Oh, absolument, dit Fallow.

– Cet Henry Lamb, dit Corso, est – était – est un môme bien. Un étudiant sérieux, pas de fichier chez les flics, il est calme, les voisins ont l'air de l'aimer bien – c'est bien comme ça que vous voyez les choses, non?

– Oh, aucun doute à ce sujet, dit le créateur de l'honorable étudiant.

Reva s'approcha d'eux.

– On est prêts. Dis juste quand...

Robert Corso et Fallow regardèrent le trottoir, où les trois douzaines de manifestants étaient maintenant vaguement en rangs. Ils tenaient leurs panneaux et leurs hampes de banderoles sur leurs épaules comme des fusils de bois.

Robert Corso demanda :

– Est-ce que Bacon est prêt? Et Mme Lamb?

Reva dit :

– Tu me préviens moi, ou Buck. Le Révérend Bacon ne veut pas descendre ici avec Mme Lamb et traîner là. Mais il est prêt.

– Okay, dit Corso.

Il se tourna vers le camion, THE LIVE 1.

– ... Hé, Frank! Prêts, les gars?

De l'intérieur du camion : « Presque! »

Un ronflement aigu s'éleva. Du haut du toit du camion montait une colonne argentée, un cylindre. Attachée au sommet du cylindre se trouvait une bannière orange fluo. Non, c'était un câble, un câble fortement isolé, large, mais plat, comme une anguille électrique. L'anguille électrique hurlante entourait cette hampe d'une spirale. Le cylindre argenté et la spirale orange fluo montaient, montaient, montaient. La colonne était en plusieurs sections, comme un télescope, et elle montait, montait, montait, et le camion ronflait, ronflait, ronflait.

Des tours silencieuses de la cité, des gens commencèrent à apparaître. Un bruit de bouillonnement, le bouillonnement de nombreuses voix monta du terrain vague dévasté. Ils émergeaient, hommes, femmes, bandes de garçons, jeunes enfants, les yeux braqués sur cette lance orange et argent qui montait, avec sa bannière orange radiation.

Maintenant l'antenne était deux étages et demi plus haut que la rue, avec son anguille orange enrubannée autour. La rue et le trottoir n'étaient plus vides. Une grande foule de bonne humeur se rassemblait pour la fiesta. Une femme cria : « Robert Corso ! » La 1 ! Le frisé qui allait passer à la télé !

Robert Corso regardait les manifestants qui avaient formé un large ovale sur le trottoir et commençaient à marcher. Buck et Reva se tenaient en retrait. Buck avait un mégaphone à la main. Il gardait les yeux braqués sur Robert Corso. Puis Robert Corso regarda les types de son équipe. Son cameraman se tenait à trois mètres. La caméra avait l'air minuscule à côté du camion et de l'immense antenne, mais la foule était ensorcelée par son œil, profond, profond... La caméra n'était pas encore en route, mais à chaque fois que le cameraman se tournait pour parler à l'ingénieur du son, une vague faisait frémir la foule comme si la machine avait sa propre force cinétique.

Buck regarda Robert Corso et leva une main, la paume droite, qui demandait : « Quand ? » Robert Corso haussa les épaules, puis, d'un air las, il pointa son index vers Buck. Buck porta le mégaphone à ses lèvres et hurla :

– Kesk'on veut ?

– La Justice ! chantèrent les trois douzaines de permanents.

Leurs voix paraissaient terriblement fluettes face aux vagues de la foule, aux tours de la cité et à la splendide lance d'argent de la 1.

– KESK'ON OBTIENT ?

– Du Ra-cisme !

– KESK'ON DEMANDE ?

– La Jus-tice ! – Ils criaient un peu plus fort, mais pas trop.

– KESK'ON OBTIENT ?

– Du Ra-cisme !

Six ou huit gamins se poussaient et se bousculaient en rigolant, se battant pour être dans le champ de la caméra. Fallow se tenait à côté de la star, Robert Corso, qui tenait son micro mais ne disait rien. L'homme au mégaphone high-tech s'approcha davantage de l'ovale des permanents, et la foule s'enflamma. Les panneaux et les banderoles apparurent. LA JUSTICE DE WEISS EST LA JUSTICE DES BLANCS... LAMB : MASSACRÉ PAR L'INDIFFÉRENCE... LIBÉREZ JOHANNESSBRONX... FORCE DE FRAPPE GAY CONTRE LE RACISME... LE PEUPLE CRIE : VENGEONS HENRY !... ARRÊTE TON CHAR... ABE !

... GAYS ET LESBIENNES EXIGENT LA JUSTICE POUR LEUR FRÈRE HENRY LAMB... CAPITALISME + RACISME = MEURTRE LÉGALISÉ... DÉLIT DE FUITE = DÉLIT DE MENSONGE ENVERS LE PEUPLE !... AGISSEZ MAINTENANT !...

– *Et kesk'on veut ?*

– La Jus-tice !

– *Et kesk'on obtient ?*

– Le Ra-cisme !

Buck tourna son mégaphone vers la foule. Il voulait que leurs voix entrent en scène.

– KESK'ON VEUT?

Rien ne vint en réponse. Tous de très bonne humeur, ils regardaient le spectacle.

Buck répondit à sa propre question : LA JUS-TICE!

– KESK'ON OBTIENT?

Rien.

– LE RA-CISME!

– OKAY! KESK'ON VEUT?

Rien.

– MES FRÈRES ET MES SŒURS, dit Buck, son mégaphone rouge devant la figure. *Notre frère, notre voisin, Henry Lamb, a été écrasé... par un chauffard qui a pris la fuite... Et l'hôpital... Ils ne font rien pour lui... Et les flics et le procureur... On ne doit pas les emmerder avec ça!... Henry est aux portes de la mort... Et ils restent les bras croisés... Henry est un étudiant brillant... et ils disent : « et alors? »... pasqu'il est pauvre, qu'il vient d'ici... Pasqu'il est noir... Alors, pourquoi on est là, mes frères et mes sœurs?... Pour que Chuck fasse ce qu'il faut!*

Cela amena quelques rires appréciateurs de la foule.

– *Pour que justice soit rendue à notre frère, Henry Lamb!* continuait Buck. *Okay.* Donc, KESKE NOUS VOU-LONS?

– La Justice, dirent des voix dans la foule.

– ET KESK'ON OBTIENT?

Des rires et des regards.

Les rires provenaient de six ou huit mômes qui se bousculaient et se poussaient, se battant pour obtenir une place juste derrière Buck. Ce qui les mettrait en ligne directe avec l'œil de la caméra, dont l'hypnotique lumière rouge était maintenant allumée.

– C'est qui, Chuck? demanda Kramer.

– Chuck, c'est Charlie, dit Martin, et Charlie c'est

l'Homme Blanc et puisqu' je parle pour l'Homme Blanc, j'aimerais bien mettre la main sur ce gros fumier de merde!

– Vous avez vu ces pancartes? demanda Kramer. « LA JUSTICE DE WEISS C'EST LA JUSTICE BLANCHE, et ARRÊTE TON CHAR, ABE! »?

– Ouais.

– S'ils montrent ça à la télé, putain, Weiss va flipper.

– L'a déjà flippé, si tu veux mon avis, dit Goldberg. Regarde-moi ce merdier.

De là où Kramer, Martin et Goldberg se tenaient, la scène de l'autre côté de la rue était un curieux petit théâtre en rond. La pièce parlait des médias. Sous la tour en spirale d'un camion de régie, trois douzaines de personnages, dont deux douzaines de Blancs, marchaient en suivant un petit ovale, portant des pancartes. Onze personnes, dont deux Noirs, et neuf Blancs, les assistaient pour retransmettre leurs filets de voix et leurs messages écrits au feutre à une ville de sept millions d'âmes : un homme avec un mégaphone, une femme avec un sac en plastique, un présentateur de télé bouclé, un cameraman et un ingénieur du son attachés au camion par des cordons ombilicaux, deux techniciens visibles à l'intérieur par la porte coulissante de côté, le chauffeur du camion, deux photographes de la presse écrite et deux journalistes avec des carnets à la main, dont l'un penchant à bâbord de temps en temps. Une audience de deux ou trois cents âmes était agglutinée autour d'eux, profitant du spectacle.

– Okay, dit Martin, c'est l'heure d'interroger les témoins.

Il commença à traverser la rue, vers la foule.

– Hé, Marty, dit Goldberg. Cool, d'accord?

Ceci ôta les mots de la bouche de Kramer. Ce n'était pas vraiment l'endroit idéal pour une démonstration mondiale de machisme irlandais. Il eut une horrible vision de Martin arrachant le mégaphone de l'homme à l'anneau d'or et essayant de le lui rentrer dans la gorge devant les résidents des Tours Poe rassemblés.

Tous trois, Kramer, Martin et Goldberg, étaient au beau milieu de la rue quand les permanents et la foule eurent un soudain envol religieux. Ils commencèrent à faire un invraisemblable boucan. Buck hurlait quelque chose dans son mégaphone. Le matériel high-tech du cameraman balançait de-ci de-là. De quelque part, une haute figure venait d'apparaître, un homme en costume noir avec un col blanc terrible, et une cravate noire à raies blanches. Près de lui, une femme portant une robe sombre, légèrement brillante, comme de la soie ou du satin. C'étaient le Révérend Bacon et Mme Lamb.

Sherman était à mi-chemin du sol de marbre de la galerie d'entrée, lorsqu'il vit Judy, assise dans la bibliothèque. Elle était assise dans le fauteuil d'angle, un magazine sur les genoux, regardant la télévision. Elle leva les yeux vers lui. Qu'est-ce que c'était que ce regard? C'était de la surprise, pas de la chaleur. Si elle lui donnait seulement un milligramme de chaleur, il irait droit à elle et – *et il lui dirait!* Ah oui? Il lui dirait quoi? Il lui parlerait... de la débâcle au bureau au moins, de la manière dont Arnold Parch lui avait parlé, et pire, l'avait *regardé!* Les autres aussi! comme si... Il évitait de transformer en mots ce qu'ils avaient dû penser de lui. Sa disparition, l'effondrement du schéma de l'emprunt indexé sur l'or – et puis lui dire le reste, aussi? Avait-elle déjà vu un article de journal à propos d'une Mercedes... RF... Mais il n'y avait pas un soupçon de chaleur dans ses yeux. Rien que de la surprise. Il était 18 heures. Il n'était pas rentré si tôt depuis très longtemps... Il n'y avait que de la surprise dans ce mince et triste visage entouré de sa couronne de cheveux bruns.

Il continua à marcher vers elle. Il allait entrer dans la bibliothèque, quoi qu'il arrive. Il allait s'asseoir dans l'autre fauteuil et regarder la télévision, lui aussi. Ils avaient un accord tacite et silencieux à ce sujet. Chacun d'eux pouvait s'asseoir avec l'autre dans la bibliothèque et regarder la télévision ou lire. De cette manière, ils pouvaient accomplir les gestes surgelés qu'on fait quand on doit être une famille, pour le profit de Campbell surtout, sans avoir à parler.

— Papa!

Il se retourna. Campbell venait vers lui de la porte qui menait à la cuisine.

Elle avait un sourire radieux. Cela lui brisa presque le cœur.

— Bonsoir, mon petit cœur...

Il mit ses mains sous ses bras et la fit s'envoler du sol avant de la serrer. Elle mit ses bras autour de son cou et ses jambes autour de sa taille et elle dit :

— Papa! Devine ce que j'ai fait?

— Quoi?

— Un lapin.

— Tu as fait? Un lapin?

— Je vais te montrer.

Elle commença à gigoter pour descendre.

— Tu vas me montrer?

Il ne voulait pas voir son lapin, pas maintenant, mais l'obligation d'avoir l'air enthousiaste le submergeait. Il la laissa glisser jusqu'au sol.

— Viens!

Elle le prit par la main et commença à le tirer avec une force terrible.

Elle le déséquilibrait.

— Hé, où est-ce qu'on va?

— Viens! C'est dans la cuisine!

En le remorquant vers la cuisine, elle se penchait tellement en avant pour tirer que maintenant son poids entier était suspendu à sa main.

— Hé! fais attention! Tu vas tomber, mon cœur!

— *Allez... viens...*

422

Il la suivit, coincé entre ses peurs et son amour pour une petite fille de six ans qui voulait lui montrer un lapin.

La porte donnait dans un couloir assez court, alignement de placards, puis dans l'office, alignement de vitrines miroitantes contenant d'éclatants bataillons de cristal et d'argenterie (baguettes, moulures, meneaux, corniches...) – il ne parvenait pas à se rappeler tous les termes – qui avaient coûté des milliers... *des milliers de \$...* La *passion* que Judy avait mise dans ces... *choses*... La manière dont ils avaient dépensé l'argent... Une hémorragie d'argent...

Et maintenant ils étaient dans la cuisine. Encore des vitrines, des appliques, de l'acier inoxydable, des carrelages, des spots, le Sous-Zéro, la cuisinière Vulcain – le tout, toujours la meilleure qualité de ce que Judy pouvait trouver dans ses recherches sans fin, le plus cher possible, à l'infini, une hémorragie qui coulait, coulait... Bonita était près de la cuisinière Vulcain.

– Bonsoir, M. McCoy.

– Bonsoir, Bonita.

Lucille, la bonne, était assise sur un tabouret près d'un plan de travail, buvant une tasse de café.

– M. McCoy.

– Eh bien, bonsoir, Lucille.

Il ne l'avait pas vue depuis des siècles. Jamais rentré assez tôt le soir. Il aurait dû trouver quelque chose à lui dire puisque cela faisait si longtemps, mais il ne trouvait rien, sauf que c'était très triste tout ça. Ils étaient tous engoncés dans leur routine, sécurisés par leur croyance que tout irait toujours comme cela était toujours allé.

– Par ici, papa.

Campbell continuait à le tirer. Elle ne voulait pas que son attention soit détournée par une conversation avec Bonita et Lucille.

– Campbell! dit Bonita, ne tire pas ton papa comme ça!

Sherman sourit et se sentit parfaitement velléitaire. Campbell l'ignora. Puis elle cessa de tirer.

– Bonita va me le cuire, comme ça, il sera dur.

Et voilà le lapin. Il était posé sur une table de formica blanc. Sherman le regarda. Il avait du mal à en croire ses yeux. C'était un lapin fait en argile, d'une facture étonnamment bonne. Il était un peu primitif, mais la tête était tournée d'un côté et les oreilles dressées selon des angles expressifs, et les pattes étaient placées en une position non conventionnelle, pas comme les *bunnies*, et la masse de son arrière-train était parfaite de proportions. L'animal avait l'air surpris.

– Mon cœur ! Tu as fait ça ?

Très fière :

– Oui.

– Où ?

– A l'école.

– Toute seule ?

– Oui, pour de vrai.

– Eh bien, Campbell... c'est un lapin merveilleux ! Je suis très fier de toi ! Tu as beaucoup de talent !

Très timide :

– Je sais.

Tout d'un coup, il eut envie de pleurer. Un lapin effrayé. Penser à ce que cela signifiait d'être capable de *souhaiter*, dans ce monde, faire un lapin, puis le *faire* en toute innocence, en toute confiance, en sachant que le monde le recevrait avec amour et tendresse et admiration – penser à ce qu'elle *assumait* à six ans, à savoir que telle était la nature du monde et que son papa et sa maman – *son papa !* – le fabriquaient ainsi et que bien sûr ils ne laisseraient jamais rien l'altérer.

– Allons le montrer à maman, dit-il.

– Elle l'a vu.

– Je parie qu'elle l'a adoré.

La petite voix très timide :

– Je sais.

– Eh bien, allons tous les deux le lui montrer ensemble.

– Bonita doit le cuire. Comme ça il sera dur.

– Eh bien je veux aller dire à maman comme *je* l'aime, moi.

Avec des gestes exagérés exprès, il souleva Campbell dans ses bras et la jeta en travers de son épaule. Elle adorait ça.

– Papa!

– Campbell, tu deviens vraiment *grande*! Bientôt je ne pourrai plus te porter comme un sac de linge. Attention, un tunnel! Baisse la tête, on passe la porte!

Tout en la chatouillant et dans un flot de rires, il la porta à travers le hall de marbre, jusqu'à la bibliothèque. Judy leva les yeux, acide.

– Campbell, n'oblige pas papa à te porter. Tu es trop grande pour ça.

Avec juste un soupçon de défi :

– Je ne l'ai pas *obligé*.

– On jouait seulement, dit Sherman. Tu as vu le lapin de Campbell? N'est-il pas magnifique?

– Si. Adorable.

Elle retourna la tête vers la télévision.

– Je suis *vraiment impressionné*. Je crois que nous avons à la maison une petite fille extrêmement talentueuse.

Pas de réponse.

Sherman descendit Campbell de son épaule dans ses bras, comme si elle était un bébé, puis s'assit dans le fauteuil et l'installa sur ses genoux. Campbell remua pour être plus à l'aise et se blottit contre lui. Il passa ses bras autour d'elle. Ils regardèrent l'écran de télévision.

C'était l'heure des informations. La voix d'un présentateur. Un brouillard de visages noirs. Une pancarte de manifestant : AGISSONS – MAINTENANT!

– Qu'est-ce qu'ils font, papa?

– Ça a l'air d'une manifestation, mon petit cœur.

Une banderole : LA JUSTICE DE WEISS EST LA JUSTICE BLANCHE.

Weiss?

– C'est quoi une manifestation?

Campbell se redressa sur ses genoux et le regarda en lui posant cette question, lui masquant la vue sur l'écran. Il essaya de l'écarter pour regarder.

– C'est quoi une manifestation?

Distraitement, essayant de garder un œil sur l'écran :

– Euh… c'est – quelquefois quand les gens sont en colère pour quelque chose, ils font des pancartes et ils marchent en rond en les portant.

DÉLIT DE FUITE ET DE MENSONGE AU PEUPLE!

Délit de fuite!

– Pourquoi ils sont en colère?

– Juste une minute, mon cœur.

– A cause de quoi ils sont en colère, papa?

– Pour presque tout.

Sherman était complètement penché à gauche maintenant, pour voir le téléviseur. Il fallait qu'il tienne Campbell par la taille pour l'empêcher de tomber de ses genoux.

– Mais pourquoi?

– Eh bien regardons pourquoi…

Campbell tourna la tête vers l'écran, mais se retourna immédiatement. Il n'y avait qu'un homme seul qui parlait, un Noir, très grand, vêtu d'une veste noire, d'une chemise blanche et d'une cravate à rayures, debout près d'une mince femme noire en robe sombre. Il y avait une masse de visages noirs à l'arrière-plan derrière eux. Des gamins qui faisaient des grimaces n'arrêtaient pas de se pousser pour regarder droit dans la caméra.

– Quand un jeune homme comme Henry Lamb, disait

l'homme, un étudiant brillant, un jeune homme étonnant, quand un jeune homme comme Henry Lamb entre à l'hôpital avec une sévère commotion cérébrale et qu'on le soigne pour un poignet cassé... vous voyez... quand sa mère donne à la police et au procureur une description de la voiture qui l'a écrasé, une description de cette voiture, vous voyez... et qu'ils ne font rien, qu'ils traînent les pieds...

– Papa, viens, on retourne dans la cuisine. Bonita va cuire mon lapin.

– Dans une seconde, chérie.

– ...ce qu'ils pensent : « On s'en fout. Vos enfants, vos étudiants, vos espoirs ne comptent pas, ne comptent absolument pas »... vous voyez... C'est cela le message. Mais pour nous, ça compte, et nous n'allons pas rester les bras croisés, et nous n'allons pas nous taire. Si le pouvoir en place ne veut rien faire...

Campbell descendit des genoux de Sherman, lui saisit le poignet droit à deux mains et commença à tirer.

– Viens, papa !

Le visage de la mince femme noire envahit l'écran. Des larmes coulaient sur ses joues. Un jeune Blanc bouclé était dans le cadre, un micro devant la bouche. Il y avait tout un univers de visages noirs derrière lui et d'autres gamins qui se bousculaient pour regarder la caméra.

– ...cette Mercedes encore non identifiée a une plaque d'immatriculation qui commence par RE, RF, RB, ou RP. Et de la même manière que le Révérend Bacon maintient que c'est une manière pour les autorités de transmettre un message aux autorités, ces manifestants ont, eux aussi, un message : Si vous ne faites pas une enquête sur une large échelle, nous la ferons nous-mêmes. Ici Robert Corso, la 1, dans le Bronx.

– Papa !

Elle le tirait si fort que le fauteuil commençait à glisser.

– RF? – Judy s'était retournée pour regarder Sherman. – *La nôtre* commence par RF, non?

Maintenant! Dis-le-lui!

– Papa! viens! je veux cuire le lapin!

Il n'y avait aucune inquiétude sur le visage de Judy. Elle était juste un peu surprise de la coïncidence. Si surprise qu'elle avait entamé la conversation.

Maintenant!

– Papa, viens!

Allons voir cuire le lapin.

XIV

JE NE SAIS PAS MENTIR

SHERMAN s'éveilla d'un rêve dont il ne se souvenait pas, le cœur cognant pour sortir de sa poitrine. C'était l'heure des buveurs, cette heure au cœur de la nuit où les buveurs et les insomniaques se réveillent soudain et savent que tout est fini, que le sommeil a fui. Il lutta contre l'envie irrésistible de regarder le réveil lumineux de la radio sur la table de nuit à côté du lit. Il ne voulait pas savoir combien d'heures il allait devoir rester allongé là à se battre avec cet étranger, son propre cœur, qui mourait d'envie de disparaître vers un lointain lointain lointain lointain lointain lointain lointain lointain lointain Canada.

Les fenêtres étaient ouvertes sur Park Avenue et sur la rue. Entre les appuis des fenêtres et le bas des stores il y avait une bande de lueur pourpre. Il entendit une voiture, une voiture solitaire qui démarrait à un feu vert. Puis il entendit un avion. Ce n'était pas un jet mais un avion à hélice. Le moteur s'arrêta. Il allait s'écraser! Puis il l'entendit à nouveau, ronflant et pétaradant au-dessus de New York. Vraiment très bizarre...

...au cœur de la nuit. Sa femme dormait, à cinquante centimètres, de l'autre côté du Mur de Berlin, respirant régulièrement... plongée dans l'oubli... Elle lui tournait le dos, sur le flanc, en chien de fusil. Comme ce serait bien de pouvoir rouler vers elle et de mettre ses genoux dans le creux des siens et d'appuyer sa poitrine contre son dos. Jadis ils étaient capables de... jadis, quand ils étaient si proches... ils pouvaient faire cela sans réveiller l'autre... au cœur de la nuit.

Cela ne pouvait pas être vrai! Ils ne pouvaient pas passer à travers ces murs pour envahir sa vie! Le grand garçon mince, les journaux, la police... A l'heure des buveurs...

Son cher amour de petite fille dormait au bout du hall. Campbell chérie. Une petite fille heureuse – inconsciente de ce qui se passe! Une bruine envahit ses yeux grands ouverts.

Il regarda le plafond. Il essaya toutes sortes de trucs pour se replonger dans le sommeil. Il pensa à... d'autres choses. Cette fille qu'il avait rencontrée dans la salle à manger de l'hôtel à Cleveland... la façon professionnelle dont elle s'était déshabillée devant lui cette nuit-là... un tel contraste avec Maria... qui faisait ci ou ça, en rougissant de... *concupiscence!*... cette *concupiscence* qui l'avait mené dans... les entrailles du Bronx, à ce grand garçon mince... Et il descend...

Il n'existait pas d'*autres* choses. Tout était lié à *ces* choses, et il était allongé là dans ce feu d'artifice d'images terribles... Les terrifiants visages sur l'écran de télévision, le terrifiant visage d'Arnold Parch, avec sa terrifiante tentative de dureté... La voix évasive de Bernard Lévy... Le regard droit dans les yeux de Muriel, comme si elle savait qu'il portait maintenant une tache indélébile et ne faisait plus partie de l'Olympe de Pierce & Pierce... L'hémorragie d'argent... Sûrement ce n'était qu'un rêve! Ses yeux étaient grands ouverts, regardant la lueur pourpre où les stores vénitiens tombaient juste au-dessus de l'appui de la fenêtre... au cœur de la nuit, craignant la lueur de l'aube.

Il se leva tôt, accompagna Campbell jusqu'à l'arrêt du bus, acheta les journaux sur Lexington Avenue, et prit un taxi pour aller chez Pierce & Pierce... Dans le

Times... rien. Dans le *Post...* rien. Dans le *Daily News*, juste une photo et un entrefilet. La photo montrait des manifestants et la foule. Une pancarte au premier plan disait : LA JUSTICE DE WEISS EST LA JUSTICE BLANCHE. Encore deux heures... et le *City Light* serait dans les kiosques.

C'était un jour calme chez Pierce & Pierce, au moins pour lui. Il passa quelques appels de routine, à la Prudential, la Morgan Guaranty, Allen & Company... Le *City Light...* Félix était de l'autre côté de la salle. Même essayer de se servir de lui une fois encore serait trop affolant... Pas un mot d'Arnold Parch ni de qui que ce soit d'autre. *La quarantaine?...* Le *City Light...* Il allait appeler Freddy et lui demander qu'il se procure le journal. Freddy pourrait le lui lire au téléphone. Donc, il appela Freddy, mais il était sorti de son bureau pour un rendez-vous à l'extérieur. Il appela Maria. Impossible de la trouver nulle part... Le *City Light...* Il n'en pouvait plus. Il allait descendre et acheter le journal et le lire dans le hall avant de remonter. Hier il était H.S. quand une obligation était arrivée à échéance. Il avait perdu des millions – des *millions*! – sur l'emprunt indexé sur l'or. Et de quelle manière une nouvelle transgression allait-elle envenimer les choses? Aussi calmement qu'il le pouvait, il commença à traverser la salle des obligations, se dirigeant vers les ascenseurs. Personne ne semblait lui prêter attention. (Personne ne se soucie plus de lui!)

En bas, dans le kiosque du hall, il regarda à droite et à gauche avant d'acheter le *City Light*. Il marcha jusque derrière une colonne de marbre rose. Son cœur cognait pour sortir. Quelle horreur! Quelle étrangeté! – vivre dans la *peur personnelle* des journaux new-yorkais tous les jours! Rien en première page... Ni en page 2 ou 3... C'était en page 5, une photo et un texte par cet individu, Peter Fallow. La photo montrait la mince femme noire qui pleurait, tandis que le grand Noir en costume la consolait. Bacon. Il y avait des pancartes de manifestants derrière eux. Le texte n'était pas long. Il le parcourut rapidement... « fureur dans la communauté »... « voiture de grand luxe »... « chauffeur blanc »... Aucune indication claire de ce que la police avait en train. A la fin de l'article, un encadré disait : « Editorial en page 36 ». Son cœur recommença à s'affoler. Ses doigts tremblaient tandis qu'il arrachait les pages jusqu'à la 36... Là, en haut de la colonne de l'éditorial, le titre : DÉLIT DE FUITE OU DÉNI DE JUSTICE ?

Lundi, Peter Fallow, du *City Light*, a révélé la tragique histoire d'Henry Lamb, ce jeune et brillant étudiant du Bronx qui a été grièvement blessé dans un accident aggravé d'un délit de fuite – et abandonné comme n'importe quel autre débris de cette ville-poubelle.

Il est vrai que d'un point de vue légal, le cas d'Henry Lamb n'est pas une affaire très limpide. Mais il n'a pas connu non plus une vie très limpide. Il s'est débrouillé pour survivre à tout ce que naître dans une cité du Bronx pouvait lui jeter à la figure – y compris le meurtre de son père par un voleur – et il avait réussi de brillantes études. Il a été frappé à l'aube d'un brillant avenir.

Notre pitié ne suffit pas, ni à Henry Lamb, ni à tous les autres braves gens qui sont déterminés à vaincre le sort dans les quartiers les moins influents de notre ville. Ils ont besoin de savoir que leurs espoirs et leurs rêves sont importants pour le futur de tout New York. Nous demandons une enquête approfondie sur tous les aspects de l'affaire Lamb.

Il était tétanisé. Cela devenait une croisade. Il fixait le journal. Devait-il le conserver ? Non. Mieux valait ne pas être vu avec. Il chercha une poubelle ou un banc. Rien. Il ferma le journal et le plia en deux avant de le laisser tomber par terre derrière la colonne et se dépêcha de remonter.

Il déjeuna à son bureau, un sandwich et un jus d'orange dans le but de paraître diligent. Il était mort de

432

frousse et terriblement fatigué. Il ne parvint pas à finir son sandwich. Au tout début de l'après-midi, il ressentit l'insurmontable désir de fermer les yeux. Sa tête était si lourde... un début de migraine enserrait son front. Il se demanda s'il était en train d'attraper la grippe. Il fallait qu'il appelle Freddy Button. Mais il était tellement fatigué. A cet instant le téléphone sonna. C'était Freddy.

– C'est drôle, je pensais justement t'appeler. Il y a eu ce satané éditorial aujourd'hui, Freddy.

– Je sais. Je l'ai lu.

– Tu l'as lu?

– Je lis les quatre journaux. Ecoute, Sherman, j'ai pris la liberté d'appeler Tommy Killian. Pourquoi ne vas-tu pas le voir? Il est dans Reade Street. Ce n'est pas loin d'où tu es, près de l'Hôtel de Ville. Passe-lui un coup de fil.

Et de sa voix râpeuse de fumeur il récita un numéro de téléphone.

– Cela ne se présente pas trop bien, dit Sherman.

– Ce n'est pas ça. Dans ce que j'ai lu il n'y a rien qui ait une signification matérielle. C'est simplement que les choses prennent un tour beaucoup plus politique, et Tommy saura s'y prendre avec ça.

– Okay. Merci, Freddy. Je vais l'appeler.

Un Irlandais dans Reade Street nommé Tommy Killian.

Il ne l'appela pas. Il avait tellement mal à la tête qu'il ferma les yeux et se massa les tempes du bout des doigts. A 17 heures pile, fin officielle de la journée, il s'en alla. C'était contraire aux usages. La fin d'une journée de marché était le début de la deuxième partie de la journée pour un Maître de l'Univers.

La fin du marché était comme la fin d'une bataille. Après 17 heures, les Maîtres de l'Univers prenaient soin de toutes les choses que les autres hommes d'affaires passaient leur journée à faire. Ils établissaient le « net

net », ce qui revenait à établir le profit réel et les pertes pour cette journée de travail. Ils révisaient les marchés, révisaient leurs stratégies, discutaient de problèmes personnels, cherchaient de nouveaux plans et lisaient toute la presse financière qu'ils n'avaient pas pu lire pendant la bataille quotidienne. Ils se racontaient leurs faits d'armes, tapaient sur leurs poitrines en chantant des yodels s'ils le méritaient. La seule chose que vous ne faisiez *jamais*, c'était de simplement rentrer à la maison retrouver votre petite famille.

Sherman demanda à Muriel de lui appeler une voiture de service. Il scruta son visage, cherchant des signes de sa chute. Le vide.

Dehors, devant l'immeuble, la rue était emboutellée de voitures de location et d'hommes blancs en costumes se frayant un passage entre elles, tête baissée, yeux plissés, cherchant leurs numéros. Le nom de la compagnie et le numéro de la voiture étaient toujours collés sur une fenêtre de côté. Pierce & Pierce utilisait une compagnie nommée Tango. Rien que des Oldsmobile et des Buick. Pierce & Pierce commandait trois ou quatre cents voyages par jour à 15 $ de moyenne par trajet. Un démon malin de chez Tango, quel qu'en fût le propriétaire, se faisait probablement 1 million de $ par an, rien qu'avec Pierce & Pierce. Sherman cherchait Tango 278. Il errait parmi la mer de limousines, bousculant de temps en temps des hommes qui lui ressemblaient beaucoup, têtes baissées, yeux plissés... costumes gris sombre... « Pardon »... « Pardon »... La nouvelle heure de pointe ! Dans les vieux films, l'heure de pointe de Wall Street précipitait la foule vers le métro... *Le métro ?*... Descendre avec... *eux ?*... *S'isoler !*... Aujourd'hui... Ramant, ramant... au milieu des berlines... yeux plissés... « pardon »... « pardon »... Finalement il trouva Tango 278.

Bonita et Lucille furent surprises de le voir rentrer à 17 h 30. Il ne se sentait pas assez bien pour être aimable.

Judy et Campbell n'étaient pas là. Judy l'avait emmenée à un anniversaire dans le West Side.

Sherman grimpa le grand escalier en courbe. Il entra dans la chambre et enleva sa veste et sa cravate. Sans ôter ses chaussures il s'allongea sur le lit. Il ferma les yeux. Il sentit la conscience s'éloigner en tombant, en tombant. Elle était insupportablement lourde, la conscience.

Monsieur McCoy. Monsieur McCoy.

Bonita était debout au-dessus de lui. Il n'arrivait pas à comprendre pourquoi.

– Je veux pas déranger, dit-elle, mais le portier de l'immeuble, il dit deux hommes de la police en bas.

– Quoi?

– Le portier il dit...

– En bas?

– Oui. Il dit de la police.

Sherman se leva sur un coude. Il y avait ses jambes, là, étalées sur le lit. Il n'arrivait plus à savoir pourquoi. Ce devait être le matin, mais il avait ses chaussures aux pieds. Bonita était penchée sur lui. Il se frotta le visage.

– Eh bien, dites-leur que je ne suis pas là.

– Le portier. Il a déjà dit vous là.

– Qu'est-ce qu'ils veulent?

– Sais pas, M. McCoy.

Une douce lumière. Etait-ce l'aube? Il était comme sous hypnogènes. Il se sentait comme si tous ses sentiers neuronaux étaient barricadés. Aucun plan. Bonita, la police. La panique installée avant même qu'il puisse en examiner les raisons.

– Quelle heure est-il?

– Six heures.

Il regarda à nouveau ses jambes, ses chaussures. Devait être 6 heures du soir. Revenu à dix-sept heures trente. Tombé endormi. Toujours allongé... devant

Bonita. Un sens des convenances, plus que quoi que ce soit d'autre, lui fit sortir ses jambes du lit et s'asseoir sur le bord.

– Qu'est-ce que je dis, M. McCoy?

Elle devait parler du portier. Il n'arrivait pas à se reprendre. Ils étaient en bas. Deux policiers. Il était assis sur son lit, essayant de s'y retrouver. Il y avait deux policiers avec le portier. Que devrait-il dire?

– Dites-lui... qu'il faudra qu'ils attendent une minute, Bonita.

Il se leva et marcha jusqu'à la salle de bains. Groggy, pâteux. Mal à la tête. Il y avait un bruit de cascade dans ses oreilles. Le visage dans le miroir de la salle de bains avait bien le noble menton, mais il semblait creusé, brouillé et décrépit. Sa chemise était froissée et sortait de son pantalon. Il s'aspergea le visage d'eau froide. Une goutte resta suspendue au bout de son nez. Il s'essuya le visage avec une serviette. Si seulement il parvenait à penser. Mais tout était bloqué. Tout n'était que brouillard. S'il refusait de les voir et qu'ils sachent qu'il était là-haut, ce qui était le cas, alors ils deviendraient soupçonneux, non? Mais s'il leur parlait, et qu'ils lui demandent... quoi? Il essayait d'imaginer... Il n'arrivait pas à faire le point. Quoi qu'ils demandent... Il ne sait pas... Non! Il ne peut pas prendre ce risque! Ne pas les voir! Mais qu'est-ce qu'il avait dit à Bonita? « Qu'ils attendent » – comme pour dire, je les *verrai*, mais qu'ils attendent une minute.

– Bonita!

Il revint dans la chambre, mais elle n'y était plus. Il sortit dans le hall.

– Bonita!

– En bas, M. McCoy.

Du balcon du hall il pouvait la voir au pied de l'escalier.

– Vous n'avez pas encore appelé le portier, dites-moi?

– Si. Appelé. Je dis qu'il faut qu'ils attendent.

Merde! Ça impliquait qu'il allait les voir. Trop tard pour faire marche arrière. Freddy! Il allait appeler Freddy! Il revint dans la chambre, prit le téléphone près du lit. Il appela le bureau de Freddy. Pas de réponse. Il appela le numéro du standard de Dunning Sponget et demanda à lui parler. Après ce qui lui parut une interminable attente, on lui dit qu'il était parti. Appelle-le chez lui! Quel numéro? Dans le carnet d'adresses en bas, dans la bibliothèque.

Il descendit l'escalier en courant – se rendit compte que Bonita était toujours dans la galerie d'entrée. Ne pas avoir l'air démonté devant elle. Deux policiers en bas avec le portier. Traversa le dallage de marbre avec ce qui pouvait passer pour une démarche calme.

Il rangeait son carnet d'adresses sur une étagère derrière le bureau. Ses doigts tremblaient en feuilletant les pages. B. Le téléphone – il n'était pas sur le bureau. Quelqu'un l'avait laissé sur une table basse près du fauteuil. Un *outrage*. Il se précipita vers le fauteuil. Le temps passe... Il composa le numéro de Freddy. Une bonne répondit. Les Button sortis pour dîner. Merde. Et maintenant, quoi? Le temps passe... passe, passe. Que ferait le Lion? Le genre de famille dans laquelle la coopération avec les autorités était automatique. Il ne pouvait y avoir qu'une seule raison de ne pas coopérer : si vous aviez quelque chose à cacher. Naturellement ils le détecteraient immédiatement, parce que vous ne coopéreriez pas. Si seulement...

Il quitta la bibliothèque et revint dans la galerie d'entrée. Bonita était toujours là. Elle le regardait, très attentive – et ce fut le déclic. Ne pas avoir l'air effrayé ou indécis devant les domestiques. Ne pas avoir l'air de quelqu'un qui a des ennuis.

– Très bien, Bonita.

Il essayait de parler comme quelqu'un qui s'ennuyait déjà et qui sait qu'il va encore perdre du temps.

– Quel est le portier de service, ce soir? Eddie?

– Eddie.

– Dites-lui de les faire monter. Faites-les attendre ici. Je redescends dans une minute.

Il monta l'escalier d'un pas solennel. Quand il atteignit le hall du haut, il courut jusqu'à la chambre. Ce qu'il vit dans le miroir, c'était un homme troublé et épuisé. Il releva son menton. Cela aida. Il serait fort. Il n'allait pas perdre la tête. Il allait être... Il se permit l'expression... un Maître de l'Univers.

Comment s'habiller? Devait-il remettre sa veste et sa cravate? Il portait une chemise blanche, le pantalon de son costume gris chiné et une paire de chaussures noires. Avec la veste et la cravate il ferait terriblement Wall Street, terriblement conservateur. Ils pouvaient s'en offenser. Il se précipita dans l'autre chambre à coucher qui était devenue son dressing-room et prit une veste de tweed coupée sport dans le placard et la passa. Le temps passe, passe, passe. Bien moins formel, plus à l'aise. Un homme chez lui, complètement détendu. Mais la douce veste de tweed n'allait pas avec le pantalon. De plus... Une veste de sport... un *sportif*... un jeune riche qui fonce dans sa voiture de sport... Il enleva la veste de tweed, la jeta sur le lit de repos et se précipita à nouveau dans la chambre principale. Sa veste et sa cravate étaient posées sur le dossier d'un fauteuil. Il mit la cravate et serra bien le nœud. Le temps passe, passe. Il mit la veste et la boutonna. Il leva le menton et carra ses épaules. Wall Street. Il alla dans la salle de bains et brossa ses cheveux en arrière. Il releva encore le menton. Sois fort. Un Maître de l'Univers.

Il fonça dans le hall, puis ralentit en approchant des marches. Il descendit d'un pas lent et essaya de se souvenir de se tenir bien droit.

Ils l'attendaient au milieu du dallage de marbre, deux hommes et Bonita. Comme tout cela semblait étrange! Les deux hommes se tenaient les jambes légèrement écartées et Bonita à deux mètres d'eux, comme s'ils étaient son petit troupeau. Son cœur battait à un bon rythme.

Le plus costaud des deux ressemblait à un gros tas de viande avec des vêtements dessus. La veste de son costume s'écartait de son corps de catcheur comme du carton. Il avait un visage gras et bistre, un visage méditerranéen, selon les critères de Sherman. Il avait une moustache qui frisait de chaque côté de ses lèvres, tombant selon un style qui pour un homme d'affaires de chez Pierce & Pierce signifiait immédiatement : basse extraction. Celui-ci fixait Sherman tandis qu'il descendait l'escalier, mais l'autre, le plus petit, non. Il portait une veste sport et le genre de pantalon marron qu'une femme pourrait choisir pour aller avec. Il examinait le hall d'entrée, comme un touriste... le marbre, la console de bois clair, la soie abricot sur les murs, les fauteuils Thomas Hope, les dizines de milliers de dollars d'hémorragie qu'étaient les petits détails parfaits de Judy... L'homme avait un gros nez, et son menton et sa mâchoire étaient fuyants. Il tenait sa tête selon un angle bizarre. Puis il tourna son regard torve vers Sherman. Sherman était conscient des battements de son cœur et du son que produisaient ses chaussures sur le marbre. Il garda le menton haut et se fit sourire aimablement.

– Messieurs, comment puis-je vous aider ?

Il regardait le gros en parlant, mais ce fut le petit, celui avec le regard de travers, qui répondit.

– M. McCoy ? Je suis l'inspecteur Martin, et voici l'inspecteur Goldberg.

Devait-il leur serrer la main ? Ce serait tout aussi bien. Il tendit sa main et le petit la serra, puis le gros. Cela parut les embarrasser. Ils ne serrèrent pas avec force.

– Nous enquêtons sur un accident d'automobile accompagné de blessure corporelle. Vous en avez peut-être entendu parler ou vu cela à la télévision.

Il fouilla dans son blouson et en sortit un morceau de

papier, plié en deux au milieu. Il le tendit à Sherman. Dessus, il y avait une coupure de presse, l'article du *City Light*. La photo du garçon mince. Certaines parties de l'article étaient surlignées en jaune. Bruckner Boulevard. Mercedes Benz. R. *Est-ce que ses doigts allaient trembler !* S'il tenait le papier assez longtemps pour lire toute l'histoire, certainement. Il releva le nez vers les deux inspecteurs.

— Nous avons vu quelque chose à ce sujet hier soir, ma femme et moi.

Devait-il dire qu'il était surpris ? Ou bien *quelle coïncidence* ? Cela lui tomba dessus d'un coup, ces mots si simples : *Je ne sais pas mentir.*

— Nous avons pensé : Dieu du Ciel, *nous* avons une Mercedes et la plaque commence par un R.

Il jeta à nouveau un coup d'œil sur l'article, puis revint très vite au petit, Martin.

— Vous et pas mal d'autres, dit Martin avec un sourire rassurant. Nous essayons de toutes les vérifier.

— Combien y en a-t-il ?

— Beaucoup. Nous avons un tas de gens qui travaillent sur ça. Mon équipier et moi avons une liste d'environ vingt voitures, rien que pour nous.

Bonita était toujours là, observant, absorbant tout.

— Bon, eh bien, entrez par ici, dit Sherman à celui nommé Martin. — Il désigna la bibliothèque. — Bonita, je vous prie, si Mme McCoy et Campbell reviennent, dites-leur que je suis occupé avec ces messieurs, dans la bibliothèque.

Bonita hocha la tête et battit en retraite vers la cuisine.

Dans la bibliothèque, Sherman fit le tour du bureau et désigna le fauteuil à oreillettes et le Sheraton. Le petit, Martin, regardait tout autour de lui. Sherman devint extrêmement conscient de l'évidence de l'argent dépensé... du nombre de *choses*... évidemment très chères entassées dans cette petite pièce... l'entassement fabuleux... les bibelots... et quand les yeux du petit inspecteur atteignirent la frise gravée, ils y restèrent épinglés. Il se tourna vers Sherman avec un regard ouvert, enfantin, comme pour dire *pas mal!* puis il se posa dans le fauteuil et le gros, Goldberg, dans le fauteuil à oreillettes. Sherman s'installa derrière son bureau.

– Voyons, voyons, dit Martin, pouvez-vous nous dire si votre voiture a été utilisée la nuit où ceci s'est produit?

– Quand était-ce exactement? – *Eh bien maintenant je suis condamné à mentir.*

– Mardi de la semaine dernière, dit Martin.

– Je ne sais pas, dit Sherman, il faut que je réfléchisse.

– Combien de gens utilisent votre voiture?

– Moi, principalement, quelquefois ma femme.

– Vous avez des enfants?

– J'ai une fille, mais elle n'a que six ans.

– Personne d'autre n'a accès à la voiture?

– Non, je ne crois pas, sauf les gens du garage.

– Le garage? demanda Martin. Un parking?

– Oui. – *Pourquoi avait-il mentionné le garage?*

– Vous laissez la voiture là, avec les clés, et ils la garent?

– Oui.

– Où est-il, ce garage?

– Il est... près d'ici.

L'esprit de Sherman commençait à tourbillonner à toute vitesse. Ils allaient soupçonner les gens du garage! Non, c'est fou. Dan! Il voyait distinctement le petit lutin gras, roux et poupin. Il sera ravi de leur dire que j'ai pris la voiture ce soir-là! Peut-être qu'il ne s'en souviendra pas ou qu'il ne saura plus quelle nuit c'était. Oh, *si, il le saura!* Après la manière dont je l'ai rembarré...

– Pourrions-nous y aller et jeter un coup d'œil à la voiture?

La bouche de Sherman s'était desséchée. Il pouvait sentir ses lèvres se contracter.

– La voiture?

– Oui.

– Quand?

– Dès que nous sortirons d'ici, ce serait très bien pour nous. Sinon, n'importe quand.

– Vous voulez dire *maintenant*? Eh bien, je ne sais pas moi...

Sherman avait la sensation que les muscles de ses lèvres étaient contractés par une fermeture de porte-monnaie.

– Il y a certaines choses qui sont visibles dans un accident comme ça. Si une voiture n'a pas ces marques, alors nous passons à la voiture suivante de notre liste. A ce stade de notre enquête, nous cherchons une voiture. Nous n'avons aucune description du conducteur. Donc... C'est okay pour vous?

– Eh bien... Je ne sais pas...

Non! Laisse-les la regarder! Il n'y a rien qu'ils puissent trouver. Est-ce bien vrai? Quelque chose dont je n'aurais jamais entendu parler, un détail que j'ignore! Mais si je dis non... ils vont devenir soupçonneux! Dis oui! Mais suppose que le petit garagiste rouquin soit de service!

– C'est de la routine. Nous regardons toutes les voitures.

– Je sais, mais euh, si c'est, euh, la routine, alors je crois que je devrais... suivre la routine que je... appropriée pour moi, pour quelqu'un avec une voiture dans cette situation.

Sa bouche continuait à se serrer. Il vit les deux hommes échanger un regard.

Le petit, Martin, arborait une expression de profond désappointement.

– Vous voulez coopérer, n'est-ce pas?

– Oui, bien sûr.

– Eh bien, ce n'est rien. Ça fait partie de la routine. Nous vérifions toutes les voitures.

– Je sais, mais s'il existe une routine... alors c'est ce que je devrais faire, suivre une routine. Cela me semble logique, en tout cas il me semble.

Sherman était extrêmement conscient qu'il crachotait du non-sens, mais il s'accrochait à ce mot – routine – comme à une bouée. Si seulement il parvenait à contrôler les muscles autour de sa bouche...

– Désolé, mais je comprends pas, dit Martin. Quelle routine ?

– Eh bien, vous avez mentionné une routine, votre routine, pour enquêter sur une affaire comme celle-ci. Je ne sais pas comment marchent ces choses, mais il existe une routine pour le propriétaire d'une voiture dans cette situation... Je veux dire, il se trouve que je possède une voiture de cette marque immatriculée – avec un numéro d'immatriculation – et je sais qu'il doit exister une routine. C'est cela que j'essaie de vous dire. C'est cela que j'ai besoin d'examiner. La routine.

Martin se leva et se mit à examiner la frise gravée. Ses yeux la suivirent jusqu'au milieu de la pièce. Puis il regarda Sherman avec sa tête de travers. Il avait un petit sourire aux lèvres. Impudent ! A flanquer la chair de poule !

– Bon, très bien... La routine est – c'est rien de compliqué. Si vous voulez coopérer avec nous et vous voulez bien coopérer avec nous, alors vous coopérez avec nous et nous regardons la voiture et on continue notre enquête. Rien de bien compliqué, okay ? Si vous voulez pas coopérer, si vous avez vos raisons pour pas coopérer, alors vous coopérez pas et alors nous devons passer par tous les circuits, et la même chose se produit de toute façon, et donc c'est à vous de choisir.

– Eh bien, c'est seulement que...

Il ne savait pas comment il allait finir sa phrase.

– Quand, la dernière fois, avez-vous conduit votre voiture, M. McCoy?

C'était l'autre, le gros, Goldberg, qui était toujours assis dans son fauteuil. Pendant une seconde, Sherman lui fut reconnaissant de changer de sujet.

– Voyons... Pendant le week-end, je crois... A moins que... Laissez-moi réfléchir, l'ai-je conduite depuis...

– Combien de fois l'avez-vous conduite ces deux dernières semaines?

– Je ne sais pas exactement... Voyons...

Il regardait le gros tas de viande posé dans le fauteuil, essayant désespérément de trouver comment mentir à ces questions et du coin de l'œil il apercevait le plus petit qui avançait vers lui, contournait le bureau.

– Vous vous en servez très souvent? demanda Goldberg.

– Cela varie.

– Combien de fois par semaine?

– Je viens de vous le dire, cela varie.

– Ça varie. Vous la prenez pour aller au travail?

Sherman fixa le gros tas de viande moustachu. Quelque chose de grossièrement insolent dans cet interrogatoire. Temps d'y mettre terme, de s'imposer. Mais quel ton adopter? Ces deux-là étaient reliés par une ligne invisible à un dangereux... Pouvoir... qu'il ne comprenait pas. *Quoi?*

Le petit, Martin, avait maintenant fait tout le tour du bureau. Du fond de son fauteuil, Sherman levait les yeux vers Martin, et Martin le dominait, avec son air de travers. D'abord il prit un air triste, puis il sourit, un sourire brave.

– Ecoutez, M. McCoy, dit-il en souriant à travers sa tristesse, je sais que vous voulez coopérer, et je veux pas vous voir accroché par cette routine. C'est juste qu'il faut qu'on examine tout dans cette affaire avec beaucoup de soin, parce que la victime, ce M. Lamb, est dans un état très grave. La meilleure information que nous ayons, c'est qu'il va mourir. Donc nous demandons à tout le monde de coopérer, mais rien ne vous y oblige. Si vous voulez, vous pouvez même ne rien dire du tout. Vous avez ce droit. Vous comprenez ?

Lorsqu'il dit : « Vous comprenez », il pencha la tête de côté selon un angle extrême et sourit d'un sourire incrédule qui indiquait que Sherman serait un citoyen terriblement ingrat, fauteur de trouble et sans pitié, s'il ne coopérait pas.

Puis il posa les deux mains à plat sur le bureau de Sherman et se pencha en avant jusqu'à ce que ses bras supportent le poids du haut de son corps. Cela amena son visage plus près de celui de Sherman, même s'il le dominait encore en hauteur.

– Je veux dire, vous savez, dit-il, vous avez droit à un *avocat*.

La manière dont il dit *avocat*, c'était comme s'il essayait d'évaluer tous les choix les plus fous et les plus ridicules qu'un homme – un homme moins haut placé et bien plus tortueux que Sherman McCoy – pouvait faire.

– Vous comprenez, n'est-ce pas ?

Sherman se retrouva en train de hocher la tête malgré lui. Un tremblement glacial commença à se répandre dans tout son corps.

– Je veux dire, pour ce faire, si vous manquez des fonds pour un avocat – il dit cela avec un sourire si sympathique et une telle bonne humeur que c'était comme si Sherman et lui avaient été potes depuis des années et avaient leurs petites plaisanteries privées – et que vous vouliez un avocat, l'Etat vous en procurera un gratuitement. S'il existe une raison pour que vous en vouliez un.

Sherman hocha à nouveau la tête. Il regardait la gueule de travers de cet homme. Il se sentait privé de tout pouvoir d'agir ou de résister. Le message transmis semblait être : « Je n'ai pas besoin de vous dire ces choses. Vous êtes un citoyen haut placé et vous êtes au-dessus de ça. Mais si vous ne l'êtes pas... alors vous devez être le genre de virus que nous devons exterminer. »

– Tout ce que j'essaie de dire, c'est que nous avons besoin de votre coopération.

Puis il pivota sur place et s'assit sur le bord du bureau, avant de regarder Sherman dans les yeux. *Il s'assoit sur le coin de mon bureau!*

Il sourit du sourire le plus aimable du monde et demanda doucement :

– Eh bien, qu'en dites-vous, M. McCoy? Mon équipier vous a demandé si vous preniez votre voiture pour aller au travail. – Il continuait à sourire.

Quel effronté! La menace! Assis sur mon bureau! L'insolence barbare!

– Alors, oui ou non? – Avec son sourire de travers. – Vous la prenez pour aller travailler?

La peur et l'outrage s'entremêlaient. Mais la peur dominait.

– Non... jamais.

– Alors quand l'utilisez-vous?

– Les week-ends... ou... à chaque fois que cela m'arrange... pendant la journée et parfois le soir. Je veux dire pas souvent dans la journée sauf quand ma femme s'en sert, cela pour dire, enfin, c'est difficile à dire, quoi.

– Votre femme aurait-elle pu s'en servir mardi soir de la semaine dernière?

– Non! Je veux dire, je ne pense pas.

– Donc c'est que vous vous en servez n'importe quand, mais que vous ne vous souvenez pas.

– Ce n'est pas cela. C'est seulement que... je me sers de la voiture, je ne note pas mes allées et venues. Je n'y pense pas assez pour cela, je crois.

– Vous vous en servez souvent la nuit?

Désespéré, Sherman essayait de calculer la réponse correcte. S'il disait *souvent* est-ce que cela signifiait plus précisément qu'il conduisait *ce soir-là*? Mais s'il disait *rarement* – ne serait-il pas encore plus certain qu'il conduisait cette nuit-là?

– Je ne sais pas, dit-il, pas *beaucoup*... mais je dirais raisonnablement souvent, comparativement.

– Pas beaucoup mais raisonnablement souvent comparativement, dit le petit inspecteur d'un ton monotone.

En arrivant au mot *comparativement* il regarda son équipier. Il se retourna de son perchoir sur le bord du bureau et il regarda Sherman de haut une fois de plus.

– Eh bien, revenons à la voiture. Pourquoi n'irions-nous pas y jeter un coup d'œil? Keske vous en dites?

– Maintenant?

– Bien sûr.

– Ce n'est pas une heure appropriée.

– Vous avez un rendez-vous ou quelque chose?

– Je... J'attends ma femme.

– Vous allez sortir?

– Je euhhhhhhhhhh.

La première personne du singulier dégénéra en un soupir.

– Vous sortez avec la voiture? demanda Goldberg. On pourrait y jeter un coup d'œil. Ça prendra pas une minute.

Pendant un instant, Sherman pensa à aller chercher la voiture au garage et à la leur amener devant l'immeuble. Mais suppose qu'ils ne veuillent pas rester assis là. Suppose qu'ils t'accompagnent – et qu'ils parlent à Dan?

– Vous disiez que votre femme allait revenir bientôt? demanda le plus petit. Peut-être devrions-nous l'attendre et lui parler aussi. Peut-être qu'elle se souvient si quelqu'un s'est servi d'la voiture mardi soir de la semaine dernière.

– Eh bien, elle... c'est seulement que ce n'est pas un moment approprié, messieurs.

– Quand est-ce que ce sera le bon moment? demanda le plus petit.

– Je ne sais pas. Si vous pouviez me laisser juste un peu de temps pour réfléchir à tout ça.

– A tout quoi? Au bon moment, ou à si vous allez coopérer?

– Ce n'est pas la question. Je suis... eh bien je m'inquiète de la procédure.

– La procédure?

– De comment ceci devrait être mené. Correctement.

– La procédure, c'est comme la routine?

L'inspecteur le regardait avec des yeux perçants et un petit sourire insultant.

– Procédure... routine... Je ne suis pas familier de cette terminologie. Je suppose que cela revient au même.

– J'en suis pas familier non plus, M. McCoy, car y a pas de terminologie comme ça, y a pas de procédure, et y a pas de routine. Ou vous coopérez dans une enquête, ou pas. Je pensais que vous vouliez coopérer.

– Bien sûr, mais vous réduisez les choix.

– Quels choix?

– Eh bien... écoutez, je crois que ce que je devrais faire, c'est... C'est que je devrais parler de tout ça avec un avocat.

Dès que les mots sortirent de sa bouche, il sut qu'il venait de faire un terrible aveu.

– Comme je vous ai dit, déclara le petit inspecteur, c'est votre droit, mais pourquoi vouloir aller en parler à un avocat? Pourquoi autant de problèmes et de frais?

– Je veux seulement être certain que je procède – immédiatement il eut peur d'avoir des ennuis pour avoir proféré la forme verbale de *procédure* – correctement.

Le gros, assis dans son fauteuil, prit la parole.

– Laissez-moi vous demander quelque chose, M. Mc-

Coy. Est-ce qu'il y a un poids que vous aimeriez faire glisser de vos épaules?

Sherman se figea.

– Un poids?

– Parce que s'il y en a un – un sourire paternel, *insolence*! – c'est maintenant qu'il faut le faire, avant que les choses aillent trop loin et se compliquent.

– Quel poids pourrait bien m'oppresser?

Il essayait d'avoir l'air ferme, mais il ne sortait que de la... stupéfaction.

– C'est bien ça que je vous demande.

Sherman se leva et secoua la tête.

– Je ne pense pas qu'il serve à quoi que ce soit de continuer ceci maintenant. Je vais devoir en parler...

Le petit, toujours assis sur le bureau, finit la phrase pour lui :

– ... à un avocat?

– Oui.

Le petit secoua la tête comme vous le faites quand quelqu'un à qui vous donnez un conseil semble déterminé à continuer d'agir inconsidérément.

– C'est votre droit. Mais si vous avez quelque chose de substantiel dont vous voulez parler avec un avocat, vous feriez mieux de le faire dès maintenant. Et vous vous *sentirez* mieux. Quoi que ce soit, ce n'est probablement pas aussi grave que vous le pensez. Tout le monde fait des erreurs.

– Je n'ai pas dit qu'il y avait quoi que ce soit de substantiel. Non.

Il se sentait piégé. *J'essaie de jouer leur jeu, alors que je devrais rejeter le jeu lui-même!*

– Vous en êtes sûr? demanda le gros avec ce qu'il pensait visiblement être un sourire paternel sur la figure.

En fait, il était... horrible... obscène... L'*impudence*!

Sherman passa très près du petit, qui restait assis sur le bureau et le suivit de ses petits yeux menaçants. Près

449

de la porte, Sherman se retourna et les regarda tous deux.

— Je suis désolé, dit-il, mais je ne vois vraiment pas pourquoi nous devrions... je ne crois pas que je devrais parler, aller plus loin dans cette discussion.

Finalement le plus petit se leva – *finalement il descend de son insolent perchoir sur mon bureau! –*. Il haussa les épaules et regarda le gros, qui se leva aussi.

— Okay, M. McCoy, dit le plus petit, nous vous reverrons... avec votre avocat.

La manière dont il le dit semblait signifier : « Nous vous reverrons... au tribunal. »

Sherman ouvrit la porte de la bibliothèque et leur fit signe de repasser dans le hall d'entrée. Il lui semblait terriblement important de les faire sortir et de quitter la pièce le dernier – pour prouver qu'après tout, il était maître chez lui.

Quand ils atteignirent la porte menant au vestibule de l'ascenseur, le plus petit dit au plus gros :

— Davey, t'as une carte? Donne une carte à M. Mc-Coy.

Le gros sortit une carte de la poche de sa veste et la tendit à Sherman. La carte était froissée.

— Si vous changez d'avis, dit le petit, vous nous appelez.

— Ouais, repensez à tout ça, dit le gros avec son sourire hideux. Quoi que vous ayez à l'esprit, le plus vite vous nous le direz, le mieux ça sera pour vous. C'est comme ça que ça se passe. Pour l'instant, vous êtes encore en position de coopérer. Vous attendez... Et la machinerie démarre...

Il tourna ses paumes vers le haut comme pour dire : « Et là vous êtes vraiment dans la merde. »

Sherman ouvrit la porte. Le plus petit dit :

— Réfléchissez.

Quand ils sortirent, le gros lui fit un horrible clin d'œil.

Sherman ferma la porte. Ils étaient partis. Loin d'être soulagé, il était submergé par une totale consternation. Son système nerveux central entier lui disait qu'il venait de subir une défaite catastrophique – et pourtant il ne savait pas ce qui s'était passé. Il ne parvenait pas à analyser ses blessures. Il avait été outrageusement violé – mais comment cela s'était-il produit ? Comment ces deux... *animaux* insolents et de basse extraction... avaient-ils envahi sa vie ?

Quand il se retourna, Bonita venait de sortir de la cuisine et se tenait au bord du dallage de marbre.

Il fallait qu'il lui dise quelque chose. Elle savait qu'ils étaient de la police.

– Ils font une enquête sur un accident de voiture, Bonita.

Trop agité.

– Oh, un *accident* !

Ses yeux grands ouverts disaient : « Dites-m'en plus. »

– Oui. Je ne sais pas. Une des voitures impliquées avait une plaque d'immatriculation proche de la nôtre. Ou quelque chose comme ça. – Il soupira et fit un geste d'impuissance. – Je ne sais pas exactement.

– Vous inquiétez pas, M. McCoy. Ils savent c'est pas vous.

A la manière dont elle dit ça, il comprit qu'il devait avoir l'air passablement inquiet, en fait.

Sherman retourna dans la bibliothèque, ferma la porte et attendit trois ou quatre minutes. Il savait que c'était irrationnel, mais il avait le sentiment que s'il n'attendait pas que les deux policiers soient sortis de l'immeuble, ils allaient réapparaître d'une manière ou d'une autre, pop, comme ça, au milieu de la pièce, fouinant et clignant de l'œil comme ils l'avaient fait, si horriblement ! Puis il appela chez Freddy Button et laissa un message pour qu'il le rappelle dès qu'il rentrerait.

Maria. Il fallait qu'il lui parle. Allait-il oser l'appeler ?

Il ne savait même pas où elle pouvait être... dans la cachette, dans son appartement sur la Cinquième... *les écoutes téléphoniques!*... Pouvaient-ils avoir un moyen de le mettre sur écoutes immédiatement ? Est-ce qu'ils avaient laissé un enregistreur minuscule dissimulé dans la pièce ?... Calme-toi... C'est de la folie... Mais suppose que Judy soit déjà rentrée, et que je ne l'aie pas entendue.

Il se leva de son fauteuil et revint vers la grande galerie d'entrée... Personne en vue... Il entendit un petit *clink clink*... la plaque d'identité de Marshall... Le dachshund triste arriva en se dandinant du living-room... Les griffes de la bête crissaient sur le marbre... Le joli morceau de salami qui marche... La cause de la moitié de mes problèmes... Et qu'est-ce que tu en as à faire de la police ?... de la nourriture et des promenades, nourriture et promenade... Puis Bonita passa la tête par la porte... Veut rien manquer du spectacle, hein ?... Veut tout savoir sur cette histoire de flics, pas vrai ?... Sherman la regarda d'un air accusateur.

— Oh, je croyais Mme McCoy rentre à la maison, dit-elle.

— Ne vous inquiétez pas, dit-il, quand Mme McCoy et Campbell rentreront, vous les entendrez.

Et en attendant sortez votre nez de mes affaires.

Comprenant bien assez clairement le ton de sa voix, Bonita battit en retraite vers la cuisine. Sherman retourna vers la bibliothèque. Je vais risquer un appel. Juste à ce moment, la porte du vestibule de l'ascenseur s'ouvrit.

Judy et Campbell.

Et maintenant, quoi ? Comment pouvait-il appeler Maria ? Est-ce qu'il devait d'abord parler de la police à Judy ? S'il ne le faisait pas, Bonita le ferait.

Judy le regardait, face à une énigme. Mais bon Dieu, qu'est-ce qu'elle portait ? Un pantalon de flanelle blanche, un pull en cachemire blanc, et une espèce de veste punk noire avec des épaulettes... Jusque... là... les manches remontées presque jusqu'aux coudes, un col avec des pointes ridiculement larges qui descendaient... jusque-là... à côté de tout cela, Campbell, elle, avait l'air d'une parfaite lady dans son uniforme bordeaux de Taliaferro, avec son blazer et son chemisier blanc à col rond... Pourquoi ces derniers temps les petites filles étaient-elles habillées comme des ladies et leurs mères comme des punks de dix-huit ans?

– Sherman, dit Judy, l'air inquiet, quelque chose ne va pas?

Devait-il lui parler de la police immédiatement? Non! Sors et appelle Maria!

– Euh, non, dit-il, j'étais juste...

– Papa! dit Campbell en marchant vers lui. Tu vois ccs cartcs?

Vois ces cartes?

Elle tenait trois cartes à jouer miniatures devant lui, l'as de cœur, l'as de pique et l'as de carreau.

– Qu'est-ce que c'est? dit-elle.

Qu'est-ce que c'est que ça?

– Je ne sais pas, mon cœur, des cartes à jouer?

– Mais qu'est-ce que c'est?

– Attends une minute, chérie. Judy, il faut que je sorte une minute.

– *Papa!* Qu'est-ce que c'est?

– C'est le prestidigitateur qui les lui a données, dit Judy, dis-lui ce que c'est.

Un petit hochement de tête qui voulait dire : « Sois gentil. Elle veut te montrer un tour. »

– Quand je reviens, dit-il à Campbell, il faut que je sorte juste une seconde.

– *Papa!* – Elle sautait en l'air en essayant de lui mettre les cartes devant les yeux.

– Une seconde, mon petit cœur!

– Tu sors? dit Judy, où vas-tu?

– Il faut que j'aille jusqu'à...

– PAPA! DIS-MOI-CE-QUE-C'EST!

– Chez Freddy Button.

– PAPA!

– Chuuuut! dit Judy. Tais-toi.

– *Papa... regarde!*

Les trois cartes dansaient en l'air devant ses yeux.

– Freddy Button? Tu sais l'heure qu'il est? Il faut nous préparer pour sortir!

– Dis-moi ce que c'est, papa!

Bon Dieu! Il avait complètement oublié! Il fallait qu'ils sortent dîner chez ces épouvantables personnages, les Bavardage! La bande à Judy!... Les rayons X mondains... Ce soir? Impossible!

– Je ne sais pas, Judy. Je... ne sais pas combien de temps je vais devoir rester chez Freddy... Je suis désolé, je...

– Que veux-tu dire par *je ne sais pas*?

– PAPA! – proche des larmes, dans sa frustration.

– Pour l'amour de Dieu, Sherman, regarde ces cartes!

– Ne dis pas Dieu, Maman.

– Tu as absolument raison, Campbell. Je n'aurais pas dû dire ça.

Il se pencha et regarda les cartes.

– Eh bien, il y a... L'as de cœur... L'as de pique... Et l'as de carreau.

– Tu es *sûr*?

– Oui.

Un grand sourire. Triomphant.

– Je les bats juste comme ça.

Elle commença à battre les cartes à une vitesse folle, jusqu'à ce qu'elles deviennent un brouillard en l'air.

– Sherman, tu n'as *pas* le temps d'aller chez Freddy Button. – Et un regard sévère : *c'est comme ça, c'est tout.*

– Judy, il le faut. – Roulant des yeux vers la bibliothèque comme pour dire : « Je t'expliquerai là-dedans. »

– Bibbidy, Bobbidy... Bouh! dit Campbell. Maintenant, regarde, papa!

Judy, d'une voix tendue à se rompre :

– Nous allons... à – ce – dîner!

Il se pencha à nouveau.

– L'as de carreau... l'as de cœur... l'as de... *trèfle*! Holà là là! Comment est-ce que l'as de *trèfle* est arrivé là?

Ravie :

– Je l'ai juste fait apparaître!

– Mais c'est de la magie!

– Sherman...

– Comment as-tu fait ça? Je ne peux pas le croire!

– Sherman, tu m'as entendue?

Campbell, avec une grande modestie :

– C'est le magicien qui m'a montré.

– Ah! le magicien! Quel magicien?

– A l'anniversaire de MacKenzie.

– C'est époustouflant!

– Sherman, regarde-moi.

Il la regarda.

– Papa! Tu veux voir comment j'ai fait?

– Sherman... – Un peu plus de *et-c'est-comme-cela!*

– Regarde, papa, je vais te montrer.

Judy avec une gentillesse frénétique :

– Campbell, tu sais qui *adore* les tours de magie?

– Qui?

– Bonita. Elle en est folle. Pourquoi ne vas-tu pas le lui montrer avant qu'elle ne soit occupée à préparer ton dîner? Après, tu reviendras montrer à papa comment tu l'as fait.

– Oh... bon, d'accord.

Elle s'en alla vers la cuisine d'un air inconsolable. Sherman se sentit coupable.

– Viens dans la bibliothèque, dit-il à Judy d'une voix solennelle.

Ils entrèrent dans la bibliothèque, et il ferma la porte

et dit à Judy de s'asseoir. *Il faut que tu sois assise pour entendre ça.* Elle s'installa dans le fauteuil à oreillettes et il prit le sien.

– Judy, tu te souviens de ce truc à la télévision hier soir, sur l'accident dans le Bronx et le délit de fuite, et qu'ils cherchent une mercedes avec une plaque qui commence par R ?

– Oui.

– Eh bien, deux policiers sont venus ici, juste avant que Campbell et toi ne reveniez. Deux inspecteurs, et ils m'ont posé un tas de questions.

– Oh ?

Il décrivit l'interrogatoire, en essayant de le rendre menaçant – *Il faut que j'aille voir Freddy Button !* – mais en omettant ses propres sentiments d'incapacité, de peur et de culpabilité.

– Donc, j'ai appelé Freddy, mais il n'était pas là. Ils l'attendaient. Donc je vais chez lui pour lui laisser ce message – il appuya sur le devant de sa veste, comme s'il y avait une lettre dans sa poche intérieure – et s'il est revenu quand j'arriverai là-bas, j'en parlerai avec lui. Donc, je ferais mieux de partir.

Judy le regarda un moment.

– Sherman, cela n'a aucun sens. – Elle parlait presque chaleureusement, avec un petit sourire, comme vous parleriez à quelqu'un qui a besoin qu'on lui fasse quitter très vite le bord d'un toit au sixième étage. – Ils ne vont pas te mettre en prison à cause de ta plaque d'immatriculation. J'ai lu quelque chose là-dessus dans le *Times* ce matin. Apparemment, il y a 2 500 Mercedes avec des plaques d'immatriculation qui commencent par R. J'en plaisantais avec Kate di Ducci au déjeuner. Nous avons mangé à la Bouée d'Argent. Pourquoi t'inquiètes-tu ? Tu n'étais certainement pas dans le Bronx cette nuit-là, je ne sais même plus quand c'était.

Maintenant !... dis-lui !... Débarrasse-toi de cet horrible poids une bonne fois pour toutes ! Purifie-toi ! Avec quelque chose approchant l'exaltation, il escalada les derniers mètres du grand mur de mensonge qu'il avait érigé entre sa famille et lui-même, et...

– Eh bien... Je sais bien que je n'y étais pas. Mais ils se sont comportés comme s'ils ne me croyaient pas.

... et retomba immédiatement en arrière.

– Je suis sûre que tu t'imagines des choses, Sherman. C'est probablement leur comportement normal. Pour l'amour du Ciel, si tu veux parler à Freddy, tu auras tout le temps demain matin.

– Non! Vraiment! Il faut que j'y aille!

– Et que tu en parles longtemps, si nécessaire.

– Euh, oui, si nécessaire.

Elle sourit d'une manière qu'il n'aima pas. Puis elle secoua la tête. Elle souriait toujours :

– Sherman, nous avons accepté cette invitation il y a cinq semaines. Nous devons y être dans une heure et demie. Et j'y serai. Et *tu* y seras. Si tu veux laisser le numéro des Bavardage pour que Freddy te rappelle, pas de problème. Je suis certaine qu'Inez et Léon ne diront rien. Mais nous y allons.

Elle continuait à sourire chaleureusement... au suicidé au bord du toit... *et c'est comme cela.*

Le calme... le sourire... la pseudo-chaleur... Son visage faisait passer le message beaucoup mieux qu'aucune explication qu'elle aurait pu inventer. Des mots auraient pu lui donner des ouvertures pour s'en sortir. Ce regard n'offrait aucune ouverture possible. Dîner chez Inez et Léon Bavardage était aussi important pour Judy que le Giscard l'avait été pour lui. Les Bavardage étaient les hôtes de l'année, du siècle même, les plus bruyants et les plus arrivés de tous les *arrivistes*[1]. Léon Bavardage était un marchand de chicorée de La Nouvelle-Orléans qui avait persévéré jusqu'à faire fortune dans l'immobilier. Sa femme, Inez, était peut-être vraiment membre d'une

1. En français dans le texte.

vieille famille de la Lousiane, les Belair. Pour Sherman (le Knickerbocker) ils étaient ridicules.

Judy souriait – et elle n'avait jamais été aussi sérieuse de sa vie.

Mais il fallait qu'il parle à Maria.

Il se leva d'un bond :

– Très bien, nous y allons – mais je cours jusqu'à chez Freddy! Je ne serai pas long!

– Sherman!

– Je te promets! je reviens tout de suite!

Il courut presque pour traverser le marbre vert du hall d'entrée. Il s'attendait à moitié à ce qu'elle lui coure après pour le tirer en arrière dans le vestibule de l'ascenseur.

En bas, Eddie, le portier, dit :

– 'Soir M. McCoy, et le fixa d'un regard qui semblait dire : « Et pourquoi les flics sont venus vous voir? »

– Bonsoir, Eddie, dit-il sans s'arrêter pour le regarder.

Il commença à monter Park Avenue. Lorsqu'il atteignit le coin, il se mit à courir jusqu'à la cabine fatidique.

Avec soin, avec grand soin, il composa le numéro de Maria. D'abord à la cachette. Pas de réponse. Puis il appela l'appartement sur la Cinquième. Une voix à l'accent hispanique dit que Mme Ruskin ne pouvait pas répondre au téléphone. *Bon Dieu!* Devait-il dire que c'était urgent? Devait-il laisser son nom? Mais le vieux, son mari, Arthur, pouvait très bien être là. Il dit qu'il rappellerait.

Il fallait qu'il tue un peu de temps pour rendre plausible son aller et retour pour porter sa lettre chez Freddy Button. Il marcha jusqu'à Madison Avenue... Le musée Whitney... L'hôtel Carlyle... Trois hommes sortaient du Café Carlyle. Ils avaient à peu près son âge. Ils parlaient et riaient, leurs têtes rejetées en arrière, le vin gai... Tous trois portaient des attaché-cases, et deux d'entre eux étaient en costume sombre, chemise blanche, et cravate jaune pâle, avec de petits motifs imprimés. Ces cravates jaune pâle étaient devenues le signe de reconnaissance des abeilles ouvrières de la ruche du monde des affaires... Qu'est-ce qu'ils avaient donc à rire et à s'esclaffer comme cela, en dehors du fait qu'ils étaient soûls, ces trois pauvres...

Il faisait l'expérience du ressentiment de ceux qui découvrent que, malgré leur dramatique condition, le monde continue à tourner, avec un cœur de pierre, sans même un regard apitoyé.

Quand il revint dans l'appartement, Judy était en haut, dans leur chambre.

– Eh bien, tu vois, ça n'a pas pris longtemps, dit-il.

Il s'exprimait comme s'il attendait une médaille pour avoir tenu sa parole.

Plusieurs commentaires possibles eurent le temps de lui traverser la tête. Mais ce qu'elle dit, en fait, finalement, fut :

– Nous avons moins d'une heure, Sherman. Maintenant, fais-moi une faveur. S'il te plaît mets le costume marine que tu as acheté l'an dernier, le bleu marine foncé. Bleu minuit, je crois. Et une cravate unie, pas une de tes imprimées. La crêpe de chine marine. Ou une cravate de laine tissée, cela ira très bien. Tu es toujours très bien avec celles-là.

Une de laine tissée, cela ira très bien... Il était submergé par le désespoir et la culpabilité. *Ils* étaient là dehors, en train de l'encercler peu à peu, et il n'avait même pas eu le courage de le lui dire. Elle pensait qu'elle pouvait s'offrir l'incalculable luxe de s'inquiéter sur le choix de la bonne cravate.

XV

LE MASQUE DE LA MORT ROUGE

SHERMAN et Judy arrivèrent devant l'immeuble des Bavardage sur la Cinquième Avenue dans une buick noire, avec un chauffeur aux cheveux blancs, engagé pour la soirée chez Mayfair Town Car, Inc. Ils ne vivaient qu'à six pâtés de maisons des Bavardage, mais y aller à pied était hors de question. D'abord, il y avait la robe de Judy. Elle dénudait les épaules, mais avait deux manches bouffantes de la taille d'un abat-jour de lampe chinoise qui couvraient le haut des bras. Elle était serrée à la taille mais bouffante en dessous, selon une forme qui rappelait à Sherman une montgolfière. L'invitation à dîner des Bavardage précisait « informel ». Mais cette saison, comme *tout le monde*[1] le savait, les femmes s'habillaient d'une manière bien plus extravagante pour les dîners informels dans des appartements à la mode que pour des bals très formels dans des soirées officielles. Judy ne pouvait en aucun cas marcher dans la rue avec cette robe. Une brise soufflant à cinq kilomètres/heure l'aurait gelée sur place.

Mais il y avait une raison beaucoup plus irrésistible à cette voiture de location avec chauffeur. Il aurait été parfaitement correct pour eux deux d'arriver pour dîner dans un Immeuble Bien (le terme en vogue) de la

1. En français dans le texte.

Cinquième Avenue en taxi, et cela aurait coûté moins de 3 $. Mais que feraient-ils *après* la soirée? Comment pouvaient-ils *sortir* de chez les Bavardage et laisser tout le monde, *tout le monde*[1] les voir debout dans la rue, eux, les McCoy, ce couple princier, la main en l'air, essayant bravement, désespérément, pathétiquement, d'appeler un taxi? Les portiers ne serviraient de rien, parce qu'ils seraient occupés à pousser *tout le monde*[1] dans leurs limousines. Donc il avait loué cette voiture et ce chauffeur, ce chauffeur aux cheveux blancs qui allait leur faire franchir six pâtés de maisons, attendre trois heures et demie ou quatre, puis les reconduire à six pâtés de maisons et rentrer. En incluant un pourboire de quinze pour cent et les taxes, cela coûterait 197,20 $ ou 246,50 $ si on leur comptait quatre heures pleines ou cinq.

Hémorragie d'argent! Est-ce qu'il avait même encore un travail? Une peur tenaillante... Lopwitz... Sûrement, Lopwitz n'allait pas le *virer*.. à cause de ces misérables trois jours... *Et 6 millions de $, hé, idiot!*... Il faut commencer à réduire le budget... demain... Ce soir, bien sûr, il était impératif d'avoir une voiture et un chauffeur.

Pour arranger les choses, le chauffeur ne pouvait pas approcher du trottoir à cause du nombre de limousines qui barraient l'accès. Il s'arrêta en double file. Sherman et Judy durent se frayer un chemin entre les limousines... envie, envie... A leurs plaques d'immatriculation, Sherman savait que ces limousines n'étaient pas louées. Les peaux lisses qu'elles avaient amenées en étaient les propriétaires. Un chauffeur, un bon qui veuille bien travailler longtemps et tard le soir, coûtait 36 000 $ par an, minimum. Un garage assez grand, la maintenance, l'assurance, coûtaient encore 14 000 $, au bas mot. Un total de 50 000 $, et rien de fiscalement déductible.

1. En français dans le texte.

Je gagne 1 million de $ par an – et pourtant je ne peux pas m'offrir ça!

Il atteignit le trottoir. *Hein?* Juste sur sa gauche, dans la lumière, une silhouette – *un photographe* juste là!

Une terreur sans nom!

Ma photo dans les journaux!

L'autre garçon, le gros costaud, la brute, la voit et va prévenir la police!

La police! Les deux inspecteurs! le gros! celui avec la tête de travers! McCoy va à des soirées chez les Bavardage, n'est-ce pas? Maintenant ils vont vraiment renifler l'odeur du sang!

Horrifié, il regarde le photographe...

...et découvre que ce n'est qu'un jeune homme qui promène son chien. Il s'est arrêté près du dais qui mène à l'entrée... il ne regarde même pas Sherman... Il fixe un couple qui s'approche de la porte d'entrée... un vieil homme en costume sombre et une jeune femme, une blonde, en robe courte.

Calme-toi, pour l'amour du Ciel! Ne sois pas idiot! ne sois pas paranoïaque!

Mais une petite voix grinçante et insultante dit : *Si vous avez quelque chose sur le cœur, c'est le moment de vous en débarrasser...*

Maintenant, Sherman et Judy étaient sous l'auvent, juste trois pas derrière le vieil homme et la blonde, se dirigeant vers l'entrée. Un portier en plastron blanc amidonné leur ouvrit. Il portait des gants de coton blanc. La blonde entra la première. Le vieil homme, qui n'était pas beaucoup plus grand qu'elle, avait l'air fatigué et sombre. Ses rares cheveux grisonnants étaient tirés en arrière. Il avait un gros nez et des paupières épaisses, comme un Indien de cinéma. *Eh, une minute. – Je le connais...* Non, je l'ai *vu* quelque part... mais où?... *Gagné!*... sur une photo bien sûr... C'était le baron Hochswald, le financier allemand.

C'était tout ce qui manquait à Sherman, ce soir entre tous les soirs... après les catastrophes de ces trois derniers jours, dans ce creux périlleux de sa carrière à Wall Street, tomber sur cet homme, dont le succès était si complet, si permanent, dont la richesse était si vaste et insaisissable – avoir sous les yeux cet Allemand à l'ancienne, inamovible et...

Peut-être que le baron *habitait* seulement dans l'immeuble?... S'il vous plaît, mon Dieu, ne le laissez pas aller à la même soirée...

A cet instant précis, il entendit le baron dire au portier, avec un fort accent européen : « Bavardage. » Le gant blanc du portier désigna le fond du hall d'entrée.

Sherman était désespéré. Il était désespéré par cette soirée et par cette vie. Pourquoi n'était-il pas parti à Knoxville six mois plus tôt? Une petite maison géorgienne, une machine à avaler les feuilles mortes, un badminton dans la courette pour Campbell... Mais non! Il fallait qu'il suive cet Allemand aux yeux en noix de cajou, se dirigeant vers l'appartement de quelconques monuments de vulgarité nommés Bavardage, un commis voyageur en pleine gloire, et sa femme.

Sherman dit au portier : « Les *Bavardage*, je vous prie. » Il marqua la syllabe accentuée, pour que personne ne puisse penser qu'il avait prêté la moindre attention au fait que le noble baron Hochswald avait dit la même chose. Le baron, la blonde, Judy et Sherman se dirigèrent vers l'ascenseur. L'ascenseur était lambrissé de vieil acajou. Il luisait. Le grain était voyant, mais chaud et riche. Comme il entrait, Sherman entendit le baron Hochswald dire le nom des Bavardage au liftier. Donc Sherman répéta, comme précédemment, « Les Bavar*dage* » – pour que le baron ait l'impression que lui, Sherman, était au courant de son existence.

Tous quatre savaient maintenant qu'ils allaient au même dîner, et il fallait qu'ils prennent une décision.

Alliez-vous faire la chose la plus décente, conviviale, de bon voisinage, bref américaine – la sorte de chose qui se serait faite sans aucune hésitation dans un ascenseur d'un immeuble similaire sur Beacon Hill ou Rittenhouse Square – ou dans un immeuble de New York, même, si la soirée avait été donnée par quelqu'un de bien, comme Rawlie ou Pollard (dans le cas présent, Pollard semblait soudain parfaitement agréable, un bon vieux Knicker-bocker tout à fait recommandable) – feriez-vous donc cela dans la bonne humeur, c'est-à-dire sourire et vous présenter les uns aux autres... ou feriez-vous la chose vulgaire et snob qui consiste à rester planté là en prétendant ignorer votre destination commune tout en fixant la nuque du liftier pendant que ce taxi d'acajou escaladait les étages?

Sherman lança un regard exploratoire vers Hochswald et la blonde. Sa robe était un fourreau noir qui s'arrêtait plusieurs centimètres au-dessus de ses genoux et serrait ses cuisses magnifiques et la déclivité de son bas-ventre, très excitante, avant de remonter en une collerette qui évoquait des pétales de fleur. Dieu, qu'elle était sexy! Ses épaules couleur de crème et le haut de ses seins dépassaient comme si elle mourait d'envie de sortir de son fourreau pour courir nue dans les bégonias... Ses cheveux blonds étaient tirés en arrière pour laisser voir une paire d'énormes boucles d'oreilles de rubis... Pas plus de vingt-cinq ans... Un morceau de choix! Un joli petit animal!... Ce vieux bâtard avait pris ce qu'il voulait, pas vrai!... Hochswald portait un costume de serge noir, une chemise blanche à col large, et une cravate de soie noire avec un nœud large, presque désinvolte... Le tout était à la mode jusqu'au bout des... Sherman était heureux que Judy l'ait incité à porter son costume marine et la cravate marine... Néanmoins l'ensemble du baron semblait terriblement smart par comparaison.

Il surprit alors le vieil Allemand qui les examinait d'un

coup d'œil de haut en bas, Judy et lui. Leurs regards se croisèrent un bref instant. Ils regardèrent à nouveau la décoration sur l'arrière du col du liftier.

Donc ils montaient, un liftier et quatre personnalités muettes, vers les étages supérieurs. La réponse était : Tu as fait la chose vulgaire et snob.

L'ascenseur s'arrêta et les quatre muets entrèrent dans le vestibule des Bavardage. Des grappes de minuscules abat-jour de soie l'éclairaient, de chaque côté d'un miroir au cadre doré. Une porte ouvrait sur un grand hall... une lumière rosâtre et riche... le bruit lointain d'un essaim de voix excitées...

Ils franchirent le seuil et entrèrent dans le hall. Tant de voix ! Tant de délices ! Tant de rires ! Sherman affrontait une catastrophe dans sa carrière, une catastrophe dans son mariage – et la police tournait autour de lui – et pourtant l'essaim – l'essaim – l'essaim ! – les vagues sonores de cette ruche faisaient vibrer tout son être. Des visages pleins de dents souriantes et étincelantes ! Combien fabuleux et fortunés nous sommes, nous les privilégiés, dans ces hautes sphères, tous ensemble, avec notre éclat irradiant !

Le hall d'entrée était plus petit que celui de Sherman, mais là où le sien (décoré par sa femme, décoratrice d'intérieurs) était grandiose et solennel, celui-ci était éblouissant, effervescent. Les murs étaient couverts de soie rouge de Chine, et la soie était encadrée de petites moulures dorées, et les moulures étaient encadrées par un large galon d'ambre foncé, et le galon était encadré à son tour par un peu plus de moulures dorées et la lumière dispensée par une rangée d'appliques de cuivre faisait étinceler les dorures, et la lueur des dorures et de la soie rouge de Chine rendait encore plus glorieux les visages souriants et les robes luxueuses.

Il fit, des yeux, le tour de la foule et sentit immédiatement comme un motif organisé... *presque vu ! presque vu*[1] ! Presque... et pourtant il n'aurait pas pu trouver les mots pour le décrire. Au-delà de ses possibilités. Tous les hommes et les femmes dans ce hall étaient rassemblés en petits groupes, des bouquets de conversations, pour ainsi dire. Il n'y avait pas de figure solitaire, pas d'isolés. Tous les visages étaient blancs (les visages noirs pouvaient apparaître, occasionnellement, dans des dîners de charité à la mode, mais pas dans des dîners privés à la mode). Il n'y avait pas un homme en dessous de trente-cinq ans et très peu de moins de quarante. Les femmes étaient de deux sortes. D'abord, des femmes fin trentaine, quarantaine, et plus (femmes d' « un certain âge »), toutes avec la peau sur les os (maigres à la perfection). Pour compenser le manque de concupiscence de leurs côtes apparentes et leurs derrières atrophiés, elles se tournaient vers les couturiers. Cette saison, aucun bouffant, volant, pli creux, jabot, collerette, ruban en biais, nœud, feston, lacet, pince ou surplis n'était trop extrême. Elles étaient les Rayons X mondains, pour utiliser l'expression née dans le propre cerveau de Sherman. Ensuite venaient celles qu'on appelait les Tartes au Citron. C'étaient des femmes de vingt ou trente ans, blondes pour la plupart (le Citron dans les Tartes), qui étaient les seconde troisième ou quatrième femme ou compagne d'hommes de plus de quarante ans, ou cinquante, ou soixante (ou soixante-dix), le genre de femmes que les hommes appellent, tout instinctivement, des *filles*. Cette saison, la Tarte pouvait accroître les avantages de la jeunesse en montrant ses jambes bien au-dessus du genou et en attirant l'attention sur son derrière rond (ce qu'aucun Rayon X n'avait). Ce qui manquait complètement chez les Bavardage, c'était ce genre de femme qui n'est ni très jeune, ni très vieille, qui s'est laissée aller dans une couche de gras sous-cutané, qui respire l'embonpoint, avec un visage rose qui parle,

---

1. En français dans le texte.

sans un mot, d'une maison, du cœur, et d'un dîner prêt à 18 heures, d'histoires lues à voix haute le soir et de conversations assise au bord du lit, juste avant que le marchand de sable ne passe. En bref, personne n'invitait jamais... Maman.

L'attention de Sherman fut attirée par un bouquet de visages bouillant d'extase au tout premier plan. Deux hommes et une femme impeccablement émaciée souriaient à un immense jeune homme avec des cheveux blond pâle et un épi au milieu du front... *déjà rencontré quelque part... Mais qui est-ce?... Gagné!...* Un autre visage aperçu dans la presse... Le Montagnard à la Voix d'Or, le Ténor aux Cheveux Filasse... C'était comme cela qu'ils l'appelaient... Son nom était Bobby Shaflett. C'était le nouveau jeune ténor du Metropolitan Opera, une créature grasse et grossière qui s'était débrouillée pour émerger du néant des monts Appalaches. Vous pouviez difficilement lire un magazine ou un journal sans tomber sur sa photo. Tandis que Sherman le regardait, la bouche du jeune homme s'ouvrit toute grande. *Ha ha ha ha ha ha ha ha ha ha ha,* il éclata d'un gros rire de fermier, et les visages épanouis autour de lui irradièrent davantage, encore plus transportés qu'auparavant.

Sherman releva son menton de Yale, carra ses épaules, redressa son dos, reprenant sa véritable hauteur, et assuma son personnage, le représentant d'un New York plus ancien, le New York de son père, le Lion de Dunning Sponget.

Un maître d'hôtel se matérialisa et demanda à Judy et à Sherman ce qu'ils voulaient boire. Judy demanda « de l'eau pétillante ». (Dire « Perrier » ou une autre marque était devenu bien trop commun.) Sherman avait eu l'intention de ne rien boire. Il avait eu l'intention de rester au-dessus de tous ces gens, ces Bavardage, à commencer par leur alcool. Mais l'essaim s'était refermé sur lui, et l'épi des cheveux filasse du Montagnard à la Voix d'Or disparut soudain.

– Un gin tonic, dit Sherman McCoy du haut de son menton.

Une pétulante petite femme osseuse bondit d'entre les groupes assemblés dans le hall et s'avança vers eux. C'était un Rayon X avec des cheveux blonds coiffés à la Jeanne d'Arc et beaucoup de petites dents souriantes. Son corps émacié était enserré dans une robe rouge et noir avec des épaulettes férocement bouffantes, une taille très étroite, et une jupe longue. Son visage était large et rond – mais sans un gramme de chair de trop. Son cou était bien plus long que celui de Judy. Ses clavicules dépassaient tellement que Sherman avait l'impression qu'il pouvait se pencher et ramasser ces deux gros os. Il pouvait voir la lumière à travers ses côtes.

– Chère Judy !

– Inez, dit Judy, et toutes deux s'embrassèrent, ou plutôt frottèrent leurs joues brièvement l'une contre l'autre, d'abord de ce côté, puis de l'autre, d'une manière européenne que Sherman, fils de cet inébranlable Knickerbocker, ce patriarche d'une Vieille Famille, ce champion de la morale protestante, John Campbell McCoy, trouvait prétentieuse et vulgaire.

– Inez ! Je ne crois pas que vous connaissiez Sherman !

Elle avait forcé sa voix en une exclamation destinée à être entendue par-dessus le bruit de l'essaim.

– Sherman, voici Inez Bavardage !

– Bonsouar, dit l'héritier du Lion.

– J'ai en tout cas la *sensation* de vous connaître ! dit la femme en le regardant carrément dans les yeux, tandis que ses petites dents étincelaient, et en lui tendant la main.

Accablé, il la prit.

– Vous devriez entendre Gene Lopwitz parler de vous !

Lopwitz! Quand? Sherman se retrouva en train de s'accrocher à cette corde d'espoir. (Peut-être avait-il gagné assez de points dans le passé pour que la débâcle du Giscard ne l'achève pas!)

– Et je connais votre père aussi. Il me fait une peur terrible!

Sur ces mots, la femme agrippa l'avant-bras de Sherman, fixa son regard dans le sien et partit d'un rire extraordinaire, un rire caquetant, pas *ha ha ha ha ha*, mais, *hack hack hack hack hack hack hack hack hack*, un rire si cordial et si paroxystique que Sherman se retrouva en train de sourire bêtement et de dire :

– Pas possible!

– Si! *Hack hack hack hack hack hack hack hack.* Je ne vous avais jamais dit cela, Judy!

Elle étendit le bras et le passa sous celui de Judy, puis les tira tous les deux vers elle, comme s'ils étaient les deux meilleurs copains qu'elle avait jamais eus.

– Il y avait cet affreux type, Derderian, qui attaquait Léon. Il essayait de *nouer* les choses. Du pur harcèlement. Et donc, un week-end nous étions dans l'île de Santa Catalina chez Angie Civelli. – Elle laissa tomber le nom du célèbre comédien sans même un léger temps d'arrêt. – Et nous dînions, et Léon commence à raconter tous les ennuis qu'il a avec ce Derderian, et Angie dit – croyez-moi, il était *vraiment* sérieux – il dit : « Vous voulez que je m'en occupe? »

Sur ce, Inez Bavardage poussa son nez de côté avec son index pour signifier *Maffioso*.

– Eh bien, je veux dire, *j'avais entendu des choses* sur Angie et Ces Messieurs, mais je n'y croyais pas – mais il était *sérieux!* – *Hack hack hack hack hack hack hack hack.* – Elle tira Sherman plus près d'elle et le regarda droit dans les yeux. – Quand Léon est revenu à New York, il est allé voir votre père et il lui a raconté ce qu'Angie avait dit et puis il a dit à votre père : « Peut-être est-ce la façon la plus simple de régler ce problème. » Je

n'oublierai jamais ce que votre père a répondu. Il a dit :
« Non, M. Bavardage, laissez-*moi* m'en occuper. Ce ne
sera pas simple, cela n'ira pas vite, et cela vous coûtera
beaucoup d'argent. Mais mes honoraires, vous pourrez
les payer. Ceux des autres – personne n'est assez riche
pour les payer. Ils continueront à vous saigner pour le
restant de vos jours ! »

Inez Bavardage restait toute proche du visage de
Sherman et lui lançait un regard sans fond. Il se sentit
obligé de dire quelque chose.

– Eh bien... Qu'a choisi votre mari ?

– Ce que votre père avait dit, bien sûr. Quand il parle,
les gens bondissent ! – et un nouvel éclaaaaat de *hack
hack hack hack hack*...

– Et les honoraires ? demanda Judy, comme si elle
était ravie d'être partie prenante dans cette histoire sur
l'incomparable père de Sherman.

– Sensationnelle ! Etonnante, cette facture ! *hack hack
hack hack hack.*

Le Vésuve, le Krakatoa et Mauna Loa en éruption de
rire, et Sherman se sentit balayé dans cette explosion,
malgré lui. C'était irrésistible... Gene Lopwitz vous
adore !... votre incomparable père !... votre lignée aristocratique ! quelle euphorie vous amenez dans mes seins
osseux !

Il savait que c'était parfaitement irrationnel, mais il se
sentait bien, chaud, allumé, au Septième Ciel. Il remit le
revolver de son ressentiment dans son holster et envoya
son snobisme se coucher près de l'âtre. Vraiment une
femme charmante ! Qui aurait pu l'imaginer, après tout
ce qu'on entendait sur les Bavardage ! Un Rayon X
mondain, pour sûr, mais on ne pouvait tout de même
pas lui en tenir rigueur ! Vraiment très chaleureuse – et
tout à fait amusante !

Comme la plupart des hommes, Sherman ignorait les
techniques routinières d'accueil des hôtesses à la mode.
Pendant au moins quarante-cinq secondes, chaque invité

était l'ami le plus proche, le plus cher, le plus intelligemment complice qu'une femme eût jamais eu. Chaque invité mâle était touché au bras (toute autre partie du corps présentait des problèmes) et recevait une petite pression venue du cœur. Elle regardait chaque invité, mâle ou femelle, avec un radar vissé dans les yeux, comme si elle était captivée (par le brio, l'esprit, la beauté, et les incomparables souvenirs).

Le maître d'hôtel revint avec les verres pour Judy et Sherman, et Sherman avala une grande gorgée de gin tonic. Le gin atteignit le fond, et le doux genièvre monta, et il se détendit, laissant le doux bruissement de l'essaim sourdre dans sa tête.

Hack hack hack hack hack hack, faisait Inez Bavardage.

Ha ha ha ha ha ha ha ha ha ha, faisait Bobby Shaflett.

Ho ho ho ho ho ho ho ho ho ho, faisait Judy.

Hé hé hé hé hé hé hé hé hé hé, faisait Sherman.

L'essaim bruissait, bruissait.

En un rien de temps, Inez Bavardage les avait dirigés, Judy et lui, vers le bouquet où le Montagnard à la Voix d'Or faisait salon. Hochements de tête, bonsoirs, mains serrées, sous l'égide de la nouvelle meilleure amie de Sherman, Inez. Avant qu'il eût tout à fait compris ce qui s'était passé, Inez avait entraîné Judy hors du hall, dans un quelconque petit salon, et Sherman se retrouva abandonné avec le célèbre grassouillet des Appalaches, deux hommes et un Rayon X. Il regarda chacun d'entre eux, commençant par Shaflett. Personne ne lui rendit son regard. Les deux hommes et la femme, hypnotisés, fixaient l'énorme tête pâle du ténor qui racontait une histoire, quelque chose qui lui était arrivé dans un avion :

– ... donc, j' suis assis là, à attendre Barb'ra – elle est supposée rev'nir avec moua à New York?

Il avait une manière de finir des phrases affirmatives

sur une interrogation qui rappelait Maria à Sherman... Maria... et l'énorme juif hassidim! Cette grande boule blonde de graisse devant lui était comme cet énorme tas de la compagnie immobilière – si tant est que cela fût vrai. Un frisson glacial... Ils étaient dehors, tournant en cercles, en cercles...

– Et j' suis dans mon siège – j'ai celui près du hublot? Et d' l'arrière, débarque cet *îîncroyable*, *oûûtrageant* Noir. – La façon dont il accentuait le *in* et le *ou* tout en agitant les mains en l'air fit que Sherman se demanda si ce géant des montagnes n'était pas, en fait, homosexuel. – Il porte c'te manteau d'hermine? – jusque-là? – et un chapeau mou assorti en hermine? – et l'a plus d'bagues que Barb'ra, et l'a trois serviteurs av'c lui? – tout droit sorti de *Shaft*?

Le géant continuait à faire des bulles et les deux hommes et la femme avaient toujours les yeux rivés sur son large visage, leurs sourires figés. Et le géant, pour sa part, ne regardait qu'eux, jamais Sherman. Les secondes passaient, et il se rendait de plus en plus compte que tous les quatre agissaient comme s'il n'existait pas. Un pédé géant avec un accent des montagnes, pensa Sherman, et ils boivent le moindre de ses mots. Sherman but trois grandes gorgées de son gin tonic.

L'histoire semblait se résumer au fait que le Noir qui s'était assis à côté de Shaflett dans l'avion était le champion du monde des super-lourds, Sam (Assassin Sam) Assinore. Shaflett trouvait le terme « super-lourd » extrêmement amusant – *ha ha ha ha ha ha ha* – et les deux hommes partirent d'un éclat de rire surexcité. Sherman les étiqueta comme homosexuels également. Assassin Sam ne savait pas qui était Shaflett et Shaflett ne savait pas qui était Assassin Sam. Le point de l'histoire tout entière semblait être que les deux seules personnes en première classe dans cet avion qui ignoraient qui étaient ces deux célébrités... étaient Shaflett et Assinore eux-mêmes! *Ha ha ha ha ha ha ha ha ha ha ha – hé hé hé hé hé hé –* et – *aha!* – une pépite au sujet d'Assassin Sam Assinore apparut dans l'esprit de Sherman. Oscar Suder – *Oscar Suder!* – il grimaça à ce souvenir, mais continua – Oscar Suder était membre d'un syndicat d'investisseurs du Midwest qui soutenaient Assinore et contrôlaient ses finances. Une pépite! Une pépite de conversation! un moyen d'entrer dans cette grappe de gens.

Dès que les rires refluèrent, Sherman dit à Bobby Shaflett :

– Savez-vous que le contrat d'Assinore, et son manteau d'hermine, autant que je le sache, sont la propriété d'un syndicat d'hommes d'affaires de l'Ohio, principalement de Cleveland et de Colombus?

Le Montagnard à la Voix d'Or le regarda comme s'il était un prêteur sur gages. « Hmmmmmmmmmmmmmmmmm », dit-il. C'était un de ces *Hmmmmmmmmmmmmmmmmm* qui veulent dire « Je comprends, mais je n'en ai vraiment rien à faire », sur quoi il se tourna vers les trois autres et ajouta :

– Donc, je lui ai demandé s'il me signerait mon menu. Vous savez, ils vous donnent ces menus? et...

C'était tout pour Sherman McCoy. Il sortit le revolver du ressentiment de son holster. Il s'éloigna doucement du groupe et leur tourna le dos. Personne n'y fit attention. L'essaim grondait dans sa tête.

Et maintenant, qu'allait-il faire? Tout d'un coup, il était tout seul dans cet essaim bruyant, sans aucun endroit où butiner. Seul! Il se rendit compte avec acuité que toute la compagnie était maintenant répartie en bouquets et qu'être à l'écart revenait à être un individu abject et incompétent. Il regarda de-ci, de-là. Qui était-ce, juste là? Un grand homme assez beau à l'air suffisant... des visages admiratifs en dessous du sien, tout autour... Ah!... cela lui revint... un auteur... Son nom était Nunnaly Voyd... un romancier... il l'avait vu dans une émission télévisée... insidieux... acerbe... Regarde comme ces idiots sont figés devant lui... Il n'osa pas essayer ce bouquet... ce serait un remake du Montagnard à la Voix d'Or, sans nul doute... Par là, quelqu'un qu'il connaissait... Non! Encore un visage célèbre... le danseur étoile... Boris Korolev... Un autre cercle de visages en adoration... luisants tant ils étaient captivés... Les idiots! Petits atomes humains! Qu'est-ce que c'est que cette histoire d'être là à baver devant des danseurs, des romanciers, et d'énormes pédés chanteurs d'opéra? Ils ne sont rien que les bouffons de la cour, rien que des distractions amusantes pour... les Maîtres de l'Univers, ceux qui manient les leviers qui soulèvent le monde... et pourtant ces idiots les admirent comme s'ils étaient des pipelines directs vers les dieux... Ils ne voulaient même pas savoir qui il était, lui... et ne seraient même pas capables de comprendre même s'ils l'avaient voulu...

Il se retrouva près d'un autre bouquet... Eh bien, au moins, personne de célèbre dans ce groupe-là, pas de bouffon de cour... Un gros type rougeaud parlait, avec un très fort accent britannique : « Il était allongé sur la route, voyez-vous, avec une jambe cassée... » *Le mince et délicat jeune homme! Henry Lamb! Il parlait de l'histoire dans le journal! Non, attends une minute – une jambe cassée.* – « ... et il n'arrêtait pas de dire comme c'est ennuyeux, comme c'est ennuyeux, vraiment. » Non, il parlait d'un Anglais quelconque. *Rien à voir avec moi...* Les autres membres de la grappe riaient... une femme, la cinquantaine environ, avec de la poudre rose plein la figure... Grotesque... Attends!... Il connaissait ce visage. La fille du sculpteur, maintenant décoratrice de théâtre. Il ne se rappelait pas son nom... Puis il lui revint... Barbara Cornagglia... Il continua son chemin... Seul!... Malgré tout, malgré le fait qu'ils tournaient, eux – *la police* –, il sentait la pression de l'échec social... Que pouvait-il faire pour avoir l'air d'être très bien comme ça, tout seul, comme s'il se déplaçait au milieu de l'essaim, tout seul parce qu'il l'avait choisi ? L'essaim bourdonnait, bourdonnait.

Près de la porte par où Judy et Inez Bavardage avaient disparu se trouvait une console ancienne qui portait une paire de chevalets chinois miniatures. Sur chaque chevalet était posé un disque de velours bordeaux de la taille d'une tarte, et, dans des fentes dans le velours, comme de petites poches, étaient fichées des cartes avec des noms dessus. C'étaient des modèles de la disposition des tables pour dîner, afin que chaque hôte sache qui seraient ses voisins de table. Cela frappa Sherman, le Lion de Yale, comme un autre exemple de vulgarité. Néanmoins, il regarda. C'était une façon d'avoir l'air occupé, comme s'il n'était seul que pour étudier la disposition des tables.

Il y avait deux tables. Il aperçut une carte avec *M. McCoy* dessus. Il serait assis, voyons, à côté d'une quelconque Mme Rawthrote, et d'une Mme Ruskin. *Ruskin !* Son cœur fit un bond. Impossible – pas Maria !

Mais bien sûr que c'était possible. C'était précisément le genre d'événement où elle et son riche mais ombrageux mari seraient invités. Il avala le reste de son gin tonic et entra très vite dans l'autre pièce. Maria ! Fallait qu'il lui parle ! – mais il fallait aussi qu'il maintienne Judy éloignée d'elle ! *Pas besoin de ça en plus de tout le reste !*

Il était maintenant dans le living-room de l'appartement, ou salon, puisqu'il était visiblement fait pour recevoir. La pièce était gigantesque, mais elle semblait... *bourrée* de sofas, coussins, gros fauteuils et divans, tous galonnés, ornés de glands, rayés, et... *fourrés*... Même les murs. Les murs étaient couverts d'une sorte de tissu rembourré avec des rayures rouges, pourpres et roses. Les fenêtres qui dominaient la Cinquième Avenue étaient garnies d'épais doubles rideaux de même matière, tirés pour révéler les rideaux rose pâle et une passementerie de cordes tressées à rayures. Il n'y avait pas un soupçon de XXᵉ siècle dans ce décor, pas même dans l'éclairage. Quelques lampes de table avec des abat-jour roses fournissaient la seule lumière, si bien que le terrain de cette petite planète glorieusement bourrée était constellé d'ombres et de lumières tamisées.

L'essaim bourdonnait d'une joyeuse extase d'être dans cette orbite doucement fourrée de rose. *Hah hah hah hah hah hah hah*, le rire de cheval d'Inez Bavardage s'élevait au lointain. Tant de bouquets de gens... de visages souriants... de dents étincelantes... Un maître d'hôtel apparut et lui demanda s'il désirait boire quelque chose. Il commanda un autre gin tonic. Il restait là. Ses yeux erraient sur les ombres tamisées.

Maria.

Elle se tenait près d'une des deux fenêtres d'angle. Les épaules nues... un fourreau rouge... Elle croisa son regard et sourit. Juste un sourire, comme ça. Il répondit avec le plus petit sourire imaginable. Où était Judy ?

Dans la grappe de Maria se trouvait une femme qu'il ne reconnaissait pas, et un homme chauve qu'il connaissait de quelque part, un autre de ces... *célèbres visages* dont ce zoo semblait avoir la spécialité... un écrivain quelconque, un Angliche... Il ne pouvait pas se rappeler son nom. *Complètement* chauve. Pas un cheveu sur sa longue tête mince; décharnée; un crâne.

Sherman engloba la pièce du regard, cherchant Judy, désespérément. Et alors, quelle différence cela ferait-il si Judy rencontrait quelqu'un nommé Maria dans cette pièce ? Ce n'était pas un nom inhabituel. Mais Maria saurait-elle être discrète ? Ce n'était pas un génie, et elle était souvent effrontée – et il était supposé s'asseoir à côté d'elle !

Il pouvait sentir son cœur taper dans sa poitrine. Mon Dieu ! Etait-il possible qu'Inez Bavardage sût à leur sujet et qu'elle les eût mis côte à côte exprès ? *Arrête ! C'est de la pure paranoïa!* Elle n'aurait jamais pris le risque d'une scène affreuse. Et pourtant...

Judy.

Elle était là, debout près de la cheminée, riant si fort – *son nouveau rire de soirée – veut être une Inez Bavardage* – riant si fort que ses cheveux remuaient. Elle émettait un nouveau son, *Hoh hoh hoh hoh hoh hoh hoh hoh hoh hoh.* Pas tout à fait le *hah hah hah hah hah hah* d'Inez Bavardage, juste un *hoh hoh hoh hoh* intermédiaire. Elle écoutait un vieil homme bâti comme un tonneau, avec de rares cheveux gris et pas de cou. Le troisième membre du bouquet, une femme élégante, mince, et la quarantaine, n'avait pas l'air si amusée. Elle se tenait comme un ange de marbre. Sherman se fraya un chemin à travers l'essaim, devant les genoux de quelques personnes installées sur un énorme sofa orien tal rond, vers la cheminée. Il dut pousser pour passer à travers une dense flottille de robes bouffantes et de visages bouillonnants...

Le visage de Judy était un masque d'allégresse. Elle était si captivée par la conversation de l'homme-tonneau qu'elle ne remarqua pas Sherman immédiatement. *Puis* elle le vit. Etonnée! Mais bien sûr! – c'était un signe d'échec social pour une épouse d'en être réduite à retrouver son mari dans un groupe. *Et alors? Eloigne-la de Maria!* C'était le principal. Judy ne le regarda pas. Une fois encore, elle darda son regard captivé vers le vieil homme.

– ... donc la semaine dernière, disait-il, ma femme revient d'Italie et m'informe que nous avons une villa pour l'été à Como. Como, elle dit. C'est ce lac de Côme. Donc, très bien! Nous avons une résidence d'été à « Como ». C'est mieux qu'Hammamet. Ça, c'était il y a deux étés.

Il avait une voix rude, une voix des rues de New York. Il tenait un verre d'eau pétillante et regardait d'un côté à l'autre, de Judy à l'ange de marbre, tout en racontant son histoire, obtenant de grandes effusions d'approbation de Judy et d'occasionnels tortillements de la lèvre supérieure quand il fixait l'ange de marbre dans les yeux. Un tortillement. Cela aurait pu être le commencement d'un sourire poli.

– Au moins, je sais où est « Como ». J'avais jamais entendu causer d'Hammamet. Ma femme est devenue gaga de l'Italie. Les peintures italiennes, les vêtements italiens, et maintenant « Como ».

Judy éclata d'un autre tir automatique de rire, *Hoh hoh hoh hoh hoh hoh hoh hoh,* comme si la manière dont le vieil homme prononçait « Como », pour se moquer de l'amour que sa femme portait à tout ce qui était italien, était la chose la plus drôle du monde – *Maria.* Cela lui tomba dessus, *juste comme ça.* C'était de Maria qu'il parlait. Ce vieil homme était son mari, Arthur Ruskin. L'avait-il déjà appelée par son prénom, ou bien n'avait-il dit que « ma femme »?

L'autre femme, ange de marbre, se contentait de rester là, debout. Le vieil homme avança soudain la main vers son oreille gauche et prit sa boucle d'oreille entre le pouce et l'index. Surprise, la femme se raidit. Elle aurait volontiers secoué la tête pour se dégager, mais son oreille était désormais prise entre le pouce et l'index de cet ours consternant.

– Très joli, dit Arthur Ruskin, tenant toujours la boucle d'oreille. Nadina D., n'est-ce pas?

Nadina Dulocci était une créatrice de bijoux très en vogue.

– Je crois bien! dit la femme d'une voix européenne, timorée.

A la hâte elle porta ses mains à ses oreilles et défit les deux boucles qu'elle lui tendit, avec emphase, comme pour dire « Tenez, prenez-les, mais soyez assez gentil de ne pas m'arracher les oreilles ».

Sans rien remarquer, Ruskin les prit dans ses pattes poilues et les inspecta de près.

478

– Nadina D., exact. Très joli. Où les avez-vous eues?

– C'était un cadeau.

Froide comme du marbre. Il les lui rendit et elle les enfouit très vite dans son sac.

– Très très joli. Ma femme...

Suppose qu'il dise « Maria »! Sherman intervint.

– Judy! – Aux autres : – Excusez-moi. – A Judy : – Je me demandais...

Judy transforma instantanément son expression étonnée en un air radieux. Aucune femme dans l'Histoire n'avait été plus charmée de voir son mari arriver dans un bouquet de conversation.

– Sherman! connais-tu Mme Prudhomme?

Sherman releva son menton de Yale et se forgea une expression du charme Knickerbocker le plus approprié pour saluer la Française consternée.

– Comment allez-vous?

– Et Arthur Ruskin, dit Judy.

Sherman secoua la mitaine poilue avec fermeté.

Arthur Ruskin n'était pas une jeunesse de soixante et onze ans. Il avait de grosses oreilles aux cartilages épais et des poils blancs qui en sortaient. Il avait des fanons figés sous sa large mâchoire. Il se tenait très droit, planté en arrière sur ses talons, ce qui faisait ressortir sa poitrine et son ventre proéminent. Sa corpulence était convenablement emmaillotée dans un costume marine, une chemise blanche et une cravate marine.

– Pardonnez-moi, dit Sherman. – A Judy, avec un sourire charmant : – Viens par ici un moment.

A l'adresse de Ruskin et de la Française il arbora un sourire d'excuse et se déplaça de quelques mètres, Judy à sa remorque. Le visage de Mme Prudhomme s'effondra. Elle avait vu son arrivée dans leur bouquet comme celle d'un sauveteur face à Ruskin.

Judy, toujours avec un sourire à l'épreuve du feu aux lèvres :

– Qu'y a-t-il?

Sherman, masque souriant de charme de Yale :

– Je veux que tu... euh... fasses la connaissance du baron Hochswald.

– Qui?

– Le baron Hochswald. Tu sais, l'Allemand, un des Hochswald.

Judy, le sourire toujours accroché :

– Mais pourquoi?

– On a pris l'ascenseur avec lui en arrivant.

Pour Judy, tout ceci n'avait visiblement aucun sens. Pressée :

– Bien, où est-il?

Pressée, parce qu'il était déjà assez mauvais d'être pris dans un grand groupe de discussion avec votre mari. Mais former un bouquet minimum, juste à deux...

Sherman, regardant de droite à gauche :

– Eh bien, il était là il y a une minute.

Judy, son sourire disparu :

– Sherman, que diable fabriques-tu? De quoi parles-tu avec ton baron Hochswald?

A cet instant le maître d'hôtel arriva avec le gin-tonic de Sherman. Il avala une grande gorgée et regarda à nouveau autour d'eux. Il avait comme des vertiges. Partout... des Rayons X mondains dans des robes bouffantes étincelant dans la lueur abricot brûlé des petites lampes de table...

– Eh bien, vous deux! Qu'est-ce que *vous* mijotez! *Hah hah hah hah hah hah hah hah hah hah.*

Inez Bavardage les prit tous les deux par le bras. Pendant un instant, avant qu'elle ne pût réendosser son sourire à l'épreuve du feu, Judy eut l'air terrassé. Non seulement elle s'était fait surprendre dans un groupe minimum avec son propre mari, mais l'hôtesse qui régnait sur New York ce mois-ci, la reine des salons du siècle de cette semaine les avait repérés et s'était sentie obligée de jouer les ambulances pour les sauver de l'ignominie mondaine.

– Sherman était...

– Je vous cherchais! Je veux vous présenter Ronald Vine. C'est lui qui refait la maison du Vice-Président à Washington.

Inez Bavardage les remorqua à travers l'essaim de sourires et de robes et les inséra dans un bouquet dominé par un homme plutôt jeune, grand, mince et élégant, le susdit Ronald Vine. M. Vine était en train de dire : ... « jabots, jabots, jabots. J'ai bien peur que la femme du Vice-Président ait découvert les jabots! » Une curieuse façon de rouler des yeux. Les autres membres du bouquet, deux femmes et un homme chauve, riaient et riaient. Judy parvint à peine à se fabriquer un sourire... Ecrasée... Elle avait dû être sauvée de la mort sociale par l'hôtesse elle-même...

Quelle triste ironie! Sherman se haïssait. Il se haïssait pour toutes les catastrophes qu'elle ignorait encore.

La salle à manger des Bavardage avait été peinte de tant de couches de laque abricot brûlé, quatorze en tout, que les murs avaient la brillance glacée d'un étang reflétant un feu de camp la nuit. La pièce était un triomphe de réflections nocturnes, une des nombreuses victoires de Ronald Vine, dont le point fort était la création de reflets sans utiliser de miroirs. L'indigestion de miroirs était considérée désormais comme un des péchés capitaux des années 70. Donc, au début des années 80, de Park Avenue à la Cinquième, de la 62ᵉ Rue à la 96ᵉ s'était élevé le craquement hideux d'hectares de miroirs d'un prix ahurissant arrachés des murs de ces grands appartements. Non, dans la salle à manger des Bavardage, les yeux de tout un chacun erraient dans un cosmos de miroitements, de scintillements, d'étincelles, de rehauts, de chatoiements, d'étangs luisants et de lueurs fières qui avaient été créés de manière bien plus subtile en utilisant laques, petits carreaux brillants en étroites bandes juste sous les corniches du plafond, meubles dorés Regency, candélabres d'argent, coupes de cristal, vases Tiffany, et couverts d'argent ouvragés, si lourds que les couteaux pesaient entre vos doigts comme des poignées de sabre.

Les deux douzaines de dîneurs étaient assis autour de deux tables rondes Regency. La table de banquet, le genre de piste d'atterrissage Sheraton qui pouvait accueillir vingt-quatre convives si vous mettiez toutes les rallonges, avait disparu des salles à manger les plus smart. Il ne fallait pas être si formel, voir si grand. Deux tables plus petites étaient beaucoup mieux. Quelle importance si ces deux petites tables étaient entourées et parées d'un entassement d'*objets*[1], de tissus et de *bibelots*[1] si luxuriants qu'ils auraient fait cligner les yeux au Roi Soleil ? Des hôtesses comme Inez Bavardage étaient fières de leur don pour l'informel et l'intime.

Pour souligner l'informel de l'occasion, on avait placé, au milieu de chaque table, au plus profond de la forêt de cristal et d'argent, une corbeille tressée de pieds de vigne dans un style rustique à la manière de l'artisanat des Appalaches. Enrubannées autour des pieds de vigne, à l'extérieur des corbeilles, une profusion de fleurs sauvages. Au centre de la corbeille étaient massées trois ou quatre douzaines de pavots. Ce centre de table en *faux naïf*[1] était la marque de fabrique de Huck Thigg, le jeune fleuriste, qui présenterait aux Bavardage une note de 3 300 $ pour ce seul dîner.

Sherman contemplait ces vignes vernies. Elles ressemblaient à quelque chose que Gretel ou la petite Suisse Heidi aurait oublié dans une fête de Lucullus. Il soupira. Tout était... trop. Maria était assise à côté de lui, à sa droite, débitant des banalités à l'Anglais cadavérique, comment s'appelait-il déjà, qui était sur sa droite. Judy était à l'autre table – mais avait une vue directe sur lui et

1. En français dans le texte.

Maria. Il fallait qu'il parle à Maria de l'interrogatoire des deux inspecteurs – mais comment pouvait-il le faire quand Judy les avait dans sa mire? Il se collerait un sourire innocent sur la figure. Voilà! Il sourirait pendant toute la discussion! Elle ne verrait rien... Vraiment?... Arthur Ruskin était à la table de Judy... Mais, Dieu merci, il était à quatre sièges d'elle... il n'allait pas bavarder avec elle... Judy était assise entre le baron Hochswald et un jeune homme à l'air plutôt pompeux... Inez Bavardage était à deux chaises de Judy, et Bobby Shaflett était à la droite d'Inez. Judy arborait un sourire tout ce qu'il y avait de plus mondain destiné au pompeux jeune homme... *hoh hoh hoh hoh hoh hoh hoh hoh hoh hoh hoh hoh hoh hoh hoh!* Par-dessus le bourdonnement de l'essaim il pouvait entendre clairement son nouveau rire... Inez parlait à Bobby Shaflett, mais également au Rayon X qui souriait de son mieux assise à la droite du Montagnard à la Voix d'Or, et à Nunnaly Voyd, qui était à la droite du Rayon X. *Hah hah hah hah hah hah hah hah*, chantait le Ténor... *Haw haw haw haw haw haw haw haw haw haw haw*, chantait Inez Bavardage... *Hoh hoh hoh hoh hoh hoh hoh hoh hoh hoh hoh,* braillait sa propre femme.

Léon Bavardage était assis à quatre chaises sur la droite de Sherman, au-delà de Maria, de l'Anglais cadavérique, et de la femme avec la poudre rose sur la figure, Barbara Cornagglia. Contrastant complètement avec Inez Bavardage, Léon était aussi animé qu'une goutte d'eau. Il avait un visage placide, neutre, sans traits marqués, des cheveux blondasses qui se clairsemaient, un long nez délicat, et une peau très pâle, presque livide. Au lieu d'un sourire mondain à trois cents watts, il arborait un sourire timide, modeste, qu'il destinait à cet instant à Mlle Cornagglia.

Avec un retard certain, il apparut à Sherman qu'il devrait parler à la femme sur sa gauche. Rawthrote, Mme Rawthrote. Au nom du Ciel, qui était-elle? Que pouvait-il bien lui dire? Il se tourna sur sa gauche – *et elle attendait*. Elle le fixait, ses yeux à laser à moins de trente centimètres des siens. Un vrai Rayon X, avec un énorme tas de cheveux blonds et un regard d'une telle intensité qu'il pensa tout d'abord qu'elle *devait savoir quelque chose...* Il ouvrit la bouche... il sourit... il fouilla dans son cerveau à la recherche de quelque chose à dire... il fit du mieux qu'il put... Il lui dit :

– Pourriez-vous me faire une faveur? Comment s'appelle le gentleman sur ma droite, le gentleman *mince*? Son visage m'est familier, mais je n'arrive absolument pas à me rappeler son nom.

Mme Rawthrote se pencha encore un peu plus, jusqu'à ce que leurs visages ne soient qu'à quelques centimètres. Elle était si proche qu'elle semblait avoir trois yeux.

– Aubrey Buffing, dit-elle. – Ses yeux continuaient à brûler dans les siens.

– Aubrey Buffing, dit Sherman faiblement. – C'était vraiment une question.

– Le poète, dit Mme Rawthrote. Il fait partie des nobélisables. Son père était le duc de Bray.

Son ton disait : « Comment diable ignorez-vous cela ? »

– Bien sûr, dit Sherman, sentant qu'en plus de ses autres péchés il était aussi un philistin. Le poète.

– Comment le trouvez-vous?

Elle avait des yeux de cobra. Son visage demeurait braqué face au sien. Il voulait se détourner, mais n'y parvenait pas. Il se sentait paralysé.

– Qu'entendez-vous par là? demanda-t-il.

– Lord Buffing, dit-elle. Son état de santé.

– Je... Je ne peux pas dire vraiment. Je ne le connais pas.

– Il est en traitement à l'hôpital Vanderbilt. Il a le SIDA.

Elle se recula de quelques centimètres, pour mieux voir comment ce trait avait touché Sherman.

– Mais c'est terrible! dit Sherman. Comment savez-vous cela?

– Je connais son petit ami préféré. – Elle ferma les yeux puis les rouvrit, comme pour dire : « Je sais ce genre de choses, mais ne posez pas trop de questions. » Puis elle dit : – C'est *entre nous*[1]. – *Mais je ne vous ai jamais rencontré auparavant!* – Ne le dites pas à Léon ou Inez, poursuivit-elle, c'est leur hôte, il est chez eux depuis deux semaines et demie. N'invitez jamais un Anglais pour le week-end. Vous ne pourrez jamais vous en débarrasser.

Elle dit cela sans sourire, comme si c'était le conseil le plus sérieux qu'elle eût jamais donné gratuitement. Elle continua son étude myope du visage de Sherman.

Pour briser ce contact visuel, Sherman lança un bref regard vers l'Anglais décharné, Lord Buffing, le Poète nobélisable.

– Ne vous inquiétez pas, dit Mme Rawthrote. Vous ne pouvez pas l'attraper à table. Si c'était possible nous l'aurions déjà tous. La moitié des garçons de restaurant de New York sont *gays*. Montrez-moi un homosexuel heureux, je vous montrerai un cadavre *gay*.

Elle répéta ce *mot farouche*[1] de la même voix de staccato, sans la moindre trace de sourire.

A ce moment, un jeune serveur très joli garçon, apparemment latino-américain, commença à servir le premier plat, qui ressemblait à un œuf de Pâques nappé d'une lourde sauce blanche sur un plateau de caviar rouge posé sur un lit de laitue.

– Pas eux, dit Mme Rawthrote, devant le nez du jeune homme. Ils travaillent à plein temps pour Inez et Léon. Des Mexicains, de La Nouvelle-Orléans. Ils ont leur propre maison à la campagne et ils viennent ici pour

1. En français dans le texte.

servir les dîners. – Puis, sans aucun préambule, elle dit :
– Qu'est-ce que vous faites, M. McCoy ?

Sherman était désarçonné. Il resta sans voix. Il était aussi pris de court que quand Campbell avait posé la même question. Une non-entité, un Rayon X de trente-cinq ans, et pourtant... *Je veux l'impressionner !* Les réponses possibles arrivaient en grondant à travers son esprit... *Je suis un cadre supérieur de la division des obligations chez Pierce & Pierce...* Non... ça sonne comme s'il était une pièce remplaçable dans une bureaucratie, et fier de l'être... *Je suis le producteur numéro un...* Non... on dirait un représentant en aspirateurs... *Il existe un groupe de gens comme moi qui prennent les décisions majeures...* Non... pas approprié, et observation plutôt gauche... *Je me suis fait 980 000 $ en vendant des obligations l'an dernier.* C'était, en vérité, le cœur du problème, mais il n'y avait pas moyen de faire passer une telle information sans avoir l'air d'un idiot... *Je suis un Maître de l'Univers !...* Continue à rêver ! – et, de plus, il n'y a pas moyen de proférer cela !... Donc il dit :
– Oh, j'essaie de vendre quelques obligations pour Pierce & Pierce.

Il sourit avec une extrême légèreté, espérant que cette phrase serait prise comme un signe de connivence absolue, impliquant des réussites énormes et spectaculaires à Wall Street.

Mme Rawthrote dirigea à nouveau ses lasers sur lui. A dix-huit centimètres :
– Gene Lopwitz est un de nos clients.
– Votre client ?
– Chez Benning et Sturtevant.
Où ? Il la fixait.
– Vous connaissez Gene bien sûr, dit-elle.
– Très bien, oui, je travaille avec lui.

Selon toute évidence, la femme ne trouva pas cela

convaincant. Au plus grand étonnement de Sherman, elle pivota sans ajouter un mot, à quatre-vingt-dix degrés sur sa gauche où un type au visage rouge, joyeux et flamboyant parlait à la Tarte au Citron qui était arrivée avec le baron Hochswald. Sherman le reconnaissait maintenant... un responsable de la télévision nommé Rale Brigham. Sherman regardait les vertèbres osseuses de Mme Rawthrote, là où elles émergeaient de son décolleté... Peut-être ne s'était-elle détournée que pour quelques instants et allait-elle revenir pour reprendre leur conversation... Mais non... elle était partie dans une grande discussion avec Brigham et la Tarte... Il pouvait entendre la mitraillade de sa voix... Elle était penchée sur Brigham... tous lasers sortis... Elle avait dépensé tout le temps qu'elle pouvait accorder à un... pauvre marchand d'obligations !

Il était en panne, encore une fois. A sa droite, Maria était toujours lancée dans une profonde conversation avec Lord Buffing. Il affrontait une nouvelle mort sociale. Il n'était qu'un homme assis absolument seul dans un dîner. L'essaim bourdonnait tout autour de lui. Tous les autres étaient dans un état de béatitude mondaine. Il était le seul en panne. Il faisait tapisserie, sans interlocuteur, une lumière sociale de zéro watt dans le zoo des Célébrités des Bavardage... *Ma vie part en morceaux !* – et pourtant à travers chaque cellule de son système nerveux central surchargé brûlait la honte – la honte ! – de l'incompétence mondaine.

Il contempla les pieds de vigne vernis de Huck Thigg au centre de la table, comme un étudiant en art floral. Puis il se mit un sourire aux lèvres, comme s'il s'amusait tout seul. Il prit une bonne gorgée de vin et regarda l'autre table, comme s'il avait attiré l'attention de quelqu'un là-bas... Il sourit... Il murmura sans un son vers des taches invisibles sur les murs... Il but un peu plus de vin et étudia les pieds de vigne d'une manière plus approfondie. Il compta les vertèbres de la colonne de Mme Rawthrote. Il fut content lorsqu'un des serveurs, un des *varones*[1] de la campagne, se matérialisa et remplit à nouveau son verre de vin.

Le plat principal consistait en tranches de rosbif rose apporté sur d'immenses plats chinois, avec des montagnes d'oignons cuits, de carottes et de pommes de terre. C'était simple, bien américain. Les plats simples et bien américains, insinués entre des prologues et des épilogues exotiques, étaient très *comme il faut*[2], évidemment, pour observer cette mode de l'informel. Quand le serveur mexicain commença à passer les immenses plats au-dessus des épaules des dîneurs pour qu'ils prennent ce qu'ils désiraient, cela donna le signal pour changer de partenaires. Lord Buffing, le poète anglais terrassé, *entre nous*[2], se tourna vers la Madame Cornagglia poudrée. Maria se tourna vers Sherman. Elle sourit et le regarda dans les yeux, profondément. Trop profondément! Suppose que Judy les regarde juste à ce moment-là! Il se colla un masque mondain glacial.

— Pfffft! dit Maria.

Elle roula les yeux dans la direction de Lord Buffing. Sherman ne voulait pas parler de Lord Buffing. Il voulait parler de la visite des deux inspecteurs. *Mais mieux vaut commencer doucement, au cas où Judy regarderait.*

— Ah, c'est vrai, dit-il. — Un sourire mondain grandiose. — J'avais oublié que tu détestes les Anglais.

— Oh, ce n'est pas ça, dit Maria. Il a l'air d'un homme très bien. Mais je n'arrivais pas à comprendre ce qu'il disait. Tu n'as jamais entendu un accent pareil.

Sourire mondain.

— De quoi parlait-il?

— Du sens de la vie. Et je ne plaisante pas.

Sourire mondain.

1. En espagnol dans le texte : Gaillard.
2. En français dans le texte.

– Est-ce qu'il a mentionné de quoi il s'agit ?

– En fait, oui. Il l'a fait. La reproduction.

Sourire mondain.

– La reproduction ?

– Oui. Il a dit qu'il lui avait fallu soixante-dix ans pour se rendre compte que c'est la seule raison de vivre. Il a dit : « La Nature ne se préoccupe que d'une chose : se reproduire pour le salut de la reproduction. »

Sourire mondain :

– C'est très intéressant, venant de lui. Tu sais qu'il est homosexuel, n'est-ce pas ?

– Allez. Qui t'a dit ça ?

– Elle, là, dit-il en désignant le dos de Mme Rawthrote. Qui est-ce, d'ailleurs, tu la connais ?

– Ouais. Sally Rawthrote. C'est un agent immobilier.

Sourire mondain.

– Un agent immobilier !

Dieu du Ciel. Qui sur terre inviterait un *agent immobilier* à dîner !

Comme si elle lisait dans ses pensées, Maria dit :

– Tu vis à une autre époque, Sherman. Les agents immobiliers sont très chic maintenant. Elle va partout avec cette baignoire à face rouge, là, Lord Gutt.

Elle hocha la tête vers l'autre table.

– Le gros avec l'accent anglais ?

– Oui.

– Qui est-ce ?

– Un banquier quelconque.

Sourire mondain.

– J'ai quelque chose à te dire, Maria, mais – je ne veux pas que tu t'énerves. Ma femme est à l'autre table, juste en face de nous. Je t'en prie, reste calme.

– Bien, bien, bien... Pourquoi, M. McCoy chéri ?

Gardant le sourire mondain boulonné au museau tout le temps, Sherman lui donna un bref résumé de sa confrontation avec les deux policiers.

Exactement comme il l'avait craint, Maria se décomposa. Elle secoua la tête et gémit.

– Mais pourquoi tu ne leur as pas montré cette satanée bagnole, Sherman ! Tu disais qu'elle était impeccable !

Sourire mondain.

– Hé ! calme-toi ! Ma femme pourrait regarder. Ce n'était pas la voiture qui m'inquiétait. Je ne voulais pas qu'ils parlent au type du garage. Cela aurait pu être le même que celui de cette nuit-là, quand j'ai ramené la voiture.

– Dieu du Ciel, Sherman. Tu me dis de rester *calme*, et tu l'es si peu. Tu es sûr que tu ne leur as rien dit ?

Sourire mondain.

– Oui, j'en suis sûr.

– Pour l'amour de Dieu, enlève ce sourire stupide ! Tu as le droit d'avoir une conversation sérieuse avec une fille à table, même si ta femme regarde. Je ne sais pas pourquoi tu as accepté de parler à ces satanés policiers au départ...

– Cela m'a semblé la seule chose raisonnable.

– Je t'avais *dit* que tu n'étais pas *fait* pour ça.

Reboulonnant son sourire mondain, Sherman lança un regard vers Judy. Elle était occupée à sourire à la face d'Indien du baron Hochswald. Il se tourna à nouveau vers Maria, toujours avec la même expression.

– Oh, bon Dieu de bon Dieu, dit Maria.

Il éteignit son sourire.

– Quand pourrai-je te parler ? Quand pourrai-je te voir ?

– Appelle-moi demain soir.

– Très bien. Demain soir. Je voudrais te demander quelque chose. Est-ce que tu as entendu quelqu'un parler de l'histoire publiée dans le *City Light* ? Quelqu'un, ici, ce soir ?

Maria se mit à rire. Sherman était content. Si Judy

regardait, il semblerait qu'ils avaient une discussion amusante.

– Tu es sérieux ? demanda Maria. La seule chose que les gens lisent dans le *City Light*, c'est *sa* rubrique.

Elle désigna d'un mouvement une grosse femme de l'autre côté de la table, une femme d'un certain âge avec une choucroute de cheveux blonds et des faux cils si longs et si épais qu'elle pouvait à peine soulever ses paupières.

Sourire mondain :

– Qui est-ce ?

– C'est « l'Ombre ».

Le cœur de Sherman eut des ratés.

– Tu plaisantes ! Ils invitent la reine des ragots à dîner ?

– Bien sûr. Ne t'inquiète pas. Elle ne s'intéresse pas à toi. Et elle ne s'intéresse pas aux accidents de voiture dans le Bronx non plus. Si je tuais Arthur, ça, ça l'intéresserait. Et je serais ravie de lui rendre ce service !

Maria se lança dans une critique de son mari. Il était ravagé par la jalousie et la rancœur. Il transformait sa vie en enfer. Il n'arrêtait pas de la traiter de putain. Son visage se déformait de plus en plus. Sherman s'alarma – Judy pouvait être en train de regarder ! Il voulait reprendre son sourire mondain, mais comment faire, face à ces lamentations ?

– J'veux dire, il tourne en rond dans l'appartement en me traitant de *pute*. 'Spèce de pute ! 'Spèce de pute ! – devant les domestiques ! Quel effet ça fait, tu crois ? S'il me traite comme ça encore une fois, je vais lui casser un truc sur la tête, je l'jure, bon Dieu !

Dans le coin de son œil, Sherman apercevait le visage de Judy tourné vers eux. Jésus ! Et lui qui n'arborait pas son sourire ! Vite il le reprit et se le vissa sur le visage en disant à Maria :

– C'est terrible ! Il est complètement sénile, on dirait...

Maria regarda ce plaisant sourire un instant, puis secoua la tête.

– Va au diable, Sherman. Tu es aussi malfaisant que lui.

Surpris, Sherman garda son sourire et laissa le son de l'essaim s'engouffrer en lui. Quelle extase de tous côtés ! Quels regards radieux et quels sourires à l'épreuve des balles ! Que de dents étincelantes ! *hah hah hah hah hah hah hah hah,* le rire d'Inez Bavardage s'éleva, un triomphe social, *ha ha ha ha ha ha ha ha ha ha ha ha,* le beuglement d'étable du Montagnard à la Voix d'Or s'éleva en réponse. Sherman fit descendre le tout d'une autre gorgée de vin.

Le dessert consistait en un soufflé à l'abricot, servi individuellement, pour chaque invité, dans un vaillant petit pot de faïence à la normande, avec des bords *au rustaud*[1] peints à la main. Les desserts riches étaient revenus à la mode cette saison. Le genre de dessert qui montrait que vous étiez conscient des calories et du cholestérol, toutes les baies et les billes de melon avec des boules de sorbet étaient devenues légèrement Américain Moyen. De surcroît, être capable de servir vingt-quatre soufflés individuels était un *tour de force*[1]. Il y fallait une énorme cuisine et une sérieuse équipe.

Une fois terminé le *tour de force*[1], Léon Bavardage se leva et tapa légèrement sur son verre – un verre de sauternes d'un blond rosé profond – les vins lourds pour le dessert étaient également *comme il faut*[1] cette saison – et pour toute réponse il obtint un délire de tintement de verres de vin venu des deux tables d'heureux éméchés, en écho. *Ha ha ha ha ha ha ha,* le rire de Bobby Shaflett émergea par-dessus le tout. Il frappait son verre

1. En français dans le texte.

le plus fort possible. Les lèvres rouges de Léon Bavardage s'épanouirent et ses yeux brillèrent, comme si cette percussion de cristal était un hymne à la joie des célébrités assemblées dans sa maison.

– Vous êtes tous des amis si chers et si précieux pour Inez et moi que nous n'avons pas besoin d'une occasion *spéciale* pour désirer vous avoir avec nous ici, dit-il avec un accent du Golfe, de sa voix neutre, presque féminine.

Puis il se tourna vers l'autre table, où était assis Bobby Shaflett.

– Je veux dire que parfois nous demandons à Bobby de venir juste pour pouvoir entendre son *rire*. Le rire de Bobby, c'est de la musique, du moins pour moi – de plus, on n'arrive jamais à ce qu'il veuille bien chanter pour nous, même quand Inez se met au piano !

Hah hah hah hah hah hah hah hah hah hah hah, fit Inez Bavardage. *Ha ha ha ha ha ha ha ha ha ha ha ha,* le Montagnard à la Voix d'Or l'enterra sous un rire à lui. C'était un rire étonnant : *ha ha hawwwww hawwwww haaaawwwwww,* il s'élevait, et s'élevait, puis il commença à tomber d'une manière curieuse, stylisée, avant de se briser en un sanglot. La pièce entière se glaça – un silence de mort – car il fallut quelques instants aux invités, du moins à la plupart d'entre eux, pour se rendre compte qu'ils venaient d'entendre le célèbre rire sanglotant du « Vesti la giubba », l'aria de *Paillasse*.

Enormes applaudissements des deux tables, visages extasiés, rires et cris : « Encore ! Encore ! Encore ! »

– Ah, nan ! dit le grand géant blond. Je ne chante que pour mon souper, et ça, c'est pas assez pour l'souper ! Mon *soufflé* êta pas assait gros, Léon !

Tempêtes de rire, redoublement d'applaudissements. Léon Bavardage fit un geste languide vers un des serveurs mexicains.

– Plus de soufflé pour M. Shaflett, dit-il, faites-lui-en une baignoire pleine !

Le serveur le contemplait, visage de pierre.

Sourires, regards étincelants, fouettés par ce duo de deux grands esprits. Rale Brigham s'écria : « Il va s'essouffler ! » C'était si faible, nota Sherman, ravi, que tout le monde l'ignora, même Mme Rawthrote avec ses yeux-lasers.

– Mais ce soir, c'est tout de même une occasion spéciale, dit Léon Bavardage, car nous avons un ami très cher, un hôte spécial, pour son passage aux Etats-Unis, Aubrey Buffing.

Il darda son regard vers le grand homme, qui tourna son visage décharné vers Léon Bavardage avec un petit sourire crispé et circonspect.

– Bon, l'an dernier, notre ami Jacques Prudhomme – il désigna des yeux le ministre de la Culture français qui était à sa droite – nous avait dit, à Inez et à moi-même, qu'il savait, de source sûre – j'espère que je ne dévoile pas de secret d'Etat, Jacques...

– Je l'espère aussi, dit le ministre de la Culture de sa voix grave, en exagérant le ton pour créer un effet humoristique.

Rires appréciateurs.

– Enfin, vous nous aviez *bien* dit, à Inez et à moi-même, que vous saviez de source sûre qu'Aubrey avait obtenu le prix Nobel. Je suis désolé, Jacques, mais vos services de renseignement ne sont pas très efficaces à Stockholm !

Un autre grand haussement d'épaules, et un peu plus de cette élégante voix sépulcrale :

– Heureusement, nous n'envisageons pas d'ouvrir les hostilités avec la Suède, Léon.

De grands rires.

– Mais Aubrey était à *ça* du prix, dit Léon en approchant son pouce de son index en l'air devant lui, et l'année prochaine pourrait bien être *son* année. – Le petit sourire crispé du vieil Anglais n'avait pas varié d'un iota. – Mais bien sûr, cela n'a aucune importance, parce que ce qu'Aubrey représente pour notre... notre *culture*... est bien au-delà des prix, et je sais que ce qu'Aubrey représente pour Inez et moi en tant qu'*ami*... eh bien cela va bien au-delà des prix et de la culture... et – il tomba en panne pour trouver son troisièmement, donc il dit : – et tout et tout. Bref, je voudrais proposer un toast à Aubrey, avec mes meilleurs vœux pour sa visite en Amérique!

– Il vient de s'offrir un autre mois d'invitation, souffla Mme Rawthrote à Rale Brigham en aparté.

Léon leva son verre de sauternes :

– Lord Buffing!

Verres levés, applaudissements, toast à l'anglaise.

L'Anglais se leva lentement. Il était terriblement hagard. Son nez avait l'air de faire des kilomètres de long. Il n'était pas grand, et pourtant son grand crâne sans cheveux le rendait imposant.

– Vous êtes bien trop gentil, Léon, dit-il en regardant Léon avant de baisser les yeux modestement. Comme vous le savez sans doute... qui que ce soit qui approche de la notion du prix Nobel doit se comporter comme s'il avait oublié son existence, et de toute façon, je suis bien trop vieux pour m'en inquiéter... et donc, je suis certain que je ne sais pas de quoi vous parlez. – De petits rires intrigués. – Mais on peut difficilement ignorer la merveilleuse amitié et l'hospitalité dont Inez et vous faites preuve, et Dieu merci, je n'ai pas à prétendre une seconde qu'il en est autrement. – Les litotes avaient triplé si rapidement que l'assemblée était déconcertée. Mais ils murmurèrent leur encouragement. – Tant et si bien, poursuivit-il, que c'est moi, s'il en est un, qui devrais être heureux de chanter pour mon dîner...

– C'est bien mon avis, chuchota Mme Rawthrote.

– Mais je ne vois vraiment pas comment qui que ce

soit pourrait oser après la remarquable allusion de M. Shaflett à la douleur de Canio dans *Paillasse*.

Comme seuls les Anglais peuvent le faire, il prononçait « Monsieur Shaflett » très malicieusement, pour faire ressortir l'aspect risible du titre dignifiant de Monsieur accordé à ce clown rustaud.

Soudain, il se tut, releva la tête et regarda droit devant lui, comme s'il voyait, à travers les murs de l'immeuble, la métropole étendue au-delà. Il rit sèchement.

– Pardonnez-moi. Tout d'un coup j'entendais le son de ma propre voix et je me suis rendu compte que j'avais le genre d'accent britannique qui, si je l'avais entendu il y a un demi-siècle, quand j'étais un jeune homme – un jeune homme plutôt bouillant, dois-je admettre – m'aurait fait immédiatement quitter la pièce.

Les gens se regardèrent.

– Mais je sais que vous ne sortirez pas, continua Buffing. Cela a toujours été merveilleux d'être un Anglais aux Etats-Unis. Lord *Gutt* ne sera peut-être pas d'accord avec moi – il prononçait *Gutt* avec un aboiement si guttural que c'était comme s'il disait *Lord Tête de Merde* – mais j'en doute. La première fois que je suis venu aux Etats-Unis, jeune homme, avant la Deuxième Grande Guerre, et que les gens entendaient ma voix, ils disaient « Oh, vous êtes anglais ! » et je m'en sortais toujours tant ils étaient impressionnés. Ces derniers temps, quand je viens aux Etats-Unis et que des gens entendent ma voix, ils disent : « Oh, vous êtes anglais – mon pauvre ami ! » – et je m'en sors toujours, parce que vos concitoyens ne manquent jamais une occasion d'avoir pitié de nous.

Beaucoup de rires appréciateurs et de soulagement. Le vieil homme attaquait un sujet plus léger. Il s'arrêta à nouveau, comme pour décider s'il allait continuer ou pas. Sa conclusion, visiblement, fut que si.

– Eh bien, je n'ai jamais écrit de poème sur les Etats-Unis et je ne sais pas pourquoi. Non, je retire cela.

Je *sais* pourquoi, bien sûr. J'ai vécu dans un siècle où les poètes ne sont pas censés écrire des poèmes *sur* quoi que ce soit, du moins pas sur des choses qu'on peut nommer géographiquement. Mais les Etats-Unis mériteraient un poème épique. A différentes époques de ma carrière j'ai envisagé d'écrire une épopée, mais je ne l'ai pas fait. Les poètes ne sont plus censés écrire des épopées désormais, malgré le fait que les seuls poètes qui demeurent et qui demeureront sont ceux qui ont écrit des épopées. Homère, Virgile, Dante, Shakespeare, Milton, Spenser – où seront M. Eliot ou M. Rimbaud (prononcé comme M. Shaflett) à leur lumière, même d'ici vingt-cinq ans ? Dans l'ombre, j'en ai bien peur, dans les notes en bas de page, profondément enfoncés dans les *ibid.* ... avec Aubrey Buffing et de nombreux autres poètes que j'ai tenus en grande estime de temps à autre. Non, nous les poètes n'avons plus la vitalité nécessaire pour écrire des épopées. Nous n'avons même pas le courage de faire des rimes et une épopée américaine devrait être rimée, des rimes sur des rimes dans une cascade sans honte, des rimes comme en écrivait Edgar Allan Poe... Oui... Poe, qui a vécu ses dernières années juste au nord d'ici, je crois, dans une partie de New York qu'on appelle le Bronx... dans un petit cottage avec du lilas et un cerisier... et une femme mourant de tuberculose. C'était un ivrogne, oui, bien sûr, et un psychotique peut-être, mais avec la folie des visions prophétiques. Il a écrit une histoire qui nous dit tout ce que nous avons besoin de savoir sur le moment que nous vivons maintenant... « Le Masque de la Mort Rouge »... Une peste mystérieuse, la Mort Rouge, ravage la contrée. Le prince Prospero – Prince *Pros*pero – même le nom est parfait – le prince Prospero rassemble les meilleurs des gens dans son château avec deux ans de provisions de bouche et d'alcool, et ferme les portes au monde extérieur, contre la virulence de toutes les âmes moins bien nées, et commence un Bal masqué qui doit durer jusqu'à ce que la peste se soit éteinte d'elle-même au-delà des murailles. La fête est sans fin et sans pause et elle a lieu dans sept grands salons, et dans chacun les divertissements sont plus intenses que dans le précédent, et les invités sont attirés, peu à peu, jusqu'au septième, qui est entièrement tendu de noir. Une nuit, dans cette dernière pièce, apparaît un hôte revêtu du costume le plus approprié et le plus horriblement beau que cette assemblée de masques réjouis ait jamais vu. Cet hôte est habillé comme la Mort, mais d'une manière si convaincante que Prospero s'en offense et ordonne qu'on le jette dehors. Mais personne n'ose le toucher, et la tâche revient donc au Prince lui-même, et à l'instant où il touche ce masque terrible, il tombe raide mort, car la Mort Rouge est entrée dans la maison de Prospero... *Prospero*, mes amis... Maintenant, la partie la plus exquise de cette histoire c'est que les hôtes ont, d'une manière ou d'une autre, toujours su ce qui les attendait dans cette pièce, et pourtant, ils étaient irrésistiblement attirés vers elle, car l'excitation est si intense et le plaisir si débridé, et les vêtements, et la nourriture, et les boissons, et la chair si somptueux – et c'est tout ce qu'ils ont. Familles, maisons, enfants, la grande chaîne de l'être, l'éternelle marée des chromosomes ne signifie plus rien pour eux. Ils sont liés entre eux, et ils se tournent autour, sans fin, particules d'un atome maudit – et que pourrait bien être la Mort Rouge, sinon une sorte d'ultime stimulation, le *nec plus ultra*? Donc, Poe a été assez gentil de nous écrire le dénouement il y a plus de cent ans. Sachant cela, qui pourrait bien décrire tous les passages ensoleillés qui précèdent cet instant? Non, pas moi, pas moi. La maladie – la nausée – la douleur sans pitié – ont cessé avec la fièvre qui affolait mon cerveau – avec la fièvre qu'on appelle « Vivre » qui brûlait dans mon cerveau. La fièvre qu'on appelle « Vivre » – ce sont parmi les derniers mots qu'il écrivit... Non... je ne peux pas être le poète épique que vous méritez. Je suis trop vieux et bien trop fatigué, trop las de cette fièvre qu'on appelle « Vivre », et j'apprécie trop votre compagnie, votre compagnie, et le tourbillon, le tourbillon, le tourbillon. Merci, Léon. Merci, Inez.

Et sur ces mots, l'Anglais spectral se rassit lentement.

L'intrus que les Bavardage redoutaient le plus, le silence, avait envahi la pièce. Les dîneurs se regardaient, très embarrassés. Trois sortes d'embarras. Ils étaient embarrassés pour ce vieil homme qui avait commis la gaffe d'instiller une note sombre dans une soirée chez les Bavardage. Ils étaient embarrassés parce qu'ils éprouvaient le besoin d'exprimer leur supériorité cynique sur sa solennité, mais qu'ils ne savaient pas comment s'y prendre. Oseraient-ils ricaner ? Après tout, c'était Lord Buffing, noblisable et l'hôte de leurs hôtes. Et ils étaient embarrassés parce qu'il existait toujours la possibilité que ce vieil homme ait dit quelque chose de profond qui leur soit passé au-dessus de la tête. Sally Rawthrote roula les yeux et prit un faux visage triste et regarda autour d'elle pour voir si on la suivait. Lord Gutt plaqua un sourire déprimé sur son gros visage plat et jeta un coup d'œil à Bobby Shaflett, qui, lui, regardait Inez Bavardage, cherchant une issue. Elle n'en offrit aucune. Elle fixait le vide, décomposée. Judy arborait un sourire complètement idiot, du moins pour Sherman, comme si elle pensait que quelque chose de très plaisant venait d'être exprimé par ce distingué gentleman de Grande-Bretagne.

Inez Bavardage se leva et dit :

– Nous prendrons le café dans l'autre pièce.

Graduellement, sans conviction, l'essaim se remit à bourdonner.

Pendant le trajet de retour, voyage de six pâtés de maisons, qui coûtait 123,25 $, c'est-à-dire la moitié des 246,50 $ avec le chauffeur à cheveux blancs de Mayfair

Town Car Inc., Judy était d'humeur bavarde. Elle pétill-
lait. Sherman ne l'avait pas vue aussi animée, depuis
plus de deux semaines, depuis la nuit où elle l'avait pris
en *flagrant téléphone* avec Maria. Ce soir, visiblement,
elle n'avait rien détecté concernant Maria, elle ne savait
même pas que la jolie fille assise à côté de son mari au
dîner *s'appelait* Maria. Non, elle était de très bonne
humeur. Elle était intoxiquée, non par l'alcool – l'alcool
faisait grossir – mais par la Mondanité.

Avec un prétendu amusement détaché, elle badinait
sur la finesse d'Inez dans le choix de ses stars célèbres :
trois titres de noblesse (baron Hochswald, Lord Gutt et
Lord Buffing), un politicien avec un cachet cosmopolite
(Jacques Prudhomme), quatre géants des arts et lettres
(Bobby Shaflett, Nunnally Voyd, Boris Korolev et Lord
Buffing), deux créateurs designers (Ronald Vine et Bar-
bara Cornagglia), trois VIG. ...

– VIG. ? demanda Sherman.

– *Very Important Gays*[1], dit Judy, c'est comme cela
que tout le monde les appelle (le seul nom que Sherman
parvint à saisir fut celui de l'Anglais qui était assis à côté
d'elle, St John Thomas), et trois titans des affaires
(Hochswald, Rale Brigham et Arthur Ruskin).

Puis elle continua sur Ruskin. La femme à sa gauche,
Mme Prudhomme, ne voulait pas lui parler, et la femme
à sa droite, la femme de Rale Brigham, il ne l'intéressait
pas, et donc Ruskin s'était penché et avait commencé à
expliquer au baron Hochswald son système de charters
aériens au Moyen-Orient.

– Sherman, as-tu idée de la manière dont cet homme
gagne son argent ? Il transporte des Arabes à La Mecque
en avion – des 747 ! – par dizaines de milliers ! – et il est
juif !

C'était la première fois depuis des temps immémo-
riaux qu'elle se laissait aller à bavarder gentiment

1. Au lieu de VIP : Homosexuels très importants.

comme cela avec lui, dans la veine ensoleillée d'autrefois. Mais il était bien loin de se soucier de la vie et des affaires d'Arthur Ruskin. Il ne parvenait à penser qu'à cet Anglais décharné et hanté, Aubrey Buffing.

C'est alors que Judy lança :

– Qu'est-ce que tu crois qu'il lui a pris, à Lord Buffing ? Tout ceci était si... si mortifiant.

Mortifiant, vraiment, songea Sherman. Il allait commencer à lui dire que Buffing était en train de mourir du sida, mais il était bien au-delà des cancans également.

– Je n'en ai pas la moindre idée, dit-il.

Mais il le savait, bien évidemment. Il le savait précisément. Cette voix anglaise maniérée et fantomatique avait été la voix d'un oracle. Aubrey Buffing lui avait parlé directement à lui, comme s'il était un médium envoyé par Dieu Soi-même. Edgar Allan Poe ! – *Poe !* – la chute des dissolus ! – dans le Bronx – *le Bronx !* le tourbillon dénué de sens, la chair débridée, l'oblitération de la maison et du foyer ! – et, attendant dans la dernière pièce, la Mort Rouge.

Eddie leur avait tenu la porte le temps qu'ils sortent de la voiture des Mayfair Town Cars. Judy chantonna : « Bonsoir, Eddie ! » Sherman lui jeta à peine un regard et ne dit rien du tout. Il avait des vertiges. En plus d'être consumé par la peur, il était soûl. Le hall d'entrée était presque flou... L'Avenue des Rêves... Il s'attendait presque à voir le linceul.

XVI

CAUSER IRLANDAIS

Le machisme irlandais de Martin était si glacial que Kramer ne pouvait pas l'imaginer de bonne humeur, sauf peut-être quand il était soûl. Et même là, se disait-il, ce devait être un ivrogne méchant et irritable. Mais ce matin, il était de bonne humeur. Ses sinistres yeux de doberman étaient devenus grands et brillants. Il était heureux comme un môme.

– Alors on était là dans ce hall avec ces deux portiers, disait-il, et vlan, un coup de sonnette, et y a ce bouton qui s'allume et, bon Dieu, un de ces mecs, y fonce vers la porte comme s'il avait du deux cent vingt dans l'cul et y siffle dans un sifflet en agitant les bras pour appeler un taxi.

Il regardait Bernie Fitzgibbon tout en racontant son histoire. Tous les quatre, Martin, Fitzgibbon, Goldberg et lui-même étaient dans le bureau de Fitzgibbon. Fitzgibbon, comme cela convenait pour un chef du Département des Homicides dans le Bureau du procureur, était un Irlandais mince et athlétique, du genre Irlandais brun avec une mâchoire carrée, d'épais cheveux noirs, des yeux noirs et ce que Kramer appelait un sourire de vestiaire. Un sourire de vestiaire était vif, mais jamais engageant. Aucun doute, Fitzgibbon souriait volontiers à l'histoire de Martin et à ses ennuyeux détails parce que

Martin était un type particulier de petit Irlandais dur, et Fitzgibbon comprenait et appréciait la race.

Ils étaient deux Irlandais dans la pièce, Martin et Fitzgibbon, et deux juifs, Goldberg et lui-même, mais en fait ils étaient quatre Irlandais. Je suis toujours juif, pensa Kramer, mais pas dans cette pièce. Tous les flics devenaient irlandais, les flics juifs, comme Goldberg, mais aussi les flics italiens, les flics latinos et les flics noirs. Même les flics noirs. Personne ne comprenait les commissaires de police, qui étaient généralement noirs, parce que leur peau masquait le fait qu'ils s'étaient changés en Irlandais. La même chose était vraie pour les substituts du procureur du département des Homicides. Vous étiez censé devenir irlandais. Les Irlandais disparaissaient de New York, d'après les statistiques démographiques. En politique, les Irlandais, qui, trente ans plus tôt, dirigeaient encore le Bronx, Queens, Brooklyn, et pas mal de Manhattan, étaient réduits maintenant à un petit district dans l'ouest de Manhattan, là où les quais inutilisés rouillaient dans l'Hudson River. Tous les policiers irlandais que Kramer avait rencontrés, Martin inclus, vivaient à Long Island ou dans des endroits comme Dobbs Ferry et venaient travailler en ville. Bernie Fitzgibbon et Jimmy Caughey étaient des dinosaures. Tous les gens qui renouvelaient le Bureau du procureur du Bronx étaient soit juifs, soit italiens. Et pourtant l'empreinte irlandaise était appliquée sur la police et le département des Homicides du procureur général, et y resterait probablement pour toujours. Le machisme irlandais – telle était la folie ordinaire qui les tenait tous. Ils se surnommaient Guimbardes et Mulets, les Irlandais. Mulets! Ils se servaient du mot eux-mêmes, avec fierté, mais en l'admettant... Ils comprenaient le mot. La bravoure irlandaise n'était pas la bravoure du lion, mais celle du mulet. En tant que flic, ou substitut du procureur à la criminelle, quelle que fût la stupide situation dans laquelle vous vous fourriez, vous ne faisiez jamais marche arrière. Vous teniez votre terrain. C'était cela qui était effrayant, même chez le plus petit et le plus insignifiant du troupeau. Une fois qu'ils tenaient une position, ils étaient prêts à se battre. Pour traiter avec eux, vous deviez être prêt à vous battre aussi, et il n'y avait pas tellement de gens sur cette terre qui avaient envie de se battre. L'autre aspect de la chose était la loyauté. Quand l'un d'entre eux se trouvait dans la panade, les autres serreraient aussitôt les rangs. Enfin, ce n'était pas tout à fait vrai, mais il fallait que le jeu soit allé passablement loin avant que les Irlandais ouvrent le parapluie.

Les flics étaient comme ça, et les substituts du procureur étaient supposés être comme ça. La loyauté était la loyauté, et la loyauté irlandaise était un monolithe, indivisible. Le code des Mulets! Et tous les juifs, tous les Italiens, tous les Noirs, tous les Portoricains avaient assimilé ce code et étaient devenus des Mulets de pierre eux-mêmes. Les Irlandais aimaient s'amuser entre eux en se racontant des faits d'armes irlandais, et donc quand le Mulet Fitzgibbon et le Mulet Goldberg écoutaient le Mulet Martin, tout ce qu'il leur manquait c'était des pintes de bière pour compléter le tableau en devenant ivres et sentimentaux ou ivres d'une rage brutale. Non, songea Kramer, ils n'ont pas besoin d'alcool. Ils sont défoncés rien que par ce qu'ils sont : des enfoirés, durs et sans illusions.

— Je causais à un des portiers, dit Martin, j'veux dire on avait vraiment l'temps. Ce putain de McCoy nous fait poireauter en bas dans le hall pendant quinze minutes. Bref, à chaque étage, près de l'ascenseur, ils ont deux boutons. Un pour l'ascenseur et un pour les taxis. Vous pressez l'bouton et cette petite tête de nœud court dans la rue en sifflant et en agitant les bras. Donc, on finit par entrer dans l'ascenseur et j'me dis que je sais pas à quel étage ce putain de mec habite. Alors, j'passe la tête par la porte et je dis au portier : « Quel bouton? » et il dit :

« On va vous envoyer là-haut. » *On va vous envoyer là-haut!* – Vous pouvez pousser tous les boutons que vous voulez pour de la merde dans cet ascenseur, tiens! Un des portiers doit appuyer sur le bouton de son tableau près de la porte. Même si vous vivez dans ce putain d'immeuble et que vous voulez aller rendre visite à quelqu'un d'autre, vous pouvez pas juste monter dans l'ascenseur et appuyer su' l'bouton de kèkun d'autre. Veut pas dire que l'endroit frappe plus que celui où ils s'arrêtent juste pour chier. Bref, ce mec, McCoy habite au dixième. La porte s'ouvre et vous avancez dans cette petite pièce. Ça ouvre pas sur un couloir, ça ouvre sur cette petite pièce, là, et y a qu'une porte. A cet étage l'ascenseur est juste pour ce putain d'appartement!

– Faut visiter le monde, Marty, dit Bernie Fitzgibbon.

– Putain, je visite bien assez comme ça, dit Martin. Bon, on sonne et une bonne en uniforme nous ouvre. Elle est portoricaine ou sud-américaine ou kekchose comme ça. Ce hall où vous entrez, y a du marbre partout et des lambris en bois et un de ces grands escaliers qui grimpe comme ça, comme un truc dans un putain de film. Alors on se rafraîchit les semelles sur le marbre pendant un bout de temps, jusqu'à ce que le mec se figure qu'il nous a fait poireauter assez longtemps et puis il descend l'escalier, très lentement, avec ce putain de menton – je l'jure sur la Vierge – avec ce putain de menton redressé en l'air. T'as vu ça, Davey?

– Ouais, dit Goldberg. – Il renifla d'amusement.

– A quoi y ressemble? demanda Fitzgibbon.

– Il est grand, l'a le costume gris, l'menton en l'air – le vrai Trou du Cul de Wall Street. Pas mal, le mec. Environ la quarantaine.

Comment il a réagi à votre présence?

– Au début, il était très cool et tout, dit Martin. Y nous a invités dans sa bibliothèque, c'est comme ça qu'on dit, non? Pas très grande, mais vous auriez dû

505

voir c'te putain de merde tout autour du plafond. – Il agita la main dans l'espace. – Y a tous ces putains de personnages, gravés dans l'bois, comme des foules de gens sur le trottoir, et ces boutiques et tout un tas de merde dans le fond. Z'avez jamais rien vu de pareil. Donc on est assis là et je lui dis que c'est une vérification de routine des voitures de cette marque avec ce numéro d'immatriculation etc. etc., et il dit que ouais, qu'il a entendu parler d'l'affaire à la télé et que ouais il a une Mercedes avec une plaque qui commence par R, et que c'est sûr que c'est une putain de coïncidence, pas de problème – et, je veux dire, je me figure que bon, c'est encore un des branleurs de cette putain de liste de branleurs qu'ils nous ont donnée. Je veux dire, si vous voulez vous figurer le mec qui a le moins de chances possible de rouler sur ce putain de Bruckner Boulevard dans le Bronx la nuit, c'est ce mec-là. J'veux dire, j'me suis presque *excusé* auprès du mec de gaspiller son putain de temps. Et puis je lui demande si on peut jeter un œil à la voiture, et il dit « Quand ? » et j'dis « Maintenant », et c'est tout ce qu'il a fallu. J'veux dire s'il m'avait dit « elle est au garage » ou « c'est ma femme qui l'a aujourd'hui » ou n'importe quoi d'autre, je sais même pas si je serais revenu pour la vérifier, tout avait l'air si incroyable, putain. Mais y se colle cette expression sur la gueule, et ses lèvres commencent à trembler, et y commence ce double discours sur comment y *sait pas...* et kèske c'est que *la routine...* mais c'est surtout son expression. J'ai regardé Davey, et il m'a regardé, et on a vu tous les deux le même putain de truc. C'est pas vrai, Davey ?

– Ouais. Tout à coup y a la pute qui sort de lui. On pouvait la voir sortir.

– J'ai déjà vu des gens comme ça avant, dit Martin. Il aime pas du tout cette merde. Ce n'est pas le mauvais mec. Il a l'air un peu raide comme ça, mais c'est sûrement un plutôt brave mec. Il a une femme et une môme. Il a ce putain d'appart. Il a pas le cran d'assumer cette merde. Il a pas le cœur à être du mauvais côté de la loi. Je me fous de qui vous êtes, quelquefois dans vot'vie vous allez être du mauvais côté de la loi, et y a des gens qui ont le cran pour ça, et d'autres pas.

– Il avait pas le cran de te voir assis sur son putain de bureau, dit Goldberg en riant.

– Son bureau? dit Fitzgibbon.

– Oh, ouais, dit Martin, ricanant à ce souvenir. Le truc c'est que je vois le mec commencer à partir en morceaux et je me dis « merde, j'lui ai pas encore lu ses putains de droits alors je ferais mieux de le faire ». Alors j'essaie d'avoir l'air purement fortuit et je lui dis combien on apprécie sa coopération et tout, mais il a pas à causer s'il veut pas et il a droit à un avocat et ainsi de suite et maintenant je pense à après. Comment est-ce que je vais bien pouvoir dire « Si vous pouvez pas vous offrir un avocat, l'Etat vous en fournira un gratuitement » et avoir l'air normal quand les putains de trucs gravés sur ses murs coûtent plus que ce qu'un putain d'avocat commis d'office se fait en un an. Alors j'me figure que je vais compenser ça par la vieille manœuvre du rapprochement et j'me mets debout juste devant lui – il est assis à son grand burlingue – et je le regarde du genre « tu vas pas faire un truc merdeux du style fermer ta gueule juste parce que je te lis tes droits, pas vrai? »

– C'était pire que ça, dit Goldberg. Marty s'est assis sur le bord du putain de bureau du mec!

– Qu'est-ce qu'il a fait? demanda Fitzgibbon.

– D'abord, rien, dit Martin. Il sait qu'il se trame kekchose. Y a pas de moyen pour juste dire « Oh, à propos » et lire à quelqu'un ses droits comme si vous passiez le temps. Mais il est troublé. Je vois ses yeux qui deviennent de plus en plus grands. Il s'embrouille comme un vrai fils de pute. Alors y se lève et y dit qu'il veut parler à un avocat. Le truc drôle c'est qu'il a commencé à craquer quand on lui a demandé à voir la bagnole et quand on y est allés, on l'a vue et elle est impec. Y a pas une trace dessus.

— Comment vous avez trouvé cette voiture?

— C'était simple. Il nous a dit qu'il la laissait dans un garage. Alors je me suis figuré, si t'as autant de fric que ce fils de pute, tu vas mettre ta bagnole dans le garage le plus proche. Alors j'ai demandé au portier où se trouvait le parking le plus proche. C'est tout. Même pas mentionné McCoy.

— Et au garage, ils vous ont montré la voiture?

— Ouais, j'ai sorti mon insigne et Davey s'est planté à côté du type et lui a fait des trous dans la tête avec ses yeux. Vous savez, un juif méchant a l'air vachement plus méchant qu'une méchante Guimbarde.

Goldberg rayonnait. Il prenait ça comme un grand compliment.

— Le mec dit « quelle voiture? », dit Goldberg. Il s'trouve qu'ils ont deux voitures dans ce garage, la Mercedes et un break Mercury, et ça coûte 410 $ par mois pour parquer une bagnole là-dedans. C'est écrit sur le mur. 820 $ par mois pour deux bagnoles. C'est 200 $ de plus que ce que je paie pour toute ma putain de maison à Dix Hills.

— Alors le type vous a montré la voiture? demanda Fitzgibbon.

— Il nous a dit où elle était et il a dit « Servez-vous », dit Goldberg. J'ai comme l'impression qu'il aime pas trop McCoy.

— Ouais, y se fend en quatre pour s'occuper de lui, dit Martin. Je lui ai demandé si la voiture était sortie mardi soir de la semaine dernière, dans la soirée, et il dit que ouais, il se souvient très bien. McCoy l'a prise vers 18 heures et est rentré vers 22 heures, l'air complètement nase.

— C'est bien d'avoir des gens qui s'occupent de vos intérêts, dit Goldberg.

– Seul? demanda Fitzgibbon.

– C'est ce qu'y dit, dit Martin.

– Donc tu sens que tu es sûr que c'est le mec.

– Ouais.

– Okay, dit Fitzgibbon, alors comment on monte l'affaire?

– Nous avons l'point de départ, dit Martin. On sait qu'il était dehors avec ce soir-là.

– Donnez-nous vingt minutes de plus avec cet enculé et on aura le reste, dit Goldberg. Y a la pute qui sort de lui déjà.

– Je ne compterais pas trop sur ça, dit Fitzgibbon, bien que vous puissiez essayer. Vous savez, on n'a rien en fait, que de la merde. On a pas de témoin. Le môme lui-même est en dehors du coup. On sait même pas où ça s'cst passé. Pas seulement ça, le môme va à l'hôpital cette nuit-là, et il dit même pas qu'il s'est fait renverser par une voiture.

Une lueur commença à poindre. Kramer intervint :

– Peut-être qu'il était déjà gaga. – Une lumière irradiait de ce tas de merde. – On sait qu'il a pris un sacré coup dans la tête.

– Peut-être, dit Fitzgibbon, mais ça me donne rien pour avancer, et je vais vous dire, Abe va vouloir avancer. Il est pas très content de cette manifestation d'hier... JUSTICE DE WEISS, JUSTICE BLANCHE. C'était dans tous les journaux et c'était à la télé.

– Et c'était de la merde, dit Goldberg. On y était. Deux douzaines de manifestants, dont la moitié des têtes de nœud habituelles, cette Reva j'sais pas quoi et ses elfes, et le reste en badauds.

– Essaie d'aller dire ça à Abe. Il l'a vu à la télé, comme tout le monde.

– Mais vous savez, dit Kramer, ce McCoy ressemble à quelqu'un qu'on pourrait enfumer.

– Enfumer?

– Ouais, pour le faire sortir. Je pense à voix haute,

c'est tout – mais peut-être que si cela devenait public...

– Public? dit Fitzgibbon. Tu plaisantes? Avec quoi? Le type s'effarouche quand deux flics entrent dans son appartement pour l'interroger et il conduisait sa voiture cette nuit-là? Vous savez où ça nous mène? Nulle part.

– J'ai dit que je pensais juste à voix haute.

– Ouais. Rends-moi service. Ne pense plus à voix haute comme ça devant Abe. Il serait tout à fait prêt à te prendre au sérieux.

Reade Street était l'une de ces vieilles rues près du Palais de Justice et de l'Hôtel de Ville. C'était une rue étroite, et les buildings de chaque côté, immeubles de bureaux et ateliers d'industrie légère avec poutrelles métalliques et architraves, lui conservaient une obscurité lugubre, même par un beau jour de printemps comme celui-ci. Graduellement, les immeubles de ce quartier, connu sous le nom de TriBeCa (pour Triangle Below – sous – Canal Street) étaient rénovés et transformés en bureaux et en appartements, mais ils gardaient un aspect sinistre. Au quatrième étage d'un vieil immeuble à charpentes métalliques, Sherman avançait dans un couloir sur un sol de carrelage ondulant.

A mi-chemin dans le couloir se trouvait une plaque en plastique gravée avec les noms DERSHKIN, BELLAVITA, FISHBEIN & SCHLOSSEL. Sherman ouvrit la porte et se trouva dans un vestibule de verre, minuscule et trop éclairé où une Portoricaine était assise derrière une cloison vitrée. Il donna son nom et demanda à voir M. Killian. La femme appuya sur un bouton. Une porte de verre menait à une pièce plus grande et plus lumineuse encore avec des murs blancs. Les lumières au plafond étaient si fortes que Sherman gardait la tête baissée. Un tapis industriel de corde orange couvrait le sol. Sherman plissait les yeux, essayant d'éviter cette débauche de watts. Juste en face de lui, sur le sol, il apercevait la base d'un divan. La base était en formica blanc. Des coussins de cuir beige étaient posés dessus. Sherman s'installa et instantanément, son coccyx glissa vers l'avant. Le siège semblait partir du mauvais côté. Ses omoplates heurtèrent les coussins du dossier qui reposaient contre une planche de formica perpendiculaire à la base. Avec précaution il leva la tête. Il y avait un autre divan en face de lui. Deux hommes et une femme étaient assis dessus. L'un des hommes portait un survêtement bleu et blanc, avec deux gros renforts de cuir bleu électrique sur le devant. L'autre avait un trench-coat fait d'une peau grisâtre, poussiéreuse, à gros grain, de l'éléphant peut-être, avec des épaules coupées si larges qu'il avait l'air gigantesque. La femme portait une veste de cuir noir, coupée très large également, un pantalon de cuir noir et des bottes noires avec un revers sous le genou comme des bottes de pirate. Tous trois plissaient les yeux, comme Sherman. Ils n'arrêtaient pas non plus de glisser en avant, puis se tortillaient et se réinstallaient et leurs vêtements de cuir bruissaient et couinaient. Les Cuirs. Ecrasés ensemble sur ce divan, ils ressemblaient à un éléphant tourmenté par des mouches.

Un homme entra dans la réception par un couloir intérieur, un type grand et chauve avec des sourcils hérissés. Il portait une chemise et une cravate mais pas de veste, et il avait un revolver dans un holster haut placé sur sa hanche gauche. Il lança à Sherman le genre de sourire mort qu'un docteur peut arborer dans une salle d'attente quand il ne veut pas qu'on le retienne. Puis il rentra à l'intérieur.

Des voix venues du couloir : un homme et une femme. L'homme apparut, poussant la femme en avant. La femme marchait à petits pas et le regardait sans arrêt par-dessus son épaule. L'homme était grand et élancé, la trentaine passée. Il portait un costume bleu marine et une chemise à rayures avec un col blanc amidonné. Le col était exagérément large, tout à fait l'air d'un truqueur, de l'avis de Sherman. Il avait un visage allongé, un visage délicat aurait-on pu dire sans son nez, qui semblait avoir été cassé. La femme était jeune, pas plus de vingt-cinq ans, toute en poitrine, lèvres rouge vif, cheveux en désordre et maquillage intensif, sortant d'un sweater noir à col roulé. Elle portait un pantalon noir et se balançait sur une paire de talons aiguilles noirs.

Au début, leurs voix étaient étouffées. Puis la voix de la femme se fit plus forte et celle de l'homme baissa d'intensité. C'était le cas classique. L'homme veut maintenir les choses à une discussion privée et tranquille, mais la femme décide de jouer un de ses atouts, qui est Faire une Scène. Il y a Faire une Scène, et il y a Les Larmes. Là, c'était Faire une Scène. La voix de la femme devint de plus en plus forte, et, à la fin, la voix de l'homme s'éleva également.

– Mais tu dois l'faire, dit la femme.

– Non, j'dois pas, Irène.

– Qu'est-ce que j'suis supposée faire ? Pourrir ?

– Tu supposes que j'paie tes factures comme tout le monde, dit-il en l'imitant. Tu m'as déjà entubé de la moitié de mes honoraires. Et maintenant tu n'arrêtes pas de m'demander de faire des choses qui pourraient me faire radier.

– Tu t'en fous.

– C'est pas que je m'en fous, Irène, c'est que ça m'intéresse plus. Tu paies pas tes factures. Me regarde pas comme ça. Tu dois te débrouiller toute seule.

– Mais tu dois l'faire ! Qu'est-ce qui va s'passer s'ils m'arrêtent encore ?

– Tu aurais dû y penser, Irène. Qu'est-ce que je t'ai dit la première fois que tu es venue ici ? Je t'ai dit deux choses. Irène, je ne vais pas être ton ami. Je vais être ton avocat. Mais je vais faire plus pour toi que tes amis. Et j'ai dit, Irène, tu sais pourquoi je fais ça ? Je fais ça pour l'argent. Et puis j'ai dit, Irène, souviens-toi de ces deux choses. J'ai pas raison ? J'ai pas dit ça, p't'être ?

– Je peux pas retourner là-bas, dit-elle.

Elle baissa ses paupières alourdies de Crépuscule Tropical, puis elle pencha la tête complètement. Sa lèvre inférieure se mit à trembler. Sa tête et sa chevelure ébouriffée se secouèrent, ses épaules aussi.

Les Larmes.

– Oh, bon Dieu, Irène, allons !

Les Larmes.

– Très bien... Ecoute... Je vais essayer de voir s'ils sont après toi sur un 220-31, et j'te représenterai à nouveau si c'est l'cas, mais c'est tout.

Les Larmes ! – victorieuses, même après des millénaires. La femme hocha la tête comme un enfant repentant. Elle passa à travers la salle d'attente éblouissante. Son derrière remuait dans le lustre noir de son pantalon. Un des Types en Cuir regarda Sherman et sourit, d'homme à homme, et dit :

– Ay ! Caramba !

Sur ce terrain étranger, Sherman se sentit obligé de lui rendre son sourire.

Le truqueur entra dans la salle d'attente et dit :

– M. McCoy ? Je suis Tom Killian.

Sherman se leva et lui serra la main. Killian ne serrait pas la main très fermement. Sherman repensa aux deux inspecteurs. Il suivit Killian dans un couloir avec encore plus de spots.

Le bureau de Killian était petit, moderne et sinistre. Il n'avait pas de fenêtre. Mais au moins il n'était pas éblouissant. Sherman regarda le plafond. Des neuf spots qui y étaient accrochés, sept avaient été dévissés ou bien les ampoules étaient grillées.

Sherman dit : « Les lumières, là-bas... » Il secoua la tête et ne se fatigua pas à achever sa phrase.

– Ouais, je sais, dit Killian. C'est ce qui vous arrive quand vous baisez votre décoratrice. Le mec qui loue cet endroit, il a ramené ce numéro, et elle pensait que l'immeuble était lugubre. Elle a mis des *lumières* pour de bon. Elle avait la fièvre des watts, cette nana. Cet endroit est censé vous rappeler Key Biscayne. C'est c'qu'elle a dit.

Sherman n'avait plus rien entendu après « baiser votre décoratrice ». En tant que Maître de l'Univers, il avait une fierté toute masculine, une certitude de pouvoir manier tous les aspects de la vie. Mais maintenant, comme beaucoup d'Américains respectables avant lui, il découvrait que Tous les Aspects de la Vie étaient chatoyants surtout quand vous faisiez partie du public. *Baiser votre décoratrice.* Comment pouvait-il laisser cette sorte de personne prendre une quelconque décision affectant sa vie dans cette sorte de décor ?

Il s'était fait porter malade – le plus faible, le plus minable, le plus pleurnichard des petits mensonges de l'existence – chez Pierce & Pierce. Pour venir dans ce taudis pouilleux du monde légal.

Killian lui désigna un fauteuil, un siège moderne avec un cadre de chrome courbé et un rembourrage rouge de Chine, et Sherman s'assit. Le dossier était trop bas. Il n'y avait aucun moyen de s'asseoir confortablement. Le fauteuil de Killian, derrière son bureau, n'avait pas l'air mieux.

Killian laissa échapper un soupir et leva les yeux au ciel.

– Vous m'avez entendu parler avec ma cliente, mademoiselle...

Il dessina une courbe dans l'air avec ses mains en coupe.

– Oui, j'ai entendu.

– Eh bien, là, vous aviez la loi pénale sous sa forme la plus primaire, avec tous les éléments.

Ou plutôt : « Eh ben là, z'aviez la loi pénale sous s'forme la pus primaire, ac' tous les éléments. » Au début Sherman pensa que ce type parlait comme cela pour continuer à se moquer de la femme qui venait de partir. Puis il se rendit compte que ce n'était pas son accent à elle, mais celui de Killian. Le dandy amidonné qui était assis en face de lui avait un accent des rues de New York, fait de consonnes disparues et de voyelles torturées. Néanmoins, il avait remonté l'humeur de Sherman d'un centimètre ou deux en indiquant qu'il savait que Sherman était novice en ce qui concernait le monde criminel et qu'il vivait sur un plateau bien au-dessus de ça.

– Quel genre d'affaires ? demanda Sherman.

– Drogue. Qui d'autre peut s'offrir un avocat d'assises pour huit semaines ? – Puis sans la moindre transition, il dit : – Freddy m'a parlé de votre problème. J'ai aussi lu l'affaire dans les canards. Freddy est un mec bien, mais il a trop d'classe pour lire les canards. Moi j'les lis. Alors, pourquoi que vous racontez pas ce qui s'est vraiment passé ?

A sa plus grande surprise, une fois qu'il eut commencé, Sherman trouva facile de raconter son histoire dans cet endroit, à cet homme. Comme un prêtre, son confesseur, ce dandy au nez de boxeur était d'un autre ordre.

De temps à autre, un interphone en plastique blanc posé sur le bureau de Killian émettait un bip électronique, et la voix vaguement latine disait : « M. Killian... M. Scannesi sur la 3-1 », ou bien « M. Rothblatt sur la 3-0 », et Killian disait : « Dites-lui que j'le rappellerai », et Sherman reprenait. Mais à un moment la machine émit son bip et la voix dit : « M. Leong sur la 3-0. »

– Dites-lui – j'le prends.

Killian fit faire à sa main un geste désapprobateur, comme pour dire « Ce n'est rien comparé à ce dont nous parlions, mais il faut que je parle à cette personne une demi-seconde ».

– Héééééééééé, Lee, dit Killian. Keskya, keskya ?... Sans rire ?... Hé, Lee, j'étais en train de lire un livre sur

toi... Non, pas sur toi en fait mais sur vous, les Leong...
pourquoi j'te ferais marcher? Keske tu crois? Que j'veux
une machette dans l'dos?

Sherman s'irritait de plus en plus. Et en même temps,
il était impressionné. Apparemment, Killian représentait
l'un des accusés dans le scandale des votes de Chinatown.

Finalement, Killian raccrocha, se tourna vers Sherman
et dit :

– ... donc vous avez ramené la bagnole au garage, et
vous avez échangé quelques mots avec le gardien et vous
êtes rentré chez vous à pied.

C'était sans aucun doute pour montrer qu'il n'avait
pas été distrait par cette interruption.

Sherman poursuivit son récit, concluant par la visite
des deux inspecteurs, Martin et Goldberg, dans son
appartement.

Killian se pencha en avant et dit :

– Vouais... Le premier truc que vous devez comprendre c'est qu'à partir de maintenant, il faut fermer votre
gueule. Vous pigez? Vous n'avez rien à gagner, *rien* en
causant de ça – *causant* – à qui que ce soit et je me fous
de savoir qui. Tout c'qui va vous arriver c'est qu'vous
allez vous faire secouer encore plus par ces deux flics.

– *Qu'aurais-je dû faire?* Ils étaient dans l'immeuble.
Ils savaient que j'étais en haut. Si j'avais refusé de les
recevoir, cela aurait été une indication que j'avais quelque chose à cacher.

– Tout c'que vous auriez dû faire c'était d'leur dire :
messieurs, c'est super de vous rencontrer, vous m'nez
une enquête, je n'ai absolument aucune expérience de
ce genre de truc, donc je vais vous aiguiller sur mon
avocat, bonsoir, et ne laissez pas l'bouton d'la porte vous
taper dans l'dos en sortant.

– Mais, même ça...

– C'est mieux que c'qui s'est passé, non? En fait, ils
se s'raient sûrement figuré : « Ouais, voilà ce rupin de

Park Avenue qui est trop occupé ou trop au-dessus de tout ça pour causer à des minables comme nous. Il a des gens qui font ce genre de trucs pour lui. » Ça n'aurait créé aucun préjugé contre vous, probablement. A partir de maintenant, bon sang, ça risque plus. – Il se mit à glousser. – Le mec vous a vraiment lu vos droits, hein ? Putain, j'aurais aimé voir ça ! Ce pauvre enfoiré vit probablement dans un deux-pièces-cuisine à Massapequa, et il est assis là dans un appartement de Park et 70, et il doit vous informer que si vous pouvez pas payer un avocat, l'Etat vous en fournira un. Il doit vous lire tout le truc.

Sherman frissonna devant l'amusement détaché de cet homme.

– Très bien, dit-il, mais qu'est-ce que ça signifie ?

– Ça signifie qu'ils essaient d'avoir des preuves pour une inculpation criminelle.

– De quelle sorte ?

– Quelle sorte de preuve ou quelle sorte d'inculpation ?

– Quelle sorte d'inculpation.

– Ils ont plusieurs possibilités. En espérant que Lamb meure pas – *meure pas* –, c'est conduite dangereuse.

– Est-ce que c'est grave ?

– C'est un crime. C'est un crime plutôt sérieux. Ou s'ils veulent vraiment pousser le bouchon très loin, ils pourraient travailler sur une théorie d'attaque avec arme de Xème catégorie, c'est-à-dire la voiture. Si Lamb meurt, ça crée deux autres possibilités. Meurtre en est une et homicide involontaire, une autre, bien que pendant tout le temps qu'j'ai passé dans l'Bureau du procureur là-haut, j'ai jamais entendu accuser quelqu'un d'homicide volontaire par négligence à moins que ce soit d'la conduite en état d'ivresse. Et par-dessus tout ça, ils ont le délit de fuite et le délit de non-assistance à personne en danger. Deux délits graves.

– Mais puisque je ne conduisais pas la voiture quand

ce jeune homme a été touché, est-ce qu'ils peuvent m'inculper, *moi, de tout cela?*

– Avant d'en arriver là, laissez-moi vous expliquer kekchose. Peut-être qu'ils peuvent inculper *personne.*

– Comment?

Sherman sentit tout son système nerveux accélérer devant ce premier signe d'espoir.

– Vous avez regardé votre voiture avec attention, pas vrai? Pas de traces? Pas de sang? Pas de tissu? Pas de vitre cassée? Non?

– C'est exact.

– Il est plutôt évident que le gamin n'a pas été touché très fort. Aux urgences ils l'ont soigné pour un poignet cassé et ils l'ont laissé r'partir. Non?

– Oui...

– Le fait est que vous savez même pas si votre voiture l'a touché ou pas, pas vrai?

– En fait, j'ai bien entendu quelque chose.

– Avec toute la merde qui se passait à ce moment-là, ça aurait pu être n'importe quoi. Vous *avez entendu* kekchose. Mais vous avez rien vu. Vous *savez pas vraiment,* n'est-ce pas?

– Eh bien... oui...

– Vous commencez à voir pourquoi j'veux que vous parliez à personne?

– Oui.

– Et j'veux dire *personne.* Okay? Encore un autre truc. Peut-être que c'est pas votre voiture qui l'a touché. Est-ce que cette possibilité vous a jamais traversé l'esprit? Peut-être que c'était même pas *une* voiture. Vous en savez *rien.* Et *eux* n'en savent rien. Les flics ne savent rien. Ces histoires dans les canards sont très étranges. Voilà cette méga-affaire, du moins on l'suppose, mais personne ne sait où c't'espèce de délit de fuite s'est vraiment produit. *Bruckner Boulevard.* Bruckner Boulevard fait huit kilomètres de long! Ils ont pas de témoins. Ce que le môme a dit à sa mère, c'est du ouï-dire. Ça a –

ça a – aucune valeur. Ils ont pas de description d'un conducteur. Même s'ils pouvaient établir que c'est votre bagnole qui l'a tapé – peuvent pas arrêter une bagnole. Un des types du garage pourrait l'avoir prêtée au neveu de sa belle-sœur pour qu'il puisse aller à Fordham Road rouler des pelles à sa petite amie. Ils savent rien. Et vous non plus. En fait, il arrive des choses bien plus étranges que ça, en vrai.

– Mais supposez que le deuxième môme réapparaisse ? Je vous jure, il y en avait un deuxième, un gros costaud.

– Je vous crois. C'était une embuscade. Ils allaient vous braquer ! Ouais, il pourrait réapparaître, mais pour moi, on dirait qu'il a ses raisons de pas le faire. A en juger par l'histoire que la mère raconte, le môme l'a pas mentionné non plus.

– Oui, dit Sherman, mais il pourrait. Je vous jure que je commence à avoir envie d'anticiper sur la situation et de prendre l'initiative d'aller trouver la police avec Maria – Mme Ruskin – et de leur raconter exactement tout ce qui s'est passé. Je veux dire, je ne connais pas la loi, mais je me sens moralement certain d'avoir fait ce qu'il fallait et qu'elle a fait ce qu'il fallait dans la situation dans laquelle nous nous trouvions.

– Aiiiiiiiiiiie ! dit Killian. Vous les cowboys de Wall Street vous êtes *vraiment* des sacrés joueurs ! Aiiiiie aiiiie ! Héhéhéhé ! Héhéhéhéhé ! – Killian souriait. Sherman le fixait, stupéfait. Killian dut s'en rendre compte, car il se recomposa un visage parfaitement sérieux. – Vous avez pas la moindre idée de ce que le procureur ferait si vous entriez comme ça là-bas en lui disant ouais, c'est moi et ma maîtresse, qui vit dans la Cinquième Avenue, dans ma voiture ? Ils vous dévoreraient – dévo-re-raient !

– Pourquoi ?

– Cette affaire est déjà devenue un ballon de foot politique, et ils ont *rien* pour continuer. Le Révérend

Bacon hurle au scandale, ça passe à la télé, le *City Light* devient gaga sur c't'histoire et ça colle un maximum de pression sur Abe Weiss, qui a une élection qui approche. Je connais très bien Weiss. Pour Abe Weiss, il y a pas de monde réel. Il y a que c'qui passe à la télé et dans les canards. Mais j'vais vous dire autre chose. Ils vous lâcheraient pas, même si personne ne regardait.

– Pourquoi ?

– Vous savez c'que vous faites toute la journée quand vous bossez au bureau du procureur ? Vous poursuivez des gens qui s'appellent Tiffany Latour et LeBaron Courtney et Mestafallah Shabazz et Camilio Rodriguez. Et vous *crevez* d'envie de mettre la main sur quelqu'un qu'a de la laine à tondre. Et si quelqu'un vous file un couple comme vous et votre amie Mme Ruskin... aiiiiiiie ! c'est Byzance !

L'homme semblait saisi d'un horrible enthousiasme nostalgique à l'idée d'une telle prise.

– Que se passerait-il ?

– Pour commencer il y a rien au monde qui les empêcherait de vous arrêter, et connaissant Weiss, il en ferait un grand spectacle. Ils pourraient ne pas pouvoir vous garder longtemps, mais ce serait extrêmement désagréable. Garanti sur facture.

Sherman tenta de se l'imaginer. Il n'y parvenait pas. Son humeur toucha le fond. Il laissa échapper un grand soupir.

– *Maintenant* vous voyez pourquoi je veux que vous causiez à personne ? Vous voyez le tableau ?

– Oui.

– Mais écoutez, je suis pas en train d'essayer de vous déprimer. Mon boulot, pour l'instant, c'est pas de vous défendre, mais de vous empêcher d'avoir à être défendu. Je veux dire, c'est en supposant que vous décidez que je vous représente. Je vais même pas parler d'honoraires là où on en est, parce que je sais pas ce que tout ça va impliquer. Si vous avez de la chance, je vais réussir à découvrir que c'est une affaire de merde.

– Comment vous pourriez découvrir cela?

– Le chef du département des Homicides dans le Bronx est un mec avec qui j'ai commencé là-haut, Bernie Fitzgibbon.

– Et il va vous le dire?

– Je crois que oui. On est potes. C'est un Mulet, tout comme moi.

– Un Mulet?

– Un Irlandais.

– Mais est-ce bien sage de leur apprendre que j'ai pris un avocat et que je suis inquiet? Est-ce que cela ne va pas leur mettre la puce à l'oreille?

– Bon Dieu, ils ont d'jà – *d'jà* – la puce à l'oreille, et y savent que vous êtes inquiet. Si vous étiez pas inquiet après la visite de ces deux tas de bidoche, y aurait kekchose qui ne tourne pas rond chez vous. Mais j'peux m'occuper de ça. Ce qu'il faut que vous commenciez à gamberger, c'est votre amie, Mme Ruskin.

– C'est ce que Freddy m'a dit.

– Freddy avait raison. Si je prends cette affaire, je veux lui causer, et le plus tôt s'ra le mieux. Vous croyez qu'elle serait prête à faire une déposition?

– Une déposition?

– Un serment sur l'honneur dont nous serions les témoins.

– Avant que j'en parle à Freddy, j'aurais dit oui. Maintenant, je ne sais plus. Si j'essaie de lui faire signer une déposition sous serment, en toute légalité, je ne sais pas ce qu'elle va faire.

– Bon, d'une manière ou d'une autre, il faudra que j'lui cause. Vous pouvez la joindre pour ça? Je peux l'appeler moi-même, au point où on en est.

– Non, il vaut mieux que je le fasse.

– Surtout, qu'elle aille pas en causer partout non plus! *causer causer causer...*

– Freddy m'a dit que vous aviez été en droit à Yale. Quand était-ce ?

– A la fin des années 70, dit Killian.

– Qu'est-ce que vous en avez pensé ?

– C'était okay. Personne là-bas comprenait de quoi je causais – *causais* –. Vous pouviez aussi bien venir d'Afghanistan que du côté ensoleillé de Queens. Mais j'ai bien aimé. C'est un bel endroit. C'est facile, pour une fac de droit. Ils essaient pas de vous noyer sous les détails. Ils vous donnent une vision scolaire, une vision d'en haut. On vous montre les grands desseins. Ils sont très forts pour ça. Yale est très bien pour tout c'que vous voulez faire, tant qu'il s'agit pas de gens avec des tennis aux pieds, de flingues, de défonce, de sexe ou de glande.

XVII

LA BANQUE DES FAVEURS

De l'interphone vint la voix de la secrétaire : « J'ai Irv Stone en ligne, de la 1. » Sans un mot pour Bernie Fitzgibbon, Milt Lubell ou Kramer, Abe Weiss s'arrêta au beau milieu d'une phrase et décrocha son téléphone. Sans un bonjour ni une quelconque remarque préliminaire, il lança dans le micro :

– Keske j'ai à vous dire, les gars ? – C'était la voix d'un parent fatigué et désappointé. – Vous êtes bien une équipe d'information dans la ville la plus importante du pays, non ? Et quel est le problème le plus sérieux de la ville la plus importante du pays ? La drogue. Et quelle est la pire des drogues ? Le *crack*. J'ai pas raison ? Et on réussit à inculper les trois plus gros dealers de crack du Bronx, et keske... vous faites ? Rien !... Laisse-moi finir. On les amène au commissariat central à 10 heures du matin et où eske vous êtes, les mecs ? Nulle part... Attends une minute, mon cul, oui ! – Plus du tout le parent éploré. Maintenant, le voisin du dessous fou de rage. – T'as aucune excuse, Irv ! Vous êtes tous des glandeurs. Vous avez la trouille de louper un repas à La Côte Basque. Un jour vous allez vous réveiller et... quoi ?... Ah, pas de ça, Irv ! La seule chose qui va pas avec ces dealers de crack, c'est qu'ils sont noirs et qu'ils sont du Bronx ! Keske vous voudriez ? Vanderbilt, Astor et – et – et – et Wriston ? – Il n'avait pas l'air certain de

Wriston. – Un jour z'allez vous réveiller et vous rendre compte que vous êtes en dehors du coup. C'est l'Amérique, ici, en haut, dans le Bronx, Irv, l'Amérique d'aujourd'hui! Et y a des Noirs dans l'Amérique d'aujourd'hui, que vous le sachiez ou pas! Manhattan est une station spatiale! C'est ici, l'Amérique! C'est le laboratoire des relations humaines! C'est l'expérimentation de la vie urbaine!... Keske t'entends par « et l'affaire Lamb »? Keske ça a à voir avec ça? Ah oui bravo, vous avez couvert une histoire qui s'est passée dans le Bronx! Vous marchez à quoi, au quota?

Il raccrocha. Pas d'au-revoir. Il se tourna vers Fitzgibbon, devant l'énorme bureau du procureur. Kramer et Lubell étaient assis de chaque côté de Fitzgibbon. Weiss leva les mains en l'air comme s'il tenait un ballon au-dessus de sa tête.

– Ils hurlent après le crack tous les soirs, on réussit à inculper les trois plus gros dealers et y me dit qu'il y a pas d'histoire là-dedans, que c'est un truc de routine!

Kramer se retrouva en train de secouer la tête, pour indiquer combien il était attristé, face à l'entêtement des journalistes de la télévision. L'attaché de presse de Weiss, Milt Lubell, un petit homme maigre avec une barbe grise de grizzly et de grands yeux, remuait la tête, dans un état d'incrédulité avancé. Seul Bernie Fitzgibbon prenait cette nouvelle sans la moindre réaction motrice.

– Vous voyez? dit Weiss. – Il balança son pouce vers le téléphone sans même le regarder. – J'essaie de parler à ce mec d'inculpations pour drogue et il me jette l'affaire Lamb à la figure.

Le procureur général avait l'air extrêmement en colère. Mais chaque fois que Kramer l'avait vu, il avait l'air en colère. Weiss avait à peu près quarante-huit ans. Il avait une pleine tête de cheveux châtain clair, un visage étroit, et une mâchoire forte et droite avec une cicatrice d'un côté. Mais rien de mal à ça. Abe Weiss appartenait à une longue lignée de Procureurs de New York dont les carrières avaient été établies sur leurs apparitions à la télévision pour annoncer le dernier rayon paralysant qui venait de frapper le plexus solaire du crime dans cette métropole grouillante. Weiss, le bon Capitaine Ahab, pouvait être l'objet de plaisanteries. Mais il était connecté au Pouvoir et le Pouvoir passait en lui, et son bureau, avec ses murs lambrissés et ses énormes vieux meubles de bois, et son drapeau américain sur un socle, était un poste de commandement du Pouvoir, et Kramer avait des picotements d'excitation d'être appelé à une conférence au sommet comme celle-ci.

– Il faut trouver un moyen de régler cette affaire, dit Weiss. Pour l'instant je suis coincé dans une position où je ne peux que réagir. Tu dois avoir vu venir tout ça, Bernie, et tu ne m'as pas averti. Kramer, là, a parlé à Bacon il y a une semaine, au moins.

– C'est justement le problème, Abe, dit Fitzgibbon. C'est...

Weiss pressa un bouton sur son bureau, et Fitzgibbon cessa de parler, car, visiblement, l'esprit du procureur venait de quitter le voisinage immédiat. Il regardait un écran de télévision de l'autre côté de la pièce. Une rangée de quatre écrans de télévision et de boîtes métalliques couvertes de boutons acier, de voyants de verre fumé et de lumières de diodes verdâtres dans un nid de câbles électriques sortait du mur lambrissé, comme un goitre high-tech. Des piles de vidéo-cassettes s'étalaient sur les étagères derrière les postes de télé, là où, jadis, on rangeait des livres. Si Abe Weiss, ou quoi que ce soit concernant Abe Weiss ou quoi que ce soit concernant le crime et le châtiment dans le Bronx passait à la télévision, Abe Weiss le voulait enregistré. Un des postes se mit en marche. Juste l'image, pas de son. Une banderole de tissu emplit l'écran... JOHANNESSBRONX : LA JUSTICE DE WEISS EST LA JUSTICE DE L'APARTHEID... Puis vint un groupe de visages en colère, blancs et noirs, filmés en contre-plongée de manière à les faire ressembler à une foule irrésistible.

– Nom de Dieu, qui c'est? demanda Weiss.

– C'est la 7, dit Milt Lubell.

Kramer regarda Lubell.

– Mais ils n'étaient même pas présents, la 7! Il n'y avait que la 1.

Il le dit à voix basse pour indiquer qu'il n'osait parler qu'à l'attaché de presse du procureur général. Il ne prétendait pas pouvoir entrer dans la conversation générale.

– Tu n'as pas vu ça? dit Lubell. C'était hier soir. Après la 1, les autres sont tous tombés sur cette histoire. Alors, ils ont organisé une autre manifestation.

– Tu plaisantes! dit Kramer.

– C'est passé sur cinq ou six chaînes. Bien joué.

Weiss pressa un autre bouton sur son bureau et un second écran s'alluma. Sur le premier, des têtes continuaient à apparaître et s'évanouir, apparaître et s'évanouir. Sur le second, trois musiciens avec des visages osseux, d'énormes pommes d'Adam et une seule femme... dans une ruelle pleine de fumée... MTV... un bourdonnement... Les musiciens disparurent en un effet vibratoire. La vidéo-cassette se met en marche. Un jeune type avec un visage de lune, un micro sous le menton... Dehors, devant les Tours Poe... L'habituel groupe de gamins s'agite à l'arrière-plan.

– Mort Selden, la 5, dit Weiss.

– Ouais, dit Milt Lubell.

Weiss pressa un autre bouton. Un troisième écran s'alluma. Les musiciens étaient de retour dans leur ruelle enfumée. La femme avait des lèvres sombres... Comme celles de Shelly Thomas... Le désir le plus exquis envahit Kramer... Les musiciens se transformèrent à nouveau en effets spéciaux. Un homme avec des traits latins.

– Roberto Olvidado, dit Lubell.

Le type tenait un micro devant le visage d'une femme noire en colère. En un rien de temps il y eut trois groupes de visages apparaissant et s'évanouissant, apparaissant et s'évanouissant, répandant leurs vagues lumineuses toxiques sur les lambris sculptés.

Weiss dit à Fitzgibbon :

– Tu te rends compte que tout ça est passé à la télévision hier soir, que c'est tout ce qu'il y avait, l'affaire Lamb? Et tout ce que Milt a fait toute la matinée, ça a été de répondre à des appels de journalistes et de tous ces satanés bonshommes qui veulent savoir ce qu'on fabrique.

– Mais c'est ridicule, Abe, dit Fitzgibbon. Qu'est-ce qu'on est censé faire? Nous sommes le ministère public, et les flics n'ont pas encore effectué la moindre arrestation.

– Il est mignon, Bacon, dit Lubell. Vraiment mignon, oh, il est mignon tout plein. Il dit que les flics ont parlé à la mère du gamin et que nous avons parlé à la mère du gamin, et que pour une raison merdique nous conspirons pour ne rien faire. Nous nous foutons des Noirs dans les cités!

Tout d'un coup, Weiss tourna des yeux sinistres vers Kramer et Kramer s'arma de courage.

– Kramer, je voudrais que vous me disiez quelque chose. Est-ce que vous avez vraiment dit à la mère du gamin que son information était inutile?

– Non, monsieur, certainement pas! – Kramer se rendit compte que sa réponse était un peu trop excitée. – La seule chose que j'ai dite, c'était que les paroles de son fils étaient du ouï-dire, en terme d'inculpation, et que ce dont nous avions vraiment besoin, c'était de témoins et qu'elle devait immédiatement nous faire savoir si elle trouvait qui que ce soit qui ait vu ce qui s'était passé. C'est tout ce que j'ai dit. Je n'ai jamais dit que ce qu'elle m'avait raconté était inutile, jamais. C'est le contraire.

Je l'ai remerciée pour ça. Je ne comprends pas comment quelqu'un peut déformer les choses de cette manière.

Et pendant tout ce temps il pensait : Pourquoi est-ce que je l'ai joué si *cool* avec cette femme ? Pour impressionner Martin et Goldberg, pour qu'ils ne pensent pas que j'étais trop doux ! Pour qu'ils me considèrent comme un vrai Irlandais ! Pourquoi n'ai-je pas su être un bon juif sympathique ? Maintenant, regarde le bordel dans lequel je suis... Il se demanda si Weiss pouvait lui retirer l'affaire.

Mais Weiss se contenta de hocher la tête d'un air entendu.

– Ouais, je sais... Mais souvenez-vous, vous ne pouvez pas toujours être logique avec... – Il décida de ne pas achever sa phrase. Il se tourna vers Fitzgibbon. – Bacon peut débiter toutes les insanités qu'il veut, et moi je dois rester assis là et dire « j'ai les mains liées »...

– J'espère que tu te rends compte, Abe, que ces manifestations sont de la merde pure. Une douzaine de mecs à Bacon et deux douzaines des têtes de nœud habituelles, le Monolithique Parti des Travailleurs ou je ne sais quoi. Pas vrai, Larry ?

– Le soir où j'y étais, ouais, dit Kramer. – Mais quelque chose lui dit de ne pas minimiser l'importance des manifestations. Donc, il fit un geste vers les écrans de télé et dit : – Mais je vais vous dire, la foule d'hier soir paraissait bien plus importante.

– Bien sûr, dit Lubell. C'est la vieille prophétie qui s'accomplit toute seule. Une fois que c'est à la télé et partout dans les journaux, les gens se figurent que c'est important. Ils se figurent qu'il faut qu'ils s'excitent là-dessus. La vieille prophétie qui se nourrit d'elle-même.

– Bref, dit Weiss, quelle est la situation ? Ce type, ce McCoy ? Kesk'on a sur lui ? Ces deux flics... comment ils s'appellent ?

– Martin et Goldberg, dit Fitzgibbon.

– Ils disent que c'est notre homme, non?

– Ouais.

– Ce sont des bons?

– Martin a une grande expérience, dit Fitzgibbon, mais il n'est pas infaillible. Ce n'est pas parce que ce type s'est braqué que cela veut dire qu'il ait fait quoi que ce soit.

– Park Avenue, dit Weiss. Son père dirigeait Dunning Sponget & Leach. Milt a trouvé son nom dans pas mal de rubriques mondaines et sa femme est décoratrice d'intérieurs. – Weiss se cala en arrière dans son fauteuil et sourit, de la manière dont on sourit à d'impossibles rêves. – C'est sûr que ça mettrait un terme à cette merde sur la justice blanche.

– Abe, dit la douche froide irlandaise Fitzgibbon, on a que dalle sur ce mec.

– Est-ce qu'il y a un moyen quelconque de le faire venir pour l'interroger? Nous savons qu'il conduisait sa voiture la nuit où c'est arrivé.

– Il a un avocat maintenant, Abe. Tommy Killian, en fait.

– Tommy? Je me demande comment diable il a trouvé Tommy. Comment tu sais ça?

– Tommy m'a appelé. L'a dit qu'y représentait le mec. Voulait savoir pourquoi les flics lui posaient des questions.

– Qu'est-ce que tu lui as dit?

– Que la voiture du type correspondait à la description de la voiture qu'ils cherchent. Et que donc, ils vérifiaient.

– Et qu'est-ce qu'il en a dit?

– Il a dit qu'ils avaient une description de merde basée sur un ouï-dire.

– Qu'est-ce que t'as répondu?

– J'ai dit qu'on avait aussi un môme à l'hôpital qui allait sans doute mourir et que les flics enquêtaient avec le peu d'informations qu'ils avaient.

– Quel est l'état du gamin? Pas de changement?

– Nan... Il est toujours dans le coma, en réanimation. Il vit grâce aux tuyaux.

– Aucune chance qu'il reprenne conscience?

– D'après ce qu'ils m'ont dit, ça peut arriver, mais ça veut rien dire. Il peut revenir, mais il peut aussi bien partir pour de bon. De plus, il peut pas parler. Il respire avec un tube dans la gorge.

– Mais peut-être qu'il pourrait désigner quelqu'un, dit Weiss.

– Désigner?

– Ouais. J'ai une idée. – Un regard perdu dans le lointain. Le regard lointain de l'inspiration. – On amène une photo de McCoy à l'hôpital. Milt en a trouvé une dans un de ces magazines.

Weiss tendit à Bernie Fitzgibbon une page sortie d'un genre d'hebdomadaire mondain appelé *W*. La page était presque entièrement composée de photos de gens souriants. Les hommes étaient en smoking. Les femmes étaient toutes en dents et en visages décharnés. Kramer se pencha pour regarder. Une photo avait été entourée au marker rouge. Un homme et une femme, tous deux souriants, en tenue de soirée. Regarde-les. Les Wasps. L'homme avait un nez étroit et pointu. Sa tête était rejetée en arrière, ce qui faisait ressortir son gros menton de patricien. Un sourire si confiant... arrogant?... La femme avait l'air Wasp également, mais d'une manière différente. Elle avait cette allure droite, nette, propre et fabriquée qui vous fait immédiatement vous demander ce qui ne va pas dans ce que vous portez ou dans ce que vous venez de dire. La légende disait : *Sherman et Judy McCoy*. Ils assistaient à une sorte de gala de charité. Ici, à l'étage 6M de l'île fortifiée, quand vous entendiez un nom comme Sherman McCoy, vous supposiez bien évidemment que cette personne était noire. Mais ceux-ci étaient les originaux, les Wasps. Kramer les voyait rarement sous une autre forme que celle-là, en photo, et les photos lui montraient des espèces d'extra-terrestres au col rigide, avec des nez pointus, et que Dieu, dans Sa perversité, avait tant favorisés... Ce n'était plus une pensée consciente, formulée, pourtant, maintenant c'était un réflexe.

Weiss disait :

– On prend cette photo de McCoy et de trois ou quatre autres personnes, trois ou quatre autres Blancs, on les porte là-bas et on les met près de son lit. S'il se réveille, il désigne la photo de McCoy... Il n'arrête pas de la désigner...

Bernie Fitzgibbon contemplait Weiss comme s'il attendait un signe, un indice, que ceci n'était qu'une petite plaisanterie.

– Peut-être que ça vaut le coup d'essayer, dit Weiss.

– Qui sera témoin de tout ça ? demanda Fitzgibbon.

– Une infirmière, un médecin, qui que ce soit qui se trouve là-bas. Puis on y va et on récolte une dernière déclaration en bonne et due forme.

Fitzgibbon dit :

– *En bonne et due forme ?* Comment ? J'en crois pas mes oreilles, Abe. Un pauvre mourant avec un tube dans la gorge en train de désigner une photo ? ça tiendra jamais.

– Je sais, Bernie. Je veux juste amener le mec ici, puis on pourra se détendre et faire ce qu'il faut.

– Abe, bon Dieu ! Oublie l'aspect légal des choses une minute. Tu vas coller les photos d'un boursicoteur de Wall Street et d'un tas d'autres Blancs sur la table de nuit du môme pendant qu'il est en train de *mourir*, putain ! Suppose qu'il se réveille, et qu'il *regarde* cette putain de table, et là, y a une demi-douzaine de Blancs entre deux âges en costume-cravate qui le regardent ! Le putain de môme va avoir une attaque, c'est sûr ! Il va crier : Sainte Merde ! et virer fantôme ! J'veux dire, aie un peu de cœur, putain, Abe !

531

Weiss laissa échapper un grand soupir et sembla littéralement se dégonfler devant les yeux de Kramer.

– Ouais. Tu as raison. C'est un peu trop dur.

Fitzgibbon lança un regard à Kramer.

Kramer ne cilla pas. Il ne voulait pas faire la moindre éclaboussure sur la sagesse du procureur général du Comté du Bronx. Le Capitaine Ahab était obsédé par l'affaire Lamb, et lui, Kramer, avait encore l'affaire en main. Il avait encore droit à un tir sur cette créature presque mythique, très précieuse et insaisissable dans le Bronx : le Grand Accusé Blanc.

Le vendredi, l'école Taliaferro libérait ses élèves à midi trente. C'était essentiellement parce que la plupart des filles venaient de familles qui avaient des maisons de week-end à la campagne et qui voulaient sortir de la ville vers 14 heures, avant l'heure de pointe du vendredi après-midi. Donc, comme d'habitude, Judy allait conduire Campbell, Bonita et Mlle Lyons, la nounou, jusqu'à Long Island, avec le break Mercury. Comme d'habitude, Sherman prendrait la Mercedes coupé le soir ou le lendemain matin, selon le temps qu'il devrait passer chez Pierce & Pierce. Cet arrangement s'était avéré très pratique ces derniers mois. Une visite d'agrément dans la petite cachette de Maria était devenue une coutume régulière du vendredi soir.

Toute la matinée, de son bureau chez Pierce & Pierce, il avait essayé de joindre Maria au téléphone, dans son appartement de la Cinquième Avenue et dans la cachette. Personne ne répondait à la cachette. A l'appartement, une bonne prétendait ne rien savoir de ses allées et venues, ni même dans quel Etat ou dans quel pays elle se trouvait. Finalement il se sentit suffisamment désespéré pour laisser son nom et son numéro de téléphone. Elle ne le rappela pas.

Elle l'évitait! Chez les Bavardage, elle lui avait dit de l'appeler hier soir. Il avait rappelé sans arrêt : jamais de

532

réponse. Elle coupait tout contact ! Mais pour quelle raison, précisément ? La peur ? Elle n'était pas du genre à avoir peur... le fait crucial qui le sauverait : *elle conduisait*... Mais si elle disparaissait ? C'était dément ! Elle ne pouvait pas disparaître. L'Italie ! Elle pouvait disparaître en Italie ! Ahhhh... C'était absurde. Il retint son souffle et ouvrit la bouche. Il pouvait entendre battre son cœur... *toc, toc, toc, toc*... sous son sternum. Ses yeux glissèrent de l'écran de son terminal d'ordinateur. Pouvait pas rester assis là comme ça; il fallait qu'il fasse quelque chose. L'enfer, c'était qu'il n'y avait qu'une seule personne vers laquelle il pouvait se tourner pour avoir un avis, et c'était quelqu'un qu'il connaissait à peine, Killian.

Vers midi il appela Killian. La réceptionniste dit qu'il était au tribunal. Vingt minutes plus tard, Killian l'appela d'une cabine publique très bruyante et dit qu'il le retrouverait à 13 heures dans le hall principal du bâtiment du Tribunal Correctionnel au 100 Centre Street.

En sortant, Sherman fit un demi-mensonge à Muriel. Il dit qu'il allait voir un avocat nommé Thomas Killian, et il lui donna le téléphone de Killian. Le demi-mensonge résidait dans la manière dont il le dit, qui sous-entendait que Me Thomas Killian était impliqué dans les affaires de Pierce & Pierce.

Ce doux jour de juin, le 100 Centre Street représentait une agréable petite marche depuis Wall Street. Durant toutes les années qu'il avait vécu à New York et travaillé en bas de la ville, Sherman n'avait jamais remarqué le building de la correctionnelle bien que ce fût l'un des plus hauts et des plus grands bâtiments du quartier de l'Hôtel de Ville. Un architecte nommé Harvey Wiley Corbett l'avait dessiné en Modern Style, qu'on appelait maintenant Art Déco. Corbett, si célèbre jadis, avait été oublié, sauf d'une poignée d'historiens de l'architecture; de même, on avait oublié l'excitation sur ce building après son achèvement en 1933. Le décor de pierre, cuivre et verre à l'entrée était encore très impressionnant, mais quand Sherman atteignit le grand hall, quelque chose le mit en alerte rouge. Il n'aurait pas pu vous dire quoi. En fait, c'était la profusion de visages sombres, de chaussures de tennis et de bombers sans manches, et de Pimp Roll. Pour lui, c'était comme le terminus de la gare routière. C'était une terre étrangère. Partout dans ce vaste espace, qui avait les plafonds élevés d'une ancienne gare de chemin de fer, erraient des hordes de gens sombres, et leurs voix créaient un grand murmure nerveux, et autour de ces grappes noires marchaient des Blancs en costume bon marché ou veste de sport, qui les regardaient comme des loups cernant des moutons. D'autres personnages sombres, des jeunes, entraient dans le hall par groupes de deux ou trois, avec cette démarche élastique déconcertante. Sur un des côtés, dans l'obscurité, une demi-douzaine de silhouettes, Noirs et Blancs, étaient alignées devant une rangée de cabines téléphoniques. De l'autre côté, des ascenseurs avalaient et dégorgeaient encore plus de gens sombres, et les groupes de gens sombres se dispersaient, d'autres se formaient, et le murmure nerveux s'élevait et baissait, s'élevait et baissait, et les tennis couinaient sur les dalles de marbre.

Killian était aisément repérable. Il était près des ascenseurs dans un autre de ses costumes de truqueur, un costume gris pâle avec de larges rayures blanc craie et une chemise à grand col et de fines rayures marron. Il parlait à un petit Blanc entre deux âges en coupe-vent. Comme Sherman s'approchait, il entendit Killian dire : « Une remise pour du cash ? Tu rêves, Dennis. Keske, keske ? » Le petit homme dit quelque chose. « Ce n'est pas énorme, Dennis. Le cash, c'est tout ce que j'prends. La moitié d'mes clients ont jamais vu un compte en banque, en fait. En plus, je paie ces putains d'impôts. C'est une chose de moins à s'inquiéter. » Il vit Sherman arriver, hocha la tête puis dit au petit homme : « Keske je peux te dire? C'est comme ça. Trouve-les-moi pour lundi. Sinon, je peux pas commencer. » Le petit homme suivit le regard de Killian jusqu'à Sherman, dit quelque chose à mi-voix, puis s'en alla, en secouant la tête.

Killian dit à Sherman :

– Comment ça va?

– Bien.

– Déjà venu ici?

– Non.

– Le plus grand bureau d'avocats de New York. Vous voyez ces deux mecs, là-bas? – Il désigna du menton deux Blancs en costume-cravate errant entre les groupes de gens sombres. – C'est des avocats. Ils cherchent des clients.

– Je ne comprends pas.

– C'est simple. Ils arrivent et ils leur disent : « Hé, vous avez pas besoin d'un avocat? »

– C'est pas du taxi en maraude?

– Si, exactement. Vous voyez l'autre, là? – Il désigna un petit homme avec une grosse veste de sport à carreaux debout devant une rangée d'ascenseurs. – Il s'appelle Miguel Escalero. On l'appelle Mickey l'Ascenseur. C'est un avocat. Il passe la moitié de sa matinée là et à chaque fois que quelqu'un qui a l'air hispanique et misérable entre, il dit : « *¿Necesita usted un abogado?* » Si le type dit : « Je ne peux pas me payer un avocat », il dit : « Combien vous avez en poche? » Si le type a 50 $, il se retrouve avec un avocat.

Sherman dit :

– Qu'est-ce que vous obtenez pour 50 $?

– Il accompagnera le gars à travers sa plainte ou son inculpation. Si cela implique travailler, alors il ne veut pas en entendre parler. Un spécialiste. Alors, comment ça se passe?

Sherman lui raconta ses vaines tentatives pour joindre Maria.

– Pour moi, on dirait qu'elle s'est trouvé un avocat, dit Killian.

Tout en parlant, il décrivait des cercles avec sa tête, les yeux mi-clos, comme un boxeur qui s'échauffe avant un combat. Sherman trouva ça grossier, mais ne dit rien.

– Et l'avocat lui conseille de ne pas me parler ?

– C'est ce que j'lui dirais si elle était ma cliente. Faites pas attention à moi. J'ai soulevé quelques haltères de trop hier. Je crois que je me suis fait un truc à la nuque.

Sherman le regardait.

– Avant je courais, dit Killian, mais ça m'tassait les vertèbres, ça m'a bousillé le dos. Maintenant je vais à l'Athletic Club de New York et je soulève des poids. Je vois tous ces mômes faire des haltères. Je crois que je suis trop vieux pour les haltères. Je vais essayer de la trouver moi-même.

Il cessa de rouler sa tête.

– Comment ?

– J'vais penser à kekchose. La moitié de mon travail consiste à causer à des gens qui n'ont pas envie de causer, *causer*.

– Pour vous dire la vérité, dit Sherman, cela me surprend vraiment. Maria, Maria n'est pas du genre prudent. C'est une aventurière. C'est une joueuse. Cette petite fille du Sud, de nulle part, qui arrive à grimper jusqu'au 962 Cinquième Avenue... Je ne sais pas... Et ça va peut-être vous sembler naïf, mais je crois sincèrement... qu'elle éprouve quelque chose pour moi. Je pense qu'elle m'aime.

– J'parie qu'elle aime le 962 Cinquième Avenue aussi, dit Killian. Peut-être pense-t-elle qu'il est temps d'arrêter de jouer.

– Peut-être, dit Sherman, mais je n'arrive pas à croire qu'elle puisse me fuir comme ça. Evidemment, cela ne fait que deux jours.

– Si on doit en arriver là, dit Killian, nous avons un

détective qui travaille pour notre bureau. C'était un inspecteur dans le département des Affaires Majeures de Police. Mais c'est pas utile d'accumuler les dépenses si on en a pas besoin. Et je crois pas qu'on en aura besoin. Pour l'instant ils ont rien. J'ai causé à Bernie Fitzgibbon, vous vous souvenez, le type dont je causais, du département des Homicides du Bronx?

– Vous lui avez déjà parlé?

– Ouais. La presse a mis la pression sur eux, alors ils vérifient les voitures. C'est tout ce qui se passe. Ils n'ont rien.

– Comment pouvez-vous en être sûr?

– Keske vous voulez dire?

– Comment pouvez-vous être sûr qu'il vous dit la vérité?

Oh, il me dit peut-être pas tout c'qu'il sait, mais il me mentirait pas. Il va pas me mener en bateau.

– Pourquoi cela?

Killian embrassa du regard le hall du 100 Centre Street. Puis il se tourna à nouveau vers Sherman.

– Vous avez déjà entendu parler de la Banque des Faveurs?

– La Banque des Faveurs? Non.

– Eh bien, tout dans ce building, tout ce qui se passe dans le système de la justice criminelle de New York – *New York* – marche aux faveurs. Tout le monde fait des faveurs à tout le monde. A chaque fois qu'ils peuvent, ils font des dépôts à la Banque des Faveurs. A une époque, quand je commençais juste comme substitut du procureur, j'étais sur une affaire et j'étais contre un avocat, un type plus vieux, et il m'avait complètement coincé. Le mec était juif. Je savais pas comment m'en sortir avec lui. Alors j'en ai parlé à mon supérieur, qui était une Guimbarde, comme moi. Instantanément, il m'emmène voir le juge dans son bureau. Le juge était une Guimbarde aussi, un vieux type aux cheveux tout blancs. J'oublierai jamais. On entre et il est debout derrière son bureau en train de jouer avec un de ces trucs de golf d'appartement. Vous tapez la balle sur le tapis et à la place du trou il y a une espèce de coupe avec une pente dessus, comme un cône avec un trou. Il regarde même pas – *il regarde même pas* –. Il aligne son tir. Mon chef de Département quitte la pièce et moi je suis là, planté, et le juge dit : « Tommy »... Il a toujours les yeux fixés sur sa balle de golf. Il m'appelle Tommy et je n'ai jamais levé les yeux sur lui sauf au tribunal. « Tommy », il dit, « tu m'as l'air d'un bon gars. Je crois comprendre qu'il y a un bâtard de juif qui te donne bien du mal. » Moi, putain, je suis sidéré. C'est tellement irrégulier... vous voyez, bordel... Je sais même pas quoi penser ni dire. Alors il dit : « Je ne m'en soucierais plus, à ta place, Tommy. » Il a toujours pas levé les yeux. Alors j'ai juste dit : « Merci, juge » et j'ai quitté la pièce. Après ça, c'est le juge qui a coincé cet avocat pour de bon. Quand je dis : « Objection », j'arrive pas à la seconde syllabe qu'il a déjà dit : « Retenue ». Tout d'un coup j'ai l'air d'un génie. Ça, c'était un vrai dépôt à la Banque des Faveurs. Il n'y avait absolument rien que je puisse faire pour ce juge – pas à l'époque. Un dépôt à la Banque des Faveurs n'est pas du *donnant donnant*. C'est comme d'économiser en attendant les jours de pluie. En Correctionnelle il y a tout un tas de zones grises, et il faut manœuvrer dedans, mais si vous faites une seule erreur, vous pouvez vous r'trouver dans un sacré pétrin et vous allez avoir besoin d'une aide sérieuse très très vite. Je veux dire, regardez ces mecs. – Il fit un geste vers les avocats qui maraudaient parmi les gens dans le hall, puis vers Mickey l'Ascenseur. – Ils pourraient se faire arrêter. Sans la Banque des Faveurs, ils seraient liquidés. Mais si vous faites vos dépôts réguliers à la Banque des Faveurs, alors vous êtes en position de passer des contrats. C'est comme ça qu'ils appellent les grosses faveurs, des contrats. Vous devez être bon pour les contrats.

– Vous devez ? Pourquoi ?

– Parce que tout le monde au tribunal croit en un dicton : « ce qui passe, revient. » Ça veut dire que si vous prenez pas soin d' moi aujourd'hui, j' prendrai pas soin de vous demain. Quand vous n'avez pas complètement confiance dans vos propres capacités, c'est une idée effrayante.

– Alors vous avez demandé à votre ami Fitzgibbon d'honorer un contrat ? C'est bien l'expression ?

– Non. Ce que j'ai obtenu de lui c'est juste une faveur de tous les jours, juste le protocole standard. Y a pas encore de quoi gaspiller un contrat. Ma stratégie, c'est que les choses devraient jamais en arriver à ce stade. Pour l'instant, il me semble, le chaînon manquant, c'est votre amie Mme Ruskin.

– Je crois toujours qu'elle va entrer en contact avec moi.

– Si elle le fait, je vais vous dire c' qu'y faut faire. Arrangez un rendez-vous avec elle, puis appelez-moi. Je ne suis jamais à plus d'une heure de mon téléphone, même les week-ends. Je crois que vous devriez vous faire câbler.

– Câbler ?

Sherman devina ce qu'il voulait dire – et fut au désespoir.

– Ouais. Vous devriez porter un gadget enregistreur.

– *Un gadget enregistreur ?*

Par-dessus l'épaule de Killian, Sherman perçut de nouveau la vaste lueur nauséeuse et sinistre du hall, les formes sombres et lasses alignées devant les cabines téléphoniques, errant çà et là avec leurs énormes tennis et une curieuse démarche roulante, se regroupant en misérables *tête-à-têtes*[1], Mickey l'Ascenseur traversant les bords de cette horde misérable et loqueteuse.

– Pas de mal à ça, dit Killian, pensant apparemment que le trouble de Sherman était d'ordre technologique.

1. En français dans le texte.

On scotche le magnéto dans le creux de votre dos. Le micro vient sous votre chemise. Il est pas plus gros que la dernière phalange de votre petit doigt.

– Ecoutez, M. Killian...

– Appelez-moi Tommy. Tout le monde le fait.

Sherman s'arrêta et regarda ce fin visage irlandais qui sortait d'un large col très britannique. Tout d'un coup il se sentit comme sur une autre planète. Il ne l'appellerait ni M. Killian, ni Tommy.

– Tout ceci m'inquiète, dit-il, mais pas suffisamment pour faire un enregistrement secret d'une conversation avec quelqu'un dont je me sens très proche. Alors, oublions ceci, voulez-vous.

– C'est parfaitement légal dans l'Etat de New York, dit Killian, et ça s'fait tout le temps. Vous avez parfaitement le droit d'enregistrer vos propres conversations. Vous pouvez le faire au téléphone, vous pouvez le faire en personne.

– Ce n'est pas la question, dit Sherman. – Involontairement, il releva son menton Yale.

Killian haussa les épaules.

– Okay. Tout ce que je disais c'est que c'est kasher et quelquefois c'est le seul moyen d'obliger les gens à dire la vérité.

– Je... – Sherman allait commencer à énoncer un grand principe, mais il eut peur que Killian ne le prenne comme une insulte. Donc il se rabattit sur : – Je ne pourrais pas le faire.

– Très bien, dit Killian, on verra juste comment les choses évoluent. Tâchez de la joindre de toute façon et appelez-moi si vous y arrivez. Et je vais essayer d' mon côté.

En quittant le building, Sherman remarqua des grappes moroses de gens sur les marches. Tant de jeunes gens aux épaules voûtées! Tant de visages sombres! Pendant un instant il crut voir le mince jeune homme et la grosse brute puissante. Il se demanda si c'était bien prudent d'être dans le voisinage d'un building qui drainait, à l'heure et à la journée, tant d'accusés d'affaires criminelles.

Fallow n'arrivait pas à imaginer comment Albert Vogel dénichait ce genre d'endroit. Le Huan Li était aussi pompeux et aussi pète-sec que le Regent's Park. Malgré le fait qu'ils étaient vers la 50ᵉ Rue Est, près de Madison Avenue, au coup de feu du déjeuner, le restaurant était presque silencieux. Il aurait pu être ou ne pas être aux trois quarts vide. C'était difficile à dire, à cause de l'obscurité et des paravents. Le restaurant n'était que cabines et paravents ajourés de bois gravé d'innombrables hameçons. L'obscurité était telle que même Vogel, à soixante centimètres de lui dans leur box, ressemblait à un Rembrandt. Un visage éclairé, un rai de lumière changeant sa tête de vieille grand-mère en blanc brillant, un flash de chemise coupé de la bissectrice d'une cravate – et le reste de sa silhouette se dissolvait dans le noir qui l'entourait. De temps à autre, des serveurs chinois et des garçons se matérialisaient sans un son, en veste de steward et nœud papillon noir. Néanmoins, déjeuner avec Vogel chez Huan Li avait un très sérieux avantage. L'Américain paierait l'addition.

Vogel dit :

– Tu es sûr que tu ne changes pas d'avis, Pete ? Ils ont un grand vin chinois ici. Tu as déjà essayé le vin chinois ?

– Le vin chinois a un goût de rat mort, dit Fallow.

– Un goût de quoi ?

Rat Mort... Fallow ne savait même pas pourquoi il l'avait dit. Il ne se servait plus de cette expression. Il n'y pensait même plus. Il marchait désormais main dans la main avec Gerald Steiner, à travers le monde de la presse écrite, en partie grâce à Albert Vogel, mais surtout grâce à son propre talent. Il était déjà d'humeur à oublier la contribution d'Albert Vogel dans ce scoop de l'affaire Lamb. Cet homme l'agaçait avec ses *Pete* par-ci, et ses *Pete* par-là, et il avait envie de se moquer de lui. D'un autre côté, Vogel était son pipeline vers Bacon et ces gens. Il n'aurait pas aimé avoir à traiter avec eux tout seul.

– Parfois je préfère la bière avec la cuisine chinoise, Al, dit Fallow.

– Ouais... je vois ça, dit Vogel. Hé, garçon. Garçon! Bon Dieu, où sont les serveurs? J'y vois rien là-dedans.

En fait, une bière serait très bien. La bière était pratiquement une boisson diététique, comme la camomille. Sa gueule de bois ce matin-là n'était pas sérieuse du tout, pas plus qu'un épais brouillard. Pas de douleur. Juste le brouillard. La veille, grâce au rétablissement de son statut au *City Light*, il avait pensé que c'était le moment rêvé pour inviter à dîner la plus sexy des correctrices, une blonde aux grands yeux nommée Darcy Lastrega. Ils étaient allés chez Leicester's où il avait fait la paix avec Britt-Whithers et même avec Caroline Heftshank. Ils avaient fini à la Table avec Nick Stopping et Tony et St John et Billy Cortez et quelques autres. La Table avait pêché le parfait poisson volontaire, en un rien de temps, un Texan nommé Ned Perch, qui s'était fait un énorme tas de fric d'une manière ou d'une autre et avait acheté quantité de vieille argenterie en Angleterre, comme il ne cessait de le répéter. Fallow avait diverti la Table pendant un bon moment avec des histoires sur la cité du Bronx, une manière de faire connaître à tout le monde son récent succès. Son invitée, Mlle Darcy Lastrega, n'était pas captivée, pourtant. La perspicacité de Nick Stopping et de St John l'avait immédiatement reconnue pour ce qu'elle était, une petite idiote américaine dénuée d'humour, et personne ne se souciait de lui parler et elle commença à s'enfoncer dans son fauteuil, de plus en plus découragée. Pour rétablir la situation, toutes les vingt ou trente minutes,

Fallow se tournait vers elle, lui prenait l'avant-bras, approchait son visage très près du sien et lui disait d'un ton qui était supposé être à demi badin : « Je ne sais pas ce qui m'arrive. Je dois être amoureux. Vous n'êtes pas mariée, hein ? » La première fois, elle lui répondit par un sourire. La deuxième et la troisième, pas. La quatrième fois elle n'était plus là. Elle avait quitté le restaurant et il ne s'en était même pas aperçu. Billy Cortez et St John commencèrent à se moquer de lui, et il le prit mal. Un petit oiseau américain – et pourtant c'était humiliant. Après seulement trois ou quatre verres de vin de plus il quitta lui-même Leicester's sans dire au revoir à personne, rentra chez lui et, très vite, s'endormit.

Vogel s'était débrouillé pour trouver un serveur et commander de la bière. Il demanda aussi des baguettes. Le Huan Li était si franchement commercial et si peu préoccupé d'authenticité, qu'ils dressaient les tables avec des couverts en argent ordinaires. Vraiment américain de supposer que ces Chinois sans l'ombre d'un sourire seraient contents si on montrait une préférence pour leurs ustensiles habituels... Vraiment américain de se sentir coupable d'une manière ou d'une autre à moins de se battre avec du riz, des nouilles et des cubes de viande, armé de choses qui ressemblaient à de grosses aiguilles à tricoter. Tout en chassant une sorte de petit hors-d'œuvre glissant autour d'un bol, Vogel dit à Fallow :

– Eh bien, Pete, dis la vérité. Je te l'avais pas promis ? Je te l'avais pas dit que ce serait une grande histoire ?

Ce n'était pas ce que Fallow voulait entendre. Il ne voulait pas entendre que cette histoire, l'affaire Lamb elle-même, était grande. Aussi hocha-t-il seulement la tête.

Vogel devait avoir lu dans ses pensées, car il ajouta alors :

– Tu as vraiment lancé quelque chose. Tu as fait

543

bouger toute la ville. Le truc que tu as écrit, Petè, c'est de la dynamite, Pete, de la dynamite.

Convenablement flatté, Fallow subit un spasme de gratitude.

– Je dois admettre que j'étais sceptique la première fois qu'on en a parlé. Mais tu avais raison.

Il leva son verre de bière comme pour porter un toast.

Vogel baissa le menton pratiquement jusque dans son bol pour gober le hors-d'œuvre avant qu'il ne glisse entre le bout de ses baguettes.

– Et ce qu'il y a de grand, Pete, c'est que ce n'est pas juste une de ces passions passagères. Ce truc s'attaque à la structure de la ville elle-même, la structure des classes, la structure raciale, à la manière dont tout le système est assemblé. C'est pour ça que cela signifie tant pour le Révérend Bacon. Il t'est extrêmement reconnaissant pour ce que tu as fait.

Fallow n'aima pas beaucoup qu'on lui rappelle l'intérêt de propriétaire de Bacon dans cette affaire. Comme la plupart des journalistes à qui on a passé une histoire, Fallow était habité du vif désir de se persuader qu'il avait lui-même découvert et insufflé la vie dans cette argile.

– Il me disait, poursuivit Vogel, il me disait combien il était stupéfait – tu es anglais, Pete, mais tu débarques ici, et tu mets ton doigt juste sur le nœud crucial : quelle est la réelle valeur d'une vie humaine. Une vie noire vaut-elle moins qu'une vie blanche ? C'est ça qui rend cette chose si importante.

Fallow flotta dans le sirop un instant puis commença à se demander où menait cette dissertation.

– Mais il y a un aspect des choses que tu pourrais peut-être souligner un peu plus, Pete, et j'en parlais d'ailleurs au Révérend Bacon.

– Oh ? dit Fallow, quel aspect ?

– L'hôpital, Pete. Pour l'instant, l'hôpital s'en est bien sorti, si on y pense. Ils disent qu'ils « enquêtent » sur comment ce gamin a pu entrer avec une commotion cérébrale et se faire seulement soigner pour un poignet cassé, mais tu sais comme moi ce qu'ils vont faire. Ils vont essayer d'étouffer tout ça.

– C'est bien possible, dit Fallow, mais ils maintiennent que Lamb ne leur a jamais dit qu'il avait été renversé par une voiture.

– Le môme n'avait déjà sûrement plus tous ses esprits, Pete! C'est précisément ça qu'ils auraient dû déceler – son état général! C'est ça que j'entends par vie blanche et vie noire. Non, je crois qu'il est temps de piquer un peu sur l'hôpital. Et c'est le bon moment pour le faire. L'histoire est un peu retombée parce que les flics n'ont pas trouvé la voiture ni le conducteur.

Fallow ne dit rien. Il n'aimait pas être dirigé comme cela. Puis il dit :

– Je vais y penser. Il me semble qu'ils ont fait une déclaration assez complète, mais je vais y penser.

Vogel dit :

– Pete, je veux être très clair avec toi, Bacon est déjà entré en contact avec la 1 sur ce point de vue, mais tu as été notre... notre homme, comme on dit, et nous aimerions te voir rester aux commandes.

Notre homme! Quelle odieuse présomption! Mais il hésita à laisser Vogel voir combien c'était offensant. Il dit :

– Qu'est-ce que c'est que cette accointance entre Bacon et la 1 ?

– Keske tu veux dire ?

– Il leur avait donné l'exclusivité de la première manifestation...

– Eh bien... c'est vrai, Pete. Je vais jouer complètement franc jeu avec toi. Comment l'as-tu su ?

– Leur, je ne sais plus quoi, présentateur, me l'a dit, Corso.

– Ah! Bien, le truc c'est qu'il faut travailler comme ça. Le Journal est complètement portoricain. Tous les jours, la rédaction du Journal attend que les Portoricains lui soumettent des menus de trucs qu'ils peuvent filmer, et puis ils en choisissent quelques-uns. Le truc c'est de savoir comment les faire bouger. Ils ne sont pas très entreprenants. Ils se sentent beaucoup mieux s'ils ont vu quelque chose imprimé d'abord.

– Dans le *City Light*, juste pour citer un exemple, dit Fallow.

– Euh... C'est vrai... Je vais être vraiment sincère avec toi, Pete. Tu es un vrai journaliste. Quand ces chaînes de télé voient un vrai journaliste accroché à quelque chose, elles sautent dessus.

Fallow s'enfonça dans son fauteuil et prit une délicieuse gorgée de bière dans l'obscurité feutrée de chez Huan Li. Oui, son prochain coup serait une histoire exposant les journaux télévisés tels qu'ils étaient en réalité. Mais pour l'instant, il allait oublier ça. La manière dont les équipes des journaux télévisés s'étaient précipitées sur ses traces dans l'affaire Lamb! rien ne l'avait jamais fait reluire autant.

En quelques minutes il s'était convaincu qu'une histoire sur la négligence de l'hôpital n'était rien de plus que la prochaine étape logique. Il y aurait pensé tout seul, inévitablement, avec ou sans ce Yankee ridicule et sa face poupine, cochonne comme il n'était pas permis.

Les sandwiches du jour arrivèrent chez Jimmy Caughey, Ray Andriutti et Larry Kramer, fournis par l'Etat de New York, grâce à l'affaire Willie Francisco. Il avait fallu au juge Meldnick environ quatre jours pour demander à droite à gauche et se faire une opinion sur la réclamation de Willie concernant le vice de forme, et ce matin, il avait donné son opinion. Il avait cassé la procédure, en se basant sur les doutes soulevés par le gros juré irlandais, McGuigan. Mais depuis le début de cette journée, commencée avec le procès toujours techniquement en cours, la secrétaire de Bernie Fitzgibbon, Gloria, était tout à fait autorisée à commander les sandwiches.

Une fois de plus, Ray était courbé au-dessus de son bureau mangeant un quatre-étages et buvant son débordement de café jaunâtre. Kramer mangeait un sandwich au roast beef qui avait un goût de médicament. Jimmy touchait à peine le sien. Il marmonnait encore contre la désintégration d'une affaire si facile. Il avait un palmarès remarquable. Le Département des Homicides dressait un palmarès, comme la coupe de base-ball, montrant combien de plaidoiries et combien de verdicts chaque substitut du procureur avait obtenus, et Jimmy Caughey n'avait pas perdu une affaire depuis deux ans. Sa colère s'était développée maintenant en une haine intense envers Willie Francisco et la vilenie de son forfait, ce qui pour Andriutti et Kramer n'était qu'un tas de merde supplémentaire. C'était étrange de voir Jimmy dans cet état. D'habitude, il avait le sombre calme irlandais de Fitzgibbon lui-même.

– J'ai déjà vu des trucs comme ça, dit-il. Vous collez ces microbes dans un tribunal et ils se prennent pour des stars. Vous avez vu Willie bondir là-dedans en hurlant : « Vice de Forme ! »

Kramer acquiesça.

– Le voilà qui joue les experts en justice. En fait, c'est un des enculés les plus stupides qui soient jamais entrés au tribunal du Bronx. J'ai dit à Bietelberg il y a deux jours que si Meldnick cassait la procédure – et je veux dire, il *devait* le faire – nous étions prêts à traiter avec lui. Nous réduirions la peine de meurtre « deux » à homicide « un », juste pour éviter un autre procès. Mais non. Il est trop perspicace pour ça, ce Willie ! Il prend ça pour un aveu de défaite. Il pense qu'il a un pouvoir sur les jurés ou quoi ? En appel il va couler comme une pierre, putain. De douze à vingt-cinq, c'est ça qu'il va se prendre, au lieu de trois à six ou quatre à huit.

Ray Andriutti cessa d'enfourner son quatre-étages assez longtemps pour dire :

– Peut-être qu'il est vraiment malin, Jimmy. S'il y a pas de procès, il va en taule direct. Mais avec un putain de jury du Bronx, c'est un coup de dés à chaque fois. T'as entendu ce qui s'est passé hier?

– Quoi?

– Ce docteur de Montauk.

– Non.

– Ce docteur, je veux dire c'est un quelconque médecin généraliste de Montauk, qui a jamais vu le Bronx de sa vie probablement. Il a un patient atteint d'une maladie tropicale ésotérique quelconque. Le mec est très malade et l'hôpital là-bas ne pense pas qu'ils peuvent le traiter, mais il y a cet hôpital à Westchester avec une sorte d'unité spéciale pour ce genre de trucs. Donc le docteur commande une ambulance pour le mec et monte dans l'ambulance avec lui et fait tout le trajet jusqu'à Westchester avec le mec et le mec meurt dans la salle des urgences de Westchester. Donc la famille porte plainte contre le médecin pour négligence. Mais où est-ce qu'ils portent plainte, à Montauk? Westchester? Pas du tout. Dans le Bronx.

– Comment est-ce possible? demanda Kramer.

– Cette putain d'ambulance a dû prendre l'autoroute Major Deegan pour aller à Westchester. Donc leur avocat ramène sa théorie, que la négligence a eu lieu dans le Bronx, et c'est là qu'a eu lieu le procès. On leur a accordé 8 millions de $. Le jury a rendu son verdict hier. Voilà un avocat qui connaît sa géographie!

– Eh ben, dit Jimmy Caughey, j'vous parie que chaque avocat qui s'occupe de négligence en Amérique connaît le Bronx. Dans une affaire civile, un jury du Bronx est une machine à redistribuer les richesses.

Un jury du Bronx... Tout à coup Kramer ne pensait plus du tout aux mêmes grappes de visages sombres que Ray et Jimmy évoquaient... Il pensait à ces dents parfaites dans ce sourire parfait, et à ces lèvres pleines et douces avec leur rouge à lèvres brun et à ces yeux brillants de l'autre côté d'une petite table au cœur de... la Vie... qui n'existait qu'à Manhattan... Dieu... Il était à sec après avoir payé l'addition chez Muldowny... mais quand il avait hélé un taxi pour elle devant le restaurant et qu'il avait pris sa main pour la remercier et lui dire au revoir, elle avait laissé sa main dans la sienne, et il avait accru la pression, et elle aussi, et ils étaient restés comme ça, à se regarder dans les yeux et – Dieu! – cet instant était plus doux, plus sexy, plus plein de – bordel! – d'*amour*, d'*amour* authentique, de cet amour qui vous frappe et... *emplit votre cœur*... plus qu'aucune de ces filles vite-fait-bien-fait qu'il avait été fier de s'envoyer quand il sortait en miaulant comme un chat de gouttières... Non, il pardonnerait beaucoup aux jurys du Bronx. Un jury du Bronx avait amené dans sa vie la femme qu'il avait toujours été destiné à rencontrer... L'Amour, la Destinée, Mon Cœur Déborde... que les autres continuent à rétrécir devant le sens de ces mots... Ray engloutissant son quatre-étages, Jimmy marmonnant, morose, contre Willie Francisco et Lester McGuigan... Larry Kramer existait sur un plan bien plus spirituel...

Le téléphone de Ray sonna. Il décrocha et dit :

– Homicide... Mmmmmh, mmmmh... Bernie n'est pas là... L'affaire Lamb? Kramer... Larry... – Ray regarda Kramer et fit une grimace. – Il est là. Vous voulez lui parler?... Okay, une seconde. – Il couvrit le micro et dit : – C'est un mec du bureau de l'Aide Légale, Cecil Hayden.

Kramer se leva de son bureau, marcha jusqu'à celui d'Andriutti et prit le téléphone.

– Kramer.

– Larry, c'est Cecil Hayden, de l'Aide Légale. – Ce Cecil Hayden avait une voix aérienne. – C'est toi qui t'occupes de l'affaire Henry Lamb, non?

– C'est exact.

– Larry, je crois qu'il est temps de jouer à « faisons un *deal* ».

Voix qui s'envole...

– Quel genre de *deal*?

– Je représente un individu nommé Roland Auburn, qui a été condamné il y a deux jours par un jury pour possession et vente de drogue. Weiss a fait un rapport à la presse le décrivant comme le Roi du crack d'Evergreen Avenue. Mon client a été immensément flatté. Si tu voyais un jour Evergreen Avenue, tu te demanderais pourquoi. Le Roi est incapable de réunir 10 000 $ de caution et est donc pour l'instant à Rikers Island.

– Ouais, bon, qu'est-ce que ça a à voir avec l'affaire Lamb?

– Il dit qu'il était avec Henry Lamb quand il a été écrasé par la voiture. C'est lui qui l'a emmené à l'hôpital. Il peut vous donner une description du chauffeur. Il veut faire un *deal*.

XVIII

SHEUHMEUNN...

DANIEL TORRES, le substitut grassouillet du Bureau de la Cour Suprême, entra dans le bureau de Kramer avec son fils de dix ans à la remorque et un pli profond au milieu du front. Il était furieux, comme peuvent l'être les doux gros, de devoir venir à Gibraltar un samedi matin. Il avait encore plus l'air d'un petit tas que la dernière fois que Kramer l'avait vu, dans la salle d'audience de Kovitsky. Il portait une chemise de sport en laine, une veste qui avait du mal à se fermer sur son gros ventre mou, et un jean de chez Linebacker, magasin pour gros dans Fresh Meadow, qui faisait ressortir son bas-ventre sous sa ceinture, comme l'Amérique du Sud. Un problème glandulaire, songea Kramer. Son fils, lui, était mince et brun, avec des traits fins, du type sensible et timide, apparemment. Il portait un livre de poche et un gant de base-ball. Après une brève inspection du bureau d'un air ennuyé, il s'assit dans le fauteuil de Jimmy Caughey et commença à lire son livre.

Torres dit :

— Tu ne savais pas que les Yankees jouaient – il fit un geste vers le Yankee Stadium, juste en bas de la colline – le samedi – *s'm'di* – et faut que je vienne ici ? C'est mon week-end avec... – maintenant il désignait son fils de la tête – et j' lui ai promis que je l'emmènerais au match, et j'ai promis à mon ex-femme que j'irais chez Kiel sur

551

Springfield Boulevard acheter des arbustes et que je les rapporterais à la maison, et comment je vais aller d'ici à Springfield Boulevard puis jusqu'à Maspeth et revenir à Shea à temps pour le match, ça j'en sais rien. Ne me demande même pas pourquoi j'ai promis que je rapporterais les arbustes à la maison.

Il secoua la tête.

Kramer se sentait embarrassé pour le gamin, qui semblait être profondément plongé dans son livre. Le titre était *La Femme de sable*. Le peu que Kramer en apprit, d'après la couverture, c'est que le nom de l'auteur était Kobo Abe. D'humeur curieuse et sympathique, il s'approcha du garçon et lui dit, de la plus douce façon possible, genre Oncle Hollandais :

– Keske tu lis ?

Le garçon le regarda comme un daim pris dans des phares.

– C'est une histoire, dit-il.

Ou du moins était-ce ce que ses lèvres dirent. Ses yeux, eux, disaient : « S'il vous plaît, s'il vous plaît, laissez-moi retourner dans le sanctuaire de mon livre. »

Kramer le déchiffra, mais il se sentit obligé de jouer les hospitaliers.

– Ça parle de quoi ?

– Du Japon – air suppliant.

– Du Japon ? quoi sur le Japon ?

– C'est l'histoire d'un homme qui se fait piéger dans des sables mouvants dans des dunes. – Une voix très douce, suppliante, suppliante, suppliante.

A en juger par la couverture abstraite et l'épaisseur du livre, ce n'était pas un livre pour enfants. Kramer, l'étudiant du cœur humain, en reçut l'impression d'un garçon brillant, replié sur lui-même, le produit de la moitié juive de Torres, qui ressemblait probablement à sa mère et était déjà un étranger pour son père. Pendant un instant, il pensa à son propre petit bébé. Il s'imagina obligé de le traîner jusqu'à Gibraltar, un samedi, d'ici neuf ou dix ans. Cela le déprima profondément.

– Bon, alors, keske tu sais sur M. Auburn, Danny? demanda-t-il à Torres. Qu'est-ce que c'est que cette histoire de Roi du crack d'Evergreen Avenue?

– C'est un tas de... – Torres s'arrêta juste à temps pour préserver l'enfant. – C'est une plaisanterie, voilà c' que c'est. Auburn c'est, tu sais, juste le môme habituel du coin du bloc. C'est sa troisième arrestation. L'inspecteur qui l'a arrêté l'a baptisé le Roi du crack d'Evergreen Avenue. C'était sarcastique. Evergreen Avenue doit avoir cinq blocs de long, à tout casser. Je ne sais même pas comment Weiss en a entendu parler. Quand j'ai vu ce communiqué de presse à ce sujet, je – j'arrivais pas à le croire. Dieu merci, personne n'y a prêté attention. – Torres regarda sa montre. – Quand est-ce qu'ils se pointent?

– Ils devraient être là très bientôt, dit Kramer. Tout est ralenti à Rikers Island le samedi. Comment est-ce qu'ils l'ont arrêté?

– Eh bien, c'est une histoire tordue, dit Torres. Ils l'ont chopé deux fois en fait, mais ce môme a vraiment des cou... un sacré cran, ou bien il est très stupide, j'en sais rien. Il y a un mois environ, ce flic infiltré a acheté de la dope à Auburn et à un autre gamin et leur a annoncé qu'ils étaient en état d'arrestation, etc., et Auburn lui a dit : « Si tu me veux, ma fille, va falloir que tu me butes » et il est parti en courant. J'ai parlé avec l'inspecteur, l'officier Ianucci. Il m'a dit que si le môme n'avait pas été noir dans un quartier noir, il l'aurait descendu, ou lui aurait au moins tiré dessus. Il y a une semaine, il l'a piqué, le même flic.

– Qu'est-ce qui l'attend s'il est reconnu coupable de trafic?

– De deux à quatre ans, peut-être.

– Tu sais quelque chose sur son avocat, ce Hayden?

– Ouais. C'est un Noir.

– Vraiment? – Kramer faillit dire : au téléphone il n'avait pas l'air d'un Noir, mais s'arrêta et dit plutôt : – On ne voit pas tant de Noirs à l'Aide Légale...

– Pas vrai. Il y en a pas mal. Plein d'entre eux ont besoin de ce boulot. Tu sais, ces jeunes avocats noirs, c'est pas facile pour eux. Les facs de droit leur donnent leurs diplômes, mais il y a pas de débouchés. Dans le centre – c'est pathétique. Ils en parlent tout le temps, mais ils n'engagent jamais d'avocats noirs, c'est la vérité vraie. Alors ils vont vers l'Aide Légale ou dans le petit bain de la piscine des – 18, les mineurs. Quelques-uns d'entre eux arrivent à se faire une petite clientèle criminelle vaille que vaille. Mais les gros malins de blackos, les dealers de dope, ils ne veulent pas d'un avocat noir. Les demi-sel non plus. Un jour, j'étais au dépôt, et y a cet avocat noir pour les – 18 qui entre. Il cherchait le client qu'on lui avait assigné d'office, et il commence à crier son nom. Tu sais comment ils font au dépôt, quand ils hurlent les noms. Bref, le mec à qui il a été assigné est noir, et il s'avance vers les barreaux, et il le regarde droit dans les yeux et il dit : « Fous le camp, enculé de ta mère. Je veux un juif. » J' te jure! Il lui dit : « Fous le camp, enculé de ta mère, je veux un juif. » Hayden m'a l'air assez fin, mais je ne l'ai pas beaucoup vu à l'œuvre.

Torres regarda à nouveau sa montre, puis il fixa un coin du plancher. En un rien de temps, ses pensées étaient ailleurs, loin de cette pièce, loin de Gibraltar. La Pépinière Kiel? Le match? Son ex-mariage? Son fils était tout là-bas, au Japon, avec l'homme pris dans les dunes. Seul Kramer était vraiment dans la pièce. Il était plus qu'en éveil. Il sentait le calme de l'île fortifiée, ce samedi de juin ensoleillé. Si seulement ce personnage, Auburn, se montrait de bonne composition, si seulement ce n'était pas un de ces joueurs sans cervelle essayant de rouler tout le monde, essayant de recombiner le monde de derrière son treillis de grillage...

Bientôt, Kramer entendit des gens qui marchaient dans le couloir dehors. Il ouvrit la porte, et c'étaient Martin et Goldberg avec, entre eux, un jeune Noir puissamment bâti avec un col roulé en jersey, les mains derrière le dos. Fermant la marche, un Noir court et trapu en costume gris clair. Ce serait donc Cecil Hayden.

Même les mains attachées dans le dos, Roland Auburn se débrouillait pour avoir sa démarche de mac. Il ne faisait pas plus d'un mètre soixante-quinze mais il était tout en muscles. Ses pectoraux, deltoïdes et trapézoïdaux remuaient, massifs et bien dessinés. Kramer, l'atrophié, sentit une bouffée d'envie. Dire que ce type était conscient de sa carrure imposante était un euphémisme. Son col roulé en jersey lui collait comme une peau. Il avait une chaîne d'or autour du cou. Il portait des pantalons noirs serrés et des tennis Reebok blancs aux pieds qui avaient l'air de sortir du magasin. Son visage brun était carré, dur, impavide. Il avait les cheveux courts et une étroite moustache qui soulignait sa lèvre supérieure.

Kramer se demanda pourquoi Martin lui avait menotté les mains derrière le dos. C'était plus humiliant que de les avoir devant. Cela donnait un sentiment de désespoir et de vulnérabilité. On pouvait *sentir* le danger de tomber en avant. Il tomberait comme un arbre, sans pouvoir protéger sa tête. Puisqu'ils voulaient la coopération de Roland Auburn, Kramer pensait que Martin aurait dû mener le bonhomme sur un chemin de roses – ou bien pensait-il que ce roc de muscles pouvait vraiment tenter de s'échapper ? Ou bien était-ce que Martin prenait toujours la manière la plus forte ?

L'assemblée s'entassa dans le petit bureau. Les présentations furent un méli-mélo curieux. Torres, en tant que substitut du procureur chargé de l'affaire de drogue du prisonnier, connaissait Cecil Hayden, mais pas Martin, ni Goldberg, ni le prisonnier. Hayden ne connaissait pas

Kramer, et Kramer ne connaissait pas le prisonnier, et comment appeler le prisonnier, d'ailleurs? Son vrai statut était celui d'un pauvre type arrêté pour drogue, mais à cet instant, techniquement, il était un citoyen qui avait fait la démarche d'aider les autorités dans une enquête criminelle. Martin résolut ce problème de nomenclature en se référant à Roland Auburn souvent et d'un air las, en tant que « Roland ».

– Okay, Roland, voyons voir. Où est-ce qu'on va te mettre?

Il regarda le bureau avec son ramassis de meubles usés. Appeler un prisonnier par son prénom était une manière habituelle de lui ôter toute prétention à la dignité et au statut social auquel il pouvait encore tenter de se raccrocher. Martin allait poser la carcasse de Roland Auburn où bon lui semblerait. Il s'arrêta, regarda Kramer, puis lança un regard dubitatif vers le fils de Torres. Il était visible qu'il pensait qu'il n'aurait pas dû être dans la pièce. Le petit garçon ne lisait plus son livre. Il était tassé dans son fauteuil, la tête basse, le regard fixe. Il avait rétréci. Il ne restait rien qu'une énorme paire d'yeux qui fixaient Roland Auburn.

Pour tout le monde dans la pièce, peut-être même pour Auburn lui-même, ce n'était qu'une procédure de routine, un accusé noir amené dans un bureau de substitut du procureur pour négocier, un petit détournement de la procédure. Mais ce garçon triste, sensible, studieux, n'oublierait jamais ce qu'il était en train de voir, un Noir avec les mains menottées derrière le dos dans l'immeuble du bureau de son père, un samedi ensoleillé juste avant le match.

Kramer dit à Torres :

– Dan, je crois qu'on va avoir besoin de ce fauteuil. – Il regarda le fils de Torres. – Peut-être qu'il préférerait aller s'asseoir dans le bureau de Bernie Fitzgibbon. Il n'y a personne.

– Ouais, Ollie, dit Torres, pourquoi tu ne vas pas là-bas, jusqu'à ce qu'on ait fini?

Kramer se demanda si Torres avait vraiment baptisé son fils Oliver. Oliver Torres.

Sans un mot, le garçon se leva, ramassa son gant de base-ball et son livre et se dirigea vers l'autre porte, vers le bureau de Bernie Fitzgibbon, mais il ne put résister à lancer un dernier regard vers le Noir menotté. Roland Auburn lui rendit son regard sans la moindre expression. Par l'âge, il était plus proche de ce garçon que de Kramer. Malgré tous ses muscles, il n'était pas beaucoup plus qu'un garçon.

– Okay, Roland, dit Martin, j' vais t'enlever ça et tu vas t'asseoir dans c' fauteuil et être un bon petit gars, d'ac?

Roland Auburn ne répondit pas, il tourna juste légèrement son dos, présenta à Martin ses mains entravées pour qu'il puisse ouvrir les menottes.

– Héééééé, t'inquiète pas, Marty, dit Hayden, mon client est là parce qu'il veut *sortir* d'ici tout droit!

Kramer n'en croyait pas ses yeux. Hayden appelait déjà le doberman irlandais par son diminutif, Marty, et il venait juste de faire sa connaissance. Hayden était l'un de ces petits bonshommes dynamiques dont l'allure est si confiante et si chaleureuse qu'il fallait être vraiment de très mauvaise humeur pour se vexer. Il arrivait à réaliser ce truc si difficile de montrer à son client qu'il défendait ses droits et sa dignité sans mettre en colère le contingent de Flics irlandais.

Roland Auburn s'assit et commença à se masser les poignets mais il s'arrêta. Il ne voulait pas donner à Martin et Goldberg la satisfaction de voir que les menottes lui avaient fait mal. Goldberg s'était avancé jusque derrière le fauteuil et avait posé son énorme carcasse sur le bord du bureau de Ray Andriutti. Il avait un bloc-notes et un stylo-bille, pour prendre des notes sur l'interrogatoire. Martin se mit de l'autre côté du bureau de Jimmy Caughey et s'installa sur le bord. Le prisonnier était maintenant entre eux deux et devrait se tourner pour voir chacun d'entre eux de face. Torres prit la chaise de Ray Andriutti et Hayden celle de Kramer, et Kramer, qui menait le spectacle, resta debout. Roland Auburn était maintenant appuyé en arrière dans le fauteuil de Jimmy Caughey, les jambes allongées et les avant-bras sur les accoudoirs, faisant craquer ses phalanges, regardant Kramer droit dans les yeux. Son visage était un masque. Il ne cillait même pas. Kramer pensa à la phrase qui faisait florès dans les rapports sur ces jeunes Noirs délinquants : « manque total d'affect ». Apparemment. Cela signifiait qu'ils étaient déficients en matière de sentiments les plus ordinaires. Ils ne ressentaient ni culpabilité, ni honte, ni remords, ni peur, ni sympathie pour les autres. Mais à chaque fois que Kramer se retrouvait en face d'eux, il avait la sensation que c'était autre chose. Ils tiraient un rideau. Ils lui masquaient ce qui se trouvait derrière la surface immobile de leurs yeux qui ne cillaient jamais. Ils ne lui laissaient pas voir plus d'un dixième de millimètre de ce qu'ils pensaient de lui, du Pouvoir, et de leur propre vie. Il se l'était déjà demandé auparavant, et il se le demandait maintenant : qui sont ces gens ? (ces gens dont je détermine le sort tous les jours...)

Kramer regarda Hayden et dit : « Maître... Maître... » Il ne savait pas exactement comment appeler l'homme. Hayden l'avait appelé Larry au téléphone, d'entrée, mais il ne l'avait encore pas nommé dans cette pièce et Kramer ne voulait pas l'appeler « Cecil », de peur d'apparaître trop amical ou irrespectueux devant Roland.

– Vous avez expliqué à votre client ce que nous faisons ici, n'est-ce pas ?

– Oh, sûr... dit Hayden. Il comprend.

Maintenant Kramer regardait Roland. « M. Auburn... »

M. Auburn. Kramer pensa que Martin et Goldberg lui pardonneraient. La procédure habituelle, quand un substitut questionnait un accusé, était de commencer par un « monsieur » plein de respect, juste pour installer les choses, puis de passer au prénom dès que les choses allaient bon train.

– M. Auburn, je crois que vous connaissez déjà M. Torres ici présent. C'est le substitut du procureur qui s'occupe de l'affaire pour laquelle vous avez été arrêté et inculpé, l'affaire de vente. Okay ? Et je m'occupe de l'affaire Henry Lamb. Bon, nous ne pouvons pas vraiment te promettre quoi que ce soit, mais si tu nous aides, nous t'aiderons. C'est aussi simple que ça. Mais il faut dire la vérité. Faut être vraiment sincère. Sinon, si tu balades tout le monde, ça ne sera pas bon pour toi. Tu comprends ?

Roland regarda son avocat, Cecil Hayden, et Hayden fit juste oui de la tête, comme pour dire « T'inquiète pas, tout va bien ».

Roland se tourna vers Kramer et dit, d'un air morne :

– Mmmmh mhhh.

– Très bien, dit Kramer, ce qui m'intéresse, c'est ce qui est arrivé à Henry Lamb la nuit où il a été blessé. Je veux que tu me dises ce que tu sais.

Toujours enfoncé dans le fauteuil de Jimmy Caughey, Roland dit :

– Par où j' commence ?

– Eh bien... par le début. Comment se fait-il que tu étais avec Henry Lamb ce soir-là ?

Roland dit :

– J'étais sur le trottoir, décidé à descendre la 161e Rue, jusqu'au fast-food, le Texas Fried Chicken, et j'ai vu Henry qui marchait là.

Il s'arrêta. Kramer dit :

– Bon, et alors, après ?

– J' lui dis : « Henry, où tu vas ? » et il dit : « J' vais au fast-food » et je dis : « C'est là que j' vais aussi », alors on commence à marcher vers le fast-food.

– En descendant quelle rue ?

– Bruckner Boulevard.

– Est-ce qu'Henry est un ami à toi ?

Pour la première fois, Roland montra une émotion. Il semblait légèrement amusé. Un petit sourire tordait un coin de sa bouche, et il baissait les yeux, comme si un sujet embarrassant venait de voir le jour.

– Nan, je le connais, c'est tout. On vit dans la même cité.

– Vous traînez ensemble ?

Plus d'amusement encore.

– Nan, Henry traîne pas trop. Y sort pas beaucoup.

– Bon, dit Kramer, vous descendez tous les deux Bruckner Boulevard pour aller au Texas Fried Chicken. Et alors, qu'est-ce qui s'est passé ?

– Bon, on arrive à Hunts Point Avenue et on décide de traverser pour aller au Texas Fried Chicken.

– Traverser quelle rue ? Hunts Point Avenue ou Bruckner Boulevard ?

– Bruckner Boulevard.

– Juste pour qu'on comprenne bien correctement, vous êtes de quel côté de Bruckner Boulevard, du côté est allant vers le côté ouest ?

– C'est ça. Du côté est allant vers le côté ouest. J'étais déjà un peu avancé dans la rue en attendant que les voitures passent et Henry se tenait là. – Il désigna sa droite. – Donc je peux mieux voir les voitures que lui, parce qu'elles viennent comme ça... – Il désigna sa gauche. – Les voitures, en gros, elles roulent comme ça dans la file centrale, en formant comme une ligne, vous voyez et tout d'un coup cette voiture, là, elle déboîte et elle veut doubler toutes les voitures sur la droite et je vois qu'elle va passer trop près de là où j' suis, alors je saute en arrière. Mais Henry, je crois qu'il a rien vu avant de me voir sauter en arrière, et puis j'entends comme un petit coup et je vois Henry tomber, comme ça. – Il fit un mouvement de ressort avec son index.

– Okay, qu'est-ce qui s'est passé ensuite?

– Alors là, j'ai entendu freiner. Cette voiture, elle met les freins. La première chose que je fais, je vais vers Henry et il est allongé là dans la rue, près du trottoir, et il est tourné d'un côté, genre se tenant un bras et j' lui dis : « Henry, t'es blessé? » Et il dit : « Je crois que j'ai le bras cassé. »

– Est-ce qu'il a dit qu'il s'était cogné la tête?

– Ça, il me l'a dit plus tard. Quand j'étais penché sur lui, là, il arrêtait pas de dire que son bras lui faisait mal. Et puis quand je l'ai emmené à l'hôpital il m'a dit que quand il était tombé, il avait mis ses bras en avant, qu'il était tombé sur son bras et qu'il avait continué à rouler et qu'il s'était cogné la tête.

– Très bien, revenons à l'instant juste après l'accident. Tu es là, à côté d'Henry Lamb dans la rue, et cette voiture l'a heurté, elle a freiné. Est-ce qu'elle s'est arrêtée?

– Ouais. Je peux la voir qui s'est arrêtée plus loin.

– Loin comme quoi?

– Je sais pas. Peut-être trente mètres. La porte s'ouvre et ce mec sort, un Blanc. Et ce mec, il regarde en arrière. Il nous regarde droit, Henry et moi.

– Qu'est-ce que tu as fait?

– Eh ben je me dis que ce type, il s'arrête parce qu'il a heurté Henry et qu'il veut voir s'il peut aider. Je me dis, hé, le mec peut emmener Henry à l'hôpital. Alors je m' redresse et je marche vers lui et je dis : « Hé! Hé! On a besoin d'aide! »

– Et qu'est-ce qu'il a fait?

– Le type me regarde et puis la porte de l'autre côté s'ouvre et il y a cette femme. Elle sort à moitié de la voiture, vous voyez, et elle regarde en arrière aussi. Ils sont tous les deux à me regarder et je dis : « Hé! Mon pote est blessé! »

– Tu étais à quelle distance d'eux à ce moment-là?

– Pas très loin. Dix douze mètres.

– Tu pouvais les voir clairement?

– Je voyais très bien leurs figures.

– Qu'est-ce qu'ils ont fait?

– Cette femme, elle avait un drôle d'air. Elle avait l'air effrayé. Elle dit « Sheu-meunn! Attention! » Elle parle au mec.

– Sheumeunn, attention? Elle a dit *Sheuhmeunn*?

Kramer jeta un regard vers Martin, Martin ouvrit grand les yeux et souffla un peu d'air sous sa lèvre supérieure. Goldberg avait la tête baissée, prenant des notes.

– C'est ce qu'il m'a semblé, oui.

– Sheumeunn ou Sherman?

– Ça sonnait comme Sheumeunn.

– Très bien, et ensuite?

– La femme, elle rerentre dans la voiture. Le type, il est derrière la voiture et il me regarde. Puis la femme, elle dit : « Sheumeunn, monte! » Seulement maintenant c'est elle qui est assise à la place du conducteur. Et le type il fait le tour par l'autre côté, là où elle était assise avant, il saute dans la bagnole et claque la porte.

– Donc, maintenant ils ont changé de siège. Et qu'est-ce que tu as fait? A quelle distance d'eux est-ce que tu étais?

– Presque aussi près que de vous maintenant.

– Tu étais en colère? Tu leur as crié après?

– Tout ce que j'ai dit c'est : « Mon pote est blessé. »

– Tu leur as montré le poing? Tu as fait des gestes menaçants?

– Tout c' que je voulais c'était de l'aide pour Henry. J'étais pas en colère. J'avais peur, pour Henry.

– Okay, et alors, qu'est-ce qui s'est passé?

– J'ai couru vers l'avant de la voiture.

– En passant par quel côté?

– Quel côté? Le côté droit, où le mec était. Je

regardais à travers le pare-brise. Je les voyais bien. Je dis : « Hé! Mon ami est blessé! » Je suis juste devant la voiture et je vois toute la rue, et voilà Henry qui arrive. Il est juste derrière la voiture. Il marche, un peu sonné, vous voyez, il tient son bras comme ça... – Roland leva son bras gauche et le tint de sa main droite, puis laissa pendre son bras gauche comme s'il était cassé... – ça veut dire que ce mec y pouvait voir Henry venir vers lui depuis le début, en tenant son bras comme ça. Y a pas moyen qu'il ait pas vu qu'Henry était blessé. Je regarde Henry et la dernière chose que j'ai vue, c'est la fille qui écrase le champignon et se barre de là en laissant du caoutchouc sur l'asphalte. Elle se tire si vite que je peux voir le type s'aplatir dans son siège. Il me regarde et sa tête part en arrière, et ils filent comme une fusée. Passent à ça de moi – il approche son pouce de son index – comme pour m'écraser pire qu'Henry.

– Tu as noté le numéro?

– Nan. Mais Henry l'a pris. Au moins en partie je crois.

– Il t'a dit ce que c'était?

– Nan. Je crois qu'il l'a dit à sa mère. J'ai vu ça à la télé.

– Quel genre de voiture c'était?

– C'était une Mercedes.

– Quelle couleur?

– Noire.

– Quel modèle?

– Je sais pas quel modèle.

– Combien de portes?

– Deux. C'était, vous savez, une bagnole basse. Une bagnole de sport.

Kramer regarda à nouveau Martin. Une fois de plus il avait les yeux d'un gagnant au loto.

– Tu le reconnaîtrais si tu le voyais à nouveau?

– Je le reconnaîtrais.

Roland dit cela avec une conviction amère qui avait le son de la vérité.

– Et la femme ?

– Elle aussi. Y avait rien qu'un peu de verre entre eux et moi.

– A quoi ressemblait la femme ? Quel âge avait-elle ?

– J'en sais rien. Elle était blanche. Je sais pas quel âge elle avait.

– Elle était vieille ou jeune ? Plus près de vingt-cinq ans, trente-cinq, quarante-cinq, cinquante-cinq ?

– Vingt-cinq, je pense.

– Cheveux clairs, foncés, roux ?

– Cheveux noirs.

– Qu'est-ce qu'elle portait ?

– Une robe, je crois. Elle était tout en bleu. Je m'en souviens parce que c'était un bleu vraiment brillant et elle avait des grosses épaulettes. Ça je m'en souviens.

– Et l'homme, il ressemblait à quoi ?

– Il était grand. Un costume sombre et une cravate.

– Quelle couleur, le costume ?

– Je sais pas. Sombre. C'est tout ce que je me rappelle.

– Il était vieux ? Tu dirais qu'il avait mon âge ou qu'il était plus vieux ? Ou plus jeune ?

– Un petit peu plus vieux.

– Et tu le reconnaîtrais si tu le voyais à nouveau ?

– Je le reconnaîtrais.

– Bien. Roland, je vais te montrer des photos et je veux que tu me dises si tu reconnais quelqu'un sur ces photos. Okay ?

– Mmmh mmmh...

Kramer s'approcha de son propre bureau, où Hayden était assis, et dit :

– Excusez-moi une seconde – avant d'ouvrir un tiroir.

En même temps, il regarda Hayden et hocha légèrement la tête, comme pour dire « Ça marche ». Du tiroir il sortit le jeu de photos que Milt Lubell avait rassemblé pour Weiss. Il étala les photos sur le bureau de Jimmy Caughey, devant Roland Auburn.

– Tu reconnais quelqu'un sur ces photos?

Roland regarda les photos et son index s'arrêta droit sur Sherman McCoy, souriant, en smoking.

– C'est lui.

– Comment tu sais que c'est le même homme?

– C'est *lui*. Je le *reconnais*. C'est son menton. Le mec avait ce *gros* menton.

Kramer regarda Martin, puis Goldberg. Goldberg avait un petit sourire discret.

– Tu vois la femme sur la photo, la femme à côté de lui? Est-ce que c'est la femme qui était dans la voiture?

– Nan. La femme dans la voiture était plus jeune, et elle avait des cheveux plus noirs et elle était mieux... mieux roulée.

– Roulée?

Roland commença à sourire, mais lutta contre cette envie.

– Vous savez, elle était vraiment... bandante...

Kramer s'autorisa un sourire et un gloussement. Cela lui donna une chance de laisser sortir un peu de l'exaltation qu'il sentait monter.

– Bandante, hein? Okay, va pour bandante. Très bien. Donc, ils quittent la scène. Qu'est-ce que tu as fait ensuite?

– Y avait pas grand-chose que j' pouvais faire. Henry était planté là avec son bras. Son poignet était tout déformé. Alors je lui ai dit : « Henry, faut que t'ailles à l'hôpital » et il dit qu'il veut pas aller à l'hôpital, qu'il veut rentrer chez lui. Alors on commence à remonter Bruckner Boulevard, vers chez nous.

– Attends une minute, dit Kramer. Est-ce que quelqu'un a vu tout ce qui s'est passé? Est-ce qu'il y avait quelqu'un sur le trottoir?

– J'en sais rien.

– Aucune voiture ne s'est arrêtée ?

– Nan. Je crois qu'Henry, s'il était resté allongé là assez longtemps, une bagnole aurait bien fini par stopper. Mais personne s'est arrêté.

– Donc, maintenant, vous remontez Bruckner Boulevard, vers la Cité ?

– C'est ça. Et Henry, il gémit et on dirait qu'il va tomber dans les pommes, et j'y dis : « Henry, faut que t'ailles à l'hôpital. » Alors je l'emmène en bas de Hunts Point Avenue, et on continue en traversant la 161e Rue, jusqu'à la station d'métro, là, je vois c' taxi, qu'appartient à mon pote Brill.

– Brill ?

– C'est un copain qu'a deux taxis.

– Et il vous a conduits au Lincoln Hospital ?

– C'est ce type, Kale Bouclette, qui conduisait. C'est un des chauffeurs de Brill.

– Kale Bouclette, c'est son vrai nom ou un surnom ?

– J'en sais rien. C'est comme ça que tout l' monde l'appelle, Kale Bouclette.

– Et il vous a emmenés tous les deux à l'hôpital ?

– C'est ça.

– Henry avait l'air dans quel état pendant le trajet ? C'est là qu'il t'a dit qu'il s'était cogné la tête ?

– C'est ça, mais il parlait surtout de son bras. Son poignet avait l'air vachement amoché.

– Est-ce qu'il était cohérent ? Est-ce qu'il avait l'air d'avoir tous ses esprits ?

– Comme j' vous ai dit, il gémissait beaucoup et il disait qu'il avait mal au bras. Mais il savait où il était. Y savait ce qui se passait.

– Quand vous êtes arrivés à l'hôpital, qu'est-ce que vous avez fait ?

– Eh bien, on est sortis du taxi et j'ai accompagné Henry jusqu'à la porte, aux urgences, et il est entré.

– Tu es entré avec lui ?

– Non, j' suis remonté dans le taxi avec Kale Bouclette et je suis parti.

– Tu n'es pas resté avec Henry?

– Je me disais que j' pouvais rien faire de plus pour lui, dit Roland en jetant un coup d'œil vers Hayden.

– Comment Henry est-il rentré chez lui après l'hôpital?

– J'en sais rien.

Kramer se tut, puis reprit :

– Très bien, Roland, il y a un truc encore que je veux savoir. Pourquoi tu n'es pas venu apporter cette information avant? Je veux dire, tu es là avec ton ami, ou ton voisin plutôt – il est de la même cité – et il est victime d'un accident avec délit de fuite, juste sous tes yeux, et on parle de l'affaire à la télévision et partout dans les journaux, et on n'a pas entendu un mot de toi avant aujourd'hui. Keske tu réponds à ça?

Roland regarda Hayden, qui hocha très légèrement la tête, et Roland dit :

– Les flics étaient après moi.

Hayden prit la parole.

– Il y avait un mandat d'amener pour possession et vente de drogue, refus d'obtempérer et quelques autres menues choses, les mêmes charges que celles pour lesquelles il a déjà été condamné.

Kramer dit à Roland :

– Donc tu te protégeais. Tu préférais taire cette information plutôt que de devoir aller en parler aux flics?

– C'est ça, oui.

Kramer était pris d'une joie vertigineuse. Il voyait tout cela prendre forme. Ce Roland n'était pas un joli cœur, mais il était entièrement crédible. Sortez-le de son jersey moulant et de ses tennis! Cassez-lui les hanches pour qu'il abandonne son pas de mac! Enterrez cette histoire de Roi du crack d'Evergreen Avenue! Cela ne faisait pas bien pour les jurés si un criminel récidiviste venait à la cour témoigner en échange d'une remise de peine. Mais avec un petit nettoyage et un bon coup de peigne – c'est tout ce dont cette affaire a besoin! Tout d'un coup Kramer pouvait le voir... *le tableau...*

Il dit à Roland :

– Et tu me dis l'entière vérité?

– Mmmh, mmmh.

– Tu n'ajoutes rien et tu n'omets rien?

– Mmmh, mmmh.

Kramer s'approcha du bureau de Jimmy Caughey, juste à côté de Roland, et ramassa les photos. Puis il se tourna vers Cecil Hayden.

– Maître, dit-il, je dois en référer à mes supérieurs. Mais à moins que je ne me trompe, je crois que nous tenons un *deal.*

Il le voyait avant même que les mots ne fussent sortis de sa bouche... *Le tableau...* peint par l'artiste du tribunal... Il pouvait le voir comme si les écrans de télé étaient déjà devant lui... Le substitut du procureur Lawrence N. Kramer... debout... l'index levé... ses muscles sternocléidomastoïdiens massifs débordant... Mais comment l'artiste allait-il s'en tirer avec son crâne, qui avait perdu tant de cheveux? Bof, si le tableau rendait justice à sa puissante carrure, personne ne remarquerait rien. Le courage et l'éloquence... C'est ça qu'ils verraient. Toute la ville de New York le verrait. Mlle Shelly Thomas le verrait.

XIX

LA LOYAUTÉ DES MULETS

A la première heure le lundi matin, Kramer et Bernie Fitzgibbon furent convoqués dans le bureau d'Abe Weiss. Milt Lubell était là aussi. Kramer pouvait dire que son statut avait évolué durant le week-end. Maintenant Weiss l'appelait Larry au lieu de Kramer et ne dirigeait pas tous ses commentaires de l'affaire Lamb vers le seul Bernie, comme si lui, Kramer, n'était rien qu'un des fantassins de Bernie.

Mais Weiss regardait Bernie quand il dit :

– Je ne veux pas avoir à merdouiller avec cette histoire si je n'ai pas à le faire. Est-ce qu'on en a assez pour amener ce McCoy ou pas ?

– On en a assez, Abe, dit Fitzgibbon, mais j'en suis pas complètement content. On a ce personnage, cet Auburn, qui identifie McCoy comme le conducteur de la voiture qui a percuté Lamb, et nous avons aussi le type du garage qui dit que McCoy avait sorti sa voiture le soir où c'est arrivé, et Martin et Goldberg ont retrouvé le propriétaire de ces gipsy cabs, ces taxis sans compteur, Brill, qui confirme qu'Auburn s'est servi d'un de ses taxis ce soir-là. Mais ils ont pas encore retrouvé le chauffeur, ce Kale Bouclette – il roula les yeux et avala de l'air entre ses dents comme pour dire « ces gens et leurs noms ! » – et je crois qu'on devrait d'abord lui parler.

– Pourquoi? demanda Weiss.

– Parce qu'il y a certaines choses qui n'ont aucun sens et qu'Auburn est un putain de dealer à la petite semaine qui vient de sortir de sous son caillou. Et j'aimerais toujours savoir pourquoi Lamb n'a rien dit sur l'accident de voiture quand il est arrivé à l'hôpital la première fois. J'aimerais savoir ce qui s'est passé dans ce taxi et j'aimerais savoir si Auburn a vraiment emmené le môme à l'hôpital. J'aimerais en savoir un petit peu plus sur Auburn, aussi. Tu sais, lui et Lamb sont pas du genre à aller au Texas Fried Chicken ensemble. J'ai cru comprendre que Lamb est plutôt un môme bien et qu'Auburn est un voyou.

Kramer sentit une étrange passion s'élever en lui. Il voulait défendre l'honneur de Roland Auburn. Oui! le défendre!

Weiss agita la main dans un geste de refus.

– Il y a encore du mou, mais c'est tout pour moi, Bernie. Je sais pas pourquoi on peut pas amener McCoy ici, le boucler et resserrer le mou. Tout le monde pense que notre histoire de « nous poursuivons l'enquête » n'est qu'une tactique de blocage.

– Un jour ou deux de plus, ça changera rien, Abe. McCoy va aller nulle part et Auburn va certainement aller nulle part.

Kramer vit une ouverture, et, ragaillardi par son nouveau statut, plongea :

– On pourrait avoir un problème, là, Bernie. C'est vrai qu'Auburn – il allait dire *ne va*, mais passa à *va* – va aller nulle part, mais je crois qu'on devrait l'utiliser très vite. Il pense probablement qu'il va être libéré à la minute. On devrait faire passer le mec devant un jury aussi vite que possible, si on doit l'utiliser.

– T'inquiète pas pour ça, dit Fitzgibbon, il est pas brillant mais il sait qu'il a le choix entre trois ans derrière les barreaux ou zéro an derrière les barreaux. Il va pas revenir en arrière.

– C'est ça le *deal* qu'on a fait? demanda Weiss. Auburn ne prend rien?

– C'est comme ça que ça finira. Nous devons annuler l'inculpation et descendre le délit à une contravention pour possession, et pour revente.

– Merde! dit Weiss. J'aimerais qu'on ait pas bougé si vite avec cet enfant de putain. J'aime pas annuler les inculpations d'assises!

– Abe, dit Fitzgibbon en souriant, *tu* l'as dit, pas moi! Tout ce que je te dis, c'est de prendre un peu notre temps. Je me sentirais vachement mieux si on avait quelque chose d'autre à agrafer à son témoignage.

Kramer ne pouvait plus se retenir.

– Je sais pas mais... ce qu'il dit se tient plutôt bien. Il m'a dit des choses qu'il aurait pas pu savoir sans être présent. Il connaissait la couleur de la voiture, le nombre de portes, il savait que c'était un modèle sport. Il connaissait le prénom de McCoy. Il a entendu *Sheuh-meunn*, mais j'veux dire, c'est très proche. Il y a aucun moyen qu'il ait rêvé tout ça.

– Je dis pas qu'il était pas là, Larry, et je dis pas qu'on va pas l'utiliser. On va l'utiliser. Je dis juste que c'est une boule visqueuse et qu'on devrait faire attention.

Boule visqueuse! C'est de mon témoin qu'il parle!

– Je sais pas, Bernie, dit-il, d'après tout ce que j'ai pu en voir jusqu'ici. C'est pas vraiment le mauvais mec. J'ai reçu un rapport de mise en liberté conditionnelle. C'est pas un génie, mais il a jamais été en contact avec quelqu'un qui le fasse se servir de sa tête. C'est un assisté de la troisième génération, sa mère avait quinze ans quand il est né, et elle a eu deux autres mômes de pères différents, et maintenant elle vit avec un pote de Roland, un môme de vingt ans, juste un an de plus que Roland. Il vient d'emménager avec Roland et un des deux autres mômes. Je veux dire, bon Dieu, vous imaginez ça? A sa place, je crois que j'aurais un casier bien pire que le sien. Je doute même qu'il ait jamais connu qui que ce soit qui vive pas dans la Cité Poe.

Maintenant, Bernie Fitzgibbon lui souriait. Kramer était surpris, mais il poursuivit.

– Un autre truc que j'ai découvert sur lui : il a un certain talent. L'officier responsable de sa mise en liberté conditionnelle m'a montré quelques tableaux qu'il a faits. Ils sont vraiment intéressants. C'est des, comment-qu'y-z-appellent-ça-déjà...

– Collages? dit Fitzgibbon.

– Ouais! dit Kramer, des collages avec ces espèces de trucs argent...

– Du papier d'alu froissé pour figurer le ciel?

– Ouais! Tu les as vus? Où tu les as vus?

– J'ai pas vu ceux d'Auburn, mais j'en ai vu un tas de pareils. C'est de l'art pénitentiaire.

– Keske tu veux dire?

– On en voit partout. Ils font ces tableaux en taule. Ces figures, comme des personnages de dessins animés, pas vrai? Et ils remplissent le fond avec du papier d'alu froissé.

– Ouais.

– Je vois de cette merde tous les jours. Doit y avoir deux ou trois avocats qui viennent ici chaque année avec ces croûtes en alu me dire que je tiens Michel Ange derrière les barreaux.

– Eh bien, c'est possible, dit Kramer, mais je dirais que ce môme a vraiment du talent.

Fitzgibbon ne dit rien. Il se contenta de sourire. Et maintenant Kramer savait pourquoi il arborait ce sourire. Bernie pensait qu'il essayait d'enluminer son témoin. Kramer savait tout sur ce genre de choses – mais ceci était différent! Enluminer le témoin était un phénomène psychologique commun chez les parties civiles. Dans une affaire criminelle, votre témoin vedette devait plutôt être du même mi ieu que l'accusé et pouvait très bien avoir également un casier. Il n'était pas

572

connu en général comme un pilier de probité – et pourtant c'était le seul témoin vedette que vous aviez. A ce point vous ressentiez l'urgence de l'éclairer un peu avec la lampe de la vérité et de la crédibilité. Mais il ne s'agissait pas seulement d'arranger sa réputation aux yeux d'un juge et d'un jury. Vous ressentiez l'urgence de le nettoyer *pour vous-même*. Vous aviez besoin de croire que ce que vous faisiez avec cette personne – à proprement parler, vous servir d'elle pour coller quelqu'un d'autre en prison – n'était pas seulement efficace, mais juste. Ce vermisseau, ce microbe, ce punk, cette merde, cet ex-trou-du-cul était maintenant votre camarade, votre homme de pointe dans la bataille du bien contre le mal et *vous vouliez vous-même* croire qu'une lumière brillait autour de cet... organisme, cette ancienne vermine sortie de sous son rocher, devenu un jeune maltraité et mal compris.

Il savait tout cela – mais Roland Auburn était différent !

– Très bien, dit Abe Weiss, mettant fin à ce débat esthétique d'un nouveau geste de la main. Aucune importance. Il faut que je prenne une décision et j'ai pris une décision. Nous en avons assez. Nous amenons McCoy. On l'amène demain matin, et on fait notre communiqué. Mardi est un bon jour ?

Il regardait Milt Lubell en demandant ça. Lubell hocha la tête sagement.

– Le mardi et le mercredi sont les meilleurs. Mardi et mercredi. – Il se tourna vers Bernie Fitzgibbon. – Le lundi est merdique. Tout ce que font les gens le lundi, c'est lire les pages sportives toute la journée et regarder les matches de foot toute la soirée.

Mais Fitzgibbon regardait Weiss. Finalement il haussa les épaules et dit :

– Okay, Abe. Je survivrai à ça. Mais si on doit faire ça demain, faudrait que j'appelle Tommy Killian maintenant, avant qu'il aille au tribunal, pour être sûr qu'il peut amener son client.

Weiss fit un geste vers la petite table garnie d'un téléphone à l'autre bout de la pièce, au-delà de la table de conférence, et Fitzgibbon s'y dirigea. Tandis que Bernie était au téléphone, Weiss demanda :

– Où sont ces photos, Milt ?

Milt Lubell fouilla dans une pile de papiers sur ses genoux et en sortit plusieurs pages d'un magazine qu'il tendit à Weiss.

– Quel est le nom de ce magazine, Milt ?

– *Architectural Digest.*

– Regarde ça.

Sidéré, Kramer vit Weiss penché sur son bureau, qui lui tendait les photos. Il se sentit démesurément flatté. Il étudia les pages... le papier le plus crémeux que l'on puisse imaginer... des photos en couleur pleine page avec des détails si précis que cela vous faisait cligner les yeux... L'appartement de McCoy... Une mer de marbre menait à un grand escalier tournant avec une rampe de bois sombre... Du bois sombre partout et une table ornée de près d'un camion de fleurs dépassant d'un grand vase... C'était le hall dont Martin avait parlé. Il avait l'air assez grand pour contenir trois des colonies pour fourmis à 888 $ par mois de Kramer, et ce n'était qu'un hall d'entrée. Il avait entendu dire qu'il existait des gens qui vivaient comme ça à New York... Une autre pièce... davantage de bois sombre... devait être le living-room... si grand qu'il y avait trois ou quatre groupes de lourds meubles rassemblés dedans... le genre de pièce où vous entrez et où votre voix se change en chuchote-ment... Une autre photo... Un gros plan d'une sorte de bois sculpté, un bois rouge brillant, lustré, toutes ces petites silhouettes en costume et haut-de-forme qui mar-chaient de-ci, de-là selon des angles bizarres devant des immeubles. Et maintenant Weiss se penchait sur son bureau et désignait cette photo.

– R'garde-moi ça, dit-il, Wall Street, ça s'appelle, c'est de Wing Wong ou je ne sais qui, le maître graveur sur bois de Hong Kong. C'est pas c'qu'y disent, là? C'est sur les murs de leur bibliothèque. J'aime bien.

Maintenant, Kramer savait de quoi Martin avait parlé. La bibliothèque... Les Wasps... Trente-huit ans... seulement six ans de plus que lui... Leurs parents leur laissaient tout cet argent et ils vivaient au pays des Fées... Eh bien, celui-ci allait entrer en collision avec le monde réel.

Fitzgibbon revint du fond de la pièce vers les autres.

– Tu as parlé à Tommy? demanda Weiss.

– Ouais. Son client sera prêt.

– Jette un œil là-dessus, dit Weiss en désignant les pages du magazine. – Kramer les tendit à Fitzgibbon. – L'appartement de McCoy, dit Weiss.

Fitzgibbon jeta un bref regard aux photos puis les rendit à Kramer.

– T'as déjà vu un truc pareil? demanda Weiss. C'est sa femme qu'a fait le décorateur. Pas vrai, Milt?

– Ouais, c'est une de ces déco de la haute, dit Lubell, une de ces femmes riches qui décorent les appartements d'autres femmes riches. Ils font des articles sur elles dans le *New York Magazine*.

Weiss ne cessait de fixer Fitzgibbon, mais Fitzgibbon ne disait rien. Alors Weiss ouvrit grand les yeux, un regard comme en proie à une révélation.

– Tu vois le tableau, Bernie?

– Quel tableau?

– Eh bien, voilà comment je vois les choses, dit Weiss. Ce qui serait une bonne idée, je pense, ce serait d'arrêter toute cette merde sur la justice des Blancs et *Johannessbronx* en l'arrêtant, lui, dans son appartement. Je crois que ce serait un truc génial. Vous voulez dire aux gens de ce quartier que la loi est respectueuse de personne, et vous arrêtez un mec de Park Avenue comme vous arrêtez José Garcia ou Tyrone Smith. Vous allez dans leur putain d'appartement, pas vrai ?

— Ouais, dit Fitzgibbon, mais sans cela y a pas moyen qu'y viennent.

— C'est pas ce que je voulais dire. Nous avons des obligations envers les gens de ce quartier. Ce bureau, pour eux, jouit d'une sale réputation, alors mettons-y un terme.

— C'est pas un peu dur d'aller arrêter un mec chez lui juste pour prouver ça ?

— Y a pas de merveilleuse façon de se faire arrêter, Bernie.

— Mais on peut pas faire ça, dit Fitzgibbon.

— Et pourquoi pas ?

— Parce que je viens juste de dire à Tommy qu'on le ferait pas. Je lui ai dit qu'il pourrait venir livrer McCoy lui-même.

— Eh bien je suis désolé, mais t'aurais pas dû faire ça, Bernie. On peut garantir à personne que son client aura un traitement de faveur. Tu sais ça.

— Je sais pas ça, Abe. J'ai donné ma parole.

Kramer regarda Weiss. Kramer savait que le Mulet venait d'être bloqué, mais Weiss le savait-il ? Apparemment non.

— Ecoute, Bernie, t'as qu'à dire à Tommy que je t'ai forcé, okay ? Tu me colles tout sur le dos. J'essuierai les plâtres. On arrivera à convaincre Tommy.

— Négatif, dit Fitzgibbon. T'auras pas à essuyer les plâtres, Abe, parce que ça arrivera pas. J'ai donné ma parole à Tommy. C'est un contrat.

— Ouais, mais quelquefois y a qu'à...

— Yapaqu'à, Abe, c'est un contrat.

Kramer gardait les yeux fixés sur Weiss. La répétition du mot *contrat* par Bernie l'avait frappé. Kramer le voyait bien. Weiss était dans une impasse. Maintenant, il savait qu'il faisait face à ce code obstiné de loyauté irlandaise. Silencieusement, Kramer supplia Weiss d'écarter son subordonné. La loyauté des Mulets! C'était obscène! Pourquoi, lui, Kramer, devrait-il souffrir pour le salut de la solidarité fraternelle des Irlandais? Une arrestation à grand renfort de publicité de ce boursier de Wall Street dans son propre appartement – c'était une idée géniale! Démontrer l'impartialité de la justice dans le Bronx – absolument! Le substitut du procureur Lawrence Kramer – le *Times*, les *News*, le *Post*, le *City Light*, la 1 et tous les autres sauraient son nom par cœur très bientôt! Pourquoi Abe Weiss devrait-il s'effondrer devant le code de ces Guimbardes? Et pourtant il savait qu'il allait le faire. Il le voyait sur son visage. Il ne s'agissait pas seulement de la sombre dureté irlandaise de Bernie Fitzgibbon. C'était aussi ce mot : contrat. Cela allait droit dans l'âme de tous les gens de cette profession. A la Banque des Faveurs, toutes les factures dues devaient être honorées. C'était la loi du système de justice criminelle, et Abe Weiss n'était rien d'autre qu'une créature de ce système.

– Et merde, Bernie, dit Weiss, pourquoi qu't'as fait ça, bordel?

La résistance venait de céder.

– Crois-moi, Abe, ton image s'en sortira mieux comme ça. Ils pourront pas dire que tu t'es laissé emporter par la foule en délire.

– Mmmmmh... Eh bien, la prochaine fois, passe pas d'accords comme ça sans m'en parler.

Bernie se contenta de le regarder et lui accorda un petit sourire qui, une fois de plus, semblait vouloir dire *yapaqu'à*.

XX

APPELS D'EN HAUT

GENE LOPWITZ ne recevait pas les visiteurs dans son bureau. Il les faisait asseoir dans un bouquet de fauteuils Chippendale anglais, devant des guéridons Chippendale irlandais, près de la cheminée. Ce bouquet de Chippendale, comme tous les autres bouquets de meubles dans ce vaste espace, était sorti du cerveau de Ronald Vine, le décorateur. ·Mais la cheminée, c'était du Lopwitz. La cheminée fonctionnait. Les stewards de la salle des obligations, qui étaient comme des gardiens de banque âgés, pouvaient vraiment y construire un feu de bois – fait qui avait procuré plusieurs semaines de ricanements aux cyniques de la maison tels que Rawlie Thorpe.

Tour de bureaux moderne, le building n'avait pas de conduits de cheminée. Mais Lopwitz, après une année de succès retentissant, était déterminé à posséder une cheminée avec un manteau de bois sculpté dans son bureau. Et pourquoi pas ? Puisque Lord Upland, propriétaire du *Daily Courier* de Londres, en possédait une. Cet austère personnage avait offert un déjeuner en l'honneur de Lopwitz dans un grand et vieux bâtiment de briques de Fleet Street, dans l'espoir qu'il bazarde un paquet d'actions du *Daily Courier*, « créativement structuré », aux Amerloques. Lopwitz n'avait jamais oublié le maître d'hôtel qui venait de temps en temps remettre une bûche dans l'âtre. C'était tellement... comment aurait-on pu dire?... tellement *baronesque*, voilà. Lopwitz s'était senti comme un petit garçon très veinard, invité dans la maison d'un grand homme.

Le home. C'était tout. Les Britanniques, avec cet instinct de classe qui les rendait toujours sûrs d'eux-mêmes, savaient que si un homme était au sommet du monde des affaires, il ne devait pas avoir un bureau d'homme d'affaires, qui l'aurait fait ressembler à une partie interchangeable d'un vaste mécanisme. Non. On se devait d'avoir un bureau qui ressemblerait au foyer d'un aristocrate, comme pour déclarer : « Je suis, personnellement, le seigneur, créateur et maître de cette vaste organisation. » Lopwitz s'était finalement retrouvé en pleine bataille avec les propriétaires de la tour, la compagnie qui la gérait pour eux et le Département de l'Urbanisme, les Pompiers et la Protection Civile, la construction des conduits et de la ventilation avait coûté 350 000 $, mais il avait réussi et Sherman McCoy contemplait effectivement maintenant la bouche de cet âtre baronesque, cinquante étages au-dessus de Wall Street, non loin de la salle des obligations de Pierce & Pierce. Néanmoins, il n'y avait pas de feu dans l'âtre. Il n'y en avait pas eu depuis très longtemps.

Sherman pouvait sentir une vrille électrique de tachycardie dans sa poitrine. Tous deux, Lopwitz et lui, étaient assis dans les monstrueux fauteuils Chippendale. Lopwitz n'était pas très fort pour les conversations badines, même dans les heureuses occasions, et ce petit rendez-vous allait être sinistre. La cheminée... les punaises... Dieu du Ciel... Tout, mais ne pas avoir l'air d'un chien battu. Sherman se redressa donc dans son fauteuil, releva son grand menton et se débrouilla même pour regarder un peu de haut, nez incliné, le seigneur et maître de cette vaste organisation.

– Sherman, dit Gene Lopwitz, je ne vais pas y aller par quatre chemins. J'ai trop de respect pour vous.

La vrille électrique dans sa poitrine ! l'esprit de Sherman courait au coude à coude avec son cœur, et il se demanda, tout à fait futilement, si Lopwitz savait où menaient ces quatre chemins. Probablement pas.

– J'ai eu une longue conversation avec Arnold vendredi, disait Lopwitz, et maintenant, ce que je vais vous dire – je veux qu'une chose soit claire, il ne s'agit pas d'argent, ni de l'argent qui a été perdu – ce n'est pas le problème.

Cette expédition en terrain psychologique transforma les joues déjà creusées de Lopwitz en grimace perplexe. C'était un zélote du jogging (de la race des 5 heures du matin). Il avait cet air athlétique et décharné de ceux qui sacrifient tous les matins sur l'autel osseux des grands dieux Aérobics.

Maintenant il en venait à l'histoire d'Oscar Suder et des bons d'United Fragrance, et Sherman savait qu'il devait prêter attention... vraiment... Les United Fragrance... Oscar Suder... et il pensait au *City Light*. Qu'entendaient-ils par « tout près d'un dénouement dans l'Affaire Henry Lamb »? L'histoire, toujours par ce même Fallow, était sacrément vague, sauf pour dire que le « dénouement » avait été mis à feu par l'article du *City Light* sur le nombre possible de plaques d'immatriculation. *Mis à feu!* C'était le mot qu'ils avaient utilisé! Et d'une certaine manière ce mot avait mis à feu sa tachycardie alors qu'il était assis, caché dans les toilettes. Aucun des autres journaux ne parlait d'une telle éventualité.

Maintenant, Lopwitz développait le fait qu'il était hors service le jour d'arrivée à terme de ces obligations. Sherman pouvait voir les mains potelées de Freddy Button gigoter autour de son étui à cigarettes. Les lèvres de Gene Lopwitz remuaient. Le téléphone posé sur le guéridon à côté du fauteuil de Lopwitz sonna avec un murmure particulièrement discret. Lopwitz décrocha et dit :

– Ouais?... Okay... Bien. Il est déjà en ligne?

Inexplicablement, Lopwitz sourit presque à Sherman et dit :

– Juste une seconde. J'ai prêté l'avion à Bobby Shaflett pour qu'il puisse être à Vancouver à temps pour un concert. Ils sont au-dessus du Wisconsin, du Dakota ou d'un de ces satanés patelins.

Lopwitz baissa ensuite les yeux, s'enfonça dans son fauteuil et se réjouit à l'avance de parler au célèbre Montagnard à la Voix d'Or dont la célèbre corpulence et la voix crémeuse de ténor étaient enfermées à l'instant dans le jet personnel à huit places de Gene Lopwitz, propulsé par des réacteurs Rolls-Royce. A proprement parler, cet avion appartenait à Pierce & Pierce, mais pratiquement il était sien, personnellement et baronesquement. Lopwitz baissa la tête et son visage s'anima. Il dit :

– Bobby ? Bobby ? Tu m'entends ?... Qu'est-ce que c'est que ça ? Comment ça se passe ?... Ils te traitent bien, là-haut ?... Quoi ?... Allô ? Allô ?... Bobby ? Tu es toujours là ?... Allô ? Tu m'entends, Bobby ?

Tenant toujours le téléphone, Lopwitz regarda Sherman, épouvanté, comme s'il avait fait à l'instant quelque chose de bien pire que de se faire blouser dans l'affaire des United Fragrance ou de s'absenter sans prévenir.

– Merde, dit-il, perdu la liaison. – Il appuya sur l'interrupteur. – Mlle Bayles ?... perdu la liaison. Voyez si vous pouvez rentrer en contact avec l'avion.

Il raccrocha, l'air misérable. Il avait perdu l'opportunité que ce grand artiste, cette grosse boule de graisse et de célébrité, lui offre ses remerciements et, ce faisant, rende hommage à l'éminence de Lopwitz, du haut des cieux, à dix mille mètres au-dessus du cœur de l'Amérique.

– Bien, où en étions-nous ? demanda Lopwitz, qui avait l'air plus en colère que jamais. Ah, ouais, le Giscard.

Lopwitz commença à remuer la tête comme si quelque chose de vraiment terrible s'était produit et Sherman se durcit, car la débâcle de l'emprunt indexé sur l'or était le pire de tout. A la seconde suivante, pourtant, Sherman eut l'étrange sentiment que Lopwitz, en réalité, secouait la tête à cause de la coupure de la liaison téléphonique aérienne.

Le téléphone sonna de nouveau. Lopwitz se jeta dessus.

– Ouais?... Vous avez l'avion?... Quoi?... Bon très bien, passez-le-moi...

Cette fois, Lopwitz regarda Sherman et secoua la tête d'un air frustré et étonné, comme si Sherman était un ami compréhensif.

– C'est Ronald Vine. Il appelle d'Angleterre. Il est dans le Wiltshire. Il a trouvé des panneaux de tapisserie pour moi. Ils ont six heures de plus que nous, là-bas, donc il faut que je le prenne.

Sa voix quémandait compréhension et pardon. *Des panneaux de tapisserie?* Sherman ne pouvait que le regarder. Mais, craignant apparemment qu'il puisse dire quelque chose à cet instant critique, Lopwitz leva un doigt et ferma les yeux quelques secondes.

– Ronald? D'où m'appelles-tu?... C'est ce que je pensais... Non, je connais très bien... Keske tu veux dire « ils ne veulent pas te les vendre »?

Lopwitz se lança dans une vaste discussion avec le décorateur, Ronald Vine, sur un empêchement pour l'achat de ses tapisseries du Wiltshire. Sherman contempla à nouveau la cheminée... les punaises... Lopwitz avait utilisé la cheminée pendant environ deux mois, puis plus jamais. Un jour, assis à son bureau il avait souffert d'une sensation de brûlure et de démangeaison intense. Sur le côté de sa fesse gauche. Il avait de fiers petits points rouges... *Des morsures de punaises...* La seule déduction plausible était que des punaises s'étaient débrouillées pour grimper jusqu'au cinquantième étage, jusqu'à l'étage suprême des obligations de Pierce &

Pierce, dans un chargement de bois pour la cheminée et avaient piqué le baron au derrière. Sur les chenets de cuivre, désormais, était posée une sélection soigneusement étudiée de bûches de bois dur du Hampshire, sculpturalement parfaites, parfaitement propres, complètement aseptisées, enduites de suffisamment d'insecticide pour vider une bananeraie de tout ce qui bouge, installées pour l'éternité, destinées à ne jamais être allumées.

La voix de Lopwitz s'éleva.

— Keske ça veut dire qu'ils veulent pas vendre pour du « trèfle? »... Ouais je sais qu'ils te l'ont dit à toi, mais ils savent que c'est pour moi. De quoi ils parlent... avec leur trèfle?... Mmmmh-mmmmh... Ouais, eh bien dis-leur que j'ai un autre mot à leur service. *Trayf*... qu'ils se débrouillent pour comprendre tout seuls. S'ils veulent pas de mon « trèfle », eux ils sont vraiment *trayf*... Ce que ça veut dire? ça veut dire, « pas kasher », sauf que c'est pire que ça. En anglais dans le texte je crois que le mot serait *merde*. Il y a un vieux dicton : « Si vous regardez d'assez près, tout est *trayf* », et c'est valable pour ces aristocrates mangés aux mites, Ronald. Dis-leur de prendre leurs tapisseries et de se les brouter.

Lopwitz raccrocha et regarda Sherman, très irrité.

— Très bien, Sherman, venons-en au fait. — Il parlait comme si Sherman l'avait contredit, avait argumenté, s'était montré évasif, lui avait tenu un double discours, bref avait essayé de le rendre fou. — Je n'arrive pas à comprendre ce qui s'est passé avec le Giscard... j'voudrais savoir quelque chose.

Il pencha sa tête de côté et arbora le regard « Je suis un grand observateur de la nature humaine ».

— Je ne voudrais pas vous forcer, dit-il, mais je voudrais que vous me le disiez quand même. Vous avez des problèmes à la maison ou quoi?

Pendant un instant Sherman envisagea d'en appeler, d'homme à homme, à sa pitié et de lui révéler juste quelques centimètres de son infidélité. Mais un sixième sens l'avertit que « des problèmes à la maison » ne feraient qu'amplifier le mépris de Lopwitz et son appétit pour les ragots, qui semblait être considérable. Donc il secoua la tête et sourit légèrement, pour indiquer que la question ne le troublait même pas, et dit :

– Non, pas du tout.

– Alors vous avez besoin de vacances, peut-être ?

Sherman ne savait pas quoi répondre à cela. Mais son humeur se rasséréna. Au moins, il n'avait pas l'impression que Lopwitz voulait le virer. En fait, il n'eut pas besoin de dire quoi que ce soit, car le téléphone sonna à nouveau. Lopwitz décrocha, mais moins rapidement cette fois.

– Ouais... Qu'est-ce que c'est, Mlle Bayles ?... Sherman ? – Un grand soupir. – Eh bien il est ici.

L'air intrigué, Lopwitz fixa Sherman.

– Ça a l'air d'être pour vous.

Il lui tendit le combiné.

Très bizarre. Sherman se leva, prit le combiné et se tint debout près du fauteuil de Lopwitz.

– Allô ?

– M. McCoy ? – C'était Mlle Bayles, la secrétaire de Lopwitz. – Il y a un M. Killian en ligne. Il dit qu'il est « impératif » qu'il vous parle. Vous désirez le prendre ?

Sherman sentit un sursaut de palpitation dans sa poitrine. Puis son cœur se stabilisa en une tachycardie régulière et galopante.

– Oui, merci.

Une voix dit :

– Sherman ? – C'était Killian. Il ne l'avait jamais appelé par son prénom avant. – Il fallait que je vous parle – *Fallait qu'j'vous parle*.

– Je suis dans le bureau de M. Lopwitz, dit Sherman, d'une voix très formelle.

– Je sais ça, dit Killian, mais il fallait que j'm'assure que vous quittiez pas le building ou quoi avant qu'j'vous parle. Je viens d'avoir un appel de Bernie Fitzgibbon. Ils affirment qu'ils ont un témoin qui peut... s'faire les gens qui étaient là. Vous me suivez?

– Se faire?

– Les identifier...

– Je vois... Laissez-moi vous rappeler de mon bureau. – Voix fabriquée.

– Okay. J'suis dans mon bureau, mais faut que j'aille au tribunal. Alors magnez-vous. Il y a une chose très importante à savoir. Ils veulent vous voir, officiellement, demain. Officiellement, d'accord? Alors, vous m' rappelez immédiatement.

A la manière dont Killian avait dit « officiellement », Sherman savait que c'était une phrase codée, au cas où quelqu'un dans le bureau de Lopwitz aurait eu accès à la conversation.

– Très bien, dit-il de sa voix fabriquée, merci.

Il reposa le combiné sur le téléphone sur la table Chippendale irlandais et se rassit dans son fauteuil, en proie au vertige.

Lopwitz poursuivit, comme si l'appel n'avait jamais eu lieu.

– Comme je vous l'ai dit, Sherman, la question n'est pas de savoir que vous avez perdu de l'argent pour Pierce & Pierce. Ce n'est pas ça que je dis. Le Giscard était votre idée. C'était une brillante stratégie et vous l'aviez bien mise au point. Mais je veux dire, doux Jésus! vous avez travaillé dessus quatre mois et vous êtes notre courtier en obligations numéro un. Donc, ce n'est pas l'argent perdu pour nous, c'est que vous êtes là, un type supposé fonctionner le mieux possible là-dedans et maintenant, on est dans une situation où on est empêtré dans un réseau de ces choses dont je vous parlais...

Lopwitz cessa de parler et fixa Sherman d'un air stupéfait, car Sherman sans dire un mot s'était levé. Sherman savait ce qu'il faisait, mais en même temps il avait l'impression de ne rien contrôler. Il ne pouvait vraiment pas se lever et planter Gene Lopwitz au beau milieu d'une conversation cruciale sur ses exploits chez Pierce & Pierce, et pourtant il ne pouvait rester assis une seconde de plus.

– Gene, dit-il, il faut m'excuser. Je dois partir. – Il entendait sa propre voix comme s'il l'écoutait de l'extérieur. – Je suis sincèrement désolé, mais il le faut.

Lopwitz resta assis et le regarda comme s'il était devenu dingue.

– Cet appel, dit Sherman, je suis désolé.

Il commença à sortir du bureau. Du coin de l'œil il était conscient que Lopwitz le suivait du regard.

Dans la salle des obligations, là, à l'étage, la folie matinale avait atteint son point culminant. Comme il se dirigeait vers son bureau, Sherman avait le sentiment qu'il nageait dans un délire.

– Octobre quatre-vingt-douze au dollar !

– ... j'ai dit qu'on allait déshabiller ces enculeurs !

Ahhhhhhh, les miettes d'or... Quelle futilité...

Alors qu'il s'asseyait à son bureau, Arguello s'approcha et dit :

– Sherman, tu sais quelque chose sur 10 millions de S & L Joshua Tree ?

Sherman lui fit signe de s'en aller, de la main, comme vous préviendriez quelqu'un de s'éloigner du bord d'une falaise, ou d'un feu rugissant. Il remarqua que son index tremblait tandis qu'il composait le numéro de Killian. La réceptionniste répondit, et Sherman, dans sa tête, pouvait voir la luminosité étonnante de la réception du vieil immeuble de Reade Street. Au bout d'un moment, Killian fut en ligne.

– Z'êtes kekpart où vous pouvez causer ? demanda-t-il. *Causer.*

– Oui. Que vouliez-*vous* dire par ils veulent me voir officiellement ?

· – Ils veulent vous coller dedans. C'est contraire à

586

toute éthique, c'est absolument pas nécessaire, c'est de la merde, mais c'est ce qu'ils vont faire.

– Me coller dedans?

Même lorsqu'il le dit, il eut l'horrible sensation de savoir exactement ce que Killian voulait dire. La question était une prière involontaire, venue directement de son système nerveux central, une prière pour qu'il se trompe.

– Ils vont vous foutre en état d'arrestation. C'est inadmissible. Une infamie. Ils devaient amener ce qu'ils ont devant la cour, décider d'une inculpation et ensuite lancer une convocation. Bernie le sait, mais Weiss a besoin d'une arrestation rapide pour décoller la presse de son dos!

La gorge de Sherman s'assécha d'un seul coup aux mots « vous foutre en état d'arrestation ». Le reste n'était que des mots.

– En état d'arrestation? – Un coassement.

– Weiss est une charogne, dit Killian, et c'est une pute avec la presse.

– *En état d'arrestation...* Vous n'êtes pas sérieux?

Je vous en prie, faites que ce ne soit pas vrai.

– Qu'est-ce qu'ils – quelle est la charge retenue contre moi?

– Conduite dangereuse, délit de fuite, et non-déclaration d'un accident.

– C'est impossible!

Je vous en prie, faites que ceci ne soit pas réel...

– Conduite dangereuse? Mais d'après ce que vous aviez dit... je veux dire, comment peuvent-ils? Je n'étais même pas au volant!

– Pas selon leur témoin. Bernie dit que le témoin vous a reconnu dans un paquet de photos.

– Mais je ne conduisais pas!

– Je ne fais que vous dire ce que Bernie m'a dit. Il dit que le témoin connaissait aussi la couleur et le modèle de votre voiture.

Sherman était conscient de sa respiration accélérée et du rugissement de la salle des obligations.

Killian dit :

– Hé, vous êtes là ?

Sherman, d'une voix rauque :

– Oui... qui *est* ce témoin ?

– Ça, il a pas voulu me l'dire.

– Est-ce l'autre môme ?

– Il a rien dit.

– Ou bien – bon Dieu ! – Maria ?

– Il va pas me dire ça.

– Est-ce qu'il a *mentionné* qu'il y avait une femme dans la voiture ?

– Non. Au point où on en est, ils vont garder les détails pour eux. Mais écoutez. Laissez-moi vous dire kekchose. Ça va pas être aussi dur que vous l'imaginez. J'ai passé un accord avec Bernie. Je peux vous amener là-haut moi-même et vous remettre moi-même entre leurs mains. Vous allez faire qu'entrer et sortir. *Bim... boum.*

Entrer et sortir de *quoi* ? Mais ce qu'il dit fut :

– Me remettre ?

– Ouais. S'ils voulaient, ils pourraient descendre vous arrêter et vous ramener là-haut avec les menottes.

– Où, là-haut ?

– Dans le Bronx. Mais ça va pas arriver. J'ai une promesse de Bernie. Et quand ils feront leur déclaration à la presse, vous serez déjà sorti de là. Vos pouvez être reconnaissant pour ça.

La presse... Le Bronx... Me rendre... conduite dangereuse... Une abstraction grotesque après l'autre. Tout à coup, il désespéra de concevoir çe qui allait se produire, de pouvoir le mettre en images, peu importe ce que c'était, plutôt que de seulement sentir l'horrible force qui se refermait sur lui.

Killian dit :

– Z'êtes là ?

– Oui.

– Vous pouvez remercier Bernie Fitzgibbon. Vous vous rappelez ce que je disais sur les contrats ? Ceci en est un, entre Bernie et moi.

– Ecoutez, dit Sherman, il faut que je vienne vous parler.

– Là, maintenant, il faut que j'aille au tribunal. Je suis déjà – *J'suis d'jà* – en retard. Mais je devrais avoir fini vers 13 heures. Passez vers 13 heures. Vous allez avoir besoin d'une ou deux heures, de toute façon.

Cette fois, Sherman savait exactement ce dont Killian parlait.

– Oh, Dieu, dit-il de sa voix enrouée, il faut que j'en parle à ma femme. Elle ne sait absolument rien de tout ceci. – Il parlait autant pour lui-même que pour Killian. – Et ma fille et mes parents... et Lopwitz... Je ne sais pas... Je ne peux pas vous dire – c'est absolument incroyable...

– C'est comme si on vous enlevait la terre de sous les pieds, hein ? C'est la chose la plus naturelle du monde. Vous êtes pas un criminel. Mais ça sera pas aussi moche que vous pensez. Tout ça veut pas dire qu'ils tiennent une affaire. Ça veut juste dire qu'ils pensent qu'ils ont assez pour faire un mouvement. Alors j'vais vous dire kek'chose. Ou plutôt j'vais vous dire kek'chose que j'vous ai déjà dit, encore une fois. Il va falloir que vous disiez à certaines personnes ce qui se passe, mais n'entrez pas dans les détails de c'qui s'est passé cette nuit-là. Votre *femme* – euh, c'que vous lui dites, c'est entre elle et vous, et j'peux pas vous conseiller pour ça. Mais tous les autres – pas de détails. Ça peut être utilisé contre vous.

Un sentiment triste, triste, submergea Sherman. Que pouvait-il dire à Campbell ? Et qu'allait-elle prendre ou laisser dans tout ce que les autres lui diraient sur lui ? Six ans. Si candide ! Une petite fille qui aime les fleurs et les lapins.

– Je comprends, dit-il d'une voix complètement déprimée.

Comment Campbell pourrait-elle ne pas être écrasée par tout cela ?

Après avoir dit au revoir à Killian, il resta assis devant son bureau et laissa glisser devant ses yeux les milliers de chiffres et de lettres vert fluo sur l'écran de son terminal. Logiquement, intellectuellement, il savait que Campbell, sa petite fille, serait la première personne à le croire totalement et la dernière à perdre foi en lui, et pourtant il ne servait de rien d'essayer d'y penser logiquement et intellectuellement. Il imaginait son petit visage tendre et exquis.

Sa préoccupation pour Campbell eut un effet bénéfique, au moins. Cela diminua considérablement la première de ses tâches difficiles, qui était de retourner voir Eugène Lopwitz.

Quand il reparut devant la suite de Lopwitz, Mlle Bayles lui lança un regard effaré. Visiblement, Lopwitz lui avait dit qu'il était sorti de la pièce comme un dingue. Elle le dirigea vers une bergère boursouflée et garda un œil sur lui durant les quinze minutes qu'il dut attendre avant que Lopwitz ne le rappelât dans son bureau.

Lopwitz était debout quand Sherman y pénétra, et il ne lui offrit pas de s'asseoir. Au contraire, il l'intercepta au beau milieu du vaste tapis d'Orient, comme pour dire : « Très bien, je t'ai laissé revenir. Maintenant, accouche, et vite. »

Sherman releva son menton et essaya de prendre un air digne. Mais il avait le vertige à la pensée de ce qu'il allait révéler, de ce qu'il allait confesser.

– Gene, dit-il, je ne voulais pas sortir d'ici si abruptement mais je n'avais pas le choix. Cet appel qu'on m'a passé quand j'étais ici. Vous m'avez demandé si j'avais des problèmes. Eh bien, le fait est que j'en ai. Je vais être arrêté demain matin.

Tout d'abord, Lopwitz se contenta de le regarder.

Sherman remarqua combien ses paupières étaient épaisses et fripées. Puis il dit : « Allons par ici » en désignant la grappe de fauteuils.

Ils s'installèrent une fois de plus. Sherman sentait un soupçon de rancœur face à l'expression absorbée du visage de chauve-souris de Lopwitz, qui portait *voyeur* écrit sur le front. Sherman lui raconta l'affaire Lamb comme elle était apparue dans la presse, puis il lui parla de la visite des deux inspecteurs, en omettant tout de même les détails humiliants. Pendant tout ce temps, il contemplait le visage captivé de Lopwitz et sentait l'excitation écœurante de la créature sans espoir qui gaspille du bon argent pour du mauvais et une bonne vie pour de vils péchés, par faiblesse. La tentation de *tout dire*, d'être vraiment licencieux, de parler de la douce chair de Maria Ruskin et du combat dans la jungle et de sa victoire sur les deux brutes – de dire à Lopwitz que ce qu'il avait fait, il l'avait fait comme un homme – et que comme un homme il avait été irréprochable et plus qu'irréprochable, peut-être même un héros – la tentation de mettre à nu le drame dans sa totalité – *dans lequel je n'étais pas le méchant !* – était beaucoup plus forte qu'il ne pouvait le supporter. Mais il se retint.

– C'était mon avocat qui m'appelait tout à l'heure, Gene, et il dit que pour l'instant, je ne devrais pas entrer dans les détails de ce qui s'est passé ou pas passé, mais je veux que vous, vous sachiez une chose, surtout parce que je ne sais pas ce que la presse dira sur cette histoire : Je n'ai renversé personne avec ma voiture, ni conduit dangereusement ni rien d'autre qui pourrait m'empêcher d'avoir la conscience tranquille.

Dès qu'il eut dit « conscience », il se rendit compte que tout homme coupable parle de sa conscience tranquille.

– Qui est votre avocat ? demanda Lopwitz.

– Il s'appelle Thomas Killian.

– Connais pas. Vous devriez prendre Roy Branner.

C'est le roi des plaideurs à New York. Fabuleux. Si un jour j'étais dans le pétrin, je prendrais Roy. Je peux l'appeler.

Désemparé, Sherman écouta Lopwitz décrire le pouvoir du fabuleux Roy Branner et les affaires qu'il avait gagnées et comment leurs femmes se connaissaient et tout ce que Roy ferait pour lui si lui, Gene Lopwitz, le lui demandait.

Tel était donc l'instinct surpuissant de Lopwitz en apprenant cette crise dans la vie de Sherman : lui montrer ses relations et les gens importants qu'il connaissait et l'emprise qu'il avait lui, le baron magnétique, sur les Grands Noms. Le deuxième instinct était plus pragmatique. Il fut déclenché par le mot *presse*. Lopwitz proposa, d'une manière qui ne souffrait pas de discussion, que Sherman prenne un congé jusqu'à ce que cette regrettable affaire soit résolue.

Cette suggestion parfaitement raisonnable, faite calmement, lança un signal d'alarme neuronal. S'il prenait un congé, il pouvait – il n'en était pas complètement sûr – il pouvait encore toucher son salaire de base de 10 000 $ par mois, ce qui était moins de la moitié de ce qu'il devait payer chaque mois pour son appartement. Mais il ne partagerait plus les commissions et les profits des ventes d'obligations. Pratiquement, il n'aurait plus de revenus.

Le téléphone posé sur le guéridon Chippendale irlandais près de Lopwitz sonna, avec un petit couinement. Lopwitz décrocha.

– Ouais ?... Vraiment ? – Un grand sourire. – Génial... Allô ?... Allô ?... Bobby ?... Tu m'entends bien ?

Il regarda Sherman, lui fit un sourire détendu et articula sans le prononcer le nom de son interlocuteur, *Bobby Shaflett,* puis il baissa les yeux et se concentra sur le téléphone. Son visage irradiait une joie totale.

– Tu dis que ça va bien ?... Merveilleux ! J'étais ravi de l'faire. Ils t'ont donné quelque chose à manger, j'espère ?... Bien, bien... Ecoute, si tu as besoin de quoi que ce soit, tu leur demandes. Ce sont des braves types. Tu sais qu'ils étaient tous les deux pilotes au Vietnam ?... Bien sûr. Ils sont géniaux. Si tu veux boire ou quoi, tu leur demandes. J'ai un Armagnac 1934 dans l'avion. Je crois qu'il est rangé à l'arrière. Demande au plus petit, Tony. Je crois qu'il sait où il est... Eh bien, quand tu reviendras ce soir, alors... C'est de la super-qualité. C'est la meilleure année pour l'Armagnac, 1934. Très doux. Ça t'aidera à te relaxer... Bon, tout va bien alors ? Hein ?... Génial. Bien... Quoi ? Pas du tout, Bobby. Ravi de l'faire, ravi de l'faire.

Quand il raccrocha, il n'aurait pas pu avoir l'air plus heureux. Le plus célèbre chanteur d'opéra des Etats-Unis était dans son avion, faisant du stop jusqu'à Vancouver, Canada, avec deux capitaines de l'Air Force, vétérans du Vietnam, au service de Lopwitz, comme chauffeurs et maîtres d'hôtel, lui servant un Armagnac vieux de plus d'un demi-siècle, à 1 200 $ la bouteille, et maintenant ce merveilleux et célèbre gros bonhomme le remerciait, lui rendait hommage, à quarante mille pieds au-dessus de l'Etat du Montana.

Sherman regardait le visage souriant de Lopwitz, et il eut peur. Lopwitz n'était pas en colère contre lui. Il n'était pas perturbé. Il n'était même pas particulièrement inquiet. Non. *Le destin de Sherman McCoy ne comptait absolument pas.* La vie de Lopwitz, calquée sur le modèle anglais, supporterait les problèmes de Sherman McCoy, et Pierce & Pierce les supporterait. Tout le monde allait apprécier cette histoire juteuse pendant un temps, et les obligations continueraient à se vendre en quantités industrielles, et le nouveau chef des ventes – qui ? – Rawlie ? – ou quelqu'un d'autre ? – se pointerait dans la salle de conférences de Lopwitz façon Thé chez Tiffany pour discuter du ratissage des millions de Pierce & Pierce, de sa part de marché et tout et tout. Un autre appel du haut des airs d'un tas de graisse célèbre et Lopwitz ne se rappellerait même plus qui il était.

— Bobby Shaflett, dit Lopwitz, comme si Sherman et lui étaient attablés devant un apéritif avant de dîner. Il était au-dessus du Montana quand il a appelé.

Il secoua la tête et gloussa, comme pour dire « un sacré mec ! ».

XXI

LE FABULEUX KOALA

Jamais dans son existence il n'avait vu les *choses,* les choses de la vie quotidienne, aussi clairement. Et ses yeux les empoisonnaient toutes!

Dans la banque de Nassau Street, où il était entré des centaines de fois, où les employés, les gardes, les caissiers et le directeur lui-même le connaissaient comme l'estimable M. McCoy de Pierce & Pierce et l'appelaient par son nom, où il était si estimé, en fait, qu'ils lui avaient accordé un prêt personnel de 1,8 million de $ pour acheter son appartement – et ce prêt lui coûtait 21 000 $ par mois! – et d'où allaient-ils venir maintenant? – *Mon Dieu!* – il remarquait maintenant les plus petites choses... Les moulures en forme d'œufs et de flèches autour de la corniche de l'étage principal... les vieux abat-jour bronze des lampes posées sur les tables au milieu du hall... les décorations en spirales sur les rambardes qui soutenaient la séparation entre le hall et l'endroit où se tenaient les responsables... Tout si solide! si ordonné!... et maintenant si spécieux! quelle farce! si *dénué de valeur,* n'offrant aucune protection...

Tout le monde lui *souriait.* De gentilles âmes respectueuses et qui ne soupçonnaient rien... Aujourd'hui encore Monsieur McCoy, Monsieur McCoy, Monsieur McCoy, Monsieur McCoy, Monsieur McCoy, Monsieur

McCoy... quelle tristesse de penser que dans cet endroit solide et ordonné... demain...

10 000 en liquide... Killian avait dit que l'argent de la caution devait être en liquide... La caissière était une jeune femme noire, guère plus de vingt-cinq ans, portant une blouse à col très haut et une broche en or... un nuage en forme de visage qui soufflait le vent... en or... Ses yeux se fixèrent sur l'étrange tristesse du visage du vent en or... S'il lui présentait un chèque de 10 000 $, allait-elle lui poser des questions ? Devrait-il aller voir un supérieur et s'expliquer ? Que dirait-il ? pour une *caution* ? L'estimable Monsieur McCoy, Monsieur McCoy, Monsieur McCoy, Monsieur McCoy...

En fait elle dit :

– Vous savez que nous devons faire un rapport sur toutes les transactions de plus de 10 000 $, n'est-ce pas, M. McCoy ?

Un rapport ? à ses supérieurs !

Elle avait dû lire l'étonnement sur son visage, car elle ajouta :

– Pour l'Administration. Nous devons remplir un formulaire.

Il comprit soudain pourquoi. C'était un règlement destiné à repérer les trafiquants de drogue qui faisaient leurs affaires avec de gros montants en liquide.

– Combien de temps est-ce que cela prend ? Il y a beaucoup de paperasserie ?

– Non. Nous remplissons juste le formulaire. Nous avons toutes les informations nécessaires en fiche, votre adresse, etc.

– Bon, très bien, ça va.

– Comment les voulez-vous ? En billets de 100 ?

– Euh, oui, en billets de 100.

Il n'avait pas la moindre idée de ce à quoi allaient ressembler 10 000 $ en billets de 100.

Elle quitta son comptoir et revint très vite avec ce qui

ressemblait à une petite brique de papier avec une bande de papier autour.

– Voici. Voilà cent billets de 100 $.

Il sourit nerveusement :

– C'est ça? Cela n'a pas l'air de faire beaucoup, n'est-ce pas?

– Eh bien... ça dépend. Tous les billets viennent en paquets de cent, les billets de 1 comme ceux de 100. Mais quand on voit le 100 écrit là, c'est assez impressionnant, je trouve.

Il propulsa son attaché-case sur le comptoir de marbre devant elle, l'ouvrit, prit la brique de papier, la mit à l'intérieur, referma sa valise puis la regarda à nouveau. Elle savait, n'est-ce pas? Elle savait qu'il y avait quelque chose de sordide dans le fait de devoir retirer un tel montant en liquide. C'était obligatoire!

En fait son visage ne trahissait ni approbation ni désapprobation. Elle souriait, poliment, en signe de bonne volonté – et une vague de peur le balaya. *Bonne volonté!* Demain, elle, comme tous les autres Noirs qui regardaient Sherman dans les yeux, que penseraient-ils...

... de l'homme qui avait écrasé un jeune étudiant noir et qui l'avait laissé mourir!

En descendant Nassau Street, vers Wall Street, en direction de chez Dunning Sponget & Leach, il eut une attaque d'anxiété financière. Les 10 000 $ avaient presque lessivé son compte en banque. Il avait encore 16 000 $ environ sur un soi-disant compte d'épargne qui pouvait être viré n'importe quand sur son compte courant. C'était de l'argent qu'il gardait en réserve pour... des incidents! – les factures ordinaires qui tombaient tous les mois! et qui allaient continuer à tomber! comme des vagues sur le rivage – et *maintenant, quoi?* Très bientôt, il allait devoir empiéter sur le principal – et il ne restait plus beaucoup de principal. Fallait qu'il cesse de penser à cela. Il pensa à son père. Il serait devant lui dans cinq minutes... Il ne pouvait pas l'imaginer. Et ce ne serait rien comparé à Judy et Campbell.

En entrant dans le bureau de son père, il le vit se lever de son fauteuil derrière son bureau... mais les yeux empoisonnés de Sherman saisissaient les détails les plus insignifiants... les choses les plus tristes... Juste en face de la fenêtre de son père, à une fenêtre du nouveau building de verre et d'aluminium de l'autre côté de la rue, une jeune femme blanche contemplait la rue en bas et se curait le haut de l'oreille gauche avec un coton-tige... Une jeune femme tout à fait ordinaire avec des cheveux courts et bouclés, qui regardait dans la rue en se curant les oreilles... Comme c'était triste... La rue était si étroite qu'il avait l'impression qu'en se penchant il pourrait toucher du doigt le verre de sa fenêtre... Ce nouveau building avait plongé le petit bureau de son père dans une ombre perpétuelle. Il devait laisser les lumières allumées en permanence. Chez Dunning Sponget & Leach, de vieux associés comme John Campbell McCoy n'étaient pas forcés à la retraite, mais on s'attendait à ce qu'ils fassent ce qu'il fallait. Ce qui voulait dire abandonner les grands bureaux et les grands panoramas pour laisser place à la génération montante d'âge moyen, avocats à la quarantaine passée ou au début de la cinquantaine, encore dévorés d'ambition et de visions de panoramas plus vastes, de bureaux plus grandioses.

– Entre, Sherman, dit son père...

Le Lion de jadis... avec un sourire et aussi une note d'inquiétude. Sans aucun doute, il avait pu déduire du ton de voix de Sherman au téléphone que ce ne serait pas une visite ordinaire. Le Lion... C'était toujours une figure impressionnante avec son menton d'aristocrate, ses épais cheveux blancs soigneusement coiffés en arrière et son costume anglais avec sa lourde chaîne de montre à travers le devant de son gilet. Mais sa peau paraissait fine et fragile, comme si à tout moment sa peau de lion tout entière allait se déchirer dans ses vêtements de formidable laine peignée. Il désigna le fauteuil près de son bureau et dit, très plaisamment :

– Le marché des obligations doit broyer du noir. Voilà que soudain, j'ai droit à une visite au milieu de la journée.

Une visite au milieu de la journée – l'ancien bureau du Lion n'avait pas seulement fait le coin de l'immeuble, il était nanti d'une vue sur tout le port de New York. Quel émerveillement cela avait été, enfant, de venir voir papa dans son bureau ! Dès l'instant où il sortait de l'ascenseur au dix-huitième étage il était Sa Majesté l'Enfant. Tout le monde, la réceptionniste, les associés plus jeunes, même les portiers connaissaient son nom et le chantaient comme si rien ne pouvait apporter de plus grand bonheur aux loyaux sujets de Dunning Sponget que la vue de ce petit visage et de son menton aristocrate. Toute autre activité semblait s'arrêter tandis que Sa Majesté l'Enfant était escortée à travers le hall, puis pénétrait dans le Saint des Saints jusqu'au bureau du Lion lui-même, au coin, où la porte s'ouvrait et – quelle gloire ! – le soleil entrait à flots au-dessus du port, qui était étalé pour lui en bas. La statue de la Liberté, les ferries de Staten Island, les remorqueurs, les vedettes de la police, les cargos qui entraient dans l'estuaire au loin... Quel spectacle – pour lui ! Quel émerveillement !

Plusieurs fois, dans ce glorieux bureau, ils en étaient presque arrivés à s'asseoir et à vraiment parler. Lorsqu'il était plus jeune, Sherman avait perçu que son père essayait d'ouvrir une porte dans sa façade et lui faisait signe d'entrer. Et il n'avait jamais su vraiment comment. Maintenant, en un clin d'œil, Sherman avait trente-huit ans et il n'y avait plus de porte du tout. Comment présenter les choses ? De toute son existence, il n'avait jamais osé embarrasser son père avec un simple aveu de faiblesse, encore moins avec des doutes ou une abjecte vulnérabilité.

– Eh bien, comment cela va chez Pierce & Pierce ?

Sherman rit d'un rire sinistre.

– Je ne sais pas. Ce que je sais, c'est que cela va *sans* moi.

Son père se pencha en avant :

– Tu ne les quittes pas?

– On pourrait le dire.

Il ne savait toujours pas comment présenter la chose. Donc, faiblement, d'un air coupable, il se rabattit sur l'approche choc, la demande brutale de sympathie, qui avait fonctionné avec Gene Lopwitz.

– Papa, je vais être arrêté demain matin.

Son père le regarda pendant ce qui parut un très long moment, puis ouvrit la bouche, la referma et poussa un petit soupir, comme s'il rejetait toutes les réponses habituelles que propose l'humanité quand elle est surprise ou incrédule devant un désastre annoncé. Ce qu'il dit enfin, bien que parfaitement logique, étonna Sherman.

– Par qui?

– Par... la police. La police de New York.

– Sous quel chef d'inculpation?

Un tel étonnement et une telle douleur sur son visage. Oh, il l'avait sidéré, ça c'était certain, et il avait probablement anéanti sa capacité de se mettre en colère... et cette stratégie était méprisable...

– Conduite dangereuse, délit de fuite, non-déclaration d'accident.

– D'automobile, dit son père comme s'il se parlait à lui-même. Et ils vont t'arrêter *demain*?

Sherman opina et commença sa sordide histoire, étudiant tout au long le visage de son père et notant, avec culpabilité et soulagement, qu'il demeurait sidéré. Sherman évoqua le sujet de Maria avec une délicatesse toute victorienne. La connaissait à peine. Ne l'avait vue que trois ou quatre fois, fortuitement. N'aurait jamais dû flirter avec elle, bien évidemment. Flirter.

– Qui est cette femme, Sherman?

– Elle est mariée à un homme nommé Arthur Ruskin.

– Ah. Oui, je crois que je vois qui tu veux dire. Il est
juif, n'est-ce pas?

Quelle différence cela peut-il bien faire, bon sang?

– Oui.

– Et qui est-elle?

– Elle vient de quelque part en Caroline du Sud.

– Et son nom de jeune fille?

Son nom de jeune fille?

– Je ne crois pas qu'elle fasse partie de l'aristocratie
des Dames Coloniales, Papa.

Quand il en arriva aussi loin que les premières paru-
tions des articles dans la presse, Sherman savait que son
père ne voulait plus entendre un seul de ces détails
sordides. Il l'interrompit à nouveau.

– Qui te défend, Sherman? Je présume que tu as un
avocat.

– Oui, c'est Thomas Killian.

– Jamais entendu parler. Qui est-ce?

D'un cœur lourd:

– Il est d'un cabinet qui s'appelle Dershkin, Bellavita,
Fishbein & Schlossel.

Les narines du Lion frémirent et les muscles de sa
mâchoire se serrèrent vers le haut, comme s'il essayait
de s'empêcher de vomir.

– Comment diable as-tu trouvé *ça*?

– Ils sont spécialisés dans les affaires criminelles. C'est
Freddy Button qui me les a recommandés.

– Freddy? Tu as laissé Freddy...

Il secoua la tête. Il ne trouvait pas de mots.

– C'est mon avocat!

– Je sais, Sherman, mais Freddy...

Le Lion regarda la porte puis baissa la voix.

– Freddy est une personne tout à fait bien, Sherman,
mais ceci est une affaire très sérieuse!

– C'est *toi* qui m'as envoyé à Freddy, Papa, il y a très longtemps!

– Je sais! mais jamais pour quoi que ce soit d'important!

Il secoua la tête à nouveau. Etonnement sur étonnement.

– Bon, de toute façon, je suis défendu par un avocat qui s'appelle Thomas Killian.

– Ah, Sherman... – Une lassitude lointaine. Le cheval est sorti de l'écurie. – J'aurais aimé que tu viennes à moi dès que cet événement s'est produit. Maintenant, à ce stade... eh bien, bon, on en est là, hein? Donc essayons de partir de là. Il est une chose dont je suis tout à fait certain. Il faut que tu trouves les meilleurs défenseurs possibles. Il faut que tu trouves des avocats en qui tu puisses avoir confiance totalement, parce que tu leur remets un sacré paquet entre les mains. Tu ne peux pas aller comme ça au hasard te confier à des gens nommés Dershbein – peu importe. Je vais appeler Chester Whitman et Ed LaPrade pour les sonder.

Chester Whitman et Ed LaPrade? Deux vieux juges fédéraux qui étaient à la retraite, ou s'en approchaient. La possibilité qu'ils connaissent quoi que ce soit sur les machinations d'un procureur du Bronx ou d'un fauteur d'émeutes de Harlem était si mince... Tout d'un coup, Sherman se sentit triste, pas tant pour lui-même que pour ce vieil homme devant lui, s'accrochant au pouvoir de relations qui signifiaient quelque chose dans les années 50 ou 60...

– Mlle Needleman? – Le Lion était déjà au téléphone. – Pourriez-vous m'appeler le juge Chester Whitman, s'il vous plaît?... Quoi?... Oh, je vois. Bien, dès que vous aurez fini, alors.

Il raccrocha. En tant que vieil associé, il n'avait plus de secrétaire personnelle. Il en partageait une avec une douzaine d'autres et visiblement, Mlle Needleman ne bondissait pas quand le Lion ouvrait la bouche. En attendant, le Lion regardait par sa fenêtre solitaire, plissait les lèvres. Il avait l'air très vieux.

Et à cet instant, Sherman fit la terrible découverte que les hommes font sur leur père, tôt ou tard. Pour la première fois, il se rendit compte que l'homme en face de lui n'était pas un père vieillissant, mais un garçon, un garçon comme lui-même, un garçon qui avait grandi et avait eu un enfant à lui et qui, de son mieux, par sens du devoir et, peut-être, par amour, avait adopté un rôle appelé *Etre un Père* pour que cet enfant possède quelque chose de mythique et d'infiniment important : un Protecteur, qui garderait un œil sur toutes les possibilités chaotiques et catastrophiques de la vie. Et voilà que ce garçon, ce grand acteur, avait vieilli, était devenu fragile et épuisé, plus las que jamais à la pensée de devoir remettre l'armure du Protecteur sur son dos, maintenant, si près de sa fin.

Le Lion se détourna de la fenêtre et regarda Sherman droit dans les yeux et sourit, avec ce que Sherman interpréta comme un aimable embarras.

– Sherman, dit-il, promets-moi une chose. Tu ne perdras pas courage. J'aurais souhaité que tu viennes à moi plus tôt, mais cela importe peu. Tu vas avoir mon soutien absolu et celui de Mère. Tout ce que nous pourrons faire pour toi, nous le ferons.

Pendant une seconde, Sherman pensa qu'il parlait d'argent. Mais à la réflexion, il savait que non. Selon les standards du reste du monde, du monde en dehors de New York, ses parents étaient riches. En fait, ils avaient juste assez pour générer les revenus qui payaient leur maison sur la 73e Rue et la maison de Long Island, ainsi que quelques domestiques une partie de la semaine dans les deux endroits, et pour parer aux dépenses routinières qui préservaient leur confort. Mais entamer leur capital serait comme leur couper une artère. Il ne pouvait pas faire cela à cet homme grisonnant et plein de bonne volonté qui était assis en face de lui dans ce méchant petit bureau. Et, pour cette raison, il n'était pas bien certain de ce qu'il lui proposait.

– Et Judy? demanda son père.

– Judy?

– Comment a-t-elle pris tout ceci?

– Elle n'en sait encore rien.

– *Rien?*

– Pas le moindre mot.

Tout vestige d'expression disparut du visage du vieil homme grisâtre.

Quand Sherman demanda à Judy de l'accompagner dans la bibliothèque, il avait vraiment l'intention, l'intention résolue, d'être complètement honnête. Mais au moment où il ouvrit la bouche, il découvrit ce double boiteux, le dissimulateur. C'était le dissimulateur qui avait pris cette prétentieuse voix de baryton pour désigner un siège à Judy à la manière d'un directeur de pompes funèbres et qui avait fermé la porte de la bibliothèque d'une manière délibérément lugubre, avant de se retourner, et qui avait baissé ses sourcils vers l'arête de son nez pour que Judy puisse voir, sans entendre le premier mot, que la situation était grave.

Le dissimulateur ne s'asseyait pas derrière son bureau – ce serait une posture trop professionnelle – mais dans un fauteuil. Il lui dit :

– Judy, est-ce que tu es bien assise? Je...

– Si tu veux me parler de ta petite je-ne-sais-quoi, ne te fatigue pas. Tu ne saurais imaginer combien cela m'intéresse peu.

Sidéré :

– Ma petite *quoi?*

– Ton... histoire... Si c'est de cela qu'il s'agit. Je ne veux même pas en entendre parler.

Il la regardait, la bouche entrouverte, cherchant à toute vitesse dans sa tête quelque chose à dire : « Ce n'est qu'une partie de ça »... « Si seulement c'était

tout »… « J'ai peur que tu doives pourtant l'entendre »…
« Cela va bien au-delà de cela »… Tout était si banal, si
plat – donc il en revint à la bombe. Il lui lâcha la bombe
dessus.

– Judy… Je vais être arrêté demain matin.

Cela la terrassa. Cela fit exploser le regard condescendant qu'elle arborait. Ses épaules s'affaissèrent. Elle
n'était plus qu'une petite femme dans un grand fauteuil.

– Arrêté ?

– Tu te rappelles le soir où deux inspecteurs sont
passés ici. Cette histoire qui s'est produite dans le
Bronx ?

– C'était *toi* ?

– C'était moi.

– Je ne te crois pas.

– Malheureusement, c'est vrai. C'était moi.

Il la tenait. Elle était effondrée. Il se sentait minable et
coupable, de nouveau. Les dimensions de cette catastrophe, une fois de plus, débordaient en terrain moral.

Il commença son histoire. Jusqu'à ce que les mots
sortent de sa bouche, il avait désiré rester complètement
fidèle à Maria. Mais… quel bien cela ferait-il ? Pourquoi
détruire complètement sa femme ? Pourquoi la laisser
avec un mari parfaitement haïssable ? Donc il lui dit que
cela n'avait guère été plus qu'un petit flirt. Avait à peine
connu cette femme trois semaines.

– Je lui avais juste dit que je la prendrais à l'aéroport.
Tout d'un coup je lui ai dit que j'allais faire ça. J'avais
probablement – je crois que j'avais une idée derrière la
tête – pourquoi essayer de me leurrer ou de te leurrer –
mais, Judy, je te jure, je n'ai jamais *embrassé* cette
femme, et j'ai encore moins eu une *histoire* avec elle. Et
alors cette chose *incroyable* est arrivée, ce cauchemar,
et je ne l'ai pas revue depuis sauf à cette soirée où tout
d'un coup je me suis retrouvé assis à côté d'elle chez les

Bavardage. Judy, je te le jure, il n'y avait pas d'*histoire*.

Il étudiait son visage pour voir si, par hasard, elle le croyait. Visage fermé. Impassible. Il plongea plus profond.

— Je sais que j'aurais dû te le dire dès que cela est arrivé. Mais c'est survenu juste après ce stupide coup de téléphone que j'ai passé. Et alors je *savais* que tu penserais que j'avais une espèce d'histoire, ce qui n'était pas le cas. Judy, j'ai dû voir cette femme peut-être cinq fois dans ma vie, toujours en public. Je veux dire, même aller chercher quelqu'un à l'aéroport, c'est une situation publique.

Il s'arrêta et tenta de déchiffrer à nouveau son expression. Rien. Il trouvait son silence accablant... Il se sentit obligé de remplir de mots tous ces silences.

Il continua avec les articles des journaux, ses problèmes au bureau, Freddy Button, Thomas Killian, Gene Lopwitz. Même pendant qu'il digressait sur un sujet, son esprit courait déjà vers le suivant. Devait-il lui parler de sa conversation avec son père ? Cela lui gagnerait sa sympathie, car elle se rendrait compte de la douleur que cela lui avait occasionnée. Non ! Elle pourrait se fâcher en sachant qu'il en avait parlé à son père d'abord... Mais avant qu'il n'atteigne ce point, il se rendit compte qu'elle ne l'écoutait plus. Un regard curieux, presque rêveur, avait envahi son visage. Puis elle commença à rire doucement. Le seul son qui sortit fut un petit *hohohohoho* venu du fond de sa gorge.

Choqué et offensé :

— Cela te fait *rire* ?

Avec juste l'ombre d'un sourire :

— Je ris de moi-même. Tout le week-end j'étais énervée parce que chez les Bavardage tu étais tellement... pataud. J'avais peur que cela influe sur mes chances d'être au comité du gala pour le musée.

Malgré tout le reste, Sherman eut mal d'apprendre qu'il avait été « pataud » chez les Bavardage.

Judy dit :

– C'est plutôt drôle, n'est-ce pas ? Que je m'inquiète du gala au profit du musée ?

Dans un sifflement :

– Désolé d'être un obstacle à tes ambitions.

– Sherman, maintenant je veux que tu m'écoutes, dit-elle avec une gentillesse calme et maternelle. – *C'était irréel.* – Je ne réponds pas comme une bonne épouse, n'est-ce pas. Je voudrais, pourtant. Mais comment le pourrais-je ? Je voudrais t'offrir mon amour ou sinon mon amour, mon... quoi ?... ma sympathie, mon attention, mon réconfort. Mais je ne peux pas. Je ne peux même pas faire semblant. Tu ne m'as pas laissée t'approcher. Tu m'as déçue, Sherman. Tu sais ce que cela signifie de *décevoir* quelqu'un ?

Elle avait dit cela avec la même gentillesse maternelle que le reste.

– Décevoir ? Dieu du Ciel, ce n'était qu'un flirt, et rien d'autre. Si tu... si tu regardes quelqu'un... Tu peux appeler cela une déception si tu veux, mais moi je n'appellerais pas cela comme ça.

Elle remit son léger sourire sur ses lèvres et secoua la tête :

– Sherman, Sherman, Sherman...

– Je jure que c'est la vérité.

– Oh, je ne sais pas ce que tu as fait avec ta Maria Ruskin, et je m'en fiche. Vraiment. C'est le plus infime de ce que tu as fait, mais je ne crois pas que tu comprennes cela.

– Le plus infime de quoi ?

– De ce que tu m'as fait, et pas seulement à moi. A Campbell aussi.

– Campbell !

– A ta famille. Nous *sommes* une famille. Cette chose, cette histoire nous affecte tous, cela s'est produit il y a deux semaines et tu n'en as rien dit. Tu me l'as caché. Tu étais assis juste à côté de moi, dans cette même pièce, et tu regardais la télévision, la manifestation, et tu n'as pas dit un mot! Puis la police est venue chez nous, *la police! – chez nous!* Je t'ai même demandé pourquoi tu étais dans un état pareil et tu as prétendu que c'était une coïncidence. Et alors – *le même soir* – tu t'es retrouvé assis à côté de ta... de ton amie.. de ta complice... de ta petite aventure... Dis-moi comment l'appeler... Et tu as continué à ne rien dire. Tu m'as laissée croire que tout allait bien. Tu m'as laissée poursuivre mes rêves idiots, et tu as laissé Campbell continuer à avoir ses rêves enfantins, d'être une petite fille normale dans une famille normale, jouant avec ses petites amies, faisant ses petits lapins, ses tortues et ses pingouins. Le soir où *le monde* apprenait ton *escapade*, Campbell te montrait un petit lapin d'argile qu'elle avait fait. Tu te souviens de ça? Tu t'en souviens? Et tu t'es contenté de le regarder et tu as dit *tout ce qu'il fallait*! Et maintenant tu rentres à la maison – soudain ses yeux s'emplirent de larmes – en fin de journée et tu me dis... que tu... vas... être... arrêté... demain... matin.

La phrase était hachée de sanglots. Sherman se leva. Devait-il essayer de la prendre dans ses bras? Ou cela ne ferait-il qu'empirer les choses? Il fit un pas vers elle.

Elle se redressa et tint les mains devant elle d'une manière délicate, presque tentante.

– Non, n'essaie pas, dit-elle doucement. Contente-toi d'écouter ce que je te dis. – Ses joues étaient traversées de larmes. – Je vais essayer de t'aider, et je vais essayer d'aider Campbell, de toutes mes forces. Mais je ne peux pas te donner d'amour, et je ne peux pas te donner de tendresse. Je ne suis pas assez bonne comédienne. J'aimerais l'être, parce que tu vas avoir besoin d'amour et de tendresse, Sherman.

Sherman dit :

– Ne peux-tu pas me pardonner?

– Je suppose que si, dit-elle, mais qu'est-ce que cela changerait?

Il ne put répondre.

Il parla à Campbell dans sa chambre. Le seul fait d'y entrer suffisait à lui briser le cœur. Campbell était assise à sa table (une table ronde avec environ 800 $ de cotonnades fleuries de chez Laura Ashley qui tombaient jusqu'au sol et un verre biseauté à 280 $ posé dessus) ou plutôt, elle était à moitié couchée sur la table, le nez penché, dans une attitude de concentration intense, écrivant des lettres avec un gros crayon rose. C'était la parfaite chambre de petite fille. Des poupées et des animaux en peluche étaient perchés partout. Il y en avait sur les casiers à livres laqués blanc, avec leurs pilastres gravés, et sur la paire de fauteuils de boudoir miniatures (quelques cotonnades supplémentaires de Laura Ashley). Ils étaient perchés à la tête du lit Chippendale sculpté de rubans, et sur le pied de lit sculpté de rubans et sur le tas si bien disposé d'oreillers et sur la paire de tables de nuit rondes avec une autre fortune en cotonnades qui tombaient jusque sur le plancher. Sherman n'avait jamais rechigné à donner le moindre centime des sommes gigantesques que Judy avait dépensées pour cette chambre, et ce n'était pas maintenant qu'il allait commencer. Son cœur était lacéré à la pensée de devoir maintenant trouver les mots pour dire à Campbell que le monde de rêve de cette chambre était terminé, des années trop tôt.

– Bonsoir, mon cœur, qu'est-ce que tu fais?

Sans lever le nez :

– J'écris un livre.

– Tu écris un livre! C'est fantastique. Un livre sur quoi?

Silence. Sans lever les yeux. Appliquée au travail.

– Mon petit sucre, je voudrais te parler de quelque chose, quelque chose de très important.

Elle leva les yeux et le regarda.

– Papa, tu sais faire un livre?

Faire un livre?

– Faire un livre? Je ne sais pas bien ce que tu veux dire...

– Faire un livre! – Un peu exaspérée par son côté obtus.

– Tu veux dire, en *fabriquer* un? Non, ils font ça dans des imprimeries.

– MacKenzie en fait un. Son papa l'aide. Je veux en faire un.

Garland Reed et ses satanés « bouquins »! Evitant la suite :

– Eh bien d'abord, il faut que tu écrives ton livre.

Grand sourire :

– Je l'ai écrivé!

Elle désigna la feuille de papier sur la table.

– Tu l'as écrit?

Il ne corrigeait jamais ses fautes de grammaire immédiatement.

– Oui! Tu m'aideras à faire le livre?

Désespéré, triste :

– J'essaierai.

– Tu veux le lire?

– Campbell, j'ai quelque chose de très important à te dire. Je voudrais que tu m'écoutes très attentivement.

– Tu veux le lire?

– Campbell... – Un soupir. Désarmé par son obstination. – Oui, j'adorerais le lire.

Modestement :

– C'est pas très long.

Elle prit plusieurs feuilles de papier et les lui tendit.

En grosses lettres appliquées :

LE KOALA
Par Campbell McCoy
Il était une fois un koala. Il s'appelait Kelly. Il

*vivait dans les bois. Kelly avait plein d'amis. Un
jour quelqu'un fit une promenade et mangea la
nourriture de Kelly.*

*Il était très triste. Il voulait voir la ville. Kelly
alla à la ville. Il voulait aussi voir les gratte-ciel.
A peine il allait saisir le bouton pour ouvrir une
porte, un chien lui fonça dessus! Mais il n'attrapa pas Kelly. Kelly sauta par une fenêtre. Et
par erreur, il tira l'alarme. Alors les voitures de
paulisse fonçaient partout. Kelly avait peur.
Kelly, finalement s'échappa.*

*Quelqu'un attrapa Kelly et l'amena au zoo.
Maintenant Kelly adore le zoo.*

Le crâne de Sherman lui paraissait s'emplir de vapeur.
Ça parlait de lui! Pendant un instant, il se demanda si,
d'une manière inexplicable, elle n'avait pas *deviné*...
perçu les émanations sinistres... Comme si elles pla-
naient dans l'air même de leur maison... *par erreur il
tira l'alarme. Alors les voitures de police fonçaient
partout!*... C'était impossible... et pourtant, il l'avait
sous les yeux!

– Tu l'aimes?

– Oui, euh... Je, euh...

– Papa! Tu l'aimes?

– C'est merveilleux, chérie. Tu as un talent fou!... Il
n'y a pas beaucoup de petites filles de ton âge... pas
beaucoup... C'est merveilleux...

– Alors tu m'aideras à faire le livre?

– Je... j'ai quelque chose à te dire, Campbell, d'accord?

– D'accord. Tu l'aimes vraiment?

– Oui, c'est merveilleux. Campbell, je voudrais que tu
m'écoutes. D'accord? Bon. Campbell, tu sais que les
gens ne disent pas toujours la vérité sur les autres
gens.

– La vérité?

– Des fois, les gens disent des choses méchantes, des choses qui ne sont pas vraies.

– Quoi?

– Des fois, les gens disent des choses méchantes sur les autres gens, des choses qu'ils ne devraient pas dire, des choses qui font que la personne se sent mal. Tu sais ce que je veux dire?

– Papa, est-ce que je devrais pas dessiner une image de Kelly pour le livre?

Kelly?

– S'il te plaît, écoute-moi, Campbell. C'est important.

– D'aaaccooord. – Soupir las.

– Tu te souviens, une fois MacKenzie avait dit quelque chose qui n'était pas beau sur toi, quelque chose qui n'était pas vrai?

– MacKenzie? – Maintenant il avait son attention.

– Oui, souviens-toi, elle avait dit que tu... – Même au prix de sa vie il ne parvenait pas à se rappeler ce que MacKenzie avait dit. – Je crois qu'elle avait dit que tu n'étais pas son amie.

– MacKenzie est ma meilleure amie et je suis sa meilleure amie.

– Je sais. C'est là la question. Elle avait dit quelque chose qui n'était pas vrai. Elle ne voulait pas vraiment dire ça, mais elle l'avait dit, et des fois les gens font ça. Ils disent des choses qui blessent les autres gens et peut-être qu'ils ne voulaient pas, mais ils le font et ça blesse l'autre personne et ce n'est pas ça qu'il faut faire en vrai.

– Quoi?

Poursuivant :

– Ce n'est pas seulement les enfants. Des fois, ce sont les grandes personnes. Les grandes personnes peuvent être méchantes comme ça aussi. En fait, elles peuvent être bien pires. Maintenant, Campbell, je veux que tu

612

m'écoutes. Il y a des gens qui disent des choses très méchantes sur moi, des choses qui ne sont pas vraies.

– Vraiment?

– Oui. Ils disent que j'ai renversé un garçon avec ma voiture et que je lui ai fait mal. S'il te plaît, regarde-moi, Campbell. Ce n'est pas vrai. Je n'ai jamais fait ça, mais il y a des gens méchants qui le disent et tu entendras peut-être des gens le dire, mais tout ce que tu dois savoir, c'est que ce n'est pas vrai. Même s'ils disent que c'est vrai, tu sauras que ce n'est pas vrai.

– Pourquoi tu leur dis pas que ce n'est pas vrai?

– Je vais le faire, mais ces gens ne voudront peut-être pas me croire. Il y a des gens méchants qui veulent croire des choses méchantes sur d'autres gens.

– Mais pourquoi tu ne leur *dis* pas?

– Je vais le faire. Mais ces gens méchants vont raconter ces choses méchantes dans les journaux et à la télévision et alors des gens vont les croire, parce qu'ils vont les lire dans les journaux et les voir à la télévision. Mais ce n'est pas vrai. Et je me moque de ce qu'ils pensent, parce que je t'aime, Campbell, je t'aime beaucoup, beaucoup, et je veux que tu saches que ton papa est un monsieur bien qui n'a pas fait ce que ces gens disent.

– Tu vas être dans le journal? Tu vas être à la télévision?

– J'en ai bien peur, Campbell. Probablement demain. Et tes amies à l'école peuvent t'en parler. Mais tu ne dois pas faire attention à elles, parce que tu sauras que ce qu'il y a dans les journaux et à la télévision n'est pas vrai. N'est-ce pas, mon petit cœur?

– Ça veut dire que tu vas être célèbre?

– Célèbre?

– Est-ce que tu seras dans l'Histoire, papa?

Dans l'Histoire?

– Non, je ne serai pas dans l'Histoire, Campbell. Mais je vais être sali, avili, traîné dans la boue.

Il savait qu'elle n'en comprendrait pas un mot. C'était sorti tout seul, propulsé par la frustration de devoir expliquer les médias à une petite fille de six ans.

Quelque chose dans son visage disait qu'elle en avait bien assez compris. Avec un grand sérieux et une immense tendresse elle le regarda dans les yeux et dit :

– Ne t'inquiète pas, papa, je t'aime.

– Campbell...

Il la prit dans ses bras et enfouit sa tête contre son épaule pour cacher ses larmes.

Il était une fois un Koala et une jolie petite chambre où de douces petites créatures vivaient et dormaient du sommeil confiant des innocents et maintenant il n'y en avait plus.

XXII

DES CHIPS DE POLYSTYRÈNE

SHERMAN se tourna sur son côté gauche, mais très vite une douleur envahit son genou gauche, comme si le poids de sa jambe droite lui coupait la circulation. Son cœur battait un peu vite. Il se retourna sur le côté droit. Par hasard, le dos de sa main droite atterrit sur sa joue droite. C'était comme s'il en avait eu besoin pour soutenir sa tête, parce que l'oreiller n'était pas suffisant, mais cela n'avait aucun sens et, de toute façon, comment pouvait-il espérer dormir avec la main sous la tête ? Un petit peu vite, c'était tout... Il ne s'affolait pas... il se retourna sur le côté gauche puis roula, à plat sur son estomac, mais cela amena une tension en bas de son dos, donc il roula de nouveau sur le côté droit. D'habitude, il dormait sur le côté droit. Son cœur battait plus vite maintenant. Mais c'était un battement régulier. Il le contrôlait encore.

Il résista à la tentation d'ouvrir les yeux et de vérifier l'intensité de la lumière derrière les stores vénitiens. La ligne s'éclairait graduellement vers l'aube, et par conséquent vous pouviez toujours dire si vous approchiez de 5 h 30 ou de 6 heures à cette époque de l'année. Suppose qu'elle soit déjà éclairée ! Mais ce n'était pas possible. Il ne pouvait pas être plus de 3 heures, 3 h 30, au pire. Mais peut-être avait-il dormi une heure ou deux sans s'en apercevoir! – et suppose que les lignes de lumière...

Il ne pouvait pas résister plus longtemps. Il ouvrit les yeux. Dieu merci; encore obscur; il était encore en sécurité.

A cette pensée... son cœur s'affola. Il commença à battre à une vitesse terrifiante et avec une force terrible, pour sortir de sa cage thoracique. Cela faisait trembler tout son corps. Quelle importance cela avait-il qu'il puisse encore rester quelques heures à souffrir sur son lit ou que la chaleur de l'aube ait déjà éclairé les stores et que l'heure soit venue...

Je vais en prison.

Le cœur battant et les yeux ouverts, il était maintenant terriblement conscient d'être seul dans ce vaste lit. Des drapés de soie tombaient du plafond aux quatre coins du lit. La soie avait coûté plus de 125 $ le mètre. C'était l'idée que se faisait Judy Décoratrice d'une chambre royale du XVIIIe siècle. *Royale!* Quelle raillerie de lui-même... un tas de chair tremblant de peur, tapi dans son lit au cœur de la nuit!

Je vais en prison.

Si Judy avait été près de lui, si elle n'était pas partie dormir dans la chambre d'amis, il aurait passé ses bras autour d'elle et l'aurait serrée comme jamais de sa vie. Il voulait l'embrasser, il en mourait...

Et, à la respiration suivante : A quoi cela pourrait-il bien servir? A rien, dans aucun sens. Cela le rendrait encore plus faible et plus désespéré. Dormait-elle? Et s'il allait jusqu'à la chambre d'amis? Elle dormait souvent à plat sur le dos, comme un gisant, comme la statue de... Il ne parvenait pas à se rappeler qui représentait cette statue. Il parvenait à visualiser le marbre légèrement jauni et les plis du drapé qui couvraient le corps – quelqu'un de célèbre, d'aimé, de mort. En tout cas, au bout du hall, Campbell dormait, c'était certain. Cela il le savait, au moins. Il était allé dans sa chambre et l'avait regardée une minute, comme si c'était la dernière fois qu'il la voyait. Elle dormait les lèvres légèrement entrouvertes et son corps et son âme abandonnés à la sécurité et à la paix de sa maison et de sa famille. Elle s'était endormie presque d'un seul coup. Rien de ce qu'il lui avait dit n'était réel... *arrêté... les journaux...* « Tu seras dans l'Histoire? »... Si seulement il savait ce qu'elle pensait! On suppose que les enfants emmagasinent plus de choses que vous ne le pensez, issues du ton de votre voix, de l'apparence de votre visage... Mais Campbell paraissait seulement savoir que quelque chose de triste et d'excitant allait se produire, et que son père était malheureux. Absolument isolée du monde... dans le ventre de sa famille... Les lèvres légèrement entrouvertes... juste au bout du hall... Pour son salut, il fallait qu'il se maîtrise. Et pour l'instant, il semblait y parvenir. Son cœur ralentissait. Il commença à reprendre le contrôle de son corps. Il serait fort, pour elle, pour elle seule. *Je suis un homme.* Quand il avait dû combattre, il s'était battu. Il s'était battu dans la jungle et il avait gagné. L'instant de fureur où il avait jeté le pneu sur... la brute... La brute était tombée sur le pavé... *Henry!*... S'il le fallait, il se battrait encore. Mais jusqu'à quel point?

La veille au soir, tant qu'il en parlait avec Killian, tout était clair dans sa tête. Cela n'allait pas être si terrible. Killian lui avait expliqué chaque étape. C'était une formalité, pas une formalité agréable, mais pas réellement comme d'aller en prison non plus. Ce ne serait pas comme une arrestation ordinaire. Killian y veillerait, Killian et son ami Fitzgibbon. Un contrat. Pas comme une arrestation ordinaire, pas comme une arrestation ordinaire; il s'accrochait à cette phrase, « pas comme une arrestation ordinaire ». Comme quoi, alors? Il essayait d'imaginer comment cela allait se passer, et avant même qu'il s'en rende compte, son cœur courait, fuyait, paniquait, emballé par la peur.

Killian avait tout arrangé. Les deux inspecteurs, Martin et Goldberg passeraient en voiture et le prendraient vers 7 h 30 en se rendant à leur travail, l'équipe de 8 heures dans le Bronx. Ils vivaient tous deux dans Long Island et ils se rendaient en voiture dans le Bronx tous les jours et donc ils feraient un détour, passeraient et le prendraient sur Park Avenue. Killian serait là quand ils arriveraient, et il viendrait avec eux en voiture dans le Bronx et il serait là quand ils *l'arrêteraient* – et c'était un *traitement spécial*.

Allongé, sous des cascades de soieries à 125 $ le mètre à chaque coin du lit, il ferma les yeux et essaya de repenser à tout ça. Il allait monter dans la voiture avec les deux inspecteurs, le petit et le gros. Killian serait avec lui. Ils allaient remonter FDR Drive jusque dans le Bronx. Les inspecteurs l'amèneraient d'abord au Sommier Central puisque c'était le démarrage de l'équipe de 8 heures et il passerait à travers cette procédure en premier, avant la montagne d'affaires de la journée. Le *Sommier Central* – mais qu'est-ce que c'était ? La nuit dernière c'était un nom que Killian avait utilisé comme ça, en passant. Mais maintenant, allongé là, il se rendait compte qu'il n'avait aucune idée de ce à quoi cela ressemblerait. La procédure – quelle procédure ? *être arrêté* ! Malgré tout ce que Killian avait tenté de lui expliquer, cela restait inimaginable. On lui prendrait ses empreintes. *Comment ?* Et ses empreintes seraient transmises à Albany par ordinateur. Pourquoi ? Pour être certain qu'il n'y avait pas déjà de mandat d'amener délivré contre lui, mais ils en savaient certainement plus ! Jusqu'à ce que le rapport d'Albany revienne via l'ordinateur, il devrait attendre en cage. Des cages ! C'était le mot que Killian ne cessait d'utiliser. *Des cages !* – pour quelles sortes d'animaux ? Comme s'il lisait dans ses pensées, Killian lui avait dit de ne pas s'inquiéter sur les choses que vous lisez concernant les prisons. Le terme non mentionné était *viol homosexuel*. Les cellules étaient des cellules temporaires pour des gens qui avaient été arrêtés et qui attendaient leur inculpation. Comme les arrestations aux premières lueurs du jour étaient assez rares, il se pourrait bien qu'il ait toute la place pour lui tout seul. Une fois le rapport revenu, il monterait dans les étages pour comparaître devant un juge. *Les étages!* Mais qu'est-ce que cela signifiait? Les étages de quoi? Il plaiderait non coupable et serait relâché sous caution de 10 000 $ – demain – dans quelques heures – quand l'aube cuirait la lumière derrière les stores.

Je vais en prison. Je suis l'homme qui a renversé un brillant étudiant noir et qui l'a laissé mourir!

Son cœur battait violemment maintenant. Son pyjama était humide de transpiration. Il devait cesser de penser. Il devait fermer les yeux. Il fallait qu'il dorme. Il essaya de fixer un point imaginaire entre ses deux yeux. Derrière ses paupières... de petits films... des formes sinueuses... une paire de manches bouffantes... Elles devinrent une chemise, sa propre chemise blanche. Rien de trop chic, avait dit Killian, parce que les cages peuvent être dégueulasses. Mais un costume et une cravate, bien sûr, pas moins, puisque ce n'était pas une arrestation ordinaire, pas une arrestation ordinaire... Le vieux costume de tweed gris-bleu, celui fait en Angleterre... Une chemise blanche, une cravate unie bleu marine, ou peut-être la cravate bleu moyen mouchetée de blanc... Non, la cravate marine ce qui serait très digne, mais pas frimeur – *pour aller en prison.*

Il ouvrit les yeux. La soie dégringolait du plafond. « Reprends-toi! » Il le dit à voix haute. Tout cela n'allait pas réellement se produire... *Je vais en prison.*

Vers 5 h 30, la lumière virant au jaune sous le store, Sherman abandonna l'idée de dormir, ou même de se reposer, et se leva. A sa grande surprise, cela le fit se sentir un peu mieux. Ses battements cardiaques étaient rapides, mais il contrôlait sa panique. Cela l'aidait de faire quelque chose, même seulement de prendre une douche et de passer son costume de tweed gris-bleu et sa cravate marine... *mon costume de prisonnier...* Le visage qu'il voyait dans le miroir n'avait pas l'air aussi fatigué qu'il se sentait. Le menton de Yale. Il *avait l'air* solide.

Il voulait prendre son petit déjeuner et sortir de l'appartement avant que Campbell ne se lève. Il n'était pas sûr d'être assez brave en face d'elle. Il ne voulait pas non plus parler à Bonita. Cela serait trop bizarre. Quant à Judy, il ne savait pas ce qu'il attendait d'elle. Il ne voulait pas voir son regard, qui était le regard engourdi de quelqu'un de trahi, mais aussi d'effrayé et de choqué. Pourtant, il aurait voulu *sa femme* près de lui. En fait, il eut à peine le temps de boire un jus d'orange que Judy arriva dans la cuisine, habillée et prête pour la journée. Elle n'avait pas dormi beaucoup plus que lui. Un moment plus tard, Bonita entra, venue de l'aile des domestiques et commença à leur préparer le petit déjeuner, tranquillement. Bientôt, Sherman fut heureux que Bonita soit là. Il ne savait pas quoi dire à Judy. La présence de Bonita était un bon paravent. Il pouvait à peine manger. Il but trois tasses de café dans l'espoir de clarifier ses idées.

A 7 h 15, le portier appela pour dire que M. Killian était en bas. Judy accompagna Sherman dans le hall d'entrée. Il s'arrêta et la regarda. Elle esquissa un sourire d'encouragement, mais cela donna à son visage un air de lassitude terrible. D'une voix basse, mais ferme, elle dit : « Sherman sois brave. N'oublie pas qui tu es. » Elle ouvrit la bouche comme pour ajouter quelque chose. Mais ne dit rien.

Et c'était tout ! C'était le mieux qu'elle pût faire ! J'essaie de trouver davantage en toi, Sherman, mais il ne reste que la coquille, ta dignité !

Il hocha la tête. Il ne pouvait proférer un son. Il se détourna et marcha jusqu'à l'ascenseur.

Killian se tenait sous le dais juste devant la porte de l'immeuble. Il portait un costume gris à raies blanches, des chaussures de daim brun, un feutre brun. (Comment ose-t-il être si jovial le jour de mon funeste destin?) Park Avenue était d'un gris cendre. Le ciel était sombre. On aurait dit qu'il allait pleuvoir... Sherman serra la main de Killian, puis se déplaça d'une dizaine de mètres sur le trottoir pour être hors d'atteinte des oreilles du portier.

– Comment vous sentez-vous? demanda Killian.

Il s'adressait à lui comme à un malade.

– En pleine forme, dit Sherman, avec un sourire morose.

– Ça ne va pas être si terrible. J'ai parlé à Bernie Fitzgibbon hier soir, encore une fois, après vous avoir parlé. Il va vous faire passer tout ça le plus vite possible. Ce putain d'Abe Weiss, c'est une girouette. Toute cette publicité l'a terrifié. Sinon, même un idiot comme lui ferait pas une chose pareille.

Sherman se contenta de secouer la tête. Il était bien au-delà de toute spéculation sur la mentalité d'Abe Weiss. *Je vais en prison!*

Dans le coin de son œil, Sherman vit une voiture s'arrêter à côté d'eux, puis il vit l'inspecteur Martin au volant. La voiture était une deux-portes oldsmobile Cutlass, raisonnablement neuve, et Martin portait veste et cravate, et peut-être qu'ainsi le portier ne se douterait de rien. Oh, ils le sauraient bien assez tôt, tous les portiers, et les domestiques, et les intendants, et les trésoriers, et les boursiers, et les cadres supérieurs et tous les enfants dans leurs cours privés et les nounous, et les gouvernantes, et les femmes de ménage, tous les habitants de cette forteresse sociale. Mais que qui que ce soit pût voir qu'il était *emmené* par la police était intolérable.

La voiture s'était arrêtée juste assez loin de la porte de l'immeuble pour que le portier ne sorte pas. Martin sortit, ouvrit la portière et repoussa le siège pour que Sherman et Killian puissent s'asseoir à l'arrière. Martin sourit à Sheran, *le sourire du bourreau!*

– Hé, Maître, dit Martin à Killian. – Très engageant. – Bill Martin, ajouta-t-il en lui tendant la main. – Killian et lui se serrèrent la main. – Bernie Fitzgibbon m'a dit que vous aviez bossé ensemble.

– Ouais, dit Killian.

– Bernie, c'est le vrai pistolet!

– Pire que ça. J' pourrais vous en raconter...

Martin gloussa et Sherman ressentit un brin d'espoir. Killian connaissait ce Fitzgibbon qui était le chef du département des Homicides du Bureau du procureur du Bronx, et Fitzgibbon connaissait Martin, et maintenant Martin connaissait Killian... Et Killian – Killian était son protecteur!... Juste avant que Sherman ne se penche pour s'asseoir sur le siège arrière, Martin dit :

– Attention à vos fringues derrière. Il y a ces putains de – s'cusez mon langage – de chips de polystyrène derrière. Mon fils a ouvert une boîte, et toutes ces chips avec lesquelles ils emballent les trucs se sont répandues partout, et ça colle à vos fringues et à tout, c'est dingue!

Une fois penché, Sherman aperçut le gros avec la moustache, Goldberg, assis sur le siège du passager avant. Il avait un sourire encore plus large.

– Sherman...

Il le dit comme vous diriez bonjour, ou comment allez-vous. Le plus aimablement du monde. Et le monde entier se figea, se congela. Mon *prénom!* Un serviteur... un esclave... un prisonnier... Sherman ne dit rien. Martin présenta Killian à Goldberg. Un peu plus de banalités joyeuses.

Sherman était assis derrière Goldberg. Effectivement, il y avait des chips d'emballage de polystyrène partout. Deux s'étaient collées à la jambe de pantalon de Sherman. Une était pratiquement sur son genou. Il la prit et eut du mal à la décoller de son doigt. Il en sentait une autre sous ses fesses et commença à essayer de s'en débarrasser.

Ils venaient à peine de démarrer, remontant Park Avenue vers la 96ᵉ Rue et l'entrée du FDR Drive, quand Goldberg se retourna sur son siège et dit :

– Vous savez, j'ai une fille au collège et elle adore lire, et elle lisait ce bouquin l'autre jour, où ça parle du truc où vous bossez – Pierce & Pierce, c'est ça ? – ils étaient dedans.

– Vraiment ? réussit à dire Sherman. Quel livre ?

– Je crois que c'était *L'effusion à tout prix*, ou quelque chose comme ça.

L'effusion à tout prix ? Le livre s'appelait *La fusion à tout prix*. Essayait-il de le tourmenter à coups de plaisanteries idiotes ?

– *La fusion à tout prix !* dit Martin. Bordel de Dieu, Goldberg, c'est LA fusion – puis par-dessus son épaule, à Killian et à Sherman – c'est génial d'avoir un équipier qui est un intello. – A son équipier – quelle forme il avait le livre, Goldberg ? rond ? triangulaire ?

– J' vais t' montrer quelle forme, dit Goldberg en dressant le médius de sa main droite. – Puis il se retourna à nouveau vers Sherman. – Peu importe, elle a vraiment aimé ce bouquin, et elle n'est qu'au collège. Elle dit qu'après l'université elle veut bosser à Wall Street. Enfin, c'est le projet de cette semaine, quoi...

Celui-ci aussi ! ce Goldberg ! La même relation amicale de maître à esclave, malsaine ! Maintenant, il était supposé les *aimer* tous les deux ! maintenant que le jeu était terminé, et qu'il avait perdu et qu'il leur appartenait, il ne devait rien retenir contre eux. Il devait les admirer. Ils avaient épinglé un boursier de Wall Street et qu'était-il maintenant ? Leur prise ! leur gibier ! leur animal de concours ! Dans une oldsmobile Cutlass ! Les *brutes*[1] des

1. En français dans le texte.

banlieues – le genre de gens qu'on voyait se précipiter tous les soirs dans la 58e ou la 59e Rue vers le Queensboro Bridge –, de jeunes hommes gras avec des moustaches tombantes, comme Goldberg... et maintenant, il leur appartenait.

Sur la 93e Rue, un portier aidait une vieille dame à sortir sur le trottoir. Elle portait un manteau de caracal[1]. C'était le genre de manteau de fourrure noire très collet monté que vous ne trouviez plus nulle part. Une longue vie heureuse et isolée sur Park Avenue! Avec son cœur de pierre, Park Avenue, *le Tout-New York*[2], continuerait à vivre sa vie de tous les jours.

– Très bien, dit Killian à Martin, accordons nos violons sur c' qu'on va faire là-bas. Nous arrivons par l'entrée de la 161e Rue, pas vrai? Puis, de là, on descend et l'Ange prend Sherman en main – M. McCoy, pardon – immédiatement pour les empreintes. L'Ange est toujours là?

– Ouais, dit Martin, il est encore là, mais faut qu'on entre en faisant le tour, par la porte extérieure jusqu'au Sommier Central.

– Pour quoi faire?

– Ce sont mes ordres. Le capitaine de zone sera là, et la presse sera là.

– La *presse*!

– C'est ça, ouais. Et faut qu'on lui passe les menottes avant d'arriver là-bas.

– Vous vous foutez de moi, ou merde? J'ai parlé avec Bernie hier soir. Il m'a donné sa parole. Y aura pas de couille.

– J'en sais rien pour Bernie. Moi, c'est Abe Weiss. C'est comme ça que Weiss veut que ça se passe, et j'ai reçu mes ordres du capitaine de zone. Cette arrestation est supposée être parfaitement dans les formes. Pour l'instant, pour vous ça va. Vous savez ce qu'y voulaient,

1. Variété de lynx.
2. En français dans le texte.

non? Y voulaient amener ces putains de journalistes dans son appart et qu'on lui passe les menottes là-bas!

Killian braqua des yeux menaçants sur Martin :

– Qui t'a dit ça?

– Le capitaine Crowther.

– Quand?

– Hier soir. M'a appelé chez moi. Ecoute, tu connais Weiss, keske j' peux te dire, moi?

– Ceci... n'est... pas... juste, dit Killian. J'avais la parole de Bernie. Ceci... est... terriblement... mauvais. On ne fait pas ce genre de choses. Ce... n'est... pas... conforme...

Martin et Goldberg se retournèrent tous les deux vers lui.

– Je suis pas près d'oublier ça, dit Killian, et je suis pas content du tout.

– Aïïïïïa... kesk'ya kesk'ya, dit Martin, ne nous colle pas ça sur le dos, parce que pour nous c'est du pareil au même. C'est Weiss qui a fait le coup.

Ils étaient maintenant sur le FDR Drive, se dirigeant vers le Nord, vers le Bronx. Il s'était mis à pleuvoir. La circulation matinale s'embouteillait déjà de l'autre côté du rail de sécurité, mais de leur côté de la route, rien ne les retenait. Ils approchèrent d'une passerelle piétonnière qui enjambait la rivière, menant de Manhattan vers une île au milieu. Les arches métalliques avaient été peintes d'un pourpre héliotrope vif dans l'euphorie des années 70. Le faux espoir qu'il contenait déprima profondément Sherman.

Je vais en prison!

Goldberg se retourna à nouveau.

– Ecoutez, dit-il, je suis désolé, mais faut que je mette les menottes. Je peux pas merdouiller avec quand on sera là-bas.

– C'est vraiment de la couille en barre, dit Killian, j'espère que vous savez ça!

– C'est la loiiiiii! dit Goldberg d'un ton plaintif. – Il

625

mit un « oua » à la fin de loi. – Si vous amenez quelqu'un pour un crime, vous êtes supposé lui passer les menottes. J' vous accorde qu'y a des fois où j' l'ai pas fait, mais ce putain de capitaine de zone sera là.

Goldberg leva la main droite. Il tenait une paire de menottes.

– Donnez-moi vos poignets, dit-il à Sherman, débarrassons-nous d' ça.

Sherman regarda Killian. Les muscles de la mâchoire de Killian étaient contractés.

– Ouais, allez-y ! dit-il à Sherman avec l'emphase un peu aiguë qui insinue « quelqu'un va payer pour ça » !

Martin dit :

– J' vais vous dire. Pourquoi vous enlevez pas vot' veste ? Il va vous menotter par-devant au lieu de dans le dos et vous aurez qu'à mettre la veste sur vos poignets, comme ça vous verrez même pas ces putains de menottes.

Il avait dit cela comme si tous quatre étaient les meilleurs amis du monde, au coude à coude contre un destin défavorable. Pendant une seconde, cela réconforta Sherman. Il batailla pour ôter sa veste de tweed. Puis il se pencha en avant et mit les mains entre les deux sièges avant.

Ils passaient un pont... peut-être le Willis Avenue Bridge... il ne savait pas réellement quel pont c'était. Tout ce qu'il savait, c'était qu'il y avait un pont et qu'il traversait Harlem River, s'éloignant de Manhattan. Goldberg referma les menottes sur ses poignets. Sherman se renfonça dans son siège et regarda. Il était menotté.

La pluie tombait plus fort. Ils atteignirent l'autre côté du pont. Eh bien, ça y était. Ils étaient dans le Bronx. C'était comme une vieille partie décrépite de Providence, Rhode Island. Il y avait des bâtiments massifs, mais bas, sales et décatis, et de larges rues sombres et fatiguées qui montaient et descendaient des pentes. Martin descendit une rampe et déboucha sur une autre autoroute.

Sherman se pencha sur sa droite pour récupérer sa veste et la mettre par-dessus les menottes. Quand il se rendit compte qu'il devait remuer les deux mains pour prendre la veste, et quand cet effort fit que les menottes lui cisaillèrent les poignets, un flot d'humiliation... et de *honte*!... le submergea. C'était bien lui, lui-même, le même qui existait dans un creuset unique, impénétrable et sacro-saint au centre de son esprit, qui était maintenant entravé de menottes... dans le Bronx... C'était sûrement une hallucination, un cauchemar, une vue de l'esprit et il allait arracher une pellicule transparente... et... La pluie tombait plus fort, les essuie-glaces balayaient le pare-brise devant les deux policiers.

Avec les menottes il ne parvenait pas à draper ses poignets dans sa veste. Elle n'arrêtait pas de se mettre en boule. Killian l'aida donc. Il y avait trois ou quatre chips de polystyrène sur sa veste. Et deux de plus sur son pantalon. Il ne pouvait absolument pas les enlever avec ses doigts. Peut-être que Killian... Mais quelle importance?

Droit devant, sur la droite... le Yankee Stadium!... Une ancre! Quelque chose à quoi se raccrocher! Il avait été au Yankee Stadium! pour des matches de football, rien de plus... Néanmoins il y avait été! C'était une partie d'un monde normal sain et décent! Ce n'était pas ce... Congo!

La voiture descendait une rampe, quittant la voie express. La route tournait autour de l'immense boule du stade. Il était à moins de quinze mètres. Il y avait un gros homme aux cheveux blancs qui portait un survêtement des New York Yankees debout devant ce qui ressemblait à une petite porte de bureau. Sherman était venu aux matches avec Gordon Schoenburg, dont la compagnie avait des loges pour la saison, et Gordon leur avait servi un dîner pique-nique entre la cinquième et la sixième série, sorti d'un de ces paniers à pique-nique avec tous les compartiments et les ustensiles en inox, il avait sorti des blinis, du pâté et du caviar pour tout le monde, ce qui avait énervé quelques ivrognes qui l'avaient vu depuis l'allée derrière et qui avaient commencé à balancer des vannes et à répéter un mot qu'ils avaient entendu Gordon dire. Le mot était « vraiment » qu'ils répétaient sans arrêt en disant « vrémaant ». « Oh, vrémaant ? » disaient-ils. « Oh vrémaaant ? ». Le stade suivant consistait à traiter Gordon de pédé, et Sherman s'était toujours souvenu de cela, même si personne n'en avait jamais reparlé après. Quelle insulte ! Quelle hostilité sans raison ! Quelle rancœur ! Martin et Goldberg ! C'étaient tous des Martin et des Goldberg !

Puis Martin tourna dans une rue assez large et ils s'engagèrent sous une ligne de métro aérien et escaladèrent une pente. Il y avait surtout des visages noirs sur les trottoirs, qui se hâtaient sous la pluie. Ils avaient tous l'air sombre et trempé. Un tas de petites boutiques décrépies, comme les bas-quartiers dévastés des villes dans toute l'Amérique, comme ceux de Chicago, d'Akron, d'Allentown... La Daffyteria, le Snooker deli, les bagages Korn, l'agence de voyages B & G Davidoff...

Les essuie-glaces balayaient des plaques de pluie. En haut de la colline se trouvait un imposant bâtiment de pierre qui paraissait couvrir un pâté de maisons entier, le genre d'amas monumental que vous voyez dans le District de Columbia. De l'autre côté, sur le flanc d'un immeuble de bureaux assez bas, se lisait une énorme pancarte : ANGELO COLON, CONGRES U.S. Ils passèrent la crête de la colline. Ce qu'il vit sur le versant de l'autre pente le choqua profondément. Ce n'était pas seulement décrépi et trempé, c'était en ruine, comme après une catastrophe. Sur la droite, le pâté de maisons entier n'était plus qu'un grand trou dans la terre avec des grillages autour et des arbustes maigrichons accrochés de-ci, de-là. Tout d'abord, cela ressemblait à un dépotoir d'ordures. Puis il s'aperçut que cela servait de parking, un vaste puits pour camions et voitures, apparemment de terre battue. Sur la gauche, un immeuble neuf, moderne, au sens pauvre du terme, tout à fait sinistre sous la pluie.

Martin s'arrêta et attendit que les voitures dans l'autre sens aient fini de passer pour pouvoir tourner à gauche.

– Qu'est-ce que c'est que ça? demanda Sherman à Killian, en désignant l'immeuble du menton.

– Le Building du Tribunal Correctionnel.

– C'est là que nous allons?

Killian acquiesça puis regarda droit devant lui. Il avait l'air tendu. Sherman sentait son cœur partir à la dérive. Il palpitait de temps à autre.

Au lieu de s'arrêter devant le bâtiment, Martin descendit le long du côté de l'immeuble. Là, près d'une méchante petite porte de métal, se trouvait une file d'hommes et, derrière eux, une grappe serrée de gens, trente ou quarante, blancs pour la plupart, tous courbés sous la pluie battante, enveloppés dans des ponchos, des blousons en nylon, des impers sales. Un bureau d'aide sociale, songea Sherman. Non, une soupe populaire. Ils ressemblaient aux gens qu'il avait vus, alignés pour les distributions de soupe gratuite au coin de Madison et de la 71e Rue, à l'église. Mais leurs yeux battus et désespérés se tournèrent tous, comme aux ordres, vers la voiture – vers *lui* – et tout d'un coup il aperçut les caméras.

La foule sembla se secouer, comme un énorme chien trempé et sale, et trépigna vers la voiture. Certains d'entre eux couraient et il pouvait voir des caméras de télévision s'agiter en tous sens.

– Bordel de Dieu, dit Martin à Goldberg, sors de là et fais ouvrir cette porte sinon on pourra jamais le faire sortir de cette putain de bagnole!

Goldberg bondit dehors. Immédiatement les gens miteux et trempés furent tout autour. Sherman ne pouvait même plus voir l'immeuble. Il ne voyait plus que la foule qui se refermait sur la voiture.

Killian lui dit :

– Ecoutez. Vous ne dites rien. Vous ne montrez aucune expression, quelle qu'elle soit. Vous ne cachez pas votre visage, vous ne courbez pas la tête. Vous ne savez même pas qu'ils sont là. On ne peut pas gagner contre ces trous-du-cul, alors inutile d'essayer. Laissez-moi sortir le premier.

Boum! Killian s'était débrouillé pour passer ses deux pieds au-dessus des genoux de Sherman et avait roulé par-dessus lui, le tout en un seul mouvement. Ses coudes heurtèrent les mains croisées de Sherman et amenèrent les menottes vers son bas-ventre. La veste de tweed de Sherman était enroulée autour de ses mains. Il y avait cinq ou six chips de polystyrène accrochées à la veste, mais il ne pouvait rien y faire. La portière était ouverte et Killian était déjà dehors. Goldberg et Killian tendaient leurs mains vers lui. Sherman balança ses pieds dehors. Killian, Goldberg et Martin avaient créé une sorte de vide relatif autour de la portière avec leurs corps. La foule de reporters, de photographes et de caméramen était au-dessus d'eux. Les gens criaient. Au début, il crut que c'était une mêlée. Ils essayaient de l'avoir, *lui*! Killian prit Sherman par-dessous sa veste et le tira par les menottes. Quelqu'un colla une caméra par-dessus l'épaule de Killian droit dans la figure de Sherman. Il rentra la tête. Quand il regarda en bas, il vit que cinq, six, sept, Dieu seul savait combien de chips de polysty-rène étaient collées à ses jambes de pantalon. Il en avait partout. La pluie lui coulait sur le front et les joues. Il voulut s'essuyer le visage, mais il se rendit compte qu'il devrait lever les deux mains et la veste pour ce faire et il ne voulait pas qu'ils voient ses menottes. Alors la pluie continua à couler, c'est tout. Il la sentait rouler sous son col de chemise. Il essaya de redresser ses épaules, mais tout d'un coup Goldberg le poussa en avant en le tenant par un coude. Il essayait de le faire passer à travers la foule.

– Sherman !

– Par ici, Sherman !

– Hé, Sherman !

Ils criaient tous *Sherman* ! Son prénom ! Il était à eux aussi ! Les expressions sur leurs visages ! Une intensité impitoyable ! Ils balançaient leurs grappes de micros vers lui. Quelqu'un bouscula Goldberg, le précipitant en arrière sur Sherman. Une caméra apparut par-dessus l'épaule de Goldberg. Goldberg balança son coude et son avant-bras en avant avec une force prodigieuse et il y eut un *pouf* et la caméra tomba sur le trottoir. Goldberg avait toujours son autre bras accroché au coude de Sherman. La force du punch de Goldberg fit perdre l'équilibre à Sherman. Sherman fit un pas de côté et son pied atterrit sur la jambe d'un type qui se roulait par terre. C'était un petit homme avec des cheveux noirs bouclés. Pour faire bonne mesure, Goldberg lui marcha sur le ventre. Le type fit *Ooooaaaaahhhh !*

– Hé, Sherman ! Hé, tête de merde !

Sidéré, Sherman tourna la tête de côté. C'était un photographe. Son appareil lui masquait la moitié du visage. Sur l'autre moitié, un morceau de papier blanc collé sur la joue. *Du papier toilette !* Sherman voyait les lèvres du type bouger et dire « C'est ça, tête de merde, regarde par ici ! »

Martin était un pas en avant de Sherman, essayant d'ouvrir un chemin.

– Attention devant ! laissez passer ! tirez-vous de là !

Killian prit l'autre coude de Sherman et essaya de le protéger de ce côté-là. Mais maintenant ses deux coudes étaient tirés en avant et il avait conscience de basculer, penché, les épaules courbées. Il ne pouvait plus garder la tête haute.

– Sherman ! – Une voix de femme. Un micro juste devant sa figure. – Vous avez déjà été arrêté ?

– Hé, Sherman, qu'est-ce que tu vas plaider ?

– Sherman, c'est qui la brunette ?

– Sherman ! vous vouliez le renverser ?

Ils collaient des micros entre Killian et Martin et entre Martin et Goldberg. Sherman tentait de garder la tête haute, mais un des micros le frappa au menton. Il continua à baisser la tête. A chaque fois qu'il regardait vers le bas, il voyait les chips de polystyrène sur sa veste et son pantalon.

– Hé, Sherman, tête de nœud ! ça t' plaît ce cocktail ?

Quelle infamie ! Cela venait des photographes. Tout pour le faire regarder dans leur direction, mais – une telle infamie ! Une telle saleté ! Il n'y avait rien d'assez vil pour l'insulter ! Il était maintenant... à eux ! Leur créature ! On l'avait jeté aux fauves ! Ils pouvaient faire ce qu'ils voulaient ! Il les haïssait – mais il se sentait tellement *honteux*. La pluie lui coulait dans les yeux. Il ne pouvait rien y faire. Sa chemise était trempée. Ils n'avançaient plus. La petite porte de métal était à moins de dix mètres. Une ligne d'hommes était rassemblée devant eux. Ce n'étaient ni des journalistes, ni des photographes ni des cameramen. Certains d'entre eux étaient des policiers en uniforme. Les autres avaient l'air d'être latinos, des jeunes surtout. Et il y avait aussi des Blancs... des épaves... des poivrots... mais non, ils portaient des badges. C'étaient des policiers. Ils étaient tous debout sous la pluie. Ils étaient trempés. Martin et Goldberg étaient maintenant écrasés contre les latinos et les policiers, Sherman et Killian juste derrière eux. Goldberg et Killian tenaient toujours Sherman par les coudes. Reporters et cameramen poussaient toujours, de côté et de derrière.

– Sherman ! Hé ! une déclaration, merde !

– Juste une photo !

– Hé, Sherman ! Pourquoi qu' tu l'as écrasé ?

– ... Park Avenue...

– ... intentionnellement!...

Martin se tourna et dit à Goldberg :

– Dieu du Ciel, y viennent de faire une descente dans le *social club*[1] de la 167e ! Y'a douze *carambas* complètement pétés, en ligne, qu'attendent pour aller au Sommier Central !

– Magnifique, dit Goldberg.

– Ecoutez, dit Killian, faut qu' vous l' fassiez entrer là-dedans. Causez à Crowther, s'il le faut, mais faites-le entrer !

Martin se fraya un chemin à travers la foule et, en un rien de temps, fut de retour.

– Pas moyen, dit Martin, avec un hochement de tête pour s'excuser. Il dit que ça doit être fait suivant le règlement. Faut qu'il attende son tour.

– C'est *très* moche, dit Killian.

Martin arqua ses sourcils. (Je sais, je sais, mais que puis-je faire?)

– Sherman! Une déclaration!

– Sherman, hé, tête de con!

– *Très bien!* – C'était Killian, hurlant. – Vous voulez une déclaration? M. McCoy ne fera pas de déclaration. Je suis son avocat et *je* vais vous faire une déclaration.

Un peu plus de pression et de bousculade. Les micros et les caméras convergeaient maintenant vers Killian.

Sherman se tenait juste derrière lui. Killian lâcha le coude de Sherman, mais Goldberg tenait toujours l'autre.

Quelqu'un cria :

– Comment vous vous appelez?

– Thomas Killian.

– Comment k' ça s'écrit?

– K-I-L-L-I-A-N. Okay? Cette arrestation, c'est du *cirque*! Mon client était déjà prêt à comparaître devant les

1. Dans le Bronx, boutique désaffectée et transformée en lieu de réunion.

jurés pour les charges retenues contre lui. Et au lieu de ça, cette mascarade d'arrestation a été mise en scène, en violation complète d'un accord passé entre le procureur et mon client.

– Qu'est-ce qu'il faisait dans le Bronx?

– C'était ma déclaration, et c'est tout ce que j'ai à dire.

– Est-ce que vous essayez de dire qu'il est innocent?

– M. McCoy rejette totalement les charges retenues, et ce cirque abominable n'aurait jamais dû être autorisé.

Les épaules du costume de Killian étaient trempées. La pluie avait traversé la chemise de Sherman et il pouvait sentir l'eau sur sa peau.

– *Mira! Mira*[1]*!* – L'un des Portoricains n'arrêtait pas de crier ce mot : – *Mira!*

Sherman était planté là, les épaules trempées et courbées. Il sentait sa veste mouillée lui peser sur les poignets. Par-dessus l'épaule de Killian il voyait un amas de micros. Il pouvait entendre les caméras qui tournaient. L'horrible brasier dans leurs yeux! Il aurait voulu mourir. Il n'avait jamais voulu mourir auparavant, bien que, comme beaucoup d'autres, il ait joué avec ce sentiment. Maintenant il désirait réellement que Dieu ou la Mort le délivre. C'était son sentiment, aussi affreux que cela, et ce sentiment, en fait, était une honte grandissante.

– Sherman!

– Tête de cul!

– *Mira! Mira!*

Et puis il fut mort, si mort qu'il ne pouvait même plus mourir. Il ne possédait même plus la volonté de se laisser dégringoler par terre. Les reporters et les cameramen et les photographes – quelle monstrueuse insulte! – toujours là, à un mètre de lui, même pas! – C'étaient les

1. En espagnol dans le texte : Regarde.

asticots et les mouches, et il était la bête, morte, qu'ils avaient trouvée, et dans laquelle ils allaient creuser et fouiller !

La « déclaration » de Killian ne les avait distraits qu'un instant. Killian ! – qui était censé avoir des relations et qui allait s'assurer que ce ne serait pas une arrestation ordinaire ! *ce n'était pas* une arrestation ordinaire. C'était *une mise à mort* ! Toute bribe d'honneur, de respect, de dignité que lui, cette créature nommée Sherman McCoy, pouvait avoir possédée, venait de lui être ôtée, *comme ça*, et c'était son âme morte qui se tenait là, sous la pluie, au bout d'une file d'une douzaine d'autres prisonniers. Les asticots l'appelaient *Sherman*. Ils étaient tous après lui, juste dessus.

– Hé, Sherman !

– Keske tu vas plaider, Sherman ?

Sherman regarda droit devant lui. Killian et les deux inspecteurs, Martin et Goldberg, continuaient à tenter de le protéger des asticots. Un cameraman de télé s'approcha, un gros. La caméra dépassait de son épaule comme un lance-grenades.

Goldberg se jeta sur le type et hurla :

– Sors-moi cette putain de merde de devant la figure !

Le cameraman battit en retraite. Comme c'était étrange ! Comme c'était *sans espoir* ! Goldberg était maintenant son protecteur. Il était la créature de Goldberg, son animal. Goldberg et Martin avaient amené leur animal et maintenant, ils étaient décidés à ce qu'il soit livré pour de bon.

Killian dit à Martin :

– Ça ne va pas du tout. Les mecs, vous devez faire quelque chose !

Martin haussa les épaules. Puis Killian dit, très sérieusement :

– Putain, mes pompes sont bousillées...

– M. McCoy...

M. McCoy? Sherman tourna la tête. Un grand type pâle, avec de longs cheveux blonds, était écrasé au premier rang des journalistes et des cameramen.

– Peter Fallow, du *City Light,* dit l'homme. – Il avait un accent anglais, un accent si pointu que c'était comme la parodie d'un accent anglais. Est-ce qu'il se moquait de lui? – Je vous ai appelé plusieurs fois. J'aimerais beaucoup avoir votre version de tout ceci.

Sherman se détourna... Fallow, son obsédant bourreau du *City Light*... Aucun remords du tout, capable d'avancer et de se présenter lui-même... Bien évidemment... sa proie était morte... il aurait dû le haïr et pourtant il n'y parvenait pas, parce qu'il se dégoûtait encore plus. Il était mort, même pour lui-même.

Finalement, tous les prisonniers arrêtés lors de la descente dans le *social club* entrèrent par la porte et il ne resta plus dehors que Sherman, Killian, Martin et Goldberg.

– Très bien, Maître, dit Martin à Killian, à partir d'ici c'est à nous de jouer.

Sherman regarda Killian d'un air implorant. (Tu vas venir avec moi à l'intérieur, dis?) Killian dit :

– Je serai en haut quand ils vous amèneront pour l'audience. Ne vous inquiétez de rien. Mais souvenez-vous, ne faites aucune déclaration, ne parlez pas de l'affaire, même pas à quelqu'un dans les cages, *surtout* pas à quelqu'un dans les cages.

Dans les cages! D'autres cris venus de derrière la porte.

– Combien de temps cela va prendre? demanda Sherman.

– Je ne sais pas exactement. Ils ont ces mecs avant vous. – Puis il dit à Martin : – Ecoutez, faites les choses bien? Vois si vous pouvez pas le faire passer aux empreintes avant cette bande, j' veux dire, bordel de Dieu!

– J' vais essayer, dit Martin, mais j' vous ai déjà dit.

Pour je ne sais quelle raison ils veulent procéder pas à pas.

– Ouais, mais vous avez une dette envers nous, dit Killian, une sacrée dette. – Il s'arrêta. – Faites juste les choses correctement.

Tout d'un coup, Goldberg tira Sherman par le coude, à l'intérieur. Martin était juste derrière lui. Sherman se retourna pour garder Killian en vue. Le chapeau de Killian était si trempé qu'il avait l'air noir. Sa cravate et les épaules de son costume étaient à tordre.

– Vous inquiétez pas, dit Killian, tout ira très bien.

A la manière dont Killian le dit, Sherman comprit que son propre visage devait être l'image même du désespoir. Puis la porte se referma. Plus de Killian. Sherman était coupé du monde. Il avait pensé ne plus avoir de peur en réserve, seulement du désespoir. Mais il eut peur, à nouveau. Son cœur recommença à cogner. La porte s'était fermée et il avait disparu dans le monde de Martin et Goldberg, dans le Bronx.

Il était dans une grande pièce basse de plafond et divisée en compartiments par des cloisons de verre, comme l'intérieur d'un studio de radio. Il n'y avait pas de fenêtres extérieures. Une forte lumière électrique emplissait la pièce. Des gens en uniforme se trimbalaient un peu partout, mais ils ne portaient pas tous le même uniforme. Deux hommes avec les mains menottées dans le dos se tenaient debout devant un bureau très haut. Deux jeunes types en guenilles se tenaient à côté d'eux. L'un des prisonniers regarda par-dessus son épaule, aperçut Sherman, donna un coup de coude à l'autre et se retourna pour regarder Sherman, et ils éclatèrent de rire tous les deux. D'un autre côté Sherman pouvait entendre le cri qu'il avait entendu dehors, un homme hurlant : *Mira! Mira!* Il y avait quelques bruits de fond, puis il y eut le son gras et flatulent de quelqu'un qui a un mouvement d'entrailles. Une voix profonde dit : « Pouark. Dégueulasse ! »

Une autre voix dit : « Okay, sortez-les d' là. Nettoyez-moi l' plancher. »

Les deux types en guenilles se penchèrent sur les deux prisonniers. Derrière le bureau se trouvait un gigantesque policier avec le crâne absolument chauve, un gros nez et une mâchoire prognathe. Il paraissait avoir au moins soixante ans. Les types en guenilles enlevaient les menottes aux prisonniers. L'un des deux jeunes types en guenilles avait un blouson en nylon par-dessus un tee-shirt noir déchiré. Il portait des tennis et des pantalons de treillis sales, serrés aux chevilles. Il y avait un insigne, un petit bouclier de la police, sur son blouson. Puis Sherman remarqua que l'autre aussi avait un insigne. Un autre vieux policier s'approcha du bureau et dit :

– Hé, l'Ange, Albany est en rade.

– Magnifique, dit l'homme chauve. On a toute cette bande et ça fait que commencer !

Goldberg regarda Martin, roula des yeux, sourit et regarda Sherman. Il tenait toujours Sherman par le coude. Sherman baissa les yeux. Les chips de polystyrène ! Les chips d'emballage qu'il avait récoltées à l'arrière de la voiture de Martin... il en avait partout ! Elles étaient collées au revers de sa veste sur ses poignets. Il en avait plein son pantalon de tweed. Son pantalon était mouillé, froissé, tordu sans forme autour de ses genoux et de ses cuisses, et les chips de plastique s'y accrochaient comme de la vermine.

Goldberg dit à Sherman :

– Vous voyez la pièce, là ?

Sherman regarda vers une salle, à travers une grande baie vitrée. Il y avait des placards à fichiers et des piles de papier. Un gros appareil beige et gris trônait au centre de la pièce. Deux policiers le contemplaient.

– C'est le téléfax qui expédie les empreintes à Albany, dit Goldberg.

Il le dit comme s'il chantonnait une comptine, comme

vous diriez quelque chose à un enfant qui a peur et qui ne comprend pas. Ce ton terrifia Sherman.

– Il y a environ dix ans, dit Goldberg, un type très brillant a eu l'idée – c'était y a dix ans, Marty ?

– J'en sais rien, dit Martin. Tout ce que je sais c'est que c'était une putain de connerie d'idée.

– Peu importe, quelqu'un a donc eu l'idée de mettre toutes les empreintes, pour tout le putain d'Etat de New York dans un seul bureau à Albany... vous voyez... et donc tout ce qui arrive à tous les Sommiers Centraux est envoyé à Albany et vous envoyez les empreintes à Albany par ordinateur et vous recevez votre rapport, et le suspect monte au-dessus et passe devant le tribunal... vous voyez... Seulement c'est un sacré merdier à Albany, surtout quand la machine tombe en rade, comme maintenant.

Sherman ne comprenait rien de ce que Goldberg lui racontait, sauf que quelque chose allait de travers et que Goldberg pensait qu'il fallait qu'il sorte de son rôle en se montrant gentil et en lui expliquant.

– Ouais, dit Martin à Sherman, soyez heureux qu'il soit 8 h 30 du matin et pas 16 h 30, putain. Si c'était un putain d'après-midi, vous devriez probablement passer la nuit dans la Maison d'Arrêt du Bronx ou même à Rikers.

– Rikers Island ? demanda Sherman.

Il était sans voix. Il avait du mal à sortir les mots.

– Ouais, dit Martin. Quand Albany tombe en rade dans l'après-midi, y a plus à s' casser le cul. Vous pouvez pas passer la nuit ici, alors ils vous emmènent à Rikers. J' vous dis : z'avez vraiment d' la chance.

Il lui disait qu'il avait de la chance. Sherman était supposé les aimer maintenant ! Ici, à l'intérieur, ils étaient ses seuls amis ! Sherman était en proie à une frayeur intense.

Quelqu'un hurla : « Bordel, qui est-ce qui est *mort* là-dedans ? »

L'odeur atteignit le bureau.

– Ça, ça c'est vraiment dégueulasse, dit le chauve qu'on appelait l'Ange. – Il se retourna. – Passez-le-moi au jet!

Sherman suivit son regard. D'un côté, au bout d'un couloir, il distingua deux cellules. Des carreaux blancs et des barreaux. Elles avaient l'air d'être construites en carrelage blanc, comme un bain public. Deux policiers se tenaient devant l'une d'elles.

L'un d'eux cria à travers les barreaux : « Qu'est-ce qui te prend! »

Sherman sentit la pression de l'énorme main de Goldberg sur son coude, le dirigeant vers l'avant. Il était devant le bureau, levant les yeux vers l'Ange. Martin avait une poignée de papiers à la main.

L'Ange dit :

– Nom?

Sherman tenta de parler, mais il n'y arrivait pas. Sa bouche était complètement sèche. Sa langue semblait collée à son palais.

– Nom?

– Sherman McCoy. C'était à peine un souffle.

– Adresse?

– 816 Park Avenue, New York.

Il ajouta « New York » dans le but de paraître modeste et obéissant. Il ne voulait pas agir comme si les gens ici dans le Bronx savaient forcément où se trouvait Park Avenue.

– Park Avenue, New York. Votre âge?

– Trente-huit ans.

– Déjà été arrêté auparavant?

– Non.

– Hé, l'Ange, dit Martin, M. McCoy ici présent a été très coopératif... et, euh... pourquoi tu l' laisses pas s'asseoir kek part au lieu de l'enfermer là-bas avec cette bande de merdeux? Ces putains de journalistes dehors, là, ils l'ont déjà bien assez fait chier.

Une vague de gratitude, profonde et sentimentale, balaya Sherman. Il la sentait. Il savait que c'était irrationnel. Mais il la sentait tout de même.

L'Ange gonfla ses joues et regarda ailleurs, comme s'il ruminait. Puis il dit :

– J' peux pas l' faire, Marty. – Il ferma les yeux et leva son énorme menton comme pour dire « les gens au-dessus ».

– De quoi qu'y s'inquiètent ? Ces putains de virus de la télé l'ont obligé à poireauter sous la pluie pendant une demi-plombe. Regarde-le. On dirait qu'il a rampé dans un égout !

Goldberg gloussa. Puis, comme pour ne pas offenser Sherman, il lui dit :

– Vous ne présentez pas *très bien*. Vous le savez ?

Ses seuls amis ! Sherman en aurait pleuré, d'autant plus que ce sentiment horrible, pathétique, était authentique.

– Peux pas l' faire, dit l'Ange. Faut passer par toute la routine. – Il ferma les yeux et releva le menton à nouveau. – Pouvez lui ôter les menottes.

Martin tordit un petit sourire sur ses lèvres (eh bien mon pote, on a essayé) en regardant Sherman. Goldberg déverrouilla les menottes et les enleva des poignets de Sherman. Il y avait des cercles blancs sur ses poignets là où le métal l'avait serré. Les veines du dessus de ses mains étaient gorgées de sang. *Ma pression sanguine s'est envolée par le toit.* Il avait des chips de polystyrène partout sur son pantalon. Martin lui tendit sa veste trempée. Chips de polystyrène partout aussi sur la veste trempée.

– Videz vos poches et passez-moi le contenu, dit l'Ange.

Sur les conseils de Killian, Sherman n'avait pas pris grand-chose sur lui. Quatre billets de 5 $, environ 1 $ de monnaie, une clé de chez lui, un mouchoir, un stylo-bille, son permis de conduire – pour il ne savait quelle raison, il avait pensé qu'il devait se munir de papiers d'identité. Comme il lui tendait chaque objet, l'Ange les décrivait à voix haute – « vingt dollars en billets, un stylo-bille en argent » – et les tendait à quelqu'un que Sherman ne pouvait pas voir.

Sherman demanda :

– Puis-je... puis-je garder le mouchoir ?

– Laissez-moi regarder.

Sherman le lui tendit. Sa main tremblait terriblement.

– Ouais, pouvez l' garder. Mais faut me donner la montre.

– Ce n'est... c'est une montre sans valeur, dit Sherman.

Il tendit le bras. La montre avait un boîtier en plastique et un bracelet en nylon.

– Je me fiche de ce qu'il peut lui arriver.

– Impossible.

Sherman défit le bracelet et signa la reddition de la petite montre. Un nouveau spasme de panique l'envahit.

– S'il vous plaît, dit Sherman. – Dès que les mots quittèrent sa bouche, il sut qu'il n'aurait pas dû parler. Il suppliait. – Comment puis-je... je ne peux pas garder la montre ?

– Vous avez un rendez-vous ou quoi ?

L'Ange esquissa un sourire pour montrer qu'il ne faisait que plaisanter en fait. Mais il ne lui rendit pas la montre. Puis il dit :

– Okay, et j'ai besoin de votre ceinture et de vos lacets de chaussures.

Sherman le regarda. Il se rendit compte que sa bouche était ouverte. Il regarda Martin. Martin contemplait l'Ange. Puis Martin ferma les yeux et leva le menton, comme l'avait fait l'Ange et dit :

– Bon Dieu... (Ils veulent *vraiment* le faire chier.)

Sherman défit sa ceinture et la tira hors des passants.

Dès qu'il l'eut fait, son pantalon tomba sur ses hanches. Il n'avait pas porté ce costume de tweed depuis longtemps et il était trop large à la taille. Il le remonta et remit sa chemise à l'intérieur et il retomba. Il fallait qu'il tienne son pantalon par-devant. Il s'accroupit pour ôter ses lacets de chaussures. Maintenant il était une abjecte créature courbée aux pieds de Martin et Goldberg. Son visage était tout près des chips de polystyrène sur ses pantalons. Il pouvait voir les petits plis sur le plastique. Comme des parasites ou une espèce d'horrible cafard ! La chaleur de son corps et la laine humide de son pantalon dégageaient une odeur déplaisante. Il était conscient de ces relents d'humidité sous ses bras à travers sa chemise froissée. Complètement défait. Pas de doute. Il avait le sentiment que l'un d'eux, Martin, Goldberg ou l'Ange allait juste lui marcher dessus, et *pouf !* tout serait fini. Il retira ses lacets et se releva. Quitter la position courbée lui donna presque un vertige. Pendant une seconde, il pensa qu'il allait s'évanouir. Son pantalon retombait. Il le retint d'une main et de l'autre il tendit les lacets à l'Ange. On aurait dit deux petites choses mortes et desséchées.

La voix derrière le bureau dit : « Deux lacets bruns. »

– Okay, l'Ange, dit Martin. Il est tout à toi.

– Ouais, dit l'Ange.

– Eh bien, bonne chance, Sherman, dit Goldberg, souriant d'un air gentil.

– Merci, dit Sherman.

C'était horrible. Il l'appréciait réellement.

Il entendit une porte de cellule glisser. Au bout du petit couloir, trois policiers sortaient un groupe de latinos hors d'une cellule pour les coller dans une autre à côté. Sherman reconnut plusieurs des hommes qui avaient fait la queue avant lui dehors.

– Okay, fermez-la, et rentrez là-dedans.

– *Mira ! Mira !*

Un homme restait dans le couloir. Un policier le tenait par le bras. Il était grand, avec un long cou, et sa tête dodelinait. Il avait l'air complètement ivre. Il murmurait pour lui-même. Puis il leva les yeux au ciel et hurla : « *Mira!* » Il tenait son pantalon comme Sherman.

– Hé, l'Ange, keske j' fais de çui-là? Il en a plein son *froc*!

Le policier dit *froc* avec dégoût.

– Et merde! dit l'Ange, enlève-lui son futal et *enterre-le*, et puis lave-le, lui aussi, et file-lui un de ces survêtements verts.

– J' veux même pas l' toucher. Vous avez pas une de ces pinces qu'ils ont dans les supermarchés pour attraper les boîtes de conserve?

– Ouais, j'en ai une, dit l'Ange, et j' vais te l'enlever ta boîte de conserve!

Le policier balança le grand type vers la première cellule. Les jambes du type ressemblaient à celles d'une marionnette.

L'Ange dit :

– Keske vous avez partout sur *votre* froc?

Sherman baissa les yeux.

– Je ne sais pas, dit-il, c'était sur le siège de la voiture.

– Quelle voiture?

– Celle de l'inspecteur Martin.

L'Ange secoua la tête comme si maintenant, il avait vraiment tout vu.

– Okay, Tanooch, amène-le à Gabsie.

Un jeune policier blanc prit Sherman par le coude. Sa main tenait son pantalon et son coude monta en l'air comme l'aile d'un oiseau. Son pantalon était trempé, même à la taille. Il portait sa veste sur son autre bras. Il commença à marcher. Son pied droit sortit de sa chaussure, parce qu'il n'y avait plus de lacets. Il s'arrêta, mais le policier continua à marcher, tirant son bras vers l'avant comme un arc. Sherman remit son pied dans sa chaussure et le policier lui désigna le petit corridor. Sherman commença à traîner les pieds pour qu'ils ne sortent plus de ses chaussures. Les chaussures faisaient un bruit détrempé parce qu'elles l'étaient, justement.

On conduisit Sherman jusqu'à l'espèce de cabine aux grandes vitres. Maintenant, juste de l'autre côté du corridor, il pouvait voir l'intérieur des deux cellules. Dans l'une il y avait à vue d'œil une douzaine de silhouettes, une douzaine de formes grises et noires, debout contre les murs. La porte de l'autre était ouverte. Il n'y avait qu'une personne à l'intérieur, le grand type, affalé sur un banc. Il y avait une masse brunâtre sur le sol. L'odeur d'excrément était surpuissante.

Le policier mena Sherman dans la cabine vitrée. A l'intérieur se trouvait un énorme policier couvert de taches de rousseur avec un visage large et des cheveux blonds ondulés, qui l'examina de la tête aux pieds. Le policier dénommé Tanooch dit : « McCoy » et tendit au gros une feuille de papier. La pièce était pleine d'appareils en métal. L'un d'eux ressemblait à ces espèces de détecteurs de métaux qu'on voit dans les aéroports. Il y avait une caméra sur un trépied. Il y avait aussi quelque chose qui ressemblait à un pupitre à musique sauf qu'il n'y avait rien d'assez grand en haut pour tenir une partition.

– Okay, McCoy, dit le gros policier, avancez à travers cette porte, là...

Floc floc floc... tenant son pantalon d'une main et sa veste trempée de l'autre. Sherman passa à travers la porte. Un énorme *Biiip* sortit de la machine.

– Wao, wao, dit le policier. Okay, donnez-moi votre veste.

Sherman lui tendit la veste. L'homme fouilla dans les poches puis se mit à pétrir la veste du haut en bas. Puis il la jeta sur le coin d'une table.

– Okay, écartez les jambes et écartez vos bras sur le côté, comme ça.

Le policier ouvrit les bras comme s'il fallait faire le saut de l'ange. Sherman regarda la main droite du policier. Il portait un gant chirurgical en plastique translucide. Qui lui montait presque jusqu'à mi-bras!

Sherman écarta les pieds. Lorsqu'il ouvrit les bras, son pantalon dégringola. L'homme s'approcha de lui et commença à tapoter ses bras, sa poitrine, ses côtes, son dos, puis ses hanches et ses jambes. La main avec le gant de caoutchouc créait une friction sèche très déplaisante. Une nouvelle vague de panique... Il regardait le gant avec terreur. L'homme le vit et grogna, visiblement amusé, puis leva sa main droite. Sa main et son poignet étaient énormes. Le gant de plastique, hideux, était juste sous le nez de Sherman.

– Vous inquiétez pas pour le gant, dit-il. Le truc c'est que je dois prendre vos empreintes, et faut que je vous tienne les doigts un par un et que je les mette dans l'encreur... Vous pigez?... – Il disait ça sur le ton de la conversation, comme un voisin, comme s'ils étaient juste tous les deux, dehors dans l'arrière-cour, et qu'il lui expliquait comment marchait le moteur de sa nouvelle mazda. – J' fais ça tous les jours et j' me mets de l'encre sur les mains et déjà que ma peau est rêche, et après, des fois, j'arrive pas à enlever toute l'encre, et je rentre à la maison et ma femme vient de faire refaire tout le living en blanc et je pose ma main sur le divan ou ailleurs et j' me lève et vous pouvez voir trois ou quatre doigts sur le divan et ma femme se fout en rogne.

Sherman le regardait. Il ne savait pas quoi dire. Cet énorme type si costaud voulait qu'on l'aime. Tout était si étrange. Peut-être voulaient-ils tous qu'on les aime...

– Okay, repassez à travers la porte.

Sherman glissa à nouveau par la porte et l'alarme retentit encore.

– Merde, dit le type. Essayez encore.

L'alarme se redéclencha.

– Ça, ça me tue, dit l'homme. Attendez une minute, venez ici, ouvrez la bouche.

Sherman obtempéra.

– Gardez-la ouverte... Une minute, tournez-vous par ici.

Il voulait tourner la tête de Sherman selon un angle étrange. Sherman pouvait sentir le caoutchouc du gant.
– L'enfant-de-putain! Mais c'est une vraie mine d'argent qu' vous avez là-dedans! Ecoutez, pliez-vous à la taille comme ça. Essayez de vous baisser presque complètement.

Sherman se baissa, tenant son pantalon d'une main. *Il n'allait tout de même pas...*

– Maintenant reculez jusqu'à la porte, mais très très lentement.

Sherman commença à traîner les pieds en marche arrière, plié presque à quatre-vingt-dix degrés.

– Okay, doucement, doucement, doucement – ça y est... waow!

Sherman avait presque complètement passé la porte. Seules ses épaules et sa tête restaient de l'autre côté.

– Okay, relevez la tête, doucement, un petit peu plus, un petit peu plus, un petit peu plus...

L'alarme retentit.

– Houla la la! Là, restez là!

L'alarme restait allumée.

– L'enfant-de-putain! dit le gros homme. – Il commença à faire les cent pas en soupirant. Il se tapa les mains sur les cuisses. – J'en ai eu un comme ça l'an dernier. Okay, vous pouvez vous redresser.

Sherman se releva. Il regardait le gros homme, sidéré. L'homme passa la tête par la porte et cria :

– Hé, Tanooch! viens ici! viens voir ça!

De l'autre côté du petit couloir, un policier était dans la cellule ouverte avec un tuyau d'arrosage, lavant le sol. Le rugissement de l'eau se répercutait sur le carrelage.

– Hé, Tanooch!

Le policier qui avait amené Sherman dans la pièce entra, venu du couloir.

– Regarde ça, Tanooch. – Puis il dit à Sherman : – Okay, pliez-vous et refaites-moi ça. A travers la porte, très doucement.

Sherman se courba et refit ce qu'on lui disait de faire.

– Okay, voilà voilà voilà... Bon, tu vois ça, Tanooch ? jusqu'ici, rien. Okay, reculez encore un petit peu, encore un petit peu, un petit peu... – l'alarme se déclencha. Le gros type était à côté de lui, encore une fois. Il se remit à faire les cent pas et tapa dans ses mains. – T'as vu ça, Tanooch ! C'est sa *tête* ! Bon Dieu de bordel !... c'est la tête du mec !... Okay, redressez-vous. Ouvrez la bouche... C'est ça. Non, tournez-vous par ici. – Il fit tourner la tête de Sherman pour avoir plus de lumière. – Regarde là-d'dans ! Tu veux en voir, du métal ?

Le dénommé Tanooch ne dit pas un mot à Sherman. Il regarda dans sa bouche comme quelqu'un inspectant un espace vide dans une cave.

– Doux Jésus, dit Tanooch. T'as raison. On dirait un appareil à rendre la monnaie. – Puis il dit à Sherman, comme s'il le remarquait pour la première fois : – et ils vous laissent monter dans les avions ?

Le gros éclata de rire à cette réplique.

– Vous êtes pas le seul, dit-il. J'en avais un comme vous l'an dernier. M'a rendu dingo. J'arrivais pas à piger... *bordel de Dieu*...; vous voyez ? – Soudain c'était à nouveau la conversation badine du style samedi après-midi entre voisins. – Elle est très sensible, cette machine, mais vous avez un sacré paquet de métal, j' dois vous le dire.

Sherman était mortifié, complètement humilié. Mais que pouvait-il faire ? Peut-être que ces deux-là, s'il jouait avec eux, pourraient lui éviter... *la cage ! avec ces gens !* Sherman était planté là, tenant son pantalon.

– Qu'est-ce que c'est ce truc sur votre pantalon? demanda Tanooch.

– Du polystyrène, dit Sherman.

– Polystyrène? dit Tanooch en hochant la tête, mais comme s'il n'avait pas compris. Il quitta la pièce.

Puis le gros homme plaça Sherman devant un panneau métallique et prit deux photos de lui, une de face et une de profil. Sherman se rendit compte d'un seul coup que c'était ce qu'on appelait se faire tirer le portrait en voyou. Cet énorme grizzly venait de lui tirer le portrait, pendant que Sherman tenait son pantalon. Il l'amena vers une sorte de comptoir, et prit les doigts de Sherman un par un, les pressa dans un encreur puis les roula sur un formulaire imprimé. C'était une opération étonnamment violente. Il saisissait chaque doigt de Sherman comme s'il prenait un couteau ou un marteau avant de les plonger dans l'encre. Puis il s'excusa.

– Faut tout faire soi-même, dit-il à Sherman. Peut pas s'attendre à ce que personne ne lève le petit doigt pour vous, ici.

De l'autre côté du couloir parvint le son furieux de quelqu'un en train de vomir. Trois des latinos étaient collés aux barreaux de la cage.

– Aïïïïïe! cria l'un d'entre eux. Le mec gerbe! il gerbe tout!

Tanooch fut le premier policier sur place.

– Oh, doux Jésus! Oh, quelle merveille. Hé, l'Ange! ce mec c'est une barge-dépotoir à lui tout seul! Kesk'on fait?

– C'est le même? demanda l'Ange.

De l'autre côté, l'odeur de vomi commençait à se répandre.

– Ah là là là là là là! dit l'Ange. Arrose-le et laisse-le là-dedans.

Ils ouvrirent les barreaux et deux policiers se tinrent à l'extérieur pendant qu'un troisième entrait avec le tuyau. Les prisonniers sautaient de-ci de-là, pour éviter de se faire tremper.

– Hé, sergent, dit le policier, le mec a gerbé sur son futal !

– Çui que j' lui ai donné ?

– Ouais.

– Putain ! arrose-le. On est pas dans une blanchisserie, merde !

Sherman pouvait voir le grand type assis sur le banc, la tête basse. Ses genoux étaient couverts de vomi et ses coudes reposaient sur ses genoux.

Le gros homme regardait tout ça à travers la vitre de la salle des empreintes. Il secouait la tête. Sherman s'approcha de lui.

– Ecoutez, monsieur l'agent, il n'y a pas un endroit où je pourrais attendre ? Je ne peux pas aller là-dedans. Je... je ne pourrai jamais.

Le gros homme passa la tête hors de la salle des empreintes et cria :

– Hé, l'Ange, keske tu veux faire de mon bonhomme là, McCoy ?

L'Ange leva le nez de son bureau, fixa Sherman puis se frotta sa calvitie d'une main.

– Eh biiiiien... puis il désigna la cage d'une main. – C'est comme ça.

Tanooch entra et reprit Sherman par le bras. Quelqu'un ouvrit les barreaux. Tanooch dirigea Sherman à l'intérieur et il traîna les pieds sur le sol carrelé, tenant son pantalon. Les barreaux se fermèrent derrière lui. Sherman regarda les latinos, qui étaient assis sur le banc ; ils lui rendirent son regard, tous sauf le grand, qui avait toujours la tête baissée, roulant ses coudes dans le vomi sur ses genoux.

Le sol s'inclinait de partout vers le centre de la cellule. Il était encore humide. Sherman pouvait sentir la pente maintenant qu'il était debout dessus. Quelques filets d'eau coulaient encore vers l'évacuation. On y était.

C'était un égout, où l'humanité cherchait son propre niveau, et où les asticots reniflaient la viande.

Il entendit les barreaux se refermer derrière lui et il était là, debout dans cette cellule, tenant son pantalon de la main droite. De la gauche, il portait sa veste. Il ne savait pas quoi faire et ni même où regarder, et donc il choisit un espace vide contre le mur et essaya de *les*... regarder... du coin de l'œil. Leurs vêtements n'étaient qu'un mirage de gris, de brun et de noir, sauf en ce qui concernait leurs chaussures, qui créaient un ensemble de lignes et de couleurs vives tout le long du sol. Il savait qu'ils le fixaient. Il regarda vers les barreaux. Pas un seul policier ! Est-ce qu'ils lèveraient le petit doigt si jamais...

Les latinos avaient pris toute la place sur le banc. Il choisit une place à deux mètres du bout du banc et s'adossa au mur. Le mur lui fit mal à la colonne vertébrale. Il leva le pied droit et sa chaussure tomba. Il glissa son pied dedans avec le plus de naturel possible. Regarder ses pieds sur le blanc brillant du carrelage lui donna l'impression d'avoir le vertige. Les chips de polystyrène ! Il en avait encore plein son pantalon.

Il fut saisi de la peur terrible qu'ils le prennent pour un fou, le genre de cas désespéré qu'ils pourraient massacrer à loisir. Il était conscient de l'odeur de vomi... de vomi et de fumée de cigarette... Il baissa la tête, comme s'il tournait de l'œil et lança un regard discret vers eux. Ils le regardaient tous ! Ils le fixaient et fumaient des cigarettes. Le grand, celui qui n'avait pas cessé de crier *Mira ! Mira !* était toujours assis sur le banc, la tête basse et les coudes dans le vomi sur ses genoux.

L'un des latinos se leva du banc et marcha vers lui ! Il l'apercevait du coin de l'œil. Maintenant ! ça commençait ! Ils n'attendaient même pas !

Le type s'installa contre le mur, juste à côté de lui, adossé exactement comme Sherman. Il avait de fins cheveux bouclés, une moustache qui retombait aux coins de ses lèvres, un teint légèrement jaunâtre, des épaules étroites, une petite brioche au ventre, et un regard de dément. Il devait avoir trente-cinq ans. Il sourit et cela le fit paraître plus dément encore.

– Hé, vieux, j' t'ai vu dehors.

J' t'ai vu dehors!

– Avec la télé, vieux. Pourquoi k' t'es là?

– Conduite dangereuse, dit Sherman.

Il eut l'impression de coasser ses derniers mots sur terre.

– Conduite dangereuse?

– J'ai... renversé quelqu'un avec ma voiture.

– Avec ta voiture? T'as bousillé quelqu'un avec ta bagnole et la télé vient t' filmer?

Sherman haussa les épaules. Il ne voulait plus rien dire, mais sa peur de paraître se tenir à l'écart le força à parler.

– Vous êtes ici pour quoi?

– Oh, vieux, 220, 265, 225. – Le type écarta les mains comme pour embrasser le monde entier. – Drogue, port d'armes, jeu, tout le bazar... aïïïïïïe, toute la merde, tu vois.

L'homme semblait tirer une certaine fierté de cette calamité.

– T'as bousillé quelqu'un avec ta voiture? répéta-t-il.

Il trouvait visiblement ça trivial et inhumain. Sherman haussa les sourcils et hocha la tête d'un air las.

L'homme retourna vers le banc et Sherman pouvait le voir parler à trois ou quatre de ses camarades, qui regardèrent Sherman une fois encore, avant de détourner les yeux, comme si cette nouvelle les ennuyait. Sherman eut le sentiment qu'il les avait déçus. Très bizarre! et pourtant c'était ce qu'il ressentait.

La peur de Sherman fut vite remplacée par l'ennui. Les minutes passaient en rampant. Sa hanche gauche commença à lui faire mal. Il reporta son poids sur son pied droit et c'est son dos qui lui fit mal. Puis sa hanche droite. Le sol était carrelé. Les murs étaient carrelés. Il roula sa veste pour s'en faire un coussin. Il la posa sur le sol, près du mur, s'assit et s'adossa aux carreaux. La veste était trempée, et ses pantalons aussi. Sa vessie se remplissait et il pouvait sentir de petits couteaux de gaz dans ses intestins.

Le petit type qui était venu lui parler, le petit type qui connaissait tous les numéros, s'approcha des barreaux. Il avait une cigarette à la bouche. Il l'ôta de ses lèvres et cria : « Aïïïïïe j' veux du feu! » pas de réponse du policier derrière. « Aïïïïïe, j' veux du feu! »

Finalement, celui qu'on appelait Tanooch s'avança.

– C'est quoi ton problème?

– Aïïïïïe, j' voudrais du feu. – Il tendait sa cigarette.

Tanooch sortit une pochette d'allumettes de sa poche, en alluma une et la tint à un mètre des barreaux. Le petit homme attendit, puis se colla la cigarette entre les lèvres et appuya son visage contre les barreaux pour que la cigarette dépasse à l'extérieur. Tanooch restait immobile, tenant l'allumette qui brûlait. Elle s'éteignit.

– Aïïïïïïe! fit le petit homme.

Tanooch haussa les épaules et laissa l'allumette tomber sur le sol.

– Aïïïïïïe!

Le petit homme se retourna vers ses camarades et tint la cigarette en l'air. (Vous avez vu c' qu'il a fait?) L'un des types assis sur le banc se mit à rire. Le petit homme fit une grimace devant ce manque de sympathie. Puis il regarda Sherman. Sherman ne savait pas s'il devait avoir l'air de le plaindre ou pas. Il finit par se contenter de le regarder. L'homme s'avança et vint s'installer près de lui. La cigarette pas allumée lui pendait de la bouche.

– T'as vu ça? demanda-t-il.

– Oui, dit Sherman.

– Si tu veux du feu, ils sont supposés t'en filer. Encul'ta'mère. Aïïïïïe... t'as des sèches?

– Non. Ils m'ont tout pris. Même mes lacets de souliers.

– Merde ! sans char ?

Il regarda les chaussures de Sherman. Lui-même avait encore ses lacets, remarqua Sherman.

Sherman entendit une voix de femme. Elle était en colère. Elle apparut dans le petit couloir devant les cages. Tanooch la conduisait. C'était une femme grande et mince avec des cheveux frisés et une peau noire tannée, qui portait un pantalon noir et une veste bizarre avec des épaulettes très larges. Tanooch l'escortait vers la salle des empreintes. D'un seul coup, elle pivota et dit, à quelqu'un que Sherman ne pouvait pas voir :

– Espèce de sac de m... – elle n'acheva pas sa phrase. – Au moins j' suis pas assise dans l' chiotte toute la journée comme toi ! Penses-y, gros tas !

De grands rires de dérision des policiers dans le fond.

– Fais gaffe, j' vais tirer la chasse, Mabel.

Tanooch la poussa vers l'intérieur.

– Allons, Mabel !

Elle se retourna vers Tanooch.

– Quand tu m' parles tu m'appelles par mon vrai nom ! tu m'appelles pas Mabel !

– Tu vas voir comment j' vais t'appeler dans une minute ! répliqua Tanooch en la poussant vers la salle des empreintes.

– Deux-vingt-trente et un, dit le petit homme. Vente de drogue.

– Comment vous savez ? demanda Sherman.

Le petit homme ouvrit grand les yeux et se mit un air de tout savoir sur la figure. (Il est des choses qui vont sans dire.) Puis il secoua la tête et dit :

– C't'enculé d' bus arrive.

– Un bus ?

Il semblait qu'à l'ordinaire, quand des gens étaient arrêtés on les conduisait d'abord au commissariat de police pour les enfermer. Périodiquement un fourgon de police faisait le tour des commissariats et ramenait les prisonniers au Sommier Central pour prendre leurs empreintes et les faire comparaître. Donc, un nouveau paquet venait d'arriver. Ils allaient tous finir dans ces cages, sauf les femmes, qu'on emmenait vers une autre cage, au bout du couloir et après un virage. Et rien n'avançait, parce qu'Albany était en rade.

Trois autres femmes passèrent. Elles étaient plus jeunes que la première.

– Deux trente, dit le petit homme. Des prostituées.

Le petit homme qui connaissait les numéros avait raison. Le bus venait d'arriver. La procession commença, du bureau de l'Ange jusqu'à la salle des empreintes, avant la cage. La peur de Sherman se raviva d'un seul coup. Un par un, trois jeunes Noirs avec des crânes rasés, des bombers et de grands tennis blancs entrèrent dans la cellule. Tous les nouveaux arrivants étaient soit noirs, soit latinos. La plupart étaient jeunes. Plusieurs étaient ivres. Le petit homme qui connaissait les numéros se leva et rejoignit ses camarades pour garder sa place sur le banc. Sherman était déterminé à ne pas bouger. Il voulait être invisible. D'une certaine façon... tant qu'il ne bougeait pas un muscle... ils ne le verraient pas.

Sherman contemplait le sol et essayait de ne pas penser à sa vessie qui lui faisait mal et à ses intestins. L'une des lignes noires entre les carreaux du sol se mit à bouger. Un cafard! Puis il en vit un autre... et un troisième. Fascinant! et horrrible. Sherman jeta un coup d'œil pour voir si quelqu'un d'autre l'avait remarqué. Personne n'avait l'air de... mais il croisa le regard d'un des trois jeunes Noirs. Tous trois le fixaient! Des visages si minces et si malveillants! Immédiatement, son cœur repartit en tachycardie. Il pouvait voir son pied secoué par la force de ses battements cardiaques. Il regarda les cafards pour essayer de se calmer. Un cafard avait fait son chemin jusqu'au latino ivre, qui avait glissé sur le carreau. Le cafard commença à grimper sur le talon de la chaussure du type. Puis il attaqua la jambe et disparut dans son pantalon. Puis il reparut. Il grimpa le long de son pantalon, vers le genou. Quand il atteignit le genou, il s'arrêta dans les flaques de vomi.

Sherman leva les yeux. L'un des jeunes Noirs se dirigeait vers lui. Il avait un petit sourire aux lèvres. Il paraissait terriblement grand. Ses yeux étaient rapprochés. Il portait des pantalons noirs en forme de tuyaux, et d'énormes tennis immaculés qui se fermaient sur le dessus avec des bandes de velcro à la place des lacets. Il s'arrêta juste au-dessus de Sherman. Son visage était dénué d'expression. Il regarda Sherman droit dans les yeux.

– Hé, mec, t'as un clope?

Sherman dit « non », mais il ne voulait pas qu'il pense qu'il se comportait comme un dur ou comme s'il ne voulait pas coopérer donc il ajouta :

– Désolé. Ils m'ont tout pris.

Dès qu'il le dit, il sut que c'était une erreur. C'était une excuse, un signe de faiblesse.

– Ça va, mec. – Le jeune avait l'air à moitié amical, – T'es dedans pour quoi?

Sherman hésita. « Homicide », dit-il. Conduite dangereuse ce n'était pas assez.

– Ouais. Ça c'est *moche*, dit le jeune type avec presque un air concerné. Qu'est-ce qu'il s'est passé?

– Rien, dit Sherman. Je ne sais même pas de quoi ils parlent. Et toi? Tu es ici pour quoi?

– Un 160-15, dit le jeune. – Puis il ajouta : – Attaque à main armée.

Le jeune pinça les lèvres. Sherman était incapable de dire si c'était censé signifier « Attaque à main armée, c'est banal », ou « C'est une inculpation de merde ».

Le jeune sourit à Sherman, en le regardant toujours droit dans les yeux. « Okay, Monsieur l'Homicide », dit-il puis il se redressa, fit demi-tour et regagna l'autre côté de la cellule.

Monsieur l'Homicide! immédiatement il savait qu'il pouvait me traiter cavalièrement! Que pouvaient-ils faire? Ils n'allaient tout de même pas... il y avait eu un fait divers – où cela? – au cours duquel quelques-uns des prisonniers avaient masqué la vue entre les barreaux avec leurs corps pendant que les autres... Mais est-ce que les autres feraient ça pour ces trois-là – les latinos feraient-ils ça?

La bouche de Sherman était sèche, absolument parcheminée. Son besoin d'uriner était plus que pressant. Son cœur battait nerveusement, bien que moins rapidement. A cet instant, les barreaux s'ouvrirent. D'autres policiers. L'un d'eux portait deux plateaux de carton, comme dans les *Delicatessen.* Il les posa sur le sol de la cage. Sur l'un, une montagne de sandwiches, sur l'autre des rangées de gobelets en plastique.

Il se planta au milieu et dit :

– Okay, c'est l'heure de la bouffe. Partagez équitablement, et je veux pas entendre la moindre merde.

Il n'y eut aucune précipitation vers la nourriture. Mais Sherman était tout de même content de ne pas être trop loin des deux plateaux. Il se colla sa veste sale sous le bras gauche, et, en traînant les pieds, vint ramasser un sandwich enveloppé dans de la cellophane et un gobelet de plastique qui contenait un liquide rose clair. Puis il se rassit sur sa veste et essaya la boisson. Elle avait un vague goût sucré. Il posa le gobelet sur le sol à côté de lui et ôta l'emballage du sandwich. Il sépara les deux tranches de pain et regarda à l'intérieur. Il y avait une tranche de viande froide. Elle avait une couleur jaune maladive. Sous la lumière fluorescente de la cellule, elle était presque chartreuse. Elle avait une surface douce et humide. Il leva le sandwich jusqu'à son nez et le renifla. Une odeur de médicament mortelle provenait de la viande. Il sépara les deux tranches de pain, sortit la viande et l'emballa dans le papier transparent et posa ce paquet sur le sol. Il mangerait le pain tout seul. Mais le pain dégageait une odeur si déplaisante à cause de la viande qu'il ne pouvait pas le supporter. Laborieusement, il redéplia l'emballage, roula le pain en boulettes et remit tout le tas dans le papier transparent, viande et pain. Il se rendit compte qu'il y avait quelqu'un devant lui. Des tennis blanches avec des bandes Velcro.

Il leva les yeux. Le jeune Noir le regardait d'en haut avec un curieux petit sourire. Il se laissa descendre jusqu'à ce que sa tête soit légèrement au-dessus de celle de Sherman.

– Hé, mec, dit-il, j'ai un poil soif. File-moi ton gobelet.

File-moi ton gobelet! Sherman désigna le plateau du menton.

– Y'en a plus. File-moi l' tien.

Sherman se creusait la cervelle pour trouver quelque chose à dire. Il secoua la tête.

– T'as entendu le flic. Partagez équitablement. J' croyais qu'on était potes, toi et moi.

Un tel ton de prétendu désappointement moqueur! Sherman savait que c'était le moment de trouver une réplique, d'arrêter ce... ce... Plus vite que l'œil de Sherman ne put le suivre, la main du jeune fila et saisit le gobelet sur le sol près de lui. Il se releva, lança la tête en arrière, but ostensiblement le verre puis tint le gobelet au-dessus de la tête de Sherman et dit :

– J' t'avais demandé poliment... T'as pigé?... Ici dedans, faut t' servir de ta tête et t' faire des *amis*.

Puis il ouvrit la main et laissa le gobelet tomber sur les cuisses de Sherman, avant de s'en aller. Sherman était conscient que tout le monde dans la pièce le regardait. *Je devrais – je devrais* – mais il était paralysé de peur et de honte. En face, un latino sortit la viande de son sandwich et la jeta sur le carrelage. Il y avait des tranches de viande partout. Par-ci par-là, des boulettes de papier d'emballage et des sandwiches entiers, même pas déballés, sur le sol. Le latino avait commencé à manger le pain tout seul – et il avait les yeux fixés sur Sherman. Ils le regardaient... dans cette cage à humains... de la viande froide jaune, du pain, de la cellophane, des gobelets en plastique... des cafards! Ici... par là-bas... Il regarda le latino ivre mort. Il était toujours effondré sur le carrelage. Il y avait trois cafards qui se trimbalaient dans les plis de la jambe gauche de son pantalon, au genou. Tout d'un coup Sherman vit quelque chose bouger au bord de la poche du pantalon du type. Un autre cafard – non, bien trop gros... gris... une souris!... une souris qui sortait de la poche du type... La souris grimpa sur le tissu un moment, puis descendit sur le carrelage et s'arrêta à nouveau. Puis elle fila en avant et atteignit un morceau de viande jaune. Elle s'arrêta à nouveau, comme pour mesurer cette merveille...

– *Mira!* l'un des latinos avait vu la souris.

Un pied vola, venu du banc. La souris partit en glissant sur le carrelage comme un palet de hockey. Une autre jambe vola. La souris repartit en volant vers le banc... Un rire, un caquetage... *Mira!*... un autre pied... La souris partit en glissant sur le dos, rencontra un morceau de viande, qui la redressa... des rires, des cris... *Mira! Mira!*... un autre coup de pied... la souris fit un vol plané jusque vers Sherman, sur le dos. Elle atterrit là, à dix centimètres de son pied, étourdie, les jambes tremblotantes. Puis elle se remit sur pattes, bougeant avec difficulté. Le petit rongeur était foutu, fini. Même la peur ne suffisait plus à la faire bouger. Elle tituba quelques centimètres... Plus de rires... *Devrais-je shooter dedans en signe de solidarité avec mes compagnons de cellule?...* C'était cela qu'il se demandait... Sans réfléchir, il se leva. Il se pencha et ramassa la souris. Il la prit dans sa main droite et marcha jusqu'aux barreaux. Silence total dans la cellule. La souris palpitait faiblement dans sa paume. Il avait presque atteint les barreaux... *enfantdeputain*... une énorme douleur à l'index... la souris l'avait mordu !... Sherman bondit en l'air en agitant la main. La souris était accrochée à son doigt par les dents. Sherman agita son doigt de haut en bas comme s'il remettait un thermomètre à zéro. La petite bête ne lâchait pas !... *Mira ! Mira !...* coassements, rires... C'était un spectacle génial ! Ils trouvaient tous ça splendide ! Sherman cogna la paume de sa main contre un des barreaux perpendiculaires de la cage. La souris s'envola et tomba... juste devant Tanooch qui avait une liasse de papiers à la main et s'approchait de la cellule, Tanooch fit un bond en arrière.

– Sainte merde ! dit-il. – Puis il fronça les sourcils en fixant Sherman. – Alors, on déjante ?

La souris était couchée sur le sol. Tanooch marcha dessus avec le talon de sa chaussure. L'animal resta aplati sur le sol la gueule ouverte.

La main de Sherman lui faisait affreusement mal là où il avait cogné le barreau. Il la massa de son autre main. *Je l'ai cassée !* Il pouvait voir les marques des dents de la souris sur son index et une seule petite goutte de sang. De la main gauche il fouilla dans son dos et sortit son mouchoir de sa poche droite. Cela exigeait une incroyable contorsion. Ils le regardaient tous. Oh, oui... tous, ils le regardaient. Il essuya le sang et s'enveloppa la main avec son mouchoir. Il entendit Tanooch dire à un autre policier :

– Le mec de Park Avenue... il a balancé une *souris* !

Sherman traîna les pieds pour revenir là où il avait fait un coussin de sa veste. Il se rassit dessus. Sa main lui faisait moins mal. *Peut-être n'est-elle pas cassée ? Mais mon doigt est peut-être empoisonné par la morsure ?* Il ôta le mouchoir pour examiner son doigt. Il n'avait pas l'air trop mal en point. La goutte de sang était partie.

Le jeune Noir revenait vers lui ! Sherman leva les yeux, puis les détourna. Le type s'assit sur ses talons, devant lui, comme auparavant.

– Hé, mec, dit-il, tu sais quoi? J'ai froid.

Sherman tenta de l'ignorer. Il tourna la tête. Il était conscient d'avoir l'air pétulant. *Exactement ce qu'il ne fallait pas!* Faible!

– Hé, toi! Regarde-moi quand j' te parle!

Sherman retourna la tête vers lui. *De la malveillance pure!*

– J' t'ai demandé à boire, et t'as pas été gentil, mais j' vais te donner une chance de te rattraper...; tu vois... J'ai froid, mec. Je veux ta veste. File-moi ta veste.

Ma veste! Mes vêtements!

L'esprit de Sherman battait la campagne. Il ne pouvait pas parler. Il secoua la tête pour dire non.

– Keske t'as, Monsieur l'Homicide? Tu devrais essayer d'être amical, Monsieur l'Homicide. Mon pote, là, y dit qu'y te connaît. Y t'a vu à la télé. T'as bousillé un blackos, et tu vis sur Park Avenue. C'est bien ça, mec. Mais ici, c'est pas Park Avenue. Tu comprends. Tu ferais mieux de te faire des amis, tu comprends? Tu t'es foutu de moi, c'est moche, moche, moche, ça, mec... Mais j' vais t' donner une chance de t'en tirer. Maintenant file-moi cette putain de veste.

Sherman cessa de penser. Son cerveau était en feu! Il posa les mains à plat sur les carreaux et souleva ses hanches puis se balança en avant jusqu'à être sur un genou. Alors il se leva d'un seul coup, tenant la veste dans sa main droite. Il avait fait tout cela si vite que le jeune Noir était stupéfait.

– La ferme! s'entendit-il dire. Toi et moi on n'a rien à se dire!

Le jeune Noir le regardait, les yeux éteints. Puis il sourit.

– *La ferme!?* dit-il. *La ferme!* – Il grimaça et fit un bruit de déglutition. – Ferme-la-moi, pour voir...

– Hé, la vermine, arrêtez-moi ça tout de suite!

C'était Tanooch derrière les barreaux. Il les regardait tous les deux. Le jeune Noir fit un grand sourire à

Sherman et se gonfla la joue avec la langue (profites-en bien! tu possèdes encore ta dépouille mortelle pour environ soixante secondes supplémentaires!). Il retourna vers le banc et s'assit, regardant Sherman pendant toute la manœuvre.

Tanooch lut sur une feuille de papier :

– Solinas! Gutierrez! McCoy!

McCoy! Sherman remit très vite sa veste de peur que le châtiment annoncé ne se précipite sur lui et ne la lui arrache avant qu'il quitte la cellule. La veste était humide, graisseuse, fétide, complètement informe. Son pantalon tombait sur ses hanches pendant qu'il l'enfilait. Il y avait des chips de polystyrène partout sur la veste et... *ça remuait!...* deux cafards s'étaient glissés dans les plis. Frénétiquement il les balaya vers le sol. Il respirait très vite et très fort.

Comme Sherman suivait les deux latinos pour sortir, Tanooch lui murmura :

– Vous voyez? On vous a pas oublié. En fait votre nom venait en sixième sur la liste.

– Merci, dit Sherman, j'apprécie.

Tanooch haussa les épaules.

– Je préfère vous voir sortir debout que de balayer les restes.

La salle principale était maintenant pleine de policiers et de prisonniers. Au bureau, le bureau de l'Ange, Sherman fut remis à un agent du Tribunal Correctionnel, qui lui menotta les mains derrière le dos et le mit dans une file avec les latinos. Maintenant, son pantalon tombait sur ses hanches, sans espoir. Il n'avait aucun moyen de le remonter. Il ne cessait de regarder par-dessus son épaule, de peur que le jeune Noir ne réapparaisse juste derrière lui. Il était la dernière personne de cette petite file indienne. Les agents du Tribunal Correctionnel leur firent monter un escalier droit. En haut de l'escalier, une autre salle sans fenêtre. D'autres agents étaient assis devant des bureaux de métal cabossés.

Derrière les bureaux – *encore des cellules*! Elles étaient plus petites, plus grises, plus délabrées que les cages carrelées de blanc d'en dessous. De vraies cellules de prison, vraiment. Sur la première était accroché un panneau qui disait : HOMMES SEULEMENT – 21 ET PLUS – 8 À 10 PERS. Le 21 ET PLUS avait été rayé d'un coup de marker. La ligne entière de prisonniers fut conduite dans la cellule. On leur laissa les menottes. Sherman gardait les yeux rivés vers l'entrée qu'ils avaient franchie. Si le jeune Noir arrivait et qu'on le mette dans cette petite cellule avec lui – il – il – sa peur le rendait fou. Il transpirait abondamment. Il avait perdu toute notion du temps. Il courba la tête pour essayer de rétablir sa circulation.

Et puis on les mena hors de cette cellule vers une porte faite de barreaux d'acier. De l'autre côté de la porte, Sherman pouvait voir une ligne de prisonniers assis sur le sol d'un couloir. Le couloir avait à peine un mètre de large. L'un des prisonniers était un jeune Blanc avec un énorme plâtre à la jambe droite. Il portait des shorts, si bien qu'on voyait tout le plâtre. Il était assis par terre. Une paire de béquilles était posée contre le mur à côté de lui. Tout au bout du couloir il y avait une porte. Un agent était debout devant. Il avait un énorme revolver à la hanche. Sherman se rendit compte que c'était le premier revolver qu'il voyait depuis qu'il était entré dans cet endroit. Comme chaque prisonnier quittait la zone de détention et passait cette porte, on leur ôtait leurs menottes. Sherman se tassa contre le mur, comme les autres. Il n'y avait pas d'air dans ce couloir. Il n'y avait pas de fenêtre. Rien qu'une lueur fluorescente et la chaleur et l'odeur de trop de corps humains. Les asticots! La chute vers l'abattoir! Aller... où?

La porte au bout du corridor s'ouvrit et une voix venue de l'autre côté dit : « Lantier ». Le jeune homme avec les béquilles batailla pour se relever. Le latino à côté de lui l'aida. Il sauta à cloche-pied jusqu'à ce qu'il parvienne à coincer les béquilles sous ses aisselles. *Qu'est-ce qu'il avait bien pu commettre dans un état pareil?* Le policier lui ouvrit la porte et Sherman entendit une voix de l'autre côté appelant des numéros, puis « Herbert Lantier?... l'avocat qui représente Herbert Lantier?

Le tribunal! Au bout du toboggan se trouvait la salle d'audience!

Quand arriva le tour de Sherman, il se sentait nauséeux, groggy, fiévreux. La voix de l'autre côté dit « Sherman McCoy ». Le policier à l'intérieur dit : « McCoy. » Sherman se traîna jusqu'à la porte en tenant son pantalon, glissant pour garder ses chaussures. Il se rendit compte que c'était une grande pièce moderne et brillante avec beaucoup de gens vaquant de-ci de-là. L'estrade du juge, les bureaux, les sièges, tout était fait d'un bois blond bon marché. D'un côté, des gens bougeaient en vagues autour du perchoir en bois blond surélevé du juge, et de l'autre côté ils bougeaient par vagues dans ce qui semblait être l'espace réservé aux spectateurs, tant de gens... une lumière si forte, une telle confusion... une telle commotion... entre les deux espaces une barrière, elle aussi en bois blond. Près de la barrière se tenait Killian... Il était là! Il avait l'air frais et dispos dans ses beaux habits. Il souriait. C'était un de ces sourires rassurants que vous avez pour les invalides. Comme Sherman se traînait vers lui, il eut soudain une conscience aiguë de ce à quoi il devait ressembler... la veste sale et trempée... son pantalon... les chips de polystyrène... la chemise froissée, les chaussures mouillées et sans lacets... Il pouvait sentir sa propre odeur de saleté, de désespoir et de terreur.

Quelqu'un lisait quelque chose à voix haute et il entendit son nom, puis il entendit Killian dire son propre nom, et le juge dit : « Comment plaidez-vous? » Killian dit à Sherman *sotto voce* : « Dites non coupable. » Sherman coassa les mots.

Il semblait y avoir énormément d'agitation dans la salle. La presse ? Depuis combien de temps était-il ici ? Puis une dispute éclata. Il y avait un jeune type immensément baraqué et dégarni devant le juge. Il avait l'air d'être du Bureau du procureur.

Le juge dit : *bzz bzz bzz bzz bzz M. Kramer.* M. Kramer. Pour Sherman le juge avait l'air bien jeune. C'était un Blanc poupin avec des cheveux bouclés qui reculaient et une robe qui avait l'air d'avoir été louée pour passer un diplôme.

Sherman entendit Killian murmurer : « enfantdeputain. »

Kramer disait :

– Je constate, votre honneur, que notre bureau a accepté une caution de seulement 10 000 $ dans cette affaire. Mais des développements subséquents, des faits qui ont attiré notre attention depuis, rendent impossible que notre bureau accepte une caution si basse. Votre honneur, cette affaire implique une blessure grave, peut-être fatale, en réalité, et nous avons la conviction et la certitude qu'il y avait un témoin dans cette affaire qui ne s'est pas présenté et que ce témoin était effectivement dans la voiture conduite par l'accusé, M. McCoy, et nous avons toutes raisons de croire que des tentatives ont été faites ou seront faites pour empêcher ce témoin de se présenter, et nous ne croyons pas que cela servirait les intérêts de la justice...

Killian dit :

– Votre honneur...

– ... de laisser cet inculpé sortir libre sous une caution si infime...

Un murmure, un grondement, une énorme vague de colère s'éleva de la section des spectateurs et une seule voix profonde cria : « Pas d' caution ! » Puis un chœur géant reprit : « Pas d' caution !... au trou !... Ecrasez-le ! »

Le juge frappa de son marteau. Les vociférations s'éteignirent.

Killian dit :

– Votre honneur, M. Kramer sait très bien...

Le grondement s'éleva à nouveau.

Kramer plongea sur la vague, par-dessus les mots de Killian :

– Etant donné l'émotion ressentie par cette communauté, tout à fait justifiable dans cette affaire, dans laquelle il apparaît que la justice plie...

Killian, en contre-attaque, criant :

– Votre honneur, c'est du non-sens absolu !

Un énorme grondement.

Le grondement éclata en un rugissement, le murmure en un concours de cris :

– Ahhh, mec ! Bouh ! bouh ! Ouais ouais ouais ! Ferme ta sale gueule et laisse parler le mec !

Le juge frappa à nouveau avec son marteau.

– Silence ! – Le rugissement diminua. Puis à Killian : – Laissez-le finir son exposé, vous pourrez répondre.

– Merci, votre honneur, dit Kramer. Votre honneur, j'aimerais attirer l'attention de la cour sur le fait que cette affaire, même au stade de la comparution, a très rapidement rassemblé une large représentation de la communauté et plus spécifiquement les amis et voisins de la victime de cette affaire Henry Lamb, qui demeure dans un état très grave à l'hôpital.

Kramer se tourna et désigna la section spectateurs. Elle était archicomble. Il y avait des gens debout. Sherman remarqua un groupe de Noirs en chemise de travail bleue. L'un d'eux était très grand et portait une boucle d'oreille en or.

– J'ai ici une pétition, dit Kramer, et il leva quelques feuilles de papier puis les agita au-dessus de sa tête. Ce document a été signé par plus d'une centaine de membres de cette communauté et remis au Bureau du procureur du Bronx avec un appel à ce que notre bureau les représente pour que justice soit faite dans cette affaire et, bien évidemment, il est de notre devoir d'assermenté d'être leur représentant.

– Saint Enculé priez pour lui, murmura Killian.

– Le voisinage, la communauté, le peuple du Bronx ont l'intention de suivre cette affaire de près, étape après étape, et avec diligence.

« *Ouaiaiaiais! Yeah! Hou! Dis-lui, ouais!* » Un boucan infernal s'éleva de la section spectateurs.

Le juge poupin refrappa avec son marteau et cria :

– Silence! ceci est une audience, pas une manifestation! Est-ce tout, M. Kramer?

Murmures, murmures, grondements, grondements, *Bouh!*

– Votre honneur, dit Kramer, j'ai reçu de mon bureau, de M. Weiss lui-même, l'instruction de requérir une caution de 250 000 $ pour cette affaire.

« *Ouais... vas-y!... Bien jeté!...* » Des cris de joie, des applaudissements, des martèlements de pieds sur le sol, en rythme.

Sherman regarda Killian. *Dis-moi – dis-moi – dis-moi que ceci ne peut pas vraiment arriver!* Mais Killian s'approchait déjà du juge. Il avait levé la main en l'air. Ses lèvres remuaient déjà. Le juge fracassa son marteau sur son bureau.

– Silence, ou je... je fais évacuer la salle!

– Votre honneur, dit Killian, tandis que la rumeur subsistait, M. Kramer ne se contente pas de violer un accord entre son département et mon client. Il veut un cirque! Ce matin, mon client a été soumis à une arrestation grotesque, malgré le fait qu'il a toujours été prêt à comparaître de sa propre volonté devant un jury. Et maintenant, M. Kramer nous fabrique une menace fictive envers un témoin inconnu et demande à la cour d'imposer une caution invraisemblable. Mon client est un propriétaire installé depuis très longtemps dans cette ville, il a une famille et des racines profondes dans cette communauté, et une caution a été acceptée par les deux parties, comme M. Kramer le reconnaît lui-même, et rien n'est apparu qui puisse altérer les prémices de cet accord...

– Beaucoup de choses ont changé, Votre honneur ! dit Kramer.

– Ouais, dit Killian, le Bureau du procureur du Bronx, voilà c' qui a changé !

– Très bien, dit le juge. M. Kramer, si votre bureau a des informations influant sur l'accord de caution de cette affaire, je vous recommande de les rassembler et de faire une demande normale à la cour, et l'affaire sera examinée à ce moment-là. En attendant, la cour relâche l'inculpé, Sherman McCoy, sous caution de 10 000 $, jusqu'à la comparution de cette affaire devant le grand jury.

Fracas et cris ! « *Bouh bouh ! Haaaa !... Nonononono-non ! NON !...* » puis un slogan chanté commença : « *Pas d' caution... en prison !... pas d' caution... en prison !* »

Killian l'emmenait loin du banc. Pour sortir de la salle d'audience ils devaient passer droit à travers les spectateurs, droit à travers une masse de gens en colère qui étaient maintenant tous debout. Sherman voyait des poings dressés. Puis il vit des policiers qui venaient vers lui, une demi-douzaine au moins. Ils étaient en chemise blanche et portaient des ceinturons et des holsters énormes avec les crosses de leurs revolvers apparentes. En fait, c'étaient des agents du tribunal. Ils se regroupèrent autour de lui. *Ils vont me remettre en cellule !* Puis il se rendit compte qu'ils formaient un rempart pour lui faire traverser la foule. Tous ces visages luisants, noirs et blancs ! « *Meurtrier !... assassin !... enculé !... tu vas morfler comme Henry Lamb !... dis tes prières, Park Avenue ! Hé, McCoy, t'es un McMort, petit !* »... Il trébuchait entre ses protecteurs en chemise blanche. Il les entendait grogner et ahaner en repoussant la foule.

« Ecartez-vous ! écartez-vous ! »... De-ci de-là, d'autres visages apparurent, remuant les lèvres... Le grand Anglais aux cheveux blonds... Fallow... La presse... Puis d'autres cris... « *T'es à moi, tête de rat, à moi !... Compte tes respirations, petit, c'est les dernières !... Tu vas morfler, salaud !... Regardez-le... Park Avenue !* »...

Même au milieu de la foule, Sherman se sentait étrangement peu ému par ce qui se passait. Ses pensées lui disaient que c'était quelque chose d'horrible, mais il ne le sentait pas, *puisque je suis déjà mort...*

La tempête sortit finalement de la salle et pénétra dans un hall. Le hall rempli de gens debout. Sherman pouvait voir leurs expressions passer de la consternation à la peur. Ils commencèrent à s'écarter pour laisser la voie à cette galaxie hurlante de corps qui venait d'émerger de la salle d'audience. Maintenant, Killian et les agents le guidaient vers un escalator. Il y avait un mur peint hideux. L'escalator descendait. Une pression de derrière – il trébucha vers l'avant, atterrit sur le dos d'un agent sur la marche en dessous. Pendant un moment il crut qu'une avalanche de corps... mais l'agent se retint à la rampe de plastique. Maintenant, la galaxie hurlante sortait par les portes de devant et à l'extérieur par l'escalier principal de la 161e Rue. Il y avait un mur de corps dans le passage. Des caméras de télévision, six ou huit, des micros, une bonne quinzaine, des gens qui criaient – la presse.

Les deux masses humaines se rencontrèrent, se firent face, s'immobilisèrent. Killian se redressa, juste devant Sherman. Il avait des micros partout devant la figure, et Killian déclamait, presque comme un orateur :

– Je veux que vous montriez à toute la ville d'New York – *D'New* – ce que vous v'nez de voir – *voiiiiir* – là-dedans – *l'an'ddans !* –

Avec le détachement le plus étrange, Sherman était conscient de la moindre inflection d'accent des rues dans la voix du dandy.

– Vous avez vu cette arrestation : un cirque! Et puis vous avez vu cette comparution, un cirque! Et puis vous avez vu le Bureau du procureur qui s'est prostitué et qui tente de pervertir la loi! – *la louais* – pour vos caméras et pour la satisfaction d'une foule partisane!

« *Bouh!... hou!... partisan toi-même, enculé de nez cassé!* »... Quelque part derrière lui, à moins d'un mètre, quelqu'un chantonnait d'une voix de fausset : « *Dis tes prières, McCoy... ton heure est venue... dis tes prières, McCoy... ton heure est venue* »...

Killian dit :

– Nous avions passé un accord hier avec le procureur...

La voix de fausset disait : « *Dis tes prières, McCoy... compte tes respirations... C'est les dernières* »...

Sherman regarda le ciel. La pluie avait cessé. Le soleil brillait. C'était un très beau jour de juin. Il y avait un dôme bleu flou au-dessus du Bronx.

Il regardait le ciel et il écoutait les sons, juste les sons, les sentences, les voix mâles, les chansons de fausset, les cris inquisiteurs, les hennissements, et il pensa : Je ne retournerai jamais là-dedans, jamais. Je me fous de savoir ce qu'il faut faire pour rester dehors, j'irai même jusqu'à me coller un fusil dans la bouche.

Le seul fusil qu'il avait était à deux canons, en fait. C'était une vieille pétoire énorme. Lui était là, dans la 161e Rue, à un pâté de maisons du Grand Concourse, dans le Bronx, et il se demandait s'il pourrait mettre les deux canons dans sa bouche.

XXIII

À L'INTÉRIEUR DE LA CAVITÉ...

– EH bien, te voilà, Larry, dit Abe Weiss avec un grand sourire. Ils t'ont bien astiqué la calvitie !

Puisque Weiss l'y invitait maintenant, Kramer fit ce qu'il avait voulu faire depuis quarante-cinq secondes, à savoir se détourner complètement de Weiss et contempler la rangée d'écrans de télévision sur le mur.

Et, oui, il y était.

La vidéo-cassette venait juste d'atteindre la partie de l'émission de la veille de la 1 dans laquelle un dessin d'artiste montrait la scène dans la salle d'audience. Le son était bas, mais Kramer pouvait entendre la voix du présentateur, Robert Corso, comme s'il était au beau milieu de son crâne : « Le substitut du procureur Lawrence Kramer brandit la pétition vers le juge Samuel Auerbach et dit : "Votre honneur, le peuple du Bronx..." » Sur le dessin, le haut de son crâne était absolument chauve, ce qui n'était ni réaliste ni juste, parce qu'il n'était pas chauve, il était seulement dégarni. Néanmoins, *il y était*. Ce n'était pas Un-De-Ces-Types-Qu'-On-Voit-A-La-Télé. C'était lui-même, et s'il avait jamais existé de puissant défenseur de la Justice, c'était bien lui, sur cet écran. Son cou, ses épaules, sa poitrine, ses bras – ils étaient énormes, comme s'il portait le flambeau des Jeux olympiques au lieu de feuilles de papier en face de Sammy Auerbach. A vrai dire, une des raisons qui les faisaient paraître si gros était que le dessin était légèrement hors de proportions, mais c'était probablement la façon dont l'artiste l'avait vu : Plus Grand qu'en Vrai. L'artiste... quelle juteuse petite Italienne ... des lèvres comme des nectarines... de jolis seins sous un jersey soyeux et brillant ... Lucy Dellafloria, elle s'appelait ... S'il n'y avait pas eu tant de boucan et de confusion, cela aurait été la chose la plus facile au monde. Après tout, elle s'était assise dans le tribunal, concentrée sur lui, au centre de la scène, absorbée par son allure, par la passion de sa prestation, la confiance de sa performance sur le champ de bataille ... Elle avait été absorbée en tant qu'artiste et en tant que femme ... avec des lèvres pleines de jeune Italienne ... absorbée par lui.

Trop vite, en une seconde, le dessin disparut et Weiss fut sur l'écran avec une forêt de micros devant lui. Les micros étaient placés sur de petits pieds métalliques sur son bureau pour la conférence de presse qu'il avait donnée juste après l'inculpation. Il en avait fait une autre ce matin. Weiss savait exactement comment maintenir l'attention sur lui. Oh, oui. Le téléspectateur moyen aurait la sensation que la vedette du show était Abe Weiss et que le substitut du procureur qui avait présenté l'affaire à l'audience, ce Larry Kramer, n'était qu'un des instruments de la brillante stratégie de Weiss à la voix rocailleuse. En réalité, Weiss n'avait jamais mis les pieds dans une salle d'audience depuis qu'il était en poste, ce qui faisait presque quatre ans. Mais Kramer ne lui en voulait pas; ou du moins pas trop. C'était la règle. C'était comme ça que ça fonctionnait. C'était ainsi dans tous les bureaux de tous les procureurs, pas seulement celui de Weiss. Non, ce matin-là précisément, Kramer n'avait rien contre le Capitaine Ahab. Les journaux télévisés et les quotidiens avaient cité le nom de Lawrence Kramer plusieurs fois, et *elle*, la délicieuse Lucy Dellafloria, la Délicate Fleur Sexy, avait fait son portrait et saisi les formes imposantes de Kramer. Non, tout allait pour le mieux. Et Weiss venait de se donner la peine de lui démontrer cela en lui repassant la bande vidéo. Le message implicite était le suivant : « Très bien, je suis la star, parce que je dirige ce bureau et que je suis celui qui fait face à la réélection. Mais, tu vois, je ne t'abandonne pas. Tu as le second rôle. »

Donc, tous deux regardaient la fin du reportage de la 1 sur la télévision encastrée dans le mur lambrissé. Il y avait Thomas Killian debout dehors devant le Building de la Cour Criminelle, avec les micros devant *son* visage.

– Regarde-moi ces putains de fringues, murmura Weiss. Putain, il est ridicule !

Mais ce qui traversait l'esprit de Kramer, c'est le prix que ces « fringues » avaient dû coûter.

Killian y allait de son « cette arrestation, c'est du cirque » et « cette inculpation, c'est du cirque ». Il semblait extrêmement en colère.

« Nous avions passé un accord hier avec le procureur, selon lequel M. McCoy devait se présenter lui-même à l'audience, dans le Bronx, pacifiquement, volontairement, ce matin, et le procureur a choisi de violer cet accord et d'arrêter M. McCoy comme un dangereux criminel, comme un animal – et pour quoi ? Pour vos caméras et pour des voix aux élections ! »

– Etvatefairevoir, dit Weiss à l'écran.

Killian disait :

« Non seulement, M. McCoy nie les charges qui pèsent contre lui, mais il est très impatient de voir enfin émerger les faits réels dans cette affaire et lorsqu'ils émergeront, vous verrez que le scénario qui a été monté pour cette affaire est absolument sans fondement. »

– Bla bla bla bla, dit Weiss à l'écran.

La caméra se déplaça vers une silhouette juste à côté de Killian. C'était McCoy. Sa cravate pendouillait, tirée d'un côté. Sa chemise et sa veste étaient en piteux état.

Ses cheveux en tous sens. Il avait l'air à moitié noyé. Ses yeux roulaient vers le ciel. Il n'avait pas l'air présent du tout.

Et maintenant, c'était le visage de Robert Corso sur l'écran et il parlait de McCoy, McCoy, McCoy. Ce n'était plus l'affaire Lamb. C'était l'affaire McCoy. Le grand Wasp de Wall Street au profil aristocrate avait donné du sex-appeal à l'affaire. La presse se jetait dessus.

Le bureau de Weiss était couvert de journaux. Il avait encore le *City Light* de la veille posé par-dessus les autres. En énormes lettres, la une titrait :

UN HOMME DU MONDE
DE WALL STREET
PRIS EN DÉLIT DE FUITE

Les mots étaient collés à côté d'une photo en hauteur de McCoy, trempé jusqu'aux os, les mains devant lui et la veste posée sur ses mains, visiblement pour dissimuler ses menottes. Il avait son gros et beau menton levé, et un air menaçant au-dessus de son long nez, regardant droit dans l'objectif. Il avait l'air de dire « Ouais, et alors ? ». Même le *Times* avait mis l'affaire en première page ce matin, mais c'était le *City Light* qui fonçait vraiment. Le titre de ce matin était :

LA MYSTÉRIEUSE BRUNETTE SEXY
RECHERCHÉE...

Un titre, plus petit, au-dessus, disait : *L'équipe Mercedes : Il écrase, elle file.* La photo venait du magazine chic *W*, celle que Roland Auburn avait désignée, celle de McCoy en smoking, souriant, et de sa femme, qui avait l'air normale et propre. La légende disait : *Le témoin oculaire déclare que la compagne de McCoy était plus jeune, plus « sexy », plus « bandante » que sa femme de quarante ans, Judy, qu'on voit ici avec son petit mari à un gala de charité.* Une ligne de lettres blanches sur encadré noir en bas de page disait : *Les protestataires exigent « la prison, pas de caution » pour le fou du volant de Wall Street (la Star de Wall Street). Voir page 3.* Et : *Chez McCoy et chez Lamb : l'histoire de deux villes. Photos pages 4 et 5.* En pages 4 et 5, se trouvaient des photos de l'immensité des McCoy! sur Park Avenue, celles parues dans *Architecture Digest* d'un côté et des photos du minuscule appartement des Lamb, dans la Cité, de l'autre. Un long article commençait par : *Deux mondes radicalement différents se sont heurtés quand le boursier Sherman McCoy dans sa mercedes à 50 000 $ a écrasé le jeune et brillant étudiant Henry Lamb. McCoy vit dans un duplex de 14 pièces estimé à 3 millions de $ sur Park Avenue. Lamb, dans un deux-pièces à 247 $ par mois dans une cité réhabilitée du South Bronx.*

Weiss adorait chaque centimètre carré de ce reportage. Cela avait balayé d'un coup toutes ces âneries de « justice blanche », et de « Johannesbronx ». Ils n'avaient pas réussi à imposer les 250 000 $ de caution à McCoy, mais ils avaient été agressifs sur ce coup. Agressifs? Kramer sourit. Les yeux de Sammy Auerbach s'étaient ouverts comme une paire d'ombrelles quand il lui avait brandi la pétition sous le nez. Cela avait un petit quelque chose d'outrageant, mais le message était passé. Le Bureau du procureur du Bronx était en liaison avec le peuple. Et ils allaient continuer à exiger une caution plus importante.

Non, Weiss était ravi. C'était évident. C'était la première fois que Kramer avait été convoqué dans le bureau de Weiss tout seul, sans Bernie Fitzgibbon.

Weiss appuya sur un bouton et l'écran de télévision s'éteignit. Il dit à Kramer :

– Tu as vu de quoi McCoy avait l'air, planté là? Il avait l'air dans un état, putain! Milt dit que c'est comme ça qu'il était quand il est apparu à l'audience hier. Il a dit qu'il avait l'air défait. L'enfer! Qu'est-ce que c'est que cette histoire?

– Eh bien, dit Kramer, pour commencer, il pleuvait. Il s'est fait arroser en faisant la queue dehors devant le Sommier Central. Ils l'ont fait poireauter en rang comme n'importe qui d'autre, ce qui était le but du truc. Pas de traitement de faveur.

– Très bien, dit Weiss, mais bon Dieu, on amène Park Avenue au tribunal et Milt dit qu'il avait l'air d'être pêché dans la rivière. Bernie m'a engueulé à cause de ça aussi. Il ne voulait pas le faire passer par le Sommier Central.

– Il avait pas l'air si défait, M. Weiss, dit Kramer.

– Appelle-moi Abe.

Kramer hocha la tête mais décida qu'il attendrait un laps de temps décent avant d'essayer son premier *Abe*.

– Il avait la même tête que ceux qu'on sort des cages.

– Et voilà Tommy Killian qui essaie d'en faire un fromage aussi, dit-il en désignant les téléviseurs.

Kramer songea : Eh bien, tu t'es finalement dressé sur tes pattes arrière contre les deux Mulets. Bernie n'avait pas été très content, pour rester poli, quand Weiss lui était passé par-dessus la tête et avait ordonné à Kramer de requérir que la caution de McCoy passe de 10 000 $ à 250 000 $ alors que Bernie avait passé un accord avec Killian. Weiss avait dit à Bernie que c'était juste pour se mettre dans la poche les manifestants en colère qui pensaient que McCoy aurait droit à un traitement de faveur et qu'il savait que Auerbach ne placerait jamais la caution si haut. Mais pour Bernie, c'était une rupture de contrat, une violation des règles de la Banque des Faveurs, du code de loyauté sacrée d'une Guimbarde envers une autre dans le système de la justice criminelle.

Kramer vit un nuage passer sur le visage de Weiss, puis Weiss dit :

– Eh bien, que Tommy couine s'il veut. Y a de quoi devenir dingue si on essaie de plaire à tout le monde. Il fallait que je prenne une décision et j'ai pris une décision. Bernie aime Tommy, et ça va. Moi aussi j'aime bien Tommy, mais Bernie, il lui donnerait tout le magasin! Les promesses qu'il a faites à Tommy, McCoy serait entré là-dedans comme le Prince Charles! Combien de temps McCoy a passé dans les cages?

– Oh, environ quatre heures.

– Et alors, bordel, c'est à peu près le temps normal, non?

– A peu près, j'ai vu des accusés passer d'un commissariat à l'autre puis au Sommier Central, puis à Rikers Island pour revenir au Sommier Central, et là, être présentés au juge. Ils se font arrêter un vendredi après-midi, ils peuvent passer tout le week-end ballottés d'un endroit à l'autre. Alors là, ils sont vraiment défaits pour de bon! McCoy n'a même pas eu à commencer dans un commissariat et à prendre le panier à salade jusqu'au Sommier Central.

– Ben alors, je vois pas pourquoi il m'en fait un ulcère! Est-ce qu'il s'est passé quelque chose dans les cages? C'est quoi tout ce bordel?

– Rien du tout. L'ordinateur était en rade, je crois. Alors il y a eu un délai. Mais ça arrive tout le temps, aussi. C'est normal.

– Tu veux savoir ce que je pense? Je pense que Bernie, sans le savoir – attention, j'aime bien Bernie et je respecte Bernie – mais je crois que sans le savoir, il pense vraiment que quelqu'un comme McCoy mérite un traitement de faveur, parce qu'il est blanc et parce qu'il est connu. Attention, c'est un truc subtil. Bernie est irlandais, juste comme Tommy est irlandais et les Irlandais ont une certaine quantité de ce que les Anglais appellent de la *déférence* en eux, et ils ne le savent même pas. Ils sont impressionnés par ces Wasps, comme McCoy, même si consciemment ils peuvent agir et penser comme s'ils étaient membres de l'IRA. Ce n'est pas très important, mais un type comme Bernie a cette espèce de déférence, ce truc irlandais inconscient, et il en sait même rien. Mais nous représentons pas les Wasps, Larry. Je me demande même s'il y a un seul Wasp qui habite le Bronx. Il doit y en avoir un à Riverdale, et encore.

Kramer gloussa.

– Non, je suis sérieux, dit Weiss. Ici, c'est le Bronx. C'est le Laboratoire des Relations entre Humains. C'est comme ça que je l'appelle, le Labo des Relations Humaines.

C'était vrai. Il appelait le Bronx le Laboratoire des Relations Humaines. Il l'appelait comme ça tous les jours, comme s'il oubliait le fait que tous les gens qui avaient été dans son bureau l'avaient déjà entendu le dire. Mais Kramer était d'humeur à pardonner le ton prétentieux de Weiss. Plus que pardonner... *comprendre*... et apprécier la vérité essentielle sous-jacente dans sa manière bouffonne de présenter les choses. Weiss avait raison. Vous ne pouviez pas mener le système de la Justice Criminelle dans le Bronx et prétendre que vous étiez dans une sorte de Manhattan déplacé.

– Viens voir, dit Weiss.

Il se leva de son grand fauteuil et s'approcha de la fenêtre derrière lui, faisant signe à Kramer de s'approcher. De là, du sixième étage, en haut de la colline, la vue était grandiose. Ils étaient assez haut pour que tous les détails sordides disparaissent et que la ravissante topologie arrondie du Bronx se montre. Ils dominaient le Yankee Stadium et le Parc John Mullaly, qui, d'aussi haut, avait l'air vraiment vert et sylvestre. Au loin, droit en face, de l'autre côté de Harlem River, on voyait la découpe de Manhattan sur fond de ciel, là où se trouvait le Centre Médical Presbytérien de Columbia, et d'ici, cela avait l'air pastoral, comme un de ces vieux paysages où ils mettent des arbres un peu flous à l'arrière-plan et quelques doux nuages gris diffus.

Weiss dit :

– Regarde ces rues, en bas, Larry. Keske tu vois ? *Qui* tu vois ?

Tout ce que Kramer pouvait voir, en fait, c'étaient de petites silhouettes qui descendaient la 161e Rue et Walton Avenue. Ils étaient si loin en bas qu'on aurait dit des insectes.

– Ils sont tous noirs et portoricains, dit Weiss. Tu ne vois même plus un seul vieux Juif dans le coin, ni aucun Italien, et c'est le centre administratif du Bronx. C'est comme Montague Street dans Brooklyn ou la place de l'Hôtel de Ville dans Manhattan. L'été, les Juifs avaient l'habitude de s'asseoir là, sur les trottoirs le soir, juste là, sur Grand Concourse, rien que pour regarder passer les voitures. Maintenant, t'arriverais pas à y faire asseoir Charles Bronson. C'est l'ère moderne et personne ne le comprend encore. Quand j'étais petit, les Irlandais régnaient sur le Bronx. Ils ont régné longtemps. Tu te souviens de Charlie Buckley ? Charlie Buckley, le député ? Non, t'es trop jeune. Charlie Buckley, le Boss du Bronx, aussi irlandais que possible. Il y a trente ans à peine, Charlie Buckley régentait encore le Bronx. Et maintenant ils sont finis, et alors, qui est-ce qui règne ? Des Juifs et des Italiens. Mais pour combien de temps encore ? Il y en a pas un en bas, là, dans la rue, et donc combien de temps est-ce qu'ils vont rester, ici dans ce bâtiment ? Mais c'est le Bronx, le Laboratoire des Relations Humaines. C'est comme ça que je l'appelle, le Laboratoire des Relations Humaines. Ce sont des pauvres que tu vois, là, en bas, et de la pauvreté naît le crime, Larry, et la criminalité dans ce quartier – bon, j'ai pas à te le dire. J'ai une partie de moi qui est très idéaliste. Je voudrais traiter chaque affaire sur une base individuelle et chaque personne une par une. Mais, avec le tas d'affaires qu'on a ? Aïïie ! Aïïe... L'autre partie de moi sait ce que nous faisons réellement, nous sommes comme une petite bande de cow-boys qui mènent un troupeau. Avec un troupeau, le mieux que tu puisses espérer est de garder la horde comme *un tout* – il fit un grand geste arrondi avec ses mains – entièrement sous contrôle et espérer que tu vas pas en perdre trop en route. Oh, un jour viendra, et sans doute très bientôt, où ces gens en bas auront leurs propres *leaders* et leurs propres organisations et ils seront le Parti Démocrate du Bronx et tout et tout, et nous ne serons plus dans ce bâtiment. Mais pour l'instant, ils ont besoin de nous et nous devons faire les trucs justes pour eux. Nous devons leur faire savoir que nous ne sommes pas éloignés d'eux et qu'ils font autant partie de New York que nous. Nous devons leur envoyer les bons signaux. Nous devons leur faire savoir que peut-être nous sommes durs avec eux quand ils dépassent les limites, mais que ce n'est pas parce qu'ils sont noirs ou hispaniques ou pauvres. Nous devons leur faire savoir que la Justice est vraiment aveugle. Nous devons leur faire savoir que si tu es blanc et riche, ça marche pareil. C'est un signal très important. C'est plus important qu'aucun point spécifique ou aucune technicité de la Loi. C'est à ça que sert ce bureau, Larry. Nous ne sommes pas là pour nous occuper d'affaires, nous sommes là pour créer l'espoir. C'est ce que Bernie ne comprend pas. – Le « *ne* comprend pas », plutôt que le « comprend pas » des Irlandais, signalait l'élévation des pensées du procureur à cet instant, – Bernie joue toujours la politique irlandaise, dit Weiss, comme Charlie Buckley la jouait avant, et c'est terminé. C'est fini, tout ça. Nous sommes dans l'ère moderne et dans le Laboratoire des Relations Humaines, et nous avons prêté serment de représenter ces gens que tu vois, là, en bas.

Kramer lança un regard diligent vers les insectes. Quant à Weiss, l'élévation de ses sentiments avait empli sa voix et son visage d'émotion. Il jeta un regard très sincère à Kramer, accompagné d'un sourire las, le genre de regard qui disait : « C'est ça, la Vie, une fois les considérations secondaires balayées. »

– Je n'avais jamais envisagé les choses comme ça, Abe, dit Kramer, mais vous avez absolument raison.

Cela lui avait semblé un bon moment pour lancer son premier « Abe ».

– Au départ, j'étais inquiet à propos de cette affaire McCoy, dit Weiss. On aurait dit que Bacon et ces gens essayaient de forcer l'issue, et que nous, tout ce que nous faisions, c'était de réagir. Mais ça va. Ça s'avère être un truc bien. Comment est-ce qu'on traite les stars de Park Avenue ? Comme tout le monde, voilà ! Il se fait arrêter, on lui colle les menottes, il passe au Sommier, on lui prend ses empreintes, il attend dans les cages, comme tout le monde dans ces rues en bas ! Maintenant, je crois que ça, ça envoie un sacrément bon signal. Maintenant, les gens savent que *nous les représentons* ! et qu'ils font vraiment partie de New York.

Weiss regardait la 161ᵉ Rue d'en haut, comme un berger son troupeau. Kramer était heureux que personne d'autre que lui ne soit témoin de ça. S'il y avait eu plus d'un témoin, alors leur cynisme aurait éclaté. Vous n'auriez pu penser à rien d'autre qu'au fait qu'Abe Weiss devait affronter les élections dans cinq mois et que 70 pour 100 des habitants du Bronx étaient noirs et latinos. Mais comme, en fait, il n'y avait pas d'autre témoin, Kramer pouvait atteindre le cœur du problème, à savoir que l'espèce de maniaque qui était devant lui, le Capitaine Ahab, avait raison.

– Tu as fait un bon boulot, hier, Larry, dit Weiss, et je veux que tu continues comme ça. Est-ce que tu te sens pas *bien* d'utiliser tes talents pour quelque chose qui veut dire quelque chose ? Bon Dieu, tu sais c' que je gagne ? – Ça. Kramer le savait. C'était 82 000 $ par an. – Douze fois, j'aurais pu dételer, partir et me faire trois, cinq fois ça dans le privé. Mais pour quoi ? Tu passes qu'une fois sur cette route-là, Larry. Tu veux qu'on se rappelle de toi pourquoi? Parce que tu avais un putain de manoir dans Riverdale ou à Greenwich ou dans la Vallée des Sauterelles? Ou parce que tu as créé une *différence*? Je suis *désolé* pour Tommy Killian. C'était un très bon substitut, mais Tommy voulait faire du fric, et maintenant il est dehors et il en fait, mais comment? Il tient par la main et il torche des petits malins, des psychopathes et des défoncés. Un type comme McCoy lui ravale la façade. Il a pas vu un type comme ça pendant toutes les années qu'il a passées ici. Non, je préfère gérer le Laboratoire des Relations Humaines. C'est comme ça que je le vois. Je préfère faire une différence.

Tu as fait du bon boulot hier. Et je veux que tu continues.

– Merde, quelle heure il est? demanda Weiss, j'ai faim.

Kramer regarda sa montre avec empressement.

– Presque midi et quart.

– Pourquoi tu restes pas déjeuner? Le juge Tonneto doit passer, et ce type du *Times*, Overton quelque chose, j'oublie toujours, ils s'appellent tous Overton ou Clifton ou un putain de nom comme ça; et Bobby Vitello aussi et Lou Weintraub. Tu connais Lou Weintraub? Non? Reste. Tu vas apprendre des choses.

– Eh bien, si...

– Bien sûr! – Weiss désigna son immense table de conférence comme pour dire qu'il y avait bien assez de place. – On commandera juste des sandwiches.

Il dit cela comme s'il s'agissait d'un de ces déjeuners pris sur le pouce à l'intérieur au lieu de sortir, comme si lui ou aucun autre des bergers de cette île fortifiée n'avait osé sortir dans le troupeau et déjeuner dans le centre administratif et civil du Bronx.

Mais Kramer avait banni tout cynisme bon marché de ses pensées. Déjeuner avec le juge Tonneto, Bobby

Vitello, Lou Weintraub, le promoteur immobilier, Overton Jenesaisquoi, Wasp du *New York Times* et le procureur lui-même!

Il émergeait du marais de l'anonymat.

Merci ô Dieu pour le Grand Inculpé Blanc. Merci, ô Dieu, pour M. Sherman McCoy.

Durant une seconde de curiosité il songea à McCoy. McCoy n'était pas tellement plus vieux que lui. Comment un Wasp tel que lui qui avait toujours eu tout ce qu'il voulait dans la vie se sentait-il après ce petit plongeon glacial dans le monde réel? Mais cela ne dura qu'une seconde, pas plus.

Les Indiens Bororo, une tribu primitive qui vit le long du fleuve Vermelho dans la jungle amazonienne du Brésil, croient qu'il n'existe pas de « moi ». Les Bororos considèrent l'esprit comme une cavité ouverte, comme une grotte, un tunnel ou des arcades, si vous voulez, dans lesquelles habite le village entier et pousse la jungle. En 1969, José M.R. Delgado, l'éminent physiologiste espagnol du cerveau affirma que les Bororos avaient raison. Pendant plus de trois millénaires, les philosophes occidentaux avaient considéré le moi comme quelque chose d'unique, quelque chose d'enfermé à l'intérieur du crâne de chaque personne, pour ainsi dire. Ce moi intérieur devait traiter avec le monde extérieur et en tirer les enseignements, bien sûr, et pouvait s'avérer incompétent dans cette tâche. Pourtant, au cœur du moi de chacun il était censé exister quelque chose d'irréductible et d'inviolé. Faux, dit Delgado, « chaque personne est un composé transitoire de matériaux empruntés à l'environnement ». Le mot important était « transitoire » et il ne parlait pas d'années, mais d'heures. Il citait des expériences durant lesquelles des étudiants en parfaite santé allongés sur des lits dans des pièces bien éclairées mais totalement insonorisées, portant des gants pour réduire le sens du toucher et des lunettes translucides pour retenir des lumières spécifiques, devenaient hallucinés en *quelques heures.* Sans le village entier, la jungle entière, pour occuper la cavité, ils n'avaient plus d'esprit.

En revanche, il ne citait aucune expérience opposée. Il ne discutait pas de ce qui se produit quand le moi de quelqu'un – ou ce qu'on prend pour le moi de quelqu'un – n'est plus seulement une cavité ouverte au monde extérieur, mais quand il devient un parc d'attractions où tout le monde, *todo el mundo, everybody,* vient folâtrer, en sautant et en criant, les nerfs à vif, les reins en feu, prêt à tout, tout ce que vous avez, rires, larmes, gémissements, excitations étourdissantes, spasmes, horreurs, n'importe quoi, le plus terrifiant sera le mieux. Ce qui signifie qu'il ne nous a rien dit sur l'esprit d'une personne placée au centre d'un scandale dans le dernier quart du XXe siècle.

Tout d'abord, dans les semaines qui avaient suivi l'incident dans le Bronx, Sherman McCoy avait considéré la presse comme un ennemi qui était à l'affût, *là, dehors.* Il craignait chaque journal chaque matin et les journaux télévisés comme un homme a peur des armes d'un ennemi impersonnel et invisible, comme il craindrait des bombes qui tomberaient ou des obus imprévisibles. Même hier, devant le Sommier Central, sous la pluie et dans la saleté, quand il avait vu le blanc de leurs yeux et le jaune de leurs dents et qu'ils l'avaient invectivé, accablé et tourmenté, quand ils avaient tout fait, l'injuriant et lui crachant dessus, ils étaient toujours l'ennemi *là-bas, dehors.* Ils s'étaient rapprochés pour la mise à mort, ils l'avaient blessé et humilié, mais ils ne pouvaient pas atteindre son inviolable moi, Sherman McCoy, à l'intérieur du labyrinthe cuivré de son esprit.

Ils s'étaient rapprochés pour la mise à mort. Et puis ils l'avaient tué.

Il ne se souvenait pas s'il était mort pendant qu'il faisait encore la queue dehors, devant la porte du

Sommier Central, ou pendant qu'il était dans les cages. Mais à l'heure où il avait quitté le tribunal et où Killian avait tenu sa conférence de presse impromptue sur les marches, il était mort et ressuscité. Dans sa nouvelle incarnation, la presse n'était plus un ennemi et elle n'était plus *là, dehors*. La presse était une maladie de peau, comme des érythèmes ou la granulomatose de Wegener. Son système nerveux central entier était désormais complètement branché dans le vaste, incalculable circuit de la radio, de la télévision et des journaux, et son corps se soulevait, brûlait et gémissait avec l'énergie de la presse et la lubricité de ceux qu'elle atteignait, ce qui voulait dire tout le monde, du plus proche voisin au plus lointain des spectateurs morts d'ennui, soudain titillé par son déshonneur. Par milliers, non, par millions, ils venaient folâtrer dans la cavité de ce qu'il avait présumé être son moi, Sherman McCoy. Il ne pouvait pas davantage les empêcher d'entrer dans sa propre peau que d'empêcher l'air d'entrer dans ses poumons. (Ou, plus précisément, il ne pouvait les en empêcher que de la même manière qu'il pourrait empêcher l'air d'entrer dans ses poumons, une bonne fois pour toutes. Cette solution lui apparut plus d'une fois durant cette longue journée, mais il lutta contre la morbidité, il lutta, lutta, lutta, lui qui était déjà mort une fois.)

Cela commença quelques minutes après que Killian et lui eurent réussi à se dégager de la foule de manifestants, de reporters, de photographes et d'équipes de télé pour monter dans la voiture que Killian avait louée. Le chauffeur écoutait une station de musique légère sur l'autoradio, mais en un rien de temps, le bulletin d'informations de la demie commença, et immédiatement Sherman entendit son nom, son nom et tous les mots clés qu'il allait entendre et voir et réentendre et revoir pendant toute la journée : Wall Street, haute société, délit de fuite, brillant étudiant du Bronx, compagne non identifiée, et il pouvait voir les yeux du chauffeur dans le rétroviseur, qui contemplaient la cavité ouverte connue sous le nom de Sherman McCoy. Lorsqu'ils atteignirent le bureau de Killian, l'édition de la mi-journée du *City Light* était déjà arrivée et son visage tordu de crispation le regardait sur la première page et tout le monde à New York était libre de plonger dans ce regard terrifié qu'il avait. Plus tard dans l'après-midi, quand il rentra chez lui, il dut traverser en courant une masse de reporters et d'équipes de télévision pour pouvoir pénétrer dans son propre immeuble. Ils l'appelaient Sherman, aussi joyeusement, impérativement, ou avec autant de mépris qu'ils le voulaient, et Eddie, le portier, le regarda dans les yeux et plongea la tête dans la cavité, tout au fond. Pour empirer les choses, il dut prendre l'ascenseur avec les Morrissey, qui habitaient l'appartement des derniers étages. Ils ne dirent rien. Ils se contentèrent de coller leurs longs nez dans la cavité et de renifler, de renifler sa honte, jusqu'à ce que leurs visages se raidissent face à cette odeur. Il avait compté sur le fait que son téléphone était sur la liste rouge pour se protéger, mais la presse avait déjà résolu ce problème, à l'heure où il rentra, et Bonita, la brave Bonita, qui ne jeta qu'un vague regard dans la cavité, devait filtrer les appels. Toutes les compagnies médiatiques possibles et imaginables avaient appelé et il y avait eu quelques appels pour Judy. Et pour lui ? Qui serait assez peu digne, immunisé contre l'infamie, pour passer un appel personnel à cette grande arcade publique hurlante, cette coquille de honte et de saleté, qui était Sherman McCoy soi-même ? Seulement sa mère, son père et Rawlie Thorpe. Eh bien, au moins, Rawlie avait ça pour lui. Judy – errant dans l'appartement, choquée et distante. Campbell – étonnée mais pas en larmes. Pas encore. Il n'avait pas pensé être capable de faire face à l'écran de télévision et pourtant il l'alluma. L'avilissement pleuvait sur toutes les chaînes. L'éminent boursier de Wall Street, numéro un chez Pierce & Pierce, l'homme du monde, école privée, Yale, l'enfant gâté de l'ancien directeur général de Dunning Sponget & Leach, le cabinet d'avocats de Wall Street, dans sa Mercedes sport à 60 000 $ (10 000 $ de plus, maintenant) avec une brunette aguichante qui n'était pas sa femme et pas du tout comme sa femme et qui rendait sa femme fadasse par comparaison, écrase le fils exemplaire des pauvres méritants, un jeune étudiant brillant qui a grandi dans une cité et s'enfuit dans sa voiture de luxe sans même un instant de pitié, sans prêter assistance à sa victime, qui est maintenant au bord de la mort. La chose bizarre – et cela lui semblait vraiment bizarre tandis qu'il était assis là à regarder l'écran de télévision – c'était qu'il n'était pas choqué, ni énervé par ces grossières distorsions et ces contre-vérités manifestes. Non. Il avait *honte*. A la tombée de la nuit, elles avaient été répétées si souvent, dans le vaste circuit auquel sa propre peau semblait maintenant connectée, qu'elles avaient pris le poids de la vérité, du seul fait que des millions de gens avaient maintenant *vu* ce Sherman McCoy, ce Sherman McCoy sur l'écran, et qu'ils savaient qu'il était l'homme qui avait commis cet acte sans pitié. Ils étaient là, maintenant, en vastes grappes, gloussant et rageant et contemplant pis que cela, à l'intérieur de la caverne publique qu'il avait pensé un jour être le moi privé de Sherman McCoy. Tout le monde, toutes les âmes qui le fixaient – à l'exception possible de Maria, si elle le regardait à nouveau un jour – reconnaîtraient cette personne en première page de deux, trois, quatre millions de journaux et sur les écrans de Dieu sait combien de téléviseurs. La force de leurs accusations, née dans le vaste circuit de la presse, qui était relié à ce système nerveux central, lui brûlait la peau et le vidait de son adrénaline. Son pouls battait constamment à l'accéléré, et pourtant il n'était plus en état de panique. Une torpeur triste, triste, l'avait envahi. Il ne pouvait se concentrer sur... rien, et même pas assez longtemps pour s'en attrister. Il songeait à ce que cela devait faire à Campbell et à Judy, et pourtant il ne ressentait plus les terribles coups qu'il avait ressentis... avant de mourir. Cela l'alarma. Il songea à sa fille et essaya de ressentir ces coups, mais c'était un exercice intellectuel. Tout était si triste et si lourd, lourd, lourd.

La chose qu'il ressentait vraiment, la seule, c'était la peur. C'était la peur de *retourner là-dedans*.

La nuit, épuisé, il alla se coucher et pensa ne pas être capable de dormir. En fait, il s'assoupit presque immédiatement et il fit un rêve. Il était dans un autobus qui montait la Première Avenue. C'était bizarre, parce qu'il n'avait pas pris un bus à New York depuis au moins dix ans. Avant qu'il se rende compte de quoi que ce soit, le bus était près de la 110e Rue, il faisait sombre. Il avait raté son arrêt, même s'il ne parvenait pas à se souvenir quel arrêt c'était censé être. Il était maintenant dans un quartier noir. En fait cela aurait dû être un quartier latino, Spanish Harlem pour ne pas le nommer, mais c'était un quartier noir. Il descendait du bus, craignant que les choses empirent s'il restait dedans. Dans les embrasures de portes, sur les perrons, sur les trottoirs il apercevait des figures dans l'ombre, mais eux ne l'avaient pas vu encore. Il se hâtait dans des rues obscures, essayant de se diriger vers l'ouest. Le bon sens lui aurait conseillé de redescendre tout droit la Première Avenue, mais il lui semblait terriblement important de marcher vers l'ouest, maintenant il se rendait compte que des silhouettes l'encerclaient. Elles ne disaient rien, elles ne s'approchaient même pas terriblement près... pour l'instant... Elles avaient tout leur temps. Il se hâtait dans le noir, scrutant les ombres, et graduellement les silhouettes se rapprochaient... graduellement, car elles avaient tout leur temps. Il se réveilla affreusement paniqué, en nage, le cœur bondissant hors de sa cage thoracique. Il avait dormi moins de deux heures.

Tôt le matin, comme le soleil se levait, il se sentit plus fort. Les gémissements et les brûlures avaient cessé et il commença à se demander : Ai-je échappé à cet horrible état ? Bien sûr, il n'avait pas compris. Le vaste circuit était en sommeil pour la nuit. Les millions d'yeux accusateurs étaient clos. Il décida que quoi qu'il arrive, il serait fort. Quel autre choix avait-il ? Aucun, à part mourir à nouveau, lentement ou rapidement. Et pour de vrai. C'est dans cet état d'esprit qu'il décida qu'il ne resterait pas prisonnier dans son propre appartement. Il allait vivre sa vie du mieux qu'il pourrait et redresser la mâchoire face à la foule. Il commencerait par conduire Campbell à l'autobus, comme d'habitude.

A 7 heures, Tony, le portier, appela, en s'excusant, pour dire qu'une demi-douzaine de journalistes et de photographes campaient dehors, sur le trottoir et dans des voitures. Bonita lui transmit le message et Sherman carra sa mâchoire, leva le menton et résolut de les considérer comme on considère une averse. Tous deux, Sherman dans son costume anglais sur mesure le moins compromettant, et Campbell dans son uniforme de l'école Taliaferro, sortirent de l'ascenseur et s'approchèrent de la porte, et Tony dit, avec une sympathie sincère : « Bonne chance. C'est une sale bande. » Dehors sur le trottoir, le premier qu'il vit était un très jeune homme, d'apparence vraiment puérile, et il s'approcha avec quelque chose qui ressemblait à de la politesse et dit :

– M. McCoy, j'aimerais vous demander...

Sherman prit Campbell par la main, redressa son menton de Yale et dit : « Je n'ai aucun commentaire à faire. Maintenant, si vous voulez bien m'excuser ».

Soudain, cinq, six, sept d'entre eux furent tout autour de lui et de Campbell, et il n'y avait plus de « M. McCoy ».

– Sherman, une minute ! qui était la femme ?
– Sherman ! Une seconde ! juste une photo !
– Hé, Sherman ! votre avocat dit que...

– Attendez! Hé, Hé, comment tu t'appelles, ma jolie?

L'un d'eux appelait Campbell *ma jolie*. Stupéfait et furieux, il se tourna vers la voix. *Le même* – celui avec les ondulations de cheveux ébouriffés sur le crâne... et maintenant *deux* morceaux de papier toilette sur les joues.

Sherman se retourna vers Campbell. Elle arborait un sourire confus. Les appareils photo! Prendre des photos avait toujours signifié une heureuse occasion.

– Comment elle s'appelle, Sherman?

– Hé, ma jolie, comment tu t'appelles?

L'ignoble au papier toilette sur la figure se penchait sur sa petite fille et lui parlait d'une voix onctueuse et avunculaire.

– Laissez-la tranquille! dit Sherman.

Il vit la peur grandir sur le visage de Campbell en entendant sa voix sèche.

Tout d'un coup, un micro déboula devant son nez, lui masquant toute vue.

Une grande jeune femme tendineuse avec de grosses mâchoires :

– Henry Lamb est au bord de la mort à l'hôpital, et vous descendez Park Avenue. Quel est votre sentiment envers Henry...

Sherman balança son avant-bras pour ôter le micro de devant sa figure. La femme se mit à crier.

– Espèce de gros dégueulasse! A ses collègues : Vous avez vu ça! Il m'a frappée! Cet enfant de putain m'a frappée! Vous avez vu ça? Vous avez vu! Je vais te faire arrêter pour voies de fait, espèce de fils de pute!

Le groupe se refermait sur eux, Sherman et sa petite fille. Il se pencha, passa le bras autour des épaules de Campbell et essaya de la serrer contre lui et d'avancer rapidement vers le coin en même temps.

– Allez, Sherman! juste deux trois questions et on te laisse partir!

De derrière, la femme se plaignait toujours en hurlant :

– Hé, vous, vous avez pris une photo de ça ? Je veux voir cette photo ! C'est une preuve ! Faut que vous me la donniez ! Puis, vers la rue : Tu te fous de qui tu cognes, hein, enculé de raciste !

Enculé de raciste ! Et la femme était blanche.

Le visage de Cambpell était pétrifié de peur et de consternation.

Le feu passa au rouge, et le groupe les suivit tous deux et les harcela, leur hurla après tout le long du trajet... sur Park Avenue. Sherman et Campbell, main dans la main, marchaient tout droit, très vite, et les reporters et les photographes qui les encerclaient bondissaient autour, devant, et derrière comme des crabes.

– Sherman !

– Sherman !

– Regarde-moi, ma jolie !

Les parents, nounous et enfants qui attendaient à l'arrêt du bus de Taliaferro parurent rétrécir en se reculant. Ils ne voulaient aucunement faire partie de cette éruption dégoûtante qu'ils voyaient venir vers eux, cette vague bruyante de honte, de culpabilité, d'humiliation et de tourment. D'un autre côté, ils ne voulaient pas non plus que leurs petites manquent le bus qui approchait. Alors ils se regroupèrent et reculèrent de quelques pas en tas, comme si le vent les avait tous repoussés en même temps. Pendant un moment, Sherman pensa que quelqu'un allait peut-être essayer de l'aider, sinon lui, du moins Campbell, mais il se trompait. Certains regardaient, comme s'ils ne savaient pas qui il était. D'autres détournaient les yeux. Sherman scruta leurs visages. La si adorable Mme Lueger ! Elle avait posé les deux mains sur les épaules de sa petite fille, qui ouvrait d'énormes yeux, fascinée. Mme Lueger le regarda comme s'il était un échappé de l'Armurerie de la 67e Rue.

Campbell, dans son petit uniforme bordeaux, escalada

le marchepied du bus, puis lança un dernier regard par-dessus son épaule. Des larmes coulaient sur ses joues. Sans un son.

Maintenant, une explosion déchirait le plexus solaire de Sherman. Il n'était pas mort, encore une fois. Il n'était pas mort encore une fois, pour la deuxième fois. Pas encore. Le photographe avec le papier toilette sur la figure était juste derrière lui, à quinze centimètres, avec son horrible instrument vissé dans l'orbite.

Chope-le! Enfonce-le-lui dans la cervelle! « Hé, ma jolie. » Tu oses dire à la chair de ma chair...

Mais à quoi cela servirait-il? Car ils n'étaient plus les ennemis *là-dehors*, n'est-ce pas? Ils étaient des parasites collés à sa propre peau. Les cris et les brûlures recommencèrent pour la journée.

Fallow entra nonchalamment dans la salle de rédaction et les laissa admirer sa figure imposante. Il rentrait le ventre et redressait les épaules. Demain, il commencerait un sérieux programme d'exercices. Il n'y avait aucune raison pour qu'il n'ait pas un physique héroïque. En descendant au journal il s'était arrêté chez Herzfeld, un chemisier de Madison Avenue qui vendait des vêtements européens et britanniques, et il s'était acheté une cravate de soie grenadine à pois marine. Les minuscules points étaient enchâssés dans du blanc. Il l'avait mise directement dans le magasin, laissant le vendeur admirer son col détachable. Il portait sa plus belle chemise, qui venait de chez Bowing, Arundel & Co, à Savile Row. C'était une chemise franche et c'était une cravate franche. Si seulement il pouvait s'offrir un nouveau blazer, croisé avec des revers qui ne brilleraient pas... Ah, eh bien – bientôt, bientôt! Il s'arrêta au coin de son bureau et ramassa un *City Light* sur une pile d'éditions matinales laissée là pour les besoins de l'équipe. « ON RECHERCHE MYSTÉRIEUSE BRUNETTE ''AGUICHEUSE''. » Un nouvel article en une de Peter Fallow. Le reste de ce qui était imprimé nageait à travers le brouillard qu'il avait en face de lui. Mais il continuait à faire semblant de lire, pour leur donner à tous une chance de savourer la présence de... Peter Fallow... Regardez, vous, pauvres minables, courbés devant vos traitements de textes, caquetant et pépiant à longueur de journée et préoccupés par vos « une centaine de briques ». Tout d'un coup il se sentait si grand, qu'il songea que ce serait vraiment un geste supérieur de marcher jusqu'à ce pauvre Goldman pour lui rendre ses 100 $. Eh bien, il allait ranger cette idée dans un coin de sa tête.

Quand il atteignit son compartiment, il y avait déjà six ou sept messages sur son bureau. Il les examina, s'attendant à moitié à ce que l'un des messages vienne d'un producteur de cinéma.

Sir Gerald Steiner, l'ex-Rat Mort, venait dans sa direction, en bras de chemise, avec une paire de bretelles rouge vif sur sa chemise rayée et un sourire aux lèvres, un sourire charmant, un sourire reconnaissant, au lieu de ces yeux de loup malveillant des semaines précédentes. La flasque de vodka était toujours planquée dans la poche de l'imperméable, qui était toujours accroché au crochet en plastique dans le coin. Il pouvait sûrement la sortir et s'en envoyer une bonne lampée juste sous le nez du rat, et qu'adviendrait-il ? Rien. Rien qu'un sourire de bon vieux camarade reconnaissant de la part du rat, s'il connaissait bien son rat.

– Peter ! dit Steiner. – *Peter*. Plus de *Fallow*, sur le ton d'un proviseur agacé. – Vous voulez voir quelque chose qui va illuminer votre journée ?

Steiner fit claquer la photo sur le bureau de Fallow. Elle montrait Sherman McCoy, avec une expression terrible sur le visage donnant une claque du revers de la main à une grande femme tenant une sorte de baguette, qui s'avéra, en y regardant de plus près, être un micro. De son autre main, il tenait une petite fille en uniforme scolaire. La petite fille regardait dans l'objectif d'un air interrogateur. A l'arrière-plan, on voyait le dais d'un immeuble et un portier. Steiner gloussa.

– La fille – une femme affreuse, par ailleurs, d'une radio quelconque – elle appelle toutes les dix minutes. Dit qu'elle va faire arrêter McCoy pour agression. Elle veut la photo. Elle va l'avoir, ça oui. Elle est à la une de la prochaine édition.

Fallow prit la photo et l'étudia.

– Mmmmmmh. Jolie petite fille. Doit être difficile d'avoir un papa qui n'arrête pas de frapper les minorités, les jeunes Noirs, les femmes. Vous avez déjà remarqué comment les Amerloques se réfèrent aux femmes comme à une minorité ?

– Je plains leurs mères, dit Steiner.

– Très belle photo, dit Fallow, tout à fait sincèrement. Qui l'a prise ?

– Silverstein. Ce gars-là a vraiment du nez. Vraiment.

– Silverstein couvre la mise à mort ? demanda Fallow.

– Oh oui, dit Steiner, il adore ce genre de choses. Vous savez Peter – *Peter* –, j'ai du respect, peut-être un respect à l'envers, mais un vrai respect pour les gars comme Silverstein. Ce sont les fermiers du journalisme. Ils aiment le bon terrain gras pour *lui-même,* pas pour la paie – ils aiment plonger leurs mains dans la boue.

Steiner s'arrêta, épaté. Ses propres traits d'esprit le laissaient toujours un peu pantois.

Oh, comme Sir Gerald, le bébé à son Vieux Steiner, aimerait être capable de se vautrer dans la fange avec un tel abandon dionysiaque ! – comme un type avec du nez ! Ses yeux se mouillèrent d'émotion chaleureuse : de l'amour, peut-être, ou de la nostalgie pour la boue.

– « Les Vandales Hilares », dit Steiner, avec un large sourire et en secouant la tête, faisant allusion aux exploits reconnus du photographe qui avait du nez, ce qui lui procura une satisfaction supplémentaire.

– Je veux vous dire une chose, Peter. Je ne sais pas si vous vous en rendez vraiment compte ou pas, mais vous avez décroché une histoire très importante avec cette affaire de Lamb et McCoy. Oh, c'est sensationnel, mais c'est bien plus que ça. C'est une morale. Vous avez mentionné les minorités. Pensez à ça un instant. Une morale. Vous avez mentionné les minorités, je savais que vous plaisantiez, mais on entend déjà un autre son de cloche de ces minorités, de ces organisations noires et surtout, justement, de ces mêmes organisations qui répandaient des rumeurs comme quoi nous étions racistes et toute cette sorte de bêtises, et maintenant voilà qu'ils nous félicitent et qu'ils nous considèrent comme une sorte de... *phare*. C'est un sacré revirement en si peu de temps. Ces Ligues contre la Diffamation du Tiers Monde, ces mêmes gens qui étaient si excités à cause des « Vandales Hilares », ils viennent de m'envoyer les remerciements les plus *flatteurs*. Nous sommes le point de référence du libéralisme et des droits civiques maintenant, la vache ! Ils vous prennent pour un génie, soit dit en passant. Ce type, le Révérend Bacon, comme ils l'appellent, a l'air de diriger tout ça. Il vous donnerait le prix Nobel si ça dépendait de lui. Je devrais dire à Brian de vous montrer la lettre.

Fallow ne dit rien. Ces idiots pourraient être un peu plus malins.

– Ce que j'essaie de dire, Peter, c'est que c'est un grand pas en avant, très important, dans la marche du journal. Nos lecteurs se fichent pas mal de la respectabilité, dans un sens comme dans l'autre, mais les annonceurs, non. J'ai déjà mis Brian au travail pour voir comment nous pourrions éventuellement amener ces groupements noirs à donner leur nouvelle opinion du *City Light* d'une manière formelle, par une citation, ou une récompense quelconque ou – je ne sais pas, mais Brian trouvera. J'espère que vous aurez un peu de temps pour prendre part à ce qu'il mettra au point. Mais on verra comment ça marche.

– Oh, absolument, dit Fallow. Bien sûr, je sais que ces gens ont des sentiments très forts. Savez-vous que le juge qui a refusé d'augmenter la caution de McCoy a reçu des menaces de mort?

– Des menaces de mort? Sérieusement?

Le Rat couinait d'excitation à cette horrible idée.

– C'est vrai. Et il les prend très au sérieux, également.

Fallow perçut cet instant comme particulièrement favorable pour suggérer à Sir Gerald un pas en avant d'une tout autre sorte : 1 000 $ d'avance, ce qui, ensuite, pourrait suggérer au Rat éminent, une augmentation de salaire.

Et il eut raison sur les deux tableaux. Dès que son nouveau blazer serait prêt, il allait *brûler* celui-ci. Avec plaisir.

A peine une minute après le départ de Steiner, le téléphone de Fallow sonna. C'était Albert Vogel.

– Hé, Pete! Comment qu'ça va? Ça boume, ça boume, ça boume. Pete, faut que tu me fasses une faveur. Faut que tu me donnes le téléphone de McCoy. Il est sur la liste rouge.

Sans savoir précisément pourquoi, Fallow trouva cette demande sidérante.

– Mais pourquoi voudrais-tu ce numéro de téléphone, Albert?

– Tu vois, Pete, le truc c'est que j'ai été contacté par Annie Lamb qui veut se porter partie civile pour son fils. Deux plaintes, en fait : une contre l'hôpital pour grave néligence et une contre McCoy.

– Et tu veux son téléphone personnel? Pourquoi?

– Pourquoi? On pourrait avoir à négocier.

– Je ne vois pas pourquoi tu n'appelles pas son avocat.

– Doux Jésus, Pete. – La voix de Vogel virait à la

colère. – Je t'ai pas appelé pour des conseils légaux. Tout ce que j' veux c'est un putain de numéro de téléphone. Tu l'as, son numéro, ou pas?

La petite voix qui lui servait de meilleur jugement suggéra à Fallow de répondre non, mais sa vanité ne pouvait pas lui permettre de dire à Vogel que lui, *Fallow*, propriétaire de l'affaire McCoy, était incapable de lui procurer le numéro de téléphone de McCoy.

– Ecoute, Pete, j'veux convoquer une conférence de presse à propos de ces plaintes. Tout ce que je te demande, c'est un putain de numéro de merde!

– Tu peux toujours faire ta conférence de presse. Mais tu auras un public beaucoup plus important après mon article sur ça.

Un silence.

– Okay, Pete, gloussa Vogel, mais pas vraiment de bon cœur. Je crois que j'ai créé un monstre quand je t'ai mis sur l'affaire Lamb. Pour qui tu te prends, Lincoln Steffens?

– Lincoln qui?

– Peu importe. Ça ne t'intéresserait pas. D'accord, tu peux avoir cette putain d'histoire. T'en as pas marre de toutes ces exclusivités? Bon, donne-moi le numéro.

Et il le fit.

Et en fait, pourquoi n'aurait-il pas droit au numéro?

XXIV

LES INFORMATEURS

L'HORRIBLE tapis orange flambait. Juste à côté du divan en formica où il était vautré, le tapis s'était détaché du bord du mur et les petites fibres métalliques s'effilochaient. Sherman contemplait cette frange irritante comme une démangeaison pour éviter de regarder les figures sinistres sur le divan d'en face. Il avait peur qu'ils le regardent et qu'ils sachent qui il était. Le fait que Killian le faisait attendre ainsi scellait l'histoire, achevait la construction de ce qu'il allait faire. Ce serait sa dernière visite dans cet endroit, sa dernière descente dans la vulgarité des Banques de Faveurs, des contrats, des bas-fonds stratifiés et des philosophes à ras des égouts.

Mais bientôt sa curiosité l'emporta et il examina leurs pieds... Deux hommes... L'un portait une paire de petits mocassins délicats avec des chaînettes dorées sur le dessus. L'autre une paire de tennis Reebok blanc de neige. Leurs chaussures glissaient un peu, car les deux hommes s'enfonçaient lentement dans le canapé et se repoussaient en arrière avec leurs pieds, puis reglissaient, et se redressaient, puis reglissaient. Sherman glissait et remontait. Tout dans cet endroit, même l'obscène pente glissante des canapés, proclamait le manque de goût, de ressource, la vulgarité, et tout au fond une ignorance crasse. Les deux hommes parlaient dans une langue que Sherman prit pour de l'espagnol. « *Oy el miemo* », ne cessait de répéter l'un d'eux. « *Oy el miemo.* » Il laissa ses yeux remonter jusqu'à leurs tailles. Ils avaient tous les deux des chemises de tricot et des blousons de cuir; encore des Cuirs... *Oy el miemo.* Il prit un gros risque : leurs visages. Immédiatement il rabaissa les yeux. Ils le fixaient carrément! Des regards d'une telle cruauté! Ils paraissaient avoir tous les deux la bonne trentaine. Ils avaient d'épais cheveux noirs coiffés et gominés à mort, coupes vulgaires mais probablement très chères. Ils avaient tous les deux une raie au milieu, les deux moitiés de leur chevelure évoquant deux cascades sculptées. Leur expression était si tordue en le regardant! *Savaient-ils?*

Maintenant il entendait la voix de Killian. *Causer! la louai. Okay.* Il se consola à la pensée qu'il n'aurait plus jamais à l'entendre. Le Lion avait raison. Comment avait-il pu confier son destin à quelqu'un barbotant dans ce milieu si sordide? Killian apparut à l'entrée du hall. Il avait le bras passé sur les épaules d'un petit homme rondelet et complètement abattu, un petit Blanc qui portait un costume pathétique, avec une veste particulièrement pathétique gonflée par son petit ventre rond.

– Qu'est-ce que j' peux te dire, Donald? disait Killian, la loi c'est comme tout. Tu en as pour ton argent. Tu comprends? – *La louai c'est comme tout. T'en as pour ton argent.*

Le petit homme s'en alla sans même le regarder. Pas une fois il n'avait été en présence de Killian sans que le sujet principal de la conversation tourne autour de l'argent. L'argent dû à Thomas Killian.

– Aïïïïe! dit Killian, en souriant à Sherman, je ne voulais pas vous faire attendre.

Il jeta un regard significatif vers la figure du petit homme qui battait en retraite, puis fronça les sourcils.

Sherman et lui pénétrèrent dans le hall, au-delà des

plafonniers hyperlumineux, vers le bureau de Killian. Il disait :

– Et maintenant, *ça* – sa tête désigna le petit homme qui venait de partir –, *ça* c'est un type qui a des problèmes. Cinquante-sept ans, surveillant général, catholique irlandais, marié, père de famille, et il se fait serrer parce qu'il a fait des avances à une petite fille de sept ans. L'agent qui l'a arrêté affirme qu'il lui a offert une banane et après la suite...

Sherman ne dit rien. Est-ce que ce frimeur qui savait tout, avec son cynisme perpétuel, pensait réellement que cela le ferait se sentir mieux ? Un frisson le traversa. C'était comme si le destin du petit homme rondouillard était le sien.

– Vous avez vu les deux mecs en face de vous ?

Sherman reprit des forces. Dans quel enfer étaient-ils coincés, ceux-là ?

– Vingt-huit, vingt-neuf ans tous les deux, et ils feraient partie de la liste Forbes des quatre cents plus riches familles, si leur business pouvait publier leurs bénéfices. Ils ont *vraiment* un tas de fric. Ils sont cubains, mais ils importent de Colombie. C'est des clients à Bellavita.

Le ressentiment de Sherman grandissait à chaque mot de ce je-sais-tout. Est-ce que ce frimeur pensait que son survol léger de la scène locale, son détachement, son ton de dur allait le flatter, le ferait se sentir supérieur aux détritus piégés dans la marée dégueulasse qui passait par cet endroit ? Je ne suis pas supérieur, toi le je-sais-tout ! je suis l'un d'entre eux ! Mon cœur va vers eux ! Un vieux satyre irlandais... des jeunes Cubains dealers de drogue avec leurs tristes coiffures prétentieuses – en bref, il apprenait par lui-même la vérité du dicton : un démocrate, c'est un conservateur qui a été arrêté.

Dans le bureau de Killian, Sherman prit un siège et regarda le frimeur irlandais se carrer dans son fauteuil et rouler ses épaules sous son costume croisé, faisant le

beau. Il le détestait encore plus profondément. Killian
était d'excellente humeur. Des journaux étaient empilés
sur son bureau. *L'équipe à la Mercedes : Il écrase, elle
fuit.* Mais bien sûr! L'affaire criminelle la plus brûlante
de New York, c'était la *sienne*!

Eh bien, il était sur le point de la perdre. Comment le
lui annoncer? Il voulait *le lui envoyer pour de bon.* Mais
les mots sortirent avec un semblant de tact.

— J'espère que vous vous rendez compte que je ne suis
pas content du tout de ce qui s'est passé hier, dit
Sherman.

— Aïïïïe, qui le serait? C'était outrageant, même pour
Weiss.

— Je ne crois pas que vous compreniez. Je ne parle pas
de ce qu'on m'a fait subir, personnellement, je parle du
fait que vous...

Il fut interrompu par la voix de la réceptionniste
sortant de l'interphone sur le bureau de Killian :

— Neil Flannagan, du *Daily News*, sur la 3.

Killian se pencha en avant.

— Dites-lui que je le rappelle. Non, attendez. Dites-lui
que je le rappellerai dans une demi-heure. S'il n'est pas
dans son bureau, alors qu'il me rappelle dans une
demi-heure. A Sherman : Désolé.

Sherman se tut, lança un regard sinistre au frimeur et
dit :

— Je parle d'autre chose. Je parle de...

Killian le coupa :

— Je ne veux pas dire que nous n'allons causer que
trente minutes – *Causer* – Toute ma journée est à vous si
vous le voulez et on va en avoir besoin. Mais je veux
parler à ce type, Flannagan, des *News*. Il va être notre
antidote... au venin.

— Eh bien c'est très bien, dit Sherman du ton le plus
neutre possible, mais nous avons un problème. Vous
m'aviez assuré que vos « contrats » marchaient avec le
Bureau du procureur. Vous m'aviez dit que vous aviez

un « contrat » avec ce type, Fitzgibbon. Il me semble me rappeler une véritable dissertation sur quelque chose appelé la Banque des Faveurs. Maintenant, n'interprétez pas mal ce que je dis. *A priori*, vous pouvez être aussi brillant légalement que...

La voix dans l'interphone :

— Peter Fallow, du *City Light*. Sur la 3.

— Prenez son numéro. Dites-lui que je le rappelle. A Sherman : On parle de venin, et la tête du serpent sort !

Le cœur de Sherman bondit, puis les palpitations se calmèrent.

— Allez-y, vous disiez ?

— Je ne mets pas en doute votre compétence, mais vous m'aviez assuré plein de choses, et naïvement, je vous ai suivi et... Il s'arrêta pour choisir le mot correct.

Killian sauta dans la brèche :

— On vous a doublé, Sherman. On m'a doublé *moi*. Bernie Fitzgibbon a été doublé. Ce que Weiss a fait, c'est impensable. *On... ne... fait... pas...* ce qu'il a fait. *Ça ne se fait pas.*

— Néanmoins, il l'a fait, et après ce que vous m'aviez dit...

— Je sais comment c'était. C'était comme d'être jeté dans une fosse à purin. Mais Bernie n'a pas tout à fait raté son coup. Weiss voulait faire pire. Vous devez comprendre ça. Ce fils de pute voulait vous arrêter *chez vous* ! Il voulait une arrestation *sur Park Avenue* ! Il est dingue, dingue, dingue ! Et vous savez ce qu'il aurait fait si on l'avait laissé faire ? Il aurait expédié les flics chez vous, dans votre propre appartement, pour vous coller les menottes et de là, ils vous auraient traîné dans un commissariat et vous auraient laissé mijoter dans les cages un bon bout de temps avant de vous enfourner dans un panier à salade avec du grillage aux fenêtres, avec tout un tas de ces animaux, et *ensuite* ils vous auraient amené au Sommier Central pour passer à travers tout ce que vous avez supporté. C'est ça qu'il voulait.

– Néanmoins...

– M. Killian, Irv Stone, de la 1 sur la 3/2. C'est la troisième fois qu'il appelle.

– Prenez son numéro et dites-lui que je le rappellerai. A Sherman : Aujourd'hui faut que je cause à ces gens, même si j'ai rien à leur dire. Juste pour les garder au chaud. Demain on va commencer à inverser la vapeur.

– Inverser la vapeur, dit Sherman, avec ce qui voulait être une ironie amère.

Le frimeur ne le remarqua pas. L'excitation du frimeur face à une telle attention de la presse était inscrite partout sur sa figure. De mon ignominie, il tire sa petite gloire mesquine.

Donc il essaya à nouveau.

– Inverser la vapeur, très bien, dit-il.

Killian sourit.

– M. McCoy, je crois bien que vous doutez de moi. Eh bien, j'ai des nouvelles pour vous. En fait, j'ai un tas de nouvelles pour vous. – Il appuya sur le bouton de l'interphone. – Hé, Nina. Demandez à Quigley de venir ici. Dites-lui que M. McCoy est là. A Sherman : Ed Quigley est notre enquêteur, le mec dont je vous avais parlé, celui qui a l'habitude des Grosses Affaires.

Un grand type chauve apparut dans l'encadrement de la porte. C'était le même homme que Sherman avait vu dans l'éblouissante salle d'attente le jour de sa première visite. Il portait un revolver dans un holster haut placé sur sa hanche gauche. Il était vêtu d'une chemise blanche, mais sans cravate. Ses manches étaient remontées, révélant une paire d'énormes poignets et d'énormes avant-bras. De la main gauche il tenait une enveloppe kraft. C'était le genre de grand type osseux et anguleux qui a l'air plus menaçant à cinquante ans qu'à vingt-cinq. Il avait de larges épaules, mais un peu tombantes.

Ses yeux paraissaient avoir coulé très profond dans ses cratères occipitaux.

– Ed, dit Killian, voici M. McCoy.

Sherman hocha la tête, morose.

– Enchanté de vous connaître, dit l'homme.

Il lança à Sherman le même sourire mort que la première fois où il l'avait vu.

– Tu as la photo? demanda Killian.

Quigley prit un morceau de papier dans l'enveloppe et la tendit à Killian, et Killian la tendit à Sherman.

– Ce n'est qu'une photocopie, mais il m'a fallu... je ne vous dirai même pas ce qu'il a fallu faire pour avoir cette photo. Vous le reconnaissez?

Une photo de profil et une de face d'un Noir, avec des numéros. Des traits carrés, un cou puissant.

Sherman soupira.

– Cela lui ressemble. L'autre garçon, le costaud, celui qui a dit : Hé, vous, vous avez besoin d'aide?

– C'est un petit malfrat nommé Roland Auburn. Il vit dans la Cité Poe. Pour l'instant il est à Riker's Island en attendant qu'on s'occupe de sa quatrième arrestation pour drogue. Visiblement, il va passer un accord avec le procureur en échange d'un témoignage contre vous.

– Et mentir.

– Cela ne viole en rien les principes qui ont gouverné la vie de M. Roland Auburn jusqu'ici, dit Killian.

– Comment avez-vous trouvé ça?

Killian sourit et désigna Quigley.

– Ed a pas mal d'amis chez nos hommes en bleu, et beaucoup de nos meilleurs éléments lui doivent des faveurs.

Quigley fit une minuscule grimace.

Sherman dit :

– Est-ce qu'il a déjà été arrêté pour vol – ou pour le genre de choses qu'il a tenté de me faire?

– Vous voulez dire en tant que bandit de grand

chemin ? – Killian rit de sa propre plaisanterie. – J'y avais jamais pensé. C'est ça, en fait, c'est comme attaquer une diligence, pas vrai, Ed ?

– Presque, oui.

– Pas qu'on sache, dit Killian, mais nous avons l'intention d'en trouver un peu plus sur ce fils de pute. On sait sur quoi les prisonniers vont témoigner – et tout ça, c'est la putain d'affaire de Weiss ! C'est là-dessus qu'il vous a fait arrêter !

Killian hocha la tête, avec un dégoût apparent, et continua à la secouer. Sherman se retrouva authentiquement reconnaissant. C'était la première goutte d'absolution chaleureuse que qui que ce soit lui eût offerte.

– Bon, ça c'est une chose, dit Killian. Puis à Ed : Maintenant, dis-lui, pour Mme Ruskin.

Sherman leva le nez vers Quigley et Quigley dit :

– Elle est partie en Italie. Je l'ai suivie à la trace jusqu'à une maison qu'elle a louée sur le lac de Côme. C'est une sorte de station en Lombardie.

– C'est exact, dit Sherman. Elle revenait justement de là, la nuit où tout ceci s'est produit.

– Ouais, eh bien, il y a deux jours, dit Quigley, elle est partie de là en voiture avec un jeune type nommé Filippo. C'est tout ce que je sais, Filippo. Vous avez une idée de qui ça peut être ? Vingt, vingt-cinq ans, mince, taille moyenne. Plein de cheveux. Habillé en punk. Joli garçon, du moins d'après mon informateur.

Sherman soupira.

– C'est une espèce d'artiste peintre qu'elle connaît. Filippo Charazza ou Charizzi.

– Vous avez une idée d'un autre endroit en Italie où elle pourrait aller ?

Sherman secoua la tête.

– Comment avez-vous découvert tout ça ?

Quigley regarda Killian, et Killian dit :

– Dis-lui.

– Pas trop difficile, dit Quigley. – Fier d'être sur scène, il ne put résister à un sourire. – La plupart de ces gens ont la Globexpress, vous savez, la carte de crédit. Il y a une femme – une personne avec qui je traite dans le fichier central de Duane Street. Ils ont des ordinateurs qui reçoivent des données du monde entier. Je lui donne 100 $ par renseignement. Pas mal pour cinq minutes de boulot. Maria Ruskin a payé deux fois avec sa carte dans des magasins de cette ville, Côme. Des fringues. Alors j'ai appelé un mec qu'on utilise à Rome, et il appelle un des magasins et il dit qu'il est de Globexpress, leur donne le numéro de compte de la dame et leur dit qu'il veut lui expédier un télégramme pour « vérification de compte ». Ils s'en foutent, eux. Ils lui donnent l'adresse où ils livrent les fringues, et il monte à Côme et vérifie tout.

Quigley haussa les épaules, comme pour dire « Fasto-che pour un mec comme moi ».

Remarquant que Sherman était proprement impressionné, Killian dit :

– Donc nous avons une ligne accrochée à nos deux joueurs. Nous savons qui est leur témoin et nous allons retrouver Mme Ruskin. Et nous allons la ramener ici, même si Ed doit la ramener dans une boîte avec des trous pour respirer. N'ayez pas l'air choqué. Je sais que vous lui laissez le bénéfice du doute, mais en toute objectivité, elle ne mérite pas réellement le qualificatif d'amie à vous. Vous êtes dans le plus gros merdier de votre existence, elle est votre seule issue, et elle est barrée en Italie avec un joli-cœur nommé Filippo. Aïïïïïïïïie, keske c'est c' travail ?

Malgré lui, Sherman sourit. Sa vanité était telle, pourtant, qu'il soupçonna immédiatement qu'il y avait une explication banale.

Une fois Quigley parti, Killian dit :

– Ed Quigley est le meilleur. Y a pas de meilleur enquêteur privé dans le business. Il ferait... *tout*. C'est l'Irlandais tout droit sorti de Hell's Kitchen[1]. Les gamins avec qui il a grandi sont tous devenus des gangsters ou des flics. Ceux qui sont devenus flics, c'est ceux que l'Eglise a réussi à accrocher, ceux qui mijotaient un petit fonds de culpabilité. Mais ils aiment tous les mêmes choses. Ils aiment tous fendre des crânes et faire tomber des dents. La seule différence c'est que si vous êtes un flic, vous pouvez le faire en tout légalité, avec le curé qui hoche la tête derrière votre épaule et qui regarde de l'autre côté. Ed était un sacré flic. C'était le règne de la terreur à lui tout seul, putain.

– Comment est-ce qu'il a *eu* cette photo ? – Sherman regardait la page photocopiée. – Est-ce que c'était un de vos... contrats ?

– Un truc comme ça ? Ooooooh, non, houlalapadutout ! Obtenir cette information... et un *portrait tiré par l'identité judiciaire ?*... C'est tellement loin des liens entre – j' veux dire, ça va au-delà de la Banque des Faveurs. Je demande pas, mais à moins que je me goure, c'est la Banque des Faveurs, plus la vraie banque, comme vos fonds négociables normaux, quoi. Oubliez tout ça. Je pense c' que je dis. Pour l'amour du Ciel, le mentionnez jamais. N'y pensez même plus.

Sherman s'enfonça dans son siège et regarda Killian. Il était venu ici pour le virer – et maintenant il n'était plus si sûr de son désir.

Comme s'il lisait dans ses pensées, Killian dit :

– Laissez-moi vous expliquer quelque chose. Ce n'est pas qu'Abe Weiss se moque de la Justice.

Se moque. Il n'avait pas dit « se fout ». Quelle notion exaltante, songea Sherman, avait bien pu se faire jour dans sa tête ?

– Il s'en soucie probablement. Mais cette affaire n'a rien à voir avec la justice. C'est une guerre. C'est Abe

1. Bas quartier de Manhattan, près du Bowery, bas-fonds des grandes périodes d'immigration.

Weiss qui fait campagne pour sa réélection, et ce boulot c'est sa putain de vie, et quand la presse s'échauffe sur une affaire comme ils le font sur celle-ci, il ne parle plus de justice. Il va faire toutes les saloperies possibles. Je ne veux pas vous effrayer, mais c'est ça qui se passe, une guerre. Je ne peux pas seulement construire une défense pour vous, il faut que j'entre en campagne. Je ne pense pas qu'il a mis votre téléphone sur écoute, mais il en a le pouvoir et il est parfaitement capable de le faire. Donc, si j'étais vous, je ne dirais plus rien du tout sur cette affaire au téléphone. En fait ne dites même plus rien du tout au téléphone. De cette manière vous n'aurez pas à vous inquiéter sur ce qui est important ou pas.

Sherman hocha la tête pour montrer qu'il comprenait.

– Maintenant, je vais être très direct, Sherman. Cette histoire va coûter beaucoup de fric. Vous savez ce que coûte le mec de Quigley en Lombardie ? 2 000 $ par semaine, et ce n'est qu'une des phases de ce que nous devons faire. Je vais vous demander une grosse provision, d'entrée. C'est exclusivement pour préparer le procès, qui, j'espère, n'aura pas lieu.

– Combien ?

– 75 000.

– *75 000 !*

– Sherman, qu'est-ce que vous voulez que j' vous dise ! La *loua* c'est comme tout l' reste. Vous pigez ? Vous z'en avez pour vot' fric.

– Mais, mon Dieu, 75 000 !

– Vous me forcez à être immodeste. Nous sommes les meilleurs. Et je vais me battre pour vous. J'adore me battre. Je suis aussi irlandais que Quigley.

Donc, Sherman, qui était venu pour virer son avocat, lui signa un chèque de 75 000 $.

Il le tendit à Killian.

– Il faudra que vous me laissiez un peu de temps pour mettre cette somme sur mon compte.

– C'est normal. On est quoi aujourd'hui ? mercredi ? Je ne le déposerai pas avant vendredi matin.

Le menu était garni de petites publicités en noir et blanc tout le long du bas de la feuille, de petits rectangles avec des bordures démodées et des logos hautement stylisés pour des choses comme « la Boisson au Chocolat Nehi, les Œufs de Poisson en Boîte du Cap'tain Henry, la Chicorée Grillée du Café du Monde, les Pneus de Bicyclette Gonflables du Chef Indien, le Tabac à Pipe Edgeworth et le Sirop pour la Toux 666 ». Ces réclames étaient très décoratives, rappelant les jours passés dans les bayous de Louisiane. Un sixième sens fit frémir Kramer. Cette merde façon faux terroir était aussi chère que la merde façon faux bohème. Il ne voulait même pas penser à combien tout ça allait monter, peut-être 50 putains de $. Mais pas moyen de revenir en arrière maintenant, hein ? Shelly était assise en face de lui dans le box, regardant chacun de ses gestes et chacune de ses expressions, et il avait passé l'heure et demie écoulée à projeter l'image d'un homme qui est sûr de lui et de ce qu'il fait, et c'était *lui*, le *bon vivant*[1] viril qui avait proposé qu'ils prennent un dessert et du café. De plus, il avait une envie folle d'une glace. Sa bouche et son œsophage étaient en feu. Le Café Alexandria paraissait ne pas avoir un seul plat au menu qui ne soit pas explosif. Le Gumbo Créole aux Sables du Bayou – il avait pensé que le mot *Sables* devait être une métaphore pour quelque condiment impur, une racine souterraine ou quelque chose comme ça, mais il y avait vraiment du sable dans leur satanée soupe, apparemment noyée de tabasco. Le Pain de Maïs au Cayenne, – c'était comme du pain avec des fourmis rouges dedans. Le Filet de Poisson-Chat avec des Okra Roussis sur un Lit de Riz Jaune avec du Beurre de Pomme et de la Sauce Mou-

1. En français dans le texte.

tarde Chinoise – la Sauce Moutarde Chinoise avait levé le drapeau rouge, mais il était obligé de commander le poisson-chat parce que c'était le seul plat de la carte qui ne fût que modérément cher, 10,50 $. Et Andriutti avait dit que c'était un petit restaurant créole pas cher dans Beach Street « vraiment génial ». Beach Street était une rue assez déglinguée pour qu'on y trouve un restaurant pas cher, et il l'avait cru.

Or Shelly n'arrêtait pas de le trouver merveilleux. Elle était resplendissante, une radiance divine avec son rouge à lèvres brun, mais il n'était pas bien certain qu'elle dût son teint à l'amour, au maquillage Automne-dans-le-Berkshire, ou à un incendie dans l'estomac.

De la glace, de la glace, de la glace... Il parcourut le menu incendiaire, et à travers les vagues calorifiques, il repéra une seule assiette de glace : Glace Vanille Barattée à la Main Surmontée de Chili Chutney aux Noix. *Du Chili ?* Eh bien, il gratterait le dessus et le mettrait de côté pour ne manger que la glace. Il n'avait pas le cran de demander à la ravissante serveuse aux boucles de miel de ne lui servir que la glace, sans la sauce. Il ne voulait pas avoir l'air, devant Shelly, d'un pantouflard terrifié par l'aventure.

Shelly commanda la Tarte au Citron Vert avec Pâtisseries Relleno, et tous deux prirent le Café Fraîchement Moulu de La Nouvelle-Orléans, avec Chicorée, même si quelque chose lui murmurait que la chicorée allait perturber un peu plus ses entrailles dévastées.

Ayant passé la commande pour le dessert et le café d'une voix ferme et avec une détermination virile, il posa ses avant-bras sur le bord de la table, se pencha en avant et versa son regard à grands flots dans les yeux de Shelly, pour lui procurer une nouvelle dose d'intoxication au crime et également de Zinfandel blanc Crockett Sump, qui le faisait plonger de 12 $ supplémentaires. C'était le vin juste au-dessus du moins cher, qui était un

Chablis à 9,50 $. Seuls les hérétiques ignorants commandaient du Chablis.

– Je voudrais juste pouvoir t'emmener écouter ce type, ce Roland Auburn. Je l'ai interrogé trois fois déjà. Au début il avait l'air si dur, si difficile, si... tu sais... menaçant. C'est un *roc*, avec ces yeux morts, le genre de môme que chacun a dans ses cauchemars qui se passent dans une rue de New York, la nuit. Mais si tu l'écoutes juste cinq minutes – rien que l'écouter – tu commences à entendre quelque chose d'autre. Tu entends de la douleur. C'est un *garçon*, bon Dieu, un môme. Il est terrifié. Ces mômes grandissent dans le ghetto sans que personne ne s'en occupe jamais, vraiment. Ils sont terrifiés. Ils érigent ce mur de machisme en pensant que ça va les protéger de la douleur, alors qu'en fait ils risquent de se faire détruire à chaque seconde. Non, je ne suis pas inquiet pour Roland en face d'un jury. Ce que je vais faire, c'est que, avec des questions anodines, je vais l'amener à parler peu à peu de son passé, pendant les deux premières minutes, et alors il commencera à ôter sa peau de mec dur, sans même s'en rendre compte, et *ils le croiront*. Il n'apparaîtra pas comme un criminel endurci ou un endurci de quoi que ce soit... Il apparaîtra comme un môme effrayé qui demande juste un peu de décence et juste un peu de beauté dans sa vie, parce que c'est cela qu'il est. J'aimerais pouvoir trouver un moyen de montrer aux jurés les dessins et les collages qu'il fait. Il est brillant, Shelly. Brillant! Mais il n'y a aucun moyen que cela se produise, je suppose. Ce sera déjà assez difficile d'être sûr que j'amène bien le vrai Roland Auburn à sortir de son armure de dureté. Ce sera comme d'essayer de sortir un escargot d'une de ces coquilles qui partent en spirale.

Kramer tourna son doigt en spirale et rit de sa propre comparaison. Les lèvres brillantes de Shelly souriaient d'un air appréciateur. Elles étincelaient. *Elle* étincelait.

– Oh, j'adorerais assister au procès, dit-elle. Quand est-ce ?

– *On* n'en sait rien encore. (Moi et le procureur, qui sommes très proches l'un de l'autre.) Nous ne l'amènerons pas devant le grand jury avant la semaine prochaine. Nous pourrions aller au procès dans deux mois comme dans six. C'est difficile à dire dans une affaire qui a eu autant de publicité que celle-ci. Quand les médias s'affolent sur quelque chose, ça complique tout. – Il secoua la tête, comme pour dire « Faut juste apprendre à faire avec ».

Shelly rayonnait.

– Larry, quand je suis rentrée hier soir à la maison, que j'ai allumé la télévision, et que tu étais là, ce dessin de toi – je me suis mise à rire, comme une gamine. J'ai dit : « Larry ! » Je l'ai dit tout fort, comme si tu venais d'entrer dans la pièce. J'ai pas pu m'en empêcher.

– Ça m'a un peu épaté aussi, pour te dire la vérité.

– Je donnerais n'importe quoi pour venir au procès. Je pourrai ?

– Bien sûr.

– Je promets que je ne ferai pas de bêtises.

Kramer sentit un picotement. Il savait que c'était LE moment. Il avança la main et glissa le bout de ses doigts sous le bout des siens sans les regarder. Elle ne baissa pas les yeux non plus et ne les retira pas. Elle continuait à le regarder dans les yeux et elle appuya le bout de ses doigts sur les siens.

– Je n'ai pas peur que tu fasses des bêtises, dit-il.

Sa voix le surprit. Elle était si enrouée et si timide.

Dehors, une fois la quasi-totalité de son argent liquide enterré dans le tiroir-caisse à l'ancienne, non électrique et étincelant du Café Alexandria, il prit sa main et enlaça ses épais doigts d'haltérophile entre ses minces et tendres doigts, et ils se mirent à marcher dans l'obscurité délabrée de Beach Street.

– Tu sais, Shelly, tu ne peux pas savoir ce que ça me

fait de parler de tout ça avec toi. Les types de mon bureau, tu essaies d'aller au cœur de quoi que ce soit avec eux et ils pensent que tu deviens mou. Et que Dieu te vienne en aide si tu deviens mou. Et ma femme – je ne sais pas, elle ne – elle ne veut plus en entendre parler, quoi qu'il se passe. Maintenant, elle pense juste qu'elle est mariée à ce type qui a cette tâche ingrate à accomplir, laquelle consiste à expédier un tas de malheureux en prison. Mais cette histoire n'est pas pathétique. Tu sais ce que c'est, cette affaire? C'est un signal. Un signal très important pour les gens de cette ville qui pensent qu'ils ne font pas partie du contrat social. Tu vois? C'est l'affaire d'un homme qui pense que sa position exaltante dans la vie le dispense de l'obligation de traiter la vie d'un autre en bas de l'échelle de la même manière qu'il traiterait quelqu'un comme lui. Je ne doute pas une minute que s'il avait renversé quelqu'un qui lui ressemble un tant soit peu, McCoy aurait fait ce qu'il devait faire. Il fait probablement partie des gens « bien ». C'est ça qui est fascinant. Ce n'est pas du tout un être diabolique, – mais il a commis quelque chose de diabolique. Tu me suis?

– Je crois. La seule chose que je ne comprends pas, c'est pourquoi Henry Lamb n'a pas dit qu'il avait été renversé par une voiture quand il est allé à l'hôpital. Et maintenant que tu m'as parlé de ton témoin, Roland – il n'y a rien eu dans les journaux à son sujet, n'est-ce pas?

– Non, et nous ne publierons rien à son sujet avant un moment. Ce que je t'ai dit doit rester entre nous.

– Eh bien, d'accord, mais il se trouve que Roland n'a rien dit sur son copain renversé par une voiture pendant presque deux semaines après que c'est arrivé. Est-ce que c'est pas un peu bizarre?

– Qu'est-ce que ça a de bizarre? Mon Dieu, Shelly, Lamb souffrait d'une commotion cérébrale probablement fatale, et Roland savait qu'il serait arrêté pour un délit majeur s'il allait témoigner chez les flics! On ne peut pas dire que c'est *bizarre*!

Miss Shelly Thomas décida de quitter ce terrain miné en reculant.

– Bizarre n'est pas exactement ce que je voulais dire. Je crois que je voulais dire – je ne t'envie pas, le genre de préparation et de recherches que tu dois avoir à faire pour être prêt pour une de ces affaires...

– Ha! Si on me payait les heures supplémentaires que je vais avoir à passer sur celle-ci... eh bien, je pourrais emménager sur Park Avenue moi-même. Mais tu sais quoi? Ça n'a aucune importance pour moi. Vraiment aucune. Tout ce qui m'importe, quelle que soit la vie que je mène, c'est que je veux pouvoir regarder en arrière et dire « J'ai marqué une différence ». Cette affaire est *si* importante, à tous les niveaux imaginables, et pas seulement pour exprimer... un tout nouveau chapitre. Je veux *créer une différence*, Shelly.

Il s'arrêta et, lui tenant toujours la main, la posa derrière sa taille et l'attira à lui. Elle le regardait, radieuse. Leurs lèvres se rencontrèrent. Il jeta juste un petit coup d'œil, pour voir si elle gardait les yeux fermés. C'était le cas.

Kramer pouvait sentir le bas de son ventre pressé contre le sien. Etait-ce la courbe de son mont de Vénus? Tout était allé si loin, si vite, si tendrement, si merveilleusement – et, bon sang! Pas un endroit où l'emmener!

Imagine! Lui! La star montante de l'affaire McCoy – et pas d'endroit – pas un endroit! – dans la véritable Babylone du XXᵉ siècle! – pour emmener une adorable fille consentante avec du rouge à lèvres marron. Il se demanda ce qui lui traversait l'esprit, à elle, à cet instant.

En fait, elle était en train de penser à la manière dont se comportent les hommes à New York. A chaque fois que vous sortez avec un, il faut d'abord rester assise là à écouter deux ou trois heures de *Ma Carrière*.

C'est un Peter Fallow triomphant qui entra chez Leicester's ce soir-là. Tout le monde à la Table, et tout un tas de gens parmi les clients entassés dans ce bistrot bruyant, même ceux qui fronçaient le nez à la vue du *City Light*, savaient que c'était lui qui avait fait éclater l'affaire McCoy. Même St John et Billy, qui étaient rarement sérieux sur quoi que ce soit à part les infidélités de l'autre, lui présentèrent leurs félicitations avec une sincérité apparente. Sampson Reith, le correspondant politique du *Daily Courier* de Londres, qui était reparti là-bas pour quelques jours, passa à la Table et lui parla de son déjeuner avec Irvin Gubner, le rédacteur en chef du *New York Times* qui se plaignait que le *City Light* gardât pratiquement toute l'histoire pour lui, ce qui, bien sûr, signifiait Peter Fallow, gardien et ravitailleur. Alex Britt-Withers lui envoya une vodka Southside, offerte par la maison, et elle était si bonne que Fallow en commanda une seconde. La vague d'approbation était si grande que Caroline lui lâcha le premier sourire qu'il avait reçu d'elle depuis longtemps. La seule fausse note venait de Nick Stopping. Son approbation était plusieurs tons en dessous et sans conviction. Puis Fallow se rendit compte que Nick, le Marxiste-Léniniste, le Spartiate d'Oxford, le Rousseau du Tiers Monde était sans nul doute consumé de jalousie. C'était *son* genre d'histoire, pas celui de ce comédien frivole de Fallow – Fallow pouvait maintenant considérer l'opinion de Nick à son sujet avec un amusement magnanime – et pourtant, Fallow était là, sur le devant de la scène, dans les wagons de l'Histoire, pendant que lui, Stopping, écrivait un nouvel article dans *Maisons et Jardins* sur la dernière villa de Madame Chicos à Hobe Sound ou ailleurs.

Parlant de *chicos*, Rachel Lampwick le taquina bien un peu en lui reprochant de trop utiliser le mot *chic*.

– Peter, je crois vraiment que tu pourrais être un peu plus *galant* – elle le prononçait à la française – envers cette Mme McCoy, tu ne crois pas? Je veux dire, tu y vas à fond sur le *chic* monsieur McCoy, avec sa *chic* automobile et son *chic* appartement et son *chic* boulot et son *chic* papa et sa *chic* petite amie – non, comment tu l'as appelée? – sexy – je préfère ça – et la *pauvre* madame McCoy n'est que sa « femme de quarante ans », ce qui signifie très banale, bien sûr, n'est-ce pas? C'est pas très *galant*, Peter.

Mais visiblement Rachel avait dévoré tous les mots qu'il avait écrits. Si bien qu'il ne ressentait rien que la chaleur du vainqueur, devant elle et tout un chacun.

– Le *City Light* ne considère pas les épouses comme prestigieuses à moins qu'elles ne trompent leurs maris, dit Fallow. Nous conservons notre enthousiasme pour les Autres Femmes.

Puis tout le monde se mit à spéculer sur l'identité de la Brunette Sexy, et Billy Cortez, jetant un coup d'œil vers St John, dit qu'il avait déjà entendu parler d'hommes emmenant leurs petites « tartes au citron » dans des endroits discrets pour éviter d'être repérés, mais que vraiment, *le Bronx* indiquait un état de paranoïa plutôt avancé.

Le blabla était chaud et heureux et anglais, et les lumières orange et ocre de chez Leicester's étaient douces et anglaises, et Caroline le regardait beaucoup, souriant parfois, minaudant parfois et cela l'intriguait, alors il reprit une vodka Southside et Caroline se leva, fit le tour de la table pour s'approcher de lui, se pencha tout contre son oreille et lui dit :

– Viens avec moi en haut une minute.

Etait-ce possible? C'était si peu probable, mais – était-ce possible que...? Ils montèrent l'escalier en colimaçon au fond, et, dans le bureau de Britt-Withers, Caroline, soudain sérieuse, dit :

– Peter, je ne devrais sans doute pas te dire ce que je

vais te dire. Tu ne le mérites vraiment pas. Tu n'as pas été très gentil avec moi.

– Moi! dit Fallow avec un rire joyeux. Caroline! Tu as essayé de répandre mon *monstre* dans tout New York!

– Quoi? Ton monstre? Caroline sourit tout en rougissant. Eh bien, pas dans tout New York, tout de même. Mais de toute façon, après le cadeau que je vais te faire, je crois qu'on pourra dire que nous sommes quittes!

– Quel cadeau?

– Je pense que c'est un cadeau. Je sais qui est ta Brunette Sexy. Je sais qui était dans la voiture avec McCoy.

– Tu plaisantes?

– Je ne plaisante pas.

– Très bien, qui?

– Elle s'appelle Maria Ruskin. Tu l'as rencontrée cette nuit-là aux Feux de la Rampe.

– Moi?

– Peter. Tu bois vraiment trop. C'est la femme d'un homme nommé Arthur Ruskin, qui doit avoir trois fois son âge. C'est un Juif-quelque-chose. Très riche.

– Comment tu sais ça?

– Tu te souviens de mon ami l'artiste? L'Italien? Filippo? Filippo Chirazzi?

– Ah oui! Difficile de l'oublier, n'est-ce pas?

– Eh bien il la connaît.

– Comment la connaît-il?

– De la même manière que beaucoup d'autres hommes la connaissent. C'est une salope.

– Et elle le lui a dit?

– Oui.

– Et il te l'a dit?

– Oui.

– Mon Dieu, Caroline. Où puis-je le trouver?

– Je ne sais pas. Je n'y arrive pas moi-même. Le petit salaud!

NOUS, LE JURY

– CE n'est rien d'autre que l'Etat Bourgeois qui protège les siens, dit le Révérend Bacon. – Il était enfoncé dans son fauteuil et parlait au téléphone, mais d'un ton très officiel. Car il parlait à la presse – C'est la Structure au Pouvoir qui fabrique et répand ses mensonges avec la connivence volontaire de ses laquais dans les médias, et ses mensonges sont transparents.

Edward Fiske III, bien que jeune, connaissait la rhétorique du Mouvement de la fin des années 60 et du début 70. Le Révérend Bacon regardait le micro de son téléphone avec un regard de juste colère. Fiske s'enfonça un peu plus dans son fauteuil. Ses yeux passèrent du Révérend Bacon aux sycomores jaune marécage dans la cour derrière la fenêtre, puis revinrent sur le Révérend Bacon, puis encore vers les sycomores. Il ne savait pas s'il était sage, à cet instant, de croiser le regard de Bacon, même si la chose qui avait provoqué sa colère n'avait rien à voir avec la visite de Fiske. Bacon était furieux à cause d'un article dans le *Daily News* de ce matin qui suggérait que Sherman McCoy avait peut-être échappé à une tentative de vol quand sa voiture avait renversé Henry Lamb. Le *Daily News* révélait que le complice de Lamb était un délinquant confirmé nommé Roland Auburn et que toute l'affaire montée par le procureur contre Sherman McCoy était basée sur une histoire concoctée par cet individu, qui devait répondre d'une inculpation pour drogue et trafic de drogue.

– Tu doutes qu'ils puissent taper si bas? déclamait le Révérend Bacon dans son téléphone. Tu doutes qu'ils puissent être aussi vils? Eh bien tu les vois lancer des coups bas, maintenant, là, essayant de salir le jeune Henry Lamb. Tu les vois avilir la victime, qui est mortellement blessée et qui ne peut pas s'exprimer pour se défendre. Pour eux, dire que Henry Lamb est un voleur – c'est *ça* l'acte criminel... tu vois... C'est lui le criminel. Mais ça, c'est l'esprit tordu du Pouvoir en Place, c'est la mentalité raciste sous-jacente. Puisque Henry Lamb est un jeune Noir, ils pensent qu'ils peuvent le métamorphoser en criminel... tu vois... Ils pensent qu'ils peuvent le salir comme ça. Mais ils se trompent. Henry Lamb réfute leurs mensonges. Henry Lamb est tout ce que le Pouvoir en Place donne en exemple aux jeunes Noirs, mais quand ils ont besoin d'un *exemple à eux*... hein... *à eux*...; alors ils n'hésitent pas une minute à renverser la vapeur pour détruire jusqu'au nom de ce jeune homme... quoi?... qui sont ces *ils?*... Parce que tu crois que Sherman McCoy est tout seul? Tu crois qu'il est livré à lui-même? C'est un des types les plus puissants de Pierce & Pierce, et Pierce & Pierce est une des forces les plus puissantes de Wall Street. Je *connais* Pierce & Pierce... tu vois... Je *sais* de quoi ils sont capables. T'as entendu parler de capitalistes. T'as entendu parler de ploutocrates. Eh bien, regarde bien Sherman McCoy, *c'est* un capitaliste, *c'est* un plouto-crate.

Le Révérend Bacon éviscéra l'article offensant. Le *Daily News* était un défenseur connu des intérêts des grandes compagnies. Le reporter qui avait écrit ce paquet de mensonges, Neil Flannagan, était un laquais sans pudeur pour associer son nom à une campagne si ignoble. L'origine de son information – si timidement baptisée « des sources proches de l'affaire » – était visiblement McCoy et sa clique.

L'affaire McCoy n'intéressait pas vraiment Fiske, sauf en tant que ragotage ordinaire, bien qu'il connût l'Anglais qui avait, le premier, dévoilé toute cette histoire, un type piquant et merveilleux nommé Peter Fallow, qui était passé maître dans l'art de la conversation. Non, la seule chose qui intéressait Fiske, c'était de savoir à quel point l'implication de Bacon dans cette affaire allait lui compliquer la tâche, qui était de récupérer les 350 000 $ ou du moins une partie. Pendant la demi-heure où il était resté assis là, la secrétaire de Bacon lui avait passé des appels de deux journaux, de l'Associated Press, d'un député du Bronx et du secrétaire général de la Force de Frappe du Poing Gay, appels qui concernaient tous l'affaire McCoy. Et le Révérend Bacon parlait maintenant avec un dénommé Irv Stone, de la 1re chaîne. Au début, Fiske s'était dit que sa mission (une fois de plus) était sans espoir, mais derrière l'emphase sinistre du Révérend Bacon, il commençait à distinguer un certain entrain, une *joie du combat*[1]. Le Révérend Bacon adorait ce qui se passait. Il menait la croisade. Il était dans son élément. Quelque part dans tout ceci, enfin, s'il choisissait le bon moment, Edward Fiske III pourrait trouver une ouverture pour récupérer les 350 000 $ de l'Eglise épiscopalienne dans l'amoncellement de combinaisons du Croisé divin.

Le Révérend Bacon disait :

– Il y a la cause et il y a l'effet, Irv... tu vois... et nous avons fait une manifestation dans la Cité Poe, là où vit Henry Lamb. C'est l'effet, tu vois... Ce qui est arrivé à Henry Lamb est l'effet. Eh bien aujourd'hui nous allons remonter à la cause. Nous allons ramener tout ça à Park Avenue. Dans Park Avenue, tu vois, là d'où partent les mensonges... là d'où ils démarrent... quoi ?... Oui. Henry

---

1. En français dans le texte.

Lamb ne peut pas répondre lui-même, mais il va avoir une sacrée voix. Il va avoir la voix de son peuple, et cette voix, on va l'entendre sur Park Avenue.

Fiske n'avait jamais vu le visage du Révérend Bacon si animé. Il commença à poser des questions techniques à Irv Stone. Naturellement, cette fois, il ne pouvait pas garantir d'exclusivité à la 1, mais est-ce qu'il pouvait compter sur un reportage direct? Quelle était la meilleure heure? La même que la fois précédente? Etc. Finalement il raccrocha. Il se tourna vers Fiske, le regarda avec une attention de mauvais augure et dit :

– La pression.

– La pression?

– La pression... Vous vous rappelez que je vous avais parlé de la pression?

– Ah oui, c'est vrai.

– En bien maintenant, vous allez voir la pression monter. Toute la ville va la voir. Et en plein Park Avenue. Les gens croient que le feu s'est éteint. Ils pensent que la rage est un truc du passé. Ils ne savent pas qu'on n'a fait que la mettre en bouteilles. Et quand la vapeur est enfermée, vous découvrez ce qu'elle est capable de faire... vous voyez... C'est là que vous découvrez que c'est la Vallée de la Poudre pour vous et toute votre bande. Pierce & Pierce ne savent manier qu'une seule sorte de capital. Ils ne comprennent pas la pression. Ils ne peuvent pas manier la pression.

Fiske crut repérer une petite ouverture.

– A propos, Révérend Bacon, je parlais de vous à quelqu'un de chez Pierce & Pierce, justement, l'autre jour. Linwood Talley, il est aux écritures.

– ... Ils me connaissent là-bas, dit le Révérend Bacon. – Il sourit, un poil sardonique. – Ils me connaissent, *moi*. Ils ne connaissent pas la pression.

– M. Talley me parlait de la Garantie Urbaine. Ils disent que cela a très bien marché.

– Je n'ai pas à me plaindre.

– M. Talley n'est pas entré dans les détails, mais j'ai cru comprendre que cela avait été – il chercha l'euphémisme approprié – profitable depuis le tout début.

– Mmmmmhhhh. Le Révérend Bacon n'avait pas l'air de vouloir s'étendre sur le sujet.

Fiske se tut et essaya de soutenir le regard de Bacon, dans l'espoir de créer un vide dans la conversation auquel le Grand Croisé ne pourrait résister. La vérité, en ce qui concernait la Garantie Urbaine, comme Fiske l'avait en fait appris de Linwood Talley, était que le gouvernement fédéral avait récemment donné à la firme 250 000 $ en tant que « souscripteur minoritaire » pour une émission d'obligations de 7 millions de $ garanties par l'Etat. La fameuse loi dite de participation réservée obligeait à ce qu'il y ait des participations minoritaires dans la vente de telles obligations, et la Garantie Urbaine avait été créée pour aider à remplir ces conditions obligatoires de la loi. Rien ne pouvait obliger la compagnie minoritaire à vendre ces obligations ni à en recevoir, même. Les législateurs ne voulaient pas encadrer l'objectif en rouge. Il suffisait seulement que la firme participe à l'émission. Participer avait ici un sens très large. Dans la plupart des cas – la Garantie Urbaine n'était qu'une firme semblable à beaucoup d'autres dans tout le pays – la participation signifiait recevoir un chèque du gouvernement fédéral et le déposer, rien de plus. La Garantie Urbaine n'avait pas d'employé, et pas d'équipement, juste une adresse (Fiske y était), un téléphone et un président, Réginald Bacon.

– Donc, il m'est venu à l'esprit, Révérend Bacon, à la suite de nos conversations et des inquiétudes du diocèse et de ce qui reste à décider, que si nous devons résoudre ce que je suis certain que vous voulez résoudre autant que l'Evêque, qui, je dois vous le dire, a beaucoup insisté sur ce point – Fiske s'arrêta. Comme cela arrivait souvent dans ses discussions avec le Révérend Bacon, il ne pouvait se rappeler comment il avait commencé sa phrase. Il n'avait pas idée de ce que devait être le sujet et le temps du verbe à venir – insistant sur ce point et, euh, euh, le fait est que, nous pensions que vous pouviez être dans une position qui vous permette de faire passer certains des fonds sur le compte bloqué dont nous avions parlé, jusqu'à ce que ce problème d'autorisation soit réglé.

– Je ne vous suis pas, dit Bacon.

Fiske eut la sensation d'un naufrage : il allait devoir trouver un moyen de répéter tout ça.

Mais le Révérend Bacon le sortit d'affaire.

– Vous voulez dire que nous devons passer de l'argent de la Garantie Urbaine au Dispensaire du Petit Berger ?

– Pas à proprement parler, Révérend Bacon, mais si les fonds sont disponibles ou pouvaient être prêts ou...

– Mais c'est illégal ! Vous me parlez de mélanger des fonds ! On ne peut pas passer de l'argent d'une société à une autre juste parce qu'on dirait que l'une d'elles en a plus besoin !

Fiske observa ce roc de probité fiscale, s'attendant presque à un clin d'œil, même s'il savait que le Révérend Bacon n'était pas très clin d'œil.

– Eh bien, le diocèse a toujours été d'accord pour rallonger un peu la sauce pour vous, Révérend Bacon, dans le sens que s'il y avait un moyen de trouver une certaine flexibilité dans la lecture stricte des règlements, comme la fois où vous et le conseil de direction du Plan de Restructuration de la Famille aviez fait ce voyage à Paris et que le diocèse avait payé sur le budget de la Société des Missionnaires – une fois de plus il se noyait dans la soupe syntaxique, mais cela importait peu.

– Pas question, dit le Révérend Bacon.

– Eh bien, alors, on pourrait...

La voix de la secrétaire de Bacon résonna dans l'interphone :

– M. Vogel est en ligne.

Le Révérend pivota pour prendre le téléphone :

– Al?... Ouais, je l'ai vu. Ils vont traîner le nom de ce jeune homme dans la boue et sans que cela leur pose de problème.

Le Révérend Bacon et son interlocuteur, Vogel, continuèrent quelques instants sur l'article du *Daily News*. Ce M. Vogel, visiblement, rappelait au Révérend Bacon que le procureur Weiss avait dit au *Daily News* qu'il n'y avait absolument aucune preuve pour soutenir la théorie d'une agression pour vol.

– On ne peut pas compter sur lui, dit le Révérend Bacon, il est comme une chauve-souris. Tu connais la fable de la chauve-souris? Les oiseaux et les animaux étaient en guerre. Tant que les oiseaux gagnaient, la chauve-souris disait qu'elle était un oiseau, parce qu'elle pouvait voler. Quand les animaux gagnaient, la chauve-souris disait qu'elle était un animal parce qu'elle avait des dents. C'est pour ça que la chauve-souris ne sort pas le jour. Personne ne veut voir son double visage.

Le Révérend Bacon écouta quelques instants, puis dit :

– Oui, Al. Il y a un monsieur du diocèse de New York avec moi pour l'instant. Tu veux que je te rappelle?... mmmh mmmh... mmmh.. mmmmh... Tu dis que son appartement vaut 3 millions de $? – Il secoua le tête. – J'ai jamais entendu un truc pareil. Je dis qu'il est largement temps que Park Avenue entende la voix de la rue... Mmmmh... Je te rappelle pour ça. Je vais parler à Annie Lamb avant. Quand est-ce que tu penses déposer la plainte?... A peu près pareil que quand je lui ai parlé hier. Il est en réanimation. Il ne dit rien et ne reconnaît personne. Quand tu penses à ce jeune homme, rien n'est assez cher, n'est-ce pas?... Eh bien, je te rappelle dès que je peux.

Après avoir raccroché, le Révérend Bacon secoua tristement la tête, mais ensuite il leva les yeux avec une étincelle dans le regard et juste l'ombre d'un sourire. Avec une vivacité d'athlète il se leva de son fauteuil et fit le tour de son bureau la main tendue, comme si Fiske venait juste d'annoncer qu'il devait partir.

– Toujours ravi de vous recevoir !

Par pur réflexe, Fiske lui serra la main, disant en même temps :

– Mais, Révérend Bacon, nous n'avons pas...

– Nous en reparlerons, j'ai énormément à faire – une manifestation à organiser en plein Park Avenue, aller aider Mme Lamb à réclamer 100 millions de $ de dommages et intérêts contre Sherman McCoy...

– Mais, Révérend Bacon, je ne peux pas partir sans une réponse. Le diocèse ne peut plus attendre... c'est vrai, ils insistent pour que je...

– Dites au diocèse qu'ils font très bien. Je vous l'ai dit la dernière fois, c'est le meilleur investissement que vous ayez jamais fait. Dites-leur qu'ils prennent une option. Ils achètent l'avenir à prix réduit. Dites-leur qu'ils vont voir ce que je veux dire très prochainement, en un rien de temps. – Il passa son bras sur l'épaule de Fiske d'une manière très amicale et précipita sa sortie, tout en lui disant : – Ne vous inquiétez de rien. Vous agissez très bien, vous voyez. Vraiment bien. Ils vont dire : Ce jeune homme a pris un risque, et il a gagné le jackpot.

Complètement abasourdi, Fiske fut balayé dehors par une vague d'optimisme et la très forte pression d'un bras au milieu de son dos.

Les bruits de troupeau et les hurlements de rage s'élevaient jusqu'au dixième étage depuis le trottoir de Park Avenue dans la chaleur de juin – dix étages ! – rien que ça ! – ils peuvent presque *grimper* ! – jusqu'à ce que le vacarme en bas semble faire partie de l'air qu'il respirait. Le troupeau hurlait son nom ! le C accentué dans McCoy tranchait dans le rugissement de la foule et s'élevait au-dessus de ce vaste étalage de haine. Il se pencha par la fenêtre de la bibliothèque et risqua un regard en bas. *Suppose qu'ils me voient !* Les manifestants s'étaient répandus sur la chaussée des deux côtés du terre-plein central, et avaient interrompu la circulation. La police essayait de les ramener sur les trottoirs, trois policiers pourchassaient un autre groupe, d'une vingtaine de personnes au moins, à travers les tulipes jaunes du terre-plein... Tout en courant, les manifestants faisaient voler une longue bannière : DEBOUT PARK AVENUE ! LE PEUPLE TE VOIT ! Les tulipes jaunes se brisaient sous leurs pieds et ils laissaient un sillon de bourgeons éclatés derrière eux, et les trois policiers ahanaient dans cette ruelle jaune. Sherman regardait, horrifié. La vision des parfaites tulipes de printemps jaunes de Park Avenue écrasées sous les pieds de la foule le paralysait. Une équipe de télé cavalait dans la rue, essayant de rester à leur hauteur. Celui qui portait la caméra à l'épaule trébucha et tomba, s'étalant sur le pavé, avec sa caméra et tout. Les bannières et les panneaux de la foule montaient et brassaient l'air comme des voiles dans un port sous le vent. Une énorme bannière disait, inexplicablement : LE POING GAY CONTRE LA JUSTICE DE CLASSE. Les deux S de « classe » étaient remplacés par une swastika. Une autre – Mon Dieu ! Sherman retint son souffle. En lettres géantes elle disait :

SHERMAN McCOY :
NOUS, LE JURY
NOUS TE VOULONS !

Et il y avait une approximation très crue d'un doigt dessiné, pointant droit sur vous, comme dans les vieilles affiches de l'Oncle Sam ! Ils semblaient la tenir sous un angle précis, juste pour qu'il puisse la lire de là-haut. Il s'enfuit de la bibliothèque, et s'installa dans la partie reculée du living-room, dans un fauteuil, une des bergères Louis quelque chose que Judy adorait, ou bien était-ce un cabriolet ? Killian faisait les cent pas, marmonnant toujours à propos de l'article du *Daily News*, apparemment pour se remonter le moral, mais Sherman n'écoutait plus. Il pouvait entendre la grosse voix horrible de l'un des gardes du corps, qui était dans la bibliothèque, répondre au téléphone. « Et ravale-moi tout ça. » A chaque fois qu'une menace parvenait par le téléphone, le garde du corps, un petit homme trapu nommé Occhioni, disait : « Et ravale-moi tout ça. » La manière dont il le disait, c'était pire que les vulgarités classiques. Comment avaient-ils eu son numéro personnel ? Par la presse, probablement – dans la cavité ouverte. Et ils étaient ici, sur Park Avenue, *devant la porte en bas*. Ils l'appelaient au téléphone. Combien de temps avant qu'ils n'enfoncent la porte et n'entrent en hurlant, glissant sur le solennel marbre vert du hall d'entrée ? L'autre garde du corps, McCarthy, y était, assis dans un des fauteuils Thomas Hope adorés de Judy ; et à quoi servirait-il ? Sherman s'enfonça dans son fauteuil, les yeux baissés, fixés sur les pieds élancés d'une table Sheraton Pembroke, un meuble d'un prix infernal que Judy avait trouvé dans une de ces boutiques d'antiquaires de la 57e Rue... D'un prix infernal... Infernal... M. Occhioni, qui disait « ravale-moi tout ça » à quiconque le menaçait au téléphone... 200 $ par tranche de huit heures... Et 200 autres pour l'impassible M. McCarthy... Multipliez ça par deux pour les deux autres gardes du corps postés chez ses parents dans la 73e Rue, où Judy, Campbell, Bonita et Mlle Lyons se trouvaient... 800 $ par tranches de huit heures... Tous des anciens policiers de la ville de New York que Killian connaissait... 2 400 $ par jour... Une hémorragie d'argent... « McCOY !... McCOY ! »... un énorme rugissement venu de l'avenue en bas... Et tout d'un coup il ne pensait plus à la table Pembroke ni aux gardes du corps... Il avait un regard catatonique et se demandait quelle était la taille du canon. Il était gros comment ? Il s'en était servi tant de fois, surtout au club de chasse de Leash l'automne dernier, mais il n'arrivait pas à se rappeler quelle taille il avait! Il était gros, puisque c'était un fusil à deux canons calibre 12. Est-ce qu'il était trop gros pour sa bouche? Non, il ne pouvait pas être *si* gros, mais quelle impression cela lui ferait-il? Quelle impression cela lui ferait-il quand le canon toucherait son palais? Quel goût cela aurait-il? Est-ce qu'il aurait du mal à respirer assez longtemps pour... pour... Comment allait-il appuyer sur la gâchette? Voyons, il tiendrait le canon dans sa bouche en le serrant d'une main, la main gauche – mais quelle était la longueur du canon? Il était long... Est-ce qu'il pourrait atteindre la détente de la main droite? Peut-être pas! Son orteil... Il avait lu quelque part l'histoire d'un type qui avait ôté sa chaussure et appuyé sur la détente avec son orteil... Où allait-il faire ça? Le fusil était dans leur maison de Long Island... En supposant qu'il puisse aller à Long Island, sortir de cet immeuble, s'évader de Park Avenue assiégée, sortir vivant des griffes... de... NOUS, LE JURY... Le lit de fleurs derrière la cabane à outils... Judy l'appelait toujours le coin à couper... Il s'assiérait là... si ça salissait tout ce ne serait pas grave... *Imagine que Campbell soit la première à te trouver?...* cette pensée ne le fit pas fondre en larmes comme il l'aurait cru... Pourtant, il l'avait espéré... Elle ne trouverait pas son père... Il n'était plus son père... Il n'était plus rien de ce que tout le monde avait connu sous le nom de Sherman McCoy... Il n'était plus qu'une cavité qui s'emplissait de haine vile et brûlante, à toute vitesse...

Le téléphone sonna dans la bibliothèque. Sherman se reprit. Ravale-moi tout ça? Mais tout ce qu'il entendit fut le grondement normal de la voix d'Occhioni. Et puis le petit homme passa sa tête par la porte du living-room et dit : « Hé, M. McCoy, c'est une dénommée Sally Rawthrote. Vous voulez lui causer ou pas? »

Sally Rawthrote? C'était la femme qui était assise à côté de lui au dîner chez les Bavardage, la femme qui avait instantanément perdu tout intérêt pour lui et l'avait regardé de haut pendant tout le dîner. Pourquoi diable voulait-elle lui parler maintenant ? Et pourquoi lui voudrait-il lui parler ? Il n'en avait pas envie, mais une minuscule étincelle de curiosité illumina la cavité, et il se leva, regarda Killian, haussa les épaules avant de marcher jusqu'à la bibliothèque où il s'assit à son bureau et prit le téléphone.

– Allô ?

– Sherman ? Sally Rawthrote. – *Sherman* – La plus vieille amie au monde. – J'espère que le moment n'est pas mal choisi ?

Mal choisi ? D'en bas, un énorme rugissement s'éleva et le troupeau à cornes criait et remuait, et il entendait son nom. « McCOY !... McCOY ! »...

– ... Bien sûr que le moment est mal choisi, dit Sally Rawthrote, qu'est-ce que je raconte ? Mais je voulais risquer le coup, vous appeler et voir s'il y a quelque chose que je puisse faire pour vous aider.

Aider ? Tandis qu'elle parlait, son visage lui revint en mémoire, cette horrible figure aux yeux rapprochés et d'aspect si tendu, qui vous fixait sous le nez à moins de dix centimètres.

– Eh bien merci, dit Sherman.

– Vous savez, j'habite juste à quelques pâtés de maisons de chez vous. Du même côté de la rue.

– Oh oui.

– Je suis sur le coin Nord Ouest. Si vous voulez vivre sur Park, je pense qu'il n'y a rien de tel que le coin Nord Ouest. Vous avez tellement de *soleil* ! Bien sûr, là où vous êtes c'est bien aussi. Votre immeuble a certains des plus beaux appartements de New York. Je ne suis pas allée dans le vôtre depuis que les McLeod l'habitaient. Ils l'habitaient avant les Kitredge. Bref, de ma chambre, qui est au coin, je peux voir tout Park jusque-là où vous êtes. Je regarde par là, d'ailleurs, là, maintenant, et cette *foule* – quelle infamie ! Je me sens si mal pour Judy et vous – il fallait que j'appelle pour voir s'il y a quoi que ce soit que je pourrais faire. J'espère que ce n'est pas déplacé?

– Non, vous êtes très gentille. A propos, comment avez-vous eu mon numéro?

– J'ai appelé Inez Bavardage. Cela ne vous ennuie pas?

– Pour être franc, cela ne fait pas beaucoup de différence au point où j'en suis, Mme Rawthrote.

– Sally.

– Très bien, merci, Sally...

– Comme je vous disais, si je peux vous être d'une quelconque utilité, dites-le-moi. En ce qui concerne l'appartement, voilà ce que je voulais dire.

– L'appartement?

Une autre vague... de rugissements... McCOY! McCOY!...

– Si vous décidiez de faire quelque chose de votre appartement... Je suis chez Berning Sturtevant, comme vous le savez probablement et je sais que souvent dans des situations telles que celle-ci, les gens trouvent avantageux d'être aussi *liquides* que possible... Ha ha ha, en ce moment c'est exactement ce qu'il me faudrait! Bon, c'est une éventualité et je vous assure – *assure!* – que je peux vous obtenir 3 et demi pour votre appartement. Comme ça. Je vous le garantis.

Le culot de cette bonne femme était à peine croyable. C'était au-delà du bien et du mal, au-delà du... goût... Stupéfiant! Cela fit sourire Sherman alors qu'il croyait ne plus pouvoir sourire.

– Eh bien eh bien eh bien, Sally. J'admire sincèrement les gens qui savent prévoir. Vous avez mis le nez à votre fenêtre Nord Ouest et vous avez vu un appartement à vendre...

– Pas du tout! Je pensais seulement...

– Eh bien vous avez juste un métro de retard, Sally. Il faut que vous en parliez avec un type dénommé Albert Vogel.

– Qui est-ce, ça ?

– C'est l'avocat de Henry Lamb. Il vient de m'atta-quer pour 100 millions de $ de dommages et intérêts, et je ne crois pas que je sois libre de vendre même un vieux tapis au point où nous en sommes maintenant. Quoi-que... Peut-être que je pourrais vendre un tapis. Vous ne voudriez pas vendre un tapis pour moi ?

– Ha ha ha non. Je n'y connais rien en tapis. Je ne vois pas comment ils peuvent geler vos avoirs. Cela paraît complètement injuste. Je veux dire, vous étiez la *victime*, après tout, non ? J'ai lu l'histoire dans le *Daily News* aujourd'hui. D'habitude, je ne lis que Bess Hill et Bill Hatcher, mais je feuilletais le journal et – vlan : je tombe sur votre photo. Je me dis : « Mon Dieu, mais c'est Sherman ! » alors j'ai lu l'article – et vous n'avez fait que tenter d'échapper à une agression ! C'est com-plètement injuste !

Elle continuait à bavarder. Elle était à l'épreuve des balles. Elle était invulnérable à toute dérision.

Après avoir raccroché, Sherman revint dans le living-room.

Killian dit :

– Qui c'était ?

Sherman répondit :

– Un agent immobilier que j'ai rencontrée dans un dîner. Elle voulait vendre mon appartement !

– Elle a dit combien elle pouvait en tirer ?

– 3 millions et demi de $.

– Eh bien, voyons, dit Killian, si elle se fait 6 pour 100 de commission, ça lui fait... mmmhhh... 210 000 $. Ça vaut le coup d'avoir l'air d'une opportuniste dure comme de la pierre, je crois. Mais, elle a du bon, cette bonne femme.

– En quoi ?

– Elle t'a fait sourire. Elle peut pas être entièrement mauvaise.

Un autre rugissement. Le plus fort jusqu'ici... « Mc-COY ! McCOY ! »

Ils restèrent tous deux debout au milieu du living-room à écouter un instant.

– Doux Jésus, Tommy, dit Sherman – c'était la première fois qu'il l'appelait par son prénom, mais il ne s'arrêta pas à cette pensée –, je ne peux pas croire que je suis là et que tout ça se produit vraiment. Je suis cloué dans mon appartement et Park Avenue est occupée par une foule d'émeutiers qui veulent me *tuer* ! *me tuer* !

– Nanananannn... sacredieu... C'est le *dernier* truc qu'ils voudraient faire. Mort, tu vaux plus rien pour Bacon, et il pense que vivant tu vaux un gros paquet.

– Pour Bacon ? Qu'est-ce qu'il en tire, lui ?

– Des millions, c'est ça qu'il croit qu'il va en tirer. J'peux pas l'prouver, mais je suis sûr que tout ça est lié à cette partie civile.

– Mais c'est Henry Lamb qui m'attaque. Ou sa mère, je crois, pour lui. Comment Bacon peut-il en tirer quoi que ce soit ?

– Okay... *Okayyyeee*. Qui est l'avocat qui représente Henry Lamb ? Albert Vogel. Et comment la mère de Henry Lamb est-elle arrivée jusqu'à Vogel ? Parce qu'elle avait admiré sa brillante défense des Quatre d'Attica et des Huit de Wawahachie en 69 ? Ledoigtdansl'œil, oui. C'est Bacon qui l'a envoyée à Vogel, parce qu'ils sont comme les doigts de la main. Quoi que les Lamb obtiennent comme dommages et intérêts, Vogel en ramassera au moins un tiers et vous pouvez être sûr qu'il partagera ça avec Bacon, sinon y'a une foule qui va venir lui causer business. Y'a une chose que je sais sur cette terre, de A à Z, c'est qui sont les avocats et d'où vient leur fric et où il passe.

– Mais Bacon avait entamé sa campagne sur Henry Lamb bien avant de savoir que j'étais impliqué dedans.

– Oh, oui, au début, ils ne s'attaquaient qu'à l'hôpital, en invoquant la négligence. Ils allaient attaquer la ville.

Si Bacon pouvait faire grossir l'affaire dans la presse, alors un jury pouvait lui accorder ce qu'il voulait. Un jury dans une affaire civile... avec un angle racial ? C'était bien joué.

– Et maintenant c'est la même chose pour moi, dit Sherman.

– Je n'essaierai pas de te mentir. C'est tout à fait exact. Mais si on se sert de l'accusation du crime, là il n'y a plus de partie civile possible.

– Et si je ne gagne pas dans cette accusation de crime, je n'aurai plus rien à cirer de la partie civile, dit Sherman, d'un air sinistre.

– Eh bien, faut admettre un truc, dit Killian d'une voix destinée à lui remonter le moral, c'est que c't'histoire a fait de toi un géant de Wall Street. Un putain de *géant*, mec ! T'as vu comment Flannagan t'appelle dans le *Daily News* ? Le légendaire chef des ventes d'obligations de chez Pierce & Pierce ! *Légendaire*. Une légende contemporaine. T'es le fils de l'aristocratique John Campbell McCoy, ancien président de Dunning Sponget & Leach. Tu es le légendaire aristocrate, génie de la Bourse, Bacon pense probablement que t'as la moitié du fric de la terre.

– Si tu veux savoir la vérité, dit Sherman, je ne sais même pas où je vais trouver l'argent pour payer... – Il désigna la bibliothèque où se trouvait Occhioni. – Cette plainte mentionne *tout*. Ils sont même après ma part de bénéfice trimestriel que j'étais supposé toucher à la fin du mois. Je ne sais pas comment ils ont pu être au courant. Ils y ont même fait référence avec le surnom interne de la compagnie qui est « la Tarte B. » Ils doivent connaître quelqu'un chez Pierce & Pierce.

– Pierce & Pierce va s'occuper de toi, non ?

– Ha ! Je n'existe plus pour Pierce & Pierce, la loyauté n'existe pas à Wall Street. Elle a peut-être existé jadis – mon père en parle toujours comme si c'était vrai – mais c'est fini. J'ai eu droit à un coup de fil de Pierce &

Pierce, et ce n'était pas de Lopwitz. C'était d'Arnold Parch. Il voulait savoir s'il y avait quoi que ce soit qu'ils pouvaient faire, et après il a raccroché à toute vitesse de peur que j'aie une idée. Remarque je ne sais pas pourquoi j'en veux à Pierce & Pierce seulement. Nos propres amis se sont tous comportés de la même manière. Ma femme ne peut même plus organiser de goûter pour notre fille. Elle a six ans...

Il s'arrêta. Il se sentait soudain très mal à l'aise d'étaler ses angoisses personnelles devant Killian. Salopard de Garland Reed et sa salope d'épouse! Ils ne voulaient plus laisser Campbell jouer avec MacKenzie! des excuses tirées par les cheveux... Garland n'avait même pas appelé une seule fois, et il le connaissait depuis l'enfance. Au moins, Rawlie avait eu le cran d'appeler. Il avait appelé trois fois. Il aurait probablement même le cran de passer le voir... si NOUS LE JURY voulait bien dégager Park Avenue... Oui, il passerait peut-être...

– C'est salement désolant de voir comme ça va vite quand ça s'effondre, dit-il à Killian. – Il ne voulait pas en dire tant, mais il ne pouvait pas s'en empêcher : – Tous ces liens, tous ces gens avec qui tu as été à l'école, les gens des mêmes clubs, les gens avec qui tu sortais dîner – c'est comme des fils, Tommy, des fils qui tissent ta vie, et quand les fils cassent... C'est fini!... C'est tout... Je suis si triste pour ma petite fille. Elle va porter mon deuil, elle portera le deuil de son père, du papa dont elle se souvient, sans savoir qu'il est déjà mort.

– Mais de quoi tu parles, bon Dieu?

– Tu n'es jamais passé à travers un truc comme ça. Je ne doute pas que tu en as vu beaucoup, mais tu n'es jamais passé à travers personnellement. Je ne peux pas t'expliquer ce que je ressens. Tout ce que je peux te dire, c'est que je suis déjà mort, ou du moins que le Sherman McCoy de la Famille McCoy, de Yale, Park Avenue et Wall Street est mort. Ton *moi* – je ne sais pas comment l'expliquer, mais si, que Dieu me pardonne, quelque chose comme ça t'arrive un jour, tu verras ce que je veux dire. Ton *moi*... c'est les autres, tous les gens à qui tu es lié, et ce n'est qu'un fil.

— Houlà là là, Sherman, dit Killian, lâche-moi la grappe. Ça ne fait aucun bien de philosopher en plein milieu d'une guerre.

— Et quelle guerre...

— Bon Dieu, allons allons allons allons! Cet article dans le *Daily News* est très important pour toi. Weiss doit devenir dingue. On a bousillé le camouflage de son petit défoncé de témoin. Auburn. Maintenant, on a une autre théorie sur le feu pour toute l'affaire. Maintenant y'a une base pour que des gens te soutiennent. On a fait passer l'idée que tu es la victime d'une mise en scène, d'une agression. Ça change tout pour toi, et tu n'es plus compromis le moins du monde.

— C'est trop tard.

— Keske tu veux dire, trop tard? Laisse passer un peu de temps, bordel de Dieu. Ce mec, Flannagan, dans le *Daily News*, il jouera le jeu aussi longtemps qu'on voudra. L'Angliche, Fallow, du *City Light*, s'est défoncé sur cette histoire. Alors il va gober tout ce que je lui ferai passer. Cette putain d'histoire qu'il a écrite n'aurait pas pu sortir mieux si je la lui avais dictée. Non seulement il identifie Auburn, mais en plus il se sert de la photo de l'identité judiciaire que Quigley a! — Killian était immensément ravi. — Et il a glissé le fait qu'il y a deux semaines, Weiss appelait Auburn le Roi du crack d'Evergreen Avenue.

— Et quelle différence cela fait?

— Ça fait pas bien. Si t'as un mec en taule pour un délit grave et qu'il se pointe tout d'un coup comme témoin en échange d'une remise de peine, ça fait pas bien. Ça fait pas bien devant un jury, et ça fait pas bien dans la presse. S'il n'est accusé que d'un délit mineur ou quoi, là ça fait une différence, parce que de toute façon il s'en fout, il a peu de temps à passer au ballon.

Sherman dit :

– Une chose que je ne comprends pas, Tommy.. pourquoi Auburn, quand il a inventé son histoire – pourquoi est-ce qu'il me met *moi* au volant ? Pourquoi pas Maria, qui conduisait la voiture en fait, quand elle a heurté Lamb ? Quelle différence ça fait pour Auburn ?

– Il était obligé de dire ça. Il savait pas quels témoins auraient pu voir ta voiture juste avant que Lamb soit touché et juste après, et il fallait qu'il trouve une explication pour le fait que tu conduisais jusqu'à l'endroit où ça s'est passé et que c'est elle qui conduisait quand vous êtes partis. S'il dit que vous vous êtes arrêtés et puis que vous avez changé de place et qu'elle a pris le volant et touché Lamb, alors la question logique est : Pourquoi se sont-ils arrêtés ? Et la réponse logique est : Parce que ce petit loubard de Roland Auburn avait installé une barricade et avait essayé de les dépouiller.

– Comment il s'appelle – Flannagan – ne parle pas de tout ça.

– C'est exact. Tu remarqueras que je lui ai rien dit sur une femme dans la voiture. Ni dans un sens ni dans l'autre. Quand le moment viendra, nous voulons Maria de notre côté. Tu remarqueras aussi que Flannagan écrit toute cette putain d'histoire sans même insister trop sur la « femme mystérieuse ».

– Un gars très obligeant. Pourquoi ça ?

– Oh, je connais le bonhomme. C'est un autre Mulet, comme moi, qui essaie de faire son chemin en Amérique. Il fait ses dépôts dans la Banque des Faveurs. L'Amérique est un pays merveilleux.

Pendant un moment, l'humeur de Sherman remonta d'un cran ou deux, mais ensuite tout redescendit plus bas que jamais. C'était l'exaltation évidente de Killian qui avait provoqué ça. Killian s'étalait sur son génie stratégique dans cette « guerre ». Il avait réussi une tentative de sortie. Pour Killian ce n'était qu'un jeu. S'il gagnait, super... S'il perdait... eh bien, on passerait à la prochaine guerre. Pour lui, Sherman, il n'y avait rien à gagner. Il avait déjà presque tout perdu, irrémédiablement. Au mieux, il pouvait juste arriver à ne pas *tout* perdre.

Le téléphone sonna dans la bibliothèque. Sherman se reprit une fois encore, mais bientôt Occhioni était à la porte.

– C'est un dénommé Pollard Browning, M. McCoy.

– Qui est-ce ? demanda Killian.

– Il vit dans l'immeuble, ici. C'est le président des copropriétaires.

Il se rendit dans la bibliothèque et saisit le téléphone. De la rue en bas, un autre rugissement, de nouveaux meuglements du troupeau... « McCOY !... McCOY ! »... Aucun doute, ce devait être tout aussi audible *chez*[1] Browning. Il imaginait très bien ce que pensait Pollard.

Mais sa voix était plutôt amicale.

– Comment tu tiens, Sherman ?

– Oh, à peu près, Pollard, je crois.

– J'aimerais passer te voir, sans vouloir t'imposer quoi que ce soit.

– Tu es chez toi ? demanda Sherman.

– Je viens d'arriver. Ce n'était pas facile d'entrer dans l'immeuble, mais j'y suis arrivé. Je peux passer ?

– Bien sûr. Monte.

– Je vais prendre l'escalier d'incendie, si tu veux bien. Eddie est débordé en bas dans l'entrée. Je ne sais même pas s'il peut encore entendre les sonneries.

– Je t'attends là.

Il dit à Killian qu'il allait à la cuisine pour faire entrer Browning.

– Hé là ! dit Killian. Tu vois, ils ne t'ont pas oublié.

1. En français dans le texte.

– On verra, dit Sherman. Tu vas rencontrer Wall Street sous sa forme la plus stricte.

Une fois dans la grande cuisine silencieuse, la porte ouverte, Sherman put entendre Pollard grimper les marches métalliques et sonores de l'escalier d'incendie. Bientôt il le vit, essoufflé d'avoir monté deux étages, mais impeccable. Pollard était le genre dodu de quarante ans qui paraît plus lourd que n'importe quel athlète du même âge. Ses douces bajoues émergeaient d'une chemise blanche en coton des Iles brillant. Un magnifique costume gris sur mesure enveloppait chaque centimètre carré de son corps gras sans un faux pli. Il portait une cravate marine avec l'insigne du Yacht Club et une paire de chaussures si bien faites que ses pieds avaient l'air petits. Il était luisant comme un castor.

Sherman l'entraîna hors de la cuisine dans le hall d'entrée où l'Irlandais, McCarthy, était assis dans le fauteuil Thomas Hope. La porte de la bibliothèque était ouverte et Occhioni était clairement visible.

– Gardes du corps, se sentit obligé de dire Sherman, d'une voix basse. Je parie que tu n'as jamais rencontré qui que ce soit qui ait des gardes du corps.

– Un de mes clients... tu connais Cleve Joyner de United Carbondorum?

– Je ne crois pas.

– Il a des gardes du corps depuis six ou sept ans maintenant. Ils le suivent partout.

Dans le living-room, Pollard lança un seul et unique regard scrutateur sur les belles sapes de Killian, et un air triste et pincé lui vint sur la figure. Pollard dit : « Comment allez-vous ? », ce qui sortit en « C'ment allez-vooouus ? » et Killian dit « Comment ça va ? » ce qui donna « C'ment ç'va ? » Les narines de Pollard se pincèrent brièvement, comme celles de son père quand Sherman lui avait mentionné les noms Dershkin, Bellavita, Fishbein & Schlossel.

Sherman et Pollard s'installèrent dans l'un des bouquets de meubles que Judy avait installés pour remplir ce vaste espace. Kilian disparut dans la bibliothèque pour parler à Occhioni.

– Eh bien, Sherman, dit Pollard, j'ai été en contact avec tous les membres du comité exécutif, sauf Jacques Morrissey, et je veux que tu saches que tu as notre soutien et que nous ferons tout ce que nous pourrons. Je sais que ce doit être une situation terrible pour toi, Judy et Campbell.

Il secoua sa tête ronde et molle.

– Eh bien merci, Pollard. Oui, ça n'a pas été trop bien.

– Bon, je suis moi-même entré en contact avec l'inspecteur du Dix-Neuvième Commissariat, et ils vont assurer la protection de la porte d'entrée pour qu'on puisse entrer et sortir, mais il dit qu'il ne peut pas éloigner les manifestants de l'immeuble. Je pensais qu'ils pouvaient les faire rester à cinq cents mètres, mais il affirme que c'est impossible. Je trouve ça outrageant, franchement. Cette bande de... – Sherman pouvait voir Pollard fouiller dans sa tête ronde et molle à la recherche d'une expression raciale courtoise. Il abandonna son effort : – cette populace. Il secoua la tête encore plus.

– C'est un ballon de football politique, Pollard. *Je suis* un ballon politique. C'est ça que tu as pour voisin. – Sherman tenta un sourire. Contre tout instinct, il voulait que Pollard l'aime et sympathise avec lui. – J'espère que tu as lu le *Daily News* de ce matin, Pollard.

– Non, je ne regarde pas souvent le *Daily News*. Mais j'ai lu le *Times*.

– Eh bien, lis l'histoire dans le *Daily News*, si tu peux. C'est le premier article qui donne une idée de ce qui se passe vraiment.

Pollard secoua la tête d'un air encore plus apitoyé.

– La presse est aussi néfaste que les manifestants, Sherman. Ils abusent vraiment. Ils te sautent dessus. Ils sautent sur tous les gens qui essaient d'entrer ici. Il a fallu que je passe à la question pour entrer dans mon propre immeuble! Et après, ils ont tous sauté sur mon chauffeur! Ils sont d'une insolence! ce n'est qu'une bande de sales métèques. – *Métèques*? – Et bien évidemment la police ne fait rien. C'est comme si on était déjà trop heureux d'habiter un immeuble comme celui-là.

– Je ne sais pas quoi te dire. Je suis sincèrement désolé, Pollard.

– Eh bien malheureusement... – Il changea de direction. – Il n'y a jamais rien eu de semblable sur Park Avenue, Sherman. Je veux dire une manifestation qui *vise Park Avenue* comme quartier résidentiel. C'est intolérable. C'est comme si c'était *parce qu'*ici *c'est* Park Avenue et qu'on attaque le sanctuaire de nos maisons. Et c'est *notre* immeuble qui est le centre de tout ceci.

Sherman reçut une alerte neuronale sur ce qui pouvait suivre, mais il n'en était pas certain. Il se mit à secouer la tête en rythme avec Pollard, pour montrer que son cœur était du bon côté.

Pollard dit :

– Apparemment, ils ont l'intention de venir ici tous les jours ou de rester toute la journée, jusqu'à ce que – jusqu'à je ne sais quoi.

Sa tête allait se dévisser maintenant.

Sherman reprit le tempo avec sa propre tête.

– Qui t'a dit ça?

– Eddie.

– Eddie, le portier?

– Oui, et Tony aussi, qui était de service avant qu'Eddie n'arrive à 4 heures. Il a dit la même chose à Eddie.

– Je n'arrive pas à croire qu'ils feront ça, Pollard.

– Jusqu'aujourd'hui, tu n'aurais jamais cru qu'une bande de – de *ça* –, viendrait manifester devant notre immeuble sur Park Avenue, n'est-ce pas? Je veux dire, nous y sommes.

– C'est vrai.

– Sherman, nous sommes amis depuis très longtemps. Nous avons été à Buckley ensemble. C'était une époque innocente, hein, Sherman ? – Il esquissa un petit sourire fragile. – Mon père connaissait ton père. Alors je te parle comme un vieil ami qui voudrait faire ce qu'il peut pour toi. Mais je suis aussi président des copropriétaires de tout l'immeuble et j'ai des responsabilités envers eux qui doivent passer avant mes préférences personnelles.

Sherman commençait à sentir son visage s'échauffer.

– Ce qui signifie quoi, exactement, Pollard ?

– Eh bien, ceci. Je ne peux imaginer, bien sûr, que cette situation soit confortable pour toi, virtuellement retenu prisonnier dans cet immeuble. N'as-tu pas songé à... changer de résidence ? Jusqu'à ce que les choses se calment un peu ?

– Oh, j'y ai pensé. Judy et Campbell, notre bonne et la nurse sont chez mes parents, actuellement. Franchement, je suis terrifié à l'idée que ces salauds en bas, là, vont le découvrir, vont aller *là-bas* et faire quelque chose, et un *hôtel particulier* est *vraiment* exposé. J'ai pensé aller à Long Island, mais tu connais notre maison. Elle est ouverte sur tout. Des portes-fenêtres partout. On n'empêcherait pas un écureuil d'y entrer. J'ai bien pensé à un hôtel, mais la sécurité n'existe pas dans un hôtel. J'ai songé à aller au Leash, mais c'est un hôtel particulier aussi. Pollard, je reçois des menaces de mort. *De mort !* Il y a eu au moins douze coups de fil, rien qu'aujourd'hui.

Les petits yeux de Pollard balayaient la pièce très vite comme s'*Ils* pouvaient entrer par les fenêtres.

– Eh bien, franchement... la raison voudrait que...

– La raison voudrait que quoi ?

– Euh, que tu considères... quelques arrangements à prendre. Tu sais, il n'y a pas que toi qui risques quelque chose, Sherman. Tous les habitants de l'immeuble encourent le même risque. Sherman, je me rends bien compte que ce n'est pas ta faute, pas directement, c'est certain, mais cela ne modifie pas les faits.

Sherman savait que son visage s'enflammait de rouge.

– Modifie les faits ? Le fait que ma vie soit menacée, ça c'est un fait, et que cet endroit soit le plus sûr et que cet endroit m'appartienne, cela, si je peux te le rappeler, est un fait également !

– Eh bien, laisse-moi te rappeler – et une fois de plus je ne fais ceci que parce que j'ai une plus grande responsabilité –, laisse-moi te rappeler que tu as un chez-toi ici parce que tu as des parts que tu partages dans cette société coopérative immobilière. Et cela s'appelle une coopérative pour une bonne raison, et cela détermine certaines obligations, de ta part et de la part du conseil des copropriétaires, selon le contrat que tu as signé quand tu as acheté tes parts. Il n'existe aucun moyen qui me permette de modifier *ces* faits.

– Je suis dans la phase la plus critique de ma vie... et tu viens me parler de contrats de copropriété ?

– Sherman... – Pollard baissa les yeux et leva les mains d'un geste triste. – Je ne peux pas ne penser qu'à toi et à ta famille. Il y a treize autres familles dans l'immeuble. Et nous n'exigeons pas que tu prennes des mesures définitives.

Nous ! *Nous ! Le Jury ! – à l'intérieur des murs !*

– Eh bien pourquoi vous ne déménagez pas, Pollard, si tu as aussi peur, putain ! Pourquoi est-ce que toi et le comité exécutif ne déménagez pas ? Je suis certain que ce brillant exemple inspirerait les autres, et ils partiraient aussi, comme ça personne ne risquerait rien dans votre immeuble adoré, sauf ces damnés McCoy, qui ont créé tous les problèmes au départ, pas vrai ?

Occhioni et Killian les espionnaient discrètement par la porte de la bibliothèque, et McCarthy les regardait depuis le hall d'entrée. Mais Sherman ne pouvait plus se retenir.

– Sherman !

– ...Dé...mé...na...ger ? As-tu seulement idée de ce que tu peux avoir l'air d'un branleur prétentieux ? Tu viens ici, mort de trouille, pour me dire que le conseil des sages pense qu'il serait approprié pour moi de... déménager ?

– Sherman, je sais que tu es excité, mais...

– Partir d'ici ? Le seul qui va partir d'ici, c'est toi, Pollard ! Et tu sors de cet appartement tout de suite ! Et tu sors par où tu es entré – par la porte de service !

Il pointa un bras tendu comme un bélier et un index crispé vers la cuisine.

– Sherman, je suis venu ici en toute bonne foi...

– Ahhhhhhh, Pollard... Tu étais déjà une grande gueule ridicule et obèse à Buckley, et c'est exactement ce que tu es encore. J'ai assez de problèmes sans avoir besoin de ta *bonne foi*. Salut, Pollard.

Il le prit par le coude et essaya de le diriger vers la cuisine.

– Ne me touche pas !

Sherman ôta sa main. Il cracha :

– Alors, tire-toi !

– Sherman, tu ne nous laisses pas d'autre choix que d'augmenter la provision concernant les Situations Inacceptables.

Le bélier pointait vers la cuisine. Il dit doucement :

– Avance, Pollard. Si j'entends un mot de plus de ta part entre ici et l'escalier d'incendie, il va y avoir pour de bon une situation inacceptable.

Pollard semblait proche de l'apoplexie. Il se redressa, se détourna et fila rapidement à travers le hall d'entrée jusqu'à la cuisine. Sherman le suivit, le plus bruyamment possible.

Lorsque Pollard atteignit le sanctuaire qu'était l'escalier d'incendie, il se retourna et, furieux, lança :

– Souviens-t'en, Sherman, c'est *toi* qui as démarré la musique !

– La musique ? Génial, quel splendide phraseur tu fais, Pollard.

Il claqua la vieille porte de métal de la cuisine.

Presque immédiatement, il regretta tout ce qui venait de se passer. En revenant vers le living-room, son cœur battait violemment. Il tremblait. Les trois autres, Killian, Occhioni et McCarthy, avaient pris un air faussement nonchalant.

Sherman se força à sourire, juste pour montrer que tout allait bien.

– Un pote à toi ? dit Killian.

– Oui, un vieil ami. On était à l'école ensemble. Il veut me virer de l'immeuble.

– Coup de bol, dit Killian, on peut le ligoter dans les procédures pour les dix années à venir.

– Tu sais, j'ai un aveu à te faire, dit Sherman, en se forçant à sourire à nouveau. Jusqu'à ce que cet enfant de putain monte ici, je pensais vraiment me faire sauter la cervelle. Maintenant je n'y songe même plus. Ça résoudrait tous *ses* problèmes, et il en parlerait à table pendant des mois et il en rajouterait des tonnes. Il dirait à tout le monde comment on a grandi ensemble, et il secouerait sa grosse tête d'enflé. Je crois que je vais inviter ces enculés d'en bas – il désigna la rue – à monter ici pour danser la mazurka sur sa grosse tête d'enflé !

– Ahhhhhhh ! dit Killian. C'est mieux. Maintenant tu deviens vraiment *irlandais*, putain ! Les Irlandais ont passé les douze cents dernières années à nourrir des rêves de vengeance ! Là, tu *causes* comme nous, *mec* !

Un autre rugissement s'éleva de Park Avenue dans la chaleur de juin... « McCOY !... McCOY !... McCOY »...

XXVI

LA MORT,
SAUCE NEW-YORKAISE

C'ÉTAIT le Rat Mort lui-même, Sir Gerald Steiner, qui avait eu cette brillante idée. Steiner, Brian Highridge et Fallow étaient en réunion dans le bureau de Steiner. Rien que d'être là, à respirer l'éminent oxygène personnel du Rat, réchauffait le cœur de Fallow. Grâce à ses triomphes dans l'affaire McCoy, les hautes sphères et les cercles supérieurs du *City Light* lui étaient ouverts. Le bureau de Steiner était une grande pièce d'angle qui dominait l'Hudson. Il y avait un grand bureau de bois, de style colonial, une table de travail de style Mission, six fauteuils et cette preuve nécessaire de haute situation, un divan. A part cela, le décor était très Magnat de la Presse Débordé. Steiner conservait des piles de journaux, des livres de référence et du papier partout, sur son bureau et sur la table. Un terminal d'ordinateur et une machine à écrire mécanique étaient posés sur des petites tables de travail en métal près de son fauteuil tournant. Un télex de l'agence Reuter bavardait tout seul dans un coin. Une radio de la police dans un autre. Pour l'instant, elle était silencieuse, mais il l'avait laissée marcher pendant un an avant que ses *bips* et sa friture ne le fatiguent. Les vitres des baies offraient un vaste panorama sur la rivière et le rivage gris coquillage d'Hoboken; elles n'avaient pas de rideaux, mais seulement des stores vénitiens. Les stores donnaient à la vue un aspect industriel, l'aspect qu'on attendait chez un Magnat de la Presse Débordé.

Le but de cette réunion était de trouver comment procéder avec la nouvelle piste brûlante de Fallow : cette Maria Ruskin, la « mystérieuse femme », la brunette incendiaire qui avait pris le volant de la Mercedes de McCoy après que McCoy avait renversé Henry Lamb. Quatre journalistes – Robert Goldman inclus, ce qui réjouissait Fallow – avaient été chargés des basses besognes pour cette histoire. Ils bossaient *pour lui*! C'étaient ses rabatteurs ! Pour l'instant ils avaient seulement découvert que Maria Ruskin était à l'étranger, probablement en Italie. Quant au jeune artiste, Filippo Chirazzi, ils avaient été incapables de trouver la moindre trace de lui.

Steiner était assis à son bureau en bras de chemise, la cravate dénouée, et ses bretelles rouges étincelaient sur sa chemise à rayures, lorsque l'idée géniale lui vint. Le *City Light*, dans sa rubrique business, publiait une série d'articles sur les « Nouveaux Nababs ». Le plan de Steiner consistait à approcher Ruskin comme un sujet pour un de ces articles. Ce ne serait pas entièrement du bidon, puisque Ruskin était en fait le « Nouveau Nabab » typique du New York actuel, un homme d'une fortune immense, et inexplicable. Le journaliste qui irait l'interviewer serait Fallow. S'il pouvait se rapprocher assez du vieil homme, il jouerait d'instinct. Avec un peu de chance, il pourrait apprendre où se trouvait Maria Ruskin.

– Mais tu crois qu'il va marcher, Jerry? demanda Brian Highridge.

– Oh, je connais le genre de bonhomme, dit Steiner, et les plus vieux sont les pires. Ils se sont fait leurs 50 ou 100 millions – c'est ce que les Texans appellent une unité. Vous saviez ça? Ils appellent 100 millions de $ une *unité*! Je trouve ça délicieux. Une unité, bien sûr, c'est

746

un point de départ! Dans tous les cas, ce genre de type se fait un tas colossal et il se retrouve dans des dîners, et il y a une jolie petite nana juste à côté de lui, et il a des souvenirs d'érotisme qui le traversent – mais elle n'a pas la moindre idée de qui il est, lui. 100 millions de $! – et elle n'a même jamais entendu prononcer son nom, et quand il essaie de lui dire qui il est, ça ne l'intéresse pas. Qu'est-ce qu'il peut faire? Il ne peut tout de même pas se trimbaler avec une pancarte autour du cou marquée GÉANT DE LA FINANCE! A ce moment-là, ils commencent à perdre un peu de leurs pseudonymes concernant la publicité.

Fallow le croyait. Ce n'était pas pour rien que Steiner avait fondé le *City Light* et le maintenait en fonctionnement tout en perdant environ 10 millions de $ par an. Il n'était plus seulement un financier parmi tant d'autres. Il était le redoutable boucanier du redouté *City Ligth*.

Le Rat Mort s'avéra un éminent psychologue des riches, nouveaux riches ou riches anonymes. Deux coups de fil de Brian Highbridge et tout fut réglé. Ruskin dit qu'en général il évitait la publicité, mais que dans ce cas il ferait une exception. Il ajouta qu'il aimerait que l'auteur – comment s'appelait-il? M. Fallow? – soit son invité pour dîner à La Bouée d'Argent.

Quand Fallow et Arthur Ruskin arrivèrent au restaurant, Fallow poussa la porte tournante de cuivre pour le vieil homme. Ruskin baissa légèrement le menton, puis un peu les yeux, et le sourire le plus profondément sincère s'étala sur son visage. Pendant un instant, Fallow s'émerveilla que ce gros tonneau de soixante-dix ans puisse être aussi reconnaissant pour un geste d'une politesse très banale. La seconde suivante, il se rendit compte que cela n'avait rien à voir avec lui et sa courtoisie. En fait, Ruskin commençait à sentir les premières émanations d'ambroisie, anticipant ce qui l'attendait à l'intérieur.

Dès que Ruskin entra dans le vestibule et que la lumière de la célèbre statue du restaurant, *Le Sanglier d'Argent*, se refléta sur lui, les caresses commencèrent. Le maître d'hôtel, Raphaël, bondit de derrière son pupitre, abandonnant son livre. Pas un, mais deux garçons s'avancèrent. Ils rayonnaient, faisaient courbettes après courbettes, emplissaient l'air de *Monsieur*[1] *Ruskin*. Le grand financier baissa un peu plus le menton, jusqu'à ce qu'il flotte sur un coussin goitreux, murmura quelques remerciements, son sourire s'élargit, s'élargit et, curieusement devint de moins en moins assuré. C'était le sourire d'un petit garçon à sa propre soirée d'anniversaire, le gamin qui est à la fois intimidé et complètement exalté parce qu'il se rend compte qu'il est dans une pièce pleine de gens qui sont heureux, anormalement heureux, pourrait-on dire, d'être en sa présence et de le voir en vie.

Pour Fallow, Raphaël et les deux garçons n'eurent que quelques brefs « bonsoir monsieur », avant de revenir au pétillant Ruskin qu'ils abreuvaient de douces banalités. Fallow remarqua deux personnages bizarres dans le vestibule. Deux hommes d'une bonne trentaine d'années vêtus de costumes sombres qui paraissaient n'être que des écrans pour masquer des corps à la musculature impressionnante. L'un semblait être américain, l'autre asiatique. Ce dernier était si large et avait une tête si énorme, avec des traits plats si menaçants, que Fallow se demanda s'il n'était pas siamois. Ruskin le remarqua aussi, et Raphaël, dit, avec un sourire suffisant : « Services secrets. *Deux* agents secrets, un Américain et un Indonésien. Madame Tacaya vient dîner ce soir. » Après avoir lâché cette bribe d'information, il sourit à nouveau.

Ruskin se retourna vers Fallow et fit une grimace, sans sourire, craignant peut-être de ne pas pouvoir lutter avec

---

1. En français dans le texte.

la femme du dictateur indonésien dans la compétition pour l'attention et les hommages dans le restaurant. Le gros Asiatique les surveillait tous deux du coin de l'œil. Fallow remarqua qu'il avait un écouteur qui lui sortait d'une oreille.

Raphaël sourit à nouveau à Ruskin et désigna le chemin, et la procession commença, conduite par Raphaël lui-même, suivi de Ruskin et Fallow, avec un chef de rang et un garçon à l'arrière. Ils tournèrent à droite devant la sculpture étincelante du *Sanglier d'Argent* et entrèrent dans la salle à manger. Ruskin arborait un immense sourire. Il adorait ça. Seul le fait qu'il baissait les yeux l'empêchait d'avoir l'air d'un idiot absolu.

Le soir, la salle était brillamment éclairée et paraissait bien plus tape-à-l'œil qu'à l'heure du déjeuner. La foule des dîneurs avait rarement le cachet de la foule des déjeuners, mais l'endroit était plein à craquer tout de même, dans un rugissement de conversations entremêlées. Fallow voyait des grappes et des grappes d'hommes chauves et de femmes avec des coiffures couleur ananas.

La procession s'arrêta près d'une table ronde qui était bien plus grande que les autres mais pourtant toujours inoccupée. Un chef de rang, deux garçons et deux aides butinaient autour, arrangeant linge de table et argenterie devant chaque place. Selon toute évidence c'était la table de Madame Tacaya. Juste en face il y avait une banquette sous la vitrine de devant. On y plaça Fallow et Ruskin côte à côte. Ils avaient vue sur tout le restaurant ce qui était à peu près tout ce que pouvait désirer un aspirant sincère aux hautes sphères de La Bouée d'Argent.

Ruskin dit :

– Vous voulez savoir pourquoi j'aime ce restaurant ?

– Pourquoi ? demanda Fallow.

– Parce qu'ils ont la meilleure nourriture de New York et le meilleur service.

Ruskin se tourna et regarda Fallow droit dans les yeux. Fallow ne trouvait pas de réponse adéquate à cette révélation.

– Oh, les gens parlent tous de snobisme et tout, et c'est sûr, il y a plein de gens connus qui viennent ici. Mais pourquoi ? Parce que la chère est bonne et le service est bon. Il haussa les épaules. (Pas de mystère.)

Raphaël reparut et demanda à Ruskin s'ils prendraient un apéritif.

– Doux Jésus, dit Ruskin en souriant, je suis censé ne pas boire, mais j'ai envie d'un verre. Vous avez du Courvoisier VSOP ?

– Bien sûr.

– Alors donnez-moi un side-car au VSOP.

Fallow commanda un verre de vin blanc. Ce soir, il avait l'intention de rester sobre. Presque immédiatement, un garçon arriva avec le verre de vin et le side-car de Ruskin. Ruskin leva son verre.

– A la Fortune, dit-il. Je suis content que ma femme ne soit pas là.

– Pourquoi ? demanda Fallow, tout oreilles.

– Je suis censé ne pas boire, surtout pas une telle petite bombe. – Il brandit son verre à la lumière. – Mais ce soir j'avais envie de boire. C'est Willi Nordhoff qui m'a initié aux side-cars. Il en commandait tout le temps au vieux Bar King Cole du St Régis. « Ein Zeitekar, il disait. Afec Fé, Es, Oh, Bé », il disait. Vous avez jamais croisé Willi ?

– Non, je ne crois pas, dit Fallow.

– Mais vous savez qui c'est ?

– Bien sûr, dit Fallow qui n'avait jamais entendu ce nom de sa vie.

– Bon Dieu, dit Ruskin, je n'aurais jamais pensé devenir pote avec un Boche, mais j'aime ce type.

Cette pensée propulsa Ruskin dans un long soliloque sur les nombreux chemins parcourus durant sa carrière et les nombreux carrefours sur ces chemins et sur comment l'Amérique était un pays merveilleux et sur qui aurait jamais donné (à mille contre un) la moindre chance à un petit Juif de Cleveland, Ohio, d'en arriver où il était aujourd'hui. Il commença à peindre à Fallow le panorama vu d'en haut de la montagne, commandant un second side-car pour ce faire. Il dépeignait les choses à coups vigoureux mais vagues. Fallow était content qu'ils soient assis côte à côte. Comme ça, Ruskin avait plus de mal à lire l'ennui que reflétait son visage. De temps en temps, il osait une question. Il allait à la pêche aux informations sur où Maria Ruskin résidait quand elle allait en Italie, comme ces jours-ci par exemple. Mais Ruskin était également vague sur ce sujet. Il était anxieux de raconter l'histoire de sa propre vie.

Les entrées arrivèrent. Fallow avait commandé une terrine de légumes. La terrine était un petit demi-cercle rosâtre avec des feuilles de rhubarbe disposées autour comme des rayons. Il était perché dans le coin supérieur gauche d'une vaste assiette. L'assiette semblait briller d'un étrange tableau Art-Déco représentant un galion espagnol sur une mer pourpre, voguant vers... le coucher de soleil... mais le soleil couchant, en fait, était la terrine, avec ses rayons de rhubarbe et le galion espagnol n'était pas de la laque, mais toutes sortes de sauces différentes. C'était un tableau entièrement fait en sauce. L'assiette de Ruskin contenait un lit de nouilles vertes plates soigneusement entrelacées pour créer la texture d'un panier, sur lequel étaient superposés un troupeau de papillons faits de paires de champignons émincés pour les ailes. Piments, tranches d'oignons, échalotes et câpres pour les corps, les yeux et les antennes. Ruskin ne remarqua pas ce collage exotique devant son nez. Il avait commandé une bouteille de vin et s'épanchait de plus en plus sur les cimes et les vallées de sa carrière. Les vallées, oui. Oh, il avait dû surmonter de nombreuses déceptions. Le principal, c'était d'être résolu. Les hommes résolus prenaient de grandes décisions, pas parce qu'ils étaient plus malins que les autres, pas nécessairement, mais parce qu'ils prenaient *plus* de décisions, et selon les lois quantitatives, quelques-unes d'entre elles devaient être de grandes décisions. Est-ce que Fallow avait compris ? Fallow hocha la tête. Ruskin ne s'arrêta que pour jeter un regard sombre sur le brouhaha que Raphaël et ses garçons faisaient autour de la grande table ronde devant eux. *Madame Tacaya arrive.* Ruskin avait l'air de se faire souffler la vedette.

– Ils veulent tous venir à New York, dit-il sombrement, sans mentionner de qui il parlait, mais c'était bien assez clair. Cette ville est ce que Paris était. Peu importe ce qu'ils sont dans leurs propres pays, ça les fait enrager de penser qu'à New York, des gens pourraient se foutre de savoir qui ils sont. Vous savez qui elle est, n'est-ce pas ? C'est une impératrice, et Tacaya l'empereur. Il se nomme président, mais ils font tous ça. Ils ont tous la démocratie à la bouche. Vous avez déjà remarqué ? Si Genghis Khan était encore parmi nous, il serait le Président Genghis, ou président à vie comme Duvallier l'a été. Oh, on vit une époque formidable. Il y a dix ou vingt millions de pauvres diables qui sursautent sur leur sol en terre battue à chaque fois que l'impératrice lève le petit doigt, mais elle ne peut pas dormir le soir en pensant que les clients de La Bouée d'Argent à New York pourraient ne pas savoir qui diable elle peut bien être.

Le garde du corps de Mme Tacaya passa son énorme tête asiatique dans la salle à manger et balaya la pièce du regard. Ruskin lui jeta un regard lugubre.

– Mais même à Paris, dit-il, ils n'ont pas fait tout le trajet depuis cette saleté de Pacifique Sud. Vous avez déjà été au Moyen-Orient ?

– Mmmmmmmmmmmmhhhhhhhnnnnnooooonnnnn, dit Fallow, qui pendant une demi-seconde songea à prétendre le contraire.

– Vous devriez. Vous pouvez pas comprendre c'qui se

passe dans le monde avant d'aller dans tous ces endroits. Djedda, Koweit, Dubaï... Vous savez c'qu'ils veulent faire là-bas? Ils veulent construire des gratte-ciel en verre pour ressembler à New York. Les architectes leur disent qu'ils sont dingues. Un immeuble en verre dans un climat comme ça... faut faire marcher l'air conditionné vingt-quatre heures sur vingt-quatre. Ça va coûter une fortune. Ils s'en balancent. Et alors quoi? Ils sont assis sur tout le pétrole du monde.

Ruskin gloussa.

– J' vais vous dire ce que j'entends par prendre des décisions. Vous vous souvenez de la crise de l'énergie dans les années 70. C'est comme ça qu'ils l'ont appelée. La Crise de l'Energie. C'était la meilleure chose qui pouvait arriver pour moi. Tout d'un coup, tout le monde parlait du Moyen-Orient et des Arabes. Un soir, j'étais en train de dîner avec Willi Nordhoff, et il attaque sur la religion musulmane, l'Islam, et comment chaque musulman veut aller à La Mecque avant de mourir. « Chaque Butain de Muzulman Feut Aller Là-Pas. » Il balançait toujours un tas de *putain de* dans la conversation parce qu'il pensait que ça donnait l'impression qu'il parlait couramment anglais. Eh bien, quand il m'a dit ça, y' a une ampoule qui s'est allumée au-dessus de ma tête. Comme ça, clic. A l'époque, j'avais presque soixante ans et j'étais complètement sans un. La Bourse avait dégringolé comme jamais et c'était tout ce que j'avais fait pendant vingt ans, acheter et vendre des valeurs sûres. J'avais un appartement sur Park Avenue, une maison sur Eaton Square à Londres et une ferme à Amenia, dans l'Etat de New York, mais j'étais ruiné, et j'étais pris à la gorge, et cette idée lumineuse s'est fait jour dans ma tête. Alors, j' dis à Willi, Willi, je dis, combien de musulmans y a-t-il? Et il me dit « Chen sais rien. Tes millions, tes tizaines de millions, tes zentaines de millions. » Alors j'ai pris ma décision à cette seconde précise. « Je vais me lancer dans les charters aériens.

Chacun te zes Butains d'Arapes qui veut aller à La Mecque, je vais l'emmener là-bas. » Alors j'ai vendu la maison à Londres et la ferme à Amenia pour avoir un peu de liquide et j'ai loué mes premiers avions, trois Electras complètement déglingués. Tout ce que ma satanée femme trouvait à dire – je parle de mon ex-femme – c'était où est-ce qu'on va aller cet été, si on ne peut pas aller à Amenia ni à Londres. C'était son seul commentaire sur toute cette satanée situation.

Son histoire échauffait Ruskin. Il commanda du vin rouge, un vin capiteux qui alluma un feu délicieux dans l'estomac de Fallow. Fallow commanda un plat appelé *Boogie Woogie de Veau*, qui s'avéra être des rectangles de veau, de petits carrés de pommes rouges épicées et des lignes de purée de marron disposées pour ressembler au tableau de Piet Mondrian appelé *Broadway Boogie Woogie*. Ruskin commanda des *médaillons de selle d'agneau*[1] *Mikado* qui étaient de parfaits ovales roses de selle d'agneau avec de minuscules feuilles d'épinards et des bâtonnets de céleri braisé disposés pour ressembler à une ombrelle japonaise. Ruskin parvint à descendre deux verres de ce vin capiteux à une rapidité étonnante, étant donné qu'il n'arrêtait pas de parler.

Il apparaissait que Ruskin avait pris beaucoup des premiers vols vers La Mecque lui-même, déguisé en membre d'équipage. Les agents de voyage arabes avaient fouiné dans les plus lointains villages pour convaincre les autochtones de se saigner d'un billet d'avion pour faire le pèlerinage magique vers La Mecque quelques heures au lieu de trente ou quarante jours. La plupart d'entre eux n'avaient même jamais vu un avion. Ils arrivaient aux aéroports avec des moutons, des agneaux, des chèvres et des poulets. Aucune puissance terrestre ne pouvait les en séparer. Ils se rendaient bien compte que les vols étaient courts, mais comment

1. En français dans le texte.

allaient-ils manger une fois à La Mecque? Alors le bétail montait dans les carlingues avec leurs propriétaires, bêlant, grognant, urinant, déféquant à volonté. On avait mis des feuilles de plastique dans les carlingues, qui couvraient les sièges et le sol. Et ainsi, hommes et bêtes voyageaient jusqu'à La Mecque côte à côtelette, nomades volants sur un tapis de plastique. Quelques-uns des passagers installaient immédiatement des brindilles et du petit bois dans les allées pour faire le feu et préparer à dîner. L'une des tâches les plus urgentes de l'équipage était de décourager cette pratique.

– Mais c'que je voulais vous raconter, c'est la fois où on est sorti de la piste à La Mecque, dit Ruskin. Il fait nuit et on se prépare à atterrir, et le pilote atterrit trop loin et ce putain d'avion sort de la piste et on touche le sable avec une de ces foutues secousses et l'aile droite se plante dans le sable et l'avion tourne sur lui-même presque à 360 degrés avant qu'on s'arrête. Bon Dieu, on se figurait qu'il allait y avoir une panique monumentale avec tous ces Arabes et les moutons, les chèvres et les poules. On se figurait que ça allait être meurtrier. Et au lieu de ça, ils sont là qui parlent tous normalement et qui regardent par les hublots l'aile dont l'extrémité commence à brûler un peu. Je vais vous dire, nous on était paniqués. Et puis, les voilà qui se lèvent, en prenant leur temps et qui ramassent tous leurs sacs, leurs animaux et tout, et ils attendent juste qu'on leur ouvre les portes. Ils sont si calmes – et nous on est morts de trouille! Et puis on a compris. Ils pensaient que c'était normal. Ouais! Ils pensaient que c'était comme ça qu'on arrête un avion! Vous plantez une aile dans le sable, vous pivotez sur place, et ça arrête la machine, et vous sortez! Le truc, c'est qu'ils n'avaient jamais pris un avion avant, alors comment qu'ils sauraient comment atterrit un avion? Ils pensent que c'est normal! Ils pensent que c'est ça qu'il faut faire!

Cette pensée provoqua chez Ruskin un grand rire

caverneux, un profond rire de gorge, et puis ce rire se
changea en une toux spasmodique et son visage vira au
rouge. Il se recula de la table en s'appuyant sur ses
mains jusqu'à avoir l'air aplati contre la banquette, et il
dit : « Mmmmmmmmmhh, mmmmmhhhh, mmmmm-
mmmh, mmmmmmhhhh », comme s'il repensait,
amusé, à la scène qu'il venait de décrire. Sa tête tomba
en avant, comme s'il réfléchissait profondément à tout
ça. Puis elle tomba sur le côté et un ronflement sortit de
sa bouche, et il appuya son épaule contre celle de
Fallow. Pendant un instant, Fallow pensa que le vieil
homme s'était endormi. Il se tourna, pour regarder le
visage de Ruskin et quand il le fit le corps de Ruskin
tomba vers lui. Surpris, Fallow se tordit sur son siège et
la tête de Ruskin finit sur ses cuisses. Le visage du vieil
homme n'était plus rouge. Il était gris cendre. Il avait la
bouche entrouverte. Son souffle sortait par petites bouf-
fées rapides. Sans réfléchir, Fallow tenta de le rasseoir
sur la banquette. C'était comme essayer de soulever un
sac d'engrais. Tout en bataillant et en l'agrippant, Fallow
apercevait les deux femmes et les deux hommes de la
table à côté, le long de la banquette, qui le fixaient avec
la curiosité dédaigneuse de gens qui contemplent une
totale faute de goût. Personne ne leva le petit doigt, bien
évidemment. Maintenant Fallow avait réussi à remonter
Ruskin contre le dossier et cherchait de l'aide du regard.
Raphaël, un chef de rang et deux serveurs s'activaient
autour de la grande table ronde qui attendait
Madame Tacaya et ses invités.

Fallow appela : « S'il vous plaît! » Personne ne
l'entendit. Il était conscient de l'idiotie de ce *s'il vous
plaît* très britannique alors que ce qu'il voulait dire
c'était « *Au se-cours!* ». Alors il lança : « Garçon! » Il le
dit aussi belliqueusement qu'il pouvait. L'un des chefs de
rang près de la table de Madame Tacaya leva le nez,
fronça les sourcils, puis s'approcha.

D'un bras, Fallow maintenait Ruskin droit. De l'autre

main il désignait son visage. La bouche de Ruskin était à demi ouverte et ses yeux mi-clos.

– M. Ruskin a eu une sorte de... je ne sais pas quoi ! dit Fallow au chef de rang.

Le chef de rang regarda Ruskin comme il aurait regardé un pigeon qui serait venu chier sur la plus belle table du restaurant. Il se tourna pour aller chercher Raphaël et Raphaël examina Ruskin.

– Que s'est-il passé ? demanda-t-il à Fallow.

– Il a eu une espèce d'attaque ! dit Fallow, est-ce qu'il y a un médecin ici par hasard ?

Raphaël balaya la pièce du regard. Mais il était évident qu'il ne cherchait personne en particulier. Il essayait de calculer ce qui se passerait s'il essayait de faire le silence dans la salle et d'appeler un médecin à l'aide. Il regarda sa montre et jura entre ses dents.

– Pour l'amour du Ciel, trouvez un docteur ! dit Fallow, appelez la police !

Il gesticula des deux mains et quand il retira celle qui maintenait Ruskin, le vieil homme tomba le nez dans son assiette, droit dans la *selle d'agneau Mikado*. La femme à la table à côté partit d'un « Aaaaaooooouuuuuu ! ». Presque un jappement c'était, et elle mit sa serviette devant la figure. L'espace entre les deux tables n'avait pas plus de quarante centimètres et, curieusement, le bras de Ruskin était juste dedans.

Raphaël aboya après le chef de rang et les deux serveurs de la table de Madame Tacaya. Les serveurs commencèrent à tirer la table pour l'éloigner de la banquette. Le poids de Ruskin reposait pourtant sur la table et son corps commença à glisser en avant. Fallow le saisit par la taille pour essayer de l'empêcher de se fracasser sur le sol. Mais le corps de Ruskin était un énorme poids mort. Sa figure glissa hors de l'assiette. Fallow ne parvenait pas à le retenir. Le vieil homme glissa de la table et fit un atterrissage forcé sur le tapis, tête la première. Maintenant il était allongé sur le sol, sur le flanc, en chien de fusil. Les serveurs tirèrent la table encore plus loin jusqu'à ce qu'elle bloque l'allée entre les tables côté banquette et la table de Madame Tacaya. Raphaël criait après tout le monde en même temps. Fallow connaissait un peu de français, mais il ne comprenait rien à ce que Raphaël disait. Deux serveurs qui tenaient des plateaux chargés le regardaient, plantés là. C'était comme un embouteillage. Prenant les choses en main, Raphaël se pencha et tenta de soulever Ruskin par les épaules. Il ne put même pas le remuer. Fallow se leva. Le corps de Ruskin l'empêchait de sortir de derrière la table. Un regard au visage de Ruskin et c'était évident qu'il était mal parti pour de bon. Sa figure était gris cendré, couverte d'une sauce à la française, de morceaux d'épinards et de céleri. La chair autour de son nez et de sa bouche virait au bleu. Ses yeux ouverts et fixes étaient comme deux morceaux de porcelaine. Des gens s'affolaient vaguement de-ci de-là, mais les conversations n'en avaient pas cessé pour autant tout autour. Raphaël n'arrêtait pas de regarder vers la porte d'entrée.

– Pour l'amour du Ciel, dit Fallow, appelez un docteur.

Raphaël lui jeta un regard furieux puis fit un geste de la main comme pour le faire taire. Fallow n'en revint pas. Puis il se mit en colère. Il ne voulait pas rester coincé avec ce vieillard mourant, non plus, mais maintenant il avait été insulté par cet arrogant maître d'hôtel. Donc, il était désormais l'allié de Ruskin. Il s'agenouilla par terre, étendit les jambes de Ruskin. Il lui défit sa cravate et déchira sa chemise pour l'ouvrir, faisant sauter les boutons. Il lui déboucla sa ceinture et sa braguette et essaya d'enlever la chemise, mais elle était tirebouchonnée bien serré, apparemment à cause de la manière dont il était tombé.

– Kesk'il a qui va pas? y suffoque? y suffoque? Laissez-moi lui faire la méthode Heimlich!

Fallow leva le nez. Un gros type coloré, un gros percheron amerloque était debout au-dessus de lui. Apparemment c'était un autre client.

– Je crois qu'il a eu une attaque cardiaque, dit Fallow.

– Ouais, ça r' semble à ça quand y suffoquent! dit l'homme. Bon Dieu, faites-lui la méthode Heimlich!

Raphaël avait les mains levées, essayant d'écarter le type. Le gros Américain le balaya sur le côté et s'agenouilla près de Ruskin.

– La méthode Heimlich, bon Dieu! dit-il à Fallow.

« La méthode Heimlich! » Ça sonnait comme un ordre militaire. Il mit ses mains sous les bras de Ruskin et s'arrangea pour l'asseoir, et là, il lui passa les bras autour de la poitrine, par-derrière. Il serra le corps de Ruskin, puis perdit l'équilibre et Ruskin et lui se renversèrent sur le sol. On aurait dit qu'ils faisaient du catch. Fallow était toujours à genoux. Le Méthode Heimlich se releva, tenant son nez qui saignait et s'éloigna. Sa tentative avait au moins réussi à desserrer complètement la chemise et le maillot de corps de Ruskin, et maintenant une large portion du ventre gras de l'homme était exposée aux yeux de tout un chacun.

Fallow commençait à se relever quand il sentit une très lourde pression sur son épaule. C'était la femme sur la banquette qui essayait de se faufiler. Il la regarda. Elle était l'image même de la panique. Elle poussait Fallow comme si elle voulait attraper le dernier train fuyant Barcelone. Sans s'en rendre compte elle marcha sur le bras de Ruskin. Elle regarda à terre. « Aaaahhhhh! ». Un glapissement. Elle fit deux pas en avant.

Puis elle fixa le plafond. Elle se mit à tourner lentement sur elle-même. Il y eut un mouvement flou et rapide devant les yeux de Fallow. C'était Raphaël. Il plongea vers la table de Madame Tacaya, saisit une chaise, et la glissa sous la femme au moment précis où elle s'évanouissait, s'effondrant. Tout d'un coup elle fut assise, inconsciente, un bras pendant par-dessus le dossier de la chaise.

Fallow se leva et enjamba le corps de Ruskin, puis se tint entre Ruskin et la table qui attendait Madame Tacaya. Le corps de Ruskin était étalé en travers de l'allée, comme une énorme baleine blanche échouée. Raphaël se tenait à deux pas, parlant avec le garde du corps asiatique qui portait l'écouteur à l'oreille. Tous deux regardaient vers la porte. Fallow pouvait les entendre dire « *Madame Tacaya Madame Tacaya Madame Tacaya.* »

Le petit salaud !

– Et alors, qu'est-ce que vous comptez faire ? demanda Fallow.

– Monsieur, dit Raphaël d'un ton acerbe, nous avons appelé la police. Une ambulance va arriver. Je ne peux rien faire de plus. *Vous* ne pouvez rien faire de plus.

Il fit un geste en direction d'un serveur, qui enjamba le corps, portant un énorme plateau, et commença à servir une table à quelques pas de là. Fallow regarda les visages aux tables alentour. Ils observaient ce spectacle exaltant, mais ne bougeaient pas. Un gros vieil homme était allongé par terre dans un état critique. Peut-être en train de mourir. Tous ceux qui parvenaient à jeter un coup d'œil sur son visage en avaient la certitude. Au début ils avaient été curieux. Va-t-il mourir, là, devant nous ? Au début, il y avait eu le titillement du Désastre-De-Quelqu'un-d'Autre. Mais maintenant le drame traînait en longueur. Le brouhaha des conversations avait cessé. Le vieil homme avait l'air répugnant, avec son pantalon déboutonné et son gros ventre nu qui dépassait. Il était devenu un problème de protocole. Si un vieil homme mourait sur le tapis à deux mètres de votre table, quelle était la conduite appropriée ? Offrir vos services ? Mais il y avait déjà un embouteillage là-bas, dans l'allée entre les rangées de tables. Vider les lieux pour qu'il ait de l'air et revenir plus tard achever votre plat ? Mais comment des tables vides pourraient-elles l'aider ? Arrêter de manger jusqu'à ce que le drame soit achevé et que le vieil homme soit hors de vue ? Mais les commandes étaient passées et la nourriture avait déjà commencé à arriver, et il n'y avait aucun signe d'arrêt – et ça coûtait environ 150 $ par personne, en comptant le prix du vin, et puis c'était déjà une paire de manches d'avoir une place dans un restaurant comme ça. Détourner les yeux ? Eh bien, peut-être était-ce la seule solution. Alors ils détournaient les yeux et ils revenaient à leurs assiettes picturales... mais tout cela avait quelque chose de salement dépressif, parce que c'était dur de ne pas laisser vagabonder vos yeux toutes les cinq secondes pour voir si, bon Dieu, ils n'avaient pas ôté ce « Hulk » effondré. Un homme à l'article de la mort ! O mortalité ! Probablement une crise cardiaque, aussi ! Cette peur viscérale tenaillait les tréfonds de chacun des hommes présents dans la salle. Les vieilles artères se refermaient, micron par micron, jour après jour, mois après mois, grâce aux mets succulents, aux sauces, aux pains briochés, aux vins, aux soufflés et aux cafés... Et était-ce ainsi que cela se passerait ? Seriez-vous allongé sur le sol d'un endroit public avec un cercle bleu autour de votre bouche et des yeux brumeux à moitié ouverts et cent pour cent morts ? C'était un spectacle fichtrement peu appétissant. Cela vous donnait la nausée. Cela vous empêchait de savourer ces morceaux hors de prix si bien disposés en véritables tableaux dans votre assiette. Donc la curiosité s'était changée en malaise qui devenait maintenant du ressentiment – une émotion qui avait été perçue par les dîneurs et qui redoubla, puis redoubla encore.

Raphaël mit ses mains sur ses hanches et regarda le vieil homme avec une frustration bordée de colère. Fallow avait l'impression que si Ruskin avait sourcillé, le petit maître d'hôtel se serait lancé dans un discours avec la courtoisie aigre-douce sous laquelle les siens cachaient leurs insultes. Le brouhaha reprenait. Les dîneurs étaient enfin parvenus à oublier le cadavre. Mais pas Raphaël, *Madame Tacaya arrivait.* Les serveurs, maintenant, enjambaient le cadavre sans même y penser, comme s'ils faisaient ça tous les soirs, jusqu'à ce que le rythme du saut pour l'enjamber soit inscrit dans leur système nerveux comme si tous les soirs il y avait un cadavre ou deux allongés à cet endroit précis. Mais comment l'Impératrice d'Indonésie pourrait-elle passer par-dessus cette masse inerte? Ou même s'asseoir en sa présence? Que faisait la police?

Saloperie d'Amerloques infantiles et macabres, pensa Fallow. Pas un seul d'entre eux, à part le ridicule Méthode Heimlich, n'avait bougé un muscle pour aider ce pauvre vieux salopard. Finalement, un policier et deux types d'une équipe d'urgence arrivèrent. Le bruit cessa une fois de plus car tout le monde inspectait les infirmiers, dont l'un était noir et l'autre latino, et leur équipement, qui consistait en un brancard pliant et une bonbonne d'oxygène. Ils passèrent un masque à oxygène sur la bouche de Ruskin. De la manière dont les deux hommes se parlaient, Fallow savait qu'ils n'obtenaient aucune réponse de Ruskin. Ils déplièrent le brancard et le glissèrent sous le corps de Ruskin qu'ils attachèrent dessus.

Quand ils amenèrent le brancard devant la porte d'entrée, un problème gênant s'éleva. Il n'existait aucun moyen de faire passer le brancard par les portes tournantes. Maintenant que le brancard n'était plus plié, mais déplié et avec un cadavre dessus, il était trop long. Ils commencèrent à essayer de plier un des vantaux de la porte, mais personne n'avait l'air de savoir comment procéder. Raphaël n'arrêtait pas de dire : « Levez-le! levez-le! passez-le debout! » Mais apparemment cela entamait sérieusement la procédure médicale de remettre le corps vertical dans le cas d'une crise cardiaque, et les infirmiers avaient leurs propres têtes à sauver. Alors ils se tenaient tous là, dans le vestibule, devant la statue du *Sanglier d'Argent*, en pleine discussion.

Raphaël commença à lever les bras au ciel et à trépigner. « Vous croyez que je vais permettre que *ça* – il désigna Ruskin, s'arrêta, puis abandonna sa recherche d'un nom approprié – reste dans le restaurant, devant *tout le monde*[1] ? S'il vous plaît ! Voyez par vous-mêmes ! C'est l'entrée principale ! C'est un grand restaurant ici ! Il y a des gens qui arrivent ! Madame Tacaya sera là d'une seconde à l'autre ! »

Le policier dit : « Okay, calmez-vous. Est-ce qu'il y a une autre sortie ? »

Encore plus de discussion. Un garçon mentionna les toilettes des dames qui avaient une fenêtre ouvrant sur la rue. Le policier et Raphaël retournèrent dans la salle à manger pour vérifier cette possibilité. Bientôt ils revinrent et le policier dit « Okay, je crois que ça ira ». Et donc Raphaël, son chef de rang, le policier, les brancardiers, un serveur, Fallow et la masse inerte d'Arthur Ruskin rentrèrent dans la salle à manger. Ils reprirent la même allée, entre les tables devant la banquette et la table de Madame Tacaya, où Ruskin avait péroré triomphalement à peine une heure plus tôt. Il était toujours l'attraction de cette procession, même s'il était déjà froid. Le brouhaha dans la pièce diminua d'un coup. Les dîneurs n'en croyaient pas leurs yeux. Le visage terrassé de Ruskin et son ventre blanc leur étaient maintenant promenés juste sous le nez... les restes grimaçants des joies de la chair. C'était comme si une peste, dont ils avaient tous pensé être enfin débarrassés, revenait leur tordre les entrailles, plus virulente que jamais.

La procession passa par une petite porte tout au fond de la salle à manger. Cette porte donnait dans un petit vestibule, nanti de deux portes, menant aux toilettes pour hommes et pour dames. Les toilettes pour dames

1. En français dans le texte.

avaient une sorte de petit salon et c'est là qu'était la fenêtre donnant sur la rue. Après une bataille considérable, un serveur et le policier réussirent à ouvrir la fenêtre. Raphaël fit apparaître une série de clés et déverrouilla les barres métalliques qui protégeaient la fenêtre de la rue. Une petite brise fraîche soufflait. Elle était la bienvenue. L'entassement d'humains, les pressés et le mort, avait rendu la petite pièce invivable.

Le policier et l'un des brancardiers grimpèrent et s'installèrent sur le trottoir. L'autre brancardier et le serveur passèrent par la fenêtre un bout du brancard, celui où reposait la tête de Ruskin, qui grimaçait et devenait de plus en plus gris, aux deux autres dehors. La dernière chose que vit Fallow de la dépouille mortelle d'Arthur Ruskin, capitaine des ferries pour les Arabes de La Mecque, ce furent les semelles de ses chaussures anglaises faites sur mesure disparaissant par la fenêtre des toilettes pour dames de La Bouée d'Argent.

A l'instant suivant, Raphaël bondit, bousculant Fallow, pour sortir des toilettes et retourner dans la salle à manger. Fallow le suivit. A mi-chemin, dans la salle à manger, Fallow fut intercepté par le chef de rang qui s'était occupé de sa table. Il lança à Fallow le genre de sourire solennel que vous arborez lors d'un deuil. « Monsieur », dit-il, toujours avec son sourire triste mais gentil, et il tendit à Fallow une feuille de papier. Cela ressemblait à une facture.

– Qu'est-ce que c'est ?
– *L'addition, Monsieur*[1].
– Quoi ? L'addition ?
– *Oui, naturellement*[1]. Vous avez commandé à dîner, Monsieur, et il a été préparé et servi. Nous sommes sincèrement désolés par le malheur de votre ami...

Puis il haussa les épaules, baissa le menton et fit la

---

1. En français dans le texte.

grimace. (Mais cela n'a rien à voir avec nous, et la vie continue, et nous devons tous gagner notre vie.)

Fallow était choqué par l'ignominie de cette exigence. Bien plus choquante encore, pourtant, était la pensée de devoir payer une addition dans un restaurant comme celui-ci.

– Si vous êtes si salement acharné après votre *addition*[1], dit-il, j'espère que vous allez en parler à Monsieur Ruskin – Il écarta le chef de rang et se dirigea vers la sortie.

– Oh, non, pas question ! dit le chef de rang. Il n'avait plus la voix mielleuse d'un serveur. Raphaël ! s'écria-t-il puis il dit quelque chose en français.

Dans le vestibule d'entrée Raphaël pivota sur ses talons et fit face à Fallow. Il avait un air très sévère.

– Juste un moment, Monsieur !

Fallow était sans voix. Mais à cet instant, Raphaël se retourna vers la porte et reprit un sourire professionnel. Un gros Asiatique au visage gras et plat en costume de ville entra par les portes tournantes, les yeux allant de-ci de-là. Derrière lui apparut une petite femme au teint olivâtre, environ la cinquantaine, avec des lèvres rouge sombre et une énorme carapace de cheveux noirs, un long manteau de soie rouge avec un col mandarin sur une robe longue de soie rouge. Elle portait assez de bijoux pour éclairer dans le noir.

– Madame Tacaya ! dit Raphaël.

Il leva les deux mains, comme pour saisir un bouquet.

Le jour suivant, la première page du *City Light* consistait principalement en quatre énormes mots, dans le caractère le plus gros que Fallow eût jamais vu sur un journal :

1. En français dans le texte.

LA MORT
SAUCE
NEW-YORKAISE

Et au-dessus de ça, en lettres plus petites : LE RES-
TAURATEUR MONDAIN AU NABAB : « FINISSEZ
GENTIMENT DE MOURIR AVANT QUE MADAME
TACAYA N'ARRIVE. »

Et, en bas de page : UNE EXCLUSIVITÉ DU *CITY LIGHT par
notre envoyé à la table du restaurant : Peter Fallow.*

En plus de l'article principal, qui racontait la soirée en
détails salés, jusqu'aux serveurs affairés enjambant le
cadavre d'Arthur Ruskin, il y avait un autre article qui
attirait presque autant l'attention. Le titre disait :

LE SECRET DU NABAB DÉCÉDÉ :
DES 747 KASHER POUR LA MECQUE

Vers midi, la fureur du monde musulman crépitait sur
le télex dans le coin du bureau du Rat Mort. Le Rat Mort
souriait et se frottait les mains. L'interview de Ruskin
avait été *son* idée.

Il murmurait pour lui-même, avec une joie que tout
l'argent du monde n'aurait pu lui procurer : « Oh, je suis
un membre de la grande presse, *je* suis un membre de la
grande presse, je suis un membre de la grrrrrrrrande
presse. »

XXVII

HÉROS DE LA RUCHE

LES manifestants disparurent aussi vite qu'ils étaient apparus. Les menaces de mort cessèrent. *Mais pour combien de temps ?* Sherman devait équilibrer la peur de la mort et la peur d'être ruiné. Il fit un compromis. Deux jours après la manifestation, il coupa le nombre de gardes du corps en deux, n'en conservant qu'un pour l'appartement et un pour la maison de ses parents.

Et pourtant – *l'hémorrrrrragie d'argent !* Deux gardes du corps de service vingt-quatre heures sur vingt-quatre, à 25 $ de l'heure par bonhomme, un total de 1 200 $ par jour – 438 000 $ par an – *saigné à mort !*

Deux jours après cela, il eut le cran d'accepter une invitation que Judy avait reçue presque un mois auparavant : dîner chez les di Ducci.

Fidèle à sa parole, Judy avait fait ce qu'elle pouvait pour l'aider. Et également fidèle à sa parole, elle n'incluait pas l'affection. Elle était comme un entrepreneur de travaux publics forcé à une alliance avec un autre par quelque sordide pirouette du destin... Mieux que rien peut-être... C'était dans cet esprit que tous deux avaient planifié leur retour dans le Monde.

Leur idée (McCoy & McCoy, Associés) était que le long article du *Daily News* écrit par l'homme de Killian, Flannagan, offrait une explication juste de l'Affaire McCoy. Par conséquent pourquoi devraient-ils se cacher ? Ne devaient-ils pas plutôt revenir aux règles d'une vie normale et, de surcroît, la rendre le plus publique possible ?

Mais *tout le monde*[1] – et plus spécifiquement les di Ducci, qui étaient très collet monté – le verrait-il comme ça ? Avec les di Ducci, au moins, ils avaient une chance de s'en sortir. Silvio di Ducci, qui vivait à New York depuis l'âge de vingt et un ans, était le fils d'un fabricant de chaussures italien. Sa femme, Kate, était née et avait grandi à San Marino, Californie. Il était son troisième mari riche. Judy était la décoratrice qui avait *fait* leur appartement. Maintenant, elle prenait la précaution d'appeler et d'offrir de décommander l'invitation. « Vous n'y songez pas ! dit Kate di Ducci. Je compte absolument sur votre présence ! » Cela avait véritablement rasséréné Judy. Sherman pouvait le lire sur son visage. Mais à lui, cela ne lui faisait rien. Sa dépression et son scepticisme étaient trop profonds pour être réconfortés par la politesse enjouée de Kate di Ducci. Tout ce qu'il parvint à dire à Judy fut : « Eh bien, nous verrons bien, n'est-ce pas. »

Le garde du corps de l'appartement, Occhioni, conduisit le break Mercury jusqu'à la maison de ses parents, y prit Judy, revint sur Park Avenue et y prit Sherman. Ils se dirigèrent vers chez les di Ducci sur la Cinquième Avenue. Sherman sortit le revolver de son ressentiment de son holster mental et s'attendit au pire. Les di Ducci et les Bavardage fréquentaient précisément les mêmes gens (cette même foule vulgaire de non-Knickerbockers). Chez les Bavardage, ils l'avaient déjà pétrifié sur place alors même que sa respectabilité était intacte. Avec leur combinaison de rudesse, de cruauté, de malignité et de chic, qu'allaient-ils lui infliger ce soir ? Il se dit qu'il était bien au-delà de se soucier s'ils l'approuvaient ou non. Son intention – leur intention (McCoy & McCoy S.A.) –

---

1. En français dans le texte.

était de montrer au monde qu'étant sans péché, ils pouvaient continuer leur existence. Sa grande peur concernait ce qui pourrait leur montrer exactement le contraire : en bref, une vilaine scène de ménage.

Le hall d'entrée des di Ducci n'avait en rien l'éclat de celui des Bavardage. Au lieu de l'habile combinaison de Ronald Vine de toutes sortes de matériaux, soie, chanvre, bois gravé et entrelacs de tapisseries, celui des di Ducci trahissait la faiblesse de Judy pour le solennel et le grand : marbre, pilastres gravés, énormes corniches classiques. Et pourtant cela paraissait également sorti d'un autre siècle (le XIXᵉ) et c'était plein des mêmes bouquets de Rayons X, Tartes au Citron, et d'hommes en cravates sombres; les mêmes sourires, les mêmes rires, les mêmes yeux trois cents watts, le même sublime brouhaha et bavardage extatique qui faisait Rat-tat-tat-tat-tat. En bref, la ruche, l'essaim. La ruche ! – la ruche ! – le bourdonnement familier se referma sur Sherman, mais il ne résonnait plus dans ses os. Il l'écoutait, se demandant si sa présence entachée allait arrêter le bourdonnement de la ruche au beau milieu d'une phrase, d'un sourire, d'un rire.

Une femme émaciée émergea des groupes et vint vers eux, tout sourire... Emaciée mais absolument merveilleuse... Il n'avait jamais vu un aussi beau visage... Ses pâles cheveux dorés étaient tirés en arrière. Elle avait le menton haut et un visage aussi lisse et blanc que de la porcelaine chinoise, et pourtant ses yeux étaient grands et vifs, et sa bouche avait un sourire sensuel – non, plus que cela – un sourire *provocant*. Très provocant ! Quand elle le prit par le bras, il sentit un frémissement dans son bas-ventre.

– Judy ! Sherman !

Judy embrassa la femme. En toute sincérité, elle dit : « Oh, Kate, tu es si gentille. Tu es merveilleuse. » Kate di Ducci accrocha son bras à l'intérieur de celui de Sherman et l'attira vers elle, si bien que tous trois formaient un sandwich, Kate di Ducci entre les deux McCoy.

– Vous êtes plus que gentille, dit Sherman, vous êtes brave.

Tout d'un coup il se rendit compte qu'il utilisait la même voix de baryton intimiste dont il se servait quand il voulait en arriver à ses fins.

– Ne soyez pas idiots! dit Kate di Ducci, si vous n'étiez pas venus, tous les deux, j'aurais été très très fâchée! Venez par ici, je veux vous présenter quelques personnes.

Sherman remarqua en trépidant d'anxiété qu'elle les menait vers un bouquet de causeurs dominé par la grande figure patricienne de Nunnally Voyd, le romancier qui était déjà chez les Bavardage. Un Rayon X et deux hommes en costume marine, chemise blanche et cravate marine lançaient de longs regards éperdus vers le grand auteur. Kate di Ducci fit les présentations, puis emmena Judy hors du hall, vers le grand salon.

Sherman retenait son souffle, prêt à l'affrontement, ou, au mieux, à l'ostracisme. Mais au lieu de cela, les quatre autres continuaient à arborer d'immenses sourires.

– Eh bien, M. McCoy, dit Nunnally Voyd avec un accent du milieu de l'Atlantique, je dois vous dire que j'ai pensé à vous plus d'une fois ces derniers jours. Bienvenue dans la légion des damnés... maintenant que vous avez été proprement dévoré par les mouches à fruits.

– Les mouches à fruits?

– La presse. Cela m'enchante de voir tous les examens de conscience effectués par ces... ces *insectes*. « Ne sommes-nous pas trop agressifs? Notre sang trop froid? Sommes-nous sans cœur? » – comme si la presse était un prédateur, un tigre. Je crois qu'ils aiment qu'on les imagine assoiffés de sang. C'est ce que j'appelle un éloge par damnation simulée. Ils se sont trompés d'animal. En fait ils sont des mouches à fruits. Une fois qu'ils ont reniflé le parfum, ils rôdent et ils forment l'essaim. Si vous agitez la main, ils ne vous piquent *pas*, ils filent se cacher et dès que vous détournez la tête, ils sont de retour. Des mouches à fruits. Mais je suis certain que je n'ai pas à vous dire cela, à *vous*.

Malgré le fait que ce grand littérateur se servait de sa parabole comme d'un piédestal pour poser son concept entomologique, et que tout cela sentait un peu le réchauffé, Sherman était reconnaissant. En un sens Voyd était, réellement, un frère, un compagnon de la légion. Il lui semblait se souvenir – il n'avait jamais prêté grande attention aux ragots littéraires – que Voyd avait été stigmatisé comme homosexuel, ou bisexuel. Il y avait eu une sorte d'énorme éclaboussure publicitaire... O combien injuste ! Comment avaient-ils osé, ces... *insectes*, salir cet homme qui, bien qu'un peu affecté, avait une telle largesse d'esprit, une telle sensibilité à la condition humaine ? Et même s'il était... *gay* ? Le mot pédé jaillit spontanément dans le crâne de Sherman. (Oui, c'est vrai. Un démocrate est un conservateur qui a été arrêté.)

Revigoré par son nouveau frère, Sherman raconta comment la femme au visage chevalin lui avait collé un micro en pleine figure tandis que Campbell et lui quittaient leur immeuble et comment il avait lancé son bras, simplement pour écarter le micro – et maintenant la femme l'attaquait ! Elle pleurait, boudait, gémissait – et réclamait 500 000 $ de dommages et intérêts !

Tout le monde dans le bouquet, même Voyd, le regardait fixement, absorbé, avec un sourire fantastique.

– Sherman ! Sherman ! Bon Dieu !

Une voix de stentor... Il regarda autour de lui... Un énorme jeune homme venait vers lui... Bobby Shaflett... Il s'était extrait d'un autre bouquet et venait vers lui avec un sourire large comme une porte de grange. Il lui tendit la main, et Sherman la serra et le Montagnard à la Voix d'Or chanta :

– Tu en as fait voler des plumes depuis la dernière fois que je t'ai vu! C'est rien de l' dire, nom d'un chien d' nom d'un chien!

Sherman ne savait pas quoi dire. Il s'avéra qu'il n'avait pas besoin de dire quoi que ce soit.

– Je me suis fait arrêter à Montréal l'année dernière, dit le Ténor à la Tête de Crapaud avec une satisfaction évidente. Tu as probablement lu un truc à ce sujet.

– Euh... non... pas vraiment...

– Tu ne savais pas?

– Non – Dieu du Ciel – pourquoi as-tu été arrêté?

– PISSER SUR UN ARBRE! *ha ha ha ha ha ha ha ha ha ha ha ha ha ha!* Ils rigolent pas quand tu pisses sur leurs arbres, à Montréal à minuit, surtout quand c'est juste devant l'hôtel! *Ha ha ha ha ha ha ha ha ha ha ha ha ha!*

Sherman contemplait ce visage rayonnant avec consternation.

– Ils m'ont jeté en taule! *Attentat à la pudeur!* PISSER SUR UN ARBRE! *Ha ha ha ha ha ha ha ha ha ha!* Il se calma un peu. Tu sais, dit-il, j'avais jamais été en taule. Keske t'en penses, *toi*?

– Pas grand-chose, dit Sherman.

– Je sais ce que tu veux dire, dit Shaflett, mais c'était pas si horrible! J'ai entendu tous ces trucs qu'on raconte sur c' que les autres prisonniers t' font en taule? – Il l'énonçait comme si c'était une question. Sherman hocha la tête. – Tu veux savoir c' qu'ils m'ont fait à moi?

– Quoi?

– Ils m'ont donné des *pommes*!

– Des pommes?

– Ouais mon vieux. Le premier r'pas qu'j'ai eu là-dedans, c'était si mauvais que je pouvais pas le manger – et j'*aime* manger! Tout c' que j' pouvais manger, c'est la pomme qu'y avait avec. Alors tu sais quoi? Le mot est passé que tout c' que je mangeais c'était la pomme, et ils m'ont tous envoyé leur pomme, tous les autres prisonniers. Ils se les passaient, de la main à la main, à travers les barreaux, jusqu'à ce qu'elles arrivent à moi. Quand j' suis sorti d' là, on voyait plus qu' ma tête qui dépassait d'un tas d' pommes! *Ha ha haha ha ha ha ha ha ha ha ha ha ha ha ha ha!*

Encouragé par ce vernis favorable passé sur la détention, Sherman raconta celle du Portoricain dans la cage qui avait vu les équipes de télé le filmer menottes aux poignets et qui voulait savoir pourquoi il avait été arrêté. Il leur dit comment sa réponse « conduite dangereuse » avait visiblement déçu le type, et comment, par conséquent, il avait répondu au deuxième « homicide » (le jeune Noir avec le crâne rasé... il ressentit un pincement de la terreur originelle... mais cela, il ne le mentionna pas). Avec avidité, ils le regardaient tous, le bouquet entier – *son* bouquet – le célèbre Bobby Shaflett et le célèbre Nunnally Voyd, aussi bien que les trois autres mondains. Leurs visages étaient si captivés, reflétaient une attente si délicieuse! Sherman éprouva un désir irrésistible de poursuivre son fait d'armes. Alors il inventa un troisième compagnon de cellule. Et alors ce prisonnier-là lui demanda pourquoi il était là, et Sherman lui dit : « Meurtre au second degré. »

– J'étais à court de délits, dit l'aventurier, Sherman McCoy.

– *Ha ha ha ha ha ha ha ha ha ha ha ha ha ha ha*, fit Bobby Shaflett.

– *Ho ho ho ho ho ho ho ho ho ho*, fit Nunnally Voyd.

– *Hah hah hah hah hah hah hah*, firent le Rayon X et les deux hommes en costume marine.

– *Hé hé hé hé hé hé hé hé hé hé hé hé hé hé*, fit Sherman McCoy, comme si ce temps passé dans la cage n'était plus qu'une bonne histoire de guerre dans la vie d'un homme.

La salle à manger des di Ducci, comme celle des Bavardage, consistait en une paire de tables rondes et au centre de chaque table se trouvait une création de Huck Thigg, le fleuriste. Pour cette soirée, il avait imaginé une paire d'arbres miniatures, d'à peine trente centimètres de haut, avec des pieds de vigne durcis. Collées aux branches des arbres, des rangées de fleurs des champs séchées bleues. Chaque arbre était posé dans un pré, d'un demi-mètre carré environ de boutons d'or frais coupés mais si serrés qu'ils se touchaient tous. Autour de chaque pré, une barrière en bois miniature faite d'osier tressé. Cette fois, pourtant, Sherman n'eut pas le temps d'étudier le sens artistique du jeune et célèbre M. Thigg. Loin d'être ravalé au rang d'auditeur, il commandait maintenant une section entière de la table. Sur sa gauche immédiate se trouvait une célèbre Rayon X nommée Red Pitt, connue *sotto vocce* comme le Puits sans Fond parce qu'elle était si superbement décharnée que son gleutei maximi et les tissus qui l'entouraient – entendez vulgairement, son cul – semblaient avoir entièrement disparu. Vous auriez pu coller un niveau, droit, tout le long de son dos jusqu'au sol. A sa gauche à elle se trouvait Nunnally Voyd, et encore à sa gauche une Rayon X nommée Lily Bradshaw, dans l'immobilier. Assise à la droite de Sherman, une Tarte au Citron, Jacqueline Balch, la troisième femme blonde de Knobby Balch, héritier d'une fortune bâtie sur les laxatifs. Sur sa droite à elle, rien de moins que le baron Hochswald, et à droite de celui-ci, Kate di Ducci. Durant presque tout le dîner, ces six hommes et femmes ne furent branchés que sur M. Sherman McCoy. Le Crime, l'Economie, Dieu, la Liberté, l'Immortalité – quoi que McCoy de l'affaire McCoy pût évoquer, la table écoutait, même un causeur émérite, égocentrique et perpétuel comme Nunnally Voyd.

Voyd dit qu'il avait été surpris d'apprendre que de telles sommes d'argent pouvaient être réalisées en obligations – et Sherman se rendit compte que Killian avait raison : la presse avait créé l'impression qu'il était un titan de la finance.

– Franchement, dit Voyd, j'avais toujours considéré les affaires d'obligations comme... mmmmhhh... des *trucs plutôt ringards*.

Sherman se retrouva avec ce sourire précis de ceux qui détiennent un secret très très précieux.

– Il y a dix ans, dit-il, vous auriez eu raison. Ils avaient l'habitude de nous appeler les *ennuyeux obligatoires*. – Il sourit à nouveau. – Je n'ai pas entendu cette expression depuis longtemps. Aujourd'hui je suppose qu'il y a cinq fois plus d'argent échangé dans les obligations que dans les actions. – Il se tourna vers Hochswald, qui était penché sur la table pour suivre la conversation. – Vous ne diriez pas la même chose, baron ?

– Oh, si, si, dit le vieil homme. Je pense que c'est exact.

Puis le baron se tut – pour pouvoir entendre ce que M. McCoy avait à dire.

– Tous les rachats, les fusions, les OPA, – tout se fait avec des obligations, dit Sherman. La dette nationale ? 3 milliards de $? Qu'est-ce que vous croyez que c'est ? Des obligations. A chaque fois que les taux d'intérêt fluctuent – en hausse ou en baisse, aucune importance – de petites miettes tombent de toutes les obligations et se logent dans les fissures des trottoirs.

Il s'arrêta et sourit, l'air confidentiel... et se demanda... pourquoi avait-il utilisé cette expression haineuse de Judy ?... Il gloussa et reprit :

– L'important n'est pas de chercher ces miettes à la loupe, parce qu'il y en a des milliards et des milliards. Chez Pierce & Pierce, croyez-moi, nous les ramassons à la balayette, très très vite.

Nous ! chez Pierce & Pierce. Même la petite Tarte à sa

droite, Jacqueline Balch, hochait la tête comme si elle comprenait.

Red Pitt, qui se faisait une fierté de son franc-parler, lança :

– Dites-moi, M. McCoy, dites-moi – eh bien je vais y aller carrément et vous demander : Que s'est-il *réellement* passé, là-haut, dans le Bronx ?

Maintenant, ils étaient tous penchés en avant et le fixaient, passionnés.

Sherman sourit.

– Mon avocat prétend que je ne dois pas dire un mot sur ce qui s'est passé. – Là, il se pencha lui-même en avant, regarda un coup à droite, un coup à gauche, et dit : – mais, strictement *entre nous*[1] c'était une tentative de vol. C'était littéralement une attaque de grand chemin.

Maintenant ils étaient tous tellement penchés en avant que cela formait comme un petit comité installé au pied de l'arbre dans le pré de boutons d'or.

Kate di Ducci dit :

– Pourquoi ne pouvez-vous pas vous lever et le dire bien haut, Sherman ?

– Ça, je ne peux pas l'aborder, Kate, mais je vais vous dire une autre chose : je n'ai *jamais* heurté *qui que ce soit* avec ma voiture.

Personne ne dit plus rien. Ils étaient ensorcelés. Sherman jeta un coup d'œil vers Judy à l'autre table. Quatre personnes, deux de chaque côté, y compris leur petit renard d'hôte, Silvio di Ducci, étaient pris dans son miel. McCoy & McCoy S.A. Sherman poursuivit :

– Je peux vous donner un conseil très important. Ne vous retrouvez *jamais*... pris dans le *système de la justice criminelle*... dans cette ville. Dès que vous êtes pris dans la machinerie, juste la *machinerie*, vous avez perdu. La seule question qui demeure, c'est *combien* vous allez perdre. Une fois que vous entrez en cellule –

1. En français dans le texte.

776

avant même d'avoir eu la moindre chance de clamer votre innocence – vous devenez un zéro. *Vous* n'êtes plus rien.

Silence tout autour de lui... *L'expression dans leurs yeux!*... Suppliant pour d'autres histoires de guerre!

Alors il leur parla du petit Portoricain qui connaissait tous les numéros. Il leur parla du jeu de hockey avec la souris vivante et comment lui (le héros) avait sauvé la souris et l'avait jetée hors de la cellule, où un flic l'avait écrasée sous son talon. D'un air confidentiel, il se tourna vers Nunnally Voyd et dit :

– Je crois que cela symbolise tout, comme vos métaphores, M. Voyd. – Il sourit, l'air sage. – Une métaphore fait tout.

Puis il regarda à sa droite. L'adorable Tarte au Citron buvait chacun de ses mots. Il sentit un picotement dans son tréfonds.

Après le dîner, c'est un sacré groupe qui se rassembla autour de Sherman McCoy dans la bibliothèque des di Ducci. Il les divertit avec l'histoire du flic qui n'arrêtait pas de le faire passer à travers le détecteur de métal.

Silvio di Ducci éleva la voix :

– Ils peuvent vous *forcer* à faire ça?

Sherman se rendit compte que l'histoire le faisait paraître un peu trop mou et fichait en l'air son nouveau statut de celui-qui-a-bravé-les-feux-de-l'enfer.

– J'ai passé un accord avec lui, dit-il. J'ai dit, d'accord, je vous laisse montrer à votre copain comment je fais sonner l'alarme, mais il faut que vous fassiez quelque chose pour moi. Il faut me sortir de cette putain – il dit *putain* très doucement pour indiquer que, oui, il savait que c'était d'un mauvais goût certain, mais que dans de telles circonstances, ce langage était approprié – de cellule à rats. – Il pointa son doigt à la manière de ceux qui savent, comme s'il désignait les cellules du Sommier Central du Bronx. – Et ça a marché. Ils m'ont laissé sortir de bonne heure. Autrement, j'aurais été obligé de passer la nuit à Rikers Island et ça, je crois, ce... *n'est... pas... trop... génial.*

Chacune des Tartes du groupe était sienne, à la demande.

Tandis que le garde du corps, Occhioni les ramenait vers la maison de ses parents pour y déposer Judy, c'est Sherman qui rayonnait de joie mondaine. Et en même temps il était troublé. Qui diable étaient ces gens?

– Quelle ironie, dit-il à Judy, je n'avais jamais aimé ces amis à toi. Je crois que tu l'avais deviné!

– Ce n'était pas très difficile à deviner, dit Judy, sans sourire.

– Et pourtant ce sont les seules gens qui ont été corrects envers moi depuis que tout ceci a commencé. Mes soi-disant vieux amis souhaitent visiblement que je fasse ce qu'il faut, c'est-à-dire disparaître. Ces gens, ces gens que je ne connais même pas, ils m'ont traité comme un être humain.

Avec la même voix sur ses gardes, Judy dit :

– Tu es célèbre. Dans les journaux tu es un riche aristocrate. Tu es un nabab.

– Seulement dans les journaux?

– Oh, tu te sens riche tout d'un coup?

– Oui, je suis un riche aristocrate avec un fabuleux appartement décoré par une célèbre décoratrice.

Il voulait la prendre du bon côté.

– Hah! Tranquillement, amèrement.

– C'est pervers, n'est-ce pas? Il y a deux semaines, quand nous étions chez les Bavardage, ces mêmes gens m'avaient glacé sur place. Et maintenant que je suis souillé – *souillé!* – dans tous les journaux, ils ne peuvent plus se passer de moi!

Elle se détourna de lui et regarda par la vitre.

– Il t'en faut peu pour te faire plaisir, dit-elle d'une voix aussi lointaine que son regard.

La société McCoy & McCoy ferma pour la nuit.

– Kesk'on a c' matin, Sheldon?

Dès que les mots furent sortis de sa bouche, le maire les regretta. Il *savait* ce que son minuscule assistant allait dire. C'était inévitable et donc il se prépara à résister à la sale phrase, et, bien évidemment, elle vint.

– Principalement des Attrape-Négros, dit Sheldon. L'évêque Bottomley est là, il veut vous voir, et il y a eu une douzaine de demandes pour que vous commentiez l'affaire McCoy.

Le maire voulut protester, comme il l'avait déjà fait plusieurs fois, en fait il se détourna et regarda par la fenêtre, vers Broadway. Le bureau du maire était au rez-de-chaussée, une pièce petite mais élégante dans un angle avec un plafond haut et de grandes baies palladiennes. La vue sur le petit square qui entourait l'Hôtel de Ville était gâchée par la présence, au premier plan, juste devant la fenêtre, de rangées de barrières de police bleues. Elles étaient rangées là, en permanence, dans l'herbe – ou plutôt sur les taches nues où il y avait eu de l'herbe un jour – pour être utilisées à chaque fois qu'éclataient des manifestations. Elles éclataient tout le temps. Et quand elles éclataient, la police édifiait une grande barricade bleue avec les barrières, et il pouvait voir les larges épaules des flics qui faisaient face à quelque horde enragée de manifestants qui hurlaient de l'autre côté. Quel étonnant amas de trucs les flics portaient accroché dans le dos! Matraques, nerfs-de-bœuf, lampes torches, menottes, munitions, carnets, talkies-walkies. Il se retrouvait continuellement en train de détailler les dos surchargés des flics, tandis que divers mécontents hurlaient et grognaient, tout ça pour la télévision, bien sûr.

Des Attrape-Négros, Attrape-Négros, Attrape-Négros, Attrape-Négros. Maintenant cette phrase dérisoire lui vrillait le cerveau. Des Attrape-Négros, c'était une minuscule façon de combattre le feu par le feu. Chaque matin, il sortait de son bureau, passait à travers la Salle Bleue, et au milieu des portraits de politiciens aussi chauves qu'oubliés, il remettait des diplômes et des citations à des groupes civiques et à des professeurs et à des étudiants prix d'excellence et à de braves citoyens et à de nobles travailleurs volontaires et à d'autres épongeurs et balayeurs du terrain urbain. Dans cette époque troublée, avec les commissions de surveillance, il était sage, et probablement bon, de distribuer le plus possible de ces trophées et de ces citations fleuries à des Noirs, mais il n'était pas sage, et il n'était pas bon pour Sheldon Lennert, cet homuncule avec sa petite tête absurde et ses chemises mal assorties à ses vestes et à ses pantalons d'appeler le processus « Attrape-Négros ». Déjà le maire avait entendu quelques personnes dans le bureau de presse se servir de cette expression. Et si un des Noirs membre de l'équipe l'entendait ? Ça les ferait peut-être rire. Mais au fond d'eux-mêmes ils ne riraient pas.

Mais non... Sheldon continuait à appeler ça des « Attrape-Négros ». Il savait que le maire détestait ça. Sheldon avait la malice d'un bouffon de cour. A part cela, il était aussi loyal qu'un chien. Extérieurement, il était aussi loyal qu'un chien. Intérieurement, il avait l'air de se moquer de lui la moitié du temps. La colère du maire monta.

– Sheldon, je vous ai déjà dit que je ne veux plus entendre cette expression dans ce bureau !

– Trèsbientrèsbien, dit Sheldon. Maint'nant, keske vous allez dire quand ils vont vous interroger sur l'affaire McCoy ?

Sheldon savait toujours exactement comment le distraire. Il sortait pile ce qui allait troubler le maire le plus profondément, ce qui le rendait le plus dépendant de l'esprit de Sheldon, petit, peut-être, mais étonnamment vif.

– J'en sais rien, dit le maire. Au début ça avait l'air

impeccable. On avait ce mec de Wall Street qui écrase un brillant étudiant noir et qui se tire. Mais maintenant, il se trouve qu'il y avait un autre môme noir, et c'est un dealer de crack, et c'était peut-être même une tentative d'agression. Je crois que je vais choisir l'approche judiciaire. Je vais appeler à une enquête complète et à un examen attentif des preuves. D'accord ?

– Négatif, dit Sheldon.

– Négatif ?

C'était époustouflant le nombre de fois où Sheldon se dressait contre l'évidence – et avait finalement absolument raison.

– Négatif, dit Sheldon. L'affaire McCoy est devenue une pierre blanche pour la communauté noire. C'est comme la désinvestiture et l'Afrique du Sud. Il n'y a pas *deux* aspects de la question. Vous suggérez qu'il pourrait y avoir deux aspects et vous n'êtes pas équitable, vous êtes partial. Là, c'est pareil. La seule question est : est-ce que la vie d'un Noir vaut autant que la vie d'un Blanc ? Et la seule réponse est : les Blancs comme ce McCoy, de Wall Street, qui roulent en Mercedes Benz, ne peuvent pas écraser des étudiants noirs honorables et se tirer parce que ça les dérange de s'arrêter.

– Mais c'est d'la merde, Sheldon, dit le maire. On sait même pas encore vraiment ce qui s'est passé.

Sheldon haussa les épaules.

– Et alors qu'est-ce que ça change ? C'est la seule version qu'Abe Weiss daigne évoquer. Il fonce dans cette affaire comme s'il était ce putain d'Abe Lincoln !

– C'est Weiss qui a démarré tout ça ?

Cette pensée troubla le maire, parce qu'il savait que Weiss avait toujours caressé l'idée de devenir maire lui-même.

– Non, c'est Bacon qui a commencé, dit Sheldon. Par un moyen quelconque il a approché cet ivrogne du *City Light*, cet Angliche, Fallow. C'est comme ça que ça a commencé. Mais maintenant, la mayonnaise a pris. Ça va bien au-delà de Bacon et de son gang. Comme je l'ai dit, c'est une pierre blanche qui va marquer. Et Weiss a des élections qui arrivent. Et vous aussi.

Le maire réfléchit un moment.

– C'est quoi comme nom, McCoy, Irlandais?

– Non, c'est un Wasp.

– C'est quel genre de type?

– Un Wasp riche. A fond. Toutes les bonnes écoles, Park Avenue, Wall Street, Pierce & Pierce. Son vieux était à la tête de Dunning Sponget & Leach.

– Est-ce qu'il m'a soutenu? Vous en savez quelque chose?

– Pas que je sache, non. Vous connaissez ce genre de personnage. Il ne pense même pas aux élections locales, parce que dans une élection à New York, voter Républicain c'est de la merde. Ils votent pour le président. Ils votent pour le sénateur. Ils parlent des Réserves Fédérales et des aides supplémentaires et toute cette merde.

– Mmmmmmmhhhh. Bon. Alors *qu'est-ce que* je dis?

– Vous demandez une enquête complète et approfondie sur le rôle de McCoy dans cette tragédie et la nomination, si besoin est, d'un procureur spécial. Par le gouverneur. « Si besoin est », vous dites, « si tous les faits ne sont pas encore éclaircis ». De cette manière vous faites un petit croche-pied à Abe, sans mentionner son nom. Vous dites que la loi est la même pour tous. Vous dites que la richesse et la position de McCoy ne doivent pas empêcher cette affaire d'être traitée de la même manière que si Henry Lamb avait écrasé Sherman McCoy. Puis vous apportez à la mère – Annie, je crois qu'elle s'appelle –, vous apportez à la mère du gamin tout votre soutien et vous l'appuyez dans son action en justice contre le responsable de cet acte vil. N'ayez pas peur d'en rajouter.

– C'est un peu dur pour ce McCoy, non?

– C'est pas votre faute, dit Sheldon, ce type a renversé

juste le môme qu'il fallait pas, juste dans le quartier qu'il fallait pas, juste avec la voiture qu'il fallait pas et avec la femme qu'il fallait pas, pas la sienne, dans le siège baquet à côté de lui. Tout ça additionné, c'est pas joli joli pour lui.

Tout ceci mettait le maire mal à l'aise, mais les intuitions de Sheldon étaient toujours justes dans ces situations pourries d'asticots. Il réfléchit encore un peu.

– Okay, dit-il finalement, j'admets tout ça. Mais est-ce qu'on n'est pas en train de grandir Bacon ? Je hais cet enfant de putain.

– Ouais, mais il a déjà marqué des points avec tout ça. Et vous n'y pouvez rien. Tout ce que vous pouvez, c'est suivre le courant. Novembre n'est plus très loin et si vous faites un faux mouvement dans l'affaire McCoy, Bacon ne vous loupera pas.

Le maire secoua la tête.

– Je crois que vous avez raison. On va épingler le Wasp au mur, comme un frelon. – Il secoua à nouveau la tête et un nuage assombrit son visage. – Quel connard... Mais qu'est-ce qu'il foutait à traîner sur Bruckner Boulevard la nuit dans une Mercedes Benz ? Y'a des gens, on dirait qu'ils attirent les tuiles, non ? Il l'a cherché. Je n'aime vraiment pas ça – mais vous avez raison. Quoi qu'il lui arrive, il l'a bien cherché. Okay. Autant pour McCoy. Maintenant, qu'est-ce que cet évêque Machinchose veut ?

– Bottomley. C'est à propos de l'Eglise épiscopalienne St Timothy. L'évêque est noir, soit dit en passant.

– Les Episcopaliens ont un évêque noir ?

– Oh, ils sont très libéraux, dit Sheldon en roulant les yeux. Ça aurait aussi bien pu être une femme ou un sandiniste. Ou une lesbienne. Ou une lesbienne sandiniste.

Le maire secoua la tête une fois de plus. Il trouvait les Eglises chrétiennes sidérantes. Quand il était petit, les *goys* étaient tous catholiques, à moins de compter les *shvartzer*, les Noirs, ce que personne ne faisait. Ils n'avaient même pas droit au titre de *goys*. Les catholiques étaient de deux sortes, les Irlandais et les Italiens. Les Irlandais étaient stupides et aimaient faire mal. Les Italiens étaient stupides et visqueux. Les deux étaient désagréables, mais le système était facile à comprendre. Il était déjà à l'université quand il s'était rendu compte qu'il y avait un tout autre groupe de *goys*, les protestants. Il n'en voyait jamais un seul. Il n'y avait que des Juifs, des Irlandais et des Italiens à l'université, mais il en entendait parler, et il apprit ainsi que la plupart des gens les plus célèbres de New York appartenaient à ce type de *goys*, les protestants, des gens comme les Rockefeller, les Vanderbilt, les Roosevelt, les Astor, les Morgan. Le terme *Wasp* fut inventé beaucoup plus tard. Les protestants étaient divisés en un tel nombre de sectes que personne ne pouvait les connaître toutes. C'était très païen et très film d'épouvante, quand ce n'était pas ridicule. Ils vénéraient tous un certain Juif obscur des antipodes. Les Rockefeller le faisaient! Et même les Roosevelt! C'était vraiment fumeux et pourtant ces protestants dirigeaient les plus gros cabinets d'avocat, les banques, les cabinets d'agent de change, les grandes firmes. Il ne voyait jamais ces gens en chair et en os, sauf au cours de cérémonies. En dehors de cela ils n'existaient pas à New York. Ils se montraient rarement, même pendant les élections. Par le nombre ils étaient une nullité – et pourtant ils existaient. Et maintenant une de ces sectes, les Episcopaliens, avait un évêque noir. Vous pouviez plaisanter sur les Wasps, et il le faisait souvent entre amis, et pourtant ils étaient plus effrayants que drôles, ces *frelons*.

– Et cette église, dit le maire, une histoire de Sites?

– Exact, dit Sheldon. L'évêque veut vendre St Timothy à un promoteur, sous prétexte que la fréquentation a baissé et que l'église perd un tas de fric, ce qui est vrai.

Mais les groupes de la communauté ont fait pression sur la Commission de Classement des Sites pour qu'elle soit classée afin que personne ne puisse toucher au bâtiment même s'il est acheté.

– Est-ce qu'il est honnête, ce mec ? demanda le maire. Qui empoche l'argent s'ils vendent l'église ?

– Je n'ai jamais entendu dire qu'il n'était pas honnête, dit Sheldon. C'est un ecclésiastique très cultivé. Il a été à Harvard. Ça pourrait être un cupide, je suppose, mais je n'ai aucune raison de penser qu'il l'est.

– Mmmh mmmh. – Soudain le maire eut une idée. – Eh bien faites-le entrer.

L'évêque Warren Bottomley s'avéra être un de ces Noirs chics et bien éduqués qui créent immédiatement l'Effet de Halo dans les yeux des Blancs qui ne savent pas à quoi s'attendre. Pendant un instant, le maire fut même intimidé par le dynamisme de l'évêque Bottomley. Il était bel homme, mince, quarante-cinq ans environ, bâti comme un athlète. Il avait un sourire permanent, l'œil vif, une poignée de main ferme et portait un habit ecclésiastique semblable à celui d'un prêtre catholique, mais d'aspect plus coûteux. Et il était grand, beaucoup plus grand que le maire, qui était chatouilleux sur sa petite taille. Une fois assis, le maire retrouva sa perspective et repensa à son idée. Oui, l'évêque Bottomley serait absolument parfait.

Après quelques plaisanteries bien tournées sur la brillante carrière politique du maire, l'évêque commença à exposer le problème financier de St Timothy.

– Bien sûr, je comprends l'inquiétude des membres de la communauté, dit l'évêque. Ils ne veulent pas voir apparaître un bâtiment plus grand ni une autre sorte de bâtiment.

Pas d'accent noir du tout, songea le maire. Il lui semblait qu'il ne faisait que tomber sur des Noirs sans accent ces derniers temps. Cette pensée lui procura un soupçon de culpabilité, mais il l'avait remarqué quand même.

– Mais très peu de ces gens appartiennent à l'église St Timothy, poursuivit l'évêque, ce qui, bien sûr, est précisément le problème. Il y a moins de soixante-quinze membres réguliers dans un très grand bâtiment qui, de surcroît, n'a aucune valeur architecturale. L'architecte était un dénommé Samuel D. Wiggins, un contemporain de Cass Gilbert qui n'a pas laissé la moindre empreinte dans les sables de l'histoire de l'architecture, d'aussi loin que je me souvienne.

Cette référence en passant intimida encore plus le maire. L'art et l'architecture n'étaient pas son fort.

– Franchement, l'église St Timothy ne sert plus sa communauté, M. le maire, parce qu'elle n'est plus en position de le faire, et nous sentons que ce serait un bien plus grand bénéfice, non seulement pour l'Eglise Episcopalienne et ses efforts importants ailleurs dans notre ville, mais pour la ville elle-même – puisqu'une vaste unité fortement imposable pourrait être érigée sur ce site, et même la communauté en bénéficierait, indirectement, dans le sens que l'ensemble de la ville y gagnerait grâce à cet accroissement de revenus indirects. C'est pourquoi nous aimerions vendre la structure présente, et nous requérons votre considération... de manière à ce que ce bâtiment ne soit pas classé, comme veut le faire la Commission des Sites.

Dieu merci! Le maire était soulagé de voir que l'évêque s'était empêtré dans sa grammaire et avait laissé une phrase incomplète sur la route derrière lui. Sans dire un mot, le maire sourit à l'évêque puis mit un doigt sur le côté de son nez, comme le Père Noël dans « la Nuit avant Noël ». Puis il pointa son doigt en l'air, comme pour dire « Ha Ha! » ou « Regardez bien! » Il regarda l'évêque droit dans les yeux puis appuya sur un bouton de l'interphone posé sur la crédence près de son bureau et dit :

– Passez-moi le Commissaire aux Sites.

Il n'y eut qu'un *bip bip* et le maire décrocha son téléphone.

– Mort?... Tu connais l'église St Timothy?... Oui... Exactement... Mort – ABANDONNE!

Le maire raccrocha et se renfonça dans son fauteuil en souriant à nouveau à l'évêque.

– Vous voulez dire que... ça y est? – L'évêque semblait authentiquement surpris et ravi à la fois. – C'est la Commission... Ils ne vont pas...

Le maire opina du chef et sourit.

– M. le maire, je ne sais comment vous remercier. Croyez-moi – on m'avait dit que vous aviez les moyens de faire activer les choses, mais – eh bien! Je vous suis très reconnaissant! et je peux vous assurer que je vais m'employer à ce que tout le monde dans le diocèse et tous nos amis soient au courant du grand service que vous venez de nous rendre. Vraiment, je vais le faire!

– Ce n'est pas nécessaire, M. l'évêque, dit le maire. Il est inutile de considérer cela comme une faveur ni même comme un service. Les faits que vous m'avez si clairement exposés étaient très persuasifs, et je crois que la ville entière en tirera bénéfice. Je suis heureux de faire quelque chose pour vouuuus, qui soit bon pour vouuuus et pour la ville de New York.

– Vous l'avez vraiment fait! Et j'apprécie hautement.

– Maintenant, dans le même ordre d'idées, dit le maire en adoptant son meilleur ton professoral qui lui avait servi si souvent, je voudrais que vouuuuus fassiez quelque chose pour moiiii... qui, *également*, est bon pour vouuuuus et pour la ville de New York.

Le maire rentra la tête et sourit plus largement que jamais. Il avait l'air d'un piaf qui examine un ver.

– M. l'évêque, je voudrais que vous participiez à une commission municipale spéciale sur le crime à New York que je vais former sous peu. J'aimerais annoncer votre nomination en même temps que j'annonce la formation de cette commission. Je n'ai pas à vous dire l'importance cruciale de cette commission et que l'un de nos plus gros problèmes tient aux nuances raciales, à toutes les perceptions et mésinterprétations sur qui commet les crimes et sur comment nos policiers combattent le crime. Il n'y a pas de plus grand service que vous puissiez rendre à la ville de New York à cet instant précis que d'accepter de siéger dans cette commission. Qu'en pensez-vous?

Le maire vit immédiatement l'effarement sur le visage de l'évêque.

– Je suis extrêmement flatté, M. le maire, dit l'évêque. – Il n'avait pas l'air extrêmement flatté, pourtant. Plus de sourire du tout. – Et je suis d'accord avec vous, bien sûr. Mais je dois vous expliquer qu'en fait l'interaction de mes activités d'évêque de ce diocèse avec le secteur public, ou plutôt officiel, me lie en quelque sorte les mains, et...

Mais ses mains n'étaient pas liées à cet instant. Il commença à les tordre comme s'il essayait d'ouvrir un bocal de cornichons et il tenta d'expliquer au maire la structure de l'Eglise épiscopalienne et la théologie sous-jacente à la structure et la théologie de la théologie et ce qu'on pouvait ou ne pouvait pas rendre à César.

Le maire débrancha au bout de dix ou douze secondes mais laissa l'évêque s'empêtrer, prenant plaisir à sa détresse. Oh, c'était tout à fait clair. Ce salaud emplissait l'air de merde pour masquer le fait qu'aucun Leader Noir Montant tel que lui ne pouvait se permettre aucune liaison avec le maire, même pas pour siéger dans une putain de commission sur cette putain de criminalité. Et cela avait été une idée si brillante! Une commission biraciale sur le crime, avec une demi-douzaine de leaders noirs dynamiques tels que l'évêque. L'évêque Warren Bottomley ferait vibrer les cœurs de tous les Noirs bien de la ville de New York; exactement la coalition que le maire devait réaliser s'il voulait être réélu en novembre. Et ce serpent soyeux éduqué à Harvard se tortillait déjà pour lui échapper! Bien avant que l'évêque eût fini ses exégèses et ses excuses, le maire avait abandonné l'idée d'une commission municipale spéciale sur le crime à New York City.

– Je suis sincèrement désolé, dit l'évêque, mais la politique de l'église ne me laisse pas le choix.

– Oh, je comprends, dit le maire. Ce que vous ne pouvez pas faire, eh bien, vous ne pouvez pas le faire. Je ne vois pas qui d'autre je préférerais voir siéger à la commission, mais je comprends votre situation, complètement.

– Je suis doublement désolé, M. le maire, à cause de ce que vous venez de faire pour notre église.

L'évêque se demandait si l'affaire marchait toujours.

– Oh, ne vous inquiétez pas pour ça, dit le maire. Surtout ne vous inquiétez pas pour ça. Comme je l'ai dit, je ne l'ai pas fait pour vous, et je ne l'ai pas fait pour votre église. Je l'ai fait parce que je crois que c'est l'intérêt de la ville. C'est aussi simple que ça.

– Eh bien, je vous en suis reconnaissant, malgré tout, dit l'évêque en se levant, et vous pouvez être sûr que tout le diocèse vous en sera reconnaissant. J'y veillerai.

– Ce n'est pas nécessaire, dit le maire, de temps en temps c'est bien de rencontrer une proposition qui a une irrésistible logique propre.

Le maire gratifia l'évêque de son plus large sourire, le regarda droit dans les yeux, lui serra la main et continua à sourire jusqu'à ce que l'évêque ait quitté la pièce. Quand le maire revint à son bureau, il appuya sur un bouton et dit :

– Passez-moi le commissaire aux Sites.

Il y eut d'abord un *bip bip* grave puis le maire décrocha son téléphone et dit :

– Mort? Tu connais cette église, St Timothy?... Ouais... CLASSE-MOI CETTE SALOPERIE!

XXVIII

VERS DES LIEUX PLUS CLÉMENTS

– ECOUTE, Sherman. Tu crois vraiment qu'elle se soucie de savoir si tu es un gentleman ou quoi que ce soit d'autre? Tu crois qu'elle va mettre volontairement ses intérêts en danger pour t'aider à t'en sortir? Elle te cause même pas, bon sang de Dieu!

– J'en sais rien.

– *Moi*, je sais. T'as pas compris l' tableau encore? Elle a *épousé* Ruskin, merde, et keske tu crois qu'elle ressentait pour lui? Je te parie qu'elle a examiné le taux de rentabilité! Pigé. J' te parie qu'elle a vraiment calculé le taux de rentabilité!

– Tu as peut-être raison, mais cela n'excuse rien de ce que je fais. C'est d'un *enterrement* qu'on parle, l'enterrement de son *mari*!

Killian rit.

– Tu peux appeler ça un enterrement si tu veux. Pour elle, c'est Noël.

– Mais faire ça à une *veuve* le jour de l'enterrement de son mari, pratiquement au-dessus du cadavre!

– Très bien. J' vais te présenter l' truc autrement. Keske tu veux, une médaille d'or de morale... ou ton propre enterrement?

Killian avait les coudes posés sur les bras de son fauteuil de bureau. Il se pencha et releva la tête, comme pour dire, « C'est quoi ça, Sherman ? Je t'entends pas. »

Et à cet instant, Sherman eut une vision de l'*endroit* et d'*eux*. S'il devait aller en prison, même pour quelques mois – ne parlons pas d'*années*...

– C'est le moment où tu *sais* que tu vas pouvoir la voir, dit Killian. Elle est obligée de se présenter pour le putain d'enterrement du mec. Elle sera devant toi et devant dix autres comme toi pour les condoléances.

Sherman baissa les yeux et dit :

– Okay, je le ferai.

– Crois-moi, dit Killian, c'est parfaitement légal et dans ces circonstances, c'est parfaitement juste. Tu ne fais rien contre Maria Ruskin. Tu te protèges. Tu as tous les droits.

Sherman leva les yeux vers Killian et opina du chef, comme s'il consentait à la destruction de la planète.

– On ferait mieux de démarrer, dit Killian, avant que Quigley n'aille déjeuner. C'est lui qui fait tous nos branchements.

– Vous en faites tant que ça ?

– Je te répète que c'est une procédure classique maintenant. On fait pas vraiment de la publicité pour, mais on le fait tout le temps. Je vais chercher Quigley.

Killian se leva et passa dans le couloir. Les yeux de Sherman dérivèrent sur l'affreux intérieur aveugle de ce petit bureau. Quelle platitude horrible ! Et pourtant c'était là qu'il était. C'était son dernier bastion. Il était assis là, de sa propre volonté, attendant qu'on le *câble* pour pouvoir voler, grâce à une tromperie immonde et indécente, le témoignage de quelqu'un qu'il avait aimé. Il hocha la tête, comme s'il y avait quelqu'un d'autre dans la pièce et ce hochement voulait dire, « Oui, mais c'est ce que je vais faire. »

Killian revint avec Quigley. Haut sur la taille de Quigley, du côté gauche, il y avait un revolver calibre 38, dans un holster, la crosse tournée vers l'avant. Il portait une espèce d'attaché-case. Il sourit à Sherman d'une manière abrupte de professionnel.

– Okay, dit Quigley à Sherman, il faut enlever votre chemise.

Sherman fit ce qu'on lui disait. La vanité physique du mâle ignore toute limite. Ce qui préoccupait principalement Sherman à cette minute, c'était la définition de ses pectoraux, de ses abdominaux et de ses triceps, qu'ils émergent suffisamment pour que ces deux hommes soient impressionnés par son physique. Pendant un moment, cette considération l'emporta. Il savait que s'il tendait les bras droit vers le bas, en faisant semblant de les laisser ballants, cela ferait ressortir ses triceps.

Quigley dit : .

– Je vais mettre le magnétophone dans le creux de vos reins. Vous porterez une veste, non?

– Oui.

– Okay. Alors y'aura pas de problème.

Quigley se mit sur un genou, ouvrit son attaché-case, sortit magnétophone et fils électriques. Le magnéto avait à peu près la taille d'un jeu de trente-deux cartes. Le micro était un cylindre gris de la taille d'une de ces gommes qu'on trouve au bout d'un crayon ordinaire. D'abord il scotcha le magnéto sur le dos de Sherman. Puis il scotcha le fil autour de sa taille, jusque devant, sur son abdomen et jusqu'au creux entre ses pectoraux, juste au-dessus du sternum, et là, il scotcha le micro.

– C'est bien, dit-il, c'est bien au fond. Ça ne se verra pas du tout, surtout si vous portez une cravate.

Sherman prit cela comme un compliment. *Bien au fond... entre les tertres massifs de mes muscles pectoraux de mâle.*

– Okay, dit Quigley, vous pouvez remettre votre chemise et on va le tester.

Sherman remit sa chemise, sa cravate et sa veste. Eh bien... maintenant, il était *câblé*. Des taches froides de métal dans le creux de ses reins et sur son sternum... Il était devenu cet animal répugnant... le... le... Mais *répugnant* n'était qu'un mot, n'est-ce pas? Maintenant qu'il était devenu cette créature, il ne ressentait *réellement* pas le moindre soupçon de culpabilité. La peur avait modifié sa géographie morale très très vite.

– Super, dit Killian, maintenant on va préparer ce que tu vas dire. Tu n'auras besoin que de quelques affirmations d'elle, mais tu dois savoir exactement comment les obtenir. Okay? Bon, allons-y.

Il lui désigna le fauteuil de plastique blanc et Sherman s'installa pour apprendre l'art viril de la pose de pièges. Non, se dit-il, l'art d'arracher la vérité.

Harold A. Burns's, sur Madison Avenue, était le salon funéraire le plus en vue de New York depuis des années, mais Peter Fallow n'y avait jamais mis les pieds. Les doubles portes vert foncé sur Madison étaient entourées d'une série de colonnes très classiques. Le vestibule d'entrée ne faisait que quatre mètres sur quatre. Et pourtant, à l'instant où il y pénétra, Fallow fut saisi d'une impression de toute-puissance. La lumière dans ce petit espace était si intensément brillante, si éclatante qu'il n'osait pas en chercher la source, de peur d'être aveuglé. Un homme chauve dans un costume gris sombre se tenait dans le vestibule. Il tendit un programme à Fallow et dit : « S'il vous plaît, veuillez signer le registre. » Il y avait un lutrin sur lequel était posé comme un grand livre d'or, avec un stylo-bille attaché par une chaînette de cuivre. Fallow ajouta son nom au tableau de service.

Comme ses yeux s'habituaient à la lumière, il commença à se rendre compte qu'il y avait un large hall au-delà du vestibule et que quelqu'un le fixait. Non, pas quelqu'un, mais plusieurs personnes... pas plusieurs, mais... des dizaines de personnes! Le hall menait à une courte volée de marches. Tant de regards, droit sur lui! Les endeuillés étaient dans ce qui ressemblait au sanctuaire d'une petite église et ils le regardaient tous. Les bancs d'église faisaient face à une estrade, sur laquelle le service aurait lieu et devant laquelle reposait le cercueil du récent disparu. Le vestibule formait comme une deuxième estrade, sur un des côtés, et en tournant la tête, les endeuillés pouvaient voir tous les gens qui arrivaient. Et tout le monde tournait la tête. Mais bien sûr! C'était Manhattan ici. L'Upper East Side! Le cher décédé, qui reposait dans cette boîte devant? Hélas, le pauvre diable était parti, et pour de bon. Mais les vivants, les rapides – ah! – voilà quelque chose! Ils brûlent encore de ces adorables watts de la haute société de la ville! Peu importent ceux qui partent, mais importent ceux qui entrent! Illuminons-les, mon Dieu, et mesurons leur radiance!

Ils ne cessaient d'entrer, le baron Hochswald, Nunnally Voyd, Bobby Shaflett, Red Pitt, Jackie Balch, les Bavardage, tous et toutes, toute la population aux visages lisses qui emplissait les colonnes des potins mondains, entrant dans la lumière aveuglante du vestibule avec des visages si correctement tristes et affectés que cela donna envie de rire à Fallow. Solennellement, ils inscrivaient leurs noms sur le registre. Il irait jeter un bon coup d'œil sur cette liste d'autographes avant de partir.

Bientôt l'endroit fut bondé. Un bruissement parcourait la foule. Une porte sur le côté de l'estrade s'ouvrit. Les gens commencèrent à se redresser sur leurs sièges pour mieux voir. Fallow se redressa plutôt en s'accroupissant.

Eh bien c'était elle – ou du moins Fallow le supposait-il. En tête de la procession se trouvait... la Mystérieuse Brunette, la Veuve Ruskin. C'était une femme mince portant un ensemble à manches longues de soie noire avec des épaulettes, une blouse de soie noire et un chapeau noir façon fez, d'où tombait un volumineux voile noir. Le tout allait coûter le prix de quelques billets d'avion pour La Mecque. Une demi-douzaine de gens l'accompagnaient. Deux d'entre eux étaient les fils du premier mariage de Ruskin, deux hommes entre deux âges, assez vieux tous deux pour être le père de Maria. Il y avait aussi une femme d'une quarantaine d'années que Fallow identifia comme étant vraisemblablement la fille issue du second mariage de Ruskin. Il y avait une femme plus âgée, peut-être la sœur de Ruskin, plus deux autres femmes et deux hommes que Fallow ne parvenait pas à identifier. Ils s'installèrent tous au premier rang, près du cercueil.

Fallow était exactement de l'autre côté, en face de la porte par où Maria Ruskin était entrée et par laquelle elle disparaîtrait probablement à la fin du service. Cela nécessiterait une rude agressivité journalistique. Il se demandait si la Veuve Ruskin avait engagé des gardes du corps pour l'occasion.

Une grande silhouette mince très pimpante grimpa les quatre ou cinq marches vers l'estrade sur le devant et s'approcha du lutrin. Il était habillé à la dernière mode pour enterrements, avec son costume marine croisé, cravate noire, chemise blanche et fines chaussures noires. Fallow regarda son programme. C'était apparemment un homme nommé B. Monte Griswold, directeur du Metropolitan Museum of Art. Il pêcha une paire de lunettes demi-lunes dans sa poche de devant, étala quelques feuilles de papier devant lui, regarda en bas, regarda en haut, ôta ses demi-lunes, marqua un temps, puis dit, d'une voix plutôt haut perchée :

– Nous sommes ici, non pour pleurer Arthur Ruskin, mais pour rendre hommage à sa vie... pleine et très généreuse.

Cela fit frémir la chair de Fallow, cette propension américaine au sentimental et au personnel. Les Amerloques ne pouvaient même pas laisser partir un mort avec dignité. Tout le monde dans la salle allait vibrer maintenant. Il le sentait venir, le pathos creux, les louches dégoulinantes d'âme. C'était assez pour ramener un Anglais directement dans l'Eglise Anglicane, où la mort et toutes les fonctions majeures de la vie étaient placées dans les hautes sphères du Divin, une éminence intangible et admirablement formelle.

Ceux qui faisaient l'apologie de Ruskin étaient exactement aussi balourds et aussi dénués de goût que Fallow avait imaginé qu'ils seraient. Le premier fut un sénateur, de New York, Sidney Greenspan, dont l'accent était exceptionnellement vulgaire, même selon les standards américains. Il étala la générosité d'Arthur Ruskin envers l'Appel à l'Unité Juive, une note malheureuse en raison de la révélation que son empire était fondé sur le transport de musulmans à La Mecque. Le sénateur fut suivi par l'un des associés de Ruskin, Raymond Radosz. Il commença d'une manière plutôt drôle, par une anecdote sur l'époque où tous deux étaient proches de la banqueroute, mais ensuite il traîna en longueur sur une tangente embarrassante à la gloire de leur Holding, Rayart Equities, qui garderait l'esprit d'Artie – il l'appelait Artie –, l'esprit d'Artie vivant, tant que les prêts flotteraient et que les titres seraient convertibles. Puis vint un pianiste de jazz, le « favori d'Arthur », nommé Manny Leerman, qui joua un pot-pourri des « favoris d'Arthur ». Manny Leerman était un rouquin grassouillet qui portait un costume croisé bleu œuf de rouge-gorge, qu'il déboutonna laborieusement après s'être assis au piano, afin que le col de sa veste ne remonte pas par-dessus son col de chemise. Les « favoris d'Arthur » s'avérèrent être « Les Feuilles mortes », « Le jour est trop court » (quand je suis près de vous) et le « Vol du Bourdon ». Ce dernier, le petit pianiste coloré l'exécuta avec entrain mais non sans ratés. Il acheva sa performance en pivotant à 180 degrés sur le tabouret de piano, avant de se rappeler que ce n'était pas un numéro dans un club et qu'il n'était pas censé saluer. Il reboutonna sa veste croisée avant de quitter la scène.

Puis vint le principal orateur, Hubert Birnley, l'acteur de cinéma, qui avait décidé que l'on avait besoin de l'aspect léger et du côté humain d'Arthur le grand financier et capitaine des ferries du monde arabe. Il s'empêtra dans une anecdote qui dépassait largement la compréhension qu'ont les gens des problèmes de systèmes de filtres pour piscines à Palm Springs, Californie. Il quitta la scène en s'essuyant le coin des yeux avec un mouchoir.

Le dernier du programme était Cantor Myron Branoskowitz, de la Congrégation Schlomoch'om, de Bayside, Queens. C'était un énorme jeune homme d'au moins cent cinquante kilos, qui commença à chanter en hébreu d'une claire voix de ténor. Ses lamentations commencèrent à monter en volume. Elles étaient sans fin et irrépressibles. Sa voix partait dans des sanglots et des vibratos. S'il avait le choix entre finir une phrase à l'octave supérieure ou inférieure, il montait invariablement, comme un chanteur d'opéra en concert, démontrant sa virtuosité. Il mettait dans sa voix des larmes qui auraient embarrassé le pire Paillasse affamé. Au début, les endeuillés furent impressionnés. Puis ils s'étonnèrent tandis que le volume de sa voix enflait. Puis ils commencèrent à s'inquiéter car le jeune homme semblait gonfler comme un crapaud. Et maintenant ils se regardaient tous, se demandant chacun si leur voisin pensait la même chose : « Ce môme est jobard. » La voix monta, monta, puis grimpa jusqu'à une note toute proche d'un yodel avant de plonger vers les graves en une cascade larmoyante de vibrato et de s'arrêter abruptement.

Le service funèbre était terminé. L'audience marqua un temps d'arrêt, mais pas Fallow. Il se glissa dans l'allée, et presque accroupi, commença à foncer vers le premier rang. Il était à dix ou douze rangs de la scène quand une silhouette devant lui fit la même chose.

C'était un homme portant un costume bleu marine, un chapeau à bords rabattus – et des lunettes noires.

Fallow n'aperçut qu'un morceau de son visage, de côté... le menton... C'était Sherman McCoy. Sans nul doute avait-il mis des lunettes noires pour pouvoir entrer dans le sanctuaire sans être reconnu. Il contourna le banc du premier rang et se colla au petit groupe de la famille. Fallow fit de même. Maintenant il pouvait le voir de profil. C'était bien McCoy.

La foule était déjà dans l'humeur d'un départ après un service funèbre et laissait filer la pression de trente ou quarante minutes de respect obligatoire envers un homme riche, qui, lorsqu'il était en vie, n'avait pas été particulièrement chaleureux ou aimable. Un employé du salon funéraire tenait ouverte la petite porte de côté pour la Veuve Ruskin. McCoy restait collé aux basques d'un type assez grand qui était, en fait, comme Fallow l'avait compris maintenant, le maître de cérémonie, Monte Griswold. Ceux qui y avaient été de leurs éloges rejoignaient la famille en coulisse. McCoy et Fallow étaient noyés dans une troupe éplorée de costumes bleu foncé et de robes noires. Fallow croisa ses bras sur sa poitrine pour cacher les boutons de cuivre de son blazer de peur qu'ils aient l'air déplacé.

Il n'y eut aucun problème. L'employé des pompes funèbres n'était là que pour guider le troupeau de ceux qui voulaient entrer. La petite porte menait à une courte volée de marches, en haut desquelles se trouvait une série de pièces, comme un petit appartement. Tout le monde se rassembla dans une petite salle de réception décorée d'appliques ballons et de panneaux de tissu encadrés de bois sculpté, dans le style français XIXᵉ. Chacun présentait ses condoléances à la veuve, qu'on voyait à peine derrière le mur de costumes bleu foncé. McCoy s'approcha, portant toujours ses lunettes noires. Fallow resta derrière McCoy.

Il pouvait entendre le ton de baryton inepte d'Hubert Birnley qui parlait à la veuve et qui sans nul doute débitait des sottises parfaitement appropriées avec un sourire triste mais charmant, un sourire à la Birley. Maintenant, c'était le tour du sénateur Greenspan et on entendait clairement sa voix nasale ânonner des bêtises parmi quelques vérités. Et puis Monte Griswold eut son tour, murmurant des choses impeccables, on pouvait en être certain, et attendant de recevoir les compliments de la veuve pour ses talents de maître de cérémonie. Monte Griswold dit au revoir à la Veuve Ruskin et – Bingo ! – McCoy se retrouva face à elle. Fallow était juste derrière lui. Il pouvait voir les traits de Maria Ruskin à travers le voile noir. Jeune et belle ! Pas à dire ! Sa robe soulignait sa poitrine et faisait ressortir la courbe de son ventre. Elle regardait McCoy droit dans les yeux. McCoy était tellement penché vers son visage que Fallow crut un instant qu'il allait l'embrasser. Mais il chuchotait. La Veuve Ruskin disait quelque chose à voix basse. Fallow s'approcha encore plus près. Il se pencha juste derrière McCoy.

Il ne pouvait pas comprendre... juste un mot ici et là... « juste »... « essentiel »... « deux »... « voiture »...

voiture. Dès qu'il entendit ce mot, Fallow éprouva cette sensation fantastique pour laquelle vivent les journalistes. Avant que l'esprit ne puisse digérer ce que les oreilles viennent d'entendre, une sonnette d'alarme met le système nerveux en alerte rouge. *Un sujet !* C'est un événement neuronal, aussi palpable que n'importe quelle sensation enregistrée par les cinq sens. *Un sujet !*

Merde. McCoy murmurait à nouveau. Fallow se pencha davantage... « l'autre »... « rampe »... « dérapé » –

Rampe ! Dérapé !

La voix de la veuve s'éleva. « Sheumeuhn » – elle avait l'air de l'appeler *Sheumeuhn.* « On peut pas en causer pl' tard ? »

Pétard ? se demanda Fallow. Une histoire de pétard ? Puis il se rendit compte qu'elle disait *plus tard.*

Maintenant la voix de McCoy s'éleva :

– ...*temps*, Maria... là-bas avec moi, tu es mon seul témoin !

– Je ne peux pas penser à tout çaaa maintenant, Sheumeuhn. – La même voix traînante, qui se terminait par un petit roulement de gorge. – Tu neuh comprends paas ? Tu neuh sais pas où tu es ? Mon mari est mort, Sheumeuhn.

Elle baissa les yeux et commença à être secouée de petits sanglots. Immédiatement un large type carré jaillit à côté d'elle, Raymond Radosz qui avait parlé pendant la cérémonie.

Sanglots supplémentaires. McCoy s'éloigna rapidement vers la sortie. Fallow le suivit, puis fit demi-tour. C'était la Veuve Ruskin le sujet, maintenant.

Radosz serrait la veuve dans ses bras, si fort que les énormes épaulettes de sa robe se déformaient. Elle avait l'air complètement bancale.

– Ça va aller, mon petit, dit-il. Tu es une brave fille, et je sais exactement ce que tu ressens, parce que moi et Artie on en a traversé des trucs ensemble. Ça nous ramène loin loin en arrière, bien avant que tu sois née, je pense. Et j' peux te dire une chose. *Artie aurait aimé la cérémonie.* J' peux te le dire. Il l'aurait aimée, avec le sénateur et tout et tout.

Il attendait un compliment.

La Veuve Ruskin remballa sa douleur. C'était le seul moyen de se dépêtrer de son endeuillé ardent.

– Mais surtout toi, Ray, dit-elle. Tu es celui qui le connaissait le mieux et tu savais exactement quoi dire. Je sais qu'Arthur repose en paix, grâce à ce que tu as dit.

– Ahhhhh, eh bien, merci Maria. Tu sais j' pouvais presque voir Artie devant moi pendant que j' parlais. J'avais pas besoin de penser à c' que j'allais dire. Ça sortait tout seul.

Sur ce, il s'en alla et Fallow s'avança. La veuve lui

sourit, légèrement déconcertée parce qu'elle ne savait pas qui il était.

– Je suis Peter Fallow, dit-il, comme vous le savez peut-être, j'étais avec votre mari quand il est décédé.

– Oh oui, dit-elle en lui jetant un regard interrogateur.

– Je voulais juste que vous sachiez, dit Fallow, qu'il n'a pas souffert. Il a simplement perdu conscience. C'est arrivé – Fallow leva les mains en un geste d'impuissance – comme *ça*. Je voulais que vous sachiez que tout ce qui pouvait être fait a été fait, du moins à mon avis. J'ai essayé la respiration artificielle et la police est arrivée très vite. Je sais qu'on peut se poser des questions sur ce genre de choses, alors je voulais que vous le sachiez. Nous étions au milieu d'un excellent dîner et d'une excellente conversation. La dernière chose dont je me souviens c'est du merveilleux rire de votre mari. En toute honnêteté, je dois vous dire qu'il existe des manières bien pires de... C'est une perte terrible, mais ce n'était pas une fin terrible.

– Merci, dit-elle, vous êtes extrêmement gentil de me dire cela. Je me suis tellement reproché de ne pas avoir été avec lui quand...

– Vous ne devez pas, dit Fallow.

La Veuve Ruskin leva les yeux vers lui et sourit. Il était conscient de l'éclat dans ses yeux et du curieux pli de ses lèvres. Elle était capable de coquetterie, même en veuve éplorée.

Sans changer son ton de voix, Fallow dit :

– Je n'ai pas pu m'empêcher de voir M. McCoy vous parler.

La veuve souriait avec les lèvres entrouvertes. D'abord le sourire rétrécit, puis les lèvres se serrèrent.

– En fait je n'ai pas pu m'empêcher d'entendre votre conversation, dit Fallow. – Puis avec un regard aimable et limpide et un parfait accent d'Anglais-en-Week-End-à-La-Campagne, comme s'il s'adressait à l'hôtesse d'un dîner : – J'ai cru comprendre que vous étiez dans la voiture avec M. McCoy quand il a eu ce malheureux accident dans le Bronx.

Les yeux de la veuve se changèrent en braises.

– Je pensais que vous pourriez peut-être me dire exactement ce qui s'est produit ce soir-là.

Maria Ruskin le regarda un peu plus longtemps, puis dit entre ses lèvres :

– Ecoutez, Monsieur, Monsieur ?

– Fallow.

– Tête de fouine. Ici, c'est l'enterrement de mon mari et je ne veux pas de vous. Vous comprenez ? Alors sortez... Désintégrez-vous !

Elle pivota sur ses talons et marcha jusqu'à Radosz et un groupe de costumes bleus et de robes noires.

En quittant le salon funéraire Harold A. Burns, Fallow fut pris de vertige à cause de ce qu'il avait appris. Le sujet n'existait pas seulement dans son esprit mais dans son corps et son plexus solaire. Cela jaillissait comme un courant dans chaque atome, chaque molécule de son corps. Dès qu'il s'installerait devant sa machine à traitement de texte, l'histoire allait sortir de ses doigts – préformée. Il n'aurait pas à dire, alléger, impliquer, spéculer que la ravissante et maintenant fabuleusement riche jeune joyeuse Veuve Ruskin était la Brunette Mystérieuse. McCoy l'avait dit pour lui. « Là ici avec moi – mon seul témoin ! » La Veuve Ruskin était restée lèvres closes – mais elle n'avait pas nié ! Et elle n'avait pas nié non plus quand le journaliste, le Grand Fallow, quand je... quand je... Quand je – ça y était ! Il allait l'écrire à la première personne. Une autre exclusivité à la première personne, comme LA MORT SAUCE NEW-YORKAISE. *Moi, Fallow* – Doux Jésus, il était affamé, il n'en pouvait plus de n'être pas déjà devant sa machine ! Le sujet vibrait dans son esprit, son cœur, dans son bas-ventre.

Mais il se força à s'arrêter près du registre dans le vestibule et copia les noms de toutes les âmes célèbres qui étaient disponibles pour présenter leurs respects à la ravissante veuve du Capitaine des Charters Kasher pour La Mecque sans imaginer le drame qui allait se déplier sous leurs nez lascifs. Ils le sauraient bien assez tôt. *Moi, Fallow !*

Dehors sur le trottoir, juste au-delà du vestibule, il y avait des groupes de ces mêmes illustres personnages, la plupart lancés dans les exubérantes conversations que les gens de New York ne peuvent pas s'empêcher d'avoir, d'une certaine manière, face à des événements qui dramatisent leur vie déjà exaltante. Les funérailles ne faisaient pas exception. L'énorme jeune chanteur, Myron Branoskowitz, parlait avec – ou parlait à – un homme plus âgé d'aspect sévère dont Fallow venait juste de copier le nom dans le registre : Jonathan Buchman, le président des disques Columbia. Le chanteur parlait avec animation. Ses mains faisaient de petits vols en l'air. Buchman avait une expression rigide, paralysé par la logorrhée sonore qui lui était projetée en pleine figure.

– Pas de problème ! dit le chanteur. (C'était presque un cri.) Aucun problème ! J'ai déjà fait les cassettes ! J'ai tous les standards de Caruso ! Je peux les faire porter à votre bureau demain ! Vous avez une carte ?

La dernière chose que Fallow vit, avant de partir fut Buchman sortant une carte d'un portefeuille en lézard tandis que le chanteur Branoskowitz ajoutait, sur le même ton de ténor déclamant :

– Mario Lanza aussi ! J'ai fait Mario Lanza ! Je veux que vous les ayez aussi !

– Euh...

– Aucun problème !

XXIX

THE RENDEZ-VOUS

Le lendemain matin, Kramer, Bernie Fitzgibbon et les deux inspecteurs, Martin et Goldberg, étaient dans le bureau d'Abe Weiss. C'était comme une conférence d'état-major. Weiss était assis au bout de la grande table de conférence en noyer. Fitzgibbon et Goldberg étaient à sa gauche, Kramer et Martin à sa droite. Le sujet était : comment procéder avec un jury d'assises sur l'affaire Sherman McCoy. Weiss n'appréciait pas ce que Martin disait. Et Kramer non plus. De temps en temps, Kramer lançait un regard vers Bernie Fitzgibbon. Tout ce qu'il parvenait à percevoir était un masque d'impassibilité irlandaise, mais qui émettait de courts messages : « Je vous l'avais bien dit. »

— Une minute, dit Weiss. — Il parlait à Martin. — Redites-moi comment vous avez ramassé ces deux personnages ?

— C'était dans un balayage de *crack*, dit Martin.

— Un balayage ? fit Weiss. Qu'est-ce que c'est encore que ça ?

— Un balayage, c'est... c'est ce qu'on fait à présent. A quelques blocs d'ici, y a tellement de dealers de *crack* dans chaque pâté de maisons que c'est comme le marché aux puces. Un tas d'immeubles sont abandonnés et les autres, les gens qui vivent encore là, y z'ont peur de sortir sur l' pas de leur porte, parce que dans la rue y a rien que des mecs qui vendent du crack, des mecs qui achètent du crack, et des mecs qui fument du crack. Alors on balaie des rafles. On fonce et on ramasse tout ce qui reste.

– Et ça marche ?

– Bien sûr. Vous l' faites deux ou trois fois et ils déménagent vers un autre bloc... C'en est arrivé au point où à la première bagnole qui se pointe, y se mettent tous à cavaler. C'est comme dans les chantiers quand on met l' feu à la dynamite et que les rats se mettent à cavaler dans la rue. Quelqu'un devrait amener une caméra un jour. Pour voir tous ces mecs filer dans ces putains de rues.

– Okay, dit Weiss. Donc les deux gars que vous avez ramassés, y connaissent Roland Auburn ?

– Ouais. Y connaissent tous Roland.

– Okay. Ce que vous nous dites, c'est quelque chose que Roland leur a dit personnellement ou bien c'est quelque chose qu'ils ont entendu ?

– Non, c'est la rumeur qui circule.

– Dans les cercles de crack du Bronx, dit Weiss.

– Ouais, c'est ça, dit Martin.

– Okay. Allez-y.

– Eh bien, la rumeur dit que Roland avait repéré ce môme, Henry Lamb, qui marchait vers le Texas Fried Chicken, alors y lui colle aux basques. Roland adore emmerder ce môme. Lamb c'est c' qu'ils appellent un « premier d' la classe », le « fiston à sa maman », un môme « qui sort pas », y sort pas de sa maison et y s' mêle pas à la vie d' la rue, y va à l'école, y va à l'église, y veut aller à l'université, se met jamais dans des galères – l'appartient même pas à la Cité. Sa mère essaie d'économiser pour acheter une maison à Springfield Gardens, sinon y vivraient même pas là.

– Ces deux mecs ne t'ont pas dit ça.

– Non, ça c'est c' qu'on a déjà appris sur le môme et sa mère.

– Restons-en à ces deux défoncés et à c' qu'ils ont dit.

– J'essayais de vous brosser l'arrière-plan.

– Très bien, maintenant brosse-moi le premier plan.

– Okayyyy. Bon, donc Roland descend Bruckner Boulevard avec Lamb. Y passent la rampe de Hunts Point Avenue, et Roland voit cette merde sur la bretelle d'accès, des pneus, des poubelles et tout, et y sait que quelqu'un a installé ça pour essayer de se faire des bagnoles. Alors y dit à Lamb : « J' vais t' montrer comment braquer une caisse. » Lamb ne veut absolument pas se mêler à ça, alors Roland lui dit : « J' vais pas l' faire, j' vais juste te montrer comment on fait. De quoi qu' t'as peur ? » Vous voyez, l'asticote le môme parce que c'est le fiston à sa maman. Alors le môme monte sur la bretelle avec lui et le prochain truc qu'y voit, c'est Roland qui jette un pneu, une poubelle ou quoi devant une bagnole, cette fantastique Mercedes, et y se trouve que c'est McCoy et une poule. Ce pauvre branleur de Lamb est planté là. Il chie probablement de trouille dans son froc d'être planté là et y chie aussi de trouille de partir en courant, à cause de Roland, qui fait tout ce numéro rien que pour lui montrer quel petit pédé il est. Et puis y a un truc qui tourne mal, parce que McCoy et la femme se débrouillent pour se tirer d' là et Lamb se fait balayer par la bagnole. En bref, voilà c' qui se raconte dans les rues.

– Eh bien, c'est une hypothèse. Mais avez-vous trouvé quelqu'un qui a réellement entendu Roland raconter ça ?

Bernie Fitzgibbon entra dans la danse :

– Cette hypothèse expliquerait pourquoi Lamb a rien dit à propos d'une voiture quand il a été à l'hôpital. Il voulait pas que quelqu'un puisse penser qu'il était impliqué dans cette histoire d'attaque de voiture. Il voulait juste qu'on lui arrange le poignet et rentrer chez lui.

– Ouais, dit Weiss, mais tout ce qu'on a là, c'est une

hypothèse avancée par deux défoncés. Ces gens savent pas faire la différence entre ce qu'ils écoutent et ce qu'ils *entendent*. Il fit tourner son index contre sa tempe comme dans les dessins animés.

– Eh bien, je crois que ça vaut la peine d'être vérifié, Abe, dit Bernie. Je crois qu'on devrait passer un peu de temps là-dessus, de toute façon.

Kramer se sentait alarmé, agacé et prêt à protéger, protéger Roland Auburn. Aucun d'eux ne s'était soucié de connaître Roland comme il l'avait fait. Roland n'était pas un saint, mais il y avait du bon en lui, et il disait la vérité.

Il dit à Bernie :

– Y' a pas de mal à vérifier, mais je pense aux façons dont une hypothèse comme ça peut réellement démarrer. Je veux dire, c'est vraiment l'hypothèse McCoy. C'est ce que McCoy donne à bouffer au *Daily News*, et c'est à la télé aussi. J' veux dire, cette hypothèse est déjà dans les rues et voilà ce qu'elle devient. Elle répond à une question, mais elle en soulève dix autres. Je veux dire, pourquoi Roland essaierait de braquer une bagnole avec ce môme, alors qu'il sait que c'est un minable, un faible? Et si McCoy est la victime d'une tentative de vol et qu'il touche un de ses agresseurs, pourquoi est-ce qu'il hésiterait à le déclarer aux flics? Il le ferait *comme ça*.

Kramer fit claquer ses doigts et réalisa quel ton polémique sa voix avait pris.

– J' suis d'accord, ça soulève pas mal de questions, dit Bernie, raison de plus pour ne pas précipiter cette histoire devant un jury d'assises.

– Faut qu'on se grouille, dit Weiss.

Kramer surprit Bernie qui le regardait d'une drôle de manière. Il pouvait voir des accusations dans ses yeux noirs d'Irlandais.

Juste à cet instant, le téléphone sur le bureau de Weiss

émit trois faibles *bips*. Il se leva, avança jusqu'au bureau et répondit.

– Ouais?... Okay, passez-le-moi... Non, j'ai pas vu le *City Light*... Quoi? Tu plaisantes!

Il se tourna vers la table de conférence et dit à Bernie.

– C'est Milt. Je crois pas qu'on ait à se soucier des hypothèses de ces deux défoncés pendant un moment.

En un rien de temps, Milt Lubell, les yeux écarquillés, légèrement essoufflé, entrait dans la pièce avec un exemplaire du *City Light*. Il le posa sur la table de conférence. La une leur sauta à la figure.

UNE EXCLUSIVITÉ DU *City Light*

LA VEUVE DU FINANCIER
EST LA MYSTÉRIEUSE BRUNETTE
DE L'AFFAIRE MCCOY

McCoy à l'enterrement : « Aide-moi! »

En bas de page courait une ligne disant : *Le témoignage oculaire de Peter Fallow, Photos, pages 3, 4, 5, 13, 15.*

Tous les six étaient penchés sur la table, paumes à plat sur le noyer. Leurs têtes convergeaient vers l'épicentre qu'était le titre.

Weiss se redressa. Sur son visage, l'air d'un homme qui sait qu'il lui incombe de prendre les commandes.

– Très bien, voilà ce que nous allons faire. Milt, appelle Irv Stone à la première chaîne – Puis il déroula les noms des producteurs d'actualités de cinq autres chaînes. – Et appelle Fallow. Et ce Flannagan au *Daily News*. Et voilà ce que tu vas leur dire. Nous allons interroger cette femme le plus tôt possible. Ça, c'est pour le dossier. Et maintenant dis-leur que si elle est la femme qui était avec McCoy, alors elle risque l'inculpation parce que c'est elle qui a conduit après que McCoy a heurté le môme. Ça s'appelle non-assistance à personne en danger et délit de fuite. Il l'écrase, elle se tire. Okay ?

Puis à Bernie :

– Et vous les gars... – il laissa son regard passer rapidement sur Kramer, Martin et Goldberg, pour leur montrer qu'ils étaient inclus là-dedans. – Vous les gars, vous me trouvez cette femme, et vous lui dites exactement la même chose : « Nous sommes désolés que votre mari soit mort, et cetera et cetera et cetera, mais nous avons besoin de quelques réponses, et vite, et si vous êtes celle qui était dans la voiture avec McCoy, alors vous êtes dans des draps vraiment sales. » Mais si elle veut se blanchir face à McCoy, alors nous lui garantirons l'immunité devant le jury – A Kramer : – Ne sois pas trop spécifique sur ce point au début. Hein... Bon Dieu, tu sais comment faire.

Quand Kramer, Martin et Goldberg se garèrent devant le 962 Cinquième Avenue, le trottoir ressemblait à un camp de réfugiés. Des équipes de télé, des voitures radio, des journalistes et des photographes, assis partout, tournant sur place, un étalage de blue-jeans, de polos, de blousons et chaussures de trappeurs que leur race affectionnait particulièrement; et les badauds oisifs qui regardaient n'étaient pas mieux habillés. Les flics du 19e Commissariat avaient installé une double rangée de barrières bleues pour créer une allée réservée aux habitants de l'immeuble, afin qu'ils puissent atteindre leur porte d'entrée. Un flic en uniforme la surveillait. Pour un tel immeuble, quatorze étages et une moitié de pâté de maisons, l'entrée principale n'était pas particulièrement grandiose. Néanmoins ça sentait l'argent. Il y avait une porte à un seul battant en verre encadrée de cuivre épais, reluisant et protégé par une grille de cuivre ornementée, également étincelante. Un dais avançait au-dessus du trottoir. Ce dais était soutenu par des colonnes de cuivre ornées de béliers de cuivre, également astiqués jusqu'à ressembler à de l'or. Plus que quoi que ce soit d'autre, c'était le travail de romain représenté par cette quantité de cuivre à astiquer qui sentait l'argent. Derrière la porte de verre, Kramer apercevait deux portiers en uniforme et il pensa à Martin et à son monologue sur les « têtes de nœud » du building de McCoy.

Et voilà... Il y était. Mille fois au moins, il avait levé le nez sur ces immeubles de la Cinquième Avenue, dominant Central Park, et récemment encore, dimanche après-midi. Il était allé au parc avec Rhoďa, qui poussait Joshua dans sa poussette, et le soleil de l'après-midi avait illuminé les immenses façades de pierre au point de lui évoquer l'expression suivante : « *la côte de l'or* ». Mais c'était juste une observation dénuée d'émotion, sauf peut-être un léger sentiment de satisfaction d'être capable de se promener dans un environnement si doré. Il était connu que les gens les plus riches de New York vivaient dans ces immeubles. Mais leur vie, quelle qu'elle pût être, était aussi lointaine qu'un autre système solaire. De tels gens étaient à peine humains, bien au-delà d'une quelconque envie convenable. Ils étaient les Riches. Il n'aurait pas pu vous citer le nom d'un seul d'entre eux.

Maintenant, il le pouvait.

Kramer, Martin et Goldberg sortirent de la voiture et Martin dit quelque chose au flic en faction. Le tas informe de journalistes s'agita. Leurs fringues moches remuèrent. Ils regardaient le trio des pieds à la tête et reniflaient l'odeur de l'affaire McCoy.

Le reconnaîtraient-ils ? La voiture était banalisée, et même Martin et Goldberg portaient manteaux et cravates, et donc ils pouvaient très bien passer pour trois hommes qui se rendaient tout simplement dans cet immeuble. D'un autre côté... était-il toujours simplement un fonctionnaire anonyme du système de la justice criminelle? Difficile. Son portrait (par la pulpeuse Lucy Dellafloria) était passé à la télé. Son nom avait été cité dans tous les journaux. Ils commencèrent à avancer dans l'allée formée par les barrières de police. A mi-chemin du but – Kramer se sentit déprimé. Pas un mot ne venait de cette énorme et nerveuse assemblée de la presse de New York.

Puis : « Hé, Kramer! » Une voix sur sa droite. Son cœur bondit. « Kramer! » Son premier réflexe fut de se tourner et de sourire, mais il le combattit. Devait-il simplement continuer à marcher et l'ignorer? Non, il ne devait pas les snober, n'est-ce pas?... Alors il se tourna vers la voix avec un air extrêmement sérieux.

Deux voix en même temps :

– Hé, Kramer, tu vas...

– Quelles sont les charges...

– ... lui parler?

– ... retenues contre elle?

Il entendit quelqu'un dire : « Qui c'est? » et quelqu'un répondre : « C'est Larry Kramer, c'est l' procureur de cette affaire. »

Kramer garda les lèvres serrées sur un demi-sourire et dit :

– Je n'ai rien pour vous pour l'instant, les gars.

Les gars! Ils étaient *siens* maintenant, toute cette bande – *la presse* – qui, auparavant n'était presque qu'une abstraction pour lui. Maintenant il regardait cette bande de fouille-merde droit dans les yeux et ils étaient suspendus au moindre de ses mots, au moindre de ses pas. Un, deux, trois photographes étaient en position. Il pouvait entendre les moteurs de leurs appareils. Une équipe de télé surplombait le tout. Une caméra vidéo dépassait du crâne d'un type comme une corne. Kramer marcha un peu plus lentement et regarda l'un des journalistes, comme s'il réfléchissait à une réponse, pour donner quelques secondes de plus à ces gars, quelques secondes supplémentaires de son air solennel. (Ils ne faisaient que leur boulot.)

Quand Martin, Goldberg et lui atteignirent la porte d'entrée, Kramer dit aux deux portiers, avec une autorité gutturale : « Larry Kramer, Bureau du procureur du Bronx. On nous attend. »

Les portiers en sautillèrent.

En haut, la porte de l'appartement leur fut ouverte par un petit homme en uniforme qui semblait être Indonésien ou Coréen. Kramer entra – et le panorama l'époustoufla. Il fallait s'y attendre puisque c'était fait pour époustoufler les gens déjà bien plus habitués au luxe que Larry Kramer. Il lança un regard à Martin et Goldberg. Ils étaient comme trois touristes ébahis... le plafond haut de deux étages, l'énorme lustre, l'escalier de marbre, les colonnes sculptées, l'argenterie, la mezzanine, les énormes tableaux, les cadres somptueux, dont chacun, rien que le cadre, devait valoir la moitié d'un salaire annuel de flic. Leurs yeux n'en revenaient pas.

Kramer entendit un aspirateur qui fonctionnait quelque part à l'étage. Une bonne en uniforme noir avec un tablier blanc apparut sur le sol de marbre du hall d'entrée, puis disparut. Le maître d'hôtel oriental leur fit traverser le hall. Par une porte, ils aperçurent une immense pièce emplie de lumière par les plus vastes fenêtres que Kramer eût jamais vues dans une maison particulière. Elles étaient aussi grandes que les fenêtres des tribunaux de leur île fortifiée. Elles surplombaient les arbres de Central Park. Le maître d'hôtel les conduisit jusqu'à une pièce plus petite et plus sombre, contiguë à l'autre. Elle n'était plus sombre que par comparaison. En fait, une seule longue fenêtre donnant sur le parc laissait entrer tant de lumière que tout d'abord les deux hommes et la femme qui les attendaient ne furent que des silhouettes. Les deux hommes étaient debout. La femme assise dans un fauteuil. Il y avait un escalier mobile de bibliothèque, un grand bureau avec des pieds arqués et sculptés, avec des bibelots anciens dessus, plus deux petits canapés séparés par une grande table basse plusieurs fauteuils et guéridons et... et ce *truc*.

Une des silhouettes s'avança hors de la lumière et dit :

– M. Kramer ? Je suis Tucker Trigg.

Tucker Trigg. C'était vraiment le nom du mec. C'était son avocat, de chez Curry, Goad & Pesterall. Kramer avait organisé cette entrevue par son intermédiaire. Tucker Trigg avait une voix nasale klaxonnante de Wasp qui avait vraiment désarçonné Kramer, mais maintenant qu'il l'avait en face de lui, il ne ressemblait pas à l'image qu'il se faisait du Wasp. Il était gros, rond, poupin, comme un joueur de football américain qui aurait pris trop de gras. Ils se serrèrent la main et Tucker dit, de sa voix klaxonnante :

– M. Kramer, voici Mme Ruskin.

Elle était assise dans un fauteuil à haut dossier qui faisait penser à un meuble de ces feuilletons sur les Chefs-d'Œuvre du Théâtre. Il y avait un grand type à cheveux grisonnants debout à côté d'elle. La *veuve* – comme elle était jeune et sexy ! – *bandante*, avait dit Roland. Arthur Ruskin avait gagné un beau petit lot, à soixante-dix ans avec son second parce-maker qui finissait de s'éteindre. Elle portait une simple robe de soie noire. Le fait que les épaules larges et le décolleté étudié étaient du plus grand chic échappait à Kramer, mais pas ses jambes. Elle avait les jambes croisées. Kramer essayait d'empêcher ses yeux d'errer sur la fantastique courbe qui allait de ses pieds jusqu'à la fantastique courbe de ses mollets, puis à la fabuleuse courbe de ses cuisses sous la soie noire. Il essayait du mieux qu'il pouvait. Elle avait un merveilleux long cou d'albâtre et ses lèvres étaient entrouvertes, et ses yeux sombres semblaient boire les siens à toute vitesse. Il était affolé.

– Je suis désolé de jouer les intrus dans de telles circonstances, bégaya-t-il.

Il sentit instantanément qu'il avait dit une idiotie. Etait-elle supposée en conclure que dans d'autres circonstances il aurait été ravi de jouer les intrus?

– Oh, je comprends, M. Kramer, dit-elle doucement, avec un sourire brave. Oh *jeuh compraaands, Monsieuh Kréémeeuh.*

Ou bien était ce *simplement* un sourire brave? Dieu Tout-Puissant la manière dont elle le *regardait!*

Il ne parvenait pas à trouver quoi lui dire ensuite. Tucker Trigg lui épargna cette tâche en présentant l'homme qui se tenait debout près du fauteuil. Il était grand, et plus âgé. Ses cheveux gris étaient peignés en arrière, impeccables. Il avait une sorte de posture militaire qu'on voit rarement à New York. Il s'appelait Clifford Priddy et il était très célèbre pour avoir défendu des gens éminents dans des affaires criminelles fédérales. Lui, il avait WASP écrit partout sur lui. Il vous regardait de très haut de derrière son long nez fin. Ses vêtements étaient sobres et coûteux, comme seuls ces salauds savaient les choisir. Ses chaussures noires brillantes étaient si joliment faites sur mesure... Face à cet homme, Kramer se sentait lourdaud. Ses propres chaussures étaient de lourdes groles marronnasses, avec des semelles qui débordaient comme une falaise. Eh bien, cette affaire n'irait pas devant les tribunaux fédéraux, où le vieux réseau de l'Ivy League veillait encore sur le sort des siens. Non. Ils avaient affaire à la base maintenant, affaire au Bronx.

– Comment allez-vous M. Kramer? dit M. Clifford Priddy, affable.

– Très bien, dit Kramer en lui serrant la main, pensant : « On verra si tu as encore ton air suffisant quand on te traînera à Gibraltar. »

Puis il présenta Martin et Goldberg, et tout le monde s'installa. Martin et Goldberg et Tucker Trigg et Clifford Priddy. Fabuleux quartette! Goldberg était assis courbé de côté, un peu épaté, mais Martin était toujours le

Touriste Ebahi. Ses yeux dansaient tout autour de la pièce.

La jeune veuve en robe noire appuya sur un bouton sur la table près de son fauteuil. Elle recroisa ses jambes. Les courbes luisantes se séparèrent puis se rassemblèrent et Kramer essaya d'en décoller ses yeux. Elle regarda vers la porte. Une bonne, une Philippine, imagina Kramer, se tenait dans l'encadrement.

Maria Ruskin regarda Kramer, puis Goldberg et Martin et dit :

— Voudriez-vous du café, messieurs ?

Personne ne voulait de café. Elle dit :

— Nora, je voudrais du café et...

— *Cora*, dit la femme d'un ton neutre.

Toutes les têtes se tournèrent vers elle comme si elle venait de sortir un revolver.

— Et apportez des tasses supplémentaires, s'il vous plaît, dit la veuve en ignorant cette correction, au cas où un de ces messieurs change d'avis.

Pas parfaite, la grammaire, songea Kramer. Il tenta de se figurer exactement ce qui n'allait pas dans ce qu'elle avait dit puis il se rendit compte que tout le monde était silencieux et le regardait fixement. Maintenant, c'était à lui, c'était son show. Les lèvres de la veuve étaient entrouvertes sur le même étrange petit sourire. Etait-ce de la bravoure ? De la moquerie ?

— Mme Ruskin, commença-t-il, comme je le disais, je suis désolé de devoir venir vous voir en ce moment particulier et j'apprécie énormément votre coopération. Je suis certain que M. Trigg et M. Priddy vous ont expliqué le but de cette entrevue et je voulais juste, euh, juste... — Elle remua ses jambes sous sa jupe et Kramer essaya de ne pas remarquer la manière dont ses cuisses bougeaient sous la soie noire brillante... — euh, attirer l'attention sur le fait que cette affaire, qui implique une blessure très grave, peut-être même fatale, infligée à un jeune homme, Henry Lamb... cette affaire est très importante pour notre bureau, parce qu'elle est de la plus haute importance pour les gens du comté du Bronx et tous les gens de cette ville.

Il s'arrêta. Il se rendait compte qu'il avait l'air pompeux, mais il ne savait pas comment descendre de ses grands chevaux. La présence de ces avocats Wasps et l'échelle de ce palais l'avaient fait grimper tout en haut.

– Je comprends, dit la veuve, peut-être pour l'aider à s'en sortir.

Elle avait la tête légèrement inclinée et elle arborait le sourire d'une amie intime. Kramer avait des sentiments folâtres. Son esprit faisait un bond en avant jusqu'au procès. Parfois vous finissiez par travailler de très près avec un témoin coopératif.

– C'est pourquoi votre coopération serait d'une grande valeur pour nous. – Il rejeta la tête en arrière, pour accentuer la taille de ses muscles sternonucléomastoïdiens. – Maintenant, tout ce que je veux faire maintenant, c'est essayer de vous expliquer les conséquences de votre coopération ou de votre éventuelle non coopération, parce que je crois que nous devons être absolument clairs là-dessus. Certaines choses découleront naturellement de l'une ou l'autre décision. Maintenant, avant que nous commencions, je devrais vous rappeler que... – il s'arrêta. Il avait mal commencé sa phrase et il allait encore se faire piéger dans sa syntaxe. Rien à faire que de poursuivre. – Vous êtes représentée par d'éminents avocats, donc je n'ai pas à vous rappeler quels sont vos droits à cet égard – A cet égard... Pourquoi ces phrases pompeuses et dénuées de sens ? – Mais je suis obligé de vous rappeler votre droit de rester silencieuse, pour quelque raison que vous le désiriez.

Il la regarda et secoua la tête comme pour dire « Est-ce clair ? ». Elle hocha également la tête et il remarqua la beauté de ses seins qui bougeaient sous la soie noire.

Du pied de son fauteuil il souleva son attaché-case et le posa sur ses cuisses, et il souhaita immédiatement ne pas l'avoir fait. Les coins cabossés et les bords usés de sa mallette étaient un étalage de son minable statut. (Un substitut du procureur du Bronx à 36 000 $ par an.) Regardez-moi cette pauvre mallette ! Tout usée, craquelée et bosselée ! Il se sentait humilié. Qu'est-ce qui passait par la tête de ces putains de Wasps à cet instant ? Est-ce qu'ils retenaient simplement leurs sarcasmes pour des raisons tactiques, était-ce la politesse condescendante des Wasps ?

De la mallette, il sortit deux pages de notes sur papier jaune standard et une chemise pleine de documents photocopiés, y compris certaines coupures de presse. Puis il referma la minable mallette et la reposa sur le sol.

Il regarda ses notes. Il leva les yeux vers Maria Ruskin.

– Il y a quatre personnes qui ont eu une connaissance directe de cette affaire, dit-il. L'une est la victime, Henry Lamb, qui est apparemment dans un coma irréversible. L'autre est M. Sherman McCoy, qui est inculpé de conduite dangereuse, de délit de fuite et de non-assistance à personne en danger. Il rejette ces accusations. L'autre est un individu qui était présent quand le drame a eu lieu et qui s'est présenté et a formellement identifié M. McCoy comme étant le chauffeur de la voiture qui a renversé M. Lamb. Ce témoin nous a dit que M. McCoy était accompagné par une autre personne, une femme blanche d'une vingtaine d'années, et cette information en fait sa complice dans l'un ou plusieurs des délits dont M. McCoy est accusé. – Il s'arrêta, pour marquer ce qu'il espérait être le maximum d'effet. – Ce témoin a formellement identifié cette femme comme étant... vous-même.

Kramer s'était tu et il regardait la veuve bien en face. Au début elle fut parfaite. Elle ne cilla pas. Son adorable brave petit sourire ne bougea pas. Mais ensuite, presque imperceptiblement, elle déglutit une fois.

Elle déglutissait !

Une sensation fabuleuse envahit Kramer, chacune de ses cellules et chacune de ses fibres neuronales. A cet instant, l'instant de cette petite déglutition, son attaché-case minable ne signifiait plus rien, ni ses chaussures de plouc, ni son pauvre costume, ni son minable salaire, ni son accent new-yorkais, ni les barbarismes et solécismes de ses phrases. Car à cet instant, il éprouvait quelque chose que ces avocats Wasps, ces partenaires immaculés de Wall Street et l'Univers des Curry & Goad & Pesterall & Dunning & Sponget & Leach ne connaîtraient jamais et n'éprouveraient jamais : l'inexprimable plaisir de posséder le pouvoir. Et ils resteraient silencieux et polis face à cela, comme ils le faisaient maintenant, et ils déglutiraient de peur quand et si leur heure venait. Et il comprenait maintenant que c'était cela qui lui donnait une bouffée de plaisir bizarre chaque matin quand il voyait l'île fortifiée jaillir de l'horreur du Bronx sur la crête du Grand Concourse. Car ce n'était rien d'autre que le Pouvoir, le même Pouvoir que celui auquel Abe Weiss s'était entièrement voué. C'était le pouvoir du gouvernement sur la liberté de ses sujets. Y penser dans l'abstrait le faisait paraître théorique et académique, mais *l'éprouver* – voir les *expressions sur leurs visages* – tandis qu'ils vous regardaient, messager et détenteur du Pouvoir – Arthur Rivera, Jimmy Dollard, Herbert 92 X et le mec appelé Mac – même eux – et maintenant voir *cette petite hirondelle effarouchée* dans un appartement parfait valant des millions – eh bien le poète n'a jamais chanté ni même rêvé cette extase, et aucun procureur, aucun juge, aucun flic, aucun inspecteur des finances ne le mentionnera jamais, car nous n'osons jamais en parler entre nous, n'est-ce pas ? – et pourtant nous *l'éprouvons* et nous la *connaissons* à chaque fois qu'ils nous regardent avec ces yeux qui demandent grâce, pitié ou au moins un coup de pouce ou un peu de générosité capricieuse. (Laissez-moi une chance!) Que sont les façades de pierre de la Cinquième Avenue et tous les halls de marbre et toutes les bibliothèques à l'odeur de cuir et toutes les richesses de Wall Street à côté de *mon* contrôle de *vos* destinées et de votre impuissance face au Pouvoir?

Kramer fit durer ce moment aussi longtemps que les limites de la logique et une décence minimale le permettaient, et puis juste un petit peu plus longtemps. Aucun d'eux, ni les deux avocats Wasps immaculés de Wall Street, ni la ravissante veuve éplorée riche de nouveaux millions n'osaient proférer un son.

Puis il dit, doucement, paternellement :

– Très bien. Maintenant, voyons ce que cela signifie.

Quand Sherman entra dans le bureau de Killian, Killian fit :

– Houlalalalala, keskya, keskya? Keske c'est que cette tête? Tu regretteras pas d'être venu jusqu'ici quand j' te dirai pourquoi j' t'ai appelé. Tu crois qu' c'était pour te montrer ça?

Il poussa le *City Light* jusqu'au bord de la table. La VEUVE DU FINANCIER... Sherman y jeta à peine un regard. L'article était déjà entré bourdonner dans sa cavité mentale.

– Il était aux obsèques. Ce Peter Fallow. Je ne l'ai pas vu.

– Aucune importance, dit Killian qui était d'une humeur très badine. C'est du réchauffé. On sait déjà tout ça. Pas vrai? Je t'ai fait venir pour des *nouvelles fraîches*.

A dire vrai, Sherman ne détestait plus descendre jusqu'à Reade Street. Rester assis dans son appartement... à attendre la prochaine menace téléphonée... La taille même de l'appartement semblait se moquer de ce à quoi il était réduit. Il restait assis là et attendait la prochaine explosion. Faire quelque chose, n'importe quoi, était nettement préférable. Prendre une voiture jusqu'à Reade Street, bouger horizontalement sans résistance – génial! splendide!

Sherman s'installa dans un fauteuil et Killian commença :

– J' voulais même pas parler d' ça au téléphone, mais j'ai eu un appel très très intéressant. Le Jackpot, en fait.

Sherman se contenta de le regarder.

– Maria Ruskin, dit Killian.

– Tu plaisantes?

– Tu crois que je plaisanterais avec ça?

– Maria t'a appelé?

– Monsieuuuuh Killyeuuuunh, jeuh m'appelle Meurieuh Ruskin. Jeuh suis une amieuh d'un deuh vos clieuunhts, Monsieuuuu Sheuumeuuuunh McCoy. L'ai-je bien imitée?

– Mon Dieu! Qu'est-ce qu'elle a dit? Qu'est-ce qu'elle voulait?

– Elle veut te voir.

– C'est pas vrai!

– Elle veut te voir aujourd'hui à 16 h 30. Elle a dit que tu saurais où.

– Que... je... sois... damné... Tu sais, hier, aux obsèques, elle m'a dit qu'elle m'appellerait. Mais je n'y ai pas cru un instant. Est-ce qu'elle a dit pourquoi?

– Non, et je lui ai pas demandé. Je voulais pas dire un mot qui puisse la faire changer d'avis. Tout ce que j'ai dit, c'est que j'étais *certain* que tu y serais. Et je suis certain que tu y seras, mec!

– Est-ce que je ne t'avais pas dit qu'elle appellerait?

– Vraiment? Tu viens de dire que tu ne croyais pas qu'elle le ferait.

– Je sais. Hier je n'y croyais pas, parce qu'elle m'évitait. Mais je t'avais bien dit qu'elle était pas du type prudent, non? C'est une joueuse. Elle n'est pas du genre à jouer petit. Elle aime bien tout mélanger, et son jeu c'est – c'est les *hommes*. Ton jeu c'est la loi, le mien les investissements, le sien, *les hommes*.

Killian se mit à glousser, surtout à cause du changement d'humeur de Sherman.

– Okay, dit-il, génial. Allez jouer tous les deux. On y va. J'avais une autre raison pour te faire venir ici plutôt que je monte jusque chez toi. Il faut qu'on te câble.

Il appuya sur un bouton et dit dans l'interphone :

– Nina ? Dites à Ed Quigley de venir.

A 16 h 30 précises, le cœur tapant à un bon rythme, Sherman appuya sur le bouton de la sonnette marqué « 4B Boll ». Elle devait avoir attendu près du boîtier de l'interphone – l'interphone lui-même ne fonctionnait plus – car il entendit un *bip* immédiat à la porte et le lourd *clic clic clic* de la serrure électrique qui s'ouvrait, et il entra dans l'immeuble. Immédiatement, il retrouva cette odeur familière, cet air mort, vicié, le tapis dégueulasse sur les marches. Il y avait la même peinture lugubre, les couloirs usés et la lumière glauque – familière et en même temps nouvelle et horrible, comme s'il n'avait jamais pris le temps de remarquer la réalité des lieux. La merveilleuse ambiance bohème de l'endroit était dissipée. Il avait le malheur de contempler un rêve érotique avec l'œil d'un réaliste. Comment avait-il jamais pu trouver cela enchanteur ?

Le craquement des marches lui rappela des choses qu'il voulait oublier. Il pouvait encore entendre le dachshund faire grimper son tube de graisse sur les marches... « Tu es un p'tit morceeuuuh de salami mouillé, Meursheuuul »... Et il avait transpiré... Suant, il avait fait trois voyages dans cet escalier décrépit en portant les bagages de Maria... Et maintenant il portait le poids le plus lourd de tous. *Je suis câblé*. Il sentait le magnétophone scotché dans le creux de son dos, le micro sur son sternum, il sentait, ou imaginait qu'il sentait, le sparadrap qui collait le fil électrique à son corps. Chacun de ces éléments miniaturisés et sophistiqués au plus haut point semblait croître en volume au fur et à mesure qu'il montait les marches. Sa peau les amplifiait, comme une langue passant sur une dent cassée. Ils étaient certainement visibles! Ne les voyait-on pas sur son visage? O combien de mensonges? Combien de déshonneurs?

Il soupira et s'aperçut qu'il transpirait déjà et qu'il était essoufflé – la montée, l'adrénaline ou la frousse. La chaleur de son corps semblait décoller le magnétophone – ou était-ce son imagination?

Lorsqu'il atteignit la porte, cette porte peinte triste, il respirait très fort. Il s'arrêta, soupira à nouveau, puis cogna du doigt sur la porte selon le signal qu'il avait toujours utilisé, *tap tappa tap tap – tap tap*.

La porte s'ouvrit doucement, mais il n'y avait personne. Puis...

– Bouh! – Sa tête jaillit de derrière la porte et elle lui souriait. – J' t'ai fait peuuurh?

– Pas vraiment, dit Sherman. Dernièrement j'ai été effrayé par des experts.

Elle rit et son rire semblait authentique.

– Toi aussi? Les deux font la paire, pas vrai, Sherman?

Sur ces mots, elle lui ouvrit les bras comme pour une embrassade de bienvenue.

Sherman la regardait, étonné, confus, paralysé. Les calculs cavalaient dans sa tête plus vite qu'il ne pouvait les suivre. Elle était là, dans une robe de soie noire, sa robe de deuil, bien serrée à la taille pour que son merveilleux corps se remarque au-dessus et en dessous. Ses yeux étaient grands ouverts et brillants. Ses cheveux noirs étaient la perfection même, avec une luisance luxueuse. Ses lèvres si timidement courbées, qui l'avaient toujours rendu fou, étaient pleines, entrouvertes et souriantes. Mais cela n'était rien d'autre qu'une certaine combinaison de chair et de cheveux. Il y avait un léger duvet noir sur ses avant-bras. Il aurait dû se glisser entre ces bras et la serrer dans les siens, et c'était cela qu'elle voulait! C'était un moment très délicat! Il avait besoin de son soutien, de sa confiance, le temps de recueillir certains éléments dans le micro collé à son sternum et dans le magnéto collé au creux de ses reins! Un moment délicat – et un horrible dilemme! Supposez qu'il l'embrasse – et qu'elle sente le micro – ou que ses mains errent sur son dos! Il n'avait pas du tout pensé à cela, à aucun moment. (Qui voudrait même embrasser un homme changé en table d'écoute?) Peu importe – fais quelque chose!

Alors il avança vers elle, baissant les épaules en avant et courbant le dos pour qu'elle ne puisse aucunement se coller contre sa poitrine. Et ainsi ils s'embrassèrent, une voluptueuse jeune chose et un mystérieux estropié.

Rapidement il se dégagea esquissant un sourire, et elle le regarda comme pour voir s'il allait bien.

– Tu as raison, Maria, les deux font la paire, et en première page.

Il sourit, l'air philosophe. (Abordons l'affaire!) Nerveusement il parcourut la pièce des yeux.

– Viens, dit-elle. Asseyons-nous. – Elle désigna la table aux pieds de chêne. – Je te sers à boire. Qu'est-ce que tu veux?

Très bien : asseyons-nous et parlons.

– Tu as du scotch?

Elle se rendit à la cuisine et il baissa les yeux vers son torse pour s'assurer que le micro ne se voyait pas. Il essayait de dépasser les questions qui lui éclataient dans la tête. Il se demanda si la bande tournait toujours.

Elle revenait avec un verre pour lui et un pour elle, une boisson transparente, du gin ou de la vodka. Elle s'installa sur l'autre fauteuil en bois tourné, croisa les jambes, ses jambes étincelantes et sourit.

Elle leva son verre comme pour porter un toast. Il fit de même.

– Et nous voilà donc ici, Sherman, le couple dont tout New York parle. Il y a un paquet de gens qui aimeraient entendre *cette* conversation.

Le cœur de Sherman bondit. Il mourait d'envie de regarder vers le bas pour voir si son micro se voyait. Insinuait-elle quelque chose ? Il étudia son visage. Il n'en tira rien.

– Oui, nous voilà donc ici, dit-il. Pour te dire la vérité, je croyais que tu avais décidé de t'évanouir dans l'atmosphère. Les temps ont été plutôt durs pour moi depuis ton départ.

– Sherman, je te jure que je n'en savais rien avant de revenir ici.

– Mais tu ne m'avais même pas dit où tu allais.

– Je sais, mais ça n'avait rien à voir avec toi, Sherman. J'étais... à moitié folle.

– Cela avait à voir avec quoi, alors ?

Il remua la tête et sourit, pour montrer qu'il n'était pas amer.

– Avec Arthur.

– Ah. Avec Arthur.

– Oui, avec Arthur. Tu crois que j'avais un arrangement libre et facile avec Arthur, et dans un sens c'est vrai, mais il fallait aussi que je vive avec lui, et rien n'était jamais gratuit avec Arthur. Il en tirait quelque chose d'une manière ou d'une autre. Je t'ai raconté comment il m'injuriait.

– Tu l'as mentionné.

– Il me traitait de garce et de pute, devant les domestiques, devant n'importe qui, si l'envie lui prenait. Une telle *haine*, Sherman ! Arthur voulait une jeune femme et puis il faisait machine arrière et il me haïssait parce que j'étais jeune et qu'il n'était qu'un vieillard. Il voulait des gens excitants autour de lui, parce qu'il pensait qu'avec tout son argent, il méritait des gens excitants et puis il faisait machine arrière et il les détestait et il me haïssait parce qu'ils étaient mes amis ou qu'ils étaient plus intéressés par moi que par lui. Les seuls gens qui intéressaient Arthur étaient ces vieux youpins, comme Ray Radosz. J'espère que tu as vu de quel idiot il avait l'air aux obsèques. Et puis il est venu après et il a essayé de *m'embrasser*. J'ai pensé qu'il allait m'arracher ma robe! Tu as vu ça? Tu étais tellement excité! J'essayais de te dire de te calmer! Je ne t'avais jamais vu comme ça. Et ce salopard au long nez du *City Light*, cet horrible hypocrite de British qui était juste derrière toi! Il t'a *entendu*!

– Je *sais* que j'étais excité, dit-il, je pensais que tu m'évitais. J'avais peur que ce soit ma dernière chance de pouvoir te parler.

– Je ne t'évitais pas, Sherman. J'essaie de t'expliquer. La seule personne que j'évitais, c'était Arthur. Je suis partie, j'ai juste – je n'ai pas réfléchi. Je suis partie, c'est tout. Je suis allée à Côme mais je savais qu'il pourrait me trouver là-bas. Alors je suis allée rendre visite à Isabel di Nodino. Elle a une propriété dans les montagnes, dans un village près de Côme. C'est comme un château de contes de fées. C'était merveilleux. Pas de téléphone. Je n'ai même pas vu un journal.

Toute seule, excepté en ce qui concerne Filippo Chirazzi. Mais ça n'avait pas d'importance non plus. Aussi calmement qu'il pouvait, il dit :

– C'est bien que tu aies pu partir, Maria. Mais tu savais que j'étais très inquiet. Tu savais ce qu'il y avait dans les journaux, parce que je te l'avais montré – il ne parvenait pas à masquer l'agitation de sa voix – le soir où ce gros maniaque était ici. – Je sais que tu te souviens de ça.

– Allons, Sherman. Tu t'excites trop à nouveau.

– Tu as déjà été arrêtée? demanda-t-il.

– Non.

– Eh bien moi oui. C'est une des choses auxquelles j'ai eu droit pendant que tu n'étais pas là. Je...

Il se tut, se rendant subitement compte qu'il faisait quelque chose de très idiot. Lui faire peur à l'idée d'être arrêtée était la dernière chose dont il avait besoin à cet instant précis. Donc il haussa les épaules, sourit et dit :

– Eh bien, c'est une sacrée expérience, comme pour dire « mais pas aussi terrible que tu peux le penser ».

– Mais on m'en a menacée, dit-elle.

– Qu'est-ce que tu veux dire?

– Un type du Bureau du procureur du Bronx est venu me voir aujourd'hui avec deux inspecteurs.

Cela frappa Sherman comme une décharge électrique.

– Vraiment?

– Un petit salopard pompeux. Il pensait que je jouais les dures. Il n'arrêtait pas de rejeter la tête en arrière et de faire un truc vraiment bizarre avec son cou, comme ça, et de me regarder à travers les fentes qui lui servent d'yeux. Quel débris!

– Qu'est-ce que tu lui as dit? Très nerveux, maintenant.

– Rien. Il était trop occupé à me dire ce qu'il pouvait me faire.

– Qu'est-ce que tu entends par là? Un vent de panique.

– Il m'a parlé de ce témoin qu'il a. Il était tellement officiel et tellement prétentieux. Il ne voulait même pas me dire qui c'était, mais c'était bien évidemment l'autre môme, le balaise. Je peux pas te dire quelle ordure c'est, ce type.

– Il s'appelait Kramer?

– Ouais. C'est ça.

– C'est le même qui était au tribunal quand j'ai été déféré.

– Il a été très clair, Sherman. Il m'a dit que si je témoignais contre toi et que je corroborais l'autre témoignage, il me donnerait l'immunité. Sinon, je serais traitée comme complice et ils m'inculperaient de ces… crimes. Je ne peux même pas me souvenir des termes.

– Mais…

– Il m'a même donné des photocopies des articles dans les journaux. Il m'a pratiquement dessiné une carte. Celles qui étaient les versions correctes et celles que tu avais concoctées. Si je dis ce qui s'est vraiment passé, je vais en prison.

– Mais tu lui as dit ce qui s'est vraiment passé, non ?

– Je ne lui ai rien dit du tout. Je voulais d'abord te parler.

Il était assis sur le bord du fauteuil.

– Mais Maria, il y a des choses qui sont *claires* comme de l'eau de roche dans cette affaire et ils ne les connaissent même pas encore. Ils n'ont entendu que les mensonges de ce môme qui essayait de nous voler ! Par exemple, ça ne s'est pas passé dans une *rue*, ça s'est passé sur une *rampe* d'accès, non ? Et on s'est arrêtés parce que la *voie* était bloquée, avant de voir *qui que ce soit*. Non ! C'est vrai, non ?

Il réalisa que sa voix avait monté.

Un sourire chaleureux et triste, le genre de sourire qu'on offre à ceux qui souffrent, apparut sur le visage de Maria, elle se leva, mit ses mains sur ses hanches et dit :

– Sherman, Sherman, Sherman, qu'allons-nous faire de toi ?

Elle décala son pied droit d'une certaine façon bien à elle et le fit pivoter un moment sur le talon de sa chaussure noire. Elle lui lança un regard avec ses grands yeux bruns et leva les mains vers lui, paumes en l'air.

– Viens ici, Sherman.

– Maria, c'est trop important !

– Je sais, mais viens ici.

Bon Dieu ! Elle voulait encore l'embrasser ! Eh bien... embrasse-la, idiot ! C'est un signe qu'elle veut être de ton côté ! Embrasse-la, elle va te sauver la vie ! Oui ! – mais comment ? *Je suis une table d'écoute !* une cartouche de honte sur ma poitrine ! Une bombe de déshonneur dans le creux de mes reins ! Qu'est-ce qu'elle va vouloir faire après ? Sauter sur le lit ? Et alors ? Eh bien – Dieu du Ciel ! Son expression dit « je suis à toi ! » C'est ton ticket de sortie ! ne bousille pas cette chance ! *Fais quelque chose ! agis !*

Alors il se leva de son fauteuil. Il coupa la poire en deux. Il se courba pour que sa poitrine ne touche pas la sienne, pour que le creux de ses reins soit hors d'atteinte de ses mains. Il l'embrassa comme un vieillard qui se penche par-dessus une barrière pour toucher un mât de drapeau. Cela amena sa tête très bas. Son menton était pratiquement sur sa clavicule.

– Sherman, dit-elle, qu'est-ce qui ne va pas ? Qu'est-ce qui ne va pas avec ton dos ?

– Rien.

– Mais tu es tout tordu.

– Je suis désolé.

Il se tourna de côté, les bras toujours sur ses épaules. Il essaya de l'embrasser de côté.

– Sherman ! – Elle recula un instant – Tu es tout tordu sur le côté. Qu'est-ce qu'il y a ? Tu ne veux pas que je te touche ?

– Non ! Non !... je crois que je suis juste très tendu. Tu ne sais pas par quoi je suis passé. – Il décida de continuer dans cette voie. – Tu ne sais pas combien tu m'as manqué, combien j'ai eu besoin de toi.

Elle l'étudia, puis il offrit le regard le plus chaleureux, le plus humide, le plus parlant imaginable.

– Eh bien, dit-elle, me voilà.

Elle avança vers lui. Il était bon, ce coup-là. Plus de contorsions, idiot! Plus de louvoiement! Il allait devoir tenter sa chance! Peut-être que le micro était assez enfoncé pour qu'elle ne le sente pas, surtout s'il l'embrassait – s'il l'embrassait fiévreusement! Ses bras seraient autour de son cou. Tant qu'il les maintiendrait là, elle n'atteindrait pas le creux de son dos. Ils n'étaient qu'à quelques centimètres l'un de l'autre. Il passa ses bras sous les siens pour les forcer à rester autour de son cou. Il la serra par-dessous les bras, pour les remonter encore. Bizarre, mais faudrait que ça aille.

– Oh, Maria.

Ce type de gémissement passionné n'était pas tout à fait son genre, mais il faudrait que ça aille également.

Il l'embrassa. Il ferma les yeux dans l'intérêt de la sincérité et se concentra pour maintenir ses bras à hauteur de son torse. Il était conscient de sa chair légèrement cuite de rouge à lèvres, de sa salive chaude et de l'odeur de son haleine, qui portait la senteur de végétal recyclé du gin.

Attends une minute! Bon Dieu, mais qu'est-ce qu'elle fait? Elle glissait ses bras hors de son étreinte, descendant vers ses hanches! Il releva les coudes et tendit les muscles de ses bras pour essayer d'éloigner ses mains de son corps sans trop en avoir l'air. Trop tard! Elle avait les mains sur ses hanches et essayait d'écraser son ventre contre le sien. Mais ses bras n'étaient pas assez longs! Suppose que ses mains atteignent la cambrure de ses reins. Il écarta son coccyx. Si ses mains perdaient contact avec ses hanches peut-être allait-elle abandonner. Ses doigts – où étaient-ils? Pendant un moment il ne sentit rien. Puis – quelque chose sur sa taille, sur le côté. Merde! Trouble-la – c'était sa seule chance. Ses lèvres demeuraient pressées contre les siennes. Elle se tortillait rythmiquement et passionnément dans une forte odeur de végétal. Il se tortilla en réponse et agita un peu les hanches pour la dégager. Ses doigts – il les avait encore perdus! Chaque fibre nerveuse était en alerte rouge, cherchant à détecter sa présence. Et tout d'un coup ses lèvres cessèrent de se tortiller. Leurs bouches étaient encore collées, mais le moteur s'était éteint. Elle dégagea sa bouche et recula la tête de quelques centimètres, et il vit trois yeux juste devant sa figure. Mais ses bras étaient toujours passés autour de lui. Il n'aimait pas la manière dont ces trois yeux le regardaient.

– Sherman... Qu'est-ce que tu as dans le dos?

– Dans le dos?

Il essaya de bouger, mais elle resta collée à lui. Ses bras le serraient toujours.

– Il y a quelque chose, un morceau de métal, je ne sais pas ... là, dans ton dos.

Maintenant il pouvait sentir la pression de sa main. Elle était juste sur le magnétophone! Il essaya de se tourner un petit peu d'un côté, un petit peu de l'autre, mais elle avait toujours la main dessus. Il esquissa un vrai fox-trot. Inutile! Elle le tenait maintenant!

– Sherman, qu'est-ce que c'est?

– Je ne sais pas. Ma ceinture – ma boucle de ceinture – je ne sais pas.

– Tu n'as pas de boucle de ceinture dans le dos!

Maintenant elle s'écartait de lui, mais elle avait toujours une main dans son dos, sur le magnétophone.

– Maria! Bon Dieu!

Il vira sur le côté en un arc, mais elle l'accompagna dans le mouvement comme un catcheur d'université en fin de match. Il eut un aperçu de son visage. Un demi-sourire – une demi-grimace furieuse – l'aube de quelque chose de terrible.

Il pivota et se libéra. Elle l'affronta, de face.

– Sherman! *Sheumeuuhn.* – Un sourire étonné, qui attendait le bon moment pour se changer en flot accusateur. Doucement : – je veux savoir… qu'est-ce que t'as dans l' dos?

– Mais pour l'amour du ciel, Maria, qu'est-ce qui t'arrive? Ce n'est rien. Les boutons de mes bretelles sans doute – j'en sais rien.

– Je veux voir, Sherman.

– Voir quoi?

– Enlève ta veste.

– Qu'est-ce que tu veux dire?

– Enlève ta veste, je veux voir.

– C'est dingue!

– Tu en as enlevé beaucoup plus que ça ici, Sherman.

– Allons, Maria, ne fais pas l'idiote.

– Alors, montre-moi. Fais-moi voir ce que tu as dans le dos.

Une supplique :

– Maria, allons. Il est un peu tard pour faire joujou.

Elle vint vers lui, avec un terrible sourire sur le visage. Elle allait voir par elle-même! Il bondit sur le côté. Elle le poursuivait. Il s'écarta à nouveau.

Un gloussement comme pour jouer :

– Qu'est-ce que tu fais, Maria!

Commençant à respirer lourdement :

– Nous allons voir!

Elle chargea. Il ne pouvait pas s'écarter de sa course. Ses mains étaient sur sa poitrine – essayant de lui arracher la chemise! Il se couvrit comme une jeune fille.

– Maria!

Le mugissement commença :

– Tu *caches quelque chose*, hein?

– Ecoute, arrête…

– *Tu caches quelque chose!* Keske t'as sous ta chemise?

Elle plongea vers lui à nouveau. Il s'écarta, mais, avant qu'il s'en rende compte, elle était déjà derrière lui. Elle avait passé les mains sous sa veste. Elle tenait le magnétophone, bien qu'il fût sous sa chemise, et sa chemise était encore enfoncée dans son pantalon. Il pouvait le sentir s'écarter de son dos.

– Et un magnéto Sherman!

Il appuya sur sa main pour l'empêcher de l'arracher. Mais sa main était sous sa veste et la sienne était dessus. Il commença à sautiller en rond, s'accrochant à cette masse de douleur et de colère noire sous sa veste.

– Tu...m'en...re...gistrais. Salaud!

Les mots sortaient comme d'affreux grognements tandis qu'ils bondissaient tous deux tout autour de la pièce. Seul l'effort l'empêchait de crier à l'assassin.

Maintenant il lui tenait le poignet. Il fallait qu'il la fasse lâcher. Il serra de plus en plus fort.

– Tu... me fais mal!

Il serra plus fort encore.

Elle poussa un petit cri et laissa aller. Pendant un moment il resta paralysé par la fureur qu'il lisait sur son visage.

– Sherman – espèce de salaud, pourri, malhonnête!

– Maria, je te jure que...

– Ah tu *jure, hein?*

Elle plongea à nouveau. Il bondit vers la porte. Elle le saisit par une manche et le dos de sa veste. Il essaya de se dégager en se contorsionnant. La manche commença à s'arracher. Il continua à avancer vers la porte. Il pouvait sentir le magnétophone qui rebondissait sur ses fesses. Il pendait hors de son pantalon maintenant, hors de sa chemise, retenu seulement par le câble.

Maintenant il était sur le palier. Il entendit Maria qui sanglotait. Puis elle s'écria:

– C'est ça, vas-y, cours! Cours la queue entre tes jambes!

C'était vrai. Il dévalait l'escalier avec le magnétophone qui rebondissait ignominieusement dans son dos. Il se sentait plus honteux qu'aucun chien.

Lorsqu'il atteignit la porte d'entrée, la vérité l'avait frappé. Grâce à sa stupidité, à son incompétence et à sa trouille il s'était débrouillé pour perdre son unique et dernier espoir.

Oh... Maître de l'Univers...

XXV

UN ÉLÈVE APPLIQUÉ

LES salles d'audience de grand jury, dans l'île forteresse, n'étaient pas comme des salles de tribunal ordinaire. Elles étaient comme de petits amphithéâtres. Les membres du grand jury surplombaient la table et la chaise où s'installaient les témoins. D'un côté, assez loin, la table du greffier. Il n'y avait pas de juge dans une procédure de grand jury. Le procureur asseyait ses témoins sur la chaise et les questionnait et le grand jury décidait si l'affaire était suffisamment solide pour amener l'accusé au procès, ou sinon de le relâcher. Le principe, qui tirait ses origines de l'an 1681 en Angleterre, était que le grand jury protégerait le citoyen contre des accusateurs sans scrupules. Tel était le principe, et le principe était devenu une plaisanterie. Si un accusé voulait se défendre devant le grand jury il pouvait amener son avocat. S'il était (a) perplexe, ou (b) pétrifié, ou (c) cruellement maltraité par les questions de l'accusation, il pouvait quitter la salle et discuter avec un avocat dehors dans le hall – et ainsi avoir l'air de quelqu'un qui était (b) pétrifié, un accusé avec quelque chose à cacher. Peu d'accusés couraient ce risque. Les audiences de grand jury étaient devenues des spectacles mis en scène par l'accusation. Avec de rares exceptions, un grand jury faisait à peu près ce qu'un procureur lui indiquait de faire. Quatre-vingt-dix-neuf pour cent des fois, il voulait inculper l'accusé et ils acquiesçaient sans sourciller. De toute façon, en général, c'étaient plutôt des partisans de la loi et de l'ordre. Ils étaient choisis parmi les plus anciens membres de la communauté. De temps à autre, quand les considérations politiques l'exigeaient, un procureur pouvait désirer qu'une inculpation soit rejetée; pas de problème, il n'avait qu'à présenter sa requête d'une certaine manière, lancer quelques clins d'œil verbaux, comme il se devait et le grand jury pigeait tout de suite. Mais vous utilisiez principalement le grand jury pour inculper des gens et selon la célèbre phrase de Sol Wachtler, le juge suprême de la Cour d'Appel de l'Etat, un grand jury « inculperait un sandwich jambon », si c'était ce que vous vouliez.

Vous présidiez la procédure, vous présentiez les preuves, questionniez les témoins, énonciez les chefs d'inculpation. Vous vous teniez debout tandis que les témoins étaient assis. Vous étiez l'orateur, gesticulant, marchant de long en large, tournant sur vos talons, secouant la tête d'un air de ne pas y croire ou souriant d'une approbation paternelle, tandis que les témoins étaient assis gentiment sur leur chaise et vous regardaient, attendant vos directives. Vous étiez à la fois le metteur en scène et la star de cette petite production en amphithéâtre. La scène était toute à vous.

Et Larry Kramer avait bien fait répéter ses acteurs.

Le Roland Auburn qui s'avança ce matin-là dans la salle du grand jury, n'avait plus ni l'allure, ni la démarche du délinquant chevronné qui avait jailli dans le bureau de Kramer deux semaines auparavant. Il portait une chemise à col boutonné mais tout de même sans cravate; cela avait déjà été toute une bagarre pour lui faire mettre cette pauvre chemise de chez Brooks Brothers. Il portait une veste de sport de tweed gris bleu sur laquelle son opinion était à peu près identique, et une paire de pantalons noirs, qu'il possédait déjà et qui n'étaient pas trop mal. Mais l'ensemble avait failli tomber en pièces à cause des chaussures. Roland avait une obsession, les tennis Reebok, qui devaient être blanches-toutes-neuves-sorties-de-la-boîte. A Rikers Island il s'était débrouillé pour en avoir *deux paires de neuves par semaine*. Cela montrait au monde qu'il était un dur digne de respect dans les murs et un petit malin avec des relations à l'extérieur. Lui demander de sortir de Rikers sans ses Reebok blanches, c'était comme demander à une diva de se raser le crâne. Finalement, Kramer l'avait laissé quitter Rikers avec ses Reebok, à condition qu'il les change contre une paire de chaussures en cuir dans la voiture avant d'arriver au tribunal. C'étaient des mocassins, que Roland trouvait indignes. Il demanda des garanties que personne qu'il connaissait ou pouvait connaître n'ait le droit de le voir dans cette piètre condition. Le problème final était le déhanchement... Roland était comme un coureur qui a couru le marathon trop longtemps; très difficile de changer de rythme. Finalement Kramer eut une illumination. Il fit marcher Roland les mains dans le dos, comme il avait vu marcher le prince Philip et le prince Charles à la télévision alors qu'ils inspectaient un musée de l'artisanat en Nouvelle-Guinée. Au poil! Les mains croisées lui bloquaient les épaules et les épaules bloquées cassaient le rythme de ses hanches. Et ainsi, lorsque Roland entra dans la salle du grand jury, s'avançant vers la table au centre de la scène, dans ses vêtements sages, il aurait pu passer pour un étudiant de Lawrenceville ruminant les poètes du Lac[1].

Roland s'installa sur la chaise des témoins comme Kramer le lui avait indiqué; c'est-à-dire sans se vautrer et sans allonger les jambes comme si le bistrot lui appartenait, et sans faire craquer ses phalanges.

Kramer regarda Roland, puis se tourna vers le grand jury, fit quelques pas par ici et quelques pas par là, et

1. Ecole littéraire du XIXᵉ siècle.

leur afficha un sourire plain d'arrière-pensées, comme pour annoncer, sans dire un mot : « C'est un individu sympathique et digne de foi, qui s'assoit devant vous. »

Kramer demanda à Roland d'indiquer ce qu'il faisait dans la vie et Roland dit, modestement, doucement : « Je suis un artiste. » Kramer lui demanda s'il avait un emploi fixe. Non, répondit Roland. Kramer hocha la tête quelques secondes puis commença à aligner des questions qui expliquaient clairement pourquoi ce talentueux jeune homme, ce jeune homme anxieux de trouver un exutoire à sa créativité, n'avait pas trouvé cet exutoire en fait et était inculpé pour une affaire de drogue mineure. (Le Roi du *crack* d'Evergreen Avenue avait abdiqué et était devenu un simple serf des environs.) Comme son ami Henry Lamb, mais sans les avantages de Henry Lamb en termes de vie familiale stable, Roland avait affronté les immenses handicaps dressés contre les jeunes gens des cités et en avait émergé, ses rêves intacts. Il y avait juste cette histoire de garder son âme et son corps ensemble, et Roland avait dérivé vers un commerce pernicieux mais extrêmement commun dans le ghetto. Ni lui, l'accusateur, ni Roland, le témoin, ne cherchaient à cacher ou à minimiser ses crimes insignifiants; mais étant donné l'environnement dans lequel il avait vécu, ceux-ci ne devaient pas invalider sa crédibilité auprès des honnêtes gens dans une affaire aussi grave que le destin de Henry Lamb.

Charles Dickens, lui qui expliqua la carrière d'Oliver Twist, n'aurait pas pu faire mieux, du moins pas debout dans une salle de grand jury dans le Bronx.

Puis Kramer guida Roland dans la narration de l'accident suivi du délit de fuite. Il s'étala amoureusement sur un moment particulier. C'était le moment où la brunette incendiaire avait crié quelque chose à l'homme qui conduisait la voiture.

– Et que lui a-t-elle dit, M. Auburn ?

– Elle a dit : « Sheuhmeuhn, attention. »

– Elle a dit *Sheuhmeuhn ?*

– C'est à ça que ça ressemblait pour moi, oui.

– Voudriez-vous nous redire ce nom, M. Auburn, exactement comme vous l'avez entendu cette nuit-là.

– Sheuhmeuhn.

– Sheumeuhn, attention ?

– C'est ça, Sheuhmeuhn, attention.

– Merci.

Kramer se tourna vers les jurés et laissa *Sheuhmeuhn* flotter là, dans les airs.

L'individu assis sur cette chaise des témoins était un jeune homme sorti de ces sales rues et dont les plus valeureux efforts n'avaient pas suffi à sauver Henry Lamb de la négligence criminelle et de l'irresponsabilité d'un boursier de Wall Street. Carl Brill, le propriétaire de gipsy cabs, entra dans la salle et raconta comment Roland Auburn avait bien pris une de ses voitures pour sauver Henry Lamb. Edgar (Kale Bouclette) Tubb raconta comment il avait conduit M. Auburn et M. Lamb à l'hôpital. Il ne se souvenait pas de ce que M. Lamb avait dit, sauf qu'il avait très mal.

Les inspecteurs William Martin et David Goldberg parlèrent de leur tâche ardue pour retrouver, à partir d'une partie d'une plaque d'immatriculation, un boursier de Park Avenue qui s'était montré nerveux et évasif. Ils dirent comment Roland Auburn, sans la moindre hésitation, avait identifié Sherman McCoy dans une rangée de photographies. Un employé de parking nommé Daniel Podernli raconta comment Sherman McCoy avait sorti sa Mercedes de sport la nuit en question, pendant les heures en question, et était revenu échevelé, dans un état agité.

Ils venaient tous s'asseoir devant la table et levaient les yeux sur ce jeune substitut du procureur, plein de force mais patient, dont chaque geste, chaque pause, chaque allée et venue disait : « Nous n'avons qu'à leur laisser raconter leur histoire comme ils l'entendent, et la vérité se manifestera d'elle-même. »

Et puis il la fit entrer, *elle*. Maria Ruskin entra dans l'amphithéâtre, venue d'une antichambre dont un garde lui tint la porte ouverte. Elle était superbe. Elle avait trouvé la note juste dans sa garde-robe, une robe noire avec une veste assortie en velours noir. Elle n'en avait pas trop fait, ni pas assez. Elle était la parfaite veuve en deuil qui a des affaires à régler. Et pourtant sa jeunesse, sa voluptuosité, sa présence érotique, son moi sensuel semblaient prêts à jaillir hors de ces vêtements, de ce visage bouleversant mais tranquille, de cette masse de cheveux noirs extraordinaire prête à s'ébouriffer dans une crise de douleur – à n'importe quel moment ! – pour n'importe quel prétexte ! – au premier chatouillement ! – au plus petit clin d'œil ! Kramer pouvait entendre les jurés chuchoter et marmonner. Ils avaient lu les journaux. Ils avaient regardé la télévision. La Brune Incendiaire, la Femme Mystérieuse, la Veuve du Financier – c'était *elle*.

Involontairement, Kramer rentra le ventre, serra ses abdominaux, rejeta ses épaules et sa tête en arrière. Il voulait qu'elle voie sa poitrine et son cou puissants, pas son début de bouée malheureux. Dommage qu'il ne puisse pas dire toute l'histoire aux jurés. Ils adoreraient. Ils lui accorderaient un respect renouvelé. Le simple fait qu'elle ait franchi cette porte et qu'elle soit maintenant assise à cette table, au bon moment, avait été un triomphe, *son* triomphe, le triomphe de sa présence particulière plutôt que de ses paroles. Mais bien sûr il ne pouvait pas leur parler de sa visite dans l'appartement de la Brunette Incendiaire, dans son palais containerisé.

Si elle avait décidé de soutenir McCoy dans la version qu'il avait concoctée, l'attaque sur une rampe d'accès, cela aurait été plutôt problématique. Toute l'affaire aurait été ramenée à la crédibilité de Roland Auburn, l'ancien Roi du *crack* qui essayait maintenant d'éviter une peine de prison. Le témoignage de Roland apportait les fondations de l'affaire, mais pas très solidement, et Roland était capable de tout foirer à n'importe quel moment, pas par ce qu'il disait – Kramer ne doutait pas qu'il dise la vérité – mais par son comportement. Maintenant il l'avait, elle aussi. Il était allé dans son appartement et il l'avait regardée dans les yeux, elle et ses gardiens Wasps et il l'avait mise dans une boîte, une boîte faite de logique irréfutable et de peur du Pouvoir. Il l'avait mise en boîte si vite et si bien qu'elle n'avait même pas compris ce qui lui arrivait. Elle avait dégluti – une boule dans la gorge de plusieurs millions de $ – et c'était tout. Le soir même Messires Tucker Trigg et Clifford Priddy – Trigg et Priddy, Priddy et Trigg – ô vous, Wasps! – étaient au téléphone pour conclure le marché.

Maintenant elle était assise devant lui, et il la surplombait laissant ses yeux s'attacher aux siens, sérieusement d'abord puis (ou du moins l'imaginait-il), avec une lueur d'amusement.

– Voudriez-vous, s'il vous plaît, décliner vos nom et adresse complets...

– Maria Teresa Ruskin, 962 Cinquième Avenue.

Très bien Maria Teresa! C'était lui, Kramer lui-même, qui avait découvert que son deuxième prénom était Teresa. Il s'était figuré qu'il y aurait bien une ou deux vieilles Italiennes ou Portoricaines dans le grand jury, et bien évidemment elles y étaient. *Maria Teresa* la rapprocherait d'elles. Un problème délicat, sa beauté et son argent. Les jurés étaient baba. Ils n'en revenaient pas. Elle était l'être humain le plus fabuleux qu'ils avaient jamais vu en chair et en os. Combien d'années s'étaient écoulées depuis que quelqu'un s'était assis sur la chaise des témoins dans cette salle et avait donné une adresse sur la Cinquième Avenue, vers la 70e Rue? Elle était tout ce qu'ils n'étaient pas et (Kramer en était certain) ce qu'ils voulaient être : jeune, magnifique, chic, et infidèle.

Et pourtant cela pouvait être un avantage positif, tant qu'elle se comportait d'une certaine façon, tant qu'elle restait humble et modeste et semblait légèrement abasourdie par l'étendue de ses propres avantages, tant qu'elle demeurait la petite Maria Teresa d'une petite ville de Caroline du Sud. Tant qu'elle s'efforçait d'être *l'une d'entre nous* de tout cœur, ils se sentiraient flattés d'être associés à elle au cours de cette excursion dans la justice criminelle, associés à son succès et sa célébrité, à l'aura même de son argent.

Il lui demanda de dire ce qu'elle avait comme occupations. Elle hésita et le regarda, les lèvres un peu entrouvertes, puis dit :

– Hummm... Je suis... *euhhum*... jeuh crois... que jeuh suis une femme au foyer... »

Une vague de rire submergea les jurés et Maria baissa les yeux, sourit modestement et secoua doucement la tête comme pour dire « Je sais que cela a l'air ridicule, mais je ne vois pas quoi dire d'autre ». Kramer savait en examinant les sourires en retour des jurés, que jusqu'ici ils étaient de son côté. Ils étaient déjà captivés par cet oiseau rare et magnifique qui virevoltait devant eux dans le Bronx.

Kramer prit son temps pour dire :

– Je crois que les jurés devraient être informés que le mari de Mme Ruskin, M. Arthur Ruskin, est décédé il y a cinq jours. Dans de telles circonstances, nous lui sommes très reconnaissants de bien avoir voulu venir aujourd'hui et de coopérer avec ce jury dans ses délibérations.

Les jurés fixèrent à nouveau Maria. *Brave fille, va!*

Maria baissa à nouveau les yeux, tout à fait convenablement.

Très bien, Maria! « Maria Teresa... femme au foyer » ...Si seulement il pouvait donner à ces dignes jurés une petite exégèse de comment il l'avait entraînée pour ces quelques points menus mais primordiaux. Toute vérité et honnêteté ! – mais même la vérité et l'honnêteté peuvent disparaître sans lumière. Jusqu'ici, elle avait été un peu froide avec lui, mais elle suivait ses directives et lui signifiait ainsi son respect. Eh bien, il y aurait de nombreuses séances à venir, quand ils iraient au procès – et même à cet instant, dans cette salle, dans ces circonstances austères, devant ce simple quai de justice, il y avait quelque chose chez elle – prêt à éclater ! Un petit geste du doigt... un simple clin d'œil et...

Calmement, tranquillement, pour montrer qu'il savait combien cela devait être difficile pour elle, il commença à la guider à travers les événements de cette fatale soirée. M. McCoy était venu la chercher à l'aéroport Kennedy. (Dans cette procédure, inutile de préciser pourquoi.) Ils s'étaient perdus dans le Bronx. Ils sont un peu anxieux. M. McCoy conduit, sur la file de gauche d'une large avenue. Elle voit un panneau sur la droite qui indique un embranchement ramenant vers une autoroute. Il vire subitement à droite à toute vitesse. Il fonce droit vers deux garçons qui sont sur la chaussée devant un trottoir. Il les voit trop tard. Il en heurte un en passant, manque toucher l'autre également. Elle lui dit de s'arrêter. Il le fait.

– Maintenant, Mme Ruskin, voudriez-vous nous dire s'il vous plaît... à ce moment, quand M. McCoy s'est arrêté, est-ce que la voiture était sur la rampe d'accès à l'autoroute ou encore sur le boulevard.

– Elle était sur le boulevard.

– Le boulevard.

– Oui.

– Et y avait-il quoi que ce soit qui obstruait, barricade ou obstacle quelconque, et obligeait M. McCoy a arrêter la voiture là où il l'a fait ?

– Non.

– Très bien. Dites-nous ce qui s'est passé alors ?

M. McCoy était sorti de la voiture pour voir ce qui s'était passé et elle avait ouvert la porte et regardé en arrière. Elle pouvait voir les deux jeunes gens qui venaient vers la voiture.

– Et pourriez-vous nous dire quelle a été votre réaction quand vous les avez remarqués, venant vers vous ?

– J'ai eu peur. J'ai cru qu'ils allaient nous attaquer... à cause de ce qui s'était passé.

– Parce que M. McCoy en avait heurté un ?

– Oui. Yeux baissés, peut-être de honte.

– Est-ce qu'ils vous ont menacés, verbalement ou par des gestes quelconques ?

– Non. Pas du tout. Plus de honte encore.

– Mais vous pensiez qu'ils pouvaient vous attaquer ?

– Oui. Un ton humble.

Une voix gentille :

– Pourriez-vous nous expliquer pourquoi ?

– Parce que nous étions dans le Bronx en pleine nuit.

Une voix douce, paternelle :

– Est-il possible également que ce soit parce que ces deux jeunes gens étaient noirs ?

Un temps.

– Oui.

– Pensez-vous que M. McCoy ressentait la même chose ?

– Oui.

– Est-ce qu'à un moment quelconque il a, verbalement, indiqué qu'il ressentait cela ?

– Oui, il l'a fait.

– Qu'a-t-il dit ?

– Je ne me souviens pas exactement, mais nous en avons parlé plus tard, et il a dit que c'était comme un combat dans la jungle.

– *Un combat dans la jungle ?* Ces deux jeunes gens qui marchaient vers vous, après que l'un d'entre eux avait été heurté par la voiture de M. McCoy – c'était comme un combat dans la jungle ?

– C'est ce qu'il a dit, oui.

Kramer se tut pour laisser s'enfoncer ce clou.

– Très bien. Les deux jeunes gens s'approchent de la voiture de M. McCoy. – Qu'avez-vous fait alors ?

– Qu'est-ce que j'ai fait ?

– Qu'avez-vous fait, ou dit ?

– J'ai dit « Sherman, attention ! »

Sheuhmeuhn. L'un des jurés gloussa.

Kramer dit :

– Pourriez-vous répéter ceci, s'il vous plaît, Mme Ruskin ? Répéter ce que vous avez dit à M. McCoy ?

– J'ai dit « Sheuumeuhn, attention ».

– Bon, Mme Ruskin... si vous me le permettez... Vous avez un accent très remarquable. Vous donnez au prénom de M. McCoy une prononciation douce. *Sheuhmeuhn*. Est-ce correct ?

Un petit sourire plein de regrets mais convenable traversa son visage.

– Je crois. Vous êtes meilleur juge que moi.

– Eh bien, voudriez-vous le prononcer à votre manière pour nous, juste une fois de plus ? Le prénom de M. McCoy.

– Sheuhmeuhn.

Kramer se tourna vers les jurés et se contenta de les regarder. *Sheuhmeuhn*.

– Très bien, Mme Ruskin, que s'est-il passé ensuite ?

Elle raconta comment elle s'était glissée derrière le volant et comment M. McCoy s'était assis sur le siège du passager, elle avait accéléré, touchant presque le jeune homme qui avait échappé au choc quand M. McCoy conduisait. Une fois en sécurité sur l'autoroute, elle avait voulu signaler l'accident à la police. Mais M. McCoy ne voulait pas en entendre parler.

– Pourquoi ne voulait-il pas signaler ce qui s'était passé ?

– Il a dit qu'il conduisait quand c'était arrivé et que donc c'était à lui de prendre sa décision, et qu'il n'allait pas le signaler.

– Oui, mais il a bien dû vous fournir une raison.

– Il a dit que ce n'était qu'un incident dans la jungle et que cela ne ferait aucun bien de le signaler, et qu'il ne voulait pas que cela arrive aux oreilles de son employeur et de sa femme. Je crois qu'il était plus inquiet à cause de sa femme.

– Parce qu'il avait renversé quelqu'un avec sa voiture ?

– Parce qu'il était venu me chercher à l'aéroport. Les yeux baissés.

– Et c'était une raison suffisante pour ne pas signaler qu'un jeune homme avait été blessé, et, comme il s'avère aujourd'hui, très grièvement ?

– Eh bien... Je ne sais pas. Je ne sais pas ce qu'il avait dans la tête. Doucement, tristement.

Très bien Maria Teresa ! Un élève appliqué ! Tout à fait convenable d'avouer les limites de tes connaissances !

Et ainsi, l'adorable veuve Ruskin enfonça M. Sherman McCoy comme une pierre.

Kramer quitta la salle du grand jury dans cet état de grâce connu principalement des athlètes qui viennent de remporter une grande victoire. Il avait du mal à réprimer son sourire.

– Hé, Larry !

Bernie Fitzgibbon courait vers lui dans le hall. Bien ! maintenant il avait une histoire de guerre et demie pour cet Irlandais de malheur.

Mais avant qu'il puisse sortir le premier mot sur son triomphe, Bernie lui dit « Larry, t'as vu ça ? »

Et il lui brandit un exemplaire du *City Light* sous les yeux.

Quigley, qui venait d'entrer, ramassa le *City Light* sur le bureau de Killian et le lut. Sherman était assis à côté du bureau dans le misérable fauteuil en fibre de verre et détournait les yeux, mais il pouvait encore la voir, la première page.

Un bandeau en haut de la page disait : EXCLUSIF ! UN NOUVEAU CHOC DANS L'AFFAIRE MCCOY !

Dans le coin en haut à gauche de la page se trouvait une photo de Maria vêtue d'une jupe courte, le haut de ses seins qui pointaient et les lèvres entrouvertes. L'image était habillée par un titre en énormes lettres noires :

VIENS
DANS MON
NID D'AMOUR À LOYER BLOQUÉ !

Plus bas, un bandeau en caractères plus petits :

MARIA LA MILLIONNAIRE RECEVAIT MCCOY
DANS UN NID D'AMOUR À 331 $ PAR MOIS
par *Peter Fallow*.

Killian était derrière son bureau, vautré dans son fauteuil tournant et étudiait le visage lugubre de Sherman.

– Ecoute, dit Killian, t'inquiètepaspourça. C'est une histoire salace, mais ça n'empire pas notre affaire. Ça l'aide même peut-être. Ça tend à saper sa crédibilité. A la sortie, elle a l'air d'une pute.

– C'est tout à fait vrai, dit Quigley, d'une voix qui était censée être encourageante. Nous savons déjà où elle était quand son mari est mort. Elle était en Italie en train de s'envoyer en l'air avec un môme nommé Filippo. Et maintenant y'a ce Winter qui dit qu'elle faisait monter des mecs là-haut tout le temps. Ce Winter est un prince, pas vrai, Tommy ?

– Un adorable proprio, vraiment, dit Killian. – Puis à Sherman : – Si Maria retourne sa veste, tout ça ne peut que nous aider. Pas beaucoup, mais un peu.

– Je ne pensais pas à l'affaire, dit Sherman. – Il soupira et laissa son grand menton tomber jusque sur son cou. – Je pensais à ma femme. Ça va l'achever. Je crois qu'elle m'avait à moitié pardonné, ou au moins qu'elle allait être de mon côté, qu'elle allait maintenir notre famille en un seul morceau. Mais ça... ça va l'achever.

– Tu t'es mis avec une pute de haut vol, dit Killian. Ça arrive tout le temps. Y'a pas de quoi en faire un plat.

Une *pute*? A sa plus grande surprise, Sherman sentit un besoin urgent de défendre Maria. Mais il dit :

– Malheureusement, j'ai juré à ma femme que je n'ai jamais... jamais rien fait que flirter avec elle une fois ou deux.

– Tu crois vraiment qu'elle a gobé ça? demanda Killian.

– Peu importe, dit Sherman, j'avais juré que c'était la vérité et je lui avais demandé de me pardonner. C'était très important pour moi. Et maintenant elle apprend, avec le reste de New York et le reste du monde, sur la première page d'un journal que j'étais... je ne sais pas. Il secoua la tête.

– Mais ce n'est pas comme si c'était une histoire sérieuse, dit Quigley. La nana est une pute de haut vol, comme dit Tommy.

– Ne l'appelez pas comme ça, dit Sherman d'une voix sourde, mélancolique, sans regarder Quigley. Elle est la seule personne correcte dans toute cette merde.

Killian dit :

– Elle est tellement correcte qu'elle va passer à l'ennemi, si c'est pas déjà fait.

– Elle était prête à faire ce qu'il fallait, dit Sherman, j'en suis convaincu et je lui ai renvoyé ses bons instincts en pleine figure.

– Arrête-moi ces conneries! J'en crois pas mes oreilles.

– Elle ne m'a pas appelé et demandé de la retrouver dans cet appartement pour me *couler*. C'est moi qui suis allé là-bas *câblé*... pour *la* couler. Qu'est-ce qu'elle avait à gagner en me voyant ? Rien. Ses avocats lui avaient probablement dit de ne surtout pas me voir.

Killian hocha la tête.

– C'est vrai.

– Mais ce n'est pas comme ça que l'esprit de Maria fonctionne. Elle n'est pas prudente. Elle ne va pas virer au légalisme, simplement parce qu'elle est coincée. Je vous ai dit une fois que son moyen d'expression c'était les hommes, et c'est la vérité, exactement comme... le milieu d'un dauphin est... la mer.

– Et un requin, ça t'irait ? dit Killian.

– Non.

– Okay, comme tu voudras. C'est une sirène alors.

– Tu peux l'appeler comme tu voudras. Mais je suis convaincu que quoi qu'elle puisse faire dans cette affaire me concernant, moi, un type avec qui elle était liée, elle ne le ferait pas derrière un écran d'avocats – et elle ne serait pas venue changée en *table d'écoute*... pour obtenir des *preuves*, elle. Quoi qu'il puisse se passer, elle voulait me voir, être près de moi, avoir une vraie conversation avec moi, une conversation *honnête*, sans jouer sur les mots – et coucher avec moi. Vous pouvez penser que je suis fou, mais c'est exactement ce qu'elle voulait faire.

Killian se contenta de lever les sourcils.

– Je crois également qu'elle n'était pas partie en Italie pour échapper à cette affaire. Je crois qu'elle y est allée exactement pour les raisons qu'elle a invoquées. Pour échapper à son mari... et m'échapper aussi... et je ne l'en blâme pas... et pour se marrer avec un joli garçon. Vous pouvez appeler ça du haut vol si vous voulez, mais elle est la seule dans toute cette histoire qui suit une ligne droite.

– C'est vrai, c'est très joli de te marcher sur le dos, dit Killian. Quel est le numéro d'urgence de C.S. Lewis déjà ? On a un tout nouveau concept de moralité qui vient de naître ici !

– Sherman se tapa du poing dans la paume.

– Je n'arrive pas à croire à ce que j'ai fait. Si seulement j'avais joué franc jeu avec elle! Moi! – avec mes prétentions à la respectabilité et à la correction! et maintenant, regardez-moi ça!

Il ramassa le *City Light*, plus que prêt à se noyer dans cette honte publique.

– « Nid d'amour »... « rendez-vous amoureux »... une photo du véritable lit où « Maria la millionnaire recevait McCoy »... C'est ça que ma femme va voir, elle et quelques millions d'autres gens... et ma fille... Ma petite fille qui a presque sept ans. Ses petites amies seront parfaitement capables de lui expliquer ce que tout ceci signifie... passionnément... Vous pouvez en être certains... Imaginez un peu... Ce fils de pute, ce Winter, il est si visqueux qu'il laisse la presse entrer pour prendre une photo du *lit*!

Quigley dit :

– Ce sont des sauvages, M. McCoy, ces proprios dans les immeubles à loyers bloqués. Ce sont des maniaques. Ils n'ont qu'une idée en tête, du matin au soir, c'est de virer les locataires. Même un Sicilien ne déteste personne autant qu'un proprio hait ses locataires. Ils pensent que leurs locataires leur pompent le sang. Ils deviennent dingues. Ce mec voit la photo de Maria Ruskin dans les journaux et elle a un appartement de vingt pièces sur la Cinquième Avenue, alors il flippe et il se précipite au journal.

Sherman ouvrit le journal en page 3, où l'article commençait. Il y avait une photo de la façade de l'immeuble. Une autre photo de Maria, l'air jeune et sexy. Une photo de Judy l'air vieille et hagarde. Une autre photo de lui-même... et son menton aristocratique... et un grand sourire...

– Ça va l'achever, dit-il pour lui-même, mais assez fort pour que Killian et Quigley l'entendent.

Il coulait, coulait, coulait, se *noyait* dans sa honte... Il lut à voix haute :

– « Winter dit qu'il a des informations indiquant que Mme Ruskin payait un dessous de table de 750 $ à la véritable locataire, Germaine Boll, qui, elle, ne payait que les 331 $ de loyer bloqué. »

– C'est vrai, dit Sherman, mais je me demande comment il l'a su. Maria ne le lui a jamais dit, et je suis certain que Germaine non plus. Maria ne m'en a parlé qu'une seule fois et je n'en ai jamais parlé à personne.

– Où? demanda Quigley.

– Où quoi?

– Où étiez-vous quand elle vous en a parlé?

– J'étais... C'était la dernière fois que j'étais dans l'appartement. C'était le jour où le premier article est paru dans le *City Light*. C'était le jour où cet énorme jobard, ce monstre hassidim, a débarqué.

– Aïïïïe! dit Quigley, un grand sourire aux lèvres. Tu vois le truc, Tommy?

– Non, dit Killian.

– Eh bien moi, si, dit Quigley. Je peux me tromper, mais je crois que je vois le truc.

– Tu vois quoi?

– Ce fils de pute, c'est le vrai serpent, dit Quigley.

– Maisdequoiqu'tu parles?

– Je vous expliquerai plus tard, dit Quigley, toujours avec le sourire. Pour l'instant je vais là-bas.

Il quitta le bureau et sortit dans le couloir d'un pas rapide.

– Qu'est-ce qu'il fait? demanda Sherman.

– Je n'en suis pas certain, dit Killian.

– Où est-ce qu'il va?

– Je ne sais pas. Je le laisse faire comme il veut. Quigley est une force de la nature.

Le téléphone de Killian sonna et la voix de la réceptionniste résonna dans l'interphone.

– C'est M. Fitzgibbon sur la 3.

– Je le prends, dit Killian, et il décrocha.

– Ouais Bernie?

Killian écouta, les yeux baissés, mais de temps en temps il relevait les yeux vers Sherman. Il prit quelques notes. Sherman pouvait sentir son cœur qui recommençait à taper comme un fou.

– Selon quelle théorie? dit Killian. – Il écouta un peu plus. – C'est d' la merde, et tu le sais... Ouais, eh bien je... je... Quoi? Quelle salle ce sera? Mmh mmh... – Au bout d'un moment il dit : – Ouais il sera là. – Il regarda Sherman en disant ça. – Okay, merci Bernie.

Il raccrocha et dit à Sherman :

– Eh bien... le grand jury t'inculpe. Elle est passée dans l'autre camp.

– Il t'a dit ça?

– Non. Il ne peut pas parler de ce qui se passe dans un grand jury. Mais il l'a mis entre les lignes.

– Qu'est-ce que ça signifie? Qu'est-ce qui se passe maintenant?

– La première chose, c'est que demain matin, le procureur demande à la cour d'élever le prix de la caution.

– Elever la caution? Ils peuvent faire ça?

– La théorie est que maintenant que tu es inculpé, tu as de bien meilleures raisons de tenter de fuir la justice.

– Mais c'est absurde.

– Bien sûr que c'est absurde, mais c'est ce qu'ils vont faire et tu dois y être pour ça.

Une terrible prise de conscience envahissait Sherman.

– Combien vont-ils demander?

– Bernie ne sait pas, mais ça va être beaucoup. Un demi-million. Un quart de million. Au bas mot. Un truc merdeux dans l' genre. C'est simplement Weiss qui joue sur les gros titres, qui joue pour le vote des Noirs..

– Mais... ils peuvent vraiment monter si haut?

– Tout dépend du juge. L'audience est devant Kovitsky, qui est également le juge qui supervise le grand jury. Il a des couilles en pierre. Avec lui, au moins, tu as une chance.

– Mais s'ils... De combien de temps je dispose pour rassembler l'argent ?

– Combien de temps ? Dès que tu as versé la somme, tu sors.

– Je *sors* ? – Terrible pensée. – Comment ça, je *sors* ?

– Tu sors de détention.

– Mais pourquoi devrais-je être en détention ?

– Eh bien, dès que la nouvelle caution est chiffrée, tu restes en détention jusqu'à ce que tu verses la somme, à moins de la verser immédiatement.

– Une minute, Tommy. Tu ne veux pas dire que s'ils augmentent ma caution demain matin, ils vont immédiatement m'incarcérer, là, tout de suite, dès que la caution est fixée ?

– Eh bien, si. Mais pas de conclusions hâtives.

– Tu veux dire qu'ils vont m'arrêter, là, en plein tribunal ?

– Ouais, *si* – mais ne...

– M'arrêter et m'emmener *où* ?

– Eh bien, sûrement dans la Maison d'Arrêt du Bronx. Mais le plus important c'est que...

Sherman commença à secouer la tête. Il avait l'impression qu'on venait de mettre le feu à sa moelle épinière.

– Je ne peux pas vivre ça, Tommy.

– Ne pense pas immédiatement au pire ! Il y a des choses que nous pouvons faire.

Secouant toujours la tête :

– Je n'ai aucun moyen de trouver un demi-million de dollars cet après-midi et de les mettre dans un sac.

– Je ne cause pas – *cause pas* – de quoi que ce soit dans ce style, bordel de Dieu. C'est une *audience* de caution. Le juge doit entendre les argumentations. Et nous avons un bon argument.

– Oh, ouais, dit Sherman, bien sûr. Tu as dit toi-même que tout ça est un jeu de football politique. – Il laissa retomber sa tête, la remuant davantage. – Dieu du Ciel, Tommy, je ne le supporterai pas.

Comme une baleine, Ray Andriutti descendait son sandwich au pepperoni et son café jaunasse, et Jimmy Caughey tenait un demi-sandwich saucisse, en l'air comme un bâton, tout en parlant à quelqu'un au téléphone à propos d'une affaire de merde qu'on lui avait confiée. Kramer n'avait pas faim. Il n'arrêtait pas de relire l'article de *City Light*. Il était fasciné. Nid d'amour à loyer bloqué, 331 $ par mois. Cette révélation n'affectait pas réellement l'affaire dans un sens ou un autre. Maria Ruskin n'aurait plus tout à fait l'air de la sympathique adorable petite qui avait eu un tel succès devant le grand jury, mais elle ferait un bon témoin quand même. Et quand elle ferait son duo « Sheuhmeuhn » avec Roland Auburn, il tiendrait Sherman McCoy pour de bon. Nid d'amour à loyer bloqué, 331 $ par mois. Oserait-il convoquer M. Heillig Winter ? Et pourquoi pas ? Il devrait l'interroger de toute façon... voir s'il pouvait amplifier la relation de Maria Ruskin et Sherman McCoy qui se ramenait à... à... à un nid d'amour à loyer bloqué, 331 $ par mois.

Sherman sortit du living-room et pénétra dans le hall d'entrée, écoutant le son de ses chaussures sur le solennel marbre vert. Puis il tourna et écouta le bruit de ses pas résonner sur le marbre jusqu'à la bibliothèque. Dans la bibliothèque il y avait encore une lampe, près d'un fauteuil, qu'il n'avait pas allumée. Alors il l'alluma. L'appartement entier, les deux étages, était étincelant de lumière et d'un calme absolu. Son cœur s'affolait à un bon rythme. Incarcéré – demain, ils allaient le remettre *là-dedans!* Il voulait pleurer, hurler, mais il n'y avait personne dans ce vaste appartement auprès de qui pleurer. Ni personne à l'extérieur.

Il pensa à un couteau. Dans l'abstrait, c'était d'une efficacité d'acier, un bon couteau de cuisine. Mais il essaya de se jouer la scène mentalement. Où l'enfoncerait-il? Pourrait-il le supporter? Et s'il ne faisait que se saigner malproprement? Se jeter par une fenêtre. Combien de temps avant d'atteindre le pavé de cette hauteur? Quelques secondes... D'interminables secondes... Pendant lesquelles il penserait à quoi? A ce que cela ferait à Campbell, ou bien prenait-il le chemin des lâches... Etait-il même sérieux de penser à ça? Ou bien n'étaient-ce que des spéculations superstitieuses, dans lesquelles il présumait que s'il pensait à ce qu'il pouvait supporter de pire... L'instant présent... *Retourner là-dedans?* Non, il ne pourrait pas le supporter.

Il s'empara du téléphone et rappela la maison de Southampton. Toujours pas de réponse; toute la soirée il n'y avait pas eu de réponse, en dépit du fait que, selon sa mère, Judy et Campbell, Bonita, Mlle Lyons et le dachshund avaient quitté la maison de la 73ᵉ Rue Est pour Southampton avant le déjeuner. Sa mère avait-elle lu l'article dans le journal? Oui. Judy l'avait-elle vu? Oui. Sa mère n'avait même pas été capable de se reprendre assez pour faire le moindre commentaire à ce sujet. C'était trop difficile d'en parler. Et alors, combien cela avait dû être dur pour Judy! Elle n'était pas allée à Southampton du tout! Elle avait décidé de disparaître, emmenant Campbell avec elle... dans le Midwest... dans le Wisconsin... Un flash de souvenirs... les mornes plaines seulement ponctuées de châteaux d'eau en aluminium argenté, en forme de champignons modernistes, et des bosquets d'arbres tordus... Un soupir... Campbell serait mieux là-bas qu'à New York, vivant avec le souvenir dégradé d'un père qui n'existait déjà plus, en fait... un père coupé de tout ce qui définissait un être humain, excepté son nom, qui était maintenant celui du méchant des dessins animés que les journaux, la télévision et les rapaces de toutes sortes étaient libres de maculer de boue à loisir... il coulait, coulait, coulait, il s'abandonnait à l'ignominie et à l'attendrissement sur soi-même... jusqu'à ce qu'à la douzième sonnerie environ, quelqu'un finisse par décrocher le téléphone.

– Allô?

– Judy?

Un temps.

– Je pensais que ce devait être toi, dit Judy.

– Je suppose que tu as lu cet article, dit Sherman.

– Oui.

– Bon, écoute...

– A moins que tu veuilles que je raccroche immédiatement, ne me parle absolument pas de cela. Ne commence même pas.

– Il hésita.

– Comment va Campbell?

– Elle va bien.

– Qu'est-ce qu'elle sait de tout ça?

– Elle comprend qu'il y a des problèmes graves. Elle sait qu'il se passe quelque chose. Je ne pense pas qu'elle sache exactement quoi. Heureusement l'école est finie, bien que ce soit assez dur d'être ici.

– Laisse-moi t'expliquer...

– Non. Je ne veux pas écouter tes explications. Je suis désolée, Sherman, mais je n'ai pas envie de voir mon intelligence insultée. Elle l'a déjà été bien assez comme cela.

– Très bien, mais il faut que je te dise au moins ce qui va se passer. Je vais être incarcéré demain. Je retourne en prison.

Doucement :

– Pourquoi?

Pourquoi? Peu importe pourquoi! Je hurle pour que tu me prennes dans tes bras! Mais je n'en ai plus le droit! Alors il lui expliqua en gros le problème de l'augmentation de la caution.

— Je vois, dit-elle.

Il attendit un moment, mais c'était tout.

— Judy, je ne crois pas que je puisse le faire.

— Que veux-tu dire?

— C'était déjà horrible la première fois, et je n'y suis resté que quelques heures, en détention provisoire. Cette fois, ça va être la Maison d'Arrêt du Bronx!

— Mais jusqu'à ce que tu payes la caution.

— Mais je ne sais pas si je pourrai supporter un seul jour de *ça*, Judy. Après toute cette publicité, ce sera plein de gens... qui *m'attendent*... Je veux dire, c'est déjà assez dur quand ils ne savent pas qui tu es. Tu ne peux pas imaginer ce que c'est...

Il se tut. *Je voudrais pleurer sur ton épaule!* Mais il en avait perdu le droit.

Elle perçut le désespoir contenu dans sa voix.

— Je ne sais pas quoi te dire, Sherman. Si je pouvais être auprès de toi d'une manière ou d'une autre, je le serais. Mais tu n'arrêtes pas de brûler le terrain tout autour de moi. Nous avons déjà eu cette même conversation. Que me reste-t-il que je puisse te donner? Je me sens seulement... désolée pour toi, Sherman. Je ne sais pas quoi te dire d'autre.

— Judy?

— Oui?

— Dis à Campbell que je l'aime beaucoup. Dis-lui... dis-lui de penser à son père comme à la personne qui était là avant que tout ceci n'arrive. Dis-lui que tout ceci te fait du mal et que tu ne peux plus jamais être la même personne qu'auparavant.

Il souhaitait désespérément que Judy lui demande ce qu'il entendait par là. A la première invitation il était prêt à déverser tout ce qu'il ressentait. Mais tout ce qu'elle dit fut :

– Je suis certaine qu'elle t'aimera toujours, quoi qu'il advienne.

– Judy ?

– Oui ?

– Tu te souviens quand on vivait dans le Village, et quand je partais travailler ?

– Quand tu partais travailler ?

– Quand j'ai commencé à travailler chez Pierce & Pierce ? La façon dont je levais le poing gauche quand je quittais l'appartement, le salut des Black Panthers ?

– Oui, je me souviens.

– Tu te souviens pourquoi ?

– Je crois, oui.

– C'était supposé signifier que oui, j'allais travailler à Wall Street, mais que mon cœur et mon âme n'appartiendraient jamais à Wall Street. Que je me servirais de Wall Street, que je me révolterais et que je casserais tout ça. Tu te souviens de tout ça ?

Judy ne dit rien.

– Je sais que les choses ne se sont pas passées comme ça, poursuivit-il, mais je me souviens de cette merveilleuse impression. Pas toi ?

Le silence, encore.

– Eh bien maintenant j'ai rompu avec Wall Street. Ou Wall Street a rompu avec moi. Je sais que ce n'est pas la même chose, mais d'une certaine manière, je me sens libéré.

Il s'arrêta, espérant provoquer un commentaire.

Finalement, Judy dit :

– Sherman ?

– Oui ?

– C'est un souvenir, Sherman, mais ce n'est pas vivant. – Sa voix se brisa. – Tous nos souvenirs de cette époque ont été terriblement abîmés. Je sais que tu veux que je te dise autre chose, mais j'ai été trahie et j'ai été humiliée. Je souhaiterais pouvoir être quelqu'un que j'étais il y a longtemps et t'aider, mais je ne peux pas, je ne veux pas.

Elle reniflait des larmes.

– Cela m'aiderait si tu pouvais me pardonner – si tu me donnais une dernière chance.

– Tu m'as déjà demandé cela, Sherman, une fois. Très bien, je te pardonne. Et je te redemande : qu'est-ce que ça change ? Elle pleurait doucement.

Il n'avait pas de réponse, point final.

Plus tard, il s'installa dans le calme étincelant de la bibliothèque. Il s'enfonça dans le fauteuil tournant devant son bureau. Il était conscient de la pression du bord du siège sous ses cuisses. Cuir Sang-de-Bœuf Marocain : 1 100 $ juste pour recouvrir le dossier et le siège de cet unique fauteuil.

La porte de la bibliothèque était ouverte. Il regarda vers le hall d'entrée. Là, sur le sol de marbre, il apercevait les pieds aux courbes extravagantes de l'un des fauteuils Thomas Hope. Pas une reproduction en acajou mais l'un des originaux en bois de rose; Bois de Rose! La joie enfantine de Judy quand elle avait découvert ces originaux en bois de rose !

Le téléphone sonna. *Elle rappelait!* Il décrocha à toute vitesse.

– Allô ?

– Héhéhéhé Sherman. – Son cœur se brisa à nouveau. C'était Killian. – Je voudrais que tu descendes ici immédiatement. Kekchose à te montrer.

– Tu es encore à ton bureau ?

– Quigley est là aussi. On a kekchose à te montrer.

– Qu'est-ce que c'est ?

– J' préférerais pasencauser – *pasencauser* – au téléphone. Je veux que tu viennes ici.

– Très bien... J'arrive, j'arrive.

Il n'était pas certain qu'il aurait pu rester une minute de plus dans l'appartement, de toute façon.

Dans le vieil immeuble de Reade Street, le portier de nuit qui semblait être chypriote ou arménien, écoutait une station de country-music sur une énorme radio portable. Sherman dut s'arrêter et écrire son nom et l'heure sur un registre. Avec un accent épais le gardien reprenait le refrain de la chanson.

Sherman prit l'ascenseur, traversa le calme et terne couloir, et poussa la porte où se trouvait la plaque de plastique découpé DERSHKIN, BELLAVITA, FISHBEKIN & SCHLOSSEL. Pendant un moment il pensa à son père. La porte était fermée à clé. Il frappa et au bout de cinq ou dix secondes, Ed Quigley l'ouvrit.

– Hola! Entrez! dit Quigley.

Son visage buriné était tout illuminé. *Rayonnant*, voilà le mot. Tout d'un coup il était l'ami le plus chaleureux de Sherman. Un demi-gloussement lui échappa tandis qu'il guidait Sherman vers le bureau de Killian.

Killian était debout, avec le sourire du chat qui vient de manger le canari. Sur son bureau se trouvait un gros magnétophone qui venait visiblement des plus hautes sphères du Royaume de l'Audio-Visuel.

– Héhéhéhé! dit Killian. Prends un siège. Tiens-toi bien. Tu vas entendre kekchose!

Sherman s'installa à côté du bureau.

– Qu'est-ce que c'est?

– Tu vas me le dire, dit Killian.

Quigley était debout à côté de Killian, regardant la machine et fier comme un écolier sur scène pour recevoir le prix d'honneur.

– Je ne veux pas que tu bâtisses trop d'espoir là-dessus, dit Killian, parce qu'il y a encore quelques sérieux problèmes avec ça, mais tu risques de trouver ça intéressant.

Il appuya sur un bouton de la machine et un flot de grésillements dans les graves s'éleva. Puis une voix d'homme :

– Je le savais, je le savais à ce moment-là. On aurait
dû déclarer l'accident tout de suite. – Pendant les deux
premières secondes, il ne la reconnut pas. Puis il comprit. *Ma propre voix!* La voix poursuivait : – Je ne peux
pas croire que nous soyons dans une telle situation.

Une voix de femme :

– Eh bien c'est trop tard, Sherman. *Sheuhmeuhn.* Le
lait est renversé.

La scène entière – la peur, la tension, l'atmosphère
même – envahit le système nerveux de Sherman... dans
son repaire le soir du premier article sur Henry Lamb
dans le *City Light*... LA MÈRE DU BRILLANT ÉTUDIANT : LES
FLICS S'ASSOIENT SUR LE DÉLIT DE FUITE... Il pouvait presque revoir le titre sur la table au pied de chêne.

Sa voix :

– Tu dis juste... ce qui s'est vraiment passé.

Sa voix à elle :

– Oh, ça fera très bien. Deux garçons nous arrêtent,
essaient de nous dévaliser, mais tu as jeté un pneu sur
l'un d'eux et je nous ai sortis de là en conduisant comme
un... un... coureur de rallye, mais je ne savais pas que
j'avais touché quelqu'un.

– Eh bien, mais c'est exactement ce qui s'est produit,
Maria.

– Et qui va le croire?

Sherman regarda Killian. Killian avait un petit sourire
au coin de la lèvre. Il leva sa main droite comme pour
dire à Sherman d'écouter et de ne pas parler encore.
Quigley avait les yeux fixés sur la machine magique. Ses
lèvres étaient serrées pour retenir le grand sourire
auquel il pensait avoir droit.

Bientôt le géant arriva :

– *Vous* vivez ici?

Sa propre voix :

– J'ai dit que nous n'avions pas le temps de vous
parler !

Il avait l'air terriblement arrogant et précieux. Il

ressentit à nouveau toute l'humiliation de cet instant, l'horrible sentiment d'être forcé à un duel masculin, tout à fait physique, et qu'il ne pouvait absolument pas gagner.

– *Vous* ne vivez pas ici, et *elle* vit pas ici. Qu'est-ce que vous faites ici.

Le type arrogant :

– Cela ne vous regarde pas ! Maintenant, soyez gentil et sortez !

– C'est pas chez vous ici, okay ? Nous avons un vrai problème.

Puis la voix de Maria... la querelle... Un énorme craquement quand la chaise se brise et que le Géant s'écrase sur le plancher... son ignominieuse retraite... les éclats de rire de Maria...

Finalement, sa voix disant :

– Germaine ne paie que 331 $ par mois, et je la paie 750 $. C'est un loyer bloqué. Ils adoreraient qu'elle parte d'ici.

Bientôt les voix cessèrent... et Sherman se souvint, *sentit*, la séance agitée sur le lit...

Quand la bande s'arrêta, Sherman dit à Killian :

– Mon Dieu, c'est stupéfiant. D'où est-ce que cela vient ?

Killian regarda Sherman mais pointa son index sur Quigley. Donc Sherman regarda Quigley. C'était l'instant que Quigley avait attendu.

– Dès que vous m'avez dit où elle vous avait parlé de son histoire de loyer, je l'ai su. Je le *savais*, putain ! Ces jobards. Ce Hiellig Winter n'est pas l' premier. Des bandes activées par commande vocale. Alors je suis allé là-bas. Ce dingo a des micros cachés dans les boîtes des interphones de chaque appartement. Le magnéto est dans la cave dans un placard fermé à clé.

Sherman regardait le visage radieux de l'homme.

– Mais pourquoi ils s'ennuieraient à faire ça ?

– Pour virer les locataires ! dit Quigley. La moitié des

gens dans ces immeubles à loyers bloqués ne sont pas là légalement, la moitié sous-louent, comme votre amie, là. Mais le prouver devant un tribunal, ça c'est une autre affaire. Alors ce dingue enregistre toutes les conversations dans l'appart' avec son truc à commande vocale. Croyez-moi, il est pas l' premier.

— Mais... ce n'est pas illégal?

— *Illégal!* dit Quigley avec une joie manifeste. C'est tellement illégal que c'est même pas drôle! C'est tellement illégal, putain, que s'il entrait par cette porte, là, maintenant j' lui dirais « Hé, j'ai pris tes putains de bandes. Keske t'en penses? » Et il dirait « Je ne vois pas de quoi vous voulez parler » et il se tirerait comme un gentil petit garçon. Mais je vais vous dire, ces dingues, ils sont vraiment *jetés!*

— Et vous l'avez prise, comme ça? Mais comment vous êtes entré?

Quigley haussa les épaules avec une suffisance consommée.

— C'était pas un problème.

Sherman regarda Killian.

— Mon Dieu... alors peut-être... si c'est enregistré, alors peut-être... Juste après que le truc s'est produit, Maria et moi sommes revenus à l'appartement et on a parlé de tout ça, de tout ce qui s'était passé. Si c'est sur bande – ça serait... fantastique!

— Ça y est pas, dit Quigley. J'ai écouté des kilomètres de c' truc. Ça va pas aussi loin en arrière. Il doit l'effacer de temps en temps et réenregistrer par-dessus, pour pas devoir racheter des tonnes de bandes.

Légèrement surexcité, Sherman dit à Killian :

— Eh bien peut-être que ceci nous suffit.

Quigley dit :

— En passant, vous êtes pas le seul visiteur qu'elle reçoit dans ce taudis.

Killian le coupa :

— Ouais, eh bien, ça n'a aucun intérêt historique pour

l'instant. Bon, voilà le truc, Sherman. Je veux pas que tu mettes tes espoirs trop haut à cause de ça. On a deux problèmes sérieux. Le premier c'est qu'elle ne balance pas directement qu'elle a renversé le môme et pas toi. Ce qu'elle dit est indirect. La moitié du temps on dirait qu'elle ne fait que répérer ce que toi tu dis. Néanmoins, c'est une bonne arme. C'est certainement suffisant pour semer le doute chez les jurés. Elle a vraiment l'air de corroborer ta théorie d'une tentative d'agression. Mais on a un autre problème, et pour être honnête avec toi, je vois vraiment pas ce qu'on peut y faire. Il n'y a aucun moyen de transformer cette bande en preuve.

– Comment ça ? Et pourquoi pas ?

– Comme dit Ed, c'est une bande totalement illégale. Ce dingue de Winter pourrait aller en taule à cause de ça. Il y a aucun moyen qu'une bande clandestine et illégale soit utilisée dans un tribunal.

– Mais alors pourquoi vous m'avez *câblé* ? C'était une bande clandestine. Comment est-ce qu'on aurait pu l'utiliser ?

– Clandestine, mais pas illégale. Tu as parfaitement le droit d'enregistrer tes propres conversations, secrètement ou pas. Mais si c'est les conversations de quelqu'un d'autre, c'est illégal. Si ce dingo de proprio, ce Winter, enregistrait ses propres conversations, y aurait plus de problèmes.

Sherman fixait Killian, la bouche ouverte, ses espoirs nouveau-nés déjà écrabouillés.

– Mais ce n'est pas *juste* !... Ce sont des... preuves *vitales !* Ils ne peuvent pas supprimer des preuves vitales pour des raisons techniques !

– J'ai des nouvelles pour toi, mec. Ils peuvent le faire. Et ils le feront. Ce qu'il faut qu'on trouve c'est un moyen d'utiliser cette bande pour obliger quelqu'un à nous apporter un témoignage légitime. Comme un moyen d'obliger ton amie Maria à être claire dans cette affaire par exemple. T'as pas une brillante idée ?

Sherman réfléchit un moment. Puis il soupira et regarda au loin, loin des deux hommes. Tout était trop absurde.

– Je ne sais même pas comment tu pourrais l'obliger à écouter ce satané truc.

Killian regarda Quigley. Quigley secoua la tête. Tous trois demeuraient silencieux.

– Attendez un peu, dit Sherman, laissez-moi voir cette bande.

– La voir ! dit Killian.

– Oui, donnez-la-moi.

– L'enlever de la machine ?

– Oui. Sherman tendit la main.

Quigley la rembobina et la sortit de la machine avec moult précautions, comme si c'était une précieuse pièce de verre soufflé. Il la tendit à Sherman.

Sherman la prit à deux mains et la regarda.

– Que je sois pendu, dit-il en regardant Killian, c'est à moi.

– Keske tu veux dire par à toi ?

– Elle est à moi cette bande, c'est moi qui l'ai faite.

Killian le regarda, intrigué, comme s'il cherchait où était la plaisanterie.

– Keske tu veux dire, tu l'as faite ?

– Cette nuit-là, j'avais un magnétophone caché, parce que cet article du *City Light* venait de sortir et je me figurais que j'aurais peut-être besoin d'une vérification de ce qui s'était réellement passé. Ce que nous venons d'entendre, c'est la bande que j'ai faite cette nuit-là. C'est ma bande.

Killian était bouche bée.

– Keske tu racontes ?

– Je te dis que j'ai fait cette bande. Qui va dire le contraire ? Cette bande m'appartient. Pas vrai ? Voilà le truc. J'ai fait cette bande pour avoir une trace véritable de ma propre conversation. Dites-moi, Maître, diriez-vous que cette bande peut être admise par la cour ?

Killian regarda Quigley.

– Putain de Dieu, puis il regarda Sherman. Soyons bien clairs, M. McCoy. Vous me déclarez que vous vous êtes muni d'un magnétophone et que vous avez enregistré cette bande de votre conversation avec Mme Ruskin?

– Exactement. Est-ce admissible?

Killian regarda Quigley, sourit, puis le fixa à nouveau.

– C'est tout à fait possible, M. McCoy, tout à fait possible. Mais vous devez m'expliquer autre chose. Comment exactement avez-vous réalisé cette bande? Quel type d'équipement avez-vous utilisé? Comment vous êtes-vous câblé? Je crois que si vous voulez que la cour admette cette preuve, vous feriez mieux d'être capable de raconter ce que vous avez fait, de A à Z.

– Eh bien, dit Sherman, j'aimerais entendre M. Quigley ici présent *deviner* comment je l'ai faite. Il a l'air très compétent en cette manière. J'aimerais l'entendre *deviner*.

Quigley regarda Killian.

– Vas-y, Ed, dit Killian, ton opinion?

– Eh bien, dit Quigley, si c'était moi, je me procurerais un Nagra 2 600, à commande vocale, et je...

Il décrivit dans les moindres détails comment il utiliserait le légendaire Nagra, comment il se câblerait et s'assurerait d'obtenir la meilleure qualité d'enregistrement possible d'une telle conversation.

Lorsqu'il eut fini, Sherman dit :

– Monsieur Quigley, vous êtes extrêmement compétent en cette matière. Vous savez pourquoi? Parce que c'est exactement ce que j'ai fait. Vous n'avez omis aucun détail. – Puis il fixa Killian. – Là, on l'a. Qu'est-ce que tu en penses?

– Je vais te dire ce que j'en pense, dit lentement Killian, tu m'as fait une putain de surprise. Je te savais pas capable de ça.

– Moi non plus, dit Sherman, mais il y a quelque chose qui me frappe depuis quelques jours. Je ne suis plus Sherman McCoy. Je suis quelqu'un d'autre sans nom propre. J'ai été cette autre personne depuis le jour où j'ai été arrêté. Je savais que quelque chose... quelque chose de fondamental s'était produit ce jour-là, mais je ne savais pas ce que c'était au début. D'abord je pensais que j'étais toujours Sherman McCoy et que Sherman McCoy traversait une période de malchance inouïe. Ces deux derniers jours pourtant, j'ai commencé à regarder la vérité en face. Je suis quelqu'un d'autre. Je n'ai plus rien à voir avec Wall Street, Park Avenue, ou Yale, ou St Paul ou Buckley ou avec le Lion de Dunning Sponget.

– Le Lion de Dunning Sponget ? fit Killian.

– C'est comme ça que j'ai toujours surnommé mon père. C'était un dirigeant, un aristocrate. Et il l'était sans doute, mais je ne suis plus lié à lui. Je ne suis plus l'homme que ma femme a épousé ni le papa que connaît ma fille. Je suis un être humain différent. J'existe *ici, en bas* maintenant, si tu peux me pardonner de présenter les choses comme ça. Je ne suis pas un client exceptionnel de Dershkin, Bellavita, Fishbein & Schlossel. Je suis l'accusé normal. Toute créature a son territoire et je suis dans le mien à l'heure actuelle. Reade Street, et la 161e Rue, et les cages – si je pense que je suis au-dessus de tout ça, je ne fais que m'illusionner, et j'ai arrêté de m'illusionner.

– Hélahélahéla, une seconde, dit Killian, c'est pas encore si grave.

– C'est si grave, dit Sherman, mais je te jure que je me sens beaucoup mieux. Tu sais comment ils s'y prennent avec un chien, un toutou, comme un chien policier qui a été chouchouté et bien nourri toute sa vie, pour l'entraîner à devenir un chien de garde vicieux ?

– Oui, j'en ai entendu causer, dit Killian.

– Je l'ai vu faire, dit Quigley, je l'ai vu faire quand j'étais dans la police.

– Eh bien tu connais le principe, dit Sherman. Ils n'altèrent pas la personnalité de ce chien avec des biscuits ou des pilules. Ils l'enchaînent, et ils le battent, et ils le harcèlent et ils l'engueulent et ils le battent encore et encore jusqu'à ce qu'il se tourne, sorte ses crocs et soit prêt pour le combat final à chaque fois qu'il entend un son.

– C'est vrai, dit Quigley.

– Eh bien, dans cette situation, les chiens sont plus malins que les hommes, dit Sherman. Le chien ne s'accroche pas à la notion qu'il est un fabuleux joujou d'appartement perdu dans un terrifiant spectacle de dressage de chiens comme fait l'humain. Le chien pige. Le chien sait quand il est temps de se changer en animal et de se battre.

' DANS LE PLEXUS SOLAIRE

CETTE fois c'était un jour ensoleillé, un jour de juin embaumé. L'air était si léger qu'il semblait pur et rafraîchissant, même ici, dans le Bronx. Un jour parfait, en bref; Sherman le prenait mal. Il le prenait contre lui. Quel manque de cœur! Comment la Nature, le Destin – Dieu – pouvaient-ils concevoir une production aussi sublime pour ces heures de misère absolue? Manque de cœur de tous les côtés. Un spasme de peur serra le tréfonds de ses intestins.

Il était à l'arrière d'une Buick avec Killian. Ed Quigley était sur la banquette avant, près du chauffeur, qui avait la peau sombre, d'épais cheveux noirs lisses et des traits fins, exquis, presque mignons. Un Asiatique? Ils descendaient la rampe de l'autoroute juste après le grand bol formé par le Yankee Stadium, et un grand panneau disait : CE SOIR 19 HEURES LES YANKEES CONTRE KANSAS CITY. Quel manque de cœur! Des dizaines de milliers de gens allaient venir là ce soir, quoi qu'il arrive – pour boire de la bière et regarder une balle blanche bondir et sauter partout pendant deux heures – et lui, il serait à nouveau *là-bas dedans*, dans une obscurité qu'il ne parvenait pas à imaginer. Et *ça commencerait*. Les pauvres fous! Ils ne savaient pas ce que c'était que le *vrai truc!* Des dizaines de milliers d'entre eux dans le Yankee Stadium, regardant un *match*, une sorte de *fausse guerre*, tandis que lui menait une *vraie* guerre. Et cela commencerait... la violence physique élémentaire...

Maintenant la Buick escaladait la longue colline, vers la 161e Rue. Ils y seraient en un rien de temps.

– Ce n'est pas le même tribunal, dit Killian. C'est le bâtiment en haut de la colline, sur la droite.

Sherman apercevait une énorme structure de pierre. Elle paraissait majestueuse, assise là-haut sur la crête du Grand Concourse sous le soleil d'un jour parfait; majestueuse et prodigieusement lourde.

Sherman voyait les yeux du chauffeur qui le cherchaient dans le rétroviseur, puis ils se bloquèrent en un contact embarrassant avant de s'écarter vivement. Quigley, assis à côté du chauffeur, portait une veste et une cravate, non sans mal. La veste, d'un curieux tweed Thé Vert et Viande Avariée montait très haut sur sa nuque grêlée. Il avait l'air du Dur très nerveux qui n'attend qu'une occasion d'arracher sa veste et sa cravate pour aller se battre et cultiver les hématomes ou, mieux encore, seulement intimider quelque demi-sel mort de trouille pas tout à fait prêt à se cogner.

Tandis que la voiture escaladait la colline, Sherman vit une foule dans la rue près du sommet, découpée sur le bâtiment blanc. Des voitures s'entassaient, essayant de passer.

– Qu'est-ce qui se passe? demanda-t-il.

– On dirait une manif, dit Quigley.

Killian dit :

– Eh bien au moins y sont plus devant ton appart, cette fois.

– Une ma-ni-fes-ta-tion? Hahahaha, fit le chauffeur. – Il avait un accent chantonnant et un rire poli mais carrément nerveux. – Et pourquoi cette manif? Hahahahah?

– Pour nous, dit Quigley de sa voix de cadavre.

Le chauffeur regarda Quigley.

– Pour vouuuuuus? hahahahaha.

– Vous connaissez le monsieur qui a loué cette voiture? M. McCoy? fit Quigley en désignant le siège arrière du menton.

Dans le rétro, les yeux du chauffeur cherchèrent Sherman et se rivèrent à lui. « Hahahaha. » Puis il se tut, d'un coup.

– Vous inquiétez pas, dit Quigley. On est toujours mieux au milieu d'une émeute que sur les bords. C'est un fait reconnu.

Le chauffeur regarda à nouveau Quigley et dit : « Hahahaha ». Puis il devint *extrêmement* calme, tentant sans nul doute de calculer de qui avoir le plus peur, des manifestants dont il s'approchait dans la rue ou du Dur qui était à l'intérieur, à quelques centimètres de lui et de son cou pas encore tordu. Puis il chercha à nouveau Sherman des yeux, le fixa, puis plongea dans la cavité intérieure, avant d'en fuir, les yeux écarquillés par la panique.

– Il ne va rien se passer, dit Killian à Sherman. Il y aura des flics là-haut. Ils sont prêts à tout. C'est la même bande à chaque fois, Bacon et son gang. Tu crois que les gens du Bronx se préoccupent de tout ça? Ne te sens pas flatté. C'est toujours la même bande, ils font toujours leur numéro de démence. C'est un spectacle. Tu gardes la bouche bien fermée et tu regardes droit devant toi. Cette fois, on a une surprise pour eux.

Comme la voiture approchait de Walton Avenue, Sherman put voir la foule dans la rue. Ils étaient tout autour de l'immense bâtisse de pierre en haut de la colline. Il entendait une voix qui sortait d'un mégaphone. Des gens répondaient en chœur à cette voix. Celui, peu importe qui c'était, qui hurlait dans son micro semblait être installé sur la terrasse en haut de l'escalier côté 161ᵉ Rue. Il y avait des équipes de télé avec leur matériel qui émergeait de cet océan de visages.

Le chauffeur dit :

– Vous voulez que je m'arrête? Hahahahaha.

– Continuez à rouler, dit Quigley. Je vous dirai quand arrêter.

– Hahahaha!

Killian dit à Sherman :

– On va passer par le côté, puis au chauffeur : prenez la première à droite!

– Tous ces gennnnnnns! hahahahaha!

– Prenez juste la première à droite, dit Quigley et vous inquiétez pas d'eux.

Killian dit à Sherman :

– Planque-toi. Rattache ton lacet ou n'importe quoi d'autre.

La voiture tourna dans la rue qui longeait le plus bas côté du grand bâtiment de pierre. Mais Sherman resta assis droit sur son siège. Cela n'avait plus aucune importance. *Quand cela allait-il commencer?* Il apercevait des fourgons orange et bleu avec du grillage aux fenêtres. La foule s'était répandue sur la chaussée. Ils regardaient tous du côté de la 161e Rue. La voix les haranguait, et les chœurs montaient de la populace sur les escaliers.

– Crochet à gauche, dit Killian. Là, juste là. Vous voyez ce cône rouge? C'est là.

La voiture fit un virage à quatre-vingt-dix degrés vers le trottoir au pied du bâtiment. Une sorte de policier était là, soulevant un cône de plastique fluorescent du milieu d'une place de stationnement. Quigley tenait une carte de sa main gauche devant le pare-brise, apparemment destinée au policier. Il y avait quatre ou cinq autres policiers sur le trottoir. Ils portaient des chemises blanches à manches courtes et avaient d'énormes revolvers sur les hanches.

– Quand j'ouvre la porte, dit Killian, tu te colles entre Ed et moi et tu suis.

La porte s'ouvrit et ils foncèrent dehors. Quigley était à la droite de Sherman, Killian sur sa gauche. Les gens sur le trottoir les regardaient mais n'avaient pas l'air de savoir qui ils étaient. Trois des policiers en chemise blanche se postèrent entre la foule et Sherman, Killian et Quigley. Killian prit le coude de Sherman et le guida vers une porte. Quigley portait une lourde valise. Un policier en chemise blanche se tenait dans l'entrée, puis il s'écarta pour les laisser pénétrer dans un hall éclairé de faibles tubes fluorescents. Sur la droite une entrée qui ressemblait à un débarras. Sherman aperçut les formes noires et grises des gens entassés sur des bancs.

– Ils nous ont bien rendu service en faisant leur manif sur les marches, dit Killian.

Sa voix était haut perchée et tendue. Deux agents les conduisirent jusqu'à un ascenseur, qu'un autre agent leur maintenait ouvert.

Ils entrèrent dans l'ascenseur et l'agent entra avec eux. L'agent appuya sur le bouton du neuvième et ils entamèrent leur montée.

– Merci, Brucie, dit Killian à l'agent.

– Ça va. Faut que tu remercies Bernie aussi.

Killian regarda Sherman comme pour lui dire : « Je te l'avais bien dit. »

Au neuvième, devant une porte marquée Section 60, il y avait une foule bruyante dans le couloir. Une ligne d'agents les retenait en arrière.

« Hé !... le v'là ! »

Sherman regarda droit devant lui. *Quand est-ce que ça va commencer ?* Un homme bondit juste devant lui – un Blanc, grand, avec des cheveux blonds ramenés en arrière à cause d'un épi apparemment tenace. Il portait un blazer marine et une cravate marine, une chemise avec un plastron à rayures et un col blanc amidonné. C'était le journaliste, Fallow. La dernière fois que Sherman l'avait vu, c'était juste avant d'entrer au Sommier Central... *cet endroit...*

– Monsieur McCoy ! *Cette voix.*

Avec Killian d'un côté et Quigley de l'autre, plus

872

l'agent, Brucie qui ouvrait la route, ils étaient comme un coin. Ils balayèrent l'Anglais et passèrent par une porte. Ils étaient dans le tribunal. Une foule de gens sur la gauche de Sherman... sur les sièges des spectateurs... des visages noirs... quelques visages blancs... Au premier plan, un grand type noir avec une boucle d'oreille dorée. Il se leva de son siège d'un coup et pointa un long bras mince vers Sherman en lançant, d'une voix forte et gutturale qui sifflait : « C'est lui! » Puis d'une voix plus forte encore : « La prison, pas d' caution! »

La voix profonde d'une femme : « Au trou! »

Ouaiiiiis!... C'est lui!... R'gardez-le!.... Au trou!... Au ballon, pas d' caution!

Maintenant? Pas encore. Killian tenait son coude. Il lui chuchota à l'oreille :

– Ignore-les!

Un cri de fausset : « Shermannnnnn... Shermaaaaa-annnnnn! »

– LA FERME! ASSEYEZ-VOUS!

C'était la voix la plus forte que Sherman eût jamais entendue de sa vie. Au début il crut qu'elle s'adressait à lui. Il se sentit terriblement coupable, même s'il n'avait pas proféré un son.

– ENCORE UN SEUL HURLEMENT – ET JE FAIS ÉVACUER LA SALLE! COMPRIS?

En haut de l'estrade du président, sous l'inscription IN GOD WE TRUST, un homme mince et chauve au nez en bec d'aigle et en robe noire se tenait, les poings posés sur le bord de son bureau et les bras tendus, comme un coureur prêt à bondir de son starting-block. Sherman lui voyait le blanc des yeux tandis que le juge balayait la foule du regard. Les manifestants grommelèrent mais se turent.

Le juge, Myron Kovitsky, continuait à les fixer de son regard furieux.

– Dans ce tribunal vous parlez quand la cour vous demande de parler. Vous portez un jugement sur votre prochain quand vous êtes sélectionné pour être membre du jury et que la cour vous demande de porter un jugement. Vous vous levez et vous rendez votre *obiter dicta* quand la cour vous demande de vous lever et de rendre votre *obiter dicta*. Sinon – VOUS LA FERMEZ ET VOUS RESTEZ ASSIS! ET LA COUR... C'EST MOI! COMPRIS? Est-ce qu'il y a quelqu'un qui réfute ce que je viens de dire et qui méprise suffisamment cette cour pour avoir envie de passer quelque temps comme invité de l'Etat de New York pour réfléchir à ce que je viens de dire? EST-CE-QUE-C'EST-BIEN-COMPRIS?

Ses yeux parcoururent la foule de gauche à droite, puis de droite à gauche, et de nouveau vers la droite.

– Très bien. Maintenant que vous avez compris ça, peut-être pourrez-vous observer cette procédure comme des membres responsables de cette communauté. Tant que vous le ferez, vous serez les bienvenus dans ce tribunal. Dès que vous ne le ferez plus – vous souhaiterez être restés au lit! Bien compris?

Sa voix était remontée si subitement et avec une telle intensité que la foule sembla se ramasser sur elle-même, étonnée que la colère de ce furieux petit bonhomme puisse encore lui tomber dessus.

Kovitsky s'assit et écarta les bras. Sa robe virevolta comme des ailes. Il baissa la tête. Le blanc de ses yeux se voyait toujours. Maintenant, la salle était calme. Sherman, Killian et Quigley se tenaient près de la barrière – la barre – qui séparait les spectateurs de la cour proprement dite. Les yeux de Kovitsky se fixèrent sur Sherman et Killian. Il avait l'air d'être en colère après eux aussi. Il aspira ce qui parut être une bouffée de dégoût.

Puis il se tourna vers le greffier, qui était assis devant une grande table de conférence. Sherman suivit le regard de Kovitsky et là, près de cette table, il vit le substitut du procureur, Kramer.

Kovitsky dit au greffier :

– Appelez l'affaire.

Le greffier appela :

– Affaire numéro 4-7-2-6, l'Etat et le Peuple contre Sherman McCoy. Qui représente M. McCoy?

Killian s'avança vers la barre et dit :

– Moi.

Le greffier dit :

– Vos nom et qualité?

– Thomas Killian, avocat 86, Reade Street.

Kovitsky fit :

– Monsieur Kramer, vous avez une motion à présenter, je crois?

Ce type, Kramer, s'avança de quelques pas vers l'estrade. Il marchait comme un footballeur professionnel. Il s'arrêta, jeta sa tête en arrière, tendit les muscles de son cou pour une raison incompréhensible et dit :

– Votre honneur, l'accusé, M. McCoy, est libre pour l'instant grâce à une caution de 10 000 $, somme insignifiante pour une personne qui a de tels privilèges et des ressources particulières dans la communauté financière.

Ouaiiiiis!... Au ballon, pas d' caution!... Fais-le cracher!

Kovitsky, la tête basse, fulminait littéralement. Les voix se changèrent en murmure.

– Comme votre honneur le sait sans doute, poursuivit Kramer, le grand jury a maintenant inculpé le suspect pour des charges sérieuses : conduite dangereuse, délit de fuite et non-déclaration d'accident. Maintenant, votre honneur, étant donné que le grand jury a déjà trouvé des preuves suffisantes du délit de fuite par l'accusé pour l'inculper, l'Etat sent que l'accusé pourrait bien abandonner sa caution, étant donné le faible montant de cette caution.

Ouaiiiiissss... C'est vrai... Mmmhhhmhhhh

– Donc, votre honneur, dit Kramer, le Peuple a le sentiment qu'il incombe à la cour d'envoyer un signal clair, non seulement à l'accusé, mais à la communauté, exprimant que ce qui se joue en fait ici est considéré avec le plus grand sérieux. Au cœur de cette affaire, votre honneur, se trouve un jeune homme, un jeune homme exemplaire, M. Henry Lamb, qui est devenu un symbole pour les habitants du Bronx, symbole de tous les espoirs qu'ils ont pour leurs filles et leurs fils et un symbole de tous les obstacles mortels et sans pitié qu'ils affrontent. Votre honneur, vous êtes déjà conscient de la passion avec laquelle la communauté suit chaque étape de cette affaire. Si ce tribunal était plus vaste, les gens de cette communauté seraient présents par centaines, peut-être par milliers, exactement comme ils sont maintenant présents par milliers dans les couloirs et dans les rues, dehors.

Ouais! bravo!... Au ballon, pas d' caution!... Vas-y, dis-lui!

BAM!

Kovitsky écrasa son maillet sur la table. Une énorme explosion.

– SILENCE!

La rumeur de la foule tomba à un léger bouillonnement.

La tête baissée, les iris flottant dans une mer de blancheur, Kovitsky dit :

– Venez-en au sujet, M. Kramer. Ce n'est pas une vente aux enchères ici, c'est un tribunal criminel!

Kramer savait qu'il affrontait les signes habituels, tous les signes. Les iris flottaient sur cet océan brumeux. La tête était baissée. Le bec était sorti. Il n'allait plus en falloir beaucoup pour faire exploser Kovitsky. D'un autre côté, songea-t-il, je ne peux pas faire marche arrière. Je peux pas abandonner. L'attitude de Kovitsky, jusqu'ici – même s'il ne s'agissait que du Kovitsky standard, avec les hurlements classiques, l'insistance belliqueuse de son autorité classique – l'attitude de Kovitsky jusqu'ici le désignait comme un adversaire des manifestants. Le Bureau du procureur du Comté du

Bronx était leur ami. Abe Weiss était leur ami. Larry Kramer était leur ami. Le Peuple était... vraiment le *peuple*. C'était pour ça qu'il était là. Il fallait qu'il prenne ce risque avec Kovitsky – avec ses yeux furieux comme un des derniers de Massada, qui maintenant se posaient sur lui.

Sa propre voix lui parut bizarre quand il lui dit :

– J'en suis conscient, votre honneur, mais je dois aussi rester conscient de l'importance de cette affaire pour le Peuple, pour tous les Henry Lamb, présents et futurs, dans ce comté et dans cette ville...

Vas-y, mec!... Ouais! Bravo!... C'est vrai!

Kramer se dépêcha de continuer, d'une voix encore plus forte, avant que Kovitsky n'explose :

– Et par conséquent le Peuple demande à la cour d'imposer à l'accusé une caution d'un montant significatif et crédible – de 1 million de $ – pour pouvoir...

Au violon! pas d' caution!... Au violon, pas d' caution!... Au violon, pas d' caution!... les manifestants explosaient en chœur.

C'est ça, ouais!... Un million d' dollars!... Ouaaa-aiiiis! La voix de la foule s'éleva en cris de joie parsemés de rires exaltés puis se fondit en un chant : *En prison, pas d' caution!... En prison, pas d' caution!... En prison, pas d' caution!... En prison, pas d' caution!*

Le maillet de Kovitsky s'éleva d'un demi-mètre au-dessus de sa tête et Kramer se crispa intérieurement avant qu'il ne frappe.

BAM !

Kovitsky lança un regard furieux à Kramer, puis se pencha en avant et s'attacha à la foule.

– PAR ORDRE DE LA COUR!... LA FERME!... VOUS METTEZ MA PAROLE EN DOUTE ?

Ses iris surfaient de-ci, de-là, sur la mer bouillonnante et furieuse.

Les chœurs cessèrent et les cris se changèrent en

murmure. Mais de petites bribes de rire indiquaient qu'ils ne faisaient qu'attendre la prochaine occasion.

– LES AGENTS VONT...

– Votre honneur! Votre honneur!

C'était l'avocat de McCoy, Killian.

– Qu'y a-t-il, M. Killian?

Cette interruption désarçonna la foule. Ils se calmèrent.

– Votre honneur, puis-je m'approcher?

– Très bien, M. Killian. – Kovitsky lui fit signe d'avancer. M. Kramer? – Kramer s'approcha également de l'estrade.

Maintenant il était debout à côté de Killian, Killian avec ses vêtements chics, devant l'estrade, sous les regards étincelants du juge Kovitsky.

– Très bien, M. Killian, dit Kovitsky, qu'est-ce qu'y a?

– M. le juge, dit Killian, si je ne me trompe pas, vous êtes le juge chargé de superviser le grand jury dans cette affaire?

– C'est exact, dit-il à Killian, mais il braqua son attention sur Kramer. Vous êtes dur de la feuille, M. Kramer?

Kramer ne répondit pas. Il n'avait pas à répondre à une question pareille.

– Vous êtes intoxiqué par le bruit de cette clique ou quoi? – Kovitsky se tourna vers les spectateurs – ça vous réjouit ou quoi?

– Non, M. le juge, mais on ne peut pas traiter cette affaire comme une affaire normale.

– Dans cette cour, M. Kramer, ça sera traité exactement comme je dis que ça doit être traité, putain! Suis-je assez clair?

– Vous êtes toujours très clair, M. le juge.

Kovitsky le fixa, visiblement en train d'essayer de savoir s'il y avait de l'insolence dans cette remarque.

– Très bien, donc vous savez que si vous me sortez

encore un milligramme de cette merde dans cette cour, vous allez souhaiter ne jamais avoir rencontré Mike Kovitsky!

Il ne pouvait pas encaisser *ça*, surtout avec Killian juste à côté de lui, donc il dit :

– Ecoutez, M. le juge, j'ai tous les droits de...

Kovitsky le coupa.

– Tous les droits de faire quoi ? De faire campagne pour la réélection d'Abe Weiss dans mon tribunal ? De la merde, M. Kramer ! Dites-lui de louer une salle, de faire une conférence de presse. Dites-lui d'aller causer dans le poste, putain de merde !

Kramer était si en colère qu'il ne pouvait plus parler. Son visage s'empourprait de fureur. Entre ses dents, il cracha :

– Est-ce tout, M. le juge ?

Et sans attendre la réponse, il tourna les talons.

– M. Kramer !

Il s'arrêta et fit demi-tour. Fulminant, Kovitsky lui fit signe de revenir vers l'estrade.

– M. Killian a une question, je crois. Ou bien préférez-vous que je l'écoute tout seul ?

Kramer ne fit que serrer les dents et le regarda.

– Très bien, M. Killian, allez-y.

Killian dit :

– M. le juge, je suis en possession de preuves importantes qui ne portent pas seulement sur l'application de la caution de M. McCoy, mais également sur la validité de l'inculpation elle-même.

– Quel genre de preuves ?

– J'ai des bandes enregistrées de conversations entre mon client et un des témoins principaux de cette affaire qui font clairement apparaître qu'il y aurait eu faux témoignage devant le grand jury.

Qu'est-ce que c'était que ce bordel ? Kramer le coupa :

– M. le juge, c'est du pur non-sens. Nous avons une

inculpation en règle faite par le grand jury. Si M. Killian a des remarques à faire...

– Une seconde, M. Kramer, dit Kovitsky.

– ... s'il a la moindre réclamation quant à la procédure du grand jury, il lui reste les voies légales habitu...

– Une minute, M. Kramer! M. Killian dit qu'il a des preuves...

– Des preuves! Nous ne sommes pas en audience préliminaire, M. le juge! Il ne peut pas simplement entrer ici et contester la procédure du grand jury, *ex post facto!* Et vous ne pouvez pas...

– M. KRAMER!

Le ton de Kovitsky s'élevant fit resurgir un grognement parmi les manifestants, qui, tous ensemble, se remirent à marmonner.

Les yeux surfant sur la mer turbulente :

– M. Kramer, vous connaissez votre problème? Vous n'écoutez pas, putain! Putain, vous ne savez pas *entendre!*

– M. le juge...

– La ferme! La cour va entendre les preuves de M. Killian.

– M. le juge...

– Nous l'écouterons à huis-clos.

– A huis clos? Pourquoi?

– M. Killian dit que ce sont des bandes. Nous allons d'abord les écouter à huis-clos.

– Ecoutez, M. le juge...

– Vous ne voulez pas venir à huis-clos, M. Kramer? Vous avez peur de perdre votre public?

Bouillant, Kramer baissa les yeux et hocha la tête.

A la barre, Sherman était à la torture. Quigley était quelque part derrière lui, tenant sa lourde valise. Mais le principal... C'était qu'*ils* étaient derrière lui. *Quand cela commencerait-il?* Il gardait les yeux fixés sur les trois silhouettes en face. Il n'osait pas laisser ses yeux errer.

Puis les voix recommencèrent. Elles venaient de derrière en comptines menaçantes.

– Ton dernier sprint, McCoy!

– Ton dernier *souper*!

Puis une voix de fausset chuchota :

– Ton dernier souffle!

Quelque part, d'un côté ou de l'autre, il y avait des agents. Ils ne bougeaient pas. Ils sont aussi effrayés que moi!

Le même fausset :

– Hé, Sherman, pourquoi qu' tu te tortilles?

Tortilles. Evidemment les autres adoraient ça. Ils se mirent à imiter la voix de fausset.

– Sher-maaaaaaannnnn.

– Pourquoi qu' tu te tortilles?

Ricanements et rires.

Sherman fixait l'estrade où semblait résider son seul et unique espoir. Comme pour répondre à sa supplique, le juge regarda vers lui et dit :

– M. McCoy, voudriez-vous avancer jusqu'ici une minute?

Un murmure et un chœur de faussets tandis qu'il avançait. En s'approchant de l'estrade, il entendit le substitut, Kramer, dire :

– Je ne comprends pas, M. le juge. A quoi sert la présence de l'accusé?

Le juge répondit :

– C'est sa requête et sa preuve. De plus, je ne veux pas qu'il reste enchaîné là-dedans tout seul. Ça vous convient, M. Kramer?

Kramer ne dit rien. Il regarda le juge, puis Sherman.

Le juge dit :

– M. McCoy, vous allez venir avec M. Killian, M. Kramer et moi à huis-clos, *en chambre.*

Puis il frappa trois grands coups avec son maillet et lança à la salle :

– La cour va maintenant se réunir avec l'avocat général et l'avocat de la défense à huis-clos. En mon absence le plus grand calme SERA RESPECTÉ dans ce tribunal. Compris?

Le murmure des manifestants s'éleva jusqu'à un bouillonnement de colère, mais Kovitsky choisit de l'ignorer, se leva et descendit les marches de son estrade. Le greffier se leva de sa table pour le rejoindre. Killian fit un clin d'œil à Sherman, puis se dirigea vers la section des spectateurs. Le juge, le greffier, l'assesseur et Kramer se dirigèrent vers une porte dans le mur lambrissé d'un côté de l'estrade. Killian revint, portant la lourde valise. Il s'arrêta et fit signe à Sherman de suivre Kovitsky. Un agent, celui qui avait un énorme pneu de graisse par-dessus son ceinturon, servait d'arrière-garde.

La porte menait dans une pièce qui niait tout ce que le tribunal lui-même et le terme élégant de *chambre* avaient pu suggérer à Sherman. Le huis-clos, la « chambre », était, en fait, une simple pièce, une simple pièce triste. Elle était petite, sale, nue, fatiguée, peinte en crème Assez-Bonne-Pour-Le-Gouvernement, sauf que la peinture partait par plaques de-ci de-là et s'épluchait en bouclettes misérables à d'autres endroits. Les seules notes généreuses étaient le plafond extraordinairement haut et une fenêtre de deux mètres cinquante qui emplissait la pièce de lumière. Le juge s'installa devant un bureau de métal cabossé. Le greffier devant un autre. Kramer, Killian et Sherman se posèrent sur des chaises lourdes et anciennes à dossier arrondi, chaises de bois connues sous le nom de chaises de banquier. L'assesseur de Kovitsky et le gros agent s'adossèrent au mur. Un type très grand entra, portant l'appareil portatif que les sténotypistes utilisent. Comme c'était bizarre! Ce type était si bien habillé! Il portait une veste de tweed, une chemise blanche à col boutonné aussi impeccable que celle de Rawlie, une cravate couleur de vieille garance, un pantalon de flanelle noire et des chaussures à languettes frangées. Il avait l'air d'un professeur de Yale avec des revenus indépendants et fonciers.

– M. Sullivan, dit Kovitsky, vous feriez mieux d'amener aussi votre chaise.

M. Sullivan sortit puis revint avec une petite chaise de bois, s'assit, bricola sa machine, regarda Kovitsky et hocha la tête.

Alors Kovitsky dit :

– Maintenant, M. Killian, vous affirmez être en possession d'informations qui pourraient avoir un effet substantiel sur la procédure de grand jury de cette affaire.

– C'est exact, M. le juge, dit Killian.

– Très bien, dit Kovitsky, je vais entendre ce que vous avez à dire, mais je dois vous prévenir, il vaudrait mieux que cette requête soit sérieuse.

– Elle est sérieuse, M. le juge.

– Parce que si elle ne l'est pas, je vais y jeter un regard noir plus noir que durant toutes ces années passées dans ce tribunal et cela fera très très noir, vraiment. Suis-je assez clair ?

– Certainement, M. le juge.

– Très bien, alors vous êtes prêt à nous soumettre votre information ?

– Je suis prêt.

– Alors allez-y.

– Il y a trois jours, M. le juge, j'ai reçu un appel téléphonique de Maria Ruskin, la veuve de M. Arthur Ruskin, demandant si elle pouvait parler à M. McCoy ici présent. Selon mes sources – et selon les journaux – Mme Ruskin a témoigné devant le grand jury dans cette affaire.

Kovitsky demanda à Kramer :

– Est-ce exact ?

Kramer répondit :

– Elle a témoigné hier, oui.

Le juge se retourna vers Killian :

– Très bien, continuez.

– Donc j'ai organisé une rencontre entre Mme Ruskin et M. McCoy, et, à ma demande expresse, M. McCoy a porté un appareil enregistreur dissimulé sur lui pour avoir une trace vérifiable de cette conversation. Le rendez-vous avait lieu dans un appartement de la 77e Rue Est que Mme Ruskin réserve apparemment pour des... euh... rendez-vous privés... et nous avons donc obtenu une bande enregistrée de cette rencontre. J'ai cette bande avec moi et je crois que la cour devrait être mise au courant de ce qu'il y a dessus.

– Une minute, M. le juge, dit Kramer, est-ce qu'il est en train de nous dire que son client est allé voir Mme Ruskin *câblé*?

– Je crois bien que oui, dit le juge. Est-ce vrai, M. Killian?

– C'est exact, M. le juge.

– Bon, je veux émettre une objection, votre honneur, dit Kramer, et j'aimerais qu'elle soit versée au dossier. Ce n'est pas l'heure d'examiner cette requête et, de plus, il n'y a aucun moyen de vérifier l'authenticité de la bande que M. Killian a la prétention d'avoir.

– D'abord nous allons écouter la bande, M. Kramer, et voir ce qu'il y a dessus. Nous verrons alors si en découlent des considérations conséquentes, *prima facie*, puis nous nous inquiéterons des autres problèmes. Cela vous convient-il?

– Non, M. le juge, je ne vois pas comment vous pouvez...

Le juge, irrité :

– Envoyez la bande, maître.

Killian fouilla dans sa valise, en sortit le gros magnéto et le posa sur la table de Kovitsky. Puis il y inséra une cassette. La cassette était excessivement petite. D'une certaine manière cette cartouche secrète miniature semblait aussi tortueuse et sordide que l'entreprise elle-même.

– Combien y a-t-il de voix sur cette bande? demanda Kovitsky.

– Juste deux, M. le juge, dit Killian, les voix de M. McCoy et de Mme Ruskin.

– Alors ce sera assez clair pour M. Sullivan?

– Cela devrait, dit Killian. Non, pardon, M. le juge, j'ai oublié. Au début de la bande vous allez entendre M. McCoy parler au chauffeur de la voiture qui l'a emmené dans l'immeuble où il a retrouvé Mme Ruskin. Et à la fin vous l'entendrez parler à nouveau avec le chauffeur.

– Qui est ce chauffeur?

– Un chauffeur d'une voiture de service que M. McCoy avait louée. Je ne voulais pas toucher à la bande, d'une quelconque manière.

– Mmmh mmmhh. Bon, allons-y, envoyez.

Killian alluma la machine et au début tout ce que vous pouviez entendre c'était un bruit de fond, une sorte de rugissement vaporeux et grave, avec des bruits de circulation occasionnels, y compris la corne hurlante d'une voiture de pompiers. Puis un échange à moitié étouffé avec le chauffeur. Tout ceci était si tortueux, pas vrai? Une vague de honte déferla sur Sherman. Ils allaient la passer jusqu'au bout! Le sténotypiste allait tout enregistrer, chaque mot pleurnichard pendant qu'il tentait de danser pour éviter Maria tout en niant l'évidence, à savoir qu'il n'était qu'un sale bâtard fourbe qui était venu dans son appartement *câblé*. A quel point tout cela allait-il apparaître rien qu'à travers les mots? Suffisamment. Il était vil.

Maintenant le magnétophone fourbe et étouffé émettait le son de l'interphone de l'immeuble, le *clic clic clic* des verrous électriques et – ou bien était-ce son imagination? – les grincements des marches tandis qu'il montait. Puis une porte s'ouvrant... et la voix de Maria, gaie, dénuée de soupçon : « Bouh!... je t'ai fait peuuurh? » et la perfide réponse d'acteur occasionnel d'une voix qu'il parvenait à peine à reconnaître : « Pas vraiment. Dernièrement j'ai été effrayé par des experts. » Il jeta un regard autour de lui. Les autres, dans la pièce, avaient la tête baissée, regardant le sol ou la machine sur le bureau du juge. Puis il surprit le gros agent qui le fixait. Que devait-il penser ? Et les autres, qui essayaient de détourner leurs regards ? Mais bien sûr ! Ils n'avaient pas besoin de le regarder puisqu'ils étaient déjà profondément enfoncés dans la cavité, broutant allégrement, ravis d'entendre les mots de cette mauvaise fourberie mal jouée. Les longs doigts fins du sténotypiste dansaient sur sa délicate petite machine. Sherman ressentait une tristesse paralysante. C'était si lourd... il ne pouvait pas bouger. Dans cette triste petite pièce sordide se trouvaient sept autres hommes, sept autres organismes, des centaines de kilos de tissus et d'os, qui respiraient, pompaient du sang, brûlaient des calories, assimilaient des aliments, filtraient microbes et toxines, transmettaient des impulsions nerveuses, sept animaux à sang chaud, effrayants et désagréables qui se vautraient, pour un salaire, dans la cavité entièrement publique qu'il considérait jadis comme son âme.

Kramer mourait d'envie de regarder McCoy, mais il décida de rester calme et professionnel. A quoi pense un rat, et à quoi ressemble-t-il quand il s'écoute être un rat dans une pièce pleine de gens qui savent qu'il est un rat – qui va voir sa petite amie *câblé* ! Inconsciemment, mais profondément, Kramer était soulagé. Sherman McCoy, ce Wasp, cet aristocrate de Wall Street, cet homme du monde, cet élève de Yale était aussi rat que le moindre dealer de poudre qu'il avait câblé, lui, pour qu'il aille faire tomber d'autres rats de la même espèce. Non, M. McCoy était plus qu'un rat. Un défoncé avait peu à attendre d'un autre. Mais dans ces hautes sphères, au pinacle de la propriété et du moralisme, là-haut, dans cette stratosphère régie par les Wasps aux lèvres pâles et serrées, l'honneur, on pouvait le présumer, n'était pas un mot galvaudé. Et pourtant, le dos au mur, ils devenaient rats aussi vite que n'importe quel pauvre. C'était un soulagement, parce qu'il avait été troublé par ce qu'avait dit Bernie Fitzgibbon. Supposez que l'affaire n'ait pas été examinée avec assez de soin ? Maria Ruskin avait corroboré l'histoire de Roland devant le grand jury, mais dans son cœur il savait qu'il l'avait poussée plutôt fort. Il l'avait enfermée dans une petite boîte si vite qu'elle aurait pu...

Il préféra ne pas achever sa pensée.

Savoir que McCoy, au fond, n'était qu'un rat avec un meilleur C.V. l'apaisa. McCoy était pris dans ce merdier particulier parce que c'était son milieu naturel, le sale nid de son caractère vicieux.

S'étant rassuré lui-même sur la justesse de sa cause, Kramer se paya une tranche de mépris positif envers ce gros pseudo-aristocrate qui était maintenant assis à quelques pas de lui et emplissait la pièce de son arôme de rat. Tandis qu'il écoutait les deux voix sur la bande, la voix de klaxon aristocratique de McCoy, et l'accent traînant du Sud de Maria Ruskin, il n'avait pas besoin de beaucoup d'imagination pour se figurer ce qu'il se passait. Les silences, les respirations, les frottements de tissu. McCoy, le rat, avait pris cette créature incendiaire dans ses bras... Et cet appartement de la 77e Rue Est où ils se rencontraient – ces gens de l'Upper East Side avaient des appartements réservés à *leurs plaisirs*! – pendant que lui cherchait encore dans son cerveau (et dans ses poches) un endroit quelconque pour accueillir les désirs ardents de Mlle Shelly Thomas. La Belle et le Rat parlaient à nouveau... Il y eut une pause comme elle quittait la pièce pour lui préparer un verre et un bruit très fort tandis qu'apparemment il touchait son micro caché. Le Rat. Les voix reprirent, et puis il dit :

– Il y a un paquet de gens qui aimeraient entendre *cette* conversation.

Même Kovitsky ne put résister à lever les yeux et à

regarder les autres sur cette réplique, mais Kramer refusa de l'obliger d'un sourire.

La voix de Maria Ruskin reprit son bourdonnement. Maintenant elle se lamentait sur son mariage. Où diable cette bande était-elle censée mener ? Les lamentations de cette femme étaient d'un ennui. Elle avait épousé un vieillard. A quoi elle s'attendait, putain ? Inutilement, il se posait la question – il la voyait comme si elle était là dans la pièce. La façon langoureuse dont elle croisait les jambes, son petit sourire, la manière dont elle vous regardait parfois...

Tout d'un coup il bondit, en état d'alerte :

– Un type du Bureau du procureur du Bronx est venu me voir aujourd'hui, avec deux inspecteurs. Puis : Un petit salopard pompeux.

Houla ! – il était sidéré. Une vague de feu s'éleva de son cou et de son visage. D'une certaine manière c'était le mot *petit* qui l'avait le plus blessé. Une telle exécution – et lui avec ses fantastiques sternocléidomastoïdiens – il leva les yeux, cherchant les regards des autres, prêt à un rire défensif si quelqu'un d'autre levait le nez et souriait face à un tel outrage. Mais personne ne leva les yeux, et surtout pas McCoy, qu'il aurait volontiers étranglé.

– Il n'arrêtait pas de rejeter la tête en arrière et de faire un truc vraiment bizarre avec son cou, comme ça, et de me regarder à travers les fentes qui lui servent d'yeux. Quel débris !

Maintenant son visage était écarlate, en flammes, bouillant de colère et, pis que de colère, de consternation. Quelqu'un dans la pièce émit un son qui aurait pu être un rire ou qui aurait pu être une petite toux. Il n'avait pas le cœur à y réfléchir. *Salope* ! dit son cerveau, consciemment. Mais son système nerveux disait *Ignoble destructrice de mes espoirs les plus profonds !* Dans cette petite pièce pleine de gens, il accusait les coups que reçoivent les hommes dont les egos perdent leur virginité – comme cela se produit quand ils entendent pour la première fois l'opinion pleine et entière d'une belle femme sur leur moi masculin.

Ce qui vint ensuite était pire.

– Il a été très clair, Sherman, dit la voix sur la bande. Il m'a dit que si je témoignais contre toi et que je corroborais l'autre témoignage, j'obtiendrais l'immunité. Sinon, alors, je serais traitée comme complice et ils m'inculperaient de ces... crimes.

Puis :

– Il m'a même donné les photocopies des articles dans les journaux. Il m'a pratiquement dessiné une carte. Celles qui étaient les versions correctes et celles que tu avais concoctées. Si je dis ce qui s'est vraiment passé, je vais en prison.

Salope de menteuse! Il l'avais mise en boîte, bien sûr – mais il ne lui avait dessiné aucune carte! – il ne lui avait pas donné d'*instructions* sur ce qu'elle devait dire – il ne l'avait pas incitée à s'éloigner de la vérité...

Il éclata :

– M. le juge!

Kovitsky leva la main, paume en avant et la bande continua à tourner.

Sherman avait sursauté en entendant la voix du substitut. Le juge la lui avait fermée immédiatement. Sherman était hypertendu parce qu'il savait ce qui venait ensuite.

La voix de Maria :

– Viens ici, Sherman.

Il pouvait *sentir* à nouveau tous ces instants, ce moment et cet horrible match de catch... « Sherman, qu'est-ce qui ne va pas? Qu'est-ce qui ne va pas avec ton dos? »... Mais ce n'était que le début... sa propre voix, sa pauvre voix de menteur à la petite semaine : « Tu ne sais pas combien tu m'as manqué, combien j'ai eu besoin de toi. » Et Maria : « Eh bien... me voilà. » Puis l'horrible fausse embrassade – et il pouvait encore sentir son haleine, sentir ses mains sur son dos, sentir...

– Sherman... Qu'est-ce que tu as dans le dos?

Les mots emplirent la pièce d'un flot de honte. Il voulait s'enfoncer dans le sol. Il se tassa sur sa chaise et laissa son menton tomber sur sa poitrine. « Sherman, qu'est-ce que c'est ? »... Sa voix qui montait, ses dénégations faiblardes, la bousculade, ses halètements et ses cris aigus... « Et un *magnéto*, Sherman! »... « Tu me fais mal! »... « Sherman, espèce de salaud! pourri malhonnête! »

Trop vrai, Maria! Trop horriblement vrai!

Kramer écoutait tout ça dans un brouillard rouge de mortification. La Pute et le Rat – leur *tête-à-tête*[1] avait dégénéré en une sorte de combat sordide, rat-pute, *petit salopard pompeux. Débris, quelque chose de bizarre avec son cou.* Elle l'avait méprisé, humilié, lui avait coupé l'herbe sous les pieds, l'avait massacré – l'entraînant vers une inculpation pour subornation de témoin.

Sherman était étonné par le son de ses propres aspirations désespérées, cherchant de l'air, bruit étrange qui sortait de la machine noire sur le bureau du juge. C'était un son mortifiant. La douleur, la panique, la lâcheté, la faiblesse, la fourberie, la honte, l'indignité – toutes ces choses toutes en même temps, suivies par un claudiquement disgracieux. C'était le son de lui-même fuyant dans les escaliers de l'immeuble. Pas de doute. Il savait que tous les gens présents dans la pièce pouvaient le voir s'enfuir en courant, avec le magnéto et *le câble* entre les jambes.

Quand la bande s'arrêta, Kramer s'était débrouillé pour ramper hors de sa vanité blessée et pour rassembler ses esprits.

– M. le juge, dit-il, je ne sais pas ce que...

Kovitsky l'interrompit :

– Une seconde. M. Killian, pouvez-vous rembobiner cette bande? Je veux entendre à nouveau la conversa-

---

1. En français dans le texte.

tion entre M. McCoy et Mme Ruskin sur son témoignage.

– Mais, M. le juge...

– Nous allons l'écouter à nouveau, M. Kramer.

Et ils l'écoutèrent à nouveau.

Les mots passaient au-dessus de Sherman. Il était toujours en train de se noyer dans l'ignominie. Comment pourrait-il regarder l'un d'entre eux en face ?

Le juge dit :

– Très bien, M. Killian. Quelle conclusion proposez-vous que la cour tire de ceci ?

– M. le juge, dit Killian, soit cette femme, Mme Ruskin, a reçu des instructions pour témoigner de certains faits, en omettre d'autres et supporter de sévères conséquences, soit elle a pensé qu'elle devait le faire, ce qui revient au même, et...

– C'est absurde ! dit le substitut du procureur, Kramer. Il était penché en avant sur sa chaise, un gros doigt charnu pointé sur Killian et une rougeur de dingue sur le visage.

– Laissez-le finir, dit le juge.

– Et de plus, dit Killian, comme nous venons de l'entendre, elle avait une profonde motivation pour apporter un faux témoignage, pas seulement pour se protéger, mais aussi pour blesser M. McCoy, qu'elle appelle un « salaud pourri et malhonnête ».

Le salaud pourri et malhonnête était à nouveau honteux. Que pouvait-il exister de plus mortifiant que la vérité pure ? Un match verbal éclata entre le substitut du procureur et Killian. Qu'est-ce qu'ils disaient ? Cela ne signifiait rien, face à la vérité, évidente et misérable.

Le juge rugit :

– LA FERME ! Ils la fermèrent. – La question de la subornation n'est pas celle qui m'intéresse pour l'instant, M. Kramer, si c'est ça qui vous inquiète. Mais je crois bien qu'il existe une possibilité de faux témoignage devant un grand jury.

— C'est absurde ! s'écria Kramer. Cette femme avait deux avocats à ses côtés tout le temps. Demandez-leur ce que j'ai dit !

— Si on en arrive là, on le leur demandera. Mais je suis moins préoccupé par ce que vous avez dit que par ce qui lui est passé par la tête quand elle a témoigné devant le grand jury. Vous comprenez, M. Kramer ?

— Non, je ne comprends pas, M. le juge et...

Killian l'interrompit :

— M. le juge, j'ai une seconde bande.

Kovitsky dit :

— Très bien. Quelle est la nature de cette bande ?

— M. le juge...

— N'interrompez pas, M. Kramer. Vous aurez une chance d'être entendu. Allez-y, M. Killian. Quelle est la nature de cette bande ?

— C'est une conversation entre Mme Ruskin et M. Mc-Coy. M. McCoy m'a informé qu'il l'a enregistrée il y a vingt-deux jours, après le premier article de presse concernant les blessures d'Henry Lamb.

— Où a eu lieu cette conversation ?

— Au même endroit que l'autre, M. le juge, dans l'appartement de Mme Ruskin.

— Et également à son insu ?

— C'est exact.

— Et que nous apprend cette bande quant à l'audience ?

— Elle donne la version de Mme Ruskin de l'accident impliquant Henry Lamb. Elle en parle candidement, de sa propre volonté, avec M. McCoy. Elle répond à la question de savoir si elle a altéré son récit quand elle a témoigné devant le grand jury ou pas.

— M. le juge, c'est dément ! Maintenant on nous explique que l'accusé *vit câblé* ! Nous savions déjà qu'il est un rat, pour parler comme dans le Bronx, alors pourquoi devrions-nous croire...

— Calmez-vous, M. Kramer. D'abord nous allons écouter la bande. Puis nous l'évaluerons. Rien n'est encore versé au dossier. Allez-y, M. Killian. Attendez une minute, M. Killian. Je veux d'abord faire prêter serment à M. McCoy.

Quand les yeux de Kovitsky rencontrèrent les siens, Sherman eut du mal à soutenir son regard. A sa plus grande surprise il se sentait terriblement coupable de ce qu'il allait faire. Il était au bord de commettre un parjure.

Kovitsky demanda au greffier, Bruzzielli, de lui faire prêter serment, puis il lui demanda s'il avait enregistré ces deux bandes de la manière et au moment indiqués par Killian. Sherman dit oui, se forçant à regarder Kovitsky et se demandant si le mensonge n'était pas lisible sur son visage d'une manière ou d'une autre.

La bande commença : « Je le savais. Je le savais à ce moment-là. On aurait dû déclarer l'accident tout de suite... »

Sherman pouvait à peine écouter. Je suis en train de faire quelque chose d'illégal ! Oui... mais au nom de la vérité... c'est le sentier souterrain qui mène à la lumière... C'est vraiment la conversation que nous avons eue... Chaque mot, chaque son est vrai... Que ceci soit supprimé... ce serait de la plus grande malhonnêteté... N'est-ce pas ?... Oui – mais je fais quelque chose d'illégal ! Cela tournait et tournait dans sa tête tandis que la bande tournait aussi... et Sherman McCoy, lui qui s'était maintenant voué à être son moi animal, découvrait ce que beaucoup avaient découvert avant lui. Chez les garçons et les filles bien éduqués, la culpabilité et l'instinct d'obéir aux règles sont des réflexes, des fantômes ineffaçables dans la machine.

Avant que le géant hassidim n'ait dévalé les escaliers et que Maria n'ait éclaté de rire dans ce huis-clos sinistre du Bronx, l'avocat général, Kramer, protestait furieusement.

– M. le juge, vous ne pouvez pas permettre cette...

– Je vous laisserai l'occasion de vous exprimer.

– ... farce minable...

– M. Kramer !

– ... influencer...

– M. KRAMER !

Kramer la ferma.

– Bon, M. Kramer, dit Kovitsky, je suis sûr que vous connaissez la voix de Mme Ruskin. Vous êtes d'accord pour dire que c'était bien sa voix ?

– Probablement, mais là n'est pas la question. La question est...

– Une minute. En admettant que ce soit le cas, est-ce que ce que vous venez juste d'entendre diffère du témoignage de Mme Ruskin devant le grand jury ?

– M. le juge... c'est totalement absurde ! Il est difficile de *dire ce qui se passe* sur cette bande !

– Est-ce que cela *diffère*, M. Kramer ?

– Cela varie.

– Est-ce que « varie » est l'équivalent de « diffère » ?

– M. le juge il n'y a aucun moyen de savoir dans quelles conditions cette bande a été enregistrée !

– *Prima facie*, M. Kramer, est-ce que cela diffère ?

– *Prima facie*, cela diffère. Mais vous ne pouvez pas laisser ce truc minable – il balança sa main d'un geste méprisant dans la direction de McCoy – influencer votre...

– M. Kramer !

– ... jugement ! – Kramer apercevait la tête de Kovitsky qui s'abaissait graduellement. Le blanc commençait à apparaître sous ses iris. La mer commençait à écumer. Mais Kramer ne pouvait pas se retenir. – Le fait est que le grand jury a prononcé une inculpation valide ! Vous savez... cette audience n'a aucune juridiction sur...

– M. Kramer !

– ... les délibérations dûment accomplies d'un grand jury !

– Merci pour vos conseils et avis, M. Kramer !

Kramer se figea, la bouche encore ouverte.

– Laissez-moi vous rappeler, dit Kovitsky, que je suis le juge qui supervise le grand jury et que je ne suis pas enchanté par cette éventualité qu'un témoin clé dans cette affaire puisse être corrompu.

Fulminant, Kramer secoua la tête.

– Rien de ce que ces deux... *individus* – il balança le bras vers McCoy à nouveau – disent dans leur petit nid d'amour...

Il secoua à nouveau la tête, trop en colère pour pouvoir trouver les mots et achever sa phrase.

– C'est quelquefois là que sort la vérité, M. Kramer.

– La *vérité* ! Deux gens riches et pourris, dont un câblé comme un rat d'indic – allez essayer de dire ça aux gens dans ce tribunal, M. le juge !

A peine avait-il sorti ces mots que Kramer sut qu'il venait de commettre une erreur, mais il ne pouvait pas se freiner.

– ... et allez dire ça aux milliers de gens dehors qui sont suspendus au moindre mot de cette affaire ! Allez essayer de leur dire...

Il se tut. Les iris de Kovitsky filaient sur la mer turbulente. Il s'attendait à ce qu'il explose encore, mais à la place il fit quelque chose de bien plus déconcertant. Il sourit. Sa tête était baissée, son bec était sorti, ses iris faisaient de l'hydroglisseur sur l'océan, et il souriait.

– Merci, M. Kramer. Je vais le faire.

Quand le juge Kovitsky revint dans la salle d'audience, les manifestants sa payaient du bon temps, parlant le plus fort possible, caquetant, marchant de-ci, de-là, faisant des grimaces et trouvant tous les moyens de montrer à la patrouille d'agents en chemises blanches qui était le patron. Ils se calmèrent un petit peu quand ils virent arriver Kovitsky, mais surtout par curiosité. Ils étaient surexcités.

Sherman et Killian se dirigèrent vers la table des inculpés, une table posée devant l'estrade du juge et les voix de fausset repartirent de plus belle.

– Sherrrrr-maaaaannnnn...

Kramer était près de la table du greffe, parlant avec un grand type blanc en costume de gabardine bon marché.

– C'est le ci-devant Bernie Fitzgibbon, en qui tu n'as aucune confiance, dit Killian. – Il souriait. Puis il dit, désignant Kramer : – Surveille-bien cette tête de con.

Sherman regarda sans comprendre.

Kovitsky n'était pas encore monté sur l'estrade. Il se tenait à trois mètres de là, parlant à son assesseur, le type roux. Le bruit côté spectateurs s'amplifia. Kovitsky marcha lentement, monta les marches jusqu'à sa table sans regarder vers eux. Il s'installa, les yeux baissés, comme s'il fixait quelque chose sur le plancher.

Tout d'un coup – BAM! *le maillet*! – c'était comme une bombe joyeuse.

– VOUS! ASSIS, ET LA FERME!

Les manifestants se figèrent une seconde, choqués par le volume furieux de la voix de ce petit homme.

– ALORS... VOUS INSIIIIIISTEZ... POUR BRAVER... LA VOLONTÉ... DE CETTE COUR?

Ils se turent et regagnèrent leurs places.

– Très bien. Maintenant, dans l'affaire du Peuple contre Sherman McCoy, le grand jury avait prononcé une inculpation. Grâce à l'autorité dont je jouis pour superviser la procédure du grand jury, j'ordonne que cette inculpation soit levée dans l'intérêt de la justice, sans préjudice, et laisse au procureur le soin de représenter sa requête.

– Votre honneur! Kramer était debout, la main en l'air.

– M. Kramer...

– Votre décision fera des dégâts considérables non seulement pour nous qui représentons le peuple mais...

– M. Kramer?

– ... Mais à la cause du peuple également. Votre honneur, dans ce tribunal aujourd'hui – il désigna les spectateurs et les manifestants – se trouvent de nombreux membres de cette communauté affectés par cette affaire et cela malmène le système judiciaire de ce comté...

– M. KRAMER! SOYEZ GENTIL DE NE PAS ME PARLER DE MALMENER!

– Votre honneur...

– M. KRAMER! LA COUR VOUS ORDONNE DE LA FERMER!

Kramer regarda Kovitsky, la bouche grande ouverte, comme si on lui avait coupé le souffle d'un coup de poing.

– Bien, M. Kramer...

Mais Kramer avait retrouvé son souffle :

– M. le juge, je tiens à ce que les minutes montrent que la cour a élevé la voix. Hurlé, pour être précis.

– Maintenant, M. Kramer... la cour va faire entendre... PLUS QUE SA VOIX! Qu'est-ce qui vous fait penser que vous pouvez venir devant cette estrade en brandissant le drapeau de la pression de la communauté? La loi n'est pas une créature des peu nombreux ou des plus nombreux. La cour n'est pas impressionnée par vos menaces! La cour est au courant de votre conduite devant le juge Auerbach. Vous avez brandi une pétition, M. Kramer! Vous l'avez brandie en l'air comme une bannière! – Kovitsky leva sa main droite et l'agita en l'air. – Vous étiez à la TÉLÉVISION, M. Kramer! Un artiste vous a dessiné brandissant votre pétition comme Danton ou Robespierre, et vous étiez à LA TÉLÉVISION! Vous avez joué pour la foule, n'est-ce pas – et sans doute y en a-t-il maintenant dans cette salle QUI ONT APPRÉCIÉ CE SPECTA-CLE, M. Kramer. Eh bien j'ai DES NOUVELLES pour vous! Ceux qui entrent dans ce tribunal en BRANDISSANT DES BANNIÈRES... Y LAISSENT LEURS BRAS!... SUIS-JE ASSEZ CLAIR?

– Votre honneur j'avais à peine...

– SUIS-JE ASSEZ CLAIR ?

– Oui, votre honneur.

– Très bien. Donc, j'annule l'inculpation dans l'affaire du Peuple contre McCoy, avec mandat de représenter.

– Votre honneur ! Je dois me répéter – une telle action menace le peuple lui-même !

Kramer laissait échapper ses mots à toute vitesse pour que Kovitsky ne puisse pas le noyer sous son énorme voix. Kovitsky parut surpris par la crudité de cette déclaration et par sa véhémence. Il se figea et cela donna aux manifestants juste assez de courage pour exploser.

« Ouaaaaaiiiiissss !... Terminé la justice de Park Avenue ! »

L'un d'eux bondit de son siège, puis un autre et un autre. Le grand avec la boucle d'oreille était au premier rang, le poing dressé en l'air. « On va faire la lessive ! » criait-il, « aujourd'hui on lave plus blanc ! »

BAM ! Le maillet explosa à nouveau. Kovitsky se leva, posa les poings sur sa table et se pencha en avant.

– Les agents de ce tribunal vont... FAIRE SORTIR CE MONSIEUR !

Et sur ce, il désigna de son doigt brandi le grand manifestant avec la boucle d'oreille. Deux agents en chemise à manches courtes blanches, avec leurs 38 sur la hanche, s'approchèrent de lui.

– Vous pouvez pas faire sortir le peuple ! hurla-t-il. Vous pouvez pas faire sortir le peuple !

– Ouais, dit Kovitsky, mais toi, tu vas sortir !

Les agents se refermèrent sur le type et commencèrent à le pousser vers la sortie. Il regardait ses compagnons, mais ils avaient l'air troublé. Ils tapaient du pied, mais ils n'avaient pas le cran d'affronter Kovitsky *en masse*[1].
BAM !

– SILENCE ! dit Kovitsky. – Dès que la foule fut raison-

---

1. En français dans le texte.

nablement calme, Kovitsky regarda vers Fitzgibbon et Kramer : – La séance est ajournée.

Les spectateurs se levèrent et leurs murmures grandirent en une rumeur coléreuse tandis qu'ils se dirigeaient vers la porte, fusillant Kovitsky du regard.

Neuf agents formèrent une ligne entre les spectateurs et la barre. Deux d'entre eux avaient la main sur la crosse de leurs revolvers. Il y eut quelques cris étouffés, mais Sherman n'arrivait pas à comprendre ce qu'ils criaient. Killian se leva et commença à avancer vers Kovitsky. Sherman le suivit.

Un énorme fracas venu de derrière. Sherman pivota d'un coup. Un grand Noir avait traversé la ligne de policiers. C'était celui avec la boucle d'oreille en or, celui à qui Kovitsky avait ordonné de sortir du tribunal. Apparemment les agents l'avaient refoulé dans le couloir et maintenant il était revenu, enragé. Il avait déjà franchi la barre. Il fonçait vers Kovitsky, les yeux fous.

– Espèce de vieille connasse chauve ! Espèce de vieille connasse chauve !

Trois agents quittèrent la ligne qui tentait de repousser les manifestants dehors. L'un d'eux saisit le grand type par le bras, mais il se dégagea d'un bond.

– Justice de Park Avenue !

Des manifestant commençaient à passer par la brèche ouverte dans la ligne d'agents, marmonnant et grognant et essayant de se figurer jusqu'à quelles limites leur fierté les pousserait. Sherman les fixait, paralysé par cette image. *Maintenant, ça commence !* Il sentait sa peur... L'anticipation !... *Maintenant, ça commence !* Les agents reculent, essayant de rester entre la foule et le juge et la cour. Les manifestants poussent, grognent, se regardent, font monter la pression, essaient de se représenter leur propre puissance, leur propre bravoure.

Bouh... Ouaaaaiiisss !... Hé, toi, Goldberg !... Vieille tête de connasse de merde !

Tout d'un coup, juste sur sa gauche, Sherman aperçoit la silhouette sauvage et osseuse de Quigley. Il a rejoint les agents. Il essaie de repousser la foule. Il a une expression de démence sur le visage.

– Okay, vieux, ça suffit. C'est terminé. Tout l' monde rentre à la maison, vieux !

Il les appelle tous « Vieux ». Il est armé, mais son revolver demeure quelque part sous sa veste de sport Vert Thé. Les agents reculent lentement. Ils n'arrêtent pas de remuer leurs mains vers leurs holsters. Ils touchent les crosses de leurs revolvers, puis retirent leurs mains, comme s'ils étaient terrifiés à l'idée de ce qui pourrait se passer si jamais ils sortaient leurs armes et commençaient à tirer dans la salle.

Ils poussent et bousculent... Un vacarme terrifiant... Quigley !... Quigley saisit un manifestant par le poignet, lui tord le bras dans le dos et le balance en l'air – *Ahhhhhh !* – puis il lui balaie les jambes. Deux des agents, celui appelé Brucie et le gros avec le pneu de graisse autour de la taille, viennent en renfort derrière Sherman, courbés, la main sur leur holster. Brucie crie par-dessus son épaule, à Kovitsky : « Foncez dans votre ascenseur, M'sieur l' juge ! Pour l'amour du Ciel, foncez à l'ascenseur ! » Mais Kovitsky ne bouge pas. Il regarde la foule, fulminant.

Le grand, celui avec la boucle d'oreille, est à trente centimètres à peine des deux agents. Il n'essaie pas de passer. Il a la tête qui émerge de son long cou et il hurle à Kovitsky :

– Vieille connasse chauve !

– Sherman ! – C'est Killian, sur son flanc. – Viens ! On va descendre par l'ascenseur du juge !

Il sent Killian qui le tire par le coude, mais il est enraciné là. *Maintenant, ça commence ! Pourquoi attendre ?*

Un flou. Il lève le nez. Un visage furieux, en chemise bleue, le charge. Un visage grimaçant. Un énorme doigt osseux dressé.

– C'est l'heure, Park Avenue !

Sherman se tend. Soudain... Quigley. Quigley s'est interposé entre eux deux et, avec un sourire complètement dément, il colle sa figure juste devant celle du type et dit :

– Salut !

Surpris, le type le regarde, et à ce moment-là, tout en continuant à le regarder droit dans les yeux en souriant, Quigley soulève son pied gauche et l'aplatit sur les orteils du type. Un cri terrifiant.

Ça fait détonateur sur la foule. *Ahhhhhhh !... Chopez-le ! Chopez-le !...* Les agents sont bousculés. Brucie pousse le grand type avec la boucle d'oreille. Il va rouler d'un côté. Tout d'un coup il est directement devant Sherman. Il le regarde. Il est sidéré. Face à face ! Et maintenant, quoi ? Il ne fait que le regarder. Sherman est pétrifié... Terrifié... *Maintenant !* Il se tasse sur lui-même, pivote sur sa hanche et tourne le dos – *maintenant !* – ça commence maintenant ! Il tourne les talons et colle son poing en plein dans le plexus solaire du type.

– Hooooooo !

Ce grand fils de pute est tombé, la bouche ouverte et les yeux écarquillés, la pomme d'Adam qui se convulse. Il s'écroule.

– Sherman ! Viens !

Killian le tire par le bras. Mais Sherman est figé. Il ne parvient plus à détacher les yeux du type avec la boucle d'oreille en or. Il est sur le sol, plié sur le flanc, suffocant. La boucle d'oreille est écartée de son lobe sous un angle dément.

Sherman est repoussé en arrière par deux formes qui se battent. *Quigley.* Quigley tient un grand jeune Blanc par le cou avec un bras et semble tenter de lui rentrer le nez dans le crâne avec le dos de l'autre main. Le jeune Blanc fait *ahhhhaaaaaahhhh* et saigne terriblement. Son nez ressemble à une pizza écrasée. Quigley grogne, *mmmmmhmmmmmh.* Il laisse tomber le jeune type sur le sol puis lui écrase le talon sur le bras. Un horrible *ahhhhh*. Quigley tire Sherman par le bras et le pousse en arrière.

– Allez, Sherm, viens! – *Sherm.* – Foutons l' camp d'ici, merde!

Je lui ai collé mon poing dans le ventre – et il a fait *Oooooooo, et il est tombé!* Un dernier regard vers la boucle d'oreille de travers...

Maintenant, Quigley le pousse et Killian le tire en arrière.

– Allez, dit Killian. Ça va pas la tête?

Il n'y avait qu'un petit demi-cercle d'agents, plus Quigley, entre la foule et Sherman, le juge, son assesseur et le greffier qui s'écrasaient devant la porte menant à la chambre du juge, épaule contre épaule. Les manifestants – maintenant ils avaient vraiment de quoi être furieux! L'un d'eux essaie de passer par la porte... Brucie ne peut pas le retenir... *Quigley*... il a sorti son revolver. Il le lève en l'air. Il se colle nez à nez avec le type dans l'encadrement de la porte.

– Okay, pédé, tu veux une narine supplémentaire dans ton tarin de merde?

Le type se fige, statufié. Ce n'est pas le revolver. C'est l'expression qu'arbore Quigley qui l'abat.

Un coup... deux coups... C'est tout ce qu'il leur faut. Le gros agent avec le pneu de graisse tient la porte de l'ascenseur ouverte. Ils entraînent tout le monde dedans – Kovitsky, son assesseur, le grand greffier, Killian. Sherman entre à reculons avec Quigley, Brucie et Quigley sont sur lui. Trois agents restent dans la « chambre », prêts à dégainer leurs armes. Mais la foule a perdu sa force, perdu du cœur. *Quigley. L'expression sur son visage. Okay, pédé. Tu veux une narine supplémentaire dans ton tarin de merde?*

L'ascenseur commence à descendre. Il fait une chaleur épouvantable là-dedans. Ils sont écrasés les uns sur les autres. *Ah aaaahhh aaaahhhhh.* Sherman se rend compte que c'est lui-même, cherchant de l'air, lui et Quigley, et aussi Brucie et l'autre agent, le gros. *Aaaahhh, aaaaahhhhhhh, aaaahhhh, aaaahhhh, aaaa-aaahhhhhhh.*

– Sherm! – C'est Quigley qui parle, entre deux suffocations. – Tu l'as baisé... Cet enculé... Sherm! tu... l'as... Baisé à froid!

Tombé sur le plancher. Cassé en deux. La boucle d'oreille de travers. Maintenant! – et j'ai triomphé. Il brûle d'une peur glaciale. – *Ils vont m'avoir!* – Et il anticipe comme un dément. *Encore! Je veux le faire encore!*

– Ne nous félicitons pas trop. – C'était Kovitsky, d'une voix neutre et basse. – Tout ce truc est un putain de fiasco. Vous ne savez même pas à quel point ça va faire mal. Je n'aurais pas dû ajourner la séance aussi vite. J'aurais dû leur parler. Ils... *ne savent pas.* Ils ne savent même pas ce qu'ils ont fait.

– M'sieur l' juge, dit Brucie, c'est pas fini encore. On a des manifestants dans les couloirs et autour du bâtiment.

– Où ça, dehors?

– Surtout devant les escaliers de la façade, sur la 161e Rue, mais il y en a aussi sur Walton Avenue. Où est votre voiture?

– Comme d'habitude. Dans le puits.

– Peut-être que l'un de nous devrait la ramener devant l'entrée sur Concourse.

Kovitsky réfléchit un moment.

– Pas question, bordel! J' vais pas leur donner ce plaisir!

– Ils le sauront même pas, M'sieur l' juge... J' veux pas vous alarmer, mais ils sont déjà là dehors... à parler d' vous... Ils ont une sono et tout.

– Ah ouais? fit Kovitsky, ils ont déjà entendu parler d'obstruction à l'administration gouvernementale?

– Je crois qu'ils ont jamais entendu parler de quoi que

ce soit d'autre que de foutre le feu à l'enfer, mais ça, y savent le faire.

– Eh bien, merci, Brucie, dit Kovitsky en commençant à sourire. – Il se tourna vers Killian. – Vous vous souvenez du jour où j' vous ai ordonné de sortir de l'ascenseur du juge ? J' me rappelle même pas comment vous y étiez entré.

Killian sourit et hocha la tête.

– Et vous vouliez pas sortir et j'ai dit que j'allais vous faire arrêter pour outrage ? Et vous aviez dit, outrage à quoi ? outrage à ascenseur ? Vous vous souvenez de ça ?

– Un peu que je m'en souviens, M'sieur l' juge, mais j'avais toujours espéré que *vous*, non !

– Vous savez c' qui m'avait énervé ? C'est que vous aviez raison. C'est ça qui m'avait énervé.

Avant même que l'ascenseur atteigne le rez-de-chaussée, ils purent entendre l'énorme DRRRRRIIIIINNNNGGG ! de l'alarme.

– Bon Dieu ! quel est le con qui a allumé ça ? dit Brucie. Y croient que kèkun va répondre ? Tous les agents du building sont déjà à leurs postes !

Kovitsky était à nouveau sombre. Il secouait la tête. Il avait l'air si petit, un petit homme chauve et osseux dans une volumineuse robe noire écrasé dans cet ascenseur étouffant.

– Ils ne savent pas à quel point c'est grave. Putain, ils ne savent pas... Je suis leur seul ami, leur seul ami...

Quand la porte de l'ascenseur s'ouvrit, le bruit de l'alarme – DRRRRRIIIIINNNNGGGGG ! – était surpuissant. Ils émergèrent dans un petit vestibule. Une porte menait à la rue. Une autre donnait dans le hall du rez-de-chaussée de l'île fortifiée. Brucie cria à Sherman :

– Comment vous vous figurez que vous allez sortir d'ici ?

Quigley répondit :

– On a une bagnole, mais Dieu seul sait où elle est. Ce

putain de chauffeur chiait déjà dans son froc rien que de venir ici.

Brucie dit :

– Et il est où, normalement ?

Quigley répondit :

– Devant la porte sur Walton Avenue, mais si j'ai bien pigé c' pédé, il est déjà à mi-chemin de Bonbon.

– Bonbon ?

– C'est la putain de ville d'où il vient, à Ceylan, Bonbon. Plus on s'approchait de ce putain d' tribunal, plus il parlait de cette putain d' ville d'où y vient, Bonbon. Cette putain de ville s'appelle Bonbon !

Les yeux de Brucie s'écarquillèrent et il cria :

– Hé, M'sieur l' juge !

Kovitsky se dirigeait droit vers la porte qui menait dans le hall d'entrée de l'immeuble.

– M'sieur l' juge ! allez pas là-dedans ! Y en a plein les couloirs !

Maintenant ! Encore ! Sherman se précipita vers la porte et courut après la petite figure en noir.

La voix de Killian :

– Sherman ! ça va pas non ?

La voix de Quigley :

– Sherm ! Bon Dieu !

Sherman se retrouva dans un vaste hall de marbre noyé par le bruit stupéfiant de l'alarme. Kovitsky était devant lui, marchant si vite que sa robe volait comme des ailes. Il avait l'air d'un corbeau qui tente de gagner de l'altitude. Sherman accéléra pour le rattraper. Une forme le dépassa. Brucie.

– M'sieur l' juge ! M'sieur l' juge !

Brucie rattrapa Kovitsky et essaya de lui prendre le bras gauche. Maintenant Sherman était juste derrière eux. D'un geste rageur Kovitsky se dégagea de la prise de l'agent.

– M'sieur l' juge, où vous allez ? Keske vous faites ?

– Faut que j' leur dise ! dit Kovitsky.

– M'sieur l' juge, ils vont vous tuer!

– Faut que l' leur dise!

Sherman était conscient maintenant que les autres les rejoignaient sur les côtés... le gros agent... Killian... Quigley... Tous les visages dans le hall étaient figés et les regardaient, essayant de comprendre à quoi diable ils avaient affaire... ce minuscule juge furieux dans sa robe noire avec ses ailiers qui couraient autour de lui en hurlant : « M'sieur l' juge, faites pas ça! »

Des cris dans le hall... *C'est lui!*... *Hé, v'là cet enculé!*... DRRRRIIIINNNNGGGGGG!... l'alarme écrasait tout le monde sous ses chocs sonores.

Brucie essayait toujours de retenir Kovitsky.

– LÂCHEZ MON BRAS, PUTAIN DE MERDE! hurla Kovitsky. C'EST UN ORDRE, BRUCIE, PUTAIN DE BORDEL!

Sherman accéléra pour suivre. Il n'était qu'à deux pas du juge. Il chercha des yeux les visages dans le hall. *Maintenant! encore!* Ils prirent un tournant dans le hall. Ils étaient dans la réception, vaste salle moderne qui menait au perron dominant la 161e Rue. Cinquante ou soixante personnes, cinquante ou soixante visages captivés, à l'intérieur de la salle, regardant la terrasse. A travers les portes vitrées, Sherman pouvait voir une masse de corps et de têtes.

Kovitsky atteignit les portes du devant et en ouvrit une d'une poussée, puis s'arrêta. DDRRRRIIIIIINNNNNNGGGGG! Brucie cria :

– N'y allez pas, M'sieur l' juge! Je vous en supplie!

Au centre du perron, il y avait un micro sur pied, comme vous en trouveriez dans un kiosque à musique. Au micro il y avait un grand Noir en costume noir et chemise blanche. Des Noirs et des Blancs étaient groupés autour de lui des deux côtés. Une Blanche aux cheveux blonds grisonnants se tenait près de lui. Toute une foule, de Noirs et de Blancs, était répandue sur le perron et sur les escaliers qui en descendaient sur les deux côtés. A en juger par le bruit, des centaines, peut-être des milliers d'autres, étaient dans le grand escalier et sur le trottoir en dessous sur la 161e Rue et Sherman reconnut celui qui tenait le micro. Le Révérend Bacon.

Il parlait à la foule d'une voix de baryton calme et contrôlée, comme si chaque mot était une étape supplémentaire du destin.

– Nous avions mis notre confiance dans cette société... et dans ce pouvoir en place... et qu'avons-nous obtenu? – Des sifflets et des cris dans la foule. – Nous avons cru en leurs promesses... et qu'avons-nous obtenu? – Des grognements, des cris, des sifflets. – Nous avons cru en leur justice. Ils nous ont dit que la justice était aveugle. Ils nous ont dit que la justice était une aveugle... une femme impartiale... Vous voyez?... Et que cette femme ne voyait pas la couleur de votre peau... Et, en fait, qui est cette femme? Comment elle s'appelle? Quand elle balance ses mensonges racistes, quel est son visage? – Cris, sifflets, hurlements, appels au sang. – Nous connaissons ce visage, nous connaissons son nom... c'est MY-RON KO-VIT-SKY! – Un énorme vacarme monta de la foule, comme un cri colossal parsemé de sifflets et de hurlements stridents. – MY-RON KO-VIT-SKY! – Le bruit se changea en rugissement. – Mais nous pouvons attendre, mes frères et mes sœurs... Nous pouvons attendre... Nous avons *déjà* attendu si longtemps et nous n'avons plus d'endroit où aller. NOUS POUVONS ATTENDRE!... Nous pouvons attendre que les piliers du pouvoir en place montrent leurs visages. Il est là, dedans. Il est là, dedans! – Bacon gardait le visage tourné vers le micro et la foule, mais il tendait le bras et l'index derrière lui dans la direction du bâtiment. – Et il sait que le peuple est ici, car... *lui*... n'est pas... aveugle... Il vit dans la peur dans son île, sur l'océan tout-puissant du peuple, et il sait que le peuple – et la justice! – l'attendent! Et il n'y a plus d'issue!

La foule rugit et Bacon se pencha un moment sur le

côté le temps que la blonde grisonnante lui chuchote quelque chose à l'oreille.

A cet instant Kovitsky ouvrit d'un coup les doubles portes vitrées devant lui. Sa robe le gonflait d'énormes ailes.

– M'sieur l' juge! Pour l'amour du Ciel!

Kovitsky s'avança dans l'encadrement de la porte, les bras écartés. Le moment s'étira... s'étira... Ses bras retombèrent. Les ailes étendues s'effondrèrent contre son corps fragile. Il fit demi-tour et rentra dans la salle. Il avait baissé les yeux et il marmonnait.

– Leur seul ami, putain, le seul... – Il regarda l'agent et dit : – Okay, Brucie, on s'en va.

Non! Maintenant! Sherman s'écria :

– Non, monsieur l' juge! Allez-y! Faites-le! Je vais avec vous!

Kovitsky pivota sur lui-même et regarda Sherman. Visiblement il ne s'était pas rendu compte avant qu'il était là. Un air furieux.

– Bon Dieu!...

– Faites-le, dit Sherman. Allez-y, M. l' juge!

Kovitsky se contenta de le regarder. Sous l'emprise de Brucie ils se dirigeaient tous à nouveau dans l'autre sens, assez vite. Les couloirs s'étaient remplis... Une sale foule...

C'est Kovitsky! C'est lui! Des cris... Un murmure terrible... DRRRRIIIIINNNNNGGGG! – l'alarme sonnait et sonnait et ricochait sur le marbre, redoublant, perforant... Un homme plus âgé, pas un manifestant, arriva sur un côté, comme pour affronter Kovitsky, le désignant du doigt en criant : « Vous... » Sherman se jeta devant lui en hurlant :

– Tire ta sale gueule du passage, putain!

L'homme bondit en arrière, la bouche entrouverte. Son *expression* – l'effroi! *Maintenant! Encore!* – colle-lui ton poing dans le ventre, écrase-lui le nez, colle-lui des coups de talon dans les yeux! – Sherman se retourna pour regarder Kovitsky.

Kovitsky le fixait comme vous regarderiez un échappé de l'asile. Killian aussi. Et les deux agents également.

– Vous êtes tombé sur la tête? cria Kovitsky. Vous voulez vous faire buter?

– M'sieur l' juge, dit Sherman, ça n'a pas d'importance, aucune importance!

Il souriait. Il sentait sa lèvre supérieure qui découvrait ses dents. Il laissa échapper un rire bref et sanguinaire. Sans meneur, la foule dans le couloir reculait, pas bien certaine de ce à quoi elle avait affaire. Sherman scrutait leurs visages, comme pour les oblitérer du regard. Il était terrifié – et tout à fait prêt! *encore!*

La petite bande battit en retraite dans les halls de marbre.

ÉPILOGUE

Un an plus tard, jour pour jour, l'article suivant parut en page 1 de la rubrique Nouvelles locales du *New York Times*.

Un financier inculpé après la mort d'un brillant étudiant

par OVERTON HOLMES, JR.

Ancien financier de Wall Street, Sherman McCoy a été amené, menottes aux poignets, hier dans le Bronx et inculpé d'homicide après la mort de Henry Lamb, un jeune étudiant noir de 19 ans qui avait été la fierté d'une cité rénovée du South Bronx.

M. Lamb est mort lundi soir à l'hôpital Lincoln, des suites de la commotion cérébrale dont il avait été victime lorsqu'il avait été renversé par le coupé Mercedes de M. McCoy sur Bruckner Boulevard, dans le Bronx, treize mois auparavant. Il n'avait jamais repris conscience.

Des manifestations de Solidarité de Tous les Peuples et d'autres organisations scandaient « meurtrier de Wall Street », « tueur capitaliste » et « Justice, enfin » alors que des inspecteurs conduisaient M. McCoy vers le Tribunal correctionnel du Bronx sur la 161e Rue. Le rôle présumé de McCoy dans les préjudices subis par M. Lamb était

913

devenu l'an dernier le centre d'une tempête politique.

Une figure patricienne

Quand des journalistes lui ont demandé de commenter le contraste entre son passé sur Park Avenue et à Wall Street, et sa situation actuelle, M. McCoy s'est écrié : « Je n'ai rien à voir avec Wall Street et Park Avenue. Je suis un accusé professionnel. La justice me harcèle depuis un an et j'en ai encore peut-être pour entre 8 et 25. »

C'était apparemment une allusion à la sentence qui serait prononcée contre lui s'il était reconnu coupable de cette nouvelle accusation. Le procureur général du Bronx, Richard A. Weiss, aurait préparé un réquisitoire de 50 pages à présenter au grand jury. La persévérance tenace de M. Weiss dans cette affaire est considérée, semble-t-il, comme la clé de sa réélection de novembre.

Figure éminente, patricienne, fils d'un grand avocat de Wall Street, John Campbell McCoy, issu de l'école St Paul et de Yale, M. McCoy, 39 ans, était vêtu d'une chemise à col ouvert, d'un pantalon kaki et de chaussures de sport. Quel contraste avec les costumes anglais à 2 000 $ qui faisaient la renommée de celui qui fut le légendaire « roi de l'obligation » à 1 million de $ par an chez Pierce & Pierce. Tandis qu'on le faisait pénétrer dans le Sommier Central du Bronx, à la question d'un journaliste, M. McCoy a répondu : « Je vous ai dit que j'étais un accusé professionnel. Je m'habille maintenant pour la prison, même si je n'ai encore été condamné pour aucun crime. »

Un train de vie diminué

Lors de sa comparution, six heures plus tard, M. McCoy est passé devant le juge Samuel Auerbach, avec une légère enflure du côté gauche de la mâchoire et des écorchures aux phalanges des deux mains. Questionné à ce sujet par le juge Auerbach, il a répondu en serrant les poings : « Ne vous inquiétez pas, M. le juge. C'est quelque chose dont je m'occuperai moi-même. »

Selon les officiels de la police, M. McCoy a été impliqué avec deux autres prisonniers en cellule de détention provisoire, dans une « dispute » qui a dégénéré en bagarre, et il a refusé tout traitement médical.

Quand le juge lui a demandé ce qu'il plaidait,

M. McCoy a répondu d'une voix forte : « Absolument innocent. » Refusant les conseils du juge, il a tenu à assurer lui-même sa défense lors de la comparution et a indiqué qu'il ferait de même lors de son futur procès.

Une source proche de M. McCoy, dont la fortune a été estimée un jour à plus de 8 000 000 de $, a affirmé qu'après un an de tracasseries et de frais légaux extraordinaires, il arrivait à peine à payer un loyer. Ancien propriétaire d'un appartement de très grand standing estimé à 3 200 000 $ au 816 Park Avenue, il loue maintenant un modeste deux-pièces dans une tour d'après guerre sur la 34e Rue près de la Première Avenue.

La précédente charge retenue contre M. McCoy, conduite dangereuse, a été rejetée en juin dernier durant une audience tumultueuse devant l'ancien président de la Cour Suprême, Myron Kovitsky. Lors de la tempête de protestations qui s'ensuivit dans la communauté noire, M. Weiss avait ramené l'affaire devant un second grand jury et obtenu une nouvelle inculpation.

La Fédération démocrate du Bronx, en réponse aux exigences de la communauté, avait refusé la réinvestiture du juge Kovitsky qui subit un échec retentissant lorsqu'il tenta de se représenter aux élections de novembre. Il fut remplacé par le vétéran de la justice, Jérôme Meldnick. Le procès de M. McCoy, en février dernier, s'était terminé par un jury bloqué, car les trois jurés blancs et l'unique juré hispanique demandaient l'acquittement.

Il y a deux mois, un jury du Bronx a attribué à M. Lamb 12 000 000 de $ lors d'une action en partie civile à l'encontre de M. McCoy, qui a fait appel. Récemment, l'avocat Albert Vogel, plaidant pour M. Lamb, a accusé M. McCoy d'avoir dissimulé des fonds afin d'échapper au jugement. Les fonds en question, provenant de la vente de son appartement de Park Avenue et de sa maison de Southampton, Long Island, qu'il avait essayé de mettre au nom de sa femme Judy, dont il est séparé, et de leur fille Campbell âgée de sept ans. En attendant la décision en appel pour dommages et intérêts, la cour a bloqué les fonds en question ainsi que le reste des titres et tous les biens personnels de M. McCoy.

Mme McCoy et sa fille auraient déménagé pour le Midwest, mais Mme McCoy se trouvait dans la salle d'audience, hier, parmi les manifestants noirs et blancs qui occupaient bruyamment la plupart des sièges et qui, apparemment, ne l'ont pas reconnue. A un moment donné, M. McCoy a regardé vers sa femme et lui a fait un léger sourire en levant la main gauche, poing fermé. La signification de ce geste est demeurée obscure. Mme McCoy a refusé de répondre aux journalistes.

Un nid d'amour
à loyer bloqué

Le mariage de M. McCoy avait été ébranlé par la révélation que Maria Ruskin-Chirazzi, héritière de la fortune Ruskin (charters aériens), était dans la voiture avec M. McCoy lorsque M. Lamb s'est fait renverser. On apprit par la suite que le couple entretenait une liaison secrète dans un appartement surnommé ultérieurement « le nid d'amour à loyer bloqué ».

Le mari d'alors de Mme Ruskin-Chirazzi, Arthur Ruskin, est mort d'une attaque cardiaque peu avant l'implication de sa femme dans l'affaire.

Le procureur Weiss se préparait à entamer un nouveau procès sous l'accusation de conduite dangereuse quand M. Lamb est décédé, exposant M. McCoy à une inculpation d'homicide beaucoup plus sérieuse. M. Weiss a déjà annoncé que le substitut Raymond I. Andriutti mènerait l'accusation. A cause de développements inattendus, M. Weiss a été contraint de remplacer le substitut précédent, Lawrence Kramer, quand on a découvert que M. Kramer avait intercédé auprès d'un propriétaire pour louer le ci-devant nommé « nid d'amour » pour une amie, Shelly Thomas, une rédactrice de publicité. M. Kramer, qui est marié, avait rencontré Mlle Thomas alors qu'elle était juré dans une affaire qu'il menait, sans lien avec celle-ci. L'accusé de cette affaire, Herbert (Herbert 92 X) Cantrell, a obtenu une révision de sa condamnation pour meurtre au premier degré, sur la base d'un « vice de forme ».

M. Andriutti a déclaré hier qu'il ferait citer Mme Chirazzi comme témoin de l'accusation lors du nouveau procès de M. McCoy malgré le fait qu'il avait existé une controverse sur son témoignage devant un grand jury, controverse qui avait amené le juge Kovitsky à prononcer un non-lieu pour la première inculpation. Elle n'avait pas témoigné lors du premier procès.

Propriétés à la mode

Les problèmes légaux de M. McCoy ont été multipliés hier lorsque l'employée d'une agence immobilière, Sally Rawthrote, a porté plainte contre lui devant le tribunal civil de Manhattan, réclamant 500 000 $. Mme Rawthrote avait reçu une commission de 192 000 $ pour la vente de l'appartement de M. McCoy pour 2 300 000 $. Mais M. Lamb, par l'intermédiaire de M. Vogel, l'a poursuivie, réclamant ces 192 000 $, en faisant remarquer que cet argent devrait servir à payer les 12 000 000 $ de dommages et intérêts auxquels M. McCoy avait été condamné. La plainte de Mme Rawthrote contre M. McCoy fait état de vente abusive de biens bloqués.

Dans une déclaration, elle affirme qu'elle « ne compte pas trop revoir l'argent de sa commission, pourtant due », et en fait elle souhaite bonne chance à M. McCoy.

Comment M. McCoy va pouvoir se débrouiller avec ceci et ses autres problèmes légaux très complexes, reste très incertain. Interrogé à son domicile de Long Island, l'ancien avocat de M. McCoy, Thomas Killian, a déclaré qu'il ne représentait plus M. McCoy car M. McCoy n'avait pas les fonds nécessaires pour organiser sa défense.

M. Killian lui-même fait face à un tir de barrage de plaintes de ses nouveaux voisins de la résidence à la mode North Shore de Lattingtown. Il a acheté récemment la propriété Phipps, 40 hectares, et a engagé l'architecte néo-Shingle Hudnall Stallworth, pour concevoir un vaste agrandissement de la maison originelle, qui est classée monument historique. Les défenseurs locaux refusent toute altération de ce célèbre bâtiment géorgien.

M. Killian ne cache pourtant pas son soutien à M. McCoy. Dans une déclaration avant un déjeuner privé, hier, il a qualifié cette accusation de meurtre d'un adjectif scatologico-bovin et on cite cette phrase de lui [*] : « Si cette affaire était jugée en toute âme et conscience, les accusés seraient Abe Weiss, Reginald Bacon et Peter Fallow, du *City Light*. »

Milton Lubell, porte-parole de M. Weiss, a déclaré que le procureur ne répondrait pas à des « débilités » émises par

« quelqu'un qui n'est plus impliqué dans l'affaire ». Il a ajouté : « Seuls des traitements de faveur de la part de certains éléments du système judiciaire ont préservé jusqu'ici M. McCoy de la loi. Il est tragique qu'il faille la mort de Henry Lamb, qui représentait les plus grands idéaux de notre ville, pour voir la justice enfin rendue dans cette affaire. »

Buck Jones, porte-parole de la Solidarité de Tous les Peuples de M. Bacon, a rejeté l'accusation de M. Killian, comme étant « le double discours raciste habituel, bavé par un raciste en faveur d'un capitaliste raciste », qui cherche à « éviter de payer sa dette pour la destruction raciste d'un jeune homme brillant ».

M. Fallow, lauréat du prix Pulitzer pour sa couverture de l'affaire McCoy, n'a pas pu être joint pour donner son avis. Selon nos informations, il serait en croisière sur un trois-mâts dans la mer Egée, avec la jeune femme qu'il a épousée il y a quinze jours, Lady Evelyn, fille de Sir Gerald Steiner, l'éditeur et financier.

Table

Salman Rushdie
Les Enfants de minuit   Biblio 3122

« Je suis né dans la maternité du docteur Narlikar, le 15 août 1947. (...) Il faut tout dire : à l'instant précis où l'Inde accédait à l'indépendance, j'ai dégringolé dans le monde. Il y avait des halètements. Et, dehors, de l'autre côté de la fenêtre, des feux d'artifice et la foule. Quelques secondes plus tard, mon père se cassa le gros orteil; mais cet incident ne fut qu'une vétille comparé à ce qui m'était arrivé, dans cet instant nocturne, parce que grâce à la tyrannie occulte des horloges affables et accueillantes, j'avais été mystérieusement enchaîné à l'histoire, et mon destin indissolublement lié à celui de mon pays. (...) Moi, Saleem Sinai, appelé successivement par la suite Morve-au-Nez, Bouille-sale, Déplumé, Renifleux, Bouddha et même Quartier-de-Lune, je fus étroitement mêlé au destin — dans le meilleur des cas, un type d'implication très dangereux. Et, à l'époque, je ne pouvais même pas me moucher. »

Saga baroque et burlesque qui se déroule au cœur de l'Inde moderne, mais aussi pamphlet politique impitoyable, Les Enfants de minuit *est le livre le plus réussi et le plus attachant de Salman Rushdie. Traduit en quinze langues, il a reçu en 1981 le* Booker Prize.

Luxun
Histoire d'AQ : véridique biographie   Biblio 3116
Traduction et présentation de Michelle Loi

Il est lâche, il est pleutre, fanfaron et misérable. Son existence n'aura été qu'une suite ininterrompue de péripéties médiocres, de coups reçus et de rêves avortés. Sa mort elle-même aura l'allure d'une méprise inutile. Et si AQ avait eu seulement le talent d'imaginer son épitaphe, il est probable que sa formule aurait été : « Je me regrette ! »

Avec *Histoire d'AQ, véridique biographie*, Luxun a donné à la littérature chinoise son personnage emblématique : à la fois Tartarin, Guignol et Gribouille. Un échantillon d'une certaine Chine qui ressemble furieusement à un échantillon de l'espèce humaine.

Georges Walter
Faubourg des Amériques   6543

La nuit du 6 septembre 1620, dans la brume et la discrétion, un trois-mâts ventru quitte le port de Plymouth avec cent deux passagers à bord. Le navire s'appelle le *Mayflower*... L'aventure prodigieuse de ce voyage reste ignorée, et le narrateur, qui vit dans l'étrange faubourg à demi détruit d'une moderne Métropolis, rêve d'en faire un film à grand spectacle. Déjà il projette sur l'écran de son imagination l'odyssée grandiose qu'il en a tirée, mêlant à la traversée des premiers émigrants puritains, des instantanés de l'Amérique de Howard Hughes, ainsi que le reflet de son humble et très mystérieuse existence.

Introduit dans son rêve, on découvre les drames, les angoisses, les divisions qu'engendre une traversée de soixante-six jours dans des conditions que seules la foi ou la misère permettent d'endurer; on vit les épidémies, la promiscuité, la tempête et les tentatives de mutinerie, fermement dominées par le groupe des « Saints », qui se savent les élus de Dieu. Singulier récit d'aventures, le roman de Georges Walter conjugue en une même vision l'épopée messianique des origines avec l'Amérique triomphante sous le délire de ses confetti.

Peter Lovesey
A chacun son Dew   6547

Le hasard fait parfois bien mal les choses. A cause d'un nom choisi sans y penser, un homme est promu inspecteur et chargé d'enquêter sur le meurtre qu'il a lui-même commis...

Mais ne croyez pas en être quitte à si bon compte. Rien n'étant simple chez Lovesey, tout va encore se compliquer méchamment...

La traversée de l'Atlantique sur le *Mauritania* va faire beaucoup de vagues — des vagues qui en précipiteront plus d'un en enfer.

Johannes Mario Simmel
On n'a pas toujours du caviar 7539

Les extraordinaires aventures que raconte J.M. Simmel dans ce livre sont *vraies* — Jacques Abtey, ancien officier du 2e Bureau et des Services spéciaux français, l'atteste dans sa préface — Thomas Lieven existe. C'était un jeune bourgeois tranquille, promis à une brillante carrière de banquier. Et voici qu'au cours du dernier conflit mondial, une suite d'événements indépendants de sa volonté le jeta dans l'espionnage : malgré lui, il fut contraint de collaborer avec les Services secrets des principaux pays impliqués dans la guerre; d'où mille complications et périls. Heureusement, Thomas Lieven ne manquait ni d'humour ni de goût pour les belles et bonnes choses; cet amour de la vie lui permit de se tirer des pires situations...

Le récit des aventures de cet homme qui se débat entre les mains de ses redoutables maîtres constitue, en quelque sorte, le roman d'espionnage par excellence.

Lucio Attinelli
Ouverture sicilienne 7535

La Mafia n'est plus ce qu'elle était. De nouveaux hommes ont pris les rênes du « deuxième pouvoir ». Les « familles » entrent dans l'ère industrielle en s'alliant à une organisation pseudo-maçonnique occulte, infiltrée à tous les niveaux des Etats. De ce pacte doit naître la plus puissante multinationale du crime qui ait jamais vu le jour. Quatre hommes en sont les maîtres d'œuvre :

Jo Licata, parrain de New York; Luca Rondi, cerveau de la redoutable loge Prosélyte 2; Franco Carini, expert financier; Sandro Dona, parlementaire sicilien.

La plus scélérate coalition de l'histoire est en marche. Elle est bâtie sur le modèle de l'ouverture sicilienne. Aux échecs, une stratégie implacable. Mais il faudra compter avec l'ancien général Carlo Alberto Speranza, le vainqueur des Brigades rouges, que le gouvernement italien vient d'envoyer en Sicile avec pour mission de combattre la mafia.

William Dickinson
De l'autre côté de la nuit
7532

Dans *De l'autre côté de la nuit*, c'est à Las Vegas qu'on retrouve la fascinante Mrs. Clark, l'héroïne des deux précédents succès de William Dickinson : *Des diamants pour Mrs. Clark* et *Mrs. Clark et les enfants du diable*.

Ville de tous les dangers et de toutes les séductions, piège parfois mortel, Las Vegas donne ou prend la vie avec la même indifférence dans un brouhaha de machines à sous qui étouffe tous les cris. Encerclée par les feux de ce somptueux mirage, Mrs. Clark devra survivre et sauver ses enfants des maîtres d'une guerre impitoyable, celle d'une nouvelle drogue, le crack. Elle devra aussi prendre la décision la plus importante de son existence : livrer ou couvrir son père, le milliardaire Harrison, empereur du crime, mais qui l'aime passionnément.

Hervé Jaouen
La Mariée rouge
6586

Dans la région de Quimper se déroule une noce truculente. Elle va croiser l'équipée sauvage d'une bande de jeunes paumés qui s'enfoncent avec complaisance ou inconscience dans l'abjection. Et qui vont se heurter à un groupe de shérifs locaux qui veulent mettre au pas la jeunesse trop turbulente.

Ils finiront tous par se rencontrer au cours de la nuit, au bord d'un fossé. Le choc sera violent, la tuerie générale. C'est *L'Orange mécanique* dans la lande bretonne.

Elmore Leonard
Gold Coast

Le mari de Karen est membre de l'organisation que l'on ne nomme jamais, autrement dit la Mafia. Lorsqu'il passe de vie à trépas, ce qui peut arriver à des gens très bien, il lègue à sa fidèle épouse quelques millions de dollars, et à ses partenaires des instructions strictes : aucun homme n'aura le droit de toucher la douce Karen...

Bien décidés à respecter les ultimes volontés du défunt, ses anciens associés engagent en guise de chaperon une brute épaisse et sans scrupule. Mais voilà l'affreux qui se met en tête de mettre la main, soit sur une part du magot, soit sur Karen, soit, encore mieux, sur les deux !

La veuve éplorée a cependant plus d'un tour dans son sac. Aidée d'un gentil chevalier qui passait par là, elle est farouchement déterminée à se battre pour recouvrer sa liberté et, sous le soleil de Floride, un jeu très dangereux commence...

Elmore Leonard, l'auteur de *La Loi de la cité*, Grand Prix de Littérature policière, nous prouve encore une fois avec *Gold Coast* qu'il est bien un des maîtres du roman noir américain.

Paul Morand
Le Prisonnier de Cintra

3839

C'est pour échapper à la mort lente de sa race que s'enfuit *le prisonnier de Cintra*, héros de la nouvelle qui donne son titre au présent recueil.

Mlle de Briséchalas ne pense qu'à lire, mais s'occuper de son agence matrimoniale *A la fleur d'oranger* ne l'empêche pas d'être toute à sa passion,,,

Dans *Un chat nommé Gaston,* Paul Morand donne à l'histoire du *Chat botté* une fin en forme de satire contre l'Ogre moderne qu'est le fisc. De même traite-t-il avec ironie dans *Le Coucou et le Roitelet* le conflit du snobisme et de la jalousie. Mais il sait aussi s'attarder sur ce qu'il y a de plus noble dans l'*Histoire de Caïd, cheval marocain.*

Thomas Wolfe
L'Ange exilé 6545

Roman du déchirement et de la nostalgie, de la solitude et du nombre, de la sensualité et de l'imagination, *L'Ange exilé* fut l'une des sensations de la vie littéraire américaine en 1929. C'est maintenant devenu un classique. Il raconte la vie secrète du jeune Eugène Gant, en conflit permanent avec une famille tumultueuse, une bourgade étriquée, un univers changeant et problématique.

Cette chronique d'apprentissage et d'initiation si apparemment autobiographique et parfois si vengeresse fit scandale au pays de l'auteur. Mais *L'Ange exilé* est autre chose qu'un règlement de comptes. C'est une tentative passionnée de restitution totale d'une réalité perdue, une fantastique galerie de portraits vivants, une exploration exhaustive des profondeurs « ensevelies » d'une conscience. C'est aussi un hymne à la nature et aux saisons, une quête angoissée du sens de l'existence.

Roman des sources et roman-source, *L'Ange exilé* a la sombre densité de l'âme sudiste, le lyrisme de la vision romantique, la richesse inventive de la grande littérature.

IMPRIMÉ EN FRANCE PAR BRODARD ET TAUPIN
Usine de La Flèche (Sarthe).
LIBRAIRIE GÉNÉRALE FRANÇAISE - 6, rue Pierre-Sarrazin - 75006 Paris.

ISBN : 2 - 253 - 05340 - 6   ◈ 30/6788/1